清人詩集叙録

下

袁行雲 著

人民文学出版社

清人詩集敍録卷五十五

絳雪山房詩鈔二十卷 道光二十八年刻本 續鈔六卷 咸豐十年刻本

楊慶琛撰。慶琛榜名楊際春，字廷元，號雪茮，福建侯官人。嘉慶二十五年進士。累官山東布政使。林直《壯懷堂詩稿·奉楊光禄》詩稱：「典官中禁職司尊，廉吏清名至此存。」殆亦清流之亞。《詩鈔》有彭藴章、季芝昌、劉韻珂、黄贊湯、鄭祖琛、桂超萬、廖鴻基、蘇廷玉、梁章鉅、林廷禧序，詩一千四百二十五首。《續鈔》詩七百十九首。自序作於咸豐十年，自署時年七十八。附《試帖詩》有同治三年自序，計年已八十二歲。卒於同治六年，年八十五。慶琛屢試春官。殘月雞聲，曉霜驢背，一一寄之於吟。是以詩益富見自序。卷一《榕城元夕竹枝詞》十二首，卷二《吴門雜詩》三十六首，《西湖雜詩》六十首，卷六《金陵雜詩》十首、《邗上雜詩》十六首，卷十一《莫愁湖櫂歌》十六首，卷十二《鄉憶竹枝詞》十二首，卷十八《榕城古蹟雜詠》六十首，每寫一地風光，瞭若指掌。官山左，作《濟南雜詩十六首》、《兖泲雜詩》，亦稱秀健。《續鈔》卷五有《詠懷古蹟五十首》，乃回顧平生游歷而作。通籍後與翰林名流唱和甚廣。與閩人交游尤密。卷三《送林少穆庶常入都》，卷六《送林少穆編修典試滇南》、《送郭尚先典試粤東》、《滄州舟次再寄少穆六十韻》，卷七《張明三所藏朱笥河墨蹟題後》，卷八《題梁章鉅宣南話別圖》、《送張際亮南歸》，卷十《輓陳恭甫編修》，卷十八《少穆拜陝西巡撫》，卷十九《林少穆制府以軍功加宫保銜並戴花翎寄賀》，《續鈔》卷一《林少穆節使歸櫬南來詩以哭之》，具見交情。而與林則徐相契始終。喜詠史評詩。卷一《古風讀史雜感十二首》，卷三《讀十國春秋》，卷二十《讀史偶詠》，自周季札至明秦良玉，凡百餘首。又有《永和宫詞》、《元宫詞》、《長恨歌琵琶行題後》、《讀吴祭酒詩集》。《續鈔》卷四有題李白、杜甫、韓愈、白居易、李商隱、李賀、蘇軾、陸游詩集後，卷五有《課餘雜詠六十四首》，取《文選》及唐宋古文辭賦名篇，並虞初小説之屬，各繫七律二首。兼收賅備，不厭其煩。

攄抱軒詩鈔十卷　道光二十二年刻本

汪桂月撰。桂月字秀林，號養園，安徽宿松人。諸生。道光元年舉孝廉方正，不赴。晚多病。道光十七年丁酉，年六十五，擬《訣别詞》。二十二年，序刻此集，居然七十矣。卒於咸豐元年，年七十九。詩凡六百零九首，石希恕序。《仿白香山新樂府》六首，爲《河防成》、《海氛靜》、《圖耕織》、《設養廉》、《太常蜨》、《教䠀場》，所詠俱康、雍以來政府重要措施，間爲箴戒得失。《紀辛卯水》、《粥鍋謡》、《飢民謡》、《松滋竹枝詞》六首、《皖江放棹行》、《皖江櫂歌》，於所見民生情狀風土悉爲甄采，悲戚懽愉，不名一狀。《啞子行》，記村鎮胥吏賈富普放高利貸，以盤剥民衆。自注：「假糧差、墊糧、起票，暗分倍征之利者，曰啞子。俗謂出銀。」又作《種樹曲》，以言植樹之利。鴉片戰爭，英軍侵東南，作詩抒憤。桂月與趙紹祖、馮震東、劉開有交，陶澍官安徽布政使嘗及見之。有經世之志，而無宦情，終未一出，亦高尚士也。

仿白香山新樂府 六首録一

設養廉 飭簠簋也

太平何以致，古人亦有言。武官不惜死，文官不愛錢。不受錢，室磬懸，枵腹視事疇能然。先皇體之增養廉，多者萬兩少數百，從此無得侵閭閻。閭閻不侵起積虧，倉庫何以禦荒饑。況乃漁獵忘膏脂，大官小吏皆君子，毋乃胥僕爲之疵。君不見鳳將九雛，皆食於竹，飢鷹隨之，啄鳥得肉。鷹去詬鳳，行且及雛。凡百君子，不見是圖。《攄抱軒詩鈔》卷一

虛受齋詩十二卷 道光十一年刻本

李光庭撰。光庭字大年，號樸園，直隸寶坻人。乾隆六十年舉人。久居京中。道光三年官黄州知府，未幾乞歸。好耽吟，與番禺張維屏有切磋之誼。此集卽張維屏選評。集中有《寄懷張南山司馬》詩。據《老兒歌》自注「甲午六十有二」，當爲乾隆三十八年生。朱彭壽《舊典備徵》謂得年八十餘，當卒於咸豐間。詩多自娱，工於詠物。如《造屋雜詠》，以打夯、測平、煑灰、碼磉、上梁、累牆、盛泥、飛瓦、安門、打炕爲題，此必大雅不屑爲，然亦有實得焉。《默訟篇六十韻》，乃自訟，亦能解頤。《挖河謡》、《生離嘆》、《蒲州地震詩》，間作風

諫。夫作詩事物愈繁，取徑愈廣，原無可譏，奚必以風骨高奇而求之耶。

佳想軒詩鈔二卷 光緒十二年刻本

廖文錦撰。文錦字雲初，江蘇嘉定人。嘉慶十六年進士，改庶吉士，授編修。道光元年，爲江西副考。是集爲乾隆五十三年至道光十四年詩，中闕十一年，乃文錦官黔時手録。中經戰事，未鐫版，光緒十二年其孫壽豐梓行之。以《壬午五十初度》詩上推，爲乾隆三十八年生，卒年六十二。其詩得蔣士銓指授，與李鼎元、沈欽韓等唱和。所存以詠太湖及洞庭東西山詩爲最。《香山雜詠四十二首》，凡當地名勝風俗物産，無不備悉。又有《游天平》、《靈巖》、《彭城懷古》，亦自然曉暢，非但求之辭調間者已。

香山雜詠四十二首 録六

危巒複磴絶攀躋，福地猶仍鐵竹栖。未到仙宫三十六，斜陽已下笠峯西。穹窿最高處爲箬笠峯。其側爲上真觀，榜曰「穹窿福地」，係鐵竹道人施亮生所建。列三十六殿，金碧環麗，即竟日遊不能窮其勝。

是處鼕鼕急鼓催，鰽魚香裏熟黄梅。忽然一夜西風緊，縮頸鯿魚結陣來。夏間賣梅鰽魚者，必擊大鼓。又太湖中魚之美者爲縮頭鯿，俗呼「鯿白」，西風起則結陣而來。

黄菊蕭疎黄葉枯，新寒光景畫難摹。紙窗昏黑風聲壯，鴨陣遮天過太湖。西太湖寒，南太湖暖。天將大冷，則野鴨結陣，自西而南，過則漫天皆黑，風聲隨之。居人以卜寒暖。

揚州前日寄書還，内府琅玕一一頒。笑煞癡情諸女伴，先求白玉琢連環。山中又多玉工，皆寄居揚州。大内嘗發玉使雕琢之。

秋雲薄薄夏雲濃，戽水耘田漸欲慵。山色映紅紅映鬢，大家看串太平龍。其地耘田戽水，多婦女爲之。穹窿有花名映山紅，俗名野杜鵑。六七月間，村人演龍燈爲樂，謂之「串太平龍」。

將軍過處扣銅鉦，大戟長槍按隊行。怪底八人齊掉足，直教掉得此身輕。土人祀田神猛將甚虔。春間演會，扮獵户數隊，各持刀杖。八人舁輿者必掉其足，傳言足不掉則重不可舁。《佳想軒詩鈔》卷上

今白華堂詩録八卷詩録補八卷　光緒三年刻本

童槐撰。槐字晉三，一字樹眉，號萼君，浙江鄞縣人。嘉慶十年進士。官甘肅蘭州道、山東兗沂曹濟道，至通政副使。卒於咸豐七年，年八十五。事具本書卷首錢振倫撰《童公傳》。是集詩八卷，六百十七首，録補八卷七百四十五首。槐嘗入值軍機處，熟習當代典章。詠内廷見聞，如《九月初一日晚直有紀》、《瀛臺曉直觀冰嬉》、《正月十九日西園觀烟火》。新樂府《勒衛士促收屍賊在表三首》，記林清之變，《值次方略館修書有作》，皆係親身經歷。又作《卽事》詩，注云：「白蓮教以『真空家鄉，無生父母』八字爲口訣。符書詞甚俚，小説皆明季内監所編造。」《護國寺觀市》、《血峁花》，自注：俗稱拍花。《永先寺寓舍誌異》、《十月初某日地震》、《河工雜詩》、《驗錢樣

戲作》、《紀山陽冒賑事》等篇，多爲社會史聞。扈蹕山莊，作《過彌福壽普陀宗乘二廟》詩，記承德喇嘛寺建築過程較詳。洋盜蔡牽犯浙閩海上多年，事定作長歌誌喜。阮元毀海寇兵器，鑄岳墓前佞人，詩以紀事，所繫史料亦多。槐嗜古學，有《題經義考》、《讀碑有感》、《天一閣懷范司馬》、《詠史十五首》、《觀徐星伯同年所著書稿》、《題柳如是小像》、《題通志堂經解後》、《太學老子觀井圖石刻》、《題白香山詩集》等作。又有《連日公讌與諸同年觀劇占得竹枝詞六首》，頗有意趣。其詩經歷廣，取材博，雖未被詩人之名，固能以詩鳴矣。

九月十二日浙閩奏報殄滅蔡逆全洋肅清爲長歌誌喜寄示南中諸同好

粵東黑水洋，戕我大帥李忠毅公竆寇狂。浙東黑水洋，殄滅竆寇天威彰。兩洋名同其事不逾六百日，無乃故帥效靈假手邱琢齋提軍與王福建提軍，名得禄。靈風飛送捷音捷，到及羣藩祝嘏來仙莊。羣藩傾耳咸手額，笑謂島國從此便瀛航。何況瀕海士，快逾體脱瘍。請臚寇始末，爲君述其詳。我昔童丱聞人説，清時海波恆不揚。粵歲丙午逮丙辰，東甌盜起屯平陽。於時閩幫曰水澳，幫首李發枝，繼以林亞孫，又繼以侯齊添。與浙鳳尾幫首莊其美遥相望。平陽有門界烽火，大嵛小嵛誰疏防。閩賊遂入合浙幫，外引夷艇來連檣安南夷其間附蔡逆，幺麽飛蚊蝱。潛出二幫後，肆刼並箬簣幫首江文庚申以來浙事急，撫部阮芸臺師與帥張戎行。松門殲鹵殲安南艇匪僞進禄侯倫貴利等二幫潰，徒黨四出猶騷攘。閩有郭潭陳角紀江均三小賊首皆水澳，侯齊添餘黨，浙有張阿愷爲小貓幫首丁亞歪爲補網幫首楊課爲賣油幫首，三幫。皆鳳尾餘黨。實共新興再興皆浙黃葵幫名亟逞毒，始與肥賓浙張阿治幫名小差浙駱盧仔幫名同歸降。蔡逆乃更狡，時出時遁藏，竄閩詭納欵，三沙恣跳踉。閩大吏誤信投誠旋被颺去。猝燃餘燼勢難遏，東南澤國自茲成沸湯。上將無援復失陷，胡鎮軍振聲追賊，以失閩援歿於陣。紅頭綠頭百艇橫竿塘。蔡逆乘綠頭大船，勾結粵匪朱濆，乘紅頭艚艍船並集竿塘洋面。甲子秋正中，乘夜擾浙疆。翁洲若累卵，吾郡咸驚惶。若非帥統三師出捍禦，梵山萬衆吞噬憑封狼。丙寅入臺逆燄熾，豎旗稱號無王章。雞籠見摧雖震慴，鹿耳未塞還飄颺。蔡逆寇臺灣，已據城池，忠毅大破之。時所帶兵寡，閩不濟師助，塞鹿耳門，致賊遁去。仍煩窮力追，萬里馳艅艎。芸臺師屬忠毅造霆船用以追賊甚利，至是駛入粵。掩之星嶼下，蹴之浮鷹傍。釜底遊魂已待盡，時蔡逆僅餘三舟。翻驚大帥光遭傷。嗚呼狂逆稔惡竟至此，神人共憤今日纔消亡。乍聞喜極轉思痛，欲同少陵涕淚霑衣裳。試紀寇氛起及滅，遷延廾有四載强。耳聞目見桑梓地，蒼赤何限罹兇殃。要知至仁惻念自爾格穹昊，況復頻年籌海宵旰提宏綱。勇怯靡弗晰，功罪靡弗償。疇能隱奸宄，疇敢譏忠良。自今文武宣力保瀛澨，會見人躋壽寓長樂康。余也欣際太平願歸亨，但愁夢中天海還茫茫。

《今白華堂詩録補》卷二

挹青閣詩集六卷　道光九年刻本

茅潤之撰。潤之字松坪，江蘇丹徒人。嘉慶十三年進士。官内閣中書。父元銘，字耕亭，乾隆三十七年進士，嘗典試浙江。是集有道光九年錢栻序，栻卽元銘所得士，作序時年已七十九。又顧莼、魏成憲序。顧序稱潤之「卒於丙戌」道光六年，今以卷五《癸未五十》詩計，得年五十三。詩以游覽浙東天台、雁蕩之作爲勝。《温州雜詩》八首、《湖州雜詩》八首，采記風土見聞。次爲淮揚、京口詩。與屠倬、嚴問樵、借庵和尚，多有唱酬。《題衛正節先生墓》，爲有關宋代故實。《題郭厚菴舍人種梅圖》、《哭諸城王篔山觀察四首》，辭著其實，亦可備覽。

吟古鏡齋詩集二十六卷　道光二十年刻本

潘世鏞撰。世鏞字東甫，安徽新安人。諸生。少時卽以詩鳴，研練四十餘年。道光二十年刻《吟古鏡齋詩集》二十六卷，起於嘉慶元年，詩二千六百八十首，有葛其仁、朱文瀚、許球、宋茂初序。以卷四《戊子四十七》詩逆推，當爲乾隆四十七年生。潘氏世居歙。自世鏞五世祖入杭州商籍，遂分兩支。世鏞祖晴皋仍以本籍應試。而入杭籍之奕雋、奕藻，爲世鏞伯父輩，移籍吴縣。奕雋子世恩以官至大學士，一門甚顯。世鏞則科場屢躓，一生不得志。唯嘗受學葛其仁、畢亨，學亦淵源有自。集中《胡心泉賡善輓詩》、《哭畢茳田師》、《呈趙甌北先生》、《哭榕皋伯之訃》、《呈葛其仁學師》，均關藝林掌故。嘗游粤東。詠篁墩湖、破桃嶺、丫叉嶺、祁門船、佛嶺、華屏山、主簿呰、吴左台祠、城陽山、十八灘、張沖嶺，多爲皖粤两地山水。《讀杜集四首》、《讀香山集九首》、《題開成石經搨本》、《書徐青藤集後》、《董文敏論帖跋語墨蹟》，搜討亦博。《吴懋叔石濤和尚合照》可研究石濤上人行實。《踢毽子歌》、《艾鬢蒜拳天師像》、《扒山虎歌》、《猴子劇》、《八月二十三日地震》等篇，尤見取材廣泛。附《琴言閣詩鈔》，爲其室方掌珍遺作。喬載繇《學讀書齋詩》有潘世鏞《題詞》。

吴懋叔石濤和尚合照

石濤題曰：清湘因愛梅，先生令入畫。一物不爲時，戒之恐居怪。説與王生知，了此圖成債。反笑圖中人，另有一世界。時丁卯十二月廣陵王山人爲懋叔先生寫照。時予過先生梅谷，亦入畫中矣，戲題竝正補其松石云云。壬申，石濤自北歸，再題長短句。卷後有汪思雪、查梅壑諸詩跋，皆爲懋叔作。懋叔名承勵，歙人，風雅士也。此卷爲古春所藏。嘉慶間海陽趙氏假觀，不戒於火，諸册盡燬，而此卷獨存，豈有呵護者在其間耶。古春重裝屬題。

胖和尚，尊者樣。尊者諸王孫，龍種固殊狀。能苦故無欲，不瞎故多障。珊瑚寶玦走江南，披出袈裟成寶相。朱邸迢遥問俗家，楚宫淘盡江聲壯。筆爲檀樾紙爲庵，畫禪説法妙無量。誰招方外遊，忍凍便相訪。吾鄉季子展新圖，和尚梅花共相向。補寫長松與瘦峯，五字詩成流梵唱。虎溪一笑記何年，彈指滄桑尚無恙。畫像荼毗佛法無，刼火飛殘神愈王。季子和尚同一龕，萬紙丹青時供養。《吟古鏡齋詩集》卷十九

花鼓劇

試鐙風起戲花鼓，宿州城内春如許。街頭鑼鈸復登臺，鼓有同聲花有侣。誰家幾隊少年兒，雙雙扮

出村男女。一男肩鼓一女隨，却步回頭殊媚嫵。打鼓打鼓來翳歌，每值歌時再三鼓。一男摇扇屌屜來，笑挽花枝相爾汝。一男纓笠爭導行，一男紙繖忙遮雨。忽然一女穿花行，二女隨風雙袖舉。土歌齊唱鳳陽腔，中州韻雜梨園譜。團團作陣若鼓圓，冠影釵光蝴蝶舞。點綴新年樂太平，從來雜技由風土。竹馬兒童樂事多，過時各自安農圃。滿街鐙火鬧元宵，官鼓鼕鼕月正午。《吟古鏡齋詩集》卷二十一

明武宗擔貨圖

一聲鞉鼓笑相呼，皇帝如何學販夫。挑向深宫隨處賣，玉簪留贈美人無。威武將軍正凱旋，太師奉敕又巡邊。官家事事供兒戲，忘却河山在此肩。不御龍墀御豹房，擔頭百貨爲誰忙。莫嘲賣肉兼酤酒，此亦南齊閱武堂。蘇家圖稿展生綃，摹蘇舜臣本。正德傳聞事已遥。作販餘風仍作匠，不堪多藝説前朝。《吟古鏡齋詩集》卷二十一

紫亭詩鈔四卷　道光十六年開封郡署刻本

李辰垣撰。辰垣字紫亭，直隸河間人。嘉慶六年舉人。道光二年官南河教諭。十三年，其子鈞官開封知府，就養官署。是集卽李鈞刻，首楊振麟、錢儀吉序。儀吉與辰垣爲同年友，時主大梁書院講席。同年中

尚有張興鏞，亦交善。興鏞，張祥河之父也。妹壻爲祁寯藻。詩起乾隆二十九年，編爲四卷，有癸巳道光十三年《六十自壽》詩，當生於乾隆三十九年。辰垣祖官惠州知府，父選浙江鹽官。早年詩以詠杭州佳山水者居多。晚居河南，作《洛陽懷古》二十八首，《汴梁懷古》十六首，論不涉異，運典甚工。出以涵詠，皆自己出，雖工拙深淺不同，與仰人鼻息者，亦當有別矣。

一朵山房詩集十八卷　同治十二年刻本

傅潢撰。潢字星北，號篠泉，一號小泉，貴州貴筑人。嘉慶十六年舉人。歷官直隸豐潤知縣，廣西梧州知府。主潕陽書院講席。是集有道光十三年胡方朔序。詠貴陽、洞庭、贛吉、梅嶺、羊城之詩，見聞甚富。官豐潤作勘水詩。官興安，有《興安雜詩》。官粵西，作《元祐黨人碑》、《游冰井寺》、《潕陽大水行》、《梧州大水行》。與鄔鶴舟善，在揚州爲曾燠賓客。《讀周紀雜感六首》、《讀漢書作》、《讀宋史作》、《讀佛書作》、《謁陸象山祠》、《書鄭板橋詩後》、《書洪亮吉詩後》，雜采文史，意味又自不同。其詩無荒陋淺俗之弊，亦可見西南民瘼云。

簳山草堂小稿四卷　嘉慶二十一年刻本

何其偉撰。其偉字偉人，號書田，江蘇青浦人。諸生。王昶主講雲間書院，從之學，又從曲阜顔崇槼游，後以操世醫爲業。《湖海詩傳》卷四十五選詩。是集首秦瀛序，自序，陳琮後序，收嘉慶元年至二十年詩三百五十一首。生歲以《戊辰自述》時年三十五推之，爲乾隆三十九年，卒於道光十七年。詩有詠民間疾苦者，如《鬻婦行》、《米賤謡》。有言時事者，如《紀山陽縣事》，卽記嘉慶十四年李毓昌被山陽知縣王伸漢暗害案。又有《詠史》及《五代樂府》、《南唐宮詞》等篇。嘉慶八年，王昶以陳子龍、夏完淳詩文零落已久，因與聞人採集而剞劂之，其偉助理之，集中有《癸亥編陳忠裕公集刊成題後》、《書夏節愍集後》等詩。十年，陳、夏祠在西湖落成，作偁於王昶，陳廷慶經其事。其偉鼓吹亦力。從此東南人士記念陳、夏，於啟迪漢民族意識，影響甚大。《客所作有問陳夏二公事者書以示之》云：「莫道公心泯，猶知陳夏名。文章乃餘事，節義是平生。完璞江頭石，投身泖上兵。千秋青史在，先後漫勞評。」可見陳、夏師生業迹，雖足以驚天地泣鬼神，至乾、嘉間。已不甚爲士夫所知。《書夏節愍集後》論意在宣揚，而以「君不見錢尚書吴祭酒，並世文章推巨手，恐被汪踦笑多壽」作結，尤爲警策。當取王昶、陳廷慶集參看，益可見有功於先哲者矣。其偉與姚椿友善，《通藝閣詩録》載贈詩。《樗寮詩話》稱其「詩律精妙，善學放翁」，並采七言佳句録之。

乙丑春仲廣富林陳忠裕夏忠節二公祠落成各賦一詩誌之　祠中以忠節子節愍完淳及忠裕弟子王勝時先生澐附於左右

碧血痕留第一橋，百年魂向富林招。偏師尚欲支殘局，浩氣空悲託怒潮。三畝宅仍廬舍舊，忠裕富林廬居詩：尚餘三畝宅，無復萬家旁。五傳孫繼外宗遥。忠裕子嶷生錫璜，錫璜生世貴，世貴生南儒，南儒生日藻，早夭，陳氏之後遂絶。爰以忠裕元孫女之孫王勝時先生來孫後昆，遵例爲嗣。沉骸收憶緇衣客，勝時先生。義膽忠肝萬古昭。

白首同歸志各堅，從容還讓考功先。搴帷肯作羞顔婦，懷石寧歌絶命篇。乙酉八月安撫官入郡，忠節避之於野。當事人望所歸，必欲見之，曰：進退惟其意，但求一見，有何不可。忠節曰：譬有貞婦或欲嫁之，婦不可，則語之曰爾卽勿從，姑出其面，婦將搴帷以出乎，抑以死自蔽乎。乃作絶命詞自沉於松塘口。節並西山薇不采，忠節之兄元初先生之旭以丁亥五月二十五日自縊於文廟顔子位旁，其絶命詞有云：仲賦懷沙，身無貶屈，惜哉卧子，何不早決，故君曰逝，故友已亡，吾將安歸，敬附首陽。禍同北海卵難全。一門崇祀三忠並，元初先生，祔祀夾室。應共騎箕下九天。《簳山草堂小稿》卷三

紀山陽縣事

古未聞事今忽有，身爲宰官殺僚友。逆奴賣主臣罔君，五賊同謀李祥其首。主姓李氏名毓昌，奉公察賑之山陽。王伸漢者令此邑，貪饕忍奪災黎糧。災黎糧，政莫切，侵而吞，狀宜訐，侃侃千言立援筆。援筆甫就奴心愁，輸情潛與貪夫謀。我主不足恤，爾官寧可休，目前之禍宜綢繆。茅庵地僻官齋幽，寒宵鬼哭風颼颼，一杯苦茗泉臺遊。泉臺遊，血狼籍，痕染衣，不可滌，發檢遺骸寃乃白。奇寃雖

白皇衷傷，剖心致祭罪未償。賜詩褒卹幽光揚，𠆸官烏可亡天良。《簳山草堂小稿》卷三

梅麓詩鈔十八卷附補遺　光緒元年重刻本

齊彦槐撰。彦槐字夢樹，號梅麓，安徽婺源人。嘉慶十三年召試舉人，次年成進士，改庶吉士。官江蘇金匱知縣，遷蘇州府同知。於天文、曆算、水利、海運，靡不究心。著有《北極星緯度分表》、《天球淺説》、《海運南漕叢議》等書。卒於道光二十一年，年六十八。《詩鈔》原刻於道光二十五年，吴嵩梁序。此重刻本，方濬頤、潘曾綬、方銘盤序，附方濬頤撰《墓表》。分《小棲霞》、《燕臺》、《改官》、《梁溪》、《養疴》、《雙溪草堂》、《談海》、《出山》、《還山》、《補遺》、《新安往還》、《勝游》十二集，附拾遺詩共一千五百五十三首。彦槐少從姚鼐受作文法。以詩謁袁枚，許爲曠世逸才。居官時，陶澍、林則徐、張井倚之。其詩多撫時有爲而作，不屑屑於絺章繪句。初任金匱，值旱荒，創立圖賑法。《勘災行》、《買米》、《九月十二日紀事》、《議賑》、《勸捐》、《稽户》、《易錢》、《覯賑》等詩，均爲救荒實録。《銜齋書壁十六首》，剴切肫摯，最爲時稱。嘗製中星儀，自動渾儀。仿歐洲水法造龍尾、恒升二車，林則徐試之於塘，謂有益於農田水利，欲奏請廣行之未果。讀《龍尾車歌》可約畧知其製矣。彦槐力陳海運之策，議於蘇撫，未被採納。乃有《增脚價》、《減沙船》、《限米石》、《索麻袋》四首，爲當道告。又有《大水行》、《後大水行》、《聞堰盱堤決慨然有作》、《笠者歎》、《鄉分收歎》、《税契歎》、《留别梁溪》四首、《渡河聞舟中老人論減壩事紀之以詩》，關心國計民生。彦槐學術文章俱有根本，詩有

實得，不當以聲律之末衡之。江人鏡《知白齋詩鈔》卷一有《題齊梅麓先生彦槐蒲團小像》。

龍尾車歌

神龍捲水非獨神，實有利器藏其身。利器在鬣不在鱗，鬣附於尾旋轉勻。九天雲垂尾一伸，水隨鬣轉轉入雲。泰西儒者生海濱，所居殆與蜿蜒鄰。無事靜觀龍取水，製爲水車像龍尾。入繩附臬螺絲旋，繚繞往復成迴川。兩頭空洞桶底脱，半腰約束環中圓。飛流直下三千丈，水不自知其已上。激浪奔騰似決渠，神機活潑如翻掌。灌園丈人笑桔槔，詎知翻車亦徒勞。翻車一架五人踏，水漏不得全歸槽。老鴉銜尾蠅脱骨，自漢至今唯此物。入愁障水出帆風，郇得溝塍流汩汩。江南農家尠蓋藏，踏車十日憂無糧。泥沙抛棄吁可惜，源斷澤竭終成荒。盍觀此龍尾掉河，尺水可以興洪波。内無退轉外無漏，崇朝百畝如滂沱。一車當五人當十，用力甚少成功多。八家同井辦一具，旱潦不患田無禾。利熊二士來西海，法入中華三百載。布衣能述不能行，霖雨還須有人在。侯官中丞令大賢，講求水利籌農田。聞余述作急欲覩，二龍躍上荆溪船。草橋試車日卓午，傾城士女觀如堵。雲蒸霧湧噴薄來，歡呼動地聲如雷。塘寬十畝深二尺，車乾七寸纔三刻。中丞大笑與我言，此利不止關田園。邇來洪湖拍天際，懷襄往往爲民厲。千車倒挽刷黄流，两壩三河可長閉。劉河堙塞久欲疏，車水遲遲恐糜費。伐輪百部寘河滑，畚鍤興工日可計。我知車有可行機，元日吾曾端策筮。見龍在田德施普，利見大人當用世。今年元旦筮得乾之同人，是月始製龍尾車。林少穆中丞一見大喜，欲奏而廣行之。利見大人之占於是手驗。《梅麓詩鈔補遺》

春雨草堂賸稿四卷附一卷 嘉慶二十五年刻本

高埰撰。埰字琴泉，漢軍鑲黄旗人，鐵嶺籍。畫家高其佩孫。嘉慶六年順天舉人。春官不第，旋歿。工詩。嘉慶二十五年，其子錀官四川岳池尉，爲刊分體詩四卷，附《題畫册詩》八首、《撲棗記》一首。有初彭齡、吴樹萱原序，吴秀良、汪恩序。埰嘗赴襄蜀，時當川陝白蓮教起事，集中有詩及之。又游桂林、陽朔，客南昌。卷四《清溪紀游詩》，爲京西十渡。與畫家萬上遴契交，《題萬輞岡指畫》八首注云：「上遴字殿卿，號輞岡，袁州分宜人。先君子守袁時所薦士。以明經試禮部。訪余山中。指畫爲先君子所授，故多且園公遺意。」詩作於乾隆五十八年。其詩主張性靈。詠時辰表、鼻烟等作，亦有雋語。

蓼莽詩存八卷 道光十八年刻本

郭書俊撰。書俊字蓼莽，山東濰縣人。嘉慶五年舉人。官山西上黨、梁榆、烏河、山都等縣知縣，擢河東鹽法同知。道光十七年卒，年六十五。是集分《吟箋堂初草》、《還雲集》、《出山集》、《梁榆草》、《烏河存草》、《山都近草》、《皖城草》、《皖城續草》，周曾毓序。生年據《梁榆留别縣民》詩，卒年見翟雲升序。書俊官山西十年，有《勸農》、《課士》、《聽訟》、《伺差》、《治水田》、《種山木》等詩。詠晉祠古寺名蹟，亦較質樸。《廣固行》、《網子匠歌》、《王千部歌》、《題明福王傳後十首》、《催租嘆》、《鬻兒行》、《題吴蓮洋先生遺像四首》、《桃花扇傳奇四首》、《題南唐後主詞後五首》、《論詩絶句十首》，今古互陳，了無浮響。唱酬友朋爲李樟煜、但雲湖，皆山左聞人。

朝天集二卷附一卷　道光二十二年刻本

阮烜輝撰。烜輝字仲寅，江西安福人。嘉慶十三年舉人。官直隸恩縣知縣。恩縣爲唐貝州地，有四女寺在衛河濱，相傳漢景帝時，傅氏四女養親，終身不嫁，故爲立祠，其事不見載籍。或據《唐書》貝州宋廷玢女若華、若昭、若倫、若憲、若茵養親，誓不適人，以文學顯地望，適合五女。祀其四者，因若憲以罪死，故黜之。烜輝爲知縣，以漢傅氏於古無徵，唐宋氏人數不符，遂分建二祠，輯古今題詠成編，並作《分修漢四女唐五女祠紀事》。見《晚晴簃詩匯》卷一百二十。《安愚集》，所見刻本有文無詩。此《朝天集》二卷，附《漢四女唐五女詩鈔集詠》，自唐竇常、王建，至清查慎行、吴雯等人匯爲一卷，而以己作殿焉。自云道光己亥十九年宰是邑，建祠年代亦明。是集爲入都詩，故以「朝天」名集。其中《唐石歌》一篇，所詠爲唐幽州節度隨使太原王公及其夫人合葬墓誌。道光十二年北京出土。又有《圓明園》、《送琉球貢使向國鼎林常裕回國》，均作於京師。出都，過濟南，有《鐵公祠四面廳落成》詩。至萊陽，亦有作。按之自識，當爲道光二十一年、二十二年詩。

養初堂詩集十二卷　道光元年刻本

馮震東撰。震東字筠少，號少渠，安徽滁縣人。吴錫麟弟子。是集首吴錫麟序，又有《題有正味齋集》、《挽吴穀人二首》，足見師生之誼。《南滁百詠》、《醉翁亭》、《歐植宋梅》、《蘇碑》、《宜園花木雜詠》，以生長其間，於丘壑草木無不諳習。詠學宫祭器，凡二百餘品，皆元時物。又作《元鐘》一首，爲元至正郡守劉琪券匠何清甫鑄。《天球》一首爲明初滁人曹氏爲南京欽天監官後，以此儀存於家。凡此皆詳加考覈。《地震詩》，記嘉慶二十年正月三十日事。《饑年雜記》爲禱雨、屠牲、伐樹、拆屋、捕雀、乞食、鬻妻、逃荒、待賑、種麥等題。其詩不免膚廓，而《題黄癯瓢風雨歸舟圖卷子》，筆力酣放，仍不失佳作。是集爲江寧劉文奎鐫，文奎與弟文楷，爲乾、嘉間著名刻工，汪中《述學》、孫星衍平津館諸刻，多成其手，道光間在江南設局，於清代中葉版刻甚有影響。

雙硯齋詩鈔十六卷　咸豐二年刻本

鄧廷楨撰。廷楨字維周，號嶰筠，江蘇江寧人。嘉慶六年進士，改庶吉士，散館授編修。道光十五年官至兩廣總督。鴉片戰爭起，與巡撫林則徐，抗擊英侵略軍，保衛虎門。後調閩浙。迨和議成，謫戍伊犁。召還，又起用陝西巡撫。卒於二十六年，年七十二。著有《詩雙聲疊韻譜》、《説文解字雙聲疊韻譜》、《雙硯齋詞》。此集有方東樹、梅曾亮序。編年詩始嘉慶五年至道光二十五年，九百八十二首。廷楨受乾嘉風氣濡染，以詞章考據之學飾於吏。觀五十以前所作，《中山雜詩二十首》、《錢塘懷古》八首、《温泉題壁》、《異俗二首效工部俳體》、《讀劍南集題後》、《讀李義山歌偶書》、《嘉嶺山尋范文正公讀書處》、《刈麥詞》、《劉黄頭行》、《喜徐星伯入關以詩迓之》、《移碑行和吴荷屋觀察作》、《武昌詠古四首》、《楚公鐘歌》、《觀劇絶句十二首》、《讀吴梅村詩集》、《謁包孝肅祠》、《與異之鳳洲平甫湘帆説雙聲叠韻戲拈十首》，大者可商官治之興革，小者莫非藝林之掌故。初官兩廣，與外國交涉，猶持妥協。迨林則徐以欽差大臣至廣州，以衰甲之年，奮然而起，合力同心，共抗强敵，一一發之於詩。《虎門雨泊呈少穆尚書云》：「戈船横跨海門東，蒼莽坤維積氣通。萬里潮生龍穴雨，四圍山響虎門風。長旗拂斷垂天翼，飛礮驚迴飲澗虹。誰與滄溟淨塵坱，直從呼吸見神工。」《呈少穆星使四首》，愛國熱忱，亦流露於篇什間。道光二十二年，廷楨戍新疆。作伊犁諸篇。及林則徐亦出玉門，先以詩二章寄之，廷楨次韻奉和。又作《歲除志感兼呈少穆尚書》等詩。道光二十三年出關，沿途所詠，如《天山題壁》「艱辛銷盡輪號鐵，東指伊州一笑看」，《宿玉門縣》「我荷新恩得生入，不須回首望敦煌」，非胸懷磊落，不能至此。《甲辰寄懷少穆》，猶以國事屬望則徐。蓋肝膽情誼，始終不渝。後人以兩家之作，輯爲《鄧林唱和詩》，真足以懸諸日月矣。

管情三義詩五卷　同治間刻安吴四種本

包世臣撰。世臣字慎伯，晚號倦翁，安徽涇縣人。嘉慶十三年舉人，官江西新喻知縣，以劾去官。晚寓居江寧，自署曰小倦游閣。卒於咸豐五年，年八十一。所著《安吴四種》，曰《中衢一勺》、《藝舟雙楫》、《管情三義》、《齊民四術》，凡數刻。《管情三義》八卷，四至八卷爲詩。世臣受知於朱珪、松筠。少工詞章，繼好兵家言。有經世之務，於河漕鹽三政俱有所見。觀朱珪《知足齋詩集》贈包生詩，少年圭角可知。自謂詩源漢、魏、六朝，而多切實浮厲之詞。《丙午春入江寧城見文武各署演土地劇感賦》有云：「餓鬼哭偏地，焉能樂笙奏。」《己卯歲朝松江卽事有云》：「今年又收十分租，摘銀折漕骨髓枯。石米塊八價在市，自注：吴市用洋錢以塊計，每塊分十角，角分十分。蓋熟米一石，市價一塊八角也。官漕石折六塊四。豪矜交米二石三，民户入倉横笞詈。松漕畝正斗五升，折色倍蓰何能勝。入夏徵銀發雷火，自注：摘催條銀，江省用雷籤火籤。田租糶盡税未清。」又如《孤兒行述翟氏乞者》、《初二日葦塔艤舟看中天王會》，多以憂思發之詠歎，非凡手所及。集中與黄鉞、淩堃、桂超萬、張敦仁、汪喜孫等多有贈題。友朋唱酬游記登臨之作，亦不苟作。世臣書法大家，獨推鄧石如，有集鄧完伯山人詩。自阮元倡南北書派論，海内翕然。世臣撰《藝舟雙楫》，唯北碑是崇。又作《執筆圖》，論用筆精意。謝元淮《養默山房詩稿》、汪潮生《冬巢詩集》，均有長詩稱之。

莽亭詩鈔十二卷　道光間刻本

商嘉言撰。嘉言字莽亭，浙江會稽人。嘉慶十二年西湖崇文書院生。十六年入蜀，數年後歸里，卧病中不廢吟哦。此集爲甫刻樣本，由加墨處斷之，尚未定稿，卷次擬爲十二，均著墨釘。按《甲子三十初度》詩，生於乾隆四十年。最後一首乃易簀時以指畫席所作，據門人朱英識語，時在道光七年六月十八日。嘉言受洪亮吉、楊芳燦、陳廷慶、陳石麟指授，詩與石麟最近。主性靈，好議論，殆亦袁枚、趙翼之流亞。集中雜題，多可取。《讀史四首》、《南北史三首》、《讀龍城録》、《讀元史李哥傳》、《朶那傳》、《書飛燕外傳》、《雜事秘辛》、《控鶴監秘》、《焚椒録》、《雲仙散録》、《霍小玉傳》、《碧血録》、《讀杜詩》、《白香山詩集》、《温飛卿集》、《讀蘇詩》、《徐文長集》、《讀夏内史集》、《讀嶺南三家詩》、《讀全榭山鲒埼亭集》、《題甌北詩鈔》、《論詩》、《題四聲猿》、《燕子箋傳奇》、《桃花扇傳奇》、《南陽樂傳奇》、《讀楞嚴經》、《題芥子園書傳》、《讀七十一所撰西域瑣談》，蓋所讀書未必甚多，而所造意欲無所不有也。入蜀詩詠三峽棧道、敍瀘、榆州，亦具山水風物之奇。此書印本甚稀，百餘年恐無知之者矣。

幼学堂詩稿十卷 嘉慶十八年刻本 續刻七卷 道光間刻本

沈欽韓撰。欽韓字文起，號小宛，江蘇吴縣人。嘉慶十二年舉人。選安徽寧國縣訓導。著《漢書疏證》、《左傳補注》、《水經注疏證》、《三國志補注》、《王荆公詩文集注》、《韓集補注》、《蘇詩查注補注》、《范石湖詩注》等書。卒於道光十一年，年五十七。是集初刊於嘉慶十八年，詩十卷、文四卷，道光間續刻詩七卷、文四卷。首自序。詩總一千八百零三首。欽韓與包世臣、李兆洛、周濟交善，名亦相埒，詩皆非所長。蓋世臣好爲經世之言，兆洛駢散當家，周濟擅長倚聲，欽韓樸學根柢獨深，不徒以詩顯耳。集中讀史、題圖之作最多。

《讀荀子》有序、《讀後漢書四首》、《楊漣血影石歌》、《題葉紈紈愁言葉小鸞返生香集》並序、《題天發神讖碑》、《題謝皋羽西臺慟哭記》、《題李長吉集》、《讀北周書九首》、《讀梁書九首》、《題羅昭諫集》、《金宮詞一百首》、《元宮詞一百首》、《讀三國志》、《題復社紀畧六首》、《屠琴隖山水畫壁歌》、《題金壽門鍾馗雨中張蓋圖》、《昭陵六馬圖歌》、《蘇唐卿篆書醉翁亭記碑》、《題石濤墨梅》、《喜撰注韓文公集畢狂言寄董琴南》、《書宋文鑑》、《三國新樂府二十二首》、《題杜少陵遺像》、《江西詩派圖》、《書元祐黨人碑》、《題慶元黨籍》、《書浯溪中興碑》、《題宋徽宗賜崇真道士項舉之手札》、《借書戲題贈黄蕘圃》、《題黄山谷内外集》、《題陳後山集》、《文選樓懷古》、《韋蘇州祠》、《劉龍洲墓》等作，俱其尤者。山水詩逋峭生澀，學韓、蘇不易到。續刻亦以涉及歷史文獻者佳耳。

延禧堂詩鈔一卷　嘉慶十六年刻本

豐紳殷德撰。豐紳殷德號潤圃，和珅子。滿洲正紅旗人。尚乾隆帝第十女和孝固倫公主，國壻。官副都統。和珅事敗，嘉慶以其爲人敬謹，全之，授散秩大臣職。卒於嘉慶十五年，年三十六。是集爲英額和氏詩集本，凡詩一卷，爲乾隆五十八年至嘉慶十四年作。生年有己巳三十五歲詩可證。豐紳殷德嘗扈蹕五臺，渡襄江至湖北。嘉慶二年，奉使沙漠。《至烏里雅蘇臺》詩云：「風物異鄉别，劃來增客愁。山連民市遠，水遶木城流。無那居茅屋，遥憐上翠樓。開窗峯四合，獨坐擁重裘。」自注：「邊地蕭陳，惟木城西南四五里山麓，有舖肆數家，小街一道，至將軍參贊衙署亦只土房數間而已。」又有《卽事》、《官署望月》等詩，皆作於蒙古。《偶讀先曾外祖夢堂相國詩集》，夢堂卽英廉。是集嘉慶十六年輔國公裕瑞序。附録爲輓詩，内輓弟詩十首，爲兄豐紳宜綿作。

此君樓詩鈔九卷 道光間刻本

夏際唐撰。際唐榜名際堂，字論園，江蘇奉賢人。嘉慶二十二年進士。道光八年，授沙陽知縣。是集首周翔雲、朱宏德、陳用光序，詩止於道光十六年，年逾六十。《縛鼠行》、《哀鴻行》、《採椒歎》所詠爲道光間民情時事。《讀三國志》、《讀李太白集後》、《唐宮新樂府》、《書放翁詩後》、《讀吴梅村詩集》，亦有識見。《題宣和三年宋邑主簿中迅父子詩碑後》，碑在熊耳山。又有《詠筆架山》、《韓山望雲歌》，清拔不俗，洵稱作手。

退菴詩存二十五卷 道光二十三年刻本

梁章鉅撰。章鉅字閎中，一字茝林，晚號退菴，福建長樂人。嘉慶七年進士。由翰林官軍機章京、河務兵備道、江蘇按察使、布政使、廣西巡撫、江蘇巡撫兼署兩江總署。道光二十九年卒，年七十五。著述經門客助撰者共七十餘種。詩集名《藤花吟館詩鈔》十卷，刊於道光四年，爲官河務道以前作，後刻續鈔。此乃晚年所定稿，增至二十五卷，止於道光二十二年。吴廷琛序，翁方綱諸家題詞。章鉅爲詩，篤信翁說。雖入室最晚，受學不深，而集中金石題畫之類，已不勝其繁。《李陽冰般若臺篆字歌》、《芸臺先生廨中觀四明本華嶽碑》、《爲蘇齋題天際烏雲帖墨卷》、《新裝建武泉範拓本》、《觀蘇詩施顧注宋槧本》、《雁塔題名唐拓本》、《唐顧升瘞琴銘舊拓本》、《繹山銘》、《爲汪喜孫題宋拓酸棗令劉熊碑》、《題陶雲汀漕河禱冰圖》、《書施愚山遺像卷後》、《謁蘇齋遍觀所藏漢碑舊拓本》、《題朱琦所藏瑯琊臺秦篆拓本》、《宗室永萑及妻博爾濟吉特氏合繡地藏本願經全册藏潭柘寺中》、《題紀文達師九十九硯拓本》、《題蘇齋舊藏王石谷漁洋山莊圖》、《寄題陳恭甫所藏伏生授經圖》、《潘曾沂屬題宣南詩會畫卷》、《新購得褚臨蘭亭黄絹本》、《吴門七姬權厝志拓本》、《禹鴻臚卜居圖題後》、《智珠洞碑拓本》、《焦山還帶歌》並記、《寄題陳石士十八賢臏墨卷》、《書李龍眠白描羅漢畫卷》、《題竟陵一門畫册後》、《齊梅麓太守送唐石佛入焦山屬賦》、《漢石經殘字册》、《題謝啟昆蘇潭圖卷》、《題湯文正公與徐倏齋手書後》、《漁洋山人禪悦圖》、《虎丘古鼎歌》、《爲楊芸士題韓蘄王翠微亭題名拓本》、《韓蘄王墓碑歌》、《蜀石經左氏傳殘本册》、《瑯琊師子鑪歌爲陳恭甫作》、《題羅兩峯畫梅》、《題南唐李後主墨蹟册》、《喜得宋搨醴泉銘》、《喜得關中本華山廟碑》，可謂風雅好事而又善於學步者矣。章鉅久居要津，嘗管兩淮鹽政，富于貲。《自題古研齋所藏歷代書畫雜詩》，近一百三十首，唐、宋、元、明及清初名蹟，搜羅甚至，每首均有著録，讀之抵《銷夏録》。至其生平所歷，登臨攬勝之作，以吴中較勝，閩楚次之。記浦城修築全城，詠疏河漕運等作，以及《上海雜詩》，可資於史乘者，往往而在。詠史則以《讀漢書列傳雜詠》佳耳。章鉅撫蘇亦有政聲，與林則徐、陶澍等均有酬唱。然辛丑以後詩，無一語涉及時事，退隱後大都作身世閒語，是善避鋒芒者矣。程同文《密齋詩存》卷四《送茝林出守荆州》，敍其早年事頗詳。

春風廬詩集二卷　道光二年刻本

沈金渠撰。金渠字漢甫，號春橋，江蘇震澤人。諸生。是集有張士元序，稱金渠「少余二十年」，而卒於嘉慶己卯二十四年，年五十五。其詩清雄俊快。遊太湖、弁山、長干寺、燕子磯、窪尊亭、三臺洞、硯山、惠泉，頗工寫照。《無米歎》、《簇蠶詞》、《平糶詠》、《踏車謡》、《冬春行》，俱見鄉里民情。《犼災行》記丙寅嘉慶十一年大錢鎮風災，亦紀實也。《讀庾子山集》、《題漁洋山人集》、《讀張鐵甫金陵感舊詩賦贈》、《舅氏方地山讀書秋樹根圖》，所繫藝文故實，亦可備覽。《金陵雜興》、《吴興雜詩》，格調工切。附章光曾跋，張生洲撰《春風廬銘》。

誦芬堂詩鈔十卷二集六卷三集六卷四集四卷　道光九年至二十六年刻本

郭儀霄撰。儀霄字羽可，江西永豐人。嘉慶二十四年舉人。會試屢不第，主講山東沂州瑯琊書院。卒於道光二十六年，年七十二。同治《永豐縣誌》卷二十三稱其卒年八十五。撰《誦芬堂詩鈔》刻於京，潘世恩、張際亮、周作楫、王泉之、王鼎序，道光九年自序。《二集》刻於汴，道光十三年周作楫序，潘德輿、王贈芳、熊遇泰、潘曾瑩、蔣湘南序。《三集》刻於江西，馮詢題詞。《四集》亦刻於江西，有道光二十六年劉澤序。蓋畢生所詣，盡於斯矣。其詩主寫性情，不事標榜。《作詩四首》云：「作詩寫性情，醖釀出天妙。尋常眼前景，刻苦反不肖。」「天地廣陶鈞，草木有香色。品滙各流形，造化運無迹。」「李杜擅詩名，千秋僅有兩。我亦有性靈，安用苦摹倣。」「蟲聲動清秋，好鳥樂春風。各鳴其所鳴，何必强相同。」儀霄有《網魚歌》、《鬥牛歎》、《牛耕田》、《人面蝗》、《秋疫歎》、《觀音土》、《哀鴻歎》等詩，反映社會生活。《樂府詩》尤所擅場，而用語曉暢，含意深遠。《糧倉兒》云：「糧舟忽到新河界，饑人爭挾饑兒賣。父給兒出携入船，八歲小兒銀八錢。兒生不識別離苦，乍到糧倉如樂土。父言兒留我且歸，我今賣汝汝有栖。兒聞父言踊地悲，願隨父歸令母知，兒歸見母還復來。父聞兒語抱兒哭，兒雖思母母思兒，我母八十饑無衣。推兒不顧去，嗚嗚咽咽日向船頭啼。願同阿父阿母餓且死，不願兒獨生，天南地北見無期。我聞此語心如割，西風吹裂哀猿血。願爲贖兒身，持錢還與買兒人，買兒人怪如不聞。嗚呼，謂他人母他人父，獨掩篷窗淚如雨。」《拾蘆根》云：「豪家蘆葦刈如山，貧家兒女拾蘆根。蘆根如刀血盈指，拔得蘆根淚如泚。饑腹倀倀炊無米，沙頭晒日面如鬼。君不見官舟峨峨駭鳧鶩，大酒肥羊馬頭住。」《二集》詠《開封國祥寺》云：「殘鐘斷碣半苔塵，寶刈金裝纓絡新。欲向慈悲商普濟，民饑能否捨金身。」四句可抵千言。又有《運河紀事三十二韻》、《京兵由沂州赴臺灣有作》、《敵愾歌》，多寓時事。初集刊行，卽名噪日下。後結識當時名家，格益精進。爲張亨甫題《三臺觀瀑圖》、《許珊林見惠所刻六朝文絜笠澤叢書字説介白山人詩集賦謝》、《讀湯海秋浮邱閣詩鈔後》、《爲徐廉峯題四子論詩圖》、《朝鮮洪顯周寄其所刻海居書屋詩鈔屬予論定並索題句詩以贈之》、《包慎伯小倦游閣詩文集》、《馮子良爲刻誦芬堂三集賦謝》，均爲藝文資料。《詠史四十六首》，自范蠡至元順帝。其詩重於辭華，老而彌篤，情真語摯。録《讀香蘇山館詩集》，以見嘉道間詩風嬗變之迹。《冷廬雜識》有摘句。

讀吴蘭雪州牧嵩梁香蘇山館詩集有感

蓮花博士錦爲腸，秋水精神筆有香。一代清才餘劍氣，等身絶業認珠光。洪稚存論蘭雪詩有「珠光劍氣」之説。不堪回首重論細，始悔維車話别忙。予初集已丑刻於京師，蘭雪《香蘇山館詩集》亦於是秋刻成。携集二套，訪予於黄樹齋同年寓，就此話别。蘭雪論兩人詩工拙云：羽可之詩，樂府特佳，餘皆藴釀深醇，粗枝大葉，不假修飾，其拙處往往不工對仗，然不礙其可傳。蘭雪之詩自謂如一匹天孫錦，五色斑斕，無瑕可指，然真氣亦坐此雕損。樹齋以爲確論。太息風流銷歇遽，可仍士女繡吴郎。蘭雪昔寓吴門，士女爭繡其詩，並有句云：若使吴郎久在吴，吴絲貴於蜀中錦。《誦芬堂詩鈔四集》卷四

三李堂集九卷　嘉慶十一年刻本　竹西客隱草堂詩集五卷　道光八年刻本

金學蓮撰。學蓮字青儕，一字子青，號手山，江蘇吴縣人。諸生。九歲學詩，及長，從王昶游。心慕李白、李賀、李商隱，遂以「三李」自顔其堂。嘉慶元年赴都門，爲翁方綱所賞。後居兩淮鹽政曾燠幕。嘉慶十一年刻《三李堂集》，爲三十二歲以前詩，約一千首，吴錫麒、洪亮吉、樂鈞爲之序。其中《題述菴先生三泖漁莊圖》，十八歲作，已趨老成。《長歌行爲洪稚存先生》、《送羅兩峯布衣聘歸揚州》、《偪仄行書黄仲則詩後》、

《題蘇齋所藏蔡君謨夢中詩墨迹》,讀李昌谷、李義山、陸放翁詩後,《石門瀑布歌》、《從縉雲縣越桃花嶺山行》等篇,意深詞巧,士林重之。詠物如茶花、永嘉柑、碧螺春,亦工。與伊秉綬、吴嵩梁、張問陶、劉嗣綰、郭麐等人均有唱和,少年圭角,名噪一時。道光八年又刻《竹西客隱草堂詩集》,上續《三李堂集》,共五百九十首。有《嶽麓紀游》,作於嘉慶十三年。十九年,督漕北上,作紀行詩。四十以後歸里,自號半村客隱,與彭兆蓀、陳文述、陳鴻壽、屠倬、湯貽芬、馮登府酬和,而家貧多病,詩亦沉鬱憂感。道光二年作《人日放歌》、《貧況三首》,典書、鬻硯、貰酒。無復少年鋭意。其平生事蹟有見於吴樹萱《霽青堂集》者,尚可詳考也。道光三年,謝堃輯《蘭言集》,有金學蓮《揚州詠古小樂府十首》,爲《啄皇孫》、《螺子黛》、《界大秤》、《跨木鶴》、《車中閉》、《黑雲都》、《檀來也》、《金帶閣》、《詔諭降》、《葬袍笏》。劉嗣綰亦有此題。

弇榆山房詩畧十卷　道光間刻本

許喬林撰。喬林字貞仲,號石華,江蘇海州人。嘉慶十二年舉人。上禮部試不第,從事史館。道光初官山東平陰知縣一年,遂引疾歸。嘗纂修《東平縣志》,輯《朐海詩存》、《海州文獻録》等書。是編卷首自記云:「道光甲辰手録詩稿,酌存六百六十九首,自乾隆己酉始,時年七十歲。」當知喬林生於乾隆四十一年。談文煥《硯朐吟稿》有喬林序,作於道光三十年,年當七十六歲。七十七卒。喬林與弟桂林,均爲唐仲冕所得士。桂林著《易確》、《毛詩後箋》,喬林爲仲冕輯《岱覽》、《海州志》。卷二有《呈陶山先生》詩,於兩家關係,言之甚悉。其鄉試出劉鳳誥門。劉鳳誥續撰《五代史注》，喬林實爲校理。卷四《陳碩士先生用光屬分校彭文勤公元瑞五代史注藁賦呈》，可爲碻證。喬林奔食四方，嘗入南河總督黎培敬、潘錫恩、陶澍幕。交游亦衆。集中大都爲投贈懷人題詠之什。《送李松石縣丞汝珍之官河南》，汝珍卽小説《鏡花緣》作者。《題凌次仲表兄校禮圖》，亦作於海州。蓋汝珍能通聲韻之學，又受自凌廷堪也。《阮芸臺漕督閲兵海州行館夜話有作》、《題汪孟慈同年禮堂授經圖》、《酬羅茗香士琳》、《贈包慎伯世臣》、《都門早秋懷人詩二十二首》、《題陶山文録》、《題烟霞萬古樓集》、《哭王仲瞿》，自注：「君近年喜談内典，近撰《萬花緣》、《歸農樂》傳奇。」《送琉球八品巡見官毛朝玉歸國》、《南懷途次感遇抒懷並寄長安諸公》、《謁陶雲汀撫部賦呈四律》、《將還海州留别林少穆方伯則徐》，多有文獻史料可徵。喬林壯歲病目，左目竟盲，而一生勤學不輟。胸次既高，卽酬應之作，亦不亢不卑，琢句警練，筆力足以達之。殆亦盡詩之能事者矣。蔡家琬《陶門弟子集》卷十一有《題許石華弇榆山房詩集》及贈和詩多首，吴嘉紀《儀宋堂詩集》卷三亦有贈詩。

送李松石縣丞汝珍之官河南

治水無全策，賈讓僅得半。況今河屢遷，治法亦宜變。古稱東南下，利導乘勢便。上展與下展，反壤聚尺寸。河身日漸高，衍溢因淤澱。糜費水衡錢，往往至巨萬。安瀾亦歲修，膏腴利巧宦。補苴果何益，張皇事修繕。必有潘靳才，始可奏清晏。河南天下中，黄河經流貫。地脊據上游，宣防重守捍。丞尉雖小官，汛地有分段。搴茭及下竹，亦可著廉幹。近來吏道卑，闒宂何足筭。錙銖欲分潤，風雨輒心憚。治河事大難，倉卒乃倚辦。今茲河又決，蹈陸勢浩瀚。數十萬民夫，約束資將弁。此輩皆游民，易集亦易散。寬猛既相妨，趨事恐獟悍。工賑策試佳，緩急亦可患。況聞漢江北，義勇正團練。隔岸卽楚氛，王師急轉戰。寇窮防豕突，人衆或蠭煽。此雖杞人憂，當局未可玩。吾子經世才，及時思自見。熟讀河渠書，古方用宜善。下僚談大計，侵官亦近擅。且須聽堂鼓，循分逐曹掾。一命可濟物，慎勿負初願。憶昔先大夫，宦蹟滿淮甸。乾隆辛丑年，洪澤漲高堰。王尊以身祝，辛苦泥没骭。河工二十載，人有清官嘆。家世記舊聞，願爲吾子勸。契分既已深，定不嗤風漢。二防與四守，供職勿辭倦。河官遷轉易，自有特疏薦。他年談河事，閱歷得確論。毋誇裘馬都，空教市兒羡。《弇榆山房詩畧》卷一

四養齋詩稿三卷　咸豐二年刻本

俞正燮撰。正燮字理初，安徽黟縣人。道光元年，年四十七中舉。客張井、陳用光、林則徐、祁寯藻幕，以纂校爲業。淹通經史、金石、校勘之學，精習考證，尤重中西文化交通、宗教研究。較諸乾嘉諸老，更進一步。著有《癸巳存稿》、《癸巳類稿》。道光二十年卒，年六十六。《詩稿》爲其姪懋麟校刊。首門人程鴻詔跋，稱「夫子之詩，散佚多矣，此僅有存者」。其中有紀干支之作，起嘉慶三年戊午，迄道光十八年戊戌。刻本不

易多覯。《漢陽葉先生繼雯栽竹圖》，繼雯爲葉志詵父，葉名琛、名澧祖。《喜王篆友至黟縣會館閒話》，篆友即文字學家王筠。《何子貞分册索書作此》、《張石洲龜硯》，何紹基、張穆俱正燮晚年友。《和張帥送銅鼓焦山歌》等作，可與張井集相互參考。集中有《讀陶》、《讀杜》、《讀王漁洋集》諸篇。過徽州、上灘，經句容小詩，刻畫景物，造語自然。題詠尤多精當。嘗集《歷代詠昭君詩》一册，作《題昭君圖》，小序徵引典籍頗詳。

題昭君圖

圖爲王昭君，光明豐倩，殆似當年。手執紅梅將放，小女奴負琵琶，佳俠之態，溢於眉宇。《漢書》記和親及雕陶莫皋之事，並居次入侍照耀中邦。其他瑣屑傳聞，詳於《西京雜記》、《華嶠外傳》及《琴操》。《漢書》帝紀注文穎曰：本南郡秭歸人也。《後漢書·南匈奴傳》言南郡人。《琴操·樂府原題》則云，昭君者，齊國王襄女也。齊之田王系出姚姓，以元帝后姪王莽所考殆是一家。古者娣姪相從，欲泯妒嫉，使元后篤魚媵之恩，懷懿親之美，木樛葛縈，江分汜惠方將共成福履，見於歗歌，何有畫工能移奥主，而乃紅頰遠啼，青冢留恨意者。親以利疏，物莫兩大，沙邱之卜，誠是徵祥於齊國，非惟示孽於元城矣。《漢書·匈奴傳》云：王嬙字昭君。《後漢書·南匈奴傳》云：昭君字嬙。推昭君當是字，晉諱昭，改明君。石崇云：漢送烏孫公主，令琵琶馬上作樂，以慰其道路之思，其於明君，亦必爾也。乃意度之詞。以今所見六朝及元明人詠明妃者，均陳琵琶哀怨，覩物思人，遂爲典故。又説元帝誅殺畫工，以追慰靈思。元鍾嗣成《録鬼簿》有關漢卿元帝哭昭君書傳説丹青，皆是外篇，無與實證。予於古之美人，獨念昭君及兩莫愁，以爲洛陽豐麗，石城閒曠，昭君則人才多智謀足，明艷寡雙而恬淡無營，母儀行國閱十三載，而中土人士方且抒忱追慕，嗟其失所，競飾文辭，爭加事實，亦可喜矣。至於聞聲既慕，見影可知，盛飾因心，異夫莊語，自非膚受，所考亦烏覩兹終始之義乎？圖署仇英畫，非也。要其光采焕發，近日能品，又念古作者篇章繁盛，類皆遇事稱文，聊寄愛慕，故綴詩三首。

沙丘史卜女星昌，此亦姚支爵氏王。何事漢家老寡婦，同懷不及薦昭陽。

遼后雄才蕭后詞，容儀好數此閼氏。襜褕玉佩姍姍步，料是穹廬下馬時。

殷勤侍女付琵琶，親撚隴頭信使花。一笑修來渾不似，也留春色到窮沙。王建《塞上梅》詩：昭君已没漢使回，塞上征人惟繫馬。俞玉吾《席上腐談》：昭君入胡修琵琶，笑曰渾不似也。《四養齋詩稿》卷三

介亭詩集八卷　同治十三年重刻本

嚴寅撰。寅字同甫，號介堂，江蘇吴縣人。諸生。受知於顧蒓。爲詩不俯從時好。林則徐撫吴，寅作《放賑歌》稱頌其事。卒於道光二十七年，以甲申元旦《五十述懷》詩計之，年七十三。是集爲其子元銘校，初刻於道光二十一年，咸豐板毁，同治重刻之。首彭藴章序。《匠石歎》、《題沈仁業安南迎母事畧》、《題顧亭林遺像》等作，均足證事。林則徐《題詞》云：「同甫嚴君以集相示，朗誦每首，清爽之氣，沁人心脾。迺簿書叢委，久庋案頭，尚未卒讀。今將往金陵，承索還此稿，倚裝聊書數字，以志吾媿。」乃手書録木，時在道光十五年乙未子月望日。

清人詩集敍録卷五十六

潘少白先生詩集五卷 道光二十四年刻本

潘諮撰。諮字少白，一字誨叔，浙江會稽人。布衣。嘗游天下奇山水，足蹟數萬里。晚游燕趙，歸吴越間。咸豐三年殁，年七十八。詩集初刻於道光十六年，名《林皐間集》，各卷以《初游草》、《壯游草》、《倦游草》、《游戲餘草》、《卧游草》名之。分體不編年，蓋門下士日炙而得之也。别有古文六卷。此二刻，首程恩澤原序，姚學塽跋，增姚元之序。作者爲詩，以密勝疎，寫景尤工。喜爲長韻，興來快意，不能自已。五古《萬里游》詩，長達一千二百餘韻，一萬二千七百餘字，篇幅之長，今古罕有。《題房山賈島墓》、《崇效寺看牡丹》等詩，筆意豪蕩。龔自珍《己亥雜詩》每稱之。林昌彝論其詩稱，少白自謂生平作詩，不學胡釘鉸、張打油之淺率，故有「詩情淨似澄江練，愧倒胡釘張打油」句《衣讔山房論詩絶句》，則作者之意匠概可知矣。李慈銘云：「少白足迹半天下。借終南爲捷徑，旅京華作市隱，笠屩所至，公卿嗜名者爭下之。而邑人與素游者，皆言其詭詐卑鄙。蓋公道可徵也。」見《越縵堂讀書記》。唯姚瑩《後湘續集》卷六有《會稽潘少白自如皋來訪年七十五矣以哭姚鏡塘學塽失明悽然有作》，當曉作者之爲人。李慈銘言，苛矣。

妙華仙館詩二卷　學讀書齋詩三卷

道光間裁雲館刻本

喬載繇撰。載繇字孚先，號止巢，江蘇寶應人。諸生。年三十即不與鄉試，肆力詩詞。詩分前後編，曰《妙華仙館》、《學讀書齋》，道光二十六年與《裁雲館詞》合刊，曰《止巢詩詞》。首吴用夏、周敍、吴曰鼎序，夏崑林題詞。以道光十九年《手誌》及諸序推之，當爲乾隆四十一年生，道光二十三年卒，享年六十八。載繇受知於朱珪，嘗爲珪校訂《詩集》，見卷二《感賦》。其詩不尚雕琢，多沉鬱蒼涼之音，《詠古五首》、《讀五代史》、《題史忠正公集後》、《讀明季遺老詩》、《秦淮舊院弔馬湘蘭故居》、《唐真如寺故址地中大銅佛歌》、《和張船山鐵棺峽詩》，俱較研精。尤可稱者，爲《避水婦》、《暗兒行》、《錢丐行》、《曹艘行》、《豢鹿篇》、《饑民行》、《後饑民行》、《秋雨謡》、《賣田行》、《射陽湖漁翁歌》、《募兵謡》、《拆屋行》、《粥廠行》，寫當政繁賦重，災害横行，民不堪其苦。《荒年謡》，爲《水中墳》、《賣牛皮》、《逃荒船》、《芽稻米》、《看稻行》，《災餘六詠》爲《溺餘》、《竄餘》、《饑餘》、《凍餘》、《鬻餘》、《疫餘》，不啻一部荒政史也。

豢鹿篇

朔風乍歛河冰開，峩峩官舫張帆來。牽船之夫凍螘集，枵腹不動揚鞭催。大船小船蔽河下，中有一船快如馬。竹欄八尺載船頭，一鹿幽囚來自野。傳呼此鹿長官愛，隨行不惜後車載。齕飲須憑供給勤，縣官勿使莘蒿廢。高原之麥何芃芃，東家不足西家充。蹔奪民食供鹿飽，水鄉青草三年空。嗟爾鹿兮本蠢醜，無材只合山林走。嶽嶽何如服力牛，呦呦不及司門狗。而今俯首入朱門，居然衛國鶴乘軒。兩岸居人塞如堵，嘖嘖爭誇芻豢恩。噫吁嘻，水中災民且勿哭，爾命生來不如鹿。《妙華仙館詩》卷一

粥廠紀事　八首録三

朝入泰山殿，暮出泰山殿。竟日一椀粥，飢腸久如綫。歸途轉復飢，望穿不到曛。伊誰立缸側，平生未謀面。

長幼以籌別，貿貿聚門右。大籌度兩日，拚以性命守。推擠前且却，强梁攫而走。長號木栅外，空有盎在手。

垢面積菜色，延喘階日紅。昂然水夫頭，捉臂復揕胸。瓦缶碎在地，僵兒墮懷中。傳呼縣官來，醉隸鞭如風。《學讀書齋詩》卷一

振飢行　有序

昔林制軍則徐開府兩江，命所屬郡縣，咸積錢以備凶年。每日自一錢至三十錢，視户大小爲等差，納之市商而取其息，名曰「一文願」。吾邑三年積得三千餘緡。庚子秋，水至。被水之民譟於縣曰：一文願錢當見還。邑令欲請命於大吏，民不及待，浹旬，至者益衆。非災民而亦詔，所積幾罄。夫儲偫所以救荒，顧蚩蚩

者轉視若固有。一二强梁且爲之主謀。澤國澆風，胡可長也。感賦此篇。

良法非患患乃萌，阿堵數積生忿爭。若特傳別來徵取，耽耽視此三千緡。僉曰我財應我用，提筐挈釜來縣城。四境所入一隅飽，會看褢篋齊倒傾。老夫牽率亦至此，木綿裘薄當霜晨。倉皇入廟不暇拜，處處如來皆笑人。《學讀書齋詩》卷三

有不爲齋詩鈔四卷　同治四年重刻本

楊道生撰。道生字立人，一字仁甫，號幹邨，浙江德清人。嘉慶九年舉人。官金華訓導。晚居里下十餘年。詩鈔有嘉慶二十一年徐熊飛序，稱與道生「生同鄉舉同歲」，又有道光十二年陸坊序。分《燕游吟》、《南歸吟》、《課餘吟》、《山居吟》四卷，而詩止於道光二十七年，或爲卒年。初刻於金華，同治間門人重刻之。道生在京時，潘世恩嘗延其家課子。好濂洛之學，與姚學塽沿波討原，證成著作。又及見崔述，《書崔東璧先生述遺書後》，爲研究崔氏之學所當資。《寄朝鮮金進士正喜》、《送方履籛之粤西》、《題朱立齋紫貴楓江草堂圖》、《題王夢庚秋林讀書圖》等作，亦可見鍊其才儲其學焉。

書崔東璧先生述遺書後

羣言淆亂千百祀，東璧先生慨然起。慨自楊墨誣聖言，重以七雄權詐士。漢興傳記紛紛出，雜採

其書昧厥旨。讖緯之説以入經，黃老之言以入史。陵夷至於晉宋間，以僞入真情益詭。自是厥後科目興，引據但誇鴻富爾。非無有宋諸名儒，就中剔抉亦無幾。況自考亭是正後，經籍相沿敢復訾。先生早歲禀庭訓，歷涉艱劬志不弛。小試一邑無足爲，退而著書益亹亹。上探疏仡至循蜚，下溯豐岐迄泗水。中間卦畫及詩篇，政典皇皇書與禮。道有孔孟不知餘，學無漢宋惟其是。百家傳説質諸經，不經之經斷以理。積五十年先志成，自謂談遷彪固比。噫嘻習俗競科名，摭拾陳言徒靡靡。自非崛起昌黎公，世人那識子輿氏。陳侯侯名履和，號海樓，石屏人志節特高亮，蹤跡與世恆殊軌。一見先生京邸間，翻然卽席稱弟子。春風雨月各天涯，惟有閩中差密邇。西江又復侍親還，從此滇南八千里。相見無期眷益深，可知廿載情何已。及至間關抵魏都，叩門問訊先零涕，蕭條一室書九函，先生没已六月矣。可憐承嗣尚無人，傳之其人又誰委。明年太谷甫開鐫，銜恤南歸輙中止。感此怵怵又有年，及今始克重施劖。崇臺南望三邱山，東峴西峴相對峙。海樓刻遺書於東陽縣署，吳甯臺其校書所也。碧梧翠竹翳修簷，下有流泉清瀰瀰。最是芙蕖出水時，賓朋列坐秋空裏。散衙一卷事無餘，啜茗看花只來此。此心自有九泉知，此書經當百世俟。《有不爲齋詩鈔》卷三

樹君詩鈔二卷　燕南二俊詩鈔本

梅成棟撰。成棟字樹君，號吟齋，先世毘陵，直隸天津人。嘉慶五年舉人，與崔旭同出於張問陶門。屢

試春闈不第，以硯田爲謀。於查氏水西莊舊址立梅花詩社，與友朋倡和。後官永平學博。陶樑官畿輔二十年，邀邊浴禮、崔旭、梅成棟等輯《畿輔詩傳》八百餘家，又刻崔、梅兩家詩，名《燕南二俊詩鈔》。是集有葉紹本題詞，據卷首崔旭《金鏤曲》題詞起句：「落落同門友，論生年丙申丁亥，長君恰九。」少旭九歲，當爲乾隆四十一年丙申生，卒年六十九。成棟嘗輯《津門詩鈔》，又作《天津懷古》、《北平懷古》等篇。鴉片戰爭，鎮海失陷，有詩志慨。詩有史長，非崔旭所及。

悟學樓詩存三十四卷　同治間四香草堂重刻本

徐謙撰。謙字益鄉，號白舫，江西廣豐人。嘉慶十六年進士，改庶吉士，官吏部主事。嘗與陳鴻墀同館，校《全唐文》。晚主講鉛山鵝湖書院。是編法式善、汪廷珍等序，詩分體，周凱、張維屏等評點，諸家題詞。據卷六《壽潘氏妹》詩，當生於乾隆四十一年。末卷有《自題八十六歲老人寫照》，卒年八十九。其詩品清華，意致蕭遠。然如《秋興雜詩》多至八十四首，而一覽易盡，亦失之於冗矣。古樂府《突無烟》云：「突無烟，臼無穀，野雀啄蟲充空腹。碩鼠呼羣走隣屋。紅米一石，青錢七千。傭工三日，不滿百錢。富户不開倉，米店閉街坊。無錢猶可，無米殺我，屈指新穀期尚遠，忍餓車水輪不轉」。《領官米》云：「女呼母，姑呼婦。弟呼哥，老呼幼。聲喧闐，趍前走。或提囊，或執瓻。鳩形鵠面吁可憐，男女爭擁縣門口。打鼓升堂官點牌，皂隸怒目聲如豺。未午行百里，蒙官給升米。歸路山重水又復，粒米三日未入腹。昨聞釐婦抱兒來南鄉，赫赫朱陽，汗出如漿。嬰兒死懷中，泣抛歧路旁。路旁兒死不遑惜，喧傳官倉閉明日。」張維屏評云：「如繪流民圖，結語沉痛」。殆爲荒年實録。《道逢村婦述哀》云：「何辜罹法網，夫别舊春前。稽訟名連牘，傾家吏索錢。鬻兒初斷乳，懸耜久荒田。饘粥憑誰送，鋃鐺已兩年。」《聞鄉户多餓者》云：「鄭俠新圖繪若何，水田兩載豢黿鼉。可憐雁户艱謀食，不及官倉鼠雀多。」深得諷切之旨。謙與錢林、宋湘、林則徐、黄安濤均有寄贈。《舟中讀楚辭》、《書秦紀五首》、《讀太白東野詩》、《書一片石院本後》，多可供文史參考。陳鴻墀有《贈徐白舫吏部》，可驗其人品節。詩見《晚晴簃詩匯》卷一百十七。

思茗齋集十二卷 道光五年刻本

宋咸熙撰。咸熙字德恢，一字小茗，浙江仁和人。大樽子。屢躓場屋。嘉慶十二年與汪篔、王衍梅同科舉人，主考爲吴榮光。後官桐鄉教諭。著有《耐冷譚》。本書有王昶、吴榮光、沈炳垣序，詩一千一百六十一首，附諸家題詞一卷。據道光五年自序，時年六十。卒年未明，而道光十四年猶爲葉樹枚《改吟齋燼餘什一》作序。咸熙家學淵源，爲阮元西湖詁經精舍生，與嚴元照、王豫、徐鯤、錢林、徐養原、嚴杰、陳鴻壽、郭麐、徐熊飛、查揆、楊文蓀等有切磋之誼，與周春、梁同書、王芑孫、張惠言、潘奕雋、顧修、孫星衍、朱文治、文鼎、舒位，均有寄贈。集中有《懷人詩》數十首。《論詩絶句三十首》，自吴偉業至沈德潛，其《耐冷譚》一書亦詩話之屬。《李笠翁墓》、《題金壽門畫梅》、《觀繩伎》等篇，頗見精思。唯經歷不廣，山水詩詠杭州西湖者最多，造辭陳因，便不足觀矣。弟子沈淮《三千藏卽齋詩鈔》有題《宋小茗師味三味齋著書圖》二首。

李笠翁墓在西湖九曜山之南守塚者匿其墓碣將易主焉邑人趙寬夫坦修復之且俾爲券藏於家

築室吴山最上頭，卽看餔餟亦風流。層園名士如雲散，樹碣荒阡仗邑侯。笠翁由蘭溪至杭築室雲居山名曰層園。卒後錢塘令梁雲構立碣表之曰「湖上笠翁之墓」。

移將故碣委荆榛，賺得豪家卜兆頻。九曜山南十弓地，誰知此處葬詩人。

才人賦命多窮薄，荒塚平來亦可憐。身後滄桑總難料，更誰重辦買山錢。

置人守塚計周詳，更俾親書券數行。從此一抔長可保，不愁枉費束脩羊。《思茗齋集》卷五

利于不息齋詩集三卷　道光間刻本

孔昭焜撰。昭焜字石藻，號堇生，山東曲阜人。昭虔弟。嘉慶十五年舉人。官四川開縣知縣，改蓬溪。以事下獄，旋昭雪。刻《利于不息齋集》，内詩三卷，始於嘉慶十六年迄道光十年。首自敍，郭尚先序，花杰、李宗傳、王夢庚題詞。以秦蜀紀行詩較勝。《大雁塔》、《棧中雜詠》、《漢中竹枝》六首、《舟出朝天峽》諸作，亦令人一新耳目。他作如《金天玉紐詠》、《登岱圖》、《鄭監門俠流民圖》、《滸學宮得宋定城令趙用墓誌》，皆有實

得。生年依《丁丑三十二》詩計之，爲乾隆五十一年。獄中詩《上琦靜菴制軍》，靜菴卽琦善也。

洞簫樓詩紀六卷　道光十年刻本

憶山堂詩録八卷　道光五年刻本

宋翔鳳撰。翔鳳字于庭，江蘇長洲人。嘉慶五年舉人。年四十始官泰州學正。後任湖南興寧、耒陽知縣。咸豐九年重宴鹿鳴。十年卒，年八十五。孁治訓詁考據，受學於舅氏莊述祖。其經學著述均收入《浮溪精舍叢書》。《文集》四卷，曰《樸學齋文録》。詩集凡兩刻，初刻曰《憶山堂詩録》，李兆洛序，爲嘉慶二十一年至道光四年詩。其中《燕臺曲》，記都門見聞。《覆舟記事詩》、《惶恐灘歌》、《過大庾嶺至南雄州作》、《廣州懷古》、《羊城火醮行》、《珠江曲》、《峽山寺》，記入粤及道途所經，探奇攬勝，寫人之所難言。《出贛榆縣青口泛海至海州》，摹繪詭奇。作者爲考據學後進。詠《泰山刻石》、題王維《雪江勝賞圖》、《岳忠武王遺像》、《題段氏説文訂贈鈕匪石》、《讀孁經室集呈芸臺先生》、《題泰州舊事》八首、《讀瓶水齋集》、《讀張宛鄰詩》、《讀管子呈洪筠軒》、《舅氏莊葆琛先生行狀竟繫之於詩》，深得文史之腴。《論詩絶句》二十四首、《論詞絶句》二十首，亦可採輯。作者與孫星衍、阮元、吴嵩梁、包世臣、曹懋堅、曾釗，多有贈酬。集中尚有豔體詩，如《青溪紀事》、《無題》、《西泠女兒行》，可見所師甚廣，運以學問，無所不宜。二刻爲《洞簫樓詩紀》，刊行於道光十年。特重社會民情。《題寶慶圖經形勢疆城篇》、《麻風院》、《鴉片館》、《私鹽歎》，張應昌已采入《詩鐸》，不俱述。

況梅齋詩草二卷　京江游草一卷　咸豐五年刻本

楊紹基撰。紹基字桂巖，江蘇無錫人。貢生。受業於孫士穀。官丹徒訓導。與劉嗣琯爲中表兄弟。嗣琯有《尚絅堂集》，海内傳誦。紹基以冷官終身不志。歿後，刻《況梅齋詩草》上下卷、《京江游草》一卷，杜紹祁爲之序。集中有《乙酉五十自壽》詩，知爲乾隆四十一年生。《登龍山歌》、《芙蓉水漲歌》、《蓉湖捕蟹行》、《惠山寺聽松石歌》，聲情俱茂，有盤薄之奇。京江紀游詩，亦清雅淡遠，令人神往。有此一編，亦可鳴世矣。

二竹齋詩鈔六卷　道光十五年刻本

張井撰。井字儀九，號芥航，一號畏堂，又號晴槔，陝西膚施人。嘉慶六年進士。官至南河道總督。卒於道光十五年，年六十。此集與《文鈔》合刊，有陶澍、路德、劉鴻翱序。葉名澧《橋西雜記》謂井所輯《續行水金鑑》，假手於俞正燮。唯井在南河道任内，治河亦有殊績。集中詩如《洪澤湖》、《海口紀事六十韻》、《湖上防秋八首》，題陶澍《漕河禱冰圖》、《考城工次喜雪》、《蘭陽廟工夏夜書懷》，有關漕運水利者甚多。《登望海樓》自注云：「海口已下移數十里，不能見矣。」亦出自目驗。又與齊彦槐更迭唱和，彦槐固通曉水利者也。陶澍《卽心石屋詩鈔》有《次韻張芥航河帥自黄河出海歌》。至早年所作紀事詩，於林清白蓮教、張格爾回民起事均有紀載。如謂滑縣民起事豎白旗，有奉天開道並順天王、乾德王各名目之類，均可與史書參稽。井博於金石圖籍，《護碑圖歌爲錢梅溪賦》、《題鄭少谷墨蹟》、《宋人畫善財王十三參像》、《元人畫水陸變相》、《明戴進畫大禹治水圖》、《林少穆中丞太翁暘谷先生飼鶴圖》、《蟠龍丈人歌和雲汀制府》、《三百三十有三士圖爲陳碩士作》，篇什甚富。而以《唐石佛送焦山紀事並作圖》，最爲名蹟。又嘗得漢銅鼓送焦山寺，有詩紀事，亦屬同人相和。

唐永隆二年河南安陽縣民傅黨仁等造石佛一軀槐陰寺中寺淪於水嘉慶八年邑令廣東趙希璜載石佛來揚州阮芸臺先生與吴穀人孫淵如諸公謀歸諸焦山不果道光十年冬齊梅麓太守自闤闠中親送入山有歌紀事並爲作圖

漳濱古佛來京口，此事從來應未有。邅迴三度竟歸山，神物終成不脛走。我聞象教庇無垠，如何一刹遭沉淪。虛堂八萬四千劫，借之種作南來因。嶺南仙令大喜事，包裹攜持遠將至。尚書首作入山謀，邀客殷勤與題字。人事蹉跎歲月遷，土花蝕座苔侵肩。奇緣忽落奇人手，功德才消二萬錢。君本山中老尊宿，梅麓自言過去生中焦山僧也。夢飛往往焦山麓。此番盛舉出無心，知是三生香火熟。靈風獵獵吹江雲，霏霏法雨清埃氛。白光紫氣照巖谷，諸天龍象皆驩欣。却憶經年卧泥滓，過客紛紛誰指視。世間遇合各乘時，豈料世尊亦若此。永隆代遠餘千秋，市朝變徙河遷流。何來傳世三男子，某某名偏石上留。青雲附驥流傳便，兹事雖微也堪羡。不見當時王與侯，泯泯姓字隨奔電。長歌紀事何雄哉，更憑圖畫貽將來。馳書便合滇南去，琅嬛館主應顔開。芸臺先生。焦山古物不可數，我亦前年齎漢鼓。頗饒蒼潤助唫懷，詎有莊嚴輝浄土。白業生慚等面牆，仍嫌綺語惱空王。聊將望古潭潭思，笑寄參寥作讚揚。詩僧借菴。《二竹齋詩鈔》卷五

緑雪堂遺集十六卷　道光二十年刻本

王衍梅撰。衍梅字律芳，號笠舫，浙江會稽人。嘉慶十六年進士。以忤要津，授廣西武宣知縣，改教諭。豪於詩，以才子名海内者三十年。道光十年，年五十五，嘔血卒。是集卷一爲賦，卷十六附詞，餘爲詩，計二千四十三首。汪云任序。衍梅受知於洪亮吉、阮元、孫星衍。洪亮吉作《王生行》，有「唐衢殁後一千一百年，只有茫茫此場哭」語。卷四《呈洪稚存先生》，即感爲作《王生行》而賦。卷五《贈宋越亭》有「近代雄師袁蔣趙，我豈必克誓必戰」句，故其詩上下古今無不效焉。集中《詁經精舍呈芸臺閣學》、《奉陪淵如歸謁宋六陵作》、《讀問字堂集跋尾》、《讀東野集》、《讀蘇詩》、《書劍南集》、《書有正味齋集》、《題船山鐵雲子瀟芙初蓮裳諸集》，可見師友交游與論詩旨趣。《繞門山觀鑿石歌》、《鏡湖櫂歌二十首》、《桂林雜詩三十首》、《昭州田家雜興三十首》、《昭州紀事八首》，摹刻山水，觀察民情，大都意到筆隨。《讀三國志》、《讀唐書》、《粤東山新建學海堂題辭》、《書蒼梧典史余應松越南紀聞卷後》、《題蕭尺木軍盲輿轎圖》、《羅兩峯猫鬼圖》、《梅毓十二生肖圖》、《方雪坡快心圖》、《李青崖本來面目圖》、《觀岱頂秦篆十字拓本》，多臻於融會變化之途。《楊花曲》、

《花寨行》、《張姬曲》、《雅片行》、《羊角葠歌》、《金蘭行》，爲社會生活寫照。惟卷帙浩繁，求名心切，不免糅雜。顧蒓跋譽爲「當世莫與敵者」，過情之論也。此集刻於杭州，工竣後王蔭槐爲作《長歌》，見《螾廬詩鈔》卷八。鄔鶴舟《吟秋樓詩鈔》有贈詩四首。顧廷綸《玉笥山房要集》卷四有《弔王笠舫明府詩》。平步青《霞外攟屑》稱其詩「賦物精細，雅近義山」，又摘其五言佳句。

求是堂詩集二十二卷 道光十七年刻本

胡承珙撰。承珙字景孟，號墨莊，安徽涇縣人。嘉慶十年進士，授編修，官刑部給事中，福建臺灣兵備道。精孯考據訓詁，著有《爾雅古義》、《小爾雅義證》等書。卒於道光十二年，年五十七。《詩集》爲自編，與文集、駢體、詞集合刻，分《悔存》、《哀蟬》、《負米》、《授經》、《計偕》、《倦遊》、《結秀》、《家居》、《藏海》、《寄藤》、《隃嶺》、《道山》、《銷寒》、《賞春》、《西臺》、《東瀛》、《歸田》諸集，共一千五百餘首。其中《瑯玡臺秦一世石刻》、《陶雲汀惠高麗狼毫筆》並引、《爲亡友張阮林鈔所著左傳辨杜八卷感賦》、《七月五日同人集萬柳堂爲鄭康成生日致祭》、《王審知德政碑》、《題明嘉定州牧朱儀殉難事實册》並引、《趙紹祖寄示所刻史學諸書賦寄四十韻》純以學運之。《青弋山櫂歌》、《舟中望廬山放歌》，詠金陵洞庭諸勝，不乏清壯之響。官臺灣有詩，無可徵事。平生唱酬友爲葉紹本、李苞、洪飴孫、吴嵩梁、陳用光、梁章鉅、沈欽韓、包世臣、孫爾準、錢儀吉，而與朱珔最契，蓋同爲宣南詩社成員。是集爲朱珔編次並序，序云：「承珙習《毛詩》最久，得温柔敦厚之旨。」今閲此集，清婉自然，不似考據學家之寡味也。

見星廬詩稿八卷 嘉慶十九年刻本

林家桂撰。家桂亦名聯桂，字辛山，號道子，廣東吴川人。嘉慶九年舉人，主講羅江書院。屢入幕府。佐樊楚雄，有奇士之稱。道光六年成進士，官江西知縣。詩稿分《軒軒軒集》、《幕巢集》、《羅江集》、《吴陽集》、《高文集》、《遠征集》、《北游集》、《南帆集》，爲通籍以前詩。首趙翼序，稱其詩「雕劖萬品，牢籠衆態……當代詞人，最愛余詩」，殆甌北老年筆也。又嘉慶十九年張維屏序。讀史、論詩、投贈、懷古之作，動輒百韻。《日本夷歌》詳記嘉慶十八年正月日人乘船往吕宋，途中遭難，飄流澳門，爲我救獲情景。自云此詩日本國劉藝、豐永助等皆抄篇歸國，亦屬佳話。《嶺南羣雅二集》有選詩並《小傳》。

題陳衍明所藏顧雲臣會真記畫册後

看名畫如看名姝，筆開生面顔容殊。看名姝如看名畫，活處傳神嬌欲話。況兼名畫寫名姝，絶艷驚才開眼界。兼工雙絶者何人，婁東才筆顧名臣。當其下筆花錦簇，才子佳人爲寫真。會真畫卷廿四幅，微之詩記元人曲。首尾楷書毛師彬，蠅頭之字小於粟。朱色鈐印猶宛然，絹素裝潢續復續。繪出離騷屈宋心，湘夫人怨湘君哭。陳君好古心如婪，十金購此歸精籃。携來講幄索題句，開帙四壁生青嵐。我時展卷一縱目，上有枯僧老而禿。頭陀酷類佛印師，花豬想啖坡仙肉。睇觀迺識是張郎，權借僧房時劃粥。花階冉冉來霞裙，清秋爲骨春爲神。此子那能空結習，散花天女霏情塵。旁有侍兒亦狡猾，如笑如罵客微瞋。聯詩空疊唱酬韻，一村誰與通朱陳。玉杵元霜苦無路，梁懺華經剛普渡。數聲鐃鼓走輕雷，諸天花雨散香霧。香拈柔荑氣吹蘭，尊者清癯頭似芋。悄悄偷視如有循，脈脈含情不得寤。合掌膜拜音方終，警報忽響東廊東。鐘磬聲中變鼓角，花旛隊裏來蒙戎。黃巾赤眉逼伽藍，蠟書羽檄飛章縫。翻幸永堅秦晉約，正在一炬齊楚攻。果然滅此而朝食，淨掃欃槍日不蝕。此功此德疇能涯，啣泐當延千萬億。小鬟折柬紛招要，輕輕欵欵嬌無力。到來東閣華筵開，眼中之人安在哉。並蒂花名移姝妹，對酒不飲顏如煨。文君下世文園死，今古幽懷誰似此。撫絃爲鼓一再行，生氣拂拂來十指。豈知有耳屬於垣，聲聲打入心坎裏。聞音識曲淚痕多，何當油幢載沙哥。別有深情彈不出，琴兮琴兮奈若何。此時欲起琴臺鳳，此時欲賦高唐夢。東西魚雁朅來頻，彼此心情豪素共。密約幽期明月知，對此垣牆思鑿空。鑿空無術心如燒，距躍三百超之超。騰身一擲心力勇，攫拏夭嬌如龍跳。綺語讕詞口若噤，正容莊論魂先銷。歸來花影踏都碎，恨殺東宮得臣妹。花天月地斷送人，病沉愁潘歸我輩。病愁交積劇可憐，攤書之榻如蠶眠。俄而大喜出望外，羊權緑蕚來天仙。此夕和諧可入意，千里蓴羹下鹽豉。又聞侍妾買珠回，堂上呶呶鞭扑治。母也天只不諒人，此事難窮知也未。因而成之聽兒曹，一時興致天爲高。微名畫地作餅耳，不可啖食偏貪饕。計屯驅人牛馬走，蕭蕭落葉飛亭皋。離亭祖餞千觴小，尚有離懷斟不了。書劒飄飄心旌摇，關河曲曲柔腸繞。日暮投宿黄葉村，漆園蝶夢倩女魂。是耶非耶莫可辨，朦朧月色容爲吞。醒來一燈紅似豆，雞聲人跡交馳奔。一路迢迢抵京國，夢隔蒲東情緒惡。悔教萬里覓封侯，東風閒却秋千索。貽書各自勸加餐，輶物遥遥相寄托。札來盼望報金泥，倏忽名姓榜頭題。九華春殿一臚唱，狀頭聲滿長安西。再拜丹墀上謝表，乞假私情逐歸鳥。畫寫春風歸娶圖，驛傳郵置江天曉。歸來鄰老盈牆頭，沙彌長老聲咿嚘。掇科信是如探鬮，榮貴半出前生修。鄭家何物俗兒儔，敢與此君爭相侔，對之能勿躬痀僂。我手斯圖三太息，此人此畫難再得。我觀宋代梅堯臣，題君寶畫如有神。内云三人鬼伯狀，一人牛首髯髯分。八女簡細好身手，二十丈夫岌冠中。葩蓋玳旌雜霞扇，樓臺花卉輕毫皴。梅公讀之不去口，細緻疑出閻令手。此圖生態亦如之，得不聳肩吮墨哦清詩。噫嘻，得不聳肩吮墨哦清詩。《見星廬詩稿》卷四

日本夷歌

嘉慶癸酉月孟陬，日本夷人乘艖艀。舟至吕宋風濤巇，浪壓船覆如破瓠。夷虜肆掠興萑苻，死者已矣隨鮒鯛。生者浮蕩憑片艅，風波汩汩馬溝趨。生入澳門集番禺，僅有孑遺三人俱。二人年皆二十餘，一人十八猶稺雛，頂心薙髮蒙頭顱。長服片片衣氍毹，結領不與袈裟殊。語言啁哳如鵃鴰，又如小兒泣呱呱。譯者聽此多模糊，十三行人各憨憨。上呈大吏詢謀謨，督臣入奏帝曰吁。一夫不獲

時予辜，矜此遠者風潮淤。爾督臣蔣其送諸，毋使淹辱於吾都。督臣拜命臣曰俞，惟時委員敬以須。僉言人莫左尉如，兩司兩院移符繻。山程水驛傳馬駮，飼以粟肉衣以襦。中冬舟發城南隅，余試春官共艙艣。夏夷共載相依於，畫字代口笑唹唹。豎指作數紛嬉呼，話言意揣知呿呿。頭曰打麻鼻沙拏，酒云殺鷄煙馬菰，般大是肉鳥是魚。跪地伸紙繪船圖，風帆檣柁層層摹。手習三卷行篋儲，草法稍近黄與蘇。内云文武揚名譽，可有才智聞古初。編首厚和寬政書，紀年紀月仍相符。其書三卷，一卷首書厚和二年戊三月，一卷首書厚和三年亥二月，一卷首書寬政十三年酉正月。更出一鈔百錢沽，三用印章代五銖。可知彼豈匈奴屠，妄竊帝號聊自娱。仍奉一統之書車，所不同者崇梨闍。舉國若狂爭拜膜，禪師尊號隆公孤。我聞祖龍填海海不枯，公實航海遭風颰。欲觀日出途且迂，我今同載相姁姁，如濯扶桑看暘烏。我作此歌心所愉，豐兮豐兮一聽吾。此行計日歸而廬，諗而君長而妻孥。蓋聞中國至仁乎，物靡不得其所如此夫。《見星廬詩稿》卷七

香石詩鈔六卷　嘉慶間刻本

黄培芳撰。培芳字子實，號香石，廣東香山人。紹統子。嘉慶九年副貢。官乳源訓導，陵水教諭。武英殿校録，晉内閣中書。著《香石詩話》。是集爲黄喬松編，有嘉慶十六年翁方綱序，以培芳與張維屏、譚敬昭稱「粤東三子」。又惲敬序，亦甚推賞。培芳爲劉彬華弟子。與黄玉衡、盛大士、林家桂、吴應逵、張維屏、譚

敬昭唱酬，嘗至都門。旅淮揚，遊曾燠、伊秉綬門。爲馮敏昌所器重。擅長七古歌行。《海天吟》、《秋日過三元宫山館聽越塵道人彈琴》、《羅浮放歌》、《粤嶽頌》、《登羅浮絶頂》，俱有千滙萬狀之勢。《詠古六首》、《木棉十首》、《霧水山館二十鏡詩》亦有所長。《奉陪魚山先生》，即贈馮敏昌。乾、嘉間粤東詩家多以偉麗奥衍取勝，培芳詩稍覺流逸耳。詩話自云：「香石侍任渡海，方九歲，十一歲而孤。」考紹統官瓊州府教授在乾隆四十九年，三年卒於官，則培芳生歲當在乾隆四十三年，卒年八十一。此集所收皆四十以前詩。《香山詩畧》卷七《嶺南羣雅二集》選詩，有晚年作。英法聯軍攻占廣州，猶作《感賦》十首，計年已八旬。《詩畧》引盛大士語：「香石年四十遊京師與余訂交，後充武英殿校録。」則後四十年事蹟，尚待考，佚詩亦不知幾多也。

南屏鄉行

故園有客來欵扉，坐談鄉俗論是非。世情倚主每凌客，惟有南屏猶庶幾。古老相傳數大姓，千家日久來相依。鄉風揖讓尤敬客，富貴加禮貧不欺。僑居入市購百物，遜讓不復爭鮮肥。初來生計苦迫促，過門相呼出漁磯。日覓升斗漸贏裕，頓改棟宇迎寡妻。夜半穿窬偶胠篋，鄉人追捕還陪貲。大書禁約勒祠廟，神明炳鑒人共治。嚴絶淫盜戒游博，違者衆惡加鞭笞。往年海氛遠告警，築以土石堅垣圍。今幸承平樂井里，往來童叟顔怡怡。我聞客言心不違，里仁爲美斯可希。有里若此胡不歸，雲山蒼蒼横翠微。地名。但得誅茅地數畝，無田可耕行採薇。《香石詩鈔》卷三

珠璣巷　粵族譜牒多云自此始遷者

不解南遷族，人人此發禪。珠璣猶有巷，沙水更名塘。地古思淳俗，風殊識舊鄉。筍輿初過此，敬止念維桑。《香石詩鈔》卷五

粵東省垣失守感賦　咸豐七年十一月中旬事

總制須教海不波，不爲設備意如何。外夷窺伺非朝夕，子産爭傳孰殺歌。

保守城垣責本專，駐防全賴甲三千。夷人數十踰垣入，空養旗兵二百年。

連圻節制總諸侯，番舶羈拘作楚囚。中夏相臣無此辱，空貽笑柄在千秋。夷示云：已將葉大臣拘執羈留，自不令其仍掌總督之權。

惡本因庸成陋劣，鄙夫事主不勝誅。出身詞館知何用，試帖時文用得無。

一國三公清法英，夷人出示，俱以大清、大法、大英平寫，同居撫署治事。同衙治事理紛爭。安民屢屢煩文告，撫院兵頭並馬行。

夷塵撲面逐腥羶，人鬼同途雜市廛。夷婦入城人盡看，着紅騎馬漫揚鞭。

陋巷誰同看竹石，破書剩欲教兒孫。空城滿目逃亡盡，共笑靈光一座存。

故舊過存極不忘，幾家書札訊端詳。老夫八十渾安堵，咋舌旁觀話短長。

將軍武庫盡搜羅，儆戒營兵勒止戈。欲效秦皇施拙計，焉知赤手縛蛟鼉。夷人勒繳軍裝。

諸縣鄉兵各萬千，待時而動卽揚鞭。樓蘭授首塗肝腦，血染羊城草木鮮。《香山詩畧》卷七

白圭堂詩鈔八卷續鈔四卷　同治三年重刻本

江之紀撰。之紀字修甫，號石生，安徽婺源人。嘉慶十八年舉人。嘗游粤桂。久居揚州曾燠幕。道光六年成進士，已五十餘。《詩鈔》初刻於嘉慶十七年，詩四百十首，編次較紊，此同治三年重刻，附《續鈔》。子敏讓所撰《墓誌》，無生卒年月。《晚晴簃詩滙》著録之，紀仕履爲「諸生」，當未見《續鈔》。韓崶《還讀樓詩稿》有《題江之紀茂才白圭堂詩集三首》，亦在初刻甫竣之時。集中五七言《論詩》、《論詩絶句二首》、《書楊升菴遺集後》、《書黄仲則詩集後》、《書周虢叔大林鍾拓本》、《書春秋胡傳後》、《紹興十八年題名集》、《詠琉球繭紙》、《蜀宫辭四首》、《文信國緑端蟬腹研歌》、《秋水園十六首爲伊墨卿作》，關涉文史甚多。過贛江，作《竹枝詞》六首。《將至韶州沿江一帶石壁甚奇》、《光孝寺新建虞仲翔祠》、《拱北樓刻漏歌》、《南海神廟伏波銅鼓歌》、《光孝寺觀南漢金塗鐵塔歌》、《峽山飛來寺》諸篇，氣象弘闊。是能以詩自相鏃厲者。

小栗山房詩鈔十卷　道光十二年刻本

殳慶源撰。慶源又名壽民，字三慶，號積堂，浙江錢塘人。諸生。官沂州莒州州官。此編凡十一卷，末

卷爲《花塢樵唱詞》。首秦淵、葉紹本、郭麐、李彦章、鄭喬遷序，郭序云：「憶余在武林與諸君訂交，余年最長，次則曼生，積堂最少。」蓋爲嘉、道間西湖詩社子。集中寄贈唱酬師友爲吴騫、奚岡、吴錫麒、陳廷慶、徐熊飛、方廷瑚、嚴元照、查揆、胡敬、沈欽韓、何元錫、許乃穀，多爲錢塘名士。題畫詩清雋有味。讀彭兆蓀《小謨觴館集》、屠倬《是程堂集》、業紹本《白鶴山房集》、阮元《文選樓詩集》、陳逢衡《讀騷樓詩集》，皆當日名家。唯山水紀事之什，轉寥寥焉。嘉、道間錢塘詩壇以郭麐、陳文述主盟，查揆、屠倬次之，此則自鄶以下矣。敬文《紅葉山房詩稿》有《題殳積堂雲陽話雨圖卽送之沂州府經歷》詩。

夢香居詩鈔初集四卷二集四卷

嘉慶二十一年至道光二年刻本

陳在謙撰。在謙字六吉，號雪漁，廣東新興人。嘉慶九年舉人。官清遠縣教諭，監越華書院事。道光十八年卒於官，年五十八。著有《七十二峯堂文勺》。事見彭泰來所撰《傳》。此鈔《初集》有嘉慶二十一年譚敬序，詩百二十一首。《二集》道光二年自序，詩百四十六首。在謙長於樂府古風。五古《峒石紀游四首》、《游洞清巖至龍龕訪張漢陽題壁》、《論詩》、《平原謁顔魯公祠四十韻》，七古《江上吟》、《張雲樵席中觀石濤畫卷》、《宋徽宗畫鷹歌》、《宣和譜山水圖歌》、《鐫石歌寄彭春洲》，均以綿密取勝。工書畫，言多精碻。嘗客山左，游蹟多見於詩。七律《濟南雜詩》、《大明湖棹歌十首》，間注典故。陳僅《尺岡草堂遺文》卷四有《擬廣東文苑傳》，以在謙與吴蘭修、李光廷、李黼平等並列。張維屏爲《文勺》撰序，而《詩人徵畧》未收在謙詩，不悉何故。

三山草堂詩一卷　京江七子詩鈔本

錢之鼎撰。之鼎字伯調，又字君鑄，號鶴山，江蘇丹徒人。年十五，以詞賦爲沈初所賞，補弟子員。優貢生。嘉慶十五年舉人，入都，館鄭親王邸。道光三年歸。翌年年五十二卒。道光九年，張學仁刻《京江七子詩鈔》，爲撰《小傳》。論七子詩云：「地山應讓奇才，蝯庵顧鶴慶清才，鶴山豔才。」蓋以之鼎多詠閨怨，詞甚豔麗，然集中《織布謡》諸篇，猶及閭閻疾苦也。之鼎爲鮑之鍾妹夫。《京師雜詠》、《石琴主人餽御田米》、《題顧蝯庵山水障子》等作，咸可觀采。與徐熊飛、王豫、陳逢衡有交游。自築三山草堂，嘗倩張崟作圖，詩以題之。

海雲堂詩鈔十四卷補遺一卷　光緒十八年重刻本

嚴學淦撰。學淦字麗生，江蘇丹徒人。嘉慶九年北闈舉人。官湖南耒陽知縣，擢湖北武岡知州。所撰《海雲堂詩文鈔》初刻于咸豐間，版早毁。此重刻本，有王之藩序、陳文述舊序，詩共八百九十六首。學淦少隨父士鋐宦蜀。時英國指使廓爾喀侵畧後藏，集中詩《客有反自烏斯藏者因述所見》，卽詠此事。會川楚教民、湖南苗民起事，作《夾寨行》、《金川小樂府》、《兵車行》、《後兵車行》等篇，感傷世事，情調低沉。然久經事變，亦有史料可徵。《永順觀音巖放歌》、《重經八面山放歌》、《棧中雜詩十八首》、《滹沱河》、《皖口大觀亭》、

《井陘關登太行放歌》，意境開闊。弔古之作，用典甚廣。題圖與讀書偶吟，如《讀山海經六首》、《讀劍俠傳》、《昭陵六馬圖》、《題蘇小小畫像》、《讀明英宗紀弔于忠肅》、《西晉張華側理紙歌》、《羅兩峯繪研山圖》、《讀黄仲則兩當軒詩》、《題張詩舲小重山房詞鈔》、《嚴問樵雙煙佩傳奇四首》，有裨藝林者亦復不少。學涂出吴樹萱門，《霽春堂集》卷六有《題嚴麗生詩稿》。姚椿《通藝閣詩續録》有《河北書懷寄麗生京口一百韻》。其詩重於雕飾，沈濤《匏廬詩話》謂如「七寶樓臺，徒以富麗取勝」，是截其短也。

勘案至八面山作

顛崖老樹鳴枯葉，亂舞獰峯千萬疊。出峽奔流破壁飛，封山凍雪連天蟄。日月所不照，鳥雀全無聲。有時白雨撒如豆，打入半空冰雹成。黄茆蓋頂杉皮屋，低傍幽巖昏似墨，瞥然見影有人來，瘦若虎倀饑擇肉，辰溪施酉疆初分，編移土籍支流存。一山八面犬牙錯，蠢居基處如鴟蹲。椎埋剽掠每狂噬，折以箠楚稍聲吞。侏儒言語斑斕狀，擺手堂中連袂唱。土人祀其土主，有擺手堂，男女連袂踏歌至今不改。酒奠黄龍祀黑神，俗奉黑神甚虔。相傳祀唐南將軍。其子承嗣官黔中，遺祀至今。丸探赤穴驅紅上。秀民白日肆搶者名紅上，夜竊者名黑上，又名紅錢黑錢。　《海雲堂詩鈔》卷十四

適齋居士集四卷　道光二十二年刻本

舒敏撰。舒敏字叔夜，號時亭，別號石舫，自號適齋居士，姓愛新覺羅氏，滿洲正紅旗人。嘉慶元年以伯

父富爾丹緣事獲咎，與父兄並戍伊犂。在戍所四年，嘉慶八年卒，年僅二十七。是集卷首有舒其紹序，存詩不多，工候未深，而才情洋溢。出嘉峪關所作《慘别離》、《述哀》、《夜至赤金峽》、《奎素阻雪》、《題古廟壁》、《過果子溝》，備抒悲憤憂戚抑鬱之情。在伊犂，閉户讀書，作《宋史雜詠八首》、《夜聽鄰院琵琶四首》、《芨芨草簾四首》、《詠菊八首》、《詠梅六首》，寓意不平。歸途作《過輪臺游智珠山》、《巴里坤天山絶頂》，俊逸豪放。蓋亦奇崛磊落之士矣。

詩娱堂詩集二十四卷 道光十四年刻本

黄安濤撰。安濤字凝輿，號霽青，浙江嘉善人。凱鈞子。出身寒素。嘉慶十四年進士，改庶吉士，授編修。道光四年，出爲高州知州，至潮州知府。罷官後檢乾隆五十七年至道光十二年詩合刻一集，得二十四卷，二千二百六十四首，查揆、毛嶽生、郭麐序，自序。卒於道光二十八年，年七十二。唯晚作未見續刻耳。其詩不規成法，多自抒胸臆。有足徵實者，如《金貞女繡旛歌》、《題楊忠愍公獄中書》、《唐大和四年雁塔題名》、《海上懷人詩》百首、《西山題名作》、《讀唐詩絶句十首》、《唐十二樓曲》諸作是也。官粤東詩，頗重采風。《潮風》十首，爲箴戒當時游冶、擄贖、械鬥、賭博、鴉片、遷葬惡習而作。《看新娘詞八首》，記潮俗娶婦。又有《藥奩詩》十首，可爲醫史之資。唱酬爲胡承珙、朱琦、陳用光、盛大士、梁章鉅、齊彦槐、翁心存諸名士。

通藝閣詩録八卷續録八卷三録八卷　和陶集三卷　道光間刻本

通藝閣詩選編　光緒十年刻本

姚椿撰。椿字春木，一字子壽，號樗寮生，江蘇婁縣人。四川布政使姚令儀子。師事姚鼐，爲古文之學。負詩名，以國子監生應順天鄉試，名噪京師。既報罷不復應試。舉孝廉方正不就。主講開封夷山、湖北荆南、松江景賢書院。卒於咸豐三年，年七十七。事具沈曰富所撰《行狀》。輯有《國朝文録》八十二卷，張祥河爲之梓行。撰《通藝閣詩録》凡三集，《初集》八卷，嘉定胡澂刻。《續集》八卷，及門弟子刻於浙西。《三集》八卷同邑韓應陛刻。又《古文晚學齋集》、《和陶詩》、《樗寮詩話》生前刊刻。尚有《四集》，亦手自删定，未及刊行，光緒十年其姪之烜復録一册，僅五十餘首，名《通藝閣詩選編》，與姚棲《白石山樵遺稿》並梓。《初集》以游蜀詩最勝。《峽中雜詩》、《棧中詩》等作，筆力閎健。《西藏鐃歌》、《西藏書事》，則以耳聞抒寫。王昶稱其詩「天馬凌空，不宜羈勒，足以繼趙文哲而起」，以其中有川藏詩也。居京過杭歷楚所作歌詩，亦饒有韻致。《題杜陸兩家詩集》、《李道士彈琴歌》、《顔魯公逍遥樓拓本》、《潼川琴泉石塔法華殘葉歌》、《忻州牧汪本直重修元遺山墓》、《禮烈親王克勒馬圖歌》、《錢南園畫馬歌》，關係藝林者亦鉅。又《哀山中采煤者》，已見《詩鐸》。《瀘州聞滇黔官兵過境》，見《湖海詩傳》。唱酬交往爲洪亮吉、楊芳燦、法式善、張問陶、彭兆蓀、張祥河等人。《續録》如《採茶播穀謡》、《水災新樂府十六首》，多問閭閻疾苦。《罌粟花》詩，記嚴旨禁種鴉片，亦當日時事。《哭惜抱先生三十六韻》、《寄楊蓉裳三十二韻》、《河北書懷寄嚴麗生京口一百韻》、《漢裴岑紀功碑》、《陳章侯伯牙彈琴圖》、《元祐黨籍碑詩》，淵富可見。旅食中州，作《濟瀆廟》、《游百泉》等詩，幽渺放恣，意象甚豪。《三録》多題圖應酬之什，唱酬友爲林則徐、郭儀霄、陶樑、何其偉、盛大士、張際亮、王柏心。論古、論書絶句，《題渭南文集》、《書誠齋集後》、《題郭河陽山水畫卷》多可採掇。《禁煙行》一篇，林則徐以爲可采。選編則以《哭侯官林尚書二十二韻》最有價值。郭麐《靈芬館詩話》最稱其《大龍湫》、《靈巖》、《送毛生甫赴閣》、《劉松年十八學士圖》、《望黄山》諸篇。其詩遍學六朝、唐、宋諸大家，而多得於杜。洪亮吉《北江詩話》云：「余於近日詩人，獨取嶺南黎簡及雲間姚椿，以其能拔戟自成一家耳。」毛嶽生自稱與方東樹，皆足當家，「若大家則以讓姚春木」。見陳世鎔《求志居詩集》卷十一《題毛嶽生詩稿》注。一時直無人可以軒輊矣。

雁山三詩　並序　雁山飛泉怪石，随處皆是，其中尤勝者，水以大龍湫爲最，峯以靈巖爲最，洞以靈峯爲最。昔人云爾，予無以易也，爲作三詩紀之。

大龍湫

神龍藏空山，游戲無時休。頷間百琲珠，一撒不可收。水石性激射，忽作繞指柔。迴風勒還往，欲去爲之留。卓立出絶壁，横飛趨低流。雪花飄空中，夜半鞭玉虬。非烟復非雲，但覺暖氣浮。玲瓏巧變换，主宰誰雕鎪。萬古不知旱，四時恆若秋。渟洄蓄深碧，玉涵閟靈湫。高僧已觀化，廢址空巖幽。有色而無聲，此意何所求。

靈巖

入山如無山，嵌壁負丹障。連峯直天起，突兀歎奇創。千巒千起伏，一石一雄壯。天柱真屹然，東南壓溟漲。如朝羣真闕，儼列羽林仗。盡收造物巧，縮地恣酣暢。天公竭吾才，顛倒無盡藏。曾聞安禪谷，詎那坐回向。妙道本無奇，所見皆妄相。石龍淩空踞，鱗甲辰幽曠。鼻端玉乳懸，巧斲煩郢匠。援琴我思寫，聲出萬仞上。夕陽忽西流，返影落東嶂。遥聞山樂官鳥名，更憶梵天□。

靈峯

清光何浮浮，曉氣爽顴頰。羣峯竟狎玩，俯覺勢可挾。五老氣象古，靈芝秀華曄。枯僧去何之，古佛棲落葉。言尋羅漢洞，望望倦登涉。風來毛孔涼，月上眉影貼。遥窺一綫廣，近坐肆筵接。應真西方來，靜卧萬怪懾。寬閒内空洞，護衛外重疊。諸天玉女降，何處響行屧。妙樂動虚簧，天花著衣褶。珠簾垂幾桁，雪舞萬蝴蝶。一酌洗心泉，虚空良可躡。《通藝閣詩續録》卷二

章丈學誠遺書書後　爲令子華紱作

漢廷儒術苦紛糅，良史三長妙獨操。窮老一編非國語，丈著撰多與先儒説異。牢愁千載反離騷。學嗟子政藜然遠，文喜中郎帳秘叨。晚向梁園問耆舊，肯將金玉掩蓬蒿。《通藝閣詩三録》卷一

唐宋舊經樓詩稿六卷　嘉慶間刻本

孔璐華撰。璐華字經樓，山東曲阜人。孔子七十三代長女孫。阮元繼室。卒於道光十二年，年五十六。是集爲嘉慶二十年以前詩，有自跋。題畫詩如宋馬遠、陳居中，元王振鵬、趙子昂、高房山，明文徵明、唐寅、藍瑛，清初惲格，皆名家。又有《自題緑静軒圖》，俱見詣養。與黄文晹室張因唱和，因亡，作《哭淨因黄夫人》詩。《東翠屏洲諸女史》，洲在揚州北，王豫主持詩會於此。《讀長恨歌》、《擬元人梅花百詠》，亦多發舒。《避居雷塘墓庭自述》及詠珠湖草堂詩，可補充阮元本傳之遺。與曲阜孔氏詩，亦見其授受具有源流焉。

冬巢詩集四卷　道光十七年刻本

汪潮生撰。潮生字汝信，號飲泉，江蘇江都人。副貢生。工詩，善畫，詞調尤所獨步。與黄承吉友善。道光十二年卒，年五十六。撰《冬巢詩集》、《詞集》各四卷，刻於揚州，承吉爲作長序。詩凡四百二十五首。格高韻古，不入平衍之徑。《秦淮泛月放歌》、《贈焦里堂》、《送江鄭堂》、《雜詩十二首》、《梅花鬃几歌爲琴塢作》、《題陳曼生桑連理館圖》、《穫稻行》、《緑竹篇》、《試馬行》、《寒江吟》、《巴慎伯以所著古文手書長卷見贈報以長歌》、《鈔書贈吴熙載》，亦堪採摭。詩境不寬，宜取其著者。

求聞過齋詩集六卷　光緒十九年刻本

朱方增撰。方增字壽川，號虹舫，浙江海鹽人。嘉慶六年進士，選庶吉士，授編修。典雲南鄉試，遷國子監司業。入直懋勤殿，編纂《石渠寶笈》、《秘殿珠林》。遷侍讀學士。道光四年，大考第一，擢内閣學士。七年，督學江蘇，十年，卒。輯有《從政觀法録》。是集有外姪孫徐用儀序，詩凡五百六十九首。《清史稿》傳無生年，見於其父朱春烜《行述》，當知方增生於乾隆四十二年，享年五十四。方增熟習朝章與官宦典故。《題座師蔣霽園先生遺照一百韻》、《題朱芝圃海上受降圖六十韻》、《蔣礪堂節相六秩壽詩一百韻》、《韓樹屏前輩三百三十有三士亭圖》、《題周芸皋觀察槐廳問字圖》長篇並序，詳注事蹟，不啻爲蔣曰綸、朱桓、蔣攸銛、韓鼎晉、周凱補傳。《乙酉閲内閣題本後記》、《校勘書畫偶成》、《贈楊炳堃四首》、《題鮑淥飲先生遺照》，固足以廣佚聞。《道中望蘇門百泉諸山》、《武原新樂府十二章》、《燕臺詠古四十首》、《過武勝關》、《白水河觀瀑布》、《楚中詠懷古蹟五首》，既得山川之助，益復見用古之妙也。

小言詩集五卷　道光十一年刻本

王敬之撰。敬之字仲恪，號寬甫，江蘇高郵人。念孫子，引之弟。貢生。官至户部福建司主事。卒於咸豐六年，年七十九。工詩詞。所著《小言集》五卷，曰《愛日堂詩》，曰《虚室詩》，曰《小書巢詩》，曰《所宜軒詩》，曰《鴻蹟偶存》。而以詞集《三十六湖漁唱删存》附其後。《漁唱》後收入《雲自在龕叢書》，名《三十六陂漁唱》。詩詠民間疾苦。《打漁謡》、《賣薪謡》、《水來謡》、《牽牛謡》、《苦雨謡》，含蓄深婉。行途見流民以船爲家無田可歸，有詩紀之。主樸素，不爲雕飾。有《答友生論詩詩四首》、《題陋軒詩後》三首，可見風旨。紀游詩以金陵、淮揚、歷下爲勝。道光間居都門，作《慈仁寺》、《崇效寺》、《法源寺》、《白雲觀》諸篇，間作小注，有備燕京掌故。《題法源寺重摹李北海雲麾將軍李秀碑》、《讀淮海集》，亦可觀采。唯有嫌平熟者耳。

安心竟齋詩鈔四卷 道光五年刻本

黄玉衡撰。玉衡字伯璣，一字小舟，號在庵。錦芳子。廣東順德人。嘉慶十六年進士。官御史。卒於二十五年，年四十四。傳見盛大士《藴愫閣文集》卷四。是集有道光五年翟錦觀序。其詩受自趨庭，或冲淡雅潤，或沉鬱排奡，俱有妙悟。詠粤中山寺名蹟，《渡鄱湖》、《登泰頂》，寄興深遠。《太和二年雁塔題名》、《王右軍臨武侯遠涉帖》、《題王元章畫梅》、《清湘老人畫册》、《王石谷仿范寬山水》，清麗典實。與唱酬者吴鼒、程恩澤、梁章鉅、劉嗣綰、黄安濤、陳用光、胡承珙、林則徐、李彦章、董國華、郭尚先、張維屏、裘元善，皆一時之彦。蓋日與通學之家上下議論，故詩亦深造有得也。

夫椒山館詩集二十一卷 近代排印本

周儀暐撰。儀暐字伯恬，江蘇陽湖人。嘉慶九年舉人。晚以宣城訓導擢陝西山陽知縣，調署鳳翔，旋乞歸。主涇川書院講席。時皖南文風甚盛，交納多爲學者。道光二十六年，年七十以終。是集有道光刊本，版毁。此近代排本本，有林則徐、吴育、方履籛原序，李文翰序，胡玉縉跋。儀暐年十七學詩，嘗與張惠言、陸耀遹質疑問難。其詩導於漢、魏，出入唐、宋諸家。詠金陵、匡廬、粵東、南浦、桐廬、天台、岱麓詩，多勁直。自稱：「風影江聲，車塵山色，古意歷碌，别緒繽紛，雖潦倒尠懷，而豪氣未滅，亦復中年佳境。」《讀史十八首》、《讀杜工部集》、《讀香篋集》、《讀徐霞客游記》議論宏張。儀暐名位稍遜於李兆洛、陸繼輅，而時流咸推重之。與劉嗣綰、沈欽裴、宋翔鳳、劉逢禄、張維屏、鄧顯鶴、包世臣、吴慈鶴、顧翰、汪全泰、湯貽汾、馬瑞辰均有過從。《韓城驛》一詩，鄧廷楨最賞之。與李兆洛篤交。《申耆同車圖》自注：「圖中祝予常、張翰風、陸劭文、丁若士、莊鄉珊、吴山子、魏曾蓉、管孝繹、張彦惟、方彦聞、康竹吾、鮑善之及余十四人一車，家保緒執鞭御車行。」據此詩又可知張琦時官館陶，陸耀遹客粵海關，丁履恆以肥城令得風濕疾歸里，魏襄方守開化，吴育偃於里門。而彦惟卽張惠言子。家保緒當卽周濟也。又與龔自珍善交。《富莊驛題壁和龔孝廉自珍韻》云：「何曾神女有生涯，漸覺年來事事賒。夢雨一山成覆鹿，頹雲三角未盤鴉。春心易屬將離草，歸計宜栽巨勝花。扇底本無塵可幛，一鞭清露别東華。」劉開歿於亳州，有詩哭之。凡此多可徵故實。

憶都中雜事録以紀實　十首録二

歌場齊唱四弦秋，讀曲詞人盡白頭。但是花前能對酒，彈章猶得比江州。都中一時競演蔣鉛山樂府。

適潘紅茶方伯以詩酒被劾，自滇南入都。

嗤他陽向術非工，古意沉酣射覆中。何必樗蒲須擔石，神仙妙手本空空。龔瑟人主事窘而好博。《夫椒山館詩集》卷十一

清人詩集敍録卷五十七

心知堂詩稿十八卷　道光六年刻本

汪仲洋撰。仲洋字少海，四川成都人。嘉慶六年舉人。官浙江桐廬、山陰、海鹽、錢塘、餘姚等縣知縣。是編自訂，首鮑桂星、姚椿、錢栻序。各卷又作十二集，《髫哈》、《下峽》、《嘉州》三集，嘉慶九年以前詩，《出棧》、《燕臺》、《易水》、《春明》、《入棧》五集，十四年以前詩。《萍梗》、《匏繫》二集，二十一年以前詩。未仕時經歷，畧見於此。《渡江》、《堤海》二集，官浙江後作。卷十三《癸酉哭兄》詩有「我年廿五膺鄉舉」句，是爲乾隆四十二年生。仲洋屢次出川，遍詠巴蜀山川都會。《錦江觀漲歌》、《簡州鹽井》、《富順火井》、《眉州三蘇祠》、《泊嘉州望凌雲峨嵋諸勝作歌》、《登敍州城東夾鏡樓》、《游錦屏山》、《五丁峽》、《觀音碥》、《皇澤寺望武后比丘尼石像》、《渝州雜詠》、《白帝城》、《灩預石》、《瞿塘峽》、《巫峽》等篇，長篇短章，峯起疊出。出川後往來南北，所詠亦廣。《武昌弔左良玉》、《朱仙鎮謁岳廟》、《汴梁懷古八首》、《濟南弔鐵公鉉》、《葉縣郇古昆陽戰場》、《登西嶽廟萬壽閣》、《洛陽懷古十六首》、《游興隆寺》、《出居庸關》、《沈青霞祠》、《滹沱河》、《關中懷古十四首》，以及渡江歌詠江浙風景之詩，多能發揮情趣，兼得書卷之長。仲洋官桐廬時，與桂林吕璜投贈甚殷。官山陰時作《感事詩》詳記訟案。官海鹽時履勘海塘，作《塘工落成詩》以紀事。爲雲南布政使梁敦懷題《招安圖》，記川楚白蓮教起事頗詳。道光四年，輯刻《海壖唱和集》四卷。又作《奉答林少穆先生三十韻》、《呈松相國筠長句》，均有文獻價值。是集卷後吕璜跋云：「浙東喜讀汪子詩者，借鈔無虚日。」其當時聲價稍後於張問陶。而姚椿《通藝閣詩話》則認爲問陶「詩以天勝，汪子兼盡學力」，是亦不必分左右袒。林則徐《雲左山房詩鈔》有《贈汪少海》詩。

梁素園方伯敦懷以招安圖見示爲題長句

教匪之禍有餘痛，端倪畧悉不敢誦。內庫帑金坐此耗，三省民命是誰送。二十年後招驚魂，七千里外憶噩夢。豈有直筆稱詩史，願借君圖爲世重。往者天狗未噬吞，就縛馴擾如伏狆。屠刀不殺鞭箠打，脂膏雖朘性命存。化作猰㺄不受制，磨牙吮血東西川。張角無奈稱黄巾，鴻儒詎是真白蓮。衝梯末習城爭下，揭竿纔起兵先奔。揚舲竟過瞿唐峽，返轡又出葭萌關。其時守土三縣令，鼎力岷嶓萬山間。一稱善守一善戰，方梁山積與張壁山人龍。公兼戰守介其際，雲陽八載籌全計。殺之不盡戰徒勞，守雖有餘賊益熾。化賊爲民師張詠，反側自安讀漢志。巍巍十丈招降旗，一麾賢於十萬師。藍號白號仗皆放，不戰不守功尤奇。羽翼解散鵰鶚困，爪牙去盡狼虎悲。單車造壘浮王去，劉青天説賊，而王三槐投首。萬馬陷田擒冉歸。冉添元馮陷稻田，爲德參贊所擒。高馬遠避楊無敵，高三、馬五負嵎寧羌山中，爲楊軍門遇春設伏誘致而獲之。巖谷誰收唐賽兒。齊王氏爲官兵所逼，墮岩死。賊氛淨掃數千里，戰勝攻捷誰所基。賊平我公鬚髮白，迢迢滇海作方伯。酬庸深感上皇恩，放歸纔卸老臣責。天馬騰空暫受羈，埜鶴出籠今自適。我生下里知公名，公還珂鄉與我覿。圖中之記我初讀，公自記其招安六股賊匪張長春、王國賢事甚悉。圖外之意人誰識。卷圖欲去還徬徨，掀髯戟指聲琅琅。賊之烏合初易滅，團兵已募待披猖。其後環圍不敢戰，聯騎銜轡逸車箱。公云賊之初起，一鼓可滅。觀察某以業經招募萬餘鄉勇難于開銷爲言，遂致橫不可制。嗣一大帥圍賊于方山坪，不敢攻滅，賊得以物與民，易糧而食，遂乘間逃去，官兵不知，猶坐守之，已而烏噪其幕，趨視則已闃無一人。坐此二端失機事，殺刼幾如八大王。賊黨不復知畏忌，燈宴偷渡嘉陵江。賊之渡嘉陵江也，以正月十五日僞作龍燈會而來，防江兵方縱觀間，而賊已搶渡矣。勦撫兼施本廟算，桑榆收功在疆埸。此語非公不敢道，此圖非公不克當。此詩非我不能作，痛定思痛心茫茫。《心知堂詩稿》卷十六。

師水齋詩集十四卷　同治八年重刻本

崔預撰。預字晉元，號師水，安徽太平人。出馬翊宸門。工詩。道光十六年，年已六十，應聘至陝西，爲華原文正書院山長。刻《師水齋集》，板毁於咸豐間。此重刻本，有李鶴章序，馬翊宸舊序，自序。預家世寒素，苦好吟詠。集中以登高攬勝之什獨多。黃山諸詠，不失於耳目之前。《敬亭山》、《過桓公城》、《采石磯》、《自彭門舟行至清江》、《游雞鳴山》、《莫愁湖歌》、《金陵懷古三十二首》、《桐城古倉頡墓道》、《小孤山》、《泊大冶西塞山》、《黄鶴樓》、《昆陽行》，以及入關旅吟，頗得山川之助。《踏災行》一篇，關心民生疾苦。讀書題圖酬應之作無幾，蓋學未宿成，固不多涉也。

月滄詩集二卷　嶺西五家詩文集本

吕璜撰。璜字禮北，號月滄，廣西永福人。道光十六年進士。官浙江慶元知縣，奉化知縣兼攝鎮海調山陰、復調錢塘，擢西塘同知。歸主臨桂榕湖、秀峯書院講席。道光十八年卒，年六十二。吴德旋爲撰《墓表》。德旋爲璜師，其《初月樓文談》，即由璜述而刊之。是集凡文六卷、詩二卷，爲近代《嶺西五家詩文集》本。五家以璜爲首，以次爲朱琦、王拯、龍啟瑞，各有專集，彭昱堯《致翼堂詩集》未見單刻。是集亦未單行，所録之詩，僅八十八首。《上都催科行》，作於慶元。《宿雪竇寺》，寺爲奉化名蹟。《送王鳳生之南河督高堰工》，鳳生即王竹嶼。題畫之什，尤多掌故。《題三教同源圖爲釋西來作》，西來，滇人，爲諸生，游天台山祝髮不返。《題雲中江樹圖》爲林則徐作。《題劉默園遇盜圖》，默園名肇紳，圖紀臺灣之事。《題李晴江墨梅册子》、《題閔正齋所畫趙清獻楚香告天圖》，李鱓、閔貞爲揚州畫家。《題山窗讀畫圖》，圖姚椿作。晚主秀峯書院，有雜詩多首。

娱景堂詩集一卷　道光間刻本

劉寶樹撰。寶樹字幼度，號鶴汀，江蘇寶應人。父履恂官國子監典簿，著有《秋槎雜記》附詩。履恂三子，寶樹、寶楙、寶楠。寶樹年十九喪父，嘉慶十二年中式舉人，官贛榆縣訓導，五河縣教諭，有學行。道光十九年年六十三而卒。歿後寶楠刻《娱景堂集》三卷，並撰《行狀》，由劉文淇、陳慶鏞爲序。卷一爲《經義》，卷二爲《雜著偶存》，卷三一名《鶴汀詩鈔》，非舊標也。詩以澹雅爲歸，詠蘇北城市、山寺較多。其學不及履恂，尤不逮寶楠，而獨以詩傳。寶楠亦工詩，所著《念樓集》，詩律精妙，可徵事者多，唯向未雕版，文人撰作，固顯晦不齊也。

南村草堂詩鈔十六卷　咸豐元年刻本

鄧顯鶴撰。顯鶴字子立，號湘皋，湖南新化人。嘉慶九年舉人。屢試禮部不第，厭薄仕進。關心鄉邦文獻，輯《資江耆舊集》、《沅湘耆舊詩》等書。晚年始獲寧鄉訓導。卒於咸豐元年，年七十四。《詩鈔》與《文集》合刻，有程恩澤、姚瑩、陶澍序。詩凡八百餘首，導於魏、晉，冶於唐、宋，尤近韓、蘇。《蓬萊閣紀游》、《雨中望衡山放歌》，游杭州諸作，不乏佳製。居粤西纂《武岡志》，每臨桂林山水。《梅山紀游二十四首》，自云「補邑志之闕」。《康大中丞行年圖二十四首》，節録康紹鏞自序爲之注，亦具文獻價值。《靜娱室爲春湖中丞賦》，卽李宗昉所藏八種。《贈車秋舲秀才卽題其奉花樓卷子後》，秋舲名持謙，爲邵陽車鼎晉四世孫，鼎晉移居金陵，遂爲上元人，通碑版之學，繼配爲袁枚女孫。《蚌中七佛歌爲琴隝太守作》，琴隝卽詩人屠倬。顯鶴與歐陽輅交密。結識海内名士如吴錫麟、曾燠、陳用光等人。贈投酬唱，多備掌故。清中葉湘中詩人以張九鉞爲冠傑。唐仲冕久爲外宦，聲譽雖隆，然無詩林薈萃之盛。顯鶴繫楚南文獻三十年，鼓吹詩文，實有倡導之功。至道光，湘省人才輩出，影響川楚，波及黔中，不讓江南矣。

海紅華館詩鈔十卷　道光十五年刻本

鄭璜撰。璜字元吉，號瘦山，晚號贅翁，一號種墨菴主人，江蘇吴江人。嘉慶十五年舉人。候選訓導，主雲龍書院講席。著有《春秋地理今釋》。是編有道光九年郭麐序，十五年嚴烺序。生年據壬申嘉慶十七年元旦詩三十六歲計之，爲乾隆四十二年生。結集時年六十，翌年卒。璜少時爲竹溪社友，與屠倬、郭麐、盛大士、殳慶源善交。中年游歷下，結納蔣因培。集中《題蘇齋説詩圖》、《錢忠介公海天浴日硯》、《題法苑珠林二首》、《飲酒讀離騷傳奇題詞》，俱有詞采。《催租行》云：「吏催租，猛如虎。官催租，黠如鼠。如虎吏可飽，如鼠官何補。吴江漕十萬，不論歉與豐。幫費一十萬餘兩，一一取給於其中。少取官有累，多取民更窮。佃户不還米，捉將官裏打欲死。糧户不納糧，知縣索米坐大堂。幫費無著落，軍船開遲官禍作。但願五風十雨百穀熟，一畝歲收米十斛，乃使官吏歡忻民不哭。」可稱警策。《吴江竹枝詞三十二首》，爲里鎮風土之記。

秋塍書屋詩鈔八卷　道光十年刻本

王斯年撰。斯年字海村，浙江海寧人。諸生。嘉慶九年應順天試不售，爲德州左衛儲漕之官。此集爲斯年子洪綬、綦綬校刊，張問陶、陳傳經序，嘉慶十九年孫星衍跋，道光十年盛大士題詞。詩起嘉慶六年至道光五年。作者由吴越北上京師，經燕趙魯豫諸區，所作《渡曹娥江》、《湯陰謁鄂王祠》、《趵突泉》、《汲郡即事》等詩，筆力俊爽。《讀史》、《讀南宋史十首》、《讀明史四首》、《柳如是伽南香筆筒歌》、《題桃花扇傳奇八首》、《蔣心餘九種曲五首》、《題張船山畫鷹》、《題盛子履人日題詩圖》，窮力追新，無牽率之態。詩學張問陶，法式善、吴錫麒均以儁才目之。《讀南宋史》云：「車駕虛還汴，英雄恨渡河。」《七夕》云：「如何千古客，憐世一宵秋。」阮元以爲渾脱。孫星衍摘其七言佳句如《老將》云：「髀肉全消戎馬裏，頭顱留得劍鋩餘。」《西楚霸王墓》云：「淮陰才大甘資敵，項伯情親竟賣公。」「百戰江山餘父老，千秋姬馬泣英雄。」《謁船山不值》云：「疏入重臣驚避席，詩成靈鬼泣空山。」《和山尊》云：「奇詩似劍揮雲白，豪氣如春得酒濃。」皆經鍛鍊而出之自然，允稱美句。

梅花書屋詩鈔二卷　嘉慶十六年刻本

徐源撰。源字立人，江蘇高郵人。嘉慶四年舉人。十六年，其子爲刻《梅花書屋詩鈔》二卷，孫源潮序。是集凡詩五百十四首，自以文注詩有十數篇。如《自遣詩》附《憶江南詞》六首，《聞揚河別駕趙苧川罷歸》附《趙南覬傳》。《論詩》附《呈戴可亭書》。《讀徐氏宗譜》附《記》。《歲杪留别院内諸同學》附《謝管松厓夫子書》。《郭道士》附《甘肅靈州道士郭範傳》。《題李復堂花卉卷十首》附《李復堂花卉卷記》。《題張寄湖湘南行旅圖》附《張宗松傳》。不合體製，而有文字可取。《漕艘縴夫辭十首》，采自縴者，質實可據。

漕艘縴夫辭十首　漕艘銜尾而行，過淺放牐，皆需時日。長晝無聊，與縴夫談熟矣，擇其雅者，爲辭十首。

起兑年年冬月中，江淮河濟汶漳通。五千里路船頭北，饁婦耕男汗血紅。
領運淮安第一幫，南糧首供入通倉。通州壩上官官賀，人看人歡此飯香。
黄河溜接新河口，牐河水東外河長。行到北河端午近，天津關上酒缸香。
過河打凍水如晶，暑汗沾煎東省行。年去年來三七月，舵樓飯飽踏歌聲。
江北淮南多稻田，運河石牐斗門連。溉秧梅子黄時節，過運蠶眠麥秀天。
落帆且讓風頭過，打橛遥看雨脚來。繫纜蕭蕭白楊樹，誰家斷碣長青苔。
故城梨子大如拳，德州棉花白可憐。梨子津津啖不飽，北棉暖恰勝南棉。
少小吴舠盪槳來，越江行盡楚江開。大王家在金龍住，記説當年好秀才。
上牐船頭山不動，下牐船頭碓下舂。三十年來牐上下，而今拂拂酒顔紅。
腰拳臂軟許還鄉，家在峒峿十畝莊。歸種秋田間剥果，柿花紅白棗花香。《梅花書屋詩鈔》卷下

金源紀事詩八卷　嘉慶十八年刻本

湯運泰撰。運泰字黼良，號虞樽，江蘇青浦人。貢生。史學家。著有《南唐書注》、《遼史補遺》，俱未傳。

是集除採《遼史》、《金史》外，又據《宋史》補正。如《大金國志》、《松漠紀聞》、《三朝北盟會編》、《東都事畧》、《中州集》、《續夷堅志》，並皆入詠。其中人名互異者，據譯定改正，以歸畫一。施國祁後，唯有此編，可供研究金史者參考。自序云「作於甲子至戊辰」嘉慶十二年，費時五年，用力可知。子顯業注，諸及門讐校，周郁濱跋。

蘇菴詩稿十四卷　道光十四年刻本

任昌詩撰。昌詩字翰仙，號蘇庵，江蘇震澤人。父兆麟，考據名家，著有《心齋十種》。兆麟長子昌譜字韓山，早卒。昌詩仲子，爲諸生，受知於曾燠。詩詞爲梁同書所賞。此集慕鏊、鄒二南序，趙懷玉題詞。《論詩》有云：「前則小謝，後有髯蘇。」則其宗仰可知矣。卷八《四十初度》注云：「丁卯在饒守宋東田表叔幕，余三十初度，有『嶺梅知我意，早逗一枝春』句。」以此逆推，當爲乾隆四十三年生。結集時五十七。昌詩好古劬學。所作《皇象篆書巖山碑歌》、《古異布歌》、《泰山行書孔谷園執文書法》、《書曹子建集》、《讀少陵詩》、《方正學墨竹歌》、《鐵畫歌奉和梁山舟先生》、《白傅祠四首》，文采奕奕。和唐仲冕、潘奕雋，贈酬奚岡、張燕昌、黄安濤、葉紹本、阮元，間存故實。附任兆麟、恆山、劉儀原詩，亦可參考。《詞稿》一卷，鄒二南序。

薌圃詩草十卷　同治十年重刻本

陶礐相撰。礐相字覲堯，順天大興人，諸生。官皖最久，自巡檢至滁州州判。是集爲朱鐘訂，朱滋年序。

詩十卷，編年。始乾隆五十六年，迄嘉慶二十五年，爲十四至四十三歲詩。中歲始近老成。《江船行》、《過大洪嶺》、《逃荒行》，多撫時之作。督修堤工，協辦賑務，恆以所見入吟。《靈璧查災紀事雜詩十首》、《亳州查災紀事雜詩十首》，語多質直。生平往來於京、揚、皖之間，祖塋在直隸豐潤。行役雜詩甚多。而以《濠梁雜詠》、《游滁州瑯琊山醉翁亭》爲最。

藹唐詩集十四卷　道光間刻本

王瑋慶撰。瑋慶字襲玉，號藹唐，山東諸城人。嘉慶十九年進士。道光間官順天府丞，累至户部侍郎。二十二年休致。撰《藹唐詩集》，初刻八卷，爲嘉慶二十五年蕉葉山房本，與亡妻單茝樓《碧香閣遺集》、自撰《滄浪詩話補注》合刻。據《丙申五十初度》詩逆推，爲乾隆四十三年生。此集十四卷，有胡世琦、吴傑序，自序，爲嘉慶二年隨父官陝右至道光十六年己官光禄寺卿之詩。瑋慶少歷榆塞，中年作吏齊魯，有晉祠、雁塔、泰岱紀游詩。官京師最久。《太液湖賦長歌》，詠明十三陵，以及西郊名勝寺院詩甚夥。《燕京新樂府二十首》爲賀新年、跑飛車、多金子、如玉女、觀劇、酒館、拜會、善會、新嫁娘、虞殯歌、請分子、官吏債、戳包兒、小兒戲、火判官、送竈神、荷葉燈、冰盞、燒料壺、黄花魚，補蔣士銓《燕京新樂府》所未及。《燕京懷古十二首》，爲文丞相祠、謝文節祠、耶律楚材墓、遼太后梳粧臺、姚少師影堂、于少保祠、松筠禪林、嚴嵩七間樓、皇姑寺、四川營、西涯、槐簃，均爲言北京掌故者所需。瑋慶嘗扈從熱河奉天，作出古北口外詩及盛京紀行。座師劉鳳誥謫戍黑龍江，有長詩送之。《題葉兩垞仲秀山房詩集》，兩垞名維庚，著《紀元通考》。《讀宋史絶句二十首》，自韓琦至司馬光。《南宋絶句二十首》，自李綱至虞允文。《論詩絶句八首》，爲陳子昂、宋之問諸家，《讀唐人詩集偶覽其軼事取綴小詩十二首》，言唐詩者可自采擇焉。

岑華居士蘭鯨録八卷 嘉慶十五年刻本 鳳巢山樵求是録詩六卷二録四卷續録一卷 道光間刻本

吴慈鶴撰。慈鶴字韻皋，號巢松，江蘇吴縣人。俊子。嘉慶十四年進士，改庶吉士。官至翰林院侍讀。卒於道光六年，年四十九。詩集初刻名《蘭鯨録》。爲乾隆五十九年至嘉慶十年詩，凡五百三十六首。與《岑華居士外集文》二卷合刻。蔣攸銛序。慈鶴少隨父宦游粤東、齊魯，詩有家傳。又受知於朱珪、劉鳳誥、蔡復午，詩名大起。所作《觀潮行》、《循州雜詩》、《廣州鎮海樓》、《金塗鐵塔歌》、《滇陽峽》、《彈子磯》、《白雪樓弔李滄溟》、《詠開元登封摩崖碑》、《顔魯公書東方先生畫贊碑》，才贍詞富，波磔老成。《官鹽行》、《大車謡》，悉狀民間疾苦。吴郡人材輩出，作《七贈詩》，經學則顧廣圻、徐頲、徐潁，算學則沈欽裴，文章則戈襄，詞賦則顧蒓、陶樑。又與曾燠、彭兆蓀、樂鈞、王文誥、蔣因培、沈欽韓、李黼平等迭有酬和。續刻集名《鳳巢山樵求是録》，爲嘉慶十年至二十五年詩，六百二十七首，與外集文二卷合刻於道光四年。彭兆蓀、曾燠序。嘉慶二十四年，慈鶴官雲南副考，作《滇游詩》。又有《初得鳳巢》、《管仲姬硯歌》、《救荒新樂府五首》、《虔州觀水漲》、

《度大庾嶺》等篇，道光七年刻《續録》一卷，梁章鉅序。爲道光元年至六年詩，時任河南學政調轉廣東，盡汴梁粤中之詩。並與張問陶、石韞玉、劉嗣綰、林則徐、張維屏唱和。慈鶴既没，朋舊多撰挽詞。高學濂挽詩有云：「同庚況復是同門，親切當年似弟昆。情懷惡爲憐兒子，心力枯因報主恩。」注云：「巢松僅一子，前歲夭折。」詩見《希齋詩存》卷二，可補傳記之闕。張維屏《詩人徵畧》論詩云：「擒毫木天，戴筆史局。使車所至，山水爲緣。碧雞金馬，助其奇思。嵩嶽河流，增其壯采。中年篇什，所詣益進。不以才力掩其性靈，故足貴焉。」今觀三刻，知慈鶴少負盛譽，道光初不衰。至有「舊游彈指太惺忪，王樂劉彭宿草中」之慨。然則慈鶴詩固不逮王芑孫、樂鈞、劉嗣綰、彭兆蓀也。

讀騷樓詩初集四卷 道光九年刻本 二集四卷 道光二十年刻本

陳逢衡撰。逢衡字履長，一字穆堂，江蘇江都人。諸生。家富藏書，招致東南學者甚衆。中漸落，依曲阜孔氏。道光元年舉孝廉方正，未赴。嘗北遊燕薊而返。晚益窮，歸田自計。刊著《竹書紀年集證》五十卷、《逸周書補注》二十二卷、《穆天子傳補正》六卷、《博物志考證》十卷，世稱善本。又《山海經彙説》，傳世甚稀。卒於道光三十年，年七十一。道光九年刻《讀騷樓初集》四卷，詩三百十一首，自序。二十年刻《二集》四卷，詩三百四十首，孔慶鎔、孔繁灝、全望欣刻本作金望欣，金乃全字之誤序。自謂詩歌一道，未能專志。然平生多讀異書，下筆自知取舍，雅與學人爲近。初集《題凌曉樓擁室讀書圖》、《題鄧湘皋南溪耦耕圖》，二集《申耆以徐星伯漢書西域傳補注見惠賦謝》、《樸齋溝洫水利圖説書後》，多爲藝林故事。《贈顧澗薲》詩云：「鮑叔能延致，孫郎待切磋。」自注：「山尊學士凡有著述，俱奉君爲標準。鮑氏《知不足齋叢書》、孫氏《平津館叢書》均經點定。」又云：「胡果堂方伯依宋本《文選》、《資治通鑑》屬君校刊，時方爲蔣伯生明府校刻《法苑珠林》。」顧千里爲人作嫁，可窺一斑。《長歌哭子韻》一詩，子韻爲小學家薛傳均，甘泉人，諸生。兩集中所見交往文士，如王豫、汪全泰、石鈞、屈爲章、屠倬、阮亨、楊文蓀、黄承吉、汪遠孫、湯貽芬、秦恩復、石承藻、劉寶楠、吴廷康亦一時之選。初集《故鄉曲》、《南浦曲》、《江水高》、《燈市行》、《淮水決十三堡有感》，爲道光間揚州時事。道光十四年應京兆試，游都門。旋出居庸關，登太行，作《塞上雜詠》十首，記張家口市易民情綦詳。

説文堂詩集八卷　道光間刻本

許之翰撰。之翰字春卿，江蘇甘泉人。貢生。道光十七年，刻《説文堂詩集》八卷，年六十。首嚴廷中、金守楷序。詩不甚工。唯與江淮文士多有往還，《哭汪劍潭端光》、《輓汪冬巢潮生》、《弔李濱石種泗》等詩，可與傳記印證。《歸朱老匏先生尊碣》詩，老匏名冕，爲乾隆間揚州布衣詩人。淮揚大荒，有詩八首紀事。《題百盲圖卷子》、《雅片煙鬼扇》，亦自出機杼。

自春堂詩集十二卷　道光九年刻本

楊鑄撰。鑄字子堅，江蘇丹徒人。年十三四，即解吟詠，王文治見而激賞之，語人曰：「楊生，獅子也，墮地即能跳躍。」與宋大樽、石鈞、屠倬、吴嵩梁交善，神交張九鉞、黎簡。詩學太白，張問陶心折之。孫星衍、秦瀛咸謂排盪似黄仲則，而俊逸過之。家近北固，尤愛焦山幽邃清曠，與詩僧清恆爲方外交。《聽琴》詩有「明月在水不在天，秋聲在空不在弦」句，曾燠登焦山見之，長吟再四。琉球使者鄭宣仁入貢，會晤於吴門。是集爲嘉慶七年以來詩，凡九百二十七首。生年以丁丑初度詩推之，當爲乾隆四十三年。《流民歎》、《吴興賣魚婦》、《築堤謡》、《遺履篇》、《訪雪廬於乍浦軍門同登鐙光山眺海作》、《糴米行》、《魚苗船》、《輿人哀》諸篇，大都涉及世事民情，感激豪宕。《張鐵槍歌》記張永祥隨阮元緝捕海盜，後入屠倬揚州知府幕爲掌書記，可資舊聞。游覽登臨盡江浙名山，清腴簡遠，亦幽亦放。《題江左三家詩》、《題嶺南三家詩》、《書張紫峴陶園詩集》、《胡稚威集》、《讀黄仲則兩當詩感題》、《哭船山先生》、《書李琴夫先生遺稿》、《讀瓶水齋詩集》，强半爲近世善學李白者，其趣旨益可知矣。與應澧、張鏐、屠倬相善。道光二年，三子相繼去世，篝有詩弔之。是集爲吴文溥定。作序者清恆、陳文述，又宋大樽、王芑孫等人題詞，以爲詩界新秀，因譽之唯恐不至也。

遺履篇記宋公楚望事　時乾隆二十六年

縣官色變將軍驚，縣官緝兇入大營。逞威殺良都護子，縣官執法要汝死。樓上盈盈李家婦，公子豪强婦恚怒。白壁蒼蠅血如雨，公子跳樓遺一履。縣官來驗兇人無，獲得此履如獲珠。功名擲去寢食廢，切齒虚心察其蔽。縣官得實故敞筵，公子入署來擊鮮。縣官上堂坐，公子雙脛破。鋤鐺繫汝

頸，汝父威難逞。縣官捨命先殺兇，將軍膽落貌益恭。安得縣官盡如此，百姓無冤獄如水。《自春堂詩集》卷二

印心石屋詩鈔十二卷二集三卷　道光間刻全集本

陶澍撰。澍字子霖，號雲汀，湖南安化人。嘉慶七年進士。由翰林官至兩江總督。江南治河漕鹽運，皆有殊績，爲道光朝著名循吏，近世偉人。卒於道光十九年，年六十一，謚文毅。《全集》本卷五十三至六十四爲詩，卽《印心石屋詩鈔》。所收詩自二十四歲始，分體不編年。其中勘河漕運之篇，有益世用，唱酬題圖之作，華實相副。古風雄勁頓挫，勢自磅礴，如《浮山》、《石門潭》、《華嶽》、《棧道》、《神女峯》、《采石磯》、《登虞山望海》、《秦二世殘碑》、《嶽麓碑》、《宣德醮壇銅醆》、《甘泉宮瓦》、《安化茶》，多當時詩題。近體命意必清，用事甚精。竹枝體亦偶爲之，如《茱萸竹枝詞十首》、《長沙》、《竹枝詞十首》、《成都雜詠十八首》亦竹枝體也。嘉慶二十年，澍巡視淮安漕務，回途漕船阻凍，乃禱於露筋祠，卽日風和凍解，作《漕河禱冰圖八十韻》。撫蘇治吴淞以通海口，道光八年作《吴淞江工竣開壩放水歌》，兩篇膾炙一時，題詠唱和者無慮數十家。又有《潘功甫以宣南詩社圖屬題》，追敍嘉慶九年初舉此會，先後與會者爲胡承珙、陳用光、劉嗣綰、梁章鉅、顧蒓、林則徐、程恩澤。此事各書記載不一。張祥河《偶憶篇》云：「宣南詩社，京朝士夫朋酒之樂無以逾此，或消寒或春秋佳日，或爲歐、蘇二公壽。始則陶雲汀、周之琦、錢儀吉、董國華，繼則鮑桂星、朱爲弼、李彦章、潘曾沂，

後則徐寶善、汪全泰，吾與吴嵩梁每舉必預。」可知澍實爲首倡。謝元淮《養默山房詩稿》中《上雲汀中丞一百二十八韻即以介五十壽》注稱澍「詩名播海外，朝鮮使臣權永佐等詣門求詩字，回國築擬陶詩屋，結社吟詩」。今集中尚有《和高麗許澹宕櫟韻》，亦佳話也。別有《皇華草》三卷，爲澍典試四川所作，皆記蜀游。初刻於嘉慶二十一年。道光九年重刻本，受業鄭際昌爲之箋注。全集本附此於詩鈔後，名爲二集。道光六年，又刻《海運詩編》，收《丙戌赴吴淞口致告海神登礮臺作》和詩有辛從益、賀長齡、梁章鉅、林則徐等數十家。

琴隱園詩集三十六卷　光緒元年刻本

湯貽汾撰，貽汾字若儀，號雨生，江蘇武進人。以父荀業死於林爽文之變，蔭襲雲騎尉，歷官三江守備，樂清協副將。擢温州鎮副總兵，因病不赴，退隱金陵。偕其配董琬貞以琴書爲友。工曲，有《劍人緣》、《逍遥巾》。咸豐三年，太平天国佔領南京，投池死，年七十六。嘗刻《與竹居棄稿》，爲湯荀業詩附墓表題詞，記其家世。此集刻於光緒元年，附詞集四卷，首姚燮、顧文彬、吴雲、蔣德馨、孫憙等序，爲乾隆五十六年至咸豐三年至六十二年詩。貽汾嗜學，嘗從王文治、吴錫麒、王芑孫游。其詩包涵衆有，卓犖成家。守山右時所作《廣靈北山》、《豐鎮觀馬市歌》、《雲岡石窟寺長歌》，尤爲巨創。《種蔗行》、《土藪行》、《廣土藪行》、《羅浮雜詩》、《大鯆行》、《自桂林道經湘楚雜詩》，觀山川奇變，問農事之誼，時流於楮墨間。《靈丘樂府辭七首》，皆謳民風。貽汾工畫，旁通金石文物。《答友人論畫》、《論畫又示一二三子》，爲畫史資料。《文丞相松風鑪歌》、《鐘寺紀緣圖》、《題蕭山崇化寺碑》、

《題蕭尺木山水》、《爲馮魚山題摹本趙子固落水蘭亭》、《題峴山十五老圖》、《題張横渠無垢兩先生家傳書像》、《題張道陵像》、《麟見亭河帥放鼉圖》、《慈恩寺佛像歌爲劉燕庭作》、《題陸機平復帖真蹟摹本》、《題錢武肅王投告太湖水府龍簡》、《吴越王金塗塔拓本》、《題建昭雁足鐙》、《題西河竹垞兩先生合璧小像》、《題沈雲巢兆澐觀察觀弈圖》、《題檜門雜劇詩遺墨》、《題沈濤河朔訪源圖》等篇，雜學旁蒐，造詣亦深。《讀柳柳州詩集四首》、《題秦淮海集三首》、《詠史十六首》、《自題劍人緣傳奇》周儀暐爲之序、《逍遥巾雜劇》，亦足録存。貽汾與當時文士、學者、畫師、方外、外裔多有交往，有《懷僧詩》、《懷人詩》多首。生平載書橐筆，奔馳四方，砥礪以成，殊非易易。時人題詠《斷釵吟圖》及《玉釵樂府》，以表彰湯荀業妻，又於貽汾一門死事，多加揚頌，此皆囿於封建觀念，不足爲訓。王志瀜《澮粹軒詩草》有《與湯雨生游應州木塔雁門》詩。

偕暹羅使臣丕雅梭扢粒巡吞押撥蘇昭突廊窩汶蒸泥暇握撥突廊拔車哪鼻悶平哩突坤第匹呱遮办事飲於高唐舍弟峻欽贈之以詩因次其韻

輦賷航琛萬里回，流光恰憶嶺梅開。謾言絶域无佳士，也識高懷屬酒杯。馬革功名憐我老，雞林聲譽讓君才。最難古驛寒霜夜，姜被依然一榻偎。

廊窩汶蒸泥暇握撥突索詩

鄉心先逐越王臺，馬足層冰踏不開。欲盡歸程須兩歲，便朝天闕已三回。俱盧衣食真奇福，須彌山北俱盧州有自然衣食，見《法苑珠林》。暹羅布粟賤，故以喻之。淨飯兒孫總善才。凡爲宰官，皆由釋氏廊爲世胄，則世傳佛學者也。慚愧能文蕭穎士，何堪竟作汝師來。時欲就予識漢字。《琴隱園詩集》卷九

懷人詩七首　録二

渾源罪人胡梅　字赤簫，上海人，禍由文字，三遇赦，乃歸。苦吟，數遊北嶽，詩大進，予序其稿，渾源人多從遊焉。

忽得詩囚結墨緣，南冠幾度對悽然。一投雁塞頭先白，三見雞竿命始全。我獨憐才人欲殺，生雖不遇死終傳。元都多少游仙客，絶壁猶驚筆似椽。

日本國中士古後七郎右衙門染川伊兵衛税所長左衙門　三人皆薩摩州中士，而官海島在番。海島在番者，司島民租税出入者也。國有六十八州，薩摩其西南，九州之一也。乙亥八月同以任滿還薩摩，颶風吹至碣石，同舟四十七人，言語不通，幸三人能文，具書所以。有司以聞，乃送歸其國。丙子正月，予伴暹羅使臣南返，遇諸庾嶺賓館中，筆談甚得。懷袖間各擕紙筆絶精。古後七郎草書在顏、米之間。予以紙素乞之，即書「日暮鄉關何處是，烟波江上使人愁」，太息泣下，如不勝情。又觀所携刀三十三口，其俗，中士以上得佩大小二刀，欲買之不能。瀕别皆乞予詩。而税所長謂其父年八十八能詩，欲歸以爲壽云。

烟波日暮涕潸潸，舶趠風回去莫攀。折柳空憐歸海客，扶桑不信在人寰。腰間玉具蛟龍敵，袖裏

霜毫性命關。珍重徐凝舊詩句，唐徐凝有《送日本使還》詩。白頭應喜見生還。《琴隱園詩集》卷十四

讀唐人吕從義豐溪遺草 從義，大梁人，唐廣明中避地至歙縣旌德，隱居豐溪。自題墓碑曰「唐人豐溪漁叟之墓」。迄今九百餘年，子孫蕃衍至數千家，守墓不去。有遺詩四十五篇，《全唐詩》所未録也。

詩人老作魚蠻子，物色無人到烟水。桃源歲月桐江迹，安樂不容南面易。墓碣宜傳金石編，子孫猶種墓前田。滄浪絶響垂千年，遺音應在溪聲間。《琴隱園詩集》卷十九

唐確慎公集詩五卷 光緒元年刻本

唐鑑撰。鑑字栗生，號鏡海，湖南善化人。仲冕子。嘉慶十四年進士。歷任翰林院檢討，御史，累至太常寺卿。嘗主講江南書院。卒於咸豐十一年，年八十四。著有《朱子年譜考異》、《學案小識》等書。是集爲其子壻賀瑗刻於南京。卷六以下爲詩。乾、嘉間湖南學風，由唐仲冕而開。鑑拘於理學，同時鄧顯鶴，倡導鄉文獻，俱不逮仲冕弘闊。是集《擬樂府二十四首》、《讀漢書作》，古調詰屈，如臨摹帖，覽者不能終篇。粵西皖中雜詠，稍具佳製。《歌語訓俗俚歌八十六首》，自稱爲《山苗歌》，純用理學家口氣。晚作有悼鎮壓太平軍陣亡之江忠源等詩，皆無可取。其學問文章，尚能噉名於世，詩則無補於藝林也。湯鵬《海秋詩集》卷十三有《唐鏡海太守不能讀父書圖歌》。

垂老讀書齋詩鈔二卷　光緒四年四明黄氏補不足齋刻本

黄定齊撰。定齊初名定亢，字克家，號蒙莊，浙江鄞縣人。諸生。幕游鐵保、麟慶、梁章鉅、林則徐、潘錫恩、康紹鏞幕，佐治州縣、府道、院司多年。咸豐五年卒，年七十八。是集有王德治、陳勱、趙佑宸、陸廷黻、凌行均序，毛琅撰《事畧》。定齊以身歷境，以境寫情，歌詩有伉爽之氣，五七古尤卓然。《過十八灘》、《觀范氏天一閣藏書》、《謁全太史謝山墓》，詞句老樸。《憫時四首》，爲《田無禾》、《大風雪》、《有餓殍》、《立路隅》。《浙東燒鹽歌》、《紀颶風》、《高擡閣辭》，俱爲紀事。《讀律六首》，亦爲實得之言。《張古愚先生教習算學》、《論四明詩派三十六首》，頗可參考采擿。集中有《送林少穆》詩，於鴉片戰爭多寄憤激之詞。時英人以口角毆斃粤人，輒起碇揚帆而去，作長歌歎之。又有《庚子夏仲聞寇》、《寇退和友人作》等詩，亦心寓不平。《解網曲》，戒鄉里械鬬惡習。定齊於案牘之餘，肆力於學，尤重鄉邑詩文。此稿乃邑人爲付剞劂，蓋必欲表彰其賢，庶未歸波靡云。

希齋詩存四卷　道光間刻本

高學濂撰。學濂字孔受，號希之，安徽無爲人。嘉慶十二年舉人。官四川江安知縣，資州直隸知州。撰《希齋詩存》四卷、《文鈔》二卷，首朱錫穀、陳仲良序，道光十年自序。詩起嘉慶十三年至道光九年，凡八百首。據《三弟鐵君三十初度》注，知爲乾隆四十三年生。集中《呈鹽政阿厚菴先生》，紀奉命校刻《全唐文》，爲有關文獻資料。《讀劍南集》、《書板橋集後》，亦可參考。《輓山東學政吴巢松同年》、《别金鑑渠夫子》、《懷人詩十二首》、《哭劉金門夫子》，多備舊聞。道光元年，時疫流行，三年州境大水，十一年磁州地震，俱以目覩，形諸於歌。《詠江南窨酒》、《涇南竹枝詞六首》、《桃枝詞》，時吟土風。入蜀詩，多記形要，蓋川中經白蓮教之後，社會變化較大，故不以刻畫山水爲能也。《制府譙廓爾喀貢使卽事有作》，爲中尼兩國交往史料。官資州詩，間取民間習尚，可覩焉。

真息齋詩鈔二卷 同治九年刻本

陸費瑔撰。瑔字玉泉，號春颿，浙江桐鄉人。嘉慶十三年副貢。官至湖南巡撫。是集有屠倬序，楊芳燦題詞。分體，爲道光三年以前詩。詩學唐人。《大沽觀日出》、《泊九江有感》、《江船琵琶曲》、《道士洑》、《戒壇古松行》、《居庸關歌》、《江行阻風贈漁者》，格調俱高。《論詩六百言》、《懷周伯恬儀暐》、《金亞伯大理應麟屬題三十六波春水圖》、《書宋高宗賜岳忠武奪情墨敕後長歌志慨》，爲沈濤題《載酒訪詩圖》、《李雲章恆山講舍圖》、《題妻姪汪小米遠孫松聲池館勘書圖》，亦稱雅飭。又有《飼蠶吟》、《苦寒行》、《捉船行》、《踏冰行》，狀敍民間苦楚。雖無師承，交往多文士風流，故亦有得。

古干亭詩集六卷 嶺南雜言一卷 道光間刻本

黄桐孫撰。桐孫字穉木，號支山，浙江鄞縣人。定文子。嘉慶二十四年舉人。官河道幕佐，入粤爲鹽大使。游於楚、豫、皖、粵間，以詩文稱於時。道光二十六年，其子叔元爲刻《古干亭詩集》六卷、文一卷，周儀暐序。附《嶺南雜言》爲詠史樂府及廣東土風，而刻板在《詩集》之先。據蕭令裕序，桐孫卒於道光十三年。以《五十感懷》詩推之，約生於乾隆四十三年。桐孫與李兆洛、鄧顯鶴、吴德旋、陳僅交善。詩以摹狀山水見長。五古《詠雹白縣熱水寺》、《白鶴峯山居雜詩》、《登招寶山》、《彭門雜詩十首》、《雪後游洛陽龍門作》，七古《珠江月夜泛舟》、《游七星巖》，皆得意疾書，觸手紛披。游濟源所作五古《濟瀆廟》、《延慶寺》、《聶政墓》、《李侯鄉》、《郭解里》、《鍾繇塢》、《盧仝別墅》、《李愿盤谷》、《中天臺》、《司馬承禎墓》、《傅堯俞草堂》，以前代野墅、古刹荒祠爲題，別具一格。七古《雙門觀刻漏歌》、《戊子正月集嶽麓山祝屈子生日記事》、《魏郎説書歌》、《大相國寺五百羅漢歌》，擺脱閒情，所以引人入勝。七律《過殘明故宫遺址》、《惠州六首》、《謁史道隣先生墓》四首、《詠北史》四首，七絶《題明初開國功臣像》四十三首，不獨造語工切，亦有囊括之功。又有《颶風作》、《江西大水行》、《鹽田行》、《合江樓圮而復修》，均爲紀實。詩不喜作酬應語，蓋欲力據上游，必有超軼尋常者焉。桐孫爲鄞縣世家。贈姚椿詩注有云：「全榭山先生所續南雷黄氏《宋元學案》，稿藏余外大父盧月船先生家，卷帙凌亂。君嘗勸余整理，欲壽諸梓，而余南北奔馳未遑也。」

魏郎説書歌

康蘭皋先生言，乾隆間西蜀魏三兒色藝冠一時。及嘉慶四五年，都城禁歌舞，三兒色亦衰，坐順城門外説書度日，其盛衰之際，有足感者。余壬午入都，戲場寂然，名優無見者。追憶賦此。

谿浣花光江濯錦，家家睡暖芙蓉枕。占斷風流薛校書，千秋絶豔空題品。魏郎生少錦城邊，花枝裊裊行欲前。半梳翠鬟隨雲髻，一曲珠喉共月圓。小車薄薄行棧道，料得山靈與灑埽。不教雲傍馬頭生，細路逶迤護芳草。初來領署帝城春，物色迷離認未真。擲眼平康先買笑，鈎心阿堵爲傳神。三兒以千金留連妓館，術益工。豐樂園開珠市内，前驅五色鴛鴦隊。月宫飄緲下飛仙，妙舞清歌世無對。三面雕闌簇綺樓，當年列坐醉公侯。停鞭願爲羅敷死，折柳偏從小玉留。使星昨夜來天上，爭就魏郎參近狀。萬里橋邊一紙書，試官黄氣眉間王。西蜀兩試官以得三兒家書爲榮。纏頭莫與鬬喧闐，紅紙招邀翰墨緣。欲向城南徵色藝，要從硯北乞名箋。頓收曼衍魚龍戲，廣場寂寂歌臺閉。冷落平時舊舞腰，不獨廉公嗟失勢。順城門外老春光，拍板輕敲早斷腸。子弟三班風雨散，綺羅一摺夢魂忙。人生何處深情繫，鄂君不復揄纖袂。鏡中髩影認前塵，襟上酒痕雪殘涕。記得公車蜀道難，萬金持贈盡臚歡。而今索寞春衫冷，流水游龍道上看。三兒盛時，贈蜀中應試者人百金。盲詞小説談遺事，盛衰不盡窮途淚。儂身本是海棠花，一片飛紅任風墜。休從曲譜戀淫哇，多少鐘鳴鼎食家。君不見夜半火城威燄燼，永豐門第滿塵沙。即用嘉慶四年間事。《古干亭詩集》卷三

易蓄貨

蓄人以奇巧誘人之物，貿銀以去。中土其日匱乎。是當以貨相權，禁私販而戢奸商，庶有豸哉。

快輪中土金，以易蕃人貨，漏巵靡涯如海大。撃洋鐘，昏旦過。品洋菸，烟雲唾。令人瞢騰死則那。阜財先與恤泉刀，絶鴆當如拯寒餓。漢家握均輸，物物相權計匆左。古來兩洋貿易多，押蕃船使藉增課。《宋史·食貨志》：淳熙二年，户部言，三路舶司，歲入固不少，然金銀銅鐵，海船飛運，所失良多，而銅錢之泄尤甚，法禁雖嚴，姦巧愈密云云。是宋時市舶之弊已如此矣。矯之者遂議閉關，坐使利權在下，又未達於羈縻之術，海賈之情也。《嶺南雜言》

珠湖草堂詩鈔四卷　道光間刻本

阮亨撰。亨字仲嘉，號梅叔，江蘇儀徵人。阮元弟。監生。元官浙江學政，在學署七年。著有《珠湖草堂筆記》、《瀛舟筆談》十二卷，以品詩表人爲主。是集有吴錫麒、徐熊飛、方廷瑚、張鑑、陳文述、王豫、楊文蓀序。其詩清綺，以練句爲能，無貴介習。吴文溥《南野筆記》、王豫《羣雅集》、凌霄《快園詩話》、沈濤《匏菴詩話》均有摘句。《種花行》、《播穀詞》、《拾薪行》、《養蠶曲》，亦切民情。贈答如洪亮吉、張岳崧、張雲巢、包世臣、朱爲弼、伊秉綬、陳裴之、劉寶楠、查揆、李周南、宋翔鳳、邵澍、張鑑、姚椿、許乃穀、屠倬、殳慶源、陳廷慶、錢泳、焦廷琥、王屋、顧廷綸，交游衆廣。

萬松山房詩鈔四卷　道光十三年松蔭堂刻本

潘正亨撰。正亨字伯霖，一字何衢，廣東番禺人。貢生。年十九學詩，與張維屏同研朝夕。官候補刑部員外郎。道光十一年自編《萬松山房詩鈔》四卷，有自序，道光十二年陳曇序，張維屏、楊維麟、譚瑩等題詞。生年據維屏題詞推之，爲乾隆四十四年。詩格生新，未嘗摹襲前人。《曉過峽山縣》、《詠寒暑表》、《贈痘醫》、《題蛺蝶圖》、《讀離騷》、《木棉花十首》、《越王臺懷古》，自抒機軸。嘉慶十六年曾燠在廣州光孝寺建虞仲翔祠落成，有詩紀事，「誰知地老天荒後，始識鸞飄鳳泊人」句，一時爲人傳誦。與李威、伊秉綬、吳榮光、吴嵩梁、吴慈鶴等人均有酬答。此集詩凡三百八十七首，抉擇較嚴。劉彬華《玉壺山房詩話》亟稱之。

菽歡堂詩集十六卷 咸豐三年刻本

王丹墀撰。丹墀字覲顔，號水村，浙江海寧人。諸生。撰《菽歡堂詩集》、《詞集》，有崔以學序。據卷五《三十生辰》詩推之，生當乾隆四十四年。詩迄於道光十五年。卒年無考。丹墀詩多體察貧民生計。《漕船女兒歌》、《剥皮謡》、《淘旱魚》、《米賈》、《斷屠》、《告荒狀》、《蠶婦怨》、《漁家怨》、《當票》、《哀凍死婦》、《佃田怨》、《剥榆皮》，不啻社會縮景。亦有讀書雜詠與水村風景小詩，句烹字鍊，自抒性情。《緝雅堂詩話》舉其《隱居詩》：「早潮落後魚叉見，夜火明時蟹簖多。」《論詩偶成六絶句》云：「活水源頭細細尋，文章妙處古來深。直言不是風人意，要使移情似玉琴。」「才子文章諷諭工，那堪哀怨逐秋鴻。直從擊壤尋流派，盛世何曾有變風。」「海内編詩定幾家，莫輕庶子擅春華。瘦寒一種關天性，未識葩經義取葩。」「考據爲詩未是詩，緣何獺祭遞相師。却尋漢魏窺風始，花月都成絶妙辭。」「玳瑁筵前列衆賓，阿誰風雅最相親。青紅鬼物從他畫，自寫天姿國色人。」「數墨尋行陋盡删，斬新妙語發天慳。向來苦被伶人笑，搘破衣裳扮義山。」是能以奮然自拔者。

冶銀謡

東夷銀幣稱洋錢，流入中華近百年。初猶價低用者少，旋多旋貴因民便。其中真贋頗雜出，濫用何啻十居一。忽傳私禁起民間，千里風行驃騎疾。紅光紫色燭天流，鑄銀如鑄戈與矛。王化所行金受範，纍纍登案如山丘。印信疑雕吉羊字，幕文空想月支頭。或云製成由藥物，銀有藥製成者、藥點化者，見寶藏論。番船來時滿街雪。自古華夷貿易通，休教思信覊縻絶。吁嗟中土俗尤漓，銀面銅胎無不爲。寖假體輕到翦紙，行入鬼方閻羅嗤。嘉慶中杭城忽爲紙洋錢，號冥洋。奸人謀利有若此，冶銀之獲貪銀水。番錢一枚作銀六錢三分，其餘謂之銀水，冶銀店獲利往往至千金者。君不見，貧民手持一餅來，換米不用吞聲哀。《菽歡堂詩集》卷十二

清人詩集敍録卷五十八

聞妙香室詩十二卷　道光十五年自刻本

李宗昉撰。宗昉字靜遠，號芝齡，江蘇山陽人。嘉慶七年進士。由編修官至禮部尚書，兼署兵部尚書。卒於道光二十六年，年六十八。此集假手許槤編刻，紙印精好。共收古今體詩八百三十八首。宗昉出紀昀之門。雅好金石書畫。詩如《龍興寺高麗古鼎歌》、《寶翰堂娑羅樹碑》、《題漁洋山人手札》、《題姜白石遺像》、《顧野王讀書堆》、《小忽雷行》、《窖錢歌》、《紀文達公漢硯歌》、《題八大山人畫瓜果》，綜覈文物，是所擅能。《端陽雜詠》、《劉伶臺》、《石將軍教場歌》、《古北口》、《荆門山歌》、《游華山詩六十五首》、《冰牀行》、《花窖》、《舟中觀辰沅山水五十韻》、《籠城絶句七首》、《游雁山石門》、《桐江舟中》、《衢州雜事三十首》，亦能自寫新意。與齊鯤、方維甸、卓秉恬、顧蒓、陶澍、王紹蘭、朱琦、周凱、梁章鉅、張鑑、朱爲弼等多有唱酬，唯以消寒却暑之什，充其篇幅，可觀者尠。徐士芬《漱芳閣集》有《李芝齡聞妙香詩集題詞》。

春舟集不分卷　道光六年刻本　内自訟齋詩鈔四卷　道光十二年刻本

周凱撰。凱字仲禮，一字芸皋，浙江富陽人。嘉慶十六年進士，官翰林院編修。出爲湖北襄陽知府、福建興泉永道，改臺灣道。道光十七年卒於官，年五十九。著有《廈門志》、《金門志》、《内自訟齋文集》、《内自訟齋雜刻》，均有傳本。《雜刻》有《春舟集》，爲道光六年補漢黄道往九江所得詩，附與王乃斌、沈蘭生聯吟之作。又有《高陽池修禊圖詩》一卷，爲凱守襄陽時與賓從者舊唱和詩。生平主要詩作，在《内自訟齋詩鈔》中。今所見爲殘本，止三、四卷，名《澎海紀行詩鈔》。前二卷内容無從判斷，然此書又標曰《閩南集》，當亦作於閩中，而與《春舟集》無預焉。澎湖詩凡百六十八首。小序云：「澎湖，海上一島耳。處金、廈之東，扼全臺之要。廣袤不及一邑，而山巒平衍，屹立波濤中。初設巡檢，旣改通判，以理其民。地多斥鹵，不産禾稼，惟高粱、薯芋、花生生焉。民以捕魚爲業，資食於臺、廈，屢患風災。道光十一年秋，遭颶風，商舶不通，居民乏食，通判蔣鏞告急。明年春，凱就近携帑金，赴澎湖撫卹。而臺灣道亦先後遣官，載薯乾相接濟。三閲月而蕆事。公餘之暇，得詩若干首。仿古人采風之意，彙爲一帙。澎湖之風土民情，山川形勢，風波險阻，亦少具其什一矣。」考《芸皋先生自纂年譜》《内自訟齋文鈔集》附：「道光十二年，有澎海紀行詩。」當卽此本。其中《晚泊浯嶼》、《大擔口》、《青嶼》、《舟至金門》、《乞風行》、《水將罄禁丁役礸面》等詩，寫廈門放洋後航海經過綦詳。抵澎湖，作《勘災》四首、《撫卹》四首。自注：澎湖額徵地種網滬繒銀，歲五百九十三兩有奇。此次撫卹，動餉銀九千餘兩，較嘉慶十六年三倍，用澎湖十七八年之歲貢。附澎湖生員蔡廷蘭《請急賑歌》，俱當時實録。又作《媽祖宫》、《施將軍井歌》、《紅毛城》、《新城》、《虎井沈城》、《西嶼塔燈》、《詠物二十四首》、《澎湖雜詠二十首》附前任澎湖聽陳廷憲作、《海舟雜詠六首》，爲澎湖以及閩臺珍貴史料，視《年譜》所記福建沿海寥寥數語，直有霄壤之別矣。張維屏《松心十録》有《奉酬芸皋觀察四首》，附周凱《讀聽松廬詩集賦贈張南山大令》詩。

勘災四首

大澳澎湖一十三，海山斷續海東南。牆堆老古石猶白，石多海沫結成，有鹽鹹，年久者堅，呼老古石。菜煮糊塗粥亦藍。以海藻魚蝦雜薯米爲糜，呼糊塗粥。牛糞燒殘炊榾柮，魚糧乏絶摸螺蚶。劇憐人與鮫人似，可惜冰絲不育蠶。

白浪掀天萬丈飛，夕陽閃閃動漁磯。有錢家始煨紅芋，薯一呼紅芋。無罪人多著赭衣。漁人以柿漆染衣色紅。但聽狂風連日吼，難逢寒落見朝晞。澎無露。臺陽咫尺偏殊俗，三熟猶聞稼穡肥。臺灣露盛如雨。

一片平蕪滿目荒，雨餘及早種高粱。村無榕樹連陰碧，澎地並少榕。路見蒲英幾朵黄。花嶼前頭難寄椗，竹篙灣裏好歸航。北埼渺渺尤横絶，鐵板沙遮吉貝鄉。

髣面風吹兩鬢蕭，此行敢憚陟嶕嶢。山多砢礧。有懷欲抵將軍澳，何處重尋菩薩寮。明盧若騰官浙江多善政，民呼菩薩。鼎革，結寮澎湖，著作甚富。見《臺灣志》。颶母秋濤曾作謔，海翁春日要來朝。海翁，大魚，重數千觔，三月天后誕日來潮，必三躍而去，風浪大作。見《澎湖紀畧》。嗟嗟且共安耕鈞，定卜堯天雨露饒。《内自訟齋詩鈔》卷三

澎湖雜詠 和陳别駕廷憲 二十首録十二

澎湖聞説似蓬壺，排列山巒入畫圖。帆到未教風引去，神仙只是太清癯。

裹頭赤足髮鬅鬙，手執魚腥結隊行。賣得青錢買紅芋，家家辟穀學長生。澎民以地瓜爲糧，少粒食者。

山頭看得獨分明，陣陣魚花水面輕。指點鳴榔打圍去，漁人齊説好先生。老漁踞山頂看魚，指麾衆漁環捕呼爲魚先生。魚來水紋生花稱魚花。

番荳生來勝地瓜，油炕音莘，油渣也，俗讀如枯䰀䰀出油車。糞田内地人爭重，壓載强於載海沙。花生可爲油，其渣可以糞田，曰油炕，性重，商舶購以壓載。

東望臺陽咫尺間，好風不怕石嶕𡽱。五更洋面平明到，習慣波濤自往還。澎湖離臺灣洋程五更，厦門七更。

陰陽嶼對吉東西，近接婆娑洋面低。來去不須舟楫恃，跳身直可學鳧鷖。陰嶼、陽嶼、東吉、西吉，皆在澎之東婆娑洋，臺灣洋面。澎湖水勢獨高，四面皆低，數處人尤能鳧水數十里。

虎井遥連大小貓，將軍澳口僅容舠。官差那敢來相問，打破商船物慣撩。虎井，大貓嶼小貓嶼最險處，將軍澳南風泊船處，港口僅容一舟，下多犖确石，即俗呼老古石，往往破舟，漁人乘危搶奪，官差拘人，紿以風大，自覆其舟，而後救之，罪人皆逃，差懼至焉。

人人海底作生涯，雙眼紅於二月花。最怕北礁礁畔過，雄關鐵板鎖長沙。漁人眼皮多紅，澎湖之北不可行舟，漁人亦罕至，謂之鐵板關，澎臺險要。

競誇文石與空青，海底年來何處尋。剩有螺杯生理好，不教枉費琢磨心。文石亦須磨琢始成。

好勇無如鐵帽生，三年最怕換班兵。銅山南澳難同臭，一語參商械鬬成。

文風日上見蒸蒸，詩畫琴棋亦擅能。言語不須愁鴂舌，强調鸚鵡學來曾。澎有吕成家善撫琴，能詩畫。

屈指何人先琢句，算來惟有施肩吾。黑皮年少紅毛種，那見燃犀照採珠。唐施肩吾集《題澎湖嶼》詩：「腥臊海邊多鬼市，島夷居處無鄉里。黑皮乖少學採珠，手把生犀照鹹水。」《内自訟齋詩鈔》卷四

海舟雜詠 十六首録十

打馬桅高直到梢，購求不惜把金拋。樑頭雖小船身大，共説財東好運交。桅以番木爲佳，鐵糙最貴，打馬木次之，費數千金。財東造船置貨出貲本者，出海甚夥也，船以樑頭丈尺爲憑。

行保驗明文武泛，税關還要幾番搜。就中出海稱船主，管領橫洋萬斛舟。厦門設文武汛以稽出入，船以行保爲憑，海關徵税，渡臺船曰横洋。

柁繚斗椗聘來精，水手相呼曰弟兄。但聽舵公爲指使，一齊邪許喊聲聲。柁，舵工。繚，司帆繚者。斗，即斗手。椗，司收放椗者，四種最要。

亞班本領絶無倫，百尺竿頭寄此身。上下似猱便捷甚，棍攜媽祖舞如神。亞班，斗手。媽祖棍，能驅水怪。

大海風吹入腦昏，裹頭有布不須論。憐他赤足偏禁冷，箇箇腰圍犢鼻褌。水手皆著袴於外，如戰裙，水師總兵官猶服之。

海石曾聞多吸鐵，鐵梨木斲椗雙雙。椶藤麻辮繩千綹，猶怕洪濤日夜舂。椗以鐵梨木爲之，甚重，狀如杵頭，有鈎以泊船。

製成龍骨貫中邊，三節松鱗水底堅。鹿耳猴楦俱著力，不愁帆重一船偏。海船底有龍骨，大松木爲之，自頭至尾凡三節，側槍帆脚拖水，賴此不畏欹側。鹿耳喉楦，皆舟中楨具。

特設麻籬苫櫃前，此中懸榻待賓賢。餘皆艙底録梯下，坐井同觀海外天。苫櫃供媽祖處，官艙呼麻籬，設掛床以虞反側。艙底甚深，必梯而下，其口如井，木板盖之。

桅梢百幅掛翩翩，狀若頭巾頂上懸。巧借一帆風力穩，身輕萬里好行船。大帆頂上加一布帆曰頭巾頂，能使船輕。

大篷側側受風斜，左右還教用插花。遺制流傳説三保，人如徐福泛仙槎。帆兩旁加布帆，曰插花，使船不偏，與頭巾頂，皆云明太監鄭三保遺制。海中靈蹟甚多。《内自訟齋詩鈔》卷四

㽦亭詩草五卷 道光間刻本

徐璈撰。璈字六驤，號㽦亭，安徽桐城人。嘉慶十九年進士。官户部主事。改浙江臨海知縣。引疾歸。道光二十一年年六十三卒。事具方東樹所撰《徐君墓誌銘》。著有《詩廣詁》、《㽦亭文鈔》。是編凡詩三百十三首，附其甥蘇惇元《後記》。璈從事經史考據，與朱琦、郝懿行、胡承珙、李彦章、姚瑩、馬瑞辰交往。《懷亡友張阮林》，記張聰咸輯華嶠、謝承等《後漢書》數十家。著《左傳辨證》多援賈服訂正杜義。《讀明史功臣傳》、《詠天壽山明陵》、《廣州虞仲翔祠》、《西漢鐵鑊歌》，詞多奥衍，不免有嚼蠟之嫌。《伐木篇》、《游雁蕩山》、《女牽船行》、《越田水輪歌》、《讀唐詩偶書五首》、《偕洪遇孫登繁塔》、《寄端木國瑚》、《都門别姚石甫》各俱情致。鮑桂星稱其詩五古溯魏、晉而上，七古在韓、蘇之間，近體純乎唐音。今觀所作，亦染宋習，無率易浮薄之詞也。

友竹山房詩草七卷補遺一卷 道光十年刻本

蘇履吉撰。履吉字九齋，福建德化人。嘉慶九年，由諸生重赴福州鼇峯書院肄業。十七年拔貢。道光四年，官甘肅敦煌知縣，七年，署安西知州兼攝敦煌縣事，重修縣志。十年，刻《詩草》七卷、《補遺》一卷，共八百餘首，自序年五十一歲。有陸芝田序，馬疏、袁潔、王承勳等題詞。履吉自嘉慶二十年出任知縣，歷安化、正寧、靈臺、崇信。所作《古浪晚行》、《武陽竹枝詞八首》、《遊五泉山歌》、《靈臺竹枝詞十首》、《洮州即事》、《玉關行》、《續玉關》，多記陝甘山川風土人情。而以有關敦煌詩作最要。道光十一年刻本《敦煌縣志·藝文志》有蘇履吉《留别敦煌父老士民》、《同馬參戎進忠游鳴沙山月牙泉歌》、《蘇園新詠二首》、《秋日重到沙州感二首》、《敦煌八景》，凡十四首，而此集尚有《次王青崖沙州竹枝詞原韻八首》、《次王青崖重游月牙泉紀游四首》，爲縣志所無。附録於此，以爲補敦煌地方史料之闕焉。

次王青厓沙州竹枝詞原韻八首

邊氓鳩聚少閒遊，終歲耕田望有秋。不道敦煌原古郡，行人慣説是沙州。敦煌居民惟耕田爲事，邑名敦煌，而武營仍名沙州，故往來行人，多説沙州。查城南皆沙山。

改邑當年設色新，分田授土繪魚鱗。太平中外真如一，都是遷來内地民。邑原爲沙州衛，遷内地五十六州縣之民來此屯田，分爲二千四百户，每一户給地一分。

道光二十一冬澆春種喜安苗，無雨全憑積雪消。立夏十渠量水日，一分爭道歲豐饒。邑分十渠，引黨河之水澆地，自冬至春澆水，謂之安苗，立夏日始分排水，每户一分，即望豐收。

西望三危聳入雲，沙山遥接勢平分。風來高下隨舒卷，半似春潮漾水紋。邑西二十里許爲三危山，迤南接連沙山，有千佛洞諸勝，每大風過後，沙山積如水紋。

清泉一勺月爲牙，四面堆沙映日斜。爲問渥洼何處是，龍媒除此别無家。邑南五里許有月牙泉，舊傳卽渥洼泉，四面沙堆，不能侵入水中，而志書仍分兩處，無可考。

生計挖金孰與籌，轆轤三轉亦難求。春來開廠秋來閉，無復餘錢上酒樓。南山金廠盛時，金夫獲利多醉酒樓。近來挖金須用轆轤，三轉到底，始有金砂，較前良難。

前途沙漠達新疆，萬里征夫是我郎。婦女相隨甘受苦，不貪翠羽與明璫。邑居民近已殷繁，地無加增。間有挈家赴新疆者，請給路票，摽其由赴於某處受苦，殊堪憫惻。

民俗無端逞氣雄，爭論半是醉顔紅。比如一夜狂飇起，莫道終年少好風。邑居民頗淳樸，惟飲酒後多滋事端，亦如此地大風陡然而起，静息後仍屬清明。《友竹山房詩草》卷五

亦政堂詩集十二卷 嘉慶二十三年刻本

劉珊撰。珊字介純，號海樹，湖北漢川人。嘉慶十六年進士。官安徽石梁知縣，河南潁州知府。此集爲官石梁時自刻，有陳斌、李兆洛、查揆序，詩九百十五首。據卷三《戊辰三十》詩，爲乾隆四十四年生，結集時年甫四十。珊初學唐人，復以爲詩之工當不盡此，退而求諸宋。《埋馬行》、《田家詩》、《賑饑謡》、《霪雨歎》、《插秧詞》、《看青謡》、《販私引》、《坐關謡》，取材民間，自較泛詠風月爲優。又喜以雜俗爲題。居遼東作《暖炕》、《耳杓》、《風門》、《蔬窖》、《烏拉》、《冰牀》、《火硯》、《蹴踘》，均消寒之什。官北京作《新年雜詠》，爲土牛、

句芒、門神、鍾馗、花錢、桃符、爆竹、春聯、歲鼓、照秏、鏡聽、春餅、年糕、升官圖、走馬燈、琉璃泡、鐙虎、面具、鐵珠。雖未超詣，亦不淺露。又有《送程虞卿孝廉》、《題王柳村詩集》、《歲暮奉懷師友二十首》，可見交游。

滇行記程集二卷　道光二十五年活字本

吴其濬撰。其濬字哲甫，號瀹齋，河南固始人。嘉慶二十二年一甲一名進士，授翰林院編修。官至雲貴總督。著有《植物名實圖考》三十八卷、《長編》二十二卷、《奏議》六卷。卒於道光二十六年，年六十八。詩集僅見此本，無序跋，爲道光二十四年官雲南巡撫紀程作，而用活字擺印者。上卷詠燕、冀、豫、鄂，以《黄州雜事詩》記風俗民情較悉。附陶樑詩三十首。下卷記臨湘江行聞見，經辰沅入黔。其間記辰州鐵礦、沙户淘金、黔中河運、桐木燒窑、苗疆風俗、郡置變遷，多有前人所未及者。是集均用七言絶句，引書或以自身經歷以爲注，亦異乎草野傳聞矣。

新牆河　巴陵縣南六十里，發源臨湘。

投鞭競渡新牆水，迴首年前士馬騰。明月上元哀角裏，懷中羽檄到巴陵。崇陽之變，余駐湘陰，調度防堵。以正月十四日啟節赴岳州。行十餘里，得平江警報，知逆酋鍾人傑於十三日半夜潛來劫營，遂密藏懷中。沿途飭驛多備糗糧，即日帶鎮筸兵勇大隊赴通城勦賊。其實僅鎮兵二百，於翌日自湘陰前進，而練勇已飛檄赴崇陽。爲奪險計，增竈示强，聊安衆志。至二更餘，得守備賈鎰財報，知賊已擊退。余料逆賊聞大兵至必卽逃竄，先是以手札諭通判唐鳳德，俟賊退城空，卽由臨湘輕騎招諭鄉耆入城收復，四圍兵將不得先入蹂躪妄殺。至是一日夜馳二百四十里，抵巴陵，以賈守備報示將吏，士氣益奮。而唐通判已招通城紳士來聽指揮。遂卽時密遣赴臨通交界，探賊動靜。賊果於十九日竄回崇陽。唐君帶兵勇十餘人入城，搜獲數賊，以城交湖北委員勞永泰，余因馳奏徹兵回長沙，而岳州文武殆無知者。今過新牆，年豐民樂，又是一番景象矣。《滇行紀程集》卷下

大圍隄 龍陽縣北

烏汊障下大圍隄，截斷谿蠻衆派谿。大豆芋魁今歲好，不將黄鵠怨羣黎。大圍隄，上接武陵烏汊障，長百二十里，横障辰沅諸峒溪水，爲一縣利。邇來湖漲潰決，久未修築。壬寅冬，委署令陳炳倡修完固，縻錢五萬餘緡。越歲圍田大稔，民歌樂之。《滇行紀程集》卷下

沙洋 荆門州地，去安陸府迂迴幾三百里。

鎮隄不遣水西流，木杪參差齊柁樓。水府廟傾犀鐵落，長湖風浪幾時休。沙洋鎮與紅廟隄南北夾束，漢水逼使東下。《水利考》謂控荆門、江陵、監利、潛江、沔陽五州縣之上流，自緑麻口直衝沙洋隄二十餘里，軍民廛居其上。盖漢水西南決則直達江陵，其患甚鉅。然兩岸相距不過數十丈，夏風一溢，潰決相聯。且長湖百餘里，既不能入江，又不能入漢。扃於隄防，浸没田疇，而水賊巢穴，倏忽無定，行旅尤病之。凡言水利者皆以修隄爲事，不知水無

所容，所謂川壅而潰，所傷實多。況沙淤漸高，其從前之高阜浸尋，與水相埒，民幾無邱陵可避。沙洋隄甚堅，邇來漸圮於水，若有傾決，建瓴而下，鎮爲魚矣。而長湖爲赴荆州沙市捷徑，舁舟過隄，兩宿可到，商旅之所趨鶩，則緝盜爲要務矣。（《滇行紀程集》卷上）

補讀書齋集遺稿詩二卷　光緒元年刻本

沈維鐈撰。維鐈字子彝，一字鼎甫，號夢醉，又號小湖，浙江嘉興人。叔埏子。嘉慶七年進士。歷官左副都御史，工部左侍郎。生於乾隆四十四年十二月十二日，卒於道光二十九年，年七十一。事具陳慶鏞所撰《墓誌》。遺稿合文賦、雜著十卷，陳澧序。一、二兩卷爲詩，共二百三十一首。光緒二十五年其孫曾樾補刊外稿，詩僅十首。維鐈從段玉裁學，通經詁。喜朱子之學，集中有《謁陸清獻公祠》。嘗多次爲會試、鄉試主考，林則徐即出其門。唯外宦間所作詩，多未存稿，遺集祇什之三、四耳。《留真志感圖二十四韻》、《題錢警石冷齋校勘圖》、《題苗先麓河間君子館磚拓本》、《送陳頌南罷官歸閩》、《題陳化成遺像》，贈葉紹本、梁章鉅、林則徐之詩，措辭命意，俱可觀。蓋亦清流之亞云。

鐵樹堂詩鈔三卷附鈔二卷　嘉慶十九年刻本

李光昭撰。光昭字秋田，廣東嘉應人。閉門垂二十年。嘉慶十一年稍出。游羅浮白雲間。十九年，番禺黄喬松編刻《詩鈔》三卷、《附鈔》二卷，爲全稿三之一。黄喬松、謝蘭生序，李鑾宣、譚敬昭等題詞。《爲詩雄奇清秀，别樹一格，林昌彝《射鷹樓詩話》多采句。詠安期巖、滴水巖、碧虛觀、景泰吉寺，《螺岡石螺歌》、《雲山雜詠二十首》，情景胥融。《羅浮懷仙吟七首》，分題浮邱伯、安期生、鮑靚、葛洪、鮑姑、黄野人、何仙姑、白玉蟾。《新闢海聲堂祀吾粤詩人》，自張九齡至黎簡，凡二十六家。光昭與宋湘、温汝能、吴蘭修等交往酬答。《題黎二樵五百四峯堂詩集》，可見瓣香之所在。《黄式齋學古情種子曲題詞》、《書霍小玉傳後》、《題緑珠傳後》、《雨生劍人緣傳奇題詞》，情文相生。自謂有《鴛鴦繡譜》之選，皆近代閨閣詩。然未見傳本。又作《阿芙蓉歌》，力主禁絶雅片。《賣蔗童子歌》小序云：「天啟璫禍，李侍御應昇就逮，緹騎洶洶，士民憤擊。一賣蔗童子提削蔗刀從一肥尉後臠其肉飼狗。」康熙間董大倫亦有此題，見《梅坪詩鈔》。

軍餘紀詠一卷　道光二十二年刻本

胡超撰。超字卓峯，四川長壽人。乾隆五十九年應童子試未售，入伍，從征苗疆。嘉慶間，參預鎮壓川、陝農民軍，屢建戰功。道光元年，擢甘肅永昌協副將，駐防西寧。從楊芳征張格爾，生縛之。十年，安集延犯邊，超率兵馳剿，至英吉沙爾，解喀什噶爾圍。二十一年，駐防山海關。鴉片戰爭起，留防天津，從僧格林沁視直隸、山東海口防務。尋調甘肅。歷任參將、重慶總兵、古北口提督、固原提督、甘肅提督，四川提督巡閱陝漢。卒於道光二十九年。是集爲道光二十二年刻。有陳鎣咸序，自序云「年逾六秩」。詩中夾注，關係平生事蹟。於滑縣農民起事及生擒張格爾事，記載頗詳。又屢衛乾清門，圖繪紫光閣，亦有詩紀之。超爲著名勇將，詩特餘事，存此一編，亦非易事。

紅蝠山房詩鈔九卷　道光七年刻本　紅蝠山房二編詩鈔二卷補鈔一卷補遺一卷　光緒三年刻本

王乃斌撰。乃斌字香雪，浙江仁和人。爲諸生時即以詩文名。副貢生。嘗侍親游浙中，作《括蒼從游草》。游湖北，作《漢江集》、《黄州集》，爲黄州知府周凱幕友。道光七年，刻《紅蝠山房詩鈔》九卷，周凱序，自序，時年近五十。十二年，中副榜，旋隨周凱赴閩臺。十六年，以軍功官直隸易州判官。十七年，移冀州。十九年，又自訂二編詩十八卷，朱俊書、韓小巖序，當時未及刊行，僅存序目。光緒三年，族孫爲刻《二編詩鈔》二卷、《補鈔》、《補遺》各一卷。生平所爲詩，大略可見。其詩性靈學力並到，獨出冠時。前集《撒沙夫人廟》、《韜光觀日出》、《上灘謡》、《負縴子》、《攢屋謡》、《羅浮鐵橋歌》、《襄陽春游雜興八首》、《游黄山詩》、《詠十六國春秋》、《杭州吴山南宋賜器詩》，詞藻意深，頗自質幹。《黄州詩》如《黄岡竹樓懷王元之禹偁》、《鴻軒懷張文潛耒》、《海棠橋懷秦少游觀》、《以及元孝子丁鶴年暮歌》、《簡汪秀民》、《明荆藩妃桂氏沉香樓歌》、《高陽池落成爲芸皋太守作》，不汲汲於東坡赤壁，去流俗遠矣。《二編》以詠厦門、金門、澎湖、臺陽之作爲勝。《大擔嶼放洋眺太武山》、《牧馬王祠歌》、《海上望大嶝嶼懷宋釣磯邱處士葵》、《鄭樵夾漈草堂硯歌》、《靖海侯施琅祠》、《登嘯臥亭懷俞大猷》、《明監國魯王墓》、《大擔門舟中望洪濟山》，狀寫海上奇境，懷古尤深，非尋常可企及矣。《官軍解嘉義圍》等詩，記道光時繼黄斗奶後臺民事件，殆爲紀實。《補鈔》爲北上詩，官易冀判官，詠畿輔、津門、風土民情，亦可采掇。唱酬友爲張維屏、馮宬、王衍梅、徐楙、羊宗祐、温肇江、熊士鵬、陳瑞琳，而以周凱最相知。

登嘯臥亭懷明俞武襄公　大猷　亭在金門石城山，大石鎸「虚江嘯臥」四字，武襄筆，面海。

海天一色浮空青，振衣直上嘯臥亭。蒼煙縹緲失珠璵，白浪疊展如銀屏。倚亭下視金門所，石壘荒涼斷碑古。約記前朝數戰功，俞家似龍戚家虎。半壁東南亂海氛，紅夷旂幟莽如雲。誰歟釀禍數十載，要錢惜命徒紛紛。讀易軒中將星起，一劍寒芒逼秋水。傖父烏知禦賊書，軍門自識無雙士。自從海上立奇功，談笑洪濤巨浪中。早有神機衍河洛，屢聞威令懾瑶僮。百戰餘生猶未老，予奪何人偏草草。鬼蜮何論趙文華與嚴嵩，善媚權奸胡太保。直將忠骨棄蒿萊，鼙鼓誰思將帥才。千秋龍虎風雲會，嘯臥空教託壯懷。鯨鯢戮後銷鋒刃，亭前指點風帆順。有客忘機狎海鷗，榜人猶説鴛鴦陣。《紅蝠山房二編詩鈔》卷下

明監國魯王墓　墓在金門島石城東浦，石鎸「漢影雲根」四大字，用筆極蒼勁。二百餘年，島中但稱王墓。林茂才秋泉文湘、許生作以、林生樹棵、許生朝英考實，始知魯監國墓。撰記繪圖，携酒漿奠醊。余請於周芸皋觀察書碣樹墓前，並禁樵采。去王墓二里許，卽盧牧洲尚書若騰墓。

一代興亡感去潮，王孫遺墓草蕭蕭。幸無骨抱厓山恨，尚有人攜麥飯澆。龍種自今知北地，烏啼終古怨南朝。島中差亦稱鄒魯，金門島自宋以來文物極盛，名海濱鄒魯。好與忠魂慰寂寥。《紅蝠山房二編詩鈔》卷下

火山　並記

山在嘉義縣南二十里玉案山後，小山屹然，下有石罅，流泉出亂石間。火出水中，無煙有焰，石色黝然。土俱黑色，晝夜火焰不息。而石洞兩旁，樹色蒼翠，經火不焦。折一枝投其中，煙頓起，焰益烈，所投卽灰燼，真奇境也。一在彰化貓霧山，惜未往游。

羲和鞭石走東澥，擲下火鞭色不改。燃砂燋土鎔作山，山中出火聞頗駭。諸羅邑南玉案東，夜半月黑山光紅。我昨望之疑野燒，人云火山之火烈焰烘。朝來走馬玉山下，汩汩泉聲洞門瀉。火從水上直噴來，若樹燃鐙射紅炮。倏然百丈光芒騰，焚林勢欲山石崩。詎知樹色轉蒼翠，但見丹丹炎雲蒸。一枝忽投煙氣猛，葉敗枝枯衹俄頃。炙手人來試探湯，石滑如冰水仍冷。君不見，茲山下直通海眼，海中陰火多潛然。殘灰莫問滄桑刼，時恐燭龍水底眠。《紅蝠山房二編詩鈔》卷下

思詒堂詩稿十一卷　同治五年重刻本

金衍宗撰。衍宗字維漢，號岱峯，浙江秀水人。金德瑛曾孫。嘉慶元年年十七，試作《銀河篇》，學使阮

元奇其才。五年中舉，以大挑得縣令，改就臨安縣教諭。咸豐五年，刊《甌隱芻言》，九年，重宴鹿鳴，翌年卒，年八十一。撰《思詒堂詩稿》十一卷、《詞稿》一卷，沈維鐈序，詩共一千一百三十二首。衍宗詩主宋，與錢泰吉甚契。《重游泮宫》詩注，稱秀水派「推錢、汪、王、萬諸君，實先公爲之倡」。又云：「先公詩惟蔣心餘、張瘦銅得傳，餘無知者。」集中《獻縣謁河間獻王墓》、《錢武肅王太湖銀簡拓本册爲翁廣圻作》、《游平山堂放歌》、《宋胡忠簡遺像硯歌》、《康甫晉齋印稿》、《晉永嘉磚硯歌》、《唐景龍觀鐘銘拓本》、《謁淨度寺普光大師墓塔》、《燕子樓》、《颶風歌》、《明萬曆三十年癸卯浙江鄉試題名録》、《孫琴西衣言海客受經圖》，多以長句刻意吟之。《讀晉史雜詠四十首》，可爲讀書之助。《織席詞八首》、《苕溪竹枝詞十首》有關土風。其詩沉著清老。陸以湉《冷廬雜識》舉其《木瓜》詩二首，理真詞雋。沈淮《三千藏印齋詩鈔》有贈歌。張振夔《介軒詩鈔》有《金峯衍宗寄示尊經閣崇祀議詩以代柬》。

織席詞　郡學旁有園數畝，園丁潘叟年六十餘矣。余來仍令主之。未幾，爲兒娶婦，婦工織席，與其姑共操作，取售日嬴。郡志載龍鬚席草細而涼，暑月寢之，可當蘄簟。雁山産龍鬚草，莖細而秀，種者如藝稻。織席通四方，甌俗女紅多業此。按《唐志》，隴州土貢龍鬚席。又《雞林志》，高麗人多織龍鬚席。今舶販至，密緊上有小團花，太白詩「莫捲龍鬚席，從他生網絲」，蓋席之珍者。所謂華而皖大夫之簀歟。余嘉叟之克勤而一家之足自給也，亦見風土之美，乃爲甌江竹枝詞繼聲焉。

晴時抱甕雨時鋤，一室辛勤助織蒲。差喜小人甘食力，遊談肯學並耕徒。

小團花樣是耶非，軋軋聲中力苦微。織就流黄爲誰好，迴腸轉遍九張機。

刺繡何如倚市門，姬姜幾見素風存。兒家竊比雞鳴布，莫道嬉春俗欠敦。

摻摻荑手欲生胝，三日猶嫌五匹遲。豔説深溪姑與婦，牀頭夜算一枰棋。

冰紋滑笏勝琉璃，展向紗幮一枕宜。笑我漫膚消瘦盡，負伊八尺卷風漪。

故鄉吉貝足謀生，紅女工夫課短檠。曾記髫齡時定省，重闈親理紡車聲。

蓬首爲容嫵媚多，那煩錦字寄連波。竹垞老去懷風土，爲作丁娘子布歌。

坐筵醴婦本家常，贏得詩人喜欲狂。不見采紅催織紝，小姑料理嫁衣忙。《思詒堂詩稿》卷十一

小雲廬吟稿六卷　道光十八年刻本

朱壬林撰。壬林字禮卿，號小雲，浙江平湖人。嘉慶十六年進士。由侍御官永平知府，擢清河道。卒於咸豐九年，年八十。自訂《小雲廬吟稿》，爲嘉慶六年至道光十八年詩。葉紹本、徐士芬、陸沅序。壬林與吴嵩梁、朱爲弼、查揆、陳文述互爲唱酬。歷豫、楚、黔，又自浙東而江右而嶠，吟詠山川故蹟。《滇游》、《粤浙》二集，篇章尤勝。其詩繁采寡情，然當時社會平定，要亦與形勢相稱，自可存矣。

溉餘吟草十六卷　道光十六年刻本

丁繁培撰。繁培字霽堂，號溉餘，江蘇丹徒人。諸生。受學於徐熊飛。嘗預修《松江郡志》。官同知。

撰《溉餘吟草》，首徐熊飛、朱方增、程鴻桂序，自序。性好遊，《江南懷古三十首》、《煙雨樓》、《白燕庵弔袁海叟》、《桃花塢弔唐解元》、《長水竹枝詞六首》，運筆清逸。《重修松郡志六十首》、《讀陳子龍夏允彝列傳》、《論文》、《題何其偉簳山草堂詩》、《陳榕幹移任青浦》、《讀夏節愍集》、《輓陳桂堂太守》、《鐵畫歌爲湯天池作》、《詠史十首》、《獅子林》、《觀繩伎有作》，多有故實可撏。繁培生於乾隆四十五年。詩自嘉慶初止於道光七年，計其年已四十八。此集篇什甚多，然造意練格，均有所長。是能以詩踵相接者。張應昌輯《詩鐸》未見此集，選詩自《耐冷譚》迻録。當日可知見書之難，較今過之也。

題紅樓夢

一滴珍珠一點恩，闉中賴有淚盈盈。直教滴盡心頭血，才了亭亭倩女魂。

蘅蕪一徑繞扶蘇，香氣氤氳乍有無。如夢剛圓人便杳，玉釵敲斷畫樓孤。

經卷爐香有夙因，世緣空後道心真。前身應是華山女，不著人間半點塵。

手敏心靈事事宜，斯人可惜不男兒。才情遠出難兄上，靜對高牙對鼓鼙。

影落空江暗自傷，芙蓉憔悴怯秋霜。竟同霍玉因情死，一笑千金何日償。

心跡分明可告天，借君寶劍死君前。任他濁水深千尺，不礙玲瓏九品蓮。《溉餘吟草》卷三

日本海商墮風抵川沙舟中人幾溺死司馬顧公杏墅詳憲賑恤護送出洋公作詩紀之屬和即次元韻

回睇家山欲白頭，餘生九死赦蛟虬。來瞻上國新冠蓋，身本東夷舊長酋。漂泊倍深異地感，撫綏幸免旅人憂。它時一櫂還鄉里，重駕餘皇萬斛舟。《溉餘吟草》卷十六

潛吉堂詩録二卷　道光二十四年刻本

楊秉桂撰。秉桂字辛甫，晚號蟾翁，江蘇吴江人。貢生。候選訓導。卒於道光二十三年，年六十四。事見本書卷首程庭鷺所撰《傳》。是集附二卷爲詞與雜著，首孫夔序。生平游踪北至淮揚，不出江南。善書畫，題圖較有佳什。《漢五銖泉範拓本》、《張開福八甎拓本》、《王學浩小影》、《張濬鴻案聯吟圖》、《張履靜觀圖》、《羅兩峯墨蘭》落筆有生氣。《過計甫草堂》、《輓孫原湘》、《和王仲瞿弔項王墓三首》、《同翁海邨廣平游崑山》皆當代故實。秉桂與程庭鷺、蔣寶齡交善。足跡不廣，與江南文人薰染有限，不足稱淵雅，是以收名未遠也。

松心十録二十卷　道光二十年刻本

張維屏撰。維屏字子樹，號南山，先世山陰，廣東番禺人。道光二年進士。歷官黄梅、廣濟知縣，改同

知，權南康知府。告歸居廣州，爲學海堂學長。卒於咸豐九年，年八十。維屏早負詩名，與譚敬昭、黄培芳號「粤東三子」。游京師，翁方綱許爲「詩壇大敵」，法式善亦亟稱之。晚年聲譽益高。輯有《國朝詩人徵畧》初、續編，其《聽松廬詩話》已囊括書中。詩集初刻曰《聽松廬詩鈔》，凡十六卷，爲六十以前詩。道光庚子自輯全集曰《松心十録》。又有《詩畧》二卷，同治十年學海堂刻，取便閲讀而已。其論詩旨要見於嘉慶二十五年自識云：「人有性情，詩於是作。志發爲言，聲通於樂。波瀾須才，根柢在學。肆必先醇，苦乃得樂。作者牛毛，成者麟角。僕非曰能，寸心是託。得失自知，疾苦自藥。後有桓譚，豈能豫度。」並載前、後兩刻卷首。此刻分《珠江》、《燕臺》、《白雲》、《羅浮》、《洞庭》、《黄梅》、《松滋》、《廣濟》、《襄陽》、《清濠》、《豫章》、《匡廬》、《桂林》、《花地》、《草堂》諸集，《珠江》、《白雲》各二集，《燕臺》又分六集，《花地》分四集，《草堂》分五集，均依編年順列。各集又以天干統攝之，自甲迄癸，故名《十録》。其詩縱横有奇氣，樂府古詩尤有神解。《善哉行》、《俠客行》、《舟中望廬山作歌》、《太平酒樓歌》、《光孝寺虞仲翔祠》、《贈劉孟塗開歸桐城》、《婁妃墓》、《送惲子居敬還常州》、《洞庭湖大風雪放歌》、《松滋山行》，不事規摹，俱稱佳構。詠羅朔、襄陽、桂林山水，寫照甚工。

維屏生平嗜學。所作《閒居雜詠二十八首》，涉及經史、莊騷、朱、王理學。《詠史六十三首》，效楊維楨、李東陽體，獨不立樂府名色。《論學十八首》、《論樂絶句十四首》，尤爲精研。與林則徐、龔自珍、魏源均有交往。周凱、舒夢蘭、馮詢多與唱和。詩名流播海外，朝鮮李怡雲屬人索詩，暹羅使過境、越南鄧廷誠來粤，賦詩以贈。鴉片戰爭中作《江海》、《書憤》、《孤坐》、《寒食有感》、《村居》、《越臺》四首，發抒愛國激情。《三將軍歌》悼陳聯升、陳化成、葛雲飛,《三元里歌》頌抗英人民鬥爭史實。又順應時勢,多詠新事。與鄒伯奇唱和《周天圖説》,作《金山篇》記聞美利堅,實開近代詩界革命之先河。其間不無濫及,然亦不必作求全之毁也。

論樂十四首

古樂雖亡聲未亡,依然角徵羽宫商。世人莫妄輕今樂,果是知音味自長。

樂工賤役使人輕,莫以工人累樂聲。六律五音兼七調,至今弦管尚分明。

宫聲旋轉遞爲君,音到諧時合又分。諧合五聲成一調,今人言調古言文。古無調字,《樂記》「聲成文謂之音」。成文者,即後世所謂調也。

蘇祗婆産龜兹國,字譜應從古樂來。識得虞書依永義,古今歌調一言該。《虞書》「聲依永」,永者長也。詩數句而歌則永至數十聲,觀後世蘇祗婆所傳字譜,則知古樂必有譜,有譜故可依而永之。

中天韶樂想中聲,二變新加七調成。武不如韶於此見,惜無樂譜證分明。古但有五聲。武王加變宫、變徵爲七聲。武樂之盛在此,其不及韶亦在此。

名號雖殊實不殊,吏稱冢宰户司徒。律名莫作高深看,只當工尺音奢四上呼。黄鐘、太簇十二律,如吏部稱冢宰、户部稱司徒耳,非有奥義也。

不須黍律息爭端,十字留傳永不刊。賴有隋書與遼史,至今知樂尚非難。《隋書·樂志》載龜兹七調。

《遼史・樂志》載十聲，曰五、凡、工、尺、上、一、四、六、句、合。

近來音樂少宮聲，二變聲中雜四清。習俗移人貪悦耳，每多激越少和平。和平難動聽，故今樂多用二變及四清，四清聲者，高仜、高伬、高伵、高仩也。

鐘要分編磬亦編，須知一器調難全。不談金石談絲竹，妙樂由來在管弦。金石不能以一器兼衆聲，是以有編鐘、編磬。若絲竹則一絃有七音，一管有七音。

曲高和寡奈人何，耳畔吴歌讓楚歌。漢高祖愛楚聲，至今相沿，多楚調。絲竹聲中分兩部，南音不敵北音多。崑曲有南有北，餘多西音、北音。

古人席地今高椅，古器用銅今用甆。凡事後來趨巧便，聲音一道亦如斯。房庶云：古用俎豆，後世易以杯盂；古用簟席，後世更以榻案。聖人復生，不能舍杯盂榻案，而復俎豆簟席。講古樂而無實用者，請視此語。

形器非難難在神，全憑神契得其真。就余所見知音者，自漢以來惟八人。八人曰蔡邕，曰蘇祇婆，曰鄭譯，曰張炎，曰姜堯章，曰毛奇齡，曰方成培，曰凌廷堪。

漢唐而後至於今，孤學寥寥不易尋。《燕樂考原序》云：此本孤學無師無友，積思而得。二百年來談此事，三家都不愧知音。毛氏奇齡撰《樂録》，方氏成培撰《詞麈》，凌氏廷堪撰《燕樂考原》，三家各有所得，當取而參觀之。

我來觀劇意誰知，愛聽當場竹與絲。絲竹豈徒供悦耳，要知音樂助心脾。人間音樂，則脾建運，故古人以樂侑食。《草堂集》卷五

樂潛堂詩初集二卷二集六卷　鞠潛菴賸稿二卷　道光間刻本

趙函撰。函初名晉函，字元止，號艮甫，一號菊潛，江蘇震澤人。開仲子。諸生。以詩詞名於時者數十年。撰《樂潛堂詩集》，孫爾準、顧翃、朱綬序。所收詩止於道光十四年。《贈居琴隖》詩自云長倬一歲，是爲乾隆四十五年生。卒於道光二十五年。朱綬序稱其詩「不與時習相推轉。在邗上佐督轉鄭公采擇乾隆以來諸家詩，所見專集最多，故能别白流派，意爲根幹，辭爲葩華」。函南游閩越，北走京師。集中《傀儡行》、《龍池紀游》、《秋夜聽陸孝廉學欽彈琴》、《桃花漁隱歌》、《爰浦秋詞十首》、《南臺竹枝詞八首》、《廣陵雜詠》、《韓蘄王翠微亭石刻》等篇，詞采豐致。《書高忠憲遺札真迹》，爲明代東林文獻，可補史聞。交往唱酬自曾燠以下，如陳文述、曹楙堅、鄭祖琛、湯貽芬、金學蓮、謝元淮、汪仲洋，俱道光間詩家。續刻《鞠潛菴賸稿》，章簡序，詩止於道光二十三年。過江淮，作《憫荒》詩，記水患。鴉片事起，作《滄海八首》抒其志。《十哀詩》爲《哀虎門弔廣東諸將》、《哀厦門弔福建諸將》、《哀舟山弔定海三鎮》、《哀蛟門弔兩江總督裕謙》、《哀甬東弔寧波失陷》、《哀乍浦弔乍浦失陷》、《哀吴淞弔提督陳化成》、《哀滬濱弔上海失守》、《哀京口弔鎮江失陷》、《哀金陵弔省城居民及沿村落被賊蹂躪》。較前集尤勝。

治經堂詩集十二卷　道光五年刻本

朱錦琮撰。錦琮字瑞方，號尚齋，浙江海鹽人。嘉慶間官安徽宣城知縣。後擢東昌知府。是集與《文集》四卷合刊，王光彦、梅曾亮序。錦琮官宣城以循吏著稱，集中有《救災雜詩》、《催科行》、《勸民詞》多首。爲詩樸厚。《介休漢槐歌》、《謁郭景純墓》、《從孫爾準中丞謁包公祠》、《清水塘弔余忠宣公墓》、《大觀樓》、《望九華山》、《珠母佛歌》、《謁梅聖俞墓》，不以刻畫爲工。耽嗜古籍。《詠史一百首》，自屈原至于謙，各加論斷。七古《桃花扇題詞》，多深切之論。末二卷爲《春夏秋冬日次詩》，以十二月，日次一詩，所詠爲民間風俗或歷史大事。小注必記出處，引書以史部、子部爲多。如《二月初八日》詩，引《乾淳歲時記》，爲桐川張王生辰，霍山朝拜極盛。《二月十五日》詩，引《宋史·外國傳》，高麗國於是日僧俗然燈，如中國上元節。《三月九日》詩，引《高昌行紀》，高昌國用開皇七年曆，以是日爲寒食。凡三百六十首，附注數萬言。殆亦前人所未詳者。同邑何岳齡《漱江山房詩集》有咸豐八年朱錦琮序，自署「時年七十有九」，則此集刊行，年僅四十六。亦未見有續刻行世。

復齋詩集四卷　嘉慶二十五年刻本

曾鏞撰。鏞字在東，一字鯨堂，號復齋，浙江泰順人。拔貢生。嘉慶十四年，官孝豐教諭。十八年，主羅陽書院教席。翌年，官東安知縣。刻《復齋文集》二十一卷、《詩集》四卷，自序。生年據《悼亡詩》以丙辰年十七推算，爲乾隆四十五年生。卒年不詳。鏞受知於秦瀛，嘗爲汪志伊課子，《文集》中説經著作甚多，與枵腹爲詩者不同。集中《詠嚴子陵釣臺》、《登南昌進賢門外古塔》、《鄱陽湖阻雨游白鹿洞》、《小孤山》、《晚游朝陽巖》、《浯溪懷古》，詞章典飭，可歌可吟。《孫叔敖墓並記》，且多考訂。嘉慶十一年游雁蕩，作紀游長詩，通篇雄奇，諸卷固應以此爲弁冕矣。自云：「學者凡爲詩文，莫要爲真。論風骨非真不峻，言旨趣非真不永。辭不真斯濫，情不真斯誣。」見自序。此論詩之旨也。

蕉影齋詩集四卷　光緒二年家刻本

謝照撰。照字裕莽，浙江山陰人。嘉慶九年舉人。道光間官山西陵川知縣。嘗受知於阮元，作《芳草曲》、《仙山樓閣》諸詩，一時有「謝芳草」之目。是集爲其子棨棣所刊，有潘世恩、卓秉恬、史致儼、翁心存序。照與林則徐舉人同年，有《贈少穆》詩。記河北亢旱，作《望雨》、《屯糧》、《拾稻》、《覓食》、《逃荒》、《鬻女行》、《乞吃賑》、《領粥》諸篇，頗悉民間疾苦。《前溪竹枝詞十首》、《陡亹竹枝詞二十四首》，述風俗雜事頗悉。五古《讀徐文長集》、《小倉山房集》、《童二樹詩集》，七古《蓬萊閣春望》、《讀杭大宗道古堂集》，七絶《庚子銷夏記題詞十四首》，每出新意。其詩不拘一格，要以詑人耳目爲能。

鈔稗史中事爲英雄譜者戲題其後四首

九百虞初説並詩，獨傳技藝作專家。撥人幽悶揚人氣，絶勝荒唐鬼一車。

天下英雄詎易言，片長能擅亦堪存。何人爲仿青梅例，倚著清尊一快論。

談虎曾多色變人，小儒咋舌詎無因。誰知尚在驪黄外，此叶公龍不是真。

世有畸人未可知，長槍大戟果何爲。嗤他三寸毛錐子，誰构心兵與鬥奇。《蕉影齋詩集》

聽松濤館詩鈔十卷 道光十一年江寧刻本

阮文藻撰。文藻字俟亭，號領榮，江西安福人。道光二年進士，歷官安徽涇縣、太和、寧國等縣知縣。二十三年，爲江西瑞州書院山長。輯有《宛上同人集》，此集有沈欽韓、宋翔鳳及受業趙仁基序，收詩一千九百首。其詩以歷覽江山勝蹟、祠墓及吟詠地方風土物産者居多。《鐵十字歌》，自注：府城南。南唐李璟造此以繫戰船。《徐潭弔明劉球墓》、《黄牛嶺弔明李時勉墓》、《正氣亭弔文天祥》、《虔州竹枝詞六首》、《詠南昌名勝八首》、《過弋陽弔謝疊山》、《袁州七詠》、《燃石》，自注：出高安。色黄白而疏理，水灌之則熱，置鼎其上，可以熟物。《謝靈運墓》、《長沙鐵佛寺》、《吴芮墓》、《賈太傅祠》、《褚遂良廟》、《胡安國墓》、《巴丘懷古八首》、《荆州懷古》、《夷陵爾雅臺》、《鐵棺峽》、《巴東寇萊公祠》、《三峽》、《渝州弔古》、《瀘州諸葛武侯祠》、《烏尤魚歌》、《火井》、《登酆都平都觀》、《大寧鹽場》、《岳州八詠》、《衡州雜詠》、《江州雜詩》、《樅陽弔古四首》、《廬州弔古四首》、《徐州四首》、《華陀墓》、《孟廟》、《嶧山碑》、《茌平四首》、《高雞泊》、《德州蘇禄國王墓》、《燕臺雜詠六首》、《宫人斜》，自注：前明叢葬宫人之所，在阜成門外慈惠寺西北。《定州慕容垂墓》、《常山弔顔杲卿》、《邯鄲叢臺》、《河伯娶婦》、《鄴城弔古四首》、《湯陰弔岳武穆四首》、《箕子廟》、《汴堤行》、《艮嶽》、《汴故宫七首》、《黄鶴樓》、《六和塔》、《館娃宮》、《采石磯三首》、《秣陵弔古十首》、《游隨園八首》、《羅隱墓》、《魯肅墓》、《楚王城》、《金陵雜詩十二首》、《鳩江雜詠六首》、《涇川竹枝詞十二首》、《石門山》、《諸葛子瑜祠》、《范仲淹獄》，今古雜陳，網羅無所不有。文藻受知於陶澍，與鄧廷楨、陸繼輅、劉開、沈欽韓唱酬，集中多附原作和詩。又喜以偶讀及雜俗事入詩。《回道人歌》、《高麗人參歌》、《觀劇四首》、《石鼓歌》、《題唐子畏摹畫韓熙載夜宴圖》、《十國春秋小樂府》、《論陽明得失》、《鼻煙》、《端午雜詠》、《賽城隍》、《題鴉片烟鬼圖》、《茶具六詠》、《破物詩二十八首》、《讀離騷二十四韻》、《十六國春秋詠並注五十三首》、《讀樊川詩集四首》、《玉谿生詩集四首》，有體有物，不免貪多。又好讀小説，如《武帝内傳》、《飛燕外傳》、《太真外傳》、《武宗外紀》以及《紅樓夢》、《金瓶梅》，靡不入吟。自云：「胸無古人詩，我自用我法。」卷九《論詩》。故能不受羈勒，大放厥詞也。郭儀霄《誦芬堂詩鈔》卷六有贈詩。

舟中無事繙小説二種漫題其後

鳳洲孤憤少人知，天水冰山寫影詞。視作毫端描秘戲，泥犂黑獄鬼風吹。

世間兒女本癡情，花笑蘭言要繪事。璅屑園林勞鈍筆，吃人説夢不分明。《聽松濤館詩鈔》卷五

鶴天鯨海焚餘稿六卷　同治間刻本

朱昌頤撰。昌頤字吉求，號正甫，又號朵山，浙江海鹽人。嘉慶十九年，以拔貢生授七品小京官，觀政農

曹。道光六年一甲一名進士，授修撰。未幾，以前任户部事被議。再起，官至吏科給事中，又爲忌者所中，罣吏議還里。太平天国戰事起，就養陝西同州。同治初，州城爲回民所圍，甫解，遽以疾卒。其子元慶爲輯《詩稿》六卷，而平生疏議稿俱已遭回禄。集名《鶴天鯨海焚餘》，乃僅存之意。昌頤生平歷南北十四省，登臨題詠甚多，今唯《游獅子林》、《泰伯祠》、《游華山》等篇，餘不得見。《題翁遂菴學使藥洲訪石圖》、《朱理堂傳石齋圖》、《題林少穆墨梅紈扇》、《元劉文貞公遺鏡歌》，稍備掌故。昌頤受知於黄鉞，與謝元淮、李璋煜唱寄。《自汴梁坐黄河船南歸和袁厚菴編修韻》，記載時事聞見。厚菴名績懋，道光二十七年榜眼，有《味梅齋燼餘草》。

瑞榴堂詩集四卷　道光十八年刻本

托渾布撰。托渾布字子元，一字安敦，號愛山，蒙古正藍旗人。嘉慶二十四年進士。道光間出守楚湘，後由閩渡海，攝篆臺灣。以軍功擢直隸按察使，累至山東巡撫。道光二十二年病免。此集有穆彰阿、林則徐、柯培元序，道光十八年自序。卷一《游浯溪讀大唐中興頌碑》、《謁柳柳州祠》、《浯溪行》、《淡嵒放歌同程春海學使作》，爲粤西詩。卷二爲江南詩。卷三爲八閩詩，《甲午福州水災紀事》、《乙未鼓樓落成》、《和鄭夢伯方伯閩中感興八首》，記載詳實。卷四爲臺灣詩。有前、後《放洋歌》、《臺陽紀事八首》。時朱一貴、林爽文已平，張丙、許成起事，托渾布抵臺練勇籌餉，擒許成斬之，囚張丙内渡入京，有詩詳紀之。他如《賦海物雜詠》，亦有多識之助。徐士芬《漱芳閣集》、劉繹《存吾齋詩鈔》均有《題愛山托渾布瑞榴堂集》詩。

福州水災紀事　甲午

元冥不合翻天柱，欲與生民爭土宇。龍宫挾勢助潮來，三山不見見飛雨。淫霖幾日湮民廬，屋脊猶存空比户。延溪建河不相容，併入榕城爲水府。城下洪波數丈高，又復濤頭突五虎。闔城禦水如禦兵，千聲萬聲禱神禹。將軍棄馬乘桴槎，士女非鳧落水滸。即教穀没尚餘田，縱使珠還已無浦。海艘運糧久不來，會城自昔少積貯。奸商壟斷欲居奇，我乃禁民毋相侮。權作市司價必平，艱食鮮食聊安撫。長府支錢且救貧，監河貸粟亦爲主。急所先務活斯民，勝於閭閻咨疾苦。不然戹水復阻飢，閩嶠之氓多莽鹵。海洋纔得靖干戈，忍使鸛鵝再行伍。我非王景能湮流，聊效婆留挽强弩。一時捍患竭微才，還期百歲長安堵。足食本在足兵先，建倉儲穀命春扈。九年三年蓄積多，龍師雨師首齊俯。《瑞榴堂詩集》卷三

護解俘囚由臺洋内渡舟行抵泉州港口風逆水淺不得已易小舟而行紆迴數十里始得抵岸翼日由陸晉省詩以紀之

扁舟一葉如蜻蜓，衝風逆浪趨沙汀。沿緣達岸不得上，水濁激激迴瀹淪。風波笑我習已慣，跋涉

詎憚淤泥濱。誕登蹢躅行孔棘，沾體塗足如農民。暗潮溜急没脛膝，盲風勢猛吹綦巾。肯辭僕僕鞅掌苦，登陸吾乃有吾身。「吾有吾身」本梵經。陸行四顧虚無人，雨雜海氣吹來腥。望中瓦屋遥露脊，到門寂寂如孤亭。登堂闢牖甫小憩，枯腸雷轉聲振振。尺書甫遞太守至，握手道故交如醇。豈徒放箸得果腹，且免困守同枯鱗。方舟並駕役夫集，檻車僕從行駪駪。歸來較侶放洋捷，三山望裹森闍闉。作詩聊紀行役瘁，歌擬下里慙陽春。《瑞榴堂詩集》卷四

瑞榴堂詩序

林則徐

聲音之道與政事通。詩者，心之聲也。而世之論者必曰詩窮而後工。余竊以爲不然。高士逸民負俶儻之才，不得致用，則有偃仰空山以嘯歌自適者，羈人騷客躡五岳，浮江湖，舉抑塞不平之意發之於詩，工則工矣，亦未始不傳，然於政事，果皆有裨焉否耶？若夫才爲時棟，道爲世範，致身通顯，宣力四方，世之讚美功德者，固不必及其詩，而詩轉以名位德業掩。然果抒情宣德，發諸心事，而通諸政事，則其詩之可傳者自在，何以揜爲。愛山方伯由文學起家，絃歌小試，早有循吏聲。嗣是一麾出守，屢筦繁區，歇歷監司，久居海嶠。臺洋之役，尤著豐功，按讞東甌，勇而能斷。天子知其賢，遂命陳臬畿甸，洊握藩條，行卽坐晉封圻，益恢遠謨，而紀殊績矣。然余久聞其治行而未及窺其詩也。戊戌冬奉命入朝，道保定，始出《瑞榴堂稿》見示。義本敦厚，語必清新，其原本山川，極命草木，無非抒寫其

性靈而能實踐於政事者。以余生長海邦，服官中外，足蹟亦多周歷，而拙於爲詩，偶爾操觚，率無足録。今讀斯集，其在湘南諸作，則皆余年來行部所經也。其在閩中及往來吴越燕齊諸作，又皆余里居所見聞、宦游所攀涉者也。凡余所盱衡時事、諮訪土風，欲搦管而未逮者，而君皆已濡染毫翰，暢爲聲歌以得其性情之正，豈高士逸民、羈人騷客之作所能較絜短長，而名位德業且益彰，其盛美又何相揜之有哉。余不敏，不足以論詩，聊述所慕於君者，以志余愧。是爲序。道光十八年十一月小寒日治弟林則徐呵凍題於京師邸次。《瑞榴堂詩集》卷首

漱芳閣集詩四卷　咸豐間刻本

徐士芬撰。士芬字誦清，號惺斉，浙江平湖人。嘉慶二十四年進士，改庶吉士。出典江南試，督學廣東，官至户部右侍郎。道光二十六年乞假歸。撰《漱芳閣集》文六卷、詩四卷，首陳用光、朱壬林序。集名《漱芳》，取「漱六藝之芳潤，以求真淡」意。其詩曰《使粤草》一卷，爲戊子視學粤東詩，得四十五首，而以皖江途中書所見，記災區千里，餓莩載道。記事求實曰《經齋草》一卷，還京後寓朱爲弼之經注經齋所作，凡三十五首。曰《假旋草》一卷，爲壬辰乞假展墓還京得詩百餘首，中間一詣杭州，游覽之什不多。《讀後漢書四首》，持論從平。《沈客子先生四圖》，爲清初沈季友故事。曰《直廬集》一卷，爲官翰林院作。《惠郡王招遊鳴鶴園十首》，記園林建築特詳。存詩不多，是有所抉擇者。

杏花樓詩稿四卷　道光十九年刻本

朱浩撰。浩字毅夫，號㡌齋，直隸大興人。歷官九江知府。道光十八年卒，年六十六。其子士果爲刻《杏花樓詩稿》，符葆森序。乾、嘉之間，浩侍父於鞏秦、甘涼間。《十憶詩》注有云：「自乾隆辛丑四十六年蘇四十三叛後，山增斥堠加嚴，悉先君監造。」又云：「乾隆甲辰四十九年鹽茶小山回人田五倡衆作亂，欲連内應，謀噬靖遠城。先君奉檄協守，悉擒内應賊一百三十八名，城得無恙。」會川、楚、陜、甘白蓮教起事，浩作《街子口》，記嘉慶四年張翰朝率衆入秦州經過。又作《黑虎嶺》、《月兒嶺》、《冷落山》、《東橋》，皆爲秦岷兩州時事。嘉慶八年，其父爲鞏秦階道，旋升任安徽按察使。浩入贛，于役楚北閩中。嘉慶二十一、二年所作，有關鞫獄者居多。《觀陶者》云：「大冶洪爐萬户陶，一丸泥熟盡皮毛。那知金谷繁華子，敲碎珊瑚五尺高。」《爲淮浙界上籌三十里鹽食》云：「從來一筯是民膏，昃食今香不憚勞。挾策籌禺三十里，頓令汗雨化醇醪。」均較警策。但亦不求聲貌之似耳。

少山詩鈔六卷　道光三年刻本

李琪撰。琪字元朗，號少山，一號五芙蓉居士，江蘇南通人。懿曾子。諸生。道光三年，刻詩六卷、詞一卷，首自序。據《初度》詩計，生於乾隆四十六年。爲同邑周煊《卧雲軒詩稿》作序，年已六十餘。詩分《幼學》、《壯悔》二集，以後未見續刻。作者少喜石鈞詩，作《惻惻行》寄之。鈞死，又作悼詩四首。然已作重於藻績，不甚厚重。《宜興儲生行》、《庭中有奇樹篇》爲延令女子馬十娘作，《少年篇》長篇敍事，動輒百數十韻。《新樂府》四章，爲《相馬篇》、《識曲引》、《書估行》、《河兵謡》，所詠爲嘉慶間蘇北時事，較爲可觀。《讀史雜感》十首，前後《詠史》各十首，評騭人物，悉出心裁。《崇川竹枝詞》一百首，記本邑風土掌故。自序云：「詩陳民風，樂摻南音，蓋前志也。但是篇不能識大，乃識於小，且詞近鄙俚，多涉巾幗人語，似不足存。緣好色不淫，抑亦國風之義，故並録之。」詞雖瑣碎，亦地方志史料。録有關民俗婚姻數首。

崇川竹枝詞　一百首録六

硯材自古數澄泥，法制流傳絳縣西。家有玫瑰千片紫，阿儂不願令端溪。土產澄泥硯有鱔魚黃、蟹殼青等名，而以玫瑰紫爲最。

綺石黃磁小閣深，安排蒲草又茸針。爐香初爇簾初捲，重理王郎一曲琴。郡多花匠，善治盆玩。國朝人王坦有《琴旨》四卷。

新年事事總更新，飯到團圞不厭陳。小婦若詢淘米日，再看皇曆揀良辰。郡人以元日不炊，除夕預爲飯以食，謂之陳飯，又謂之團圞飯。嗣是諏吉日始下生米云。

迎春門外土牛過，撒得盎中麻麥多。若許中他牛背上，今年收滿百囷禾。迎春日土牛過，則撒麻麥米豆，以中牛爲得歲。

芒種纔交五日强，家家爭插白梅秧。勸郎飽喫攙腰飯，甕裏猶餘臘酒香。芒種前後五六日蒔秧，謂之白梅秧。蒔秧時以酒食相餉，謂之攙腰飯。

催親盒裏半冰桃，又送還娘席一條。赢得兒家歡喜甚，小姑分與上頭糕。郡人娶之前日，送果盒，謂之催親，又送席謂之還娘席。女嫁之夕，婿家送上頭糕乃笄。《少山詩鈔》卷六

印雪軒詩鈔十六卷 道光二十七年萱蔭山房刻本

俞鴻漸撰。鴻漸字儀伯，號潤花，浙江德清人。俞樾之父。嘉慶二十一年舉人，館新安汪氏。茹貧劬學。嘗北出居庸，西踰太行。晚多應聘於江南間。道光二十六年卒，年六十六。事具樾撰《行述》，見《春在堂集》。是集有孫殿齡序。各卷以《近游草》、《鴛鴦游草》、《北游草》、《後北游集》、《京口游草》、《攜兒游草》、《覃懷游草》、《毘陵游草》、《後近游草》名之。爲詩不拘一格。《保陽廟會詞》、《萬全鬧野詞》，自注：「六月六日傾城士女易鮮衣，攜酒榼出游於城北之高坡，圍坐樹陰，酣飲竟日，謂之鬧野。」《馬市臺歌》、《薊北吟》，自豫至晉塗中雜書所見，多記述風土異聞。鴉片戰爭前後，作《役夫行》、《賣兒行》、《乞兒行》、《設水遞》、《過兵船》、《添海防》、《喜聞收復定海》、《捉船謡》、《觀音粉》、《攤街肉》、《乾蕩魚》，詠歎時事，同情黎民疾苦。鴻漸與端木國瑚、沈濤、許乃穀、吴仰賢等浙中人士交好。詩境甚寬。《過鶯脰湖》、《臺城》、《大境門》、《登金山寺塔作歌》、

《秦淮雜詠》，題杜甫、白居易、蘇軾詩集，《題岱頂秦篆十字殘石本》、《聽歌戲作四首》、《杭州吴蘋香女史繪飲酒讀騷圖並製喬影傳奇爲題四絶句》、《題宋人書藏經後》、《韓瓶歌》、《白將軍光顯雙簡歌》、《戲題雲郎小照》羅兩峯重繪、《讀史偶成》二十八首，興象議論相生。雖方言俗諺皆可點化以合規矩，可謂擅長韻語者矣。

三十六灣草廬稿十卷　道光二十七年三長物叢書本

黄本騏撰。本騏字伯良，湖南寧鄉人。嘉慶十三年舉人。官城步訓導。纂修《宜章縣志》，著有《歷代統系録》、《歷代紀元編》等書。與弟本驥俱有學行，名江湘間。《清史列傳》稱本騏：「謀食於外，每歲盡歸家，兄弟圍爐談藝，爭執不休。家人苦其絮聒，兩人則齗齗自若。」詩稿凡九百八十二首，由本驥刻入《三長物齋叢書》。據《三長物齋詩畧》黄本騏序云：「虎癡少余四歲。」可知本騏爲乾隆四十二年生。此書有道光四年王金策序，時本騏已下世。計年僅五十耳。其詩簡潔工緻，視本驥尤摯。詠湘中山水風物，如《穿石》在辰州界、《清浪灘》、《望壺頭山》、《清江洞》在瀘溪、乾州交界。《觀音巖》永興、《黄岑嶺》、《良巖》、《桃榔山》、《牛頭漬》、《蒙巖》，盤礴可見。《湘江雜詩八首》、《耒陽雜詩四首》、《郴州雜詩四首》、《苗疆紀事八首》，詳於風俗民情。卷八爲《纂修宜章縣志代作諸詩匯存》，達百餘首，尤可采擷也。

愛蓮詩鈔七卷　嘉慶十一年刻本

徐佩鉞撰。佩鉞字民威，浙江餘姚人。嘉慶三年，年十八舉於鄉。六年，試禮部，季夏南歸，遘暑卒，年二十一。十一年，從叔境爲刊遺詩七卷，凡詩二百零六首，六、七兩卷爲應制詩，延邵瑛爲之序。其詩筆直思曲，敍事簡潔，無冗沓之弊。《詩巢六君子》論賀知章、方干、秦系、陸游、楊維楨、徐渭六家詩，頗具隻眼。嘗游山左，旅游之作，兼述民情，亦有可采。

介存齋詩四卷 道光三年刻本

周濟撰。濟字保緒，一字介存，號未齋，晚號止菴，江蘇荆溪人。嘉慶十年進士。以知縣候選，改就淮安府教授。不數年移疾去官，尚未三十。僑居南京。著有《晉畧》、《介存齋詞》。道光十九年卒，年五十九。馮啟蓁《小弇山堂詩草》有《聞周介存媚家濟之訃》一詩，小注稱「佐周敬齋兩湖總督幕，無疾而逝」。此集有道光三年自序，所收詩起嘉慶十年至二十五年。《清史列傳》稱濟：「尤好觀古將帥兵畧，暇則兼習騎射擊刺。」今集内有《新樂府》十餘章，即記滑縣平理會之事。自謂其詩：「初質美而未學，肆力於曹、阮、陶、謝，讀亭林詩忽有得，面目爲之一變。」今集中詩大都研切詞意，力追奇闢。濟爲人豪放無度，買姬養士，酣歌嬉舞。任淮安教授，始折節讀書。交友李兆洛、張琦、沈欽韓、包世臣、宋翔鳳、董士錫，多好言經濟。著述以《晉畧》最佳，詞亦名家，詩則别具有賞識焉。

西磵集二卷 道光十二年刻本

蔣德宣撰。德宣字子浚，漢軍正黄旗人。嘉慶十八年舉人。充會典館謄録。道光間官江蘇新陽、江都等縣知縣。十一年卒，年五十二。事見本書李兆洛序。又有毛嶽生序。詩存一百零三首。《修圍四首》、《往吳淞江督役途中作》有序等篇，均以實事，託於歌詠。《題漁者沈去矜先生自書詩卷子後四十四首》，詩卷即順治二年作，時明南都覆亡，百姓流離，謙以目擊情形，盡入吟謳，亦一代故事也。又作《題傅青主徵君虎圖》、《題滇海南歸圖後》、《題王椒畦孝廉携杖圖》、《題生甫詩集》，亦有藝林史料可摭。是能以自立者。惜採訪不廣耳。

雅安書屋詩集四卷　道光二十四年刻本

汪燮撰。燮字鐵生，號雅安，安徽歙縣人。同縣程鼎調繼室。幼從黄文暘受業，品詣俱高。嘗預修《泰州志》、《如皋縣志》。道光二十二年卒，年六十二。殁後，劉文淇爲作《傳》。此集詩四卷，凡二百八十一首。有阮元、黄爵滋序。爲詩不以閨房唱酬爲能。題圖、詠史、送别，一歸雅飭。《讀離騷書後》云：「美人香草皆忠愛，澤畔哀歌不忍聽。楚國昏昏都醉夢，幾能容得大夫醒。」此善於熟事翻新者。論詩諸作，亦欬曲自然。《哭亡姪孫士銓》，沉痛動人，世謂《祭十二郎文》後僅見之作。清代女作家中，要亦不可多得也。

清人詩集敍録卷五十九

是程堂集十四卷二集四卷 嘉慶間刻本

屠倬撰。倬字孟昭，號琴鄔，又號潛園，浙江錢塘人。嘉慶十三年進士，改庶吉士。授江蘇儀徵知縣。擢江西袁州知府，以疾辭。卒於道光八年，年四十八。此集有馬履泰、郭麐、查揆序。法式善序稱：「郭頻伽詩清雄，查梅史詩瑰麗，琴隖年減於二君，所爲詩則弗減，交二君稱莫逆。嘉慶九年，二君自刻詩集，琴隖牽率鏤版，既而悔之。然世所傳《是程堂詩集》四卷，洋洋灑灑，固已凌厲無前矣。」《二集》有嘉慶二十五年自序，收詩止於道光元年。倬讀書清平山時結詩社，唱和友俱江南才士。遨游金陵、淮揚，兩寓京師，名流公卿多倚重之。集中爲翁方綱、阮元、曾燠、伊秉綬、秦瀛、陳用光題贈，與奚岡、陳鴻壽、樂鈞、李福酬答，辭意謹嚴而清婉平和。《南唐雜詩四首》、《會稽鑪峯行》、《讀楊誠齋詩》、《海州雜詩四首》、《舟夜懷人十六首》、《題羅先生聘空山獨往小像》、《題奚丈鐵生遺影》，多有關志乘藝文。工書畫，《題自畫山水障子歌》、《題方蘭士南山蕭寺圖》、《題閔貞畫攬鏡仕女》、《題丁南羽畫羅漢卷》、《題畫絶句十二首》，可見造詣。好蓄奇石，有異石三十六枚，各署以名，作《三十六峯圖》，徵友題詠。汪潮生《冬巢詩集》卷三有《哭屠琴隖太守卽送其靈櫬歸里》。子秉亦能詩，有《盟山堂詩初集》。

稼墨軒詩集九卷 道光間刻本

光聰諧撰。聰諧字律原，號栗園，一作立元，安徽桐城人。嘉慶十四年進士，選庶吉士。官至直隸布政使。二十六年以病免，年六十六。是集爲由刑部員外郎出任貴州考官之詩，附文一册，外集二卷。卷三《和白樂天新樂府》，爲《三州民》、《荆樹杖》、《梟雉》、《兔園册子》、《麒麟楦》、《終南徑》、《没字碑》、《城上狐》，直刺世事。《浮山雜詠》、《揚州絶句》、《西湖竹枝》、《江陵八觀》，多詠風景古蹟。《詠史詩》有序，而篇什不多，不似謝啟昆、曹振鏞、鮑桂星，各爲數百首。《讀史放歌》、《讀南唐書十首》、《讀蜀檮杌十首》，尚有可覘。聰諧受知於李宗昉，與姚瑩、方東樹、劉開、梅曾亮、張聰咸迭有唱酬。《懷人詩》有吴嵩梁、董國華、齊彦槐、潘錫恩、沈欽韓、胡培翬等家。其弟聰誠，諸生，官太常寺丞，有《閒齋詩集》，刊於咸豐間。

悔昨齋詩録四卷 道光間刻本

張深撰。深字叔淵，號茶農，又號退聽，江蘇丹徒人。嘉慶十五年解元。官博平知縣。其祖自坤，有《頤齋僅存草》。父崟字夕菴，有《秋禪閣集》。是集爲道光二十年自刻，繼祖父兩代詩集而後開雕，首張履、温訓序。自記云「齒周花甲」，當生於乾隆四十六年。卒於道光二十三年，年六十三。見《夕菴年譜》附注。嘗至京師，北越潮河，兩出大同。所作《石井行》、《芯題山》、《石經洞》、《昌平劉司户祠》、《密雲》、《木蘭圍場詩六首》、《殊象寺》、《居庸關》、《八達嶺杏花歌》、《托克托城雜詠》、《望燕然山》、《青冢曲》，極羈旅之坎坷。《長安米》、《騙馬行》、《肅武親王墓松》、《天禧昌運宫白皮松歌》、《鄂公寶刀歌》、《鐵連珠琴歌》，記京中所見，精到處亦不可廢。南游至海，有《上五百灘慨然有作》、《觀音巖》、《白水山棲雲寺》、《萬紅峽歌》、《峽江煙雨歌》、《銅鼓嶂》等篇，頗領山川之奇趣。《丹霞山紀游詩》，記敍澹歸和尚所題字，尋廣海寨南灣天后宫，作《觀明張都督海永無波四字石刻》，俱有可取。其詩嘗得翁方綱指授，與吴嵩梁體格相近。無悲凉凄楚之音，偶有佳創，則獲出意表。

養素堂詩集二十六卷　道光二十三年刻本

張澍撰。澍字伯瀹，號介侯，甘肅武威人。嘉慶四年進士。官貴州玉屏，四川屏山、大足、銅梁，江西永新、濾溪等縣知縣。編著有《姓氏五書》、《續黔書》、《養素堂文集》，輯《子夏易傳》、《世本》、《涼州記》、《西河舊事》、《諸葛武侯集》等書。卒於道光二十七年，年六十七。是集首錢儀吉序。自序稱：「初入都，邵二雲先生勸穿經史，故歷任數邑，不輕於作詩。所作多得之道路舟車。然五十年來刈存猶得三千五十一首。」其精力過人可知矣。集中山水紀游詩，無奇不臻，無體不備。《六盤山》、《天山歌》、《海藏寺》、《蘇武廟》、《古浪峽》、《望崆峒》、《永壽山行》、《希夷洞》、《登華四首》、《赴漢南經歷棧道》、《曉渡風嶺》、《白龍巖歌》、《萬卷書巖》、《諸葛洞》、《謁三閭大夫祠》、《洞庭阻風》、《槖駝曲十五首》、《武勝橋》、《黄鶴樓》、《廬山謡》、《破舟歎》、《武昌郡雜詩十六首》、《襄陽絶句四首》、《涼州詞四首》、《金陵雜詠四十首》、《牛頭山》、《嘉定烏尤山》、《爾雅臺》、《大佛崖》、《書樓山》、《登成都南樓》、《游杜工部祠》、《武侯祠》、《游五桂山北山》、《游寶頂山二十首》、《游南禪寺》、《桔柏渡》、《尋龍門山石穴觀潛水》、《寧羌州》、《五丁峽絶壁棧中奇景》、《大雪登六盤山》、《自南昌至吉安郡作二十首》，長篇豪放，音大而宏，短製簡括，意注深遠。澍博覽群書，宏通淵粹。卷二《讀山海經》，就事物之足詠者，各繫一詩，得五十八首。卷五《兩漢三國詠史詩》，得二十二首。卷十四《閒居雜詠》，考證涼州歷史典故，得十二首。卷十六《畿輔人物詠》，以《陝西通志》於人物遺漏頗多，就所記者，各繫以詩，備異日續修者採補，得六十一首。卷二十五《詠史》，自莊周訖南朝殷浩，得一百二十首。涵詠至廣，非根柢蟠深，不能至也。吟詠石刻之什，往往與紀游詩参互出之。《大雲寺唐碑》、《登回中山讀陶穀王母宫碑記》、《游褒中石門觀漢碑作》、《偕同游至清應寺觀西夏碑四種》、《登七盤嶺至石門尋漢永平時碑》、《詠西安碑林》、《書敦煌太守裴岑碑後》、《書唐乾寧二年昌州刺史韋君靖碑》，尤爲得心應手。卷十六《友人書來譽余多識古字者答此解嘲》云：「何曾夢見老怯盧，篆隸真行信手塗。未向茅亭詢訓纂，卻從南閣識之乎。不圖吏簿多鐘鼎，又見朋箋辨馬烏。自注：余宰屏山，胥吏點名册多寫古字。書記辨别，通俗有條。同僚書函，半從古體。一時好尚，隨風而靡，可爲捧腹。奉勸勿驚攔路虎，康成牛角觸牆無。」夫子自道，亦可謂深於此事者矣。卷三《黔苗竹枝詞》四十首，隨意鋪敍，較前人所詠爲詳。澍年十八登進士，海内文士多樂與交。其詩得自杜、韓兩家，亦非餘子所能學步。乾、嘉間隴右學者，允推第一。

黔苗竹枝詞

玉屏田中書榕著《黔苗竹枝詞》二十四首，不分種類，隨意鋪敍，余嫌其棼，暇日作此。每種一首，事多或二三章，共四十首，分註其下，俾覽者有考。詞不必工，姑紀其實。

盤瓠鼻祖想餘威，結束蘭干獨力衣。世載精夫雄廣澤，銅符尚説賜龍闈。

媠眼蠻娥宛列仙，裙拖廿幅韻翩翩。纖腰彩布蘤花綬，夜夜金釭錦杼邊。仲家有三，曰補籠，曰卡尤，曰青仲，在貴陽平越、都匀、安順。婦女多織好，長裙細褶多至二十餘幅，拕腰以采布一幅若綬，仍以青布襲之。性勤於織。

花毬拋擲認檀郎，春日風光引興長。叩叩知隨羅漢意，蜂黄褪了號仙囊。孟春跳月，用彩布編爲小毬，謂之花毬，視所歡者擲之，奔而不禁。苗人謂處女曰囊，男未娶曰羅漢。

牛角傾醪勸兩鄰，歡呼雷醉樂連旬。傷心未是松楸樹，買得枯魚薦二親。葬用棺，以繖蓋墓上，祭用枯魚。

耐德奪來著短衿，奉堂進盥意愔愔。尤憐粱闇無言語，馬鬣崇封象公琴。宋家在貴陽。男子帽而長衿，婦人笄而短衿。將嫁，夫家往迎，女家率親戚箠楚之，謂之奪親。旦則進盥於姑。居喪不言，飲水二十一日，封而識之如馬鬣。

椎牛做戛聚柴扉，哀我良人闕德徽。臨穴霑裳彈血淚，淒涼一曲華山畿。蔡家在貴筑、清平、修文、清鎮、威寧、大定、平遠。居喪宰牛，召親屬吹笙跳舞，名曰做戛。夫死，將婦殉葬，婦家搶去乃免。

螺結斑衣五色珠，鬼竿旋躍相佳夫。不因良駿明姝換，底事冰人誇玉膚。龍家有四：狗耳、馬鐙、大頭、曾竹。春時立木於野，謂之鬼竿。男女旋躍擇配，既奔，女氏之黨以牛馬贖之，方通媒妁。

蠟繢花衣錦褏裳，振鈴跳月鬥新粧。蘆笙信是通歡器，妾自踏歌病了郎。花苗在貴陽、大定、遵義。裳服先用蠟繢花於布而後染。既染去蠟，則花見。飾褏以錦。孟春會男女於野，謂之跳月。男吹蘆笙，女振響鈴，旋躍歌舞，謔浪竟日，暮攜所私而歸。

較鬥鄰家卜吉牛，砍來膋血欲通幽。白衣細褶新粧樣，一曲山歌倒甕頭。白苗在貴定、龍里。祀祖擇大牯牛頭角端正者，養至肥腯，卽通各寨有牛者合鬥於野，勝卽爲吉，遂卜日砍牛以祀。主祭者服白衣青套細褶寬腰裙。祭後合親族高歌劇飲。

竹笠草鞋鞘藥刀，山梁馳突亦雄豪。所憐羅漢愆期日，腦後曾無髡兩髦。青苗在鎮寧、黔西、修文。好鬥，男子未娶者剪腦後髮，娶乃留。

鼕鼕調鼓舞悤悤，粧像如尸亦古風。五月寅辰齊楗户，前塗怕有李翁逢。紅苗在銅仁。人死將所遺衣服粧像，擊鼓歌舞，名曰調鼓。每年五月寅日，夫婦各宿不敢言不敢出，恐犯虎傷也。

鬟綰長簪耳大環，機聲夜夜出柴關。誰家醅菜誇珍味，但恨醅波不到蠻。黑苗在都匀八寨、鎮遠清江、黎平古州。女子甚苦，日出作，夜則紡績。以死犢羔豚、大雞鴟鴉等連毛臟置之甕，俟其腐臭始告缸成，名曰醅菜。艱於鹽，以蕨灰浸水代之。

笙歌幾隊馬郎房，到晚歡情目笑香。牽去黄牛計亦得，鬼頭錢換如珠娘。鄰寨共建空房名馬郎房。未婚嫁者過晚聚歌，情稔卽以牛隻行聘，歸三日卽回母家，或半年一返。女家向婿要頭錢，不與，或另嫁。有婿女皆死猶向女之子索者，名鬼頭錢，亦曰癩蟲。

牯臟喫罷腹闐然，又索前村外甥錢。洞崽爺頭同一笑，誰家阿妹最韶年。每十三年畜牲牛，祭天地祖先，名吃牯臟。婚嫁姑之女定爲舅媳，舅無子必重獻於舅，謂之外甥錢。否則終身不得嫁。或召少年往來，謂之阿妹。男女多苟合，惟洞崽不敢通爺頭。爺頭上户，洞崽下户。

偏架鳴膠七尺長，飛蟲一去飲山梁。口銜利刃手標桿，腰裏還横牛尾鎗。九股苗在施秉凱里。性悍甚，有强弓名偏架，三人共發矢無不貫。頭頂鐵盔，身披鐵鎧，鎧重三十餘斤。又以鐵片裹腿，健者結束，尚能左執木牌，右持標桿，口銜大刀，捷走如飛。大鎗重十餘斤，鉛子重八九斤，又有牛尾槍。

春山大獵獸肥脂，正是燒香洽熟時。叫得陳人魂欲泣，翔陽早已上門楣。東苗在貴筑、龍里、清平。以中秋祭先祖及親族遠近之七者。集衆劇飲歌唱，延鬼師於頭人之家，以木板置酒饌，循序而呼鬼之名，晝夜乃止。春獵獲禽，亦以祭之。

青衣采帶賽豐年，白號椎牛自昔然。婡女蠻童聯臂舞，勝他笙樂醉嬋娟。西苗在平越、清平。歲十月收穫後名曰祭白號。以牡牛置平壤，延善歌祝者各著大氈衣，腰褶如圍，頂大氈帽導前，童男女數十輩隨後舞蹈。歷三日乃止。

鑿竅縣崖百仞高，篁梯上下似輕猱。闞心啼鳥聲聲血，何處人間覓屬毛。克孟牯羊苗在廣順。擇縣崖鑿竅而居，親死不哭，笑舞浩歌，謂之鬧屍。明年聞杜鵑聲則號泣曰鳥猶歲至，親不復矣。

臂弩肩鎗氣自雄，短衣擊刺似趨風。趁墟抱布人爭市，谷蘭何如鐵箋工。谷箋苗男子出入必持鐵弩，諸苗畏之。婦人善織布最精密，有谷蘭布之名。鐵箋布出永寧、鎮寧二州。

盈盈小妹竹樓居，說是含情待嫁時。公旦原弛仲春會，夭家系自屬周姬。天苗一名夭家，多姬性，相傳周後。女子十五六卽横竹樓野外居之，男子携被就私焉。

彳亍行來語自歡，草衣應作古人看。何爲屠狗延嘉客，尚説鮮芳在木槃。平伐苗在貴定。男子被草衣，婚姻及享客，皆殺犬。

啖得仇人肉不腥，寢皮始信古言經。妄將把忌當辜月，茅户重重犬吠扃。紫薑苗在都匀、丹江、清平。性狙詐，輕生好鬥，得仇人生啖其肉。以十一月爲節，閉户把忌七日，而敢犯者以爲不祥。

衣尾垂垂刺繡文，陽邁耳珥綴鬟雲。儂家耐德前年去，會娶阿囊製錦裙。陽洞羅漢廟在黎平。婦人短裩長裙，或長裙無袴，加布一幅，刺繡垂之曰衣尾。富者以金銀作連環耳墜。

桶裙濺血信無儔，卮酒銜來意氣遒。木杪夕陽人指説，家親殿外是芊樓。紅花仡佬其人輕命。死黨得片肉卮酒，卽爲捐軀。親死置棺巖穴間。或臨大河樹木主於側曰家親殿。房宇去地數尺，架以巨木，上覆杉葉，謂之芊樓。

謹耳長鑲又黑顱，經年不見奉盤盂。死身尚是荼毗俗，爲問趨過有泚無。翦頭仡佬在貴定。死則積薪焚之。面經年不盥。

前髮髾鬅後髮披，居然鴻婦説齊眉。卿卿莫笑儂口竇，心悦君兮君不知。打牙仡佬在平越、黔西。婦人將嫁必先折其兩齒，恐防害夫也。又翦前髮而披後髮，取齊眉之意。

聞説前村鬧鬼師，虎頭雛雛躍圓箕。不知今夕爲何夕，且酌莰梨酒百巵。錫圈仡佬在平遠州。病延鬼師，以虎頭一具五色絨飾之，置箕内禱之。又性嗜酒，莰梨生道旁，花似粉團，秋結實似石榴而小。

青布衣巾綴海肥，方袍濶洞似袈裟。奇裝自是蠻方製，樂府從翻蘇幕遮。披袍仡佬男子衣服弊陋，女子以線紮髮，披青巾，袋上綴海肥。衣長尺餘，上披以袍，袍方從頭籠下，前短後長，無袖。

擾家風俗未離奇，婚嫁依然用儷皮。信得揚龍是老户，捕魚何讓摸魚兒。水仡佬在餘慶，一名擾家。隆冬能入淵捕魚。

柴屋高縣祀鬼旗，旗年放鬼又巫師。阿渾尚未甘同夢，已自牀前有弄兒。木老俗好祀鬼，以五采爲旗。親死期滿，延巫祝薦名曰放鬼。要婦異寢，私通生育後乃同堂。

巖巔棲止缺籬垣，逐鹿羅禽供俎膰。豈有甘蠅穿蝨手，鏃頭齁藥泣猱猨。仡兒在鎮遠、施秉、黄平。好高坡居之。四時佩刀弩，入山逐禽獸。其藥箭尤毒，傷者立死。

椎塘響處杵香秔，寅市紛紛趁曉晴。十日春光十分好，喧闐腰鼓醉歌聲。八番刳木作臼曰椎塘，用以舂稻。以寅午日爲市。宴會擊長腰鼓爲樂。

豈有陳人死骨香，年年刷洗皓如霜。負薪亦是尋常事，猶説枯骸爲作殃。六額子在大定。人死至年餘，延親族至墓致祭，發冢開棺，取骨洗刷，至白爲度。以布裹之，復埋三年，仍取洗刷，至七次乃止。家人有疾，則謂祖骨不潔云。

底事齊民亦祭天，氊衣垢面髮連鬈。妄思佞佛證龍象，孔雀梵音待譯傳。僰人在普安州。以六月二十四日祀天。性淳而好佛，常持素珠誦梵咒。

形影相隨號比肩，深情一似藕絲牽。可憐寒夜茅花絮，凍起蠻娥粟幾圓。峒苗夫婦出入必偶。性多忌，冬采茅禦冬。

山間采藥鷓鴣啼，到處行醫路不迷。榜簿未知成底説，似將本草作刀圭。瑶人在貴定。勤耕種，暇則采藥，沿村行醫，有書名榜簿，皆圓印篆文，珍爲秘笈。

濟火荒礽長水西，更苴罵色面深黧。精兵自是諸蠻冠，妄效形天目作臍。倮儸在大定。自濟火以來千有餘年。世長其土，勒四十八部。部之長曰頭目，其等有九，曰九扯，最貴者更苴，次則慕魁、勺魁以至罵色、黑乍，皆有職守。平居畜好馬，善馳騁，以射獵習擊刺，故其兵爲諸蠻冠。諺云：水西羅鬼，斷頭掉尾。

蕭蕭荆壁户誰扃，出入泥封俗自型。莫笑烏龍相饋問，盤瓠狀貌本猙獰。佯僙在龍泉、餘慶、黎平。其俗不閉户，以泥封之。婚嫁以犬相遺。

田歌處處樂昇平，蘆曲吹時社鼓聲。送得山魈迎五顯，大家齊上竹王城。土人婦女力耕作，種植時田歌相答，清越可聽。歲首則迎山魈逐村屯以爲儺，粧飾如社，擊鼓以唱神歌，所至之家飲食之。九月祀五顯神，遠近咸集，吹匏笙連襼宛轉，頓足歌舞，至暮而散。

曾讀巴渝舊竹枝，誰將下里譜新詞。百蠻風物聯翩出，丞相勳名我所思。《養素堂詩集》卷三

孟塗前集詩十卷後集詩十卷 道光六年姚氏檗山草堂刻本

劉開撰。開字明東，又字方來，號孟塗，安徽桐城人。少孤。年十四，受學姚鼐，以古文名。喜交游，貧走四方，故人爭重之。道光四年以諸生歿於亳州，年四十一。妻倪氏身殉自縊。所撰《孟塗前集》十卷，歲久板損。姚瑩訪遺稿得後集，與文十卷、駢體二卷，由姚柬之捐貲付剞劂，並重刻前集，姚元之任其事。首列曾燠舊序，姚元之撰《劉孟塗傳》，並各家題詞。五七古《食蕨歎》、《催科吏》、《力役謡》等篇，均甚奥衍。《登太白樓》、《素雲曲》、《奉懷姚姬傳先生三十四韻》、《渡海落伽山觀洋作歌》、《哭師荔扉先生》、《送馬元伯之奉天》、《讀史雜詠二十首》、《前蜀宫詞十六首》、《後蜀宫詞十三首》、《粤中雜詠八首》，組織繁富，瑰詞雄響，既掇山川人物之秀，又得經史典籍之腴。作者在姚門弟子中稱少，而才學最高。惜乎中歲而殂，天骨未張。讀其詩則盛年意氣，如見其人也。張維屏《松心十録》、吴名鳳《竹菴詩鈔》有《送劉孟塗歸桐城》詩。光聰諧《稼墨軒集》有《哭劉孟塗四十韻》。周儀暐《夫椒山館》、陳曇《感遇堂詩集》有輓詩。謝堃《蘭言集》卷九選登岱、出塞、登匡廬等詩。

妙吉祥室詩鈔十三卷雜存一卷 光緒九年刻本 壽閒吟草八卷 光緒十年刻本

朱葵之撰。葵之字樂甫，號梅叔，浙江海鹽人。嘉慶十八年拔貢。道光間官武康、景寧等縣教諭。撰

《妙吉祥室詩鈔》十三卷附《雜存》一卷，詩餘一卷，續鈔名《壽閒吟草》八卷，光緒間由其姪孫泰修兩刻之，有朱錦琮序、陳鶴跋。詩止於道光三十年，葵之七十，或係卒年歟。作者一生不遇，以其抑塞牢愁，發而爲詩。《讀史四首》、《秦駐山謁始皇廟》、《西楚霸王墓》、《大梁行》、《剡溪行》、《壽山石歌》、《滄州鐵獅歌》、《錢樹石歌》、《明史四詠》、《讀史管見四首》，質實而知裁擇。久任教職，熟悉民情，卷六《武庚雜詠》，小注考覈史地風物綦詳。《閩物雜詠》十二首、《金閶雜詠》十首、《海上四時竹枝詞》十二首、《景俗六箴》、《友人書問風土詩以答之》，記事有據。鴉片戰爭起，痛切時局，作《夷警》、《欵議》、《諸將》、《蒿目》、《詫聞》、《廷議》、《游奕》、《偵探》、《收復》諸篇凡三十四首，又《粵事十二首》。自謂粵事之壞，始由琦善主和，繼則奕山怯戰，一誤再誤，可歎可恨。又作《自題焚香祝國圖一百韻》、《烏煙歎》、《讀刼灰行朝幸存所知諸稗史感成四首》，愛國之情，溢於言表。葵之讀書雜而多端。《題錢牧齋龔芝麓詩集三首》、《傚青藤道人鷄兒詞十首》、《讀王荆公集》，偶然題詠，多所發揮。《銅官寺觀明周忠毅公讞獄詞並朱書判語》、《詠三百三十有三士亭》、《詠洋錢四首》，亦有資料可摭。《原酒二十四詠》爲酒后、酒星、酒泉、酒正、酒材、酒缸、酒牀、酒樓、酒壚、酒樽、酒杯、酒簾、酒籌、酒錢、酒仙、酒侶、酒兵、酒保、酒社、酒鄉、酒病、酒債、酒蛆、酒糟，雖屬游戲之作，亦見巧思。晚年居里，唯與張廷濟、徐同柏、吴廷康交往，《續鈔》多爲詠金文、墓誌、磚瓦之什。

題紅樓夢圖

携囊一扣，荷鋤一張。芳冠南國，魂歸北邙。葬花詩，人笑癡，癡心更有紅鸚鵡，誦向瀟湘冷雨

時。葬花詩

女冠子，秉高節。謝塵緣，悟禪悦。茶烹元墓泉，花豔銅瓶雪。自言檻外可千秋，不信局中留一刼。檻外人

香冷可無壽竊，肌豐不讓環肥。寂寂蘅蕪亭院，惆悵王孫不歸。金鎖緣

縱談果報，臺城坐傾。怨耦曰仇，豈有前盟。人非太上，烏能忘情。鴛鴦有牒，莫悮來生。太上篇

身處局中，神遊象外。一著偶疎，滿盤皆敗。勘破機關，消除罣礙。古佛青燈，光明世界。暖香棋

立而望之，珊珊來遲。霏霏雨雪，豔豔花枝。髫齡蹤跡寄江湖，省識春風入畫圖。有夫空自悦，羅敷吁。鳧靨裘

墟里上孤煙，長河落日圓。晉唐詩已得三昧，入懷明月新成篇。詠明月，悲小星，河東獅欲吼，貫索夫將刑，菱花照影愁竛竮。空房獨宿垂雙淚，斷腸怕説夫妻蕙。詠明月

紅綃帳中月墮，翠雲裘裏香殘。女兒殘夢怯春寒，扶病强拈針綫。運限百年已迫，虛名一昔曾擔。指環玉在冷何堪，影落芙蓉池畔。壓金綫

露華濃欲沁軍持，六曲紅欄護豔姿。到得秣陵司馬病，可知芍藥是將離。芍藥堦

居色界天，見美人身。木耶石耶，是緣是因。我誦金剛經，如夢復如幻。茫茫孽海好回頭，福地真如在彼岸。太虛幻境　《妙吉祥室雜存》

三長物齋詩畧五卷　道光二十七年刻三長物齋叢書本

黄本驥撰。本驥字仲良，一字虎癡，湖南寧鄉人。本騏弟。五歲而孤。道光元年舉人。官黔陽訓導，嘗主講虎谿書院，喜聚金石文字、古琴、刀布，名其居曰「三長物齋」。耽於文史，著有《歷代職官表》、《皇朝經籍志》、《古誌石華》、《三長物齋詩畧》、《文畧》等多種，道光二十七年合本騏所著，刊爲《三長物齋叢書》。此編卽叢書本，有嘉慶十七年黄本騏序，道光二十七年閻海林序。存詩三百零二首，附《夏小正試帖詩》。本驥乃湘中篤學之士。爲唐仲冕所器重。又與鄧顯鶴互爲師友。嘗久居吴榮光幕中。吴氏《吾學録初編》、《筠清館金石録》，多假其手。生卒年不詳。《乙丑嘉慶十四年初度》詩云：「二十曰弱冠，三十壯有室。我當弱壯間，光陰彈指失。一歲三百六，已過九千日，中壽止百年，已去四之一。」以此推之，當爲乾隆四十六年生。集中詠洞庭、嶽麓之詩，較有詞采。《觀郡人賽城隍神三首》，爲《高脚漢》、《花面鬼》、《囚車行》，摹寫風俗雜事。《屈賈祠》、《題東坡先生遺像》、《題鄧湘皋學博詩集》，亦較雅切。詩不及本騏豁達，然皆以詩好，不染傖父之習。

碧城仙館詩鈔十卷附一卷　嘉慶五年刻本　頤道堂詩選十四卷補遺四卷　外集八卷　道光間重刻本

陳文述撰。文述字退菴，號雲伯，晚號頤道居士，浙江錢塘人。嘉慶五年舉人。官江蘇江都知縣。著有

《頤道堂詩文集》。道光二十三年年七十三卒。生平所刊詩集十數種，爲詩不下萬首。初刻《碧城仙館詩鈔》於京師，有楊芳燦、查揆、鐵保序。詩工西崑體，又多讀書，見者歎爲奇麗。原刻本稀見，江標《靈鶼閣叢書》本止八卷，宣統三年國學扶輪社排印本訛字甚多。其中七古《花蕊夫人詞》、《董小宛像》、《雲韠孃詞》、《薛素素挾彈圖》、《琴心曲》、《阿檻曲》、《鸚鵡池圖》、《四川營是秦良玉屯兵處》、《奢香曲》、《宋宮人錢汪水雲處》、《玉泉山訪金章宗芙蓉殿遺址》、《漢趙飛燕玉印歌》、《龍騰苑遺址》，論者謂「如臨風舒錦，五色紛披」是也。而《囮山碑歌》、《梅花嶺史閣部墓》、《宣德古刺水歌》、《遼宮遺址》、《古北口》、《磬錘峯》、《長城一百韻》、《前燕慕容皝墓》、《後燕慕容熙墓》、《題西藏大詔寺唐蕃甥舅聯盟碑》、《李靖舞劍石歌》，沉博俊壯，固自不凡。題朱淑真、李清照集，題吴偉業、吴兆騫、孫士毅、洪亮吉、楊芳燦詩，題朝鮮女士許蘭雪《景樊詩集》，亦可參考。嘉慶二十一年，以前刻所存藻飾之作爲多，删汰十之七爲《頤堂道詩選》。自序稱得阮元緒論，六經諸史，有啟迪之功。此編由五千首，删定爲千餘首。今核諸各卷目録，實得一千六百八十八首。蕭掄序謂「斂華就實，一變向來鏤金錯彩之習」。其中《銅船行》、《颶風行》、《英吉利國定北鉞歌》、《黑龍江將軍進白雉歌》、《插秧女》、《湖城行》、《李長庚輓詩》、《弔明兵部尚書張煌言墓》、《寶山是明永樂中平江伯陳瑄所築》、《登吴淞礮臺望江東戰艦》、《西嶼行聽楊節鎮話澎湖大珊瑚樹作》、《攝篆琴河觀覽風俗示都人士》、《龍么妹歌》、《張鐵槍歌》、《鄂羅斯鐵椀行》、《糴官米》、《開城河》、《船户歎》、《英吉利歌示使臣米士德》，皆寫時事者，可得數十首。讀金石書畫詩詞等題，又可得數十首。餘都登臨凭弔酬答之作，而塗飾之習，亦未嘗去。據集後所附王仲瞿書綴道光十八年文述《自記》云：「丁丑在崇明初刻《頤道堂詩》，樊村勸余盡删碧城仙館舊作，仲瞿謂舊作一首不可删，因作此書相寄。」試以兩編相較，《詩鈔》内容較窄，風調絶麗，《詩選》包涵較廣，殊病繁冗。是少作不可悔，王曇之言斯允矣。此集又有《補遺》四卷，刻書年代不明。既以閒適詩爲主，復收已删詩鈔中多首，編次都亂，胸無主見。《外集》八卷，爲擬古樂府及詠物詩、香奩詩，亦達一千五百首，此皆不必有，有亦不當收者。文述官江左尚有《秣陵集》六卷、《西泠懷古集》十卷、《西泠仙詠》三卷、《西泠閨詠》十六卷、《畫林新詠》四卷諸刻。其詩不可盡讀，欲求精備，得一選本，恐亦不易到也。

東霞山館詩鈔六卷　道光二十三年刻本

楊兆璜撰。兆璜字殉秋，號古生，福建邵武人。嘉慶十六年進士。官至廣平知府。卒於道光二十五年，年六十八。是集爲其子寶臣等刊，徐松題詞。兆璜通籍前嘗客臺灣，時值蔡牽之變，作《陳園噉荔》、《題駿亭總戎武隆阿柳陰小憩圖》、《呈謝退谷先生金鑾》等篇。嘉慶二十一年銓廣西柳州守，有《陽朔看山歌》、《桂林城外壺山觀桃花》、《梧江雜詠》等作，記山水之勝。《和唐人本事詩五首》，爲陳曇題《東坡笠屐圖詩草》、《輓吴祭酒錫麒》、《題鄧顯鶴詩存》、《雜詠古人二十四首》，俱無虚構。《詠芥園》，記天津查氏水西莊入官後改爲僧廬，金洙備兵津門，葺其隙地爲賓館，在府西門外，亦一時典故。《讀史新樂府》爲《無成見》、《古大臣》、《印在手》、《舊督師》、《拜老師》、《稟蹈咎》、《好先生》、《摹京樣》、《歸地府》、《麻花兒》，非以一人爲一題，諷刺頗深。兆璜與吴慈鶴、林則徐、黄玉衡同年，有詩贈答。喜交學者，尤服膺徐松。唯生平奔走於簿書之間，未能肆力於學耳。

荔村吟草二卷 近代排印本

吴蘭修撰。蘭修字石華，號荔村，廣東嘉應人。嘉慶十三年舉人。官信宜縣學訓導。道光元年，與曾釗、林伯桐、吴應奎、張維屏、黄培芳、徐榮結希古堂，課治古文辭。枕經胙史，兼通數算，著有《南漢紀》、《端溪硯史》等書。阮元立學海堂設學長八人，首選蘭修。詩集向無刻本，此近代管瀚文輯刊，爲古近體詩附《桐花閣詞》。其中《送阮宫保移節滇黔》、《花面伶歌》、《孤兒歌》、《九日登白雲山望海》、《藥洲》、《九曜石》等篇，皆刻意之作。《分和方孚若南海百詠》，境奇語確。雖未窺全豹，意態之間亦推老手。嘗見抄本《桐花閣詩集》，爲蘭修輯，俱五言古詩。世不多獲。陳夔《憶園詩鈔》有《題吴蘭修大同吟草》。陳璞《續粤東文苑傳》有傳。

戎旃遺興草二卷 道光五年重刻本

晉昌撰。晉昌字晉齋，號紅梨主人，滿洲正藍旗人。恭親王常寧五世孫。官盛京將軍、伊犁將軍。嘉慶二十三年革職。《詩集》初刻於嘉慶二十五年。以盛京詩曰《且住草堂詩》，伊犁詩曰《西域蟲鳴草》。道光五年重刻本分編上、下卷，首自序及凡例。晉昌於嘉慶五年出鎮盛京，幕佐程小泉、葉畊畬。小泉即首刊《紅樓夢》之程偉元。集中有贈和偉元詩多首。《初度小泉以羅漢册爲祝卽和原韻》、《題阿那尊像册十一絶》，可知偉元善畫。《題指菊贈小泉》云：「以指染黄花，爲愛寒香素。點點墨汁濃，似解含煙霧。秀色颭嚴霜，傲骨凌涼露。惟於風月親，不願藩籬固。我來自遼東，秋光已三度。寫此伴高賢，領畧陶家趣。」是晉昌亦能繪事。又作《校獵行》，意興甚豪。作於伊犁之詩，有《衙齋雜詠三十首》。與唱酬者，盛京尚有劉大觀，伊犁顔檢、松筠、和瑛、那彦成，皆邊疆大吏。與徐松亦有聯吟。此集附題詞，爲李棨、劉大觀、周籛齡、程偉元、明義、徐松、繼昌、凱音布、裕瑞、書銘、文榦、徐如澍、龍萬育、楊芳、衛鵷、辛從益、王用譽，凡十七家。今録瀋陽所作《校獵行》一篇於此，與程偉元有關資料録附。

校獵行

遼東自古形勝地，歲於農閒講武事。三田獵罷供君庖，余亦遵循由所自。勇士結束氣嫻雅，從行半是射雕者。玉鎖鞲鷹到北郊，金鈴繫犬來山野。涼風吹樹響蕭蕭，曉據征鞍去路遥。殘月半彎猶未落，馬蹄人跡過平橋。才離鐵嶺又開原，陌上晴泥已没轅。小店酒帘高處掛，人煙雜遝語聲繁。畏寒我屢增重纊，思飲誰煩解錦韃。嚴氛渺渺霧濛濛，邊外風光又不同。高山近日千峯秀，大漠連雲萬里通。漫天匝地布網羅，神前下馬奠三醝。循例致祭獵神。虔誠默禱無他事，惟願今年獲鹿多。今年獲鹿倍尋常，車載人馱莫可量。抱月雕弓翻雪兔，穿雲鐵鏃着黄麞。鎗紅霹靂萬里迸，蹴踏已盡豺與狼。渴飲腥血氣猶怒，饑食盤腸似甘露。凜冽寒生日已斜，黯淡山光天欲暮。須臾圍散到氊廬，門前先見早停車。人往人來殊擾擾，爭看牲畜獲多少。且將牲畜莫烹煎，留寄城中設酒筵。我共諸公謀幾醉，好收饞吻待來年。

題阿那尊像册十二絶

消磨萬慮一身輕，結伴松林跨鹿行。五嶽三山無定向，不須僂指問歸程。

手執金臺妙入神，婆娑樹底認前因。笑他碌碌浮生者，五濁縈纏累一身。

採藥歸來小徑斜，空山寂歷静無譁。問君布袋藏何處，盡是靈山智慧花。

不驚峭壁不驚濤，抛餌牽絲釣巨鰲。豈儘忘機消世慮，塵沙刼歷幾千遭。

別却塵寰歲月深，桑梧滄海任追尋。乘麟自向天台路，雲去雲來不染心。

裸胸袒臂意徜徉，白吼青獅跨去忙。欲識如來真面目，慈雲深處是西方。

漫言小鉢小於甌，解引鸞鳳自逗留。雲水蒼茫何處是，天空海濶幾千秋。

妙諦深參兩袖垂，蒲團静坐歛長眉。青牛卧地禪心定，廻首雲中鶴又隨。

團圞一粒掌中珠，解制蛟龍出碧湖。莫向人前説怪誕，佛家法力不虚無。

金錫肩挑意若何，琅琅鈴杵徹江波。遨遊到此非無路，靜裏禪機有碧螺。

暫辭瑶島下蓬萊，萬水千山日幾回。伏虎神通原自有，世人何事漫驚猜。

隻履西歸斷俗緣，凌波一葉態翩翩。色空參破皆如意，廻首秋風不記年。《戎旃遺興草》卷上

且住草堂詩稿跋　程偉元

寬而靜柔而正者宜歌頌，廣大而靜、疏達而信者宜歌大雅，恭儉而好禮者宜歌小雅，正直而靜、廉而謙者宜歌風。肆直而慈愛者宜歌商，温良而能斷者宜歌齊。紅梨主人性體具備，歌詠咸宜。當歌詩之時，余未之見。及至庚申歲出鎮留都，延余入幕，始聞口述。吟詠數十篇，具得性情之正，知於詩學也深矣。惜乎概未留稿。後於政事餘閒，陶情適性間嘗題詠，或與滄雲學使諸公酬倡之間，援筆立就，無事點竄。嘗自謂不計工拙，然受而讀之，一往情深，醰醰有味，固非尋常摘句者所可同日語。其殆出於天性者然耶。於是竊爲留稿百餘篇。主人瞥見，幾欲攫而焚之。謂余曰，我非能詩者也，亦非欲秘其詩者也。鳴時發聲，隨付落花流水而已。若留簡編，毋乃遺譏於大雅。余曰，詩以道性情，性情得真，章句自在。苟獨取其詞，何妨如他稿之伐毛洗髓，任失其真。余所欲留者，不爲詞句之妙，而爲性情之宜，留備閒窗翻閲，以證師乙所論，其於歌詩之宜，何如也。時在嘉慶壬涂戌月朔小泉程偉元謹序。《戎旃遺興草》題詞

古人今我齋詩八卷　嘉慶二十五年刻本

吴維彰撰。維彰字晦亭，廣東順德人。嘉慶十二年舉人。以舌耕爲生，家故貧甚。二十四年病革時以詩稿屬門人梁廷枏梓存。是集有梁廷枏等序跋，詩四百五十餘首。弔古懷人，多沉鬱雄快。嘉慶十三年會試，有《都城偶詠》云：「鳥絲帶子杏黃袍，綴玉環金約佩刀。毛蟹對蝦堂會鬧，臂鷹竿雀鼎游豪。自注：戲院招飲曰堂會。勝地良辰，設俳優雜劇，男女車輻輳聚觀曰游鼎。人呼白羽排空下，馬蹴黄塵匝地高。自注，俗有放鴿、呼鴿、賽馬等戲。燕薊少年俱俊爽，讀書陳腐失吾曹。」《珠江雜詠》四首其一云：「銀沙十里倚樓船，雅稱浮家海上仙。妹妹徵歌來子夜，哥哥索笑出丁年。馬蹄送客翻新調，自注：北地馬頭俗稱馬蹄。龍眼投人結妙緣。自注：七月十五日，俗以龍眼相饋，名結緣菓。昨日秋晴花意鬧，携郎踏遍素馨田。」遣詞頗新，言之有物，匪斤斤於聲律之末也。

蠙廬詩鈔十卷　光緒七年重刻本

王蔭槐撰。蔭槐字子和，一字味蘭，江蘇盱眙人。嘉慶十八年舉人。五上春官。道光六年例得校官，以家累請養。與同里王豫唱和，並有詩名。詩集初刻於道光十二年，名《過學齋詩鈔》，五卷。後取五十後詩續之，止於道光二十七年，名《蠙廬詩鈔》。此重刻本。首受業傅侗序，汪雲任、陶澍、夏翼朝、李兆洛原序。蔭槐往來江淮間，頗悉民間疾苦。《淮陰行》、《江都行》、《東家行》、《養虎行》、《江行謡》、《悲河決》、《自盱眙至棠邑道中卽事》、《江村雜詠八首》，俱切社會現狀。《讀黄鴻臚爵滋疏》，痛恨鴉片之患。喜吴嘉紀詩，有《讀陋軒詩集三首》。王衍《梅緑雪堂遺集》刊成，爲作長歌。《崑山過顧亭林先生故里》、《讀姚石甫後湘續集感賦》、《讀梅蘊生嵇菴遺集愴然有作》，亦可覽誦。平居與陳穆堂逢衡唱酬較多。作《都梁耆舊詩》，所舉皆同邑人士。蔭槐生於乾隆四十八年，卒年六十六。五十後病目成痼疾，老而不輟，吟興益豪，推爲老宿。殆陶序所謂盲於目不盲於心者。

紅葉山房詩集六卷　道光間刻本

鄭祖球撰。祖球字受之，號笏君，浙江烏程人。嘉慶十八年舉人。二十四年會試報罷，尋病卒，年三十八。父佶，有《得閒山館詩集》。道光間弟祖琛官天津道，刻父兄遺詩，此其一也。事見本書鄭祖琛所撰《行畧》。此集有道光元年曾燠序。《詠史古樂府效李西涯體》四十八首，評騭詳悉。《題管夫人自繪小像》、《于忠肅祠》、《王右軍墨池》、《滕王閣》，詠廬山諸勝，能施所長。《采茶詞六首》、《緑橙》、《湖綿》、《湖筆》、《香篆》等篇，悉爲地産。《織機詞》六首，摹寫其實且有土音。《建昌吟》六首，注云：「自建昌至南康，田禾早晚不齊。同區有就獲者，有插秧者，時旱甚，下田龜坼，高隴間反青葱可愛，則山泉私之也。故爭水恆多訟。」其詩恬淡自然。雖工候不深，而苦吟不休，故能與日俱進。

織機詞

湖絲甲天下，爲縐、爲綾、爲絹，悉湖産也。夫畊於野，婦織於室，其勤倍他州，故賦亦較重。桑柘之下，比户機聲恆達旦不輟，土風伊可懷也。用操下里之音，以備輶軒之採。

茅屋風多月易西，機聲軋軋又鳴雞。挑鐙自訝中宵短，省却春愁攪夢迷。

攀花踏花上下忙，一絲挑斷費推詳。小姑莫漫抛梭戲，付與庄家説短長。市中置鋪收取織成者，謂之庄家。

少小生來織絹窠，待郎打綫妾鳴梭。惱人陰雨唤姑惡，屋角聲聲逐婦多。

千絲織就手中絹，一匹何曾身上穿。鄰家自詡春蠶熟，儂要秋成問木棉。

愛看素質是鄉風，織就憑人染采工。却怪蘇杭傳派别，先教玉手亂殷紅。湖地所産皆織就而後染，與蘇杭緞紬不同。

花樣翻新總好奇，洋蓮瓜蝶不多時。昨聞郎出城來説，又换方龍作瑞芝。洋蓮、瓜蝶、方龍、瑞芝，皆近時花樣名。

《紅葉山房詩集》卷五

心向日齋詩鈔四卷　道光二十年刻本

蔣志凝撰。志凝字子于，號淡懷，江蘇吴縣人。諸生。以詩名。與同邑曹楙堅、吴嘉淦相契。楙堅官京師，以書招之，比至而疾作卒，時同治二年，年六十二。《詩鈔》由楙堅爲之刊板。嘉淦爲撰《墓誌》。其詩積力久而出於矜慎，不肯諧俗。《讀漢書作》、《秋夕放歌》、《洪武寶鈔爲練廷璜刺史作》有序、《靈澤夫人祠》、《牛渚磯》、《謝文節琴歌》、《拙政園題壁》、《讀宋翔鳳小秦淮雜録題後》、《宋理宗玉刻御押歌》、《觀明督師盧忠烈公手書軍中七夕詩墨迹》、《銅爵東閣鴨鑪歌》、《虎丘寺鼎詩》、《書姜貞毅先生集後》、《題秦湘業詩集》、《宋陳居中畫崔鶯鶯像》、《閲宋人説部偶記二首》，文采充沛。《辛丑感事》等詩，有慨於鴉片戰事，深鬱不平。蓋自有深造，講求學力，故不徒恃性靈爾。程庭鷺《以恬養志齋詩初集》卷五有《酬蔣淡懷志凝即題其近集後》，注云：「時淡懷蹴居曼壽禪院。」

小安樂窩詩存一卷附一卷　道光十一年刻本

張海珊撰。海珊字越來，一字鐵甫，江蘇震澤人。道光元年鄉試第一，榜發，已前卒，年四十。此編附文集三卷後。首葉敬序，稱其詩常超然意象之表。作者論學以宋儒爲歸，又關心經濟。存詩不多。讀《易》、詠史，均有識見。洞庭歸櫂，探攝山諸勝等篇，清婉可誦。附《南池唱和詩存》，與門弟子張履唱和，詞必己出，功力悉敵。唯所詠至窄，罕可采取。海珊友王銘《見山樓遺詩鈔》有《張鐵甫游包山歸長歌見示次韻奉答》，可見尚有佚詩。銘又作《輓張鐵甫》詩，情事俱切，可補傳記未詳。

味莊遺稿六卷　道光間刻本

朱廷黼撰。廷黼字素濤，號味莊，安徽涇縣人。貴州巡撫朱理仲子，朱玠從子。諸生，秋試屢躓。道光五年卒，年四十四。是集爲胡世琦、朱琦序，存詩二百二十三首。風景詩不外皖南、黔陽兩地。偶閱《黔志》，署考聞見，賦得三十二首，爲蘆笙、銅鼓、花毯、色線、裲裙、髮帽、頭錢、耳環、蜡布、繭綢、聖虀、醅菜、蒟醬、竹米、土飯、石花、砂室、雄精、鉛斗、椎塘、象塚、龍坑、鹿牌、鳩杖、綷轎、籠輿、雙井等題，多爲苗族生活習尚，頗得風俗之殊。黄山詩亦多見瑰麗。

慎宜餘齋詩集八卷　同治間刻本

王贈芳撰。贈芳字曾貽，號霞九，江西廬陵人。嘉慶十六年進士，改庶吉士，授編修。出爲廣西、福建、湖北副考官。道光五年，以御史任湖北學政。十五年，官雲南鹽法道，署按察使，病居於家。卒於道光二十九年，年六十八。撰《慎宜餘齋文集》二十卷，内詩集八卷。以行旅登臨之作爲多。《糧船行》、《延平道中》、《謁明太祖孝陵》等篇，俱較樸茂。集中贈酬詩，如曹儷笙爲大學士曹振鏞，何凌漢爲何紹基父，時任福建考官，阮亨爲阮元介弟。贈芳詩名甚著，篇句間有沉鬱肫摯之情，較之但求於辭調間者，自勝一籌。

花農詩鈔六卷　道光十二年刻本

查林撰。林字松生，號花農，直隸宛平人。禮孫，梅舫子。諸生。道光五年官雲南通判，聘修省志。十二年，卒於局，年五十。是集卷一曰《釀秋軒草》，二至四卷曰《有方集》，五、六兩卷曰《滇吟》，詩共三百七十五首。生年據《辛卯元日》，卒年見史昺序。少時得聞王文治、蔣心餘緒論，好作綺語。《江南雜詩》、《滕王閣》、《灘行雜詠》、《呈貢上元燈詞》、《玉屏雜詩》，即景賦情，均較爽俊。《鹽井歎》一篇，概爲紀實。《聞顯者詆王夢樓先生作此奉答》，可見不肯隨波上下。殆抑塞之士，亦無人爲之揚扢耳。

題李司馬虎觀所藏元次山寒亭記榻本後

大湖以南考金石，神禹寶碣光熊熊。螺書龍畫説宋摹，衡雲阻絶峋嶁峯。熊尚黄陵兩漢物，雨淋日炙銷戈鋒。世寶墨猪愛野鶩，雙鈎響榻多冬烘。零陵司馬抱古癖，欲方鄭趙追都洪。春水夜尋漫郎宅，荒榛晝索春陵宫。江華南郭峙青壁，荆斜棘縛蒼籐封。公餘賈勇鑿混沌，蛇行斗折開蠶叢。寒亭一片石可語，滌除積蘚修蛇龍。瞿大夫書次山記，巖溜滴翠苔花紅。唐亭玉筯所世寶，八分波磔兹尤工。急研喻麇榻蟬翼，毫無繡蝕嗟神功。我有疑團且待剖，永泰下書丙午中。改元大曆史所著，當年珥筆何忽忽。可與史傳正闕謬，誰與言者歐陽公。始知前賢寶石墨，一字足開千古蒙。闡幽表微賴我輩，山靈嘉蹟非庸庸。一千三十有九載，仙扃鬼閉寧輕逢。譬之男兒貴知己，得一可死言非空。窮搜大索敢憚險，物□雖異理則同。君不見吹簫客與賣槳翁，巖棲谷隱多英雄。

願學堂詩鈔二十八卷　咸豐十年刻本

王宗燿撰。宗燿原名宗垚，字恂德，一字濬哲，號筍石，浙江鄞縣人。宗植弟。道光十四年歲貢生。家貧，酷嗜吟詠。是集爲歿後家人貲刻，有陳僅、徐時棟序。凡二十卷，各卷以事繫名。宗燿詩受鄉隅之限，不免泛泛。惟卷一至七曰《涉獵集》者，從《史記》、兩《漢書》、《三國志》、宋、齊、梁、陳書、《南北史》、《隋書》、《五代史》中撦撏典故，加以評論，成七百九十首，是亦有獨至之處矣。卷八至十二曰《陽春集》者，大都爲擬古詩樂府雜題，以及和陶、韓、白、蘇之作。一介寒士，衣食不周，欲以詩名傳世，不外於是矣。生歲據《哭三兄》詩自注，爲乾隆四十七年。集中有《夷警》等篇，作於鴉片戰爭後，計已六十開外矣。《四明清詩畧》卷二十二有小傳。

澄懷書屋詩鈔四卷　道光九年刻本

穆彰阿撰。彰阿字子樸，號鶴舫，姓郭佳氏，滿洲鑲藍旗人。嘉慶十年進士，選庶吉士，授檢討。道光間官至文華殿大學士。鴉片戰爭主和派首領。咸豐初被黜，六年卒，年七十五。是集所收爲道光九年官直隸總督以前所作詩。繁采寡情，佳製無多。其中雜題燕臺、金陵、武昌、盛京多首，時見山川之勝，《長白山行》一篇，有捭闔之勢。《漕河紀事》八首、《海運紀事》八首、《湯海秋侍御以言事改官走筆勉之》等篇，俱關時事。蓋作者頗喜文辭，門下士甚衆，詩文集得其序較多，讀是集亦當有知人論世之用耳。

寄情草堂詩鈔三卷　道光十六年刻本

熊莪撰。莪字璧臣，湖北天門人。官刑部主事。是集爲宗稷辰選，許楗評。李宗昉序，道光十三年自序。峩嘗受詩法於翁方綱、鮑桂星。所與琢磨，皆一時彦士。其詩工麗有則。《讀應山楊忠烈公集有感》、《鮑覺生師示井陘弔古詩命和》、《輓翁覃溪先生》、《題吴蘭雪詩集》、《送陶雲汀先生覲旋吴中》、《柬王子壽》、《讀李芝齡先生聞妙香室集》、《送周芸皋觀察之任厦門》，既有體格，亦不乏性情。《游廬山歌》、《金陵攬古》諸篇，尤具氣魄。是亦見重於時，尤爲楚人所推焉。

大小雅堂詩鈔十卷　道光十年刻本

邵堂撰。堂字真如，一字子山，號無斁，江蘇青浦人。年二十餘游吴門，王昶見而器重之。嘉慶十八年就課紫陽書院，主講吴俊延置家塾，故與俊子慈鶴厚交。二十二年成進士，官河南林縣、汜水等縣知縣。此集與《駢體文鈔》合刊，吴慈鶴、陸元文序，詩共九百五首，始自嘉慶九年。據鄒鳴鶴跋，殁於道光四年，年三十八。其詩明麗，每出新意。《燕市酒樓歌》、《倉頡墓》、《蘇禄國王墓》、《太行山看雲歌》，雄放沉著，悦人耳目。《爲翁覃溪題元祐黨籍碑》、《題隋鄧州舍利塔銘拓本》、《題韓仁銘》、《唐人書法華經殘葉爲王鬳作》、《宋瓷簫歌》、《書興平伯高傑手簡後》、《題金農梅花》二首、《湯鵬鐵畫》、《贈書賈》、《題朝鮮朴齊家貞甤藁畧後》、《洪北江輓詩》、《題潘眉小遂初堂集後》、《酬錢侗》、《題車持謙終南訪碑圖》等篇，多有關文史。卷五《論詩絶句六十首》，起屈原迄洪亮吉，尤爲談藝者所當資。嘗官河南，值滑縣天理教起事。集中有《土窑詩》、《兵車行》，涉及時事，然均不足徵事。宗室祥林《塵遠書屋詩稿》懷人詩，稱邵堂曾著《十二名花小譜》，未見。

重過馬營壩

蜿蜒長堤一繩直，旋風挾沙白無色。漫空火雲紅爍人，天宇非秋亦淒測。廣武一山淩孟門，千七百水河波渾。高隄卑堰羅野意，荒原敗壠彌愁痕。陽侯慘黯有如此，無數蒼靈溝壑死。一尺河水五斗泥，百萬金錢覆於水。荒鴉叫人羸馬嘶，野草高與行人齊。疲兵三兩狀黧黑，撏拾餘稭燒殘炷。平沙漫衍黿鼉窟，中有零星役夫骨。陽精陰液陷濁泥，不見髑髏見人髮。新鬼故鬼貉一丘，鐵丸銅柱皆魚鱐。想當風盲月黑夜，定聞鬼哭聲啁啾。國家水衡錢萬貫，司農握策工籌算。生憎官蠹盡酣濡，祇惜民生半糜爛。吁嗟蕩析民無辜，蒼水使者胡爲乎。華輿翠蓋掉頭去，千人萬人白骨枯。《大小雅堂詩鈔》卷九

唐人書法華經殘葉爲王勴作　經凡二葉，葉各六行，都二百二十有一字，高各六寸三分，寬各二寸七分。

湖州張氏得之雅州廢塔中。陳訓導焯爲之裝褙，有梁學士同書、趙司馬懷玉觀欵印識。其鄉人王勴購得之，藏於家。

吾聞貝葉經，藏弆靈隱寺。因慍磵壑緣，未識佉盧字。于役崟山陽，賓僚劇解事。平生眼福多，猥出殘經示。筆薌薝蔔熏，墨瀋旃檀漬。黄蘗紙韌堅，唐詩有硬黄紙以黄蘗染之，取其辟蠹。其質漿，光澤瑩

滑，用以書經。見屠隆《考槃餘事》。烏絲闌密緻。七寶劇莊嚴，八法殊嫵媚。差遜靈飛經，頗類磚塔記。李唐尚浮圖，刧灰莽邊燧。窣堵倚寒林，夕陽影在地。曬經魚梵沉，雅州曬經山，相傳唐僧三藏曬經之地。諷佛禽聲閟。雅州瓦臺山産念佛鳥。滄涼瓦礫間，夜光燭舍利。誰搜榛棘叢，乃獲巾箱秘。殆以腕鬼靈，而得諸佛庇。世人號知書，癡肥墨豬類。何如寫經生，姓氏闕銘誌。千秋墨本稀，星鳳殆不啻。想見搦筆時，波磔亦良瘁。腕底青蓮華，人天爲游戲。王郎書記才，酸鹹有殊嗜。鼎鼎翰墨緣，落落蔬筍氣。一擲輕餅金，獲寶藏篋笥。失笑諷法華，了澈奉持意。得無量功德，不信誦此偈。《大小雅堂詩鈔》卷十

無盡意齋詩鈔四卷 嘉慶間刻本

許乃椿撰。乃椿字子莊，號季青，浙江錢塘人。諸生。刻《無盡意齋詩鈔》，爲嘉慶年間詩。汪端光序。題詞趙翼、吴錫麒、唐仲冕、汪爲霖、胡敬、陳鴻壽、蔡復午、凌霄、李琪。詩多詠蘇杭名蹟。《攝山紀游》、《天開巖》、《鄧尉探梅》、《觀潮行》諸作，詞句妍華。《讀吴梅村集》、《謝文節公琴歌》、《寄懷吴門陳古愚本直茂才四十韻》，關係文苑故實。《興生行》爲紀嘉慶十八年時事而作。又有《題畫詩》，以雅淡爲尚。當取其上乘分别觀之。

傅巖詩集四卷 嘉慶間刻本

張聰咸撰。聰咸字阮林，一字小阮，號傅巖，安徽桐城人。嘉慶十五年舉人。任八旗教習。著有《左傳

杜注辨正》、《經史質疑録》。是集卷首爲劉開《張阮林傳》、姚瑩《悼詩七十四韻》。詩共三百餘首。聰咸詩文有雄傑之氣，姚鼐目爲異才。集中有《奉姚夢穀先生三十韻》。又通經史及音韻之學，阮元、王引之器之。《有贈阮芸臺侍講中丞四十韻》、《寄贈金壇段玉裁丈》、《都門三十初度詠懷一百韻》，其生平家世、學業崖涘已見大畧。聰咸爲姚元之妹壻，與姚瑩交善，《勵志詩十七首柬姚石甫》有云：「何時覓得萬丈長大裘，都蓋天下寒谿與蕭邸。寒士共登春臺游。吁嗟乎，我輩若獲迎春木，可回舉世皆温谷。鴻兮何爲向南陸。」其登臨攬古之詩，如《金陵雜詠》、《登太白樓放歌》、《貧交行》、《苦别行》、《大别山行》，詠都門潭柘、戒壇古寺諸篇，不爲狀貌，以才氣任之。劉開序謂「宗法少陵，其深造者幾欲神合」，可謂高格矣。嘗蒐輯漢、魏、晉、宋二十四家逸史，撰《後漢書述注》，志在學問，不欲僅以詩顯也。乃於嘉慶十九年年甫三十二而卒，深可惜耳。

清人詩集敍録卷六十

拜石山房詩鈔十卷補遺一卷　道光十四年刻本

顧翰撰。翰字木天，號蒹塘，江蘇無錫人。敏恆子。嘉慶十五年舉人，官安徽涇縣知縣。後主大梁書院講席。是集有曾燠序。據卷二《檢點少作》詩注：「歲在辛亥，余年九歲，始學爲詩。」當爲乾隆四十八年生。道光十四年結集，年五十一。卒於咸豐十年，年七十八。翰早負詩名，爲洪亮吉、楊芳燦所稱賞。嘗倣司空圖作《詩品》二十四則。《訪石曼卿墓》、《廣陵兒女行》、《大滌山紀游》、《和漁洋秋柳詩》、《皺雲石歌》、《池陽道中》、《皖江寓舍雜詩》，精思雋永，韻調宛轉。《漢伏波將軍銅鼓歌》、《書揚州十日記後》、《李北海雲麾將軍碑歌》、《淨慈寺五百羅漢歌》、《讀漢紀漫成八首》、《江鄭堂招飲席上食雁肉感賦》、《游鄜村訪鄜道元故里》，深沉紆鬱，故字句間森森自振也。蓋得力於魏、晉，而融於唐、宋諸家。翰春闈報罷，住北京法源寺，漫游城郊。復應楊蓉裳之邀入川，作蜀中詩。居汴梁，官涇縣，亦時登臨攬勝。楊蓉裳評其詩「如碧桃滿樹，風日水濱」，非溢美也。唱酬諸師友爲管世銘、阮元、舒位、陳用光、朱爲弼、陳文述、彭兆蓀、屠倬、郭麐、張祥河、嚴長明、周儀暐、徐寶善。又有《輓周布衣鐵瓢農》、《壽沈三白布衣》、《新羅山人詩集輿感》、《題張雋三晉艷雪堂詩稿後》，多載佚聞。

壽沈三白布衣

昔聞沈東老，家貧樂有餘。牀頭千斛酒，架上萬卷書。我觀三白翁，踪跡毋乃是。無心慕榮利，不肯傍朝市。當年曾作海外遊，記隨玉册封琉球。風濤萬里入吟卷，頓悟身世如浮漚。人間得失等毫髮，一意率真非放達。橋邊孺子呼進履，當代大臣來結襪。偶因幣聘來雉皋，十年幕府衣青袍。買山無貲去歸隱，腸繞吴門千百遭。吴閶門，虎阜寺，高道名僧日栖止。期君結屋相往來，拊掌一笑林花開。贈君以湘江緑筠之杖，醉君以幔亭紫霞之杯。腰纏不羡揚州鶴，歲歲同看鄧尉梅。《拜石山房詩鈔》卷六

寶鐵齋詩録不分卷　道光二十九年潯江郡舍刻本　續録不分卷　光緒七年刻本

韓崇撰。崇字元芝，江蘇元和人。是升子，葑弟。道光初官山東雒口鹽大使。十二年，引疾歸。咸豐三年被詔治團練於鄉，吟事遂輟。詩録初刻不分卷，顧承、董國華序，後隨時踵刊。集中詩迄於咸豐元年。《續録》亦不分卷，據光緒七年外孫汪鳴鑾跋，距崇之殁已三十年。又據《三十言懷》詩推之，爲乾隆四十八年生，卒年七十八。其詩詞采稍遜，而有關文獻史料尚多。《題黄忠端公獄中手書真迹》、《蔣因培燕園爲李易安故

宅賦》、《讀嵇留山先生集》、《讀姜貞毅公年譜》、《題明兵部尚書張蒼水遺像》、《顧亭林畫像》、《施愚山遺像》、《吴梅菴詩老遺像》、《題東魏天平四年玉佛造像》、《六舟上人手剔漢建昭銅雁足鐙歌》、《毛氏汲古閣圖》、《楊芸士屬題前蜀王鍇書蓮花經殘本》、《爲沈西雝題恆陽訪碑圖》、《河朔訪碑圖》、《魏大和三年銅熨斗歌》、《題江湜伏敔堂詩集》、《讀朱琦怡志堂詩集》，鑒别評定，亦屬當家。鴉片戰爭期間，有《定城歎》弔陳化成、楊慶恩，《送林少穆尚書出塞》等詩，可證時事。

定城歎

甬東毒霧晝不開，海波鼎沸聲如雷。鯨鯢怒立妖鳥嘯，刼火飛盡昆明灰。恣掠牲畜及婦女，窮黎竄走荒山隈。徵租納税食人肉，眼看白骨成山堆。上視蒼天下海水，風雲無路通蓬萊。可憐欲走不得脱，延頸日望王師來。王師來，在四明，貔貅百萬隨行營。羊公持重不輕出，張公竟少回天術。牙旗玉帳據上游，塞耳不聞神鬼愁。日排歌管宴俘囚，犒軍徵及羊與牛。定民定民爾勿憂，遠人自古懷以柔。不見謝公賭墅能却敵，虞廷舞干有苗輯。《寶鐵齋詩録》

題乾嘉詩壇點將録

江湖姓氏記傳聞，高築詞壇領冠軍。猛士詩人雜龍虎，一時吟嘯起風雲。

孰是鸞鳳孰野狐，一編評騭未模糊。試看漢上英雄記，卽是西江宗派圖。《寶鐵齋詩録》

補讀書齋詩集一卷　道光二十四年刻本　琴東野屋集十二卷　咸豐間刻本

蔣寶齡撰。寶齡字子延，號霞竹，江蘇昭文人。未仕進。工詩畫山水。著有《墨林今話》，由其子茝生刻而行世。道光二十四年，自刊《補讀書齋集》，上卷詩一百四十首，下卷雜著文三十六篇，以《初度自述》計之，當爲乾隆四十六年生。詩多作於海上。於道光間世事有所感喟。詠史題畫之作亦多。與刻意工巧者不同。咸豐初，茝生復刻《琴東野屋集》十二卷，有黄安濤、包世臣序，由王之佐校，收詩七百餘首，視前集倍蓰之。跋云：「寶齡卒於道光二十年庚子，而題圖詩當另編一集。」今觀此集題圖，亦灼然在人耳目。如《自題破樓風雲圖》、《癸未水災詩繪圖》，又如《爲翁心存重寫藥州訪石圖》、《題徐元歎先生落木菴券》、《冬心墨梅》、《端溪石枰詩》、《題王誠菴梅花遺墨》、《題冬心畫佛》、《題羅兩峯繪冬心先生像》、《羅兩峯仿西漢人石闕畫鬼圖》、《張蒼水先生遺像》，以及《論近人畫得絶句十二首》、《湖樓雜書二十四首》，隸事既多，取材亦廣，可與《墨林今話》相互參考，亦蒐集清代畫史資料不可廢之書也。

白華山人詩集十六卷　光緒九年重刻本

厲志撰。志初名允懷，字心甫，號駭谷，一號白華山人，浙江定海人。諸生。工書，長於歌詩。是集分

《丁壬》、《天台》、《甌江》、《丁巳》諸草，《吴遊》、《溪上居》、《磊山》、《白湖》、《癸甲》、《乙丙》諸集，吴德旋序。道光十六年葉元堦序稱「今年山人五十四歲」，是爲乾隆四十八年生。姚燮《大梅山館集》卷二十六《哭白華山人厲志一百二十韻》編年癸卯道光二十三年。卒年六十一。原刻本在道光間，此重刻，增同治十一年何紹基序。作者孤高岸介，落落寡合，唯與同鄉黄桐孫、姚燮唱和。爲詩原本孟郊，不輕作尋常習見語。紀游詩以《天台》、《甌江》二集爲勝。《阻風烈港觀明平倭碑》、《觀康樂侯像歌》、《古瓷燈檠歌》、《趙忠愍公鐵如意歌》、《錢江雜詠》四首、《聽金陵女子唱曲行》、《讀杜少陵天育驃騎歌》、《題金冬心畫羅漢册》、《柳如是小像》、《游西溪謁樊榭先生祠墓》、《讀孟浩然詩》、《讀樊榭老人詩》、《題几谷六舟上人游雁山圖》、《題姚梅伯畫叢梅大幅》，詞句生新。附《論詩一百五則》，又名《詩説》。陳曇《感遇堂詩集》卷二《寄定海詩人厲志》，可見生平。

碧蘿吟館詩集八卷　道光九年刻本

馬錦撰。錦字謙甫，號笙谷，浙江海寧人。諸生。詩集編年自三十二歲甲戌嘉慶十九年，盡於戊子道光九年，共六百九十首。秦瀛序，附《詩餘》一卷。錦爲朱文治弟子，與馮登府、方成珪、錢泰吉、應時良等人賦詩酬唱。其詩所習非一家。較可稱者爲《宋胡忠簡公硯歌》、《四月十四日爲神仙誕日作》、《東塔寺番僧頂歌》、《讀南唐書》、《題冒辟疆遺像》、《顧亭林先生像》、《柳如是小影》、《蠶事》、《登弁山望太湖》、《煙雨樓》、《海塘鐵牛歌》、《登大横山》、《鷹窠頂》等篇。蓋爲邑中名士，亦能由古學入詩者。

東園詩鈔十二卷　光緒十四年重刻本

凌泰封撰。泰封字瑞臻，號東園，安徽定遠人。嘉慶二十二年一甲二名進士，授編修。官湖州知府，以迂謹論罷。是集自訂，分《感秋業草》、《一庵漫唱》、《煎茶吟》、《後煎茶吟》、《解組閒謳》、《六客堂續唱》、《北觀小草》、《歸舟欸乃》諸集，乃嘉慶辛巳至道光二十六年之詩。初刻本未見，光緒十四年其孫夢魁重刻，倪文蔚、衛桂森序。據卷十二《乙巳暮春》「六十三齡老僊身」句，生歲爲乾隆四十八年。泰封優游文史，得力於詩。集中《游龍泉寺觀石刻羅漢像》、《題吴興郡署宋孫革老墨妙亭》、《吴越王歌》、《豫章行》、《番禺行》，撦撏故事，興致閒雅。喜崇勵民風，作《插秧行》、《蠶上簇》等篇。《讀宋逸士無子虚翠寒集題後》、《題馮柳泉學博柳界勘書圖》、《論詩六絶句》，題杜工部、劉賓客、温飛卿、梅宛陵、陳后山、元遺山、吴梅村、趙秋谷詩集，亦善使議論。其詩神采不足，然亦無虚誕瑣屑之弊。

吟秋樓詩鈔四卷　嘉慶十七年刻本

鄔鶴舟撰。鶴舟一名鶴徵，字雪舫，浙江山陰人。諸生。此集爲其友俞子銘刊，嘉慶十七年自序，俞國琛跋。跋稱鶴舟行年三十，存詩三百。集中詩皆三十以前作也。其詩清峭，不肯苟合前人。《詠于忠肅公祠》、《青藤書屋弔徐天池》、《緣崖觀瀑》、《西湖雜詩》、《論文四首》、《桃花扇題詞四首》、《陳老蓮明妃出塞圖》、《鐵冶山人賣字歌》，皆精心製作。篤古好學，作《題積古齋鐘鼎彝器款識》等篇。鶴舟受學於陳石麟，與陳文述、王衍梅友，時並以詩家目之。享年甚高。自中年以後詩均未刻，故收名不遠。北京圖書館藏抄本《越聲》，頗可補闕。據《越聲》所收《五十初度述懷》，知爲乾隆四十八年生。道光戊申二十八年鶴舟爲山陰女史勞客君鏡香《緑雲山房詩草》作序，自署「年七十五」，則生年當在乾隆三十九年。與初度詩不合。周沐潤有《輓鄔雪老鶴徵》詩，亦見《越聲》，惜無年月可證。

攬青閣詩鈔二卷　同治五年刻本

李貽德撰。貽德字天彝，一字貽白，又字次白，號杏村，浙江嘉興人。嘉慶二十三年舉人，出王引之門。邃經史，善小學。著有《周禮賸義》、《左傳賈服注義》、《十七史考異》等書。沈潛不近名。孫星衍晚年所著，多代爲卒業。卒於道光十二年，年五十。殁後錢儀吉爲撰《墓誌銘》，徐士芬爲撰《傳》。爲詩酣放，《錢塘行觀潮》、《登北江絶頂》，才思甚高。《題柳河東小影後》、《題孫淵如師山館樂神圖後》有序，於柳宗元、蘇軾二家多所探討。《催租行》、《買秧歌》、《哀鴻鳴》、《籌圩米》，歌詠民間苦辛。《書衞青傳後》、《書淮陰侯傳後》、《讀新樂侯傳》，可見史裁。《吴思亭焦山鼎銘拓本書後》、《孫淵如夫子五畝園落成》，俱當日典故。《與陸采山論詩》云：「有時貴刻露，有時貴和平。有時發奇險，其聲如雷霆。有時爲靜穆，孤梅放幽庭。因題乃使韻，隨步宜換形。藉兹傳神筆，寫我真精靈。譬如花滿屋，户外問餘馨。島瘦韓爭奇，杜勁李幽陗。東野宜山林，歐陽宜廊廟。未嘗强爲同，因以成衆妙。秀各挺千峯，風亦逼萬竅。□爲今中人，喜與古作料。手持三寸毫，專寫他人照。卽使神宛在，已非□歌笑。何況筆未工，搆形殊不肖。」品評精愜，亦善於言詩者矣。《讀漁洋山人集》、《讀列朝詩選》、《讀趙璞菴先生詩集》、《題洪稚存集後》、《哀黄仲則》、《題有正味齋集後》，亦有獨得。此集爲同治丙寅刊，朱蘭序。附《早華集》，亡妻吴筠作。

抱玉堂詩集八卷 道光二十一年刻本

周三燮撰。三燮字南卿，浙江錢塘人。嘉慶十八年拔貢，爲馮應榴所得士。工詩，少年圭角，受蔣攸銛、曾燠、阮元知賞。道光九年以肺病卒，年四十七。殁後無《傳》。詩無定本，此集爲受業壻董醇校理，胡敬删定，陸耀庚序，共八百二首。詠武林者居多，至嶺南後，時或雄麗，時或清宕，不可一轍測。《珠江曲》記廣州沙面大火焚死蜑户多家，《西湖花神曲》敍述杭州民俗，均較質實。交游名士甚夥。《題李紉蘭生香館辭》、《洪稚存出塞紀程書後》、《題張維屏聽松廬詩集》、《讀樂蓮裳青芝山館詩集》、《讀鄔雪舫鶴徵吟秋樓詩鈔奉簡長歌》、《題梁山舟先生書蟲窠詩卷》、《題陶雲汀中丞資州垂釣圖》，大都筆力縱放，不堆垛。又有《拜澹歸大師塔》、《書明僉事金應奎墓圖後》、《題陳曼生種榆仙館印譜》、《花篋歌》、《題潛園名印譜》、《賦明錦衣衛牙牌》、《蜂中七佛像歌》、《題苦瓜和尚畫山水册》、《題六舟上人所藏甎文拓本》，盡藝文資料。《題華秋嶽山燒圖》，由讀畫而念及蒼生，尤爲神到。《懷粤東友人詩四十六首》，輓馮應榴、李鑾宣、孫星衍、汪繼培、汪家禧、彭兆蓀詩，多可資考。其詩蓄意深厚，蔣攸銛比之黄仲則，庶幾類之。

題華秋嶽山燒圖

手披此圖未敢捫，何來火勢方燎原。百草皆死樹已髡，摧枯拉朽煙霧昏。突兀此山疑陸渾，彼虎頓失山君尊。虎子幸可虎背蹲，山羊真苦羝觸藩。其後狐兔方追奔，少緩卽恐爲懸貆。攀藤附葛嚇衆猿，山後一猿驚斷魂。長蛇彳亍難蜷蜿，火燄所及皮不存。鹿思跳澗湧脚根，爾牛觳觫同放豚。浮鼻渡水如伏黿，山下之水當亦温。此時宿鳥爭高騫，風力猶在空中掀。山水畫火工莫論，而我披圖生愁煩。吾杭火災不可言，今年夏秋間，杭城鎮海樓雲林寺大殿，俱燬於火。竹爲四壁泥爲垣。廬舍多逾草木繁，往往一炬成荒村。健兒持兵莫救援，安得老龍東海翻。焦頭爛額空聲吞，急欲逃匿猶無門。嗟哉居民亦何冤，乃如芻狗輕炮燔。作詩願籲火帝恩，何暇圖中觀燒痕。《抱玉堂詩集》卷四

拜竹詩龕詩存十卷　道光十九年刻本

馮登府撰。登府字柳東，一字雲伯，號勺園，浙江嘉興人。嘉慶二十五年進士，改庶吉士，官寧波府教授。著有《論語三家詩家語異文疏證》、《金石綜例》、《石經閣文集》等書。卒於道光二十一年，年五十九。詩集初刻於崑山，名《石經閣詩畧》五卷。再刻於嘉興勺園，名《小槜李亭詩録》二卷。是本刊行最晚，凡六

卷，以《玉堂分韻集》、《南劍種花集》、《勺園集》、《海嶠重游集》、《海月江風集》、《學易菴》初二集、《漫與集》（共三集）名之。較爲足帙。首林春溥序。作者嘗刊《石經閣鄺硯倡酬集》，硯爲明末鄺露物，王昶舊藏，此集有《鄺硯歌》敍記甚詳。又刊《五千卷室銅鼓倡和詩》，銅鼓爲海昌馬洵藏，此集《伏波將軍銅鼓歌爲馬小眉賦》，即記其事，甘泉羅士琳據以考證，撰《晉義熙銅鼓考》。又嘗輯《曝書亭集外詩》，今集中《重修曝書亭落成喜賦四首》、《題竹垞太史小長蘆釣魚師圖》，張廷濟藏，禹之鼎繪，多載朱彝尊佚事。登府與吴嵩梁、洪頤煊、姚元之、李富孫、瞿中溶、朱爲弼、林則徐、顧廣圻、許乃普酬應。悼郭麐、黎應南、李貽德詩，亦有故實可資。感懷抒情，登臨詠古之作，均非所長，唯《題汪小米松聲池館勘書圖》、《題宋槧玉臺新詠後》、《題嚴厚民書福樓勘書圖》、《校録天一閣書五十餘種以備閩志采訪》、《自著漢石經考異告成用昌黎石鼓歌韻記之》，有關藏書校勘，所以可貴。《論墨截句》、《論石截句》，搜考甚博，允推獨造。殆精心汲古，以爲自家進格也。

論墨截句八首

珍重千金貯錦囊，病風手試麝煤香。百年如石知何用，别有奚邽止血方。李廷珪文元墨背文云：百年如石，一點如漆。見《墨譜》。廷珪墨能止産血，見《雞肋編》。東坡詩注，古語：磨墨如病風手。

餘馥輕煤出畫厨，淳熙舊牓近來無。定知白鹿箋經日，小試升龍點易圖。朱子有淳熙年製升龍墨，見《墨譜》。

黟川漆墨山谷贈，雪堂義墨晉卿分。不如南岳乖厓別，一片山中留白雲。張乖厓與陳摶別，贈以白雲臺墨。黟川見山谷詩。雪堂見《仇池筆記》。

雲藍春永綵毫呵，犀角魚胞一點螺。鼯鼠文公藏最古，海南歸日剩無多。《老學菴筆記》，東坡从儋耳歸，舟敗亡墨四篋。又東坡蓄古墨，文公檜背有鼯鼠二字。雲藍，東坡侍姬也。

潘谷徽材半樂浪，松元泰譜出山堂。五千杵法今誰繼，一笏猶存大國香。潘谷墨雜用高麗煤，見蘇詩注，厲樊榭有小山堂觀流求國官工松元泰墨譜詩。程君房墨必五千杵，余藏君房大國香一挺。

碧天無際水雲孤，有客思鱸願未如。百十二丸人幾世，秋風流涕玉蟾蜍。明胡元貞墨云，碧天無際，見《墨表》。范成大墨名思鱸，見《老學菴筆記》。鄞人邱東河太守藏墨百二十丸，皆元明人物。有購得以贈孫文靖公。今文靖已墓有宿草矣。

磨盡隃麋費盡才，畫眉無分傍粧臺。玉堂故事休重問，上谷雲烟親賜來。

兎枝烟冷寫烏絲，惆悵虞公臂痛時。不數魚門三長物，銘心絶品硯書詩。程魚門有三長物齋，墨其一也。余藏鄺露天風硯，嘉定宋犖《玉臺新詠》及董香光草書《絶交論》，爲三益友齋。《拜竹詩龕詩存》卷六

論石截句八首

烟波疊嶂范成大，湖口九華蘇長公。宋賢好事多成癖，不獨顛人滿袖中。范成大有烟波叠嶂，見

本集。

太湖蟲蛀英州巧，靈壁巉空大理奇。最愛石齋齋畔石，不教韓馬換仇池。黃公道周有仿硯山圖，自寫石齋齋中之石畫。往見于陳恭甫侍御處，欲以莘田硯山易之，未得也。

雕搜赤壁賦中句，羅列漆厨龕際星。太息玉蟾蜍淚滴，南唐已失硯山青。宋廣濟庫有靈壁石筆架，徽宗御書「山高月小水落石出」八字。武林故觀堂内漆厨中龕二石，一有星似南極，一似北斗。米家硯山舊藏朱竹垞檢討家，今不知流落何處矣。

涪翁肘後屏三疊，歐老梅花石一林。絶倒勺園米仲詔，房山半角費沉吟。湖口三石，山谷爲肘後屏風。滁州菱溪石，歐公物也。石旁有梅花，亦公手植。米萬鍾購房山奇石於勺園，百夫曳十二日不能致，乃留良鄉。

三品鷗波苔徑封，垂雲沁雪配雙峯。青田一鶴忽飛去，冷落石門洞口松。趙松雪三品石在蓮花庄。垂雲、沁雪二石，亦趙氏物。湖州歸安學有一奇石，端木子彝時爲校官，以太鶴洞天名之。子彝，青田人也。

清暉堂側玉玲瓏，錦水靈泉次第供。選士風流同選石，晴窗三百對文峯。閩督署清暉堂多供英州石。朱竹君視閩學，令士子每名采一石築亭供之，爲三百三十三士亭。多鐫姓氏于上，今在學署。

閩水千灘多異品，鬱林片石不曾分。百金歸買何時遂，只割東山一朵雲。一朵雲，勺園太湖石也。

少人多石柳州語，石不能言欲點頭。奇絶四明都未見，花磚祇認晉陽秋。余從四明得晉甎甚富。《拜竹詩龕詩存》卷六

繡屏風館詩集十卷　道光十六年序刻本

方能撰。能字子漁，江蘇常熟人。諸生。工詩文。詩集與文集合刊，有道光十六年自序，編年始嘉慶十年訖於道光十九年，凡一千八百餘首。生年據卷二《四十初度》詩，爲乾隆四十八年癸卯臘月十八日。卒年七十八。自謂詩學白，能工襲其體，實受近代袁、趙影響居多。淺而可永矣。嘉慶十九年大旱，作《禁宰謡》有云：「方今旱苗盡枯溪變陸，戽水聲聲夜如哭。紛紛悍吏追呼來，下鄉依舊恣荼毒。吸人脂膏啖人血，而僅禁食禽獸肉。」頗爲諷切。《苦旱行》、《鬭蟋蟀》、《捉船行》、《完漕歎》、《購書行》、《走索行》、《黄山雲海歌》、《金陵懷古》八首、《虎丘竹枝詞》十首、《五人墓》、《西海脈表歌》、《銅面具歌》、《滬城紀游》，紀事言情，多有實得。又喜讀子史詩文詞曲，每有所見，發爲歌詩。《讀南華經》、《十國小樂府》、《讀劍南詩集》、《讀謝皋羽西臺慟哭記》、《讀九僧詩》、《讀四靈詩》、《讀楊忠愍公集》、《題姜白石像》、《論詩九首》、《讀紅綫傳》、《讀汪水雲湖山類稿》、《題李清照漱玉集朱淑真斷腸集》、《讀小倉山房集》、《讀天真閣集》、《閱本朝人文集數種各繫以詩》五首、《觀劇》、《題桃花扇傳奇》八首、《題蔣心餘紅雪樓傳奇三種》六首，品評得失，善於鑒裁。所謂深心詩究，其庶幾乎。

青霞仙館詩録不分卷　道光間刻本

王城撰。城字伯堅，號小鶴，安徽全椒人。優貢生。客廣陵黄氏館。入京，充鑲藍旗教習。道光二十二年卒。是集爲黄奭《清頌堂叢書》刻本，所録爲居廣陵十餘年詩。首道光二十四年金望欣序謂：「此編大半刊華落實，篇什無多，皆驪珠鮮鱗甲。」又謂：「欲見全豹，俟南昌之刻。」是另有全集，不知刊行未。望欣序稱城卒年六十二，而據《題李艾川秋燈夜讀圖》自注「予生癸卯」乾隆四十八年，至道光二十二年，僅爲六十。詩較沉博工麗。長篇《過胥江有碑曰伍大夫仗劍渡江處》、《書徐霞客游記後》、《觀興教寺鄒若泉畫壁》、《送陳穆堂歸揚州》，卓爾不凡。短章亦無牽率之習。

貽硯齋詩稿四卷　嘉慶十二年額粉盦刻本

孫蓀意撰。蓀意字秀芬，一字苕玉，浙江仁和人。諸生高第室。編修枚母。工詩，兼擅倚聲，有《衍波詞》二卷。詩集與駢文、詞、尺牘合刻，有嘉慶十二年洪亮吉序，曹斯棟序。生年依《壬子十歲》詩計之，爲乾隆四十八年。其詩游記、懷古、題圖，俱不弱調。《題陳廷慶先生五十學書圖》、《錢塘懷古》、《題桃花扇傳奇四首》，亦可采。詞集有《紅樓夢傳奇賀新涼》一闋。又作《孝烈將軍歌》、《壯烈伯李忠毅公輓詩》，旁及於時事。與專事閨房酬吟者，有不同矣。

篤慎堂燼餘稿一卷　光緒十一年刻本

金鍔撰。鍔字一士，號嘯崖，江蘇江陰人。嘉慶二十四年舉人，官嘉定教諭、蒙城訓導。卒於咸豐十年，年七十八。事具本書薛時雨撰《傳》、繆荃孫撰《墓表》。是集爲其孫武祥梓刊。武祥官廣東赤溪廳同知，以填詞聞名。跋稱遺詩當有三、四千首，十九遭燬。今所見大都爲詠杭州名蹟、蘇州園林之作。《汴梁詠古》六首，氣格沉穩。於近代時事，亦就所聞見述之。《題吴門老和尚遺像》，爲明季侍御李模，記其事較詳。

雪煩山房集詩七卷　咸豐三年刻本

徐僖撰。僖字南烔，號夢白，晚號夢蓮，江蘇吴縣人。諸生。官貴州銅仁知縣。卒於咸豐三年，年七十一。此集有鄭鋃、顧承、陳鶴序，顧承撰《夢蓮居士傳》。其詩崇尚格調，一宗婞雅。壯游西南諸省，所作《銅江雜詩六首》、《東山玩月》、《銅崖卽景》、《游蓮池》、《自合江至柏坡過鐵索橋》、《瀾滄江》、《海潮寺觀昆明湖》等篇，寫景新特，意亦綿邈。《火把節》詩有長序。注云：「今滇南於六月二十四日比户斫松爲燎，夜燃之以照田，覘其明暗，以卜豐凶，戚友會飲，夷俗同之。」嘉慶八年，於大理作《點蒼雜詠四首》、《登點蒼山望洱海》、《游崇聖寺卽三塔寺》等詩。綜平生之篇什，不及四百首，亦可謂言短而意長矣。

愈愚集詩六卷後集二卷賸稿一卷　道光間怡顔堂刻本

孫爕撰。爕字吕揚，號愈愚，浙江烏程人。家世業賈，而勤於學。受業於施國祁。歲貢生。工詩古文，通史地之學。國祁字北研，亦業賈，著《金源劄記》，爲《金史》專門，固賢才畸士也。又與同里張鑑、沈堯相契，講求學問。撰《愈愚集前後集賸稿》，均與《文集》合刻，有張鑑序。文集有愈愚子傳，未究生年。據《潯溪詩徵》卷二十八《小傳》，道光丙午，次子鄉試捷音至，已病，越數日卒，年六十四。當生於乾隆四十八年。其詩得諸師友之誼，又喜藏書，所作《評帖》、《繙經》、《曝書》、《論畫》，質樸可觀。《讀孟東野集》、《書昌黎集後》、《書龍川集後》、《讀劍南集》、《讀陳黄門集》、《題嚴鐵橋丈可均文集後》以及《編鐘歌》、《後集》中《文信國公鐵印歌》、《寶鼎二年甎塔本》、《漢十二辰鑑歌》、《題鄭板橋募修城啟墨迹》、《賸稿》中《論文四首》等篇，頗見苦心。唯生平足蹟未廣，集中《刈稻行》、《平糶行》、《龍鐙行》、《桔槔行》、《牧牛詞》、《射鴨行》、《木棉》四詠，多爲鄉里所見，是筆墨未能奇勁耳。集中《挽施北研先生》詩、《題沈子敦湖稜感舊圖》，可補爲施國祁、沈垚傳記之闕。沈垚出身優貢生，長於史考，尤精輿地之學。既歿，燮撰《哀辭》。垚著《落帆樓文集》，無詩。而《潯溪詩徵》存《南潯水利七古一章用愈愚韻》，正可與此集互爲補充。

挽施北研先生

金源遺事索冥冥，配入元家野史亭。先生著有《元遺山詩集箋注》及《金源劄記》等書行世。讀遍異書偏近市，先生居盛氏肆中最久，凡所著述皆成於此。釀成奇困爲窮經。但期後世名難朽，縱少孤兒目亦瞑。地下書城應見慰，白頭二老影隨形。先生歿，距書城之亡祇一月。

名高山斗四方傳，竟守窮廬到暮年。立説總期宗漢學，逢人唯勸讀詩箋。先生常謂學始博物，勸人先讀鄭《箋》。其教弟子，絶不用朱子《集傳》。世間遺老關天運，身後文章賴主賢。《遺山詩集箋註》爲主人蔣枕山所刊。寂寞雲亭誰過問，生芻尚欠爲淒然。

秋鶚遺稿二卷　嘉慶二十二年刻本

徐濬撰。濬字榮泉，號秋鶚，浙江海鹽人。諸生。刻苦好學。工詩，體羸多病。嘉慶十三年卒，年二十六。《遺稿》刻於二十二年，朱蔚序。吴騫序歎其「才思敏贍，筆力清矯，殊有過人之秉」。濬與同里周思兼、應時良唱酬。《捕蟹》、《古錢行》、《漢刀泉行》、《讀放鶴夫子碧筠集》、《過百一山房談詩》，動輒百韻。《謁岳忠武王墓》、《吴山秋眺》、《松谿雜詠》、《觀競渡歌》，亦清堅可誦。截句如「誰家雲母窗前月，吹得玉簫如許清」《寓武林夜步》「半鏡水横孤塔倒，一旗風上畫船颺」《御兒道中》「萬里横雲齊辟易，百年老樹作先聲」《大風》，「樓臺十萬藏紅粉，城郭三春盡緑楊」《送仲元亭之揚州》，採入詩話，置之名家，不能辨也。

刻楮集四卷　旅逸小稿四卷　道光間刻本　閩游集二卷　咸豐間刻本　定廬集四卷　近代刻本

錢儀吉撰。儀吉字新梧，一字藹人，號衎石，浙江嘉興人。錢陳羣曾孫。嘉慶十三年進士，改庶吉士，授户部主事，累遷工科給事中。罷歸後主粤東學海堂、河南大梁書院，治經講求詁訓。工詩文，與弟泰吉齊名。

著《三國會要》、《衍石齋紀事稿》，輯《碑傳集》行世。卒於道光三十年，年六十八。生平所爲詩，嘉慶六年前曰《閩游集》。以次曰《北郭集》、《澄觀集》。十三年至二十四年詩曰《定廬集》。以後迄道光十四年曰《刻楮集》、曰《旅逸小稿》。十四年後詩皆名《浚稿》。生前止刻《刻楮》、《旅逸》二種，各有自序。其中《朱野雲齋中觀康熙間諸名人合寫藏僊書圖四首》、《題周松靄先生著佛爾雅四首》、《次周之琦浯溪觀唐中興碑》、《重題元祐黨人碑二十韻》、《咸亨鳳池文硯歌》有引、《詠史三首》、《讀黎二樵詩》、《題諸葛子恆碑》、《謁虞仲翔祠堂三十六韻》，詞意密致，議論通達。《題寶真齋法書贊絶句五十首》，於歷代法書考覈甚精。自潞河至東光舟中，作《雜吟十四首》。經徐淮、江浙、廣州，有詩紀行。《閩游集》爲咸豐十一年其從弟泰吉序刻，《定廬集》爲繆荃孫訪得編刊。其中《題嶽麓碑殘石拓本》、《謁虞仲翔祠堂三十六韻》、《亭林先生小像》、《新舊唐書合鈔新刻本》、《梁茝鄰燈商梧竹圖爲覃溪翁先生論詩》、《翁元圻鏡湖歸櫂圖》、《王文成公家書墨迹》、《題黄山領要録六首》、《漢敦煌太守裴岑碑》、《宋帥初山水》等篇，足見淵粹。《喜得張方洲集》，爲明嘉靖間中朝兩國文化史料。《讀晉書五絶句》、《讀梁書三十六首》、《讀梅聖俞詩》、《劍南詩稿》、《樊榭集》、《潛研堂詩》，識見亦超。又有《鄉風詩八首》，詠風俗雜事。集中贈李貽德、錢泰吉詩最多。儀吉爲錢陳羣曾孫，主宋詩而不趨生僻一途。嘉、道間學人之詩漸少，儀吉猶得秀水典型。大家風範，時無能出其右者。

秋水軒詩選不分卷　光緒二年思補樓刻本

莊盤珠撰。盤珠字蓮佩，江蘇陽湖人。有鈞女。同邑舉人吴軾妻。慧好讀書。幼從兄芬佩學詩。尤工詞。嘉慶間病卒，年二十五。李兆洛、吴德旋有《傳》。詩僅五十七首，與《秋水詞》合刻，盛宣懷序。作者詞入漱玉之室，毘陵女史能樂府者莫之先及。詩則多近于詞，不免纖麗。《採茶詞》、《養蠶詞》、《賽神詞》、《牧牛詞》等篇，摹寫民間生活，清穩可誦。《打麥詞》云：「麥秀平田千里緑，野雉雙飛聲角角。四月初慶早麥黄，鄉村婦女忙復忙。青天不雨夏風暖，廣場乾燥黄雲滿。力衰枷板聲漸低，赤日炙背人忍飢。盡數輸租最言苦，但免進城見官府。」格調與明初吴中四傑相近。

卽園詩鈔十五卷　雲南叢書本

李於陽撰。於陽字占亭，號卽園，雲南昆明人。嘉慶十八年，劉大紳主五華書院，受業門下七年。副貢生。二十三年，刻《詩鈔》十五卷，大紳序。初印本無多。光緒二十五年，陳榮昌以原版輯印，收入《雲南叢書》。《星回節懷古》、《蒼山宏聖寺觀禹碑》、《登蒼山觀洱海作歌》、《花江洞觀瀑》、《羅漢崖》等篇，奇氣橫隆，而堆砌不免。《賣兒歎》、《苦飢行》、《米貴行》、《鄰婦嘆》，摹狀無告哀民，深得詩旨。《四哀詩》詠劉賁、羅隱、盧仝、李賀。《擬尤西堂明史樂府》、《題西堂續離騷弔琵琶》，可以解頤。《題甌北集》云：「分唐劃宋任公評，祗有時爲得意鳴。作鼎足人猶我惜，留竿頭步讓君行。是何心竟思無古，如今才方許好名。遭際羡他過李杜，探花常得住蓬瀛。」亦揶揄雋語。好讀小説，作讀詹詹外史《情史》百詠，詠男女之情。文人詩集僅見者也。

十載痴情負盼奴，乘潮枉寄一封書。衹憐字字關心處，小妹如花解語無。趙判院

髫年風雨兩相依，惆悵春光是也非。第一人間生死願，千秋蝴蝶不單飛。祝英臺

天壤如郎信可嗤，怪儂底事不曾知。賞音人自多情甚，惜少千金未嫁時。杜十娘

誰聽窮途乞食歌，紅顔終奈有情何。侯門不少嗟來飯，味是桃花粥裏多。李娃

鸚鵡空將薄倖呼，死生何處怨狂奴。衹憐未了黄衫事，匕首臨風一嘯無。霍小玉《卽園詩鈔》卷十五

秋芸館詩稿六卷　同治八年重刻本

吴勤邦撰。勤邦字襄士，號鐵梅，浙江烏程人。肄業愛山書院，出趙懷玉門。嘉慶二十四年舉人。道光十二年，官四川内江知縣。晚歸里，居梅莊，以讀書注《易》爲事。詩集初刻於道、咸間，此重刻本無序，姚學塽、葉紹本、張生洲、李宗傳題詞。七古《長城》一篇，饒有氣勢。《謙歌行》、《直沽雜詠》，以及川蜀諸篇，間亦可取。受乾嘉樸學影響，每以讀書偶得發之於詩。《詠史二十四首》，通論全史。《題鄭芷畦先生讀書圖》、《自題梅莊注易圖》，亦見學有本原。懷人詩有云：「吾家宗老曾箋史吴蘭庭，進士談經亦絶倫丁杰。更有姚世

鈺王豫工樸學，可憐遺稿半沉淪。」又云：「陳焯楊鳳苞不作施國祁嚴元照死，考獻徵文良已矣。自注：四丈皆熟諳吴興文獻，余嘗往還。誰與菰城記舊聞，浣筆今朝聊寫此。」所稱皆嘉、道間學人。

楓江草堂詩集十卷　近代嘉業堂刻本

朱紫貴撰。紫貴字立齋，號漫翁，浙江長興人。貢生。官嘉興府學教授，瑞安縣學訓導。僑寓吴門，初刻《楓江草堂詩集》三卷、詞三卷，有道光七年朱綬序。近代劉承幹得《未刻詩稿》七卷、文一卷，與前刻本合刻，收入《嘉業堂叢書》，是爲完帙。紫貴嘗受顧千里説，成《洛陽伽藍記考異》，由其甥吴若準如隱堂校刻，世稱精本。此集有題《吴甥若準秋夜讀書圖》，蓋若準亦劬學之士也。詩起於嘉慶二十一年。《弁山展先人墓述哀》，可畧見家世。其詩格近厲鶚，與彭兆蓀相亞。《詠拙政園》、《謝文節公號鐘琴歌》、《秦丞相李斯鄒嶧山碑拓本歌》、《蜀漢張桓侯八濛山勒銘拓本歌》、《十國春秋詠史》、《韓熙載夜宴圖歌》、《讀續漢書溝洫志》、《韓蘄王墓碑詩》、《紹興十六年同年同録歌》、《晉太康九年殘磚硯歌》、《赤烏磚歌》、《青田石門洞觀瀑布》、《息園看花行顧俠君秀野草堂故址》、《寒山寺赤烏十三年銅佛像拓本》、《鼉魚錞歌》、《吴越王酒庫瓶詩》，在臨安縣，金衍宗掘得之。嘉慶間稱爲新調者，此類是也。《題馬士英爲杜文煥畫錦霞洞天圖》，馬士英能畫，於斯見之。《書海東雙鯉卷後》，序云：「客有以日本國人長崎島町長本逸相宰及秋香手札三通詩一首，多《羅山看楓記》一篇，裝潢成卷，題曰《海東雙鯉賦》。」亦中日間交流軼聞。官東甌所作《鐵樹歌》、《試茶雜詠十二首》，記敍生産風俗。《天山牧唱三十首》，以七十一《西域瑣譚》綴爲韻唱，雖非親臨其境，亦得耳目之助，王芑孫不得專美於前矣。鴉片戰爭起，作《感事書憤》五律十首，慷慨之音，溢於楮墨間。英軍攻定海，作《戰城南》悲之。又有《吴淞陳將軍歌》、《募義民》、《建義棚》、《買荒謡》、《白鬼來》，歌詠時事，愛憎分明。是集視初刻内容倍增，讀之不啻異書矣。

天山牧唱三十首　録十

讀《西域瑣譚》，率成上下平韻絶句三十首，名之曰《天山牧唱》。

雪要消融泉要活，風宜澹蕩雨宜疏。稻田麥隴多青草，別譜田家月令書。回民種稑皆資山泉。雨少減收，雨多則地起鹽鹵。春寒雪水來遲則播穀失時。以小麥爲細糧，稉稻次之。禾草並生，不知耘耨，且以爲草茂，則禾苗得以乘涼。

金碧新修梵字牆，朝曦晃眼曝餱糧。春來多少含泥燕，難覓雙棲玳瑁梁。聚土爲坯，壘牆厚三四尺，以白楊胡桐横布其上，施葦敷泥，遂成屋宇。屋頂開天窗一二處以透陽光。屋頂皆平，居人於其上來往，爲曝糧米之用，亦有似蒙古包形者，可以無梁棟自成屋宇也。

八栅爾今第幾回，門攤都向午前開。樹雞虀酒金花布，破費乾隆普爾來。日中之市謂之八栅爾，每七日一次。雅爾有鳥如雞，味肥美，栖止樹上，謂之樹雞。虀酒渾如米汁，人喜飲之。金花布喀什噶爾所出錢，謂之普爾,今所行用烏什鼓鑄之乾隆通寶也。

駄來細馬是明姝,錦帊蒙頭賦秣駒。禮拜寺前相見日,紅絲窣地綰珍珠。回人嫁娶,新婦騎馬,以帊蒙頭,鼓吹導引,父兄送往夫家。凡女皆垂髮辮十餘,已嫁則髮後垂,紅絲爲絡,下垂珠寶爲飾。

聲聲屋角壓油嘑,又聽城東梵唄齊。鼓吹五番人禮拜,夕陽紅上小樓西。伊犂、烏魯木齊之間多壓油鳥,集人肩袖,捉而出其油卽飛去。各城均於東偏架木爲樓,鼓吹送日西入。毛喇阿渾諷經,禮拜日凡五次,謂之纳馬兹。

小宴明駝百戲陳,珠歌翠舞夜留賓。更擿十棒元宵鼓,别有驚鴻掌上身。葉爾羌俗尚宴會,婦人善歌舞,索鍋爲繩,立木爲架,回婦於繩上步驟往來,應鼓之節舞九轉盤之戲,不一而足。

已從西海求名馬,更向南山放皂雕。一片圍場秋草緑,雪蓮花共大旗飄。哈薩克多馬,或曰卽古大宛。回户喜蓄鵰,鷙而捷,喀什山將軍圍場在焉。雪蓮生雪山深雪中。

方流兩岸水溶溶,采玉年年貢九重。一騎犛牛人絶壁,天風吹下碧芙蓉。葉爾羌河産玉,每歲春秋兩貢。去葉爾羌二百三十里,山名密勒臺打坂,徧山皆玉,土人攜具鎚鑿,乘犛牛而上,任其自落而取之,名擦子石。

千秋梵教來西域,震旦皈依海衆偕。今日白衣厓石上,斷無香火但煙霾。庫車有小佛洞,蘇巴什有大佛洞,其山前後上下鑿洞四五百處,皆西蕃佛像,最高一洞有白衣大士像,漢楷輪回經一轉,餘皆西蕃字蹟,不知何代所爲。

鏡展玻璃花掩映,扇攜翡翠月團欒。焉支兒女誇顔色,試向娉婷市裏看。鄂羅伊明鏡玻璃,回人有載

販者。雅爾多翡翠，土俗取以飾扇。沙雅爾婦女多好顏色，《十三州志》：龜茲于闐置女市。《楓江草堂詩集》卷四

戰城南

戰城南，悲三鎮也。八月十三日英夷攻定海，督兵血戰五晝夜，衆寡不敵，至十七日，同時陣亡。三鎮：壽春總兵王錫朋，處州總兵鄭國鴻，定海總兵葛雲飛也。

戰城南，復城北。心報國，手殺賊。賊兵蟻集我兵稀，飛函告捷請濟師。登高遠望見旗幟，歡呼謂是官軍至。豈知賊兵假我衣，却從後路來合圍。是日風狂復雨急，火中格鬭雨中立。礮聲隆隆達鎮海，鎮海城中督師在。援兵不來來亦遲，悲哉武臣安可爲。武臣不可爲，君不見海天月黑魂來歸。武臣不可爲，君不見千秋俎豆昭忠祠。《楓江草堂詩集》卷九

釣魚篷山館詩集五卷　道光間刻本

劉佳撰。佳原名侹，字德甫，號眉士，浙江江山人。嘉慶十三年舉人。道光四年官奉賢知縣。七年，調溧水。二十一年告歸。卒於二十五年。是集爲詩五卷、文一卷，首徐庚瑞序，詳其行實。據文集《先考府君行述》有「不孝五歲」語，生歲當爲乾隆四十九年。佳受知於沈謙。爲詩樸實。《血衣行》詠明嘉靖間徐御史受廷杖故事。《飢民歌》記道光元年江南人民疾苦。《猛虎行》、《觀校射歌》、《鄉巡雜詩》等篇，寫事亦真。

《唐樂府六首》，爲《愛州貶》、《回心院》、《馬嵬驛》、《黄臺瓜》、《令公來》、《入蔡州》，以史書鋪衍成章。《江郎山松歌》、《都中雜詩四首》、《天寧寺華嚴寶塔圖》、《法源寺》、《普明寺》、《五人墓》、《錢武肅王祠》，詠京中及江南名蹟，差自可觀，惜少意藴耳。

百一山房詩集七卷　光緒十八年刻本

應時良撰。時良字虞卿，號笠湖，浙江海寧人。乾隆四十九年生。晚歲入貢成均，與修邑志，主講書院。端居多暇，無日不以詩爲事。卒於咸豐六年，年七十三。詩集七卷分體，凡七百七十六首，與詞一卷、駢文二卷合刻。據本書錢保塘序稱：「自種箬溪《東海半人詩》出，東南詞人推服無異言。其時唱和諸君，詩才最高者爲應笠湖。」惜詩稿不自收拾，散佚較多。今觀七古《病中自嘲》、《苦熱吟》、《題六舟和尚廬山行脚圖》，五古《古香書屋老桂歌》、《重濬西湖紀事六十韻》、《錢王射潮歌》、《文信國鐵印歌》、《題柳如是畫像》、《讀韓昌黎張中丞傳》、《楓涇道中柳樹根歌》、《繅絲詞》、《廢宅行》、《寒夜盟蘭山館聽沈樂菴彈琴》、《銅雀寶鴨歌》、《憎鼠》、《觀潮》、《病聾戲作長歌》，感物託興，峯起疊出，不出自艱苦力學，善於激發，不能至也。五七近體，格律渾成。時良不喜酬應，唯與邑中詩人鍾大源同調。抱才不遇，無以自伸。錢序又云：「其生平足迹不出三百里外，亦無奇偉可喜可憎之詞供其發揮。」此則境遇使然，不可强也。方成珪《琁研齋吟草》有《題應笠湖明經詩集》，馬錦《碧蘿吟館詩集》有《寄應笠湖茂才》四首。

養默山房詩稿二十七卷　道光十九年刻本

謝元淮撰。元淮字鈞緒，號默卿，湖北松滋人。諸生。受知於唐仲冕。仲冕官江蘇按察使，命督糧漕近二十年。道光十四年任贛榆知縣，改無錫。官至廣西道。工詩詞，爲識者稱許。撰《養默山房詩稿》二十七卷、《詩餘》三卷，附《填詞淺説》、《碎金詞譜》。是集編年詩起嘉慶七年至道光十九年，各卷繫以集名。有唐仲冕、石韞玉、俞德淵、朱綬、許喬林、包世臣、謝傳玉序，自序。以卷三《立秋日述懷》「壬戌十九」歲推之，爲乾隆四十九年生。元淮吟詠山川刻狀清妙。於桐城，作《北峽關》等篇。過蘄水，有《巴河紀事》。居荆州，詠《國山囲碑》。在睢陵，爲《水汆鐘歌》。嘉慶十三年轉餉黔中，詠貴州境内崚嶺深溪，奇險時出。至徐州，記銅山古蹟，又作《登雲龍望黄河長歌》、《彭山四詠》。探奇索奥，亦未始不可見風俗之盛衰、人事之得失也。道光初襄辦海運，撰《海運篇一百五十韻》、《滬城燈詞十八首》、《吴淞雜詩》八首。又有《包山寺》、《象山大礮歌》、《金陵雜詩》，遍詠江南見聞。久居朐海，游狼山、朐山、石棚山、秦山、鶯游山、青龍澗、鳳凰城、田横墓、雲臺山，一一發爲歌詩，長言遒爽，短篇工細。交游如許喬林、曹楙堅、包世臣、魏源、吴嘉淦，亦一時碩彦。《上唐陶山觀察四十韻》、《步雲汀中丞吴淞江工竣開壩放水原韻》、《上中丞一百二十八韻卽以介五十壽》，於唐仲冕、陶澍生平宦績紀載頗詳。目蓄民艱，所作《官粥謡》、《哀道殣》、《鬻女嘆》，查賑雜述，情事逼真。元淮爲經濟幹才，於水利、糧政、賑務、鹽運均所熟稔。五古《鹺言二十二首》，詳記鹽場、鹽局、鹽價、鹽票以及巡緝情事，陳言利弊，張應昌《詩鐸》全録之。蓋出身貧素，刻厲自學，卒抵以成。唐仲冕序稱其：「浮沉一官，奔走萬里，督餉糧糟，迄無間時。而乃吐屬風雅，寄托緜邈，以視世之專一奉爲職業而期其效者，不啻倍蓰過之。」此猶指中年以前之作而言，不待目窺全豹也。

海州查賑六首

出郭西南去，人家入渺茫。三冬冰正合，一麥地全荒。海州西南鄉土地澆瘠，名一麥地。所見皆枯槁，無勞問蓋藏。饑驅逃徙半，遥指是何莊。

野哭聲聲切，西風雨雪寒。割恩兒女棄，無食死生難。井李虚三咽，鹽蒿備一餐。民食鹽蒿，面目多腫。可憐貧到骨，鶉結敝衣單。

展轉填溝壑，拋殘最可悲。瘦骸肥草木，飢肉飽狐狸。豈有攜虆掩，曾無荷鍤隨。一抔封不易，裸葬復何知。

破屋無生氣，呼名有病呻。哀號驚似鬼，求活暫時人。杯水愁難遍，陽和布欲均。屏營東海上，飽食愧吾身。

彌望成冰海，人家住鏡中。輪輿皆已廢，舟楫更難通。履薄心恒慄，臨深路未窮。可堪天地閉，和煦仗東風。

辨色忽忽出，黄昏尚未歸。饑寒僮僕怨，疲乏吏胥譏。但取於心愜，焉知與世違。流民圖已就，無路扣天扉。《養默山房詩稿》卷二十三

秋門詩鈔二卷　道光二十九年刻本

余正酉撰。正酉字秋門，山東歷城人。道光五年舉人。官平陸知縣。輯《國朝山左詩滙鈔》三十卷，以續盧見曾《山左詩鈔》，刻成於道光二十九年，附《歷城余氏家集》及自撰《秋門詩鈔》二卷。是集有姚景衡序，由同學周樂評定。樂字二南，有《詩鈔》爲余正酉序，又岳賡廷《燕來堂詩集》，亦有正酉序。集中《瘦瓢道人歌》，爲畫家黄慎有關資料。游大明湖、千佛山，出雁門，游晉祠，詩亦清曠有致。正酉受知於王鼎。與袁潔友善。潔嘗出戍新疆，撰《蠡莊詩話》，多記山左故聞。據所附《六十五壽序》，知爲乾隆五十年生。

抱沖齋詩集三十六卷　光緒五年重刻本

斌良撰。斌良字備卿，又字笠耕，號梅舫，姓瓜爾佳氏，滿洲正紅旗人。兩江總督玉德子。蔭生。歷官太僕寺主事、山東兖沂曹濟道、蘇松糧道、通政使、左副都御史、盛京刑部侍郎、鑲紅旗副都統。道光二十七年任駐藏大臣，同年一月，卒於任，年六十四。《詩集》分三十六集，各卷又有分卷，爲嘉慶四年至道光二十七年詩，共五千五百九十一首，附《眠琴館詞集》。其少作名《棗香書屋詩鈔》，亦有刻本。此湖南重刻道光二十

九年本，有阮元、潘世恩、葉紹本、鄭祖琛、陳嵩慶、李元度、楊彝珍序，廷桂後序，附《少司寇年譜》。斌良與弟法良均工詩。此集篇帙甚繁，極摭拾之富。居北京，遍游京城郊山寺，奉值圓明園，按部齊魯，游歷下、兖州、濟寧南池，路出清源，游大寧禪林，均有詩。轉漕吴蘇，記運河水閘、金陵風景，及與江南名士讀畫論詩，篇詠尤多。《潞河新樂府八章》、《津淀詞六首》，多采社會風俗。《題吴西林廷棟明府赤嵌從軍圖》，詳述臺灣人情。道光四年奉命赴察哈爾那林果爾查驗馬匹，以其地爲商都遺址，前人唯元好問、薩天錫所到，成詩一集，内《商都雜興十四首》，詳於民俗。同年，赴青海致祭札木巴拉多爾濟貝勒，作《青海紀行詩》。十年，赴綏遠城讞案，作《大同雲岡寺瞻禮石佛》、《大青山》等歌。又過晉北至太原，有詩。十七年，奉命賜奠土爾扈特部多羅札薩克郡王，由北京至烏里雅蘇臺，成《瀚海綏藩集》，得詩百數十篇。十九年，往察哈爾八旗查驗馬羣，二十二年，又往察哈爾均齊馬羣，得詩各編爲集。二十三年，官盛京刑部侍郎，審案抵吉林雙城堡，歸途游醫巫閭山，均有詩。二十七年成《藏衞奉使集》五卷，記秦晉、蜀道，自打箭鑪沿東西俄洛，抵西藏，詩益豪蕩，苟非甫至拉薩卽以疾輟筆，所作正不知凡幾矣。斌良耽嗜吟詠，取漢、魏、李、杜、韓、蘇、黄詩而博觀之，於金、元、明名家亦兼綜並收，故其詩亦能牢籠百態。如卷三《戲題桃花扇傳奇後十首》，卷九《氿湖漁婦詞》六首，《讀後漢書》十八首，卷十《讀道藏七首》，卷十九《和張詩舲盛京詩》，卷二十九《懷人詩三十首》，不以怡情山水爲尚。然通觀全集，仍以邊疆詩爲貴也。

潞河新樂府八章　録二

江廣幫

江廣幫，淩蘇杭，峩峩大艑寬且長。青棠爲舷桂爲檝，千箱玉粒不滿艙。更采楩柟壓篷背，材官鉤水四尺强。遠涉鄱陽歷彭蠡，洪波靖息蛟鼉藏。掉入中河苦逼仄，船身横亘河心塞。櫓摇槳宕俱不堪，幾葉帆張蔽天黑。櫂郎獷悍身手强，鐵篙舞出王鐵槍。青絲絆解流將斷，倚榜誅求勇莫當。勇莫當，果何狀，老拳毒手紛相向。踢翻艇子共胠囊，有客瀕危魚腹葬。鉦鳴畫鷁官舟來，中流卷旆浮雲開。虎而冠者睨而視，欲避不避還遲回。官船已如此，民船更可哀。終朝風利渡不得，水驛翻與豺狼儕。君不見前舟丁字沽頭發，經旬未睹黄金臺。

臨清毯

毾㲪産自新羅蠻，金葩碧葉錦蒂攢。回紇傳來織作法，不數西番灑海剌。灑海剌出西番絨毛織者。見《格古要論》。蒙茸似展帬腰曲，五色相宣文采縟。雕國象眼雜魚油，因祗錦段皆奴僕。周成王時，因祗國獻錦。見《拾遺記》。邇日清源更加樣，翻鴻翥鳳魚吹浪。幂絲凹凸宛如生，淺凍深幭費工匠。豪家買去鋪當席，選舞徵歌亂紅碧。燭淚汍瀾滴不收，酒痕狼藉污誰惜。酒馨燭焰雲霞蒸，一任雪花門外積。詎識茅檐霜露侵，手龜無葯力難任。氍毹細共柔腸織，一寸綫絲一寸心。寄語東山舊部吏，民無

襦袴多憔悴。稍矜物力化淳風，留取衣人莫衣地。《抱沖齋詩集》卷九

商都雜興

有元拓跋舊宫庭，消盡頭鵝詐馬名。滿目丘墟少禾黍，微茫草色接開平。巴雅斯胡圖西北有城大四十里，卽元時開平遺址。

明昌捺鉢似坻平，水草豐時駱駝生。一抹微雲山翠外，春鋤依舊勸春耕。有水草當頓馬處曰捺鉢，四時遷徙，春鴨子河濼，夏吐兒山，秋伏虎林，冬廣平淀，見《遼史·志·行營序》。國朝制度，巴彦塔拉山外，許漢民開墾納糧，隸獨石口同知司其事。

戈壁蒼茫萬里途，盤車北上塞雲孤。海龍江獺魚油錦，貿易新通恰克圖。自素呢特至達里岡愛，皆沙漠，北通恰克圖，許蒙民交易，設庫倫辦事大臣及理藩院扎爾瑚齊管理。

滑笏波流克蚌河，濫吹鋼凍舞婆娑。插竿纍甓當蘭若，雅岱山顛鄂博多。克蚌河在上都牧厰東北，亦名克衣繃河。雅岱在正黄旗牧厰東，蒙古名額倫拖羅海，華言卽鷹山也。蒙古每於峯頂纍亂石插旛竿於上祀之，名曰鄂博，華言卽寺也。鋼凍，西番樂器名，以骨爲之。

晷無鮭菜佐壺觴，潨格挏來勝酪漿。自笑羸官宜肉食，鐵鎗頓頓煑羱羊。蒙古以爲乳挏作酸漿涼飲，呼曰潨格，卽馬湩也。羱羊一名盤羊，性善鬥，狀若騾而羣行，塵霧涇蒸，角上生草，每戴之而行。

亭障蟬聯廿九臺，烏拉規避意徘徊。座牀聞過張家佛，拌擲金錢摩頂來。自張家口驛一臺察罕託羅

海，至狐克深鄂爾坤，共廿九臺，抵阿爾泰新城，例設臺員，以讁謫廢員應向往來，差役不敷，許以蒙古杠阿車及牧馬益之，名曰拏烏拉。張家胡土克圖每年至喇嘛廟彙宗寺散福，經過口外，蒙古願以所蓄珍奇名馬布施，若胡土克圖以手摩其頂，則歡欣鼓舞而去。

滴殘酥乳化根荄，雪色銀菇滿地皆。楡耳臺心輸脃美，貓頭筍嫩許同儕。口外產蘑菇，土人云馬牛乳滴於草間，爲暑雨霧露蒸濕所化，凡曾經插帳所，茁尤甘脃，名曰營盤口蘑。

鴛鴦坡畔草萌芽，毳幕氈房著處家。風捲駝茸鋪白氎，錯疑邊塞落楊花。塞外無林木，駝毛脱時，飄揚滿地，渾似楊花。鴛鴦坡在北海，見楊允孚詩註。

丹栱淩霄梵唱圓，駝酥鐙照九枝蓮。西方兜𡟧多歡喜，婉嫿花鬘色界天。喇嘛寺供佛像皆變相，一曰厄利汗，二曰作嘛知，三曰嗎哈噶喇，且多秘密佛。

暖融冰井氣和温，石納烹來汲水渾。帳底香霏羊胛熟，牧兒乞食學猨蹲。狐土北山有冰井，春末方融。石納，茶名。塞外無他食，惟煮羊隻。蒙古見食羊𦞦，則環繞乞食，與之則羣蹲帳前，以刀割而啗之。

毒蠱金蠶種海湄，紅衣詛呪術尤奇。披荊委佩無人取，浪説風淳不拾遺。紅衣喇嘛善持誦黑經詛咒，常故遺巾佩刀鐮等物於道旁，拾之者中邪立病，亦如閩廣種蠱魘勝之術，含沙射人，知者雖路見遺失物件不敢拾，别有戒心也。

金帶圍傳廿四橋，豐臺濃艶夙名標。酒酣秀色餐偏可，輭嚼牛呞采藥苗。芍藥初芽甘美異常，居人多採食之。

駃來細馬亦温柔，吉莫鞾尖映緑鞲。試買鸞膠鴉鬢掠，嬉游一月不梳頭。婦女每以漆漆鬢，向番寺拜佛，恆月餘不梳妝。

處無屋宇種無田，馬湩牛酥手自煎。一自林丹歸化後，蒙藩恭順樂堯年。口外無屋宇，皆住蒙古包及帳房，向不耕種，恐妨游牧，以駝馬牛羊四項生畜爲生計。風俗淳厚，尤恭順可嘉，足見國朝處置得宜。漢唐以迄宋明邊疆未有如今綏定也。《抱沖齋詩集》卷十三

致祭札木巴拉多爾濟貝勒禮畢設薩琳於氈帳筵宴左右翼出勒罕達及十四旗蒙古王公札薩克臺吉等皆與禮成敬賦

曉開毳幕映晴光，日月峯高暖未霜。擁劍傳杯雙闖鎮，是日丹噶爾塲臺及青海鎮馬金魁榮玉材同往伺應。帶刀行炙十名王。紫駝膏煮瓊酥膩，白乳漿挏玉雪涼。式燕禮成歌湛露，皇威赫濯震遐方。是日左翼盟長郡王策淩端多卜，右翼盟長郡王貢楚克濟默特，貝勒綱木卡、旺札爾、特利巴珠爾、公察巴哈，臺吉索諾木、旺濟爾、旺舒克、多濟、旺吉爾端多卜、旺沁端多卜等十人皆入宴。《抱沖齋詩集》卷十四

拉　哈　築土甃坯爲牆，以樹木約尺許爲一檔，綴床草下垂緣之以施圬墁，經久不倒。亦國初樸素故俗也。

甃坯層壘壘，護壁綴漚麻。不用粉泥堊，能防風雨加。豆花明的皪，藤蔓絡鬖髿。截葦牆基襯，

津門俗共誇。天津民屋築牆以葦箔襯築牆根，以防傾圮之患，與拉哈之制相仿。

霞　棚　穗鐙也，以蓬梗爲幹，摶穀穗和膏塗之，然以代燭，用資其亮。開國勤儉之風可見。

塗膏向蓬梗，爝火使穗然。制並青檠美，光同絳蠟圓。淳風欽故里，書味憶髫年。敬緬清宫壁，篝鐙示儉懸。盛京宫壁間太祖所然霞棚猶存，欽仰吾朝開基儉德。

周　斐　樺皮房也，樺皮厚盈寸許，取以爲室覆，可代瓦，旁作牆壁户牖卽以山中所産之木用之，費不勞而工省，滿洲舊風無異東周之陶復陶穴也。

樺皮苫作室，陶穴媲宗周。黑水遺山屋，黄岡陋竹樓。緯蕭風雨庇，壘壁墁圬羞。彷彿茅茨古，神堯帝德侔。《抱沖齋詩集》卷三十三

平定州土俗偶記

白土輕陶器，烏銀賤鬻緡。紅燒棒椎火，良夜照征人。平定州北白土可燒爲沙器。平潭驛産煤每二百觔賣大錢五十文，人家門前，用土纍成，形如木棒，中空，四圍留眼百數，炙石炭於中，其火光由孔突出，明如白晝，照耀旅客，以便宵征，名曰棒椎火。《抱沖齋詩集》卷三十六

萬緑草堂詩集二十卷 光緒十二年刻本

管繩萊撰。繩萊字孝逸，江蘇武進人。世銘孫，學洛子。官安徽含山知縣。卒於道光十九年，年五十六。是集有道光四年聶敏銑序，詩共九百九十三首，平妥之作居多。《送表弟董基誠》，基誠名方立，精於天文、算數學者。又有《趙牧菴先生懷玉輓詩》。繩萊嘗隨孫星衍門下，集中迭有唱和。受學於李兆洛，《同車圖》，即兆洛屬題。《舟中讀王儕嶠遺詩有感》，儕嶠爲王蘇。又與丁履恆相善。嘗爲大興王源編《居業堂文集》二十卷，學本淹貫，而詩名不彰耳。

春草堂詩集五卷 道光二十五年春草堂叢書本

謝堃撰。堃字佩禾，江蘇甘泉人。諸生。濡滯江湖，久爲幕賓，曾煥、陶澍、黎世序重之。晚依孔氏鐵山園。卒於道光二十四年，年六十一。善詩文詞曲。著作十三種，孔慶鎔裒爲《春草堂叢書》三十六卷爲之刊行。内卷二至六爲詩。張復、阮亨序。嘗游粤閩、吴楚、燕魯，多吟詠佳山水。而論史、談藝，尤所擅習。五古《論詩》八首，可與《春草堂詩話》互相參觀。《讀史偶成》四首，七古《繆研農司馬雋隸書歌》、《指書歌爲張鴻逵作》、《篆書歌爲程蘅衫荃作》、《題楊龍友畫册》，近體《書馬瑞辰塞上草》、《贈鄭夢白都轉祖琛》、《書姚瑩後湘集後》，多備掌故。《歷代宫詞三十首》、《讀五代史作十首》、《讀十國春秋二十首》、《十六國春秋三十二首》足爲讀史之助。堃與張鏐、陳逢衡、盛大士、阮亨、楊文蓀、陳壽祺、馮登府多有交往，與郭麐切礴聲音，道光十三年輯《蘭言集》二十卷，皆朋舊之詩。是亦爲世所稱許矣。

棵坪詩鈔六卷　詠物詩鈔一卷　道光四年刻本

周思兼撰。思兼字元治，號棵坪，浙江海昌人。諸生。工詩，善畫。道光五年卒，年四十。是集收嘉慶九年至道光四年詩，附《詠物詩》一卷，應時良序。從祖周春，爲海昌著名學者，主講安瀾書院時，思兼嘗聞緒論，後又受知於學正朱文治，集中《題繞竹山房詩集四首》，卽爲文治所作。爲詩善詠佳山水，兼載風土民情。《觀潮行》、《海塘鐵牛歌》、《紫雲洞》、《白沙泉》、《放鼍行》、《登尖山絶頂觀海》、《重濬市河紀事》，清新靈雋，不肯隨人步趨。《讀韓昌黎張中丞傳後序》、《題姜白石遺像》、《題顧亭林先生小像》、《題竹垞先生手書與兩孫析産券後》、《羅兩峯山人畫竹歌》、《讀船山詩草》、《畫松歌贈王椒畦丈》，亦有健氣，兼得體勢。《題柳蘼蕪小像》，以長歌行之。其生平不求仕進，專志於詩。亦可謂自拔於庸俗者矣。

仙舫詩存四卷　雜詠一卷　光緒間家刻本

嚴正基撰。正基字厚吾，號仙舫。湖南漵浦人。如煜子。副貢生。少隨父練習吏事。道光間，官河南知縣，擢鄭州知府。咸豐間，至布政使，遷通政司。七年，引疾歸。宗稷辰所撰《墓誌》無生年，今據同治三年

《憫忠草》自序署「時年七十有九」，定爲乾隆四十九年生。此集爲正基子咸奉命刊，屬湘潭王開運校字，姜海藩序。詩共三百十一首。内《端陽舟中詠懷》、《三閭大夫洞庭湖櫂歌》、《滇雲行》、《辰龍關破吴三桂處》、《鶴鳴山紀事》，多爲紀事之詩。道光二十一年河決大梁，有《卽事十八首》，描述人民流離之苦。平生不事博涉，唯與陶澍、宗稷辰等有歌詩贈投。咸豐初，太平天国起事，清政府命赴廣西治軍需，有《奉命粤西途中雜詠》二十首，又作《北征舟行雜詠》二十首。附録《憫忠詩》四卷，皆詠死事大小官員。《雜詠百首》，自述感懷。

檉華館詩集四卷

光緒七年全集本

路德撰。德字閏生，陝西盩厔人。嘉慶十四年進士，改庶吉士。官户部郎中。十九年因病乞假歸。主關中各書院講席三十年。卒於咸豐元年，年六十八。此《全集》本，弟子閻敬銘刊於解梁。凡散文六卷、詩四卷附詞四闋、駢體文一卷、雜録一卷。有李元度序，再傳弟子柴德彰校。關中地區極爲貧瘠，讀書士子祇重俗學，作者就舉業爲教，所著時藝之書，風行一時，學者宗仰，世以制義文家奉之。今觀其詩，如《浩歌》、《汗漫歌》、《雁塔》、《峨嵋望雪》、《聽李秀才應垣彈琴》、《題葉申薌同年天籟軒詞後》、《題王利亨琴籟閣詩集》、《題郭藕舲唐人善業泥拓本》諸篇，時有佳韻。蓋爲少年科第，取務清華，固無庸言矣。古詩《姚伯昂鎖院放雞圖》、《陳石士借藤圖》、《題王蓬心先生畫》，以工於丹青，自能善用所長。《張忠烈公硯歌爲曹莪屺少府作》，歌頌張煌言生平事蹟，兼及阮元撫浙時爲其立碑。至有「絳雲樓上文成，不及張公五首詩」之歎。《老安司行》，記滑縣老安司巡檢劉斌事，爲有關林清起事資料，可用史證。作者讀書既博，取材亦廣，唯集中多表彰貞女、烈婦，且多與嘉慶初年川陝楚白蓮教有關，自是糟粕耳。

張忠烈公硯爲曹莪屺少府作 有序

公名煌言，字元著，號蒼水，鄞人。明末孝廉，從錢肅樂起義，奉魯王監國，兵敗遁入舟山。是時王師已破舟山，遂與魯王赴閩。值唐王據閩，建號改元，授公兵部尚書，公不就職。是時惟鄭成功之兵最强。當三藩謀逆，王師征滇，公與成功率師由崇明入江，傳檄江左右，各有應者。即與成功謀分師並進。公趨江左，令成功由丹陽先據金陵。後聞成功兵敗，公遂棄師潛逃，至四明之大蘭山結寨，旋率義兵赴閩，欲與成功合謀。察其已有異志，遂赴舟山，於鹽倉嶴之鹿徑募兵屯田。及魯王死於閩，公始散師，與友人楊貫玉僕□□至象山島中結茅。官偵知之，公遂被擒，逮錢塘獄，臨刑至江上曰「好山色」，作絕命詩。友僕亦同殉焉。公詩稿以布囊貯之，獄卒取囊焚詩，知者止之，僅存五首，名曰布囊焚餘。公葬於于、岳二墓之間。乾隆四十一年，賜謚忠烈。嘉慶時阮芸臺先生撫浙爲立碑焉。

涇渭東流似奔馬，客到秦中訪秦瓦。張公破硯出市中，莪屺於長安市上得公遺研。經年未售識者寡。曹君一生耕硯田，得如拱璧珍拳拳。道此本是故鄉物，張公鄞人，少府即浙人。二十四字蒼水鐫。硯有張公自題銘辭共二十四字，銘曰：「投鼠支牀，幾經摩切，堅貞不渝，何嫌瑕裂，佐我揮濡，長此昕名。」楚人得弓意殊快，無心相遇真天緣。昔年義旗豎海上，軍敗烹龍志猶壯。公兵敗遁入舟山，即今定海，舉舟師奉魯王趨崇明，待潮大洋山，山上有羊羣，取烹之。羊乃龍所化，頃刻風雷大作，各舟盡覆。惟公與魯王數人得生。魯王已死唐王孱，坐使孤臣氣彫喪。遁迹自擬蠖身藏，乘勢還思螳臂抗。白蝯無聲健兒入，枷鎖香風吹習習。公至象山島中結茅，屋後有大樹蓄白蝯其上。凡有登岸者蝯即鳴，公得乘舟而逸，當道者數年不能得。公有舊卒爲普佗僧者，常至公所，蝯所熟識，僧至不鳴。官偵知之，誘僧先往，而以吴隨之，遂被拴。何人伏鑕尚從容，笑看錢塘好山色。錢塘江上一抔土，右鄰忠肅左忠武。公詩有「日月雙懸于氏墓，乾坤半壁岳家山」之句，鄉人遂葬公於于、岳二墓間。椒漿恨未酹忠魂，手澤今朝快一撫。國破安用身獨完，此硯與人同膽肝。趙璧拌教碎秦柱，玉帶詎肯隨黄冠。滄桑變換二百載，到今墨繡猶斑斕。君不見虞山甘作長樂老，貳臣傳裏名難剜。梅村祭酒號詩史，惜哉所欠惟一死。張公大義心炳然，玉碎終知勝瓦全。此硯他年返枌社，士林佳話爭流傳。雙松別墅好風日，墅爲香山尉盩厔時舊蹟，少府葺之。仙尉開軒布唫席。錦軸新裝松雪書，牙籤更檢子山集。會須移向別牀攤，莫近張公一片石。《樫華館詩集》卷二

知德軒詩鈔四卷　咸豐六年家刻本

汪錚撰。錚字叔瞻，一字鐵庸，安徽桐城人。道光二十四年進士。甫授官東粤，未至而卒。據此書石贊清題詞，錚成進士年六十一。又據其子先培丙辰識語謂「違庭訓十三寒暑」，當爲乾隆四十九年生，道光二十四年卒。其詩以登游諸作爲勝。《謁皋陶廟》、《錢塘觀潮》、《鄱陽阻風》、《滄浪鳴琴》、《東郊角射》、《黄鶴題

壁》、《莫愁懷舊》、《游馬當磯》、《謁濂溪祠》、《過重阿弔陳思王》、《湘江放歌》、《永州道中》，隨景攄情，各開生面。《題羅兩峯鬼趣圖》八首，亦有奇致。晚年憤慨時事，作《讀英吉利擾邊邸報有感十首》，抑塞磊落之情，勃然紙上。此書一名《磊吟草》，汪先焌刊。桂超萬評閲，並加識語。

贈雲山館遺詩三卷　道光二十四年刻本

孟傳璿撰。傳璿字在星，山東章丘人。諸生。不屑家計生産，日爲長吟。官壽光縣教諭。道光二十三年卒。是集有李廷啟序。其詩多以農民生境窮困爲題，有《漁父詞》、《蠶婦詞》、《牧牛詞》、《田家詞》、《捕狼行》、《瀨河決》等篇。《老嫗歎》云：「西村老嫗倚門哭，昨夜狂風卷茅屋。男兒質作富人僕，里胥叫迫償官穀。東家鋤犁西家犢，釜甑埃壒尚盈斛，身示襤褸倒空簏。倒空簏，吏不顧，走告鄰翁賣屋去。」此詩尤爲警切。又有《讀漢紀六首》、《登泰山觀日出歌》、《祝枝山草書卷》、《沈石田山水歌》，亦有標格。

清人詩集敍録卷六十一

雲左山房詩鈔八卷　光緒十二年福州刻本

林則徐撰。則徐字少穆，福建侯官人。嘉慶十六年進士，改庶吉士，授編修。二十四年，充雲南鄉試正考。道光間官杭嘉湖道，累至兩江總督。十七年，爲湖廣總督，力主禁煙，加强海防。十九年，爲欽差大臣兼署兩廣總督，率軍民力禦英國侵畧。清廷屈和，被遣戍新疆。召還，官陝甘總督、雲貴總督。三十年，卒於廣西途次，年六十六。著有《政書》、《畿輔水利議》、《泗洲志》、《滇韶記程》、《荷戈紀程》、《雲左山房文鈔》等書。《詩鈔》爲光緒十二年家刻，附《詩餘試帖》。卷一爲《使滇詩》、《飛雲巖》、《牟珠洞》、《驛馬行》、《輿人行》、《病馬行》諸篇，自致遠大，可識意趣。二至四卷多爲題圖贈酬。《區田歌爲潘功甫作》、《題孫爾準平臺紀事詩册》、《題文信國手札後》，詞旨酣暢，文彩焕然。卷五爲中英鴉片戰爭前後詩，《虎門即事》、《次韻和鄧嶰筠前輩》、《中秋嶰筠尚書招余及關滋圃軍門天培飲沙角炮臺眺月有作》等愛國名篇，足以不朽。五至七卷，爲遣戍伊犂之詩。《出嘉峪關感賦》、《塞外雜詠八首》、《回疆竹枝詞二十四首》，紀事賦懷，誠亦顛撲不破。卷八爲滇中詩。主要詩作，畧備於此矣。集中可考交游，大都爲嘉、道間翰林名宿文人學者，而與陳壽祺、石韞玉、韓對、程恩澤、吴慈鶴、齊彦槐、林春溥、梁章鉅、陶澍、馮登府過從較密。又爲宣南詩社中人，有爲潘曾沂題《宣南詩社圖》。戍新疆後與鄧廷楨唱和最夥。後人輯兩家詩名「鄧林唱和」，詩之爲功不與史相媿乎。舊日選家不甚重其歌詩，真蔽見矣。則徐官蘇撫興水利，活黎民，扶危救困。在粤毁毒虎門，懲敵沙角，蜚譽中外，前所未有。及出玉門以詩送行者，歸還後以詩相慶者，聞凶耗以詩哀輓者，更僕難舉。而以沈維鐈、周儀暐、梅曾亮、張祥河、姚瑩、張維屏、桂超萬、王柏心諸家爲勝。至散佚之詩文，見於桂超萬《養浩齋詩稿》，湯鵬《海秋詩集》，夏寶晉《冬生草堂文集》，嚴寅《介翁詩集》，何玉瑛《疎影軒遺草》，林直《懷壯堂詩集》者，可輯者尚多。此輯爲家人編刻，固非完帙也。附録汪仲洋輯《海壖唱和詩》所收一首，詩爲仲洋官海鹽築塘時所作，約在道光三、四年間。《和陶中丞海運詩》，亦集外詩，見《海運詩編》。

障海樓詩三十韻爲少海明府作

翬標麗霞鶟，鏤桷切雲起。海氣排空來，目極九萬里。虹堤功既奏，鯨濤勢皆靡。實足雄屏藩，豈徒侈觀美。往者海上役，共繹宣防理。旋瞻閩嶠雲，載渡吴江水。使哈獨賢勞，勤績偉可紀。施工慎權輿，榰堅竪基址。伐山得巨石，千夫鑿而庀。肘另移巖巒，縱横叠鱗齒。百密無一罅，劃然衆流砥。初春樂清晏，登臨欲徙倚。兹樓適落成，百尋仰迢遞。秦山列牕前，潋洋渺眼底。舉杯片月白，放燈斷霞紫。犀燭窮九淵，鰲軀屹三市。本此浩蕩心，能令父老喜。無何占畢躔，吴越歎水毁。狂飆宵怒號，山嶽若奔屺。鹽官竟無恙，僉曰石塘恃。側聞風雨交，神光現尺咫。樓檻森瓏玲，旗葆動旖旎。鏡開狂瀾廻，矢激萬怪死。雁鴻無嗸鳴，鮫鱷悉他徙。乃知洽輿情，端能荷天祉。手障滄溟東，横流杯勺耳。偉哉君姓名，喻水見意恉。成功在瀛壖，豫識神福爾。殷渠亦已陋，湯閘庶堪擬。願君恢大猷，永同此樓峙。《海壖唱和詩》卷一

和陶雲汀中丞海運詩

手障東溟奠紫瀾，萬檣紅粟擁奇觀。直從佘溆開洋駛，不似膠萊闢路難。遼海雲帆詩意在，吴淞翦水畫圖看。旌懸五色天風送，破浪居然衽席安。

當年游塾未全疏，何計能輸御廩儲。移節獨臨財賦地，飛芻難恃會通渠。道光乙酉夏河漕交病，特命公由皖江移節三吴。萬言恩信招商舶，公親臨上海剴切宣諭，卽時商船麕至。一粒脂膏軫比閭。精爽感神誠動物，谷王龍伯助次噓。

疏草連章快寫宣，天書首捧墨痕鮮。公奏海運，默邀神祐，請加封號，及御書匾額，以答靈庥，均蒙嘉許。禱冰神貺符前事，公視南漕時有禱冰之應，曾爲圖以記。運甓家風邁古賢。旗脚香收迷去鳥，沙頭帆落認歸船。功成合有登臨樂，海市詩哦玉局仙。

媿未瀛壖櫜筆從，養疴曾荷主恩容。乙酉夏，則徐奉命玉河上督催工務，嗣琦制府奏令赴上洋籌辦海運，適

痁疾大作，未能成行，旋蒙恩允回籍調治。遥聞令肅防中飽，更憫民勞緩正供。公以民力拮据，請將帶徵灾緩錢漕遞緩一年，得旨報可。食貨成書垂國史，事成，編纂《海運全案》十二卷。積儲大計仗儒宗。八州作督渾閒事，重是循墻矢益恭。《海運詩編》

伯山詩集十卷　道光二十八年刻本

姚柬之撰。柬之字佑之，一字幼楮，號伯山，安徽桐城人。道光二年進士。官廣東臨漳、揭陽知縣。擢貴州大定知府，以不合上官去。卒於道光二十七年，年六十三。著有《伯山文集》、《連山綏瑶廳志》等書。詩集爲門弟子王檢心校刊。柬之爲元之弟，姚瑩族兄。桐城姚氏，代有詩人，大抵都從明七子入手而接盛唐，俱無弱調。此集如《呈伯昂編修兄》、《贈張宛鄰同年》、《贈劉孟塗》、《贈洪筠軒》、《葺吴蘭雪祠感賦》、《贈朱少廬》、《放歌行贈袁蘇亭》、《贈鄧嶰筠》、《聞石甫被逮却寄》、《聞石甫出獄》、《聞梅伯言同年賣文得富却寄》、《和馬元伯》，詞清意切，兼載佚聞，非復漫爾酬應可比。《江漢雜詩》、《豫州謡》、《連陽江行》、《嶺南八章》、《丹沙廠》、《大府閲兵余走謁至雲南宣威州可度橋有作十首》、《登武安城樓望雪歌》、《葡萄泉詩》、《蒼龍厓瀑布歌》，雜記山水、風習、兵謀、物産，亦稱該備。《題曾賓谷賞雨茅屋集》、《題羅兩峯達摩圖》、《題周保緒鶴塔銘後》、《讀宋史雜感四首》、《讀鮑明遠詩》，多可參資。柬之以傲見譏於時。詩有愴況之音，蓋志有不平矣。

郭大理遺稿詩二卷附一卷　道光二十三年刻本　增默菴詩遺集二卷　同治十年刻本

郭尚先撰。尚先字蘭石，福建莆田人。嘉慶十四年進士。由翰林官至大理寺卿。博學，工書畫。著有《默菴文集》、《使蜀日記》、《芳堅館書帖題跋》。卒於道光十二年，年四十九。《遺稿》八卷，卷一、二爲詩，不滿百首。附《外集》詩二十八首。受業陶廷傑序，魏茂林跋。其中題畫詩較多。《題梅村集》、《鄭少谷先生詩》、《書黄仲則詩後》、《題秋窗滌筆圖》，講求學力，不徒恃以性靈。尚先與林則徐善交，乃此集酬答詩只有與魏茂林數首，是平生所爲，必不止於此。同治十年刻《增默菴詩遺集》二卷，爲前編補遺。首林慶怡序。以使湘之作爲勝。《讀陸放翁集》、《題桃花扇雜劇》、《明妃出塞圖》、《葉小鸞眉子硯》，亦清雋有致。作者生前不留詩稿，有此二編，亦盡搜采之事矣。

寶研齋吟草不分卷　道光二十六年活字本

方成珪撰。成珪字國憲，號雪齋，浙江瑞安人。嘉慶十三年舉人。官寧波府教授。長於文獻校勘之學。著有《集韻考正》、《字鑑校注》、《韓集箋證》等書傳世。卒於道光二十九年，年六十六。詩集所見僅此一卷，乃活字擺印。有道光二十六年自識。成珪詩受端木國瑚啟迪。與黄式三、錢儀吉、泰吉兄弟以學術相切磋。《宋胡忠簡公遺像歌》、《永嘉護國寺石珓佛像歌》、《嘉興影僧柱石歌》、《觀緺雲石並憶查敬修先生軼事》、《讀三李二杜詩各題一絶》、《讀明史靖難事有感六首》、《得吴天册元年甎作》、《題田山薑集》、《應笠湖詩集》、《題李富孫校經圖》、《題孫元培語溪録别圖》，多有文獻價值。生平所詣，亦可藉以窺悉。

程侍郎遺集詩五卷

道光二十五年刻本

程恩澤撰。恩澤字雲芬，號春海，安徽歙縣人。昌期子。嘉慶十六年進士。由翰林官國子祭酒至户部侍郎。卒於道光十七年，年五十三。此集由門人何紹基署檢，梅曾亮序，附何紹基作《龍泉檢書圖記》。封面有張穆書啟云：「此編僅據子儀孝廉見付之本，粗爲排次。原本移寫，既頗草率，倉卒付雕，體例亦未畫一。伏覬海内與侍郎交舊，讀此集有校出遺篇缺題譌字者，不惜郵函相告，以備重事釐定，俾成足本。則此書乃穆校訂。審其字體，爲連筠簃所刻。恩澤通經史，喜金石，與鄭復先有修復古儀器之約。著述僅有《國策地名考》行世。其詩凡五卷，始於道光三年視學貴州，《橡繭十詠》、《橡繭歌》爲膾炙一時之作，和者追和者甚衆。官湖南學政所作，多詠山水古蹟。典試廣東，於粤東關嶺、阨塞、吏治、民風、海舶記事尤詳。《粤東雜感》有云：「外藩吉利最雄猜，坐卧高樓互市開。有盡兼金傾海去，無端奇貨挾山來。五都水旱多逋券，羣賈雍容内乏財。祇合年年茶藥馥，换伊一一米船回。」又云：「天生靈草阿芙蓉，要與饔飧競大功。豪士萬金銷夜月，乞兒九死醉春風。香飛海舶關津裕。力走天涯貨貝通。抵得曹騰兵燹刼，半收猿鶴半沙蟲。」洞察當時隱患，反對鴉片輸入。道光初清政府許對外以茶易米，阮元《揅經室詩續集》有《西洋米船初到二首》，可資印證。集中唱酬題圖以及行役之什，如《贈鄧湘皋同年》、《感懷凌仲子先生》、《贈徐星伯前輩》、《謝阮宮保贈大理石屏歌》、《送張石洲歸里》，頗載軼聞。又與同年林則徐知好。有寄别詩，林則徐《雲左山房詩集》亦有答詩。《仿元遺山絶句奉答徐廉峯十四首》、《題周稚圭金梁夢月詞十六首》，可爲言詩詞者考稽。其詩尊宋學黄，用典僻奥，爲祁寯藻、何紹基、鄭珍所推重。又主持風會，獎掖人材。《清史稿》傳云：「時乾嘉宿儒多殂謝，惟大學士阮元爲士林尊仰。恩澤名位亞於元，爲足繼之。」唯恪守乾嘉矱矩，可爲一時座主，而不足開近世詩史之先河也。

簡學齋詩集不分卷　咸豐五年刻本

陳沆撰。沆字太初，號秋舫，湖北蘄水人。嘉慶二十四年一甲一名進士，授翰林院修撰。官至四川道監察御史。卒於道光六年，年四十二。有《詩比興箋》、《近思録補注》等書。詩集附《詩比興箋》後，爲咸豐五年胡珽所刻。首魏源序，所存僅八十餘首。五古《出都詩》、《秋齋讀書雜感》、《靈泉寺》、《寒谿寺》、《東林寺》、《由廣州至南雄舟行雜詩》，七古《萬壽寺七松歌》，五律《南歸》、《到家》、《江夜》，七律《蘭陽守風》、《濮州道中》、《揚州城樓》，妙造自然，雅近韋、柳。《將出都始識魏默深長歌别之》、《送默深歸邵陽》、《寄答唐鏡海》諸篇，語意深婉，非冲夷平淡可比。魏源序稱其詩：「清深肅括之際，常有憂勤惕厲之思，蓋嘗手注《近思録》也。」又云：「常手箋漢魏以來比興古詩共數百首，讀之使人古懷勃鬱。」後來楊守敬謂《詩比興箋》，乃源代撰，遂成未決公案。然據吴清鵬《笏菴詩鈔》中《簡贈魏默深孝廉》詩注：嘗見魏源取漢、魏以來詩，作《詩微》一卷。則代撰之説，似亦有因矣。宣統間，沅孫恩浦以《簡學齋手書詩稿》，一名《白石山館詩》，與魏源《清夜齋詩稿》合印，手書凡九十一首，删去四首。手稿有汪均之、包世臣、龔自珍、姚學塽、陶澍等人跋識，魏源每次校閲，評語最多，可與刻本比勘。

耐菴詩存三卷 咸豐十一年刻本

賀長齡撰。長齡字耦庚，號西涯，晚號耐菴，湖南善化人。嘉慶十三年進士。道光元年任江西南昌知府，累官雲貴總督。二十六年降爲河南布政使，尋休。卒於道光二十八年，年六十四。嘗延魏源等人輯《經世文編》行世。是集與《文存》六卷合刊，存詩僅八十餘首。長齡有經濟之材，詩固非所長。集中《海上受降圖爲朱芝圃作》，記嘉慶十四年閩海朱渥投降事。《和陶雲汀中丞海運初發》，爲官江蘇布政使時佐巡撫陶澍創行海運時作。可證以史。贈酬詩如吴榮光、梁章鉅、何凌漢、黄爵滋、唐鑑等人，多名宦學者。

和陶雲汀中丞海運初發

隻手能廻萬頃瀾，初運將發，中丞禱於海神，故疊遭颶風，人米無損。轉輸海上得奇觀。幸叨此日成功易，元初海運踰年始達京師，又陸運數百里，勞費甚鉅。此番試行，以二月初開洋，月杪抵天津，三月十六日抵通州，僅後東省德州首幫漕艘一日。四月初旬，即有自津迴到上海之船受兑，二運米於六月五日全數赴北。誰識當時創議難。後户旁門名論在，明王宗沐以海運爲河運旁門，張采譬之後户。雲帆秔稻好詩看。由來聖德周無外，鯤浪鯨波處處安。自康熙二十八年開海禁以來，洋氛永靖，賈舶視若坦途，故海運創行，不勞而集。

借黄往計未全疎，爭奈清流已失儲。甲申冬，高堰潰溢，運河無來源，當事援往例，借黄以濟，因清水一無儲蓄，黄遂淤運。空有陳塘資保障，高堰係就漢陳登愛敬塘爲之。誰將漢壁奠河渠。轉般尚待籌廒倉，中丞議奏海河並運，併附片請於袁浦建轉般倉，詔緩辦。折納還虞擾里閭。各省初議折漕停運，奉旨不允。何似片帆能直達，天風萬里一吹噓。

宵旰疇咨詔屢宣，高堰潰後，運道中梗，屢以漕事詔詢各省大吏。撫時能不念艱鮮。竟開創局重溟遠，海船出吴淞口從十滧放洋，爲元明海運未經之道。賴有中朝一德賢。此議建於英煦齋協揆，襄平相國贊成之。敢以度支煩國帑，運費皆由外籌辦。未須營造待官船。元明海運船由官造，所費無算，今則雇募上海沙船及浙江蛋船、三不像船，並天津衛船，費省而事捷。海濱快覩千檣集，上年秋間，中丞暨長齡先後馳赴上海，招集商舶，即時具承攬者一千有二。船諺云：「夏至南風高掛天。」海船朝此是神仙。

南北分籌臂指從，穆鶴尚書親駐天津，會同倉場兩侍郎，督飭直隸江南各委員，經理收米事宜，體恤周至，商情感戴，故二運尤爲踴躍。披章有喜動天容。大府以海運蕆事，奏請獎敍，承辦各員，均荷俞旨，長齡亦蒙恩甄敍。不分綱運資神力，大府以海船絡繹放行，奏請不分兩運，而來去皆值順風，蓋有神助。爲驗苴封重國供。海船起運時，於正載外另以木桶貯米少許爲樣米，抵津時與所載之米比驗無異方收。此番米質米色，均較常年爲勝。大府協心羣策集，此事創行辦理，一無成式。在北自穆鶴尚書以下，在南自琦靜菴制府以下，罔不協心宣力，用能妥速告成。聖人舉事百靈宗。試行端藉朝廷福，莫忘殊恩矢靖恭。《海運詩編》

持雅堂詩集三卷續集三卷

同治間刻本

尚鎔撰。鎔字宛甫，一字喬客，江西南昌人。諸生。受學於劉一峯。覃於文史，於《尚書》、《史記》，專研尤深。顧頡剛先生深推重之。所著《持雅堂全集》，爲《史記辨證》、《文集》、《詩集》、《三家詩話》。詩集有道光十年婁謙序，十一年劉大觀序。錢儀吉序無年代，序成，鎔已故。據《文集·先妣事述》及《詩集》卷三《茗兒哀詞》，生歲爲乾隆五十年，結集時逾五十，猶困場屋。鎔一生以校文課館爲業，於詩自視甚高，謂學太白、東坡。劉大觀序以爲蔣士銓、吴嵩梁之後起。五七古《登雞鳴山》、《悲大疫》、《彭澤湖》、《題友人瘦馬圖》、《羅刹磯弔黄侍中》、《登報恩寺塔》、《游隨園》、《六朝歌》、《游嵩山》、《過岑嘉州廟》、《過方正學祠有感》、《上壩行》、《螺山歌》、《過分宜》、《船婦歎》，寫景抒懷，無不刻意而爲。端州、赤壁、洛陽、襄陽、蔡州、汴梁懷古詩，用事精當。《讀史》、《北齊書》、《唐書》、《周書》、《詠明史》、《讀東華録恭紀七章》、《詠史新樂府十八首》，尤具識見。《石鼓文》、《淳化閣帖歌》、《書韓文考異》、《銅鼓歌》、《讀玉谿生詩集》、《讀紀文達公遺集》、《詁經精舍歌》，品詩示友諸篇，評騭今古，亦有妙解。《寄懷孫子瀟原湘》、《贈劉孟塗開》、《寄郭羽可儀霄》、《詠高麗人手書蘇東坡全集》、《過嘉定弔錢竹汀先生》、《上海訪龔定庵晤而有作》，多存故實。其詩不自矜持，而意態起伏，定推作手。

詠明史三首

鎮江奇捷詡燕京，禍起文龍妄舉兵。趙將徒能言死地，宋人久欲壞長城。五千貂錦資奔殿，六萬貔貅笑蕩平。縱使身隨秉忠死，僨轅猶覺罪難輕。

和議何曾損國威，金戈本欲挽斜暉。既將斬帥褒皮島，轉爲勤王縛帝畿。兩度寧前堅壁守，一朝城下引兵圍。嗚寃不聽成基命，再起高陽事已非。

八將蒼黄馬首東，惟應閫外制元戎。化貞曾撓三方策，新甲還摧四道攻。車逼錦州非請戰，身殲鉅鹿已無功。李陵竟作偷主士，從此殘江守備空。《持雅堂詩集》卷一

上海訪龔定庵晤而有作

百川障狂瀾，體兼衆人美。古文至昌黎，論者嘆觀止。歐柳曾王蘇，亦復山嶽峙。元明文運衰，荆川振頽靡。國朝侯魏方，相續彬彬起。雖遜昌黎醇，皆可稱絶技。不讀唐後書，君如明七子。論道必韓文，序事更遷史。出示琳琅篇，客心忽驚喜。錚然生面開，不比虎賁似。狂言或過當，才自勝何

李。吾鄉羅圭峯，庶幾可方軌。我客五茸城，君名動遐邇。仙禽鳴九皋，駿馬走千里。俯視眼中人，碌碌不足齒。今朝甫謀面，使我亦失恃。十年學古文，力竭無敢弛。上爭歐蘇鋒，下摩侯魏壘。君皆一洗空，畢竟孰爲是。近來詅癡符，操觚多率爾。學未半袁豹，文輒獻遼豕。茫茫貉一丘，固宜棄敝屣。卓哉惲子居，鯨魚掣海涘。韓蘇九原作，定當笑相視。君亦加貶詞，誰能測微旨。文人好相輕，聞多每行咫。願進芻蕘言，風休射馬耳。文章從三易，籬落楗六枳。真氣養木雞，塵夢淡槐蟻。揚雄嗜奇僻，壯抱雕蟲耻。干莫鋒不藏，李邕被讒死。生才天實難，我亦鑑止水。《持雅堂詩集》卷二

養一齋詩集十卷　道光二十九年刻本

潘德輿撰。德輿字彦輔，號四農，江蘇山陽人。道光八年鄉試舉人第一。十九年以知縣發安徽，未到任卒，年五十五。《詩集》與《文集》十六卷合刻，門弟子吴昆田校，姚瑩序。其論詩力斥袁枚一派，以爲主性情之説愈盛，而詩教愈蔽。著《養一齋詩話》，尚論列代，至明而止，頗負盛名。此集有《仿元遺山論詩絶句論遺山詩二首》、《夏夜與芥菴論詩》、《題湯海秋浮邱閣詩集》、《題孔生繼鑅詩後》、《塵定軒中取近人詩集縱觀之戲爲絶句十二首》、《與黄香鐵論詩》、《廉峯爲刊養一齋詩話賦此誌謝》，可與《詩話》作表裏觀。自云詩必澹雅深大，乃可以示天下。又拈出「柔惠」二字，以爲宗旨。擬古樂府、讀史、和陶諸作，窮精畢力，當非徒效古人。《寓感五十首》，意興超然，《贈丁儉卿長歌》、《湖東悲》、《静海寺歌》、《永濟寺懸崖》、《送徐士敬徐竹垞歸

朝鮮》、《題邊頤公畫册後》、《題葉名澧風雨懷人圖》、《梅花嶺弔史閣部》，氣旨高潔。道光以降，袁、趙性靈詩日厭人心，德輿振臂以呼，學者翕然而宗。江淮魯一同、毛嶽生，湖南湯鵬，閩中張際亮均出其門。狎主齊盟，堪稱巨擘，不特角立江淮。唯所論莫非傳統詩教，所作不逾唐宋名家範圍，故亦未能與形勢相稱也。

存素堂詩稿十四卷　同治七年家刻本

錢寶琛撰。寶琛字楚玉，一字伯瑜，江蘇太倉人。嘉慶二十四年進士，改庶吉士，授編修。累至江西巡撫。卒於咸豐九年，年七十五。詩稿與文集家刻，收道光三年至咸豐九年詩五百八十三首。以《磨鐵》、《春明》、《塵海》、《乘槎》、《匏樽》、《壤音》、《蘇臺》、《銅井》、《譙羽》、《江上》、《貞元》、《友聲》、《捶琴》、《酬贈》十四集爲名。錢振倫序，子鼎銘等校。寶琛與林則徐、張祥河等有酬贈詩，宦轍所至，作《廣陵曲》、《料垛行》、《利運閘》、《珠梅閘》諸篇，有關社會史料較多。道光元年視學貴州，詠飛雲洞、鐵索橋黔中名勝，亦較樸直。《讀史偶題四首》、《爲韓樹屏題朱竹君三百三十三石亭》多沉至之語。晚年詩多有掊擊太平天国之詞。

後湘詩集九卷二集五卷續集七卷　同治六年刻中復堂全集本

姚瑩撰。瑩字石甫，一字明叔，號展和，安徽桐城人。嘉慶十三年進士。選福建平和知縣，臺灣海防同知。道光十八年官臺灣道四年。被誣陷下獄。復起用，官至湖南按察使。卒於咸豐二年，年六十八。著有

《東溟文集》、《後湘詩集》、《東槎紀畧》、《康輶紀行》。同治六年，子濬昌滙刻爲《中復堂全集》。瑩承曾祖範、從祖鼐遺緒，工古文，以義理爲宗。詩亦唐、宋正軌。《初集》分體，《二集》編年，載詩七百三十九首。有自序，陳方海序。又張際亮序，作于癸卯九日，未再旬而卒。其中攬嵩嶽、岱宗之奇，泛洞庭、彭蠡之險，見嶺南巖峽之阽，頗爲健爽。官臺灣十數年，深得士民信賴。初佐孔昭虔治理，於查禁外舶潛售鴉片，不肯示弱。孫爾準巡臺，具陳八事，洞言利弊。集中有《海船行》、《臺灣行》、《荷蘭羽毛歌》、《自梅嵠換舟至赤石》、《赤石夜作》等詩。在臺灣道任内，嘗平張丙、胡布變亂，全臺大定。二十一年七月，厦門失守，英軍屢犯雞籠海口，瑩率部奮抗，敵不敢進。英忌惡之，誣訐。道光命怡良渡海查辦，致抵罪被逮入都。集中有《觀梅舞歌贈梅壯士魁》有序、《留别臺中人士》諸篇。當是時，全臺士民遠近奔赴，具狀申理。北上時，張際亮抱病爲之奔走，勞瘁以終。同里張紹偕入獄護持，觀《獄中夜坐》、《出獄》等詩，令人扼腕。方東樹《儀衛軒詩集·寄姚石甫》注謂：「連年浙、粤、江南皆喪地失守，而臺獨完。」可見其功在不朽，亦近世偉傑也。既釋罪，以同知發四川用。道光二十五年至察木多，其地去成都三千餘里，途中崎嶇備歷，而誦讀吟詠不輟，於藏族人民宗教源流尤深致意。作《皮船行》、《雪山行》、《打箭鑪》、《自題康輶紀行卷後》、《哭斌良駐藏大臣》，頗可備覽。《論詩絶句六十首》，始漢魏至清初，多有精到見解，可謂鉅製新機。生平結交，多屬清流及文士。《寄林少穆》、《懷黄樹齋》、《奉寄劉金門先生》、《哀張阮林》、《魏默深贈佛書數種》、《贈管異之》、《次韻馬元伯》、《會稽潘少白自如臯來訪》、《哭伯山》等篇，情意沉摯，非應酬之作可比。詩注謂：「毛嶽生病《元史》疏謬，嘗重編之，稿未竟而卒。」「汪喜孫聞瑩被逮，大慟嘔血，嘗言以朋友爲性命，不其信哉。」凡此亦屬紀實。

然松閣詩鈔三卷存稿三卷　光緒二十二年刻本

顧槐三撰。槐三字秋碧，江蘇江寧人。少從姚鼐、錢大昕問業。工詩賦。與車持謙、王章結苔岑社。晚而爲考訂之學，輯《後漢書》、《三國志》藝文志等書，與侯康齊名。生於乾隆五十年，卒於咸豐三年，年六十九。事具陳澧所撰傳。此《然松閣詩鈔》三卷、《存稿》三卷，合《賦鈔》，由王玨校刊。《詩鈔》一名《初稿删存》。其中讀史之作甚多，如《讀漢武帝本紀十首》、《讀三國志六十首》、《讀晉書阮籍嵇康傳》、《書煬帝本紀二十三首》，議論甚平。蓋槐三嘗問業於姚鼐、錢大昕，而言學者乃始可詠史也。《文姬歸漢歌》、《阿禯歌》、《梅花嶺拜史閣部墓》、《讀吴祭酒集》，亦足參考。又有《警志傳》，小注自言家世甚詳。存稿多詠民間生活，《大水歎》、《踏災行》、《觀賑行》，感慨頗深。又作黄山詩。詠始信峯、天都峯，《登蓮花峯放歌》，排奡有力。其詩有六朝根柢，無迂膚之習，此擇其最著者。黄釗有《讀顧秋碧槐三然松閣集》詩。

瑞芍軒詩鈔四卷　同治七年家刻本

許乃穀撰。乃穀字玉年，浙江仁和人。道光元年舉人。官甘肅環縣、皋蘭、敦煌知縣。十五年歿于官，年五十一。弟乃釗、乃普俱顯宦，乃穀則以繪事聞名。是集與《詞鈔》合刊。首薩迎阿撰《安西敦煌令許君傳》，許乃釗序。序稱乃穀嘗仿司空表聖《詩品》作《畫品》二十四則，流傳朝鮮，彼國詩人金秋坪閣學托貢使求畫。今集中有《張茶農深爲朝鮮金秋泉仿黄子久富春山圖卷索題》，可資旁證。杭人修林逋祠，乃穀作《孤山訪梅圖》，名流題詠甚衆。光緒間丁丙已刊入《武林掌故叢編》。觀集中諸篇，少作平淡自然，四十後雄魄厚樸。自謂「西出玉門，詩格較前一變，古人名山大川增長學識之語，信不我欺」，故菁華尤在詠西域與敦煌諸什。若《登焉支山查勘松林放歌》、《撫彝沙》、《西域詠物詩二十首》道光十年在哈密作，沉鬱頓挫，感情深摯。《陽關行用元道州春陵行韻》、《自疏勒還菈敦煌蘇九齋刺史履吉招集月牙泉即席同賦》、《千佛巖歌》、《馬技謡》、《兵車行用元道州賊退示官吏韻》、《圜橋植杏詩》、《渥洼種花詞》、《招鶴篇》、《暮春安西回縣口占》、《西陲八詠》、《游月牙泉》、《黨河柳橋詩》、《大雪放歌》、《同繩篇》，今日均當以敦煌地方文獻視之。朱爲弼《茮聲館詩集》卷十六有《和許玉年敦煌千佛巖歌》。薩迎阿《心太平室詩鈔》有許乃穀題詞跋附《夢游天山松塘吟》一首。

千佛巖歌

並序　敦煌城南四十里，有千佛巖即雷音寺，三危峙其北。山錯沙石堅若鐵，高下鑿龕千百。其中圮者數百，沙擁者數百，危梯已斷不能登者又數百，而佛像如新畫，壁斑斕者，尚不可以數計。莫高窟前有周李君重修莫高窟佛龕碑，文中敍前秦創建之由，及李君修葺千龕之事。紀武氏聖曆元年，實唐中宗嗣聖十五年也。睡佛洞外，有唐隴西李府君修功德碑，文載靈悟法師爲李大賓之弟。按其世系，大賓即周李君之昆孫，以故重修，復旁開虚洞，横建危樓，時則庚辰開元二十八年也。按，河西郡縣至德後陷於吐蕃，大中中始復，此碑紀年剥落，惟十字年字辰字，猶約畧可認。天寶後改年爲載，大中前正朔未頒，輒以開元斷之。碑陰爲李氏再修功德碑，敍其先贈散騎常侍功德及張義潮時事。其碑建於甲寅，爲唐昭宗乾寧元年，莫高窟旁如來窟檐上書宋乾德八年歸義軍節度使西平王曹元忠建。按，唐宣宗大中五年，張義潮歸誠授節，傳至張惟深，卒後，沙州推長史曹義金爲帥，請命朱梁仍授歸義節使。周宋間其子元忠奉表入貢，遥授封爵。至宋乾德祇有五年，所書乾德八年，實開寶三年，以其時中外隔絶，朝命罕通故也。文殊洞外有元皇慶寺碑，至正十一年建功德主爲西寧王，記文者沙州教授劉奇也。余謂既有唐碑，必有前秦碑，訪之耆士趙秀才吉云，乾隆癸卯曾於巖畔沙土中得斷碑一片，書前秦建元二年苻堅年號，沙門樂僔立，旋爲沙壓，徧尋不得。蓋前秦創建，唐一再修，宋元繼之，力大功鉅，吁其至矣。爰爲作歌，且以是數碑者爲金石家所未著録，志乘内亦未搜入，因詳及之。

楞伽一朵飛天邊，何時墮落三危前。沙石碎劚佛骨出，昌黎先生見應叱。佛骨不見見山骨，我來獨游詫人力。人力所到天無功，鑿破混沌開洪濛。高高下下千百洞，由顛及麓蜂房通。天梯雲棧鉤連密，貝多樹擁梵王宫。一龕無數佛，四壁無萬像，丹黄千百年，斑駁還炫晃。就中一佛聳百丈，天外昂頭出雲上。一坐一卧大無量，人入耳輪倚藤杖。額珠百斛伊誰拾，慧鐙千盞何由集。負此擎天拄地材，膜拜無人自山立。前秦建元窮雕鎪，盛唐李氏一再修。繼其功者宋及元，千鍰萬鎰空谷投。有明曾遭吐蕃毁，山摧石爛沙霾骫。金碧猶餘不壞身，登歷依然欲穿趾。嗚呼具兹龍象力，何不施之田疇活兆億。豐碑屹立鎮佛國，普佛慈悲作功德，我佛聞之笑咥咥。《瑞芍軒詩鈔》卷四

中秋游月牙泉同閨人洎兒女媳輩分體賦詩得七言古

輕車快馬城南行，明月萬里澄太清。月光潑水水浸月，上下一色鎔光晶。不須絃管浮雲撥，自有琴筑寒山鳴。老龍睡穩叫不醒，空谷響應來山靈。飛沙如雲上山去，恍助吟嘯風泠泠。碧翁洗眼銀河水，青眼看人弄清泚。難尋天上廣寒宫，不信廣寒今尺咫。驕兒狂欲跳波入，穉女嬌癡傍花立。荆妻擫笛聲穿雲，倚櫂無言構詩出。我心不競波漪漣，蘆花瑟瑟秋無邊。胸次一時貯冰雪，眼中萬事過雲煙。雲煙世事空回首，骨肉分離況朋友。秦中六對中秋月，邊外卌六看圓缺。圓缺朝朝暮暮看，但把金波洗肌骨。故鄉秋雨常連緜，素娥韜影望眼穿。何意靈泉生瀚海，那忍負此蟾蜍縣。一家如坐西湖船，天長道遠情拳拳。情拳拳兮波淼淼，夜沉沉兮月皦皦。越雲仲兄、八弟、伯姊、三姊在杭州粤樹三兄粤東京華塵六弟、七弟京師，點蒼普洱二姊及道兒滇南同冰輪。定知醉月歡無睡，遥憐絶塞悲秋人。我聞今宵萬里同陰晴，此語信否吾無徵。緘書試問天邊月，可與陽關一樣明。《瑞芍軒詩鈔》卷四

蛉石齋詩鈔四卷 同治四年刻本

黎恂撰。恂字迪九，號雪樓，晚號拙叟，貴州遵義人。乾隆五十年生。嘉慶十九年進士。官浙江桐鄉、歸安，雲南平彝知縣。林則徐官雲貴總督，督鄉城團練。爲鄭珍外舅，巢經之學，實出于恂。卒於同治二年，

年七十九。鄭珍爲撰《行狀》。此集爲身後所刻，僅道光二十五年劉榮黼一序。恂讀書主張用世。《齋中詠懷》云：「讀書固貴多，尤當領其要。精華既採擷，糟粕直須掃。曼衍彌支離，心力枉消耗。摇摇無終簿，翻似風中纛。窮經實荒經，甘爲識者誚。因念百家言，置之可勿道。」又有《鄭子尹壻生日作長句示之》，推美鄭珍，亦可云冰清玉潤矣。集中山水詩《觀濤行》、《中坪道中》、《戛賽江漲不得渡反宿夷寨》，取境深幽，奇詭變狀。嘗領運京銅。《瀘舟造船江樓觸目》、《涪州江口》、《蝦蟇碚泉》等篇，負氣豪宕。《行狀》云：「京銅故事：運員竊官銅多，或至報沉，失二三萬斤，部費私橐皆出此。先生曰：欺君事我不爲也。及到部，果以費不足，故困之貸。」其人廉隅可見。

撈銅

刻舟未許能刻劍，墜石江心細探驗。撈銅先以繩繫石，沉水底，視有銅處石必擦有紅色，名爲打紅。灘頭下碇維輕艘，排比連環聯竹緫。健兒裸體腰纏繩，泅水馮河夙所能。衝浪直前如獺没，撇波忽躍猶猱升。前者乍起後續入，象罔求珠難預必。有時雙擎塊半來，銅以圓尖塊半計。有時赤手張拳出。船頭煖酒盈胡盧，鯨吞牛飲來蠻奴。清泠淵中賴汝往，奚辭重賞招勇夫。不投蛟室斬潛蛟，兼入龍宫殺龍子。趙璧重完已有瑕，楚弓楚得已堪嗟。沉銅五萬斤，未撈獲者一千餘斤。曠時縻費乃如此，不知何日到天家。《蛉石齋詩鈔》卷二

小重山房初稿十六卷 道光間刻本 續録十二卷 光緒元年刻本

張祥河撰。祥河字元卿，號詩舲，江蘇婁縣人。嘉慶二十五年進士。由内閣中書累遷陝西巡撫，官至工部尚書。卒於同治元年，年七十八。此集《初稿》有陸繼輅、林則徐等序。詩迄於道光二十七年。《續録》爲其子刻，分《朝天》、《關中》、《肆覲》、《藍橋》、《北山之什》、《南山》、《老舲樂府》、《鶴在》、《來京》、《畿輔輶軒》、《怡園》、《福禄鴛鴦》十二集，張仁虎序。祥河嘗典試閩中，遍覽浙閩山水之勝。扈從盛京，有《眺澄海樓》、《登醫巫閭山》等詩，徐寶善《壺園詩鈔外集》有《題張詩舲瀋陽紀程詩後》，可參看。《陳子龍夏完淳祠落成紀以詩》、《綯雲石歌》、《漢方壺歌》、《輓盛百堂丈》、《鮑緑飲學正遺照》、《讀惜抱軒文集》、《題張船山詩集》、《武肅親王墓大松歌》、《李忠毅公死事詩》、《朝鮮閣學金正喜往充貢使來都拜覃溪先生門下詩以報之》等作，關涉文獻史事。官軍機章京甚久，卷四有《京畿雜詠一百二十首》並注，乃以《日下舊聞》所繫資料可入詩歌者成之。又有詠京西諸名勝紀游。《續集》收道光二十七年以後詩。撫陝時歷華山、陝州、涇州、蘭州、平凉、乾州、秦嶺、藍橋、三原、耀州、延安、綏德、榆林、銀川、咸陽、寶雞，無不紀以詩篇。官直隸學政，所詠府縣山川民習，數難更僕。詠居庸關、長安、雁塔、邠州大佛、崆峒六盤、棧中奇景，允爲佳作。《書右丞佚事四首》、《論詞絶句十首》專賦閨人，《李雲生憶長安傳奇書後三首》、《讀蘇詩漫書其後》、《詩經邨》等篇，可見長於文辭，殫見洽聞。祥河宦蹟既深，交游至廣。而生平與同里姚椿最契。晚年與祁寯藻、何紹基，贈答甚殷。居關中，其室名「小方壺」、「井梧書屋」，名士觴詠，極一時之盛。畢沅以後，未之有也。

感遇堂詩集八卷 咸豐元年刻本

陳曇撰。曇字仲卿，廣東番禺人。嘉慶十年，與梁信芳、陳在謙同游府庠。結瑞雪詩社，與張維屏、彭泰來、徐灝、梁廷枏等人唱酬。嘉慶十六年，曾燠開藩於粵，曇與泰來俱其座賓。爲諸生三十年，道光二十二年始授澄海縣訓導。刊《感遇堂詩集》八卷、《文集》四卷，馮譽驥、梁信芳題詞。詩共八百二十九首，止於咸豐元年。曇出伊秉綬門。廣交游，陳壽祺、吴嵩梁、潘正亨、江藩、劉開均與過從。戊戌《輓陳學博在謙》，己酉《輓梁孝廉信芳》，甲辰《輓黄比部玉階》，自注：君年僅四十。《寄定海詩人厲志》並序，多存傳記資料。興寄所觸，輒托諸吟詠。《嶺南詠古六首》、《補宋方孚南海百詠》存三十首，《十國詞一百首》、《詠史絶句三十首》、《宋方信孺雙硯》、《題顔魯公祭姪拓本》、《題歐陽修像》、《柳如是小像》、《兩粵制府銅鼓歌》、《題武梁祠畫像拓本》、《題趙孟頫畫東坡像十四幅》、《題洛陽伽藍記四首》、《題船山詩草》、《題陳壽祺左海詩鈔二首》、《題阮芸臺所輯疇人傳》五首、《酬魏刺史源寄所著聖武記海國圖志兩書》二首，瀏覽今昔，網羅舊聞。又自得鄺露琴，作《鄺氏三琴歌》。蓋喜讀故書，綜覈文物，所得匪尠矣。鴉片戰爭起，英軍焚掠海疆，作《辛丑感事十八首》、《驚聞英夷肆擾入内河紀事志概》八首、《沈總鎮邦輓詩》，多悲吒之詞。

辛丑感事十八首　録十首

島夷兩載弗來賓，粵海舟山儆報頻。白簡乍呈方滿意，庚子七月暎咭唎夷目義律既佔踞定海駛至天津，呈訴邀準。紅旗徧樹究何因。夷船將戰，徧樹紅旗。三章約法裁烟户，千萬倉箱葬水濱。試與平心探禍本，始開邊釁屬誰人。

初臨直指本觥觥，一旦紅毛邸舍清。戊戌冬暎咭唎人喧頓等聞欽差大臣將抵粵，先期遁去。柔遠未聞威克愛，下交應矢信兼誠。繳土二萬餘箱，原許給以大黄茶葉，而在事者復以贋物充賞。就令庇罪真撓法，夷船有殺人者，夷目匿其罪人不交。竟絶通商豈近情。今日已成多壘辱，問君何計復昇平。

高密威名鎮海隅，禁烟令下凛嚴誅。棄灰竟至傷同儻，懷土何堪戮及孥。固寵似由希旨得，淫刑終覺愧心無。赭衣滿路君知否，可爲停車一恤辜。

相公豁達類英雄，緩急都歸掌握中。豈有石郎甘割地，義律請給香港以爲夷船停泊之所，蓋仿照明時澳門事例，琦相擬請于朝，未得諭旨，義律遽出僞示，士民驚徙。撫臣據以入奏，用致事多變局。本來魏絳欲和戎。羈縻勿絶關深計，欺飾全無見樸忠。聞道汶陽田盡返，未應疆吏敢貪功。琦相使義律發夷書，二月初五日繳還定海。

平反夷務竟何如，失計琦侯泣粵初。已誤返俘釋齊贅，夷目咟嘜，暎咭唎國主之壻，林督時爲人所獲，琦相至粤許其請，釋之，構兵始此。豈宜赦罪用秦餘。香山人鮑聰，林督欲案治之，聰走山東，遂入京。隨琦相來粤，奉差往見義律。侈談葛亮平南策，錯讀張儀誑楚書。和議終爲同事沮，朝三暮四笑羣狙。

募士捐金不顧家，長城自壞漫長嗟。庚子臘月沙角失守，水師提督關天培請召募鄉勇以保虎門，且括其家財以充賞云。优波不分樓船燬，林督以重資購一夷船備水師之用，迨攻横檔夷目投以火箭，並水師之船立燬。專閫難禁士卒譁。已探海潮隨漲没，未防山徑繞攲邪。酬恩只有身同碎，日落黄沙咽莫笳。横檔失守，關提督父子陣亡。

番舶紛紛逼内洋，七臺全失似難當。豈知對陣真兒戲，但解捐軀卽國殤。戰士空拳行彳亍，豪家盡室去徬徨。何時來復還安堵，卻掃烽烟靖五羊。

太平時久不知兵，征調頻煩護此城。幾日軍書治旁午，四圍水道塞夷庚。夜鳴刁斗人皆警，朝捲牙旗鳥亦驚。親友無多悲蕩析，中年離索不勝情。

不信嚴關尚幾重，火輪船竟抵烏溷。黄金可惜填虚牝，軍需局製木簰未就，遽爲夷船牽去毀之。白骨誰知作鬼雄。籌海此時推上將參贊楊侯，禦倭往事羨羣公。明俞大猷、戚繼光、劉顯諸名將禦倭立功。宵深已倦聞雞舞，伏櫪歌來剪蠟紅。

幾歿疆場幾在逃，湖南兵殲於烏溷，其逃者復爲鄉人所害。清明野祭設牲醪。死歸辮髮魂隨返，生戴頭顱哭漸高。海日五更同蕩漾，嶽雲千里復迴遭。父兄僕射終王事，湖南署提督祥福烏溷陣亡。博得身

殲軍務勞。《感遇堂詩集》卷六

戲題紅樓夢三首

人生有情，不知所起。何以致情，眼淚而已。男女之愛，忠孝同旨。人而無情，不知犬豕。女則必死，男則必僧。女而不死，何以爲生。男而不僧，盡失其情。癡男怨女，終古冥冥。鍊石補天，石化爲玉。先天而生，智慧亦足。斯人有憾，人世有情。一朝解脱，莫證三生。《感遇堂詩集》卷八

洞庭集十六卷　道光間刻本

王慶麟撰。慶麟字時祥，一字希仲，江蘇華亭人。諸生。刊《洞庭集》詩十六卷，爲嘉慶五年至道光四年詩。有嘉慶二十二年自序，張炯、王光彦、胡貞幹序。慶麟少隨宦宣城，登敬亭山，謁七賢祠，作《南樓歌》、《北樓歌》，各造其境。中年赴都，一至河南，與張祥河、姚椿、趙紹祖、查揆均有寄酬。《讀唐人詩六首》、《讀宛陵集三首》、《東坡先生馬券歌》、《嘉熙御勑歌》，不乏文采。《詠杜少陵畫像》多至五十首，雖刻意而爲，不免費辭。晚築大吉祥室，以詩自娱，篇什既多，枝蔓不除，雖費心神思力，無可補矣。

石琴室稿五卷　道光二十五年刻本

弘曣撰。弘曣號思敬，一號石琴主人。允礽子。封輔國公。官宗人府右宗丞。謚恪僖。是集詩分體五

卷，首穆揚阿、葉志詵序。弘曣工畫，喜宋、元、明詩。《讀宋詩鈔作》、《再讀宋詩鈔作》、《讀元遺山詩》、《讀高青丘集》、《讀明詩綜作》，可見風旨。嘉慶十年，扈從盛京，有詩。從獵南苑，于役易水，亦作詩紀事。《山谷紫雲硯歌》、《題明人墨蹟》、《明邢子愿銘》、《良鄉酒歌》、《虎骨酒歌》，俱不空泛。又有《石琴篇》，自喻其志，粹然雅音。楊鍾羲云：「鄭慎親王烏爾恭額有《石琴室稿》。蒙古王蘊樸齋能畫，任庫倫時以甘蔗酒遺王。樸齋下世後，王賦詩懷之云：平生師北苑，遺蹟比東丹。校獵吟何壯，籌邊政更寬。應知桑落薄，遥寄蔗漿寒。洗盞將狂酌，懷人慘不歡。」見《雪橋詩話續集》卷七。

征帆集四卷　咸豐元年刻本

陳熙晉撰。熙晉原名津，字析木，號西橋，浙江義烏人。優貢生。以教習官貴州開泰、龍里、普定知縣，仁懷同知，擢湖北宜昌府知府。邃於學，著有《春秋規過考信》、《春秋述義拾遺》、《貴州風土記》、《駱臨海集箋注》等書。文集未見刊本，詩集僅此四卷，乃道光十四年夏檄運鉛銅，由黔至滇，而蜀，而楚，而吴，至都門沿途所詠，至十六年而止。首王柏心、蔡聘珍、萬承宗序。《自毛雞廠至金銀山》、《渡赤水至胖官腦》、《普市》、《自納溪入大江經攝旗山下三灘》、《盦山禹廟》、《少岷山》，所詠多人所罕至之地。住瀘州，作《汁陽曲竹枝三十首》，過重慶，作《渝州歌十四首》，以及合江、夔州、三峽詩，凡西南山川物産民俗，歷歷如在目前。《造船行》、《私鹽歎》、《關吏歎》、《鐵犀行》、《船户行》、《官河短歌》，記各地生産水運、商賈，亦極真切。熙晉夙養甚深，詩筆堅蒼。萬承宗跋稱江山非能助人，性情所觸發，往往聲隨地變。蜀多雄偉，楚多曠野，吳多妍麗，燕多蒼莽。山川閲歷殆有發於不自知者，今於西橋先生詩，彷佛過之。亦通人之論也。

私鹽歎

楚蜀界三峽，行鹽各一方。榜衢緝私鬻，令甲垂煌煌。吴鹽久不來，蜀鹽下瞿唐。瀕江無賴子，偷載盈舟航。射利犯波浪，千百森成行。邏卒饒如虎，鹽徒很如狼。告緡詎勝數，持械或逞强。公然敢抗拒，往往遭殺傷。惡少横江湖，關吏飽橐囊。從來利所擅，厲禁豈能防。此輩輕生死，此患逾尋常。與其徇目前，何如視久長。昔者唐轉運，置官在鹽鄉。任聽鹽所之，税羸無擾攘。後世定鹽課，向分界與疆。巴歈接楚些，宜施及荆襄。居人食淮鹽，萬里通帆檣。路險運既滯，貨奇價亦昂。微特鹺務困，直恐萑苻張。側聞楚塞隅，蜀鹽例輸將。一州兼七縣，邊引歲有常。湖北改土歸流，近蜀者鶴峯一州，恩施、長樂、宣恩、利川、建始五縣，配四川大寧、雲陽兩廠鹽。來鳳、咸豐二縣，配彭水之郁山鎮鹽。嗣來鳳、長樂，因鹽不敷食，更請增配犍爲鹽。但增蜀鹽額，一水欣相望。庶幾盗販息，便民卽便商。汲井溯岷峨，煮海資維揚。縱嚴公私别，亦須遠近量。牢盆繫國計，變通法益良。上以供度支，下以肅紀綱。芻蕘抒末議，局外徒傍徨。《征帆集》卷三

織簾書屋詩鈔十二卷　咸豐元年刻本

沈兆澐撰。兆澐字雲巢，直隸天津人。峻子。嘉慶二十二年進士，改庶吉士。官江南督糧道，署河南布政使。太平軍攻開封，以守城有功擢浙江布政使。卒於光緒三年，年九十。而朱寯瀛《金粟山房詩鈔》有《沈雲巢九十壽詩》，編年同治十二年癸酉。此集爲嘉慶三年至咸豐元年詩八百九十四首，作於豫藩前，無涉及太平軍事者。平步青云「未刻」《霞外攟屑》卷六，卽此本也。兆澐歷游冀、晉、青、兗、徐、豫、荆、揚，詠天津芥園舊爲查氏水西莊海光寺，北京圓明園、大光明殿在西安門内，《濟南雜詠》、《晉祠》、《郭林宗祠》、《清江浦》、《惠濟牐》、《衛河雜詠》等篇，多載掌故民情。《詠史二十首》、《讀商鞅傳》、《讀漢書雜詠十六首》、《讀杜詩有感》、《讀傅青主、查初白、黄莘田詩集》、《讀山左諸家詩十四首》、《詠黄虞稷千頃堂書目》，亦有識解。鴉片戰爭起，守江寧，作寶山、黄浦江、吴淞口、劉河口觀海等篇，耳目所值，頗切時事。《關厚甫軍門輓詞》，爲悼關天培作，詞意深摯。詩多作于公餘行役之間，然無礙其爲可傳也。

笏庵詩鈔二十四卷　道光間刻本

吴清鵬撰。清鵬字程九，一字西穀，號笏庵，浙江錢塘人。錫麒子。嘉慶二十二年一甲三名進士，授編修。官至順天府丞。是集凡二十四卷，爲道光四年至二十九年詩，梅曾亮序。據《乙未五十生日》詩，當係乾隆五十一年生。清鵬嘗入曾燠幕，參加揚州《全唐文》館，唯集中無早年詩。交游可考者，爲屠倬、陳用光、周三燮、許乃穀、朱爲弼、張履、林則徐、凌泰封、白鎔、殳慶源、汪遠孫、魏源、謝元淮、王鳳生、龔自珍、羅士琳、厲同勳，皆一時名宿。其詩主宋，清俊遒峭，取境甚寬，與有正味齋家法不同。《屯田行》、《李長庚輓詞》及庚子所作諸篇，均及時事。《嶽廟觀劉塑戲成一百二十句》，記北京東嶽廟泥塑，無奇不臻。傳出劉鑾之手，故曰劉塑。又有《鼻簫詩》，記有人鼻中能作笙簫之聲。《題陳老蓮畫花卉卷》、《王石谷畫卷》、《毛西河朱竹垞合像》、《漁洋山人像》、《鄂容安遺詩卷》、《汪巢林先生乞水圖》、《讀紀批蘇詩》、《但明倫都轉雪舟籌海圖》，字句妍華，而又事覈可徵。與飣餖成帙者，迥有別矣。

簡贈魏默深孝廉　時默深取漢魏以來詩，作《詩微》一卷，乞余校定。

且停衆説聽吾説，一笑應爲衆解頤。履武不疑生子事，重華偏信娶妻詩。平生嬾作千家注，公等宜須十日思。若問凱風何不怨，試看雲漢豈無遺。　案：此詩作於道光十年。

聞粤中市民拆毁夷館憤不與通商並傳告各海口有不如約者以奸論愚民罔上不可爲訓要亦義激使然人心如此可無憂矣然又不能無感也

我聞夷人畏百姓，初尚疑之今始信。天下諸侯憤秦兵，陳涉一呼萬夫應。以秦攻秦尚如此，況乃此舉名甚正。浙海漁户沉夷船，粤海市人毁夷館。知是夷人不敢戰，一快聊堪舒憤惋。國家培養二百年，人心如此何憂焉。今我轉復思從前，逡巡六國胡可憐。草莽市井自有臣，汝獨不愧爲庶人。《笏庵詩鈔》卷十三

柏峴山房詩集十卷續集二卷　咸豐六年海源閣刻本

梅曾亮撰。曾亮字伯言，江蘇上元人。道光二年進士。官户部郎中。居京師二十餘年。歸主講揚州書院。依河道總督楊以增幕。卒於咸豐六年，年七十一。詩集與文集十六卷爲海源閣刊，所收詩起嘉慶九年迄咸豐五年。曾亮少時工駢文。受學姚鼐於鍾山書院，肆力古文，詩亦質樸雅健。《錢塘觀潮》、《天發神讖碑》、《揚州唐文館卽事二首》、《和方植之來詩感念姬傳先生歿已逾年》、《康刻古文辭類纂成書呈石士先生》、《題徐廉峯憶壺園圖》、《書示張生端甫》、《讀東坡集偶書》、《買書四友歌》、《讀唐詩紀事》、《題桂未谷大令簪花騎象圖》、《題甘熙白下瑣言》、《和邵位西游書肆詩》，《續集》有《讀杜詩作》、《題吴平齋秋齋賞古圖》，詞意清暢。師友如陳用光、湯金釗、姚椿、林則徐，陳慶鏞、潘德輿、湯鵬、朱琦、馮志沂，多屬清流人物。《題龔璱人文集》云：「胸中結構贊普帳，眼底波浪皮宗船。紅袖烏絲醉年少，只今誰識杜樊川。」《悼彭甘亭兆蓀》云：「身世年年老賓客，形容日日病維摩。空有文章泣朋友，竟無妻子送山河。」皆高唱也。

話雨山房吟草一卷　同治間三布衣詩存本

張紹松撰。紹松字嘯泉，江蘇吴縣人。與徐筠友，同爲童子師，客授山中。垂老無家，流寓林屋。道光二十四年年五十九，自輯詩稿，俞岳爲之序。原詩不下五百首，咸豐兵燹後，所存止什之一。同治間邑人金子春刻鈕樹玉、徐筠並紹松詩，爲《三布衣詩存》，有張達言跋。窺其所作，大多山居暇遣。而風格雋上，神味淵永。《游靈巖山》、《獅子林》等篇，頗能幽秀。是不必以殘稿而置之矣。

曇雲閣詩集八卷附一卷　光緒三年重刻本

曹楙堅撰。楙堅字樹蕃，一字艮甫，江蘇吴縣人。道光十二年進士。官工科給事中。此集爲重刻道光二十三年本，編年詩九百六十七首，附外集詩八十二首。生年據卷六《魏熨斗歌》注，爲乾隆五十一年。卒年六十八。楙堅少游雲貴、兩廣，十應鄉試，五十始爲京官。平生雅善吟詠，以山水行役之作較多。《滇池》、《老鷹崖歌》、《黔山雜詠十首》、《梧州》、《廣州竹枝詞五首》、《燕都懷古》十七首、《河陽詠古十二首》並注、《秦中雜詠》十六首、《游華山詩五首》，激宕清新。《哀流民》、《哀兒行》、《愍災詩》六首，寫蘇北災區所見，意亦沉摯。《懷人絶句》記當日名流文人甚多。與梁章鉅、朝鮮李㵶船亦時唱和。贈魏默深刺史源云：「平生最愛魏夫子，知余一寸纏綿心。胡繩纚纚葛蔓蔓，思美人兮湘水深。」自注：君極稱予七言律詩，謂得玉谿生神味也。」又云：「胸中何止四大洲，神光往來鞭赤虯。直走龍堂割龍石，紅輪不盡海西頭。自注：君近著《海國圖志》五十卷。」又有《錢塘遺事三十首》、《讀鮚埼亭詩集》、《題姚梅伯詩集》、《趙忠毅公鐵如意歌》，爲宋翔鳳、沈濤、孔憲彝、孔憲庚，朝鮮金秋史所題圖詠，可供參證亦多。其詩無矯揉造作之習，而學力亦足以充之。與蔣志凝石交，志凝歿於京師，以詩哭之，並代刻所著《心白日齋詩稿》，經紀其喪旋里。張京度《通隱堂詩存》卷三有《贈曹艮甫即題曇雲閣詩集後》。

翠屏吟館詩鈔二卷　道光二十七年刻本　續鈔一卷　咸豐五年刻本

趙仁山撰。仁山字亦樓，號石翁，江蘇丹徒人。師王豫，隱居廣陵南翠屏州，仁山亦築亭園，家焉。嗜吟詠，與文士唱和。後以饑驅，之皖贛等地。歸里後提倡風雅如故。時人以爲王豫歿後，風流未墜云。是集爲家刻，首桂青萬、鍾淮序。《續鈔》爲淮海紀游雜詠，刻於咸豐五年，有《七十自述》詩，或即卒於本年。《哭王柳村師》三首，附王豫絶筆。《憶王柳村師》云：「詩名洋溢海蠻驚，天妬傳人目失明。手著業書三十種，歸愚以後讓先生。」王豫輯刻《羣雅》、《江蘇詩徵》，卷帙繁重，雖身心勞瘁而不辭，固當爲之揚扢，非一人之私也。集中多游覽登眺之作，《福山渡海》、《枕湖樓》諸篇，較爲奇勁。朋好爲王蔭槐、但明倫、王賡言等人。

六半樓詩鈔六卷　咸豐間刻本

蔡鵬飛撰。鵬飛字梅茵，江蘇婁縣人。諸生。工詩詞。撰《六半樓詩鈔》六卷、《詞鈔》一卷，刻於咸豐五年，年七十。首張文虎序，稱其詩在誠齋、放翁間。又謂：「善寫人意中事。讀者解頤咋舌，徒詫其新意，而不知皆尋常目前之境。蓋真能取之於易而出之以難者。」今讀其詩，工候亦深。唯行踪不廣，所見不多，工詠物，不免爭於毫末耳。《讀後漢書黨錮傳》、《書周亞夫傳後》、《題明隱逸傳》、《題倪元璐畫竹》，有裨文獻人物，可供參考。鴉片戰爭間，作《哭陳化成軍門三十二韻》、《上海典史楊慶恩殉節詩》、《勞軍瓶歌》，實傾力抒寫，亦詩中之史也。

鍾山草堂遺稿不分卷　同治間刻本

温肇江撰。肇江字翰初，江蘇南京人。道光十二年進士。官户部郎中。工詩詞，善畫。是集爲家刻，首自序，大多爲道光六年以後作。題畫詩有極佳者。《觀劇雜詠十首》，爲加官、團圓、寫本、拾金、窺醉、罵崔、癡夢、羅夢、錯夢、尋夢。唱酬友甚多，朱琦、車持謙、潘德輿、姚燮，均一時文彥。道光十六年四月四日陶然亭禊會，肇江繪《江亭展禊圖》。陳慶鏞《籀經堂集》所列與會四十二人名次，約與黄釗同庚。葉名澧《敦夙好學齋集》有《讀温翰初遺詩》，作於咸豐四年。

秋舫詩鈔四卷　咸豐五年刻本

蔣澐撰。澐字季雲，號秋舫，浙江平湖人。嘉慶十三年舉人。官湖北通城知縣。道光十三年，罣吏議失官。越數年卒。是集爲姚椿、王柏心選定，受業彭崧毓校刊，戴絅孫序，咸豐五年彭崧毓跋。其詩重於藻飾，《唐佛塔磚硯爲朱椒堂作》、《趙飛燕玉印歌文鼎藏》、《燕臺雜詠》、《蒲圻白石山謁三顔廟》、《嘉定竹刻歌》、《百丈潭觀瀑》、《崇陽洪》、《夏家嶺》、《赤壁》等篇，可爲代表。《羅公山記李自成事》，根據傳説，無可徵信。《販鹽謡》、《蠶詞八首》、《苦旱行》，間述人民疾苦。澐與錢清履、朱爲弼、黄壽青唱和較多。有《送林少穆方伯移任河南》、《題錢竹西松風老屋詩集》。官湖北結納當地文士，爲王柏心所推美。四卷詩共四百三十八首，去取尚嚴，不甚泛濫。

小紅薇館吟草四卷　道光三十年刻本

毛永柏撰。永柏字素存，江蘇吴縣人。道光二年游粤西。後北上客涿鹿。陳沅香知灤州，與陳基均在州署，互相唱和。復寄籍奉天，入館考滿，補官石港，其弟永椿亦送眷赴署。二十四年，官天津知縣，又與永椿唱和。適東省捻軍起事，遷司北河五年。詩稿初存二百餘首，有方廷瑚序。道光三十年，同里蔣棨渭刻《苔岑集》，收毛氏昆季詩，增永柏詩至三百十首。詩以詠直北者居多，《讀太白集》、《石港漫興》四首，遊盤山詩，亦較超逸。棨渭序稱尚多遺珠，以存鴻爪之概耳。

紅葉山樵詩稿四卷　道光二十年刻本

敬文撰。敬文字廉階，姓彦佳氏，滿洲鑲白旗人。嘉慶十年，奉命讞獄遼東。後使張家口、臯城。道光十二年任浙江嘉興知府。督工運河。累至山東兗沂曹濟道。詩文稿刻於道光二十年，附詞。有自序，程祥棟序。計已年逾五十。道光四年刻本《春雲集》，有嵩禄《天香雲舫詩草》、嵩年《竹素園詩草》、敬文《紅葉山樵詩稿》、香林《叢蘭山館詩草》、玉符《定舫旅吟賸稿》，當爲父兄之詩合刻。是集滇中之詩，皆少年隨官所作。出山海關，詠葉赫、松花江、克勒、蘇舒、蘭河、齊齊哈爾城以及《龍江卽事》諸篇，多述民情。于役湘楚，出守浙中，詩亦質實，不但取其詞之工也。

龍江卽事 二首

龍江極東北，置驛通遼右。沿程設站丁，郵遞供奔走。問籍半滇黔，多是三藩後。聖朝寬大恩，赦彼妻孥幼。化育百餘年，婦子勤耕耨。衣租食税足，生計漸豐厚。詎有守土官，搜剔而漁肉。飼馬無蒭蕘，逢人索犒糗。更復鞭笞加，逼迫爲窮寇。欲訴苦路遥，涕淚徒相疚。念慈率土濱，何莫非幬覆。況厥祖父時，久已蒙恩宥。今爲清餼糧，復爲蠹官厩。苛政既已除，人心甘雨透。願言司牧者，清靜長相守。

命朔龍飛日當午，山川英氣萃東土。但看弧矢耀門楣，生男箇箇皆羆虎。習俗由來十二三，便能馬上開强弩。壯歲身歸細柳營，十人爲隊五人伍。天子親除大將來，軍門號令明旗鼓。非徒邊塞擁旌旄，當與士卒同甘苦。自古人材作養難，況是國家之干櫓。如何竟鮮挾纊恩，獨躭逸樂無循拊。更復寵在中山狼，厮養竈下同屠酤。太阿秋水顛倒持，出者奴之入者主。遂令徵調失公平，身敗名裂亦何取。爲歌短章贈後人，好鑒前車揚我武。《紅葉山樵詩稿》卷二

督挑運河有感

運河本無源，烏能媲四瀆。洸泗帶其左，濟水地中伏。滔滔遏汶流，分龍當山麓。蓄之以湖瀦，束之以牐櫝。使水如使人，用舍隨盈縮。良法非不臧，前人思之熟。其奈豪强並，巨浸成平陸。遂令安山陽，滄桑變陵谷。司事復因循，隄防廢修築。防旱復防溢，補瘡還刓肉。迢迢千里遥，長夏苦馳逐。轉漕連千檣，因之挽百斛。但冀達天庾，何暇計遲速。冬來徒役興，四野飛滕六。官吏嗟瑣尾，丁夫悲窮獨。晝作既靡遑，午夜尤鹿鹿。邪許聲相聞，數里如鳴築。堅冰割人膝，饑腸空轆轆。傾筐不盈尺，登山百往復。不罹蒸濕苦，則是病皸瘃。我聞秦晉間，良田多苜蓿。安得水利興，開墾盡嘉穀。甦此東南民，年年歌鼓腹。《紅葉山樵詩稿》卷三

清人詩集敍録卷六十二

句麓山房詩草八卷　道光間刻本

周向青撰。向青字蘇門，浙江錢塘人。嘉慶十二年舉人。道光間官漢陽知縣，調巴東。撰《句麓山房詩草》，刻於道光二十六年，有李宗傳、陳文述序。其詩自成蹊徑，《入市吟》、《江上行》，皆目擊心傷，歌詠民情。重入都門，詠山湖寺院殆遍。以集中乙酉詩上推生歲，約在乾隆五十一年。巴東爲宋寇準舊治，傍山臨江，署多高閣，向青抵任作《秋風亭謁寇萊公祠》及詠巴東物産瓌異，俱能免俗。《長言二首》，綜述經史源流得失，言簡意明，乾、嘉間人能明流畧之學，可謂賢於博弈者矣。

晉兒讀書苦無頭緒爲畧述十三經學之源流歷代書籍之聚散作爲長言以曉之

古書傳今者，墳典並索丘。僞疑商隱作，不自宣尼修。四術本樂正，删定成春秋。漢武表六經，書自河間求。廢樂取公羊，私意由班劉。明宗校九經，趙宋勤雕搜。益以爾雅孟，十三經之由。傳易推費氏，康成能闡幽。經世法太元，潛虛意未遒。程子作易傳，源本通書周。紫陽啟蒙出，王弼猶虛浮。伏生授尚書，歐陽大小侯。益以五十八，壞宅猶羅蒐。逵訓馬鄭解，聚訟徒紛揉。惟有王肅注，義與孔傳投。二劉尚穿鑿，四家徒競俅。仲默定書傳，視漢唐較優。吴黄陳許後，薛蔡爲其尤。詩教三百篇，敦厚何温柔。後分齊魯韓，毛鄭新意抽。指説與斷章，與經無補謀。歐公作本義，于箋能校讎。夾漈削小序，意見同刻舟。朱子作集傳，詁箋難與侔。春秋魯史記，筆削嚴王侯。公穀左丘明，異代相傳流。膏肓及墨守，創自公儀休。服虔賈逵徒，發明無咿嚘。左癖推武庫，安國較隘湫。摘微及指掌，下里矜歌謳。周禮缺冬官，考工書補留。歆雖任校理，王乃貽國憂。楊氏有辨疑，能與王氏仇。井田本政書，後世蒙其庥。古文十七篇，義與高唐咻。后蒼傳二戴，康成爲劊劚。崇義三禮圖，巧鑿徒雕鎪。黄幹續喪祭，義與通解儔。鄭學自小戴，箋詩悟盾矛。太宗贊類禮，遺佚同決罣。熊皇各有弊，張李何噍啁。記解推大臨，陸夏如培塿。大學孔氏書，百王之冕旒。論語合齊魯，中庸述祖猷。孟子生戰國，著書當倦遊。後來纂述者，濂洛開驊騮。文公集厥成，羽翼功應裒。歷代多傳人，不僅韓與歐。孝經出曾子，始向顔芝收。其文有今古，翁禹互格輈。釋詁自周公，聖賢爲補甌。今學傳郭氏，諸家皆散颼。廣訓詁博雅，孔張相薰蕕。秦火拾餘燼，寃魄啼鵂鶹。漢除挾禁例，遺書搜琳球。魏人建甲子，鄭默爲掌籌。二萬九千卷，探索遍遐陬。東晉存三千，殘星耿奎婁。宋惟文帝朝，鴻文誇蟠蟉。九條與七録，術藝陰陽稠。隋書三十萬，包括從皇繇。唐分經史子，時與儒林諏。文宗十二庫，籤軸粲霞紬。崇文立總目，寶重同岣嶁。何如作人世，雅化延九州。鴻謨法堯舜，虎觀洛校鄒。幸際此明備，寄語窮經叟。真味本菽粟，大義原炳彪。舍本以務華，去芝而聚溲。斯文自在兹，鐘鼓聾簧桴。當作大道衛，勿爲曲學羞。辭句尚雕琢，兀兀空白頭。僕猶籧篨者，相與笑傴僂。窺豹未一斑，小言同蚍蜉。何時着芒屩，行厨游十洲。《句麓山房詩草》卷一

史學自龍門至今汗牛充棟上下數千年維持風教深切治道者惟温公資治通鑑一書紫陽作綱目表歲以首年因年以著統大書以提要分注以備言使歲月久近國統離合辭事詳畧議論異同通貫曉晰如指諸掌誠爲勸戒著而筆削嚴矣其餘歷朝之紀載諸家之得失未能殊塗同歸亦可因偏補弊因作長言以示兒子輩爲案頭便覽

作史有三體，所重在編年。才高識亦高，首推龍門遷。義例成一家，體較諸家賢。前漢本班固，傳志相鉤連。惟自亂其例，聖道窺未全。班馬互同異，所見各有偏。蔚宗作後漢，讖緯兼神仙。陳壽撰三國，帝魏是其愆。晉書房喬纂，宋書沈約宣。符瑞志不經，博洽稱淵淵。子顯成齊書，志本江淹傳。梁陳撰姚氏，三世相後先。後魏及北史，穢史義例顛。周書非實録，隋書眉目便。延壽南北史，煩簡得自然。舊唐多闕漏，是非悮拘牽。公亮新唐書，牴牾嗟鑿穿。歐陽五代史，褒貶成經權。脱脱修宋史，半自虞揭編。遼金同時撰，冗雜緣不專。元史肇胡氏，濂禕奉詔詮。書成僅六月，舛錯踵不旋。聖朝纂明史，記傳皆名篇。體例本春秋，彪炳被八埏。讀書論古者，制作恆相延。荀悦著漢紀，

體約詞亦堅。唐鑑詳制度，温公多取焉。通鑑史綱領，大筆真如椽。外紀出劉恕，經世張栻箋。袁樞紀本末，離合費窮研。紫陽綱目作，義理光星躔。千秋嚴衮鉞，書法猶拳拳。後此李燾輩，續編綱目沿。崛起如仁山，經史徒糾纏。雜史世更多，卷帙盈百千。楚漢及魏晉，吴越其先鞭。十六三十國，掇拾何芳荃。新説及古史，新異珍琅嬛。大業開元記，建隆遺事詮。汲冢憲章録，博與函路駢。其餘雜霸僞，記載爭喧闐。華陽江淮録，時運因屯邅。檮杌新唐書，欲起沉痾痊。備史與雞林，野乘猶忿悁。録以山陰記，志因西域還。凡此難悉數，藝苑方聯翩。當此堯舜代，王道同平平。日月如璧合，五星如珠聯。嘉猷並謨誥，景運同中天。臣無才學識，流沫徒蝸涎。金華簪筆者，望之真瀛仙。《句麓山房詩草》卷一

漚羅盦詩稿八卷 道光間刻本

法良撰。法良字可盦，姓瓜爾佳氏，滿洲正紅旗人。斌良弟。歷官江南河庫道。是集所收爲道光二十年以前詩。有梅曾亮、方朔序，諸家題詞。早年隨宦烏什未見有作。而詠淮揚、江南、通州、天津、洛陽、關中者居多。《遊虞山絶頂至維摩寺》、《登金山江天寺》、《馬蘭觀演武作》、《燕子磯》、《永濟寺》諸篇，風格老成。《詠隱逸八首》爲向長、周黨、法真、韓康、王續、盧鴻、陸龜蒙、張志和。《畫梅歌》等作，襟抱曠遠。贈酬以馮登府最密。吟評則有題吴嵩梁《香蘇山館集》數首，皆時人。八卷詩近四百首，不及斌良放達奇勁，然亦有法

度，能自樹立。

鐵山園詩稿七卷　道光十年闕里刻本

孔慶鎔撰。慶鎔字陶甫，號冶山，山東曲阜人。孔子七十三代孫。襲封衍聖公。嘗於邸内築鐵山園，招致名士唱和其中。卒於道光二十一年，年五十五。《詩集》董誥、韓鼎晉、孫星衍、辛從益、沈夢蘭、許夔序，自序，子繁灝等校刻。詩作斷自道光十五年。當其時來游闕里者，花晨月夕，即景攄情，率多空言。集中扶乩、游仙詩，益荒誕不經。《偕阮芸臺姊丈游園奉答四首》、《謁尼山廟》，較存故實。然慶鎔固亦能詩，耳目所及，亦成妙選。如《觀繩伎》、《登嶧山》、《嵩里山歌》、《游靈巖》二首、《地震紀異》道光九年己丑十月二十二日，《觀演長生殿傳奇》六首、《題羅兩峯鬼趣圖》、《觀演太平錢劇戲成》，巨細畢舉，咸可取資。擯其不善，不失作手。

繼雅堂詩集三十四卷　道光二十七年刻本

陳僅撰。僅字餘山，又字漁珊，浙江鄞縣人。嘉慶十八年舉人。道光間官延長、定邊、紫陽、安康等縣知縣，寧陝廳同知。卒於同治七年，年八十二。是集有江開、周儀暐、徐元潤序，黄定文、吴德旋舊序，收嘉慶八年至道光二十八年詩二千五十三首。生平所歷，北至燕都，南極粤東，又經贛皖、兩浙、徐豫、關洛、中原地區，所詠至廣。《覺生寺大鐘歌》、《十八灘詩》、《登報恩寺塔》、《小孤山》、《甬江行》、《述及贛州風土奉寄高石琴丈五十二韻》、《蘆烏船歌》、《衢女謡》、《剥木婦》、《贛女謡》、《縴夫歎》，由山川名蹟以至風土民情，靡不形諸詩歌。作令十餘年，皆貧瘠之地。《攏袖詩》云：「催科未起訟庭空，攏袖吟常過日中。」自注：「延長大米價昂，署中唯日食餺飥而已。」《油井》一篇，記延長産石脂而無可用。《山行二十四韻》、《丁未八月紀事》、《奉札編查保甲事竣慨然有作》，均述時事。《潢池四十二韻》，詳注鴉片戰争初起守禦與殉難官員。《與友人談詩偶成七首》、《書呂氏春秋後》、《録杜詩畢題其後》、《觀釋典戲題四絶》、《題紀伯紫遺像》、《題王文成公遺像》，關係藝文頗多。贈魏源詩云：「謫仙夙世愛瀟湘，便取零陵作故鄉。三楚地原足騷怨，百蠻人亦重文章。胸中雲夢吞猶小，眼底儕流過可忘。祇以身躋衡嶽頂，看君晞髮向扶桑。」注云：「嘗著《鳳凰廳新志》、《苗疆新志》二書。題李雲生《紫荆花》、《胭脂舄》、《銀漢槎》傳奇。」亦可證事。其詩根基漢、魏，學唐而有情致，亦無愧作手也。

剥木婦

東舍西舍晨烟生，兒飢傍户嘶無聲。破厨薪絶突灰冷，蒙頭出向江邊行。江中喧喧木簰過，十夫牽挽堤上卧。木質鱗鱗皮半存，萍根縈蔓泥沙涴。主者買木棄木皮，十指剥之如秉遺。掌皴爪禿不盈把，傴僂平堤淚交下。剥多木瘦主者嗔，斂手吞聲受呵罵。忍飢剥木木猶濕，縱有木皮燒不得。歸來視兒空舍黑，姑婦慘澹無顏色。吁嗟乎，凶年木皮供作食，豐年木皮供作薪。語汝剥木勿辭苦，幸

汝尚是豐年人。《繼雅堂詩集》卷七

求志居詩集二十卷　道光二十五年刻本

陳世鎔撰。世鎔字大冶，一字雪樓，或作燮樓，安徽懷寧人。道光十五年進士。官甘肅古浪知縣，後權同知，引疾歸。以本書卷二《丙子三十初度》詩之，爲乾隆五十二年生，結集時年六十。世鎔嘗主講池陽書院，學《易》，喜治堪輿家言。能詩，嘗刻《皖江三布衣詩》。所撰《求志居集》凡文十四卷、詩二十卷，外集一卷，爲詩話。嘉慶十九年，世鎔自嶧縣至德州，道經千里，見流民餓殍，慘不可狀，作《哀兗》四首。《題倪模古泉譜》、《爲何子貞題漢延年益壽瓦拓本》、《題毛生甫詩稿》、《題袁江雪棧圖》、《題黄韻珊長江泛宅圖》、《題江龍門茶餞圖》，亦富文物之盛，學殖荒陋者非能津逮。嘗見知陶澍、林則徐、富呢揚阿，有《和陶中丞吴淞工竣放水歌》、《壽陶中丞一百二十六韻》、《寄懷林公依韻奉答鄧公詩百韻》、《上富海帆中丞》等詩。與魏源同遊茅山、寶華山。又有《贈方植之》、《哭張阮林》、《贈姚石甫》，蓋亦清流之亞。西行作漫浪吟，狀六盤、崆峒之勝。甘省牧令，多由雜途，科甲出身者，書生氣重，往往爲人姍笑。世鎔五十入仕，官古浪，兼攝岷州，築壩修渠，增建書院。又作《蘭州雜詩》十首，間記風習。歸里後，移住滬上，作記豫園詩，敍城隍廟沿革，亦佚聞。

退學詩齋詩集五卷　同治十二年刻本

何耿繩撰。耿繩字正甫，號玉民，山西靈石人。道生子。道光二年進士。二十三年官大名知府。二十七年，擢清河道，已逾六十。咸豐三年，引疾歸里。嘗刻父兄遺集。同治十二年，其子福宇以此集附刻於《雙藤書屋》、《月波舫》諸集後，由鮑康編校並爲之序。康爲耿繩子壻，序云「外舅玉民先生卒二十年矣」，計得年六十八。耿繩嘗直中書十五年，與翰林名宿多有交往。初官陝西，《度七盤嶺雞頭關》、《由武關西溝至太平場》、《沔陽武侯祠》、《馬嵬貴妃墓》、《白樂天故居》、《寇萊公故里》、《秦始皇焚書地》、《唐昭陵懷古》、《咸陽懷古》、《登牛頭寺謁杜子祠》、《游薦福寺小雁塔》，以歷史古蹟，一一入詩。官清河時與張井唱酬。其詩不能超逸，然有家法，亦未可全非。

紫雪山房遺稿二卷　咸豐十一年刻本

高金鼇撰。金鼇字蓬仙，江蘇如皋人。諸生。以授徒自給。咸豐十年以四十年所作詩，刪存什三、四，授其子壻梓之，遂不起，以集中自云丙寅二十初度計，得年七十四。《遺稿》爲顧暄、楊棨、沈裕本序。與高世旃《瀟湘館詩詞鈔》合刻。詩三百八十首，詞五十七闋，有吴金樹跋。有關如皋人物名蹟，如《水繪園弔冒巢民》等作，時載佚聞。《苦旱歎》、《吴船曲》、《采蓮曲》、《大水行》，多爲鄉里目見。詩格愈老，亦有寄托，意使然也。

讀白華草堂詩初集九卷二集十二卷　苜蓿集八卷　道光間刻本

黄釗撰。釗字穀生，號香鐵，廣東鎮平人。嘉慶二十四年舉人。授知縣未就。道光十七年官朝陽教諭。

二十三年，授翰林待詔。晚主書院講席。《詩初集》八百四十九首，梅曾亮、凌堃、包世臣、蔣湘南序，《詩二集》一千九十六首，顔伯燾序。道光二十八年續刻《苜蓿集》八卷，自序。據二集《元旦詩》自注，爲乾隆五十二年生。釗詩渾涵老成，《初集》詩如《莫愁湖》、《樓桑村》、《夜光木歌》、《盧龍雜詠》、《澎蠡湖雜詠》、《大姑山》、《天寧寺塔歌》、《詠古六首》、《讀晉書偶詠七首》、《讀五國故事十二首》、《讀元史十二首》、《題王荆公集》、《書雲林遺事後》、《題焚椒録》、《碧血録》、《天水冰山録》、《題李寶臣紀功載政碑》，體格畧備，華實兼具。嘗居獲鹿知縣涂某幕，稔畿輔州縣積弊，作《免征苦》、《上控案》、《派差役》等篇，指陳時事。班禅遺使赴京過獲鹿，作長歌紀其事，於西藏貴族殘暴行爲，不加掩飾。二集詩如《光孝寺東鐵塔歌》、《千佛山石刻羅漢歌》、《題葉小鸞眉子硯詞後四首》，蒐討古蹟，詞采清健。《六篷船》記潮州蜑户風習，《讀陳留汝南潁川人物志雜詠十六首》、《讀古歌謡八首》，亦較翔實。七絶《帝京雜詠》，多至百首，惜可采者無幾。續刻《苜蓿集》爲道光十七年至二十五年詩，以詠潮州物産民風居多。釗嘗主丙申陶然亭禊會，結識名流甚廣。詩與程恩澤等習宋者相近，而與粤東詩家不同。嘉應黄昌麟作《紅樓二百詠》，上卷詠人，下卷詠事，丁日昌、黄釗合評。

宣武門外道場祭幽歌

九衢無塵市聲静，千盞蓮燈闢鬼境。生人圍看如堵牆，往日法場今道場。高臺施食列饅首，昨已無頭今有口。高僧喃喃誦有詞，幡竿欻動陰風吹。萬衆無聲鬼屏息，苦月悽凉漸昏黑。忽聞攘臂聲大譁，塵羹土飯兜泥沙。是人非人皆菜色，餓鬼叢中攫鬼食。强鬼手强得飽餐，散去攪作旋風團。弱鬼手弱一無得，倚牆傲壁空飲泣。高僧眼閉不復開，爾曹饑餓何有哉。不見廠中官散粥，吏豪醉飽饑民哭。《讀白華草堂詩初集》卷三

班禪額爾德尼與達賴喇嘛皆間年入貢嘉慶二十三年十一月十八日班禪遣使堪布羅布藏索巴等至京過獲鹿釗出東關觀焉作詩恭紀

皇威震讋來遠夷，合康衞藏連三危。粵有班禅長西陲，越四萬里經險巇。歲與達賴朝京師，厥貢曰包非秬秠。彼國所産多羱羝，貢其土物隨土宜。其長曰額爾德尼，上尖下大帽式奇。帽色尚黄弗尚緇，内衣半臂蔽體肌。外衣偏單帛交施，概以氆氌羊絨爲。或著錦韡或履皮，喇嘛服飾則效之。戴綳碟巴分等差，松緑璸瑠兩耳垂。厥帽平頂短纓緌，絨緞狐沿所不羈。獺皮覆頸毛髼鬚，手持念珠語嘔咿。噶布倫亦同蕃廝，驪騵騮黄騂騅駓。從馬百匹疾不遲，貢車百兩裝重輜。亦有餘包别以私，與中國市獲原貲。我聞彼俗畧可稽，刑法慘酷嗟爛糜。蠍螫猶食分行屍，油沸刃裂加以錐。淫凶殘悍誰得治，獨於喇嘛皆皈依。我朝定鼎宏丕基，班禅占測先來歸。敖茶遣使瞻丹墀，純皇聖武式九圍。與其慕義誠若斯，錫之金册輝虹楣。祥輪寶地奎章披，猗嗟聖德追黄羲。獻雉貢象爭航梯，豈羨烏弋誇黄支。區區漢唐陋可嗤，迎佛拜佛求降釐。何如我皇文德綏，活佛匍匐瞻天威。《讀白華草堂詩初集》卷四

六篷船四十四韻

海國嘘蠻蜑，江城指蝃蝀。鰕鬚排密邇，龜殼篷背如龜殼負穹窿。腰舫篷編篾，頭艙板蓋樓。全家慵撒網，遇客輒張罾。記買垂髫日，爭憐好面龐。開箱誇百寶，賽會盼雙忠。潮郡賽雙忠會最爲繁麗。雀扇青迷蜃，鼉梁白幻虹。潮來人盡室，海立女皆童。賽會皆童女粧扮故事。駕舶從徐市，量珠看石崇。討標聊共角，賽會日有以銀牌爲犒者，謂之賞標，標多者侈爲門面。開襆敢相蒙。梳襆謂之開襆，潮俗信神，賽會非童女不敢登場，畏神捂擊也。宿水凫依藻，收香鳳挂桐。佳文鋪莞席，佳文席來自外洋。心字倚篝籠。鬼子教擎盞，矮燈式樣，有以番鬼首頂荷盤者。蛇師代守宫。髻簪魚卵緑，五葉蘭似珍珠蘭，俗呼爲魚卵蘭。唇嚼蠣灰紅。檳榔包以蔞葉塗以蛤灰。巧舌雙聲罵，芳心一笑融。鉤輈調語滑，則劇媚情烘。藕腕籠金釧，花房引翠筩。舟中溲具以竹筩爲之。窺窗遮窈窕，記曲唱玲瓏。從此逾蘿蔦，無緣感梗蓬。佳辰常欵欵，良夜莫匆匆。入月圖難秘，行雲賦漫工。垂腰繫雌霓，辮髮效雄風。蜑女逢入月皆不粧梳，惟辮髮作童男様。客至鸚哥喚，婢憐蜆妹充。船中無婢媪供役，客至喚茶，則幼女奉盤而進。紅牙鏤煙盒，鴉片烟盒有以象牙鏤者。銀葉托茶盅。茶盅製極小，以銀嵌蓮花瓣盛之。問姓多稱麥，蜑户多姓麥。傳餐每戒葱。食忌五葷，防口過也。鷓鴣呼進炙，蝴蝶看抽篷。蝴蝶篷式中用篾篷，兩翼張白布爲帆，如蝶翅然。攘攘座頭酒，招招沙嘴戚。廋詞徵爵蛤，兼味設魚熊。蔞葉郎心剖，棉花妾病同。楊梅瘡俗呼爲棉花。轉喉啞蓊蓊，纏足學弓弓。蜑女亦有裹足者。繫艇纔榕樹，浮家本蓼叢。驚濤奔颶母，狎浪付艄公。館爲藏春税，船因過夏空。潮地瀕海，四五月至七八月當防颶風，此數月蜑女多向城中賃屋避之。其船惟留艄公及老蜑婦守之，俗呼賃爲税。薌皮新几褥，桃骨舊簾櫳。不信棲梁燕，還疑賃廡鴻。藥香鴉片咀，靈信蠟丸通。遂有鴟尸約，能甘犢鼻窮。歡場看主客，僻巷寄衚衕。魚姊包長飯，蜑女有長主者，謂之食長飯。鴇㜷替短僮。傭媪俗呼爲鴉婆。門前認烏柏，江上自丹楓。一樣煙花窟，多生鮫鱷潨。佛頭銷易盡，鬼頭番銀俗呼爲佛頭。蛇足畫難終。婬席燈然鐵，迷樓鏡洗銅。慈悲開善眼，無數可憐蟲。《讀白華草堂詩二集》卷五

至堂詩鈔六卷　道光三十年刻本

艾暢撰。暢字玉臺，號至堂，江西東鄉人。道光二年舉人。主黄爵滋家。十七年，講郡書院。任臨江教授。二十年成進士，年已五十四。官廣東博羅知縣，在官一年，乞歸。是集有道光三十年自識，收分體詩近千首。贈黄爵滋詩篇最多。與郭儀霄、潘德輿、湯鵬、張際亮、孫衣言、潘曾瑩亦有唱酬。生平北游晉陽，渡滹沱，出雁門抵大同，南游閩粤，有詩絶行。關懷民生艱苦，《牧牛曲》、《人耕田行》、《縣吏》、《荻港打漁》、《賣閨女》，往見警策。《飢民坑》敍嘉慶十九年濟寧大饑且疫死者相繼，不得葬，掘巨坑委之。《送蝗曲》記道光七年有蝗爲厲，村民神之，以爲建醮張燈可禳。所吟俱爲世情。《題禮烈親王克勤馬圖》，注云：「汪琬作傳，翁方綱有詩，張問陶補圖，江開屬題。」可見傳世著録之迹。《題明皇舞馬圖》、《題張履樂志圖》、《題張海珊詩

稿後》，亦藝林掌故。《任臨江教授雜記十首》，敍當日學制較詳。

勤業齋詩初集八卷

道光二十四年刻本

湯國泰撰。國泰字仁山，江蘇海州人。諸生。爲同里許喬林、桂林弟子。陶澍觀風朐海，器其才。刻《勤業齋詩初集》八卷，詩四百餘首，道光十九年許喬林序，吴文耀、孫宗禮、孔繁灝、徐廷璋序，尚有《二集》八卷，未見續刻。集中有關鄉里詩，多可文獻之資。《唐陶山先生崇祀名宦祠禮成紀事》、《游石棚詩》、《李崑山扇頭畫石歌》、《鼇山紀事和陶宫保》、《掃鹽歌》，亦可與唐仲冕、許喬林集相參考。道光七年，卜居牛山紫竹村。作《祀文昌》詩，小序考梓橦之神源委甚詳。《牛山水晶行》，謂牛山盛産水晶，民咸得利，爲他書所罕及。《哭許月南夫子》，述許桂林著書五十餘種，有《空谷傳聲》、《春夢十三痕》等尚待梓。《驚聞廣東感賦四首》、《辛丑河南會垣河患感賦》，涉及時事，詞旨深長。生歲依《壬申二十六》詩上推，爲乾隆五十二年。同治六年丁卯爲居瑾《雨十詩鈔》作序，自云年八十一，與此符合。

牛山水晶行

牛山水晶，爲眼鏡永久不裂，爲天下之最。山在海州治西八十里許，上有石牛山之氣脈所通。周圍四十里地，皆産水晶。土人掘之，以爲生理。每於半夜起視，田中有光燄如樓臺聳峙燈燭輝煌者，其地必出大塊水晶，可值數百金。

蓋其地掘土二尺許，有墨泥圍徑寸，下通丈許，墨泥中有明皪小石，有棱如蕎麥粒狀，謂之水晶苗。墨泥掘斷，復有赤泥，亦圍徑寸，下通丈許。赤泥中亦有水晶苗。赤泥再掘斷下有巨石，其旁必出大塊水晶，謂之馬牙。然亦有止出花石無用者。至若火光止如火燧燈燐狀者，其地亦必出零星小塊，或數百金，或數金者。余居牛山紫竹村十有一年，見有掘之而暴富者，百中之一二人耳。其掘之不得而轉廢膏腴爲不毛者，則比比而是也。至今偎山四面掘廢之地，不能耕種，惟見沙石凸凹塘窟崎嶇，爲牛馬羊豕踐牧之場，恐千百載後，不盡毁牛山之地不止也。牛山地僅中下，税則大糧，今得一時之利，而失萬世之利，非務本計也。因即水晶所出之由，與水晶所掘之由，衍爲長歌，以俟採風者。

至寶當爲天下用，有補生民世所重。不然埋没藴幽光，卞和空抱連城痛。我聞珊瑚生海限，紅光摇蕩水之湄。又聞元金隱山薙，白虎青龍逞光怪。奇珍斷無不發輝，往往夜半騰陽燧。那知都州直西牛山根，更似堂庭之山生水晶。野人欲掘常夙興，閃爍幽啖光瓏玲。初疑火照仙真行，苑飛零亂草頭瑩。又疑九原不滅一生心，髑髏搶地青燐燐。忽焉散作滿湖星，又訝水面蜃樓矗起十二層。乃知爾寶一稟太陰精，虹光上貫斗牛津。不關犀照窺海鯨，不同藜燃校書青。羲和遺照紅石英，燭龍未蟠千年冰。地不愛寶呈瓊瑛，從此牛山卜地靈。夜記其光晝掘土，土人挈伴呼儕伍。不惜胼胝膚盡皴，農人棄業求忘苦。春田懶治秋田荒，皆道水晶勝園圃。遂使沃壤成廢地，縱得水晶人難濟。飢不可食寒難衣，一日雖富終歲匱。安得抵璧復捐金，古風能反民生遂。我願三農勞耕鑿，務本無荒休逐末。《勤業齋詩初集》卷八

啖蔗軒詩存三卷　同治十一年刻本

方士淦撰。士淦字蓮舫，安徽定遠人。嘉慶十三年召試舉人。歷任内閣中書，湖北德安府同知，浙江湖州知府。道光八年，因事遣戍新疆，次年釋還。二十九年卒，年六十三。子濬頤爲刻《毛詩陸疏校正》、《東歸日記》、《蔗餘隨筆》、《啖蔗軒詩存》，名《方氏四種》。首莫友芝序，附《自訂年譜》。士淦從鮑桂星受辭章之學。惟守湖州以前之作，類皆散佚。是集上卷爲《生還小草》，爲遣戍新疆詩六十九首。中卷爲《古錞于齋吟稿》，爲賜還後至道光二十三年詩百十二首。時鴉片戰爭失敗，憂於國事，《聞少穆制府賜環起用喜而有作》，情詞摯切。下卷《撫松書屋唱和詩》，爲道光二十四年至二十七年詩一百六十二首，附同作五十二首，有林則徐和詩，《雲左山房詩鈔》未收。

伊江雜詩十六首　録六

浩浩伊江水，春來浪拍天。南山插雲裏，北岸近城邊。沃土原宜穀，疏流可溉田。豈煩權子母，多費水衡錢。伊犁水土肥美，雪山春融，泉流甚旺。若築壩分渠，開墾無數。何必河工歲修款算生息也。

城外緑陰稠，金隄百尺樓。羣峯環雪嶺，一水帶沙流。不有神明相，誰令祀典修。宗臣遺像在，忠義凛千秋。南門外望河樓在龍王廟前，宏軒壯麗。乾隆年間，保文端公帥建立。相傳龍王神像，即文端公之父札義烈公也。公前在葉爾羌殉難。

義烈媲睢陽，英風鎮異方。三朝膺鐵券，兩代瀝忠腸。碧血山河壯，丹霄日月光。輝煌天語渥，讀罷淚沾裳。札義烈公乾隆年間在葉爾羌殉難，褒封世襲罔替。公子保甯，謚文端公。孫慶祥字雲嶠，兩世鎮守伊犁，有政績。慶公帥於道光丙戌在噶什喀爾殉難，天語褒嘉，卹典尤重。

承平五十載，耕鑿六千家。回紇常棲寺，汾陽此建牙。獨將苛政去，尤沐聖恩加。繩武推英嗣，勳名詎有涯。阿文成公移回民六千户於伊犁，另築回城，立廟曰金頂寺以棲之。每歲交糧十萬石，以供軍食。服教畏神，至今不輟。丁亥，公之曾孫容靜止參帥到任，革除弊政，撫卹無微不至。

草澤浩無邊，山環大海圓。駐師李廣利，留碣漢張騫。路可移瓜戍，川敷引馬泉。巡防兩無礙，經畫仰前賢。伊犁西南卡倫外曰那林河草地，有大海，萬山圍繞，距喀什噶爾千餘里。向例伊犁派赴喀城，換防兵三百名。因冰嶺行走甚難，奏改由此路緣海沿行喀城，經行外夷哈薩克、布魯特地面。寓巡邊於換防之中，立善最善。近因軍務，停止兩年矣。相傳海沿有張騫碑一座。又案，哈薩克，卽漢之大宛也。

安得趙充國，邊屯盡力籌。稼通秋塞迥，水引雪山流。烽燧雖云息，倉箱尚可憂。荒垣多曠土，使者亟須謀。《生還小草》

道光乙巳九月少穆先生奉旨來京以四五品京堂候補約計開春當抵都下用阮亭步徐健

菴喜吴漢槎入關原韻敬呈二律

屈指明春柳絮斑，我公應入玉門關。將軍側席容籌筆，天子臨軒許賜環。知有和風融雪海，定留好句鎮冰山。多情每憶輪臺月，曾照征車獨往還。

歸途喜見綵衣斑，聞公子已往住長安。曉日新開四扇關。春到長安雲澹沱，河辭疏勒水灣環。金鼇重躡仙人頂，野鶴休尋處士山。從事少年今白首，閒吟鴻渚祝公還。

附和作　林則徐

輪蹄未息鬢先斑，始願惟期入玉關。垂老重嗤鮎上竹，報恩祇學雀銜環。三邊到處都留月，萬里歸來飽看山。漫記泥痕鴻爪在，倦飛早似鳥知還。

林園蒼鬱竹枝斑，小隱知君静掩關。顧渚茶香澆塊壘，虞墩麥飯弔珠環。定遠有虞姬墩。家傳燕許新簪筆，謂長君飲茗太史。心薄巢由舊買山。何日春明扶杖遇，相看兒輩早朝還。《撫松書屋唱和詩》

知守齋詩初集六卷二集四卷　道光間刻本

鄭開禧撰。開禧字迪卿，號雲麓，福建龍溪人。嘉慶十九年進士。道光十二年以吏部郎官廣東糧儲道。

刻《知守齋詩初集》六卷，郭尚先、王瑋慶、潘挹奎、張際亮序。據張序，道光六年，開禧年方四十。是約當乾隆五十二年生。《二集》四卷，潘諮、姚瑩、王欽霖、吴蘭修序，詩止於道光十二年。《初集》多詠閩中山川人物。《鷺門竹枝詞》記厦門當日社會風土，大畧具是。《二集》有《崇禎樂府三十首》，以時以事爲類，以史注詩，頗詳一朝史實。《王漁洋所題馬士英畫册》亦在存實。《二郎神搜山圖歌》，作於道光十一年，由觀李在畫吴承恩詩而慨時事，尤爲深警，今吴承恩詩早發見，不知此圖百餘年前猶在人間也。開禧在閩中頗負人望，與林則徐、王瑋慶、黄爵滋均有寄酬。張際亮《思伯子堂詩集》有《送雲麓觀察督糧粤東詩》，聲情並壯。

鷺門竹枝詞

古浪嶼前春水生，厦門港口暮潮平。誰家夫壻横洋去，俗謂臺灣爲横洋。趁得東風幾兩輕。

米價高昂少宿儲，居民頓頓食番藷。荒年倍覺持家苦，望斷暹羅一紙書。

賠得妝匳費萬千，隣家嫁女共喧傳。誰知嬌壻回門後，已賣膏腴十頃田。鷺門嫁女，最爲豪奢，往往至破家，可嘆也。

討海生涯亦可憐，海邊捕魚，俗謂之討海。十千買得鴨頭船。日來喜得南風勁，擔口偵洋又取鮮。大擔、小擔，皆海口礁名。俗謂出洋瞭望者爲偵洋。凡南風起，則獲魚必多。

悔教夫壻去當兵，幾兩錢糧那代耕。拚得新婚容易別，三年鹿港換班行。戍臺灣者三年一代，曰換班。

暮春時節雨晴兼，却爲遊山也不嫌。漫説虎溪太奇險，阿儂還上最高尖。

高髻新妝插素馨，長裙闊袖門娉婷。昨宵女伴來相約，不是燒香便踏青。

端陽最是可憐天，不寒微熱恰相便。製得紗衫新上體，水仙宮外看龍船。

洋船初到北船開，往西洋者爲洋船，往天津、錦、蓋州等處爲北船。冬以爲期便駛回。商女可知離別意，鎮南關是望夫臺。

内街居室外通闤，凡貿易皆在外街。人物繁華見一斑。誰譜一篇風土記，鷺門原是小臺灣。《知守齋詩初集》卷五

二郎神搜山圖歌　明李在畫，後有射陽吴承恩詩。

耳畔忽似聞怪風，捫紙欲濕妖血紅。神姦萬億猙且兇，鋌而走險何恟恟。白旄赤羽殷蔽空，馳驟閃電轟車隆。犀兕之甲烏號弓，鼉皮冒鼓聲逢逢。神兵抖擻尋妖蹤，前遮後躡腹背攻。饑蛟肥遺技則窮，狐狸宛轉頭飛蓬。或碎其首洞其胸，或鋸其角牽其鬉。青獅白猿暨元熊，餘魔悉數難復終。先清兔窟除鮫宮，海水鼎沸成洪洚。長劍巨斧供擊剸，萬夫畢力擒毒龍。流覽未已瞠雙瞳，奇觀一若馳域中。最後朱蓋高童童，羣真簇擁來元戎。作使部曲施神通，整暇若與無事同。由來名將皆雍容，恃有韜畧爲折衝。在也筆端有化工，爲此狡獪驚愚蒙。射陽意在誅四凶，作詩悼世無英雄。而我却念

青海東，胡虜猖獗明夕烽。狐號烏合秋徂冬，爲鬼爲蜮爲沙蟲。安得將如清源公，指揮將士爭效忠。掃除妖孽還昭融，魑魅魍魎民無逢。再起李在操筆從，圖成王會昭神功。《知守齋詩二集》卷四

恩暉堂詩集六卷　咸豐三年刻本

王藻撰。藻字菽原，江蘇南通人。道光二年進士。由翰林官至湖南布政使。二十二年，乞養，不復出。是集爲咸豐三年自刻，凡詩六卷，三百五十四首，附帖體詩三卷。咸豐三年楊廷撰序謂藻年六十七，陳奐序自稱「長菽原一歲」，是爲乾隆五十二年生。游狼山諸篇以及詠湘中山川，饒有氣韻。《鷙鳥詞》、《市賈詞》、《防海篇》、《江潮行》、《煮粥行》、《打麥行》，多涉時事民生。《詠史十首》、《讀史雜感二十四首》、《書李斯列傳後》、《都門秋夜雜感十首》，埏埴未深，未足稱述。官禮部有年。俞正燮館其家，《癸巳類稿》即由藻訂定刊行。帖體詩三卷，大都作於樞廷。集中又有《效蘇》、《和陶》詩多至百餘篇，雖不立門户而好尚可見矣。

聽花吟館詩五十二卷　咸豐間刻本

李德揚撰。德揚字芳谷，四川緜竹人。諸生。受學於楊芳燦。喜作詩，與蜀中人多唱和。咸豐五年，未滿七十而卒。是集有李宗傳、牛樹梅、李惺、陸炯序。凡五十二卷，大都以家常委瑣之事入詩。又酬應過多，名人如李調元、聶銑敏、張懷溎、懷泗兄弟，百不及一。閱川中山水文物，亦無精撰之作。讀之索然，殊覺費

辭。蓋平生奔走名場，學力未造，又懼堙没無聞，故盡刻之。雖僥倖獲得薄名，而其集最爲糅雜，謂爲災禍梨棗，不爲過也。

吉金樂石山房詩集二卷　同治三年刻本

朱士端撰。士端字銓甫，江蘇寶應人。道光間舉人。官廣德州訓導。朱彬從子，事附《清史列傳·朱彬傳》。著有《彊識編》、《吉金樂石山房集》，合爲《春雨樓叢書》。《詩集》二卷，曰《春雨樓集》，曰《燕游詩草》。生年據卷二《自壽》詩推之，爲乾隆五十一年。又有《六十自述》詩，畧見生平。士端爲詩，以傾山桓水爲娱。於楚，有夷陵、三游洞、屈大夫墓、建始石門洞、施州出峽、武昌西山之詠。之越，游金華，觀石門瀑布，攬天台、雁蕩之勝，寄之歌詩。好古博識。《葉子芷塘代購古書賦詩以報》、《題睿忠親王致史閣部書石刻卷作》，迥異時俗。《題石刻卷》有自注云：「王伯申先生命作，蒙石臞先生賞識，並改易數字。」蓋士端嘗館於王引之家，於學所詣亦匪淺也。附刻其子朱之璣《棗花書屋詩集》。

養餘齋詩集十四卷　道光二十七年勝谿草堂刻本

柳樹芳撰。樹芳字湄生，號古槎，江蘇吴江人。貢生。輯有《分湖小識》、《河東家乘》。此編《初集》四卷、《二集》四卷、《三集》六卷。自序謂：「不耐苦吟，每多率易之作，屢删屢改，存此三編。」所存詩始嘉慶十五年迄道光二十六年，總一千四百八首。據《家乘續編》柳兆勳所撰《行畧》，爲乾隆五十二年生，道光三十年卒。以詠鄉里風土民情居多。《初集》中《紀疫》、《大水行》、《後大水行》，《二集》中《水村新樂府》爲揠豆食、喫麥種、剗水稻、倒撑船，《三集》中《糧艘行》，均爲紀實。附《勝溪竹枝詞五十首》並注以聞見所及，可爲志乘取材。《辛丑新歲雜詠》，感慨時事亦深。其詩不免傖俗，然論詩述懷，《讀杜》、《讀昌黎詩》、《讀昌谷詩》、《讀唐詩》、《讀蘇詩》、《讀山谷詩集》、《讀亭林詩集》、《讀紀評蘇詩》、《讀小謨觴館詩》，亦有所得。蓋所居爲江南繁盛之區，接納迮鶴壽、郭麐、翁廣平等，均爲通學之士，多得砥礪之力也。

涵性堂詩鈔六卷　咸豐元年刻本

宋慶常撰。慶常字香樵，奉天鐵嶺人。嘉慶二十四年舉人。官貴州知府，後遷江南知州。是集爲其子泰康、濟康所刊，首潘晧、趙文麟、吳嘉椿序。據卷三《丁酉秋五十初度》，生歲爲乾隆五十三年。趙序稱「卒於庚戌」，當卽道光三十年。慶常於詩未能深究。唯經歷甚廣，見聞所及，亦有可稱。尤熟悉黔中山川風土。有《種橡》、《育蠶》、《游銅仁東山文峯洞》、《鎮遠中元寺》等篇。《石阡竹枝詞一百二十首》，並注苗族風俗，頗可觀采。唯文人所詠我國境內少數民族詩篇，時有污蔑之詞，記敍亦不盡可據耳。

石阡竹枝詞　一百二十首録四

東西五百里分疆，南北方綿六十長。五府插花難改撥，認明三鋪十三塘。石阡與思南、思州、銅仁、鎮遠、松桃五府廳犬牙相錯，原載十四塘，詧册十三塘。

恰喜臨河有水車，灌田不用力頻加。而今大堰通三壩，從此人無水患嗟。大堰塘三壩四圍皆山，中有良田，歲可得穀二三萬石，亦石郡之精華也。乾隆四十年後，每年患澇，蓋三壩瀉水之洞不通故也。余訪尋故道而通之，歲幸有秋。

男苗粧飾漢人同，哨地支更府署中。米煮三升一餐飯，終宵飽腹打鉦銅。苗人種哨地者，每夜四人支更，官給飯米三升。

佃田四六好分花，寫轉耕栽租穀差。爲省紅銀書老當，興詞重當兩三家。佃户與業户分穀爲分花，有四六分者，有平半分者。當田賣田之户，往往佃回原業自種認租，名爲寫轉耕栽。其故多因先將田業抵當於外，以分租爲名，掩飾其重當重抵。然爭租奪佃，訟端皆從此起。紅銀者，税銀也，業户買業將賣契書作當契，以爲可以避税。不知原業户又常借此重當重賣搶割阻耕，訟端亦自此起。《涵性堂詩鈔》卷六

緑雲仙館詩稿十二卷 同治九年長沙提學署刻本

温啟封撰。啟封字石峯，號雲心，山西太原人。嘉慶九年舉人。官至刑部郎中。卒於道光十九年，年五十二。《詩稿》由其子忠彦、忠瀚編次，共六百三十七首。有黄文琛序，葉紹本、祁寯藻等題詞，杜受田所撰《墓誌》。啟封爲直隸總督杜承惠子。少隨父游鄂、贛、閩、粤等省。爲諸生，十上春官不第。中年始授官。集中紀游詩如《滕王閣》、《清華寺》、《鉛山山行》、《襄陽曲》、《開化寺》、《榕城雜興》、《富春舟中》、《延平津懷

古》、《下相懷古》、《秦淮紀聞》、《蕪城》、《金山江天寺登浮圖絶頂放歌》、《井陘》、《晉祠》諸篇，習氣甚雄，而無桀驁之慨。《金陵游草》、《金臺懷古》、《觀象行》、《游白雲觀談長春真人事》，關係北京、南京勝蹟。《題卓海帆居庸題壁圖》、《王石谷畫太行山色圖》，氣亦渾厚。山右詩人，不多見也。

拜石山巢詩鈔四卷　道光二十六年刻本

陳光緒撰。光緒字子修，號石生，浙江會稽人。道光十三年進士。官山東武定同知。卒於咸豐五年，年六十八。傳見宗稷辰《躬耻齋文鈔》。是集爲嘉慶十三年至道光六年詩，許乃普、牛坤序。《閒居雜詩八首》，發使議論，痛斥厚奩、堪輿、信鬼、吸煙陋俗，最爲有識。《晚晴簃詩匯》已選。《杭城火》，出於目睹，時在嘉慶二十一年，蓋百年未有之浩災也。《捕魚歌》、《鑑湖競渡曲》、《王文成祠》、《錢武肅王鐵券歌》、《柯山寺石佛》、《題柳如是馬湘蘭小影》、《童二樹畫梅歌》，所見甚廣。寓之於詩，無不入情。北京圖書館藏抄本《越聲》，有陳光緒《普照寺石佛》、《徐青藤歌》等篇。

金粟山樓詩集四卷　近代排印本

邵淵耀撰。淵耀字充有，一字盅友，江蘇常熟人。曾祖齊熊，曾伯祖齊燾，俱以詩文聞名里中。後騰聲於其間者，爲吴蔚光、孫原湘。淵耀從原湘游。嘉慶十六年舉人，道光十六年始授國子監學録，多習朝野掌故。工詩文詞，羣論亦推挹之，爲一時之冠。卒於咸豐八年，年七十一。《詩集》爲其弟子龐鍾璐官刑部尚書時輯，載鍾璐所撰《墓表》。印於民國三年，龐鴻書序，鴻書，鍾璐次子，官貴州巡撫。四卷爲嘉慶九年至咸豐八年詩，共四百二十七首，詠史之作，最見工候。題圖則王冕梅花、陳洪綬自書詩卷，無泛濫之弊。是能以詩鳴世者。附其孫震亨《弢菴詩存》一卷。

論史絶句二十二首

予於嘉慶甲子歲始窺乙部，至今夏，而二十四家粗得一徧。其於義藴，愧鮮發明。妄就所見，託之韻語，用著梗概云爾。

六珈重翟總相宜，惟有梁瑩骨法奇。等是佳人試絶代，亂頭麤服見天姿。《史記》

儻把蘭臺比史公，一爲威鳳一神龍。憑君染指飢堪療，玉膾金齏味最濃。《漢書》

貴從事外更求奇，金石芬芳好綴詞。千古妙音爭一絶，箇中甘苦自家知。《後漢書》

簡要清通品自珍，還勞聞喜作功臣。嫣紅姹紫頻留盼，老幹疎花倍可人。《三國志》

華謝王臧久擅名，積薪難與後來爭。天孫機杼渾無縫，不數良裘集腋成。《晉書》

輕縑素練好風裁，異說紛拏漫費才。末路幸逃文字禍，壞門惟見智昭來。《宋書》

究鉞王孫尚主張，蕭公誰道薄心腸。修成國典兼家乘，自檢巾箱傳豫章。《齊書》

鉛槧相承未續顛，居然彪固與談遷。一門兩史真佳話，合有雄文繼昔賢。《梁書》、《陳書》
翩翩蛺蝶態何輕，入地升天任意行。可惜明珠卻彈雀，一篇佳傳爾朱榮。《魏書》
卌卷遺文付陸沉，細從補組覓金鍼。空山片石尋常見，剔蘚捫蘿趣轉深。《北齊書》
鼎分霸業定西都，博得英雄氣概無。誓誥雍容規鄗洛，爲憐依樣畫葫蘆。《周書》
無事常能致倍功，從來貴顯易爲工。討論分任諸才士，撰著題名屬趙公。《隋書》
名家累葉有簪纓，嫡裔旁枝派別清。史學還教參譜學，不須世系表分明。《南史》
世變興衰待網羅，國風美刺得同科。諸家猥雜從刊落，穢史餘聞載已多。《北史》
鋪敍詳華似畫圖，傳神阿堵譽非虛。四朝帝紀疎蕪甚，朝報收將斷爛餘。《舊唐書》
尹邢各占一家春，筆削森嚴藻繪新。刻意求工翻若拙，春秋責備在賢人。《唐書》
舍舊謀新執校讐，叢殘蠹簡費冥搜。太阿已分長埋没，雷煥偏從獄底求。《五代史》
五朝史記創宗風，莫道歐公論未公。委贄先曾臣漢祖，難將死節予韓通。《五代史記》
疎處依稀密處繁，幾家義例要重論。玉巵琢就誠無當，聲價猶應勝瓦盆。《宋史》
二百餘年位號崇，石渠載筆太匆匆。元劉粉本工描畫，皴染煙嵐却未工。《金史》、《遼史》
汗青剋日促編摩，紫鳳天吴奈爾何。一樣名流宋學士，才華爭及子京多。《元史》
幾番易稿務求安，一字千金定不刊。豈獨典章存勝國，留將商鑒後人看。《明史》《金粟山樓詩集》卷二

菜根軒詩鈔十四卷續集一卷　咸豐間刻本

王省山撰。省山字松坪，山西沁州人。嘉慶十八年拔貢。官雲南元謀知縣。道光二十六年任江陰知縣，時霪雨爲災，田廬漂蕩，省山倡捐撫恤，因災停徵，以奏銷支絀被劾。後奉檄調赴軍營。咸豐初，復任江南州縣官。是集有楊國泰、孫元培序，葉紹本、祁寯藻等人題詞，凡分體詩九百六十首。據卷首《六十八小像》以推，爲乾隆五十三年生。卒於咸豐五年，見從子王嵩跋。省山出黄鉞門，夙以詩聞。《風洞觀佛經石刻》、《弔晉祠古柏》、《讀傅青主霜紅龕詩集》、《題張晉豔雪堂詩集六首》、《題魏文湖詩鈔》、《車柳憲詩鈔》、《延東香樹梧小屋詩鈔》、《駱潮鼎詩集》，多與三晉藝文有關。《論詩絶句八首》、《書四絃秋後》、《甫里先生祠六首》、《題顧亭林先生遺像四首》，亦足參考。宦滇時嘗負運銅之役，滇銅需在瀘州啟舶，沿江至揚州溯運河而北，所歷城郭名蹟，悉發於詩。《吴中吟》、《剥榆皮》、《採豆葉》、《貧女别》等作，深悉民生疾苦。省山爲官究治舞弊，爲林則徐、桂超萬賞識，而譏謗之言亦多。觀集中自述去職情形，及周沐潤《柯亭子詩集》贈詩，可知大概。至晚年所作攻擊太平天国之詩，當審辨之。

養拙居詩稿二十四卷　道光三十年刻本

張朝桂撰。朝桂字問秋，號金粟道人，江蘇寶山人。嘗兩入湯漁村鎮軍幕府，歷四年。晚官訓導。喜書畫。蔣寶齡《墨林今話》及之。是集爲章謙存、金元恩、顧晞元序，自序。凡二十四卷，詩一千一百四十餘首，分《負笈》、《洗鉢》、《灌菊》、《荷鉏》、《磨盾》、《武陵》、《南行》、《豩餘》、《堇茗》、《黄虀》等集。以《六十自述》詩度爲乾隆五十三年生。朝桂與馮登府、喬重禧、包世臣、顧鶴慶、六舟等書畫家多有交往。有用世之志，關切民生。所作《霪雨歎》、《悲暴風》、《海塘謡》、《横河壩》、《滬上書憤》，均道光間江南時事。《淞城風俗》，記道光二十二年英軍入侵，闔城流徙，至是已稍稍復業，亦可捃摭故實。餘多記游山水，無足重矣。

涇西書屋詩稿四卷　道光間刻清頌堂叢書本

汪元爵撰。元爵字伯孚，號竺君，江蘇鎮洋人。嘉慶間舉人。道光七年入值軍機處，官至刑部湖廣司郎中。十三年卒，年四十六。事具許球所撰《墓誌銘》。所撰《詩稿》與《文稿》合刊，首錢寶琛序。元爵爲劉鳳誥壻。與彭兆蓀有切劘之誼。石韞玉、張井、盛大士均與之過從。龔自珍邀吴嵩梁、湯儲璠、姚瑩、徐士芬、徐寶善、周仲墀爲消寒會，元爵預焉。與張祥河唱和尤多。《趙飛燕玉印歌龔定菴舍人屬賦》、《題湯海秋浮邱閣詩稿》，華實俱得。餘如《讀史有感》，僅存四首。山水行役之篇，皆官湖廣時作。篇什不富，亦不足成家。

傳經室詩存四卷　近代印本

朱駿聲撰。駿聲字豐芑，號允倩，江蘇元和人。嘉慶二十三年舉人，咸豐元年以截取知縣入都，進呈所著《説文通訓定聲》四十卷，賞國子監博士。官黟縣訓導，擢揚州教授，未之官，引疾歸。八年卒，年七十一。著書九十餘種，家貧多未授梓。詩集向無刻本。近年其孫師轍得晚晴簃抄本寫印，始見於世。师轍跋稱其詩以詞采格調勝，不雜經生一語。初學温、李，綺錯婉娟，麗絶當時。後則專學東坡，恢廓縱横，有筆掃千軍之勢。觀其《鳳凰山弔宋故宫》、《東方未明之硯歌》、《子陵釣臺》、《東坡枯木石刻歌》、《獅子林》、《焦山三詔洞》、《芳齡曲》、《眢井行》、《轆轤行》、《哀田氓》、《開元寺帝青鉢歌》、《書長吉歌詩後》、《讀玉溪生詩》、《揚州文匯閣敬閲史閣部殉難時家言手蹟並拜遺像》、《題錢竹西清履真面目圖》、《蜀鏡詞》、《揚雄私印歌》、《記錢武肅王水府告文銀簡》、《新葺小蘇齋成》、《題朱藥齋先生榮朝望嶽樓圖遺册》，才高學富，奇姿傑出，足以睥睨一時。《無題三十首》、《詠紅樓十二紈扇辭》，幽藻麗緻，俱臻妙境。《倣元遺山論詩六首》，於本朝王士禛、朱彝尊、吴偉業、屈大均、趙執信、袁枚，俱無貶詞。《方位白先生數度衍假之同年潘鴻誥約其書爲一册繫以詩》，又以議論爲詩，不可襲致。惟《前明四首》今僅録四，《女史百詠》録三，《漁具詩》十五首録四，《虎丘雜詠截句》百首録十，可見生平所爲，篇什極富。惜今所存不多，祗幸未泯耳。駿聲爲經學小學大師，而其詩華壯直如睹六朝造像也。

心太平室詩鈔不分卷　道光十一年刻本

薩迎阿撰。薩迎阿字湘林，鈕祜禄氏，滿洲鑲黄旗人。嘉慶十三年舉人。歷任甘肅蘭州道、按察使，哈密辦事大臣，喀喇沙爾辦事大臣，盛京工部侍郎，奉天府尹，漢軍副都統，烏什辦事大臣。道光十五年任伊犂將軍，咸豐七年署西安將軍，卒於官。此鈔又名《再出玉門草》，爲道光十一年任烏什大臣時所作。首自序，許乃穀題詞並跋。作者習於邊事，詩歌於當時駐兵軍需關隘及少數民族生活風俗，靡不畢記。《烏什》云：「城倚西山門巽開，四屯六卡兩軍臺。布盧特馬行求至，自注：卡外布盧特凡有所求，輒以駑馬來遞。安集延人貿易來。防卒一千嚴守衛，餉銀三萬荷滋培。自注：防所舊設，新增官兵千八百餘，坐糧外仍支鹽菜銀。極邊坐鎮紓籌策，鎖鑰真須借寇才。」《阿克蘇》云：「八城總匯集羣商，兩度籌軍聚餉糧。自注：道光六年、十年，阿城均設軍需局。穆索爾山通北路，自注：即冰嶺，通伊犂。渾巴什水界南疆。自注：過河即葉爾羌界。民回交錯央戈衆，自注：回婦曰央戈。臺市毗連霸栅長。自注：夷名集場曰霸栅爾，在東門外。萬里普安賀鼓鑄，自注：八城所用普錢，鑄於阿城。天章錫福慶時康。自注：六年，上以長鑑菴都護守温宿功，御書「福」字賜之。部同城郭列市廛，龜茲古國近腥羶。自注：霸栅爾在使署前。渭干自注：河名西北連温宿，沙雅自注：回城名東南接和闐。浴水翠鳧供遠購，自注：八城惟庫車畜鴨。登途玉乳送秋鮮。自注：沙雅梨初秋，阿奇木令回子馳送附近大小官員。小國溪畔繁花木，長日公餘好放船。自注：使署後通北城外，有園有船。」《喀喇沙爾》云：「沙山依舊鐵關無，自注：水達坂古有鐵關。據要真堪禦萬夫。定遠屯兵功震慴，自注：昔班超駐兵馬者。尉遲築壘跡模糊。自注：相傳四十里城有唐尉遲敬德故壘。歸王蒙古資游牧，自注：杜爾扈特、和碩特兩部落在山游牧。守土回夷樂貢輸。自注：庫爾勒、布古爾兩城阿奇木歲納貢糧。河水三工通灌溉，自注：三屯土皆開渠引開都河水。籌邊嘉策在開都。」

《吐魯番》云：「廣安煙户雜民回，衝要輪轅日往來。燈火攤錢開夜市，自注：街市燈火達旦，六博成風。管弦呼酒上春臺。當途坎水行車險，自注：近城三十里内引水暗溝上多土炊，曰炊兒水，行車最險。入境爽風撲面埃。自注：又名火州，山赤，風來如火。南海蒲昌千里遠，自注：蒲昌海卽羅布淖爾，長流千里。獺皮年貢久招徠。自注：近海回民漁獵爲生，歲貢水獺皮九張。」《烏魯木齊》云：「滿城清肅漢城譁，都統尊崇遠建牙。自注：都統管轄文武體制與督撫同。文武風流成省會，自注：道府州縣稱滿城曰省中。商民雲集儷京華。花欄粉黛開千户，自注：漢城花巷，有女如雲。水磨亭臺起六家。自注：紅山下有水磨六處，樹木森蔚，亭臺邐迤，爲賓客宴遊之所。闕外封疆稱第一，紅山紅廟錫名嘉。自注：關内外稱烏魯木齊曰紅山曰紅廟，以山寺牆紅得名。」《古城》云：「古城氣象煥然新，兩協千兵一大臣。弓馬滿營齊子弟，自注：滿兵千名，日講弓馬技藝，風俗淳美，大臣協領兵丁如一家人。麫油嘗地運商民。自注：北套蒙古所食油麫，皆資於古城，故客商雲集。愷安北與沙山界，自注：西界濟木薩北，卽沙山。靖遠東爲木壘鄰。自注：東界奇臺縣木壘。此地從來稱富庶，歲華康樂俗和親。」《巴里坤》云：「海南嶺北建雙城，自注：滿漢兩城相連在山陰。重鎮威嚴駐滿兵。自注：滿營領隊大臣緑營總兵。據要更新開郡縣，自注：鎮西守宜禾令駐漢城。保安依舊置屯營。自注：既設郡縣，仍置屯防軍臺營塘。天山雪冷催蓮放，自注：天山積雪中生白蓮花，性極熱。水府龍潛禁砲鳴。自注：故事，使署不放明砲，以城外西北海子有冷龘，恐其聞聲而起也。西域版圖收萬里，笑他漢碣紀功成。自注：漢製岑紀功碑在北門外。」又有《烏什自誌》、《極邊卽事》、《戈壁行》、《登乎化城遠眺》、《三泉大風歌》、《松樹塘》、《度天山作》，氣勢開闊，平易可讀。

薌林詩鈔二卷　道光三十年刻本

彭劍光撰。劍光字薜門，號薌林，江蘇溧陽人。諸生。能詩詞。道光三十年年六十二，以《詩鈔》二卷、詩餘一卷付梓，焦子洵、湯樹棻爲之序。姪君穀跋。詩共五百三十二首，以譜花百首，品類繁匯，可供好事者參考。《偶閲紅樓夢有菊花詩戲作十二首》，語淡而旨。餘詠山水風月，清遠閒致，不免弱調云。

邃懷堂詩集前編六卷後編六卷　光緒十四年刻全集本

袁翼撰。翼字穀廉，江蘇寶山人。父文炤，有《蛾術山房詩鈔》四卷。翼於道光二年中舉，歷署峽江、安福、會昌、浮梁、廣豐、弋陽、大庾、玉山等縣。同治二年卒於里，年七十五。事具門人朱舲所作《傳》，其家世則詳於自撰《先府君事畧》中。《詩集》前編五卷，初刻於咸豐三年，板燬於火。又有活字本九卷，刊於咸豐七年。光緒十三年其從子鎮嵩爲刊《全集》，由許應鑅貲助，經歲乃成。内駢體文由朱舲爲之箋注。有許應鑅、何栻序。翼早年遊歷燕、趙、晉中。有《晉中詠古十六首》等詩。爲宦廣東，作《珠江樂府十二首》，記民俗風習。又嘗渡海至海南島。官江西二十年，詠山水物産詩亦有可取。太平軍攻玉山，禦之，城未陷。時江西守吏死者甚衆，翼亦作詩詠之，俱收入《全集》、《哀忠集》初二三編中。翼於時流多有交往，輓毛申甫、包慎伯詩，亦間具掌故。於唐、宋以來諸家詩集靡不披覽，《讀少陵詩偶成》、《論金詩絶句二十首》、《論元詩絶句六十首》、《題傅青主霜紅龕詩集》、《題樊榭山房集後》、《題抹雲閣樂府二首》、《左傳續樂府二十首》，頗可參考。詩格蒼秀，亦不濫作，故是集亦不甚雜糅也。何栻《悔餘菴詩稿》有《和袁穀菴大令七十自壽詩》及《輓詩》。

清人詩集敍録卷六十三

桂留山房詩集十二卷　道光二十四年家刻本

沈學淵撰。學淵字夢塘，號蘭卿，江蘇寶山人。嘉慶十五年舉人。林則徐官江蘇布政使，延至署中，甚得器重。晚修《福建通志》。道光十三年卒，年四十六。此集初刻三卷、續刻九卷，所收詩始嘉慶五年迄道光十三年，都九百三十一首。學淵游閩八年，所作《永春雜詩》八首、《漳州雜詩》十二首、《汀州雜詩》十二首、《邵武雜詩》十二首、《建寧雜詩》十首，詳於山川、人物、名蹟風習，可爲言輿志者所資。《瘈狗行》、《樓船行》、《寄生草》、《應聲蟲》、《小車行》、《糧船謡》、《爭船行》、《東澇行》、《輿夫歎》，揭示社會黑暗生活，語多含蓄而譏諷，《詠史三十首》、《讀明史雜詠九首》、《食明孝陵瓜》、《嚴家兵》詠明抗倭事、《三國志樂府二十四首》，詠歎之中，時寄悲抑之音。《題高麗進士金山泉命喜詩卷》、《爲李申耆太守題十四友同車圖》、《爲馮登府題鄺湛若硯歌》，亦爲文獻資料。與唱酬者陳壽祺、梁章鉅、顧翰、蔣因培、彭兆蓀、張際亮。與林則徐交契，有《柬志同纂諸君兼呈陳恭甫林少穆》、《少穆方伯招同泛舟西湖》、《少穆方伯屬題尊人暘谷先生賓日飼鶴圖》等篇。《吴淞江觀水師演礮歌》、《劉家河訪海運故道歌》，亦爲近代史事。梁章鉅《退菴詩存》卷二十有《爲沈孝廉學淵題東越修書卷》，陳壽祺《絳跗草堂詩集》有寄贈歌行數首。

雙藤老屋詩鈔十三卷　道光二十五年刻本

張家栻撰。家栻字敬南，號小珣，湖南湘潭人。嘉慶二十四年進士。官四川知縣。是集分《崤函游草》、《江南北游草》、《蜀游前草》、《滇黔草》、《閩游草》、《金鼇游草》、《江左右游草》、《西粵游草》、《粵游後草》、《出關游草》、《東粵游草》、《澗水閣課游草》、《金臺游草》十三集，爲嘉慶八年至道光二十五年詩。自序稱「嘉慶丙辰予八歲學詩」，是爲乾隆五十四年生。卒年七十。家栻爲九鉞從孫，嘗校訂《陶園全集》及《六如亭院本》。又作《花農歌》，亦爲懷伯祖度西作。登覽游蹟甚廣，過龍門，入棧道，摹寫昆明古意、閩江灘險、九疑山光、珠江景色，多不勝收。而以《黄菓樹白水巖歌》、《過烏龍江一株垂蔭百畝目所未見悸而作歌》、《端溪石硯歌》、《雞溪菜歌》、《灌縣離堆行》、《英德雲華洞歌》，較爲奇放。家栻受知於劉嗣琯，湯金釗，與宋湘、顧蒓、包世臣、吴嵩梁、湯貽汾等唱酬。讀《史》、《漢》、《三國》，吟評亦多。符葆森《正雅》選詩。

祝英臺近山房詩鈔二卷　道光三十年刻本

萬貢璆撰。貢璆字香巢，江蘇宜興人。不仕進，徜徉林下。詩鈔爲其弟貢珍官布政使刻，附詞一卷，首包世臣、符葆森序。魏源序，爲《古微堂集》不載。生年據《戊申花朝》詩推之，當爲乾隆五十三年。貢璆爲詩澹泊清遠。可稱者爲《石棚山訪石曼卿古蹟》、《南嶽》諸篇。《海陽雜詠》六首、《山塘竹枝詞》六首，間記風土。晚年好靜，自謂詩歌一道，不過抒其性靈，通達其情，故無計工拙也。

槿花郵吟存四卷 道光十八年刻本

夏崑林撰。崑林字治卿，號瘦生，江蘇高郵人。貢生。嘗與王敬之、周敍輯《高郵耆舊詩存》。自云：「足未歷山川，言不越里巷。」其詩多從書卷得之。《賦孫莘老春秋經解刻本》、《讀賈稻孫先生詩鈔》、《題漁洋山人感舊集後》、《題參寥子詩集》、《明黄忠端公書杜少陵詩蹟》可供參稽。道光二十二年，海氛不靖，六月，英軍突入南京，遷者紛紛。崑林有詩紀事，感喟亦深。傳無生年，據卷中戊戌詩《侍先君子遺像》有「五十孤兒鬢有絲」句，其生歲當在乾隆五十四年，卒於同治六年，年七十九。

清惠堂詩集六卷 道光二十年廣陵黄氏刻本

金望欣撰。望欣字秋士，號嵎谷，安徽全椒人。舉人。嘗游學廣陵，館黄錫慶家時最久。通經史、曆算、詩詞。著有《周易漢唐古義》。與陳逢衡相善。初以《寫笠軒詩鈔》刻於京都，道光十九年歸里，次年將詩文稿交逢衡編次讐校，受業黄錫慶刊，凡詩六卷、文二卷、詞二卷，卽此本也。其生歲於卷四《贈叔由》詩得知爲乾隆五十八年。《文集》如《周易漢唐古義序》、《春秋五紀算術》、《漢書地理志補注敍》、《博物志考証敍》，可見造詣。《詩集》如《讀陳穆堂竹書紀年集證》、《江雲樵先生寄贈簡平儀及手繪渾蓋通憲各圖賦長歌答謝》、《叔由以閏生日索詩賦長歌答之》、《與葉筠潭先生論詩五百字》、《題凌曉樓明經草堂圖》，均與學術有關。道光二十四年爲王城《青霞仙館詩集》作序，已是五十以後矣。其詩清新卓健。《桃花行》、《郯城流民歌》、《南朝宮辭三十六首》、《登石頭城有感》、《觀平山堂僧所藏佛變相圖》、《題王廉州山水長卷》、《詠史》、《讀魏志武帝紀》、《讀劉盆子列傳》、《讀王夢樓先生詩集》、《和劉寶楠義雁行》，可見深穩老成。《讀梅村集》云：「雨深空館酒盈杯，慷慨歌行上口來。七字詞人長慶體，一朝詩史杜陵才。蓬萊宮闕身曾到，烽火乾坤首重回。仙籍惜無雞犬分，江關蕭瑟有餘哀。」亦有熟事翻新之妙。望欣嘗在京參加丙申江亭展禊。唱酬如吳鼒，爲全椒前輩。追懷故友如朱飯石名實發，凌曉樓名曙，俱爲學人。

讀陳穆堂竹書紀年集證

秦阬灰冷伏生出，魯宮虛壁聞絲竹。漢興高閣開天禄，中秘才人當書讀。馬遷史學秦漢熟，三代紀傳非實録。左氏晚出劉歆簏，不見晉乘楚檮杌。下迨典午平吳蜀，蝌蚪古書地下緑。以儒發冢論未篤，口中明珠異魚目。無賴摸金難免俗，竹簡燃向人魚燭。幸被官收入卷軸，寫以今文苟與束。璅語師春外篇續，更有逸編傳周穆。終魏安釐始殤叔，元凱取之棄公穀。陳子雅有讀書福，嗜此十年日三復。注成集證萬筆秃，五十餘卷堆案牘。堯元丙子繼軒頊，迄周隱王九鼎覆。證以百家文郁郁，奇談妙論出心腹。本朝考據千載獨，古史李鍇與馬驌。李倣志傳慎比屬，馬紀本末富邊幅。編年一體待老宿，今得君書堪鼎足。鍾門求書車擊轂，吾家吉甫抱書哭。《清惠堂詩集》卷三

江雲樵先生臨泰寄贈簡平儀及手繪渾蓋通憲各圖賦長歌答謝

吾鄉算學推吴許，謂吴舍人杉亭先生及許司馬芳谷先生。淵源皆本梅徵君。先生後出更精絶，妙悟神解超前人。手製漏鐘轉河漢，中星應度司晨昏。先生能用通憲法製恒星平儀嵌入自鳴鐘面旋轉合天。泰西割圜仗八綫，秘鑰獨啟乾坤門。以平御渾纖秒合，利氏創製今能因。水部演説世傳寫，焉烏亥豕譌其真。舍人舊槧子孫失，有程夫子藏爲珍。程邵亭先生所藏渾蓋通憲圖説係杉亭先生本。先生借録廣奇器，繪圖毫末旋規輪。先天河洛出陳李，世無康節傳何人。我曾空山卧六載，自嘉慶己巳至甲戌讀書五峯山中。窮鄉坐井觀三辰。南箕北斗識形狀，旁要盈朒迷涯津。先生不惜枕中秘，每歸里黨談兼旬。遠書惠我圖與器，開卷精妙詩無倫。六十老翁竭目力，秋毫鋭附牛毛皴。鍼芒一一剖黄赤，重規疊矩模洪鈞。梅劉今日如復作，杉亭先生算學受之江夏劉允恭先生，允恭受之宣城梅徵君。心源一脉徵傳薪。我將什襲比衣鉢，視此途轍相依循。周髀渾天理合一，何愁辨難來揚雲。《清惠堂詩集》卷四

淩曉樓明經曙棄估而儒江都人治公羊春秋著書最富晚病風痺卒于董子祠一嫗撫遺孤

隨之親友爲之殯葬

少年貧賤溷屠沽，憤志春秋老作儒。生許執經何諫議，死堪配食董江都。窮交爭奠三升酒，老嫗親扶六尺孤。白蠟明經誰解敬，尚餘流俗説麻胡。揚人多呼爲「淩麻子。」《清惠堂詩集》卷五

厲廉州先生全集詩八卷 咸豐間刻本

厲同勳撰。同勳字冠卿，號茶心，江蘇儀徵人。嘉慶十五年副貢。官至廉州知府。道光十九年罷歸，不復出。詩集初刻曰《還珠堂詩鈔》六卷，爲《藉花小室詩鈔》、《寄蠡詩鈔》、《還珠堂和陶百詠》、《斷梗吟》、《栖塵集》五種。咸豐間刻《全集》，增益《幸存稿》、《衡游草》二集。有官文、沈岐、汪端光、黄盛修等序。龔紹升評語，並跋。生年據《落齒詩》爲乾隆五十四年。卒於咸豐年間，見龔《跋》。其中《江船行》、《江村歎》、《舟上翁》、《大水行》、《後大水行》、《爬沙曲》、《官鼓行》，紀水旱災患農村荒蕪情狀極真。鴉片戰爭起，同勳挈眷避居。《過海西菴觀楊忠愍公遺墨歌》有云：「海門秋高風怒號，雙峯落木聲蕭蕭。鐵甕城邊死人血，猶作今年八月潮。知公英靈亦眥裂，肯使鯨鯤肆睪齒。神呵鬼護刼不磨，匣中展出如冰雪。」闌入時事，彌見沉痛矣。同勳與徐寶善親家，與金望欣、汪全泰、梅曾亮、曾釗、許宗衡諸人唱和。姚燮《復莊詩問》卷二十八有《還珠篇爲厲太守同勳作》。

陔南池館遺集詩一卷　咸豐間刻本

喬重禧撰。重禧字鷺州，江蘇上海人。嘉慶間廩生，屢試不第，入國學。以詩名動京師，一時名流折節與交。兩出古北口，經關塞扼要，紀之以詩。道光末議敍訓導，未就職。南歸，旋卒。上海徐渭仁懼其詩堙没，爲刻遺集文二卷、詩一卷。重禧少學詩於陳文述，精彩絶豔。又多詠塞北山川，益爲鬱勃奇瑰。《游十三陵》、《密雲懷古》、《大雨度青石梁用兩間房壁間韻》、《黄山梁復值大雪》、《宿常山峪夜雪更大》、《塞山大雪行》、《葦峪至喀喇河屯道中作》、《前燕慕容皝墓》、《後燕慕容熙墓》、《伊遜河試茶歌》、《遼宫五十韻》、《半截塔歌》、《宋楊太尉祠》，句峭而險，於史地均有探討。紀避暑山莊七十二景，磬錘峯，札什倫布須彌福壽之廟，布達拉之廟，皆爲承德所作，《晚晴簃詩話》誤以爲入藏詩歌。《詠塞上古蹟十首》爲古長城、涿鹿山、槍竿嶺、紇干山、零丁城、託邏臺、燕然山、摩訶院、明昌苑。又有白翎曲、灤鯽、黄鼠、鹿尾、果子貍、口蘑、凍梨等詩，詠物産之異尚。故徐渭仁以「吾鄉詩人，趙璞菴之後，可謂再見」許之。

札什倫布華言須彌福壽之廟

黑山一角盤烏灤，花宫高築基扃寬。布達拉外構尤傑，詔許黄教修泥洹。法界華嚴開覺路，須彌頂上慈雲護。階礙文看白玉雕，堂基地盡黄金布。慧日光明朗七層，滿堂瓔珞拂珠繩。玳梁珊柱真堪陋，玉宇瓊樓豈足矜。將作輸般遜奇巧，仙山恍惚游蓬島。到眼全迷鹿女花，化身欲奪龍王寶。我聞富貴佛最豪，色相所現皆幻泡。慈心種種在濟世，斷臂割肉常相遭。本朝黄教羈縻久，宗喀巴下宗支剖。首曰達賴次班禪，坐牀兩藏分前後。黄教之祖曰宗喀巴，後分兩支。其第一弟子曰根敦巴實，第五十四輩之達賴喇嘛坐牀西藏，位最尊。第二弟子號班禪額爾德尼，坐牀後藏。呼圖克圖紅黑分，漠北又傳哲卜尊。兩支外又有兩小支，一曰紅帽噶瑪巴，一曰黑帽沙瑪納，皆稱呼圖克圖，住持於庫車、察罕、諾門諸處。宗喀巴第三傳嫡嗣俏哲卜尊丹巴呼圖克圖，在漠北最尊。彙宗善因首被寵，支嗣俱是章佳孫。康熙間喇嘛章佳胡圖克圖來朝，先後奉詔，住于多倫諾爾之彙宗、善因兩寺。瑚必勒罕文殊種，智慧人天盡推重。高宗皇帝眷禮優，曾定藏經修韻統。第三次瑚必勒罕賜對乾隆間，被詔更定大藏經咒應真名號，以今藏語校定譯本。又佐莊親王校正同文韻統。一從佛國刼刀兵，絶徼卑禾百戰平。烏蘇江險皮船度，丹達山高鐵騎横。金瓶選佛天威赫，拔姆宮前御碑勒。心震中原可汗尊，繩行沙度來供職。卓錫珠宮又幾傳，塞山窣堵冠諸天。聖謨不使禅心喻，白霫名藩頂禮度。堯眉舜目拈花笑，第七層供高宗御容。絶頂金光萬方照。皈依常得度慈航，肯向西天尋大詔。寺名，在西藏。《陔南池館遺集》卷一

宋楊太尉祠 有序

古北口外山頂有楊令公祠，相傳爲宋楊業駐兵處。余按，太平興國五年，業北出雁門，破契丹兵十萬，拔雲、應、

朔、寰四州。明年，契丹再入，寰州復陷。業保全三州之策，護軍潘美、刺史王侁忌其功不聽，復撤陳家谷援兵。業轉戰至谷口。失援，爲虜所獲，絶食死。考之圖經，揆以當日情勢，實未嘗至北平。而復雲、朔時，居民皆戴其德。既死立祠以祀，未可知。余過祠下，作詩以弔云。

太原降將人中傑，防禦恩深矢忠烈。親破遼兵十萬雄，威名不愧楊無敵。雁山戰鼓如轟雷，四州克復重關開。老謀持重惜不用，曹田潘王皆庸材。避虜之譏誰所設，谷口之兵誰爲撤。時危戰苦陣雲孤，空卷自張目眥裂。矢亡馬蹶身就禽，將星墜地天爲陰。滿腔碧血洒蕃帳，謗書嫉善知何心。喪師那免歧溝辱，嚄唶偏裨同殉國。落日愁登託邏臺，招魂望斷陳家谷。開國邊材飲恨休，燕雲永兆靖康羞。萬里長城先自壞，傷心一曲白符鳩。《陔南池館遺集》卷一

煤户 並引

古北口外迤北一帶皆山，煤户穴山而居，無慮數百家，山洞高下若蜂窠蟻穴矣。作詩以哀其擇業焉。

煤户家於山，鑿穴希陶復。高低蜂作房，上下猱升木。堪謝楹桷煩，豈須瓦缶覆。櫛比高過墉，空嵌虚若谷。非仙喜巖棲，類隱置石屋。嗟爾拙生計，採煤忘寒燠。石炭古烏金，本草名有屬。《本草綱目》煤卽石炭，石炭卽烏金石，上古以書字謂之石墨，煤墨音相近也。亦見《日知録》。功補薪炭缺，幽燕用尤獨。我聞伐取難，冥行入山腹。額上縛油鐙，腰間置畚挶。洞口仄且深，蛇行仰而伏。刻意搜崖垠，揮利斧斤速。掘久山必傾，一壓無骨肉。前既與煤化，後卽當煤劚。或鑿地脈通，慘落黑海毒。九死幸一

生，風輪扇何酷。黧黑如漆鬃，誰能辨面目。錢刀性命爭，九幽甘自鬻。因思利民生，宜以法令束。要審採掇時，一山分幾族。剜斷自頂開，鋤穫起墝埆。禁毋刨山根，明罰示重戮。掘井法可參，庶免生理蹙。天德本地珍，資貧同菽粟。宋韓魏公燒煤詩云：「無臭含天德，資貧乃地珍。」見《安陽集》。三復魏公詩，願持告司牧。《陔南池館遺集》卷一

宿薊州郝善人宅感賦 有序

薊州郝氏家城外盤山下，七世同居，未嘗分爨，食指以千計，男耕女織，家法嚴肅。士讀書應考入學，中舉人不赴禮部試，無入仕者。子弟出游不得越二十里内外。官僚奉使過其地，咸主其家，備供頓不纖悉累地方。四民之往來則設酒醴，飲食無虚日。其餘睦姻任恤，事不勝書，人皆稱郝善人。余偕學使過此，即其宅爲行館，供張尤極豐腆云。

義門張公藝，盛閥尉遲恭。峩峩薊州郝，鼎峙千秋同。彝訓守家法，會食追古風。千指合一心，七世無分饔。執業絶游惰，豈維禮教從。讀書務修明，勿慕印綬封。餘事施濟兼，守約賙恤豐。壺漿徧道路，供張及王公。薰德化善良，義問周畿東。古人尚宗法，收族必敬宗。庶人各分親見《左傳》，九兩繫族隆見《周禮》。授地壹貧富，並田仁政通。慨自宗法亡，骨肉難相容。孝廉父别居，西漢陋俗叢。後世盛析箸，子孫書契重。豈知通德門，保合和氣濃。積慶易卦協，惠洽虞書崇。德厚世益昌，仁聲垂無窮。《陔南池館遺集》卷一　案：陳康祺《郎潛紀聞》卷八有《薊州郝氏》條，所記與此詩小序畧同。

儀宋堂詩集十卷外集一卷　近代嘉業堂刻本

吴嘉洤撰。嘉洤字清如，號澂之，江蘇吴縣人。道光十八年進士。官内閣中書，歷員外郎。卒於同治四年，年七十六。是集爲吴興劉氏覆刻本。首道光三十年潘世恩序。嘉洤少負詩名。與吴翌鳳、曹楙堅、宋翔鳳、王嘉禄、蔣志凝、朱綬、戈載、陳裴之唱和。入都後有和龔自珍《看芍藥》詩。又有《蕘言五章呈林撫部則徐》、《陶文毅師輓詩四首》、《贈許石華大令喬林二首》、《題曹載奎懷米山房圖》、《魏銅熨斗歌爲匏菴太守作》、《贈殳積堂明府慶源》、《題朝鮮李漘船尚迪小影》，均甚典實。黄丕烈贈《山谷集》，作《六月十二日展祭黄文節公於儀宋堂》詩。其室名所得蓋由此。擬何大復《明月篇》、《讀陸放翁詩》、《題岱廟畫壁》、《海州懷古》等作，明秀奇勁，兼而有之。鴉片戰爭起，作《重有感》四首、《提督陳忠愍公輓詩》。道光二十六年典試蜀中，有《雲棧雜詠》七絶四十首，單刻本名《使蜀小草》，此集亦收之。工詞，有《儀宋堂詞》一卷。又能製曲，卷五有《自題廣寒秋樂府》詩。亦儁才也。

西園詩鈔四卷　同治四年刻本

張擴庭撰。擴庭字充之，號海丞，直隸南皮人。嘉慶二十五年進士，改庶吉士，官至敍永同知。撰《西園詩鈔》四卷，附詩餘，其子葆謙校。沈維鐈序云：「海丞爲余分校癸酉京兆試所得士，視學湖北招入幕。作令川中，擢敍永同知。磁州地震又逾年而卒。」其生歲爲乾隆五十五年。詩以摹寫蜀中山水居多。而於詫見異聞，恆寄之於詩，如《玉泉山紀游長句十二韻》、《觀美人走馬行》、《吁嗟地震行》、《健婦人》、《觀刀山雜劇歌》、《費宫人》、《竈户曲》、《弈棋歌》等篇，亦見工候。蓋能詩者矣。長於填詞。《題紅樓夢小照調譜齊天樂》云：「一天涼影颸然墮，淒淒碧雲秋樹。翠袖單寒，香肩瘦損，禁得西風幾度。庭陰又暮，聽蛩語秋根，倍增淒楚。舊恨新愁，茜紗窗下斷腸處。也知小郎解意，向梧桐影外，悄然延佇。叵耐嬌羞，女兒心性，怎好向伊偷訴。欲言還住，但摩着闌干，碧波斜注。暗地思量，更覺心緒苦。」

彝壽軒詩鈔十二卷　同治四年刻本

張應昌撰。應昌字仲甫，號寄菴，原籍浙江歸安，浙江錢塘人。嘉慶十五年舉人。官内閣中書。道光三年爲實録館謄録。將補官，南歸，不復出。卒於同治十三年，年八十五。輯有《國朝詩鐸》。又《國朝正氣集》，已佚。《詩鈔》前九卷爲嘉慶十六年至咸豐九年詩，魏謙序。後二卷曰《餘生草》，起咸豐十年二月二十七日太平軍佔領杭州至同治四年之詩，敵視太平軍，無可采録。應昌受知於蔣攸銛。有投贈林則徐、姚學塽詩。與葉志詵、陳來泰、梁德繩、楊文蓀、楊慶琛、許乃穀迭相酬和。父官倉埸侍郎，叔氏爲金石學家張廷濟。集中有《題平海百字碑拓本》，記嘉慶間蔡牽、朱濆史事。《題周刜叔鐘圖拓本》，當應廷濟而撰。其詩繩尺拘拘。所輯《詩鐸》二十六卷，選清初以來九百餘家詩，得諸專集者約什之六、七，多存政治社會資料。唯是編之輯，端在吏治民風、人心世教，糟粕不除。觀《自題國朝詩鐸》，宗旨可知。

壺園詩鈔選十卷外集六卷　壺園全集本

徐寶善撰。寶善字廉峯，安徽歙縣人，遷江蘇崑山。徐乾學曾孫。嘉慶二十五年進士，改庶吉士，官翰林院編修，擢御史。卒於道光十八年，年四十九。是集爲顧蒓選定，詩二百四十六首。黄爵滋序。初刻於道光間。其子徐志導滙刻《全集》，增刻《外集》六卷。寶善長於詠史，有《補明史新樂府》，意頗警策。論者以爲在尤侗《明史樂府》之上。《五代新樂府二十二首》，梅曾亮稱之：「殺縛事實，如作己語，又能直書其事。反擊旁證。」通籍入翰林乞假歸省，走江漢、吴楚者五年。典試浙江，作吴越、皖淮、鄱湖諸詩。又有《哨鹿行》、《辟疆古園歌》，風格深穩。寶善爲黄鉞、陳用光門人。道光丙申與葉紹本、黄爵滋、陳慶鏞等主持江亭禊會。《送吴蘭雪丈嵩梁出刺黔南》、《題詹湘亭先生風雨收帆圖》、《丙申四月余爲潘四農刻詩話成却寄》、《題黄樹齋游廬山五少圖》、《酬湯海秋》、《趙婕伃玉印歌爲龔定菴作》、《題張祥河詩舲瀋陽紀程詩後》等篇，多存故實。與姚瑩、陸建瀛、魏源、苗夔、張履等人均有唱酬。《伏生授書歌》、《讀黄仲則先生詩》、《題金冬心蕉林清暑圖》、《宋司馬温公石刻深衣小像》，品評愜當，隨意而合。嘗作《四子圖》，以潘德輿、黄爵滋、湯鵬、張際亮並列，題詠者甚衆。道光初期詩壇無大家，寶善獨以揚扢風雅爲先，此又不止以詩人聞也。

挂月山莊詩鈔不分卷　道光十二年刻本

觀榮撰。觀榮字青農，號梅林，姓索綽絡氏，滿洲正白旗人。司榷關。晚赴粤就其弟觀瑞道署，不問外事，與幕中客唱酬。道光十二年，觀瑞爲刻遺集，即此本也。首戴均元、桂齡、楊振麟序，姚元之題詞。附任華平、觀瑞跋。詩以清和冲淡爲旨。嘉慶間與英和、法式善、百齡、阮元、孫爾準等均有贈寄。游臨榆等地，作《象鼻山》、《秦皇島》、《湯泉》、《山海關》、《姜女祠》、《慶福寺》等詩。游盤山，往來多八旗文士。粤游詩亦奇勁。《游楊歷嚴觀瀑》、《游峽山寺》、《曲江祠》、《夜泊觀音巖》，規模閎遠，得力於山川之助爲多，勝於專詠郊墅園林之八旗詩矣。

惜心書屋詩鈔六卷　同治二年刻本

王正誼撰。正誼字筱銓，號小淥，四川達縣人。道光十二年進士。歷官户部郎中、河南按察使。是編陶福恆序，爲嘉慶二十二年至咸豐末年之詩，凡七百十二首。生年據《六十自壽》詩推之，約爲乾隆五十五年。集中以詠五丁、劍閣、成都、三峽之詩較勝。《達縣竹枝詞三十首》，記鄉土俗異，堪爲郡乘采擇。太平天国軍興，正誼奉官命襄辦皖省戎幕。《牛行遲》云：「牛行遲，馬行疾。昨日里胥徵牛車，運送軍裝如火急。今日宛轉泥淖中，泥淖没輪行不得。將士震怒撾牛主，鞭牛不起殺牛食。牛死車敝身杖創，歸來獨向牛欄泣。」此集中上選。咸豐四年，出榆關，過瓦渾木，有《遼瀋紀行詩》。

書紅樓夢傳奇

人但多情便會癡，别離生死可憐兒。請君莫漫憐才貌，算到夫妻白髮時。

花落花飛共一春，如雲如夢百年身。看來時事渾無著，那有閒愁到美人。

富貴榮華享太平，蜃樓煙氣有無中。祇今東郭荒涼裏，啼鳥年年血淚紅。

光陰來去疾如梭，幾見神仙上大羅。可惜廿年虚受了，良辰一半客中過。《惜心書屋詩鈔》

詩義堂後集七卷　同治五年刻本

彭泰來撰。泰來字子大，號春洲，廣東高要人。輅子。年十四，以詩與譚敬昭酬。嘉慶十六年，曾燠開藩於粤，與陳曇俱爲座上客。十八年爲拔貢生。屢試不第，絶意進取。學使李棠階高其品，詣其廬，下教高要令，歲時存問。嘗預修郡志。著有《昨夢齋文集》四卷、《端州金石畧》四卷。卒於同治五年，年七十七。泰來既刻父輅《詩義堂集》，自編嘉慶十二年以後詩，名曰《後集》，有同治五年番禺李光廷序。五十年所作，大抵多憂患之言。《悲夜航》、《官徵糧》、《孤兒汲》、《豕負塗》、《衡導仗》、《出館生》、《待嫁女》、《築堤行》、《後築堤行》、《大水歎》道光十三年作、《箕畢行》、《寒雨歎》、《後大水歎》五首道光十四年作，關係社會民生。《光孝寺新建虞仲翔祠》、《湖上望廬山醉歌》、《督亢行》，長篇浩瀚。鴉片戰爭起，作《辛丑感事六首》，頗傷時艱。太平天国軍克英德，作《避地》、《還居》等詩。咸豐七年又作《梧州行》。後世不復爲詩。

井眉居詩録四卷　咸豐元年刻本

姚前機撰。前機字省于，號珊濱，江蘇金山人。諸生。嘗從王芑孫游學，以詩名於時。道光二十五年，客揚州，手録詩四卷，共二百九十七首，俞樹湘、姚椿爲序，咸豐元年鐫版。卒於咸豐元年，年六十九。前機與張祥河總角交，彭兆蓀、張廷濟、黄安濤、何其偉均與唱和。其女夫爲張文虎。集中有《題姚椿通藝閣詩録》長詩，椿卽其從兄也。其詩結調高爽，有和平温藹之度。《雪糕橋懷古並序》、《題明宣宗采辦促織敕後》、《題赤雅》，多可稽古。《五人墓》、《山塘燈舫歌》，亦質樸，無亢厲之音。唯豐於才而嗇於遇，徒存此一編耳。

題明宣宗采辦促織敕後

敕云：敕奉御劉安兒知府莫愚、况鍾等。今年閏八月，節候稍遲，爾等再取一千箇兩運送京。劉安兒在後運來，故敕。宣德八年八月初二日。又敕云：敕蘇州知府况鍾。比者合内官安兒吉祥取促織，今他所進數雖多，皆細小不堪。的已敕他末運，要一千箇。敕至，爾可用心協同他幹辦，不要誤了。故敕。宣德九年八月初六日。見王維夏偶筆。前敕中所云莫愚者，常州太守也。

明有天下三百載，全盛獨數宣宗朝。乾隆乂安民物阜，野無螟螣陰陽調。萬幾餘暇清秋日，游戲深宮成雅癖。旅獒越雉賤遐方，特向江南徵蟋蟀。江南有豸旗鼓雄，梅花雙翅鏖西風。詔書兩度勅郡守，蒐羅卻與求賢同。斜封唐代曾貽誚，大哉王言堪絶倒。三楊當日備疑丞，閣中此旨憑誰票。蟲侯善戰功難誣，十盪十決搴螯弧。奇姿安用繪麟閣，有人寫入豳風圖。錦標奪得好身手，佽飛獸冠羽林首。孤軍萬里陷交南，可惜蟲沙陳洽與柳升。紅氍青案闈宮娃，上林折盡千枝花。鬥促織者以花枝爲博籌。干城赳赳荷殊寵，飛將軍是金琵琶。雕盆錦褥龍涎爇，催賜勳臣湯沐邑。粟黄蟹白餉朝儀，纖手親拈太倉粒。吾聞炯戒垂古賢，禽荒耿耿書諸篇。鶴軒夜警三霄露，螢苑秋埋萬井烟。御宇十年農屢卹，一眚何難掩明德。誰知無逸殿中人，竟作半閒堂上客。悲風獵獵吹枯桑，麻姑兩鬢添新霜。珠襦玉匣泉臺閟，零落人間墨數行。君不見景陵月黑飛秋雨，黄瓦傾頽竄狐鼠。鬼燈紅閃萬年枝，幽魂還伴涼蛩語。《井眉居詩録》卷四

麗則堂詩鈔四卷　道光間刻本

吴慶恩撰。慶恩字蓋山，江蘇甘泉人。祖父之黼，官江西按察使。慶恩少隨伯父官河南，游秦晉諸省，後棄舉業，肆力於《毛鄭詩》、《水經注》研究。是集有道光六年吴實發、顧千里兩序，詩凡五百八首，止於道光二十三年。感舊詩注云「嘉慶癸亥，余十四歲客關中」，推爲乾隆五十五年生。卒年六十四。慶恩受學於陳

逢衡，與王豫、屠倬、毛嶽生、鄧顯鶴、阮亨均有文字交。《哭毛生甫長句》、《讀黄仲則兩當軒詩》、《送鄧湘皋歸湖南》，各近百韻。《洛陽懷古》、《細林山》、《洪澤湖》、《登焦山》、《采石太白樓放歌》、《江潮行》、《望穹窿》，格調遒勁。《題趙野航酬紅記傳奇六首》，傳奇記富莊驛題壁女子事，今已不可踪迹。道光七年，張格爾在新疆叛亂，八年，就擒，有詩紀其始末。鴉片戰爭起，以《憂何日掃陰霾》爲題，作七律二十首，又有《驛騎星馳消息近連宵猶報駐吴門十首》、《陳忠愍化成畫像歌》等篇。《效張船山實雞題壁十八首》，亦寓時事。

元至正二年金書楞嚴華嚴二經殘頁歌 並引

此經乃維揚僧德潤募諸名公所書也。藏京口甘露寺，歷五百年矣。今歲英夷肆虐，駐兵寺前，經卷悉遭殘毁。收復之後，吴江姚雪堂見而惜之，檢其餘燼，祗存十之二三焉。攜歸藏秘，因得檢閲，不禁有感而言以長也。是爲歌。

名山古刹燃燈青，蓮臺九品千華呈。君恩高厚報無極，乃捶金屑書金經。在昔有元至正歲，妥歡失御羣雄爭。内訌外潰勢莫振，佛光普照僧迦靈。結緣招客列坐寫，銀鈎鐵畫分畦町。黄流紫餤悉寶相，中有奇氣騰日星。書成百卷裝百帙，甘露寶藏藏精英。上方流傳已易代，真人兩度經天兵。龍神八部衆呵護，阿難揭諦偕甲丁。刼運屆期五百載，海氛忽起江城傾。紫瀾迴風水逆入，佛寺翻作豺狼行。藩溷拉雜徧棄置，鳥鳴獸吼空營營。青泥着紙絢奇彩，天花落地飛瓊霙。法華欲轉不能轉，裹蹏貝葉留遺形。紅羊灰燼拾殘缺，滄江碣石餘畸寒。攜歸什襲貯珍篋，字字迸出光晶瑩。佛説妙法無上品，稊稗瓦甓俱有情。破鏡何意得重照，許大願力施光明。夢幻泡影同一氣，大寶豈待常完成。若使再歷幾刧數，桑田依舊歸滄溟。《麗則堂詩鈔》卷四

晚翠軒詩鈔八卷　道光間刻本

戴淳撰。淳字古村，雲南呈貢人。道光三年拔貢。此鈔有吴慈鶴、劉大紳、陳鴻序，自序，甥黄琮序。生年據《己卯三十初度》推之，爲乾隆五十五年。卒年七十九。淳受業於劉大紳。《呈寄劉寄菴詩二十韻》、《哭袁蘇亭丈》、《書孫髯翁先生九龍池後》、《書李卽園詩鈔後》、《李厚居先生草書歌》，均爲雲南文獻。《貢象役》、《催租吏》、《大雨海漲作歌》、《點蒼石歌》、《插秧曲》、《鄰婦行》、《游海印寺》、《苗笙歌》、《田家謡》、《頻羅果》、《游昆明池》，寫滇中山川民情，不失清健，劉大紳稱：「如深山幽壑，孤松絲竹，時有清響出塞澗怪石間。」選門人詩爲《五子詩選》，淳亦預焉。讀陶淵明、李太白、韓昌黎、孟東野、李昌谷、黄山谷、陸放翁諸集，亦爲學詩者知所法矣。

小蓬海遺詩一卷　道光二十九年刻本

翁雒撰。雒字穆仲，號小海，江蘇吴江人。布衣。以畫花鳥名。卒於道光二十九年，年六十。是集爲别下齋刊本，首蔣光煦序。生平經歷多見諸《己酉花朝六十初度》詩。詩歌流利，氣韻生動。《題楓江漁火圖同

徐丈雪廬作》、《乍浦程騰齋參將屬繪理釣圖六首》、《題河東君手繪撲蝶士女圖》、《羅兩峯鍾道士飯鬼圖》、《爲查人瑛題龍靈石》、《吕賡六十八羅漢圖歌》、《明周恭肅雨中渡水牛圖》、《題陳老蓮寶綸堂集應蔡載福賦》、《費丹旭白香山像》、《題陳老蓮丹鳳圖》，多爲畫史資料。《題宋畫院祇候馬麟梅花册爲馬二槎作》，注云：「册爲天籟閣項氏舊物，高士奇得之，後嗣君編修輿爲其女祥奩贈女壻張司寇照。」爲朱銓題其七世祖柏廬先生代母陶氏致謝徐俟齋先生撰《七十壽文尺牘墨蹟》注云：「柏廬父名集璜，甲申國難，柏廬亦謝諸生，業俟齋爲節孝弟子。」爲高士奇、張照、朱用純、徐枋傳記佚聞。道光二十三年，有當事督畫甚急，雒避他縣，作詩云：「安得從今焚筆硯，不求當路姓名傳。」足見其品詣。

孫九靈索題余秋室學士贈別述庵司寇畫蘭卷　四首録一

湘蘭寫罷寫燕蘭，文讌還須丙戌班。學士風流今亦杳，不堪酹酒慟湖山。京師萃慶部伶人王桂官湘雲曾學畫蘭於學士，謂其濃淡疎密，頗有法度。一時同人賡和，以爲韻事。學士復徵黎園子弟之佳者，爲燕蘭小譜詩，以湘雲畫蘭題詞冠爲譜卷之首。又保和部得發兒周定珠，曾爲學士小史，主人乃丙戌甲科，故同人讌會皆保和承應。而諸伶亦戲稱爲丙戌班。

王石谷同族有王犖者善贋石谷山水石谷深恨之余里程某數十年來託名爲拙畫花草充塞四方鬻賈者絡繹購求所潤特微其餘利半入他人囊橐而程貧如故余頗傷之又何暇

爲石谷之恨耶戲書三絶

魚目爲珠信有無，蛇牀未免亂蘼蕪。眼前色相何須辨，百事原來假畫圖。

侏儒不飽況東方程某短小，依樣胡盧自在忙。可惜蓬門勞十指，爲他人作嫁衣裳。

塗紅抹緑總嫣然，時眼看來孰後先。縱遇商丘真識在，箇儂還愧惲南田。商丘尚書宋公謂惲南田畫，暗中摸索猶能辨之。《小蓬海遺詩》

是吾齋集八卷續集四卷　同治四年刻本

于卿保撰。卿保字邗山，漢軍鑲紅旗人。官河南下南河同知。此集爲其女修儒刻。詩止於咸豐九年，有《己未七十自嘲》，或即卒年。《汴州雜詠》、《登蘇門望太行諸山》、《葛岡工次漫興》諸篇，以久官河東見聞入吟，較爲質樸。《丁雲鵬畫五百羅漢圖》、《題王石谷山水》、《羅兩峯鬼趣圖》，可爲畫史之資。又有詠物、集唐、論詩、懷古多首，不勝備述。

小松石齋詩集五卷　道光二十三年刻本

趙允懷撰。允懷字孝存，又字闇鄉，江蘇常熟人。明吏部尚書趙用賢九世孫。道光五年舉人，出陳用光門。官候選教諭。卒於道光十九年，年四十八。李兆洛爲撰《墓誌》。是集詩五卷，六百五十首，詞一卷，首季錫疇序。其詩多采鄉邑風土，又喜考證文物故蹟。《支谿雜詠》十二首，記市易織布事較詳。《水災紀事》、《旌德水酒歌》等篇，亦不空疏。《家廟敬觀先文毅公兕觥》，自述先世。《衢州重修至聖家廟落成紀事》，爲南孔有關史料。瞿式耜東皋遺址，柳如是、吴綃墓，皆親歷其所。嘗至京師，遍游寺宇，有詩以紀。《唐陀羅尼經石幢歌》、《明因寺古石幢》、《義泉井歌》，考證原委甚悉。《萬歲不敗磚歌》，爲晉太康時物，略有緒言，亦有可徵。道光辛未，作《書諸稽郢墓石搨本後》，考釋吴越時已有墓石，而不知小篆始於何時，直徒勞耳。道光間，漢陽葉志詵得僞器《周遂启諆鼎》，置之金山，作歌紀事，又輯刻和詩曰《周鼎題詠滙存》，見葉志詵《御覽集》附，後來證明爲商估所欺。此又一例也。

木雞書屋詩選六卷　道光十九年刻本

黄金臺撰。金臺字鶴樓，浙江平湖人。嘉慶間貢生。十試鄉試不售。六十八歲入李聯琇幕。踪跡遍江淮。卒於咸豐十一年，年七十三。著《文鈔》四集，道光六年徐熊飛序。《詩選》六卷，道光十九年沈丹書序。以後所作，未見續刻。光緒三年申報館排印《癡説四種》，有《紅樓夢雜詠》，共七絶八十首，未悉作於何時。今《文鈔》猶存《讀紅樓圖記》，不見著録。金臺長於駢儷，作詩能掃陳腐，學力亦足副之。《讀陶靖節集》，題宋琬、施閏章、王士禛、趙執信、朱彝尊、查慎行《六家詩鈔》，題厲鶚、嚴遂成、錢載、王又曾、袁枚、吴錫麒《浙六家詩鈔》、《題李太白姜白石像》，無庸淺語。《詠史七絶》六十首，自漢文帝至熊廷弼。嘗摘録《二十一史》雜事編三十卷，名曰《史腋》，有書卷尾詩。金臺受知於李賡芸，賡芸寃死，以詩哭之。《何凌漢輓詩》、《題沈浪仙筠感事詩後》，間存故實。《乍浦游山詞》、《錢江觀弄潮歌》、《女優行》、《買書行》、《蘆川竹枝詞七首》，不第以風月之謳爲能。《改詩》云：「懺悔力除閨閣語，縱横不傍宋元門。」可見平日所指。《嫁女謡》、《捉船謡》、《撈蒲行》，均關社會時事。鴉片戰爭中痛慨國是。辛丑作《梟陣謡》、《翁洲哀》、《蛟門恨》。壬寅定海失陷，作《唐灣戰》、《湯山事》、《乍城陷》、《滿營逃》、《棄嬰孩》、《搜婦女》、《斧停棺》、《焚海塘》、《土匪亂》、《潰軍横》、《山下鬼》、《井中屍》。七月又作《告荒謡》、《坐飯謡》、《刼官謡》、《捉匪謡》，均樂府詩，抨擊英國侵略軍及清政府腐敗無能。又有《鴉片歌》，張應昌《詩鐸》已選。平步青《霞外攟屑》謂「有《木雞書屋集》，未見」，則今日求書，易於百年前多矣。金臺詩名遠播東瀛，集中有《日本大友遠霞參索詩》，《文集》有《日本廣瀨子基詩序》，皆與東土文化有關。

日本大友遠霞參索詩

昔者張鷟擅文名，新羅諸國俱傳行。又聞蕭雲工書法，百濟遣使投瓊英。嗟我平生誦經史，妃豨僅習雕蟲技。自笑鵡湖一鄙夫，敢向雞林索知己。惟君海外稱詩豪，蕉窗竹屋探風騷。（君所居名露蕉風竹書屋。）綵毫揮盡羊皮紙，佳墨磨成龍角膏。大洋恨與中華間，樓船頻有風波患。三秋不共雁臣來，萬里難隨鮫客泛。祇教麗句傳中心，未得傾襟遇晁監。蓬萊握手料無時，聊寄蕪言慰所思。牀角定留子昇卷，弓衣待織堯臣詩。蛉洲鹿港波瀾濶，極目滔滔情恍惚。七十二島都被烟雲遮，但見蓮花洋

中一輪月。《木雞書屋詩選》卷四

讀紅樓夢圖記

蝳柯未醒，觸緒恆多。蝶枕方酣，聞愁不少。以女兒無聊之恨，消英雄絶世之才。明知蓮性藕絲，干卿何事；無奈蘭因絮果，未免有情。揚厲鋪張，無非紅雨紫雲之興；纏綿感慨，幾許黄桑白草之嗟。卽色卽空，果是楞嚴十種；亦真亦幻，何殊梵志一壺。此曹君雪芹《紅樓夢》一書所由作也。雪芹以粲花之舌，抒繪水之思。口欲生香，眉堪撰史。百二十卷，補龜蒙侍兒之名；千萬餘言，勝張泌粧樓之記。陳思羅襪，媲美無難；温尉錦鞋，並傳不朽。花真解語，石亦能言。渡慾海之慈航，照昏衢之智燭。揆其用意，畧有四端。則有公子芙蓉，佳人荳蔻，脂香粉影，黛色釵聲，芳氣襲人，嫩寒鎖夢，薔薇雨滴，芍藥風微。妾嘗荷葉之羹，郎赴桃花之社。探梅而瓊章滿篋，訪菊而錦製盈箱。亭看蘆雪之飛，醉分鹿脯；軒愛蓼風之爽，戲下魚竿。指尖則紅染鳳仙，眉尾則翠描螺子。窗圍蝶翅，團扇輕兜；橋過蜂腰，芳巾吹墮。深顰淺怒，總不離花香鳥語之中；綽態柔情，自矜有天上人間之怒。其歡娛有如此者。若乃時過境遷，愁多樂少。淚盈似竹，命薄如花。傷病肺於秋風，葬詩魂於冷月。海棠枝瘦，蘭蕙香消。簾前之鸚鵡含悲，檻外之鶺鴒欲泣。淒涼五夜，祗餘白石蒼苔。慘淡一燈，凭弔緑珠紅拂。他若菊部之歌伶安在，蓮台之鬘女堪憐。七夕霜飛，血濺鴛鴦之劍；三秋月蝕，灰揚鵁鶄之樓。

甚至仙佛之性難回，孝廉之船不返。《南華》讀後，永無張敞深情；西海歸時，竟使文君守寡。其悲哀有如此者。且夫當其盛也，徐昭佩新承主眷，丁令光寵冠後宮。金屋酒香，玉臺花麗。上元鐙下，紅猴黑兔之車；春水池中，青雀黄龍之舫。集金釵之十二，賞珠履之三千。王家以寶井誇人，石氏以珊珠炫客。趙后金盤武后鏡，四面玲瓏；同昌寶帳壽昌牀，十重絢爛。壽筵大啟，八公十客齊來；德帳高懸，七貴五侯並會。是則繁華之極致，洵爲豔冶之大凡。至其衰也，孤蛩弔月，怪鳥啼雲。桂殿椒宮，狐狸夜瞰。茜牕蘭檻，鼯鼠晝眠。委鮫帳於塵埃，捐雀裘於草莽。凹晶館冷，不聞笛韻悠揚；凸碧山荒，愁聽蕭聲凄咽。黄鶯已老，杏帘與藕榭俱空；白鶴重來，柳渚偕蓼汀並廢。加以風波頓起，雷電交攻。燕巢幕而忽傾，魚在池而及禍。王根邸第，無復奢華；竇憲田園，半歸籍没。則又蒼涼彌甚，惻愴益深者矣。凡此描摹，俱關懲勸。廣黄土摶人之説，作飛花墜地之觀。僕本恨人，望白雲而灑淚；臣原好色，緘紅豆而相思。青峺峯高，幾經迷戀；黄粱飯熟，旋悟空虚。爰倩虎頭，爲濡麟角。夢中夢豈無醒覺，身外身不盡流連。從此得失無關，愛憎胥滅，風流懺罪，證果奚嫌。月上參禅，拈花微笑。愧青衫之久困，敢誇杜牧多情；幸彤管之能文，聊示元稹寓意。《木雞書屋文鈔》卷三

塵海勞人草十八卷 咸豐元年刻本

夏尚志撰。尚志字静甫，江蘇吴縣人。諸生。受業於石韞玉。壯游四方，爲幕府參軍。官浙江府經歷。

咸豐元年，以《塵海勞人草》、《關河清嘯詞》、《退思居雜著》付梓。陳來泰、曹楙堅、施朝幹爲序，蔣坦等人題詞。詩凡千五百餘首。尚志於道光二年入蜀，四年，自劍閣出至華嶽。五年，抵家，復奔波於江南。十八年，入都，北至歸化。二十年，又奉關北之役，游晉，補官汾西。二十四年，南游東甌，游雁蕩。咸豐元年，至浙東，奉符至定海，聞居民述辛丑八月失城事。三十年之詩，記道光朝南北各地見聞，亦云夥矣。其中《西藏新樂府》六首，詢諸土俗。《陪綏遠將軍閱兵》、《出塞行》以及感東南兵氣横侵諸作，多涉時事。《題芝龕記傳奇》二十四首、《題畫》十四首、《題劍人緣樂府》、《贈歌伶桂雲六絶句》、《題薛素素花里觀音畫卷》，間有藝術資料可捃。詩境不高，可存者什之一二耳。

燕來堂詩稿二卷 道光二十四年刻本

岳賡廷撰。賡廷字載臣，號石村，山東榮城人。諸生。棄舉業，閉户讀書垂四十年。潦倒以終。是集爲梁榮威刻於晉撫署中，又名《石村詩集》，有勞崇光、余正酉序，龍元僖、陸應穀、王筠等人題詞。《飢民行》，記嘉慶十五年山東水災。《島居雜詠十二首》，自詠性情。《書義勇歌》自注：「嘉慶七年，海寇掠島，湯廣譽父子以田器拒，身被數創，賊竟退去。」巖穴之士，所見不外是矣。乾隆間高密三李詩學賈島、張籍，稱爲高密派。王烶師承之，賡廷亦奉三李，克成嗣響。

易泉先生詩鈔二卷 詠史詩二卷 咸豐八年刻本

馮繼聰撰。繼聰字作謀，號易泉，山東濟寧人。官教諭。咸豐八年刻《易泉先生詩鈔》二卷，爲論唐詩絶句，有門人張繼鄒序。上卷自唐太宗至劉方平，凡一百三十家，二百九十九首。下卷自郎士元至僧齊已，凡一百三十三家，二百七十四首。清代論詩絶句始作俑者爲王士禛。至乾、嘉、道、咸四朝，人爭效之，已近二百家。以謝啟昆最多，見於《樹經堂詩集·讀唐宋金元明詩》，達五百首，皆仿元遺山體。然一人專論唐詩，未見有過於此鈔者也。附刻《詠史詩》二卷，上自秦漢，下迄元明凡一百九十八首，詠歷代人物，或因其全體以抉其隱微，或摘其一節以斷其生平。卽如張序所言：「以詩名可，以史名可，卽以詠史名亦無不可也。」

郵程紀事草一卷 嘉慶二十四年刻本 卧簾日記吟一卷 道光元年刻本

觀瑞撰。觀瑞字竹樓，姓索綽絡氏，滿洲正白旗人。嘉慶十五年舉人。二十三年官廣東文昌知縣。二十五年，奉調廉州同知。刻《郵程紀事草》爲出都赴海南島紀事詩，《臥簾日記吟》爲由瓊赴省紀程詩，附《瓊南唱和詩》。有吴其濬等序，江藩跋。前集如《五羊石歌》、《海南道中口號》、《瓊州竹枝詞》，俱較清麗。後集以所歷及其見聞皆綴以韻語，並道里而紀之。可補地方史乘之遺。道光十二年，觀瑞已擢道員，爲其兄觀榮刻《挂月山莊詩鈔》，並爲序。觀榮字青農，號梅林，司榷關，嘗游臨榆等地，詩以清和冲淡爲旨，可與此集互相參考。

瓊州竹枝詞　五首

椰酒春浮甕底香，波羅蜜好佐藷糧。瓊南佳味人知少，珍品無由貢上方。

黎母山頭遍結廬，山中嫁娶禮全殊。鼓聲不住喧呼飲，昨夜前村嫁小姑。

夜深頻起撥薰爐，爇到伽南品自殊。更有妙香名意可，不知郎意可儂無。

四時皆夏雨連綿，落遍花紅是木棉。樹底鵑聲啼徹夜，故教孀婦不成眠。

面刺花紋髮貫珠，抹胸百褶繫羅襦。兒家自有新粧束，雙鬢何須翠黛塗。《郵程紀事草》

念樓集詩五卷　劉楚楨詩稿不分卷　北京圖書館藏抄本

劉寶楠撰。寶楠字楚楨，號念樓，江蘇寶應人。道光二十年進士。官文安、元氏、三河等縣知縣。父履恂，有學名。從叔台拱爲經學家。寶楠得受其學，著《論語正義》一書，至爲精碻。卒於咸豐五年，年六十五。抄本《念樓集》八卷，前四卷爲古今體詩，外集二卷，卷一爲詩。有戴絅孫、梅曾亮序。雖已繕清，向無刻本。又《劉楚楨先生詩文稿本》一册，塗乙之處甚多，是否親筆，猶有可疑。其詩古體出於漢、魏、六朝，近體學唐。《村居雜詠》、《卧疴雜詠》、《邑中懷古八首》、《偶憶前朝遺事漫賦》、《讀漢書十四首》、《讀漢高帝紀四首》、《讀後漢書帝紀八首》、《儀徵宋三將軍廟》、《宋文丞相祠》，善使議論，亦富于學。《詩稿》有《里中詠詩絶句十二首》，自注録少作。寶楠刻其父《秋槎雜記》，爲亡弟寶樹刻集，乃身後無人比理己作，孤本孑傳，幾近湮失。尚冀有力者謀爲印行，以廣流傳也。

甘泉鄉人詩稿四卷　光緒十一年重刻本

錢泰吉撰。泰吉字輔宜，號警石，浙江嘉興人。以貢生官海寧訓導二十七年，掌教安瀾書院。同治二年卒於安慶，年七十三。從兄儀吉精於史，泰吉長於校勘，與之以學業相勉。所著《海昌備志》、《曝書雜記》，聞名於世。《甘泉鄉人稿》凡二十四卷，咸豐四年初刻於海昌，同治十一年再刻於金陵，此光緒三刻本。卷二十一至二十四爲詩。其詩私淑朱休度，亦得香樹、蘀石家法。自謂：「詩文一道，不必與古今作者角短長。自成一家規矩，但求其真而已。」集中《朱梓廬先生八十壽詩六十韻》，夾注可抵小傳。《書東坡集後》、《謝文節琴歌》、《題吴仲圭竹譜卷》、《明僉事金公應奎遺像詩》並序、《趙中令琴歌胡仁圃祥麟屬》、《戲作諸泥歌和金衎宗》、《題李香子富孫校經圖》、《吴晉齋廷康虎字歌》、《盤谷硯歌寄酬衎石兄》、《論詩二首》、《海昌孫吴二甎歌》並序、《題蔣吟舫世熁新得厭勝錢拓本》、《沈炳垣寄贈徐渭仁新刻顧澗薲思適齋集媵以長篇次韻奉答》，皆以讀書考訂，各爲之詩。與儀吉次答酬詩，亦可采覽。間有涉及風土、山川者，無諷世意。四卷名《讀舊書室詩》者一卷，名《可讀書齋詩》者三卷，皆平生之所詣。唯早年爲謝蘭生《思忠録》、《景忠録》題長歌，表揚庚子定海死難，敍述甚詳。其辭有云：「謝君曾日曾從戎，軍門論事驚凡聾。有手恨不能殺賊，濡染大筆思勸忠。凡死夷難盡著録，託始吾浙之甬東。」以下列舉知縣姚懷祥、乍浦同知韋逢甲、上海典史楊慶恩及兵民多人。詳見《冷廬雜識》卷七，爲此集所不載。子炳森《邠農偶吟稿》附刻。

休復居詩集六卷　道光間嘉定黄氏刻本

毛嶽生撰。嶽生字生甫，一字欽蘭，江蘇嘉定人，大瀛孫。弱冠以《白雁詩》得名。長從姚鼐游，得桐城古文之傳。流寓閩中十餘年。卒於道光二十一年，年五十一。《詩集》與《文集》六卷，爲嘉定黄氏合刻。附《元史后妃公主傳補》一卷。嶽生文名高於詩，詩亦不苟作。詠浙、閩及贛南一帶山水，脱去凡腐，出語尖新。《楓嶺》、《雙門灘》、《瑞金山中》、《會昌峽外寺壁》諸篇爲最。家富藏書，尤諳元朝歷史典故，精通翻譯。所接姚椿、郭麐、黄汝成、彭兆蓀、鄧顯鶴、陶澍、包世臣、方東樹、陳逢衡、屠倬、姚瑩、張祥河、吕璜，亦一時彦士。輓李賡芸，爲李宗傳題《釣鼇圖》，題《佛經册子》，題《飯牛山人募驢圖》，皆盡其長。詩近宋派，而不摹古。練廷璜序謂：「嶽生詩取之介甫、魯直，而導源二謝。」程庭鷺序謂：「由西江宗派變化杜、韓，後乃自闢門徑，戛然示異。」是矣。

欣所遇齋詩存十卷　道光三十年刻本

吴家懋撰。家懋字菊湖，廣東番禺人。嘉慶二十五年進士。受知於梁章鉅。與徐寶善、張祥河、黄爵滋、徐宗幹交好，爲馮詢内兄。道光十八年，官廣西龍騰知府。詩集首自序，以庚戌六十初度斷之，爲乾隆五十六年生。集中以詠粤東西山水居多。《大庾嶺懷古》、《謁張文獻公祠》、《伏波將軍廟》、《粤西懷古八首》、《棲霞洞》、《還珠洞》、《陽朔道中》、《游七星巖》、《羚羊峽》、《端州七星巖》、《峽山寺》諸題，名蹟幾遍游矣。嘗至京都北過井陘，游西湖，觀錢塘潮，均歌所見。晚好老莊，作《南華》三十首。格調不高，且不免迂腐，祇可瑕瑜互見耳。

知止齋詩集十六卷　光緒三年家刻本

翁心存撰。心存字二銘，號邃菴，江蘇常熟人。道光二年進士，改庶吉士，授編修。咸豐間歷工部、兵部、吏部尚書，體仁閣大學士。同治元年卒，年七十二。諡文端。是集爲子同書、同龢刊，收嘉慶十七年至同治元年詩一千六百餘首。心存父咸封官海州學正，知州唐仲冕見心存有異才，奇之，授之學。《應州試作書估行》，爲學使陳希曾所賞。今集中所存早年作，如《朐陽紀事詩》、《論詩絶句十八首》、《讀史漢絶句十首》、《讀三國志八首》、《山左懷古十首》，及行旅鄴中、夷門，《詠趙州橋》、《登祐國寺塔放歌》，俱見根基深厚，真力彌滿。通籍以前，於江西所作《普賢寺》、《藥師院》、《百花洲》、《賽神曲》、《洪州古鐘歌》、《洪州雜詩三十首》、《舠子船四十韻》，隨事書懷，亦能清拔。鴉片戰爭中，有憂時之章，典試福建、四川，督學廣東，出山海關所發歌詩，則已不能盡狀山川風物之美。咸豐間，時經太平天国、英法聯軍，議論朝政，忙於簿書，其詩趨於臺閣一途。旁及時務，歌頌皇朝，可觀無多矣。

丹魁堂詩集七卷　同治四年重刻本

季芝昌撰。芝昌字雲書，號仙九，江蘇江陰人。道光十二年年逾四十，成一甲三名進士，授編修。道光間官吏部、户部侍郎，擢左都御史。咸豐初年，出爲浙閩總督。二年以病乞休，十年，卒。年七十。光緒初，追謚文敏。《清史稿》傳稱其以文字受宣宗特達之知，及查辦長蘆、兩浙鹽務稱旨，遂驟進膺樞務。是集凡詩七卷，六百餘首，萬青藜序，曾國藩題詞。集中有《戊戌春闈卽事》詩，曾國藩卽於是科出於門下。又有《塔燈歌次外舅儕嶠先生韻》、《哭儕嶠外舅》八首，知芝昌爲王蘇女夫。自注云：「詩成於丁丑嘉慶二十二年初秋，距外舅之殉，已八閱月矣。」王蘇卒年，賴以得考。《外集》有《茗韻軒遺詩》，爲王伯穎撰，伯穎當卽王蘇女，以嘉慶己巳十四年歸芝昌，道光乙酉五年病卒，年三十七。是集所存，皆晚達之作，生平仕歷多可得見。《自題金粟山房圖》、《題朱人鳳印譜》、《題高麗國相洪澹園詩卷》、《蓬萊閣觀海》等篇，議論抒情，經營工穩。詠水煙、蓴羹、河豚，造意命句，不落窠臼。其詩學蘇，而異於粗豪恣肆。交游李兆洛、朱方增、沈學淵、莊綬甲、陸繼輅、顧翰、錢寶森、梅曾亮、張祥河、祁寯藻，多文人宿儒。與畫家吴冠英、金石僧達舟亦常相往還。

鷗汀漁隱詩集六卷　咸豐間補刻本

陳偕燦撰。偕燦字少香，江西宜黄人。道光元年舉人。官福建長泰、惠安知縣。咸豐五年歸里，十一年卒，年七十二。詩集初刻於道光二十年，吴嵩梁、曾燠序。咸豐間補刻附《外集》並其亡室沈鳳香《琴韻閣遺草》及《悼亡詩》，門人林昌彝爲撰《小傳》。詩起於嘉慶十二年，止於咸豐三年，以後八年詩未見刊版。偕燦少負詩名，屢試禮闈，北上入都。爲阮元、吴嵩梁所賞。艾暢公車至京，題其《讀書秋樹圖》，有「前身都是掌書仙，吟哦太苦遭天謫」句。其詩秀穎新脱，興會淋漓。《官查鹽》、《卡兵來》、《賣兒行》、《縣吏尊》等詩，寓意諷刺。《舟中望五老峯》、《登孤山》、《金吾名馬歌》、《羊角山》、《游棲霞寺作歌》、《大明湖》、《武夷櫂歌》、《建溪驛謝疊山賣卜處》、《游鼓山》、《龍巖歌》，摹寫曲盡其妙。《題三百三十有三士亭圖》、《題桃花扇院本四首》、《題小謨觴館詩集》，均爲藝林故實。題林昌彝《四維草堂詩集》稱其「博極羣書，有經説數十種」，可見昌彝早通經學。與林則徐、符兆綸、車持謙、齊彦槐、何紹基亦有寄酬。鴉片戰爭起，作《粤東近事》等詩，感發襟情。西江詩壇自吴嵩梁、郭儀霄後，可增此一席。

貞冬詩前録四卷後録四卷　咸豐間刻本

甘煦撰。煦字耆仁，號貞冬老人，江蘇江寧人。道光元年中副榜。七年，官安徽太平知縣。家多蓄書，與弟熙俱好學，爲孫星衍所賞。是集首强溱、楊長年序。詩前録自嘉慶十九年始，後録自咸豐二年始。以咸豐五年年六十五歲作《落齒詩》上推，爲乾隆五十六年生。《前録》中《擬宋樓公耕詩二十一首》，記田家四季耕作，較前人耕具詩爲勝。《梯山行》、《插秧詞》，亦爲真實紀録。《明季逸事雜詠二十六首》、《宋天禧都酒務印》有序、《三十六宋甎歸裝圖》、《論詩》二首、《嘲醫》二首，議論有可取處。《後録》爲太平天国起事後作，不免泥沙俱下。然如《逃兵謡》、《蘭山哀》等篇，揭露官兵腐敗朘削人民，亦較刻露。煦與梅曾亮、管同、王赓言契交。《弔葉兩垞》詩，謂葉維庚升任泰州，未抵任而卒。《弔江雲樵》，盛稱江臨泰之學。《哭實菴弟》，謂甘熙著《金石題詠滙編》、《日下瑣言》、《日下雜識》、《桐陰隨筆》、《壽石齋詩鈔》皆未刻，凡此傳記材料，堪供擠撏。

梯山行 並序

太平居萬山中，石肥土瘠，歲入稻穀不足給。居民鑿山爲田，種菽麥椋漆，層叠而上，如梯級然。然而山亦殘矣。棚民之害，尤不可不深慮也。

誰謂上山難，絶壁陡作平砥看。誰謂山多木，蕪薈盡除樹嘉穀。龍鱗一一排東西，石無稜骨土無皮。上至山巔下山脚，凸處平削凹處齊。土階疊成一萬級，連步直上青雲梯。壅蔭草灰引泉脈，種以椋漆稷黍麥。春至半天青雨流，秋來一片黄雲積。嗟爾山農誠苦辛，開鑿不煩驅五丁。火耕石耨竭終歲，生計依賴惟山靈。嗚呼，山靈亦何辜，斬其血脈裂其膚。色如死灰慘不舒。誠恐風磨雨刼無時已，陵谷一變厓岸區。棚民開山例有禁，況乎伏莽尤可虞。有利必興害必除，作詩用以告士夫。《貞冬詩前録》卷三

弔江雲樵先生 諱臨泰，全椒人。

當代論天學，如君有幾人。中西通奧義，李顧得功臣。元李治之《測員海鏡》、明顧箬溪《弧矢算術》，皆精於線角學者。渾蓋詮來闢，球儀制獨新。先生著述甚富，予於《渾蓋通銓》特爲刊行，且所製晷儀中星録尤爲獨創。遺編自千古，絶業孰傳薪。《貞冬詩後録》卷二

聞台勇五百人搆亂玉山縣某令率其妻妾子女以計盡擒殺之

高牙大纛胡爲者，制勝無須一旅提。誰識卑枝息鸞鳳，竟教叢邑築鯨鯢。兒郎辦賊誠難得，孃子横軍更莫齊。合與温陳成鼎足，危城端賴一丸泥。謂六合令温紹原、全椒令陳麒昌。《貞冬詩後録》卷二

通隱堂詩存四卷 咸豐八年活字本 梵隱堂詩存十卷 同治五年刻本

覺阿撰。覺阿本名張京度，字蓮民，江蘇元和人。諸生。受知於陳鑾。後入支研山通濟菴爲僧，釋名覺阿，或作祖觀。所作詩出家前曰《通隱堂集》，署張京度，出家後曰《梵隱堂集》，署釋名覺阿。兩集均由馮桂芬爲序。序有云：「上人負幹濟才，經世大致，鬱然懷抱。既隱於佛，無所用。一以昌其詩，名聲滿東南。」蓋作者與馮爲總角交，又同游于庠也。前集《吴興行》、《山中雜詩》、《于忠肅祠》等篇，秀逸樸質，典型具在。

《題河東君道裝像》、《題歸太僕集》、《白石道人像》韻致亦佳。長篇《贈曹艮南卽題曇雲閣詩集》、《寄懷林少穆制軍》、《黄樹齋先生寄示粤游草》，於時事頗爲關切。作者與同里貝青喬善，青喬嘗在奕經幕中從戎，著有《咄咄吟》，前集有《送貝無咎之滇黔》詩。後集詠時事者尤多，如《西洋二首》、《諸將四首》、《吴淞四首》、《海西歎》、《聞林制軍入關喜作》、《咄咄吟題詞四首》，均涉及世變。《防海》二首其一云：「防海兵船兩度過，元戎株守意如何。漢廷失律寬婁敬，粤國何人不趙佗。民氣凋殘思募勇，軍儲倉卒急催科。誰憐待罪南冠客，局外憂時涕淚多。」感情激越而法度甚嚴。卽如《踏青謡》、《捕鱷行》、《龍尾車歌》、《己酉大水》，亦關懷民瘼，是身隱而心未隱矣。作者論詩反對袁枚，以入魔道。後集又有《題晞髪集》、《劉龍洲墓》、《題湖山類稿》、《題黄黎洲集後》、《讀顧亭林集》，稱贊古人，重在品節。朱琦稱其詩「出家前作似和尚詩，出家後作似秀才詩」見馮序，有以也。生卒年不詳。葉廷琯《楙花盦詩存》有輓詩，謂覺阿亡於太湖中衡山，年七十。詩作於咸豐十年，逆推爲乾隆五十六年生。

意若山館詩稿十六卷　光緒十八年刻本

陸嵩撰。嵩字希孫，號方山，江蘇元和人。貢生。官鎮江府學訓導。卒於咸豐十年，年七十。是集有陳用光、朱綬、張履等序，詩一千二百四十八首，由其子懋修校，未授梓。光緒十八年，其孫潤庠並懋修詩集合刻之。懋修詩不甚工，嵩詩樸質深厚，自足樹立。集中《題顧亭林先生遺像》、《題包慎伯中衢一勺後卽贈》、

《姚石甫瑩以東溟集見貽賦此奉謝》、《呈林中丞少穆先生》、《書兩當軒詩後》、《書魏默深海國圖志後卽贈》，多與本朝文獻有關。鴉片戰爭，力主抗擊。所作《查災謡》、《注荒謡》、《散振謡》、《東郭歎》、《禁煙歎》、《鬻兒行》、《查振歎》、《飢民船》、《熟荒謡》，關心民瘼，揭發時弊，盛有佳篇。金陵等詩，亦較警策。截句如「長江天險自古説，胡爲揖盗先開門」，「驚見羽書傳昨夜，忽聞和議出崇朝」，可嘗寸臠。咸豐間有感於太平天国起事，所作不足稱，亦無可採。

張石樵先生遺詩四卷

光緒七年刻本

張安保撰。安保字懷之，號石樵，一號叔雅，晚更號潛翁，江蘇儀徵人。諸生。道光十二年以例貢爲候選訓導。同治三年卒，年七十三。光緒七年，其子丙炎官翰林編修，輯遺詩曰《味真閣集》、《晚翠軒集》，各上、下卷，統名《張石樵先生遺詩》。尚有《聳翠樓文集》二卷待梓。楊葆光序，鄭雲官撰《行狀》。安保受業於吴清鵬，與包世臣、周濟等以時務相砥礪。與王豫、管同、劉寶楠、陳裴之等人研習詩文，交游吴熙載、許宗衡、李周南、汪全泰、厲同勳、葉名澧諸文士，頗得師友之助。《廣陵行》、《埸河謡》、《外河謡》、《安灘謡》、《災黎歎》、《草衣歌》，足見其經濟用世貞憫民生之意。《詠史》十六首、《訪隋宫遺址》，亦能勤探書卷。太平天国軍興，詩多抵觸。然如《兵伐竹》、《築土城》、《牧馬草》、《團鄉兵》、《招鄉勇》諸篇，猶存社會史料。《民謡》五首，曰《拆民房》、《兵占屋》、《填長濠》、《牧民糧》、《選鄉官》，於清政府腐敗，多所抨擊。世變日亟，殆可見焉。

場河謡

揚州四會五連莊，城中大半居鹽商。鹽商行鹽達江廣，竈丁燒鹽自鹽場。在場堆鹽籧篨覆，出場運鹽屯船裝。屯船俱向場河出，河中之水長泱泱。前年仲夏愆雨澤，天旱日烈土盡赤。煮海成鹽鹽成山，山山俱向鹽場積。場有鹽，河無水，鹽船陷入場河裏，河中水乾船不起。河水乾，民心傷，不惟年荒兼鹽荒。年荒猶可，鹽荒殺我，終歲倚鹽爲生活，無鹽日日惟閒坐。一日無鹽，一日無錢。無錢一日亦何害，小民窘迫斷炊煙。可憐民命倚鹽活，那堪河水無涓涓。八月九月秋潮生，場河水長船運行。大船小船運鹽出，萬民鼓舞皆歡聲。今年鹽多各饒樂，捆鹽錢來恣揮霍。肥羊大酒極豪奢，恃此源頭活水活。源頭水活我所思，源頭水涸亦有之。勸君莫作長流視，記取場河水竭時。《味真閣集》卷上

薜荔山莊詩稿不分卷　咸豐間刻本

成瑞撰。成瑞字輯軒，滿洲旗人。諸生。嘉慶七年隨父權雲南蒙化，三試鄉試不售，納貲選授四川興文知縣。道光十七年官迪化知州。二十八年爲陝西鳳翔知府，轉潼關商道。咸豐七年自訂詩詞、文稿五卷，序稱年六十六，而所收詩止于咸豐十年。又黄濬序。成瑞歷滇蜀秦隴，兩次出嘉峪關，在新疆六年。以詩紀遊，多有壯思。《度天山》、《游濟木薩城卧佛洞》、《度噶遜搭班》、《塞寒行》、《庫車》、《托克遜途中望博克達

山》、《南疆阿克蘇》、《喀喇沙爾》、《登靈應山諸篇》，奇境逼真，非親歷者不能道。詠《喀喇沙爾》云：「雪山平遠處，蒙部若星羅。古戍連邊徼，荒城枕大河。力田人漸少，游牧業恆多。更有冰魚利，三冬貿易過。」《吐魯番途中書所見》云：「火州炎熱地，二月已清和。旭日烘園柳，春風長岸莎。販棉行客慣，藝果小回多。十載無兵警，荒城策馬過。」《蘇巴什溝》云：「西望焉宿路可尋，沙溝石峽杳易深。天開奇遇通夷夏，山峙長城歷古今。險隘不殊千騎守，懷柔須慰九重心。兩崖題字難磨洗，人口宜防利若金。」自注：「南路兵民東返，多將各城大臣優劣於溝邊大石上題之。又博克達山之陽，有泉數泓，湧流不竭，逶迤數十里，趨出峽口，散浸平原。原之南有草湖，澄清如鏡，四圍小泉多注，湖之西地廣土肥，堪以墾種。惟湖既窪下，水多苦鹹，難資灌溉。成瑞相度形勢，擬由峽口開鑿，引河水滙達湖西，農民均踴躍樂從。因占五律二首，以紀實。」我國新疆境内各民族團結和睦情景，時有見焉。

輪臺雜咏

羣山迢遞障南陬，萬壑源泉向北流。郡邑星羅村墅接，輪臺形勝冠三州。
歇地從來所未聞，祇緣地廣任耕耘。户地寬廣，每歲不能遍耕，可以更替緩歇。年年豐稔無荒歉，報道收成十二分。
柳隱紅山水滿津，往來多是踏青人。衣香鬢影臨流處，又減秦淮兩岸春。

六月凉生水磨河，賽神爭唱太平歌。新疆禁止優戲，民間報賽，皆唱太平秧歌。畫橋東去塵囂絶，漫試温泉一掬多。

來青傑閣聳雲烟，勝日登臨物候妍。紅葉黄花助秋興，携壺人醉夕陽天。

福壽山前大幕開，雪晴風勁馬頻催。將軍示武乘冬令，不是閒情縱獵來。《薛荔山莊詩稿》

吐魯番境有伊拉里河源出阿拉渾山内東流數十里散入沙磧潛消余與菩蓮菴司馬王載堂大令奉檄督民鑿渠引水下達板土戈壁獲新墾地十萬餘畝因賦詩以紀其事卽呈惠詩塘都護

壤接輪臺近，途通宿海遐。羣山圍大野，亂水散平沙。疏鑿新流暢，菑畬美利賒。祥風吹黍稷，靈雨潤桑麻。隙地宜栽果，餘天好種瓜。歡生西蒙部，蒙音猛。吐爾扈特、和碩特兩蒙古部落，爲喀喇沙爾所轄，在吐魯番之西，以阿拉渾山口爲界。伊拉里開鑿河渠，引水灌地，與蒙部游牧並不相妨。春到小回家。保庶惟加富，籌邊卽衛華。旌麾方蒞止，時惠詩塘都護至「番」閱伍。歌頌播天涯。《薛荔山莊詩稿》

楙花盦詩存二卷附一卷　同治間刻本

葉廷琯撰。廷琯字調生，江蘇吴縣人。諸生。同治元年，舉孝廉方正，辭不就。劬學不衰。所著《吹綱録》、《鷗波漁話》，近代筆記中以詳實雅飭稱著。卒於同治八年，年七十八。自刻《詩存》二卷，上卷曰《憶存草》，下卷曰《刼餘草》，亦有備古今掌故。廷琯爲陳文述女夫，集中有《題頤道堂集》，讀内弟陳裴之《湘煙小録》二十首。與詩人貝青喬善交，青喬晚景甚苦，廷琯作詩寄懷，青喬旅櫬南歸，以詩弔之。爲張履作《靜觀齋四詠》，題貝煦《癸未賑荒紀事録》，爲陸以湉題《庚申杭城烏鎮紀亂詩》，題齊學裘《見聞隨筆》，以及《黄仲則遺硯爲其孫志述賦》、《題沈西雝藏銅熨斗詩》、《陳化成遺像》，俱可資采。咸豐十年，覺阿亡於太湖中衡山，年七十，廷琯作挽歌，覺阿卽張京度，固儒士也。《古紅梅閣詩爲劉履芬作》自注：「閣在蘇城。宋殿中丞吴應之與姬紅梅偕隱處，因人以名。吴作《折紅梅詞》傳於世。」《得遠祖石林居士孔耳山題名拓本》，石林卽葉夢得。《雪湖楊高士遺像詩》，楊名藝，字碩夫，平望人。瞿式耜被難，殮其屍，孤孫爲軍刼去，力爭脱之。《明許自昌梅花墅圖册》、《讀刼灰録李定國傳感題》、《明潞王書蘭石刻拓本》、《徐侯齋先生自畫間上草堂圖》自注：毛叔姜藏，立軸。多爲明清之際史料。其詩側重紀事，故亦深究物情。《答友人問華涇風土》、《捉花吟》、《捉花補吟》、《烏泥涇懷古》，於上海歷史民情，頗能熟諳。附《浦西寓舍雜詠》，記太平天国佔領上海前後事，頗廣見聞。勞格爲近代校勘大家，革命軍入城未動其物。凡此皆他書所未及也。

浦西寓舍雜詠　六十四首録十三

寄跡華涇，載更裘篚，凡所見聞涉歷，輒成短句，藉遣旅愁。事非一類，言非一端，地亦非一處，畧加詮次録之，得詩六十四首，題爲《雜詠》云。

寇深直逼滬城限，不戰何緣萬騎回。驅淨妖氛聲一震，開花夷礮果如雷。七月初，賊撲上海南西二門甚鋭，兵勇皆斂手不戰。初六日夷人助兵，以落地開花礮連擊之，遂被創而退。

滬濱兵災首水仙，一時壁壘受鋒先。南朝内史能完節，華胄遥遥更象賢。晉吴國内史袁崧築壘以禦孫恩，後殉難於滬瀆。咸豐三年秋，紅頭之變，攝上海令小村袁公祖惠亦被難。公爲錢塘簡齋太史枚冢孫，蘭村明府通之子也。

勝國防倭事已遥，江關久廢僅存橋。而今斥候應重設，舢艋常虞駛兩潮。華涇在明時遭倭寇蹂躪，今關港關橋，明人於此設卡防遏，遺跡猶存。近日南路寇氛漸近，似亦宜在關港口設兵巡哨。舢艋船見《宋史·李全傳》，全所造以寇宋者。

浦東佳布例稱尖，紡織工須細潔兼。僥倖丁孃遇朱老，百年聲價爲詩添。朱竹垞《曝書亭集》有《丁娘子布》詩，當時游上海時所作。百年前浦東尚有丁家尖之名，疑即其後人所織，值倍他家之布。

紃雲組霧敵蠶絲，被織厓州賴導師。仰食禮宜崇報賽，舊祠今更建新祠。王逢《梧溪集·黄道婆祠詩序》云：道婆，烏涇人。少淪落厓州。元貞間附海舶歸，紡棉織厓州被自給，教他姓婦不倦，被更烏涇，名天下，仰食者衆。及卒，鄉人爲立祠。詩中有「厓州布被五色繅，組霧紃雲粲花草」句。據此，知道婆所織，乃有花被料，非一切布概是。其教織也，棉之爲用，實廣於絲，絲維富貴家用之，然亦有必宜用棉之處，故通行於貴賤貧富。且器物所需，有宜棉而不宜絲者，其利用豈可量哉。黄道婆禮宜報賽，聞長橋北有祠地甚偪仄，歲時遇各鄉幼女學紡織，間往拜禱，餘則絶無人過謁者。年久祠宇傾欹，香火闃寂。今唯上海南門内有祠屋稍宏敞，蓋近世所建云。

真讀書人賊亦欽，纖塵不使講帷侵。黄巾知避康成里，漢季儒風又見今。仁和勞季言司訓格，家塘棲，累代富藏書。季言尤以博洽名。賊酋至其門，戒其徒謂此讀書人家，毋驚之。入書室，取架上卷帙觀之曰：「聞此家多藏秘籍，何此皆非善本，殆移匿他處耶？」徘徊良久，不動一物而去。賊亦知書，異哉。季言人素篤實，貽札自述其事，當非虚語。

良友他鄉慰索居，誓收秘籍刼灰餘。如何遽返瑯嬛地，抛擲遺編飽蠹魚。仁和胡心耘珽欲廣收已散之書，辛酉夏賫志而殁，遺書且莫保矣。

文人命薄易消磨，夷館三年一刹那。贏得夜臺誇舊侣，奇書海外讀來多。江寧管小異嗣復癸丑陷賊得出，乞食來吴，余與定交。夷人合信氏延之墨海書館校書三載，脩脯頗厚，所見西洋秘籍甚多。庚申冬没於杭州，惜哉。

烽煙滿目萬民愁，幕府初聞展一籌。三百夷兵新退賊，又看諸將敍從優。

爲籌兵饟亟抽釐，山果園蔬概不遺。纔是野人芹獻罷，鄉閭兵過徧瘡痍。

使星往歲照東瀛，早見雞林仰盛名。一品集煩重譯讀，香山爨嫗屬書生。三年前松岑尚書花沙納公奉使來滬城，夷人購得其詩集刻本，屬竇山蔣敦復以夷語譯之，寫寄其國，較白傅事更奇。

畚鍤西郊集萬工，紅兜刼塚事相同。冬青義士今如在，欲拾寒瓊計亦窮。夷場昔年築館，多掘人墳墓爲之，骸骨狼籍不顧。近開西馬路亦然。元時楊髡發宋諸陵，恐無如是多也。寒瓊指骨，見宋人詩。

歲殘聞警更移居，風雪爭趨北郭廬。今日桃源何處問，蜃樓鮫室是鄉閭。冬杪浦東全陷，城鄉居民及僑寓者，大半遷避夷場，賃值雖昂不顧。因當道與英法二國有會防之議，恃以無恐也。《秫花盦詩附》

清人詩集敍録卷六十四

定盦詩二卷雜詩一卷　同治七年杭州刻本

龔自珍撰。自珍曾更名鞏祚，字璱人，號定盦，浙江仁和人。道光九年進士。授内閣中書，陞宗人府主事。十九年改禮部。二十一年告歸，南下卒於道，年五十。自珍十二歲從外祖段玉裁受《説文》，經通《公羊春秋》，於史長西北輿地。晚好佛典。其詩涵茹周、秦、漢、魏、六朝、唐、宋以至近世諸家，自闢奇徑，獨創一格。自謂「詩必有原。放之乎三千年青史氏之言，放之乎八儒、三墨、兵刑、星氣、五行，以及古人不欲明言、不忍卒言，而姑猖狂恢詭以言之之言，乃亦摭證之以並世見聞，當代故實，官牘地志，計簿客籍之言，合而以昌其詩，而詩之境乃極。」見《文集·送徐鐵孫序》，初載徐榮《懷古田舍詩集》卷首，文字有異同。所作《漢朝儒生行》、《寒月吟》、《十月廿夜大風不寐起而書懷》、《自春徂秋偶有所觸拉雜書之漫不詮次得十五首》、《奴史問答》，當信所言不誣。《西郊落花歌》、《詠史》以及辭京途中所作《己亥雜詩三百十五首》，句意精深，直不可以蠡測。題圖之作，雖非金石淵藪，品評間時夾理趣。與清流寄贈唱和氣韻特異。而詩中於清末政治腐敗現象幾揭露無遺，大聲疾呼又令人振而起之。重傳神輕摹擬，貴含諷賤利詈，其奇特之處，後無此種矣。《詩集》

三卷，附《定盦文集》後，同治七年吴煦刻，曹籀序。據平步青云：「原本《定盦詩集》爲上、中、下卷，《夢草》二卷，《餘集》上、中、下卷，附少作詩一卷，均未刻。」《霞外攟屑》卷六。以後朱刻本增《補編》，風雨樓本增《集外未刻詩》，近又有《全集》本，幾可人置一編矣。自珍受知於劉逢禄，才名與魏源齊，稱龔魏。生前以詩贊稱者，有梅曾亮、蔣湘南。周儀暐有和詩，許正綬有弔詩，各見本集。光緒間，士夫雅好龔詩，競自習效，不知龔詩未易近摹，難怪畫虎不成矣。嘉、道間詩人多如繁星，自珍當爲啟明，而不必瞻若北斗。蓋其詩能開風氣，殊無法律可求也。沈景修《論詩絶句》云：「豐臺芳訊近如何，劍膽琴心託浩歌。手擫瓊簫騎鶴背，天風吹上月如波。」此詩效其體並論其詩，甚切。

藤蓋軒詩集二卷　咸豐二年刻本

吉年撰。吉年字秋畬，滿洲鑲藍旗人。道光二年進士。官灤陽知府，擢順天府尹。卒於咸豐二年。年五十七。此集有嵩溥序，曹炳燮跋。《遊白兆山》、《武昌雜詩二十二首》、《望醫巫閭歌》、《瑪爾敦嶺》、《别結輞山》、《女兒河》等篇，多有奇横之勢。居京都，作《游釣魚臺》、《文丞相祠》、《太平鼓》等詩。《題曾衍東指畫鬼推磨圖》亦饒逸趣。子海鍾，有《履綏堂稿》。蓋父子均能以詩鳴者。

且甌集八卷　咸豐間刻瑞安項氏遺書本

項霽撰。霽字叔明，號雁湖，浙江瑞安人。諸生。棄舉業不事，專爲詩歌。道光二十一年年五十卒於里。咸豐間刊遺書，錢泰吉爲之序。作者受學於端木國瑚。於浙東山川風物吟詠畧備。尤工七言長句，《送人重赴日本六十韻》、《尋羅陽王祠》、《頳桐花歌》、《送陳茂才觀西赴琉球》、《食蛸蛘偶賦六十韻》、《翡翠曲》、《罱泥船》、《題石刻吴郡名賢像後寄顧大學沅》、《題七賢過關圖》、《戚公餅》、《海鰌》諸篇，富有日新。游雁蕩、天台詩甚多，《大龍湫歌》尤見盤礴之勝。近體《書新唐書後三首》、《題武大令億逸事後三首》、《渡永嘉江八首》，亦不苟作。其詩無憤世疾俗之言，亦未窮探典籍，皆有所爲而發，是善於辨體者矣。

懷古田舍詩鈔三十三卷　咸豐間刻本

徐榮撰。榮原名鑑，字鐵孫，先世湖北監利，後家遼東，漢軍正黄旗人，徙廣州。嘉慶二十一年舉人，爲直隸藁城縣訓導。道光十六年成進士。官浙江遂昌，嘉興知縣，玉環廳同知，温州、紹興知府，咸豐間官杭嘉湖道，福建汀漳龍道。咸豐五年太平軍攻黟縣死之，年六十四。事見濮文暹所撰《墓誌》，載《懷古田舍詩節鈔》，同治三年刻本。此集刻於廣州，爲嘉慶九年至道光三十年詩。首龔鞏祚序。鞏祚卽龔自珍，此序見《定盦續集》，名《送徐鐵孫序》。又朱緒曾、張維屏、鄭祖琛、王鄰翼序，龔祕評語。榮嘗館張維屏聽松廬。受知於阮元，爲學海堂學長。作《嶺南荔枝詞二十首》、《嶺南勸耕詩》十二首、《學海堂落成八首》、《學海室中草木詩二十首》。《寄阮芸臺宫保師移節滇黔》自注云，道光六年建學海堂於粵秀山，校刊《皇清經解》。以吴蘭修、林伯桐、曾釗、趙均、吴應逵、熊景星、馬福安、徐榮八人爲學海堂學長。北上後有《藁城雜詩十七首》。道光丙午參加陶然亭禊會，有詩。官浙江時，游雁蕩，有詩。又作《玉環竹枝詞》、《環山勝境詩》二十餘首。餘如《題劉基書支離子詩》、《倪元璐尺牘十二首》附載原文、《讀法苑珠林六首》、《題曾衍東自寫負擔圖》、《爲劉燕庭題雁塔甎拓本》、《題汪龍莊先生遺像》、《龔定盦訪余鴛湖畫梅爲贈繫以小詩》、《題姚梅伯西山紀勝圖》、《題顧沅古器拓本》，亦稱淹博。此集不免蕪雜。同治三年有《節鈔》六卷，亦廣東刻本，選詩較精，有林鴻年序，原序無存。

功甫小集詩三卷 道光間刻本　放猨桐江江山合刻三卷 咸豐間刻本

閉門集六卷　船菴集六卷 光緒五年八喜齋刻本

潘曾沂撰。曾沂字功甫，號瑟庵，又號小浮山人，江蘇吴縣人。世恩長子。嘉慶二十一年舉人，官内閣中書。道光初年，在京宣南寓齋主持詩社。吴嵩梁、陳用光、朱琦、顧蒓、程恩澤、陶澍、董國華、胡承珙、李彦章、林則徐、梁章鉅、錢儀吉、朱爲弼、徐寶善、張祥河均偕與游。四年，謝職歸里。蓄猿鶴，長齋禮佛。究心於區田水利之法，林則徐督兩湖，嘗造訪之。又與弟曾瑩、曾綬揚扢風雅，晚年作詩，不甚摹繪世情。卒於咸豐二年，年六十二。有《自訂年譜》。《詩集》初刻曰《功甫小集》，凡詩三卷。首嘉慶二十三年吴翌鳳序。少時隨宦杭州，熟習南宋遺事。《詠史十國樂府》、《鄴中華竹苑歌》、《明宮詞》、《與友人談武林舊事》、《宋謝文節公琴歌》，搜采甚博。《銀紅衫子曲題陳小蓮畫》、《新嘉驛圖卷》、《書吕舍人江西詩派圖後十六首》、《倣元遺山論詩絶句三十首》、《讀斜川集》、《劉潛夫集》，亦能自出機杼。《題宣南詩社圖》，詩社成員多有贈題。續刻《放猨集》、《桐江集》、《江山風月集》各一卷。《放猨集》爲早年居杭游西湖及徑山、天目山之作。《桐江集》爲道光元年、二年與吴嵩梁游桐廬攬勝之詩。《江山風月集》爲道光十八年出遊赤壁、洞庭詩。三集均爲咸豐二年始行録刻。附《閉門自訟詩》三十六首，亦作於二十年前。曾沂既殁三十年，其姪祖蔭復刊遺稿，曰《小浮山人閉門集》六卷，曰《船庵集》六卷，附詞一卷。歸里後學道與優閒之作，盡在於是。如《鮓答》一首注云：「醫書稱鮓答生走獸及牛馬肝膽之間，不言所致雨之故，嘗取置水中淘漉玩弄，忽悟其理。」此詩直是瞽説。《演歌》一首自注云：「蘇杭兒童山歌，厲樊榭《宋詩紀事》有采録者。余少時客杭，采月子彎彎照九州曲，與吴郡志所録小異，並假其語發端成長短句體，名曰演歌。凡二章，取其婉而多易以感發云。」又有《鳳池雙紅龜詩》、《種茶詩》、《僕從山東德州寄到豆種並樹藝法紀以詩》、《船菴八鶴詩》、《自題采鶴圖載鶴歸來圖》等篇。唯曾沂一生所交，盡爲清流，集中懷人唱和，多有可取。《題王子梅鴻茅屋盜詩圖》小序云：「子梅近有滄浪亭懷龔定庵之作。」又《訪覺阿上人通濟庵值其閉關留一絶句昨以見示因次韻一首並書茅屋圖後》詩云：「中峯語妙是吾師，味似白雲無盡時。費齒一生何所得，也曾三嘸轉菴詩。」注云：「余於壬午、癸未間在京師，與亡友龔定庵往來甚密。定庵喜高論，余輒戒之，未嘗不見聽，故末語及之。」道光二十一年，林則徐遣戍新疆，舟過吴門，曾沂寄詩三首，附和詩，已見《雲左山房詩鈔》。《詩鈔》又有《區田歌爲潘功甫舍人作》，亦可互爲參考。

辛丑六月少穆將有伊犁之行舟過吴門寄此

晴川歷歷漢陽城，六月長江憶送行。未忘青牛當日語，前年相晤於鄂渚舟中，札來有青牛過關之喻。已乘黄鶴昔人情。《江山風月》有《江夏懷玉笙中丞》之作。鍊心莫逐舟山動，絶口無談海市横。西域極邊飛鳥外，天盤經指眼初明。

人身氣海竅天山，奔是周天自返還。用参同語。萬里祇須看脚下，昔人云，登高雖千仞，眼所看止脚下一步地，則形神相守而不勞。一輪惟有守眉間。最先用藥培中土，究竟歸原在上關。莫道玄溝能界斷，月華瑩淨曲江閒。

我欲逍遥萬里游，君行萬里得毋愁。豈知有子無官妙，時公子請隨行。不用窮高極遠求。鴻鵠能知天地山川，最爲大鳥。語本毛傳。鮓答祈陰生獸腹，鮓答生中馬腹中，番人夏日長行必攜以祈陰禱雨，爲避暑之用。今蔓菴中必有此物。醍瑚滴露到花頭。「一些珠露，阿誰運到稻花頭。」陳泥丸真生之故，早於後樂亭上體會得之。且呼叔黨摹真影，眉目天然神自留。用東坡事。《船菴集》卷三

小緑天菴遺詩二卷　近代排印本

達受撰。達受一名六舟，俗姓姚。海昌白馬廟僧。主杭州西湖淨慈寺。工書畫，善摹搨鐘鼎。嘗得懷

素學書《千字文》鉤摹上石，賦詩以記。蒐羅古刻甚多。與嘉、道間東南名士多有交往，世稱金石僧。咸豐八年卒，年六十八。遺詩爲一九二零年排印本。有同治四年譚獻序，蔣學堅、姚煜序。事具卷首管庭芬撰《南屏退叟傳》。上卷有《答阮相國》、《答程木菴孔目》等詩。下卷《題漢劉君殘碑》、《米襄陽重刻瘞鶴銘殘字歌》、《渡江訪瘞鶴銘及宋人題名記事》、《南漢銅鐘》、《顯德甎塔》、《悟空國師塔銘》、《宋搨書譜舊藏余家今歸南徐吴氏作歌紀之》、《宋僧塔志》、《漢泉文甎》、《古井題名》、《宋高宗殘勅石刻》、《咸淳石鼎》、《訪拓新安烏料山韓林兒勅封汪王廟碑》，金石題詠，考據甚詳。附《六舟山野紀事》詩。

躬耻齋詩鈔十四卷

咸豐九年九曲山房刻本

宗稷辰撰。稷辰字迪甫，一字滌甫，浙江會稽人。道光元年舉人。官内閣中書，軍機章京，遷起居注主事，再遷户部員外郎。咸豐間官御史、給事中，尋授南河道。同治六年卒，年七十六。是集與《文鈔》、《永州志稿》合刻。有咸豐九年何紹基序。詩共二千五百餘首，每卷釐爲上、下二卷。稷辰於道光十一年、二十九年、咸豐四年，凡三起。其間主講辰州虎溪、衡山集賢，餘姚龍山，山陰蕺山書院有年。《清史稿》傳僅謂罷官後主龍山、蕺山兩院講席，未免舛漏。幼隨父霈居零陵，修《永州志》，於零陵山川風習，最爲熟諳，所作風土詩及《四修永州郡志四十首》，與郡志互爲表裏，相輔相成。其學甚博，而詩主教化，便不足觀。如《蒼梧風俗謡六首》、《小樂府六章》、《龍抬頭謡》、《苦雨歎》、《積潦歎》等篇，詩意俱薄。《辰龍關》、《丫髻嶺》、《相國寺觀艮嶽殘石》、《登宋故墟懷古》、《溪山紀游詩》、《游吹臺遂觀唐三賢祠》，當爲集中上乘。《柳如是巾帽鏡長歌》、《八大山人畫猫蝶》、《題天池山人墨迹四首》、《題杜茶村先生小像》、《桂林小校場明紅衣礮歌》、《送沈聲山歸朝鮮》、《京建越中忠義祠紀事》、《讀禹貢錐指感河事》，畧載佚聞，稍開生面。《題楊蘅浦托鉢僧》、《聞端木鶴田子談易賦贈》、《觀逸周書鹹魔語書以消暑》，墮入冷僻一途。《泰西行》，敍述歐洲事，全憑耳聞，意生語造。稷辰研精理學，復留心經世之書，學者多嚮往之。其才識學力，均不讓當時冠傑，惜貪多雜出，讀是集當病其濫而終取其博焉。

琡玉山房初稿不分卷　抄本

李璋煜撰。璋煜字方赤，一字禮南，號月汀，山東諸城人。嘉慶二十五年進士，官刑部主事。道光十七年，爲常州知府。歷揚州知府，廣東惠潮道，浙江按察使，江蘇布政使。三十年，以病乞歸。以收藏金石法帖著名。詩集無刊本。此張履手録，璋煜自校，殆未刊底稿本，今藏中國科學院圖書館。卷首有道光十二年王金策序。葉名澧跋。張際亮跋云：「大雅絶無近人惡派，合於風雅二字。蓋中之所養，既漸漬於經史之澤，則所謂出辭氣斯遠，鄙倍者裕其本矣。嘗論詩謂最忌俗。辭俗易見也，意俗則難辨。以此衡古今詩人，當有不謬者。」卷中詩起於元默涒灘，注爲二十一歲，是生於乾隆五十七年矣。紀游爲《青牛涔》、《雁潭》。題詠爲《洪武寶鈔》、《黄左田夫子饑書圖》。殆爲出守以前詩，信非完本。《贈朝鮮進士金命喜》三首，屬詞遂雅。《與洪澹園中翠微》，亦朝鮮文人。《贈李鳳岡太守》，鳳岡名威，朱筠入室弟子。《再送蓂友同許印林作》八首，可見與王筠、許瀚同好。交游可見者尚有李周經、陳奐、王賡言、馬景翼、李聯榜。余正酉《國朝江左詩彙鈔》卷二十選李璋煜詩多首，與此本幾無重出者。

蓮溪吟稿八卷續刻四卷 咸豐四年刻本

沈濂撰。濂字景周，號蓮溪，浙江秀水人。道光三年進士。由刑部主事官至江蘇淮徐海道。是集爲自訂，與文稿合刊，有穆彰阿、沈維鐈、錢泰吉序。生年據《三十初度》詩推之，約爲乾隆五十七年。濂受知於王引之，著《懷小編》爲讀書札記，多涉經史。嘗主河朔書院講席，故其詩文飾。論詩如《讀離騷》、讀李太白、劉青田、高青丘、黄仲則集，論史如《讀漢書》，題圖如《羅兩峯鬼趣圖》、《吴越王鐵券歌》，俱有實得。山水詩則一以高淡爲宗。與錢泰吉爲總角友，泰吉殁，有詩哭之。《懷魏默深刺史》云：「大江明月夜，高閣獨吟時。余亦扁舟過，君方萬卷隨。才優官事辦，學老古人期。憶下河豚箸，吉凶先揲耆。」此詩高雅。《柬姚鏡塘先生學塽》一篇並佳，學塽，亦高尚士也。

選夢樓詩鈔八卷 道光間刻本

豫本撰。豫本字荼邨，滿洲宗室。恭親王常潁六世孫。道光六年進士。歷官宗人府理事官。刻《選夢樓詩鈔》八卷，凡三百餘首。爲詞雅潔，有靜穆之氣。五古《讀國朝諸家詩十首》、《論畫絶句二十首》，不肯率爲揚詡。《書異域瑣談後十四首》，《瑣談》爲漢軍人七十一所著，多存邊疆掌故。《辛巳自題桐陰課子圖》云「我年忽三十」，當爲乾隆五十七年生。唱酬盡八旗文士。其詩無山川之助，大多暇遣之什耳。

蟲鳥吟十卷　同治五年刻本

蕭德宣撰。德宣字春田，湖北漢陽人。嘉慶十八年舉人。受知於鮑桂星。十九年成進士，歷官海防同知。主講天門書院。自撰《嗤嗤先生傳》云「建生壬子」，當爲乾隆五十七年生。初選陝西清澗知縣，所作《綏德西寺》有云：「遠望西山寺，梵宮輝崖谷。板橋駕理水，朝寒霜氣肅。舉頭金碧燦，圍以古喬木。老僧掃落葉，抱帚通寒燠。」注云：「仙人張三丰有詩在壁。」又詠米脂縣北千佛洞云：「石磴宛轉達上方，虹橋一線安虚空，懸巖百尺誰鑿入，廣堂幽深等石甕。石柱石壁削石佛，鬼斧神工巧磨礲。昭陵戰馬奚足道，更陋墓前立翁仲。長不盈尺億萬形，阿羅豈止五百衆。」俱令人嚮往。又有《渭澗雜詠》，專記民俗。餘如《竟陵東湖夜泛》、《漢陽月湖竹枝詞三十首》、《游房山西峪寺》、《游輝縣百泉》、《同州雜詠》、《華山紀遊》、《九龍池亞媛墓歌》，登臨懷古，是所擅能。道光十四年，官臨榆，年四十三，作《澄海樓觀日出歌》。又作《山海關雜詠五十首》，詳及沿革現狀。咸、同後澄海樓等處遭侵略軍破壞，俱非舊觀矣。德宣喜讀故書，有《讀史詩》百餘篇，重在兩晉、南北朝。《北籬秋英雜詠》，狀繪花草果木，多有識名之助。其詩雄奇而清逸，不多用典，不薄香奩，是集卷前亦不乞名人作序，是深於詩不屑噉名者。

觀鐵鑪

伐木山巔，取土山半。紅山鎔作鐵，黑山燒作炭。土司鎔鐵者謂之紅山，樹木多者謂之黑山。拙地突兀起大爐，入夜火光燭霄漢。一鑪開處須百夫，十鑪千夫勢散渙。手足深黑面目青，破布短衣只遮骭。我聞南棧多流民，形踪無褌黨四散。北棧好作逋逃藪，謀生或者良楛半。長官騎馬入山來，寒色滿山烟影亂。呼之至前勸誡頻，辛苦且飽太平飯。能安生業卽良民，莫待赭衣泣狴犴。紛紛領命辭官去，我見歸途山鳥喚。空山古屋或有人，要訪嵇康柳下鍜。《蟲鳥吟》卷四

山海關雜詠 五十首録二十

高懸雲罕記宸遊，萬里波濤滙一樓。御筆原宜壽金石，羨他侍從也名留。澄海樓詩碑，凡侍從之臣聯句列名。

開國功臣豹畧奇，長城重整奇安危。平西也是元戎貴，獨拜秋風太傅祠。長城明徐中山重修。

萬里追尋太苦辛，長城忽爾哭聲振。秦皇縱有鞭山力，不及窮途一婦人。俗傳水門乃孟姜哭倒處。

入時歡極出時愁，小嶺居然名兩留。山川不管人間事，一任行人自喜憂。關外有嶺。出關者名曰悽

惶嶺，入關者名曰歡喜嶺。

傍水崖前訪舊宮，南塘設伏奏奇功。鱗甲開張鬚鬣奮，世間未見此奇松。戚南塘曾於此設伏兵。

大將乞師志掃塵，圓圓事跡未全真。司成不諒包胥哭，也是當年覆楚人。吳逆本不足取，然以圓圓事責之，未免拋却君父大義。我朝興師，原爲其雪仇也。

副軍獨領駐防營，坐擁轅門大纛明。一片荒涼南北翼，最無生計是旗兵。南翼、北翼二城，乃旗兵聚札處，多係破瓦頽垣。

偪仄深溝望欲還，驀然匹馬上天關。後山洞轉前山去，奇絕遼西第一山。三道關元陽洞乃臨邑第一勝地。

東風着力任吹噓，海上冰消二月初。新起茅棚三十所，家家占地打青魚。二月中旬，青魚大至，居人頗獲利。

二百里外是乾溝，多少庄頭作市頭。不應官差種官地，山中別有古春秋。乾溝乃口外一大集鎮，俱庄頭霸之。

山田望澤喜民流，驅盡旱虹歲倍收。蚤起看雲知有雨，昨宵海嘯老龍頭。海分東西嘯。西嘯無雨，東嘯至老龍頭則雨。

城東鼓角動高樓，使者勾稽費運籌。盡把贏餘歸内府，看他何自起戈矛。

小車軋軋獨輪摧，男婦咨嗟面色灰。問是貧民勤服苦，一年一度出關來。山左貧民俱於二月出關耕作，九月回。

徘徊歧路儼迷津，偷渡更遭關吏嗔。萬里遼東皆内地，於今猶禁扒邊人。扒邊者送縣枷杖。

天后宫前舊海口，糧商小泊尚輸租。晴霽徐開窗四面，公然一幅海帆圖。廟即舊海口，至今小舟關部亦納税。

白帽時逢高麗使，黄衣常見喇嘛僧。緣何轂擊肩摩甚，十月遼東已厚冰。冬時行旅雲集，因關外冰厚可行車。

黑衣鐵距鎖雄形，千里飛禽貢帝廷。怪底傳呼肉食急，驛前剛到海東青。關東每歲貢海東青。

紅牆一帶肅觀瞻，旅店年來次第添。相戒行囊收拾淨，關門翻索比前嚴。紅牆離城十里，出入關者多住此。

聽説京東影戲佳，燈前五色巧安排。太平歌舞何須禁，絃管聲中月滿街。

不受人間作業錢，那能滄海變桑田。清風羸馬辭關去，要使邊城説吏賢。《蟲鳥吟》卷五

津門竹枝詞九首

西北城頭御河隈，朝潮去後晚潮回。願郎身亦如潮信，一日隨風兩度來。

梳粧近又説時新，正字當頭認未真。莫是悟穿花命薄，故將鬅髻學仙人。新梳髻名仙人髻，又名正字

頭，殊無可觀。

一帶垂楊繞古汀，楊花逐水化浮萍。怕郎也作浮萍去，厭聽人説楊柳青。

幾度河干望客舟，恨他輕薄遠方遊。淚痕滴作桃花醋，不是同流是獨流。

葛沽風景似江干，種稻家家碓磑安。郎去深耕妾送饁，碧桃花下看郎餐。

三汊河邊漁户多，漁船作隊唱漁歌。妾從船尾打雙槳，郎向船頭下網羅。

直沽酒白西沽黄，濃淡之間郎細嘗。勸郎莫飲極濃酒，不如淡交滋味長。直沽酒白，味濃而辣。西沽酒黄，味淡而甜。

芥園比户種花忙，中有高樓隱畫牆。樓下風帆樓外柳，一齊環抱水西莊。

海光古寺護慈雲，爭説觀音五丈身。盼到城南春已半，紅裙都是進香人。《蟲鳥吟》卷七

耕煙草堂詩鈔不分卷　同治二年平氏刻本

平疇撰。疇字種瑶，號耕煙，浙江山陰人。出顧日新門。與陳鑾同學。嘉慶間客江西巡撫錢楷幕。曾煥招與談藝。復客李鴻賓幕。生平未登科第，僅入貲爲縣丞。咸豐二年，年逾六十避地山居。同治二年卒。族孫步青以其遺稿，刊於《葛園叢書》。首疇兄翰序。疇酷嗜詩畫，與黄均善交。有《題自畫山水歌》。集中詩以詠金陵、揚州、南昌、匡廬詩居多。入泮泂，山川詭麗，眼界忽開。《飛雲巖》、《三峽》、《苗女舞刀歌》等

作，詩境一變。讀李、杜、韓、白、蘇、陸詩，各賦五律一首，亦論詩資料。其詩受吴嵩梁指教，以爲必自漢魏始，未可以近體入手。此亦老生者見，唯力尚可逮，故亦能逢源左右耳。

花宜館詩鈔十六卷　同治七年刻本

吴振棫撰。振棫字毅甫，一字宜甫，又字仲雲，浙江錢塘人。祖顥父昇，俱以詩聞。嘉慶十九年進士，選庶吉士，授編修。道光二年，出爲雲南大理知府。歷山東安徽府道，貴州按察使，山西、四川布政使。咸豐二年擢雲南巡撫，七年，調雲貴總督。同治元年，會同山西巡撫防河，尋命赴陝西會辦軍務。十年，卒，年八十。嘗輯《杭郡詩輯》八十卷前三十六卷吴顥輯。詩集爲七十歲時自訂，共一千二百六十四首。含蓄深沉，何紹基有《題花宜館集》佩服極深。《木蘭詞三十首》，前人無如此詳。唯嘉慶二十五年後，已罷圍場，此篇衹極摭拾之富而已。《正定龍興寺佛像歌》、《湖上口號十四首》、《迎梅送梅曲》、《蓬萊閣》、《萊石花鳥屏風歌》、《天齊淵》、《淄川硯》、《陝中雜詠》、《曲陽新歲雜曲》，詩筆穎鋭，衆體兼綜。《太守怒》，記大學士福康安督蜀政績，爲傳記所無。《廠述四首》，詳記雲南礦民悲慘生活，爲他書所不及。張應昌選入《詩鐸》。又有《華筍行》、《白石土地》、《麥客行》、《羅將軍燒賊歌》、《丞簿歎》、《捕魚歌》等篇，張應昌均選入《詩鐸》。至先後官黔滇之作，如《黔苗雜詠》十四首，《自桃樹坳至巴家坳皆極險峻》、《黔山雜述》、《蒼山》、《孔雀》、《洱海漁船歌》、《昆明觀音市》、《大理田家詞》、《貢象行》、《月街行》、《打鼓唸經歌》、《繩橋行》、《茅臺酒》、《食茱萸》、《鳳羽硯》、《後貢象行》、《宣威》、《昆池行》、《盤江鐵索橋歌》，以熟習風土人事，地方色彩極濃，此其詩所以異於人人者也。振棫少承家學，論詩、題圖俱有本原。《汪小米松聲池館勘書圖》、《祁忠敏公遺像歌》、《汪仲洋出棧圖》、《屠琴隝潛園吟社圖》、《洪武船符歌》湯貽汾藏、《西域石詩》、《小米重刊咸淳臨安志成》、《書安雅堂集》、《書小鷗波館詩集後》、《書鳳巢山樵求是録後》、《松文清公虎字歌》、《讀國朝文録寄春木》按：此書姚椿輯，張祥河刊，賞奇析疑，令人目不暇給。《謁宋文憲公祠》、《楊升菴祠》，亦非直賦而已。振棫目覩道、咸兩朝社會變化，其詩牽涉時局最多。《庚子六月書感》、《舟山》、《林少穆先生挽詞》，可見政治懷抱。與周凱、賀長齡、李宗傳、胡敬、黄爵滋、李星沅、吴存義均有過從。《清史稿》卷四百二十四傳但稱政績，不及文學。吴仰賢《小匏菴詩話》云：「近日達官中能詩者，以吴仲雲制軍爲最。」是矣。

木蘭詞三十首　有引

秋獮之制，肇自康熙，乾、嘉兩朝，蹕行弗輟，肄習武勇，綏懷遠藩；典至重，意至深也。扈從之盛，儀文之備，宴饗之隆，錫賚之渥，照耀宙合，邁乎往牒。恐歲月滋久，數典或忘，爰摭見聞述之篇翰，鋪敘始末，雜及纖瑣，聊爲後之好事者佐談塵云爾。

虹旃雲罕向多延，還似康熙出獵年。收得東藩甌脱後，春風長到柳條邊。凡秋獮先至熱河，暫駐。熱河爲多延衛，《明史》作朶顔衛。行圍之地爲喀爾沁敖罕翁牛特所屬，康熙間以地獻，周一千三百餘里，四面編柳成列爲界，曰柳條邊，亦曰鹿柴門。

合符留付相臣尊，告廟陳牲舊典存。纔説啟鑾諏吉日，歡聲雷動碧峯門。啟鑾前，留京王大臣請合符。先一日遣官以秋獮告祭奉先殿。碧峯門，熱河之西門也。

好秋看過月圓時，羽獵年年未肯遲。吟遍洞天三十六，已催出塞製新詞。乾隆、嘉慶間，率於中秋後一日由山莊啟行出口。山莊有三十六景，皆聖祖命名，以四字標題。乾隆間又增三十六景，以三字標題。

貔虎桓桓盡將才，平明校射禁扉開。武臣漫笑文臣怯，百步先穿畫布來。扈從之王公大臣侍衛等官，例于山莊宮門外校射。王公大臣中三矢，賜馬一緞一，四矢加緞一，五矢加緞二。侍衛等官中三矢，賜銀十兩，四矢十五兩，五矢二十兩。又京師啟蹕前隨圍之滿漢司員，亦於宮門校射。滿員中五矢賜花翎，漢員中三矢賜花翎。

沙黄草白逼霜晨，已有深林哨鹿人。誰把地名工附會，上蘭兩字更翻新。凡哨鹿于秋分後昧爽時，人戴鹿首伏林阜間，口含木哨引吻作鹿鳴，羣鹿卽紛至。國語謂圍場四輝罕。木蘭者，哨鹿之謂，圍場爲哨鹿所，故云爾，久則視若地名矣。今又有稱上蘭者。

東西分路就平川，甸獵匆匆曙後天。明日布圍須努力，眼明先試射蠅弦。自波羅河屯入圍場有二路，東伊遜崖口，西瑪圖口。入口就平川，先試小圍，謂之甸獵。次日方于山中布大圍。

莽莽風沙地勢寬，藍旗前導騁雕鞍。好將漢字繙清語，到處佳名喚永安。布圍用蒙古兵一千二百人，以黄纛爲中權兩翼，左正白，右正紅。兩翼前各以一藍旗爲前哨。東口首圍爲永安莽喀，漢語沙岡也。西口首圍爲永安湃，漢語沙地也。圍場地名，率仍蒙古之舊，惟此二處用國語，皆自聖祖命名，以漢文書永安符吉語也。

後哨爭隨前哨行，更催飛騎擁華旍。喧聲動處人如海，天子腰弓出看城。前哨進，後哨以次隨發，由遠而近，圍乃漸合。方布圍時，兩翼前各數騎擁纛飛馳，謂之跑烏圖里。將至看城，喧呼瑪喇哈，則圍合矣。于是大駕佩弓矢出看城蒞圍。看城，看圍處也，亦曰等城。

警蹕從容豹尾閒，凌晨策騎日晡還。儒官禮數容寬假，不屬櫜鞬但侍班。扈從大臣皆屬櫜鞬，惟漢文員則否。

網山絡野極喧轟，雨血風毛百獸驚。一日射熊三十六，不須重命虎槍營。上蒞圍引矢射，大臣侍衛乃射，中者紀諸册。圍中有熊虎猛獸，則馳報，命虎鎗營官兵禽捕。

集鳳軒頭矢不停，詞臣獻頌耀威靈。須知聖武皆天授，射鹿皇孫只十齡。乾隆戊辰御集鳳軒，集侍衛於大西門校射。高宗發二十矢，中十有九，詞臣皆以詩獻。庚戌在威遜格爾行圍，皇次孫隨侍，射中一鹿，賜黃馬褂，雙服翎。御製詩有「所喜爭先早二齡」句，蓋高宗年十二隨聖祖進圍，而皇次孫是時甫十歲也。

一發天弧虎負創，羽林郎將更追亡。山深路曲歸來晚，落葉松邊已夕陽。上親射獸，獸或負創而逃，則命一二侍衛逐之。踰越巖谷，必獲乃已。塞外有落葉松，至秋落葉，與他松異。

花準還如舊準良，錫名兼重虎神槍。累朝武庫珍藏物，萬丈猶騰作作芒。三神槍者，花準神槍、舊準神槍、虎神槍也，皆康熙間故物。列朝秋獮輒用以殪猛獸。

角決當時貢索倫，兼金論價最稱珍。何如御用捐華飾，百歲摩挲手澤新。堪達罕產黑龍江，似鹿而大，角可爲韘，佳者值兼金。雍正以前，索倫貢開弓角決，或即此也。聖祖御用韘十二枚，或草或皮，製極堅樸。

三匝周環八色旗，兼旬馳逐欲忘饑。路人識得新臣僕，短後都裁白罽衣。圍凡三匝，圍期率以二旬。

外圍用新滿洲，皆衣白罽。

高冠孔翠彩璘彬，衣上鵝黄色更新。過午收圍爭獻獲，馬前多少拜恩人。每日未刻收圍，路中諸蒙古獻禽者，分賜黄馬褂、孔雀翎。

割尾誰誇射鹿豪，獸臣數獲語喧囂。千官盡飽天厨味，忘卻霜韉雪幙勞。圍中得鹿，先割其尾以進。獲車載所獲輸幔城。司獸數尾，卽知獲鹿之人與其數。所獲各牲，分賜王公大臣官員，各有差。

東方歲歲貢鵰翎，霹靂弦開四野聽。日午傳呼鶻師赤，霜晴催放海東青。鵰翎由盛京歲貢，鶻師赤，回人之善養鷹鷂者，居京師，隸八旗。

急遞封章到不遲，岡頭駐馬每經時。圍場一樣勞批答，只有先朝宿衛知。乾隆間緬甸用兵，軍中奏報至，卽於圍中駐馬批答。

太官羊味美如何，傳出金盤百面多。幾度賜餐恩破格，至尊親自看調和。看城傳膳之日，上親視調和湯飯，並盤煮羊，賜御前大臣侍衛及隨圍之外藩王公臺吉等早餐。

日麗中央御幄黄，藩臣進宴肅冠裳。新漿不敢誇挏馬，别奉瑶卮萬壽觴。行圍時，卓索圖、昭烏達二盟長，例進筵宴。蒙古舊俗，于三月馬生駒後，取馬乳爲漿，名曰七格，至四月釀成，於穹廬中插柳祈福，用以嘗新。

絃阮箏琶韻亦和，歌詞都爲感恩多。天家一意綏藩部，又卻筵前九白駝。什榜，蒙古樂名，以笳管、箏琶、絃阮、火不思之屬，於筵前鞠跽而歌。又宴次例進九白駝，爲最貴重之禮。朝廷厚往薄來，故每進必卻也。

不施羈勒不施韉，快馬追風到御前。三十六人齊拜賜，髩髿短髮尚垂肩。進宴時，札薩克以馬數百匹列二十里外，去羈韈，幼童乘之，槍聲爲節。衆騎齊騁，不踰晷刻而至，謂之詐馬，漢語謂之跑等。其先至者三十六騎，優賚有差。

角勝偏愁仆地難，更騎生馬騁雕鞍。人材似此真雄傑，博得天王帶笑看。宴時，有撩跤者，蒙古曰布克，清語曰布庫。脱帽短褠，兩兩相角，以搏捽仆地決勝負。又札薩克驅生馬至宴所散逸原野，王公子弟以長竿馳縶之，加以韉羈，騰躍而上。須臾卽調良矣。蒙古謂之騎額爾敏達驛。馬三歲以上曰達騁，額爾敏則不施羈勒之謂。

砂點雙睛雪作毛，牽來堦下紫棉絛。瑞麅信是非常瑞，不比尋常獻鹿羔。乾隆辛未秋獮，蒙古臺吉必力滚達以麅獻，色純白，目睛如丹砂。高宗作瑞麅詩。次年復于巴顏河落得一麅，如前所獻者。鹿羔，鹿之小者。盛京將軍間一年進六十隻，令圍場官兵捕捉。進不足數，次年補進。

幔成密護網成疏，連帳傳籌唱漏初。老監坐更談舊事，繡茵會扈大安車。行營内方外圓，中建黄幔，城外加網城，索綯爲之。外設連帳一百七十五爲内城，啟旌門三。又設連帳二百五十四爲外城，啟旌門四。各帳以八旗護軍官校周列宿衛。至御前坐，更則太監之職。又康熙間嘗奉太皇太后至威遜格爾行圍。乾隆間亦嘗奉皇太后出塞觀獵。

標識紛紛子細看，燈光旗影倚長竿。誰家畫出香爐樣，道是南齋供奉官。扈從官員帳房畫旗夜燈，各有標識，如南書房供奉翰林，則畫香爐之類。

塞草秋深馬正肥，塞雲寒重雨霏霏。聖心最恤衝泥苦，便不停圍也減圍。秋霖盛潦，獮事中輟，曰減圍，若未獵而止，曰停圍。

不論生身與熟身，馳驅都奉屬車塵。明朝出哨重頒賜，恩遣歸藩口勅頻。蒙古已出痘者爲熟身，未出痘者爲生身。獮畢出哨至張三營行宫，後賜食頒賞，遣歸部落。王公以下賞緞，兵丁賞銀布。狼圍已輟步圍裁，㒹藻諸軍扈駕回。更盼柳荑花綻後，六飛春幸晾鷹臺。狼圍者，冬間或命侍衛等獵南苑以除狼暴，非恆制也。又國初每歲兩翼前鋒統領率所部於都城外習步圍，日久已成具文。嘉慶六年命停止，惟每歲春謁陵還至南苑行圍，故有春圍秋圍之名。南苑卽元時飛放泊，有晾鷹臺，凡大閲時，有晾鷹臺殺虎之典。《花宜館詩鈔》卷二

留餘堂詩鈔八卷二集八卷　道光間刻本

夏之盛撰。之盛字松如，浙江錢塘人。諸生。十五試不舉，道光二十二年侘傺以終，年五十一。工詩，與吴振棫、汪遠孫結爲東軒吟社。此集詩共四百七十首。首吴振棫序。事見莊仲方所撰《家傳》。集中《紀疫》、《大水行》、《銀肥賤》、《鹽貴謡》、《質庫謡》、《銀肥貴》、《阿芙蓉行》，多涉社會民生。之盛與張廷濟有交。《伏波將軍銅鼓歌》、《漢昭陽宫壁歌》、《借秋閣貝葉經歌》、《漢谷口銅甬》、《劉鄜王草檄硯歌》、《周穆公鼎歌》、《漢建昭三年雁足鐙歌》、《讀輟耕録朵那婢事題後》、《趙婕妤玉印歌》、《謁錢忠懿王銅像》、《玉石砫行》，綜覈文史，多附小注，重在紀録，間爲考證。《長歌贈張石匏茂才》，石匏名開福，金石學家。他如弔端木國瑚，題吴振棫《輯詩圖》，亦學人之詩。名雖不著，而志不在小焉。《二集》有詠《楚伯州犁戈》、《宋徽宗畫鷹歌》、《邢鐘篇》、《周虢叔大林鐘》、

《紀侯鐘歌》、《鷹巢上人定志草書歌》、《羅兩峯板橋遺跡圖》、《太原長公主印歌》。時與胡敬交密，故詠書畫詩亦漸多也。晚逢鴉片之役，有詩感賦。附《新安紀行草》，爲遊富春江詩，亦有詞采。

銀肥賤　海肌見《明史·暹羅傳》，今雲南呼海肥，音巴。案肌、肥，字書不載，蓋虬之俗字。

銀肥賤，賤如土，每餅易錢六百五。久待力不能，賤售心彌苦。貿絲羅穀嗟無所。一解。朝持十餅售三四，暮持十餅售一二。人心皇皇百貨滯，安得腰纏十萬貫。游行撒手空廛肆。二解。昔年振粥官設廠，今年鎔銀官開鑪。羣肥紛紛如蚨趨，果然市價回越吴。但能除弊卽興利，人人爭羨官開鑪。三解。《留餘堂詩鈔》卷一

詠南宋象牙牌　有序

華竹樓文桓曾經鳳凰山麓，得牙牌一枚於樵子家，廣一寸二分，徑二寸，額鎸芝草，一面折枝荔子，一面《玉樓春》詞，題款子明二字，製作極精，字畫亦淳古可愛，拓本裝册，同人賦之。

垂柳絲絲已化煙，芳情凄斷畫闌邊。玉樓春好無人唱，荔子紅香六百年。《留餘堂詩鈔》卷五

銀肥貴

團團明月入手輕，蠻姬笑靨春意盈。令公怒復令公喜，淩躐銀母欺錢兄。一解。始自閩越及江

浙，廛市東南徧攜挈。其銀品上中，權之錢有七，諸島私記字不一。二解。官昔燬之既弗能，時爲道光壬午，每餅易錢六百餘。官欲易之又弗行，前年乙未，官爲鑄銀餅，鈐以縣名。變本加厲值益贏。錢千百五例足陌，平準何日方持平。三解。《留餘堂詩鈔》卷八

夢硯齋遺稿詩一卷　同治四年刻本

唐樹義撰。樹義字子方，貴州遵義人。嘉慶二十一年舉人。由湖北知縣，擢甘肅鞏昌府，陞蘭州道、陝西按察使。遷湖北布政使，護理巡撫，以事罷。起授湖北按察使。咸豐四年太平軍入武昌，投江死，年六十二。既殁十二年，刊《遺稿》七卷，内卷六爲詩，卷七爲詞。有王柏心、黄輔辰序，黄彭年撰《墓誌銘》，鄭珍作《傳》，莫友芝撰《碑》。詩存百五十七首，初作多清綺之詞。在安徽督水軍，變爲亢厲。偶涉及時事者，亦無史料價值。

松風閣詩鈔二十六卷　同治十三年刻全集本

彭藴章撰。藴章字琮達，一字詠莪，江蘇長洲人。啟豐曾孫，世代名家。初由舉人捐内閣中書，道光十五年成進士。官至工部尚書、武英殿大學士，乞休。旋起，署兵部尚書兼左都御史。同治元年卒，年七十一，謚文敬。文集名《歸樸龕叢稿》，奏議所陳時務，多切中政弊。詩集分《澗東》、《花南》、《竹西》、《硯北》、《乘

軺》、《問心》、《朝天》、《金井》、《金鼇》、《借園》十集，有羅惇衍、王嘉禄、祁寯藻、吴清鵬序，凡一千六百餘首，大抵酬應題圖之作居多。其中《金石雜詠三十五首》、《繹山碑》、《漢石經殘字》，當爲研究金石者所弗遺。《幽州風土吟十八首》，可供採綴北京風土所資。《詠五代史十六首》、《題吴梅村畫》、《扇子湖竹枝詞八首》、《荔枝全韻詩三十首》、《題元人詩十二首》，亦有裨實用者佳耳。《歸樸龕叢稿》卷十一有《明人詩評三十六首》四言，箴銘體，已入文集範圍，仍可備采。

積石詩存四卷　光緒二十年刻本

張履撰。履原名生洲，字淵甫，江蘇震澤人。同里張海珊門人，與海珊有《南池唱和詩存》，附刻於《小安樂窩詩集》。嘉慶二十一年舉人，官句容教諭，治經窮理，著有《宗法考》等書。清寒粹潔，陶澍、林則徐官吴，極欽禮。兩薦卓膺，均固辭。咸豐元年年六十卒。是編與《文稿》合刊，詩四百四十三首。《吴淞歌》、《毁倉聽》、《貪狼行》、《哀流民》等篇，於清廷官僚腐敗，極爲憤恚。定海失守，作《紀事四首》。寶山失守，上海亦陷，作《再續四首》。《雨中登吴淞口礮臺》、《粤東將軍行》、《陳將軍行》、《哀軍士》、《圖山關》、《哀京口》、《丹陽生》，均以詩歌發抒愛國之忱，直至英軍議和而去。《林公來》自注云：「時河督麟公將來，誤傳爲林公，夷鬼悉歸船中，作逃避計，其畏之如此。」又有《烟販謡》、《鹽販謡》、《棚民謡》，寓意諷刺，感人亦深。徐寶善《壺園詩外集》卷五有《題張淵甫樂志圖卽志其南歸》。王銘《見山樓遺鈔》有《輓張淵甫》長詩。

種玉堂詩集四卷 咸豐五年刻本

張爾旦撰。爾旦字信甫，一字眉叔，江蘇常熟人。與朱綬論詩不合，從孫原湘游。原湘主安徽洋川毓文書院，同至洋川。補諸生年已二十八。省試報罷，不再與考。卒於道光二十五年，年五十四。殁後十年，趙宗建裒其遺集曰《種玉堂集》，凡詩四卷、詞一卷、文六卷，沈曰富撰《傳》，宗建撰《行狀》。其詩骨清而神逸，情致婉篤。嘗謂「作詩由妙悟入，其造句貴乎空靈有味。」故師法孫原湘，殆亦袁枚之流亞也。爾旦喜讀史書，作《晉書樂府十首》、《讀魏書偶得十六首》、《讀唐書絶句二十首》、《讀宋史雜書二十四首》、《吴桓王廟》、《寒山寺孫吴銅造如來佛像》、《岳忠武王玉印歌》、《元張太尉故城址》支川、《報恩寺觀明成祖所造大塔》，不失博考。《開河謡》、《松陵吟》四首，以社會風尚見聞，各爲之歌。爾旦與趙允懷、錢杜、張京度、邵淵耀、秦湘業善交。《哭子瀟師四首》，長歌悽愴。《追輓改七薌山人》一篇，載佚事可供採摭。

柴辟亭詩集四卷 道光二十四年刻本 詩二集一卷 近代建德周氏刻本

沈濤撰。濤字西雍，號匏廬，浙江嘉興人。嘉慶十五年舉人。官江蘇如皋知縣，至鹽法糧儲道。咸豐元年，朝授福建興泉永道，未到官，改發江蘇，旋卒。著有《十經齋文集》、《常山貞石志》、《銅熨亭齋隨筆》。詩集名《柴辟亭》，穆彰阿、宗稷辰、梅曾亮序。穆彰阿序云：「道光壬寅，沈子西雍出五十以前所得詩若干首。」

又濤贈邊浴禮詩，自稱「余年方五十」。今以五十一爲結集之年，上推生歲爲乾隆五十七年。而年十四，爲阮元詁經精舍生。又見《十經齋文集》卷一《史記太初元年歲名辨》。少年科舉。段玉裁爲撰《十經齋記》年七十八，而濤亦止二十。或以爲嘉、道間老宿，非是。其詩趨於幽淡者，如《漁村雜興十首》、《錢王祠》、《如皋雜興六首》、《自題匏菴》、《太白酒樓》、《津門竹枝詞》、《賈閬仙墓》、《黄金臺》、《卑耳谿》，造仿齊梁及中晚唐，所獲較深。而金石詠古之作，尤見才鋒。如《趙飛燕玉印歌爲文後山鼎作》、《趙松雪硯》、《吴越寶正四年磚歌爲六舟上人作》、《周至伯劍》、《漢長毋相忘鏡歌》，用事無澀僻之習。濤嘗出守正定，一權關榷，結識南北文士。《二集》爲周叔弢輯刻本，贈酬有楊文蓀、張祥河、朱善旂等人，亦以題圖訪古居多。所得銅熨斗，爲魏明帝時物，重器，好事徵詠甚夥。詁經精舍生以經學爲基業，善考據而能詩者，有洪頤煊、胡敬、吴東發、張鑑、朱爲弼等人，濤年最少，詩格俱近似。

梅修書屋詩鈔二卷　道光十年刻本

徐大綸撰。大綸字君宜，號畫江，安徽休寧人，世居海陽。道光十二年進士。是集爲舉鄉試後刻，曰《畫江古今體詩》一卷，曰《帖體》六十四首。詩格凡近，可採者無多。唯《前後論詩絶句四十首》，包括漢魏六朝、唐、宋、元、明至清中葉諸名家，語意簡括，可見門户。交游齊彦槐，爲經世之家。首胡暉吉序，作於道光十年，當卽刻書之年也。

立誠軒詩稿一卷　一九一三年刻本

吕賢基撰。賢基字羲音，號鶴田，安徽旌德人。道光十五年進士，改庶吉士，授編修。遷御史、給事中，擢工部侍郎。咸豐三年，死於太平天国舒城之役，年五十一。謚文節，贈尚書。著有《周禮補注》六卷。是集爲其曾孫美璟刻，所據爲蕭穆藏本，凡詩稿一卷，文稿一篇。早期詩作，往往而在。道光八年館紫山書塾，後任高淳司諭，皆史傳所未詳。《重遊紫山隱仙洞》及《白湖釣臺》、《金陵懷古》，集中上乘。《送吴子苾同年之任豫章太守》，子苾爲吴式芬，有《攈古録》傳世。

信天閣詩草三卷　同治四年刻本

夏塏撰。塏字子儀，江蘇江寧人。道光十一年舉人。十二年就禮部試，館於京，爲何兆瀛蒙師八年。選福建建陽知縣。卒於同治元年，年六十八。是集爲其子鎬刊，方濬頤、何兆瀛序。附詞。塏於鴉片戰爭時居兩江督署，目擊定海失守，作詩《夏時感事》。官閩有《采茶曲》等詩，歌謳民俗。與徐宗幹、林昌彝交往，《題林薌谿一燈課讀圖》注有云：「時薌谿將之任邵武，母吴氏督薌溪課甚嚴。或對薌谿棄學就賈，母意不然。族人强之，母投井，矢死不易。此其薌谿學問淹通之自也。」林昌彝著《三禮通釋》，李慈銘以爲非出己撰，竟成公案。讀塏詩及陳偕燦詩見前，可以息訟矣。

琴源山房遺詩不分卷　同治五年刻本

言友恂撰。友恂字雲笙，湖南湘潭人。道光十二年舉人。與羅汝懷交善，年亦相若。詩學東坡，得名湘楚間。既殁，刻《遺詩》，羅汝懷、郭嵩燾序。詩分體。五古《夜登空靈岸》，記游南嶽後湘江懸崖所見，跌宕有致。七古《題魏布衣致陳恪勤書次沈栗仲大令韻》，記陳鵬年軼事，感人亦深。他作如《讀東坡集》、《觀周忠介詩扇墨蹟》、《南還紀行》、《重游南嶽》，賦事而成，隨興而發，了無浮響。

梧溪石屋詩鈔四卷　道光間刻本

温訓撰。訓字伊初，廣東長樂人。拔貢生。道光十二年舉人。工詩古文辭，爲伊秉綬所知。是集爲門人朱啟元校，詩共二百九十六首。首自序，白鎔、黄釗等題詞。詩學韓，詠粤、閩山水奇勝，詞句奥衍有排盪之勢。《碧玉潭》、《桃源洞》、《鐵漢凌風二樓歌》、《萬松磵》、《游梧山》、《萬石瀨》、《泊舟珠江》、《峽中人家》、《夜泊黄泥壠清曉下灘午及峯市》、《清泉洞》、《閩中紀行》，多經人所未歷之地。屢北試，作《金山行宫》篇，記乾隆間修葺工程較詳。游上海、南京、濟寧，各有憑弔攬勝之什。入京與時流葉紹本、陳用光酬答。宋湘、伊秉綬、程恩澤下世，詩以悼之。其涉及時局者，爲回疆張格爾及臺灣近事，有《感事》詩多首。軼事見《兩般秋雨盦隨筆》卷五。

自然好學齋詩鈔十卷

同治十三年刻本

汪端撰。端字允莊，號小韞，浙江錢塘人。家振綺堂，富藏書。幼受撫於姨母梁德繩。配陳文述之子裴之。道光七年，裴之客死漢皋。越十年，端亦去世，年四十六。端夙養極厚，慧而工詩，有不櫛進士之稱。嘗讀歷代詩作，獨奉《高青丘集》爲圭臬，輯有《明三十家詩鈔》。《詩集》初刻於道光間，此重刻本。觀所作《讀史雜詠十二首》、《讀晉書雜詠四十首》、《阮嗣宗墓》、《謝太傅墓》、《讀臧榮緒晉書詠梁蘭璧》、《南都遺事詩》、《秦溝粉黛磚硯歌》、《楚中詠古和頤道堂集中作》、《讀十國春秋弔前蜀明儀李舜弦》、《書錢武肅王寶正四年磚拓本後》、《弔南宋劉賢妃墓七首》、《謝文節公古琴歌》、《題長春真人西游記四首》、《論古偶存五首》、《弔張煌言墓》等篇。隸事精切，頗有史識。論詩之什，有《選明三十家詩成各題一律於後》。而《落星岡弔李太白》、《虎丘白公祠題壁》、《讀李義山集》、《讀賈長江集》、《讀許用晦丁卯集》、《題汪水雲詩集》、《讀謝皋羽集》、《題元遺山集》、《題陳其年婦人集》、《題鄭板橋集》、《題趙雲松甌北集後》、《題表外祖張雲璈簡松草堂集後》、《題舒鐵雲瓶水齋集》、《王曇烟霞萬古樓集》，以及《論宫閨詩》十三首、《題程孟陽遺像》等篇，益見其所造，未可以選明詩而論限矣。又因高青丘感張吴待士之賢，節録《明史》，蒐集逸事，成《元明逸史》十八卷。未幾悔之，盡焚其稿，存於卷六《張吴紀事詩二十首》、《自題張吴紀事詩後及元遺臣詩十二首》中。内多考證，亦詩亦史。端性豪爽，不好九流釋道家言。及夫死後，稍稍爲之。乃有讀《關尹子》、《參同契》、《化書》等作。及奉高青丘爲洪濟真人，則近於無謂矣。清代女詩家甚多，大都不外閨閣之情。此集境界廓大，題圖詠史，無不勝任，要非常人所及也。

曇陽子十八體篆書心經石刻歌

曇陽學仙復學佛，拈花解弄簪花筆。流傳一卷多心經，突過冰斯妙無匹。十八篆體誰所傳，遺墨尚記熹皇年。筆法微妙入思議，定在三十六體天篆先。王綸女，善三十六體天篆，見《遺史記聞》。開元古寺赤烏始，石像西浮海濤起。簡文碑石不可尋，獨此銀鉤竇初地。我聞吴彩鸞，曾書本行經。迎祥寺有彩鸞書《本行經》六十卷，見《席珍放談》。遺跡渺難見，豈獨玉篇切韻兼珠林。彩鸞書《切韻》，見《雲煙過眼録》；書《玉篇》，見《攻媿集》；書《法苑珠林》，見《皇華紀聞》。又聞鄭貴妃，亦書普門品。一筆泥金壽一年，不羡蘭亭鐫玉枕。明鄭貴妃泥金書《普門品》，見《厲樊榭詩集》。曇陽之録信可徵，婁東人有《曇陽徵信録》。玉茗讕語嗟何憑。湯若士《牡丹亭》，藉以洩不得科第之憤，誣衊貞賢，文人口孽也。曇陽之祠婁水上，桃花萬樹環春塍。此經當日焚香寫，寫經卽是談經者。玉函應付護龍看，曇陽袖中有蛇，曰護龍。錦囊不讓雕蟲雅。雕蟲篆，秋胡妻作。一編淺説悟微塵，不寫曹娥寫洛神。丈室梅花閒指月，吾家亦有寫經人。管夫人靜初著《心經淺説》，恆自書之。《自然好學齋詩鈔》卷六

餘甘軒詩鈔十三卷 光緒七年刻本

何曰愈撰。曰愈字德持，一字雲畡，號退菴，廣東香山人。少隨父宦游四川，道光五年，授會理州吏目，

遷岳池知縣。調轉裏塘，于役西藏。咸豐間就養於皖。同治十一年年八十卒。著《存誠齋文集》十四卷，同治五年刊於皖江。擬邊策奏事甚詳。《詩鈔》爲胡鳳丹刻，載七十六歲以前詩。有王柏心、書綸、趙桂生序，生平畧見胡鳳丹《跋》。曰愈久處川邊，名噪西南諸省。及晚，江南人士亦稍稍知之。早年有紀川楚教民起事詩。而涉及川藏穹山怒流，摹狀雲連峻嶺，奇勝幽邃之狀，爲中土人士所不經道。《過邛崍山詩》、《過鑽天關》、《飛龍關早行觀雲海》等篇，王柏心稱如「風檣陣馬，迅利無前」。莫友芝稱「遥情傑思，盎然流動行墨間」。裏塘南界滇，又爲入藏通衢，時與巴塘、察木多爲東三臺，而拉里西、前藏、後藏爲後三臺。曰愈以經歷所見，一一入詩。行程過鹿馬嶺，是已到達前藏矣。鴉片戰爭起，曰愈草制夷策，乞當事奏諸朝，不上。今集中存《紀事六首》，盛讚廣州義勇，可采。

紀事六首

巨艦横江水不流，星飛羽檄調貔貅。言高曾建平戎策，位賤難分旰食憂。願矢丹衷報君國，休將白手取公侯。憐才幕府今非昔，玉帳誰人借箸籌。

跋浪長鯨海欲翻，憑誰砥柱障狂瀾。韡刀幾見軍前戰，袖手都從壁上觀。楓陛寬仁時屈法，柳營歌舞夜忘闌。從來髖髀須斤斧，選將何時擬築壇。

軍書旁午日遄飛，挽運宵馳令敢違。共望獻俘尊國體，何緣縱寇失戎機。馬援銅柱終孤立，陸賈金裝滿載歸。疎賤小臣憂社稷，登樓日日盼紅旗。

兩載烽煙暗海濱，兵連吴越又南閩。康居自命皆夔契，戡亂誰人是渭莘。風疾始能知勁草，時平何處別良臣。將軍不及書生膽，上馬常思掃虜塵。

拜命專征下玉墀，樓船千里建旌麾。嬌歌急管元戎帳，斬將搴旗義士師。廣州義勇誓死殺賊，凡四戰四克，殺賊千餘人，斬夷酋伯麥。漢室梯航本全盛，蠻夷邊徼竟相窺。嶺南自古繁華地，金碧樓臺異昔時。

天府軍儲已不支，宋家故轍詎堪師。時主帥以金錢二千一百萬議和。割肌啖虎籌終誤，剜肉醫瘡事豈宜。廊廟自饒伊吕彦，山林不乏棟梁枝。籌邊見説須良策，白羽猶思效一麾。《餘甘軒詩鈔》卷八

阿咱山水歌 拉里南七里

阿咱海水澄且清，如鋪玻瓈光瑩瑩。緑波滉瀁浩無際，倒吸山光與嵐氣。相傳此海有神龍，凝心欲見水晶宫。瞢瞢兩目只注水，遺却好山未一視。此行舉首望層巒，烟鬟霧鬢天風寒。始知山水皆佳妙，前番應被山靈笑。一峯屹起如浮圖，旁無依傍勢高孤。一峯戌削如華表，數峯侍立亦矯矯。三峯嬝嬝如蓮花，半開菡萏明朝霞。五峯排立鋸齒齒，有若巨靈戟五指。兩峯昂藏如鶴跂，兩峯批竹如馬耳。其餘諸峯百怪生，奇詭雜沓難爲名。從兹愛水兼愛山，不薄瘦燕偏肥環。《餘甘軒詩鈔》卷十一

弔唐文成金城兩公主　自巴唐至西藏，番女多以黛塗面，余怪之。訊之土人，始知唐文成、金城兩公主下嫁吐蕃時，皆以黛自涴其容，及至吐蕃，築樓獨居，贊普弄讚、棄隸縮贊不敢逼也。文成喜浮屠法，深入佛海。金城則好儒書，日以《春秋》自娱。余欲弔其墳，無有知者。番女塗面，皆效兩公主妝也。此皆《唐書》所未載，可補史傳之缺。

文成意氣勝昭君，一朵蓮花不染身。誑得吐蕃生淨域，松維從此息邊塵。相傳文成曉青鳥術，見西域多牛眠地，遂教吐蕃天葬、火葬、水葬，謂當生淨域，吐蕃惑而從之，自是遂衰，不復爲邊患矣。

金城瀟瀟喜儒書，坐擁牙籤日自娱。不共吐蕃通一語，前身應是水中珠。

兩朝公主嫁烏斯，廟算無人亦可悲。幸有紅顔能報國，綏邊良策仗蛾眉。

當年的博起烽烟，萬金和戎亦可憐。羞殺盈庭諸袞職，官家空費詔糈錢。

將軍不及兩紅裙，報國憑誰掃賊氛。欲弔香魂何處是，邊庭無地作孤墳。《餘甘軒詩鈔》卷十一

味無味齋詩鈔二卷　咸豐間刻本、朱丹木詩集二卷　雲南叢書本

朱臒撰。臒字丹木，雲南石屏人。道光九年進士。官安徽無爲等州縣，擢貴東道，江西督糧道，至陝西布政使。咸豐元年病歸。二年冬十二月卒，年六十。自訂《味無味齋詩鈔》家刻，首蔣湘南、戴絅孫序。爲詩清遒蒼健。詠黔中飛雲巖、老鷹崖、白水河瀑布，雕繪山水，頗有奇句。《校閲屯兵紀事》，敍道光間苗事頗

詳。山中八詠爲山家、山寺、山城、山徑、山橋、山市、山驛、山田，多務實言。《守萊城》一篇，弔明崇禎間萊州知府朱萬年。《十八先生墓》，記順治九年孫可望械桂王諸臣吴貞毓事，皆爲史料。艧與方朔、戴絅孫交善，與譚祖同唱和最多。身後無傳，而集中所載其迹可按。别《有朱丹木詩集》二卷，《雲南叢書》本，多蜀中詩作。入棧，過鳳嶺、雞頭關、五丁峽、龍洞背、劍門，泊嘉定、重慶，見大佛崖、叉魚子、廟磯子，游歷甚廣。所據别一鈔本，與家刻迥不同也。

嘉蔭簃論泉絶句二卷　同治十二年觀古閣刻本　嘉蔭簃詩集一卷　近代咫園叢書刻本

劉喜海撰。喜海字吉甫，號燕庭，山東諸城人。大學士劉墉孫，鐶之子。嘉慶二十一年舉人。歷官浙江布政使。卒於咸豐二年，年六十。金石學家，著有《三巴㕆古志》、《海東金石苑》、《長安獲古編》、《古泉隨筆》等書。《論泉絶句》上、下卷，作於道光間，張開福識，同治十二年鮑康以原紙上版，刊入《觀古閣叢刻》中。康亦以藏古泉知名，前有翁樹培，同時李佐賢，精於此道者四五人而已。唯是書論泉皆用本事，不致凌躐，足稱之。《嘉簃堂集》詩文二卷，爲陳乃乾輯本。詩在下卷，僅數十首。如《周虢叔編鐘歌》、《周兮中鐘歌》、《周己侯鐘歌》、《秦銅詔版歌》、《佐弋瓦歌》、《題宋拓漢西嶽華山廟碑》、《唐雁塔泥造像》，大都當日圖像題跋，飾以韻語。嘉道間金石詩極盛，然繁采寡情，不能誦記。唯有補於學者，爲上乘耳。

清人詩集敍録卷六十五

借閒生詩三卷　道光二十年錢塘汪氏振綺堂刻本

汪遠孫撰。遠孫字久也，號小米，自號借閒漫士，浙江錢塘人。嘉慶二十一年舉人，官内閣中書。未久歸里，絶意進取，肆力著述，有《詩考補遺》、《國語考異發正古注》、《漢書地理志校勘》等書。卒於道光十六年，年四十三。錢塘汪氏振綺堂四世藏書，至遠孫又多重雕以廣其傳。是集爲家刻，首胡敬序。其中《屠琴隖太守灊園吟社圖》四首、《題嚴杰書福樓勘書圖》四首、《周虢叔大林鐘爲張叔未作》、《張雲璈輓詩》、《祁忠敏公遺硯歌》、《題費丹旭畫厲鶚畫像》、《題洪武船符》、《汪容甫夫婦合葬長歌爲汪喜孫作》、《文丞相琴歌》、《翁覃谿與屠琴隖論詩隨筆劄録修伯裝潢成卷屬題》、《題赤嵌從軍圖》、《論印六絶句》等篇，博而不雜，皆有發攄。《南宋四灊邸詩》詠佑聖觀、開元宫、龍翔宫、宗陽宫，即宋阜、茂、穆、昭四陵，詳於史事，並自爲箋注。遠孫嘗居蜀，集中有《火瀚布歌》、《灌縣繩橋詩》，氣象弘闊。存詩不多，造詣較深，且詩本貴精不貴多也。薛時雨《藤香館詩鈔》卷三有《題東軒吟詩圖》，圖費丹旭爲汪遠孫作，唱吟友張廷濟、龔麗生、張應昌、胡敬、項鴻祚、吴振棫等人。陸費瑔《真息齋詩鈔》有《題妻姪汪遠孫松聲池館勘書圖》、《汪邁孫東軒吟社圖》。邁孫，遠孫弟。

僊屏書屋初集詩録十六卷後集二卷

道光二十六年序刻本

黄爵滋撰。爵滋字德成，號樹齋，江西宜黄人。道光三年進士，改庶吉士，散館授編修。歷充江南鄉試正考官，擢御史。洊陞至刑部侍郎，以失察落職，後以員外郎起用，以直諫負時望。遇事鋒發，無所廻避。創議嚴禁鴉片，始終主戰。一時以爲清流眉目。卒於咸豐三年，年六十一。此集自刻於吴門，詩八百七十一首，《後集》詩一百二十七首。尚有《己酉北行續草》，爲道光二十九年詩，另刻。爵滋爲詩，揮灑從容，氣韻高潔。《由晴川閣經大别山晚歸》、《梅江舟中望金精十二峯歌》、《由宿遷至銅山道中雜詩》、《張亨甫夢游天台觀瀑圖歌》、《戒壇活動松歌》、《瀘溪行》、《郭羽可畫竹歌》、《楊村竹枝四首》、《澄海樓歌》、《七里瀧歌》、《自平陽至蒲州雜詩》、《華嶽行》、《金陵漫興》、《西湖紀游十首》，精思壯采，時溢于楮墨之間。張際亮云：「鄴下懷古詩不作激昂慷慨諷刺深刻之語，倍覺讀之感人。《撫州行》、《後撫州行》，蒿目時艱，宜通風諭。」見《國朝正雅集》卷七十二。《讀漢魏六朝人文集詩一百首》，變史論爲韻語，《與潘四農論詩偶述八首》，品藻中時得理趣。又有五古《詠史十二首》、《讀五代史絶句二十首》、《詠懷古蹟十二首》、《詠物二十六首》、《觀東屏二十四人品詩纂刻後》，借事寓意，頗爲深切。自序云：「是集曾商就於徐湘潭、張亨甫、郭羽可、艾至堂、湯海秋，此五友或善於激發，或宏於裁鑑，或精於審擇，或敏於攻擿。故摘録評語，以爲解頤。」可見其詩能拔於衆流之中矣。

䃂䂬亭集三十二卷後集十二卷　咸豐六年刻本

祁寯藻撰。寯藻字叔穎，又字淳甫，號春圃，山西壽陽人。嘉慶十九年進士。由翰林官至體仁閣大學士，咸豐間致仕。同治初復起爲禮部尚書。五年，卒，年七十四，謚文端。是集收嘉慶十七年至咸豐四年詩一千六百餘首，《後集》續刻七百餘首，自序。寯藻受知於黄鉞、阮元，篤嗜學，通訓詁。道光間主禁煙。身居樞要，激情好士。嘗典試貴州、廣東，視學江蘇、湖南，扈從盛京，以所經歷，發而爲詩。其詩初濡染於外舅陳用光，後以提倡宋詩爲尚。《蘭州城北望河樓登高》、《水輪歌》、《望廬山》、《汨羅江》、《渡潯陽江》、《楚歌行》、《登祝融峯》、《火把節》、《度梅嶺》、《舟過浯溪》、《馴鹿行》、《晉祠》、《灰埠相傳始皇焚書處》、《哀流民》、《牽夫謡》等篇，意旨深切，善使議論以求變化。《戰國策書後三首》、《讀貨殖傳》、《觀文信國公上包宏父劄子歌》、《題白香山集四首》、《讀本草》、《讀元遺山詩四首》、《書趙飴山談龍録後》、《讀高士奇苑西集》、《黄仲則兩當軒集》、《張亨甫松寥山人詩集》、《書太原段帖後》、《題説文解字大小徐本》、《題唐崇福寺陀羅尼幢》，雜綜文史，學有本原。《觀勵宗伯競渡圖卽事述懷因題其後》，記勵宗萬作此圖江鄉風景及端午節競渡，情景逼真。《福州督署觀右旋白螺歌》，螺爲乾隆五十二年平林爽文事於閩海所得。《題三百三十三有士亭》，述朱筠官福建學政延譽文士故事。《題照齋夫子惜驄馬圖》、《題壹齋師餞書圖》、《送胡竹村同年歸績谿》、《題張石洲煙雨歸耕圖》，以及《自題䃂䂬亭圖》，亦多掌故。詠物如時辰表、玉面貍、豆漿、豆渣等作，逸趣横生，足爲耳目之助。其詩開清季宋詩派先聲，咸、同間爲士林宗仰，一時奉作壇坫首領。

雲寥山人詩鈔四卷　咸豐元年刻本

蔣衡撰。衡字拙齋，福建甌寧人。嘉慶二十四年舉人。屢試春官不售。道光二十九年主講南浦書院。好言理學，著有《茶譜》等書。所撰《雲寥山人文鈔》八卷，《詩鈔》四卷，爲門人朱篪、祝廣生、方宇等刊。據文集《故友稺仙許君誄》，推爲乾隆五十八年生，結集年已六旬。詩較新警。五七古《理書歎》、《聽許秋史賡皥彈昭君怨長歌》、《過溪灘行遇雨》、《甲午紀事》、《弘光鐵礮歌》、《黄華山歌》韓蘄王屯軍處、《獨輪車謡》、《驅瘧篇》、《錢武肅王龍簡歌》有序、《兔毫盞歌》、《仿玉川子月蝕詩》、《御茶園》、《潞河南旋舟中述懷一百韻》、《朱子祠告成長歌有述》、《駱越銅鼓歌》，凌轢今古，爲一時之選。《武夷茶歌》竹枝體十六首，《荔枝詞》十六首，采覽所及，每出新意。衡與張際亮、許賡皥、方國泰等人交契。集中所見，多八閩文士。

弘光鐵礮歌　道光甲午古井土人掘地得之

揚州城外鼓聲死，誰其殉者閣部史。金陵亦是帝王都，馬阮荒亡竟如此。四鎮蟲沙何足論，山海忠義徒紛紛。六狂生暨五君子，唐王魯王爭建元。王師所向皆風靡，入浙入閩破竹耳。仙霞關上礮倒熸，驚落頭顱醉夢裏。王師入閩在順治三年丙戌。閩人據仙霞嶺，王師不能進。明故將汪某詗知間道，會中秋夜，關上宴犒軍士，俱醉睡。汪率壯士數人從間道上關，潛以其礮内向，遂大譟，軍士倉皇然礮，礮内熸，一軍盡殲。吾州實扼上游衝，堂堂兵備懷孤忠。標兵盡赴東石去，空城蕭蕭鬼嘯風。我公一呼義旅集，三千壯士皆鬼雄。是時郡中治兵守禦者爲建寧兵備道僉事鄞倪公懋禧。公以使事至閩，留授是職。先是道標有兵三千人，爲鄭芝龍調赴東石，城中空虚，公至募兵城守。出戰全軍覆没，公死之，從者十七人殉。見全榭山所爲公墓誌。碧血不化陰燐火，應吐光怪爲長虹。一夕雷公起蟄龍，怒抉紅衣將軍出土中。模糊尚有弘光字，繡澁惟餘苔蘚封。承平百年烽燧息，戰壘耕平藝黍稷。鋤犂往往見兜鍪，土人往往耕得兜鍪鐵甲，不獨此礮也。沙礫時時翻折戟。由來此地經戰場，至今烟火猶荒凉。山形迴合水衝激，横軍要擊誰能當。追想當年覆軍事，天亡豈爲無地利。不成設伏反貽擒，定是孤軍無後繼。我曾弔古拜荒祠，神號依稀記姓倪。古井有神祠曰倪岳二公。予初不解其何神，今按僉事既戰没，則其正命處必不在城中。去城十里曰北坪，正上游赴城孔道，又五里斜入爲古井，地有險隘可據，疑當年守禦必在此處，銕礮兜鍪時出土中，則此地爲當年戰場，而公之正命卽在此可知矣。土人卽其地建廟祀公，故有是祠。岳公不詳何許人，蓋亦軍中共事者，如睢陽雙廟並祀巡遠之例爾。野史凋零志乘闕，儒生稽考恆存疑。嗚呼此礮沉淪久復出，恐有精爽相憑依。因此知公正命處，何當更勒旌忠碑。《雲寥山人詩鈔》卷二

聽秋聲館詩鈔五卷　道光二十七年刻本

俞汝本撰。汝本字秋農，浙江新昌人。道光十六年進士。官貴州知縣，獨山知州。撰《聽秋聲館詩鈔》，一

名《北征詩鈔》，道光二十七年門人鄭珍序。分《蜀行》、《南旋》、《重來》諸集，皆爲奉命運鉛銅時所作詩。據《寄内詩》注「戊寅二十六」推之，生歲當爲乾隆五十八年，卒年莫明。清制，鉛觔以五十觔爲一塊。黔中每歲貢六百四十餘萬，自知府以下同知及縣令，皆任斯役。汝本於道光二十三年出貴陽，經永寧、瀘州、重慶，出三峽，沿江而東，至揚州溯運河北上至都，差竣南歸。沿途爲詩，有《重慶南門外塗山歌》、《空岭三珠石》、《瞿塘行》、《西陵峽》、《黄州赤壁》、《九江觀龍舟奪錦》、《黄天蕩》、《打冰詞》、《微山湖》、《自南旺至東平過十二閘》、《天津放船至通州》等篇。《記銅船失事》、《上清江天妃閘第一號船失事》，均出目睹。汝本有根柢學問，惟未見有全集行世耳。

讀吴興温睿臨南疆繹史因書數絶

黄屋誰成翊戴功，貴陽讒諂搆孤忠。如何九廟俱灰燼，不向先朝問梓宫。

東林黨禍幾曾休，誰把三朝要典收。痛恨懷寧成大獄，興師莫怪定南侯。左光斗師興，以清君側爲名，由馬、阮爲之召也。

騣騣烽烟逼帝畿，袁繼咸何騰蛟屢事蹈危機。君王猶自魚龍戲，屢遣中官選淑妃。弘光不一年而選淑女之命三下。

蘿石懋第清名自古難，滄州孤憤痛南冠滄州被命留左懋第而歸陳洪範。廷臣率爲虚名誤，猶執承平故事看。

閣部當年一臂支，江淮全勢去多時。請兵請餉全無濟，四鎮驕矜坐擁師。

半壁江山已可憐，蕪湖事去瓦難全。魯唐畢竟無完局，航海梯山又十年。

凄凉緬甸越荒陬，不少從亡將士留。獨恨平西名大盛，忍仇君父覓封侯。

三百年來養士恩，滄桑而後更誰論。諸君節義非無取，門户相持是禍根。明室之壞，由於門户大盛。《聽秋聲館詩鈔》卷三

雲中集二卷　道光十二年刻本

劉淳撰。淳初名天民，字孝長，號莘農，湖北天門人。嘉慶西巡五臺，淳詣行在，獻詩五千言，由是名動京師，時年僅弱冠。二十一年舉人，五試春官不第。道光間任遠安教諭。是集有道光十二年同年友陸建瀛序。凡古體五十三首，近體一百二十四首。其詩氣骨開張，較爲遒勁。《遇王縉雲爲述魯之近狀》云：「中原二子分飛後，不見滄溟跋浪開。阿大相逢初問訊，王郎落魄使心哀。江山入蜀多奇氣，風雨論交必雋才。請爲楚狂盡巵酒，高歌西望故人來。」此詩句句自振。《赤壁懷古》、《宿鍊潭》、《放舟》、《潯陽歌》、《登黄鶴樓放歌》、《泝淮歎》，體格亦高。與魏源、王柏心夙交，有贈詩。

一飛詩鈔一卷　道光二十三年刻本

文冲撰。文冲字一飛，滿洲鑲紅旗人。廕生。官工部主事。至東河河道總督。道光二十一年革職。

是集有徐經、何兆瀛序，鄧廷楨、林則徐、富呢揚阿等人題詞。集中與楊炳春唱和最多，並題其《扶雅堂詩集》。又有《輪臺道中寄林少穆尚書》，作於道光二十二年，林則徐題詞亦於同年冬作于伊犁。餘以行役登覽居勝。《出古北口》、《渡潮河》，作於嘉慶二十五年。《長城古甎歌》、《登王屋絶頂》、《邯鄲道中懷古》，堪稱勁作。以三十年詩裒爲一卷，固無瑣碎之病矣。

一飛先生出示大集讀竟率題一律奉教　　林則徐

吟秋河朔舊詩名，河朔吟秋之館，君宦豫中所題也。把卷重論萬里情。奇氣天成空浩刼，狂歌風勁觸邊聲。悲歡豈爲升沉感，身世長將肝膽傾。知有望雲心事切，金雞早晚報春明。《一飛詩鈔》卷首

萬壑雲樓詩二卷　　道光三十年刻本

蔣棨渭撰。棨渭字遇溪，江蘇吴縣人。諸生。道光六年游長沙，奉季父眷屬之粤西蒼梧。八年，北上應試。九年，客淮上，受學於盛大士。耽於吟事。道光三十年，刻《沓岑集》，爲故友馬鎮《半閒雲詩》、陳基《味清堂集》、錢瑶鶴《焦尾編》、吴均《霏玉軒詩草》、毛永柏《小紅薇館吟草》、毛永椿《思無邪室吟草》，並是集同時付梓，曰「沓岑」者，誌交契也。七家詩品格相類，皆無靡蔓之音。此集有《粤西雜詩》、《都門遊盤山歌》、《天津芥園》，爲崎嶇南北之作。《讀少陵集》、《題倪雲林畫》，品騭得當。

洮湖盟鷗館詩鈔七卷　道光間刻本

宋鏆撰。鏆字惪甫，號北臺，江蘇溧陽人。諸生，官浙江通判。工詩詞。此集詩止於道光十年，首唐仲冕序，稱作者：「少年才氣勝，中年往來白門、揚州垂二十年。涉歷既久，豪情少減，而才愈歛格愈峻。」集中《論詩五首》、《讀盧忠烈公傳》、《聽燕人擊筑歌》、《後湖竹枝詞》十二首、《信陽道中》、《潮州雜詠四首》、《南漢雜詩十首》、《漢陽石榴花塔》、《登黃鶴樓與羽流瑣談遺事得詩二十四首》、《滕王閣》六首、《邗上櫂歌詞》、《揚州文選樓》、《蕃釐觀詠古》，今古參錯，詞氣清腴。《平陵二十六詠》序，所歌皆溧陽風景。鏆受知於陳文述，與文述子裴之最契，有《題陳小雲別駕澄懷堂詩集外》及哭小雲詩。又有《題彭梅垞影梅庵院本》及哭梅垞詩。梅垞名劍南，所著《影梅庵傳奇》，演冒辟疆、董小宛事。又著《香畹樓傳奇》，演陳裴之妾王紫湘事，而裴之妻，卽自然好學齋主人汪端。餘如《題車秋舲捧花樓圖》、《倪小迂以紀鐘圖索題爲歌長句》、《題桐城方鐵門潮金粟山房詩集》、《漢臯曲題范白舫漢口叢談所輯新樂府》，亦可摭取。

春暉閣詩選六卷　同治八年刻本

蔣湘南撰。湘南字子瀟，河南固始人。年十九爲生員，道光五年拔貢，十五年順天舉人。選虞城教諭，不就，客走關隴間。主關中書院，修《全陝通志》，再主同州書院講席。著有《卦氣表》、《卦氣證》、《華嶽圖經》、《後涇渠志》、《江西水道考》、《西征述》等書。是集與《七經樓文鈔》合刻，有洪符孫、潘筠基序。生平事蹟於《文鈔》王濟宏序可見大凡。卒於咸豐四年，年五十九。湘南學識淹博，歷經長城南北。此鈔僅得二百餘篇，而攬海岱，過伊涼，歷太華、崆峒、賀蘭山險，詠砥石、崤函、長安、延安、榆塞之勝，不乏佳什。《鄂爾多斯樂府四首》，記蒙族婚姻食品，頗詳民俗。《喜晤李于潢同年賦贈五十四韻》，深得論文之旨。《捻子》一篇，述捻軍起事經過，有史料價值，張應昌《詩鐸》已選。《故里》一篇，詳注里中風土。《熊耳山浛字碑歌》，碑在盧氏縣中山河口懸崖。《朱仙鎮弔岳忠武王廟》、《韓蘄王故里》、《佛峪》、《昭陵石馬歌》、《長毋相忘漢瓦歌》、《明太祖敕封鐵冠道人所授圖》、《宋二體石經殘碑歌》，旁騖考證，亦足參考。《上河帥栗毓美書》，專言黃河水利。湘南一時文彥，爲蔣攸銛、陳用光所稱譽。與姚椿、郭儀霄、黃爵滋、龔自珍、魏源、張際亮均有贈題。《書龔定菴主政鞏祚文集後並懷魏默深舍人源》云：「文苑儒林合，平生服一龔。朝容方朔隱，世責展禽恭。滄海橫流極，高山大壑逢。齊名有魏尚，可許我爲龍。」又《偶成三首》有云：「我友龔與魏，窮經戒歌呼。我今亦見及，欲將詩掃除。聞者未足戒，顯者恐招誅。」蓋湘南亦有治經廢詩之戒，其傾慕龔、魏亦雅不在詩也。

上河帥栗樸園先生

黃河本神物，天運挾之變。治河得神人，寰海奏清晏。吾師北嶽精，申甫例天眷。甘霖膏去聲中州，河渠胸貫串。天子重宣防，宵旰切昏墊。公受特達知，濁流淨如練。昔者黎襄勤，南河石工擅。

攻者如雲起，交章幾同詘。其實用成法，初非開生面。竹楗下石菑，漢書有明傳。東河遠山麓，所恃薪土賤。近來土一方，積土高一尺方一丈爲一方。幾需錢萬選叶。遠土費不貲，近土皆沙澱。埽成艮維立，漲來坎窞陷。公乃役神智，運甓創獨見。濟彼石之窮，用比土尤便。逢灣能取直，掣溜如掣電。刻期三年後，度支省千萬。埽工三年一易，公于易埽時皆以磚代之，嘗謂二年後磚工可遍。南也寸光目，懷古嘗流盼。一千六百年，河徙如合券。自禹導河後至今凡四小變二大變。其變自帝堯八十年至周定王五年爲一千六百餘年，自周定王五年至宋熙寧十年爲一千五百餘年。尾閭既難數，雲梯關久淤。中滿復明驗。嘉慶中河身已淤高。權宜一時策，横潰千載思。誤在不兩行，手由語殊痁。河不兩行之説始自蘇子由。其次誤轉漕，東吭豈能嗽。四瀆濟久枯，奪淮此更漫。反常人事乖，違性天地幻。我聞夏先生，釃渠首從汳。出灉達淮泗，清濟挾一線。《禹貢》：濟溢爲滎。《爾雅》：水自河出爲灉。《説文》曰，汳水受陳留浚儀陰溝至蒙爲灉水，入於泗，据《水經注》，卽莨蕩渠也。大伾再分支，漯川勢平衍。源出東武陽，洩河作陂淀。《史記》：禹釃二渠，其一東北行爲漯川。《漢書·地理志》、《水經注》皆云，漯出東武陽是先有漯水，禹導河至此，因而釃之以漯水刷河之淤也。北幹分九股，迎河會其殿。《禹貢》逆河《漢書》作迎河。鬲津卽有鬲，河鬲兩回漩。鬲本水名，有鬲氏居之，因水以名其國也，禹導河至此，因鬲水而又分一河，卽以鬲水刷河之淤也。盤水出沂山，山經益所譔。《山海經》沂山盤水出焉。禹導河至此，因盤水而又分一河，卽以盤水刷河之淤也。郭氏注《爾雅》鬲津云水狹隘，可隔以爲津，注鉤盤云：水曲如鉤流盤桓，皆臆説。徒駭非徒衆，滹沱一聲轉。《漢志》：成平滹池河民曰徒駭河是滹池，卽徒駭語倒並聲之轉也。禹導河至此因滹池而又分一河，即以滹池水刷河淤。《禹貢正義》引李巡以徒起衆之説，非是。其餘可類推，水名誰點竄。以鬲津鉤盤徒駭推之則簡潔諸河亦皆水名也。派分幹斯弱，水多泥不濺。衆清刷一濁，疏開功易辦。水分多則力微淤易停滯，禹故各一河而分之，是借水攻沙之術自禹起也。蘇氏河不兩行之説真謬語矣。統計十一河，《禹貢》、《孟子》皆言九河合泒漯，計之共十一河也。九河在畿甸。齊桓塞其八，經流亦改偭。後人不師禹，培隄詡金鍊。東之使南行，勢將奪高堰。豈真古難復，當由經未穿。四五播誠益，兩派分亦善。漢韓牧云：于禹所穿處播爲四五宜有益，此漢代地勢或可行，若今時城郭居民與漢不同，不能援爲四五也。湘南按地形頗可播而爲二。其一開原陽，漳衛隄更善。屯氏分虖沱，滌淤駛竹箭。北岸險工以原陽工堡爲最，歲歲搶險，相河之勢欲由此北去矣，因而導之入衛河，以令漳河分二支，此一支入直隸之虖沱，東一支入山東之大清河，乃漢屯氏河故道也。分全河之一半，而以衆勇猛之水刷其沙，當不致淤。其一正東行，勿俾與淮戰。一淮不能受全河之水，故淮難刷黄而反爲河病。大關中河閘，中河閘乃康熙中靳文襄公所建，其下流即石濩湖也。黄至此本正東去，前代以濟運之故東之使南入淮。石濩濬深塹。河由石濩湖入海，比雲梯關直捷近二百餘里。腹藉湖沂衝，河東行合運河借微山湖南旺湖南流土水以刷其沙。東南至駱馬湖口借沂水以刷其沙。尾用沐漣噀。連水在石濩湖中，即《漢書》之游水，有中漣東漣西漣之名，沐水亦歸石濩湖，合之可刷河之下流。依然水攻水，歸海各無間。既非築垣居，亦不棄州縣。倉設漕轉輕，河不合淮則宜設轉般倉于袁浦以備漕運。淮平鏡光絢。淮不受河病。則淮亦安流。恬波舞馮蟕，乾土宅鴻雁。庶減聖心憂，共頌禹功奠。冰輪鑒腐衷，行看龍馬

見。《春暉閣詩選》卷五

思補過齋遺稿詩四卷　道光三十年刻本

辛師雲撰。師雲字京孫，號芝生，江西萬載人。父從益，官吏部右侍郎，道光七年爲江蘇學政，卒於任。師雲少隨侍南北。道光十一年舉於鄉，明年，成進士。官至户部貴州司主事。二十一年卒，年四十八。遺集凡六卷，三至六卷爲詩，趙霖序。事見卷首其弟辰雲撰《墓誌銘》。詩學温、李，無纖弱之習。《書家祖吉扇五首》、《畫紅樓夢中醉眠芍藥欄事》、《題裘緝香花案册後》、《題馬嵬驛太真妃墓十首》、《謝察某齋印章詞》，可見標格。游覽歷下、泰岱，南及湘楚，亦有佳詠。師雲受知於汪廷珍、潘世恩，與潘曾綬、曾瑩兄弟唱和。《論詩見寄雪髯》有云：「風格宜清超，字句宜老樸。音調宜鏗鏘，神韻宜含蓄。所忌在生强，亦宜避俗熟。百鍊出精金，一瑕掩美玉。有時天籟鳴，自然成杼軸。有時苦推敲，轆轤轉心曲。」深知甘苦之言。

頤志齋詩集四卷續編一卷　吉林大學圖書館藏抄本　頤志齋感舊詩一卷　雪堂叢刻本

丁晏撰。晏字儉卿，號柘堂，江蘇山陽人。道光元年江南鄉試舉人。主鹽城表海書院、淮關文津書院講席。長於經史考據。著述四十七種，刊爲《頤志齋叢書》。光緒元年卒，年八十二。晏於生平詩文，不甚整理。上虞羅氏爲刊《文鈔》，篇帙不足。一九四九年玄孫丁步坤排印《頤志齋文集》十卷，文畧備。而《詩集》

仍無刻本，所見抄本數種，多寡不一。以吉林大學圖書館藏本較勝。書凡四卷，首道光十六年周濟序，盛大士序，自序，各家題辭。詩以吟評、題圖、贈答之作居多，直造古人，都無苟作。《感舊詩》一卷，亦羅振玉刊。記生平師友六十四人，各繫小傳，道、咸間學者聞人多有之。

煮淩霄榭詩集六卷 道光二十一年刻本

陳焵撰。焵字寅甫，號月垞，江蘇元和人。道光十二年舉人。二十年欲赴禮部試，病卒，年四十七。此集分《墜雨》、《穎尾》、《吹劍》、《腰瓠》四編，首道光二十一年朱琦、張肇辰序。居杭所作《鳳皇山懷古》、《謁岳鄂王墓》、《蠶市謡》，居皖所作《廬州懷古十二首》、《魏武教弩臺》、《弔余忠宣公祠》、《展包孝肅公畫像歌》及《哀流民》、《太湖櫂歌三十首》、《吴越雜詩二十首》，頗爲質實。《論詩五首》、《明史雜詠二十首》、《南唐宫詞二十四首》、《岳鄂王玉印歌》、《趙松雪僧迦塔碑歌》，尤裨文史，不爲綺靡浮艷之態。張肇辰序云，焵與朱綬均以詩稱名於時。庚子相繼暴亡，朱綬年差長。此集名「煮淩霄」者，用楊維楨故事，以名詩道之興也。

太湖櫂歌 三十首録十

買魚那得時裏白，食蟹無過十月雄。青精黑飯葨篷底，楦薪玉腕雙玲瓏。《葉氏避暑録》云，太湖白魚，實冠天下，吴人以芒種後十五日謂之入時，白魚至是始盛，名時裏白。蟹大而色黄，殼堅勝於他産，冬月益肥美，謂之十月雄。

削得雲根幾片峯，頭陀橋畔水淙淙。禹期山接黿山界，多少江南石户農。黿山居民二百餘家，俱業采石。

沉沉鐵脚網浮絲，釣白歸來舴艋遲。一種儂家功德水，半焦魚産白蓮池。王志：太湖漁人以三等網行湖中，最下爲鐵脚，魚之善沉者遇之。中爲大絲網，上爲浮網，以截魚無遺。秋風大發，以舟載釣繫餌沉巨浪中。取白魚名釣白。半焦魚，無尾螺也。舊傳有僧畜之，遂成此種。

沉波黑米蕩雲菰，寒露菌連白露酥。行過長橋向西去，近來還有四腮鱸。菌生九月中者名寒露菌。棗最佳者名白露酥，以白露始熟，故名。《本草》作撲落酥。

霜鱗論斗芋論魁，都是新絲换得來。牽罷頭綿拈苧綫，山機還要稱身裁。栗山苧布堅密，勝於他産，名曰山機。

淡月微風絶世妍，棗花簾簾夏初天。南湖看到紅香幄，還有孩兒别樣蓮。孩兒蓮木似桂，狀與蓮花同。挼其葉嗅之辛芬似茴。其種順治間自滇移來，今惟東山有之，他處絶無。

野兔只營西山窟，野雞只傍東山鳴。嫁女不肯入城市，生男作賈萬里行。民生十七八，即挾貲經商。

山柿紅珠品最勝，烘梨未要滿筐承。兒家别有閒風味，八角楊棋四角菱。柿有牛心、紅珠二種。梨出馬蹟山，有一種味不中啖，惟置一二枚於柿筐中，不數宿而柿皆熟，謂之烘梨。八角楊棋形方有棱，出桃花灣陳氏山隴，他處則無。

千株園裏橘千頭，中有真柑勝越州。别味山家南燭子，甕頭新酒及時篘。千株園有宋趙忠節公讀書處，南燭子圓如椒，味甘，熬膏食之益壽，亦可釀酒。葉汁黑，用以煑飯，即青精飯也。

山色湖光鏡一奩，劃開蟹簖與蝦簾。半生銷夏灣前往，虚夏蓴羹未下鹽。蓴向出三泖。今東山之南湖濱西山之銷夏灣，皆有之。山中人初未知食，食之自鄒舜五始。《煮淩霄樹詩集》卷四

玉函山房詩鈔六卷 光緒十五年刻本

馬國翰撰。國翰字詞溪，號竹吾，山東歷城人。道光十二年進士。官至隴州知州。卒於咸豐七年，年六十四。國翰以輯刻《玉函山房輯佚書》得名，有疑此書乃得章宗源稿冒名成之，前人已辨其非。觀此集五古《讀毛詩四十五章》、《輯農家佚書成詩紀其事》、《讀皇侃論語義疏》等詩，可見平生鉤輯古書之勤，蓋非竊人書者。至《春秋五君詠》、《題北史雜詠三十二首》、《論明紀事本末大禮議》，亦見篤學。詩未足名家。《肩輿歎》、《驢駒嘴謡》、《詠何首烏童子》、《茯苓童子歌》、《釤麥行》、《雨雹行》、《周壺歌》、《打灰囤謡》、《詠物二十四首》均較樸質，意必己出。《贈林少穆》、《贈王菉友》、《游東龍洞》、《白雪樓歌》、《題李雲生太守憶長安傳奇四首》，較隨題敷衍者，亦當有别矣。

榕園詩鈔十六卷 道光二十六年刻本

李彦章撰。彦章字蘭卿，號榕園，福建侯官人。嘉慶十六年年十六成進士，座師爲葉紹本。日從翁方綱

學詩，爲及門弟子。《復初齋詩集後集》，即由彦章校刻。初由内閣中書出爲廣西賓陽知縣，累擢慶遠知府、福建延建邵道、山東鹽運使，署江蘇按察使。道光十六年卒，年四十三。是集爲《榕園全集》本。詩分十集，各以事名集。内《都門舊草》、《微垣集》、《戀春園詩草》、《出山小草》，各分上、下卷，《江山文選樓集》、《載酒堂集》，有目無詩，合爲十六卷，葉紹本、高澍然序，自序，道光二十六年魏敬中後序。《和覃溪師論詩》、《爲蘇齋題雁塔題名唐石本》、《觀岱頂秦篆殘石》、《哭蘇齋先生》、《題葉筠潭師白鶴山房初集後》，可見其師弟之誼。《槐忙吟草》所收福建、江南詩，《歸楂雜詠》收詠金陵、揚州名蹟，懷古詩。又有《南唐宫詞二十四首》、《明宫詞十五首》、《元宫詞六十一首》、《洗象行》、《題施愚山先生遺像》、《題桃花扇傳奇六首》、《題蘇書花蕊夫人宫詞》六首，均作於未冠之年。彦章與林則徐同榜進士，有贈詩多首。林氏撫蘇，彦章作《吴中新樂府》四首，爲《婁水清》、《虞山高》、《民更生》、《士有師》，頌其政績。又與陳壽祺交摯，有題甎文拓本諸篇。其他金石題圖甚多。官廣西時作《張燈詞四十首》、《思郡士民八首》，有關賓州風土。官揚州日於蜀岡桃花菴旁建宋三公祠，祀韓琦、歐陽修、蘇軾，有詩紀之。又有《漁粱山中觀瀑歌》、《梨嶺謁李建州祠》、《水碓紙漕》等篇，閩中山川風物，可見一斑。彦章詩窮力追新，可自成家。惜年不永，而不獲盡展其長耳。

養浩齋詩集九卷續集五卷　同治五年重刻本

桂超萬撰。超萬字丹盟，安徽貴池人。道光十三年進士。官直隸欒城知縣，自書聯榜於署曰：「我如賣法腦塗地，爾敢欺心頭有天。」擢揚州知州。秉公而斷，人稱重見包文拯。改蘇州知府，人稱桂青天。後任福建汀漳龍道，至按察使。咸豐初告病歸，主敬敷書院講席，預修《安徽通志》。同治二年卒，年八十。詩集曰《養浩齋集》，與《惇裕堂文集》合刻，爲其兄青葛、弟載萬編次。首秦瀛、陸繼輅、鄧顯鶴、楊慶琛等人題評。詩源漢魏，古藻紛披，而所詠多近事。古詩《紡車行》、《乞婦行》，樂府《鼠涎洞》、《江魚肥》、《江燕飛》、《狐惑人》、《牛夜哀》、《鬼晝現》、《河中石》、《匣中虎》、《守關吏》、《搜鹽吏》、《捕役肥》、《江鴻集》、《婁水春》、《燒佛香》、《蝨生牙》、《田無畦》、《守門犬》，多揭露社會黑暗，而獨歌頌林則徐政績。集中與林則徐贈答附原作，爲《雲左山房詩鈔》所無。又有《哭林少穆先生》等詩，紀事抒情，均極直切。《庚子感事六首》、《聞天津近事四首》、《豐潤黑沿子防海四首》、《聞粵東英夷糾佛郎諸國入城作亂成諸詩二首》，均有憂國憂民之語。以英法之役，嘗奉檄防灤豐海口，所見俱實。太平軍興，避南山，作詩詆毀之。餘如《詠古八首》、《讀晉書八首》、《游九華》、《池陽雜詠》、《過大洪嶺》、《登南嶽》、《天柱山》、《漢川頹佛行》、《揚州漫興》、《漳城雜詩十二首》、《讀朱伯韓怡志堂集》、《過劉伯宗城徵君隱居故址》、《謁余忠宣公闕墓卽登大觀亭》、《城東行》、《題李二曲顒背面圖》，大都新警酣足。蓋超萬性剛直，夙有廉介之稱，非俗吏比也。包世臣《管情三義》有《題桂超萬養浩堂詩集》。

江鴻集

謂林少穆中丞安集飢民也。

前歲江圩開，米一顆珠一枚。汴舟泛淮，合浦珠來。公自豫藩南調時，南飢北熟，請帑糴麥，載以南來。

昨歲屏翳酷，米十斛玉十轂。蜀艦蔽江，漫天雨玉。癸巳蘇大飢，爲招蜀米東下。珠玉樹，和根移，昔漢水，今江湄。珠粒玉粒滿田種，從此江鴻長不飢。購楚早稻種給民，一歲兩穫。《養浩齋詩集》卷五

奉答林少穆先生自關外賜和詩二首

虎門移節駐鳴鸞，戒備森嚴命衆官。西夏膽寒經畧范，南城烽息守臣檀。誰更要著全枰錯，不障狂瀾再挽難。愁説使星馳萬里，嶺頭明月忍回看。

赦詔遲銜五色鸞，純臣報主豈須官。忠心總是傾陽藿，善教羣歸習禮檀。聞公在邊教授生徒。墾地荒邊充國老，公開無數屯田。回天薦牘史魚難。謂王相國。霓旌不日應南指，頻上梅岡倚樹看。

少穆先生往粤督師過漳以超引疾將歸三叠前韻贈别謹再叠和二首送之

要去鵰鶚起鳳鸞，將幢忽拜在家官。急趨三節披星露，能用羣材辨穀檀。如翰軍從天上下，無譁師度枕邊難。龍旌到處逢時雨，萬户焚香萬目看。漳境家排香案以迎，時得喜雨。

羸軀自比退毛鸞，敢戀簪纓致曠官。觚棄勇原輸傅介，經傳晚或學唐檀。唐檀習京氏《易》、《韓詩》，教授百餘人，見《後漢書》。攀劉人衆滋慙甚，説項恩深欲報難。歸轍江頭心嶺表，紅旗飛捷指雲看。

哭少穆先生用前韻

出師中道駐鍚鸞，痛失人間第一官。贖願百身星祭葛，供教千社象雕檀。高談去日遺音在，偉畧今時再見難。此後望碑長墮淚，閩山羣作峴山看。

聞少穆先生賜謚文忠志感用前韻

恩綸飛下九霄鸞，褒卹孤忠勸百官。偉績史書金匱竹，崇祠民爇玉鑪檀。狂秦用間傾頗易，回紇投戈服郭難。英夷天津訴狀，用間也，然服其清忠，被譴行時，軍舸過夷船旁不害。天壽若留文潞國，殊方都指異人看。《養浩齋詩續集》卷二

劍光樓詩鈔四卷　咸豐間學海堂刻本

儀克中撰。克中字墨農，一字協一，廣東番禺人。嘉慶二十三年爲諸生，預修《廣東通志》。嘗和宋方信孺《南海百詠》，爲阮元知賞。陳昌齊、錢儀吉、顧廣圻、江藩均折輩論交。道光十二年中舉，出程恩澤門。祁墳撫粤，倚重之。廣東大水決堤，以勞疾作，道光十四年卒，年四十一。遺稿頗多，後燬於火。僅存學海堂刻本《劍光樓詩鈔》四卷、《詞鈔》一卷，初印本亦稀見。光緒八年陶春海訪原板片重印，附陳璞跋，即今所見本也。首祁墳、

鄭獻甫序，江沅、郭麐、吳蘭修原序。卷一曰《北行草》。由粤赴都，度筠門嶺，舟出萬安，過鄱陽湖，游金焦、北固，登岱宿頂，經天津衛，爲道光八年作。卷二曰《遨遊草》。出都經晉陽，游華嶽，登千尺幢、蒼龍嶺，出潼關，返趙城，爲道光九年作。卷三曰《羅浮紀游草》。道光元年由廣州出游羅浮。率多佳篇。卷四曰《訪碑吟》。《訶林雙鐵塔》、《南海神廟》、《羚山寺》、《端州採研謠》、《閱江樓放歌》、《游崧臺石室》、《過大紺山》、《靈山石六峯》、《三海巖》、《半月巖》，多人所未經處。其詩斐然可觀。惟無和《南海百詠》，所見僅止此耳。

嵇菴詩集六卷續集四卷　道光二十四年刻本

梅植之撰。植之字蘊生，江蘇江都人。道光十九年舉人。二十三年，教授鄉里以終。年五十。詩集爲王瓚華貲刻，八百三十五首。《續集》及《文集》二卷，黃國華刻，門人薛壽校。其詩古體導源魏、晉，近體必盡合前人矩矱。《題韋蘇州集》、《論詩絶句五十四首》、《題庚子銷夏記》、《與吳熙載論書卽贈》、《題包慎伯先生授筆圖》、《題羅茗香大同甎硯》，可見學識。《賣被翁》、《換錢丐》等篇，狀寫無告貧民，寓意較深。餘則遣懷贈答誌別諸什，以寫性趣爲主。朋儕黃承吉、劉文淇、劉寶楠、焦廷琥、王翼鳳、羅士琳、毛嶽生、顧沅、張際亮、王僧保、嚴保庸、薛傳均，俱著名文士，是亦有軼事可摭拾。

古微堂詩集十卷　同治九年刻本　清夜吟稿一卷　近代石印本

魏源撰。源字默深，湖南邵陽人。受學於胡承珙、劉逢禄。以今文經學爲根，經世致用。道光二十四年進士。由内閣中書出爲東臺、興化等縣知縣，高郵知州。嘗助賀長齡輯《經世文編》，與汪士鐸、鄒漢勛同校定《海國圖志》。著有《詩古微》、《書古微》、《老子本義》、《聖武記》、《古微堂内外集》。咸豐七年卒，年六十四。詩文與龔自珍齊名，時稱龔魏。其詩渾灝遒勁，不蹈前人。五言古詩《華山西谷》四首、《岱麓諸谷詩》六首、《嵩麓諸谷詩》五首、《登太行絶頂》五首、《重游百泉》四首、《盤山紀游》四首、《關中覽古》五首、《棧道雜詩》七首、《嘉陵江中詩》三首、《出峽詞》二首、《擬廬山石門澗詩》三首、《天台紀游》六首、《四明山中峽詩》二首、《武夷九曲詩》五首、《貴溪象山龍虎山諸詩》四首、《永嘉山水詩》六首、《黄山詩》八首、《武林紀游》十首、《湘江舟行》六首、《粤江舟行》七首，七言古詩《游山吟》十四首、《衡嶽吟》、《廬山紀游》六首、《中條山王官谷雙瀑吟》、《王屋山天壇觀雲歌》、《雁蕩吟》、《桂林陽朔山水歌》、《洞庭吟》、《太湖夜月吟》、《龍門吟》、《普陀觀潮行》、《錢塘觀潮行》，雖曼衍百餘篇，而蒼莽遒宕，沉雄暢遠，令人不能窺其涯涘，姚永概《慎宜軒詩集·題魏默深詩》云：「游山記廣徐霞客，登嶽吟狂魏默深。辛苦當年陶謝手，枉雕肝腎逐哇淫。」良不誣也。《皇朝武功樂府》十四首，詠本朝史事。《新樂府江南吟》十首，效白香山體，專爲時局而發。七古《秦淮燈船引》、《金焦行》、《澳門花園聽夷女洋琴歌》、《香港島觀海市歌》，七律《秦中雜感》十二首、《西師》六首、《金陵懷古》八首、《寰海十首》、《寰海後》十首、《秋興》十首，均寄託當日形勢。林昌彝《射鷹樓詩話》録引《都中吟十三首》、《君不見十六章》，論古諷今，皆具特識。《衣讔山房論詩絶句》云：「河山感喟寫幽憂，利病蒼生問九州。掃盡人間脂粉氣，亂頭粗服也風流。」誠知音之言。觀集中寄贈交往，如《客懷八首柬龔定庵舍人》、《寄番禺張南山太守》、《走筆送姚梅伯歸四明》、《京師送歐陽潤東丈南歸》、《江口晤林少穆制府》、《陶雲汀中承晉銜宮保兼制兩江集杜奉寄》、《北上雜詩同鄧湘臯孝廉》、《雪詩三章柬潘少白山人》、《題包慎伯文集》，皆一時英特。近代陳氏以陳沅《簡學齋詩稿》與源《清夜吟稿》手稿合印，補其不足。然平日應酬，多未存底稿，散見他人詩文集中，猶可輯佚也。萬貢璆《祝英臺近詩鈔》存序一，吴振勃《筠齋詩集》存墓誌銘一，楊季鸞《春星閣詩鈔》見佚詩一。尚有道光二十九年藝海樓刻本《今雨集》，收源爲顧沅題詞三首，亦屬佚詩。無可歸從，附録於此。源詩初主清和，與陳沅不分軒輊。後變爲奇格，無能納前人之範圍矣。近摹者不免有效顰之誚耳。

題芍藥圖　圖爲黄君秋士所作

滬江風鶴館娃城，紅粉飄零怨畫筝。試聽徐郎腸斷曲，江南愁殺庾蘭成。　顧沅《今雨集》卷二十一

題飲虹水榭聽琴圖

趙瑟苦難工，瑶琴爲君整。春風髩影中，遠黛吴山静。　顧沅《今雨集》卷二十一

題藝海樓藏古器拓本册

身是江南古董人，圖書金石自精神。素縑影得秦時月，似代蒼皇偏寫真。　顧沅《今雨集》卷二十一

少梅詩鈔六卷　咸豐間刻本

瑞元撰。瑞元字容堂，號少梅，滿洲正黄旗人。鐵保子。道光元年舉人。九年，隨都督昇寅出使銀川，後出使雲貴。十四年，官嘉興知府。十六年任福建糧儲道，十七年任山西按察使，擢布政使。二十一年任烏什辦事大臣，二十四年，任駐藏大臣，二十六年，任科布多參贊。咸豐二年，爲湖北按察使，太平軍圍攻武昌，自殺，年五十九。其弟瑞恩爲裒集嘉慶十九年至道光二十九年詩六卷，各卷以《省餘小草》、《皇華吟》、《檇李聯吟》、《玉門繼鈔》、《客藏吟》、《北游草》爲名，刊行時由宗稷辰序，首張廷濟、崔光笏舊序，詩共一千餘首。

瑞元生平踪跡遍寰中，詩多道未經人語。卷一出山海關《塞外雜詩》，卷二詠晉陝、夏州、雲貴山水及作於湖南軍營詩，卷三浙閩詩，俱以質實爲勝。卷四出嘉峪關後所作，多狀寫少數民族風土人情。《回部竹枝詞》有云：「紫葚甘瓜分外肥，家家大嚼不知飢。每逢慶賀惟抓飯，羊胛烹來密密圍。」《土魯番車中作》云：「天氣驟然暖，火州名此疆。草茵都著緑，柳線已拋黄。沙井泉源暢，青巖鳥語忙。征衣輕最得，檢點入行囊。」尚有《石燕歌》、《孔雀》、《烏什書事》、《重出玉關》、《甘肅道上雜詠》等篇。卷五篇什最富。其專述西藏政治宗教者，有《布達拉》、《喇嘛篇》、《邏娑書異》、《磨盤山》、《登札什倫布》、《攢招》、《與達賴喇嘛班禪晤談》、《樂些六言》、《謁丹達王廟》等篇。記載西藏山川風土者，有《衛藏踏青竹枝詞》、《喇嘛鴛鴦》、《拉薩述見》等篇。抵藏四律有云：「沿門綵勝竿頭繫，滿路經文石上鐫。」自注：「家家俱用五色紬繫於竿上，謂之嗎呢竿子。不修廟宇，以石子雕刻經文，滿地堆砌。」《拉勢形勝》有云：「雲磴重重出，繩橋歷歷懸。」自注：「土人以繩繫兩岸，中穿竹筒，每遇人渡河，將繩斜側，人執竹筒，順勢而下，卽可登彼岸，謂之溜筒。」《邏沙天氣》自注云：「女以善貿易識戥秤理家務爲善，不拘閨訓，不學女紅，凡生育以女爲幸。」諸如此類。卷六爲作於蒙古之詩，於官況物産貢品，亦特加詳焉。

土魯番紀事

纔出八城境，景物又不同。著水地卽白，恆暘山多紅。終年不見雨雪，酷熱異常。風窩聚巖際，夜市當日中。夏間徹夜通市，到曉卽閉户不出，以避炎熱。竟非久居地，馬首喜向東。《少梅詩鈔》卷四

古人屢詠蜀道難殊不知出打箭罏後山勢險惡更有十倍難於蜀道者蓋當時西藏尚未列入版圖故乏吟詠耳余特補詠四律題曰藏路難

難莫難於蜀道西，巉巖日日苦登躋。陽光雪色奪雙目，石齒苔華纏四蹄。人共訪求朝佛路，我先尋覓上天梯。靈峯底是在何處，更使文公笑執迷。

危坡沙活難留步，狹路厓積更費猜。牛背穩騎盤道上，馬頭高向入雲來。山登絶頂風常聚，日到中天瘴不開。投得一間蠻屋宿，窗殘壁破對荒萊。

一萬三千里數長，再從西去達西洋。摩空立壁雜冰雪，蔽日陰林屯虎狼。春氣已深生意渺，秋風纔見冷威揚。不同天地陰陽理，從古何人闢大荒。

瘴染嵐薰氣不勝，白雲如絮一層層。遍山是石行須杖，隔水無橋渡用繩。繩橋謂之溜筒。著意黄泥藏鼠穴，满地深窟俱係地鼠盗開，頗礙馬足。相傳碧海見龍騰。拉里山下有海子，圍圓五十餘里，有人見獨角龍躍出。可憐多少人來往，祇爲西天自在僧。達賴喇嘛封爲西天大善自在佛。《少梅詩鈔》卷五

蒙古地方竹枝詞 四首

趁他游牧草初肥，數百程途鞭一揮。不羨長房能縮地，駕竿車去馬如飛。

一出張關須裹糧，行行八十驛荒涼。飢餐不擇腥羶味，每膳雙羊到口香。每臺供給羊二隻。

怒馬馳來鐙亂敲，挾風雪霰向人抛。天荒地曠投何處，賴有棲身蒙古包。

佞佛徒知不惜財，膝行頂禮爲除災。轉生遠在烏斯藏，十萬輸銀供奉來。聞此次赴西藏迎哲布尊旦把胡圖克圖，各愛曼捐銀十萬兩。《少梅詩鈔》卷六

守瓶堂詩稿不分卷 咸豐元年刻本

孔繼宣撰。繼宣字綸庭，廣東番禺人。諸生。阮元建粤海堂，嘗四至吴採搜善本，得見羣籍。雅好考訂

文字，撰《守瓻堂詩文稿》。經史論述，根柢俱淺。而《泮河江賦》、《大理石賦》、《錢賦》、《羊城燈市賦》、《墨賦》、《五百羅漢記》、《安南述》諸篇，旁徵博采，自注詳贍。亦喜以考據爲詩。《觀錢忠懿王金塗塔拓本》、《銅礮》、《安陽王神弩歌》、《張麗人行》、《陸賈故址》、《海雪抱琴遺像》，多自爲箋注或撰小序。《擬唐十二樓詩》，爲長寧公主三重樓，上官昭容書樓，安國寺紅樓，明皇勤政樓，明皇花蕚樓，華清宮望京樓，楊貴妃端正樓，太白樓，關盼盼燕子樓，薛濤吟詩樓，李衛公籌邊樓，高駢迎山樓，大抵取《唐書》、《樂府雜録》、《長安志》、《連昌宮詞》、《全唐詩》原文稍加融貫成詩，可謂嗜痂成癖矣。繼宣爲南孔後裔，久居羊城，熟習嶺南社會文化習尚。所撰《迎南海神行香詞》、《牛豆》、《虎門觀潮歌》、《素馨竹枝詞》、《新洲竹枝詞》、《南海荔枝詞》、《前後龍溪竹枝詞二十二首》、《樊昆吾先生續南海百詠題詞》，考證粵中風物，亦不無補。

焦尾編一卷　道光三十年刻本

錢瑶鶴撰。瑶鶴字白仙，一字子霞，江蘇吴縣人。太學生。與同里蔣棨渭、吴均、毛永柏友善。是集爲殘稿，存一百九十五首，内古詩僅五首。乃身後友人裒輯，道光三十年蔣棨渭刊入《峇岑集》中。蔣序稱壬午後數年殁，而集中詩嘉慶庚辰至道光庚寅，卒年當在道光十年後矣。題畫、論詩、登臨凭弔之作較多。《七古題李鱓五松小幀》，作於道光六年。《題馬士英畫》、《翟雲屏册》、《題六如居如士像》、《題河東君像》、《書圓圓傳後》，間備故聞。《讀騷題後》、《懷杜閣》、《白公祠》、《仰蘇樓》、《方正學祠》、《二姜先生祠》、《讀道援堂集》、

《英祭酒集》、《檢得計上迂士訢填詞遺墨》，多爲文學史料。

薛箖吟館鈔存六卷　咸豐三年刻本

柏葰撰。柏葰原名松葰，字靜濤，巴魯特氏，蒙古正藍旗人。道光六年進士，改庶吉士，授編修。官至户部尚書協辦大學士，拜文淵閣大學士。兩主江南省試，時稱得人。咸豐九年，以順天科場舞弊案，爲肅順所持，伏法。是書爲生前刻，附《奉使朝鮮驛程日記》，有咸豐三年自序。道光初西北回民起事，柏葰嘗駐軍甘肅、寧夏。集中有《銀川竹枝詞四首》、《銀川新年詞》、《游晉祠》自注：在懸甕山麓、《環慶懷古》等詩，頗狀山川風習。又出居庸關，作《雲岡石窟寺》、《殺虎口》、《入鄂爾多斯貝勒境》、《巴顏布拉克曉行》，以古蹟荒漠，一一入詩。雅好史籍，有《詠史十首》、《南北史小樂府》、《五代史小樂府》、《讀遼史金史》。道光十七年，出爲盛京刑部侍郎，作《大凌河歌》、《瀋陽》、《撫順》、《重宿穹覽寺》、《渡穆奇河》等篇。二十三年，充諭祭朝鮮正使，有《渡鴨綠江》，次義州、安州、大定江、清川江，《平壤城懷古》、《朝鮮竹枝詞三十首》、《東邊行》諸篇，附載朝鮮運接使趙羽堂秉鉉、差備官李滿船尚迪、金靜軒淳、李聖質、文養和詩。鄂恆《求是山房遺集》有《題柏靜濤少宰使朝鮮日記詩》。德誠《聽香讀畫山房遺稿》有《題柏葰出使朝鮮册詩》。

朝鮮竹枝詞上下平三十首

雄封八道首京畿，冠冕東夷海國稀。北鎮華山南漢水，龍蟠虎踞鞏王圻。京畿道

西北平安氣勢豪，一江鴨緑亂山高。競傳武備嫻弓馬，不見人懸韎鞨刀。平安道

黄海西防地利兼，俗留弓裔擅魚鹽。愛他葱秀山邊路，水石清華畫本添。黄海道

蘇定方碑舊有名，南扶餘國是忠清。凭欄西望恩如海，合有高樓號慶迎。忠清道

馬韓舊國是全羅，古穴猶傳良乙那。試向漢拏山下訪，青衣處女子孫多。全羅道

東南慶尚古鷄林，閼智傳留概姓金。莫問鰲山石亭事，落花如水尚哀音。慶尚道

江源東鎮府江陵，濊貊遺風幾廢興。萬二千峯峯勢好，流泉飛下一層層。江源道

咸鏡分防坎艮間，羣江滙注萬重山。插天更有摩雲嶺，雄踞岩城鎖玉關。咸鏡道

黄昌八歲創王家，六部紅粧豔若花。誰唱嘉俳會蘇曲，至今到處蓺桑麻。

數百年來紀享王，遼東藩服早梯航。欸關未足昭恭謹，後苑猶顔忠順堂。

雄關舊設摩天嶺在咸鏡，危棧猶聞串岬遷稱棧爲遷。何待人吹萬波息，常平已四百餘年。

狼毫硾紙寫新詩，東國風流想見之。當日新城曾記取，淡雲微雨小姑祠。

不聞牙笏插朝衫，金玉圓環鬢畔嵌。帶束烏犀懸掛處，皮囊中貯是頭銜。

鏡夾雙瞳美秀文，一枝長竹吐烟雲。健兒下走都閒雅，禿袖圓中白練裙。

四面荆籬一草廳，席棚低覆子蓑青。李家獨擅專門利，别號金剛一部經。

齊紈魯縞並無雙，只有蠶棉敵楚江。偶有綾羅工製造，金針須度自天邦。

天字朱提第一流，剪如半璧重如球。兼金每自沙中揀，大衍携來北地售。

範銅遺制本先朝，馬食人人並坐招。雨過天晴花縱好，自來原不重哥窰。

瓦縫參差列不齊，大都草舍似幽陛。羨他仕宦加人處，屋脊皆調白堊泥。

韈而登席古爲徒，花綫編蒲滿地鋪。門矮檻高窻户小，炙人煖炕更如爐。

盥器痰盂小火盆，皮裀薦枕木香墩。欄杆面面匡牀矮，八扇屏風列短垣。

兩截車轅轅復重，小驊騮駕步從容。獨輪却賴人扶穩，名器惟他顯宦逢。

差備官偕旗鼓官，辛勤朝夕叩平安。印紅字小佳肴註，日日堂前遞食單。

肉蔬酒果襍然陳，首戴圓柈肅大賓。笑我庖人調劑劣，伊能大嚼量兼人。

聽罷三吹驛館開，馬頭奴控馬雙抬。沿堤赤壤平如掌，緩度柔聲呵殿來。

帽扇青紗手自舒，不勞贈策步徐徐。馬奴控馬人挾膝，皮縴還牽二丈餘。

橋梁屋宇壓松釵，到處門窻蔽秫稭。多少銜枚道旁者，鞠躬俯首立如齋。

鬚眉畢現木雕翁，長短亭邊記里工。更有龍頭華表柱，村中住箇孝廉公。

筠心冰節盡人諳，雅比真能沐二南。賓館卽今通引衆，諒知古不重貞男。

澆成黃蠟似松膠，外直中通紙信包。燭淚堆時爭拾取，嚼來還道是佳肴。

華亭徐白眉《振山輝堂詩集》有《朝鮮竹枝詞四十首》，摹寫工緻，間有今昔不同處，參而觀之，可以得其大畧矣。

《薛箖吟館鈔存》卷六

平遠堂遺詩五卷補録一卷 道光二十九年刻本

許賡皞撰。賡皞字秋史，福建甌寧人。受業於南浦書院，山長爲蔣衡。好游山水，善吟詠。道光二十二年五月游武夷，墮死於仙掌峯下。是集詩五卷爲自編，《補録》一卷乃删餘之草，殁後由其弟賡年付梓。蔣衡序稱賡皞：「少作雖未入格，然天資清妙。至乙未詩境一變，五言幽微淡遠，深得王、孟、韋、柳神理，惟七古尚沿舊習，規倣東坡。後博采衆長。至戊戌詩境又變，然醇而未肆。逮庚子、辛丑則汩汩然來矣。」今觀其詩，卷一漫興、田家雜詩居多。卷二《方山人琵琶歌》、《開元寺飛來柏》、《種菊八詠》乞種、分苗、鋤園、編籬、灌水、摘蕊、去蠹、上盆，卷四《瘦石子歌》、《大頂峯望日出歌》、《登延平明翠閣》、《調兵行》、《養犬行》，卷五《題周岡村山水長幅》、《題吴偉業山水長幅》、《東峯謁唐李刺史祠》、《游宗山五首》、《採藥山人打虎歌》，取材益博，漸臻佳境。鴉片戰爭起，作《轟城謡》、《建城謡》、《訛言行》、《奉懷林少穆先生》、《感事四首》、《粤民謡》、《蓮花汛》、《定海翁》，感激頓挫，摹寫真切。《淩將軍歌》紀延平副將淩志調守厦門，城陷死事。《哀三鎮》，弔壽州鎮王錫朋、處州鎮鄭國鴻、定海鎮葛云飛，尤見襟懷，粤中詩人張維屏不能專美於前矣。

聞廣東三元里義民殺賊過當並戮夷首咟嘜賦此誌喜

白日慘光晶，殺氣黯百粤。訛言三四至，怪事實咄咄。驚傳陷泥城，倏已休練卒。來者未暇憂，蒿目痛刺骨。吁嗟當路子，誤國實一轍。撤東南屏藩，任貙虎馳突。不辭金繒耻，忍使脂膏竭。瀕海衆義士，忠憤氣填結。聯絡七十村，赴難何勇決。拔刀斲犬羊，一一盡屠割。如摧枯拉朽，併力勢莫遏。元惡似鯨誅，小醜鮮兔脱。天河從此挽，毒瘴稍一豁。恨無匡復策，得拯邦國活。矯首望滄海，健鶻出復没。《平遠堂遺詩》卷五

聞義民奪還香港

颶風東南來，勢若突葛騎。壯士夜乘勝，草木皆殺氣。擊走鵝鴨軍，奪還喉吻地。國家撫黔首，厚澤歷數世。號召無尺符，感憤出精意。養兵以衛民，兵乃藉民利。逆夷肆跳梁，首殺郡國吏。當事多肉食，專閫取備位。臺端善模稜，霸上等兒戲。鉤結排清流，倡率主和議。務填溪壑欲，反饋芻茭備。遂使燔火炎，煽成燎原勢。近聞兵與民，仇殺自攜貳。竊恐心腹憂，不獨犬羊類。豈無拊循策，誰作長久計。瘴雲庾嶺高，白日海關閉。原野莽蕭颯，烽火正迢遞。斧鑕汝焉逃，薄海識忠義。《平遠堂遺詩》卷五

冬風閣詩集六卷　同治五年刻本

李九鵬撰。九鵬號化北，直隸永清人。道光十五年舉人。歷官柏鄉清苑教諭，迁汶水知縣。提倡顏李

學，從者甚衆。年逾五十，以所爲詩删存六卷刊版。有湯鵬舊序謂：「縱論詩之源流升降，所見多不合。既索其諸作觀之，始知予之詩純任天機，化北則字句必極錘鍊而出之。」集中《柏人雜詠三十首》，小注古蹟生産、風俗異聞，多爲《柏鄉縣志》所不載。詠固城、半截塔、洧川縣朱曲寨、廣濟縣卧佛山、趙州古橋、揚州天寧寺、桐城太子磯、張果廟、賫池黄羆峽、廣濟魚罾山，及《重過小孤山》等詩，俱非牽率之作。古體《讀韋盧集》、《讀黄魯直書唐磨崖碑後詩》、《書查初白夷門行後》、《書王五公乾坤大畧後》、《桃源圖》、《長江籌遠圖》、《習射歌》、《讀李長吉集》、《書龔定庵召鬼篇後》、《冰山歌》、《塔兒巷口觀石幢刻金輪武則天遺像》在永清縣車門外、《過都中臺吉廠》、《張江陵祠》、《李卓吾墓》、《讀王文成集》、《書高郵賈稻孫詩集後》，今古雜陳，尤詳今有。其詩重於質直，自與才人之詩有别矣。

書龔定庵召鬼篇後

空庭悄悄絶人煙，龔生召鬼張鬼筵。酒泛西粤葡萄之液，茶煎東魯趵突之泉。龍肝鳳脯切之爲細膾，花豬竹鼬烹之爲小鮮。龔生褒衣博帶立筵前，佇望一一來者，如赴瑶池高會之羽仙。或迎之道左，或俟之門邊。或三揖，或再拜，不憚折節相周旋。或導之入而及堦及席必以告，或勸之飲而爲酬爲酢不敢先。須臾晏罷逞玄談，闡幽索隱何紛然。孔門游夏之所不敢贊，漢代馬鄭之所不及箋。百家諸子悉貫穿，一若觀海必欲竟其源。登山必欲躋其巔，問則向鬼告，答則代鬼宣，人所不知倩鬼傳。

既不類見鬼大小之夏弗忌，亦不肖説鬼形狀之蘇子瞻。忽而泣涕兮想能破鬼膽，忽而揶揄兮不肯乞鬼憐。鬼語嘅嘅，鬼腹便便，鬼車可載，鬼伯言旋。龔生乃復鞠躬僂傴趨至轅端，欲爲鬼執鞭。《冬風閣詩集》卷六

李卓吾墓

北出郭門趨細路，牧童指示卓吾墓，豐碑巀業字凋零，摩挲共讀悲涼句。嗚呼天地生才果何爲，豈有才奇身反危。碑陰詩：「共識奇才身重累，誰知世没道彌尊。」放言自足千斧鉞，謬爲推重將欺誰。勝國士氣追東漢，金石膠漆無更變。葬友之屍揚友名，馬僉高誼堪合傳。我來造訪暮秋時，卅年心願今遂之。流連落日頻想像，所恨不見祇園祠。碑陰詩：「隆碑高塚傍祇園。」尋之不見。名場擾攘無堪語，欲尋古蹟惟兹處。弔古欣逢好古人，荒烟蔓草同來去。時偕馬君。《冬風閣詩集》卷六

方雅堂詩集四卷　道光十七年刻本

李于潢撰。于潢字子沆，號李村，河南寶豐人。道光五年拔貢，出吴慈鶴門。十五年赴省試，卒於途，年四十一。詩集爲友好捐貲刊，有錢儀吉、蘇源生序，蔣湘南爲撰《墓誌》。古體渾灑奇恣。《白河看洗馬》、《蕭后城》、《翁夫人血影石》、《花蕊夫人宫詞斷碣》、《李文正祠》、《太行絶頂望黄河歌》、《南陽雜詩四首》，可以獨

開生面。詠漢甎詩數首，當爲南陽出土，小序間記其製，足供參考。近體如《柳園驛》云：「此日登車始，長途路杳漫。雲添鴉背重，雪裹馬蹄寒。古戍藏髠柳，危橋瀉急湍。望中茅店近，鐙火出檐端。」亦有情致。

詩禪室詩集二十八卷　同治三年刻本

查冬榮撰。冬榮字子珍，號辛薌，浙江海寧人。諸生。游幕申江、嶺南、淮陰等地，客河南，主汝陽書院講席。同治三年年七十，取五十年詩二十八卷鐫刻，各卷以事繫名。有吴嘉洤、馮登府、彭昱堯序。冬榮少與同里結東山吟社，在曾燠梅花書院肄業五年。結交老蒼，與潘奕雋、唐仲冕、王豫、鍾大源、周思兼均有往還。海寧查氏自慎行兄弟以來，能詩者甚衆。冬榮弱冠工吟，至老不輟。集中《六君詠》，爲論清初施、宋、王、朱、查、趙六家詩。卷十二《嶺南雅集》，與潮州知府黄安濤唱和。卷十五《入洛集》，有游龍門詩。卷十七爲《伊州詩》。幕麟慶府，有《中牟河決感賦》、《題河帥放鼉圖》詩。冬榮與魏源、龔自珍、邊浴禮、彭藴章、宗稷辰有唱酬。卷八《龔定庵豫園月話圖屬題四首》，可考定庵交游。其詩有才調，惟乏書史之腴耳。

卓峯草堂詩鈔二十卷外編四卷　同治五年刻本

符兆綸撰。兆綸字鴻詔，號雪樵，又號卓峯居士，江西宜黄人。道光十一年舉人。作令閩中。後主講恩江書院。此編有江湜序。據同治五年彭録序稱，兆綸終年七十，與集中《丙辰生日詩》互證，當爲嘉慶元年生，同治四年卒。詩鈔合《外編》共收古今體詩二千四百零九首。其詩平熟，篇什雖富，令人一覽易盡。兆綸在道光間所交皆一時清流。咸豐時農民軍震撼南北諸省。文學之士，憂時感亂，多爲悲楚之音，氣格卑弱，滿紙瘡疣，此不獨作者一人也已。若排沙簡金，則此編詠江漢、閩浙山水詩，尚有可取。《林少穆宫保輓詞》、《哭黄樹齋先生》，情意沉摯。郭儀霄《誦芬堂詩鈔》三集有《寄懷符雪樵山長》詩。同時人集中贈詩亦多。蓋當時頗有詩聲也。據弟子宋謙《劍懷堂詩草》卷一《符雪樵夫子遺集續刻已成誌感》自注，兆綸作令閩中，當爲屏南、福清、光澤、建陽四縣云。

重桂堂集六卷　光緒十年刻本

許正綬撰。正綬榜名正陽，字齏生，號少白，浙江上虞人。道光九年進士。以知縣候選，自請改教職。歷湖、嚴二州，而在湖尤久，先後幾二十年。卒於咸豐十一年，年六十七。是集有秦湘業序。編年詩起嘉慶二十一年至同治十二年，共三百十四首。其中《遇老兵談征林爽文事》、《喜復定海並望粵東捷音》、《聞定海再陷》、《聞鎮海被陷》、《聞寧波被陷》、《大水誌感》五首均關時事。詠揚州、浙中風景古蹟，風格樸茂，盛有佳什。交游龔自珍、伊念曾、湯貽汾、高均儒，皆文士。

聞龔定庵同年鞏祚之訃詩以弔之

昔年同詠大羅天，才望如君並占先。格調不夷兼不惠，文章疑鬼亦疑仙。志成絶域千秋業，會補

維揚一面緣。太息西湖風雨夜，秋墳光閃六橋邊。《重桂堂集》卷四

飲月軒詩鈔五卷　道光二十一年刻本

唐廷詔撰。廷詔字鳳書，號月軒，陝西三水人。道光二年進士。官山西中陽、芮城等縣知縣。詩鈔與文稿三卷合刊。有申典常等序。生年據庚寅三十六年生辰推之，爲乾隆六十年。卒年據崔廷傑序及族弟廷洽識語，爲道光十八年。年四十四。中陽地瘠民貧，處萬山叢中。廷詔居縣令有《游柏窊山歌》、《登鳳翅山佛閣》、《中陽竹枝詞十六首》、《中陽雜詠》，於風景、古蹟、民聚、耕作、食物、服飾記載甚周。詠晉陽、霍州、芮城、洪洞、曲沃、聞喜、運城、靈石等地，《過中條山》詠陝西鳳翔，《秦穆公故墓銅雀瓦硯歌》，亦有前人所未經語。廷詔嘗入京圓明園引見，奉差辦事江南。喜讀史，有《雜詠三十四首》，自燕昭王至魏忠賢。《遼竹枝詞》、《元竹枝詞》今古混雜，體殊不類。《宮詞二十四首》，始於吴楚，訖於明，亦傷粗率。

籀經堂詩三卷　光緒九年刻籀經堂類稿本

陳慶鏞撰。慶鏞字乾翔，一字頌南，福建晉江人。道光十二年進士，改庶吉士，授户部主事，歷官陝西道監察御史，工科給事中。鴉片戰爭中反對和議，以彈劾琦善，直聲震全國。當時與蘇廷魁、朱琦號三諫官，慶鏞名尤重。尋回籍辦鄉練。咸豐八年，年六十四卒，贈光禄寺卿。同治十三年，晉江龔氏刊《籀經堂集》十四

卷，收《文集》、《奏議》，無詩。光緒九年，陳棨仁刻《類稿》二十四卷，附《齊侯罍銘通釋》，殆爲全集本，内八至十卷爲詩。慶鏞精研漢學而服膺宋儒，所作《正氣閣春祭紀事》、《仁虎行題方正學仁虎圖》、《題楊忠愍公諫草墨迹》，秉筆而書，凛凛有生氣。《送阮宫保致仕歸里集石鼓文十章仿頌》、《題朱茮堂鐘鼎欵識遺稿全用六語韻》，奇字滿篇，氣息古厚。《顧祠雅集圖》、《題苗先麓張石洲何子貞郙谷論心圖》、《鄭夾漈修史研歌》、《苗先麓寒燈訂韻圖》，益見學博才贍。《次南旺分水紀事》諸篇，精於世事。《題陳公化成遺像》追念抗敵將領，情詞雄沛。《梁山泊》云：「清淺梁山泊，英雄古戰場。宋江一寒畯，崛起變滄桑。」《過鍾吾驛地爲伍子胥楚項王故里》云：「西雄礫今古，子胥與項羽。此地亦奇傑，相當若旗鼓。」言外悠然，此小詩中最佳者。集中交往友多道光間清流，唱酬之什，俱有懷抱。是不可以繩尺相格也。

味雪齋詩鈔八卷

道光二十七年刻本

戴絅孫撰。絅孫字襲孟，號雲帆，雲南昆明人。道光九年進士，授工部主事，官貴州道監察御史。回籍，纂修《昆明縣志》。撰《味雪齋詩鈔》八卷，《文鈔》甲乙集十八卷，有黄爵滋序，葉紹本、王柏心、秦湘業、喬松年諸家評語。絅孫與同郡朱臒交善，同登進士榜。據所撰《味無味齋詩鈔序》，小臒二歲，爲嘉慶元年生。卒於咸豐六年，年六十一。又與黄琮善。其詩詞旨淵腴，局勢雄放。林昌彝以爲滇南風雅之冠。《射鷹樓詩話》多摘其名句。《北風歎》、《伏羲臺歌》、《詠古十首》、《自書吟禅醉隱圖》、《詠古六高士》、《春曉望太華山》，俱甚高格。江南提督陳化成死事，有詩弔之。《抵江夏作呈許魚泉學使兄》應藻有云：「昨我停車古英六，火鴉飛飛啄人屋。可憐百室盡焦土，野處吞聲聽宵哭。今我泊舟黄鶴樓，接天駭浪江風秋。城高不没只三版，殺人恐作江神羞。我生百事類多忤，悔不窮廬守風雨。無端水火巧爲攜，女丁婦壬横相侮。」不勝抱痛。絅孫嘗參預丙申江亭禊會，與陳慶鏞、黄琮、潘曾瑩等唱酬。顧亭林祠在京建成，有詩紀之。與何紹基覃研文物，有《漢延年益壽瓦歌》等題。《朱竹垞毛西河小像》、《孫衣言海客授經圖》、《聊齋圖》諸篇，亦具掌故。誠滇中秀傑，而得於學者深也。

聊齋圖爲蒲柳泉先生裔孫錦堂茂才題

柳泉居士神仙客，蜕骨淄川老雲石。百年遺構此重新，圖中又睹幽人宅。聊齋俊名滿天下，志異編成寶和璧。盲左腐遷有同調，尋常餘子敢爭席。當年居士魯諸生，巨眼識君施尚白。名經千佛騁文字，一例堪憐兔園册。人生頌古須識真，碔砆亦載波斯舶。不惟其實以名震，騏驎豈但鹽車厄。我暱君書愛談助，枕中孤嗜久成癖。飛龍峽畔晒書臺，祗塹未共攜山屐。草木平泉幾風雨，故物人間尚珍惜。清芬欸乃誦文孫，菊松三徑寫秋碧。作畫者誰念吾友，頃亦玉樓弔詩魄。圖爲故友穆似山同年作，似山今年六月下世。披圖不忍坐長歎，濤聲翠捲幽篁夕。《戴雲帆詩選》

清人詩集敍録卷六十六

問青閣詩集十卷續四卷 道光間刻本

樊彬撰。彬字質夫，直隸天津人。諸生。生於嘉慶元年。少受知於葉紹本。嘗隨紹本入晉藩署。道光十五年年四十，官冀州訓導。後赴楚北。《詩集》十卷，刻於道光十九年，首葉紹本序。天津董懷新、徐士鑾、華長卿，寶坻高繼珩等題詞。續刻四卷，詩止於道光二十六年。詠津沽詩能得網羅之富。《辛巳六月紀事》，紀道光元年流行痧疫。《獨游芥園》即查氏水西莊地。分詠津郡古蹟，爲盤古墓、九河故道、丱兮城、鐵獅。《津門新樂府》爲《堆盤坨》、《海船隝》、《鈔關橋》、《冰鮮市》、《三岔河》、《十字圍》，與民食、財賦、漕運、水利有關。《鎮海門内費家巷相傳爲故明宫人費氏居址同人作詩弔之》，注云：「京都阜成門外静樂堂後有井，明火化宫人處。」《包孝肅遺轎歌》，注云：「在滄州運判署。」皆以傳聞載詩。《葛沽營水操》、《洋爆》、《時辰表》、《畿輔大水》，亦當日見聞。又作《讀明史閣部可法答攝政王書長句》，前人多未及也。至太原，有《晉陽懷古》、《遊崇善寺》、《過唐狄梁公故里》、《河燈曲》、《題傅青主霜紅龕詩集》等作。《太原雜詩》四首，即景賦物，不失渾樸，允推佳什。任冀州學官，作《新春雜詩》，記民間娶鼠之戲，又有以麪作盞燈燃於通衢，皆舊日風俗。

《詠張耳墓》、《正定隆興寺大銅佛歌》、《新河弔明詩人宋登春》、《淀河竹枝詞二十首》、《題冀州紫雲觀址唐石浮圖文後》、《聽陳伶打洋琴歌》、《日本龍脊劍歌》，取材亦新。彬時與邊浴禮同入陶樑幕，與畿南文士唱和。入楚，詠鮑照墓、黄岡杜于皇祠，爲詩林掌故。《哭少鴻臚葉筠潭師》注云：「辛丑閏三月十一日卒於揚州書院。」考證葉紹本卒年，以此最可信。其詩特重史蹟風土，别有《燕都雜詠》、《津門小令》，近人已收入叢書矣。

太原雜詩

三晉雄藩地，蒼茫大鹵墟。俗懷山有栲，客嘆食無魚。自注：有魚龍鴨鳳之諺。道路殊車轍，自注：自榆次石鐵鎮以西，轍寬尺許。人家尚穴居。阪田千磴闢，辛苦幾耕畬。忽聽吹笳遠，邊聲接雁關。池鹽白堆雪，石炭黑連山。要塞神都衛，河流故郡環。清涼開佛界，策杖好登攀。五月輕寒峭，吴綿脱尚遲。風囊狂自吼，地軸動無時。自注：四時多風，土人云，久不風則地動。人愛金纏臂，自注：童叟多帶臂釧。山殊翠掃眉。幸無蚊市擾，清絶夜眠時。何處窺人面，家家静掩門。泉清唐叔廟，雲羃狄公村。佳釀斟桑落，高臺訪桂園。自注：小五臺爲桂子園址。蕭墻西去路，自注：晉府圍垣今有南西蕭墻之名。猶有漢槐存。《問青閣詩集》卷五

詒卿詩鈔二卷　道光二十五年刻本

李明農撰。明農字詒卿，直隸北平人，原籍蒼梧。諸生。應順天試不售，舟車南北，依於幕。道光二十

五年刻《詩鈔》二卷，年已五十。首自序。其詩得吴嵩梁指授，筆勢縱放。所作《西師凱歌獲張格爾》等篇，詳於時事。居京，作《游釣魚臺歌》。由淮安至武林，登招寶山觀海，隨吴嵩梁赴黔西，詠沿途山川名勝，均有氣象。《登鑓女子》、《解馬女子》等篇，爲當日所見雜技。卷二《海國紀聞》一百首，記澳門、越南、暹羅、新加坡、緬甸、印度、錫蘭、菲律賓，直至歐洲諸國，小註備載異聞，爲前人所未詳者，雖未目擊，亦足爲好事者參考。詩無深文奥義，不以鍊句爲工。有《論詩》三十韻，可見旨趣。

享帚集八卷　同治三年刻本

楊豫成撰。豫成字立是，一字立之，山西陵川人。道光元年舉人。二十五年，官江西安義知縣，改龍南。咸豐二年，任寧都知府。五年，擢贛州知府。同治二年以道員卒於贛州，年六十八。是集分《忘餘草》、《舟中草》、《南游草》、《歸舟草》、《循陔草》、《集蓼草》、《燕游草》、《卧雲草》、《豫章草》、《餘生草》等，詩意淺近。《推舟行》、《建昌舟行》，偶及世事。《石勒塚》、《趙州大石橋歌》，畧詠古蹟。絶句《讀四書》四十首，無所稽考，拙實而已。

敦教堂詩鈔六卷續鈔二卷　同治二年刻本

官文撰。官文字秀峯，本籍遼陽，漢軍正白旗人，後改隷滿州。道光二十一年，出鎮廣東，統轄旗營。又奔走於三吴、鄂贛間。撰《敦教堂詩鈔》，由門人吉爾哈春校刊，有道光間自序。官文出都，自蘆溝橋起，游覽名勝，無不作詩以寄興。至粤東，見英軍入侵，適增憤懣。《丁未粤垣紀事》、《河泊所》、《方礮臺》、《走私》、《沙面》、《麻瘋院》等作，多涉時事。喜搜羅土俗民情，有《珠江月令竹枝詞二十四首》。巡察各地，作《己酉荆州水災》、《觀瑶峒男女歌舞》、《樊城竹枝詞四首》、《過鄱陽湖竹枝詞四首》。詩意甚淺，然出身行武，偶爾弄翰，已存彷彿，固不必爲求全之毁也。

見山樓遺詩鈔四卷 道光七年刻本

王銘撰。銘字醒菴，江蘇吴縣人。諸生，未仕進。工吟哦，有「一謫塵寰夢已闌，清標久識宦游難」句，蓋自道也。卒於道光六年。詩稿不甚收拾，僅刻十之一二。有張鑑、邱埰、吴載、葉鐄、李會鼎序，張汝淇跋。銘與張海珊交善。《張鐵甫海珊遊包山歸長歌見示次韻奉答》、《輓張鐵甫》可與《海珊集》相互補充。《東林雜詠》、《湖濱雜詠》，時備掌故。《讀靈素》，爲論醫之詩。《蘆花謡》、《癸未水災紀事》，皆里中見聞。鄧尉山以梅名，清代文人吟詠稱盛。銘作《梅花三十首》，好事者咸與唱和，俱見本書卷四。

健修堂詩集十八卷 咸豐七年刻本

邊浴禮撰。浴禮字夔友，一字袖石，直隸任丘人。道光二十四年進士。咸豐十年，官至河南布政使，十一年革職歸里，旋卒。工詩，有《空青館詞》，亦爲世所稱。是集刊於咸豐七年，首陶樑、王柏心序。浴禮弱冠所作詩已數千首，與華長卿、高繼珩有「畿南三才子」之目。嘗助陶樑輯《國朝畿輔詩傳》，蒐訪遺佚，達八百七十五家。詩集只此一刻，經刪汰而存者爲一千五百八十五首。導源於漢、魏，於唐、宋迄清諸家亦無不習效，又勤劬好學，故各體皆工，五七古尤爲所長。《故明周邸石獅子歌》、《西嶽華山碑歌》、《明内宮監牙牌歌》、《題明東甌襄武王畫像》、《魏太和三年銅熨斗歌爲沈匏廬作》、《登正定隆興寺大佛閣作歌》、《題閻典史應元江陰守城紀三十韻》、《宋瓷山歌》、《題曶鼎拓本爲錢有山作》、《題宋天禧監酒務印記拓本》、《龔半千畫山水歌》，俱鋪張排奡，光氣逼人。《題尤悔菴雜劇六首》、《題蕭尺木畫三首》、《汴梁懷古六首》、《讀宣和遺事書後》、《題蔣湘南春暉閣詩集》、《臨清弔謝茂秦山人》、《題金冬心畫梅》、《書陸放翁詩集後》、《題謝皋羽晞髮集》、《顧亭林祠落成詩以紀事》、《題吴漁山畫三首》、《讀山海經》、《題杜工部畫像》、《題張亨甫詩後》、《題朱伯韓詩》、《讀南北史詠隱逸十二首》、《近日新刻明季稗史甚多書後二首》，淵博穎鋭。浴禮嘗參預鎮壓農民軍，詩多感喟世事之語。送陳慶鏞罷官出都，贈張履，答劉熙載，挽湯鵬、劉傳瑩、張穆、林則徐，送魏源出都等詩，既具史聞，又可考交游。浴禮受知於陶樑。與天津華長卿最契而年歲稍減，《海莊詩鈔》有贈浴禮詩多首。邵懿辰有七古《題邊袖石詩本》，見《蕙西先生遺稿》。

石橋道中紀事

石橋地勢汙，一雨成沮澤。我行當夏中，白浪没車軛。秋殘積潦退，旁午見原隰。垂鞭再經過，已種青青麥。此邦拱畿道，率土半墝埆。頻年苦炎旱，布種多不實。今年慶綏豐，稍緩閭井力。追呼雖未免，稱貸不須亟。云何海氛惡，師旅行路繹。頭牛弇棧車，比户徵求急。官符下如火，見者輒寒慄。伍伯恣狼貪，胥徒助蠶食。遂令八口家，夜寢難帖席。縣官老于事，説著僞憂慼。羸財飽私囊，詎肯念彫瘠。循良古遺直，仗爾活邦國。治絲任其棼，萬事將孔棘。奚況竭民膏，致令悲鼠碩。吁嗟元道州，見此定傷盡。詩成代諷諫，敢效春陵筆。誰爲陳此詞，君門九重隔。《健修堂詩集》卷八

蠡勺詩鈔二卷　咸豐三年刻本

楊玉堂撰。玉堂字績亭，山東壽光人。道光元年舉人。五年，官四川峨邊聽同知，擢綿州知州。是編分《晏城》、《北上》、《峩谿》、《峩城》四草，合爲上、下卷，首王濟宏、張香海序。詩爲手訂，格調不甚超詣。詠劍閣、綿州、眉州三蘇祠，《游凌雲山》、《泛舟大渡河》，時得山水之助。道光間川邊不靖，玉堂奉檄鎮壓彝族人民，作《紀捷石堡》等詩。又有《官料河鐵索橋告成紀以詩》、《糴米》、《擷菜》諸作，稍具民間疾苦。鴉片戰爭起，有《障海歌》，及悼念抗禦外侵戎弁節烈之詩。與王培荀同官四川，以詩相酬。培荀淄川人，分發四川酆都知縣，有《寓蜀草》可相互參看。《題劉燕庭先生唐善業泥佛像》，燕庭卽金石家劉喜海。

硯眗吟稿十二卷　咸豐六年刻本

談文煥撰。文煥字藝林，號竹香，一號硯眗，江蘇高郵人。道光間舉人。官江蘇沛縣、崑山縣教諭。此

編刻於咸豐六年，年逾六十。有許喬林舊序。《自序》稱：「庚子至丙午七年中往來海沭，所歷之境，所讀之書，及甲辰科赴京大挑諸事皆一一形之於詩。」集中以摹寫蘇北見聞及詠史論詩爲多。坎坷不遇，而其詩切近民間。《觀燈行》、《兒童冬學歌》、《縊婦詞》、《開壩歌》、《運糧歎》、《育嬰堂舉報董事歌》、《河崩雜詠》，此類當日多視爲儒酸，今則不應譏之也。《自序》又稱：「太平軍攻陷崑山，並無一字一句抒寫出來，而壬寅英軍破南徐，機緒橫生。」今卷七、卷八詩，多能抒其抑鬱不平之氣。文煥詠史多以歌行發之，事不出史傳，議論則別出心裁。如《漢圍楚垓下歌》、《漢武帝通西域歌》、《漢末鈎黨事》、《晉惠帝》、《北魏胡居》、《武曌》、《唐明皇奔蜀行》、《宋禦西夏敗績好水川歌》、《富鄭公奉使契丹》、《洛黨蜀黨》、《黨人碑》、《金人以宋宗二帝北去歌》、《宋高宗南渡歌》、《元遺宦者李邦甯釋奠》、《明英宗土木堡潰師行》、《明武宗微行歌》，詠明末東林事，取事精微，不作習見語。論詩有讀李青蓮、杜少陵、韓昌黎、蘇東坡、陸放翁、元遺山、查初白詩集，以及讀《淮海全集》，讀《隨園詩話》四首，讀李笠翁《資治新書》等篇。《大挑紀事》爲科舉紀實，頗含諷刺，雖筆記小說亦失載，可備一格。

大挑紀事

兩輪車子四脚騾，飛赴內城疾若梭，云爲大挑去奔波。天氣早涼中必煖，檢點衣裳命僕管，隨時奉上無遲緩。槐影深沉日欲西，午門報午有鳴雞，親王先後來未齊。忽看胥隸執牌入，蜂擁從之休笑急，唱名不到嗟何及。千頭魚貫厥狀符，排如鵠立趨如鳧，紛紛跪下任吹竽。廬山面目真難匿，好醜媸妍當境識，棄取懸殊在頃刻。二十人中十二人，職司教士與牧民，餘則依然一儒巾。同是孝廉仕隱異，幾家歡忭幾家淚，疑有鬼神暗布置。滿漢直隸廣搜羅，遞及江蘇夕照趖，暝色漸侵可奈何。整頓容儀進内閣，多少姓名簿中落，縱是儒官靳司鐸。冊上注定候選教職者，不盡挑二等。幸我風霜顛頷顏，得入丹毫點注間，一盤蓿苜緣非慳。此際禁門嚴筦鑰，無處下榻身何著，愁看歸巢喧鳥雀。不如寄宿直廬旁，飢渴交須覓酒漿，同鄉共話譃兼莊。困倦卽卧醒卽起，已是來朝烟篆紫，返館定有人恭喜。

《硯眴吟稿》卷十

又大挑竹枝詞六首

吏部衙門去報名，拈毫先爲厚貲爭。老爺定是挑知縣，出手今朝不要輕。

輕寒輕燠暮春時，換季綸音播豈遲。煖帽未除凉帽備，酸儒懊惱費多貲。

補牙補鼻補雙睛，缺陷彌縫應手成。只有髫鬟安不上，自家筆墨妙經營。五官皆能補缺，惟少鬢難補。某孝廉以筆繪之，頗肖。

單子看來刷卽工，我身厠此廿人中。在前在後何區別，卽此先分喜怒容。凡挑二等，從前挑起，數已足，在後者不問。

親王閱册手操觚，履歷喧來未敢誣。一笑文人稱别號，而今似鴨把名呼。掄才局面豈難知，得意欣然失意悲。笑貌聲音能做主，生平枉自恃毛錐。《硯胸吟稿》卷十

篆枚堂詩存五卷　同治九年刻本

夏塽撰。塽字子俊，江蘇上元人。道光間舉人。屢上春官不第。道光二十三年卒於都門，何兆瀛經其喪復裒遺稿。是集有同治九年單懋謙序，殷兆鏞舊序，何兆瀛等題詞。詩凡三百餘首，附詞十七首。以《丙戌三十自述》計之，終年四十八。塽弱病，蹇而不遇，來往金陵、皖城、京師間，詩多愁苦之音。爲詩無甚可取。《新夏詠物十八首》、《淀海雜詩》、《育蠶詞》、《讀明史》，較爲樸實。喜詞曲。《題阮大鋮春燈謎傳奇後四首》云：「十錯如何總問天，宇郎才調影孃賢。春燈熱閙禪心定，爭得琵琶過别船。」「忠毅門生海内知，東林東廠姓名移。雄關部曲爲真賊，此錯誰教海獺皮。」「思陵鐵案敢輕翻，復社難招一綱魂。比似黄陵江上客，更無人訴冶長寃。」「紛紛蟒玉重江防，詞筆如刀老更狂。可惜勝朝兩名士，鈐山堂與詠懷堂。」《雲彈孃歌》，彈娘相思寨女土司也，有文武才。檀萃楚庭稗珠嘗記其事。《書明末佚事》，詠秦良玉事。凡此亦可參考。《書定海事》，猶及海疆時局。塽生平爲詩約五六千首，歿後藏於家，炬於金陵。此僅存二十之一，俾不至銷磨而已。

華陽山房詩鈔不分卷　嘉慶二十一年刻本

方元泰撰。元泰字通甫，號雪蓮，安徽績溪人。自沖齡時游吴楚、燕趙、齊魯間，十餘年曠覽河山之勝。

年二十，在濟南刊詩一集，由畢亨評點作序。亨爲山東學者，以《九水山房集》名於時。序稱元泰「年始弱冠，而造詣已精」。集中如《讀史五首》、《讀蘇詩有感》、《詠古四首》、《書靖南公黄得功像後》、《過江州檀道濟墓》、《謁王文成公祠》、《與畢九水論詩》，皆有意藴。《詠南宋八將》爲宗澤、韓世忠、岳飛、劉錡、吴玠、吴璘、虞允文、趙立。又作《西洋星圖歌》、《西洋自鳴鐘歌》。有《游龍》、《匡廬》、《太白山歌》、《游趵突泉》，筆力清健。元泰與劉開相切磋，其詩可稱一時才俊。乃未幾而聲響銷歇，幾無人能道及名字矣。

夢花草堂詩稿十二卷 道光二十四年刻本

韓鳳翔撰。鳳翔字儀廷，號東園，山東章丘人。道光元年舉人，十七年官合浦知縣，調任普寧。是集爲道光二十四年廣州刻本，有彭作邦、成瓘、羅傳球序。據《癸巳初度》詩「卌歲交遊世事諳」句，逆推乾隆五十九年生。鳳翔爲諸生時久羈濟南，集中詠歷下名勝詩甚夥。《龍洞歌》篇，可抵卧游。《看漢初史戲詠八首》、《題張雪鴻畫昭君圖》、《題張船山詩集》、《宋硯歌》、《詠菊三十首》、《墨江藝苑即事》諸篇，稍具文采，而視乾嘉詩人，直不可同日語矣。《登州觀海市歌》、《勞山村居》，差可觀覽。宦游粤東，作《昌黎祠》、《廉州懷古》、《新建狼兵演武廳紀事》、《偕龍門劉協戎大忠巡海》、《採珠歌》、《廣州竹枝詞五首》，特重采掇土風。時在鴉片戰爭前夕，觸及時事，未雨綢繆。詩非高格，而言之有物，不當泯也。

採珠歌

古人不及今人巧，下海取珠憑手爪。擲身潛入黿鼉居，一驚覺輒貢一飽。歷代此禍罔聞知，往往藉口採睡驪。爺娘妻子海邊泣，往來鮫人同含悲。在昔明尤重粧飾，金殿珠官新分職。寺監都是進寶人，陸馬水船勿休息。況是廉州珠有名，五池分外多月明。白龍一池甲鼇海，岸上創出白龍城。星使駐劄選徒役，良家子亦入册籍。得珠不及三百斛，糜帑已過五萬石。朝防以戟夕以刀，疲瘠亦無能遁逃。百二十萬小民命，不值人間一秋毫。倭寇乘間入廉郡，水道久無伏波運。魚鼈鼓浪蛟虬舞，玉毀金銷何可問。我朝沉珠比重華，各標清約如梅花。天地生物不終秘，半付漁户與蛋家。濱海人漸得妙訣。以舟拖網圈以鐵。人不入水螺入兜，始笑從前採珠拙。大配孔翠明髻鬟，小雜藥餌療痌瘝。詩人無復抒謡歌，且祝珠去可不還。我來剛值出珠日，懷璧久無獲罪律。大洋珠有神鯊守，蚌遊無憂漁與鷸。海若靜居雲母宮，怪物相與斂其雄。媚川都傳費貽政，還珠嶺挹孟嘗風。君不見珠槃玉敦載於禮，澤國獻器無怨詆。又不見蠙珠暨魚紀於書，淮海納貢無踟躕。《夢花草堂詩稿》卷十一

李文恭公詩集八卷　同治四年刻本

李星沅撰。星沅字子湘，號石梧，湖南湘陰人。道光十二年進士。由翰林編修典試四川，督學廣東。官

陝西巡撫、兩江總署。二十九年病免。咸豐元年卒，年五十五。謚文恭。《詩集》與《文集》合刻，爲其子概等編次。有蔡以偁、熊少牧、彭崧毓序。詩分體不編年，以宦游登臨之作居多。五古《寄題黄岡竹樓》、《江行雜詩》，七古《汨羅江懷古》、《望滴水巖》、《過石塔諸峯》、《清浪灘歌》，五律《棧道紀行二十首》、《白水河望瀑布》，七律《榆州雜詠》、《秦中雜感》，七絶《黔南道中雜詩十二首》，爲集中上乘。與陶澍、鄧廷楨、鄧顯鶴、梁章鉅、張祥河、宗稷辰、王柏心均有贈酬。林則徐西戍過陝，星沅寄詩四首，其東歸還，又作《述懷四首》贈之。《雲左山房詩鈔》亦有贈星沅詩。室郭潤玉能詩。有《梧笙館聯吟初輯》二卷，道光十七年刻，爲夫婦唱和集。

以恬養志齋詩初集六卷　道光九年碧城仙館刻本

程庭鷺撰。庭鷺字序伯，號蘅卿，江蘇嘉定人。明末詩家程嘉燧裔孫。諸生。陳文述弟子。工畫，兼擅篆刻。卒於咸豐八年，年六十三。詩集亦陳文述刊，且爲序。集中有《呈頤道師》、《寄懷陳朗玉裴之楚中》、《題錢唐汪允莊夫人端明三十家詩選長歌》、《展澄懷堂遺集》，可見與陳氏一門交分。詩以穠密見長。《秦溝粉黛磚硯歌》、《贈毛生甫嶽生》、《題舒鐵雲瓶水齋集卽效其體》、《題生甫休復居詩録後》、《呈潘榕皋先生五十韻》、《酬蔣志凝卽題其近集後》、《題施紹武丈靈石山房遺集後》，辭藻豐贍，運筆最肆。《讀漢書作八首》、《題船山遺詩後》、《横雲紀游》、《題錢唐吴蘋香女士藻飲酒讀騷院本四首》、《題金冬心畫册》、《書石刻花蕊宫詞殘本後四首》、《題尤悔菴鈞天樂院本後諸篇》，尤多可採。畫師而不拘於題畫詩，此所以勝人也。

子良詩存二十卷　同治元年刻本

馮詢撰。詢字子良，廣東番禺人。嘉慶二十五年進士。官江西永豐、浮梁知縣，蘇州同知，咸豐間署饒州知府。是集有郭儀霄、黄爵滋、何栻、夏燮序。詩共二千五百餘首。據集中《七十一生日》詩，當爲嘉慶二年生，卒于同治初。詢癖好韻語，爲張維屏弟子。自以爲「風氣愈開愈薄，文章愈降愈低，非關才力，運會使然」，故爲詩不以格調、性靈爲標榜，唯重紀實，陳理皆新。歷粵桂、湘楚、江南各地，所作山水行役詩，雜採土風。景德鎮屬浮梁縣治，詢官浮梁，作《雜言》等詩詳記製瓷運銷及逸聞異事。《羅浮子日亭觀日歌》、《歷下詠古》、《北新關》、《儹運謡》、《讀李杜韓蘇四集》、《催科述事詩》、《西洋八音盒歌》、《聽李客彈琴歌》、《表湖六首》、《輿夫歎》、《息夫人廟》、《吴城雜詩二十四首》、《剥船謡》、《題日本女史清淑畫梅蘭》，包孕甚富。《評賓衢觀察同年北上過吴城出粵東紳士却英人入城書屬題》、《悼關天培提督》，可見愛國懷抱。太平軍攻南昌，詢委守順化城。有詩專記軍旅戰役及所用各種火器。贈酬唱和郭儀霄、黄釗、徐寶善、蔣湘南、王柏心均當時詩家。《贈夏嘯甫大令》，嘯甫爲史學家夏燮。詢嘗爲郭儀霄肖刊《誦芬堂詩鈔三集》，《誦芬堂集》有《題馮子良大令吏隱圖》，張維屏《花地集》有《吏隱詩爲馮子良大令賦》。劉繹《存吾齋集》中《懷馮子良司馬詩》有「作作真能品，詩能勝吏能」句，可謂知音。

景德鎮窯雜言 有序

鎮舊名昌南。宋景德年間，真宗命進御瓷，器底書「景德年製」四字，海内則效，咸稱景德鎮瓷器。而昌南之名易矣。鎮地延袤十三里許，煙火逾十萬家。五方藉陶以利者，不知其幾千萬億也。時移事變，迭有廢興，浮梁父老言嘉慶年間尚有三百餘窯，今則百數十窯耳。然入鎮葱葱鬱鬱，氣固佳哉。窯技日以巧，窯利日以微，豈制器之不古若歟，抑人心之不古也。古制卽淆，古意不可失也。考邑志稽陶政，又取邑藍濱南文學所著《陶録》參核之，訪之窯人，以徵其實，畧舉大目，各系以詩，窯俗一二事附焉，以示勸懲。得《景德鎮窯雜言》十五章，採風陳詩，辭達而已。

御　窯

聖以火德，玉食萬方。地不愛寶，工呈其良。然而聖心，恐爲民殃。有力必卹，有值必償。甄之陶之貢廟堂。眼見泥沙作珍璧，吁嗟聖朝無棄物。

窯　户

柴窯槎窯，细窯用柴，粗窯用槎。圇燒搭燒，自做自燒曰圇燒，搭窯曰搭燒。分行别市廛隘囂。一業同操萬心苦，安得成名立門户。崔公琖《陶録》：崔公明嘉、隆間人，多倣宣成窯遺法，爲民陶之冠。製琖尤精好壺公壺卽壺隱老人，或幸不幸名有無。章家兄弟並奇異，世人但識哥窯器。《陶録》：歌窯，宋代所燒，處州章姓兄弟分造。兄名生一，當時别其所陶曰哥窯。

取土

有明神宗時，已告土膏竭。邑志：明神宗十一年，管廠同知張化美報，麻倉老坑土膏漸竭。今又三百年，攻取日不輟。有人此有土，有土難有人。取土養人滅人墳，生生死死，伊于胡底。死人骨殖生人毀，今日生人明日鬼。鄉人每以取土傷墳搆訟。

練泥

舂之犁之，漚之糜之。囊以壓之，籮以篩之。揣摩簡練微乎微，練石亦熟何況泥，滓渣去盡精光來。精益求精苦不足，博得市頭稱假玉。邑志：唐武德中，鎮民陶玉者，載瓷入關中，稱爲假玉器，貢於朝，於是昌南瓷名天下。

做坯

拉之欲其圓，印之欲其均，方者拍板圓轉輪。剛柔燥溼薄膩勻，坯乍脱手如寶珍。懸懸入市行辟人，市途險窄慎馳走，成器不成在汝手。坯工多都昌人，人衆性剛。坯成入市，載以極薄板。板極狹，僅容一器，長數尺。或丈列數十器。坯工一手托板出肩上，危欲傾，行路悍不顧，人人皆避之。或避不及，撞坯致破，破一坯則全坯皆擲地。怒執撞者入肆中，罰請合鎮坯工一茶，非數十千緡不辦也。不允罰，則聚毆無算。市人側目焉。聞官過市，坯工亦不避道。執事人役有撞之者，仍怒執肆鬧，官慰以好語乃解。予到浮數月，親詣都昌會館，集首事及坯工數百人於堂下喻之曰：汝載多器入市，誠難避人，若不示罰，則日破汝坯，何以爲計。然官則固汝所當避者。今與汝等約，官過市前道有旗鑼，汝耳目所早及也，宜預避道左。官過乃行，自無相掽之患。倘不避道，執事人役或破汝坯，咎在汝或在夫役，尚未可知，而汝先有闖道之罪，則責汝仍罰汝賠業主坯，勿悔。喻罷，聞堂下喁喁小作笑語，似謂官長亦有情理者。遂再喻之曰：汝等同在鎮作工賈，即有同里之誼，出入相讓，禮則然耳。恃衆悍而令一市側目，恐非汝等之福。且官亦何能任汝悍乎。今又年餘矣，未聞以破坯受罰受打控告者，或市人忍隱，予固未之聞耶。窯有此俗，頗爲地方之害，故附記之。

修　模

準今酌古，義各有取。盈則除，縮則補。修之修之，不差銖黍。明明先民有規矩，越者遂流爲苦窳。

雕　刻

酒龍詩虎亦入器，刀筆一枝如此利。半世刀殘，五夜鐙寒。竭己之精，悦人之觀。窮工極巧鬬心力，元氣削盡所不惜。

蕩　泑

土之精，石之髓，消融如水乳。吹以青，吹以紅，寶相光玲瓏。漸摩可以變氣質，泥也而有銅鐵骨。泑有銅骨泥、鐵骨泥之目。

裝　匣

細土製瓷粗製匣，大器小器珍什襲。做匣有大器廠、小器廠。風火摧殘力不及，瓷得匣而功始集。

瓷如玉分，匣如璞合，得玉者喜，抱璞者泣。吁嗟乎，未成器賴汝蓋藏，器成置汝在路旁。

彩器

觸手生春春可憐，輕紅重碧相新鮮。東家巧奪西家先，今年花樣勝去年。千辛萬苦採五色，陶人所得惟髮白。

燒爐

大窯滿窯成謂之滿窯，小爐煖。既染且烘，由塞而通。用明用暗，何者可早晚，殷勤聽報火。有明爐暗爐之分。

仿古

土硎上簋無陶輪，古人尚質不尚文。去古愈遠名愈分，官哥汝定何紛紛。無端爐鼎曰盤椀，仿古器與古相反。近日製食器者，輒作爐形，謂是仿古。煙瘢沙瘿豈可傳，贋器特假古紀年。

窯變

製器尚象象有定，變者恐非器之正。屏風作牀牀作船，《豫章大事記》，神廟時詔景德鎮燒造屏風，不成，變而爲牀，又變爲船。此理豈復常可言。嗚呼，窯能變好亦變醜，畫虎不成反類狗。

瓷販

市人市利，何所不至。黄家洲前賣零器，損者粘以灰，污者飾以翠。能以玩物喪人志。蚩蚩鄉里小兒郎，但喜物高價不昂。甚者營私作私鬻，陶冶易鹽不易粟。奸民輒以零瓷换賣私鹽。

客幫　景德鎮地屬浮梁，而業窯者都昌人爲本幫，浮梁人爲客幫。

士農土賈各一藝，勸汝居民勉生事。既生其土食其利，胡爲有貨棄於地。人亦有言，各私其鄉。咄哉土著，乃號客幫。若云産器不産手，《邑志》沈懷清《窯民行》詩云：「景鎮産佳瓷，産器不産手。」壺隱老人何處叟。《紫桃軒雜綴》：明昊十九者，浮梁人，能吟，工書畫，隱於陶輪間，製精瓷雅壺俱妙絶人，自號壺隱老人。《子良詩存》卷七

雜言既舉其概而鎮窯逸事甚多偶書所聞復得絶句十首

入手功先着眼窺，如何位置得相宜。窯人求火如求雨，先我公田後我私。凡器入窯，先相火路。火色最佳處置廠器，而民器次之。故廠器較民器瓷色特佳。廠器無專窯，皆就民窯分燒也。

千重霞彩萬重煙，偏借心鐙一點傳。能否子孫長火食，入窯先問魏家磚。相傳鎮中魏姓始爲窯，至今做窯者必求魏姓人先砌一磚，否則不成。

見缸休問做缸人，説到缸成淚滿巾。拚擲脂膏作鱗甲，青龍爲鬼定爲神。國朝御窯廠監督唐英《火神傳》載：神姓童名賓，浮梁人。明萬曆間内監潘相奉御董造，派役於民，時造大器，屢不完，頗極慘累，神惻然傷之，願以骨作薪。匄器之成，遽躍入火，自是器無弗完者。陶人感其誠，立火神廟於鳳凰山祀之，至今廟中存青龍缸一具。俗

傳卽神入火所製，真贋不可知也。

鐵筆陳生擅刻雕，雕殘自賞自矜驕。棄妻屏子拋衣食，何事無成豈但窯。陳國治，安徽人。雕工擅絶一時。無妻子，亦不謀衣食。性孤僻，動與俗舛。與之談雕刻，則詡詡自得。故其詣專而特精。

器纔着手便堪誇，處處爭傳窯變家。數點硃砂瘢錯落，少爲疵纇老聲華。有窯變者汪姓，安徽人。工彩器，又妙出式樣。器一經手，價輒倍。面有紅痣，頗碍觀。或戲以窯變呼之，遂得名。

古來創述幾傳聞，薄技微名也自珍。却笑撥泥挑水火，出門誇是廠中人。廠中匠役，往往傲氣凌人，其實良工不多也。

客貨銷售客路分，規模一一問陶人。不知淫巧徵奇技，只喜洋裝式樣新。洋瓷甚不佳，而客喜仿之。

珠槃玉敦鬬精瑩，多少工夫做得成。六十餘人齊太息，富兒一笑墮筵聲。窯人云，每一器自始至終，經六十餘手乃成。

逐利紛紛客懋遷，豈知利以客爲先。離鄉一步休輕易，恐有人爭頂脚錢。窯業如把樁、茭草、彙色等類，行市甚多。皆瓷客所必需。客入鎮每定一行，卽不能另易他行。而操行業者，可以將客互相授受，亦復估值，謂之頂腳錢。客竟不能自主。

一邑循聲萬古馳，許公佳話至今思。能教父老長留戀，豈獨區區不買瓷。相傳浮梁父老言，作知縣不買瓷器者，許令君一人耳。　《子良詩存》卷七

贈夏嗛甫大令燮

憶我與君交廿年，廿年共宦無一錢。典衣供官篋空矣，發篋大笑惟故紙。左堆案牘右圖書，有時抄書煩吏胥。引經斷律亦卓卓，古書今人用不着。卽今長刀大戟滿世間，一枝綵筆置等閒。吾謀不用枉挾策，轉恐文吏招俗訕。側聞聖相重經事，敦詩説禮爲武備。頓使從戎絳灌徒，一齊斂色談文字。健兒昂昂入書坊，腐儒咄咄立路旁。乃知書是豪富事，白屋不敵朱門藏。湘鄉相國博學好藏書，督師十年，軍中將官競購書籍，書肆幾爲之空。亦異聞也。我厭官貧棄官去，君問我貧去何處。處脂不潤君亦貧，一官爲我分俸緡。通財能用不負友，半以買書半買酒。酒酣與君論古今，鄴架未壞珍於金。大業在名山，行藏吾與爾，招隱入書林，垂白意未已。伏生輳生老不死，要爲讀書留種子。《子良詩存》卷十九

趙文恪公遺集詩一卷　光緒間刻本

趙光撰。光字仲明，號蓉舫，一號退菴，雲南昆明人。嘉慶二十五年進士，改庶吉士。歷任監察御史，給事中，督學河南，擢光禄寺卿、左副都御史，累至刑部尚書。同治四年卒，年六十九。謚文恪。喜爲詩歌，不多作。詩僅一卷，以督學浙江時所作較勝，有方濬益序。《上灘行》、《富陽舟次》、《石門觀瀑》、《天台紀游》，摹狀山水，無巉削深刻之迹。暇覽雁蕩，作《雁山紀游》四十韻。又有重遊《雁山觀大龍湫飛瀑歌》，阮元、梁

章鉅後，無此鉅製也。

寓蜀草四卷　道光二十七年慎思堂刻本

王培荀撰。培荀字景叔，號雪嶠，山東淄川人。道光元年舉人。官四川酆都、新津、榮縣等縣知縣。熟習本朝典章制度，尤詳鄉土見聞。著《鄉園憶舊録》等書。生於乾隆四十八年，見《聽雨樓隨筆序》。卒年七十七。自刻詩文有《漢堂話别詩鈔》、《琴鶴軒詩集》、《雪嶠外集》、《聽雨樓吟社詩》、《秋海棠詩》、《旭陽贈别》，皆道光間單刻本，今青島市圖書館有藏本。此《寓蜀草》四卷刻於榮縣，有自序，受業徐子來序。詩分體，不甚高格。然精於掌故，勤於諮訪，故多質直可取。《道旁丐》、《川中鼠》、《火浣布》、《倉穀謡》、《端工行》、《鹽井》、《火井》、《油井》、《嘉州竹枝》十四首、《筒車》、《縴夫嘆》、《淘金行》，採摭事物，通乎俚俗。又多記苗族生活情景，以及白蓮教事，俱得諸咫聞。爲劉喜海題所刻《三巴舂古志》長句，游武侯祠，詠楊升菴故宅，《閲小説演岳忠武故事》，記歇神灘桓侯廟，亦見博雜多識。培荀喜詠史，善爲宫詞。作《列國宫詞》二十首、《戰國宫詞》十首。尤可稱者，作清代宫詞。自云：「賦長門，悲團扇，遂爲宫詞濫觴。唐人宫詞愈多，亦愈盛，玩其意大都才士不偶，藉以抒其怨抑，非盡當日實事也。王建花蕊夫人專工此體，第竊據一隅，雖美亦不足重。」觀其自作《宫詞》八十五首，雖以歌頌皇朝爲主，然得諸文人筆記、父老傳聞，與前代述宫禁事者不同。兹删去九首，録此以饗讀者。又《田家詞》八首，亦屬清史掌故，殆補述《宫詞》之所遺云。

宮　詞八十五首録七十六

長白龍蟠瑞靄飛，千年王氣鬱崔巍。興京始創岐豐業，土築牆垣護紫微。長白山爲本朝發祥地，興京以土爲垣，不更修，以示創業艱難。

平旦宮門紫氣新，歡呼活佛覲楓宸。祥雲自抱三江轉，早識東方有聖人。鴨緑、混同、愛滹名三江，望氣者言，生聖人。又達賴喇嘛後爲西天大善自在佛，于太宗崇德七年同班禪額爾德尼謂東土聖人，出遣使，自無人之國，數年達盛京，進貢表。

開基隻手挽陶鈞，蒙古諸蕃盡畏神。千載御容懸日月，龍顔鳳目久驚人。太祖畫像面目瑰奇，瞻仰者凜然敬畏。

王姬歌詠比穠華，下嫁諸藩禮有加。貴主最難修婦職，自從開國誡宜家。太祖訓諸公主盡婦道。

神威絶世跨龍媒，太宗所御馬名小白、大白。崇德初元大業恢。霹靂雕弓藏玉府，至今賁育不能開。太宗所用弓，壯士不能開，箭長四尺餘。

堯階禹室皇風稱，草創艱難節儉同。興京、盛京，皆太祖建。那羡燕都雙鳳闕，夢遊曾到大明宮。太宗曾夢至明宮。

雄師百萬起遼東，松杏山頭戰壘空。堯母門中初誕聖，流虹繞電燭天紅。太宗攻克明杏山、松山。世祖生時，紅光連夕燭天。

冲年整旅入關中，翦滅黃巾處紫宮。聖主開基超漢祖，親王輔政比周公。自古創業無如世祖年幼，得統無如本朝之正。

承平坐致自優游，廣殿春晴聽乳鳩。欲識民間耕稼重，螺紋染出烏犉牛。世祖幾餘，戲以指蘸墨螺紋印紙，點染成牛，甚妙。

黃龍旗卷彩雲間，手握神槍大獵回。三眼神鎗，聖祖刺虎物。三十六營屯虎豹，君王高座晾鷹臺。大閱列三十六營，幄殿設晾鷹臺。

山莊避暑召薰風，也與重華養志同。一騎飛騰千里疾，新鮮菜蔬進瑶宮。避暑山莊，聖祖駐蹕，每得新蔬，馳送太后。

銀漢無聲玉漏遥，風清紫禁月迢迢。美人空自誇高麗，不向宮中度玉簫。元明皆令高麗貢美女。永樂貴妃高麗人，善吹簫，宮中效之。本朝無此。

前代奸兇遺恨深，碎碑平墓快人心。張瑗奏毀魏忠賢墓，碎其碑。鐵牌何用宮中豎，懲戒閹人萬載欽。

置腹推恩聖澤頻，華筵絡繹供奇珍。田家風味宮中悉，更製榆錢賜近臣。榆鐵糝。聖祖賜翰林侍直諸臣，作詩紀事，以誌榮幸。

幄殿朝開瑞氣籠，玲瓏芝蓋彩雲中。黃華插向龍沙北，萬古登高歎未能。上在避暑山莊，重九侍太后宴。

布置亭臺奪化工，清機滿眼愜宸衷。西山爽翠來天外，上苑飛紅落鏡中。圓明園近西山。

宮中舊事説賢王，獻策遷都卜築忙。百萬金錢充作賦，於今避暑祇山莊。睿親王苦熱，徵銀千百萬，欲建都塞外，及薨，乃以銀抵天下賦。

瑞景軒前乘御舟，蕊珠宮接露華樓。花開富貴真天上，百種佳名聖祖留。自淵鑒齋乘舟至瑞景軒、蕊珠院、露華樓，多種牡丹，花名皆聖祖親定。

紫宮端合聖人呼，佛果三生證瑞符。山到五臺雲五色，雲中端坐見文殊。聖祖幸五臺山，五色雲見，中現文殊像。

聖聖相承治道隆，從來儉樸有遺風。宮中不貴金蓮燭，行在焚膏取斷蓬。國初舊俗，以糠和膏灌蓬梗，名霞綳，行宮設之，以示無忘儉樸。

蒼鷹俊鶻繫金鈴，勁翮盤空側耳聽。聞説貢來蝴蝶異，從今不重海東青。國初外國貢蝴蝶，能攫飛禽。

蘇杭織造入宮門，龍袞垂裳仰至尊。衣裏均裁高麗布，方知不尚綺羅新。皇上近身衣裏，皆用高麗布。

碧水溶溶太液池，宮娥閒笑説神奇。擎來玉碗盛朱果，忽憶天仙下降時。天女在長白山池浴，吞朱果生子，是爲本朝發祥之始。

碧琉璃滑繞宫牆，鳳影參差出建章。料得外閒翹首望，蓬萊宛在水中央。玉河水引入都城，多繞宫苑。

諸蕃服化盡守邊，上自文皇創業年。共道通宵宫漏静，從無烽火達甘泉。未入燕都，蒙古俱投誠。

廣殿藏書預立儲，真人早定撫皇圖。古今拘泥多貽誤，萬世傳賢仰聖謨。本朝預定儲位，書名藏正大光明殿櫃中。宫内亦秘有藏書。

一自龍樓得進身，五雲深處踏香塵。御溝何必題紅葉，各賦夭桃待好春。宫女按時放出，未有衍期。

院院無聲户各扃，春風微動護花鈴。貂璫只供閒奔走，外事何由達内庭。内豎無得干政。

談笑深宫説舊因，姻緣會合賴皇仁。長平花燭通宵盛，遠勝當年破鏡人。明懷宗長平公主鼎革後求入空門，世祖不許，詔與舊選周駙馬完婚。

縻費後宫堪敵國，從來節儉自君心。常聽内監閒談事，省卻前朝百萬金。裁減明朝太監宫女之數，宫中費漸減數十萬金。

上聖慈仁本性生，八齡言志語分明。身登大寶無他好，但願同民樂太平。聖祖踐祚時始八歲，太皇太后問何欲，對曰願天下治安，生民樂業，共享太平之福。

羣峯萬壑秀青葱，避暑山莊地氣融。水裏蓮花籬畔菊，折來都插一瓶中。灤河水暖，蓮未卸，菊已開。

西苑門前掉小舟，瀛臺浩渺似瀛洲。君王欲講豳風義，宣召詞臣到御樓。内廷進講，中使至南書房自西苑門掉舟，自臺西入東邊樓下。

宴列乾清喜氣融，三藩底定萬方同。君王首唱昇平曲，歡樂何須歌大風。康熙二十一年，以海宇蕩平，大宴於乾清宫，號昇平嘉宴。上首唱柏粱體，羣臣賡續成編，上自撰序文。

祖宗家法世相承，預教童年課日增。纔到五更人正睡，隆宗門引碧紗鐙。五更時，阿哥已出隆宗門入學。

萬壽昌期沛特恩，高年盡得謁君門。龐眉千叟排瓊宴，龍鍾全來捧玉樽。康熙、乾隆兩朝千叟宴，皇子皇孫捧杯。

五龍亭畔月華新，萬點燈光聚萬民。總是昇平無一事，與人同樂過新春。康熙癸亥，亭前放煙火，聽民觀看。

家法傳來有舊程，深宫分職各經營。銅籤夜夜聽更漏，聖駕朝回天未明。皇上秉燭視事。

出關一路換征驂，從幸灤陽道素諳。莫怪年年來避暑，山川清麗似江南。灤陽有聖祖避暑山莊。

宫禁森嚴内外分，九重天上護祥雲。皇恩獨厚勳臣女，詔入瑶華撫育勤。孔有德殉難，其女歸京都，召入宫内撫養甚厚，後嫁孫延齡。

纔挽强弓便作文，侵晨分習到夕曛。天家富貴生來有，卻比民間督課勤。諸皇子讀書習弓馬，無暇晷。

六龍排駕自天來，江浙行宫次第開。聽説君王親考試，幾回拔得掞天才。南巡獻詩賦者，考授中書，賜舉人。

天空水碧月光清，御苑樓前列炬迎。錦簇三千人共舞，太平萬歲字分明。上元圓明園樓前舞鐙者三千人，唱太平歌，每迴旋結成一字，合成「太平萬歲」。

如雲如霧吸噓忙，滿口氤氳滿頰香。惟有宮中天子聖，人間烟火不曾嘗。海内皆吸烟，惟列聖無之。

兩堤桃柳豔陽回，水色山光御帳來。奉侍鑾輿游幸地，西湖真箇畫圖開。高宗奉聖母游西湖。

至今神武説高宗，豹尾珠旂列幾重。地上流星瞥眼過，古稀天子御飛龍。高宗皇帝年逾七十，飛控馳馬。

雲漢文章射斗魁，臣工那數馬班才。法宮無暇無停晷，又把新詩課一回。仁宗皇帝日課一詩，御製集至二萬餘首。

六龍海上駕鼇山，百戲紛騰藝萬般。引得鑾旂穿路過，九重天子奉慈顔。純皇帝於皇太后萬壽，命沿街扎鐙，百戲具備，自海淀還宮。

分番校射度雍容，八歲皇孫喜笑從。破的籌多天一笑，鵝黄馬褂沐恩濃。皇諸子多自幼善射，皇孫綿某，方八歲，三射三中，賜黄馬褂。

御頂當冠樣絶殊，光圓如月照金鋪。珍奇何必搜南海，太液靈池獻寶珠。圓明園水上有光如星，獲巨蚌得珠，小大相連，形似葫蘆。高廟用爲朝帽頂。

銀箭無聲玉漏沉，花陰徐轉鳳樓深。遥聽爆竹繁音碎，一路香烟聖駕臨。以銅絲結籠，懸細爆竹。皇上每過宮門，爆響聲先聞。

深宮勤學逮耄年，乙夜金釭照簡編。多少儒臣慚目力，重瞳不藉鏡光懸。純廟壽愈八十，不帶眼鏡。

豐亨猶自卻奇珍，御用從來儉一身。白髮宮人談舊事，上皇銅帶示廷臣。有陛見大臣帶解落地，帶頭用玉，純皇帝指腰間銅帶頭示之曰：「何如此物價賤而堅牢。」諸臣聞之，爭買於市矣。

紅粧對對掃青蛾，久侍宮闈厭綺羅。爭説外間風景異，曾隨聖母渡黃河。高宗屢幸江浙，奉皇太后遊覽名勝。

五代同堂喜慶聯，嵩呼祝聖遍垓埏。編年六十符皇祖，頤養深宮又幾年。乾隆六十年，以聖祖在位六十一年，不敢過，乃傳位，爲太上皇。古今盛事，從來未有。

誰得從容傍禁門，遊觀御苑亦天恩。流杯亭下風光好，曲澗浮花宴外藩。流杯亭。聖祖題「曲澗浮花」。

海内安恬外寇平，銘功碑版照寰瀛。文臣擬撰經營苦，御製千言頃刻成。高宗皇帝平伊里碑數千言，從容揮毫，五刻卽成。

重華宮裏燕羣臣，恰值春初萬象新。爲喜太平無事日，頻教聯句鬥清新。屢賜廷臣茶宴於重華宮聯句。

朝廷羅致盡英才，幸值熙朝運會開。傳到儒臣爭和韻，今朝親幸翰林來。上幸翰林院，御製七律四首，廷臣恭和。

山莊避暑響金鑣，風雨調和戾氣消。莫怪九重知稼穡，年年秋省到團蕉。田家茅蓬小屋，北人謂團蕉。每歲在灤陽秋禾長成，必躬巡省視。

水旱依然慮萬民，寰區處處布陽春。未明先起宵遲睡，信是憂勞第一人。御製詩：「寰中第一尊崇者，卻是憂勞第一人。」

野人耕鑿戴堯天，功德崇隆徧八埏。奏向聖皇渾若忘，不稱尊號到耄年。羣臣屢請上尊號，不允。

微風殿閣自生涼，初獻鮮瓜進尚方。綠玉瓊漿寒沁齒，便思分與渴人嘗。御製《消夏十詠·瓜》詩有「何人方病渴，一瓣試分嘗」。

葩經聲調久淪亡，自昔無人補樂章。鳳律新頒天子訂，周南雅化播宮商。《欽定詩經樂譜》悉註四上、工、尺，將琴瑟簫管譜入。

安輿巡歷善承歡奉太后幸浙，隨駕宮娥趁曉寒。貂帽禿襟紅袖窄，靴穿金鐙跨征鞍。本朝旗人婦女，不許寬衣大袖。

五色祥雲捧聖皇，孫曾濟濟慶同堂。何須海島求仙藥，御宴新開九十觴。

瑤宮日暖萬年枝，五世同堂進玉卮。萬國嵩呼齊祝壽，聖皇還作壽民詩。純皇御製《五世同堂記》，又御製《壽民詩》。

昇平歌舞萬方同，都起艱難一念中。欲識君王勤政意，尚書無逸寫屏風。純皇帝親書《無逸》於屏。

天上重懸日月光，宫中慈孝總難量。飛龍已正當陽位，侍膳依然共一堂。高廟禪位，仁宗敕御膳與皇帝同食，不另設。

流傳軼事説先皇，玉食由來徧萬方。野老獻芹真自愧，九重偏愛菜根香。聞高宗南巡有以翡翠碗獻薐菠羹者，上食之，深爲嘉悦。

伶人審樂仰宸聰，吕律調和鳳管通。解愠阜財親定譜，瑶琴一曲奏薰風。朱載堉《樂律全書》所載南風之詩，參差淆雜，皇上删定，以符元音。

羣觀盛典頌無疆，御製新詩有和章。何意蕃臣來海外，玉卮親賜覲天光。皇上八旬萬壽，外蕃鱗集，蒙恩手卮以賜，陪臣恭和御製詩。

深宫端拱自延年，玉液丹砂每妄傳。惹得天顔付一笑，秦皇漢武學神仙。御製詩文，每斥神仙之妄。

玉輅青旗出鳳城，年年典禮重躬耕。似聞宫女驚相語，八十君王扶耒行。純皇帝耕藉周迴阡陌，每次必作耕藉字詞，壽屆八秩猶然。

江浙羣黎覲至尊，山東父老沐深恩。洗兒宣賜齊歡喜，喜道皇孫又見孫。上六巡江浙，喜得元孫，直隸、山東老婦老民，一體賞賚。

八徵耄念篆龍文，寶籙瑶函護紫雲。始信聖人真好學，經筵抑戒表精勤。皇帝八十鐫「八徵耄念之寶」，命經筵陳抑戒見耄年嗜學之意。《寓蜀草》卷三

田家詞

耕田霑恩不計年，征輸盡入一條鞭。鄉間父老携孫戲，笑説添丁不納錢。丁口攤入田畝，永不加增，萬世之澤也。

教兒識字學田歌，樵牧歸來掩薜蘿。昨夜鄰家聞喜信，儒生耄耋盡登科。生員年高者，欽賜舉人。會試欽賜翰林，從古未有。

作社年年共幾回，醵錢會飲客頻催。村居渾忘尊官勢，敬禮高年自捧杯。自來勢宦之横，民受其殃。本朝立法森嚴，勿敢作威於鄉。

北里紛紛羅綺叢，少年醉夢管絃中。教坊營妓都裁卻，子弟從知慕古風。唐宋元明有營妓教坊，本朝盡裁去。

監軍監税少閹人，皇店皇莊迹久湮。安處鄉園多樂事，遊行千里自在身。歷代宦寺多令外出，明更有皇店、皇莊，亦命閹人掌之，今俱裁去。

香閨當日禁森嚴，法令從寬百不嫌。田婦亦誇裝束好，紅裙拖地露纖纖。國初禁婦女裹足，犯令者父母坐罪。鄰里不舉發者亦坐。後弛其禁。

敢望高車出里門，久安農業牧雞豚。忽驚鸞誥從天降，得請官封自外孫。本朝制，外祖舅母、岳母，皆准貤封錫類推恩，古所未有。

催租誰復賣新絲，耕鑿餘閒樂不支。除却前朝加派税，耄年喜見太平時。前明軍興加派至二千餘萬，國初盡革除。《寓蜀草》卷三

小滄溟詩集六卷二集九卷　道光間刻本

朱瀚撰。瀚字寅庵，江西高安人。大學士朱軾曾孫。曾官建昌游擊。撰《小滄溟詩集》六卷，刻於道光十三年，包世臣、黄治序。《二集》九卷，刻於十六年。自序。詩倣黄山谷，而學力不逮。《大潙山》、《運甓山房歌》、《崩崖行》、《盱源紀行》、《安仁雜詩八首》、《觀劇六首》、《題濁泉編寄包慎伯大令》、《題誦芬堂集寄郭羽可中翰》、《遊麻姑山八首》、《遊從姑山八首》、《題李申耆先生輿地圖武進董方立君手繪》，稍可徵事。餘多遣興之作，無所探賾。交納陸繼輅格、沈毓蓀、吴名鳳能詩，李兆洛、包世臣知學。薰習間日有漸進。《二集》刊刻時年未及四十，可謂年少好學工詩者也。

清人詩集敍録卷六十七

存吾春齋詩鈔十二卷續鈔一卷　同治光緒間刻本

劉繹撰。繹字景芳，號瞻巖，江西永豐人。道光十五年一甲一名進士，授修撰。嘗視學山東，遽乞養歸。咸豐間奉命治團練。生於嘉慶二年，卒於光緒四年，年八十二。《詩鈔》十二卷，同治間門人龍文彬、郭儀、胡友梅序。《續鈔》一卷，光緒三年刻，有蕭鶴齡後序。集中早年所作《題姜白石遺像》、《益都馮文毅公萬柳堂圖》，以及《山左紀程詩》，較爲遒爽。太平天国起事，江西爲衝要之區，而所作多不能得其實。嘗主講鷺洲書院，有《卽事四首》。題圖酬答之作甚多，與托克渾、黄爵滋、郭儀霄、符葆森、戴熙、蔣予檢均有往還，而以贈馮子良詩，繫事爲詳。

安楚堂詩鈔八卷　同治十二年南歷山館刻本

熊紹庚撰。紹庚字秋白，湖北華容人。道光十七年拔貢。官户部主事。是集首自序。爲道光四年至同治十一年詩。紹庚與毛貴銘、胡焯同時而交厚。游粤中，結識張維屏、黄兆麟、梁國琮。《廣州十首》、《感時六首》，俱爲詠時之作。鄉土竹枝，所在多有。《張玉夫孝廉聲玠五烈記院本題詞五首》，爲當代戲曲資料。聲玠湘潭人，有《玉田春水軒雜劇》，收入《清人雜劇二集》。此《五烈記》院本，猶未見著録也。

思無邪室吟草三卷　道光三十年刻本

毛永椿撰。永椿字抑峯，江蘇吴縣人。好讀書。經史而外。凡叢書、説部莫不涉獵。與同里蔣棨渭交善。道光二十四年，其兄永柏官天津知縣，北上就署。未幾歸里。三十年，蔣棨渭刻《苔岑集》，皆同邑友朋詩，此其一也。集中詩止於道光二十一年，共二百八十四首。《河決高家堰紀事詩》作於道光七年，時年甫三十。《句曲外史墓》、《訪靈巖山館别墅》、《魚臺道中》、《任城太白樓放歌》，亦可觀采。《題閨秀陳雲貞寄外書》，雲貞名端生，浙江錢塘人，適淮南范秋塘。秋塘遣戍邊塞，端生撰《再生緣》彈詞，書未成，許成彦、梁德繩得其稿足成之。此詩爲《寄外書》題詞，當爲研究《再生緣》作者畧增故實。

題閨秀陳雲貞寄外書

陳係乾隆間人，其夫緣事謫戍伊犂，以才得賓戍將，頗游狎邪。書中規諷得體，其述家庭艱苦狀，無微不至。于事姑教子之際，尤爲詳盡，讀之令人感慕流涕矣。

幾絲紅淚織成書，勉寫平安慰索居。客路閒花饒有色，可禁哀角動穹廬。

知道勞人念小兒，繡餘親爲講聲詩。可憐陟岵瞻何及，忍向孤燈授此詞。
骨肉艱辛婢僕驕，讒多甘旨倍難調。嫁衣已盡歸難計，情緒憑君看柳條。
百口難分此隱憂，綱常二字繫心頭。桃花爲面松爲骨，如我剛腸亦淚流。《思無邪室吟草》卷二

小弇山堂詩草二卷　咸豐二年刻本

馮啟蓁撰。啟蓁字繡谷，號晉魚，廣東鶴山人。舉人，官刑部主事，出爲隰州知州。道光二十五年以疾休，二十九年卒。撰《小弇山堂詩草》，刻於咸豐二年，有許乃釗、羅天池序。啟蓁少從胡承珙游，習經史，旁及金石、圖書、古泉，其詩取納較宏。《題凌堃注經圖》，堃爲學者。《題張金吾詒經堂圖》，金吾以藏書著名。《聞周介存媚家濟之訃》，濟爲史學家並詞家。《過梁家園》，園爲孫承澤退谷舊址。《和馬棣原功儀移居詩》，居爲蔣士銓故宅。又有《吴淞瀹河圖》爲陶澍賦。壽菓繼雯，哭萬承紀、寄夏寶晉，題冷枚、陳字、張敔圖畫，題金朝官印等篇。生平經歷北至大同，東游吴越，而以詠粤東者爲勝。交游李彦章、程恩澤、梅曾亮，皆一時之選。

韶關吏

太平關前紅鐙火，戍鼓沉沉靜鐵鏁。凌晨日出呼開關，關吏侍官夾而坐。牙檣蟻集聲如雷。大

船小船爭喧豗，關官嗔目關吏訶。下水船比上水多。問爾下水船，蘇州白絲杭州縣。未成百兩錦，先税九府錢。上水亦如之，南粤百貨通外夷。重如禪山鐵，輕至岡州葵。土物税輕洋物重，既征公税察其私。商賈鞠躬立，請爺自旁緝。大吏麾之去，小吏索錢急。點簿與開艙，青蚨每百十。一人高唱復閉關，銅鉦響處小舟環。隔江一舟初速駕，笑持手版言請過。關吏虎視但摇首，咄哉爾來何其後。船如有貨且報單，明日開關官來看。《小弇山堂詩草》卷上

聽秋山館詩鈔十卷 近代排印本

林楓撰。楓字芾庭，福建侯官人。道光間舉人。晚年以醫自給。撰《聽秋山館詩鈔》，由其孫刊行。凡十卷，各卷以事繫名。詩以詠八閩山水、民風居多。《游鼓山》、《烏山石天歌》、《屴崱峯》、《仙霞嶺》、《上下灘》諸篇，較爲密麗。《榕城樂府十首》、《清漳雜詠六首》，皆歌土俗。太平天国起事，作《虎倀行》、《錢鼠行》，抨擊時政。《論詩效元遺山體十二首》，自吴偉業至張問陶，《閲桃花扇傳奇題後十首》，亦可觀采。生年據《丁巳六十初度》詩推之，爲嘉慶三年。同治三年卒，年六十七。

倚松閣詩鈔十五卷 同治九年刻本

馮錫鏞撰。錫鏞字鳴虞，號侶笙，廣東南海人。道光九年進士。官浙江太平知縣，二十一年調補黄巖，

以丁外艱歸，不復出。同治六年卒，年七十。是集家刻，羅文浚、徐榮序，事見本書首載《南海縣志傳》與沈桂芬所撰《墓誌銘》。六、七兩卷曰《于滇集》，道光十七年鐫版浙中，所詠滇黔山水名蹟，當日已爲時傳誦。蓋錫鏞於十五年奉檄采辦滇銅，其《寄滇雜詩》，尚有經濟史料可資。卷八《讀明史列傳》詠粵鄉前哲，爲孫蕡、周新、翟溥福、丘濬、陳獻章、梁儲、方獻夫、霍韜、湛若水、海瑞、何維柏、龐嵩、黃佐、袁崇焕、黎宏業、劉士斗、陳子壯、陳邦彦，凡十八人。卷十《詠史二十四首》，興意完足。錫鏞以進士發知縣，經歷與徐榮相若，《縣令歌贈徐鐵孫》，可見兩人情誼相篤。道光二十年英軍犯定海，錫鏞奉調鎮海軍營，卷十一《從戎集》、卷十二《昌國集》，記督築土城司管火藥支應糧餉，事實可徵。晚年吟情不減，卒老於詩，終當傳之後來也。

勿憚改齋吟草四卷續草四卷　光緒十三年刻本

顧師軾撰。師軾字景和，號衲雲，江蘇太倉人。撰有《吴梅村年譜》。詩集四卷，爲道光二十一年至咸豐七年作，首黃錞等人題詞。《續草》四卷，前二卷自訂。光緒五年以後不復作詩。後二卷曰《焚巢賸語》、《燕芹叢語》，乃繆朝荃掇拾並爲付梓。生歲據《丁巳六十述懷》推之，爲嘉慶三年。卒於光緒十年，年八十七。集中有《折漕謡四首》，深述漕政之弊。太平天国軍失敗，官軍收復長江諸城池，詩以紀之。《自題曝書圖》、《題婁東十老圖》、《雨雹詞十四首》、《詠徐州戲馬臺》，以及《醃菜》、《醡酒》諸詩，包孕廣而不失於雜遝。嘗校《陸桴亭詩文集》，《詠元代淮雲寺》記陸世儀講學於此，寺中多藏名畫。又有《丁巳朱陵別觀觀陸尊道先生遺像並讀觀中所藏先生手書文序暨諸鄉輩往來手札》，亦爲有關陸氏資料。

舍是集十卷　道光間刻本

王翼鳳撰。翼鳳字句生，江蘇儀徵人。諸生。應省試十一科無所遇，居里以授徒爲業。此集有黄承吉、劉文淇序，自序。前八卷刊於道光二十一年，詩一千二十首。後二卷補刻庚子、辛丑詩各一卷，内容風切時事，如《調兵營》、《議修城》、《團鄉勇》、《申煙禁》，均與鴉片戰事有關。《觀音山香會歌》、《流民》、《戲詠揚州土俗借元寶猴兒戲包燈人送盒魚四首》，多維揚見聞。《題包慎伯先生執筆圖》，亦當日習見之題。生平交游，師事者爲淩曙、包世臣、姚瑩、李兆洛、黄承吉、江藩、李彦章、劉文淇，友事者爲汪喜孫、羅士琳、梅植之、楊亮、柳興宗、吴熙載、薛傳均、田普實，多爲揚淮學者。

本草雜詠　並序　蓬門不掃，饘粥奉親，得人可樂，敢棄貧賤。閒者靜窺仙笈，實好草經，一樹數莖細辨，厥性所願。躬闢萊畮，手抱汲甕，養兹靈植，閱彼幽華。冬初夏晚，薄言采擷，披風馨落，露實合成。刀圭跪奉堂上老人，俾得曝背之餘，彈琴之暇，與菊泉而並酌焉。列品屬詠，標其尤異，凡得若干篇。迨今存録，已不及半。

昌陽氣辛觸，感陰根淡純。五行色配位，九節形采真。絳霞結初蕊，金膏割片鱗。石生能逆水，惟此益心神。菖蒲

地精毓上黨，椏葉分諸州。未與甘草讓，或從椵樹求。主氣卽榮血，背陽能鍊幽。升降善佐使，何疑功誤收。人蓡

靜檢農皇經，秘抽華神録。凡身希羽生，山精宜餌服。茅洞香烈輕，雲頭肉甘足。合作靈芝餐，詎數酈泉菊。朮

實堅木理正，葉上旁無枝。力應別大小，味能通飽飢。雞心圓穩坐，錦紋紫擘肌。莫共扶留嚼，翻令柔滑知。檳榔

醴陵著嘉頌，厥品差丹砂。縉雲昔味此，驂龍昇陬遐。乃知霜雪蘖，不同方術家。籠中指形狀，連珠鷹爪誇。黃連

武陵崖谷間，凌霜翠葱布。清士慕貞質，编氓利蠟樹。葉長睛轉華，子黑髮變素。寄語服食人，冬青辨微誤。女貞

馥郁温宜子，匪徒繁衍名。金州種稱善，玉衡星秉精。含目漆如點，非秋花細生。三年咽無夢，蟲消身返嬰。椒

帝聞天老談，不死賴土德。中央戊己芝，上品神仙食。米脯重作珠，竹葉對如翼。苗劚山雪中，無爲鉤吻惑。黃精

赤白賦性殊，其花貌婥約。酸甘互爲用，味厚氣則薄。貞白煮石方，安期斷穀樂。玉豉與金鹽，

和之攝淡泊。芍藥草號羊歡奇，華標女節異。金水五美含，冬夏四氣備。辟邪枕可儲，延齡琖堪醉。采摘先玉英，次第上寅記。菊《舍是集》卷十

知白軒遺稿詩二卷　光緒十一年刻本

楊景程撰。景程字宗洛，號雪門，雲南鄧川人。道光十四年舉人。官保山教諭，鶴壽州訓導。咸豐九年，雲南回民變亂，被執，翌年死，年六十二。光緒十一年，其子琮輯刻《知白軒遺稿》凡文二卷、詩二卷，沈壽榕爲之序。其中《三長邑雜興五十韻》記滇南政事民情甚悉。《石寨叟》、《徵票歎》，亦爲記實。林則徐總督雲貴，有詩送行。集非全帙，祇可窺豹一斑耳。

東洲草堂詩鈔二十七卷　同治六年長沙無園刻本

何紹基撰。紹基字子貞，號東洲，晚號蝯叟，湖南道州人。户部尚書何凌漢子。道光十六年進士，改庶吉士，授翰林院編修，充福建、廣東副考官，貴州考官。咸豐二年爲四川學政，以言事罣吏議歸。主講山東濼源、長沙城南書院。領蘇州、揚州書局。以書法負盛名，而平日肆力於經學、小學、詞章、金石刻辭，造就亦深。著有《東洲草堂文鈔》。其詩曰《使黔草》者，咸豐間已有刻本。此集爲其子何慶涵輯校，附《詞鈔》三十

卷，首朱琦、梅曾亮、戴絅孫、苗夔、張穆、鄔鴻逵、楊季鸞、顧復初、朱鑑成舊序，自序。紹基出程恩澤門，詩主宋人，力在摒俗。自序謂：「一切豪誕語、牢騷語、綺豔語、疵貶語，皆所不喜，亦不敢也。」亦喜考證之學，唯道光以降，學益瑣細，爭以毫末，詩亦趨衰落，故又有「考訂之學似難而實易，詞章之學似易而實難」見《萬志白華山人詩集序》之論。集中詩如《將出都呈吴蘭雪丈》、《宜陽舟中大雪用坡公江上值雪韻》、《蓬萊閣觀海》、《登岱》、《别顧先生祠》、《游鼓山》、《游武夷》、《灘行》、《德州蘇禄國王墓》、《鄧湘皋丈六十壽詩》、《英州》、《登飛來寺》、《飛雲巖》、《辰龍關》、《牟珠洞》、《劍閣》、《游峩眉山》、《眉州三蘇祠》、《登舟》、《明湖》、《百泉》、《繁塔寺》、《嵩洛游詩》、《九疑》、《陽朔》諸詩，粗豪勁拔，真樸渾厚。晚年所作《金陵雜述四十絶句》、《滬上雜書》，游澳門與香港，多載時聞。陳衍《近代詩鈔》摘其名句甚多。又謂：「湖外詩墨守騷選盛唐，勿過雷池一步。蝯叟出入蘇黄，才思皆有餘。」是湘中詩人能獨開生面者。梅曾亮稱其耽僻金石有云：「雖爲貴公子，乃健步善游，芒屩篛笠，打碑訪古，雨飧雲卧，遇者不知爲何許人。通籍後使車所至，奇山秘壑，探幽躡險，不能自休。」其詠金石書畫之詩，如《書韓蘇石鼓歌後》、《河間獻王君子館甎歌》、《詠吴康甫景定專次許印林韻》、《題吴子苾襄陽唐誌拓本》、《林少穆丈出示石庵相國書廬山記卷子後》、《吕堯仙古甎册》、《石龜硯詩爲張石洲作》、《竟寧銅雁足歌寄六舟上人》、《再題六舟剔鐙圖》、《題梅蘊生唐志拓本册》四首、《錢南園先生畫六馬圖》、《劉耽名印詩爲陳壽卿》、《題虞文靖書訓忠碑記後》、《晉孫夫人碑書後》、《題王蓬心永州畫册》、《題八大山人小鳥圖》、《題瘞鶴銘寄還楊龍石》、《毛西河朱竹垞兩先生游西湖圖》、《題黄端木萬里尋親圖册》、《題閻若璩古文尚書疏證》附潛邱自跋、《唐拓武梁祠畫像册題》、《訪得李北海書靈巖寺碑殘石》、《題黄小松嵩嶽訪碑圖二十四首》、《寄題丁儉卿新獲嘉祐二體石經册》、《題鄭世允藏蜀石經左傳殘本》、《聖教序》、《題張黑女墓誌》、《伊吾司馬侯猗碑題後》、《題舊臨坐位帖後》、《題婁壽碑》、《題傅青主先生哭子詩爲李竹朋題》、《題四明本華山碑》、《雪堂拓蘇祠殘石》、《題圉令趙君碑三首》、《題宋拓小字麻姑仙壇記》、《化度寺碑》、《題魏文靖墨迹卷爲吴平齋作》，創鑄古瑰，較翁方綱、阮元，汲汲唯恐不及。紹基在道、咸間與吴榮光、顧蒓、祁寯藻、張祥河、魏源、黄釗、陳慶鏞、楊彝珍、宗稷辰、湯鵬、張穆等唱酬。在京建葺顧亭林祠，官蜀嚴禁扶鸞、鴉片、僧寺吞并田業，見卷十六《去蜀入秦書懷却寄蜀中士民三十二首》，亦清流之亞。所作《題陳化成遺像》，有愛國之忱。《猨臂翁》，乃自況戲筆。咸同間人材凋謝，唯與方頤濬、羅汝懷、陳澧、潘德畬及門人林昌彝等酬還。此集存詩二千零七十三首，頗見紀實。殆以學者兼作詩人，與同、光間言宋詩者徒以新巧拼湊、取悦於人，迥不相同也。

知蔬味齋詩鈔四卷　道光二十六年刻本

黄琮撰。琮字象坤，號矩卿，雲南昆明人。道光六年進士，改庶吉士，授編修。官至兵部左侍郎。同治二年死于雲南省城回族之變，年六十六，謚文潔。所撰《知蔬味齋詩鈔》未刻竟，稿燬於火，僅存四卷，爲道光十一年官四川學政時詩，後收入《雲南叢書》者卽此本也。琮舅氏爲戴淳，淳受學於劉大紳，皆滇中詩人。其詩得於鄉前輩之教爲多。於保山袁文典、文揆兄弟合編《滇詩紀畧》後，輯《嗣音集》相繼之，以後許印芳又編《重光集》，滇詩遂得以不墜。是集首帥方蔚、鄂昌序，受業李映棻校刻。爲詩清泠疏宕，論者謂在遺山、道園間。卷一爲《入棧詩》。卷二詠成都古蹟《雍齒國》、《嚴君平故宅》、《洗墨池》、《少陵草堂》。按試各州縣，復作《三蘇祠》、《凌雲山》、《赤霞山》、《鹽井》、《岑嘉州别業》、《王褒故里》、《唐僖宗行殿遺礎》等篇。卷三爲試渝州、敍州，至巴陽峽，登白帝城諸篇詠。卷四詠川西大渡河，過大相嶺，歷寧遠、邛州。作《藥市》、《田家行》、《火浣布》，稍及民俗。四卷皆蜀游詩，卷帙完整，盛有佳製。

思伯子堂詩集三十二卷　同治八年刻本

張際亮撰。際亮字亨甫，號松寥山人，福建建寧人。少從陳壽祺學於鼇峯書院。道光十五年順天舉人。工詩。伉直負氣，終未得志。卒於道光二十三年，年四十五。徐寶善嘗作《四子圖》，以潘德輿、黄爵滋、湯鵬與際亮並列。《詩集》初刻名《松寥山人初集》，版毁。咸豐中孔慶衢始爲刻全集，凡詩二十七卷、文六卷，附《年譜》。此同治八年姚濬昌刻，收嘉慶二十年至道光二十二年詩，總三千五百餘首。際亮詩五言學魏晉，七言學唐，論者謂有高、岑風響。歷游山水，窮探其勝，發而爲詩。《雁湖歌》、《大龍湫作歌》、《太弋山大頂峯望海歌》、《項王墓》、《任城太白酒樓歌》、《吼山》、《大庾山》、《黄巖瀑布歌》，皆縱横自逞。《洗象行》、《虎圈行》、《西溪竹枝詞十首》、《襄陽船户曲》，杭州、蘇州、揚州、常州雜詩，光澤雜詩，兼采土風。《上灘》、《下灘》諸篇，雄奇警拔，險語迭出。其考古詠史之作，未愜人意。《閲錢虞山詩作》、《書吳梅村詩後》、《題鄭少谷山人自書詩册》、《題方東樹先生詩》、《蕙卿老弟索詩回走筆作歌贈言》等篇，偶有精到語。自云：「少時斤斤袁、蔣，後則吐棄不遑。」蓋欲獨樹一幟，自成家法，而學力弗逮，所得不深耳。《述舊絶句三十首》，思如湧泉，句亦研練，作於道光十五年乙未，尚在龔自珍《己亥雜詩》之前。際亮交游於清流間，與林則徐、陳慶鏞均有寄贈。鴉片戰爭中作《傳聞》四首，有云：「輕敵徒矜戰鬬才，孤城倉卒亦堪哀。翁山士馬傷亡盡，支海夷獠笑舞來。地險將軍仍卧甲，天高使相但銜杯。可憐碧血沉汭後，重見朱顔去不回。」又有《遷延四首》，有慨於定海失守、寧波賠款等事，深爲諷切。據李雲誥編《亨甫年譜》卷末綴言稱：「詩自辛丑三年稿原未删録，中紀寧波英夷之亂甚多。因帶行笥中，存姚公石甫家。」可見所作愛國詩篇尚多。至晚年爲姚瑩冤獄奔走，扼抗憤歌，豈可概以狂氏論之。李慈銘評松寥山人詩粗浮淺率，豪無真詣。又稱：「爾時若湯海秋、朱伯韓、姚石甫、葉潤臣所作，大抵相同。時無英雄，遂令此輩掉鞅追逐，聲聞過情，良可哂也。」《越縵堂讀書記》不免偏至。朱琦《怡志堂詩初編》卷四《校正亨甫遺集作詩志哀紀其事》詩云：「昨日往哭松筠祠，忍淚再讀松寥詩。悄然風號萬竅悲，降婁睒睒無晶輝，老鶴欲語聽者誰。我昔遠游類羈雌，長安逢君少壯時。怒馬獨出黄金羈，紅燈緑酒相娱嬉。墨瀋一斗翻淋漓，朝吞千龍暮千羆。忽然拂袖游霅溪，遠探禹穴尋會稽。遂登黄樓望九疑，猩猩叫煙鵂鶹啼。造化劃削愁肝脾，南來跌蕩詩愈奇。公卿名滿紛走趨，氣高蹇嵼頭不低。欲止莫尼行莫追，獨憶故人東海厓。澎湖高建十丈旗，再戰再捷剸蛟螭。咄哉小醜猶猖披，沿邊屯堠無完陴。君時避兵走浙西，戰場白骨歷險巇。皇穹仰視哀蒸黎，傳聞和戎餌島夷，羣飛刺天毁功碑。君方抱病吁且唏，故人檻車奮相隨。天門且喜翔金雞，朋舊往還暫軒眉。痁鬼肆虐肺已萎，侵晨視君坐牀幃。卷帙束筍一尺圍，屬我偏剟語嘔咿。删者觸筆捥爲疲，存者加墨或頷頤，宿心已了遽蜕遺。姚侯哭君淚綆縻，爲營輀翣送之歸。將蒐遺草付剞劂，如此高誼所見稀。案頭遺像何頎頎，二三小兒角槊碁，黑白鬭戰荒是非。旁有美姝捧玉杯，大醉出門坐荒陂，想見哆口談龍夔。嗟予薄宦恆苦飢，正直可羞變脂韋。青天寥寥雁南飛，他日有過誰予規。」此詩最見其之氣節肝膽。

石瀨山人詩録八卷　道光十七年刻本

馮度撰。度字子徵，安徽滁縣人。諸生。少從趙紹祖游。道光十二年侍其父宰廣西岑溪縣。好吟詠，不求仕進。此編有冷葆頤序。分《宜園初存稿》、《晴快齋集》、《觀海集》、《燕雲集》、《楚塞集》，各集冠以小序。據《初存稿小序》注：庚午時年十二，其生年當爲嘉慶四年。冷序謂「今子徵年未四十」，而卒年莫可究矣。岑溪爲山水佳麗之區，度興到成吟，所作《都嶠山歌》、《蒼梧舟中》、《伏波樓》、《岑溪竹枝詞八首》，清新靈雋，婉然可喜。《海潮歌》、《倪雲林獅石歌》、《范文正公墓》、《韋刺史祠》、《陡河竹枝詞》、《題查二瞻山水圖》等篇，樸素淡遠，不肯隨人步趨。是所謂不欲以詩名而未嘗不可以詩名者。

西雲詩鈔四卷　同治間刻本

李枝青撰。枝青字蘭九，一字西雲，號薌園，福建福安人。道光二年舉人。官浙江新昌、長興、仁和等縣知縣，海防同知。咸豐八年，調陝西西安知縣，改督糧務。八年，卒於官，年六十。事具本書卷首戴望撰《傳》。著《文鈔》二卷、《札記》四卷，與《詩鈔》合刻。詩不苟作，亦無標榜之習。居閩浙詠兩省山川名蹟，間有佳什。《西塘紀事》、《乍浦雜詠》、《聞臺灣警》、《防海謡》，切近時事。太平軍起，枝青以防禦有功，作《讀史雜感》，有詆訶之詞。然究其一生，篤嗜學問，沈筠、楊峴、汪曰楨、譚廷獻、張鳴珂皆爲其弟子，及門者、成材者固亦甚衆也。

春星閣詩鈔十五卷　道光九年刻本

楊季鸞撰。季鸞字紫卿，湖南寧遠人。監生。幼負詩名。入都後公卿名流咸折節與交。往來齊、趙、吴、越間。咸豐元年主講濂溪書院。李宗瀛《小廬詩存》有《題楊季鸞上舍春星閣詩集》注云：「佐學使校士，口吃，頭秃，以鸞老調之。」是集有吴嵩梁、陶澍序。據道光五年自序云：「今年且二十七，尚無成立。」可知爲嘉慶四年生。《黄鶴樓》詩云：「豈徒黄鶴乘雲去，不見崔郎與謫仙。今古登臨同悵望，後先凭弔一茫然。但聞江上數聲笛，吹落梅花何處邊。我欲飛觴盡高興，醉呼明月照晴川。」吴嵩梁見而驚異，以爲最近太白。其詩清矯多姿，簡淡生新。《九疑道中望三峯歌》、《游衡山登祝融峯絶頂觀日出》、《蘇文忠公祠》、《江心謁文信國祠》、《陪春湖侍郎游雁蕩》、《大龍湫》、《東甌山水吟》、《游嶽麓寺》、《李鄴侯讀書臺》、《春陵侯墓》、《虞廟雙儲樹歌》，又有《論詩絶句三十首》、《題桃花扇傳奇二首》、《零陵雜詠》、《朗江竹枝》、《燕臺雜興》、《秦淮柳枝》、《書磨崖碑後用山谷韻》，體制大備。季鸞與程恩澤、梁章鉅、鄧顯鶴、黄本驥、潘諮、朱綬、左宗植多有酬答。與魏源、何紹基尤契。贈魏源詩數首，附原作，爲《古微堂集》未收。何紹基《東洲草堂詩集》有贈詩，《使黔草》有季鸞題詞。陶席稱季鸞有異禀，又能廣益多師。是足以卓然自立矣。唯所見僅於此，未聞有《續鈔》行世耳。

將游浙江魏默生舍人賦詩贈行次韻奉答

束髮已授書，勵志非不早。驚憂百無成，未壯心已槁。猶隨棄繻生，西逐長安道。惜無蜀道篇，驚喜傾賀老。徒乘弱水舟，不見仙人島。金光何時拾，愁多詎能掃。旋游吴越去，子兮中似擣。千巖自此尋，萬壑從此討。相期阮與劉，共入天台好。

原作　　魏源

學仙久無成，讀書苦不早。頹波駐驚泊，萬竅鳴百槁。入山十年志，尋師千里道。胡爲寸絲珪，能使羲和老。禹穴轟參天，胥濤怒裹島。舊夢猶悵然，新痕況如掃。憐君入道姿，棖我夙心擣。游休汗漫窮，鄉認無生討。儻逢胡麻飯，分我顔色好。《春星閣詩鈔》卷二

百柱堂詩稿二十八卷　光緒十九年刻全集本

王柏心撰。柏心字子壽，號筠亭，一號螺洲，湖北監利人。道光二十四年進士。官刑部主事。早年嘗入

林則徐幕。咸豐間爲張亮基參佐戎幕。著有《監利風土志》、《導江三議》等書。晚年主講荆南書院，門人稱螺山先生。執湖北文壇牛耳。卒於同治十二年，年七十五。詩道光二十三年由陶樑刊行，曰《子壽詩鈔》，咸豐元年續刻曰《螺洲近稿》，同治元年刻咸豐年詩曰《漆室吟》，又編同治元年至四年詩曰《壬癸編》、《甲乙編》。後綜合同治十一年以前三十五年之詩，總名曰《百柱堂詩稿》。全集爲其孫傳介刻，凡詩二十八卷、文二十二卷、詞一卷。柏心在道光十五年嘗游陝甘。鴉片戰爭前後，與時流湯鵬、梅曾亮、朱琦、何紹基、宗稷辰迭有唱和，作有《海警》、《南郡參軍歌》、《元冥行》等詩。又有《哭海秋同年六十韻》、《贈魏默深同年》、《輓侯官林公》四首，情詞甚摯。咸豐以後作詩，敵視農民軍，極盡詆毁之能。是時鄂省當其衝，柏心輾轉避徙，復又畫策用兵，曾國藩、左宗棠、胡林翼等均與之交往。感事憂時，發爲歌詩，往往怨而近怒，哀而至傷。同治間，復由閩至吴，渡海入都，登覽紀游，亦悲懷悵觸。柏心在道光間已負詩名，咸豐時爲世宗匠，掖誘後進，爲楚中士夫稱譽，以詩文求正者，户限爲穿。其詩篇什多，於時政得失往往見之，然而泥沙俱下，不堪多録也。

又其次齋詩集七卷　咸豐二年刻本

吴世涵撰。世涵字淵若，浙江遂昌人。道光八年舉人，主邑講席。二十年成進士，官雲南通海知縣，擢太和知州。咸豐二年乞養歸。是集爲家刻本，有方廷瑚、金安瀾、王發越、張爾俊序，邊浴禮、徐榮、孫衣言等題詞。世涵家居浙東括蒼山中，作《里中吟》九首，爲栽桑、柴根、勸學、婚嫁、荒親、金鉢、鐵爐、拳技、畲客。

又有《畲婦詩》，作於道光七年。《讀括蒼金石志作》、《南明山石梁歌》、《泊舟石門觀瀑夜宿洞口》、《李北海碑》、《讀草木子》、《大水歎》，多詠浙東歷史名蹟。成進士，作《平糶》、《報災》、《公米》、《鬧荒》、《餓莩》、《鬻子》、《流丐》等詩，反映民間疾苦。嘗至遼西、冀中、宣府，有《游昌黎石佛洞》、《論故鄉物産作詩記之》、《出居庸關至宣化府》、《西僧坐牀歌》等詩。《題王南陔空山古寺圖》、《太鶴洞天石歌爲端木鶴田作》、《觀毛克亭極草書大幅》，非率爾漫筆。官太和爲迤西首邑，滇中山川奇偉，偶亦可見。其詩既有物産風習之記，亦不乏寄興慷慨之詞，是多有可取焉。

畲婦

畲民婦也，槃瓠遺種。順治間由交趾遷處州。今山鄉往往有之。

畲婦高戴狗頭髻，銀牌密串石珠細。短短麻衣窄窄裙，花鞋一尺紅絨綴。家住南山更北山，有年遺俗仍苗蠻。負薪插秧好身手，風吹日曬如花顔。去年嫁與鄰村去，奩物柴刀並農具。有犁一把牛數頭，新孃衣食都無慮。五家男女自聯姻，雷、藍、鍾、盤、婁五姓相爲婚姻。鄉里何曾有外人。休訝嬌鬟異妝束，須知少婦卽耕民。婦赤脚兮夫短褐，隴上同耕亦同歇。日日相隨到白頭，不信人間有離别。

《又其次齋詩集》卷三

游昌黎縣石佛洞

碣石踞昌黎，到眼殊可愕。連峯走海壖，勢陡不得落。突怒益上聳，一一尖如削。迴旋至城西，氣象更嶄窄。匡邃轉崟嶔，道險亘磊硌。澗泉玉琮琤，巖卉金閃爍。梯雲上巖凹，精舍出林薄。石洞窈且廣，蒲團息腰脚。怪松盤石罅，列嶂若屏幕。絶頂有天池，萬古流不涸。六月寒風生，香氣滿幽壑。瀚海一衣帶，縹渺環城郭。寺中老闍黎，見客喜且懼。問我來何方，殷勤進茗杓。嗟余南海人，北海成漂泊。乾坤信茫茫，身世感今昨。愧爾方外徒，遺榮栖寂寞。《又其次齋詩集》卷六

保陽寓齋與劉成齋兄芝亭三弟共論故鄉物産作詩紀之

家住昌山曲，溪流練水清。與君談故土，辨物記方名。杉樹雲邊合，栒花雪衷榮。蔬多唯白笋，穀好是紅秔。園種黄花菜即萱，匡生紫石英，猪蘭開九節即蕙，鹿草挺千莖鹿喘草赤色。菊米能明目，野菊蕊也，遂邑唯産西鄉者佳。樟黎可解酲。樟樹結子，味辣解酒，亦治氣疾，出遂昌西鄉。茯苓隨地種，野朮自天生。櫪炭光騰鼎，桐油滑注檠。涼茶寒沁骨，涼茶樹，藤類，俗名老鴉莊，結實如杯大，剖之細子纍纍。向水擣之，水即膠凍如冰而軟，飲之甚涼。蕨粉膩調餳。美有跳魚膾，大蛤也，味甚美。肥看竹鼦烹。一名竹豚，居土穴中，食竹根。果狸團玉面，玉面狸嗜食果子，一名果子狸。花鴨閃金睛。一名番鴨，毛兼五色。戴勝呼山鳳，落蘇買谷鶯。黄鶯俗名買落蘇。薺鳥以其音名之也。落蘇，即茄菜出時鶯始飛鳴。晴簷百舌語，霜檻八歌鳴鴝鵒。地瘠粹難種，巖高厂可營。居人多聚族，傍嶺即爲城。種靛招山户，燒畬雜客氓。鐵罏通遠賈，燈市鬧新正。賤子老鴿鵮，括蒼以多栝得名，遂昌，括屬邑也。湯臨川宰遂昌，有「太史應占老鵮鴿」句，鴿鴿，

亦呼鵪鴰，杜詩：「天寒鵪鴰呼。」深居伴鹿麑。飯嘗染青飿，俗四月八日，以草染飯，名烏飯。藥未掘黄精。敞惜香稠襖，土絲作裀，名香裀。飢調薯蕷羹。書同蟫蚋注，筆仗鼠狼勍。卽鼪，毛可爲筆，名狼毫。紙展桃花滑，几凭榧木平。古甕斟破碎哥窰磁器，小印篆燈明青田凍石。蓬室但能守，梯田猶可耕。枌榆今在遠，游子若爲情。《又其次齋詩集》卷六

東行雜詠一卷 道光二十八年刻本

趙霖撰。霖字雨林，號笠農，江蘇丹徒人。道光十二年進士。二十七年，柏葰赴盛京承修太廟宫門等處工程，隨往襄事。歸京，刻《東行雜詠》一百首，楊棨序，其兄楫序。内《東邊景物記》詩四首，述東北採參及動植物特産，重在紀實。《游醫巫閭山》十二首，山在廣寧縣城西十里，有石棚瀑布、御題匾額、遼東丹王樓處，前人往瀋陽道經此山，每發歌詠，而無如此詩之詳也。《開工仰瞻宫闕二首》，歌頌功德，無可述焉。記薊州盤山、山海關、大渡河，亦較簡括。

柳汁吟舫詩草十四卷 咸豐元年刻本

何盛斯撰。盛斯字蓉生，四川中江人。道光八年舉人。春闈報罷，歸住芙蓉書院講席。早嘗從戎西陲，中年游晉中，南之粤，晚至榆關。道光三十年以訃聞，卒於都門。生平畧見本書林振棨序。是集爲李

德揚序刻，又李宗昉序。盛斯受知於聶銑敏，集中《壽聶太師母康太恭人八十》詩，長達一萬餘言，雖嫌費辭，而於聶氏家世敍述甚備。《讀史隨作》百餘首，自史、漢、三國至宋，各以一事一題，歌詠甚周。《晉陽八詠》，亦以史爲題。《關中雜詠》、《維州竹枝詞》八首、《川中風土偶成》十首、《劍閣》五首、《峽中雜詠》、《粤風》十首、《晉祠雜詠》，以所見風土人情發之於詩，雖未必佳，亦不蹈空。居晉，嘗見傅山六世孫，有詩記之。《題桃花扇傳奇》四首，亦可采掇。《太山石敢當》詩，非勦襲筆記之説，考證路巷所衝樹石鐫此五字之來歷，猶可資談助也。

晚晴軒詩存五卷　光緒七年刻本

陳文田撰。文田字硯鄉，江蘇泰州人。咸豐十年進士。歷官刑部郎中。撰《晚晴軒詩存》，所收詩自道光十六年始，至咸豐十一年止。嘗付諸手民。二十年後，復檢舊稿，畧加整次，刊爲此本。文田與孔憲彝、鮑康、謝章鋌均有交往。爲詩質直不佻。《重賦歎》一篇，記太平天國後，清政府加重朘削人民，至爲深警。所記雖泰州一郡，亦可類推矣。

重賦歎

太歲在寅月在子，海氛蕩盡天下治。海陵一州如斗大，寇鋒不及幸無事。居者未忍棄先疇，行者來歸襁負至。悴如旅燕哀如鴻，賴我剌史能撫字。剌史有示榜通衢，某日開倉某日閉。爾民輸將毋或誤，錢十之六米十四。天庾正供豈敢違，征榷安能遺尺地。所嗟納米又納錢，折價恐非天子意。千艘轉粟達京師，不見轉錢命漕使。此錢至竟入何所，吏與剌史均其利。刀筆小吏翳誰氏，權詐百出善會計。剌史倚如左右手，得志居然工作勢。倉中百事頤指揮，虎威狐假肆無忌。大户受害害猶可，浪擲金錢不爲異。小户進米斗石餘，一粒一珠良不易。在家計數數已足，入倉計數數未備。補瘡何處更剜肉，鬻我妻子與老牸。吁嗟乎，歲在辛卯苦大水，斗米五百價昂熾。入錢七千作一石，數不及倍民已匱。今年米價斗二百，窮人粗足供疏食。奈何折價浮于前，使我編氓負大累。吁嗟乎，往年徵税利在官，今年分肥權在吏。豺狼當道虎生翼，官吏一心聯指臂。長官多收一斛米，窮民多傾一斛淚。千家萬家同一淚，無天可問地可避。長官活我又殺我，不死於兵死於税。我書其目告天下，七千八百五十二。《晚晴軒詩存》卷一

好深湛思室詩存二十二卷　同治十二年刻本

孫義鈞撰。義鈞字和伯，一字子和，江蘇吴縣人。貢生。官仁和縣丞。至雲南宜良知縣。是集家刻。爲嘉慶十三年至咸豐五年詩，凡一千三百十九首。顧莼序。義鈞與蔣志凝、曹楙堅、朱綬等結鷗隱詩社於吴下。嘉慶間入都，得聞江聲、洪亮吉、孫星衍緒論，以實學爲重。詩學元好問、高啟，於時家俱不入眼。以爲

「清詩始價于袁枚趙翼，而大壞于船山張問陶，聲調圓熟，幾近于時墨之所爲。」見本書王詠霓《跋》。集中《謁史閣部墓》、《秣陵雜詩》、《濟南雜詩》、《讀漢書南粤傳》四首、《讀史雜感十六首》、《題孫爾準婆娑洋集》，均有旨格。《處州懷古》，詠李邕、李陽冰、段成式、秦觀、范成大、湯顯祖七人。《呈陳碩士用光閣學詩》注，謂「閣學善音律，自製樂府，恆屬義鈞訂宫譜」，亦軼聞也。鴉片戰爭起，作《前後定海行》、《失地二首》、《鑄礮》、《寶山行》、《弔陳化成》等篇，悲歌慷慨。道光二十八年，林則徐督雲貴，於昆明招飲，有詩贈呈。詠大理、桂林山水及記敍少數民族風俗，亦堪擇采。可謂長於諷諭，涵濡古今者也。

瓶隱山房詩鈔十二卷　咸豐七年刻本

黄曾撰。曾字菊人，號瓶隱，浙江錢塘人。道光十二年舉人。官直隸香河知縣。是集爲蔡振武、石衡序。前六卷詩多作於江南，後六卷詩多作於燕北。曾爲屠倬弟子。善題詠。集中《題八大山人墨筆小鳥》、《王雅宜寵手書真蹟》、《熊經畧手書八詠墨蹟》、《徐青藤自書古近體詩》、《宋高宗内侍劉夫人繪宫中蠶織圖》、《海忠介書翰圖》、《傅青主課兒圖》、《高尚書指卉畫卷》、《陳南樓老人天中節物圖》、《童二樹壽筵圖》，原作或已零落散失，讀其詩尚可得其髣髴也。居官所作《捉車行》、《遼西雜詩》、《宣城竹枝詞六首》、《秧馬歌》、《定州料敵塔歌》、《井陘》等篇，風土雜事，錯見其中。過滄州與知州陳鍾祥唱和，鍾祥有《依隱齋詩鈔》，兩家詩風相近，俱奇恣可喜。

沈四山人詩録五卷補遺一卷 咸豐七年刻本

沈謹學撰。謹學字詩華，又字秋卿，江蘇元和人。家世農業。少警異，不喜章句之學。獨爲歌詩。生計日蹙，乃率妻子爲人傭耕。傭人者謂報我不足，更其傭而奪其田。於是益困，飢寒且劇，以至於死。同郡江湜拾補遺稿，咸豐間由潘曾沂爲刊行之。是集卷首有江湜撰《沈山人事畧》，云卒於道光二十七年，年四十八。潘曾沂序稱，謹學力田甫里，爲詩自怡悦，不求人知，行四，故名其集爲《沈四山人詩録》。謹學雖受封建思想影響，然其詩實與士夫有别。《田園雜興》、《田園卽事》、《捉魚歌》、《復水》、《耕谿土田作》等篇，多有親身經驗之語。《典牛歌》、《喜雨》，亦是農家子感情。《穫稻歸有作》云：「三日不出門，我稻熟如此。況值天氣晴，收穫及時矣。當其八月時，衣食何以恃，牛力盡不繼，稻苗乾欲死。稻今穫歸來，牛見亦歡喜。」《村鄰失稻歌以紀事》云：「一家五口田八畝，竭田耕田債還負。那有餘錢更買牛，兩脚踏車當牛走。人脚不如牛脚强，脚底血出筋骨僵。不惜血出筋骨僵，但願苗比人身長。稻苗日長人日槁，秋風瑟瑟吹行道。比鄰老翁走相慶，今年稻比去年好。雄雞膈膊天曚曨，傾家穫稻趨田中。張眼各各面如紙，上塍下塍一望空。一望空，無餘穀，淚眼紛紛眼中落。一年辛苦飽他腹，贏得歸家放聲哭。放聲哭兮門下開，又聞門外催租來。」一味寫實，欸欸如話。又《貧況》一首云：「遮窮諱苦亦徒然，欲訴還休更可憐。咋夜舉家聊啜粥，今朝過午未炊煙。强顔且去賒升合，默計都無值一錢。誰信先生誰不信，禦寒無被已三年。」本書封面有無名氏題字云：「此千古第一窮詩人也。人品高，詩品尤高。」誠非虚語。沈景修論詩云：「袁安風雪卧茆檐，生計艱難累米鹽。自寫奇窮窮徹骨，郊寒島瘦一人兼。」見《蒙廬詩存》。

弢塵館詩存不分卷　道光二十七年揚州刻本

卞維城撰。維城字雨帆，號擁百，江蘇儀徵人。道光八年生員。中歲家漸落，橐筆游學使幕校文，歷廣東、廣西、湖南、湖北、安徽、浙江諸省。道光二十六年卒，年四十七。事見本書羅士琳《卞維城明經傳》。詩存二百八十五首，由姪壻汪廷儒校刊。許宗衡、阮亨題詞。所詠洞庭、黄鶴樓、湘潭、全州、柳州、桂林、南雄、梅嶺、南昌、大孤、皖江各處勝蹟，格調樸直。《讀書行》、《貴人歌》、《船叟行》等篇，以所積憂疾之思發而爲詩。殆爲醇謹之士，所作尚瑕病無多也。

樂志堂詩集十二卷　咸豐十一年刻本

譚瑩撰。瑩字兆仁，號玉生，廣東南海人。道光二十四年舉人。官化州訓導，瓊州府教授，加内閣中書銜。晚爲廣州學海堂學長。嘗爲伍崇曜校刻《嶺南遺書》、《粤十三家集》、《粤雅堂叢書》。同治十年卒，年七十二。道、咸間粤東學者，陳澧深於經學，侯康邃於史，瑩以辭賦見長。此集與文集先後刊行，首自序。詩由華贍轉而激壯，又博覽，故下筆數千言如有宿搆。嘗作《嶺南荔枝詞百首》，爲阮元激賞。今集中存録六十首，詳述荔枝生產，採輯甚富。《四市詩》爲《羊城花市》、《廉州珠市》、《東莞香市》、《羅浮藥市》。又作《波羅曲》、《元夜觀燈十首》、《采桑詞三十二首》，有備風土，與直賦物者不同。瑩經歷南北，一度入川，山水諸篇，清健可誦。道光二十一年，英軍侵粤，避地作《繳阿芙蓉》、《後戰艦行》，以詠時事。又有《續波羅曲》，自謂：「心緒薄惡，漫賦以當勞者歌焉。」瑩究心文獻，兼涉金石書畫。《題惲南田畫跋刊本四首》、《戲題羅兩峯鬼趣圖八首》、《七星巖讀李北海溪石室記拓本》，文彩瑰麗。《詠史樂府》，録存九十八首，《讀三國志》，録存三十三首，《南漢樂府》，録存二十六首，此詠史之要也。《檢閲所藏帖作論書絶句八首》、《論國朝人書絶句十二首》、《論粤東金石絶句八十二首》，暢抒己見，是正得失。《偶檢閲明人詩漫賦》，録存十四首，《論駢體文絶句十六首》、《論詞絶句一百首》自唐五代迄明季諸家、《又十四首》專論清詞，此論詩文之要也。又有《讀杜詠物詩三十六首》、《和吴巢松詠物詩十九首》、《詠馬三十五首》。權舉大數，亦可見其鋭意詞林矣。子宗浚，亦工詩，有集。

論國朝人書絶句　十二首録六

古文鐘鼎合推尊見《頻羅菴集》，燕子牋書殆不存。便詆艱深文淺陋，千秋遺恨擬山園。王孟津

老蘗禅心見《鮚埼亭集》。筆最靈，霜紅龕集況凋零。怪他賸墨人爭寶，酷似高齊石佛經。傅青主

一空依傍見清真，品到諸城總後塵。卽獨論書當作相，百代相代恐無人。劉文清

張芑堂孔谷園論書兩札傳見《隨園詩話》，劉梁合璧見《湖海詩傳》嗜終偏。書名自昔無真賞，老子韓非傳合編。梁山舟

鐵門家法竟何如，滄海曾經信匪虚。書亦肖人端不易，風流倜儻禹卿書。王夢樓

品到南園要耐看，工原不易拙尤難。學顔兼學顔風範，特糾中朝第一官。錢南園　《樂志堂詩集》卷二

論粤東金石絶句　八十二首録十

果緣交趾未銷磨，萬古人知有伏波。唐晉威靈東漢似，由來銅柱馬家多。銅柱

前有文淵後孔明，嶺南端自伏波營。金銀釵叩何從别，肯令溪蠻浪得名。銅鼓

偏使張瓊解賦詩，議郎舊宅隔江湄。有人卜築題南雪，賸見扶留緑繞籬。漢磚

鑒古人知典午年，永興磚又永嘉磚。世將逸少工行楷，篆隸無多藉汝傳。晉碑

祠前鐫石漫無辭見坡集，此事端明更讓誰。巾幗也同錢武肅，表忠觀立待書碑。誠敬夫人廟碑

初祖西來一字無，盧居士語況從誣。故當一例曹溪鉢，擊碎寧嫌魏校麤。南華六祖墜腰石

宋墳尚有鮮唐墳，大業重來骨未焚。異教入人深似此，至今膜拜尚殷勤。回教先賢古墓殘碑

開道豐功相業看，興寧遺筆也凋殘。曲江集在鴻篇著，度嶺人偏未補刊。張文獻開大庾嶺記

廣利王今爲護持，白鸚鵡賦筆書宜。雄文已足高千古，端數南中第一碑。南海神廟韓碑

錢到乾亨物力窮，金輪寶相峙西東。錢家亦有金塗塔，拓本儲藏尺幅中。兩鐵塔碑

《樂志堂詩集》卷五

論詞絶句 一百首録十

對酒歌難興轉豪，由來樂府本風騷。承詩啟曲端倪在，苦爲分明却不勞。李白

七言律少五言多，偶按新聲奈若何。清平樂令真衰颯，縱入花菴選亦訛。同上

二李君虞、昌谷詩歌供奉傳，體成長慶益纏綿。瀟瀟莫雨吴孃唱，製曲端由白樂天。白居易

臣本烟波一釣徒，風斜雨細景誰摹。日湖漁唱陳允平蘋洲笛周密，漁父詞還似此無。張志和

空傳飲水處能歌，誰使言翻太液波。詩學杜詩詞學柳，千秋論定却如何。柳永

海雨天風極壯觀，教坊本色復誰看。楊花點點離人淚，却恐周秦下筆難。蘇軾

山抹微雲都下唱，獨憐知己在長沙。一代盛名公論協，揄揚翻出蔡京家。秦觀

敢説流蘇百寶裝，唐人詩語總無妨。移宫換羽關神解，似此宜開顧曲堂。周邦彦

石帚詞工兩宋稀，去留無跡野雲飛。舊時月色人何在，戛玉敲金擬恐非。姜夔

花間集外名花外，直欲填詞繼歷朝。聞雁秋燈秋雨裏，故山歸去總魂銷。王沂孫 《樂志堂詩集》卷六

案：同時人王僧保《論詞絶句》，見況周頤《蕙風隨筆》。

榴實山莊詩鈔六卷 同治九年刻本

吴存義撰。存義字和甫，安徽休寧人，遷江蘇泰興。道光十七年舉人，十八年成進士，改庶吉士，授編修。官至吏部侍郎。同治七年卒，年六十七。事具譚廷獻所撰《行狀》。撰《榴實山莊詩鈔》六卷、《詞鈔》一卷、《文稿》一卷，同治九年刊。存義於道光二十三年官雲南學政，有《游牟珠洞》、《山繂行》、《老鷹崖》、《白沙塘道中終日在石隙中行》、《拉邦坡》、《白水河觀瀑》，極狀山川奇險。居朝與翰林潘曾綬、袁績懋、何栻唱和。同治二年使浙，有紀程詩，又結納薛時雨、秦湘業。《宋都酒務印詩》、《題畸人三十六宋磚歸裝圖》、《題徐文長集》、《題芝龕記》、《題周初白醫竹軒詩集》、《題黄黎洲先生得硯圖摹本後》，稍裨學林。晚多爲人作序，聲望益隆云。

蘭根草舍詩鈔二卷 咸豐九年刻本

王國均撰。國均字侶樵，直隸滄洲人。嘗輯《滄洲詩鈔》、《續鈔》、《明詩鈔》，歷十三年工竣。又訪得《北魏王僧墓誌》。助修《郡志》，增《金石》、《藝文》二門。是集爲道光七年至咸豐九年詩。據《丁亥自題松下聽泉圖》署「時年二十八」，計其生歲爲嘉慶五年。國均游歷齊東、燕南，與陶樑、沈兆澐均有寄贈。家居也園。

《感懷》云：「雲思出岫難爲水，水到渠成定作波。」《村居》云：「食重漸知愁米貴，家貧始解盼年豐。」《觀影戲感賦》云：「骷髏敢作燈前戲，傀儡能談兵。」符葆森《寄心盦詩話》特稱其《春燕》、《戲贈蠹魚》二詩，見《國朝正雅集》。

守柔齋詩集四卷續集四卷　行河草二卷

光緒元年刻本

蘇廷魁撰。廷魁字德輔，一字賡堂，廣東高要人。道光十五年進士，改庶吉士，授編修。轉御史。鴉片戰爭方亟，上疏請修虎門礮臺。二十三年，又上疏論時政乖迂，請罷樞臣穆彰阿，並下罪己詔。以伉直敢言，與陳慶鏞、朱琦號稱三諫臣。咸豐八年，英法聯軍踞廣州，爲團防大臣，嚴清野，絶漢奸，招募東莞三元里佛山練勇數萬人以制敵。同治初，授開歸陳許道，擢布政使。官至東河總督。廷魁生於嘉慶五年，闕名編《蘇河督年譜》。卒於光緒四年，年七十九。撰有《守柔齋文集·奏疏》。《詩集》四卷，彭泰來舊序，同治十三年全慶序。《續集》四卷，爲《北游草》、《適豫章》，王拯序。《行河草》爲官東河總督作，何廷謙序，李光廷跋。廷魁爲詩，雄直壯闊。《雜感》等篇，可見懷抱。《欒昌大灘》、《瀧中作》、《宜章單船》、《大廟峽》、《荆門紀勝》，皆能力開生面。《西湖雜詠百首》，道光間有單刻，今收入《詩集》卷四。題吴梅村、黎二樵詩集，亦可觀采。又有《主人爲作西洋筵卽席有贈》，敍述西餐之制云：「珠毯紛挂星垂芒，百花環坐條風香。玻瓈盛酒琥珀光，銀叉銅鼎燒羝羊。麪軀雞餻破塊嘗，妖童妙舞氍毹張。晝鼓一聲進一觴，主人稱壽樂未央。嗚鐘番奴奏宫商，應時拍翅金雀翔。杯停點茗分旗槍，此間賺得春宵長。東隣翁媪饜糟糠，白首不識膏與粱。壯士擊案歌慨慷，盛年沉醉留他鄉。」《西洋人汗得能漢語畧解魯論文義介通事楊某謁余問字歌以紀之》云：「宣尼木鐸代天語，一警愚聾萬萬古。聖人御世八荒集，同文遠被西洋賈。窄衫高帽款門至，碧眼停觀若心醉。誰教奇字訪揚雄，豈購新詩識居易。通辭不減葉河王，就書魯論三兩章。自言孝弟是吾寶，更慕有朋來遠方。日本朝鮮重文籍，於今益知素王力。鯨鯢穴伏溟渤青，翹首神州日華赤。在昔康熙正三統，象牙龍腦卻珍貢。節度爭稱汧國李，都督來時廣平宋。島夷懷德二百年，樓館鱗比城西偏。中朝不改旅獒册，絶域應焚亞孟編。彼國經文。」唯涉及時事者無多，未能盡抒衷曲也。

角山樓詩鈔十六卷 咸豐間刻本

趙克宜撰。克宜字小樓，江蘇丹徒人。貢生。官臨滁教諭。著《角山樓賦鈔》，傳本甚廣。此集有沈岐、周頊等七序，詩近六百首。止於道光二十九年，年約五十。克宜生於華膴，性獨泊然。喜讀書，唯終身俗學，詩亦淺露。唯《讀蔡中郎傳題後》、《讀蘇文忠詩集》、《讀吴梅村詩集》、《吴季子廟》、《詠古八首》、《東林書院懷古》有序、《閻典史祠》、《江陰武場校馬射歌》，尚屬雅飭。《君山望江歌》、《滕王閣》、《大觀亭》等篇俱有寄興。《京口竹枝詞》、《秦淮竹枝詞》、《歲暮紀俗》、《端午竹枝詞》、《都天會竹枝詞》、《毘陵竹枝詞》、《梁谿雜詩十二首》、《惠山竹枝詞》，則重在采俗也。

半園詩録八卷　道光二十一年刻本

經濟撰。濟字子通，號半園，江蘇甘泉人。監生。工詩詞，阮亨《珠湖筆記》、凌霄《快園詩話》稱之。刻《半園詩録》，阮亨序，汪端光前序，張問陶題詞。同刻《詞録》，門人顧希愷校。依《乙酉二十五初度》詩以逆推，爲嘉慶六年生。爲詩清和，時有閨閣哀傷之感。《讀板橋雜記》、《咏明史遺事》五首、《書陳穆堂文自怡集後》、《觀蔣荼刻石印歌》、《宋奉華堂劉夫人硯歌》、《題阮梅叔丈雷塘話雨圖》有序、《讀梅村集圓圓曲因憶圓圓傳庭聞録中逸事得八絶句》、《團扇曲》、《揚州清明曲》，俱見風致。《相逢行贈耿鳳兒》，敍鳳兒伎勇俱全，流落揚州，不啻爲之立傳。《中元瑜珈利孤歌》詠盂蘭節作佛事。《大鼓鎕》詠擔而市者。《香簫曲》，云簫爲李香君故物。《奪錦行》，記鄉里水戲情景，有「且勿江鄉狎鷗鷺，嶺南方次水犀軍」句，自注：「時英軍滋事，水師官軍赴粤堵禦。」語多諷婉。又作《饑民歎》、《食鯗魚》、《食筍歎》，抒寫感極之思。張問陶贈詩有云：「一夕清尊結古歡，天涯少長共盤桓。五千里外真同調，爭不相逢另眼看。」詩作於嘉慶十八年，已近大限之時矣。

浩然堂詩集六卷　道光二十九年刻本

江開撰。開字龍門，安徽廬江人。道光十五年舉人。官陝西富平知縣。是集與《詞稿》合刊，有蔣湘南序，詩四百三十首。開嘗參加丙申江亭褉會，結識名士甚多。有《感舊詩》，懷宋爲弼、潘德輿、徐寶善、周濟、張泰來、毛嶽生、張際亮、斌桐、湯鵬等人。與張祥河唱和尤多。《題馬元伯出關圖》、《題唐景龍觀鐘銘拓本》、《斷碑硯歌》、《題孔憲彝韓齋把卷圖》、《爲何子貞題邨谷論心圖》、《題孟十一娘墓誌原石》、《題昭陵六馬石刻拓本》，不求聲律之苛細，多藉學力勝之。《風伯歌》、《水老鴉》、《礬山行》、《小車行》、《紫陽竹枝詞十首》、《土窑》、《觀繩伎》等篇，亦别開生面。生於嘉慶六年，卒年莫明。陳僅《繼雅堂詩集》存江開序一篇，作於道光二十七年。咸豐元年，陳世鎔爲江開題《茶餞圖》《求志居詩集》卷十五。六年，何紹基爲題《畫禅圖小照》《東洲草堂詩集》卷十七。同時倪文蔚有《題江龍門丈畫石卷子及書畫鎧》《兩疆勉齋古今體詩存》卷二。嗣後無聞矣。

海秋詩集二十六卷後集一卷　道光十八年刻本

湯鵬撰。鵬字海秋，湖南益陽人。道光三年進士。官户部員外郎，擢御史。以劾工部尚書宗室載銓，罷回户部，尋遷郎中。著有《浮邱子》。卒於道光二十四年，年四十四。《詩集》自刻，受業喬松年、劉伯塤序，凡二十六卷，共二千三百六十六首。《後集》一卷補刻。鵬學詩於潘德輿，而出入於《風騷》，顧視甚高。前四卷爲四言古詩一百四十七首，《琴操》二十首，《古歌謡》一百九十八首，殆爲近代詩人之所難。五古《秋懷》九十一首，七古《浮邱腐儒歌七章》、《浩歌行》、《放歌行》四十首、《前後忼慨篇》、《嘲海翁》等篇，歷落使才，縱筆自如。《古意八十首》，博搜古昔夫婦之際幽愁憂思之情狀，起自織女，訖於秦娘。自謂「貞淫並録，不主故常」，亦可謂别闢一格。《孤鳳篇》、《妬婦篇》、《神木謡》、《毛健風謡》、《晉道難》，大都取當日社會題材，發爲長言，頗爲風麗。《九懷詩》三十六首，爲詠古之什，意興自遠。鵬爲當代才人奇士，品在清流。性伉直，好論事，交游甚廣。《贈吴蘭雪刺史》、《送郭羽可儀霄》、《結交行贈黄樹齋》、《唐鏡海太守不能讀父書圖歌》、《徐寶善寄巢吟社圖歌》、《松相國虎字行》、《長歌行贈陳芝楣中丞》、《答孫琴西四首》、《林少穆中丞入都喜而有作》、《輓程春海侍郎》、《贈左季高四首》、《山陽村叟歌贈潘四農》、《得魏默深書却寄》、《哀顧南雅丈四首》、《輓許莱山十五首》、《哭張亨甫八首》，一時勝流，無不見矣。又有《姚廣孝畫家行》、《李閣老胡同行》、《萬柳堂行》、《登岳陽樓放歌》，可採者正多。唯篇什過繁，但以古體爲勝。五律《擬歸去來》集杜多至百六十首，不免榛楛未剪耳。湘人之詩，乾隆間張九鉞獨出冠時。繼之爲唐仲冕、鄧顯鶴，多揚扢之功。至道光間人材輩出，如魏源、何紹基、毛國翰、湯鵬，俱一時雋傑，以視江左無讓焉。

清人詩集敍録卷六十八

補學軒詩集八卷　咸豐十年刻本

鄭獻甫撰。獻甫原名存紵，字小谷，廣西象州人。僮族。道光十五年進士。授刑部主事。歸主龍溪、秀峯、榕湖書院講席三十年。同治十一年卒於榕湖，年七十二。著有《補學軒文甲乙集》。詩集初刻名《鴻爪集》，此後有《雞尾集》，未卒業。是集爲其弟子藴璘校刊，爲《鵶吟集》四卷、《鶴唳集》四卷，始於道光十四年，訖於咸豐十年，共一千二百六十五首。鍾毓奇《修拙齋詩集》有輓詩。獻甫爲詩，非漢非魏非唐非宋，自成爲之。自云：「學之既不能，模之亦不似。但求抒我意，何必令公喜。故亦不乞人作序。」見藴璘識語。所作《補學軒歌》、《校書偶述》、《讀玉臺新詠》、《讀李長吉詩》、《讀樊川集》、《題東坡畫像》、《謁黄山谷祠》、《書劍南詩鈔後》、《書徐文長青藤館詩集後》、《讀明詩綜偶成》、《書吴次尾樓山堂集後》，持論甚精。《論詩》有云：「奈何後世論，必稟前代式。坐令學語人，都如奉法吏。」又云：「苟無曠代才，敢作破格事。唯其讀書多，所以縱筆恣。優孟去衣冠，何苦登場戲。」反對摹擬，亦不主標新立異。《論詩十六絶句》有云：「兼有三長才學識，宋詩何必減唐詩。誰料相沿三百載，蛙鳴蟬噪總同聲。」唯於明前七子稍有許可。《詩派》有云：「分唐界宋各護短，黨同伐異非求工。」於時亦有所不滿。《書趙秋谷所著聲調圖》詆執信甚力。《書張船山詩集後》云：「讀書尚未如袁豹，讀史翻能薄馬遷。將軍下筆開生面，詩老爭名乞死年。」兼刺袁枚，蓋枚晚年嘗徵輓詩也。他如《游象州文昌洞題壁》、《觀伎人舞刀劍》，皆不落前人蹊徑。《詠古八首》，爲論史佳作，似趙翼實勝之。《題林文忠公書鄒鍾泉中丞開封守城善後記七古卷後》、《書隨清娛墓誌》等詩，綜覈文物，有裨亦多。太平軍取桂林，獻甫奔粵。咸豐七年，英軍入廣州，又擕眷避往他城。詩多傷時危語。居里時與同鄉朱琦友善，唱和甚富。清季粵西詩人，有此兩家，亦不孤矣。

論詩述意示學子

古詩皆可歌，其音有宫羽。後人失初調，所學止言語。均之號徒詩，何必標樂府。執題擄舊文，未免彼爲主。借題寫新事，何妨我作古。低頭唱妃豨，傳訛等魚魯。呀呀學語人，尺寸一何苦。纏綿婦人酒，恍惚神靈雨。重累百不厭，處處刑天舞。妄云寫性情，何曾由肺腑。舊題憎李白，新詩壯杜甫。元白及張王，拓清亦云武。高吟望古人，片月洗秋宇。《補學軒詩集》

有真意齋詩稿四卷 同治六年刻本

賀祥麟撰。祥麟字麓僑，湖南瀏陽人。道光間優貢生。二十三年，官高陽知縣。是集有同治元年周壽昌序。其詩風骨整峻，不鉤章棘句以炫奇。《楊龜山祠》、《歐陽圭齋先生祠》、《題二喬觀兵書圖》、《牛鼎歌》、

《醴陵水災紀事八首》、《都門漫興八首》、《燕歲雜詠四十八首》，感來述往，興寄較深。《高陽雜詩二十首》、《滹陽雜詠八首》、《瀏陽竹枝詞十八首》、《北平雜詠二十首》、《盧龍紀事》，兼採風土民俗。嘗受知於陶澍，有《印心書屋歌爲陶宮保作》。雖不成家，而不橅襲以貌古，亦有可稱焉。

冬生草堂詩録八卷　咸豐四年刻本

夏寶晉撰。寶晉字慈仲，江蘇高郵人。嘉慶十八年舉人，官山西浮山、和順、寧鄉知縣，上海同知，朔州、代州知州。晚主南通紫琅書院講席。撰《冬生草堂文録》三卷、《詩録》八卷、詞三卷，刻於咸豐四年。文集卷首爲劉嗣琯來書，林則徐題詞四首，較《雲左山房詩鈔》溢出二首。據《文録》所載《族兄澹人墓誌銘》云，「余少君四十五歲」，當爲乾隆五十五年生。卒年七十。其詩亦與夏澹人味堂相近。而與其岳父郭麐《靈芬館詩》大相異趣，揚淮、吴越詩風不同，往往而是。寶晉官山西時，所作《河上謡》、《兵車行》、《後兵車行》、《海氛四首》，均樸質而可徵事。《讀明史稿》、《傅青主手書詩稿》，渾樸老成。道光二十九年奉諱家居。自序云：「行年五十，檢録舊作，集爲此編。」生平結識名士甚多。與吴錫麒、王念孫、劉鳳誥、阮元均有寄酬，樂鈞、吴嵩梁、陳用光、屠倬、汪仲洋、姚學塽、鮑桂星、彭兆蓀、蔣因培、周儀暐、黄安濤、林則徐、宋翔鳳、陳鴻壽、顧廣圻、查揆、戴敦元、馮登府、陳逢衡、端木國瑚、劉文淇、毛嶽生、錢儀吉等，俱與過從。蓋寶晉早年科第，行輩亦高。讀集中酬答之什，所得又常在詩外也。

兵車行

敍　浮山與襄陵、翼城協濟霍州車馬，自近年始，非舊章也。西陲不靖，上將出師，凡屬臣民，義當竭力。惟此縣去霍二百餘里，閭井蕭條，山程險阻，與彼兩縣之富庶者不同。乃勞吾民和顧於鄰境以應斯役，歷五旬而後罷，豈不憊哉。乃述輿人之誦，而終之以慰藉之詞。

縣僻少人行，城荒無軌道。飛符一夜下臺司，不信山中有徵調。我縣何所有，蹇驢與犢車。驅逐田里間，未曾歷長途。蹇驢一日行百里，犢車七十里而止。將軍銜命犒西師，晝夜兼程焉用此。我驛況已裁，車馬從何來。羽書迫促不得已，比户搜括奚爲哉。翼城自有車，襄陵尤多馬，我縣民貧出其下，調發居然視翼城，令下經旬無議者。一馬之費二萬錢，一車之費數十千。和僱從來隔鄰縣，白飯青芻都不賤。里正前致詞，小民力已疲。安得開山作平地，使馬與車無不利。安使縮地傍通衢，使車接軫馬育駒。我意殊不爾，但願從今不見邊塵起，牽爾車，驅爾驢，春納税，秋完租。租税年年賴耕作，爾曹勿復愁朘削。鄰縣之民終歲勞，通途那及山中樂。有驛州縣皆有里下供差，襄陵、翼城雖無驛亦然。惟浮山無之。兵差一過，卽宴然矣。《冬生草堂詩録》卷六

後兵車行

敍　辛卯人日，赴霍衛，送歸伍官軍，車騎之役，又當匝月，前以民力不支，議請減調，抗牘再四，而後允行，車馬之數雖少，迎送之日方長，經歷之塗尤險。躬自督役，莫貰其勞，復成此篇，以志余愧。

軍過並州剛匝月，還轅又指河中發。春風吹送紅旗來，出關笳鼓聲如雷。時官軍由潼關出，取道汾

晉。天子詔軍吏，馳驅毋許妨民事。中丞檄有司，車騎視前當損之。吾民重有霍州役，昔送一程今兩驛。其間山險最難行，來去崔嵬度高壁。二十五車十六馬，取諸吾民所無者。無車無馬當奈何，山中大雪迷坡陀。霍之里正來追促，賂以倍價何嫌多。一隊索兩馬，已幸徵求募。兩卒共一車，貲裝復無餘。輪蹄雲集半無用，多多益善奚取乎。霍民之肥吾民瘠，吾民之勞霍民逸。襄陵翼城無一言，我獨言之究何益。《冬生草堂詩録》卷六

甲申三月讀竟奉題四首　林則徐

甓社珠光徹夜虚，江湖前夢感胥疏。如何此客遭逢蹇，十載春明騎瘦驢。

早是扁舟載酒時，埒鄉煙柳碧絲絲。西江初祖成圖派，蟻穴蜂居許論詩。

落手煙華絢古春，峻於唐體薄梁陳。卷葹閣與謨觴館，風雅飄零有替人。

此事都由妙悟深，宗師屈宋見初心。行歌莫道蕭條甚，珍重長安市上琴。《冬生草堂詩録》卷首

知止堂詩五卷　飛鴻集三卷餘集一卷　同治至光緒間刻本

黄恩彤撰。恩彤字綺江，號石琴，山東寧陽人。道光六年進士。歷任江南鹽法道，江蘇按察使，廣東按察使、布政使，巡撫。鴉片戰爭參加訂立江寧條約，晚在山東辦理團練，鎮壓捻軍。卒於光緒九年，年八十

三。同治六年，自刻《知止堂全集》，内詩五卷。續詩名《飛鴻集》三卷，《餘集》爲光緒元年補刻，附《秋聲詞》一卷。古近體贈答、題圖，稍有可觀。詠時事甚多。凡官軍追捻，每有捷報，必賦詩稱慶，而於沿海外敵之侵，則未嘗有作，求榮之態可掬。乃以「知止」自名其室，不亦自泚其顙乎。唯詩中於捻軍各股首領及分佈等情所記較詳，稍備近代史料，或有可參考耳。

習苦齋詩集八卷　同治五年刻本

戴熙撰。熙字鹿牀，一字蒓溪，號醇士，浙江錢塘人。道光十二年進士。官至兵部右侍郎。咸豐十年，太平軍克杭，死之，年六十。謚文節。工書畫，篤嗜硯印，有《習苦齋畫絮》行世。此集合《文集》刊之，内《訪粤集》百餘首，爲官廣東學政時作，道光二十一年先有廣州刻本。《戲題賈島像》、《題奚丈鐵生遺照》、《爲姜玉谿畫西湖紀夢圖》、《趙忠毅公東方未明研拓本歌》、《釋六舟獲懷素千字文上石見貽》、《詠吴康甫湧金門上景定元年甎文和許印林何子貞韻》、《詠硯絶句》二十首俱屬當家。《曹葛民籀以詩索畫石屋著書圖》，詩中論《尚書》古今文，可見好學訓詁，亦非漫爾抒詞者可比。

詠硯絶句　二十首録四　余來粤中，硯癖日甚。惜好而無力，不能致精腴。然威鳳一毛，亦可藏弆，既著《蓄硯説》，復次其所愛者繫以詩。

古石磨多已作坳，墨池隱隱辨螭蛟。盛名敢比賢良研，舊物差同貧賤交。蟠螭。古硯，縱方高三寸，寬二寸，色如馬肝，堂微凹，額上螭龍隱起。殿廷考試率用此研。粤人不能舉坑，蓋古石也。篋中惟此爲舊物，故首及之。

春池漾漾欲生瀾，積水空明荇藻團。可似蕭蕭竹柏影，承天寺裏月中看。浮藻。方研，極淨，青花浮動。舟過羚羊峽所得。

舊時寶研堂中物，投贈今歸賜研齋。問爾平生幾知己，一雙青眼向吾儕。温瑜。高要何石卿著《寶研堂研辨》，余爲序之，以蕉葉研見貽。徑五寸，鋭上豐下，遍身玫瑰紫，青花面。背有二眼，氣壯而淨，似乾嘉間大西洞石，賜研，余齋名。

井華曉汲洗琳球，蟻脚鵝毛水上浮。彷彿斜風吹細雨，落花飛絮滚成毬。紅棉。縱方無池，高五寸，上刻紅棉花一枝，滿面，青花，結有玫瑰紫青花一粒，大如豆。《習苦齋詩集》卷六

小琅玕山館詩鈔十卷　同治十二年刻本

嚴廷珏撰。廷珏字行之，號比玉，浙江桐鄉人。貢生。道光間官雲南嶍峨知縣、大關同知，至順寧知府。咸豐二年卒，年五十二，俞樾爲作《傳》。是集爲其子錫康、錫辰刻，女永華識。前八卷爲自定，有嘉慶二十一年夏儼高、陳瑛序。後二卷爲《補録》，王贈芳、朱爲弼、吴存義、沈秉成序。楊文蓀、查林、何紹基、鄭祖琛、陸以湉、曾國藩、吴振棫等人題詞。分《園居》、《泛舟》、《學古》、《北游》、《南行》、《滇海》、《三迤觀政》、《萬里乘

風》、《鴻爪重尋》、《題樓》等集，凡七百二十五首。廷珏爲王鳳生壻，集中《哭外舅王竹嶼先生》，記王鳳生軼事頗詳。《煙雨樓歌》、《揚州雜詩》、《讀史小樂府三十四首》、《題嚴秋槎秋聲譜樂府三首》、《題鄭夢白中丞祖琛紀事畫引二十首》，亦可徵事。詠滇海、楚雄、嶍峨、鎮遠、保山、臨安、阿迷以及湘黔途中之詩，寫景新特，辭句傑出。陸以湉《冷廬雜識》卷八録其《相見坡》、《散賑行》等十首，多爲高響。嘗兩次奉銅運之檄，往來巴蜀、三峽、湘贛、豫皖間，詳記領運經過。《聞滇風俗戲成短歌》、《大關賑糶詩》，皆出目驗。林則徐任雲貴總督，嘗招飲賦詩。此集涉及時事，可參證者，亦較多也。

心鄉往齋詩集十七卷　近代劉氏求恕齋刻本

孔繼鑅撰。繼鑅字宥函，號廓甫，山東曲阜人。孔子六十九世孫。道光十六年進士，官刑部主事，南河同知。咸豐八年太平軍克江浦，死之。爲潘德輿弟子，詩宗陶、杜。生前刻有《心鄉往齋和陶詩》，爲英熙載寫刻，又有《壬癸詩録》、《于南詩録》、《江上集》，板均燬於清河。此爲馮煦所藏《全集》，其孫孔昭采手寫，吴興劉承幹刊，附其子廣牧、孫昭采與其婦遺集各一卷，有馮序、劉跋。《全集》一至十三卷爲《編年詩》一千七百八十五首，卷十四《和陶》一百五十三首，卷十五、六《集杜》二百十八首，卷十七《補遺》一百十二首，卷十八至二十爲文。其詩百轡其中，多悲苦之音。《高郵湖作》云：「洪湖抱天影，炯爲智者憂。萬古波濤居，一線隄防留。大官日召令，買石窮山丘。以石抗蛟怒，築堰如長蚪。下堰楚州腳，上堰淮山陬。汩汩水衡錢，化爲屢與鰌。久客熟湖水，嗚咽胸中流。」《寄潘四農師》云：「澤國累年饑，大官無歲荒。小吏朝暮謁，上堂復下堂。戟門列風旆，鼓角吹蒼茫。絃酒客在閣，涕泗農在場。一隄障龍蛇，城郭參丘邱。度支竭租賦，水與金低昂。老兵抱鍬臥，腹飽防河方。久客傍淮甸，閉户空嗟傷。」又如《韓莊大風觀微山湖》亦佳。《贈黄樹齋四首》、《贈魯通同》、《送徐帶方歸朝鮮》、《贈湯海秋》、《哭姚梅伯》四首、《哭亨甫》八首，可見交游。又有《揚州雜詩》八首，《焦山雜詩》十六首，《湖東竹枝》八首。《登雲龍山放歌》，亦屬雅健。鴉片戰爭時所作短歌，愴況憂時。卷九《題感逝圖二十一首》卷十三《村居懷人詩三十五首》，多道、咸間學者詩人。咸豐初作《上海竹枝十六首》、《火輪船行》、《夷人鬭馬行》、《登斗樓聽夷婦鼓瑟》，皆以耳聞目見入詩。吴昆田、馮煦所撰《傳》均無生卒年，今據集中詩推之，約生於嘉慶七年。平步青《霞外攟屑》有摘句。

上海竹枝　十六首録十二

西北吴淞一綫長，縣門黄浦對斜陽。郟亶水利從頭考，市舶叢居古上洋。
六鄉舊割古華亭，天遠斜連島嶼青。往歲魚鰕連海氣，東南風起一城腥。
樓閣如今列畫屏，鼉更鐘鼓碎東丁。紅旂高揭海西岸，新起英夷領事廳。
夷居畚築日紛紛，四野悲啼更不聞。老館旁邊添別館，舊墳平盡掘新墳。
莫云識字便爲儒，名教綱常道義扶。仙佛二宗攻不盡，更添一箇是耶蘇。

先聲不數佛郎機，吉利英雄力漸疲。海上一隅羅部島，富彊今欲首花旂。修軀廣顙細鬚眉，譯教東來茂厥詞。拍手逢人通姓字，慕維廉與麥都思。醫院懸鐘與屋齊，鳴鐘人集午雞啼。局方以外傳叢刻，全體新書出泰西。海鄉月報鑿空談，十二重天説蔚藍。一卷通書尊正朔，上編中土下西南。怒足奇毛猛控韁，短衿窄袖錦褌襠。懸金賭勝門題牓，九月重開鬭馬場。湖州絲價賤於麻，湖口今年頗出茶。換得火輪船上土，不須更種米囊花。三百年前唱竹枝，前朝顧或播新詞。我來歌哭無人見，付與沙船觱篥吹。《心鄉往齋詩集》卷十

尚絅廬詩存二卷　同治五年廣州刻本

吴嘉賓撰。嘉賓字子序，江西南豐人。道光十八年進士，改庶吉士，授編修。條陳海疆，而以事發軍臺數年。既還，在鄉辦團練。同治三年死於太平軍之役，年六十二。著有《求自得之室文鈔》。詩集爲陳澧序，方濬頤題詞。其詩不隨逐時人，亦不摹仿古人。《雜感十首》，慨然長吟，音以發志。《讀張耳陳餘列傳》、《信河雜詩十首》、《寄梅伯言吏部》，亦較沉實。戍軍臺後，詩體一變。《塞上新樂府八首》，爲蒸油麪、拉風箱、溝道老、碎消鋪、一間房、四季標、蒙古包、察哈貢。《邊庭四時詩》、《赤陵姐琵琶》、《塞上春陰曲》，記蒙疆社會俗習，足供稽考。

塞上新樂府八首　録六

蒸油麨　塞上不生五穀，惟多油麥，堪作麨。先煮熟乃磨成粉作團，又蒸熟乃可食。

人云入境先問俗，請歌邊城莜麥麨。山後山前種莜麥，嗜好偏殊價尤賤。登礱細粒先火熟，入磨微塵逐風旋。冷水調餺飥，食之堪下咽。熱湯和牢丸，卻須重蒸煉。我嘗一食味頗甘，市人相送堆盈盤。古云炒麥稱糗餌，邊城不到吾豈諳。

碎消鋪　蒙古貨來口門，店家能通蒙古言語。與交易貨物，名碎消鋪。

張家口，碎消鋪，兒童生小學胡語，不離口門能取富。八月胡兒來，槖駝千萬羣。胡婦垂雙鬟，胡犬高狺狺。前朝通市處，樓觀垂重闉。圈内商幾家，列肆東西分。自從官家改收税，胡貨却從關外置。崔嵬壟斷竟虛設，輕薄游閒都得意。胡來迎胡等官長，胡到欺胡比兒戲。稱貸先徵一歲息，出入競持三倍利。碎消鋪中無不有，胡面喜歡腹流淚。君不見，關前鋪日多，胡人益憔悴。

一間房　張家口牛車赴恰圖商賈，長年往來不息，以車爲家，名一間房。

古人重輪輿，一器而工聚。較諸造宮室，倍費巧規矩。沙磧邅行獨不然，一車纔值三數千。洪荒轉蓬象未改，軫不方兮輪不圓。車行迢迢踰瀚海，絶漠迤平勢無殆。千兩萬兩連綴行，終夜但聞鈴鐸聲。北去載茶南載堿，露宿長年如莞簟。百輛車，一間房，牛蹄作柱轅作梁，恰圖庫倫皆吾鄉。昇平與爾立家室，豈憶往時征戰場。

四季標 張家口買賣，四季清負欠，名四季標。

五月始見花，八月卽飛雪。塞門無四時，但有標期别。我從赧王臺下來，視此區區何有哉。質衣減食粗足了，明晨笑口依然開。人世無如索逋急，冷官豈盡門誰排。願移此標向京國，使爾佳辰令節歡卿杯。

蒙古包 蒙古無宮室，住氊帳，行則橐駝負之以隨，名蒙古包。

蒙古兵，天下强，能潛行，不齎糧。曾從漠北涉印度，却遶洱海窺荆襄。向非天降角端作人語，當時六合已括囊。豈知尚威非尚禮，曾不百年據中國。何如我朝受命世以仁，一統神州樂休息。蒙古子孫盡藩衛，年年入貢通市易。曩者蒙古包，今爲商賈室。萬帳不聞刁斗鳴，千箱但護茶磚出。想見四十八家游牧場，牲畜如雲烟竈密。方知此包同大裘，展履萬里黄沙磧。

察哈貢 張家口有察哈爾都統，蒙古通貢市在此，俗稱察哈貢。

察哈爾，蒙古疆，獻爲牧廠昭享王。各旗統轄分部落，車書無外窮要荒。請言任土貢，每歲數有常。臙胾挏酪味可嘗，玉食豈不富，重使知鄉方。小臣荷戈此於役，無事奚煩繞朝策。瓜期幸及隨貢還，聞見堪圖王會籍。《尚絅廬詩存》卷二

和蔣厚甫蒙古人自西藏迎班禪額勒德尼呼圖克圖歸庫倫之作成四十韻

五方各殊治，至人會其通。國家壹中外，四海胥㑺𪫺。張官與置吏，宵旰勞宸衷。要荒但羈縻，因俗斯爲功。豈徒貴行簡，實由道至公。嗟哉彼西方，象教自昔崇。其言異周孔，欲令一切空。持行守慈忍，鼓舞兼智蒙。文字經九譯，流傳遍諸戎。人力安能爲，下策嗤火攻。兩間位百族，各使見傑雄。水有江與河，山有華與嵩。周孔不自借，勳業垂昊穹。佛明退藏用，神與寂照融。至人體天道，張弛原一弓。出震而入兑，闔闢分西東。自性自變化，譬彼炭鑄銅。凡夫駭迹象，謗頌皆瞽矇。道興固由命，理得原在躬。一悟已爲貴，萬類孰比隆。色法與聲聞，天以發瞶聾。執之皆爲外，更詎有窮。陰陽彌上下，來往成始終。有形墮變滅，無兆歸大鴻。請觀彼班禪，世世迎居宫。謂之再來人，真僞殊夢夢。傳聞號活佛，其實等幻侗。大哉聖人德，所以齊纖洪。一例詔書答，無曰小子虹。萬物俾自治，順應祇執中。要其得丘民，豈不由天工。我聞往哲言，心理無不同。有目同爲明，有耳同爲聰。衆生天人師，雲將比鴻濛。悟卽佛出世，迷者隨蒿蓬。何必飲刀圭，方爲千歲翁。奚須辨金環，始信前生童。但各安汝止，勿爲詭譎侗。斯言有所受，庶析羣疑叢。羲文如可作，衆論何由訌。《尚絅廬詩存》卷二

依舊草堂遺稿不分卷　同治七年汪氏振綺堂刻本

費丹旭撰。丹旭字子苕，號曉樓，又號環溪，浙江烏程人。道光間畫家，工仕女。卒於道光三十年，年四

十九。丹旭嘗館錢塘汪遠孫家。此集爲汪鉽輯本，卽汪氏振綺堂所刻。有同治六年曹籀序。集中可見交游，爲黄均、湯貽芬、張應昌、蔣光煦、趙之琛、曹籀、張熊等人。其中《摹厲徵君鶚像》，題作俱精切。《題仕女圖》詩，允爲傑出，爲李慈銘所賞。其詩興勃發，自有生趣，每於畫頭得之。此集祇可嘗鼎一臠而已。

悔翁詩鈔十五卷補遺一卷　近代補刻本

汪士鐸撰。士鐸字振菴，一字梅村，號悔翁，江蘇江寧人。道光二十年舉人。胡林翼所取士。薦授國子監助教。太平軍占領金陵，適居城中，周旋於洪、楊部署。後爲曾國藩、胡林翼策謀。其志切於用世。從包世臣游，助魏源輯《海國圖志》。而包、魏二人，亦當代經世家，且一度與太平天国有連也。光緒十五年，年八十八卒。著有《梅村文集》、《悔翁筆記》、《水經圖注》、《南北史補注》、《漢志釋地畧》、《漢志志疑》等書。纂輯《江寧府志》、《同治上元兩縣志》，亦甚淹貫。近年發見《乙丙日記》，主張節制人口，益見其識力勇偉。《詩鈔》爲張士珩刊，上元吴氏銅鼓軒重雕。民國二十四年版歸燕京大學圖書館補刊印行。古體胚胎漢、魏、六朝，近體根基唐、宋諸家，枕經胙史，運事自如。陳衍稱之「作詩幾無一字無來歷。然理窟甚深，興趣稍遠。但求妥帖排奡者，幾於美不勝收。」唯士鐸脱離南京後，於太平軍及捻時加詆訶，又作詩自我表襮，其志悲也。至尊主權、重名實、峻刑戮、惡理學之思想，詩中亦不多見之。今擇録數題，以見所長。五古《酬華枚宗長卿》、《與友人論學》、《題莫子偲郘亭詩鈔兼寄懷鄭子尹》、《送孫琴西廉訪三十韻》、《程讓堂徵君磬石歌》、《宋漫堂中丞像》，七古《讀吴梅村集卽效其體》、《同人有談善馬者感賦》，五律《山行四首》，七律《懷魏默深刺史》，卷十四《讀金元人詩倣元遺山論詩絶句十二首》。

守經堂詩集十卷　光緒十四年重刻本

沈筠撰。筠字實甫，號浪仙，浙江平湖人。布衣。撰《守經堂詩集》原刻本十六卷，咸豐初甫刻成燬板，此重刻本十卷，有道光二十四年龍光甸序，咸豐元年楊峴原序。筠十四歲失恃，嗜學以母教。今從《辛丑四十生朝感賦》，推爲嘉慶七年生。光緒十四年范祝崧跋云：「先生殁已二十七年。」可知卒於同治元年，終年六十一。集附《守經堂自著書目》，有《蜻蛉州外史》、《日本紀畧》、《困學録》多種，均未梓行，工曲，有《千金壽傳奇》。筠一生勤於治學，夙有根柢。其詩深造有得，今以類别之。詠史則《讀漢書四首》、《讀十六國春秋》、《讀宋書六首》、《讀齊書四首》、《十國宫詞十首》、《西夏雜詩》八首、《讀元史四首》。詠地則《西域詩九首》，自注：「丁酉秋七月，讀《西域圖志》、《同文志》諸詩，成詩若干首，用志天山南北都會城郭之大畧，以補史乘所未備。」論詩則《分綠軒論詩十四首》。又有《論日本詩十四首》，注據南郭服元喬撰《大東世説》，此書我國早已有之，今録其詩於後，注從畧。詠古器物有《王莽貨布歌》、《書石符搨本》、《七姬志題辭》、《宋錢歌》、《宣窯歌》、《桑樞密鐵硯歌》、《石鼓圖歌》、《岣嶁碑》、《達摩面壁石》。題畫有《展子虔高歡觀晉陽圖》、《蕭尺木楚辭圖》、《金壽門畫梅》、《羅兩峯鬼趣圖八首》、《童二樹畫梅》、《鐵畫歌》。讀書雜詠則有《書法苑珠林後五首》、

《書郝元敬南濠詩話後三首》、《書李西涯懷麓堂詩話後五首》、《題天水冰山録三首》、《題南海鄺湛若赤雅》、《書黄端木向堅尋親紀程後》、《書吴修齡圍爐詩話後》、《書趙飴山談龍録後》、《嚴問樵保庸盂蘭新樂府題辭》。詠山川名蹟爲《空舲峽》、《龍湫歌》、《日觀峯觀日出歌》、《子貢手植檜》、《游爽薺山》、《海市》。涉及世情爲《後封魚行》、《地震》、《書大醫九種神方後》等篇。此擇其尤者，十而存一，概可知也。鴉片戰爭起，作者痛感外敵入侵，撰《海警四首》、《海上雜感》、《防海擬議樂府四首》、《築沙城》、《禦火礮》、《禁訛言》、《堅守禦》、《喜聞收復定海》、《擬國殤》，自注：「二月初六日虎門之警，粤東水師提督關公天培陣亡。」《苦竹山礮臺落成》、《讀各兵家言論礮諸條拈五字紀録之四首》、《聞定海重陷感賦四首》、《葛雲飛殉節詩》等篇，寄於慷慨悲歌，詩格又爲之一變。嘗編《乍浦集詠鈔》，爲英艦陷定海前後同時名家及無名氏詩，日本嘉永二年即有刻本，横山卷舒公抄録者。序文以詩史相許。此以詩自負又善以詩喻其志者。乃於我國堙没無聞，良可慨也。

後封魚行

丁酉仲冬上浣，乍浦海中有巨魚追商船至獨山塘。潮落，閣於沙塗，陷入數尺，首尾長十丈有奇，黝然無鱗。土人謀封之，筮於神，吉。乃礪斧羣相臠割，數日始盡。按志，乾隆二十七年上元前二日，殲巨魚於龍王堂，其形色修廣，與之無異。當時宋話桑丈作長句紀事，因賦《後封魚行》。

海扇摇空蜃霞埽，天魚星出光疑曉。照見揚鬐鼓浪來，直欲吞舟充一飽。目珠光射逞窮追，榜人危急呼天妃。神燈導入獨山口，潮落贔屭僵沙磯。跳梁當日笑鯤鯉，失水一朝困螻蟻。巨刃長鑱血雨飛，海堧結陣腥風起。洪濤肆虐千百秋，天巧卽以人餌投。臨死餘威猶可怖，怒迸鼻息沙成溝。商君之屍忽寸裂，林甫腹刀未銷鐵。腹有衣鈕斗許。入肆爭嫌臭鮑魚，好奇人載專車骨。凶頑末路同悲凉，勢足憑陵適自戕。孝侯遺劍試磨洗，海波不動天空蒼。《守經堂詩集》卷四

西夏雜詩

李唐趙宋姓紛更，草竊河西霸業成。漫小兒邦泥定國，侮人兀卒自稱名。

空聞曳石市中歌，實用銀州金叵羅。絶倒張元吴昊語，姓忘理會況名何。

鴛鴦譜牒亂飛來，寓目成歡捉鼻哀。錦綺恩忘三十載，千秋那管刺新臺。景宗元昊

政從臣出亦何心，孀稺情傷敵勢侵。風雪賀蘭山畔路，有人忍打失巢禽。英宗諒祚

歸地何曾聽李清，幽囚内苑可憐生。牝雞粥粥司晨日，轉敗南朝問罪兵。惠宗秉常

任敬詩居抗禦功，一時威脅表分封。不因利誘終鋤惡，天吏無慚金世宗。仁宗仁孝

舊德渾忘寇慶陽，興州圍急遁西凉。兵烽便算庭燎火，照見匆匆作上皇。神宗遵頊　《守經堂詩集》卷四

論日本詩　注引南郭服元喬所著《大東世語》。

久聞東國解聲詩，震旦文明屬在兹。尤愛嵯峨隱君子，精神感格見微之。

海外才人説野篁，香山馳慕見詞章。尹邢比美天心妒，未趁長風一聘唐。

氣霽風梳新柳髮，冰消浪洗舊苔鬚。初春製句真佳絶，自信千秋語不誣。

斜日崦嵫野色昏，芙蓉憔悴老江村。臚傳一吐孤寒氣，儛蹈狂歌建禮門。

詩人心比春蠶巧，成繭絲抽一縷長。曲體物情工造語，岸風論力柳猶强。

鶯囀宮牆散曉陰，榮光湛露許賡吟。園花御柳徒誇豔，不若燈殘竹裏音。

雲霞出海景分看，蟲鳥吟秋韻幾般。學畫壁間龍不活，方知妙手點睛難。

又見江郎是恨人，耽詩憔悴一官貧。筆花不入羣芳譜，贏得他年紙上春。

一卷唐音集腋工，憑誰高唱月明中。四條亞相無人識，徼幸成名野道風。

曉雲秋月分光去，美女時花競豔來。一一才華東國秀，憐君百尺選樓開。

急管繁絃賦未成，樂天語忽引詩情。龍吟水霽兩三曲，鶴唳霜寒第四聲。

芳樹菩提種善根，瑶宮獅象儼趺蹲。漫輕隨喜人年少，數典能知寺北門。

越前地接勾麗界，儒將風流威遠邦。畫鼓雷奔天不雨，句奇如出賈長江。

蓮花洋濯錦千堆，熊指山掄幾輩才。漫道一時文網漏，終看春水釣名來。

《守經堂詩集》卷六

宋錢歌

辛丑三月十九日，唐灣山南居人掘地，得宋錢二萬餘枚，其文作元祐、崇寧、紹興、端平諸年號。

南山連夜發光怪，石骨空嵌土崩壞。纍纍中聚萬青蚨，村氓手捉相歡呼。篆文光羃凝蒼翠，携以示余辨何世。天津橋上啼杜鵑，黨碑名恥安民鐫。道君自得清淨法，兒戲神兵演六甲。倉卒一龍飛渡江，殘山賸水開南邦。子子孫孫一彈指，蟋蟀雄鳴冷天水。和議歲例金繒需，大農錢耗空國儲。吁嗟塊肉抛無所，窮海難爲守財虜。謾藏呵護勞錢神，六百餘年閟古春。眼福今朝原得算，一錢儻值將詩換。詩換不來亦任佗，貧家春鑄榆錢多。《守經堂詩集》卷九

辛丑除夕號子

寇警南洋梗未通，年荒諸債火相攻。滿城夜色寒兵氣，雜處人聲變土風。時海上空房皆屯湖州太湖官軍暨山東義勇閩省水勇。征戍苦懸殘歲夢，吾儕忍送舊時窮。病妻早喚頑兒睡，紙閣孤燈慘不紅。《守經堂詩集》卷十

知足知不足齋詩存五卷　光緒二十七年刻本

寶琳撰。寶琳字夢蓮，姓馬佳氏，滿洲鑲黄旗人。昇寅子。由蔭生官户部主事。道光二十四年，出爲趙州知府，移定州。擢清河兵備道。咸豐四年，引疾回京。卒於同治二年。事具張之洞撰《馬佳君祠碑》。光緒二十七年，紹彝、紹英重刻其祖昇寅《晉齋詩存》，並寶琳、寶珣詩存，名《馬佳氏三種》，此其一也。是集未分卷，以《隨侍瀋陽草》、《隨侍銀川草》、《隨侍綏遠草》、《畿輔宦游草》、《歸養草》分集，實亦五卷。詩起於嘉

慶二十一年，止於咸豐間。生年不明。惟嘗教讀寶珣，歸養已年届古稀。見寶珣《味經書屋草》載《哭先兄》等詩。則長寶珣十餘歲。其詩不以馳騁爲工。而《興京歸路衆山歌》、《秦晉道中紀見》、《觀晉祠神泉歌》、《雲崗大佛寺歌》、《青山行獵歌》、《重修韓蘇祠落成》，亦非飣餖文字者可以措手。《海防雜詠五首》記築大沽礮臺，當爲時事而發也。

亨帚齋詩鈔四卷 同治十二年刻本

周恩綬撰。恩綬字艾衫，號小沙，江蘇丹徒人。道光十五年進士，改庶吉士，授翰林院編修。未幾去官。是集與《詞鈔》二卷合刻於同治癸酉十二年。有田依渠、朱琦序。據其子天麟跋云：「道光庚子先君主上蔡問津書院，次年捐館。天麟失怙，年僅十歲。」當爲道光二十一年卒。與李曾裕《舒嘯樓詩稿》輓詩所稱「客死許州」同。四卷名《勝湖草堂集》、《燕臺集》、《散遊集》、《潁湖集》。統名《亨帚齋》者，取「敝帚千金」意，從生前之志也。恩綬與張祥河交契唱和亦多。《上林少穆前輩四十韻》、《宣南詩社圖原韻》，爲近代文化掌故。《白小山先生七十壽詩八首》，小山名鎔，官工部尚書，恩綬座主。《書長生殿傳奇後》、《詠濟寧太白樓》、《陳郎歌》、《歲暮雜詩》，亦可觀。詩多感慨，頗見緣情之作。

霏玉軒詩草二卷 道光三十年刻本

吴均撰。均字藝卿，江蘇元和人。諸生。以課館爲業。與吴縣蔣棨渭、毛永柏、永椿交洽。道光六年，隨桀渭至長沙。九年，陳沅香官欒州，均與毛氏昆季北上，並游燕都。十一年以肺病歸，尋卒。三十年，蔣桀渭刻同人集七種，名《苔岑集》，此其一。其詩詠南北名蹟，以明秀見長。《青藤書屋歌》、《謁蔡忠烈公墓》、《航海》等篇，均屬上乘。與胡量、蔣寶齡有唱和。均在同社諸子中早夭，《苔岑集》多有題輓詩可參證。

葵青居詩録不分卷　同治間刻本

石渠撰。渠字梅孫，江蘇吴縣人。諸生。同治間刻《葵青居詩録》已年逾七十，自云生於嘉慶癸亥八年，祖遠梅。遠梅名鈞，乾隆間詩人，著《清素堂詩集》，名未遠播，而高歌清響。渠取字梅孫，用意可知。父嘉吉有《聽雨樓集》，未見。其詩才力非甚饒健，然無囂雜之音。有詩投贈陶澍。與葉廷琯、張鴻基時相贈酬。殆亦能自獨立。又作《街頭謀食諸名色每持一器以聲之擇其雅馴可入歌謡者各系一詩》，凡八首。曰《引孩兒》，賣餳者所擊小鑼。曰《喚嬌娘》，賣閨中雜物持以摇者。曰《催飢》，狀似小木梆，賣點心者所擊。曰《廚房曉》，似銅鉦而薄且小，賣麻油者所擊。曰《虎撑》，外圓中空，範鐵爲之。相傳孫真人遺製，以撑虎口，探手於喉出刺骨者。曰《報君知》，狀若廚房曉，盲者敲之爲算命。曰《驚閨》，磨鏡磨剪刀者，叠銅片四五戛以作聲。曰《對君坐》，行則摇，止則坐，修脚者所持器。絶句明白如話。不意遠梅有孫工詩，於此見之。張鴻基《傳硯堂詩録》存石渠序文一篇，作於同治七年。

退思室詩鈔不分卷　道光十一年刻本

魯慶恩撰。慶恩字小蘭，江蘇丹徒人。諸生。仕途不得意，一以磊砢之情寄之詩。此集《自記》有云：「詩者不過遣興書懷、達情紀事而已。選詞琢句以詁名，何以之苦而意之愚也。余於此道稍有會心，嗣取前賢各體觀其大畧，不求甚解，率爾成章。比年來得若干首。非敢言詩，存以誌襟懷之暢鬱云。」時在道光辛卯十一年，上距生年嘉慶八年癸亥爲二十八年。集中《名流歎》，刺託情詩酒，欺世盜名。《宦情歎》，寫宦場勢利，只問功名。《殘菊》云：「怪底生來支傲骨，每因遲暮也垂頭。」《答華林》云：「食能謀得何妨俗，名到求來便是虛。」其性情簡傲如此。《逃荒行》、《苦雨歎》，爲關係民生疾苦詩篇。《米珠曲》云：「粒米如珠貴，年豐積滿囷。倉箱今空乏，愁煞斗筲人。」《戲題鄭板橋集》云：「瀟灑一官心似水，文章書畫具天才。而今僞筆紛紛出，不見先生厲鬼來。」亦就見聞所及，兼資嗢噱。

香南居士集二十二卷　同治間刻本

崇恩撰。崇恩字仰之，姓覺羅氏，號語鈴，晚號敔翁，滿洲正紅旗人。貢生。初官泰安知州，于役易州。鴉片戰爭中任江蘇布政使，奉職無狀，遠使衛藏，道光二十九年歸。咸豐間官山東巡撫。九年召京，降内閣學士。同治二年年六十一，家居不出。刻《香南居士集》。詩起道光九年，各集以事繫名。止於同治九年，年當六十八。其詩洗脱八旗詩人閒適之習，較爲質直。《澎湖島珊瑚歌》、《宣德銅盤曲》、《讀李長吉詩集》、《五蓬山紀游》、《海壖雜詩》、《海市詩》，咸可觀采。渡雅龍江，過瀘定橋，有詩。又作《居藏書事》、《老林二十四韻》。出打箭鑪，川行山中詩，以所歷奇險，自與閉門自吟者，區以别矣。晚官山東，邀何紹基主樂源書院，搴挲金石打本，唱酬甚密，格益精進。自云幼年詩爲《天籟集》、《師竹集》，由其弟崇禧、崇封編輯，彙刻時均未收。是性情心力，俱假歌詠以傳矣。

省香齋詩集六卷　光緒十七年刻本

孔慶鏦撰。慶鏦字稷臣，號誠甫，山東曲阜人。道光十六年進士。改庶吉士。官至山西按察使，調貴州。咸豐五年病免，卒於同治間。是集有宗稷辰、周銘旂序，詩共四百七十一首。慶鏦受學於南通馮雲鵷，集中有《輓馮晏海》、《送集軒詩旋里》詩。《石硯歌爲繡山叔作》，繡山爲孔憲彝。《游嶧山仙人洞》、《成都懷古》、《海門五首》以及行役秦晉之作，頗可擴見聞。鴉片戰爭、太平天國軍興，均有詩抒懷。道光間孔氏多能詩。取法少陵，兼近范、陸。慶鏦兼擅詞曲，是尤以圓轉爲上也。

求是山房遺集詩三卷　光緒十年刻本

鄂恆撰。鄂恆字松亭，滿洲正黄旗人。道光六年進士，改庶吉士，官工部員外郎。捐知府至陝西遽卒。

《遺集》詩三卷合三百十首，文一卷僅八篇。據卷首光緒十年門人錫縝序，及錫縝《退復軒詩》卷二《哭鄂松亭舅氏恆三十韻》，推爲嘉慶八年生，咸豐八年卒，年五十六。鄂恆著述多散佚，所刊祇《伊爾根覺羅家傳》一卷。其詩不甚淵粹。《山海關客夜》、《盧龍登長城望海》、《富莊驛》、《晚過易水弔荆軻》、《秦皇島上觀打漁歌》，及游北京西山諸篇，清諧澹遠，庶幾可誦。鴉片戰爭中陳慶鏞以劾琦善聲大振，鄂恆作詩送別。《哭戚蓉臺人鏡夫子口占十律》，頌其剛直不忤。又《長歌行送錫厚菴甥落第還西安》、《題柏靜濤少宰使朝鮮日記》、《題葉潤臣舍人雁門策馬圖》，皆有實徵，非浮響也。

靜觀書屋詩集七卷　同治十三年刻本

章鶴齡撰。鶴齡字子襄，號六峯，安徽貴池人。貢生。嘗游京師，無力爲拔起者。歸以授徒，時人目爲通儒。著述多散佚。輯有《貴池詩存》。此集爲門人劉瑞芬所刊，載詩五百九首。據金秉彝序推之，當生於嘉慶八年，卒年五十七。所作《梅根訪羅昭諫別業》、《游九華山十六首》、《太白樓》、《游石磯山》、《登大雄絶頂放歌》、《皖城竹枝詞》，頗見皖中山水民情。晚年避隱梨村山中，作《米貴歎》、《水災行》等詩。又注重搜輯鄉邑詩，集中存《明季池郡布衣詩八首》。又有《讀布衣諸老詩》，舉吴嘉紀、冷士嵋、陳恭尹、潘高、章性良、李必恆、沈用濟、江皋、童鈺、魯璸、黄景仁、劉大櫆、陳毅、蔡元春、張葆光、潘瑛、王豫、陳緣蔚、王夢齡、姚翔，凡二十人，各加月旦，懼其湮没不彰也。

衣讔山房詩集八卷　同治二年廣州刻本

林昌彝撰。昌彝字惠常，號薌谿，福建侯官人。道光十九年舉人。受知於何紹基，而經學得陳壽祺指授爲多。著《三禮通釋》二百八十卷，《小石渠閣文集》六卷。又著《射鷹樓詩話》，前二卷專言時務，末卷以《鐃歌》結之，意在射英，非同世之泛泛詩話，初印本英國以重價向坊間購之。是以文學之士而兼治經術者。是集收道光五年二十三歲以後詩，迄同治二年，共九百六首，陳慶鏞諸家題詞。爲詩逸秀沉雄，不拘一格。《仙霞嶺》、《七星灘釣臺》、《淮陽懷古雜詩四十二首》、《泰山經石峪歌》、《北旅雜詩》、《游嵩山十首》，及游洞庭、雁蕩之作，偉麗兼蒼勁直樸之勢。《書晉書愍帝紀後》、《讀史有感唐天寶用兵失度五首》、《元祐黨籍碑歌》、《讀史懷古名將七首》、《會稽秦刻石拓本》、《唐中和五年李克用題名碑拓本》、《書范文正傳》、《題歐陽文忠公畫像二首》、《青田弔劉誠意伯》、《書明史王化貞熊廷弼爭遼陽事後》、《范忠貞公畫壁歌》、《書毛文龍傳後》、《題錢舜舉伏生授書圖》、《題蕭尺木雪雁呼兒圖》、《湘山雨霽松花會圖一百韻》、《皺均圖爲劉煥爲孝廉賦》、《嘉興錢氏手寫宋本杜注左傳並撫當陽侯印歌》，探索微奥，詞旨婉雅。李慈銘《越縵堂日記》謂《三禮通釋》非昌彝自撰。觀其學力所造，當非竊人書者。卷六《答粤東吴蘭皋儀部世驥見懷之作》云：「上書闕下忝微名，欲博頭銜慰此生。自注：前歲今上登極，行臨雍典禮，昌彝以所纂《三禮通釋》二百八十卷進呈。蒙上諭留心載籍，不爲浮靡之學。又蒙上諭，留心經訓，徵引詳明，賜官書由儀部進。不解吹竽嗤抱瑟，有懷籌筆學談兵。秋深代北孤蟬咽，夢逐天南萬馬鳴。回首鄉關愁畫角，尚妨烽火滯歸程。自注：儀部精兵法。」亦可資爲旁證。《讀離騷遠游篇》、《題賈長江詩》、《讀何子貞師東洲草堂詩》、《題張亨甫松寥山人詩集》、《陳恭甫師命箋絳跗草堂詩鈔謹呈一百韻》，論議吟評，俱有獨到。《論詩一百又五首》，自順治迄咸豐，均清代詩家，精警之語甚多。《讀史懷古名將七首》，爲李廣、馬援、班超、祖逖、劉琨、張巡、李愬、李光弼。《砭醫》云：「神神農黄黄帝與盧醫扁鵲，三世曰三世。誤爲父子孫，庸醫殺人斃。自注：記曰：『醫不三世，不服其藥。』三世指神農、皇帝、盧醫，非謂父子孫三世也。爲醫不精究《内經》、《難經》，雖十世亦是謬種，況三世乎。冬青非女貞，獨活卽羌活。藥名辨不精，孔子曰未達。」亦具隻眼。鴉片戰爭後，昌彝痛感國是阽危，作《平夷策》十六策，爲林則徐見重。集中有少穆先生招游、屬題、送别及輓詩。《伊初爲余題射鷹樓圖爰賦長句以贈之》及《感事》諸篇，多寄愛國之思。又關心民間疾苦，咸豐八年，作《江南吟》八首，《市價行》、《風災行》等歌，諷刺詠歎，寓意不平。然亦詆毁農民軍，著《破逆志》，詩亦及之。昌彝與魏源善交，有《題魏默深蕉窗聽雨圖》、《牧羊圖爲默深賦》、《揚州别魏默深别駕源》等詩。推重詩人張際亮，《射鷹樓詩話》録魏、張兩家詩最多。同治元年入粤，作《粤游詩》。正月元日作《渡海》詩云：「樓檻排山鬼島開，白頭今詣粤王臺。射鷹詩話平夷志，載汝輪船渡海來。」時已暮年，猶壯心未已。昌彝生於嘉慶八年，卒年未明。據劉存仁《屺雲樓詩選》卷十《輓林薌谿先生》詩注云：「君壽終七十五，余今年亦七十三矣。」存仁爲嘉慶十年生。由此推之，昌彝當卒於光緒三年。同治十二年猶爲王韜《翁牖餘談》作序。此集於同治二年後無詩，是又不當作全集觀矣。李家瑞《蕉雨山房詩集》有題林昌彝《射鷹樓詩話》、劉存仁《屺雲樓集》詩。

披均圖爲劉煥爲孝廉賦　均卽古韻字，見《史記》。

天籟鳴自然，喁于諧律吕。清角協黄宫，流徵襍商羽。音均本不恆，孰爲括其矩。自有文字來，均學開李吕。《封氏見聞記》：魏李登撰《聲類》十卷，凡一萬一千五百二十字，以五聲命字，不立諸部。《魏書》：吕静作《集類》五卷，宫商角徵羽各爲一篇。錢竹汀云漢世言小學者止於辨别文字，至魏李登、吕静始因文字類其聲音，雖其書不傳，而宫商角徵羽之分配實自二人始之。《顔氏家訓》亦言均集有分章，猶後人分部也。周陸乃繼興，四聲分部伍。《齊書·周顒傳》：顒始著四聲。《陸厥傳》亦分四聲。皆在沈約前。唐宋互異同，賈劉屢修補。賈昌朝、劉定容。誰歟輯其成，嘉定章氏黼。謬譌刊紐圖，正例依洪武。歷代多簒修，終難述覼縷。火燬與魴彭，《春秋左傳》士魴，《公羊》作士彭，魴、彭，方言異音，輕重不同。南北殊風土。五經均不同，况乃楚詞楚。《文心雕龍》「楚詞詞楚」，按楚詞本楚音，故訛均繁多也。累黍定中聲，華夷歸合譜。沈不識雙聲，軒昕義無取。抗志漢魏前，證今宜援古。汶長箸説文，姬公明訓詁。風雅尊周詩，詩歌溯韓杜。讀書畧識字，數典不忘祖。金石鏗元音，琳瑯搜故府。劉君英傑士，高誼敦古處。本范亦參方，贍族創豪舉。君生平慕宋范文正公之爲人，嘗置義田以贍族。近代方靈皋亦嘗行之。爰置續命田，戚屬得資斧。盎盎春風和，枯條悉吹煦。驅策走九州，觀書眼如炬。仰天督奎文，鳴竅通牛語。亢倉陋鶩界，鐘彝辨癸父。力學三十年，勤劬茹荼苦。遠紹太始音，樹作中流柱。千載闢蓁蕪，斠格手畫肚。衆喙息紛呶，豎儒何足數。我憶留金翁，皺圖一延佇。《說文》劉作鎦，从金，留聲。 《衣讔山房詩集》卷二

江南吟

辛亥寓默生刺史官廨，信宿成此。時默生任高郵州。

種花田，種花田，虎丘十里山塘沿。春風玫瑰復杜鵑，夏來茉莉早秋蓮。紅雨一林香一川，一株百花花百錢。朝摘夜開，夜摘朝開，看花人朝至，賣花船夜回。有田何不種稻稷，秋成不償兩忙稅。洋錢價高漕斛大，輸佃輸官無秸秷。稻田價賤無人買，改作花田利翻倍。低田下濕不宜花，逃廢空餘菱芡蕾。吁嗟乎，城中奢淫過鄭衛，城外艱苦逾唐魏。游人但說吴民嬌，花農獨爲田農淚。

急賣田，急賣田，不賣水。至田成川，誰人肯買。下河地萬頃，膏腴不值錢。上游泄漲保張堰，下游范堤潮逆卷。千畝素封難救餓，水退有牛誰敢播。湖廣傳來早稻秧，一歲再收夏至秔。收得一半勝全荒，婦女踏車老幼忙。油油麥，芃芃穡，怕數樹梢舊漲痕，夢魂常被蛟龍食。但保夏汛不穿堤，願買豚蹄賽先嗇。夜半西風五壩開，已報傾湖之水從天來。

閘城門，閘城門，水西門截秦淮源。江潮逆入淮倒入，一丈二丈城全吞。元武湖高不得出，一閘誰回萬馬奔。千街萬户波濤裡，魚鱉游竈雞升垣。半城窪室遷高原，水氣蒸爲雲氣昏。一歲潦尚可，歲歲淹殺我。六朝三國都江左，幾見金陵之城水中坐。噫嘻吁怪哉，江洲日大，江面日寡，江底日高，

江口不瀉。試登鍾阜絶頂望長江，肯信長江天塹弓蛇若。何處黄天蕩，何處新林涯。千里荻葭，百里桑麻，當年盡是波臣家。桑田陵谷，是耶非耶。治河尚可水攻沙，何策能使江流窪。

改鹽包，改鹽包，出場每包斤五百，到儀改捆何其么。七斤豫章八斤楚，不改恐致官私淆。改捆愈多私愈衆，即控官包作私用。有人建議更舊章，動挾捆工千萬衆。峩峩大舸抵楚岸，更加官費百十萬。本重價高鹽不銷，減價敵私商失算。曩時銀賤尚支持，銀價日高銷折半。君不見淮北改道不改捆，票鹽歲銷數倍引。官吏損夫誰染鼎，淮南聞之怒生癭。又不見寧波郡守師票鹽，民散暢銷官府嫌。彈章早上秋霜嚴，利民利國徒鷄廉，奈何盡奪中飽權。

防桃汛，防伏汛，防秋汛。霜降安瀾而河慶，大官增秩小官潤。歲修搶修數百萬，與水爭地如爭命。埽工石工僅補苴，已被全河謡諑詠。縱令歲歲不穿堤，國帑尚難供漏卮。縱令百年無塞決，水衡猶恐竭膏血。借問潘靳治河手，何以用力惟海口。借問乾隆以前亦治河，何以歲費不聞百萬過。沙昏昏，波浩浩，河伯娶婦河宗獻寶，瓊弁玉纓夢中懊。桃花浪至鯉魚好，酒地花天不知老。版築許許，鼛鼓彭彭，修隄於天，束水於墉。庚辰童律休言功，合向羽淵師黄熊。

漕艘來，漕艘來，如山如阜何崔嵬，千梢百槳生風雷。船旁水筏横兩腮，尾大不掉何雄哉。湖廣江西及兩浙，前帮後帮魚貫接。入閘閘爲阻，千夫萬夫挽邪許。入運運爲膠，微湖蜀湖堤日高。蓄水不多艘不濟，那顧民田澤雁嗷。一艘横，萬艘滞，商賈愁嘆行旅廢。烏乎漕艘丈八有成規，受六百石無差歧。水力船力勝米力，何事礧砢巍峩爲。私貨愈多費愈重，徒供閘吏倉胥用。船輕運速費亦輕，河漕兩利一帆送。江淮河汴各異船，劉晏遺規至今頌。烏乎戰艦苦瘦，糧艘苦胖，戰艦苦窳，糧艘苦濫。盍移戰艦作糧艘，更改糧艘修戰艦。

阿芙蓉，阿芙蓉，產海西，行海東。不知何國腥風過，醉我士女如醇醲。燈熒熒，烟濛濛，語喁喁。或言容成授軒老，帳中語秘事莫踪。夜不見月與星兮，晝不見白日，自成長夜逍遥國。長夜國，莫愁湖，銷金窩裡乾坤殊。昔聞酒可亡人國，此物夏禹儀狄無。横六合，迷九有，上朱邸，下黔首。彼昏日醉何足言，藩決膏殫付誰守。語君勿咎阿芙蓉，有形無形刖則同。邊臣之刖曰養癰，樞臣之刖曰中庸。儒臣鸚鵡巧學舌，庫臣陽虎能竊弓。中朝但斷大官刖，阿芙蓉烟可立盡。俗曰煙癮，字書無之。《說文》刖，病瘢也。《衣讔山房詩集》卷六

市價行

咸豐六年，閩中省垣士農工賈通行鐵錢，市價不平，百物昂貴。每鐵錢二十文，抵銅錢一文。閭閻疾苦，作市價行。

貧民如瘦羊，商賈如餓虎。長官如馮婦，攘臂面如土。老弱轉溝壑，士儒罹網罟。會城無兵革，其禍若爲伍。蠢蠢彼市儈，勢若狎官府。蒼生方待斃，玉石焚俱苦。我夢游天閶，民困向天數。天狗向我狂，天魔向我舞。我跪告天公，百萬賒河鼓。力拔涸轍魚，哀矜出肺腑。隻手挽銀河，天公笑我

腐。許種仙人璧，濟汝饑寒户。市價倘不平，試以摩天斧。《衣讔山房詩集》卷七

怡志堂詩初編八卷　咸豐七年刻本

朱琦撰。琦字伯韓，一字濂甫，廣西桂林人。道光十五年進士。由翰林改官御史，有直聲，與陳慶鏞、蘇廷魁有「諫垣三直」之稱。咸豐十一年官候補道，咸豐間死于太平天国之役，年五十九。是集有咸豐七年楊傳第序。又有《怡志堂文初編》六卷，同治間刊版。琦論詩主不得已而言，反對取世之風雲月露，摹繪之悦俗之耳。《論詩》有云：「韓生畫馬真如馬，永叔學韓不襲韓。面目各存神理得，驚人猶易愜心難。」「漢庭老吏當參取，宋史遺編肯博收。既説蘇黄詩已盡，如何滄海又横流。」以爲時代日新，不必摹古，而詩亦不亡。故其詩學韓而自開異境。爲道咸間粤西大家。鴉片戰爭前後所作，取攝時事，名篇尤多。如《感事》、《王剛節公家傳書後》、《定海三總兵死之》、《定海紀哀》、《狼兵收寧波失利書憤》、《朱副將戰殁他鎮兵遂潰詩以哀之》、《老兵歎》、《吴淞老將歌》、《紀聞八首》、《關將軍輓歌》，直可以詩史視之。琦嘗任國史館纂修，作《新鐃歌四十九章》，歌頌清朝開國武功，林昌彝《射鷹樓詩話》稱之。《寄魏默深刺史》、《酬馮魯川比部》、《校正張亭甫遺集作詩志哀》、《伯言先生六十初度》、《癸卯九月朔日集萬柳堂宴姚石甫丈席間話臺灣事慨然有作》，議論横生，雄深峻邁。悼湯鵬作《浮邱子挽歌》，以「鷹隼一擊褫巨奸，不辭貶官耽著述」發歎，令人扼腕。《聞吕先生論文有述》、《題潘四農先生養一齋集》、《答友人論詩》、《與張石舟論古音有契》、《謝李芋仙貽楚詞善本》、

《朝鮮吴亦梅至都得李藕船消息却寄》、《祁春圃相國用拙集論詩五首韻見贈依韻奉答》，論及詩文，亦非空言。至咸豐間詠事抒懷之作，遭際農民戰爭，此又當别論矣。

緑漪草堂詩集二十卷　光緒九年家刻本

羅汝懷撰。汝懷初名汝槐，字研生，號念生，晚號楳根居士，湖南湘潭人。道光十七年拔貢，官芷江訓導。曾纂修《湖南通志》，輯有《湖南文徵》。鄧顯鶴輯《沅湘耆舊詩》，亦延汝懷成其事。卒於光緒六年，年七十七。此集爲其子式常校，與《文集》二十卷合梓。各卷分體不編年。詩至咸豐後格益卑弱，湘中唯鄧顯鶴、何紹基出，稍振之，汝懷得嗣響焉。五古《贈鄧湘臯丈》、七古《永興觀音巖》、《謝文節橋亭卜卦硯歌》並序、《和蝯叟與楊性農論金石之作》、《題圉令趙君碑歌》、《浯溪中興碑詩》，文質可采。五律《渌江雜興》八首，七律《和左季高宗棠自題小像》、《贈宋于庭翔鳳兼祝七十壽》、《諸葛武侯銅蒺藜歌》、《題唐鏡海先生紅葉山房圖》，七絶《題史可法楹聯》、《題蔣心餘家書詩律長卷》、《題三體石刻》，亦無依傍，而可廣舊聞。何紹基《東洲草堂詩》與汝懷有唱和。

抱真書屋詩鈔十一卷　咸豐間刻本

陸應穀撰。應穀字樹嘉，號稼堂，雲南蒙自人。道光十二年進士，改庶吉士。官御史，出守山西。二十四年，爲順天府尹。累官江西巡撫，河南巡撫，户部右侍郎。是集有李圖、戴絅孫序。道光二十四年與咸豐五年自序。據卷十一《奉命巡撫河南》詩自注「明年余五十」，上推其生年當在嘉慶九年。卒年據《清史稿》傳，爲咸豐十年。卒年五十七。應穀兩上公車，多詠滇黔山水險灘及北京勝蹟。而《流民詞》、《饑民詞》、《賣女詞》、《聞滇中地震感賦》、《仲家》、《縴夫行》、《江頭女》、《上水船》、《採棉歌》、《冰牀行》、《太平鼓》、《黄木耳》等篇，留心察看民情，每采風俗。英軍陷定海，作《海上戍》、《禁鳥煙》、《戰招寶》等篇以紀實。後官山右，有《天門謡》、《土窑行》、《雁門行》、《朔方懷古》八首、《重游晉祠》、《朔平畢在寺觀吴道子水陸畫》等詩。《游賀蘭山》小序云：「石玉人謂大南山，有魏孝文陵，顯明寺卽其所建。古碑舊存二百餘字，今已剥落，不可復識矣。」詩云：「自余至朔方，南山日在眼。欲往遨游之，官閒身逾懶。兹行適便過，誓期陟峻阪。山溪曲折渡，村樹盤紆轉。紅葉如蝴蝶，夾道飛欵欵。輿夫四五人，前後互推挽。茅塞倏新開，須臾登絶巘。上有孝文陵，縱横荆棘滿。龜趺墮峯凹，貞石從中斷。文字不可讀，波磔虞錯舛。髣髴鳥與蟲，足爪雜苔蘚。憶昔游太學，石鼓觀籀篆。車攻固可歌，魚柳亦能辨。古文多護惜，千秋尚明顯。今來空山中，睹此殘碑版。地僻隣荒裔，無人爲收管。奇跡風雨蝕，高冢牛羊踐。顯明古禅林，佛龕半破損。元魏亦帝王，興衰等流眄。歎息悲古今，日暮尋途返。」《續鈔》多時事史料。時官河南，太平軍初起，《趙州》、《許州》諸詩，可見其勢力强盛。《四月廿六日紀事》，斬洪大全，應穀爲監斬官。大全被殺在咸豐年，清官員冒功，僞報爲太平軍首領。未幾，卽有辨之者矣。

四月廿六日紀事　是日斬逆首洪大全

逆匪墮天紀，潢池敢弄兵。聚黨恣焚掠，荼毒及生靈。聖人赫然怒，命將速專征。轉餉雖云勞，所期大功成。妖孽有羽翼，俟王自署名。逆匪稱天德王。捕獲作俘囚，獻馘來帝京。帝曰此罪魁，宜卽正典刑。繫頸戮中市，萬口騰歡聲。是日時正午，雲黑雨盆傾。可知人心慰，天意亦欣欣。余職爽鳩氏，執法務正平。刲此如羊豕，何用復哀矜。載筆紀歲月，痛飲酒盈尊。《抱真書屋詩鈔》卷十

詠梅軒稿六卷　光緒間刻本

謝蘭生撰。蘭生字厚菴，江蘇武進人。官浙江海寧同知。卒於光緒二十四年，年九十五。有《厚菴自敍年譜》。撰《詠梅軒稿》六卷，呂賢基序，翁心存、陳用光、李兆洛、馮晟評語。蘭生外曾祖爲趙翼，此集有《效甌北集詩》九題，摹仿酷似。道光十五年轉餉入都，與時流多相唱酬。後官浙，詠西湖山水名勝詩甚多。徐壽基序作於同治八年，而集中有光緒二年爲謝莊作《譜序》以題《景賢録》詩三十韻。又有《七秩述懷》四律。蘭生工詞，有《詠梅軒詞》、《雨亭問月樓詞》，丁紹儀選入《聽秋聲館集》。撰《詠梅軒雜記》，涉及鴉片戰爭見聞，生平事蹟亦堪注意。與南海謝佩士蘭生同名，佩士，嘉慶七年進士，擅書畫，有《常惺惺齋詩文集》。

怡雲山館詩存八卷　光緒九年刻本

楊炳鋥撰。炳鋥字用庚，號春樵，雲南鄧川人。道光十八年進士。官華陽知縣。咸豐三年，爲敍永同知。四年，擢衢州知府。同治間，入沈葆楨幕，甘肅回軍起事，襄理戎幕，入蜀籌糧及籌辦軍火。賞二品銜歸。光緒九年，自刻《詩存》八卷，年八十。是集首自序，詩凡九百五十七首。嘗兩度爲江浙湖湘之游，餘多川隴、滇黔之什。《大風洞》、《牟珠洞》、《大佛巖灘》、《青山佛蹟巖》，多述山川奇勝。《題李雲生太守憶長安傳奇》五首、《讀沈意文玉笙樓詩集跋後》，李文瀚、沈壽榕，皆文學以飾吏者也。記平涼、固原、蘭州、預旺等地回事，於官軍潰退，如實紀之。《後有感》一篇，作於咸豐六年，時炳鋥居里，大理回漢互鬬，避地永北城。詩中所記，間有諸書所未具。此類詩雖多噍殺之音，猶勝於讚歌也。

聞甘肅飢軍譁潰感事書懷

秦中鼙鼓徧防秋，西顧難舒一聖憂。引類犬羊通玉塞，負隅豺虎踞銀州。時陝回甘回嘯聚寧夏者一二十萬。黄河遠遁索倫馬，青海紛馳回紇騶。都將軍擁步卒五千，索倫馬隊一千，駐紮寧夏，回逆引黄河水灌之，移營北去。何日天山三箭定，妖星光落隴雲頭。

剺面花門遠劃疆，千年遺孽肇中唐。腥羶徧染河湟外，窟穴深盤鳥鼠方。西寧、河州、狄道、渭源之地，回民十居六七。誰是范韓驚破膽，也應李郭快登場。同將瀚海鯨鯢掃，普救西人及溺傷。

東山詔起謝安石，淮蔡功資裴晉公。甘省奏事人多，權不畫一。遠固長城收衆志，專持阿柄策羣雄。風馳虎旅三邊肅，電掃狼煙萬竈空。尤望儲胥蕭相國，運籌常令饟源通。

蒼穹默叩冀豐年，甘肅數年荒旱，食匱兵飢，紛紛譁潰。再造關西半壁天。念切輔車思共濟，視同秦越苦周旋。時來川催餉，痛癢無關。睢陽掘鼠心先瘁，道濟量沙命暫延。乞粟監河期一飽，飢軍望救恐無緣。《怡雲山館詩存》卷五

後有感　時大理失守

臨風灑泣類新亭，晉王導宴集士大夫於新亭，不勝滿目河山之感。滿目河山殺氣腥。西顧點蒼迷刧火，東纏太白紊天經。秋來未申之間，太白晝見於東。兩關血染秋原碧，六詔烽連倬漢青。佛國竟成哪刹海，哀鴻啼雁不堪聽。《白古通》載魔王哪刹據蒼洱爲害，觀音治之。

盧扁難醫不治疴，良民巷哭莠民歌。游手之民紛紛充練，無不得意自鳴。義旗且竪黄巾衆，練勇以黄巾覆首爲號。逆種其如白帽多。罔識保身成窞險，免爲禍首幸人和。太和浪穹糜爛不堪，而鄧邑村舍獨能保全。在漢民初無殺回之議。原來易暴終須暴，我亦前驅爲荷戈。

詭道紛爭刼後棊，豪强噬弱實堪悲。天狼下界原關數，自咸豐初年，滇西野狼遍滿山谷，白晝噬人。餓

虎窺林莫敢羈。冤海萬人胥滅頂，丙辰八月十七，大理城陷，男婦老幼赴洱海死者以數萬計。愁城三月鮮伸眉。京華北望君門遠，何日援兵到洱陲。

鄭俠圖中哭暗呑，方知死樂勝生存。求仙莫覓成金術，掘地誰爲聚寶盆。剜肉補瘡窮見骨，救民於火慘飛魂。可憐鶴拓清華境，焦土荒涼屬鬼邨。志傳：大理上下關之間，常有雙鶴來，故名鶴拓。《怡雲山館詩存》卷六

友石齋詩集八卷 光緒十五年刻本

高錫恩撰。錫恩原名學淳，字古民，浙江仁和人。貢生。七試秋闈不售，選官同知。同治八年歿，年六十六。薛時雨爲撰《墓誌銘》。此集有其弟高學治序，詩共五百九十四首。錫恩好學，少與郭麐、屠倬、胡敬等以詩切劘。工樂府及七言長句。《登狼山塔放歌》、《登穹窿山頂作歌》、《定鄉歎》、《紀災樂府六首》、《紀事樂府六首》，俱有可觀。長於詠史考古。《六十四卦銅瓶歌》、《詠遼史樂府》、《讀煬帝本紀書後》、《趙飛燕玉印歌》、《南宋家牌爲華竹樓賦》，自注：牌徑二寸，廣寸半。陰鐫《玉樓春》詞一闋，陽繪折枝荔。《岳祠拜岳忠王畫像作》、《明錦衣衛牙牌歌》、《韓嵓歌》、《筧壺詩》並序、《吴山道院觀道藏歌》、《詠劉喜海方伯藏唐四銅符》等篇，蒐羅文物，多前人所未道。鴉片戰爭起，作《捉船行》、《聞定海復失》、《福山口觀礮臺作歌》、《葛壯節公雲飛寶刀歌》並序，意氣激昂。錫恩詩近吴偉業，心折於姚燮，有《題姚梅伯復莊詩問》。《論詩》三絶句有云：「由來

才學兩相須，化境還求妙筆扶。學得雲龍通隱見，江河萬頃護明珠。」是亦以詩重者。

通甫詩存四卷通甫詩存之餘二卷　咸豐間刻本

魯一同撰。一同又名蘭岑，字通甫，江蘇山陽人。道光十五年順天舉人。居清河最久。著有《通甫類稿》，修《邳州志》、《清河縣志》。以詩古文爲世傳誦。卒於同治二年，年六十。《詩存》並《餘存》共六卷，載道光五年至咸豐十年詩約五百首，附刻其子仲實《詩存》。一同久居下僚，深悉民間疾苦。道光間作《荒年謠》五首，自云：「事皆徵實，言通里俗。」鴉片戰爭起，作《觀彭城兵赴吴淞防海》、《長歌呈林少穆先生》、《重有感八首》、《崖州司户行》，沉雄悲涼，深具愛國情感。咸豐時所詠，多涉及農民軍，《拉糧船》，爲民請命，不失名篇。詠古蹟名勝，以淮揚爲最，次則彭徐海岱，以至北京。《讀青山李翰林新墓碑歌》、《明大内蟋蟀甎歌》、《題徐子容溪山垂釣長卷》、《讀史雜感五首》、《班史小樂府》、《宋史小樂府》，格亦不卑。《述舊長歌寄李朗山》、《聞張亨甫卒於都門哭之有作》、《哭湯海秋同年》、《訂四農丈遺集告成感而有作》，多與時流有關。一同學詩於潘德輿而勝過之。李慈銘謂「通甫詩氣象雄闊，浩蕩之勢，獨往獨來。傳之將來，足當詩史」，有以也。

心白日齋詩集二卷　光緒二十一年刻本

尹耕雲撰。耕雲字瞻甫，號杏農，江蘇桃源人。道光三十年進士，授禮部主事，遷郎中。咸豐五年，爲僧格林沁參贊軍務，英法聯軍入侵，力主決戰。以科場案主考柏葰被殺，耕雲降官。復起用佐河南戎幕，官至河陝汝道。光緒三年卒於官，年六十三。事具吴昆田所撰《傳》。是集分奏議、雜著、詩文，五、六兩卷爲詩，有高延第、王闓運序。《哀蒲圻》、《哀獨流》等篇，皆詠死於太平天国官員。《從軍行》、《城門開》、《衛京師》、《打糧兵》、《四輪車》等作，則以禦外侮爲題。官跡多在豫淮間。《游伊闕探石窟寺》、《香山寺》、《龍門月夜放歌》、《永泰寺》、《少林寺》、《嵩山雲》，寫河洛嵩嶽，亦有佳製。交往魯一同、朱琦、葉名澧、王壬秋、馮桂芬、張之洞，俱爲碩彦。《讀敦艮吉齋詩存》、《題符葆森淮樓聽雨圖》，亦當日文獻。《讀史》多首，皆慨於時事。咸同間社會激盪，士夫讀書日少，求如乾、嘉時能深湛古學而孕舍諸家者，什不得一。此集各篇，大都深沉蘊蓄，榛楛自剪，固亦可稱矣。

清人詩集敍録卷六十九

肙齋詩集四卷　咸豐八年壽陽祁氏刻本

張穆撰。穆字誦風，號石洲，一作石舟，山西平定人。祖佩芳，乾隆二十二年進士，官泗州知府，有《希音堂集》。父敦頤，嘉慶十六年進士，任福建正考官，卒於途。穆於道光十一年，與苗夔、何紹基同爲優貢生，任正白旗漢教習。十九年應順天鄉試，被誣懷挾，坐擯斥，絶意仕進。於歷史、地理、算術之學，鑽研彌深。著有《北魏延昌地形志》、《蒙古游牧記》、《顧炎武年譜》、《閻若璩年譜》，編輯《連筠簃叢書》。道光二十九年亡於肺病，年四十五。是集爲門人吴履中編，《文集》八卷，《詩集》四卷共一百七十六首。《海州試院臨發奉寄仙露理初兩先生》、《向湯海秋求鄧石如篆書弟子職》、《送許印林歸日照》、《吴誦芬舍人齋中觀菊》、《述懷感舊六十韻爲老友安丘王貫山先生壽》、《送陳頌南還晉江》、《讀元秘書志書箋贈何願船》、《九日送朱伯韓侍御歸里》、《丁未九日顧祠秋禊圖分韻》、《題沈匏菴河朔訪碑圖》、《題戴筠帆陟山載筆圖》、《追懷文友二疊前韻》、《題孔繡山韓齋雅集圖》，可見平夙所交多抗情直節、勤學劬古之士。朝鮮貢使李尚迪慕其爲人，與之酬酢。尚迪深於詩，其父李廷稷，亦有《天籟詩藁》傳世，父子均與中土士夫往來。廷稷卒於嘉慶八年，尚迪年僅十四耳。餘若《詠趙婕仔玉印》、《題丁雲鵬羅漢圖》、《金陵勝蹟畫册》，題古磚拓本、石濤畫册、《唐搨武梁祠畫像歌》，亦多精撰之作。鴉片戰爭起，爲王筠壽詩有云：「所嗟海氛惡，偃蹇横巨鱗。異芒出天苑，大河浩無垠。雕㟧罹創痏，羽檄馳紛綸。自乏鉛刀用，徒爲葛懷民。」頗有塊磊難平之意。祁寯藻爲穆姻家，交推重之。此集爲祁氏貲刻，古字滿篇，蓋出自手稿，未加校理。

爲朝鮮貢使李溎船尚迪題其師金秋史正喜所畫歲寒圖卽奉簡秋史秋史慕中朝儀徵相公之學故别署阮堂云乙巳正月二十五日

昔從徐孺子，獲聞阮堂名。畸士來樂浪，秘笈耀東瀛。前編補玉鑑，盛業恢松庭。朱氏《算學啟蒙》中國久軼，阮堂於其國得之。戊戌春來京以贈徐鈞卿觀察。阮堂所慕阮，見之喜且驚。趣付剞劂氏，及門校算精。原袟珍弆處，選樓峙高甍。儀徵相公得朱氏書，屬羅君次球校算付梓，原本貯文選樓。老阮屋其下，著述老愈成。薨勤古衛武，舊訓搜遺經。新著《詩書古訓》成。一函遠相貺，俗耳乍磬謦。端蒙初客首，觴客拓軒楹。家仲遠大令。阮堂高弟子，納琛達神京。知我阮堂舊，袖圖出冬榮。嗟此後凋節，遐隔一水盈。敬以老阮書，用慰阮亭情。亭林顧氏譜，新梓快合並。穆以詩書古訓及《亭林年譜》寄阮堂。得意與失意，絜量鴻毛輕。區區汲鄭慨圖意如此，仍然世慮攖。願回竈觚聽，金石劇歌聲。願彊儀徵教，相業鬱峥嵘。《月齋詩集》卷三

朝鮮李景淑時善王孫持潢船書來謁將歸索贈

多君夙契結煙霞，槖筆東浮使客槎景淑爲副使趙君記室。楓岳壯游贏好夢見所作《夢惺齋銘序》，雲林勝覽媿倪家。君耆古如飢渴，媿余不是償其願也。愁聽鯨海成連曲，謂君師秋史先生，時謫君海島。喜述龍荒可汗牙。余方纂《蒙古游牧記》。一事定輸歸去樂，飽看烏石早梅花。「昨夜夢尋烏石路，山前山後早梅花」，朝鮮詩人金叔度句也，見《池北偶談》。《月齋詩集》卷三

屺雲樓詩選八卷二集四卷三集十二卷 咸豐至光緒間刻本

劉存仁撰。存仁字炯甫，號念莪，福建閩縣人。道光二十九年舉人。官莊浪同知。林則徐晚年任雲貴總督，甚器之。撰《屺雲樓詩選》，陳偕燦序。二集謝章鋌序。三集胡鳳丹等題詞。李家瑞《蕉雨山房詩集》有題詩。謝章鋌爲撰《別傳》，無生卒年，而序云「同治八年，君六十有五」，又據輓林昌彝詩注，光緒三年爲七十三，仍未究卒年耳。歌詩豪放，於閩中張際亮、林昌彝爲近。從軍南北，醜詆農民軍，苦無佳什。僅宦游隴西所作紀事詩，稍可稱耳。《讀李青蓮集》、《讀長慶集》、《養一齋詩集題後》、《題桃花扇傳奇六首》，較可取資。又作《林聰彝公子泣述宮保公有苟利國家生死以豈因禍福避趨之之句訝爲詩讖愴念不已》，詩凡五首，爲研究林則徐有關資料。存仁出陳壽祺門，學有宿養，所著《屺雲樓詩話》、《勸學芻言》，附集以行。

適龕詩集十四卷　光緒元年刻本

彭湘撰。湘字心梅，號適龕，江蘇溧陽人。官山西縣丞，安徽當塗縣大信司巡檢。是集由安徽學署刊版，其子廷荃校。有馮調鼎、俞樾、吴振棫、謝章鋌、端木埰等題詞。詩起於道光八年，止於同治十三年，以《五十生日自述》計之，年爲六十七。謝章鋌《賭棋山莊詩集》有《題寄彭心梅湘》詩，稱「長余十歲」，可定爲嘉慶十年生。其詩無甚高格，而官山西既久，詠各地古蹟民俗較多。《游萬固寺》、《蒲州鸛雀樓》、《開元四鐵牛歌》，色彩亦足。《詠竹秘閣火畫美人》小序云：「得之絳州，凹面火畫。」當爲藝術掌故。又有《鴉片篇》，道光十九年作，感事憂時，寄意頗深。

大同竹枝詞

香成瀚海黰成霞，足抵中人産十家。地氣也隨風氣改，不宜種穀種烟花。俗嗜吸鴉片，田間多種罌粟，呼爲烟花。

歲序平分刻不停，卻來東郭選林亭。菜園開處壺觴集，夏末秋初縱踏青。六月六日東郭外菜園開，郡人携壺往遊踏青。

雲州人士劇風流，節届開鑪作夜遊。畢竟輸他蘇玉局，月明時盡當中秋。十月十五日文士多具酒肴，至夜半觀月，如中秋節。

春秋祈報事紛紛，就裏龍祠演畫裙。赤地甘霖神定許，兒家歌舞解爲雲。虔奉龍神，祈求雨澤，輒演女戲，歲以爲常。

門前拴馬綠楊樁，釧響銀光玉腕雙。裏肚輕紅藍褙子，美人半截出横窗。郡志，里巷女子年十二三猶袒露臂腕云云。以予所見，卽老嫗少婦，袒露殆不止臂腕。因屢見之詩，願采風者痛爲禁止，幸勿以詞涉穢鄙責之。

紅藥翻階在眼前，倏看藍菊罷爭妍。春花開晚秋花早，逼得韶光短可憐。芍藥五月杪方開，藍菊七月半已有開殘者。

風和日暖愜襟期，忽覺冰霜冷不支。簾内外分冬夏令，全因地氣變天時。塞外六月儘可著綿，日中仍須戴笠，良由地脈奇冷，不關天時也。《適龕詩集》卷八

煤

有序　河東鹽池，宋王禹偁以爲利賴甚溥，從無題詠及之者，憤而成詩三十六句。余於煤亦云然。仿成是作，但産煤之處不止山右耳。

澤溥太行西，從前失品題。薪傳殊自别，火化本難齊。詎有陳編載，羌無故實稽。水經窮注釋，《水經注》：石墨可書，又然之不盡，亦謂之石炭，卽煤也。山氣識端倪。鑿鑿持銛斧，登登躡革鞮。入深潛洞壑，販遠憊輪蹄。類讓肌膚漆，憐平面目黧。煤户通身墨色。烏金纔啟礦，充玉未礱圭。鐵質生何笨，銀光價肯低。煤劣者名笨炭，銀色者價較昂。碎研千挺墨，小斲一卷礐。遍産連他郡，成能被庶黎。薄暉

方淡淡，密雪正凄凄。非直供晨爨，還教徹夜閨。竈邊常預蓄，炕畔更同攜。倘使扶輿缺，將毋利用睽。賤侔砂礫棄，貴並稻粱齎。下策攻嫌凱，高人煅學嵇。南方惟冶坊用煤。充鑪和土墼，封穴佐丸泥。封泥和土煤燃耐久。大美洵堪賴，微疵亦足詆。風撓紅易熄，霧冪黑多迷。焙茗香招損，熏衣色變黳。炙愁顔似赭，汙怯手如荑。烈性偏含毒，良方或啜醯。中煤毒飲酸湯卽解。功雖燃石遜，品合啖硝擠。鬲庾饒餘技，陶户屑煤和料成罐銚什物。饑寒免暗啼。新詩書可讀，相照勝吹藜。《適龕詩集》卷十二

題募驢卷子

明朱性甫先生存理，家貧年老，出無驢，徐昌穀爲作《募驢疏》。弘治己未冬望後一日書。銀六錢者一人，秀才錢日愛。五錢者三人，朱良育、祝枝山、董淞。三錢者二人，邢參、葉玠。以舊刻歲時雜一部十册抵銀一兩五錢者，魯國男子唐寅。各贈米一碩者，沈郴、楊美。合贈米一碩者，蘇衛、張欽。仇英實甫爲之作圖。無年月。後有陳繼儒跋，天啟四年。

性甫先生出無驢，囊空慵向街頭租。作疏妙有昌穀徐，特效彼法募化如。一十一人不須臾，三尺驢背衆手扶。十洲見之嘆曰吁，我獨不與慚非夫。捨錢萬賓一錢無，驢忽墮紙繪以圖。右牽並著平頭奴，先生離立頷有鬚，欲跨未跨神于于。江邨花柳三月初，行蹤何處非西湖。冬來風雪徑路紆，彷彿灞岸九所須。諸公起躄俾疾趨，譬駕橋梁修路衢。功德高過千浮屠，錢邢祝董兼葉朱。貧交一一皆吾徒，醵金寧復嫌錙銖。誰施米各一碩儲，沈也楊也彼此俱。聯名並署張與蘇，合施一碩情弗渝。

魯國男子意致殊，抵銀一兩五以書。跋尾者誰陳繼儒，距弘治時百年餘。事雖游戲供軒渠，風流絶世今有諸。君不見賤者戴笠貴乘車，一在雲霄一泥塗。誰呴以濕涸轍魚，誰負以走蛩駏驉。有愧此驢伯助予，風微人往思三吴。疏先圖後難重摹，我欲對之長南膜。《適庵詩集》卷十三

柏溪詩鈔二卷 同治八年刻本

張同準撰。同準字志萊，安徽桐城人。諸生。博綜文史，工畫。同治間其子任銅山知縣，就養署中。是集爲許丙椿、李鶴章序。據《辛酉得第四孫》詩注，爲嘉慶六年生，結集時年六十九。其詩浹洽自然。《題馬元伯出關圖》、《題楊龍友山水便面》、《懷姚石甫表兄》、《懷方植之先生》、《輓高伯平均儒》，多具掌故。游浮山詩，記詠極詳。《金陵雜詠》二十首，敍南京城破後所見景象，又以詆詞作《克復金陵記》。晚居徐州，作《游雲龍山放歌》、《亞父塚》、《戲馬臺》，泛詠名蹟殆遍。

倚晴樓詩集十二卷 咸豐七年刻本 續集四卷 同治九年刻本

黄燮清撰。燮清原名憲清，字韻甫，一字韻珊，浙江海鹽人。道光十五年舉人。七試春官。以實録館謄録得知縣，分發湖北，病未到任。居家，與知交觴詠。咸豐十一年太平軍佔領海鹽，乃間關至楚，就官都縣，調任松滋。著有《倚晴樓七種曲》，風行江南。又有《拙宜園詞》，輯《國朝詞綜續編》二十四卷。卒於同治三

年，年六十。詩集爲翁心存序，起道光三年至咸豐六年。《續集》爲胡鳳丹序，止於同治三年。燮清工詩、詞、曲，以清麗見稱，時人比之尤侗。詠史之什，長於摹古。《長水竹枝詞五十三首》，多記里中土風。《前明海上雜事得樂府八首》，爲《風櫃擒》、《皂林捷》、《獻白鹿》、《祭海神》、《高稅使》、《照海鏡》、《哆囉嗹》。《由新安江至嚴州舟行雜詩》、《由秋浦至屯谿山行雜詩》、《舊製帝女花樂府歌》、《海西菴觀楊忠愍手書卷子》、《采石磯太白樓歌》、《登天柱峯》包涵豐富，造語新妍。鴉片戰爭後，關懷時事，作《白馬廟紀事》、《海上秋感十二首》、《聞督臣收復定海》、《吴江嫗》，頗傷民艱。《十一月朔大雪篇》，尤見愛國之忱。《續集》有《杭城紀事詩八首》、《後紀事詩八首》，記太平天国軍佔領杭州情事，存有若干資料。避地新篁，嘗與張廷濟蒐討金石拓本。後官湖北，亦有詩。咸豐八年，至滬濱作《洋涇竹枝詞》二十四首，記上海社會變化綦詳。唯美飾之處較多耳。

洋涇竹枝詞

春申江上有閒田，突起瓊樓住水仙。十二闌干雲萬里，笑看帆影下青天。夷族好樓居，高或二四層，便於眺遠。

碧油簾幕太空濛，玉砌雕廊面面通。夷樓四面皆廊。百葉明窗自開合，不留炎暑但留風。百葉窗以薄板疊成，能屏炎暑而通涼風。

瘦石清池綠樹陰，别開丘壑豢珍禽。倒翻海底珊瑚網，籠住雲天萬里心。夷園以鐵網籠文禽，多至數百網，寬竟畝，高數丈，中有樹石並鑿池以馴水鳥。

組織銀絲作短牆，蘼蕪一片綠中央。懶龍未解耕瑶草，權當空山走鹿場。夷園又以鐵籬圈地數畝，馴鹿其中。

繡絨錯彩介騶駼，夾鏡雙瞳信不虛。一片雷聲煙外過，金根飛轉四輪車。夷馬皆衣彩繒，復以鏡籠眼，又冶鐵爲車，轉以四輪，極穩捷。

芍藥開殘芳事稀，花屏風鬬紫薔薇。氍毹五色翻嫌俗，更翦青莎作地衣。夷園細草平綠如毯，長則以翦齊之。

神風引楫到天涯，萬里萍浮客當家。也學陶朱載西子，不教商婦怨琵琶。

華鬘圓轉學盤螺，窄袖長裙細馬馱。扶下繡鞍聯臂去，生塵從未解淩波。夷婦出游，或乘馬，或男夷聯臂而行。

雪色倭雛豔絶群，青紗籠面卻塵氛。仙裾乞得天孫錦，貼地都成五彩雲。夷女皆青紗籠面，曳雜彩長裙。

輪船激浪走春雷，水勢翻憑烈燄開。楊太縱橫驕已甚，不知何日有飛來。

數里煙濤接渺茫，忽看蝃蝀落中央。笠簑莫唱公無渡，新策靈鼉架海梁。跨黄浦築橋長里餘，節以紅闌，過者人稅一錢。

牓題墨海起高樓，墨海書館爲夷人刊書處。供養神仙李鄴侯。謂李壬叔茂才。多恐祕書人未見，文昌光燄借牽牛。夷人印書以鐵機駕牛轉運，如旋磨然。

重重芳樹簇檐牙，短檻高籬盡種花。卻笑中原乾淨土，長年辛苦爲桑麻。夷性愛草木，尤喜種花，庭隙皆滿。

隄劃銀沙路玉繩，街横十字閣三層。門前夜夜留明月，盡挂琉瓈七寶鐙。夷門各以朱架懸明燈，遠近聯屬。

鏤金寶匣韻宫商，節奏天然妙抑揚。深院日長風細細，似聞環佩在瀟湘。八音匣小者盈握，大或如櫃，音調清越，節奏自然。

銀箭何須報水龍，法輪自轉玉琤瑽。洞天容易忘昏曉，但聽高樓幾點鐘。近製大自鳴鐘，高逾層樓，聲聞數里。

檐頭雲氣裊青天，獸炭都從地底然。玉宇瓊樓寒不到，始知煙火有神仙。冬日穴地熾炭，以高突出煙樓脊，舉室皆温，而不見火。

四面雕牆短短環，滿園春色不須關。樓臺自涌金銀氣，誰向波斯奪寶山。夷館四圍皆短垣，鏤砌空靈，其居室歷歷可望，且多玻瓈牕户，然竟無盗賊。

世界玻璃絶點塵，碧廊翠檻月爲鄰。生憐幻作天魔國，不貯風鬟霧鬢人。

玉洞淩虚閃鑠開，彩雲縹渺勝蓬萊。漢皇儉德規模小，翻惜千金築露臺。

碧螺春換紫霞漿，一樣天生續命湯。不是蠻神具茶癖，如何寶氣返重洋。夷族近歲茶癖日深，故販茶益夥，猶内地之於鴉片也。火克水克，天然對待。

細柳營荒過荒煙，戈船散盡見珠船。自從滄海揚塵後，化作瓊瑤萬頃田。

臺上黄金夜有光，估帆雲集爲蠶桑。江南一事差堪喜，絲販鮫人價漸昂。通商後絲價愈昂，亦我民之利也。

載寶年年入漢關，雲來煙往總循環。翻因海市通財賦，天道原來果好還。通市後，夷族建造樓館及日用之需，費以千萬計，因之商賈日盛，關課益增。天道好還，卽此可見。《倚晴樓詩集》卷十二

楚頌齋詩集八卷　光緒十五年重刻本

胡焯撰。焯字光伯，湖南武陵人。爲諸生，受知於何凌漢、吴其濬，嘗隨浙江、湖北學使署校文。道光十七年入祁寯藻幕。二十一年成進士。官至翰林侍讀。咸豐二年，官廣西學政時卒於任，年四十八。《詩集》初刻於長沙，此焯子庭培、庭坦重刻。身後無《傳》，生卒年據《三十生日》詩及庭培跋知之。焯與何紹基、苗夔、湯鵬、張穆、楊彝珍交善，精小學，工篆書，著有《説文繫傳校補》，稿爲龐鍾璐索去，未刊據庭培跋。詩初學陶、謝，古樸自然。有《論詩絶句十四首》，皆漢、魏、六朝詩人。至《壽陽先生新刻陸士衡平復帖歌》、《苗先露所藏河間獻王君子館專歌》、《張季海藏明晉王世子龜形硯歌》、《題傅青主徵士畫》、《題張石洲煙雨歸耕小

像》、《題閻百詩徵君畫像》、《題何子貞張石洲摹本萬年少秋江别思圖》、《賦宋劉古宗畫十八羅漢歌》附録李兆洛原跋、《顧亭林生日於祠堂致祭繪圖爲賦》諸篇，皆受嘉、道間考據學者影響，以文爲詩。《使赴東都恭篆太廟玉寶紀行八首》，東都即今瀋陽，嘉慶間張惠言嘗奉此命，可見焯當時頗負書名。《偶成》云：「錢坫鄧石如後先宗法殊，江聲顧千里並傳剞劂在。」亦論篆也。唯焯自深於學問，情思反拙。集中《枳枸詩答學者讀曲禮問椇何物》引經籍加考證，探索微奥。如此作詩，强爲操筆，直是詅癡符矣。

運甓齋詩稿八卷　光緒十年刻本　續編六卷　光緒二十年刻本

陳勱撰。勱字子相，浙江鄞縣人。拔貢。官廣西知縣。道光二十年歸里，不復出。光緒十年，自刻《運甓齋詩稿》八卷，三百餘首。大都爲居里後作，以詠寧波近事爲多。《續編》爲其子達熊刊，亦近三百首。詩止於光緒十八年壬辰，由集中《壽袁傑七十》詩注，知爲嘉慶十年生，卒年八十八。勱受知於王鑊軒。與徐時棟契交唱和。《石首魚》、《讀王荆公鄞縣經游記有感》、《天童寺古槐》、《四明山心隸字石刻》、《翁洲宫井》，托物寄興，隨事考訂。《近事志喜》，間敍范氏天一閣、盧氏抱經樓、徐氏煙嶼樓藏書。又有《讀困學紀聞》、《讀黄氏日鈔》等作。《壽王鑊軒師五十》注云：「《宋元學案》板毁於西夷之擾。」讀《甬上竹枝詞》知壬戌同治元年四月，知府陳政鑰，督率義勇與官軍協勦太平軍，西洋諸商寓郡者以輪船助戰，皆實録也。《新樂府》爲《造輪船》、《通電報》、《製水雷》、《開煤礦》等篇。其詩有大朝根柢，近習諸家。《論詩絶句二十首》，俱爲清人。

華藏室詩鈔不分卷　道光二十五年刻本

許延敬撰。延敬字君修，浙江仁和人。祖京之，乾隆四年進士，官廣東布政使。父宗彦，嘉慶間學者，有《鑑止水齋集》。母梁德繩，有《古春軒詩鈔》。延敬年十四，居父憂。後以諸生入貲，發福建，官邵武同知。卒於道光十四年，年三十。是集首胡珵序及諸家題詞，秀水莊仲方爲撰《家傳》。汪端題詞稱延敬「才氣曠逸，今代名家中最近兩當軒、瓶水齋」。端爲延敬表姊，有《自然好學齋詩集》，端夫爲陳裴之，入貲雲南省府通判。道光六年臘月暴疾卒於湖北。汪、梁、陳、許四氏，俱錢塘大族，文學之士衆多。梁德繩、汪端，尤爲女中冠傑，延敬詩格不免孱弱，然觀是集與諸家關係猶及見之，可因人而存也。

西垣詩鈔二卷　黔苗竹枝詞一卷　光緒十年長沙王氏刻本

毛貴銘撰。貴銘原名文瀚，字彦翔，號西園，湖南巴陵人。道光二十年舉人。教授里中。咸豐三年大挑，選教諭，卒，年四十九。據同里吴敏樹所撰《墓誌》，貴銘與敏樹同年月生，而長十六日。《詩鈔》初刊版藏毛氏，絶少傳本。光緒八年王先謙見其詩大爲欣賞，願出重金重梓之。此本卽王氏刊，首李楨序。作者詩詭麗有别趣。游蹟所至，多謳吟佳山水。如《海上行》詠嶗山，《薊門秋感》、《北岡小眺歸途遇雨》、《還鄉河》詠冀東一帶，音節和朗。《讀吴梅村詩集》、《書陳子龍集後》、《豐潤董恆巖觀察芝龕記院本題詞十二首》，亦無浮詞。貴陽唐樹義官湖北布政使，以詩知作者，招之，遂游秦歷蜀至黔，作華山詩、蜀道詩，深得盤礴之勝。附録《黔苗竹枝詞一百首》自序云：「古樂府有竹枝詞，其音激訐清越，寫風土人情、兒女瑣事，俚而古，質而豔，婉轉而含思，吹笛擊鼓，揚袂舞蹈以赴節。雖其詞不傳，然斷句如『巴東三峽巫峽長，猿鳴三聲淚沾裳』，節奏猶可譜。唐劉夢得謂竹枝音中黄鐘之羽，其所作最得神理，有變風意。宋惟黄涪翁上峽、入黔二首，自謂可入陽關小秦王調歌之。及宿歌羅驛復得三首，乃云李白謫夜郎舊作，夢中授之，其實因涪翁語也。元虞伯元和袁伯長有古音而未極韻致。至楊鐵崖《西湖竹枝》，節拍入妙，遂與夢得爭長。揭曼碩《女兒浦歌》，妙亦差類之。後人既失其音，遂流爲穠靡嘽緩之作，無足取焉。道光丁未秋，余旅寓黔省東門外之水口寺。門臨大道，羣苗男女往來如織。皆通曉漢語，因誘與談問跳月跳年事，至悉複雜。考黔中書志，侏儷怪奇，劇可愕笑。因列其類，凡八十二種，以竹枝譜之，得百首。雖未能嗣響諸家，抑亦巴歈之亞也。」清代全盛期疆土廣袤，文士使節，無所不至。詩人采風，既重性靈，又喜務實。故竹枝一體，遠邁前代。此《黔苗百首》於貴州各境少數民族風土，均有詳考。較張澍《養素堂詩集·黔苗竹枝詞四十首》采集尤博。熊紹庚《安楚堂詩鈔》有《挽毛西原》詩四首。

斆藝齋詩存一卷　鄒叔子遺書本

鄒漢勛撰。漢勛字叔績，號績父，湖南新化人，先世江西泰和。咸豐元年舉人。太平天国軍興，以知縣從江忠源守廬州，殺傷有功，遷直隸州同知。咸豐三年，城陷，死之，年四十九。漢勛通經學、小學、曆算，著述甚多，與魏源、何紹基稱傑湘中。唯魏、何才學宏富，漢勛考據已趨清季末流，並稱三傑，不免有龍虎狗之誚矣。光緒間，家刻《鄒叔子遺書》，凡《文存》八卷、《外集》一卷、《讀書偶識》十卷，内詩止一卷，百首而已。其中《著書二首》、《讀屈子九章書後》、《讀梅氏曆算全書》，皆樸學家言。《志局百韻呈林邑侯》、《校衡陽王氏遺書》，爲漢勛應林辛山修縣志及校刊《船山遺書》而作。古樂府及雜詩，多發浩歎。《流民》篇，記縣邑大水。《五君詠》爲劉長卿、柳子厚、劉夢得、李長吉、孟郊。詩宗漢、魏、六朝，間有高秀之語。而詰屈聱牙，不免有意逞博，此病之所在也。

明志齋詩草二卷　光緒十七年刻本

蔡嘉佺撰。嘉佺字子卓，江西新建人。道光十年舉人。二十五年，會試不第。明年春，選德興教諭，甫數月卒，年四十二。事具喻震孟撰《贈通議大夫蔡公家傳》。是集爲其子希邠刊於桂林臬署，選詩二百九十一首。以《游章江螺墩》詩並序，最見工力。《大風題平原店壁》、《乍川觀海》、《龍游灘》，皆以山水奇勝助其筆端。《撫州懷古》四首、《建昌懷古》四首，詠史事與形勢相稱。詩具抑塞磊落之氣，當有此一刻也。

傳硯堂詩録八卷　同治七年刻本

張鴻基撰。鴻基字儀祖，號研孫，江蘇吴縣人。道光十二年舉人。曾在福建學署校文數年。二十年會試報罷，未幾卒，年四十二。此集有石渠、潘霨序，附潘犖、葉廷瑄、雷浚等人題詞，刊行時距鴻基之没已二十餘年。其詩主天真，不肯隨人步趨。林昌彝獨推許之，《射鷹樓詩話》録詩多首。集中《建寧雜詠十二首》並注、《建寧郡志人物傳中有足風俗者作長短言紀之》、《龍巖雜詠十八首》、《詠漳州物産東風菜名七弦竹名三斑魚名紅衣娘鳥名》、《航海紀舟山羣島》等作，有關浙閩地方史料較多。《論本朝各家絶句二十首》，自吴偉業至郭麐，亦較愜切。與貝青喬交契，有《題木居士咄咄吟四首》。又與青喬父廷煦字三泉、季父點字六泉有贈詩，貝氏家世可深考矣。作《懷人詩八十首》僅存三十，如石韞玉、潘遵程、湯貽汾、李彦章、陳彬華、程庭鷺、吴嘉淦，亦一時名輩。《冒雨過黄同叔丈百宋一廛》、《謁李賡芸遺愛祠》、《催租行》，亦能隨所遇而爲有得之言，宜爲時人許可矣。

梅莊詩鈔十六卷　同治八年刻本

華長卿撰。長卿原名長楙，字枚宗，號梅莊，直隸天津人。道光十一年舉人。七試春闈不售。依舅氏居南京十年。晚官開原訓導。工詩，與邊浴禮、高繼珩有「畿南三子」之稱。卒於光緒七年，年七十七。是集首丁晏序，自序。收嘉慶二十五年迄咸豐元年詩一千三百餘首。道光間詩人，梅曾亮、潘德輿等恪守唐、宋法度，餘者多兼收本朝吴、施、朱、王、查、袁諸家之長，亦有能樹幟詞壇者。長卿起於津門，詩兼豪放清婉之美，學力亦足以副之。集中《津門新樂府》爲《堆鹽坨》、《海船塢》、《鈔關橋》、《冰鮮市》、《三岔河》、《十字圍》、《津沽竹枝詞十二首》、《津門懷古八首》，雖體製不一，而津沽之勝已每形於詩歌。《漢銅雁足鐙歌》、《論史十首》、《雜詠史臣十六首》、《漢河間獻王博士毛公君子甎館歌》、《薊門行》、《讀黃石齋先生集》、《讀兩當軒集追弔黃仲則先生》、《春秋傳樂府八首》、《讀史記得短句十章》、《題屈子祠圖》、《讀宋史作十四首》、《謁明孝陵》，大多精撰，文采亦足。《論詞絶句三十六首》，品騭自唐五代至清初詞人，特詳兩宋。《禁煙行》、《後禁煙行》、《南風行》、《諸將》，悼關天培、葛雲飛等人。《辛丑七月二十一日記事》，目擊時事，自抒其幽憂憤懣。長卿嘗與丁晏、孔憲彝等游，與邊浴禮相互以詩淬厲，較諸斤斤於聲音而無出古人範圍者，實有涇渭之别矣。

復莊詩問三十四卷　道光至同治間刻大梅山館集本

姚燮撰。燮字梅伯，一字復莊，號野樵，浙江鎮海人。道光十四年舉人。工詩、詞、曲並駢文，兼擅畫。晚居鄞縣，從學弟子甚衆。卒於同治三年，年六十。此《大梅山館集》本，包括《復莊駢驪文榷》、《疏影樓詞》等共五十卷，道光二十八年刻，同治間補刊。尚有《續詩問》十二卷，未刊。《今樂考原》有近代影印稿本傳世。詩集孫廷璋序，總三千四百八十八首，附八十一首爲和詩。陳用光、徐寶善、潘德輿、陳文述、程恩澤、郭儀霄、熊士鵬、朱文治、馮登府等各家題詞，推許備至。如謂：「豐腴其詞而樹之以骨，馳騁之才而副之以情，凌厲其筆而振之以氣。」「生峭其骨，秀逸其致，深沉其意，博大其力。」「深於晉宋之意理，尋常語别有蒼秀之境。」「用古而不爲古用。卷葹、兩當而後，所見亦罕矣。」此集前五卷爲道光十三年前作，卷六以下十四年迄二十六年詩，均編年。卷二《論古畫梅家》得二十四章，卷四《論詩二章》，卷五《讀王弇州詩題後》，卷六《題山靜居畫竹》，卷八《論詞絶句九首》、《觀演長生殿院本有作》，卷九《古意同潘文論詩三章》、《畫竹篇贈郭中翰儀霄》，卷十《贈朱翁昂之》，卷十四《書魯一同詩後三首》、《書孔繼鑅詩後三首》，卷十六《過辨利院觀所藏宋元以來名人畫大士應真像二百餘軸紀之以詩》，卷十七《書孔憲彝對嶽樓詩卷》，卷十八《題朱綬知止堂詩卷》，詩之有關係文學藝術者如此。《東洞庭湖》、《乍浦雜詩》、《渡黄婆洋觀日入月出歌》、《阜成門外利瑪竇墳》、《天主堂四十韻》，抒情紀事，情詞俱茂。題圖贈和弔亡之作，動輒數十韻。如《鄺湛若天風吹夜泉硯爲馮丈登府作》、《問詩圖爲徐編修寶善師題》、《哭端木舍人》、《答湯農部鵬》、《輓馮太史登府》、《哭白華先生厲志一百二十韻》、《哭張亨甫四首》、《曹户部楙堅席上醉後長歌貽魏源兼示湯郎中附魏源和作》、《送蔣湘南還光州》、《答李丈聯榜卽送其還濟寧兼示許瀚》、《送何紹基編修典試黔中》、《十八還珠篇爲厲太守同勳作》、《聞湯户部訃哭之以詩得詩七章》、《寄陳慶鏞朱琦兩侍御都中三十二韻》，情詞慨切，言之務盡。《南轅雜詩一百八章》，不免費辭致。作者喜於摹狀社會生活，所作《賣菜婦》、《哀雁》、《誰家七歲兒》、《巡江卒》、《詈婦行》、《甕堤行》，皆足名篇。而長歌《雙鳩篇》、《觀石氏夫婦演技》、《東華門燈市》等篇，纏綿悱惻，眾彩紛呈，令人耳目不暇。鴉片戰爭起，家鄉淪陷，作《驚風行》、《哀東津》、《北村婦》、《杭州商》、《山陰兵》、《冒雨行》、《城上烏》、《叚塘火》、《太守門》、《兵巡街》、《官家兒》、《暗屋啼》、《棄妾行》、《怪鴟行》、《毁廟神》、《瘦馬行》、《捉夫謡》、《無米行》、《糧船洶如虎》、《有髯者》、《開牐謡》、《哀江南詩》，舉所遭艱禍，窮愁鬱盤無所宣洩者，悉發之於詩。《客有述三總兵定海殉難事哀之以詩》，悼念陣亡將領，亦極沉痛。《大市觀燈行》，詞采華贍，而中間插入：「忽慨辛壬間，寇海喧鯢鯨。一陷昌國州，再破蛟門營。三戰潰堇邑，竄逸悲鼯鼪。」眼前景頓成夢物矣。其詩沉實不足，然擷其英華，究爲一時翹楚。

味塵軒詩集十三卷　道光二十四年刻本

李文瀚撰。文瀚字雲生，號蓮舫，安徽宣城人。道光八年舉人。官陝西岐山、欒城、鄠縣知縣，至四川夔州知府。卒於咸豐六年，年五十二。道光二十三年，刻《味塵軒詩》十三卷、《詩餘》二卷，年當四十。首周儀暐等人題詞。文瀚工戲曲，著有《胭脂舄》、《紫荊花》、《鳳飛樓》、《銀漢槎》，合爲《味塵軒傳奇》四種，同時文人題贈甚衆。卷十一有《余譜胭脂舄傳奇脱稿》，又有《讀虎口餘生記》等作。《聽雲山館詩集》有《題李雲生太守憶長安樂府遺稿四首》，是所作傳奇尚不止四種也。其詩與斤斤於繩墨者不同。文瀚初受知於黄爵，於林則徐亦有投贈，作《和林少穆先生游華嶽詩題太真墓》詩。按盩厔縣代試後，作《闈中雜詠五首》，分詠受卷、彌封、謄録、對讀、掌卷諸所。又《闈中竹枝詞二十首》，兼及號倉、封條、搜檢、腰牌。與朝鮮製述官徐帶方士淳、文德郎徐竹垞眉淳、進士李堯章復秀，以及姜對山、李雲衢等人均有過從唱和。工畫，索者甚多。

七峯詩稿二卷　道光十四年求志居刻本

江爾維撰。爾維字季持，安徽懷寧人。幼隨父宦於滇，往來於辰沅之間。道光二年由舉人應會試，下第歸。殁於道光六年。事具本書錢林序。此集爲道光十四年陳世鎔刻《皖江三家詩鈔》本，别二家爲汪之順《梅湖詩鈔》、余鵬飛《枳六齋詩鈔》，存詩甚少，内容尚不及此編。爾維詩歌奔放，論者以爲近太白。五古《上清浪灘横石諸灘有作》、《滇池》、《游燕子洞》、《白水河》、《響泉峽》，七古《飛雲巖》、《岳陽樓歌》、《黄鶴樓歌》、《夜宿石門湖》、《雨後大觀亭望天柱峯》、《我醉行》，才情横溢。《滇中新樂府四首》，爲《垂簾織》、《琵琶壻》、《石媒人》、《花桶裙》，專記彝族僰人婚姻習俗。《河決歌》，載當日見聞。其詩高者可以傾倒流輩。惜下世甚早，堙没無聞矣。

求真是齋詩草二卷　咸豐十一年刻本

恩華撰。恩華字絾庵。宗室，隸鑲藍旗。官理藩院尚書，咸豐四年卒，生年不明。是集分上、下兩卷，瑞常序。恩華生平踪跡不出京畿，亦不與漢族士夫唱酬，此猶依祖訓也。所作《白龍潭紀行詩》十四首，潭在密雲縣，風景自殊。又詠西郊園寺山林之勝，詞句清和。《讀臨川湯若士邯鄲夢》、《題王蓮舫無雙譜後》、《閲鄧孝威詩觀追次汪耀麟家徒四壁歌》、《讀褚稼軒堅瓠集書後二事》、《讀陶靖節傳書後》，多閒情之所寄。《畫窗》、《老具》十詠，皆屬戲筆。《冰鞋行》云：「鐵屐履冰冰不滑，捷者如飛劣者蹶。平明兩岸集閒人，多士濟濟爭待發。起脚初看魚貫行，曲直欲競紛馳突。兩手輕旋似舞風，鐵鋭冰堅聲窸窣。東西隔絶望難窮，卻見周回剛倏忽。信哉此技果神奇，去時寒粟轉暄暍。」此題清初人亦有之，第不知昉自何時耳。

絶塞窮吟一卷 道光間刻本

武來雨撰。來雨字聽濤。嘗官四川綿竹知縣，又戍防往返五年。據本書《建樓》詩注。此編首有道光二十四年自序，畧稱「歲在己亥，奉使唐古忒。行地一萬里，防邊四五秋，險阻備嘗，輒作韻語。歸來録出，質諸同人，非敢言詩，庶以誌一時苦況云。」詩六十首，均著於後藏，有《後招卽事二首》、《建樓八首》、《獨立》、《簷馬》、《火炕》、《采風詩十六首》。詩僅入格，於藏族多有歧視之辭，然記述較詳。《詠官役二首》，亦警策。

采風詩 十六首録四

神閒氣靜意慈祥，終日巍然踞榻牀。漢語分明詞有體，班禪通漢語，開口大皇帝恩典。僧衣清雅貌彌莊。深通佛理修禪性，常念君恩戀帝鄉。自是天生真俊傑，輪廻六道近荒唐。班禪

或斜或正望如林，基址巍峩傍峻岑。白粉粧成壁琢玉，無石灰，皆以白土粉墻。黄銅蓋就頂堆金。正殿頂皆以銅蓋溜金。燈香焚處傳清影，鐃鈸敲來播遠音。樂器惟有鐃鈸二種。一派經聲常轟轟，萬人誦經，聲如雷動。不知果否有禪心。大招

喇嘛胡爲亦做官，後招有前藏營員二人，一俗侶，一喇嘛爲之。番民俯首任摧殘。刻下喇嘛官狡猾異常，貪淫暴亂。每逢公事生嗔怒，但得銀錢便喜歡。狡詐原來另肺腑，荒淫别具一心肝。三年報政猶稱最，

後藏翻令久踞盤。蠻官

蠻家最苦是當差，清早趨工到日斜。男女不分渾似蟻，畜人一體亂如麻。不分男女牛馬，皆謂之烏拉。每逢食候惟團麵，炒青稞爲麵，手團食之，號爲糌巴。但遇飢時只飲茶。蠻家以茶爲命。自是窮而無告者，胡爲極樂反相詩。蠻役《絶塞窮吟》

扶雅堂詩集十卷　光緒間刻本

楊炳春撰。炳春字潄芸，江蘇吴江人。道光十九年舉人。二十二年爲濟寧漁山書院山長，與許瀚同纂《州志》。咸豐初，任浙江候補知縣。參預攻打太平軍之役。潘遵祁《西圃集》有《哭楊炳春》詩，約作於光緒六年。是集詩十卷，四百七十七首。炳春與何紹基、紹業、紹京兄弟深交。交往中許槤、陳逢衡、許瀚、王柏心、楊鐸，亦當時學者。爲詩學韓，意態起伏，時有拗硬之句。《牛鳴哀》、《登障海樓觀海》、《游灊山三祖寺登塔頂望天柱諸峯次山谷題灊山詩韻》、《同石卿登太白樓》、《渡江作》，排奡縱放。近體《讀唐史成長短句二十首》、《讀五代史絶句三十六首》俱有識解。《讀昌黎詩集》、《漢延平熨斗歌爲認菴作》、《讀梅宛陵詩》、《吴小巖篆書歌》、《題敦煌太守裴岑紀功碑拓本》、《讀借公完玉堂詩稿》，尚有文獻可資。

潄紅山房詩集四卷　同治十二年刻本

何岳齡撰。岳齡字衡山，浙江海鹽人。諸生。鴉片戰爭起，在甬山避難。歸里後行醫以所歷道、咸間時事，皆寓於詩。晚出自訂詩集四卷，同里張鼎、王潮慫慂梓行。首咸豐八年朱錦琮序，吴鑌序已作於同治十二年。《舟山行》、《百官船》、《乍浦雙烈詩》，以反對外侵爲題。《西港哀》、《哀秦山》，弔沈炳垣、湯貽汾、張國樑等作，均與太平天国有關。《題陶謝詩集後》、《讀白香山集》、《題東坡集》、《天寶七載鄭子産廟斷碑硯》，自注：「張叔未藏。」《唐明皇梨園子弟行》，吟評庶幾可讀。交游黄燮清、戴熙皆文士。詩有法度，探發亦多，並時里中諸友朋不能逮。唯醇疵互見，璞石俱存，此當由讀者審辨之。

天馬山房詩録一卷　光緒三年滂喜齋刻本

汪巽東撰。巽東字子超，江蘇婁縣人。歲貢生。道光二十四年館於南梁，閱《郡志》憶所遊歷，與所見于它説者，意有感觸，輒成一詩，得百首，自爲之序。光緒三年，潘祖蔭爲刻之，名《天馬山房詩録》，後收入《滂喜齋叢書》。是集舉凡春秋至明季古蹟，如金山之康王城、胥浦祠，南匯之丹霞洞、江東大王廟，上海之重元寺赤烏碑，祀黄道婆之先棉祠，明西域人所造觀星臺，以及古華亭吴王獵場、試劍石、秦皇馳道、思鱸巷、景蘇閣、露香園、白燕菴、平霧堂、松塘，一一矢諸歌，於研究上海歷史有參考價值。然蒐羅頗廣，考證甚疏，憑藉傳説者居多，舛誤自所不免也。

中隱堂詩八卷　同治間刻

方炳奎撰。炳奎字月樵，安徽懷寧人。咸豐二年進士，官會川、平樂等縣知縣。是集有同治五年自序，詩分

《鈍吟》、《消寒》、《出山》、《燕游》、《河上》、《粤游》、《投戈》、《退食》諸草，共四百七十五首。其詩骨力未遒，晚作多毁謗太平軍。唯《粤游草》詠桂林、陽朔風景，較有佳篇。《遊疊彩山風洞》、《太白樓觀蕭尺木畫壁歌》、《觀鄧完伯山人四體長卷歌》、《閱桃花扇傳奇三首》，多關文苑，可備采摭。《洪水行》，目擊流離，蓋紀實也。

郁鄗山房詩存八卷　光緒十年汗青簃刻本

趙樹吉撰。樹吉字沅青，四川宜賓人。道光三十年進士，改庶吉士，授編修。咸豐八年官諫垣時數論時政，彈劾直隸總督譚廷襄、布政使錢炘和誤軍辱國，又請罷大錢，有直聲。同治間官雲南迤西道，九年，告歸。光緒十年，刻《郁鄗山房疏草》二卷、《駢體文》二卷、《文畧》二卷、《詩存》八卷，朱鑑成序。詩爲宋途，然無餖飣之習。《邯鄲行》、《羊城行》、《輸官糧》、《荒田謠》、《秋癘行》，多切民瘼。《上大關腦》、《鹽井渡鐵橋》等篇，奇而不詭。樹吉爲早年進士，與何紹基、司馬繡谷、王拯、尹耕雲、蘇汝謙、沈壽榕均有酬寄。感事之作，涉及英法聯軍及太平軍，多隨時境而變，不亦壹意於詩也。

巢經巢詩集九卷　咸豐二年望山堂刻本　後集四卷　光緒二十年花近樓刻本
遺詩一卷　近代飲虹簃刻本

鄭珍撰。珍字子尹，晚號柴翁，貴州遵義人。道光十七年舉人。選荔波縣訓導。咸豐五年，苗攻荔波，縣令病，珍率兵拒戰守城。苗退，告歸。同治二年以知縣分發江蘇補用，卒不出。同治三年歿，年五十九。珍受知於程恩澤，又從獨山莫與儔游。師承其説，致力於許、鄭之學。著有《儀禮私箋》、《説文逸字》及《説文新附考》、《汗簡箋正》、《鄭學録》等書。詩爲宋派，受黎恂、俞汝本薰陶，戛戛獨造，爲道、咸以來詩家一變局。詩集九卷與文集六卷合刊，皆手自訂。有莫友芝、王柏心序。載詩始道光六年迄咸豐二年。內《望鄉吟》、《溪上水碓成》、《自霑益出宣威入東川》、《下灘》、《寒食游桃源洞至湘山醉歌》、《浯溪吟》、《白水瀑布》、《西佛崖拜何忠誠公墓》，陳衍所云「歷前人未歷之境，狀人所難摹之狀」，此類是也。《觀上灘者》、《由大容塘越嶺快至茅洞》、《九月十六日挈家發荔波》、《播州秧馬歌》、《玉蜀黍歌》、《捕豺行》、《網籬行》、《者海鉛廠三首》、《江邊老叟歌》、《遵義山蠶至黎平歌》，狀寫社會生活，尤爲難名。珍與莫與儔子友芝甚契，時稱「鄭莫」。湘楚、黔中，文風不振者百數十年。黔地偏僻，多隨湘楚移。迨鄭、莫出，轉視湘楚尤進，兩地學術互相孳乳者多矣。觀集中《上賀耦庚先生》、《莫猶人與儔先生七十六壽詩》、《寄鄒叔績漢勛》及《贈郘亭》詩多首，概可知之。《留别程春海先生》等詩，又可見淵源所自。珍才學俱勝。《論詩示諸生》、《與柏容論畫》、《招張子佩琚》、《讀日知録》、《鈔東野詩畢書二首》、《題漢盧豐碑石歌》、《次莫五漢宜禾都尉李君碑考釋》，涉及詞章學術，議論精當。其間縱有微疵，亦未能損其聲價。莫友芝序稱「盤盤之氣，熊熊之光，瀏瀨頓挫，不主故常，狀學杜、韓而非摹仿杜、韓」，良不虛也。《後集》爲貴筑高培穀編，資州刊本。收咸豐三年以後詩四百七十二首。黎汝謙序。後陳夔龍重刻，以兩本並行於世。一九三二年盧前飲虹簃，復刻逸詩一卷，單行，所據爲光緒三十年唐炯雲南礦務署本。跋云：「此本都四卷，其第三卷末及第四卷，皆三家刻本所無。蓋先生晚歲所爲詩也。」唯後集與逸詩精彩光亮，稍遜於前。而《鄭康成生日詩》、《石頭山歌送邵亭還都》、《荔農歎》、《白匡洞》、《牙林渡》、《與趙仲漁壻論書》、《牯牛船歌》、《食遥壩場》、《書鄂生詩稿後》、《洗馬池》、《竹王墓》等篇，遣詞闢境，仍有獨造之處。時珍選官荔波教諭，集中避亂、悼亡之作較多。然如《西家兒》、《東家媪》、《抽釐哀》等篇，多揭露官吏黑暗，宣泄不平之音。《經死哀》云：「虎卒未去虎隸來，催納捐欠聲如雷。雷聲不住哭聲起，走報其翁已經死。長官切齒目怒瞋，吾不要命只要銀。若圖作鬼即寬減，恐此一縣無生人。促呼捉子來，且與杖一百。陷父不義罪何極，欲解父懸速足陌。嗚呼，北城賣屋蟲出户，南城又報縊三五。」情詞悲憤，鞭辟入裏。清季程恩澤倡宋詩於先，祁寯藻繼之，至鄭珍始見精深。以後學宋高手，皆以實得之語而摹狀社會。至專棄鄙語俗韻，以闢新爲能者，徒弊精神，實無益也。

齋莊中正堂詩鈔十五卷　光緒五年刻本

殷兆鏞撰。兆鏞字序伯，號譜經，江蘇吴江人。道光二十年進士，改庶吉士，授編修，官至禮部侍郎。卒於光緒九年。年七十八。是集爲自刻本，首醇親王題。所收詩起於道光二年。少作《養蠶詞》、《插秧歌》、《姑蘇竹枝詞十二首》、《謁吴泰伯祠》、《詠史六首》、《劉龍洲墓》、《焦山後游》，讀《文選》、《昌黎集》、《曝書亭集》，清壯穩愜。官翰林侍讀作《上書房授讀左氏傳得六十首》，强飾講章爲韻語，則令人掩口矣。集中又有詆毁太平天国詩多首。唯於外國入侵，極力主戰。咸豐八年官大理寺卿，英吉利兵犯天津，兆鏞斥主和之臣，後作《示日本使臣竹添井井詩》，猶記此事。詩云：「休擬雞林慕白詩，臯言杜牧了無奇。廿年前疏真書騃，誰播東西海外知。」是其人尚有可稱，其集亦得失相當也。柳樹芳《養餘齋詩二集》有《題殷子兆鏞二十五歲小影》。

晚晴樓詩稿不分卷　北京圖書館藏抄本

王棻撰。棻字建棠，號小舟，又號同生，浙江慈谿人。監生。以軍功敍知府。詩稿未見刻本，賴抄本以傳。其間感念時事，多悲壯嘹亮之音。道光二十二年，英犯慈谿，金華協鎮朱貴父子死難，作詩弔之。又作《苦戰行》，弔定海鎮葛雲飛。《海虎行》、《病梟行》、《獰犬行》、《官兵來》、《將軍示》、《悲東門》、《催租吏》、《挽船行》，俱切時局兼及民生疾苦。《老將哀》篇，記英犯寧波，情辭益憤。詩學李白，慷慨激昂。與沈筠交善，筠亦愛國詩人，宜其聲氣相投也。《四明清詩畧》卷二十四有選詩。據《小傳》爲嘉慶六年生，卒年不明。

江上小蓬萊吟舫詩存十八卷　光緒九年家刻本

葉坤厚撰。坤厚原名法，字湘筠，安徽懷寧人。道光間拔貢。官河南輝縣知縣、許州知州、彰德知府，咸豐六年任南汝光道。此集爲其子伯英刻。收道光十四年至光緒三年詩約五千首。吕懋采跋。生年據卷十四《展端陽》詩計之，爲嘉慶十二年。卒於光緒三年，據吕跋。其詩造詣不深，又傷於蕪雜。唯官河南四十餘年，所詠山川、城郭、人事、民情，較有可覽。《河決行》，記道光二十一年河決祥符，黄流所過，漂没者十數萬人。《點兵行》、《比租行》、《逃荒行》、《貧富謡》、《捕車謡》、《捉夫行》、《逃窮行》，有揭露清兵腐敗、朘剥百姓情事。而任道員期間，鎮壓豫捻，作詩爲清廷張目。呈鄧廷楨、陶澍，哭關天培、陳化成等詩，爭彰賢能。有關詩文品評，如卷五《論詩絶句》十首，以及讀王右丞、白香山、孟東野詩集，書黄山谷、范石湖、陸放翁詩集後，亦能畧載數則。

秋水堂遺詩不分卷　光緒元年平氏刻本

朱慶萼撰。慶萼初名鄂，字青渚，山東濟寧人。道光十九年舉人。咸豐三年試用江西知縣。時太平軍起，在浙爲官軍幫辦十三年。同治五年至江西，真除遂昌。十年，卒，年六十五。是集爲山陰平步青刻本，收入《葛園叢書》。首咸豐九年自序。詩學王、孟，近摹漁洋，山左詩人以王士禛説詩爲宗旨，百年不改也。《任城詠古》、《濟南雜詩》，較可觀采。襄理軍務時所作，未加博訪搜求，不足稱述。

二瓦硯齋詩鈔十卷　道光三十年刻本

金玉麟撰。玉麟字石船，四川閬中人。道光十八年進士。官寧羌知州。刻《二瓦硯齋詩鈔》十卷一千一百十一首，附《引商集詞》四十五闋。首蔣湘南序謂：「袁簡齋以性靈之説鼓動江南北，其弊也，釘餖酸餡之流，咸欲持里諺以登壇。矯之者又填砌故實，開狝駱駝、點鬼簿之風。兩派互譏，風會益隆，求一得乾坤清氣者主持其間，而往往難之。」又指責並世而相從捧袂者，黄樹齋失之淺，朱丹木失之闊，張亨甫失之怪，黄香鐵失之膚，朱酉生失之孱，姚梅伯失之短，郭羽可失之鄙。是善截乾、嘉以來枭家之短矣。唯以「天機清新，自具三昧，險於鉤旨，平以樹法，仙風襲體，吐棄糟粕，能得乾坤清氣」，以許玉麟，未免過譽。據《自識》謂「十五歲辛巳至四十四庚戌，三十年得詩千七百餘首，删存一千一百四十一首」逆推之，當爲嘉慶十二年生。卒年五十七。集中以蜀中詩最多，燕次之。道光二十年出山海關，作《醫巫閭山紀游》詩。官寧羌詩甚少。《漢瓦行》、《觀音巖》、《桓侯墓古柏行》、《成都懷古》、《觀朱子墨跡》、《古墨齋歌》、《棧中雜詩》、《題羅兩峯鍾馗授鬼圖臨解喪館本》、《乞黄秋坪先生畫》等篇，詞旨斐然。《卜錢行》記梨園演卜者爲《張獻忠決兵傳奇》，《贈歐生》記癸巳道光十三年洪雅歐秀才爲倮族所掠四年，畧備故實。

石泉書屋詩鈔八卷　同治四年刻本

李佐賢撰。佐賢字竹朋，山東利津人。道光十五年進士。官福建臨汀知府。著有《古泉匯》、《石泉書屋全集》。卒於光緒二年，年七十。《詩鈔》首自序稱，何紹基、朱琦「以學詩勖我，而未敢自命詩人」。集中有簡何、朱兩人詩。作者夙好金石書畫。《鼓山訪碑記游》、《題刁遵墓誌銘》、《題僧六舟几谷雁山雙錫圖》，紀必求實，而詞意不甚古奥，無衒鬻之習。《游三洲巖》、《珠江竹枝詞四首》、《陽朔道中看山作》、《游滴水巖》、《盤山》、《千佛山》、《自龍洞至佛峪紀游》、《嶗山紀游二十首》，真摯有味。又有檢書、圍棋、讀書、觀劇等篇，亦善陶寫性情。佐賢好爲道家言，有《雜詠》多首，理腴於詞。《新樂府》多首，皆污蔑農民軍。書謫仙詩後，奇肆排宕，可知其詩有準繩可循，要非蹈虚者所能爲也。

移芝室詩集三卷　光緒二十年刻本

楊彝珍撰。彝珍字湘涵，一字性農，湖南武陵人。道光三十年進士，改庶吉士，官兵部主事。撰《移芝室集》，門人劉鳳苞輯，其孫世猷校，内三卷爲詩。彝珍生於嘉慶十二年。道光十二年中舉，五十甫入宦途，六十居里，八十餘重宴鹿鳴據自述詩。年逾九十而卒據《文集》中《九秩壽序》。與何紹基爲親家。作《五君詠》，爲潘諮、鄧顯鶴、宗稷辰、何紹基、湯鵬。《九哀詩》，爲林則徐、鄧顯鶴、潘諮、梅曾亮、戴鈞衡、戴絅孫、薛湘、龍啟瑞、孫鼎臣，又與姚瑩、龔自珍、黄本驥、黄爵滋、陳慶鏞、郭尚先、邵懿辰、孫衣言、鄭珍、莫友芝酬贈唱和。光緒間，老輩凋謝殆盡，唯與俞樾往還。其詩根柢六朝，淡遠古樸。金石詩較多，一以填實考據爲能，猶沿道光人風尚。《海船犯定海》、《從軍行》等篇，有愛國憂時之慨。晚年頹唐，作《仿陸機百年歌》，抒寫個人身世。《東洲草堂詩鈔》有贈詩多首。

鐵花山館詩稿八卷　光緒六年刻本

吴兆麟撰。兆麟字書瑞，號筠軒，浙江錢塘人。道光十二年舉人。官内閣中書。同治間任江西鹽法道。

是集分《水石吟》、《覃懷紀行詩》、《江皋集》、《初衣集》、《初衣續集》，詩共七百五十七首。據附録光緒丙戌《八十自述》詩以推，爲嘉慶十二年生。集中於鴉片戰爭英軍内犯，太平天国佔領蘇杭，均有紀吟。《以樞曹隨恭邸辦防務請誅巴夏里》、《聞苗沛霖就戮詩以誌喜》，亦近代史聞。兆麟嘗結鐵花吟社，與何鏡海、喻震孟、沈映鈐等唱和。《南北朝十六國宫詞》、《讀宋史》六首、《讀抱朴子》等篇，自是可存。《詠西湖三十六首》、《西湖詠古四十首》，采輯畧備。附刻亡妻鎖瑞芝《紅薔吟館詩稿》一卷。

蕉窗詩鈔八卷　道光十一年刻本

齊學裘撰。學裘字子冶，號玉溪，安徽婺源人。彦槐子。諸生。久居淮揚。晚年在滬與方濬頤、劉熙載、蔣敦復以詩酒往還。著有《見聞隨筆》，記太平軍較多。是集爲早年歌詩，江之紀、徐墫、潘光序，李兆洛題詞。詩承家傳，不失勁直。彦槐送唐石佛入焦山作圖，河督張井送銅鼓入焦山，學裘均有和作。《悲蟠松》一篇，尤爲見者所賞，許以可傳。《精忠柏歌》、《讀煦齋先生卜魁集》、《趙文敏書過秦論》、《觀賣解數歌》，每備掌故。詠蓼莪寺、鯾魚洞、常雲峯，時見山水奇特。陽羨秀美甲東南，所作紀游，多清矯可觀。贈酬詩如陶澍、盛大士，皆其父執。詩友唯余煌、徐墫耳。《論詩》三首其一云：「作詩如作人，宜真不宜假。詩有真性情，是解作詩者。勦襲以爲詩，毋乃風斯下。摹仿以爲詩，何能出瀟灑。典故安可無，數典亦傷雅。詩爲心之聲，心藉詩以寫。我作我之詩，詩中貴有我。我用我之法，古法都可捨。雲霞無定容，變化自嬝娜。山河無定形，位置自安妥。作詩胡不然，知意不學可。」亦有識見。

守拙廬詩草八卷　光緒十年刻本

鄒在光撰。在光字劍秋，湖南善化人。諸生。光緒十年，自刻《詩草》七卷，共一千九十六首，附《插菊吟》一卷二百三十三首，時年七十八。詩無高格。而《點行詞》記瑶族事，《開元爪印錢》附考證，《越南貢象行》，爲所目覩，以及《讀蘇詩書事》等篇，俱有實得。又作《題桃花扇曲本》三首、《端午竹枝詞》、《插田竹枝詞》、《入泮竹枝詞》、《秋收竹枝詞》，頗通俚俗。

紅蕉館詩鈔十卷　道光九年刻本　小鷗波館詩鈔十二卷補録二卷　道光二十五年刻本

潘曾瑩撰。曾瑩字申甫，號星齋，江蘇吴縣人。世恩次子。道光二十一年進士。由翰林累官吏部左侍郎。與兄曾沂、弟曾綬，並擅詩名。卒於光緒四年，年七十一。著有《墨緣小録》、《丙午使滇日記》、《小鷗波館畫識》等書。詩集初刻名《紅蕉館集》，朱方增、吴嵩梁、錢儀吉、張際亮、葉紹本序。詩學唐人，疏淡曠達，多清雋可誦。《題湯海秋詩集》、《鍾仰山侍郎屬題浮青山館圖》、《郭興可畫竹》、《題張南山聽松廬詩集後卽送出都》、《雨窗柬林少穆方伯》、《陸祁生屬題宣南話舊圖》、《哭曾賓谷中丞》、《題葉筠潭丈詩集》、《黄樹齋四十初度索詩》、《爲苗仙麓作河間獻王博士毛公君子館磚歌》、《題圓圓小像》、《輓顧南雅丈》、《題曹艮甫曇雲閣詩集》，可見躭嗜風雅。唱和交游，盡屬時流。道光二十五年，又刻《小鷗波館詩鈔》，葉紹本、錢儀吉序。係前集續編。《寄宋于庭翔鳳》、《題鄭湛若抱琴像》、《題陳雲伯春明新詠》、《羅兩峯像》、《傅青主畫》、《題琴隖是程堂集》，仍以題詠爲勝。道光二十六年典試雲南，馳騁道路，多奇山異水，詩格稍變。六十以後詩，以遺興爲主。曾瑩身爲清要，於鴉片戰爭、太平天国之役，詩中均無及。僅《林文忠公輓詩》，稍有所涉耳。《補録》二卷，復收前集中已删之詩，不免蛇足。

香月廊詩存二卷　道光二十八年刻本

文汝梅撰。汝梅字用和，號莘田，江蘇甘泉人。諸生。嘗館虔州。浙江布政使卞士雲招致幕中。道光二十八年病卒，年約四十。是集爲同學吴文鎔序，又卞寶第、汪廷儒序。詩與陳逢衡齊名，而學西崑，側豔工麗，與之不類。《題山海經滙説七首》，《滙説》卽逢衡所編，印本極罕。《石鼓歌》、《題金子謙印譜》，亦無浮響。當日士務實學，人多受此薰染。《登宣城北樓》、《平山堂》、《揚州明月詞》，以清遠見勝，漸能妙造自然。

嘯古堂詩集八卷遺集一卷　光緒十一年刻本

蔣敦復撰。敦復始名金和，字克父，一字純甫，一字劍人，號鐵岸，又號鐵脊生，江蘇寶山人。諸生。累應鄉試不第。道光二十年上書得罪有司，避禍爲僧，號妙廛。太平天国克金陵，與王韜謀響應，事敗，仍爲僧，法名曇隱大師。築菴於上海，所交多名士。善填詞。著有《嘯古堂文集》、《曼陀利室詞》、《詞話》等書。卒於同治六年，年六十。《詩集》爲王韜刊，有同治元年王韜序，凡五百八十八首。其中《庚子春感》、《芙蓉謡》、《壬寅書感》、《獨行海上作歌告哀》、《潁川將軍行爲陳蓮峯化成軍門作》，慨於外侮，多抨擊時弊。太平軍起，所作《新樂府》，盡污蔑之詞。唯其詩詞采頗雋，又喜讀，臚列典籍亦有可資取。集中《三國志雜詠三首》、《五代史樂府十首》、《十國春秋樂府十八首》、《題冬青樹樂府後七首》、《詠古四首》、《題黄仲則兩當軒詩集》、《書勝朝彤史拾遺記後六首》、《井中心史歌》、《讀明史士司傳》二十四首、《題明季諸人遺詩集》、夏内史《玉樊堂集》、顧處士《亭林集》、鄺秀才《海雪堂集》、屈山人《道援堂集》。《兩漢樂府》三十首、《讀離騷樂府十首》、《書明太保毛文龍傳後》、《書明閣典史傳後》、《讀史絶句十六首》、《書文文山正氣歌後十二首》、《南宋宫詞十二首》、《題李太白杜工部李義山杜牧之集》四首，可稱贍富。近體音節鏗鏘，尤可披誦。敦復受知於姚瑩，有《石甫師出山奉寄四十韻》、《題姚椿通藝閣詩録》、《題毛嶽生休復居集》、《讀毛嶽生休復居集》、《讀姚燮大梅山房集長句以贈》，亦見才情奇勃。敦復甚得文名。乃晚年頽唐，居滬城耽於聲色，非僧非儒，殊覺不類。是亦未能深許矣。

西圃集詩九卷續集四卷補遺一卷　同治光緒間刻本

潘遵祁撰。遵祁字覺夫，一字順之，號西圃，江蘇吴縣人。道光二十五年進士，改庶吉士，授編修。四十歸田，遂不復出。卒於光緒十八年，年八十五。祖奕雋，有《三松堂集》。父世璜，理學名家。大父世恩，官軍機大臣。從兄弟曾沂、曾綬、曾瑩、曾瑋，子觀保，姪祖蔭、祖同。一門科名甚盛，詩家成學。是集初刻詩九卷、詞一卷，有同治元年自序與楊沂孫序。續刻詩四卷、詞一卷，光緒六年蔣德馨序。後又刻文四卷、詩補遺一卷。其中有關先世之詩，如《問梅詩社七賢圖爲胡駿聲作》、《讀齊彦槐贈先大父詩卷因題其後》、《蕘圃雅集詩畫册爲吴廉夫重熙題》均較典實。《黄蕘圃先生鏡中影像》，爲有關黄丕烈士禮居資料。《真如塢謁徐俟齋先生墓》、《題羅兩峯爲鄧完白作登岱圖》、《贈吴冠英儁即題其春水歸帆圖》、《讀阮亭雜著偶成四首》，亦能撮其要領。《題葉茗翁手簡遺跡》，敍葉廷琯與其婦翁陳文述關係，《贈張仲甫丈詩》，記張應昌於同治九年重游泮宫，《哭楊詠春》詩，知楊炳春於光緒六年猶在世，凡此俱存故聞。其詩不涉時事。《四時雜興》六十首，俱無可觀。唯題圖詠畫之作，較他家爲衆耳。

一鏡堂詩鈔四卷續鈔一卷　同治間刻本

瑞璸撰。瑞璸字仲文，滿洲鑲白旗人。服官内外三十餘年。咸豐九年，官至福建巡撫。同治元年休致。集名《一鏡堂》，取「用心若鏡」之意。分《閒吟草》、《南游草》、《閩中草》及《香奩詩》四卷，附詩餘四十闋，胡光瑩題詞。《續鈔》一卷，單煥序。集中詩多爲官福建布政使所作，格調凡近。唯監軍厦門詩，時近形勢。《詠閩南風俗十六韻》，有關民風。《觀林和靖梅花小像》、《耶律文公畫像》、《題桃花扇傳後四首》，敍次簡潔，識議俱超。

舒藝室詩存七卷　光緒五年刻舒藝室遺著本

張文虎撰。文虎字嘯山，號孟彪，江蘇南匯人。諸生。嗜古博覽，尤長校勘之學。嘗館金山錢熙祚家三十年，爲校《守山閣叢書》、《指海》、《小萬卷樓叢書》多種，世稱善本。同治五年，在金陵局校《四史》，獨成《史記集解索隱正義札記》五卷。著有《舒藝室遺書》。卒於光緒十一年，年七十八。文虎不喜帖括，慨然爲學，詩古文辭自有原本。集中《築塘行》、《後築塘行》，詠金陵、西湖諸勝，《大滌洞天歌》、《任城太白樓歌》，孤迥沉摯，跌宕有致。《題黔滇苗圖》、《錢武肅王龍簡歌》、《元祐黨籍碑》、《題瑞竹軒雅集圖》、《風峪華嚴經拓本》並序、《贈吳敏樹卽題所著國風原指後》、《竟寧雁足燈歌爲潘曾瑋題》、《題張嗚珂校經圖》、《題莫子偲唐寫説文木部殘帙卷》、《題王蓉生羅浮夢傳奇》二首，亦文亦史，斑然可考。文虎與道、咸間樸學家多有往還，《送胡竹村培翬之涇》、《留别陳碩甫明經奂》、《送張叔未丈歸新篁》、《董夢蘭兆熊哀詞》，贈懷魏源、羅士琳、孫衣言、陳立、莫友芝等人詩篇，多存舊聞。《送容純甫再赴美利堅長歌》，亦關近代史聞。咸豐以後，士夫不甚讀書。文虎雖非科第出身，學識淵富，當時無人抗手，唱酬友如朱緒曾、楊峴、凌堃、顧觀光、韓應陛、戴望、王棻、桂文燦、張裕釗、劉熙載均不能及。獨與李善蘭篤交，有《送壬叔以算學徵入同文館》等詩。蓋作者亦通天算。而李善蘭算學尤爲一時獨步也。綜觀其詩，所養極深。唯究屬學者之詩，不能人盡可讀，且不涉世事，亦未能出於慷慨耳。

漱六山房詩集四卷　光緒十年全集本

吴昆田撰。昆田字雲圃，號稼軒，江蘇清河人。道光十四年舉人。官内閣中書、刑部河南司員外郎。卒於光緒八年，年七十五。是集爲《全集》本，從子世瑩校刊。昆田爲潘德輿弟子。潘殁，爲編刻《養一齋集》。與漢陽葉名琛、名澧昆弟交善。有《校潤臣詩畢書其卷尾》、《哭潤臣五律十首》，記名澧亡於瘧疾，葉名琛絶粒亡於印度等事。與魯一同、吴棠、高均儒、孔繼鑅等時亦有贈和。孔憲彝讌集朝鮮李尚健以堂、吴慶錫亦梅等人，有詩紀之。並爲吴亦梅題《天竹齋圖册》，爲朝鮮李灊船題《春明話雨圖》。又《題羅兩峯墨幻圖卷》，詩亦跌宕。咸豐間，捻軍克清河，家遭燬，多愁涕之作，幾無佳篇。昆田論詩，自潘德輿後頗許可朱琦。《讀朱伯韓怡志堂題養一齋集感賦》有云：「黄爵滋姚燮湯鵬張際亮久寂寞，丁晏魯一同孔繼鑅葉名澧寡唱和。得此騷壇執牛耳，萬石洪鐘振輕婧。」列舉道、咸間高手。而昆田詩較此數家尚遜一籌。

對嶽樓詩録二卷　道光十九年刻本　續録四卷　咸豐七年刻本

孔憲彝撰。憲彝字敍仲，號繡山，又號韓齋，山東曲阜人。弱冠能詩，爲天津梅成棟詩社成員。既游江淮，交游益廣。道光十七年舉人。官内閣中書。歸里後爲聊城書院山長。著有《韓齋文稿》，刻《闕里孔氏詩鈔》、《詞鈔》，桂馥《晚學集》。詩集先刻《拏雲館還鄉草》一卷，僅數十首。道光十九年，擇録百餘首刻之，曰《詩鈔》，有鄭憲銓序，石韞玉、葉紹本、龔自珍、張際亮等人題詞。是集抉取甚嚴，無泛濫之弊。《先高祖六十八代衍聖公紅萼軒印歌》、《題蘅浦叔祖愛蓮書屋詩集紅谷曾叔祖紅櫚書屋詩集》，記曲阜孔氏著述，頗可參稽。《山陽學宫觀唐楚州官屬題名記碑柱》、《呈儀徵相國阮芸臺先生兼求序闕里孔氏詩鈔》、《竹垞先生舊硯歌》、《報恩寺古鼎歌》，氣味質直，情詞相稱，不當以考據入詩誚之也。《登濟寧太白樓》、《南池謁杜子美祠》、《讀史雜詠》十二首、《盛子履山水畫卷》，亦無苟作。《途中書所見》記災情逼真，而貧者益貧，富者益富，尤令人扼腕。憲彝與龔自珍厚交。《夢龔自珍主事》云：「不見龔君久，胡爲夢見之。論文憐故態，縱酒發奇悲。懷袖三年字，雲山一倍思。東華鐘欲動，正是早朝時。」龔自珍亦稱許其詩。咸豐七年，刻《續鈔》，有道光二十八年阮元序。自序云：「咸豐三年癸丑秋，編成拙集十卷，作此序。今選刻《續録》，增入甲寅以後詩。即以此弁首，不再序也。」集中《黄樹齋先生命題行看子》、《蒨華得羅兩峯畫鄭司農像》、《破車歌爲錢冬士作》、《王子梅繪顧祠聽雨圖》、《龔定菴自吴中寄來己亥雜詩刻本讀竟題此卽效其體》五首、《袁江訪許印林知其扶病重來校刻桂丈説文義證慨然賦贈》，亦有可取，然不及前刻矣。《續鈔》甚易得，《詩鈔》傳本甚少，延津劍合，殊非易事。道光二十一年，憲彝偕秦湘業置酒京郊尺五莊，與會者俱有詩，單刻《尺五山莊餞春圖題詞》。妻朱嶼亦能詩，有《小蓮花室詩稿》，昆季憲恭、憲庚各有集。生年據《丙辰歲暮自嘲》，爲嘉慶十三年。卒於同治二年，年五十六。據丁壽昌《睦州存稿》卷三《和孔經之兼懷令兄繡山》詩。

先高祖六十八代衍聖公紅蕚軒印歌

紅蕚軒中一品石，價重黄琮與蒼璧。舊坑凍質産青田，媲美桃花劚雲液。摹取朱文鐵線工，伊誰小篆擅魚蟲。漫尋佳品雕花乳，自把精心契鑄銅。香生硃麝紅猶潤，曾伴裘鐘佐文陣。百年手澤重連城，一代清芬係私印。撫此拳拳念典型，先人舊澤世通經。鴻文裁就方謨誥，公著《三傳合纂》十二卷、《禮記摘藻》一卷、《讀古偶志》一卷、《安懷堂文集》二卷。盛典書成貢大庭。公纂《修廟盛典》五十卷。昇平歌詠成餘事，申椒專集蘭堂繼。公著《申椒集》二卷、《繪心集》二卷、《盟鷗草》一卷，《蘭堂遺集》則先恭慤公著也。小譜琴言絶妙詞，草窗秀逸花間麗。公著《紅蕚詞》二卷、《炊香詞》二卷。遥想開軒萬蕚紅，紅蕚軒在公邸西偏。三千錦瑟唱玲瓏。續編未輯盟鷗草，題品先邀放鴨翁。《紅蕚詞》有宋牧仲尚書序，宋自稱西陂放鴨翁。海内詞壇孰主客，座上梁溪數晨夕。公好客，名流畢集，與無錫顧天石彩交最篤。同宣雅政削詞牌，公製《紅蕚軒詞牌》一冊，名《詞壇雅政》。裁月縫雲侑歌席。藥欄竹樹鷓鴣啼，用公自題紅蕚軒詞語。更有新詞點筆題。自喜微吟書柿葉，定知押縫借芝泥。昨過高軒覓花蕚，依然萬卉環虚閣。圖鼎鐘彝今尚存，舊時裙屐都零落。此印珍藏奕世同，渾如寶玉魯分封。手翻韻譜俱分枬，猶認當年栅色紅。《詞韻》鈔本分選輔商禁四格，最精審，有紅蕚軒印記，即是印也。韻爲柏芳叔母所藏。貽燕堂中快先睹，傳家溯自曾王父。觀察公。書堂漫憶陳思王，銓印珍逾顔吏部。樂府東山學未能，空將規矩憶高曾。願期永寶貽孫子，詎止詞林

雅話增。《對嶽樓詩録》卷一

尊小學齋集四卷 光緒十年刻本

余治撰。治字翼廷，號蓮邨，江蘇無錫人。諸生。從李兆洛游。咸豐四年奉當事檄，赴江陰沙洲定王錦標之變，賞五品頂戴。撰《刼海瀾説》、《鐵淚圖説》諸篇，又作新劇三十種，授樂部演之，均以勸世爲主，頗爲用心。同治十三年卒於蘇州，年六十六。是集首俞樾序並《墓誌》、《年譜》及彭慰高撰《墓表》。集凡四卷，詩文合刻，附詩餘實爲曲調，一名《庶幾堂今樂題詞》，於太平天国多所詆毁。詩文均不足稱，然通乎俚俗，在咸、同人集中較爲希有，或可參考耳。

清人詩集敍録卷七十

夢柰詩稿不分卷　光緒二年校邠廬刻本

馮桂芬撰。桂芬字林一，號景亭，江蘇吴縣人。道光二十年一甲二名進士，授編修，官至詹事府右春坊右中允。引疾歸。卒於同治十三年，年六十六。著有《顯志堂集》、《説文段注考證》、《校邠廬抗議》，纂修《蘇州府志》、《兩淮鹽法志》等書。是編有蔣德馨序，不分卷。《五十初度自題小影》云：「生來傲骨獨崚嶒，閱盡崎嶇氣倍增。」可爲自評。蓋桂芬務爲經世之學，爲維新派之先驅，晚年退隱著書，以顯其志，詩特餘事而已。集中《楚霸王墓》、《岳鄂王墓》、《江陰閻公祠》、《放翁生日》、《讀通鑑》二首、《讀始皇本紀》、《讀孫可之集》，多沉鬱頓挫之作。《提葫蘆》、《割麥》、《插秧》等篇，備言田家苦楚。桂芬於朱琦、湯金釗、林則徐、徐寶善俱稱弟子，與蘇撫丁日昌最契。集中懷人、酬答之什甚多，題詠亦言近旨遠。其詩積其幽憂疾苦之思而爲之，往往感激以悲，至爲精警。

小廬詩存十四卷　光緒三十二年刻本

李宗瀛撰。宗瀛字小韋，江西臨川人。祖秉禮，號韋廬，有詩集名世。宗瀛亦壹意爲詩，而不主學古。

《自訂舊稿》有云:「語必由己出,境偶與古會。無須畫葫蘆,亦弗販稊稗。」而詩多敘事議論,旁蒐遠紹,非多讀書不能致也。宗瀛世居桂林。詠桂林七星巖、風洞、劉仙巖,及《苗刀歌》、《銅鼓歌》、《元祐黨籍碑》、《狄武襄皇祐平蠻碑》、《椿城竹枝詞》二十二首,極捃摭之富。時梁章鉅巡撫廣西,宗瀛時爲題圖,如《商爵》、《趙子固落水蘭亭》,卽梁氏所藏弆。《宋徽宗畫鷹歌》、《趙忠毅公鐵如意歌》、《讀太白集》、《題陳迦陵填詞圖》、《題板橋雜記》十四首、《題羅兩峯鬼趣圖》、《還珠洞米南宫小像拓本》、《讀傅青主霜紅龕集》、《讀道援堂詩集》、《題秦淮海小像拓本》,亦稱該洽。蓋其伯兄宗瀚,固收藏家,以《臨川四寶》爲著者也。宗瀛受學於新化晏啟林。道光十六年,啟林卒於火,作《哭筠塘先生》四首。又《外舅曾賓谷先生哀詞》、《輓鄧湘皋先生》、《哭呂月滄先生》、《題楊季鸞春星閣詩集》,亦與藝林有關。嘗出游江南、廣州。鴉片戰爭起,作《義馬行》等篇,以詠時事。咸豐以後,逃於禪,每託於偈頌之詞,而《觀蓮池大師遺像敬題長律三十二韻》,記明僧袾宏事蹟甚詳,亦可以佛教資料目之。據戊午《五十自壽》詩,爲嘉慶十四年生。詩稿藏於家,有自序。光緒三十二年其姪孫翊煌刻之,序云距宗瀛之殁已五十年,可知卒年四十九。

口技

氍毹貼地華鐙移,三更角觝觀偃師。鶃籠幼戲蠅虎舞,戴竿走索無不爲。一人皤腹還于思,歷階而升前致詞。衆賓勿喧四座寂,請奏口技娱揮卮。是時宵分鳥飛絶,巧囀何來扇底出。夕陽花塢五禽言，夜月桐陰百蟲唧。驢聲或效子荆鳴，龍嘯奚煩房尉戛。突驚怒狗封豨䆃，牛牞羊咩復駝圂。一犬喋啀衆犬競，門前吠厖亦相應。呼雞㗊㗊甒哺哺，咿喔聲中栖塒醒。須臾廊下行幄張，縮脰並足屈中央。幄中一人尺地尒，恍如置我莊嶽旁。方言嘈切市魁聚，忽變呢呢相爾汝。鐺妾鍘僮祀竈詞，變童季女登床語。悳鋤誶帚家嘻嘻，時聋姑媍交勃谿。頡羹櫟釜輿脱輻，陽由近事尤捧腹。有如絳樹雙聲謳，毋迺因霄歧舌汙。一聲樂句萬籟息，依舊皓魄當窗浮。《小盧詩存》卷六

西洋醫　客譚泰西醫事甚奇爲賦此篇

置之死地翻生之，桐君雷公謝不知。佛圖拔絮比丘浴，見《搜神後記》。幻戲烏可通黄岐。客言膺吃黎醫術，鍼石弗用憑刀錐。縶其手足傅以藥，剓膚剸腹何神奇。關公刮骨療羽鏃，開道鑿頰抽金鈚。自非壯士死不畏，談者變色聞顰眉。胡爲受者膕眩了無苦，治者談笑功能施。殺人逭逭以生道，十全爲上無一危。豈惟素難所未備，周禮空自傳醫師。我聞天台宗伯昔墜馬，治法亦同蒙骨斯。蒙古醫亦用刀治，與西法畧同。乾隆中，齊少宗伯召南墮馬腦出，上遣蒙古醫治之。裂生牛革裹其首，百日而愈。泰西迤北俱有此，那見中土無此爲。豈知滌腸浣胃始跗鵲，俞跗、扁鵲。頭風刺血華陀遺。亦如冉求算書日本得，疇人天學稱東來。從來失官四展在，一端可以千端推。身年四十同耳順，飢嗔飽喜弗自持。歐羅巴西户庭耳，我欲乘桴浮海居四夷。《小盧詩存》卷十三

桂兵變二首　有序

咸豐丙辰四月廿五日，左右中三營兵以月餉不繼，相率持械入撫署中，時變起倉猝，官吏束手，亟籌餉按月支予，並許以事過不究，始羣散去。洎六月之望，又值放糧期，大府逆知有變，預伏勇于署側，兵果鼓譟如前，勇出與格鬬，自晨至午俱就縛，以次論如法。

桂林城門朝不開，脱巾一呼營兵來。平明鼓譟入節署，安撫使者避無處。亟釋汝兵償汝逋，予不汝尤汝好去。捄來牛酒懽妻孥，漏膊縱飽終攖誅。

越五十日官放糧，狃于故智仍披猖。官懲前失官有備，先期阿堵壁間置。長槍突出誰能逃，藁街駢首付市曹。兵號咷，勇讙笑，縱虎馴狼計誠妙。烏乎兵變勇禦之，勇如效尤孰與治。《小廬詩存》卷十四

芓香山房詩鈔不分卷　同治間三布衣詩存本

徐筠撰。筠字韻巖，江蘇吴江人。爲童子師，與張紹松同客授山中，窮厄牖下。道光二十年，年未四十而卒。同治間邑人金子春以鈕樹玉並張、徐二家遺詩合刻，名《三布衣詩存》。是集首陳泰來序。《弔徐俟齋先生》、《韓蘄王墓碑歌》，游包山寺、西洞庭諸詩，淡宕清和，均有寄托。境遇所使，間作愁苦之音。然無迂闊

之習，亦勝於雕飾者矣。

進修堂詩集十四卷　光緒十九年刻本

白恩佑撰。恩佑字啟南，號蘭巖，山西介休人。道光二十七年進士，改庶吉士。同治七年，官至湖南長寶鹽法道。是集有郭尚先評，自序於光緒六年，年七十二，不知卒於何年。詩不拘一格，而推崇王芑孫，有《讀淵雅堂集》詩數首。游綿州詩，《津門雜詠》、《襄陽懷古》、《樊城謁米襄陽祠》、《岳陽樓》、《桃源》、《清浪灘》，意興簡遠。遊京師法源寺、慈仁寺等詩，亦備掌故。《檯閣詞》、《倉上行》，有關土風。恩佑嗜畫，集中題自藏沈周山水、董其昌舊唐詩、徐枋山水、翁方綱論詩尺牘、朱耷花卉、高鳳翰畫石、王文治臨蘭亭，以及《偶得八大山人山水懸之壁上終日相對得一百字》，亦夥頤矣。

心盦詩存十二卷　同治十二年刻本　續四卷　泥雪録一卷　憶語一卷

老學後盦自訂二集四卷　光緒四年至十三年刻本

何兆瀛撰。兆瀛字通甫，號青耜，又號澈叟，江蘇江寧人。禮部尚書何汝霖子。道光二十六年舉人。初官西臺，同治六年調爲外吏。官嘉湖道十二年，移廣東鹽運使。至浙江按察使。光緒十六年卒，年八十二。《詩存》刊於同治十二年，秦湘業序，凡一千四百八十六首。其詩工力不深，淺而有格。《闈中雜詩十首》、《談試體詩戲拈十首》、《風箏詩十首》、《書天寶遺事六首》、《偶閱近人詩稿各題一絶》，潘德輿、梅曾亮、張際亮、魯一同。《憶僧詩十首》、《新年樂府》，因題制宜。好戲曲。有《題影梅菴傳奇長歌》、《論曲絶句二十二首》，側重於當代。清代有此製者數家，殆各有所長矣。兆瀛在京日與名士許宗衡、葉名澧輩優游文史，詠物紀事。《題宋天禧監酒務印拓册》、《題葉小鸞眉子研拓册》、《宋建炎六印拓本》、《萬曆二十七年告身尾錦歌》，可見文物盛衰。作《教織歌》，記明萬曆間藍尚質宰壽陽佚事較詳。續刻《詩存》四卷，爲光緒四年移官粤鹺紀程詩，盡録陳澧評語。《泥雪録》刊於光緒十一年，自署澈叟，凡詩百首，雜詠北京風景、寺廟、風俗、醫卜，體猶竹枝。十三年，刻《老學後盦自訂二集》及《憶語》，所收爲浙江、廣東兩地宦游詩自序，共七百四十五首。又詞二卷，凡二百八闋，弟子譚獻序。同治朝兩宮聽政，號稱「中興」。此集所詠，皆耳目之觸，故時作承平之語云。

題葉小鸞眉子研拓册

硯衺約三寸，廣二寸許，厚半寸，池如偃月。背鐫曰：「舅氏從海上獲研材，三琢成，分貺予兄弟，瓊章得眉子研云。」又詩云：「尺寳繁華事已陳，成都畫手樣能新。如今只學初三月，怕有詩人説小顰。」「素袖輕籠金鴨煙，明窗小九展吴牋。開匳一研櫻桃雨，潤到清琴第幾弦。」末署「乙巳寒食題於疏香閣」，印鐫小鸞。按小鸞字瓊章，吴江人，明工部郎中葉天寥紹袁第三女，著有《返生集》。年十七，字崑山張氏，將行而卒。硯今藏王佛雲壽彭處。

疏香小閣人如玉，翠袖姗姗倚修竹。冷雨櫻桃一硯紅，焚香自譜纏綿曲。曲裏閒心妙若仙，摩挲片石送流年。幾回簾外星空拜，無奈天邊月未圓。月華已散雲容杳，綵鸞仙去文簫老。賸得彎彎眉子痕，中間清淚知多少。二百年來淚亦乾，當時仙韻未摧殘。開函待訪瑯琊客，同倚梅花試麝丸。《心盦詩存》卷三

安南阮氏遺牘

乾隆五十五年，征平安南黎氏，以阮光平代黎氏王。安南此牘爲光平上威勇公福康安書，蔣叔起侍御得之琉璃廠書肆故書中，因裝成一册，將徵題詠焉。

一角邊雲指南服，狼貪蠶食紛蠻觸。雄封誰莞爛柯山，眴息廢興幾陵谷。中間黎阮互開釁，扭運何曾厭刀觸。井底纖蛙怒相眎，泥中困獸鬪難伏。一時狂吠學蹠犬，幾載憑陵得秦鹿。倉卒輪忱納款心，匆匆槐國留遺牘。伏波往蹟譚炎徼，終古畏佳銅柱矗。捫搎鉦鼓響鏗訇，丞相平蠻話尸祝。蚓城霧域彈丸耳，乃敢尋仇屢翻覆。終見螢光捧海澆，日月焉能容鬼矚。重譯何須貢旅獒，小番自畏防風戮。今日車書混一家，但憑威信懾荒遐。笑他駞鈕塗金印，押尾芝泥爛若霞。《心盦詩存》卷七

論曲絶句二十二首

百代宫縣寄賞心，伶倫截竹五絃琴。解從人籟通天籟，纔是雲山韶濩音。

太師去後五音寒，高調人間斷續彈。一自登場描粉墨，主持從此有伶官。

大令才名舊白門，歌成珍重付桃根。不須更譜青團扇，今日秦淮有淚痕。
揚州三月冷煙花，誰問陳隋帝子家。更唱後庭花一曲，可憐玉樹日西斜。
沁水筵開耿玉繩，脆絃彈徹四條冰。鬱輪袍曲登科記，了卻詩人王右丞。
畫壁旗亭柳萬絲，爭將月旦付歌兒。風流俊煞龍標尉，親聽黄河遠上詞。
人生如夢弔英雄，赤壁驚濤拍岸空。盡洗世間箏笛耳，銅琵鐵板唱江東。
中郎身世太纏緜，譜入琵琶字字圓。一樣白描譚絶技，畫家惟有李龍眠。
含宫嚼徵按紅牙，一笛吹開玉茗花。識得美人香草意，不妨説夢送年華。
一聲檀板故宫秋，扇底桃花逐水流。多少南朝金粉淚，傷心何止媚香樓。
豔冶穠纖擬秘辛，蒲東蕭寺果藏春。荒唐繪出巫山夢，筆舌泥犁是此人。
文章忠孝本天真，玉茗淵源有替人。灰盡名心彈熱淚，一樓紅雪譜陽春。
春鐙燕子話興亡，絶妙新聲脱口香。可惜才人太無行，至今齒冷詠懷堂。
芥子填詞漫自憐，一生修到野狐禪。江湖浪子朱門客，也學山人畫乞錢。
馬上桃花滚雪紅，男兒都讓女英雄。功成便證芝龕果，魂在恒巖一笛中。
癡愛貪嗔妙寫生，青藤老筆氣縱横。氍毹十丈鐙如月，忽聽啼猿第四聲。
冷雨挑鐙自苦吟，情天何處覔知音。筆端儘作倉庚語，九死難醫嫉妬心。

迷離惝恍有餘妍，漱石居然合管絃。却怪梨園春似海，無人解唱夢中緣。
一歌開寶便歸田，贏得才名樂府傳。解識盛衰如轉軸，琵琶悽絶李龜年。
水佩風襟倚國香，蕒洲漁笛調蒼涼。詞壇合下潛夫拜，腸斷當年夷則商。
一例宫商雜笑啼，曼聲促節太低迷。東南孔雀徘徊去，誰譜廬江小吏妻。
半牀絲竹坐清宵，今日歡場鬢欲凋。安得琴郎重唤起，替修舊譜度瓊簫。

《心盦詩存》卷五

致翼堂詩集四卷

嶺西五家詩文集本

彭昱堯撰。昱堯字子穆，號蘭畹，廣西平南人。道光十七年副榜，二十年舉人。嘗爲廣東學政龍啟瑞幕佐校文。著《河防筦議》。咸豐元年卒，年四十三。此近代《嶺西五家詩文集》本。五家爲吕璜、朱琦、王拯、龍啟瑞、彭昱堯，以昱堯差後出而早世。編校者爲朱琦、龍啟瑞，王錫振爲撰《墓表》。錫振工詞，有《瘦春詞鈔》亦附五家集内。其詩始於道光十五年。詠兩廣山水民情，如《疊綵山題壁》、《桂林雜詩》、《灕江雜詩》、《先孝寺鐵塔歌》、《肇慶閱江樓》、《清遠峽》、《峽山寺》、《韓文公祠》、《潮州雜詩》，洵足觀賞。《潯州新樂府》、《壯勇行》諸篇，旁及時事。次則兩湖、淮南、蘇杭，人事物情，約畧可見。交游則稱梅曾亮、吕璜爲夫子，與孫衣言、邵懿辰等江南名士，亦有往還。

佩蘅詩鈔八卷　咸豐九年刻本　文靖公遺集十二卷補遺一卷　光緒三十四年刻本

寶鋆撰。寶鋆字鋭卿，一字佩蘅，又作佩珩，姓索綽絡氏，滿洲鑲白旗人。道光十八年進士，歷官户部、刑部、兵部尚書，總署大臣。卒於光緒十七年，年八十五，謚文靖。初刻《佩蘅詩鈔》八卷。卷一《典試浙江紀程草》，卷二《浙江還轅紀遊草》，卷三《奉使三音諾彦紀程草》，卷四《塞上吟》。别四卷爲《試帖詩存》。首自序，朱緒曾序。三音諾彦，亦稱喀爾喀中路，在外蒙古中部。即傳説北瀚海漢蘇武牧羊地。寶鋆於咸豐四年八月三日由昌平出發，經宣大蒙古四十九臺，至三音諾彦。得詩百餘首，頗紀山川風土。又有《竹枝詞》三十首，記人民衣食物産。間有不近事理者，不及細審矣。寶鋆扺推英郭勒，擬祭鄂博文，禮成即還。歸途無詩，而《塞上吟》存賦二篇。殁後十七年，其子景澧、孫蔭桓輯《文靖公遺集》復得十二卷，達一千六百餘首，與《詩鈔》合刻於羊城。《遺集》均爲官居北京所作，與醇邸、恭邸贈賦最多。詠京中名寺古蹟，《香山藍靛廠看火器營操》等詩，頗具時聞。唯同治七年，寶鋆奉使朝鮮，未見有詩。而同行官員蔭方有《渡鴨緑江》、《平壤道中》諸篇，收於《天然如意齋詩存》。近代《滿蒙叢書》只收寶鋆《塞外詩》。錫縝《得復軒詩存》，王先謙《虚受堂詩存》，均有《贈和佩蘅師詩》多首。

竹枝詞三十韻　竹枝以唐劉隨州爲最。紀風土述人情，妙絶一時。余偶來塞外，見聞無幾，因赴噶魯砥，山峻

路遠，車中口占二十四首，次日續得六首。或莊言之，或諧言之，以示采風問俗之意，而究未審其當焉否也。録二十首

氈廬得火煖烘烘，力可回天第一功。鳳炭麝煤全擱起，馬通牛矢一齊紅。

黄衣冠著奉金容，達賚班禪大法宗。成佛升天誰管得，祇將肉食學庸庸。

笑我馳驅興未降，閒將牛乳試雞缸。從知調爕仍無補，贏得星星白鬢雙。出塞以來，日食酪漿，鬢乃添白。

語言文字總無知，雅善模棱我欲師。豈是汾陽傳別派，看來純是學聾癡。臺上人間通漢語，家丁等每相呼應，佯爲不解。

丁香叱撥逐風飛，淺草平原雪打圍。文豹元熊均未見，爭誇狡兎得霜肥。

巨鑊油油味孔佳，炒成卜達米也著酥乳也釵。生平不解何曾飽，漫比堯羹進土階。炒米奶茶比户皆然。

五月披裘詡負薪，爭如斯地古風醇。子陵若解居沙漠，光武何從識故人。冬夏衣裘，隨在皆是。

棍卜丹津姓字存，沓來紛至護行轅。朔風天馬歌如昨，不見當年綽克渾。綽克渾，超勇親王部將，善偵探，功最多，能爲朔風天馬之歌。

牝牡驪黄一例看，虛生駿骨老烏桓。我來也自成皮相，問馬惟求諾穆歡。諾穆歡譯言馴良，清語亦蒙

古語。

鄂博高堆大小山，神靈陟降有無間。盛稱六月真嘉會，萬仞峯頭福胙頒。六月六日致祭鄂博，牛羊等祭品甚盛。

西風作冷馬蕭蕭，不慮征途太寂寥。章蓋偶然能漢語，侈談額勒德尼昭。昭譯爲廟，在定邊界内，云規模亦宏敞。

北地雄風振古豪，小兒衣上亦容刀。虎頭燕頷封侯相，食肉原來盡老饕。

臙脂山下美人多，狐帽披風珠練拖。怪底容光殊號國，不施鉛粉抹煙螺。

白白紅紅衆草芳，金桃柯幹淺深黄。低叢扎噶渾無用，那有奇材可棟梁。杭靄以南除二株神樹外，絶無大木。

雷劍鋒銛紫氣横，曾誅木魅走山精。如何贋作時相混，蕩穢除邪浪得名。雷劍形模不一，亦有贋作。

奔巴圖界産空青，滌目功深藥有靈。底事無人多採取，想因妍醜怕分形。

秔香茶熟氣蒸蒸，珍重天山一片冰。不爲風霜磨礪久，愛渠猶有玉壺稱。他楚推臺均融冰而飲食之。

漠北蒼茫接漠南，元家王氣此淵涵。未詳起輦墳何在，野草衰黄天蔚藍。元太祖墳於起輦谷。

一聲嘯起野風尖，馬足何人敢或淹。簇擁星軺如箭疾，此中號令尚森嚴。每蹷口作哨，馬卽飛走。

塞上風雲氣不凡，偶資諧笑輔占咸。異時更有沃臣使，好贈新詩伴枕函。《佩蘅詩鈔·塞上吟》

胥屏山館詩存二卷　道光間刻清頌堂叢書本

陸麟書撰。麟書字黻庭，號子愉，江蘇鎮洋人。北闈舉人。以筆耕養母，往來於燕趙間。道光十九年，客江西巡撫錢寶琛館，甫定時卒。黄奭以其遺集與同邑汪元爵《涇西書屋詩稿》同刻《清頌堂叢書》。是集《詩存》二卷、《文存》一卷，錢寶琛序。篇什不多，而多精撰。《雲犨娘曲》、《劉念臺先生遺像》、《王猛銅印歌》句奇而語重。《都龐曲》，敍安南黄文通事，亦史料也。《蕪湖關驅船行》、《當衢婦》、《沙井兒》、《爨下婢》，悉情民間。《哭惲丈子居》詩，可爲惲敬傳記之資。麟書與汪元爵同時，才亦相埒，惟境遇不同，所造各異焉。

都龐曲　有序　都龐府者，隸安南。乾隆中阮氏簒安南，府主黄文通不服，奉表於朝，請内附。大兵征安南，文通爲鄉道焉。後安南攻之二十年不解，都龐大困。安南復招紅毛番兵，腹背攻之。城破，文通率麾下三千人苦戰死，無一降者。其子與婦泅水，逸至雲南云。按：《漢書·地理志》，九真郡有都龐縣。應劭曰：龐音龍。今九真爲安南清化府，黄氏所守，當卽古都龐地也。其地據安南上游，與雲南蒙自縣錯壤。蒙自人以其先世嘗有屏蔽功，故多樂道之。龐其俗作童，童古龍字。

雞陵關前擂大鼓，殺聲夜撼都龐府，壯士三千付灰土。府中有誰府主黄，租税舊奉安南王。後王□王是王賊，不肯生降貢中國。大軍南征北户時，□□負弩迎王師。安南報復方未已，廿年毒戰危於絲。是夜□飛風颯颯，丈八蛇矛寸寸折。紅毛髑髏嚙人骨，千里孤城一片血。鬼馬悲嘶負屍立，帶箭孤兒草中泣。孤兒有婦亦壯哉，拔刀咒水水忽開，崎嶇匍匐中原來。手抱勅書與銅印，涕泣軍門求代進。萬里茫茫天路遥，百年故物誰能信。哭聲慘裂蒼山垠，珊瑚易米棲蠻雲。夢中猶見舊城郭，日南何處新丘墳。邊人不忘保障德，呼兒同耕婦同織。《胥屏山館詩存》卷二

慎自愛軒詩集十二卷　光緒十四年刻本

梅雨田撰。雨田字古芳，湖北黄梅人。同治元年進士。官山西鳳臺、江西瑞金等縣知縣。《詩集》與《文集》三卷合刊，有沈用增、賀壽慈序。詩起於道光十三年，訖光緒四年，年逾七十。雨田生於咸、同之世，太平天国、捻軍，震盪南北。集中有所涉及，多出官方聞報。記陳玉成、宋景詩事，可供參考。《汾鄉吟草》一卷，詠黄州府歷史人物，以李時珍、杜濬爲其尤。《黄梅竹枝詞五十首》，記本鄉風土信而可據。《楚北論詩效元遺山》近五十首，評論詩人，自屈原至熊士鵬，亦可備文獻之徵。

盟山堂詩初集四卷　道光間刻本

屠秉撰。秉字修伯，浙江錢塘人。父倬，工詩詞，旁及金石書畫。秉濡染既深，鑽研彌久，亦積至數百首。道光十一年刊爲此集，距倬之歿，祗三年耳。是集有郭麐序，鄧顯鶴題詞。寄贈之中，馬履泰、張雲璈、

陳燦、查揆俱爲老輩，黄安濤爲其外舅，而與毛嶽生、夏寶晉、吴振棫詩友。《繞門山》、《吼山水石巖》、《西湖雜詩》，觸景賦象，俱無俗韻。《蜯中七佛像歌》、《詠奚鐵生畫》，小注載倬手記。詩爲西泠之傳，以揚扢風雅，吟咏湖山爲能事。此曰《初集》，未見續刻。其姓名蹤跡與詩之存者，僅若是耳。

慎盦詩鈔二卷　光緒元年刻本

左宗植撰。宗植字仲基，一字景喬，湖南湘陰人。道光十二年，與其弟宗棠同榜舉人。官内閣中書。是集與《文鈔》合刻，無序跋，分上、下二卷，篇什無多，文采甚足然。《贈季鸞北行兼簡湯鵬》、《京師九日同人慈仁寺祭顧先生祠呈同集諸君子》、《題苗仙麓寒燈訂韻圖》，既見學力，亦備掌故。《讀五代史二十首》、《讀十六國春秋雜言十首》，專事評論，俱不空疏。惟牽涉時事之作，多須加審辨耳。

宋搨淳熙修内司帖　爲止川太守作

淳化以來有官帖，古蹟追摹千百疊。使君何處得此本，錦段珊瑚照縑匣。鍾張驚笑羲獻泣，虞褚歐顔奮髯鬣。淳熙欵識修内司，楷字雙行書歲甲。自從真蹟龍騰去，晉唐楷則誰能諜。昇元無復南唐遺南唐李後主取晉唐真蹟摹勒上石，爲昇元帖，乃淳化閣帖祖本。棗木錠櫝付灰刼。淳化帖用銀錠櫝，棗木版，故官帖往往有銀錠紋，禁中火災版燬。後來大觀與太清，補綴褫留差有法。紹興監本乃其亞，匱紙失傳妨僞搨。此外臨江潭與絳，派别條分費氈蠟。玉環飛燕隨纖濃，紫鳳天吴相葺闒。是本蚤仍侍書舊，邊幅雖訛精爽接。却看肅府鴻堂書今世俗所藏率多此二種，何翅東施對嬌靨。當年好古查初白與何義門，小印泥紅三百押。宗伯學士此珍護，給諫平生幾裝貼。夜壑藏舟深復深，乃與鄴侯充笥篋。向來神物多平津，會合流傳理難狎。夜閒玉虹穿屋椽，雪後天星芒四匝。囑君牢鏁玉麒麟，隄備五丁來取攝。《慎盦詩鈔》卷一

荻訓堂詩鈔五卷　同治七年刻本

鄧琛撰。琛字獻之，湖北黄岡人。道光二十三年舉人。初任景山官學教習。同治初，官山西蒲縣等縣知縣，改刑部郎中。撰《荻訓堂詩鈔》五卷，徐繼畬、黄宅中序，陳鑅、彭湘、嚴辰、謝章鋌等題詞。《詠岐亭三賢祠》、《登白洋山》、《過嵇侍中祠》多具歷史典故。官山西數年，於窮山古寺、磨崖墓洞多所探賾。《游蒲邑近治山水詩》、《保德橋天橋魚歌》、《金蓮花點茶歌》，均能詑人耳目，爲政情狀，可畧見一斑。道過赤壁，於殘碑斷碣中得坡公遺像石刻，爲之感賦，亦文物之資也。其詩恣肆粗豪，蓋得力於韓、蘇者爲多。

陳東塾先生遺詩　近代排印本

陳澧撰。澧字蘭甫，號東塾，廣東番禺人。道光十二年舉人。官河源縣訓導。爲學海堂學長數十年。

光緒八年卒，年七十三。澧於羣經、地理、小學、古文、音韻、樂律、算術，無不究習。著有《東塾集》、《東塾讀書記》、《聲律通考》、《切韻考》、《漢志水道圖説》、《水經注提綱》、《三統術詳説》、《琴律譜》、《憶江南館詞》。遺詩乃門人汪兆鏞輯並加考訂。内《觀音巖》、《阻風滕王閣下醉後作歌》、《素馨斜》、《虎門觀潮》、《水車行》、《大水歎》、《重刻天發神讖碑以詩記之》、《送鄭小谷歸廣西》、《龍首骨歌》、《礮子謡》，上樵六朝，下近宋音。好博觀，作《讀書詩》十餘首，俱深得之言。咸、同間刻印者多，作《論印絶句》八首。又有《題畫詩》十餘首，可見才學。《論詞絶句》六首云：「月色秦樓綺思新，西風陵闕轉嶙峋。青蓮隻手持雙管，秦柳蘇辛總後塵。」「冰肌玉骨洞仙歌，九字何曾記憶譌。删取七言成贋鼎，枉教朱十笑東坡。」「自琢新詞白石仙，暗香疏影寫清妍。無端忽觸胡沙感，爭怪經師作鄭箋。自注：張皋文謂《疏影》詞爲二帝之憤。」「道學西山經考亭，文章獨以正宗名。吟成花又嬌無語，却比詞人倍有情。」「也解雕鎪也自然，鐙前雨外極纏綿。何因獨賞唐多令，只爲清疏似玉田。」「趙元誰似玉田生，愛取唐詩翦裁成。無限滄桑身世感，新詞多半説淵明。玉田詞多用唐人詩句。」隨筆傾吐，亦不庸常。

靈洲山人詩録六卷　同治三年刻本

徐灝撰。灝字子遠，一字伯宋，號靈洲，廣東番禺籍，錢塘人。貢生。官至廣西知府。暇時用力於文史圖籍，兼習天文、曆算。著有《説文解字注箋》、《象形文釋》、《通介堂經説》、《樂律考》等書，又有《塞外紀聞》，未見傳本。是編有譚瑩序，詩歌分體凡四百四十五首。據《呈晏彤甫》詩注，爲嘉慶十五年生。《厓門行》、《圭峯山》、《萬川峽》、《海市歌》、《石版潭》、《中宿峽》、《龍泉峽》、《天泉歌》、《大雲寺》、《石華山》等篇，頗盡嶺南川灘巖峽流瀑之勝。《捕蝗歌》、《金魚歌》、《雷霄琴》、《疇人歌》每作前人未經語，獨開生面。《十六國小樂府六十首》，當爲讀史之助。灝博涉多通，學有本原，其詩亦有深造，不可掩也。

疇人歌

授時、大統之術，至明季而愈疏。泰西利瑪竇、熊三拔諸人，推測精微，實有功於天學，不得以中西異視而故爲軒輊也。近瑪吉士著《地理備考》，復述哥伯爾尼閣之説，以爲日輪居中，而地及諸曜皆環繞升降於其間，算家驚爲創獲。據《尚書・考靈耀》言，地與星辰四游，升降於三萬里之中，鄭氏康成本之以注《周禮》土圭測景，其説與《周髀算經》畧同。又《河圖括地象》、《春秋・元命苞》亦皆言天左旋地右轉，是西士所妙悟者，我中國已先有之。余昔嘗著論，竊謂七政右旋之度，即左旋之差，而差數繁，不如東行之度簡也。故古人以此命法而非不知其故也。頃見吴太史嘉善夏正鸞翔與舊友鄒秀才伯奇，皆神明於象數者，乃爲是詩以質之。今者臺官測候，已積歲差，黄赤大距其度漸朒，是宜及時考覈，以闡奥理，而繼絶學焉。此固疇人家所有事也。

歐羅巴人入中國，幾何妙算窮毫芒。縱横八綫割圓體，遂化弧角爲萬匡。精心孤詣信超絶，更傳負重兼韜光。西人輪機諸器，謂之重學。遠鏡之屬，謂之光學。有明末造失天紀，扣槃揣籥空旁皇。疇人子弟各分散，禮失求野資梯航。不知彼法本自我，如青出藍圓出方。我朝曆數邁前古，作者維聖述者明。聖祖御撰《律曆淵源》，高廟、宣廟並作後編。又宣城梅文鼎所著《曆學疑問》，曾蒙聖祖御筆親加評點。天元肇造借根術，西人數典猶未忘。西人名借根方曰「阿熱巴達拉」，猶華言東來法也。溯從羲和宅暘谷，機衡重器陳明堂。隸首商高早代謝，鮮于洛下爭頡頏。漢唐以來幾推嬗，五十四家紛短長。或談災祥辨分野，竟昧渾蓋如參商。高人冥心悟元理，淺夫咋舌嗟望洋。艱難天步實幽渺，誰能傳翼遊穹蒼。在易之革曰治曆，乘時損益斯乃良。靈臺遵守四輪法，橢圓角度加精詳。乾嘉訖今閲百載，黄赤距緯聯雙璜。側聞已改立成表，歲差漸積久愈彰。何人手操絫黍尺，四餘七政從天量。今測七政四餘躔度，謂之量天尺。翳余幼學讀保氏，九數涉獵徒淺嘗。生天慧業有人在，胸中列宿森懷藏。密測躔離驗盈縮，便從分秒追尋常。泰西近察大地轉，一陽獨處天中央。地毬如月及衆曜，拱日環繞羅成行。算經毖緯舊有説，四游升降非荒唐。乃知古人具卓識，特爲布算提宏綱。天牽日月向西没，舉頭萬古常相望。前賢立法貴易簡，西士挾術多矜張。願通中西勒會要，著作一代成典章。諸公精力早辨此，毋令墜緒終茫茫。《靈洲山人詩録》卷三

依隱齋詩鈔十二卷　咸豐十年刻本

陳鍾祥撰。鍾祥字息凡，一作息帆，號趣園，晚號抑叟，貴州貴筑人，道光十一年舉人。官四川青神、緜

竹、大邑知縣。二十七年，奉使察木多。咸豐三年官直隸滄州知州，改趙州。輯有《趙州石刻全集》。善詞曲。詩集與雜文、詞散曲合刻，名《趣園初集五種》。詩凡一千三百二十六首，各卷以事繫名。首許乃普、黄省、莫友芝序，吴嵩梁評跋。據《自壽詩》，爲嘉慶十一年生。結集時年五十一歲。鍾祥爲詩，初喜王士禛，後受學於吴嵩梁。而集中《康鄀草》爲歷察木都詩，觀所狀寫打箭鑪以西山川異境，光怪陸離，實近於宋調。姚瑩序云：「嘗歷斯地，有《康衛紀行》十六卷，而詩歌無多。此集所詠山川風俗人物一一如繪，不但余披覽恍若再遊，卽未嘗往者讀之亦不啻身行而目睹。」殆非溢美也。其中《康衛吟》十六首，録諸詩小序於次。《通事譯字》：「各部蕃語，多不可通。唐古忒字左行如科蚪文，蕃漢晉接，必用通事，行文往來，皆賴繙譯。」《遞哈達》：「蕃俗見長官或僧蕃相見，皆承尺帛，志敬如執贄之儀呼爲遞哈達。以織自西寧者爲貴，川中佛頭次之，粉哈達爲最賤。或以易市物如刀幣之用。」《轉詔轉經》：「自前後藏至巴裏塘，喇嘛寺正殿爲大詔，别殿爲小詔，塑事釋迦如來佛。會日蕃俗男女唪經環寺膜拜謂之轉詔。蕃人無不幼習經誦。其賤者不能習，以木桶盛經文，環所居樓藏之，日誦佛號，手轉其桶，爲轉經云。」《喇嘛》：「蕃僧前藏達賴最尊，後藏班禪次之，在京章嘉又次之。餘如昌都札雅各部呼圖克圖轉世，悉如達賴、班禪，並有諸門汗之號。其寺院則堪布主之，地方蕃民則昌儲巴主之，悉喇嘛也。諸部喇嘛不下十數萬，蕃民供養敬禮亦特隆云。」《營官頭人》：「藏中各部設營官，次則爲頭人，皆管理地方，有碟巴熱傚諸名目。其護送行旅者爲鼓操，悉蕃民爲之。惟昌儲巴僧俗皆有。前藏更有噶布倫及儒本定本等官。」《催烏拉》：「蕃衆男婦僧俗皆供役，每漢蕃官兵過境，沿站蕃官頭人輒分户計口派役，或出牛馬，或供男婦，皆呼爲烏拉。」《索賞需》：「西藏往來官兵，逐站給賞。始換烏拉，其換防文武員弁必飽所欲乃放行。站價之外曰酒錢，曰背手賞，需則益以綢布、茶煙、哈達諸物。蕃官每藉烏拉爲名，勾求無饜，供役者實無與焉。」《破本甲米》：「蕃俗呼駐藏大臣爲安本，駐臺文員爲破本，武員爲馬本，兵弁則呼爲甲米。」《追夾壩》：「蕃俗謂盜爲夾壩，遇有警，村寨集衆追捕。前藏治盜多律以死，斷支體毀耳目，然蕃境盜勢彌横，行李常爲戒嚴。」《卜天葬》：「蕃俗不營封樹，人死卜諸喇嘛，謂宜天葬。迺集喇嘛唪經，屑骨肉以飼鷹，食盡，羣相稱賀，以爲生天。飼犬謂之地葬。委水中飼魚黿謂之水葬。」《跳歌莊》：「蕃女挽手蹋歌且舞，胡絃羌笛和之，名曰跳歌莊。自打箭爐至西藏，歲時跳以賽神，盛暑於柳林納涼，皆靚飾冶容，醉後跳舞。蕃官貴人聽者往往擲賞，畧如内地劇戲。」《穌茶糌粑》：「蕃地不産五穀，但種青稞，狀類大麥。夏種秋穫，蕃民屑青稞爲麨，手捏而食之，曰糌粑。更搗乳酪爲穌油和茶作飲，謂之穌茶。茶皆運自内地，有竹檔線絨之别。」《褚巴》：「蕃地無蠶桑，織牛毛爲布，麤者爲毪子，次爲大棉納哇。極細爲氆氌，以米星爲最貴。諸布色多敗紅或青白二色，間有緑者。男婦僧俗皆服之，名曰褚巴。」《黑帳房》：「蕃俗毳幕游牧，頃蕃官富人皆營碉房蠻寨以居。樓上居人，樓下栅牛羊，高累數層。出則有行帳。惟窮蕃仍舊俗，棲無定所。蕃酋别異之，目爲黑帳房。」《鴉頭》：「蕃女無貴賤，老幼皆呼爲鴉頭。不諳女紅，不施脂粉，唯櫛髮盥面以珊瑚松兒石爲飾。多供薪水之役，頗有解貿易者。戍卒娶之生子女，戍還輒棄去，復他適。」《扯界娃》：「華人征戍貿易，在蕃地聚婦所生子，蕃人呼之爲扯界娃。能通漢蕃語言，嘗有爲通事譯字者。然每與蕃人因緣爲奸，頃查禁特嚴。」鍾祥官江漢有《漢口雜詩》，過滬作《上海新竹枝》二十首，記所見形形色色。乘輪赴天津，作《海島雜詩五十二首》，爲航途見聞。咸豐七年。在津隨辦外交事宜，亦有詩紀。其詩不免標奇志異，於外國侵畧認識不足，於少數民族間有歧視之詞，均當審辨。

陔蘭書屋詩集六卷二集二卷　道光二十七年刻本　補遺一卷　同治間刻本

潘曾綬撰。曾綬字若甫，號紱庭，江蘇吴縣人。潘世恩第三子。道光二十年舉人。官内閣侍讀。咸豐初，引疾乞養，遂不復仕。後以子祖蔭貴，就養京邸。卒於光緒九年，年七十四。自刊《陔蘭書屋詩集》六卷、二集二卷，爲歸里前所作。同治間僅刻補遺一卷，附詞集。初刻爲阮元、錢儀吉序。與海内達官耆宿名流學士唱題甚多。《題七姬權厝志》、《趙飛燕玉印歌》、《題葉申薌本事詞三首》、《題鄺湛若抱琴像》、《題惲南田秋水征帆畫軸》、《題沈濤訪碑圖》、《六舟剔燈圖》、《張秋水以手校朝鮮石洲集殘本羅兩峯畫鷺絲雲木軸寄余兄弟》等篇，有關藝林故事。李宗昉、李聯琇父子詩集各存《題陔蘭書屋詩集》。曾綬於國勢阽危之際，無所表現，一生優游於文酒之會，爲人實不足重。而集中牽率之作，亦不免焉。

舒嘯樓詩稿四卷　同治五年刻本

李曾裕撰。曾裕字小瀛，江蘇上海人。官於湖州。道光二十五年乞病歸里。同治五年自刻《詩集》四卷，葉廷琯序。又錢玄曾序。以《戊申三十九年》詩計之，爲嘉慶十五年生。詩近袁枚，主性情。《吴船行》、《鬻女歎》、《催耕曲》，多陳民家疾苦。早年赴都，結納較廣，夏際唐、喬重禧、周恩綬、錢寶琛，俱係前輩。與朝鮮使臣尹景善、進士魚命羲有贈詩。《哭王叔彝太守慶勳》、《題薛時雨滬濱從軍圖》，亦當日知名。《讀史根觸》八首、《春愁》十首，俯仰古今，自抒懷抱。《香冰酒歌》，酒爲英國産，時方運滬上，向之未見也。

觀古閣叢稿詩一卷　同治十二年刻本

鮑康撰。康字子年，晚號臆園，安徽歙縣人。道光十九年舉人。官内閣中書、四川夔州知府。嗜癖古泉。著有《續古泉滙》、《泉説》、《觀古閣叢稿》。同治十二年年六十四，刻《全集》並劉喜海《金石苑》、《古泉絶句》，有自序。内詩一卷，什九爲考古題詠。《題劉燕庭觀察泉苑精華後》、《題金石苑》、《燕庭觀察惠金錯刀契刀詩以志之》、《自題觀古閣泉選》、《燕庭廉訪寄惠嘉定銕泉别種詩以志謝》、《燕庭方伯惠嘉定端平各種銕泉再占志謝》、《吕堯仙惠孝建四銖泉十三種》，而以《古泉三十六韻》、《古泉雜事詩十四首》，考證最精。懷人贈答之詩，如李佐賢、陳壽祺，亦金石專門。《晚晴簃詩滙》選《古泉三十六韻》全删小注，句多不可曉矣。

古泉三十六韻

雅癖推金石，鯫生更癖泉。搜羅償夙願，辛苦憶兒年。余十一二齡卽好藏弆。和嶠情同錮，洪遵志續編。標新臚小大，繪影肖方圜。制向錙銖析，文徵面背全。殊形刀詰屈，異樣布精堅。厭勝閒情肆，題祥吉語聯。刀布圜法，正品之外復有厭勝、撒帳、吉語諸品，星月、仙鬼、符咒、生肖、人物、樓閣、魚鳥、花草種種殊相，不可窮盡。旁稽瀛海外，詳紀夏殷前。翻用《漢書》語。芬訝黏襟古，暉驚燭幾鮮。青紅苔繡澀，斑駁土花妍。偶值奇相餉，真令喜欲顛。五金紛冶鑄，種類最繁，五金咸備。廿載耐磨研。貪許鉤心鬥，趨嗔捷足先。窮檐晨訪踏，列肆夕流連。癡尚誇奇覯，貧偏結古緣。但教珍翠櫝，那惜賣珠鈿。頻質室中簪珥購之。紈扇光如拭，友人多屬拓黏扇頭。藤牀夢也牽。選叨劉寵贈，姻丈劉青園太守與劉燕庭觀察所藏最富，曾蒙持贈。佩比阮脩縣。舊譜癡頻索，舊譜率沿路史之失，遠溯洪荒，今各泉具存，得一一訂證其誤。新詩句好傳，燕庭觀察有《論泉絶句》二百首，源流備悉。妒嗤慳出手，羨笑久垂涎。何鏡海内兄亦同此癖，時出所藏競鬥。贗鼎思爭售，魚珠愧未捐。秦中僞泉日出，率取青緑厚泉劖刻亂真，殊有疑莫能決者。軼材搜寶鈔，玉民外舅貽大明寶鈔二紙。餘事侑瓊筵。梅宛陵有《古泉勸酒》詩。雨過吟秋館，涼招薄暮天。半生忙似賈，此日快疑仙。筠箔澄於水，紗窗白勝綿。甌香斟苦茗，鑪翠篆疏煙。羅列縑囊富，縱橫錦篋駢。螺丸磨處膩，蜆楮拓來便。綺席人高踞，璇閨侶乍延。時屬室人及幼妹爲拓墨。登登聲著紙，悄悄影移甎。古篆盤蝸結，名書舞鶴翩。泉文多出名手所書。神爭碑版秀，字證鼎彜鐫。泉幣文字多與古彜鼎合，初民譜臚載甚詳。墨本裝緗帙，郵筒遞綵箋。與友人論泉之札盈篋。剖疑滋辨論，數典費言詮。探袖逾三百，論緡貯十千。書迂還著録，兀兀事丹鉛。《觀古閣叢稿》下

春星草堂詩集五卷　光緒十五年刻本

沈丙瑩撰。丙瑩字晶如，號菁士，浙江歸安人。道光二十五年進士。授刑部主事。官至貴州安順知府。晚主浙江詁經精舍。同治九年卒，年六十一。是集爲其子家本官刑部郎中時所刊，凡《文集》二卷、《詩集》五卷、《讀吴詩隨筆》二卷。尚有《星匏館隨筆》四卷。首李慈銘、施補華序，徐兆豐跋。丙瑩官刑部多所平反。集中有《悼誦》、《歎鴞》、《憂虺》、《憎豕》四詩，以寓言形式，刺剥下，惕罹法，戒養患，防外侮。居都門，作《新年詞》二十首，其一云：「琉璃廠裏琉璃器，盛得魚苗血色朱。又聽街頭聲咊咊，兒童口插響壺盧。」又云：「著色丹青妙擅場，賣鐙火巷認廊房。畫來舊劇輸新劇，探母爭看楊四郎。」又云：「仙靈來往白雲柢，燕九良辰屈指稽。今日驢車跑海少，釵裙都過便門西。」此詩作於咸豐元年。又作《雜詩六首》、《柳枝詞》十五首雜述見聞。詠《爵秩録》、《時憲書》、《名制》、《門封》，不避俚俗。《完糧行》等篇，備狀農家疾苦。《楊忠愍祠》、《題劉誠意伯授經圖》、《下菰城懷古》、《詠史》等作，習於文獻掌故。官貴州數邑，當逢多事。經歷龍硐背、白馬硐、狗場壩、龍溪諸地，形勢險惡，而吟詠不廢。《救兵糧謠》、《踏麥行》、《大方于役即事八首》、《羅甸雜詠》，均爲紀實。李慈銘云：「所闡揚忠義敍述亂離，及軍府籌畫山川阻阸，多足以補志乘，備他日國史之采。」其有資於世者可知矣。

羅甸雜詠

設科蛇節各縱横，自昔鑾娘善用兵。雌已能飛焉肯伏，休將姑息誤蒼生。時有土目婦成擒。

殘兵六百變苗民，三保當年帳下身。誰識伏波征越後，黔山更有馬留人。車寨苗男子多技，女人土繡。相傳馬三保遺兵六百人於此，與苗人爲壻，遂成苗。

仲苗卜雞如卜龜，黑苗卜兆鬬螺螄。蠻方信鬼都成俗，疾病無非召鬼師。仲苗以雜卜最倍巫。黑脚苗有事取螺螄二枚入水盆中，觀其鬬以卜吉凶。

于田有伴影依依，日暮携鋤兩兩歸。共羡山中同命鳥，居然雙宿又雙飛。峒人夫婦，出入必偕。

斑絲組織色精姸，紅苗所織，蠻布谷藺苗所織光明峒錦峒人所織鮮。一自客師多好貨，更無椎髻到城邊。

斜陽冷落九層衙舊宣慰署，十搭舊時夷官之等級雲仍黑種誇。咂酒家家新釀熟，爭攜牛角獻官家。夷官裔曰土目，夷人呼爲官家，獻酒者盛以牛角。

馬匙以木爲之代箸稻新嘗，補肚如椀而有高足若古木豆登筵設豆觴。抔飲汙尊今不見，尚留皇古在蠻鄉。

打樂杷槽笑語譁，綵珠抛擲一團花。銀圈垂項膚如雪，纖好爭誇白仲家。白仲家女纖身雪肉，每歲孟春，擇地爲場，以大木空其中，曰杷槽。男女持竹片以擊，曰打樂。編綵布爲小球，謂之花球，視所悦而擲之。又仲家婦女以青幅蒙頭，項上著銀圈。

翁車送死事離奇，夷人以木爲車，載尸而葬之。作戛神巫衣虎皮。四面歌聲人跳脚，蘆笙吹斷五更時。夷俗火葬之前夕，媚黨吹蘆笙歌唱達旦，謂之跳脚。

蜀鹽負販走千程，難得堆盤有水晶。一種峒人能淡食，不知世上有和羹。峒人食避鹽醬。《春星草堂詩集》卷四

咄咄吟二卷 近代嘉業堂刻本 半行庵詩存稿八卷 同治五年刻本

貝青喬撰。青喬字子木，號無咎，又號木居士，江蘇吴縣人。諸生。年二十八，遇朱綬聞其緒論，始爲詩。道光二十一年，投効揚威將軍奕經軍營，入寧波城探敵情。繼命監造火器。奕經被逮，又命列敍軍務始末，繕具親供，備刑部入奏。故於兵事内外曲折，獨能言其詳。所作《咄咄吟》上、下卷，署木居著，各七言絶句六十首，向止有傳鈔本。一九一四年吴興劉承幹刊《叢書》，遂爲世人熟知。其中目覩英軍盤踞寧波情景，以詩紀史，又以史爲注。於英軍殘暴、清朝官吏昏憒無能，多有揭露。敍及林則徐燒煙治兵，理直氣壯，革林職派琦善往許割地，憤懣亦深。而於奕經堵守禦敵及受挫經過，言之甚鑿。鴉片戰爭後，青喬往游京師。復歸江南。後領鉛船，之黔、滇、蜀三省。咸豐間赴越迎母，十年，太平軍克杭，母子相失。同治二年，就直隸總督劉長佑聘，未及見，道卒，年五十四。五年，葉廷琯爲刻《半行庵詩存稿》八卷，惲世臨、黄富民序，凡詩八百三十首，有《林師則徐遣戍西口道出吾吴走送呈詩》、《林師書來存問兼贈白金詩以鳴謝》，可見受知於林則徐，惜已恨晚。至行役西南所作，多以經濟用世爲急，尤重采輯苗族土俗。《馬脯謡》、《餓殍行》、《圍城雜

詠》，均作於杭。得此兩集，青喬行實俱可考矣。同里張京度《梵隱堂詩存》有《咄咄吟題詞四首》。

黔山開礦者不下數百廠硃砂砯硍所在多産而金銀礦祇威甯天柱一二處而已余前曾入詠意未徵實今與程生沛設塋大文山凡所見聞頗資談助故復作五砂吟

石塋利用椎，土塋利用鏟。痀僂背砂籠，長隊進蝜蝂。呴呴伏雌聲，虚竇捕靈産。採砂。砂竇能鳴，驚之則他走。

五步置一燈，鼈行紛入塋。轉輓出礂門，裸裎乃許上。日暮貰村醪，贏得草鞋兩。運砂。塋口曰槽門礂。塋丁多偷漏，故防弊極嚴。須裸身出入。鞋有遺砂，故可換酒。

上者曰塊砂，洋箭與壩斧。燒砂最次之，縋碎半沙土。瓣香謝寶王，更有把巖虎。揀砂。洋壩皆地名，箭斧皆砂名。塋神曰寶王，不設塋而採砂，强者名把巖虎，弱者名爬羅雞。

砂牀竹溝斜，砂瓢木柄曲。舀水亂簸揚，獨漉復獨漉。朝看硫一坯，汰盡暮盈匊。淘砂。未淘之砂曰硫。

燒砂有丹爐，雙甓覆雙鉎。鎔化出刼灰，還須顧而唾。竈下黑白班，官中生熟課。燒砂。砂既出煅，黑如灰燼，須霑人唾，始成砯硍。塋丁晝曰白班，夜曰黑班。官收十之二爲税。既成砯硍，收之敞户曰生課，收之商販曰熟課。《半行庵詩存稿》卷四

鬆芩山廨雜詩　十四首録三

鬆芩坡在盤州歸化營，古爲靡莫絶境。康熙中始合康佐十二司，設一倅以轄之，遂有人烟。三百餘户，鱗集坡下，坡舊名松林。余因其産芩，故易之。游跡所淹，積成章句，非曰風謡，聊徵方俗而已。

蕭寥三百户，石版築蜂房。流汞燒成水，飛硝掃若霜。經旬開一市，孤瀆濟羣羌。暮夜譁何事，城坳逐餓狼。

十二分營處，林牢見斷墟。異香冬捕麝，毒箭夜防豬。戍重軍糧厚，苗頑法網疎。屯田留古劍，誰爲課春鋤。

嗟此逋逃藪，周遭百里疆。户貧人盡盜，土瘠石徵糧。訟牘呈冤健，淫祠事鬼忙。不知司牧者，何術報循良。　《半行庵詩存稿》卷四

運鉛船　余在峽江擬作鉛船雜事詩，日所訪聞，夜輒成詠，頗資當事采覽。繼在新崩灘失其稿，遂興敗不復吟。今抵瓜洲，將與鉛船分道而行，姑補一詩，聊存崖畧云爾。

京師鑄錢須用鉛，鉛船萬里來窮邊。三百八灘放出峽，七十二牐挽上天。一年四運有成例，前運後運迭相繼。給發運銀萬八千，製造運船二十四。運官領運無休假，船丁詾詾吁可怕。幸得平安官

可升，脱遇風波罰無赦。往往天津去拆船，變賣還須補鉛價。農部收鉛京局中，鎔鉛入銅爐火紅。鑄出鉛錢輪郭劣，殺鏈取鉛將毋同。嗚呼錢政何由壞，銅廠百弊言難終。試上鉛船點鉛數，何如六運滇南銅。《半行庵詩存稿》卷五

哀甬東

鄞縣賦額，浮徵逾倍。東鄉衆户，鬨求減價，當事謂爲亂民，檄兵往剿，丁壯懼而逃，惟婦稚在室，淫掠之。於是四鄉公憤，併力出拒，兵民互傷以千數。怪哉此事，爰記以詩。

海氛甫戢兵又起，祇爲官中急追比。狼烽一夕紅過江，血染連村成戰壘。耕男饁婦猛一省，髑髏飲寃死猶警。往時催科笞在臀，今時催科刃在頸。嗟爾不許官取盈，堂堂師出誠有名。島夷旁睨大驚詫，此軍獨敢鋒鏑攖。《半行庵詩存稿》卷六

圍城雜詠

傳烽入境諜猶遥，迎擊無人截路邀。坐使咸陽三月火，漲天紅燄一城摇。

雄師留待策奇勳，犄角分屯鳳嶺雲。未及交綏先卻走，山公愛將不能軍。

廬至黄巾氣日雄，蚰蜒築塹亘江東。十門堅閉徐籌議，幸只遥圍不近攻。

主纛高擎佇獻俘，漫驅部卒出闉闍。三軍耳目無旗鼓，使鶴猶譏況合烏。

莫是瑯琊取稻還，菜傭成隊唱刀鐶。連日出隊，惟刈菜而返。置身兒戲干戈際，哀煞江南庚子山。
蚍蜉外援合如林，晉鄙原無救趙心。不死神椎死神礮，前軍漫惜將星沉。
垓心坐鎮仗人和，慘澹旌麾自雅歌。共説中丞誠一片，扶乩擲筊吉詞多。
坐鬻行齎謁市捐，危居虜腹更騷然。苦無德壽宮旗號，抽税何由免糞船。
毀家紓難幾人曾，欲破慳囊總未能。窖鏹穴金收匿去，市中閒煞辦銅丞。
萬金懸賞檄頻催，應募誰將甬道開。咫尺錢江難轉運，空期鄰羅泛舟來。
靜日風吹萬竈清，守陴鈴欜漸無聲。爲搜窖粟充軍食，胠篋探囊鬨一城。
白金六兩米三升，市價空懸糴未能。祇有故家林蔭富，榆根桑土剥層層。
異様屠門饜老饕，帝羓人臐等腥臊。可憐嘗盡溝中瘠，醉漢何來味似糟。
痛殺城居室是將，須知避亂只宜鄉。縱教黍地無人種，鹿藿鳧茈尚可糧。
壓城兵氣抹斜曛，虚堞淒清入夜分。漫説神燈來暗衛，鬼憐幾簇走寃雲。
吸雪餐風兩月淹，幾家留喘望重㦝。傷心飢死還兵死，誰把生靈竟聚殲。

《半行庵詩存稿》卷八

蕉雨山房詩集八卷

同治間刻本

李家瑞撰。家瑞字香苹，福建侯官人。諸生。生於乾隆三十年。陳偕燦弟子。官嘉興縣丞，同治五年歸里。刻《蕉雨山房集》，爲道光十八年至同治八年詩，凡六百八十餘首，魏秀仁跋。其詩號稱側豔，《讀李長吉集》、《讀吴梅村詩後》，可見其瓣香所在。然大多與優伎贈别，自命才人而已。《五虎門觀海》、《荔支詞》、《水碓》、《游南普陀》諸篇，較可觀采。投贈唱酬爲徐宗幹、薛時雨、符兆綸、楊慶琛。《題伏敔堂詩稿》兼懷江湜，《題林昌彝射鷹樓詩話》、《題劉存仁屺雲樓集》，涉及當時藝林，亦備故實。

清人詩集敘録卷七十一

半巖廬遺集不分卷　光緒三十四年刻本

邵懿辰撰。懿辰字位西，一字蕙西，浙江仁和人。道光十一年舉人。官内閣中書，至刑部員外郎。罷歸家居，以著述爲事。咸豐十一年太平軍佔領杭州，陷於城，死之，年五十二。《文稿》初刻入《望三益齋叢書》，《詩稿》初刻入《滂喜齋叢書》，吴棠、潘祖蔭經其事。光緒末年，其孫章搜訪遺篇，刻《半巖廬遺集》，詩文各數十篇，視前刻稍稍廣矣。又刻所輯《四庫簡明目録標注》一書。懿辰詩學蘇、黄，以典雅清奇爲主。五古《壽梅伯言六十》、《碧雲寺》、《卧佛寺》、《偶憶五首》、《寄方植之先生三十韻》，七古《題邊袖石詩本》、《彭餓天墓》、《題吴仲雲先生輯詩圖》、《偕伯言過廠肆買書有作》、《從朗亭乞冬筍索賦》、《贈伯言南歸》，凡歡愉憂戚之思，無弗寓焉。五七律絶，蕭寥老蒼。晚在杭所作，無一得見。滂喜齋本《蕙西先生遺稿》有孫衣言等跋語，高望曾《茶夢盦詩稿》有《感逝詩》並《小傳》，均可參稽。

郘亭詩鈔六卷　咸豐三年刻本　郘亭遺詩八卷　光緒元年家刻本

莫友芝撰。友芝字子偲，號郘亭，晚號眲叟，貴州獨山人，與儔子。道光十一年舉人。咸豐八年選知縣，不就。客曾國藩幕府。屢薦不就官。同治初入金陵書局校讐經史。卒於同治十年，年六十一。著有《影山草堂六種》、《宋元舊本書經眼録》、《郘亭知見傳本書目》等書。預修《遵義府志》，刊刻鄉梓文獻。貴州學術詞章，由與儔開之，友芝承家學，與遵義鄭珍，協力發揚，時稱「鄭莫」。兩人同源異流，鄭精經學訓詁，莫長金石目録，畧相伯仲。《詩鈔》六卷，道光二十四年甲辰以下八年者，爲鄭珍删次。首黄統、翁同書、鄭珍序。其中《烏江渡》、《札佐》、《息烽》、《大箐小箐》、《葛鏡橋》、《羊崖關》、《飛越峯歌》、《中元洞》、《青龍洞》、《黄師行》、《碧雲峯》、《樂安溪》等篇，狀寫黔中難摹之情，沉摯與《巢經巢詩》相似，出黔詩以寄贈題圖居多。《書吴蘭雪師香蘇山館詩鈔後》、《歲晏行贈鄒漢勛》、《却寄虎癡教諭黔陽》、《寄送鄒叔勣歸新化並呈鄧湘皋學博》、《爲巢經巢釋跋漢人記右扶風丞武陽李君永壽未完褒斜大臺刻字並係以詩》、《書曾滌生侍郎寄撰劉茮雲誌傳拓本後》、《鄭康成生日敬賦二十四韻》等篇，序注間多加考訂。《書子尹詩卷後》，爲讀鄭詩者所當資。光緒元年，刻《遺詩》八卷，凡五百四十六首。上續前編，訖同治十年。子繩孫跋，汪士鐸、黎庶昌點定。《遵義紀事》二十餘首，詳記太平軍攻城。《蘆酒》詩後記一二千言，《哭杜杏東》亦有詳注附後，《水府廟》、《金鼎山雲霧茶歌》、《甘藷歌》、《簡潘曾綬侍讀借觀所藏吴中神讖國山葛祚瘞鶴諸舊拓》、《劉銓福示八君子專墨拓》、《紅崖古刻歌》、《讀漁洋評點宋荔裳入蜀詩詩卷有懷》、《題晉孫公和鐵琴拓本》，徵引亦繁。陳衍以爲「學人之詩，長於考證，與鄭珍有迴不相同者」見《石遺室詩話》，不知兩家詩實異曲同工，而莫之才學尚稍遜於鄭耳。友芝嘗得唐寫本《説文》殘帙，爲作《箋異》，曾國藩題句復徵次韻奉答。詳見影山草堂《箋異》單行本。顔嗣徵《留眉草堂詩》有《讀邵亭詩次韻長歌》。

玉井山館詩集十四卷　同治九年刻本

許宗衡撰。宗衡字海秋，江蘇上元人。咸豐二年進士，改庶吉士。歷官起居注主事。卒於同治八年，年五十九。《詩集》吴昆田序，所收詩起道光十一年。紀事詩多爲污蠛太平天國之作。《水災詩》十五首、《鹽船婦》，記述民生艱苦。較切實。紀游詩《由燕子磯至京口》四首、《由京口至瓜洲》四首，工整研練。詠北京西山、濟南諸勝，間有佳什。《題吴穀人江亭餞别圖》、《觀近詩有作》、《讀張石洲遺集》、《贈魯川》、《哭潤臣五古一百韻》、《讀潤臣敦夙好齋續刻詩感賦長篇》，亦可證事。宗衡長於古文，兼擅倚聲，於詩獨推潘德輿。沉鬱頓挫，殆爲文學正宗，與吴昆田、葉名澧伯仲間。李汝鈞跋云：「當其冥心孤寄，緣事輒發，高古沉鬱，哀厲以長，遠近傳寫，靡不嗟歎而要之。」是亦有可稱焉。

敦夙好齋詩初編十二卷續編十一卷　光緒十六年重刻本

葉名澧撰。名澧字翰源，一字潤臣，湖北漢陽人。志詵子。道光十七年舉人。官至内閣侍讀。卒於咸豐九年，年四十九。著有《橋西雜記》。兄名琛官廣東總督，咸豐七年爲英國侵略軍虜送印度，旋卒。《初編》爲手自删存，詩八百九十八首，起道光五年至咸豐三年，劉存仁序，鏤版於北京。《續編》爲其子恩頤刻，詩九百二十四首，止於咸豐九年。此光緒十六年重刻本，楊守敬序。平安館多蓄金石文字，名澧得承家學，亦稱淹貫。《初編》中《題明人詩社圖》、《題馬士英畫册二首》，《續編》中《題李茶陵慈恩寺游詩卷》、《書復社姓氏録》、《題新羅山人畫坡公游承天寺圖》、《柳如是畫像》、《廠肆式古堂主人以宋拓本蜀石經殘本見示作歌紀之》、《唐玄宗衡山銅簡拓本劉銓福屬賦》、《唐代國長公主碑拓本》、《宋建炎六印歌》、《宋高平太守銅虎符歌》、《鮑子年康以唐善業埿造象拓本屬賦》並序、《新羅真興王北狩定界石刻》並序，不乏佳製。《送宋丈于庭》、《讀安吴遺著近懷包慎伯丈》及與道、咸間名士廣相唱酬，師友淵源，盡見於此。生平足迹，北至雁代，南及楚湘，而居京最久。登臨游覽之作，如《天寧寺塔鈴歌》、《甕子湖》、《八大嶺》、大同《九龍照壁歌》、《登代州城樓放歌》、《景州塔》、《東丹王故宮歌》、《沅江雜詩》、《古鷂滋灘》、《諸葛洞歌》，抒寫志趣，不加鏤琢。涉及時事之作不多，《哀天津令》一首記咸豐初天津知縣謝子澄，死于獨流鎮之戰，可與尹耕雲《哀獨流》互看。名澧在京時，聞翁方綱曾孫女溷迹市中，貧無一度，引爲己女，擇名子嫁之。故士林益頌其賢。

九龍照壁歌　在和陽街東。琉璃瓦燒五色，刻鱗爪之而裝成九龍，下甃方池，歲旱，以池水澆之輒雨。明代王府之照壁也。其北爲王城街，東華、西華二門，基址尚存。

九龍突起街中央，臨風夭矯如欲翔。云是明代王府地，至今遺壁猶輝煌。諸王分藩自高帝，窮侈土木恢甲第。百年倏見玉石焚，一臺何止千家涕。代王之母下邳人，英雄未遇知能真。分珪賜爵來雲塞，一時意氣嗟無倫。採掠山高人跡少，冢墓盡委荆與榛。故宫可憐甲申載，傑搆當日連雲屯。王城北望餘夕照，東華西華堪憑弔。天低月黑陰風腥，過客時聞山鬼嘯。君不見旌旗獵獵霜天開，雲中太守求雨來。《敦夙好齋詩初編》卷四

鴻濛室詩鈔十卷　咸豐九年刻本

方玉潤撰。玉潤字友石，號黝石，一號鴻濛子，雲南寶寧人。廩膳生。同治三年銓選隴州州同。卒於光緒九年，年七十三。著有《詩經原始》、《文鈔》、《詩鈔》，刊爲《鴻濛室叢書》。此編收道光十年至咸豐八年詩八百七十三首，門人李嘉樂跋。玉潤早年歌詩，博麗幽峭。《登五華山望昆明池》、《圓通寺》、《銅瓦寺歌》、《石崗塘古寺題壁》、《羅漢壁新鑿石窟歌》、《銅面具歌》、《石虬亭》、《題劉雲門先生石室題詩圖》，詠滇南風景名勝，任情自得。咸豐五年由黔至蜀，成都、三峽、樂山大佛巖等詩，尤爲豪宕。時太平天国軍勢方盛，玉潤由蜀至楚，而豫而皖，一度入曾國藩幕，以所遇不合，稍停卽去。集中多詠時局。《擬新樂府六十首》，以詩代紀，皆洪、楊事。由是詩名籍甚，大江南北，多有知者。唯以游俠自任，反對農民軍，閱者亦當有所審擇焉。李嘉樂《仿潛齋詩鈔》有《呈黝石夫子》詩多首。李嘉績《代耕堂中稿》有《方友石輓詩》。

曾文正公詩集三卷　同治三年刻本

曾國藩撰。國藩字伯涵，號滌生，湖南湘鄉人。道光十八年進士。以鎮壓太平天国有功清廷，官至兩江

總督、武英殿大學士。封一等毅勇侯，贈太傅。卒於同治十一年，年六十二，謚文正。《詩集》爲李瀚章校，門人黎庶昌、張裕釗序。詩專尚宋。《次韻何廉昉太守感懷述事十六首》，敵視農民軍，以運詞淵雅，爲人所稱。其餘趁世趨時之作，辭不同而旨同。至有關藝文及題詠之什，不可概論。《題朱伯韓詩集後》十首、《送梅伯言歸金陵》、《喜筠仙至卽題其詩集後》、《題苗先露寒燈訂韻圖》、《題顧南雅畫應何子貞》、《題張石舟烟雨歸耕圖》、《題邊袖石詩集後》、《題毛西垣詩集》、《送唐鏡海先生》九首、《酬李芋仙》、《題唐本説文木部應莫邵亭孝廉》、《題俞蔭甫羣經諸子平議後》，多存一時掌故。陳衍《石遺室詩話》云：「坡詩盛行於南宋金元，至有清幾於户誦。山谷則江西宗派，千百年寂寞無頌聲。湘鄉出，而詩家皆宗涪翁。」道咸間程恩澤、祁寯藻、何紹基、鄭珍、莫友芝均學山谷，或在作者之先，或與作者同時，互爲影響，是不當以陶鑄之功，歸諸一人，後來同光體效黄，則以創語爲新，又有不同。《詩話》所云，不盡碻也。

秦川焚餘草六卷補遺一卷　光緒二十七年刻本

董平章撰。平章字琴虞，號眉軒，晚號退叟，福建閩縣人。道光十二年進士，官户部主事。改捐知縣，銓缺甘肅，升秦州直隸州知州。在任五年，引疾去官。咸豐三年歸里，未幾，避地仇池，同治五年歸。九年卒，年六十。是集爲其孫元亮刊，原稿已焚，搜集殘餘，得八百六十四首。光緒二十四年謝章鋌序，年且八十。平章爲左宗棠部屬，官隴有軍功。集中詩涉及西省回民起事較多。《蘭儀謡》、《哀隴山》、《石門山》、《題麥積崖》、《大錢歎》、《運麪行》、《鑄礮行》，多爲紀事。英法聯軍犯直沽，作詩慨歎時局。居閩，有《榕城篇》、《後榕城篇》、《榕城端午竹枝詞十首》，頗記風土。《補遺》收《游石鼓山雜詩》。《讀三國志戲爲陳子解嘲》，以陳壽尊魏爲非，《讀文心雕龍後》，推劉勰爲高識，均足參考。讀邵長蘅《青門集》、藍鼎元《鹿洲全集》、全祖望《鮚埼亭集》、龔景瀚《澹靜齋集》，間有可資。自云素不能詩，然以多讀故書，久而忘其駑駘也。

敬業堂集詩五卷　同治八年刻本

馮鉽撰。鉽字錫珍，一字勳侯，廣東鶴山人。道光十一年舉人。三十年，選大埔教諭。咸豐十年卒，年五十。是集爲其子昭文刻，同治八年陳澧序。事具卷首蔡忠治所撰《墓誌銘》。詩集曰《鴻雪草》、《瑶溪草》、《閒居稿》、《北游草》、《茶陽草》，共三百八十三首。附《雜著》一卷，於佛、老、天主、耶穌諸教，均爲究心。别撰《夷籃贅言》、《地球圖説》等書，亦負經濟之志。《釋言十首》、《史感十篇》、《讀國策》、《讀蘇集》，可見平日濡染。道光十三年七月、咸豐四年七月水災，咸豐五年正月二十三日地震，有詩以紀。《登粵秀山》、《望洋》、《有感三首》、《憶昨行》，紀鴉片戰爭前後廣東情事，多自嘅嘆。《與姜石卿談廣州事》，注云：「有爲珍珠衫以敵珍珠鞋者。有僧以七千兩捐作松林方丈者。嘗聞古窰一筵，值金五千兩，大理文石椅值三千金，盛時繁華如此。」《感事》一首，記咸豐四年天地會陳開等起事佛山，圍廣州，明年事平，結句刺鎮壓人民之官吏，尤爲警特。類此皆詳察社會世情，與俗儒記誦詞章者，自未可同年語矣。

感事

甲寅六月，佛山亂起，七月及省城，至十月失一府、二十餘縣。省城困三月解圍。明年四月盡平。各縣戮之餘，社團搜餘黨亦不少，云有數可計者四十餘萬，不能計云。駭其過多，然亦未審其詳，但傳聞所及，真爲罕有之刼矣。

掠地翻城豈有因，偏將覆轍效黄巾。千村飄撇疑風雨，一轉驅除駭鬼神。蒼狗紅羊成浩刼，青燐白骨悔前塵。功成甲第知多少，百戰歸來孔翠新。《敬業堂集·北游草》

燕平雜詠　五首録三

鐵衣辛苦定咸陽，割得雲腴蟹稻香。幾處宅毛添井税，萬家腹尺盼秋穰。弓刀小隊銅龍殿，蛙菜新居石蛤鄉。最是歸農得蕭散，射聲時得從長楊。相傳國初畿田多荒，旗人走馬圈田，遂爲世業。今多歸農者，散處四野。

紅塍紫陌滿皇州，半屬豪家半貴遊。鳥鼠聲摶粧閣曉，瓜壺香送錦筵秋。騗奴馬豢三邊塞，茜畝巵田萬户侯。共倚日邊多雨露，虎貓那用祝車篝。地多邸税。

風馳電繞共轟騰，天府共球百倍登。靄翠祠邊來象使，畏吾山畔度騗僧。椰瓢掛飲津亭樹，銅鉢敲經土驛燈。卉服禽言驚四野，年年供頓祝秋登。觀喀爾喀喇嘛緬甸入貢。《敬業堂集·茶陽草》

仙心閣詩鈔八卷　光緒三年刻本

彭慰高撰。慰高字訥生，江蘇長洲人。大學士彭藴章子。道光二十三年舉人。官浙江候補道。是集與文鈔合刻，蔣德馨序，刻於光緒三年，時年六十七。彭氏世代高第，頗得文學之名。此集游閩中、東甌詩，如福州鼓山，永嘉雁蕩，咸有可觀。《讀北宋史十六首》，亦可參稽。宦浙有西湖、新安、開化等作。與王慶勳、洪鈞、秦湘業、吴大澂，時有倡贈。《文鈔》撰《彭氏行狀》，可探家世淵源。其弟彭祖潤《玉屏山館詩草》有《甲申懷大兄吴門》詩，稱慰高「七十歸田，今又四年，矍鑠勝常」，可見晚景。卒光緒十三年，年七十七。

珂谿山房詩鈔十八卷　同治七年刻本

彭旭撰。旭字暄鄢，湖南新化人。道光間舉人。三十年，禮闈報罷，游晉，司記室。咸豐九年，官項城知縣，調商城。同治七年，刻《詩鈔》十八卷，首趙書升序，自序。旭在湘中嘗聞鄧顯鶴、歐陽紹洛等耆宿緒論，與曾國藩、江濬源、鄒漢勳爲友。詩多感時述事。道光末年，湘中穀價踴貴，饑民羣聚，幾成巨禍。邵州平糶，奸宄百計阻截，城中販運不通，作《感事詩》。李沅發起事，死者甚多，詩以弔之。《苦雨謡》、《老年行》、《壇角行》、《傷流民》，狀寫民生阨困，大有山雨欲來之勢。太平天国事起，詳記長沙、武昌諸役。捻軍於西罏起事，逼近項城，旭奉命督鎮，擒首領王拴，有詩感事。《洧水行》、《松子關行》、《聞水決開東縣書感》、《重過新集書感》，其中有關近代史料較多。

重過新集書感

一劍煙銷賊塹平，昭陵石馬氣崢嶸。西罏教匪滋事，大軍由南路進攻，而以成參將一軍駐新集扼其後。余亦自率所部，扼三漳陂爲聲援。賊寨四面環水，據橋自固。馬步官軍，進攻俱失利。集故有關帝廟，適白氣由神座下突起如匹練，直入賊營，隨發火箭，正中賊藏火藥。賊驚怖失措，我軍前後夾擊，遂平之。驚鴉幾見成三北，聞警之次，余號召團勇並部卒，卽日馳赴新集，議守禦，外委麻金銘及各團董堅請戰，余以爲烏合之衆，號令不一。賊鋒鋭甚，未可與戰。衆笑其怯，請益堅，遂分三路進攻。賊故戟手跌拜，以惑我，軍心遂潰，余亦幾不免。因集各紳董告之曰：「賊窺我虚實，此集恐不守，君等勉之，我將返轡，爲守城計。」衆駭極，環跪請留，因汰沙老弱，申明禁令，約不得退。且深入。明日復戰，令紳董崔運來、姚燧等率勇居前當敵，鄧月江貳尹等分左右翼爲應援，余陣橋爲固，防賊抄出我後。是日賊三撲，我軍幸陣嚴不動，自是不敢犯我境。爰與鄧月池及集紳甯象離等筵請附近各團，助資協力，共誓死守，仍隨時助給火藥，以壯聲威。惟賊環聚日衆，而團勇毫無紀律，不足深恃，不如沈丘、汝陽、新蔡、阜陽各團，然亦未有不見賊卽潰者。蒙虎何曾有一生。本府安星垣太守拒諫輕敵，畫虎衣衣軍士，使充前隊，無一生還。槖筆籌樓慙曲突，同袍心壘抵堅城。賊攻掠附近村寨皆破，獨新集無恙，鄧、寧二君之力居多。書空怪事金錢盡，西罏之役，余募勇輪軍，數逾巨萬，兼獲賊目火神爺王拴等十餘人，前後解赴大營。愁煞中原正用兵。《珂谿山房詩鈔》

二江草堂詩四卷　光緒間刻本

黄崇惺撰。崇惺原名崇姓，字廔士，安徽歙縣人。同治十年進士，改庶吉士，年近六十。官湖南。是集爲其弟崇健校刊，詩共二百零六首。崇惺與姚椿、巴棨祖、俞樾、高望曾等均有寄贈。游鄂東、楚南、閩中，以山川、草木、土俗風謡悉發於詩。《重游滴水巖》、《荆南聞歌》、《沙市》、《長汀雜詩》，多載異聞。《廖玉珊守戎嘗從馮軍門子材勦賊至越南駐其地爲言其風土甚悉》云：「白寧山前箭栝新，市球江上桂枝春。玉醪花底春留客，銅鼓雲中曉賽神。爆竹煙濃驚象隊，編茆屋小雜魚鱗。多君四載從驃騎，直掃狼烽瘴海濱。」小注記諒山伏波祠、白寧山。稱居人以茆蓋屋，貴者則用魚鱗。又云：「君嘗載象以戰，白象力尤猛，不畏於礮，而畏爆竹之響，亦行陣所當知。」又有《答人問歸化土風》，皆志乘所未載。

播川詩鈔五卷　同治間刻本

趙旭撰。旭字石知，一字曉峯，貴州桐梓人。諸生。同治四年官荔波教諭。五年，苗民起事破城，死，年五十五。爲鄭珍妻弟，友莫友芝，披覽舊書，極思苦吟，詩格亦差近之。關心鄉邦文獻，輯《桐荃》十卷、《桐梓耆舊詩文鈔》。是集爲其子彝憑刻，以全集散佚，僅有《詩稿》五卷先付梨棗，爲道光十一年至咸豐十年詩。鄭、莫各爲之序，又自序，附《年譜》。其中《樓山關》、《鼎山紀遊》、《天門洞》、《石壺關》、《盤龍洞》、《虎峯寺》、

《石箱子》、《觀音寺》、《竹七郎墓》、《釣魚臺》，均詠桐梓名蹟。雞喉關、堯龍山、櫃巖、楠木洞，亦黔北幽勝。莫友芝掌湘川書院，鄭珍避兵魁巖，多與唱和。又作《哀流民》、《瘿木歌》、《納糧叟》等詩，切近時事。《影戲》、《哀猩猩》諸篇，亦屬舊聞。《讀後漢書西域傳論書後》、《書自輯桐梓藝文志後》、《讀梅村集》，可爲文史參考。清季貴州詩風大開，此集意警詞危，時有拗硬之句，境界未寬，而氣概不凡。

婁山關　在桐梓城南二十五里，交遵義界。《方輿紀要》：大婁山上有關，曰太平關，亦曰婁山關，亦曰婁關。萬曆中討楊應龍，川將至重慶，分道而進，侯刻期抵婁山關。劉綎自綦江進，戰九盤，入婁關，關爲賊前門，官軍從間道攀藤魚貫，毁柵而入。

白石口敗王繼光，綦江城死張與房。蜀人畏播久如虎，關開關閉誰能當。内以四緘求票擬，外齎金帶投崔李。計深爭界索仇民，怨極招魂迎孝子。石筍嶙峋殺氣昏，木蓮花紫射朝暾。𡍼高隊隊妖姬舞，隘險層層硬手屯。制軍移節臨重慶，入關有約嚴申令。左右奇兵間道來，積尸高與關門併。霸業銷沉八百年，後人經此弔蠻煙。十三排柵知何處，祇有羣峯尚插天。《播川詩鈔》卷一

瘿木歌

大木罷採將百年，箐林漸次開荒煙。樹根入地老不死，水日蕩漾波紋旋。苻婁已詳爾雅注，㯳散

亦紀逍遥篇。嬰兒娠久腹欲裂，杜預頸短疣常懸。邨氓熟視不愛惜，爨下每當枯柮然。何人經始別材美，巧製各器成方圓。香樟香桂質非一，碎花大花色必鮮。肖形突過點蒼石，生動妙悉秋毫顛。盤匜几案及文具，勻且鬆漆光且堅。有工業此已三世，居奇祗應官司延。歲歲搜求山澤竭，尺寸或值數千錢。昨聞某家蓄百段，秘弗肯獻膺罪愆。自來玩好亦細事，草木乃操訟獄權。昔時楠木任樑棟，挽輸辛苦達九天。胡爲瘿木作土産，致遠又見包重氈。此邦之材豈惟此，輪囷鬱勃藏山川。檗木朽株列薦牘，古人已有楊喬賢。《播川詩鈔》卷一

待園詩鈔六卷　同治間刻本

江有蘭撰。有蘭字怡之，號待園，安徽桐城人。諸生。官訓導。工詩，嫻書法。李鴻章邀入幕中。是集有李鶴章、錢勖、李肇增、徐宗亮序，爲道光九年至同治九年詩，結集時年且六十。《游浮山》、《采石太白樓觀蕭尺木畫壁》、《游惠山》、《泛西湖》、《至武昌登黄鶴樓》，繪景寫物，稍涉宋、元格調。紀事如《李宫保復蘇城》、《李宫保盪平北捻》，可作史事參考。《江山船》三首、《灘中行》二首，間述民生。其材力非甚饒健，姚瑩題詞譽爲「山谷學杜」，不免溢情。

蒼茫獨立軒詩集二卷　道光十七年刻本

王大堉撰。大堉字秋垞，江蘇長洲人。年十二，日事於詩。道光五年，出滸墅關，江行，游楚。六年初到

濟南,作《游龍洞詩》。後隨伯兄之臨齊,作《海市歌》。道光十五年在濟南作《歷下詠古詩三十七首》,舉名勝古蹟殆遍。十七年,至曲阜,刻此集,自序年二十六。其姪王鴻爲之校字。鴻初名鵠,字子梅,有《盜詩圖》,襲自珍嘗爲題詠。據《定盦集·己亥雜詩》云:「江左吟壇百輩狂,誰知闕里是詞場。我從宅壁低徊聽,絲竹千秋尚繞樑。」自注:「時曲阜令王君大淮,其弟大堉,其子鴻,皆工詩。」則大堉亦善詩者矣。集中尚有《讀元遺山全集題後》、《髥疽戲柬豸峯》、《讀張船山詩題後》、《顔碑》、《和符雪樵情史詩二十四首》,皆匠心獨運,不肯皮附前人。

龍　洞

濕翠接蒼穹,行行屐不通。峯迴開世界,徑闢入空濛。十二仙城巧,三千鬼斧工。人危穿鳥道,松古護龍宫。雨氣蓄山足,雷聲隱殿中。避秦踪尚在,山腰石屋多炊煙痕,相傳昔避秦人居此。壽聖字何崇。東崖壽聖院三字爲東坡先生所書。市遠纖塵絶,巖深衆籟空。埳歌撑獨秀,碑卧記神功。回首前遊處,相思四載終。辛卯歲曾遊。逍遥求異境,瀟洒禦秋風。宋玉携桑落宋斗生,王筠跨雪驄。病僧迎客嬾,稚子引途聰。競赴西山洞,爭攀兩岸楓。陰寒椽燭淡,賈勇我軍雄。佛靜偎依壁,禽驚亂撲烘。窄疑連蟻穴,險勝走蠶叢。畏縮嗤短李李白樓,奔趨讓大馮馮子皋。定心嘗美酒,適性撫焦桐。洗眼澄潭側,敲棊寶刹東。一石投泉汩汩,爆裂峪隆隆。借宿移禪榻,酣眠惱梵鐘。雲林籌畫稿,摩詰遞詩筒。

俯仰皆陳迹，滄桑動感衷子皋、斗生俱下世。重吟龍洞句，夢繞錦屏紅。《蒼茫獨立軒詩集》卷二

補竹軒詩集三卷　光緒間刻本

鮑源深撰。源深字華潭，號穆堂，晚號澹菴，安徽和州人。道光二十七年進士，改庶吉士。咸豐四年，督學貴州。官至山西巡撫。光緒三年歸致，十年卒，年七十三。事具本書卷首黎庶昌撰《墓誌銘》。所刊《補竹軒集》，文六卷、詩三卷。自序云：「道光戊申二十八年後始留詩，或累月不作，或經年不一作。」是三十餘年僅存詩三卷。集中多及太平軍及西南苗事。記粤西風景，爲《棲霞洞》、《與客談桂林山水戲作》等篇。同治間，至海寧，作《觀潮行》及《過海昌故第尋安瀾園廢址》。題圖則以《萬年少雪景畫卷》，有備藝林故實。

裒遺草堂詩鈔十二卷　同治十年刻本

楊翰撰。翰字伯飛，一字息柯，號海琴，一號樗盦，直隸新城人，僑居浯溪。道光二十五年進士。官湖南沅永靖道。卒於光緒五年，年六十八。著《息柯雜著》等書。此《全集》本，首自序。詩凡六百十一首，以金石書畫題詠專工。古風《題吴春敏雲海問津圖》、《題汪鋆十二硯齋圖》、《題朱野雲畫毛西河朱竹垞先生小像》、《劉寬甫郎中以俄羅斯紙見寄》、《題陳老蓮畫吴季札掛劍圖》、《新都觀漢五稚子石闕》，絶句《題南華山人硯史摹本》三首、《題奚鐵生畫》二首、《題王子梅得印圖四首》，爲集中上乘，非獨有益於畫史也。翰與畫家秦祖永相善，有《舟

中與秦逸芬論畫率筆書贈》，爲論畫佳什。秦祖永《桐陰論畫三編》著楊翰《小傳》，兼敍交情，亦稱相得。

敦艮吉詩存二鈔　光緒三十二年刻本

徐子苓撰。子苓字西叔，一字毅甫，號龍泉老牧，安徽合肥人。道光十四年舉人。交納宗稷辰、張穆、邵懿辰，時時鬻文游公卿間，爲曾國藩、江濬源所賞。同治五年，揀選知縣，自請改教職，選授和州學正。光緒二年卒，年六十五。仁和譚獻選同邑戴家麟、王尚辰所作，爲《合肥三家詩》，陳衍《石遺室詩話》云：「戴不如王，王不如徐，徐於文尤勝於詩。」是集與《文鈔》四卷合刻，首馬其昶撰《龍泉老牧傳》。詩起道光九年，訖同治四年，凡五百三十一首，附《補遺十四首》。《西原歎》、《官媒婆詞》、《饑婦詞》、《索逋詞》、《飯樹謡》、《阿芙蓉行》、《魁星歌》、《駱駝行》、《乞丐詞》、《黎園行》，多譏刺世事，揭露貴族生活。《畫松歌》、《黄山歌》、《釆石弔李翰林二首》、《任丘過藥王祠感憤述懷》，每出新意，語不襲人。作《五高士詠》，爲嚴光、梁鴻、徐穉、申屠蟠、管寧。《四君子詠》，爲時流陳克家、魯一同、孔憲彝、張穆。《濰水行寄韓山人》，爲有關畫家張穆資料。《包公墩謁孝肅遺像遂尋馬忠肅祠堂故址》詠合肥古蹟。爲人淡於榮利，而歌詩新警，有宋梅堯臣遺意。咸、同間士夫中，亦賢者矣。

三硯齋詩賸不分卷　光緒壬午刻本

趙彦修撰。彦修字季梅，江蘇丹徒人。諸生。中年棄舉業。同治丁卯入金陵書局，諸耆宿張文虎、孫衣言、薛時雨多工詩者，自此唱答遂多。晚官建康教諭。生平不肯存稿，光緒壬午年七十一，始録舊作一卷，題曰《詩賸》。五古《秋葵飲器歌》，記器以犀角爲之，琢鴨葵一枝，約容酒升許，仿朱彝尊《銀槎歌》賦之。《茶具八詠》爲茶範、茶磨、茶籠、茶簍、茶銚、茶甌、茶舟、茶甽，别具一格。《題舊藏吴江明周忠毅公擊魏奄疏稿二首》，附《送周忠毅公墨迹藏焦山定慧寺記》，爲明季史事。《題少庵食舊軒圖》、《題李一山大令袁江萍聚圖》、《題張崟繪寶晉書院圖》，皆當代藝苑名蹟。《詠金陵古蹟十六首》、《崇川八憶詩》、《松陵十憶詩》，可爲風景詩之采。室曰三硯齋，以弆藏桃葉硯、藏園硯、澄泥硯得名，集中有《三硯齋詩並序銘》。

石汸詩鈔三十卷　咸豐元年刻本

楊澤闓撰。澤闓原名濳，字白民，號石汸，湖南寧遠人。道光十五年舉人。五試春官不售。官史館録事，選山東縣令。詩鈔起道光七年至二十七年，有自序。二十以前所作，如《嶽游雜詠》、《謁三閭大夫祠》、《石鼓山歌》、《題王翬長江萬里圖》、《論詩絶句十五首》、《題桃花扇傳奇六首》、《和皮陸漁具詩》，已圭角嶄然。道光九年入蜀，經彝陵、巫峽諸歌，狀山水奇景，讀者如臨其境。既而着眼社會時事。作《從軍行》、《錦田瑶變書事》、《魚苗船》、《飢民嘆》、《高車行》、《臨清閘》、《漕船米》等詩。又遨游江南，吟詠以壯登臨。道光十九年，以幾上公車，京畿風土未嘗寓目，遍游北京西郊諸山及各寺亭院。鴉片戰爭前後，有《縴夫謡》、《海上感事》、《觀舞瑶枕戲作》等篇，視前尤進。後數卷則以詠山左名蹟爲多。澤闓詩沉鬱淡雅，不事雕琢。卷帙甚富，不由名人裝點，而得力之作終不當爲時代湮没也。同治二年，又刻《石汸詩畧》十四卷，自序年五十三，平生爲詩六千首，删存得千八百首。唯所增乃咸豐甲寅家燬後詩，前集佳篇轉爲淘汰耳。

朔風吟畧四卷　光緒二年刻本

劉秉琳撰。秉琳字崑圃，湖北黄安人。咸豐二年進士。同治間官直隸天津河間道。是集爲門人李璜綸、王鼎丞序。收集詠畿輔古蹟人物詩四百餘首，各係序論，詳注史事，仿讀史吟評之例，加以褒貶，俾詩學史學，益廣其傳。其中如宣武門首善書院、順天府學宫文丞相祠，憫忠寺前謝文節祠，崇文門内于少保祠，阜外畏吾村李東陽墓，廣渠門外八里莊蒯文通墓，爲北京故蹟。良鄉固節驛，涿州劉先主樓桑村、張飛洗馬潭，房山賈島菴、張華宅、留犢村，通州薛仁貴將臺、岳文肅祠，香河鐵佛寺，三河趙德約築城禦契丹，寶坻袁了凡祠，寧河趙德約鎮蘆臺，昌平劉司户祠、狄梁公祠，密雲古北口楊令公祠，霸州楊延朗護城井，懷柔鄒衍廟，大城右軍祠，保定張堪墓，薊州李廣村，平谷杜勳監制鐵礮，定興鹿忠節祠、張世傑范陽村、楊椒山讀書處，博野二程書院，望都丹朱墓，蠡縣霍光墓，雄縣周伯常不税退灘，束鹿蕭相國祠，祁州横渠書院，安州許睢陽墓、劉靜修書院，河間毛公祠，阜城嵇康琴臺，肅寧魏閹村，任丘任光墓，鄚州扁鵲墓，景州董府君廟，正定趙雲故里，獲鹿抱犢山，欒城眉山書院，元氏郭元振試劍石，藁城顔常山示衣阪，新樂伏羲畫卦臺，邢台豫讓橋，沙河蘇秦亭，南和宋廣平故宅，唐山柴莊，永年冉子伯牛墓，曲周狐突祠，肥鄉李文靖故里，邯鄲藺相如迴車巷，磁州李固杜喬墓，赤城軒轅廟，懷來土木堡、表忠祠，蔚州漢文帝廟，豐潤拜荆山、韓信攻書室，淶水祖士稚故里，定州韓忠獻衆春園，衡水孔穎達故居，大名韓忠獻晚香堂，元城劉安世故里，清豐伍子胥廟，開州汲長孺墓、寇萊公墓、王彦章墓，盧龍清節廟，昌黎韓文公廟，灤州扶蘇泉，臨榆姜女墳、徐中山徙關遷民鎮，宣化朱忠烈祠，其間不無牽會之處，然學以聚之，頗費掇採之勞，且可與《畿輔通志》、《畿輔先哲傳》相互證明。

瓶城仙館詩鈔初存八卷 咸豐七年刻本 續存八卷 同治四年刻本

周劼撰。劼字獻臣，江西彭澤人。道光二十七年進士。官河南輝縣、睢縣、固始知縣。《詩鈔》有楊際華、陳昌綸序，《續鈔》徐光第序。居官詠時事污蠛農民軍。删去糟粕，十不存一。《讀楚辭作》、《明熹宗小斧》、《河決歎》、《黄河船》、《游百泉作》、《汴梁竹枝詞十八首》，較爲差勝。《書西江詩徵後》、《讀吴梅村詩集》、《書湖海詩傳後》、《書船山詩草後》，可抵詩評。楊序稱其詩「沿於西江」。而近於暢紆，不甚生澀。唯在貪多，芟蔓不除耳。

九梅村詩集二十卷 光緒元年刻本

魏燮均撰。燮均初名昌泰，字子亨，號芷庭，因慕鄭板橋之爲人，更名燮均，字伯柔，又字公隱，號鐵民，一號子亨、九梅居士，奉天鐵嶺人。咸豐間貢生。家貧不事生産，喜古文，尤好爲詩。光緒元年卒，年六十四。遺詩二十卷，凡二千四百餘首。有銘安、吴大廷、文瀾、常守方、王相庸、姜海藩序，自序。附張鍔《九梅居士傳》。近代有排印本據此。燮均詩以詠遼東山川、風物、民情最富。卷五《海上集》，多作於金州。《登龍王島觀海》、《訪平山頂石佛洞》、《遊響水寺》、《登大赫山勝水寺》、《訪唐王殿古蹟》，意自雄沛，不以刻畫爲工。卷八《游千山祖越寺觀太極石奇蹟》、《游香巖寺》，卷十《遊撫順滴水洞》，亦稱厚樸。咸豐三年，於蓋平道中作《流民行》、《荒年行》，自注：「饑民取屋上陳草，水洗淨焙焦爲細末，以代糧。草乾澀不能嚥，以水送之。」《賑災行》，備述民間疾苦。咸豐四年，遼東人響應南方太平天國運動，燮均作《鐵嶺失守紀事》、《書事六首》，亦有史料價值。卷十一《游都門》，有《恭游團城賦詩紀事八首》，游西山碧雲寺、卧佛寺、《昆明湖八首》，以及善果寺、報國寺、天寧寺、白雲觀，詳記諸勝沿革。遼東以詩名著者，清初爲戴亨、陳景元、馬長海，號「遼東三老」。後有李鍇奉天籍而久處京薊一帶。燮均於清季依舌耕爲生，奮起而鳴，以「論詩我有三千首，足抵豪家百萬金」自謝，論者推爲遼東第一詩人。

蓬萊閣詩録四卷　同治二年刻本

陳克家撰。克家字梁叔，江蘇元和人。道光二十四年舉人，候選教諭。咸豐十年，爲幕府，死於太平天国之役。其祖陳鶴號稽亭，嘉慶間官工部主事，熟悉史事，有《明紀》書未成而卒，克家續成之。《詩録》爲家刻本，沈曰富、潘曾瑋、宗稷辰序。克家與姚瑩、朱綬、張際亮、朱琦、張履、江開、潘曾瑋交契，詩亦能自樹立。

《飯牛山人募驢圖》、《五同會圖》、《游崑山弔徐健菴傳是樓》、《官僚雅集杯歌》、《弔張亨甫》等作，皆備掌故。山水紀游詩以齊東居多，《蓬萊閣歌》寄興尤深。殆所謂善學者乃始可言詩也。

淡永山窗詩集十一卷 咸豐十一年刻本

周世滋撰。世滋字潤卿，浙江衢州人。咸豐間以避兵隱山林間。嘗游吴越等地，以詩歌自娱。是集，有詹嗣曾序及自序，詩八百餘首。集中詩自云「昔年辛巳，余方髫齡」，當爲嘉慶間生，結集時年近五十。《書吴梅村詩集》、《書小倉山房詩集》、《登爛柯山》、《柯城懷古八詠》、《題明人王湘洲元勳鍾馗圖》、《觀楊處士齋中所疊假山歌》、《以金陵十二釵硏光小本贈魯齋綴綴一歌》、《雞缸行》、《題各種傳奇二十二首》，酣嘻淋漓，興到成吟，與言而無物者自有别矣。詠時事諸篇多不堪讀。石達開圍衢州三月，有詩唱歎，無史料價值。

答人詢石頭記故事

高鶚編書百廿回，回回勘破有情癡。絳珠死後蘅蕪寡，正是神瑛出夢時。《淡永山窗詩集》卷五

題各種傳奇二十二首

兩月夫妻别恨遣，遺容一幅手親描。麻裙繫後春葱秃，撥到鵾絃恐未調。琵琶記

禁籞擎還合浦珠，人間曾費幾頭顱。爲郎齒劍償諸命，莫使冤魂怨老夫。明珠記

蒲東草草結姻緣，釵鳳分飛鏡不全。非是西廂無續筆，千秋好夢少團圓。會真記

青衣竟有緑珠儔，親許婚姻夙願酬。比向巫臣竊妻例，無傷風化較風流。三笑姻緣

車前脈脈兩情親，倚醉看花逐畫輪。阿堵暗抛休道俗，贈郎先自卜婚姻。金錢記

鳳頭瞥見陡神傷，猛憶佳期醉裏忘。底事强吞香帕下，要他續斷九迴腸。留鞵記

金山遺恨付潺湲，老衲嘵嘵起禍端。乞與一枝靈草去，仙家量比佛家寬。雷峯塔

瓊林宴罷别慈闈，客舍相逢泣舊詩。一自選場重赴後，笑將先輩喚吾兒。尋親記

爲誰冰阱葬紅顔，説到回生淚欲潸。情重果推劉氏婿，應教聲罪戮妖鬟。衣珠記

輕車一輛草庵逢，檢得新歌兩意通。妾自肯存樛木意，要郎誤認柳河東。金雀記

樵斧離鄉五馬回，傷心覆水有餘哀。會稽太守終刑禍，崔女何須悔嫁來。爛柯記

齊紈毁華病離魂，引逗冰霜念未純。世上藁碪都得道，閨房多少姓田人。蝴蝶夢

花落驚殘曉睡蘧，臨安從此喪明珠。不知前代含章殿，也有尋郎佳夢無。還魂記

誤卻郎身又贖郎，煙花終許拜高堂。舊恩賤妾猶能記，玉盌羹調駿馬腸。繡襦記

雪塘奇禍忽心驚，天遣鍾情續舊盟。曾笑潯陽江上婦，買茶何似賣油生。占花魁

夏日餘暉照太原，嗾獒遺禍駭心魂。觸槐人爲綱常死，靈輒諸君是報恩。八義記

楊家事要石家干，勸舉鋼刀十指寒。徒爲自家心跡白，休同義俠報仇看。翠屏山

激烈雙忠恨有餘，五郎家禍痛庭除。六花萬古無蹤物，題目分明託子虛。一捧雪

王氣摧殘運遽終，重叨紫綬表孤忠。將軍替報明讎罷，還爲先朝代賞功。虎口餘生

雲雨驪山舊夢迷，招魂只合設羅衣。盡情不哭峨嵋道，空時荒涼土木啼。長生殿

兩小情癡已種根，碧紗芳字喚顰顰。怪佗命斷瀟湘夜，不怨蒼天只怨人。石頭記

一柄宫紗送曉風，平康俠骨傲羣公。南都戰血今成碧，不及輕紈幾點紅。桃花扇 《淡永山窗詩集》卷七

春雨樓詩集四卷 同治五年刻本

殷壽彭撰。壽彭字雉斟，號述齋，江蘇吳江人。道光二十年進士，改庶吉士。咸豐間官至詹事，十一年罷。歿後刻《春雨樓詩文集》，包括詩、文、詞、題跋。詩不多作，與潘曾綬、孔憲彝、牛坤、徐養田等唱和。《題余澹心板橋雜記》、《題張船山畫卷》、《翁小海畫册》、《黄爵滋侍御匡廬紀夢圖》、《張淵父屬題靜觀齋四圖》，皆爲藝林掌故。咸、同間文風大衰，士夫之作，鮮有經史之腴，降及金石圖畫，前輩餘風，日亦泯矣。

松齋詩存一卷 宣統元年湖州十家詩選本

王誠撰。誠字存之，浙江武康人。道光二十三年舉人。結識邑中名士，多有酬答。是集爲歸安蔣氏月

河草堂選本，無序跋。爲詩質直，喜臚列古書。《韓瓶歌》、《銅山寺觀周忠毅公朱判》、《晉永興甎歌》、《湖州天寧寺唐幢歌》、《魏太和銅熨斗歌爲沈西雍作》、《顔魯公書東方先生畫像贊碑歌》、自注：碑在陵縣，即唐平原地也。《德清東萊讀書堂落成》等篇多爲湖州文獻。《題楊秋室先生獨立圖》，小注涉及考跋温睿臨《南疆逸史》、鄭元慶《湖録》。助阮元撰《經籍籑詁》，却謝啟昆聘之入幕，結交施國祁、嚴元照、許宗彦。又有《湯雨生畫竹歌》、《畫梅歌》，亦較清勁。

聽雲山館詩集二卷　西游吟草一卷　同治間刻本

湯成彦撰。成彦字心匏，號秋史，江蘇陽湖人，占籍直隸清苑。道光二十一年進士，官刑部主事。二十七年，因僑籍事爲人羅織，去官。工駢體文。著有《聽雲山館詩文集》、《梅隱盦詞》，莊受祺、錢寶青、董思成序。《詩集》二卷，初刻於咸豐間。受業朱鴻訓並《西遊吟草》重刻之。據同治九年宣潁達跋云：「先生歸道山已兩年。」可知卒於同治七年，年五十八。至其生平經歷與交游，大都見於《西遊吟草》中。成彦受知於黄爵滋。嘗入秦數年，有詩以記。素有石癖，作《問石吟》，敍所得奇石甚詳。《書花宜館未刻詩後》、《題李雲生太守憶長安樂府遺稿四首》、《蜀鏡詞》、《題錢南園柳陰雙驥圖》，亦藝苑典故。詩不甚工，駢文則負名，爲李兆洛所稱賞。

望三益齋詩集三卷　光緒間刻本

吴棠撰。棠字仲宣，一字仲僊，江蘇盱眙人。道光十五年舉人，補江蘇桃源知縣。移守清河。以平捻有功，累擢漕運總督。同治間官至四川總督，乞病歸。卒於光緒二年，年六十四。謚勤惠。是集爲《望三益齋公餘吟草》二卷、《歸田詩草》一卷，其子炳祥刻。以使粵留閩之詩較多。入蜀以後，所作校閲松建營伍紀行，詠雅安、灌口、茂州各地，涉及裁勇及土司之事，均可參稽。棠在川創養經書院，建經閣，設書局刊《四史》、《文選》，於文化之事殊有建樹。時督學爲張之洞，教生員務爲實用之學，蜀中文風大振。此集有《留別書院贈張香濤》詩，又有《題左恭人孤舟入蜀圖》，恭人爲女詩人兼畫家左錫璇，輔女孫，配華陽曾詠。詠守吉安，在皖南軍營身故，恭人繪《孤舟入蜀圖》紀其事，附張之洞題詩。

仿玉局黄樓詩稿五卷　光緒十年刻本

廷桂撰。廷桂字芳宇，輝發那拉氏，滿洲正白旗人。道光十九年舉人，歷官湖南永州知府。嗜蘇詩，撰《仿玉局黄樓詩稿》五卷，光緒十年刊，陳振瀛序，門人王先謙校。永州多苗族，其詩有取以爲題者，可資參考。《消夏四詠》爲水棕拂、松棒窗、豆粉包、響竹，皆湖南物產。《送陳頌南南歸》、《讀鄂松亭先生詩集》、《題馮子良太守詩存》，均爲前輩名宿。據《雅南初度賦此祝之》注云：「余生於癸酉。」是爲嘉慶十八年生，結集時年七十二。《家書雲史丈紅樓夢問話題詞》三首云：「善自家常抽秘思，町畦不與古人期。直將論世知人法，迸入生花筆一枝。」「不同説夢笑癡人，夢境人情兩逼真。書法董狐筆秦鏡，悼紅軒裏署功臣。」「老向瀟湘現宰官，評餘稗説返長安。阿戎曾學邯鄲步，廿八年餘得借觀。」雲史即書紳，廷桂從兄，道光六年進士，官黔陽知縣。《閒話》一書，未見傳本。

玉鑑堂詩集六卷　嘉業堂叢書本

汪曰楨撰。曰楨字剛木，號謝城，浙江烏程人。咸豐二年舉人。官會稽教諭。精史學、算學及音韻，喜填詞。著有《南潯鎮志》、《荔墻詞》、《隨山宇方鈔》、《四聲切韻表補正》。此近代刊本，有自序，劉承幹跋。據集中敍跋，爲嘉慶十八年生。光緒七年卒，年六十九。而詩止於同治十一年。曰楨詩學蘇、陸，以詠史見長。《古樂府五首》爲《芒碭雲》、《女博士》、《解議圍》、《娘子軍》、《女主昌》。《讀史記雜詩》七十首、《漢書》十首、《後漢書》二十四首，自成一隊。《題沈東江手書長卷》，東江名謙，爲明季遺老。《詠安瀾園四十韻》，園爲海寧陳元龍别業。《題紀文達公閱微草堂筆記後三首》、《題戴銅山詩集》，亦有可觀。中年以後，多傷時之作。《詠上海古蹟四首》，曰《滬瀆壘》，注云：「晉袁山松禦孫恩處，又名蘆子城。」曰《筆議軒》，注云：「元彭汝器評宋史之所。」曰《最閒園》，注云：「在烏涇賓興里，至正中王原吉自橫泖梧溪精舍移寓於此。」曰《露香池》，注云：「明顧名世鑿池，得石上鐫趙文敏篆露香池，因以名園，今青蓮庵是其故址。」記敍均不失本原。

爾爾書屋詩草八卷　光緒二十五年止園刻本

史夢蘭撰。夢蘭字香崖，號硯農，直隸豐潤人。道光二十四年舉人。選山東朝城知縣，以母老不赴。築別業於碣石，名曰止園。嘗輯《四朝詩史》，預修《畿輔通志》。著述亦夥，刻有《止園叢書》。卒於光緒二十四年，年八十六。此集與《文集》合刊，王晉之序，自序。《詩草》依聲分卷。卷一《偶檢班范兩書有所觸發》，以四言八句銜之，得三十四首，名曰《下酒謡》。卷二、三爲五、七言古詩，《游寶峯寺》、《由水巖過大峪登紫石崖》、《韓御史釣臺歌》、《水塔寺》、《史忠正遺硯歌》、《題金壽門畫梅》、《李小泉畇雲軒畫傳歌》、《古蓮花池歌》、《過北河楊椒山先生讀書處》、《琉璃廠鐵篙歌》、《登澄海樓》、《游華不注山》、《意大利亞國馬戲歌》，多用險韻奥語，大抵所詠皆自經歷聞見，故與摹古者有别。卷四、五爲五、七言律。内《詠史五十首》，自范蠡至楊繼盛。《四君子詠》、《文房十詠》、《平灤詠古》，轉爲整練。卷六以下絶句，尤爲平易。《海上詞》、《燕臺雜詠》、《平城雜詠》、《天津竹枝詞》，《大明湖櫂歌》，雜記土風。《詠史小樂府》俱咏明末事。作者文學素養頗深，於諺謡亦有研究。每有所作，先擇聲調，故可深可淺，雅俗並陳，而所趨皆不同也。《全史宫詞》刊成，朝鮮進士任慶準、越南使臣阮荷亭索之，集中俱有答詩。别有《放言》百首，四言，史履升箋注，光緒十六年單行。

昨非集詩一卷　光緒三年古桐書屋刻本

劉熙載撰。熙載字伯簡，號融齋，又號寤崖子，江蘇興化人。道光二十四年進士，改庶吉士。官至左中允。光緒間主講上海龍門書院，七年卒，年六十九。博學，尤長聲韻文字。著有《同音定切》、《説文雙聲》、《説文疊韻》、《昨非集》、《持志塾言》、《藝概》，統名《古桐書屋六種》。《昨非集》四卷，卷一爲《寤崖子》，卷二爲文，卷四爲詞，詩在卷三，僅一百四十三首。自序云：「生平於詩，爲與不爲，無所意必。今所存大抵四十以前作，名昨非，用陶淵明語。」其詩入情甚工。《論文》、《游山與友山論詩》、《檢書》、《與客論詩戲作》、《三閭大夫詠》、《讀東坡海外文》、《讀寒山詩》，均可供談藝採擷。《瓊州雜詠八首》雜記見聞。附散曲三十首。

師蘊齋詩集六卷　光緒三年刻本

黄宗彦撰。宗彦字菊人。江蘇上元人。諸生。官高郵縣教諭。本書光緒三年自序云：「道光壬辰年二十，從游於梅蘊生先生之門。」當爲嘉慶十八年生。光緒三年結集，年六十五。宗彦瓣香於梅植之，以「師蘊」名齋而名集。生值咸、同兩朝，詩多衰颯之音。唯晚年所作《懷人雜詠百首》，多爲道、咸間久居揚淮學者文人，如劉文淇、黄承吉、包世臣、梅曾亮、陳逢衡、丁晏、羅士琳、柳興恩、汪喜孫、楊亮、劉寶楠、王翼鳳、汪士鐸、毛嶽生、吴讓之、魯一同、朱琦、陳立、戴文燦、楊大堉、陳宗彝、王僧保、田普實、張寶德、金和、劉毓崧、許宗衡、陳輅、薛壽、李祖望、孔繼鑅、楊鐸、丁壽昌、管嗣復、何籛等人，每有傳記資料可擣。是集有梅植之題詞，柳興恩、李祖望、劉壽曾序，所取不盡在詩矣。

虹橋老屋遺稿五卷　光緒十五年刻本

秦緗業撰。緗業字應華，號澹如，江蘇無錫人。瀛幼子，九歲而孤。道光二十六年副貢，官浙江候補道。

卒於光緒九年，年七十一。遺稿詩文合刻，有孫衣言跋。緗業爲無錫世家，行輩甚高。嘗聞阮元緒論，結交多知名之士。題圖贈答，關係掌故甚多。《爲次矦題舊山樓圖》、《曹籀石屋著書圖》、《題張少南梅花夢院本》，爲宋湘文題倪元璐、黄道周、瞿式耜墨卷，《題吴梅村遺像二首》、《題張嗚珂校經圖》、《爲金眉生題林文忠公父子尺牘》、《題王廉州楚山清曉圖》、《題黄韻珊桃溪雪傳奇四首》、《題晉謝文靖畫山水摹本》、《題畢貞固先生手跡册》、《題吴倉石俊篆雲軒印存》、《爲丁竹舟松生題書庫抱殘圖》，不僅以詞采見勝也。《題從曾祖文恭公味經窩圖卷》小序有云：「公舊居在師古河上。以父泉南先生繫獄，償鍰十數萬，資産爲之蕩然，乃僦居婁巷，有一小室，卽所謂味經窩也。公貴後贖還故宅，曰嘉會堂，今猶存。」圖爲張宗蒼繪，秦祖永摹。《清史稿》卷三百四《秦蕙田傳》載蕙田疏，亦記本生父道然以追銀未完，繫獄九年，可參證之。王柏心《百柱堂詩稿》卷六有《秦澹如年丈所藏西湖蘇祠圖》。祠爲秦瀛官杭嘉道時所築，嘉慶三年事，《小峴山人詩集》有詩紀。

吟雲仙館詩稿一卷　光緒十七年刻本

曾詠撰。詠字永言，一字吟村，四川華陽人。道光十五年舉人，二十四年成進士，授户部主事。歷官章江知府。咸豐十一年，曾國藩治軍安慶，招致戎幕，次年病卒，年五十。繼室左錫嘉，工詩詞，善書畫，迎櫬回蜀，途經險阻，自繪《孤舟入蜀圖》，徵名人題詠。今見於吴棠《望三益齋詩集》題詩，述事極詳。光緒十七年，其子光煦以《吟雲仙館詩稿》一卷與左氏《冷吟仙館詩稿》八卷合刻，首曾國荃、卞寶第、曾璧光、左錫嘉序。

詩多撫事述懷，間有夫婦唱和。《贈李芋仙》，芋仙卽蜀中詩人李士棻。《喜僚壻袁厚安兄南來過訪》，厚安卽袁績懋，道光二十九年榜眼，以錫嘉五姊錫璇爲繼室，故稱僚壻云。詠有女懿、彦，亦善詩詞，並以書畫名於時。

花事草堂詩稿不分卷　北京圖書館藏抄本

蔣光煦撰。光煦字日甫，一字愛荀，號生沐，浙江海寧人。諸生。官候選訓導。自厲於學，凡音律、博弈、雜藝無不爲之，繼乃專意收藏金石書畫。刻《別下齋叢書》、《涉聞梓舊》、《羣玉堂帖》，著《東湖叢記》、《斠補隅録》，考索精審。咸豐十年，書毁於兵火，旋卒，年四十八。交往張廷濟爲金石家，費丹旭、翁雒爲畫家，管庭芬爲校勘專門。《詩集》無刻本，是抄由《硤川詩續鈔》出，有錢泰吉題詞。《題管芷湘海隅遺珠集》、《岳鄂王玉印歌爲王硯農之佐作》、《題楊龍石瀨焦巖訪陸圖》、《得費曉樓書劍秋詩追感舊游並寄》、《蘇文忠公斷碑》、自注：碑刻鹽官絶句四首，瘞吴山下，居民畚土得之，可辨者五十二字。《題翁小海畫》、《讀許光治遺稿》，壹意以風雅當家。《論書目絶句二十首》、《論金石書目絶句二十首》，尤爲藝林獨步。

論書目絶句二十首

丹詔徵文下彩鸞，收藏浙水例原寬。圖書自拜天家賜，十卷猶留甲午刊。《浙江採集遺書總目》

提要鈎元百代雄，更資考證集群公。卽看西子湖頭路謂文瀾閣，牛斗文光徹紫宮。《四庫書總目》

纂排歲曆已兼庚嘉慶十四五年纂成，奎璧光芒煥上清。祕笈珍函知益富卽《天禄琳琅提要》中語，重看二十卷編成。《天禄琳琅後目》

遺書一百七十五，曾向丹墀奏進來。原委已教何鮑訂謂何夢華、鮑渌飲二君，好從紀陸嗣高才。《揅經室續進四庫未收書提要》

恨事惟餘卷目陳，難將舊本問堯臣。校讐夾漈徒勞作，刊補還輸有汗筠。《汗筠齋叢書》校補五卷《崇文總目》

前後編成考附編，兩人祇作一書傳。若教未有三衢刻，誰識袁州本未全。《郡齋讀書志》

解題竟似郭家詩，通考曾兼晁氏師。可惜抱經新校本，元刊空説費人思。抱經堂新訂五十六卷從不全，元刊本重校，未刻《直齋書録解題》

闕編改定紹興初，祕省香芸飽蠹魚。不是紀聞留玉海，安知七卷記求書。鄭樵按此集爲《求書闕記》七卷，秘省續編四庫闕書

猶傳八卷閣中藏，轉向秋官數典章。竹垞序殆取刑部行人司所儲録之以塞責。不道重編經籍志，弱侯以後更西堂。明《内閣書目》、焦氏《國史經籍志》、尤西堂《明史藝文志》

家國從教判等差，制先録後亦相宜。今人卻訝看丁部，舉業分明不列詩。葉文莊菉竹堂

嗜書幾輩得神仙，書館偏將脈望傳。侍史劇憐風雅甚，紅蟫堆裏手親編。趙氏脈望館

王孫遠勝陸公厨，萬卷堂開宅右隅。一例牙籤排五色，甲編更列授經圖。朱西亭萬卷堂又《授經圖》

儲藏真有相臺風，倦圃荒凉插架空。最是高懷終不泯，古書有約願流通。倦圃有《流通古書約》，曹氏静惕堂

曾聞池北開書庫，鶴浦蓮涇並築倉。縱是江東山左隔，也應合傳作三王。王阮亭池北書庫，王叔子孝慈堂，王述庵司寇春融堂

網羅宏富到零星，應爲通經獨考經。更有蘇齋重補正，瓣香堪配曝書亭。朱竹垞《曝書亭經義考》，翁覃溪《經義考補正》

玉躞金題丙舍儲，岱南那盡入叢書。三編劇憶平津館，兩卷還題廉石居。《孫氏祠堂書目》、《平津館藏書記》、《廉石居藏書記》

百宋鱗差共一廛，更開士禮富陳編。藝芸石研俱留目，汪閬原有《藝芸書舍宋元本書目》，秦敦夫有《石研齋書目》。未許同時即比肩。黄氏《讀未見書齋書目》

汲古名高閣久墟，琴川重見闢精廬。傾囊倒篋償逋去，留得殘編證讀書。張氏《愛日精廬藏書志》

遺跋叢殘出鯉庭，兔牀詩老費藜青。高樓自合齊文瑞金氏有《文瑞樓書目》，共指尖陽話拜經。《拜經樓藏書題跋記》

金壺自寫蓬山籍，竇藏全蒐竺國文。闕簡亡書憑證取，好從二氏覓遺聞。《道藏目録》、《釋藏目録》

論金石目録絶句　二十首

四百餘該卷帙千，小歐陽記録成年。同時不數中原父謂《先秦古器記》，直接碑陰第一編。《集古録》

鮑夕陽空十卷收，馮硯祥所藏宋刻十卷本，爲鮑淥飲所得善值售去，竟不傳録。牡丹朔易誤章邱用《日知録》語。後來續補紛紛起，兩葉而還更一劉。《金石録》、《金石録補》，又《續跋》、《續金石録》、《金石續録》

成忠郎記結銜新，底事鬻書呼道人孔山居士序稱陳思道人。小字海棠成譜録思有小字録及《海棠譜》，更教翠墨訪蒐頻。《寶刻叢編》

鈔來紀勝卷叢殘孯經室經進之《輿圖紀勝》即從何元錫藏本鈔，述古全書欲覓難述古堂有宋刻定本。畢竟輸他金石壽，尚留碑目與人看。《輿地碑目》

規摹閣帖判君臣，方外閨中取次陳。卻視叢編門徑別，不分郡邑只分人。《寶刻類編》

摹取原文不逞才，南村遺老出新裁。未經著録超前輩，更續篇題有後來。《古刻叢鈔》、陸貫夫《續古刻叢鈔》

芟除字體賸全文，太僕從知用意勤。交父退師從見誚，終教考古重遺聞。《金薤琳瑯》

岣嶁文從夢裏傳，籀書辛鼓補教全。更搜酈氏編遺蹟，不道鄱陽已占先。《水經注碑目》

説文箋後尋碑刻，别派書林草篆雄。兩卷更成時地考，靈均真不墜家風。《寒山金石林》、《金石林時地考》

坐卧碑間索幼安，不家秦隴也應難。高風衹有來齋繼，氊蠟親攜上翠巒。《石墨鐫華》、《來齋金石考》

摹來篆隸追秦漢，不獨丹青重漢陽。一語終教成口實，炎劉北岳勒安王。《孫雪居碑目》

帝京景物足句留于有《帝京景物畧》，垂老江南始一遊。轉笑群公誇割據，開端一志數中州。黄叔璥中刊《金石志》後，覃谿學士、秋帆尚書等志一隅金石者紛起。《天下金石志》

題識流傳隱緑軒，諸孫語石繼淵源陳萊孝有《語石外編》。如何手自書丹者，也作遺文一例論。《金石遺文録》

曾指遼幢證壽昌，宫詹眼底富琳瑯。偶然四集留題跋，文字猶堪壓授堂。《潛研堂金石文字跋尾》、《授堂金石跋》

籀文斯篆泐難明，妮古還推漢兩京。悔煞焦山留鼎考，斷碑殘石足平生。《兩漢金石文字》

直將金石訂心交，湖海詩文合共鈔。二十卷中名蹟聚，晉陵竟欲借前茅。《金石萃編》、《平津館金石萃編》

寶章遺製出平津，邢邵相偕竟自親。不待茫茫窮六合，館中已有讀碑人。《寰宇訪碑録》、《平津館讀碑記》

系同德甫重殘唐，古刻蒐來滿蠹箱。同邑同時更同好，小蓬萊閣合推黄。《竹崦盦金石目》、《小蓬萊閣金石文字》

不獨詩篇入采風，碑題原與漢家通。三巴睿古猶嫌近燕庭方伯《看古録》，更遣徵文到海東。《海東金石録目》

椎拓紛紛覆更摹，别開生面舊來無。已看秋岳排成表，還見千峯繪作圖。《金石表》、《金石圖》

聽秋書屋詩稿四卷　道光二十七年刻本

喻懷仁撰。懷仁字近之，號少瀛，雲南南寧人。道光十六年進士。官羅源知縣。二十五年卒於官，年三十二。是集有戴絅孫序，附賦一卷。《北京覺生寺大鐘歌》、《十刹海酒樓賞荷醉歌》、《黔陽道中》、《詠飛雲巖》、《牟珠洞》、《伏波銅柱歌》，古體雄放。《圈虎行》、《倉鼠歎》、《輿夫歎》，諷刺當世，尤爲警切。近體以清瘦見勝。《讀史雜感》十五首、《讀五代史》八首，亦能發揮旨趣。

鐵篴仙館宦游草六卷　從戎草二卷　後從戎草二卷　同治間刻本

柏春撰。柏春字東旉，號老鐵，蒙古正黄旗人。道光二十五年進士，授兵部主事。嘗隨僧格林沁在魯、豫等省參預平捻軍務。咸豐九年，在大沽抵禦英法聯軍。官至直隸候補道。集名鐵篴仙館，凡三種，分刻於同治二年與十一年。有《自識》。據《老鐵歌》自注:「明丁巳,僕年五十矣,漫自號曰老鐵。」當爲嘉慶十三年生。集中《呈恩緘莽尚書十首》,指陳軍事。《兵車行爲察哈爾兵作》、《長城行》、《太行篇》、《登大沽礮臺望海》、《送董蘊卿觀察之天津防海三十韻》、《督諸邑伐木事竣回天津》、《喜聞僧邸海口之捷》、《督視天津兵勇慨賦》、《隨侍僧邸赴山海關閲視海防》,以親身所歷形諸歌詩,讀之瞭望在目。又有《軍中雜述》十五首,記捻回。《海警》十四首,記英法聯軍之侵。是亦多存史料,有可采摭。

静怡軒詩五卷　光緒四年刻本

汪藻撰。藻字翰輝,號鑑齋,又號小珊,江蘇吴縣人。道光二十一年進士。官知縣,改捐工部郎中,候選道。卒於咸豐十一年,年四十八。事具本書所附《行狀》。詩存二百餘首,有錢振倫、潘遵祁序。時海氛不靖,爲詩多感憤悲傷之語。山水行役、讀書偶得之題,大都平帖。題畫較勝,題扇小詩尤多雋語。

思益堂詩鈔六卷　光緒十四年刻本

周壽昌撰。壽昌字應甫,一字荇農,號自菴,湖南長沙人。道光二十五年進士。由翰林官至内閣學士。著有《漢書注校補》、《後漢書注補正》、《三國志注證遺》等書。光緒十年卒,年七十一。十四年王先謙序刻其集,凡《詩鈔》六卷、《日札》十卷、《駢文》一卷、《古文》二卷、《詞鈔》一卷。其詩自漢、魏、六朝以迄唐、宋,無不兼採，又讀書甚博，故自勝之。《書廣南韋氏家傳後》、《都門讀史雜詠》五首、《題張聲玠春水軒雜劇九首》、《南安鄧仁堡招飲牡丹亭二首》、《書元遺山詩集後》、《秦平陽斤歌》、《書張江陵傳後》、《書王仲瞿煙霞萬古樓詩集後》、《題舊帖四首》、《讀半山詩集感賦》、《書賈鳬西彈詞四首》有序，獵秘抉微，頗足參稽。道光間有《擬新樂府》四首、《築城詞》、《棄婦詞》、《新婦詞》、《哀塘角行》等篇，諷詠時事。咸豐間有《武昌謡》諸作，反對太平天國。又有《黄牛峽》、《白沙洲漁家竹枝詞》、《汴城過宋故宫》、《謁于忠肅墓》、《岳忠武墓》，以及贈别懷人之詩，俱無弱調。《呈鄧湘皋先生》、《喜晤李芋仙大令長歌》，尤見詞采。老年閒適詩較多，然讀書自遣，亦不徇俗。蓋自以史學見長，固不欲以詩爭勝也。

清人詩集敍録卷七十二

集義軒詠史詩鈔六十卷　同治十三年刻本

羅惇衍撰。惇衍字兆蕃，號椒生，廣東順德人。道光十五年進士，選庶吉士，授編修。同治間，官至户部尚書。卒於十三年，年六十一。著有《集義編》、《庸言》等書。此《詠史詩鈔》六十卷，以七律爲制，由春秋以迄元、明，論一千六百人，人各一首，採史傳註釋典故，闡微撮要，開卷了然。書有龍元僖、李鴻章序。自序畧稱：「歷代詠史詩，唐周曇、胡曾，宋楊億，元楊維楨，明李東陽，清尤侗、嚴遂成，或五言或樂府，體制各自不同。乾、嘉以來，曹振鏞、謝啟昆、鮑桂星、王楷堂專以七律詠史，各自成集，詳畧亦有異。」所舉皆最著者。至散見諸家集中者何啻什百倍之。然專集卷帙之重，實無逾此鈔。惇衍經歷道、咸社會變動，英法聯軍入侵，力主抗戰。撫時感物，時寓其間，此又前人所未能及也。

怡安堂詩初稿八卷二稿八卷　咸豐三年刻本

王慶勳撰。慶勳字叔彝，號菽畦，江蘇上海人。諸生。以知縣需次浙江。咸豐初任杭州總捕同知，官至候補道。所撰《怡安堂詩初稿》爲姚椿、劉樞序。《二稿》朱緒曾序。各卷復以事名集。慶勳與沈學淵、何其偉、蔣一山、張祥河等老輩有詩切劘。詩無矯揉之習。《米價謠》、《木棉歎》、《槎溪雜詠二十四首》、《佘山行》、《颶風行》、《誌地震事》、《水災紀事》，多詠社會見聞。論歷代詩涉及陳子昂、張九齡、李白、韋應物、柳宗元、陸游、元好問、袁凱、沈德潛、厲鶚、袁枚等家。《題齊彦槐雙溪草堂詩後》、《蔣敦復嘯古堂詩後》、《姚梅伯疏影樓詞稿》、《木雞書屋集卽寄黄丈金臺》，均爲時人。鴉片戰爭起，遷至蘇州。匯三年詩名《秋笳集》。其中《海上感懷》、《封船行》、《紀事》，關天培、陳化成、楊慶恩輓詩，語亦激壯。《書事》二首云：「可憐薪似桂，況值米如珠。鄰國都成壑，流民孰繪圖。室將懸磬比，官請發棠無。亦有囷能指，終難濟餓夫。」「鳩形兼鵠面，菜色日相侵。歸燕難成壘，哀鴻忽滿林。豆區仁者粟，飢溺聖人心。載詠春陵句，新詩寄慨深。」此詩於道光間社會頗得概括之旨。後當有詩，未見續刻。《海藻》卷十八尚有選詩並小傳。至其生年，由詞集《摸魚子·癸卯三十自嘲》推之，爲嘉慶十九年。李曾裕《舒嘯樓詩稿》有哭王叔彝太守詩，編年丙寅，當卒於同治五年。

石龕詩卷十八卷　同治九年刻本

劉楚英撰。楚英字香隕，一字湘芸，四川中江人。道光十一年舉人。官甘肅平羅知縣，轉升廣西梧州知府。是集爲道光二十一年至同治八年詩，以《丙寅除夕五十二歲》詩計之，當爲嘉慶二十年生。官平羅時所作《巡渠絶句》、《由打磴口至噶拉巴素臺》、《赴石嘴山》、《登寧夏北塔》、《青銅峽》等詩，隴西時事，往往錯見其中。咸豐六年，調寧夏兵鎮壓皖豫太平軍，有詩紀之。官梧州，與太平軍羅華觀部相拒。權桂林，作《登獨秀山三十首》，爲感懷時局而發。晚赴粵中，一至香港。詩格不高，但有資料可摭。同治間作《閲赤雅一百首》，遍記粵中名蹟。《舟中讀元史三十六首》，矜練中情韻有餘。《天寳宫詞十五首》、《閲板橋雜記六首》、《讀畫録》十首評陳洪綬、張風畫，亦可觀覽。

砂地篇　有序　皋蘭北山之間田家，每於田脣掘取砂石，衣被甽畮，播厥來牟，乃亦有秋，詢之土人，名曰砂地拙生。今夏赴蘭，沿途苦旱，惟砂地之苗特茂，如秦望川、弓靶川一帶得法最早，享其利者垂十年矣。訊其端末，追述此篇。

六合之内多奇怪，石田變作金銀界。驅車皋蘭北山行，溝塍刻鏤砂萬簣。借問老農胡爲者，一川碎石鋪緑野。地有肥磽原不齊，以磽爲肥殊厈厊。老農答言君不知，此乃天驚非人爲。一自别開砂地法，倉箱千斯還萬斯。昔有仙翁傳秘傳，地底翻上年豐年。此語鄉人都駭異，庸中矯矯知其然。鳩工聚類搜地脈，犂揮鴉嘴無朝夕。長鑱直下丈餘深，劚得坤靈氣之核。負以黄壤戴土精，磝磝隴畮任縱横。日不傷根雨積潤，大旱苗亦浡然生。石氣況能殺鹻氣，家家竟成不易地。秦望川連弓靶川，此風相沿及上衛。靖遠一條山亦有之。無地無人不掘沙，有種有穫皆樂歲。千夫之力二頃田，一月之功十年利。我聞農言撫掌笑，化工愈出愈神妙。天道下濟地上行，陰精補陽握樞要。忽思新堡蘆菔溝，若用此法民何愁。會見父老重爲告，山田多稼亦有秋。余宰平羅七年，未諳此法，若再涖此，應度地行之。古者愛民重農功，誰知美利不言中。月令周官所未載，陳詩聊備採民風。《石龕詩卷》卷八

香港

本是中原一角山，爲銷邊釁不須關。任他樓閣玲瓏起，總在乾坤槖籥間。但有巖泉分筧緑，都將地火上燈殷。輪舟夜泊青銅海，出水光芒月半彎。閭閻所飲之水，皆歸洋人銕筧湪分。所然之鐙，悉出自然之火，亦歸洋人居奇。所造洋樓，下撲海濱，上截崖腰，引火然鐙，光明達旦，形同半月。

歌舞岡前大小姑，飛來島嶼洋洋乎。句欄亦別華夷種，小港還開車馬途。香港夷人，自乘轎車。各有因緣鹹水妹，香港所生之女當洋娼者，粤人謂之鹹水妹。了無憑藉澹巴菰。洋人吸菸，不用菸筒，但裹菸葉吸之。旃檀香海水精域，洋人與商家器具俱用紫檀紫榆，軒窗全裝頗黎，盌盞無非琉璃。一樣排場廣與蘇。《石龕詩卷》卷十七

煙嶼樓詩集十八卷附一卷

光緒元年刻本

徐時棟撰。時棟字定宇，一字同叔，號柳泉。浙江鄞縣人。道光二十六年舉人。官内閣中書。歸里後居煙嶼樓，藏書六萬卷，盡發而讀之。通經史，留心文獻，著有《尚書逸湯誓考》、《山中學詩記》、《煙嶼樓讀書

志》。刻《四明宋元六志》，補闕訂訛。與董沛同撰《鄞縣志》、《慈谿縣志》。卒於同治十二年，年六十。刻《煙嶼樓文集》四十卷、《詩集》十八卷附《游杭題詞》一卷，門人葉鴻年序。《新樂府》一卷，以古語寫時事。《乞兒曲》、《洋山行》、《南馬樂》、《蚱蜢篇》、《廣東客》，語多質直。《臨高臺》記英國侵佔寧波，用郭某爲民斷事。結句感慨之至。而污衊太平軍者，復亦夾雜其間。又作《孤兒行》、《溪頭老婦行》，爲民請命。集中有關浙東文獻資料較多。《入壽昌寺觀浮槎及李次公畫十八羅漢像》，記明末謝三賓事。《刻宋元四明六志成》，有詩詳述原委。《瞻埼六首》，地距寧波百里，築海塘民物富庶，詩記人情風俗，皆咸豐間事。《游阿育王寺》十六首、《題四明四友圖》、《游響巖》，俱無浮詞。與日本安瀨翁有詩畫交。七律《諸將》、《詠漢史》諸作，尤善用古使事。蓋時棟學問尚優，體格固亦不弱也。附《游杭合集》爲同人唱詠。

臨高臺　有序

守署大門外，左右各有高臺，所以懸法者也。西夷既入郡城，其酋據署居之。有所謂郭爺者，日高坐左臺上，理詞訟，而竟有紛紛怨冤抑者。或曰郭本華種，廣東人，與夷婦苟合而生者也。

臨高臺，郭爺來，爾有事，覶縷開。枉事爲爾超白，難事爲爾安排。口通華語，眼識華字，郭爺真奇才。一解。大事一牛，小事一雞，爲爾判斷筆如飛。南山可動，此案不可移。二解。臺上肅肅，臺下簇簇。衙無胥，案無牘，自來官府，斷事不如郭爺速。三解。臺下邊呼奇冤，不知何來男子，到家横索錢。郭爺聞之不更言，擕杖下臺走蹁躚。俄頃牽來縛臺前，袒其背，五十鞭，呼冤人，心喜歡。歸家縛得雙雞獻青天。四解。有時郭爺獨自坐，臺邊看者繁且夥。忽見郭爺取紙親擘擠，磨墨紙筆亂塗寫。中言大官太欺我，燒我奇貨千百舸。許我白銀不肯償，但乞一半終不可，使我今日至此誰賈禍。將紙掛臺下，須至告白者。有人在旁誦讀之，更借紙筆鈔其詞。郭爺見此笑嘻嘻，懷中出麥餅，勸爾試償之。五解。郭爺來，臨高臺，有事無事日日人擠挨。昨日野老一過衙前街，歸家歎息心悲哀。我有長官安在哉。六解。《煙嶼樓詩集》卷一

浣月山房詩集五卷　光緒四年刻本

龍啟瑞撰。啟瑞字輯五，一字翰臣，廣西臨桂人。道光二十一年一甲一名進士，授修撰。官至江西布政使。咸豐八年卒，年四十五。妻何慧生投繯殉。光緒四年其子繼棟以啟瑞遺稿《文集》四卷、《外集》四卷、《詩集》五卷、《詞鈔》一卷及《慧生遺稿》、《梅神吟館詩稿》同時付梓，並以己著《槐廬詩學》附焉。啟瑞從梅曾亮游，與朱琦、王柏心、邵懿辰厚交。嘗典試廣東，督學湖北，《湘源紀行》、《大峽關》、《中宿峽》、《大庾嶺謁張曲江祠》，詠匡廬、洞庭、衡嶽、桂林、柳州等處山水名區，筆極剛峭。《論詩》云：「立意求新還是舊，開函怕讀古人詩。崔郎漫賦樓頭句，恨我今來已後期。」是亦不主摹仿。又有《論書與蘇虛谷汝謙》，識見亦較精到。《由漢川至江陵見隄間居民有作》，作於道光己酉二十九年，時官軍鎮壓教民已逾數十年，而禍患人民，仍極慘

重，此詩意在諷勸。太平天國事起，啟瑞作長詩紀事，内多污蔑之詞。道、咸間粤西詩人如朱琦、鄭獻甫、王拯，屢出不窮，今觀此集，固當自領一席。王錫振《龍壁山房詩集》有七古《題龍翰臣同年詩稿》。

由漢川至江陵見隄間居民有作

漢水發源隴山腹，峽口金牛萬峯簇。紆縈蕩潏下秦關，十里川流幾九曲。鄖陽搜山村木盡，春雨洗沙日萬斛。乾隆、嘉慶間，川廣匪滋事，遁之楚之山中，王師過而殲之。深林密箐，焚刈殆盡。自是山民墾荒作田，春雨一洗，則泥沙俱下，下流因之壅塞矣。障於作田利粳稻，利粳稻，一歲四收貪土沃。宣鬱導滯百不知，官隄未斷私堤築。約束奔流改故常，江心斗上如平陸。比年淫潦大爲災，城市村墟泊艫舳。居民習慣了無苦，移家競向漁舟宿。懸將網罟當桑麻，收致魚蝦比菽粟。故家大姓半彫零，末利微生日轉逐。冬來畚锸動千夫，無異補瘡先剜肉。君不見大江九穴十三口，金隄築斷高連屋。當時共説秦渠利，没世空悲潁水濁。大江旁舊有九穴十三口，以洩水勢，自明江陵相國爲其鄉里計，始築太平隄障之。當時以爲利，至今江流漲塞職此之故，此與漢川某氏之事正同，皆得諸父老傳聞，不可謂無據也。往事由來不可追，童謡尚解陂當腹。古人上策誰復知，悵望江頭兩黄鵠。《浣月山房詩集》卷二

味經山館詩鈔六卷遺詩四卷　咸豐三年刻本

戴鈞衡撰。鈞衡字存莊，號蓉洲，安徽桐城人。道光二十九年舉人。詩得方東樹指授，工古文，與同邑

蘇惇元重訂《方望溪文集》，增集外文十之四。又著《書傳補商》，曾國藩極稱之。卒於咸豐五年，年四十二。此集與《文鈔》四卷，爲門人王祜蕃刻，吴應廉校。有自序，方宗誠序。詩自删定者二百九首，遺詩一百三十六首。《題陳照所畫江景》，颯然有致。《道中書所見》、《合肥健兒行》，諷刺較深。《呈方植之先生四十四韻》、《得毛生甫凶問》、《送姚丈石甫之四川》、《輓張亨甫》等篇，意遠韻清，又涉文苑故實。自云：「詩得正軌，未染袁趙張餘習。」觀其七律，曲折頓挫，自中法度。《横海》云：「豈無新息平蠻策，竟使相如受賂回。」《孤臣》云：「雄心消盡寒邊角，老骨難禁絶塞秋。」《小孤山》云：「六鰲忽轉地軸動，一峯飛落江心來。」《送人還鎮江》云：「已知死别成長憶，縱有生全亦苦飢。」《訪包慎伯》云：「海内共傳劉四駡，江南今有鄭公居。」《輓張勖園》云：「涕泣悲歌天下事，縱横驅遣古人才。」字烹句鍊，氣骨開張，有唐人神脈。所交梅曾亮、魯一同、湯貽汾、楊彝珍、符兆綸、孫衣言、管嗣復，亦一時之選。

微尚志齋初集四卷續集一卷 同治三年刻本

馮志沂撰。志沂字述仲，號魯川，山西代州人。道光十六年進士，改庶吉士。官刑部主事，出任安徽廬州知府。爲勝保調軍營，襄理文案。徽寧池太廣道，署按察使。卒於同治六年，年五十七。《初集》、《續集》詩共存四百餘首，有自序，多質樸之言，蓋志沂古文得梅曾亮傳，詩亦有師風也。《讀吴蓮洋詩卷》、《題耶律楚材像》、《題鄭子産殘碑》、《題苗仙麓寒燈訂韻圖》、《游晉祠》、《石嶺關道中》、《登妙峯》等篇，自出新意，筆力健舉。與祁寯藻、湯鵬、陳慶鏞、何紹基、張穆、孫衣言、朱琦、邵懿辰、葉名澧、孔憲彝題圖唱和亦多。又有贈朝鮮趙秋潭、申琴泉中樞詩。道、咸間江右詩人，可稱後勁。許宗衡《玉井山館詩集》卷十有《贈魯川》長句。洪洞王軒《顧齋詩録》有贈詩多首。董文煥《硯樵山房詩集》有輓詩。

道福堂詩集四卷　光緒二十一年刻本

雷浚撰。浚字深之，號甘谿，江蘇吴縣人。父燮琛，官山東寧海州吏目。浚爲諸生時，即專治訓詁之學，其學受於江沅，乃段玉裁再傳弟子。同治八年，爲國子監生。歸里後嘗佐馮桂芬修《府志》，黄彭年創學古堂，延聘講席。光緒十九年卒，年八十。家有藥店，世傳六神丸，即其家秘方。著《説文引經例辨》、《説文外編》等書梓行，曰《雷刻八種》。是集包括《幸存草》、《蓬轉集》各一卷，《寄巢集》二卷，附沈鏗跋。詠山左、江南山水，均未能超逸。《書覺阿上人梵隱堂詩後》、《貝青喬半行庵集刻成題後》、《張鴻基傳硯堂集題詞》三首，均爲同時詩家。贈葉廷琯詩較多，有《挽葉調生丈》，作於同治八年，計廷琯得年七十。《府志》傳稱，道光十三年林則徐撫蘇賞浚，邀入幕，不赴。蓋致力於學，故其詩不甚涉及世事，亦不多酬應也。

遜學齋詩鈔十卷續鈔五卷　同治三年重刻本

孫衣言撰。字劭聞，號琴西，浙江瑞安人。道光三十年進士，選庶吉士，授編修。與俞樾交善，同出祁寯藻門。咸豐間任安慶知府、安徽按察使，湖北布政使，復内召爲太僕寺卿。卒於光緒二十年，年八十。著有《遜學齋文鈔》，輯刻《永嘉叢書》。《詩鈔》分體，載六百餘首。《續鈔》編年。五古宗漢、唐，七古不減宋人風致。律詩以使學見長。觀集中《讀后山集》七言長律，可知其詩近於黃、陳。《哀虎門》、《哀厦門》、《哀舟山》、《哀明州》四篇，目覩山河破碎，痛楚何似。《浙東王師失利書憤五首》、《倭冢行》、《颶變》，根觸極深。《詠懷古詩人十六首》、《題毛西河朱竹垞同游西湖像》、《江上草堂歌》、《華秋岳畫蘇子瞻承天寺訪張懷民潤臣索詩》、《題艾至堂北度雁門圖》、《讀史雜感》，使事精切，俱有詩法。衣言嘗爲國子監教習，東瀛門弟子來見，指授作詩。集中有《學生作琉球食戲作》、《贈琉球貢使向紹元都通事梁必達等詩》，名播外國。同治十二年刊本《琉球詩録》四卷，所録皆弟子詩，爲衣言審定，並序。

天韻堂詩存八卷　光緒四年刻本

徐維城撰。維城字綱伯，號韻生，江蘇丹徒人，佔籍京兆。弱冠中舉，不得志於有司。同治元年，截取貴州知縣。光緒二年，年六十二，删存四十載詩，首朱希鳳、喬松年、龍繼棟序，錢泰吉、孫衣言、朱琦等題詞。維城嘗至廣州，作《弔關天培》、《舟行篇》、《搜煙來》，紀時事之變。《廣州雜詩》二十首、《湞陽峽》、《潮州韓文公祠》、《登温州城中東山》、《梅嶺放歌》等篇，詞亦新異。太平軍起事，以詆詞作《杭州雜詩》、《穿窬行》、《哀江壖》。張國樑死丹陽，揜陷清河，有詩紀之。同治初元入川，作三峽詩。又嘗游華嶽、泰岱，入都作《名都巨室篇》。其詩不事雕琢，一以質樸爲尚，間有史料價值。交游爲錢泰吉、張維屏、黄釗、孫衣言、符葆森、魯一同、馮志沂、吴棠等人。

大小雅堂詩集四卷　光緒十八年刻本

承齡撰。承齡字子久，一字尊生，姓裕瑚魯氏，滿洲鑲黄旗人。道光十六年進士。同治四年，歷官貴州按察使，五年卒，年五十二。工詩，尤長倚聲。張之洞《書目答問》舉清詞只六家，承齡在内。是集即附《冰蠶詞》一卷，合五十四闋。詩曰《南譙集》、《燕市集》、《禮部集》、《黔南集》，共四百十首。生卒年由徐鄘序知之。承齡詩摹擬魏、晉、六朝，以清麗爲尚。《鐔津水當廬江小吏行》，紀粤西周覲光嫁藤縣林姑事，爲敘事長詩。《城西寺中觀傅雯指畫佛像》、《送鮑源深學使》、《贈黎莼齋茂才庶昌》詩，精邃奥密，不染粗獷之習。雲貴紀游，善言難狀之景。與吴其濬、劉書年、莫友芝迭有唱和，洵爲八旗中足以名家者。

退思詩存四卷　光緒十四年木犀香館刻本

范志熙撰。志熙字鶴生，一字子穆，湖北武昌人。道光二十九年副貢，咸豐十一年順天舉人。官國子助教，揚州同知。是集與《文存》一卷合刻，首薛時雨、吴大廷、袁度、何勷、楊琪光、王先謙序。以《甲戌六十初度》詩揆之，爲嘉慶二十年生。卒年七十五。志熙問學於薛時雨、王柏心。與黄雲鵠、方濬益等迭相唱和。集詠史、游覽之作不多。唯屢任秋闈分校，多以詩紀事。於晚清江南科舉情形，或可藉窺一端。在兩湖文士間，亦有聲望云。

二知軒詩鈔十四卷 同治五年刻本 續鈔十六卷 同治八年刻本

方濬頤撰。濬頤字子箴，號夢園，安徽定遠人。士淦子。道光二十四年進士。官兩廣兩淮鹽運使，擢四川按察使。著有《夢園叢書》。卒於光緒十五年，年七十五。撰《二知軒詩鈔》並《續鈔》，陳澧、李光廷、張清華、王拯、蔣超伯、許奉恩、林昌彝等序，詩近四千首。初集行役酬應之作十居六七。《春明雜憶》、《治溪故里吟》各百數十首，此不過「吾家記事珠」而已。《南海百詠仿宋方孚若作》，取其考證，以成韻語。《海上五首》、《織婦歎》、《新樂府十五首》、《嶺南樂府五十章》、《木棉花歌》、《金陵雜詠》、《羊城佛事》，頗詳今有。唯濬頤多蓄書畫，亦喜詞曲，兩集有關藝林者甚多。《題宋元名繪彙册分詠》、《東坡爲僧契順書歸去來辭》、《張僧繇掃象圖並序》、《趙松雪臨黄庭經》、《宋畫院小品真蹟八首》、《馬伏波銅鼓歌》、《讀諸葛武侯傳》、《宋拓雲麓碑》、《題董文敏畫册》、《明五家水墨合卷》、《王石谷畫册》、《羅兩峯鬼趣圖爲潘仕成題》、《讀嶺南三家詩走筆放歌》、《題安南阮光平遺牘》、《繡毯詩畫卷》、《梨園子弟行》之類，不勝枚舉。雜賦花鳥、食品以及鼻煙、墨合，兼資嘔噱，亦可解頤。

賭棋山莊詩集十四卷 光緒十四年福州刻本

謝章鋌撰。章鋌字枚如，福建長樂人。咸豐初，應漳州丹霞、芝山兩書院講席。同治三年舉人。五年，游山西。八年，至陝西主同州書院講席。返閩，重主漳州講席。光緒三年，由內閣中書成進士，年已近六十。

至江西主白鹿洞書院。歸掌致用堂教十六年。二十九年卒，年八十四。工詩詞，光緒十四年，刻《賭棋山莊文集》六卷、《詩集》十四卷、《詞集》八卷，以後尚有續刻。其詩雄深沉鬱，又習於歷史掌故，内容閎富。與劉芑川家謀厚交。道光二十八年家謀爲《詩集》作序，亟稱之。《閲寧德縣志雜感》、《漳州雜詩》、《建寧雜詩》，多記八閩人文風土。入粤，有《嶺南雜詠》，游晉，作《汾陽雜詩》、《讀澤州志感作》、《晉祠》、《謁顧先生祠》。又有《加糧歎》、《漁螺曲》、《杭州雜詩》，記述時事。《巡船歎》云：「船首樹高旗，船身列巨礟。前書某某縣，次第編名號。當風袒短衣，避日岸高帽。芙蓉煙烘蒸，椰漿酒爭鬧。快哉巡船兵，孱中而豐貌。屆戹十百人，或云禦强暴。昨聞澳門鎮，被刼已屢報。有官遭束縛，赤體委泥淖。當局長太息，此輩如虎豹。幸保身命存，誰敢財物校。緝盜張虚聲，煌煌下文教。巡兵笑且歌，鳴金一舉棹。」同治初赴蘇杭，時太平天國失敗，江南民生凋蔽已極。《途中書所見》以「瓦礫如山高接天，敗竈昏黑無人煙」爲起句，瘡痍滿目，殆亦真實寫照。《偶念吴天章傅青主遺事感作》，小注記王士禛與吴雯及傅山與顧炎武故事。《題黄九煙集後》長歌，稱黄周星晚居湖州，自號畧似人。又注云：「國朝既定鼎，巖壑遺老多有求仕者，或作俚句云：西山薇蕨喫精光，一隊夷齊下首陽。」則近於謔矣。《感詠制府畢公遺事》四首，稱畢沅賞識黄仲則，與歌郎李桂官善。孫星衍游陝，眷一伶名祁芍藥，事洩，沅爲之迴護。皆類似筆記，而飾以韻語，不啻談助。《書杜詩箋注後》，指摘錢注之謬，《書李空同集後》爲明七子翻案，《正月十六日杜茶村生日》頌揚杜濬名節，亦見其能博觀而約取之。《題子安所著書後》，子安爲侯官魏秀仁，道光舉人，通俗小説《花月痕》作者。餘作如《青原淨居寺禮藥地大師衣缽塔》、《由三峽橋至棲賢寺》、《由東峯至落雁峯》、《黄巖觀瀑》，以及北游華嶽，近游匡廬、武夷，寫景抒情，極盡馳騁能事。晚清閩中詩人，張際亮後，章鋌可稱巨匠。至辛亥前後，閩詩仍盛極一時。然皆沿宋調，與張、謝二家，絶不相侔矣。談恩誥《香雪巢詩鈔》有《輓謝枚如先生》詩。

書杜詩箋注後

錢蒙叟此注有盛名，其實瑕瑜參半，考證史事，時有一得，若典故則好引雜説，殊多杌隉不安。即如「王母晝下雲旗翻」，此王母自是西王母，不獨與雲旗字相生，且見元都壇精靈聚會，惝怳迷離之致。今指爲鳥名，則全失語妙矣。且又「黄河十月冰」，此冰字自是冰凍之冰，今以《左傳》「執冰而踞」釋之，謂以箭筩取飲，不獨迂曲費解，亦不辭矣。「赤羽千夫膳」承上善射，言其射可供千軍之膳也，此句承上舞劍，言其劍鋒所及冷於黄河十月之冰也。蒙叟乃謂此二句不帖上文，殆未審乎。聊舉一二，以諗讀者。

麻鞋痛哭奔行在，領袖飛揚接兩朝。向暖向寒各滋味，騷魂何用草堂招。蒙叟既歸順，改造平日衣服，袖改而領未及改，其門生見之曰：公真可謂兩朝領袖。讀書萬卷得精神，醖釀英華不患貧。肯學後來搜隱癖，一生狐穴作詩人。《賭棋山莊詩集》卷八

題子安所著書後

夥哉石經考，煌煌美而備。排比舉千年，刮摩極一字。亭林雖大儒，奪席不敢異。石经考

詩史一筆兼，孤憤固無兩。扁舟養羈魂，亂離憶疇曩。匪惟大事記，變風此其響。陔南山館詩話有淚無地灑，都付管城子。醇酒與婦人，末路乃如此。獨抱一片心，不生亦不死。花月痕小説《賭棋山莊詩集》卷八

龍壁山房詩草十七卷　同治光緒間刻本

王拯撰。拯原名錫振。後改名拯，字定甫，號少鶴，一字少和，廣西馬平人。道光二十一年進士，授户部主事。出贊廣西軍事。咸豐間官至通政副使。同治初降，歸主桂林榕湖講舍。光緒二年卒，年六十二。工古文，兼擅倚聲。自訂《龍壁山房詩草》十七卷，有咸豐九年自題。詩止於同治十二年，刊版當在同光之間矣。拯詩上規六朝，下撫宋人，以盤礴新奇示異。同治朝號稱中興，好事者鼓吹拯詩，以其感時傷事，最得正音。《書憤》等篇，詆毀太平天國，曾被視爲一朝詩史。今觀是集，關係時事者，無多可采。山水詩亦乏佳製。唯扈直京西，詠圓明園、清漪園以及諸郊寺，差可披覽。《百泉謁孫徵君祠》、《讀霜紅龕集偶賦長句》、《讀歐詩有作》、《敦煌太守裴岑紀功碑歌》、《高麗銅鐘拓本歌》、《宋拓大觀帖殘本歌》、《漢廣陽銅虎符拓本》、《武周隨身龜符拓本》、《題梅花道人山水幀書感》、《石濤山水幀歌》、《石谷子畫山水障歌》、《麓臺司農淺絳山水幀》、《邊壽民蘆雁幀》、《二樵山人黎簡山水小幀》，頗多深切之論。其題圖之什，古藻披紛，又往往能超出流輩。嶺南五家中，尚不逮朱琦，而較吕璜、龍啟瑞、彭昱堯爲勝耳。

寶善書屋詩稿六卷　光緒十六年刻本

王景彝撰。景彝字琳齋，湖北江夏人。道光十七年拔貢，官黄梅訓導，安陸府教授。同治元年舉人，選授浙江西安知縣，調永康。晚主高觀書院。是集一名《琳齋詩稿》，有光緒十六年自序，時年七十六歲。自訂詩稿《凡例》稱，「語絶譏訕，不談時政」，而集中誣蔑太平天國軍及捻軍詩，亦連篇累什。至重修鮑參軍墓紀事附序，足爲研究鮑照之資。《己酉黄梅大水》、《黄梅竹枝詞八首》，可補邑志之無。《弔黄鶴樓被焚》與《登重建黄鶴樓》，可見著名勝蹟之變遷。《海塘雜詠四首》，述清槽打樁運石，記載翔實。《讀全唐詩王藴秀詩有感》、《讀明史成祖命太監下西洋有感》、《謁梅花道人吴鎮墓》、《六朝宫詞十六首》、《游五祖山紀事》、《武昌懷古五首》、《丁松生書庫抱殘圖》，亦有考證之助。觀是集取材尚博，要非俗吏可及也。

修拙齋詩集二卷　光緒十八年刻本

鍾毓奇撰。毓奇字少峯，廣西臨賀人。同治三年舉人。官貴州同知。光緒十二年卒。是集有鍾德祥、龍紹儀序，臨賀知縣張聯桂序，及門人李復序。毓奇少從鄭獻甫遊。集中有《輓鄭小谷先生》詩四首。咸豐八年，太平天國軍佔領臨賀，毓奇作《悲賀城》長詩。嘗至京師，游粵東。《陶然亭》、《赤壁放歌》、《浮山謁陳王神廟》、《題秦良玉小像》、《壽陽勝迹八詠》等詩，亦不作習見語。於廣西境内山川風習取材尤多，有《桂嶺雜詠》、《思恩土風》諸篇。唯表彰孝節過多，是其弊耳。

思恩土風

浮世真如寄，遊蹤信有緣。身將羈四載，境盡歷三邊。慶遠軍初置，環州户已編。萬山蟠粤徼，二水下黔川。一水自馴駐里經縣治，一水出三里下赴懷遠，俱發源於荔波縣。野聚疏難密，雲峯斷復連。城環無雉堞，兆圻少龜田。蠻語娵禺異，民風渾噩先。箐深晴易雨，日小瘴如煙。百崗峯巢結，千村蟻曲穿。五十二崗，羣峭相接。客來雲外路，人住井中天。馬磨終朝給，牛宫半土填。人居樓屋，惟厨室填土，雲崧所謂「欄房隔作樓」是也。宅無三畝潤，户有一梯懸。汲水雙鉛甕，浮江獨木船。鄉歌俱贈芍，巫唱競投錢。巫唱閒雜嘲笑，滿座爲之喝彩。剥石爲陶瓦永安甲有此，分流扞浴泉。銀圈誇婦飾，銅鼓葉神絃。貼地雙趺白婦不裹足，拖籃一色鮮婦女悉著靛染藍衫。錦衾紋有鳳，所織綿褥，亦甚工緻。帕首鬢無蟬。玉粒斑爛染，遇節炊稻，染成五色。紅蘭醖釀妍。有草名紅蘭，釀酒，香色俱佳。炊晨春碓起，無日春糧，每隔宿者。結伴趁墟還。賽老看豐薄，有爭競事，延長老論曲直，名曰賽老，各具酒食。呼名任倒顛如某甲父則呼及父某甲。論婚輸牡犢，邑志：舊俗結婚，輸一牡牛爲禮。禳祟助牲牷，家作巫事，用牲承無算，親友助之。結契欣同齒，以同生結契，嶺西多似此。歸團待數年。女嫁後仍歸外氏，數年始歸夫家，名曰歸團。蛇神蒙氏老，邑志：俗有妖蛇之異，呼曰蒙老爺，病則疑其作祟。活佛李家禪。柏子庵神僧俗姓李，俗呼李活佛。吉貝園畬俗字讀曰賒，山下園也地，棕櫚作澗椽。編籬塗壁漏，刳木置盂圓。香麝從臍割，羚羊掛角眠。呼圝籠鳥去，馴獺捕魚儇。

同皂憐牛驥，投灰蕘鮒鯿。地羊尊食品，犬名地羊，見《中華古今注》。窨鮓佐華筵。蛤蚧羹調鼎，螺螄醢飾籩。取螺螄置甕中，待味腐食之，可異也。硃砂探洞穴，石斛取崖巔。風鶴藏身地，泥鴻印爪篇。虞衡增桂海，留采後來賢。《修拙齋詩集》卷上

寄鷗館行卷一卷　道光二十五年刻本

符葆森撰。葆森原名燦，字南樵，江蘇江都人。咸豐元年舉人。家貧，常奔走衣食。少工詩賦，廣交游，留京師崇實家，與陶梁、朱琦、葉名澧、王拯、蔡壽祺等人往來論詩。輯《正雅集》一百卷，收録清代詩人千餘家，各繫小傳。年五十以卒。是集爲道光二十五年刊本，首阮亨序。其詩古意泠然，樸實有味。《鷹鸛行》一篇，尤爲奇勁。跋云：「有詩、古文、詞二十卷，尚艱付梓。先仿古人行卷，刊去年至今夏詩數十首，欲就質當世，一臠之嘗而已。」則平生所作，必甚可觀。後亦未見有刻，僅獲此本，不足論價。至《正雅集》行世久遠，自撰《詩話》亦不脛而走，有功於清詩之考證鑒裁者多矣。

懷白軒詩鈔十卷　同治五年刻本

陸初望撰。初望字文泉，江蘇陽湖人。諸生。李兆洛弟子。詩、詞、曲俱所擅勝。同治五年，刻《懷白軒詩鈔》十卷、詞二卷、南北曲一卷、文鈔二卷、駢、賦各一卷，年已六十。有徐燮均、鍾秀、許丙椿等序。詩以過

鄱陽湖所作《怪石歌》、《歸舟見廬山瀑布》等篇寫景爲工。《前後懷人詩》共六十六首，網羅遺事，可因人而得其詳。《題詠蔣士銓九種曲》三十二首，自成一編，足資參考。初望久爲幕僚，以鬻文爲生。平生與康發祥友善，詩已采入《伯山詩話》。其清麗處學吴偉業，抒寫性靈又似查慎行。唯避地作詩，多詆太平天國。適爲全集之累耳。附南北曲爲嘲世之作，《題羅兩峯鬼趣圖》，散曲中向無此題也。

題羅兩峯鬼趣圖

【端正好】霸圖空，雄心了，熱風輪，日夜煽摇。甚泥丸，塞不住酆都竅。闖將來黑獄鬼知多少。

【滚繡毬】念生前儘力爭占，人間不肯饒。苦支支銅山計較，急攘攘金穴喧囂。蟻分封戴粒，勤鼠穿垣據穴牢。依靠着炙手威，不料冰山驟倒。站穩了揚眉地，誰知石火都消。悤悤夢醒邯鄲道，畢竟是撇了皮囊氣尚驕，鬼門兀自逞英豪。

【叨叨令】那一帶虫兒蟻兒挨挨擠擠的鬧，這壁廂牛兒馬兒暗暗嗚嗚的叫。湊上些朋兒黨兒猙猙獰獰的跳，弄得些竿兒棒兒縱縱横横的攪。試問你軀兒殼兒久向那空空洞洞的銷，何苦把風兒月兒骯骯髒髒的髒。兀的不惱煞人也麼哥，兀的不笑煞人也麼哥，到今日魂兒魄兒跳不出成敗輸贏的套。

【脱布衫】那裏是五百客刎頸同袍，不過是一丘貉入穴操刀。得意時白楊怒號，喪氣時青山嘲笑。

【小梁州】最可嘆黑地昏天溷爾曹，泉壤裏心血如潮。蟻戰蛙爭死不饒，鬼靈兒竟這樣咆哮。

【快活三】倘回想平生積勞，到頭來都是赤條條。衹賸得幾根腐骨委蓬蒿。應自悔蠢骷髏，狠巴巴終不解回頭早。

【滿庭芳】怎不約嬾散嵇康到，團坐處星疎曲院燭滅殘宵。靜聽伊成羣結隊臨風嘯，怎不約俊東坡絮絮叨叨。數説你狼頭鳥爪，刻畫你碧眼紅毛。新而大故而小，也抵得高懸秦鏡狡獪那能逃。

【么篇】否則倩莽閻羅簽票，分派著諸司約束六道逍遥。省得他張弧瞰室誇强暴，否則倩醜鍾馗仗劍披袍。豹臚睜，風霆迅掃，虬髯豎，魍魎搜抄。剖而心，鹽而腦。頃刻裏囫圇吞下鬼鮓亦嘉肴。

【朝天子】如來佛力饒，大千塵刼浩。可憐你昧靈臺迷知竅。果拚得貪痴恚怒一齊拋。縱鬼頭鬼腦猶堪教。俺這裏法雨滿空飄，旃檀鎮日燒。有釋迦指引拈花微笑。看蹄涔起泡，謝慈航轉棹。這種莽游魂可也從此除煩惱。

【煞尾】茫茫的孽海超，重重的覺岸招。喜北邙瞬息西方到。直把那奇形幻相付空空，化日光天曉。《懷白軒南北曲》

带耕堂遺詩五卷　一九二九年刻本

蒯德模撰。德模字子範，安徽合肥人。咸豐末以諸生治團練保知縣。同治三年署長洲，移太倉，擢鎮江知府，四川夔州知府。光緒三年歿於官，年六十二。詩稿乃其孫壽樞等刊版於南京，與文稿《金粟齋遺集》八卷，合稱《帶耕堂遺集》。有光緒間劉家模、馮煦舊序，程一夔序。詩多作於官任内。時太平天國失敗，清廷腐朽不堪。集中有《比租行》、《釐卡行》、《徵漕行》、《讞局行》等篇，可見當時催科之急、搜括之甚、訟事之繁。《磧鹽行》、《夔城告竣紀事》等篇，可見政績，藉證史傳。間有山水詩，亦不凡庸。德模以扶樹綱常、力挽頽局爲己任，或不足彰。然所詠皆平生閲見，尚爲詳實可徵。

十華小築詩鈔四卷　光緒十一年刻本

余本愚撰。本愚字古香，安徽休寧人。初爲幕佐，咸、同間官江西知府，累擢杭嘉湖道。是編爲道光十五年至光緒九年詩。馮一梅序，胡文田、譚鈞培題詞。自云：「生值丙午。」結集時年爲六十七。卒於光緒九年，年六十八。太平天國起事，作《雜兵謡》、《聞見篇》，多揭露官方壓榨百姓行爲，深切時事。《收私篇》記嚴緝海東私鹽，亦社會現實。光緒二年，《詠申江新樂府》爲《東洋妾》、《泰西琴》、《澹水妹》、《女説書》，爲近代風謡。集中與薛時雨、俞樾、楊昌濬有贈題。《朱翼甫觀察其詔以李傅相命赴日本察事歸出行紀見示爲賦是篇》，記當時日本社會狀況，可擴見聞。方昌翰《虚白室詩鈔》有贈詩。

雜兵謡　並序　新安處萬山中，歷朝未嬰兵禍。自粤寇陷金陵，皖江以南始有賊。因招集四方流亡，濫充勇額，地方騷然，賊仍蹂躪如故。爲作雜兵謡。

果毅軍，猛如虎，殺賊既不能，乃敢脅官府。唐侯霹靂鳴一聲，頭顱已決雙勇丁，三軍氣懾刀光青。

江北勇，何洶洶，佩刀瀏亮巾帕紅，駕空飛過長橋東。闌街火伴見相笑，昨尚肩輿今坐轎。慎勿趨近唐衙閙。江北輿臺孫大、高三等，推石埭薙髮匠丁三餘爲首，自稱防勇，爲害閭閻，官不能禁。逮花蠱會案發，經唐令誅戮一百八十餘人，賊黨始散。

台州卒，繞屋烏，腰抽斑管索火呼，酣眠不問賊有無。昨夜清華街一戰，幾人得見將軍面，胡不歸家事耕佃。

江南兵，豔如花，善作胡語工琵琶，馬背駝得揚州娃。川北健兒好身手，性近婦人與醇酒，昨宵幾縛營門柳。《十華小築詩鈔》卷一

聞見篇 並引

《聞見篇》者，余子感時作也。余子生際亂離，傷心蒿目，故有是篇。

豬換婦

朝作牧豬奴，暮作牧豬奴。冀得牧豬婦，販豬過桐廬。睦州婦人賤於肉，一婦價廉一斗粟。牧豬奴，牽豬入市廛，一豬賣錢十數千。將豬賣錢錢買婦，中婦少婦載滿船，蓬頭垢面清淚漣。我聞此語生長吁，就中亦有千金軀，嗟哉婦人豬不如。

屋劈柴

屋劈柴，一斧一酸辛。昔爲棟與梁，今成樵與薪。市兒詆價苦不就，行行遶遍江之濱。江風射人

天作雪，飢腹雷鳴皮肉裂。江頭邏卒欺老人，奪柴炙火趨城闉。老人結舌不能語，逢人但道心中苦。明朝老人無處尋，茫茫一片江如銀。

孃煑草

龍游城頭梟鳥哭，飛入尋常小家屋。攫食不得將攫人，黄面婦人抱兒伏。兒勿驚，孃打鳥，兒飢欲食孃煑草。當食不食兒奈何，江皖居民食草多。兒不見，門前昨日方離離，今朝無復東風吹。兒思食稻與食肉，兒胡不生太平時。

船養姑

月彎彎，動高柳，烏篷摇出桐江口。鄰舟有婦初駕船，吴謳越調歌纏綿。艣聲時與歌聲連。月彎彎，照沙岸，明星耿耿夜將半，誰抱琵琶信手彈。三聲兩聲催心肝，無窮幽怨江漫漫。或言婦本江山女，名隸煙花第一部。頭亭巨艦屬官軍，兩妹亦被官軍擄。婦人無夫惟有姑，有夫陷賊音信無。富商貴胄聘不得，婦去姑老將安圖。嗚呼，婦去姑老將安圖，婦人此義羞丈夫。《十華小築詩鈔》卷二

空青水碧齋詩集十三卷補遺一卷　光緒九年刻本

蔣琦齡撰。琦齡字申甫，一字召壽，號月石，廣西全州人。道光二十年進士，改庶吉士。官至順天府尹。能詩，尤擅填詞。卒於光緒二年，年六十一。此集有王柏心、莊受祺、朱琦、張祥河、周星譽、王拯、楊翰等人

序跋。詩始於道光十年，迄於歿，共一千零九首，琦齡生於洪、楊起事之鄉，目覩太平天國之役，其詩多感激悲憤之音，並無史料可尋。外宦時所作《臨漳雜詩四首》、《登龍門山四首》、《襄陽峴石寺》、《晉祠》、《入蜀絶句十五首》、《夔州十二首》，出三峽詩，較爲平熟。詠廣西桂林、陽朔山水詩，以熟習土情較佳。《穿巖歌》、《永州高山寺》等詩，多道人所未經語。《桂林竹枝詞十六首》，聊備一格。

餐芍華館詩集八卷

光緒十九年活字本

周騰虎撰。騰虎字韜甫，江蘇陽湖人。儀暐第三子。貢生。曾國藩薦爲舉人，分部員外郎。卒於同治元年，年四十七。事見宗稷辰所撰《墓誌銘》。《詩集》八卷六百十首，附《蕉心詞》十五首，其子孫荄刊，張文虎、戴望校定。壬寅作《江水哀》八首，有云：「自從道光癸巳來，十年未見稻米紅。生者漂轉類鴻雁，死者沉没隨魚蟲。扁舟避風泊江郭，沙岸飢民聚如鵠。頭脂足垢身尩羸，什百登舟泣求索。」又有云：「賑飢官錢百四十，補岸修堤已半折。一人領得七十錢，去夏支持到今日。一錢何能給數期，況有婦兒要同活。石米今已直四千，轉盼青黄又不接。邑中處處窮到骨，何處朱門去求乞。有口豈能嚙草石，悲汝難度今三月。」乃積其憂苦之思，發而爲詩。丁未作入蜀詩，《歷七盤至雞頭關望漢川》、《劍門》、《五丁峽》、《成都懷古十六首》、《雨泊嘉州渡江登凌雲山》，亦稱峻偉。中年回溯師友，作《懷舊詩》二十四首，前列事迹，後繫一詩，如李兆洛、趙仁基、管繩萊、洪苻孫、魏襄、張澍、徐松、毛嶽生、唐樹義、鄧廷楨、林則徐、包世臣、楊以增，間載佚聞，與宋翔鳳、朱琦又有論學之什。《滬城雜感》十四首，景物所觸，爲時勢所激。論其所長，亦可推爲能事。

睦州存稿詩三卷 同治五年刻本

丁壽昌撰。壽昌字頤伯，號菊泉，江蘇山陽人。晏子。道光二十七年進士，選庶吉士。由御史官嚴州知府。著有《讀易會通》、《説文諧聲畧例》、《臺垣疏稿》、《山陽文徵》等書。此集有同治四年丁晏序。據卷首《行狀》，爲嘉慶二十年十二月初一生。卒於同治四年。壽昌繼承家學，枕經胙史，詩無浮濫諸習。《讀漢書雜詠八首》、《高麗古鼎歌》、《元人出獵圖》、《祭顧亭林先生祠》、《送潘四農丈入都》、《題魯通甫丈畫梅》、《聽趙景山説稗史》、《輓陳慶鏞侍御》、《輓袁績懋》，俱近暢紆。《游永濟寺懸崖》、出山海關詠《松山》、《遼陽》、《奉天》諸篇，亦較樸厚。《紀災行》、《後紀災行》、《捕蝗行》、《户部紀災行》，間記時事。《聞粤東事和稼軒作》，記咸豐八年天津團練萬人請自效以抗外敵，哀而志詩。唯集中弔太平天國之役死事官吏亦多，此當辨之。道光間江淮詩人以潘德輿爲首推，餘子多受其濡染云。

悔餘菴詩稿十三卷 樂府四卷 同治四年刻本

何栻撰。栻字廉昉，號晦餘，江蘇江陰人。道光二十五年進士。受知於曾國藩。官吉安知府。調建昌。卒於同治十一年，年五十七。詩集與文稿、詞合刊，編年詩始自道光十四年，共一千三百五十五首。栻與張祥河、龍啟瑞、邵懿辰、周壽昌、方濬頤、楊炳春、薛時雨、蔣予檢、袁績懋、孫衣言、潘際雲等贈和，與畫家吴儁亦交善。《書昌谷集後四首》、《和陶集後四首》、《吴冠英出示高麗使者李灞船手書索題》、《題黄樹齋侍郎六十歲遺像》、《論詩東老良迂仙八首》、《題新羅山人畫卷》、《羅兩峯墨幻圖爲于漢卿刺史題》、《題東洲草堂詩》、《題八大山人像》自注「題曰秋山逸，與上官周畫」，多屬藝林史料。附《樂府》四卷，内《前漢書樂府》二百四十首，《後漢書樂府》九十首。栻淹習文史，晚年學益深。爲詩閎肆，風格與舒位差近。即酬應之篇，文采斐然，亦可諷誦。周壽昌有《送何廉昉同年出守吉安》詩，曾國藩有《次韻何廉昉太守感懷述事十六首》，各見本集。

味經書屋詩存不分卷　光緒二十七年刻本

寶珣撰。寶珣字東山，姓馬佳氏，滿洲鑲黄旗人。禮部尚書昇寅子，寶琳弟。道光二十一年進士。官至兵部右侍郎。同治十二年病免。卒於光緒初。此《馬佳氏三種》本，由其子紹英、孫世傑校，首輝發貴序。據《由蜀入都草自序》云：「時年十六，家君奉命調山西，余隨侍。」案：昇寅由蜀調晉爲道光十年。由此推之，當爲嘉慶二十年生。又據《紀程草》詩，其生日爲十一月二十一日，依公元計歲尚須推後一年。寶珣爲寶鋆從弟。《京華集》有題《寶佩蘅兄使越詩草》詩。咸豐四年在翰林院，奉校《貞觀全書》，有詩紀事。英法聯軍進大沽口，都城戒嚴，南城告警，亦紀之以詩。同治二年，官盛京農部侍郎，三年，抵瀋陽，詩以《陪京集》名之。又有《隴豫游草》，爲官兵部時作。有關左宗棠西北用兵，亦多紀實。

藏園詩鈔不分卷　光緒九年活字本

游智開撰。智開字子代，號藏園，湖南新化人。咸豐元年舉人。官安徽無爲知縣、和州知州，直隸灤州、深州知州、永平知府。進監司，擢四川按察使，至廣西布政使。光緒二十五年告歸。以集中詩「我與東坡同丙子」句計之，年已八十四。翌年卒。智開於同治十一年官永平時，朝鮮使臣卞元圭道經其地，與相酬唱。光緒九年乞其稿歸，以活字版擺印，元圭並爲之序。集中有《雙劍奉答朝鮮國王》，及與朝鮮使臣姜海蒼、李桔山、卞元圭唱和多首。《宿北塔寺》、《六安貢茶》、《碣石篇》、《灤水吟》、《深州雜詠》、《丐將行》、《獨游石臼坨》、《過永平作》、《裋夫歎》、《采榆婦》、《力子來》，留心民瘼，采掇風土，頗有古廉吏之風。《叵羅祠》小序云：「固安縣城南柳市，每越五日，販竪麕集，皆柳器也。叵羅尤工緻。日中一鬨，千萬立盡。貧家夫婦多晝夜編造，苦資餬口。」蓋紀實也。

伏鸞堂詩賸四卷　光緒四年刻本

秦雲撰。雲字膚雨，別號西脊山人，江蘇長洲人。諸生。光緒四年刻是集，俞樾序，自序，顧翰、劉熙載、秦緗業評。喜詞曲，有《裁雲閣詩鈔》。與黄燮清善，詩亦近之。《南宋宮詞十首》、《游虎丘》、《柳翠雲行》、《義伶行》、《十國宮詞》、《李後主龍尾硯歌》，均以繁麗見勝。《絳雪篇》，記永康人吴宗愛誘投耿精忠，卽黄燮清所撰《桃谿雪傳奇》本事。考其交游，姚燮、亢樹滋、蒯德模、蔣敦復、潘遵祁、劉熙載，皆一時之選。《書全榭山所撰舟山宫井碑文榻本後》、《題杜工部集》、《鄭所南故宅》、《元張昱蓑衣仙像》、《袁海叟墓》、《題四溟山人詩》、《題葉小鸞返生香集》、《屈翁山道援堂集》，文彩熠然。

登嘯集詩鈔一卷續鈔一卷　光緒二十年刻本

吴昌榮撰。昌榮字嘯江，號蘇門，浙江嘉興人。諸生。游幕粤中。第二次鴉片戰爭，避兵韶州。尋歸里。光緒二十年其族子受福爲刻《詩鈔》一卷、《續鈔》一卷。有咸豐五年畢華珍序，殷壽彭等題詞。所作《兩漢雜詠》已輯入《詠史合鈔》。詩學唐，參以宋聲。《讀遂初堂集懷次耕先生》、《五人墓》、《題遼王鼎焚椒録後》、《元祐黨籍碑》、《題趙松雪管仲姬合作玉山修竹圖附松雪原跋七首》、《觀潮行》、《謁白石先生祠》，多以麗密取勝。《航海歌》與《避兵韶州偶成五古十首》，感喟較深。生於亂世，胸次清曠，契契乎難之也。《題吴非熊秦淮女兒鬬草篇後》有序云：「非熊工傳奇、詞曲，游金陵留連北里，與新城鄭應尼作《白練裙》雜劇，以嘲馬湘蘭，青樓咸薄之。所製《鬬草篇》一時傳誦。」詩云：「句留女伴踏青游，三日鶯花白下投。鬢影衣香揎翠袖，一齊纖指弄金鉤。」又云：「如茵草憶當錢攤，結綺荒涼客淚彈。白練裙歌新製曲，春風愁殺馬湘蘭。」又云：「虎踞龍蟠壯未消，歡尋鶯燕賽裙腰。紅橋碧漲青青柳，□□□□□□□。」又云：「萋萋送緑繞朱欄，詩敵棋讐例並觀。轉笑碧城嬉貴主，美髯遺使翦祗洹。」亦明末戲曲資料。

津門詩鈔一卷 咸豐十一年刻本　燕南趙北詩鈔一卷 同治三年刻本

鮑桂生撰。桂生字小山，江蘇山陽人。道光二十九年舉人。督辦津沽，籌設海防。同治間官貴州道。自刊《津門詩鈔》，福濟、曹應熊序，卽咸豐八、九年在津沽籌設礮臺，及往來榆關之間所作。又刊《燕南趙北詩鈔》，全慶、畢道遠、賈臻、秦煥序，孫毓溎跋，爲奉使黔中所作。詩不能佳。與彭藴章、李鴻章、尹耕雲均有寄贈，又嘗居福濟幕，亦多酬答，是亦有朝野掌故可采。

市隱書屋初稿詩五卷　隨安廬詩集九卷 光緒間刻本

亢樹滋撰。樹滋字偶卿，號鐵卿，晚號贅翁，江蘇吴縣人。棄舉業，工詩文。能畫。所撰《市隱初稿》凡十六卷，金陵胡氏出貲刊行，内分體詩五卷，凡四百零七首，爲光緒二年前作。後取二年至十五年詩五百九十二首，又遺棄《初稿》諸作百首，並畫意二百絶，編爲《隨安廬詩集》九卷，合《文集》刊行。據光緒十五年《文集》序自署「時年七十三」，當爲嘉慶二十二年生。前集有同治間潘鍾瑞等序，後集無序。樹滋詩以讀書偶得爲勝。《詠史雜感》、《讀嵇阮傳》、《論古六首》、《題李青蓮集》、《讀唐宋人詩文集放言六首》、《題宋浣花詞稿》、《題復社録》、《題錢牧齋有學集》、《吴梅村集》、《書亭林先生集》、《讀精華録》、《題敬業堂詩集》、《高郵王氏遺書》、《讀近人詩作》、《題江弢叔伏敔堂詩集》、《覺阿通隱堂詩集》，篇什甚富。五律《讀國初諸先生集》，評論顧炎武、吴偉業、侯方域、魏禧、汪琬、朱彝尊、王士禛、邵長蘅、姜宸英、閻若璩、查慎行、李紱、方苞、歸允肅、袁枚、趙翼十六人。《海外五首》、《捉船行》、《賈客歎》，多繫時事。

吉羊鐙室詩鈔五卷 同治十年刻本

瞿樹鎬撰。樹鎬字經孳，江蘇嘉定人。中溶子，錢大昕外孫也。官柏臺司理、篆西安孝義同知、擢耀州知州。是集分《去鄉吟》、《勞薪草》、《憂亂草》、《息影集》、《求伸集》，爲道光二十三年至同治十年詩，首毛鳳枝序。樹鎬夙承家學，諳習金石考據。道光間隨徐松赴榆林，作《讀星伯丈新疆賦呈長句一章》，松固當代史地學家也。《讀唐宋史有感》六首、《潼關》八首，以及題畫等作，氣韻深厚，師法自然。《近事雜感》記山西一路里民，賣兒女支應兵差。《憫災行》記同治五年火藥庫焚毁，述事貴詳。贈酬姚椿、李文翰、張祥河、李羲鈞等人，或通家世好，可見交游。

問園遺集詩一卷 光緒十七年刻本

范元亨撰。元亨初名大濡，字直侯，江西德化人。咸豐二年舉人，試京兆罷歸。太平軍佔九江，攜妻子徙南昌，避地東游，留廣豐。咸豐五年，感煩暑疾卒，年三十七。是集爲高碧湄刻，據光緒十二年蔡譯賓序，距元亨歿已三十二年。首咸豐六年程嘉傑序，又吴毓春、郝聯徵、魯人瑞序，光緒十二年董恂序，自署八十老人。詩一卷，與自撰《空山夢傳奇》合刻，附高心夔撰《范生傳》。鄧輔綸稱其詩「如渥洼神駒，一日千里，微嫌蹄齧」，高心夔嘆爲知言。方其初入京師，固以詩名噪一時也。集中《述懷》、《開先瀑布》、《鬻虎翁》諸篇，出語質楚。詩本漢魏，與鄧輔綸、王闓運相切磋，格調亦畧近之。

濱竹山房詩存三卷　光緒元年刻本

鄒漢池撰。漢池字季深，號復叟，湖南新化人。漢勛弟。諸生。邃於數學，通輿地，著述未成書。僅有文存一卷、詩存三卷、附詩餘如干首。同治十年卒，年五十五。是集有自敍，卷一爲道光時作，内多擬古。卷二爲咸豐時作，有涉及太平軍佔領武昌等詩。卷三爲同治時作，記敍先兄叔績詩，叔績卽漢勛，與魏源、何紹基並稱「湘中三傑」。《詠史四十首》，自西漢至明，深於鑒裁。《讀戰國策》、《讀内典十首》，亦有可采。篇什雖少，不失爲學人之詩也。

雪門詩草十四卷　同治十三年刻本

許瑶光撰。瑶光字雪門，湖南善化人。道光二十九年拔貢。官浙江知縣至嘉興知府。是集分《悠游集》、《蒿目集》、《上元初集》三集，爲道光二十年至同治十三年詩，共一千八百五十九首，附《衍古謡諺》一卷五十五首。子方穀校刊。據自序，爲嘉慶二十二年生，卒年六十六。瑶光出粱章鉅門。《悠游集》多屬紀行聞見。《炎洲行》、《沔陽女兒行》、《射蟒臺懷古》、《楊花薄曲》、《游金山寺》、《湘江竹枝詞》、《西湖雜詠》等篇，當爲上乘。《再讀詩經四十二首》、《論詩三十二首》，足供採摭。《蒿目集》爲咸豐間官浙江時作，有記述清軍與太平軍作戰詩篇。咸豐二年，作《聞長沙被圍書憤》，詳述太平軍起事經過。作《黄鶴怨》，記太平軍攻占武昌。三年，作《戰船詠》、《水軍哀》，記曾國藩修戰船備練水師。又作《金陵失大營歎》，記太平軍入江寧。以後每一重要戰役，均記以詩。而以《聞杭州告陷書感》、《傷安慶行》、《六月十八日克復金陵紀事》最詳。又作《錢江歌》，有慨於華人借用洋兵，洋兵仍雇華人習洋法。《上元初集》爲嘉興雜詠及北上詩。《過朝鮮難夷作》、《臺灣行》、《申江雜感》、《天津水災紀事》、《聽嘉興杜小舫方伯談天主教暨外洋事作》、《海上書感》，俱係時事。詩無華彩，極摭拾之富。晚作《嘉興雜詠》，多自襮政績。

錢江歌　華人借用洋兵，洋兵仍雇華人習洋法，制服洋衣冠，由寧而紹而杭。我民既日親外國，彼族亦日入内地矣。作《錢江歌》。

錢江東岸蓬萊驛，防江尚駐重洋客。錢江西岸是杭州，二月官軍薄上游。請將羽扇畫江流，自陳戰艦壓潮頭。何人結束花緑綢，華言夷服相對愁，胡不驅歸海隅休。《雪門詩草》卷六

過朝鮮難夷作

白衣圓領髪覆額，乘槎東海遭風厄。飄流遇拯到中華，中外昇平方一家。給衣給食給船載，遣使

護送天之涯。慎聽約束歸故國，宜感皇家綏遠德。琉球又報難夷過，東南海潤真難測。難夷過無虚日，需索頗甚。恐外國流氓有倚此作生涯者。《雪門詩草》卷十

願學堂詩存二十二卷 光緒十年刻本

邵亨豫撰。亨豫字子立，一字汴生，江蘇常熟人，寄籍順天宛平。道光三十年進士，改庶吉士，授編修。咸、同間，典試河南，督學安徽、福建，官國子祭酒，任湖北巡撫，改陝西。光緒初爲吏部左侍郎。九年卒，年六十六。事具俞樾所撰《墓誌銘》。是集爲家刻，收道光十七年以後詩詞一千四百餘首。頻年使車所經，詠皖南、浙閩、湘楚、秦晉山水，行役誌别之什較多。咸豐十年前後，作《歲暮雜感》、《寒夜雜詠》、《春殘續感》、《初夏雜感》、《聞蘇常軍情歌以當哭》，小注詳及時事。清軍與太平天国軍作戰情形，可見大凡。《舟行閒暇補吟紀感二十首》，亦詩中之史。小注云：「時詔止各路援師，賜洋人金帛，洋人請助攻金陵，並以海舟轉輸南漕。」嘗棲隱齊東海隅，《文城雜詩十首》，多記文登諸縣民習物産。《東陵監視開工回京作》，記事亦周。又有《讀史二十二首》、《讀南史六首》、《讀李太白集》、《讀杜工部集》，間有可採。是集各卷詩詞雜陳，此明季編次之體，清代雖小家亦弗爲，不悉是否出自手訂也。

中山紀游吟一卷　井窗蛩吟集二卷　光緒十八年刻本

林熙撰。熙字紹眉，以所居有古井，自號井窗子，福建侯官人。究心醫學。同治五年，趙又銘爲特使，册封琉球，邀入幕府，備員而行。自虎門放棹，旬餘達中山，在琉球五閲月。既歸，撰《中山紀游吟》一卷。光緒三年卒，年六十一。光緒十八年，其侄怡游隨許景澄游歐西，回國後並《井窗蛩吟集》兩刻之。首有自序，許景澄序，怡游跋。卷後附郭柏蒼撰《墓誌》。《紀游》一集，凡所參加宴集、目覩勝跡，均一一爲之記，連同贈答之什，得九十二首。《初進天使館即事》、《中秋宴歌擬謝中山王作》寫琉球王室，盡昇平氣象。六年後，琉球王即受日本册封。光緒五年，滅國矣。

中秋宴歌擬謝中山王作

金風折柬中秋宴，中山佳節開庭院。北牖層軒結綺羅，王府宴會俱在北宫，前使周文恭公有「北牖薰風」題額。翡翠屏風圍面面。青天碧海淨無塵，恍入廣寒新宫殿。席前方丈列珍羞，紫幘黄冠忙不倦。伺宴盡是當朝士大夫輩。和鳴鼓樂奏鈞天，盛饌當筵頻色變。瑶臺百尺詠霓裳，銀燭高燒夜色涼。梨園子弟皆紈袴，琉球梨園皆戚臣子弟，未諳曲調，唯長袖善舞耳。錦衣羅襪鬬紅粧。飄飄長袖但善舞，歌喉不轉只翺翔。附和撏箏更壓笛，曲調喃喃聽難詳。臺後另有七八人，絲竹謳歌，其音調亦隨演劇步趨。但操土音，殊不可辨。紛紛魔女與禪衲，離奇故事出球陽。是日演劇，却是琉球開國故事。笙歌纔罷華筵客，玉漏頻催情脈脈。我王欵客復流連，移尊更酌南宫前。夜半邀在南宫看烟火，更張小宴。火樹重重逈插天，一聲爆竹萬燈然。寶塔星橋蓮千朶，梨花亂落柳絲牽。連番樂事頌皇澤，太平錦字榮當席。演劇開場唱太平歌，是夕烟火又有天下太平四字。交輝燈月勝上元，不夜樓臺耀金碧。宫烏棲樹天已霜，破夢聲聲送歸驛。良辰勝會樂未央，飽德飫仁寸衷積。浩歌一曲祝賢王，好月團圓照松柏。《中山紀游吟》

自鏡齋詩鈔不分卷　光緒十三年刻本

潘曾瑋撰。曾瑋字寶臣，號季玉，又號玉泩，江蘇吴縣人。潘世恩幼子。蔭生。歷官刑部員外郎。卒於光緒十一年，年六十八。所撰《自鏡齋詩鈔》、《文鈔》與《玉泩詞》合刊。曾瑋名不及諸兄，而才氣過之。長於倚聲，精賞鑒。《觀明周忠武公鐵鞭感賦》、《爲王子梅題春明六客圖》、《題朝鮮李藕船玉河聽蟬圖》、《與小珊論詞》、《與王樂山論畫》，無一苟作，亦具隻眼。與何紹基、朱琦、甘熙、吴雲輩時相唱酬。嘗得漢寧雁足鐙，經馬曰璐、王昶、孫星衍、達受弆藏，邀同人題詠。《自鏡齋文鈔》有記。未嘗與人爭短長，亦不失爲文學之士也。

藤香館詩鈔四卷 同治七年刻本 續鈔二卷 同治十一年刻本

薛時雨撰。時雨字慰農，一字澍生，晚號桑根老人，安徽全椒人。咸豐三年進士。官浙江嘉興知縣。太平軍起，參李鴻章幕。擢蘇州知府，改杭州知府，募兵鎮壓太平軍，署糧儲道。晚主崇文書院講席。卒於光緒十一年，年六十八。《詩鈔》載咸豐三年至同治六年詩九百五十一首。秦緗業、陳鍾英序，吴昆田、李慈銘題詞。集中寫太平軍佔領蘇、杭後之作，詆毁之詞甚多。《漕倉行》、《踏災行》、《火輪船歌》、《海上冶春詞》、《洋涇銷寒曲》、《魏塘竹枝詞》，稍備見聞。時雨在嘉興煙雨樓舫集詩會，文人黄金臺、夏燮、孫衣言、高均儒、楊沂孫、黄燮清、袁昶參與，極一時之盛。詩以白、陸爲宗，無古澀艱深之弊，惟世風丕變，亦無廓大氣象。同治十一年刻《續鈔》，詩五百七十九首，馮譽驄序。《題黄以周講易圖》、《題吴仲仙棠望三益齋詩稿即送赴川督任》、《題楊石卿鐸説文統系圖》、《題吴梅村小像四首》，可觀采。與何紹基、方濬頤、王棻、張文虎、楊晨、戴望、施補華、桂文燦酬唱，多金陵書局延攬之士。又有《滬上前後本事詩二十四首》，可窺上海社會之變化之數端。時雨晚年聲名藉甚，門弟子多爲之鼓吹。乃今所見之詩，去其糟粕，可取者什不一二焉。

嶺上白雲集十二卷 光緒二十三年刻本

陸懋修撰。懋修字九芝，江蘇元和人。貢生。官州佐。子潤庠，狀元，得官後迎養入都。卒於光緒十二年，年六十九。是集潤庠刻，爲道光二十三年至光緒十二年詩，共八百三十九首，有柳商賢、葉昌熾、陸元鼎序，與《瓻翁文鈔》四卷合刻。詩學宋。《秀水訪曝書亭故址》、《永安甎研拓本爲朱治生題》、《題惠氏四世傳經圖》、《寄題趙吉士江西窰瓦山水卧屏》、《石岸歌》、《讀黄韻甫倚餐樓詩》，亦有雅音。《秦淮櫂歌》十六首，清婉和諧。作者有諷世詩，《南鄉紀事》、《路烏船》、《捉船行》、《汾湖歎》，皆集中力作。間亦污衊農民軍，此在當時，固所不免。是不必譽之過至，亦不當爲求全之毁也。

養知書屋詩集十五卷　光緒十八年刻本

郭嵩燾撰。嵩燾字伯琛，號筠仙，一號養知，晚又自號玉池老人，湖南湘陰人。道光二十七年進士。官至兵部左侍郎。嘗充出使英、法等國大臣。以熟諳洋務，名重當時。卒於光緒十七年，年七十四。著有《禮記質疑》等書。《詩集》與《文集》二十八卷合刻，所收多咸豐四年以前詩，凡九百五十五首。前有光緒十八年自識云：「予自三十六、七以來，遂廢詩文之業。蓋謂今之爲詩文者，徒玩具耳。無當於身心，無裨於世教，君子固不屑爲也。」則嵩燾廢詩，乃慨於外患深重。鴉片戰爭後講求經濟用世之官吏，詩固不能佳矣。嵩燾早年得接陶樑緒論，後與桂超萬、朱琦、楊彝珍、王柏心、黄彭年、陸建瀛、鄒漢勛等唱和。《除夜寄懷曾伯涵劉孟容》、《龔迺訓畫梅》、《再題羅研生蒼松老屋圖》，情思緜邈。《楊忠愍公墓》、《趙州橋》、《出都雜感》、《嚴先生祠》、《青原山》、《夾沙灘》、《沅江雜詩》、《登衡山祝融峯》等篇，意多感慨。四十歲所作《苦雨詩》有「冥行四十年，國耻誰與雪」之語，與當日愛國憂時之士，洵同調也。至《左恪靖侯挽詩》、《贈王壬秋》，均爲光緒間作，是亦未嘗廢詩。唯歐游無所成。陳衍《近代詩鈔》録其五、七言斷句，精整可誦。

樂餘靜廉齋詩集一卷二集一卷　同治間刻本

顧復初撰。復初字子遠，一字道穆，號幼耕，一號聽雷，江蘇元和人。拔貢生。官光禄寺署正，出爲四川新繁知縣。是集有朱鑑成序，自序。序云同治六年年五十，長鑑成五歲。集中詩多作於蜀中。與學使何紹基唱酬，有《次蝯臂翁》詩，盛傳紹基書法。題吴振棫《花宜館輯詩圖》，以及自題畫山水，文彩藻繪。與黄彭年交好，《題黄岑隝觀察臨程青谿卧游圖》，岑隝名輔辰，爲彭年父，又作《幽蘭詩》，記彭年母事。《三蘇祠》、《眉山》、《薛濤井》、《峽中雜詩》諸篇，格韻並盛。華山詩多首，記歷程甚詳，讀之可抵卧游。

味梅齋燼餘草四卷　光緒六年福州刻本

袁績懋撰。績懋字厚安，江蘇武進人，寄籍順天宛平。父俊，道光九年進士，官河南知縣。績懋於道光二十七年成進士，以一甲二名授編修，考差，改主事，分刑部。出爲福建延建邵道。咸豐八年，太平軍攻順昌，死之，年四十二。丁壽昌有輓詩，見《睦州存稿》。室左錫嘉，陽湖人，錫璇妹，姊妹均有才名，工詩，兼擅書畫。是集不見諸家著録，乃績懋歿後家刻於福州者，卷一曰《樞禁吟薇草》，卷二曰《篛舸南遊草》，卷三曰《鋤蘭爇蕙草》，卷四曰《桃源漁隱詩草》，首徐樹銘、何栻序。《詠史》四首、《聞定海失守弔死事三總戎》、《感事》等篇，俱爲鴉片戰爭所發。《黄河舟中紀事》，亦爲紀實。南遊杭、粤諸詩，多詠佳山水。集中可見交游，爲張維屏、魏源、龐鍾璐、潘仕成、何栻等人。又有別婦、寄婦及題婦繪露根蘭諸作，清麗可誦。清人以文學著稱者，其遺集散失消亡者多矣，此集因經兵燹，已成孤本，所謂龍泉、太阿，重出石函，亦可寶也。寒齋藏本。

務時敏齋存稿詩四卷　光緒二十年刻本

洪昌燕撰。昌燕字敬傳，號張伯，浙江錢塘人。咸豐六年一甲三名進士，授編修。官工科給事中，同治八年，卒於京畿道任，年五十一。是集十卷爲昌燕歿後十六年所刊，首沈秉成、李壽蓉序，附行狀。内詩四卷，附奏稿、文賦後。《越州石氏石刻古法帖》、《讀國朝人詩書後》、《題乍浦左營佐領果仁佈妻塔塔喇恭人殉節傳》、《讀史六首》、《讀晉宋書隱逸傳八首》、《蘭亭真本歌》、《爲汪曾唯題東軒吟社圖》采覽較博。《書事四十四韻》，記咸豐十年，遍徵梨園演劇，而英法聯軍已薄城下。箴戒之意甚明。

書事四十四韻　庚申八月十四日作

幾度金莖寫，言情體類俳。前塵餘撥觸，後約費安排。廣樂鈞天溯，歡忱率土皆。侑觴徵羽籥，按隊驗牙牌。迭奏絲和竹，環觀棘次槐。咸豐十年六月，聖壽，遍徵梨園演劇於同樂園，諸王大臣皆與觀焉。就中姿綽約，兼以韻雝喈。賜幣忙宮監，窺幃注館娃。仙園躋妙選，下里壓淫哇。曲中崑腔，今梨園雅聲也，俗盛尚二黄調，蓋出於黄州、黄陂間，雖源楚歌，既悲且俚，較崑腔爲下矣。多分雲留漢，何從月入懷。飛昇難共命，愁思爲無涯。曲曲頗梨座，條條輭繡街。喜聯花似海，重鬭酒如淮。嬉笑疇能敵，招要總不乖。河橋剛駕鵲，池鼓漸停蛙。積願尋瑶島，閒蹤歷玉階。羅衫香欲沁，紈扇墨慵揩。客去窗呼鵡，朋來舍坐蝸。吴歈裁楮贈，商皓采芝偕。春醁教浮螘，江珧勝剖蠯。清談憑小憩，好會定長諧。瀛嶠驚流毒，風聲疾駛颿。舉烽騰列堠，横鎖撤連簰。碣石波蛟蜃，津門野虎豺。烏焚還覆卵，蟲化但遺骸。出郭男携襆，辭閨婦卸釵。致令花底鳳，期控道旁騧。震恐嬌魂隕，商量密坐揿。桃源籌奥境，鞠部結同儕。更奈畿軍僨，俄聞廄馬差。近臣宣口敕，衛士佩腰靫。雷乘天馳馭，霓旌地卷霾。六飛真浩浩，羣吠益啀啀。曉日關横木，八月七日，光禄寺卿勝保軍敗受創，親王僧格林沁、大學士瑞麟兩軍均潰，英夷幾薄城下。明日聖駕行，内外城衹啟一門出入，其餘悉閉。都中男婦奔徙者，不可勝計。秋風畹徙荄。人家蒼玉硐，僧寺碧雲厓。繞樹烏醒夢，求芻馬作齋。寄生艱穴處，亡命駭椎埋。西山有暴客之警，近畿各地皆然。繡幰驅遄返，朱扉訪半闔。依然供茗椀，無復著芒鞋。悸臢心旌颭，欣收淚線簁。芳情卿勝蕙，瘦骨我逾柴。敢詡毫拈彩，深慙綬綰緺。放言懷勃鬱，跬步路崴褢。海欲填精衛，天還補女媧。百端方寸集，翹企爾音佳。《務時敏齋存稿》卷九

竹石居詩草四卷 光緒間刻本

童華撰。華字惟兖，號薇研，浙江鄞縣人。童槐子。道光十八年進士。由編修官至左都御史。光緒八年降禮部右侍郎。十五年卒，年七十二。事本董沛輯《四明清詩畧》小傳。撰《竹石居詩草》四卷與《詞草》一卷、《川雲集》一卷合刻，《川雲集》亦詞，爲光緒三年使川作。詩起道光九年至光緒十四年，無精撰之什。唯出入於恭邸、醇邸，多有獻酬。補題惜陰主人奕恂《傒月軒詩集》、鍾端郡王《四知堂遺稿》，爲八旗藝文資料。《北風行》、《登黄鶴樓》，長句灑落。官江南考官所作《和副主試林天齡呈正主試銘安詩》注稱：「江南鄉試合江寧蘇州安徽三布政使所屬之士試之，本科同治九年凡一萬九千餘人，而中科用兩科額數凡三百五十名。」江南學風之盛可見。

醇邸惠猩脣賦謝

昌時蕃阜徵庶品，冬庖頗足供樵薪。書生未具食肉相，竊禄正在耻懸鶉。南邦食譜況清淡，俊味不過推鱸蒓。犓牛豢豹特侈語，欲一染指知無因。猩脣之美登吕覽，食品奇古創周秦。到今已及三千歲，口之於味宜不倫。内則八珍復誰試，周官六獸將就湮。忽承饋肉出朱邸，截羹乍向寒齋陳。髦殘象白等鄭重，椒丹蘭紫調甘辛。異味好爲多識勖，熟食免教失飪瞋。方歎古人不我欺，山膚果自殊家珍。越裳南徼早歸化，作貢每有花象馴。兹獸並自彼土産，封溪煙霧恣笑嚬。胡乃野性不受羈，徒送一臠刀匕鄰。梁園格物必精審，獻豜于貉課吹豳。分惠藉見方物貴，飽德如逐年月新。前年屢蒙海茄、魚膾、鹿尾之惠。食單自合列上品，口福端許誇同人。餐餘却爲發深省，愛酒能言視此脣。《竹石居詩草》卷四

懷研齋吟草一卷　一九一四年刻本

吕錦文撰。錦文字壽裳，安徽旌德人。賢基子。咸豐二年進士，改庶吉士。官至侍讀。著有《文選古字通補訓》。詩稿爲其孫美璟刊，有咸豐六年自序。爲同治三年後由皖入都之作，殆係賸稿，他作已無從搜集。唯同治七年戊辰有《五十生日》詩，生年當爲嘉慶二十四年。詩較賢基爲勝。《婁妃墓》、《獅江行》、《鄱湖雜詠》、《望廬歌》，聲律俱嚴，亦具神采。又作和李義山詩，《讀李義山詩有感》可見其好尚所趨。

伏敔堂詩録十五卷　同治間刻本

江湜撰。湜字弢叔，江蘇長洲人。附生。官浙江候補縣丞。同治元年，官長林鹽課司。後奉委之海運局。是集約刻於同治四、五年間，首自序云道光癸卯二十六游京師，當爲嘉慶二十三年生。彭藴章序作於道光二十七年，已稱許其詩「古體皆法昌黎，近體皆法山谷，無一切諧俗之語錯雜其間，戛戛乎其超出流俗矣」，

可見才名早播，少年圭角。唯生平不得志，故多愁苦之音。兩度入閩，及遊雁蕩諸勝，刻畫山水，摹狀維肖。絶句尤佳。蓋黄景仁、彭兆蓀之流亞，咸、同間亦足睥睨一時。陳衍《近代詩鈔》選詩最多。韓崇《寶鐵齋詩録》有《題江弢叔伏敔堂詩集》二首。譚獻稱其詩「哀語使人不歡」，見《復堂日記》。謝章鋌《賭棋山莊詩集》有《懷弢叔》注云「今年歿」，編年在同治間，當爲同治五年，年四十九。

水雲樓詩賸稿一卷　雲自在龕叢書本

蔣春霖撰。春霖字鹿潭，江蘇江陰人。咸豐時官兩淮富安場大使。專力于詞，譚獻推爲「倚聲家杜老」，以其所著《水雲詞》，與納蘭容若、項鴻祚鼎足。卒於同治七年，年五十一。自謂：「詩未能蕲勝古人。」存稿不及百首，有光緒十四年金武祥序。繆荃孫爲刊傳之。集中以《東臺雜詩十六首》最著，餘則消閒、詠物、題畫，兼及身世之感，詠民間生活者不多。清季江陰人詩，以何栻文采爲一時之冠，荃孫稱春霖詩「恢雄沉厚，栻亦未能駕而上」，非篤論也。

秋蟪吟館詩鈔七卷　近代刻本

金和撰。和字弓叔，號亞匏，江蘇上元人。增生。太平軍佔領南京，家在城中。探聽軍情，謀與官軍相應。事敗，次第得脱。光緒十一年卒，年六十八。《詩集》初爲排印本，光緒十八年易順鼎刊。此民國五年梁啟超增輯刻之，曰《秋蟪吟館詩鈔》，與《文鈔》併行，首譚獻、馮煦舊序，梁啟超序。詩分《然灰》、《椒雨》、《殘冷》、《壹弦》、《南棲》、《奇零》六集，《椒雨集》又分上、下卷。作者自道光十八年爲詩，凡十五年，得二千餘首，記咸豐二年失於南京。《然灰集》卽早年餘稿，其中《圍城記事六詠》，爲守陴、避城、募兵、警奸、盟夷、説鬼，記道光二十二年英軍犯江之役。《陳忠愍公死事詩》，悼抗英將領陳化成。又有《苜蓿頭》諸篇，皆感於外侵時艱。唯其生平仍以咸、同間作品爲主，而誣蔑農民軍，連篇累幅。《原盜》、《痛定篇》、《軍前新樂府》、《江寧死事詩》，記事議論，俱多偏毀之詞。《自秣陵關買舟冒雨至七橋甕馬總戎龍營求見》等篇，可見人品。自云：「所作雖不純乎純，要之語語皆天真。時人不能爲，乃謂非古文。」《癸酉七月得慶子元計詩以哭之》。衡之於詩，亦不盡然。乃陳衍《近代詩鈔》稱和：「所歷危苦，視古之杜少陵，近之鄭子尹，蓋又過之。其古體極乎以文爲詩之能事，而一種沉痛慘澹陰黑氣象，又過乎少陵、子尹。」梁啟超序則稱其「格律無一不規于古，而意境氣象魄力，求諸有清一代未覩其偶」，無乃過情乎。和母爲吴敬梓姪孫女，集中《拜舅氏吴履吉坦先生墓四十韻》，可見金、吴兩家世姻。尚有《蘭陵女兒行》、《印子錢》、《飼蠶詞》、《夢月夜游筆架山歌》、《春秋宫詞》，筆力恣肆，亦可徵事。盡棄其瑕，可取者無多，不足以第一流詩家相許矣。

斲研山房詩鈔八卷 道光間刻本

沈炳垣撰。炳垣字曉滄，號紫卿，浙江海鹽人。道光二十五年進士，改庶吉士，授編修。歷官左中允。

咸豐五年，官雲南學政。七年，死于太平軍之役，年三十九。俞樾爲撰《家傳》。是集詩三百三十四首，朱方增序，大都爲入翰林前所作。交往如徐熊飛、宋咸熙、朱爲弼、錢儀吉、姚學塽、李貽德，多老輩。住北京承恩寺之右石燈菴，撰《石燈歌》，考以舊事。居江南，游獅子林、天平山、吼山諸作，氣清筆雅。《讀瓶水齋集》稱舒位詩生面別開，「亦唐亦宋亦元明」。其詩亦類之，蓋不規規以唐、宋爲限也。

損窻詩鈔一卷附補遺 光緒十八年刻本

凌焕撰。焕字筱南，號損窻，安徽定遠人。道光二十四年舉人。官至江南鹽巡道。同治十三年卒，年五十六。光緒間同里方濬頤爲刻此集，附所作《祭文》。首俞樾序。焕通六書，善數理句股割圓之學。與甘泉羅士琳時相商榷今古。《弔羅茗香至蘇州呈徐君青八首》自注：「庚戌辛亥歲，焕與茗香校刊劉簾舫觀察《六九軒算書》，寓劉星房運使署齋之雙藤書屋，辨論中西之法。四元算術唯茗香徵士與君青中丞實始開山。焕平生謬志于學，而六書九數尤所寤寐究心者。」所云簾舫名衡，君青即徐有壬，皆著名算學家。《篆書二十八字贈君青中丞》、《贈許珊林觀察》、《劉楚楨先生屬題劉孟瞻年丈寄詩卷尾》、《劉伯山贈漢延熹七年祀封龍山碑題》、《杜筱舫觀察以新刊宋詞三家並詞律校勘記見贈書五絶句》、《贈朝鮮進士宋鼎玉》，多涉及碑版書籍。又作《苦雨歎》、《田婦歎》、《秋漕歎》、《瘦馬歎》、《吕梁洪》、《赴錢塘舟中雜詩》，諷切時事。《雜詩》云：「運河何壯麗，鷁首鏤芙蓉。玳瑁簾雙柙，琉璃槅六重。旃檀甃玉帝，鐘鼓賽金龍。嗟爾矜誇甚，如何民力供。」自

注：「糧艘懸丈帛旗，書元天上帝、三官、大帝等號，此天主教之魁也，當事當亟爲禁之。」詩作於咸豐元年。

通齋詩集五卷外集一卷 同治三年刻本 圃光巖館詩鈔四卷 光緒間刻本

蔣超伯撰。超伯字叔起，號通齊，江蘇江都人。道光二十五年進士，改庶吉士，授翰林院編修，官至廣州知府。著有《通齋文集》、《南樇苦語》等書。《詩集》五卷，五百五十二首，《外集》一百零八首。有戴熙、許宗衡序，自序。超伯嘗扈駕避暑山莊，有《熱河雜詩》。與張祥河、潘德輿、葉名灃、吴昆田、邵懿辰、孔憲彝、俞樾等多有往還。黄爵滋卒，作詩哭之。官廣州，游嶺南、粤西山水，過澳門，坐輪船赴水東，詩亦雄俊。《江都先賢詩》、《淮安北門金大德大鐘歌》、《閲李艾塘揚州畫舫録有感十四首》，均與鄉里有關。喜讀子史書，深於隸事取材。讀《漢書》、《三國志》作十首，讀《北史》作二首，讀《山海經》作四首，讀《神異經》等書作六首，直而不俚。《外集》有《五代史宫詞》，包括南唐三十六首、朱梁八首、後唐十首、石晉六首、後漢四首、後周八首、王趙二首、岐二首、楊吴八首、馬楚八首、吴越十首、閩六首、王蜀十首、孟蜀十四首、南漢十二首，爲詞不免浮艷，然於研究五代興衰革替之史，不無裨助。《續刻》四卷，曰《圃光巖館詩鈔》，爲同治七年以後詩。有《五十自述》，可見生平事蹟。《學詩絶句追和都南濠少卿》，爲論詩之作。《登香港太平山作》云：「阿誰輕議割珠厓，俯仰真堪詠七哀。四埒居然壺領穴，三霄湧出化人臺。香車寶馬峯頂戲，峻閣飛樓石縫開。應是陽侯憐我病，五更先遣信風來。」語意沉痛。附《通齋遺稿》，暮年筆也。卒於光緒元年，年五十五。

蒼莨初集十卷　咸豐間刻本

孫鼎臣撰。鼎臣字芝房，一字子餘，湖南善化人。道光二十五年進士。官翰林編修。二十九年，爲貴州鄉試正考官。咸豐間大考一等，擢侍讀。九年卒，年四十一。事具邵懿辰所撰《墓銘》。殁後刻《全集》爲《畚塘芻論》二卷、《河防紀畧》四卷，詩、文、詞合集二十一卷。詩僅《初集》十卷，吴敏樹序。其中奉使黔中旅途所作一百四十餘首，頗畫山川之勝。《新食芋》、《課刈薪》、《畚塘》皆詠時事。鼎臣嘗奉撰《宣宗實録》，作《三藩》、《詞科》、《八旗》、《地丁》、《南巡》、《西師》等篇，俱載史聞。《新樂府》五首，記嘉慶、道光兩朝屢頒聲色貨利之戒，減方貢，斥難得之貨，蓋紀實也。

新樂府　五首録一

昇平署　道光四年

漢家協律李延年，能爲新聲萬乘前。搔頭弄姿作氣勢，五侯七貴無其權。唐有霓裳羽衣舞，梨園弟子多如雨。李謩偷譜向人間，一技成名亦千古。黄幡綽，敬新磨，且止汝舞輟汝歌，時兮不遇可奈何。君不見宣皇臨朝奏韶濩，不貴音聲與章句。重華置宴罷賡唱，歲首重華宫宴廷臣。故事，與屏臣效柏梁體聯句，道光四年後不復賦詩。喜起進舞存風諭。除夕太和殿宴廷臣及朝正外藩，進喜起舞，奏雅樂。鳳管龍

笙大上有，中使不宣希進御。舊時南府供奉人，多年散隸昇平署。《蒼莨初集》卷六

疏蘭仙館詩集四卷續集四卷再續集四卷　光緒三年刻本

朱錫綬撰。錫綬字嘯筠，一字小雲，江蘇鎮洋人。道光二十六年舉人。二十七年會試報罷留京，爲潘祖蔭蒙師。同治間官湖北知府。八年卒，年五十一。是集爲王柏心序，有王文韶、潘曾瑋、黄燮清題辭，潘祖蔭跋。錫綬受學於盛大士，卷二有《哭盛子履師》長歌，作於道光十九年。其精撰之作爲《荆江夜泊雜感》八首，格律嚴謹，一時頗有和者。《水災紀事》、《哀歌行》等篇，多作于鄂垣。《書桃花扇院本》、《自畫花卉》、《游爾雅臺》、《三游洞》、《題海客琴尊圖》，亦見文采。交游可考者爲程庭鷺、張金鏞、陳克家、孔憲彝、翁同龢。爲詩學吴偉業，屬婁江一派，惟格調較低耳。

遲鴻軒詩棄四卷詩續一卷　光緒十一年刻本

楊峴撰。峴字季仇，一字見山，號庸齋，又號藐翁，浙江歸安人。咸豐五年舉人。爲江南幕府多年。光緒三年，權常州知府，以忤上官，於次年罷歸。後以書畫名世。光緒二十二年卒，年七十八。自撰《年譜》一卷，門人劉繼增續之。詩集自訂，其婿汪煦序，與《文集》、《詩論》合刻。自云：「詩文之道，多作不如多删，多删不如痛删，必有决心，乃能精擇，乃能行遠。」此集《長白山》、《風嶺放歌》、《鄴臺》、《百泉》、《青駝寺》、《井

陘》、《五丁關》等篇，率皆雄峭縱放。《爲張秋水鑑繪秋鐙講算圖》、《漢延熹瓦磚歌》、《贈金石僧六舟二首》、《和莫友芝唐寫本説文箋異》、《任伯年贈鍾馗戲題二首》、《吴窓齋海上三神仙圖》、《重建存巖祠爲沈浪仙》，以嗜好金石，自與撏撦奇字者不同。又與吴俊卿交契。《題蕪園圖》、《吴倉石畫梅花歌》、《題吴倉石所藏石鼓文精拓本》、《吴倉石得吴侃叔爲阮氏摹宋拓鐘鼎款識長卷》、《吴倉石示削觚廬印存兼述客謔詩以張之》、《吴倉石五十壽詩》，均爲研究吴氏資料。吴俊卿《缶廬詩》亦有《讀楊藐翁先生遲鴻軒詩集》二首。此集剜版甚多，缺詩十數篇。今從嘉業堂增輯本核對，知峴揭發時弊，駁擊貪官污吏，極爲痛切。如《納糧謡》云：「艇子兩頭尖於梭，半載糧，半載戈。千槳萬槳趨城河。狗觳觫，雞號撲上屋。捉人放火，兒不敢哭。官倉鏁鑰密密排，縣令摇手莫亂開。黑旗來，白旗來。自注：辛丑以後，鄉民抗糧，建黑旗、白旗。」又如《亘頭邨火》二首云：「亘頭邨中天夜明，火星繞屋聲轟轟。丈夫噭咷婦女哭，縱火者誰官與兵。」「大船峨峨福黄堂，自注：福克金阿。擁兵千百夜入鄉。問誰當捉稽與王，莠民遁竄殲厥良。嗟哉爾兵猛於火，爾官穜火行且猷。」可謂嫉惡如仇。《寓皖感故鄉事作歌十二首》，其一云：「新招頟兵怕弄刀，未戰先亂爭上艘。制軍大旗忽不見，傳聞已棄常州逃。毁冠拋韡走相雜，蘇州閉城不肯納，獨繞城門且三匝。」又一首云：「天下甲兵正酣鬬，野田無人把銚鎒。老夫無田只有書，懋懋蟲魚令人瘦。幾時息燧還故丘，築茆三間低打頭，偷生已矣我心憂。」老境刻露，亦有凄楚之音。當時士夫於曾國藩多有不滿，此亦世局所不能容。可見剗版乃爲避禍計矣。

林青天

林青天，愛百姓，不愛錢，有詔擊賊扶病前。賊聞林青天喜欲顛，東家椎牛西家殺羊肥且鮮。禮告耶穌投戈鋋，祝林青天大吉祥大壽考，子孫富貴億萬年。皇華驛中鬼嘯煙，有星夜墮聲轟然，從此天狼逞牙爪，食人不嫌人肉羶。吁嗟乎，林青天。《遲鴻軒詩棄》卷二

圍湖州

今年圍湖州，明年圍湖州，湖州城外骸骨高於三成丘。城中米糧苦不足，人人瘠黑如餓囚。東家漉百草根，西家煮樹皮，萬鬼來瞰聲啾啾。走告乃公，乃公有酒氣，方召賓客椎肥牛。一言不合乃公怒，不用鞭朴但斫頭。斫頭尚可，搜糧殺我，官耶，賊耶，殺我者老革耶。《遲鴻軒詩棄》卷二

尺岡草堂遺詩八卷　光緒十五年刻本

陳璞撰。璞字子瑜，廣東番禺人。咸豐元年舉人。官江西平都知縣。晚主廣州學海堂講席。詩集八卷與文集四卷，爲其女刊刻。據卷八《庚辰光緒六年集海幢寺》詩年六十一上推，爲嘉慶二十四年生。詩止於光緒十二年。鴉片戰爭起，璞目擊外軍入侵，民衆奮抗，情緒高昂，作《烏涌祥鎮軍祠》、《經北門三元里憶辛丑

鄉民殺虜事》，均爲可貴史料。咸豐元年入都，作《昆明湖隄外瞻眺》、《潭柘寺歌》、《戒壇活動松》、《碧雲寺石塔後魏忠賢墓》等詩。同治間有《重修學海堂》詩。《文集》中《擬廣東儒林文苑傳》，亦存故實。《挽福州中丞王凱泰》、《哭徐鐵孫先生四首》與陳澧等人唱酬，意格俱高。又有《永福陵行》、《颶風歎》、《遊羅浮》、《中宿峽》、《英德舟中作》、《虎門觀潮》、《吴梅村集書後》、《閣帖偶題五首》、《題畫絶句》，可稱上選。《詠漆硯詩》自注：「硯以木爲質，外以漆屑塗之便可研墨，甚輕便。爲揚州近製，又名漆沙硯。」陳衍稱其詩「近體勝于古體，七言勝於五言」，「晚作律詩清新」《石遺室詩話》。洵一時詩才也。

辛丑二月書事

妖星墮地雷轟鳴，虎門忽報天險傾。傳烽一夜照珠海，城門不啟萬户驚。我未及盥走相視，閭巷男婦扶伶俜。城外欲入内欲出，兩不得遂相擠並。愁雲慘澹韜日精，倉黄登陴官點兵。雙貂綴冠騎大馬，父老眙愕所未經。登高東望獵德口，寇舶三四停沙汀。江空無人滮烟水，捍禦似但憑孤城。城中衆亦百十萬，自可制梃懲蠻荆。城頭嗚嗚吹夜角，雜以刀槊縱錚聲。驚魂竟夕不敢寐，吁嗟久已嬉承平。《尺岡草堂遺詩》卷一

城中解嚴索米村落道中感賦

曉星殘月映波明，小艇輕橈傍岸行。飛鳥出爲饑渴計，海潮來尚戰爭聲。時危慷慨中流檝，事過

伶俜野戍兵。七尺頑軀詎無用，多牛翁處去傭耕。《尺岡草堂遺詩》卷一

烏涌祥鎮軍祠　鎮軍名福。辛丑之役，奉調率鎮筸兵來粵，守烏涌。夷人犯虎門，越日犯烏涌，鎮軍與戰，死之。軍士從死，無一免者。土人聚其遺骸，爲大塚葬焉。事聞，賜祠於其地。冬日過謁，成二十二韻。

一夜天關陷，誰人復死忠。沙角陷，陳將軍連陞死之。虎門陷，關將軍天培死之。嗣後死守者，惟公耳。欒書思避敵，魏絳利和戎。獨有熊羆士，猶懷鷹隼切。孤軍屯岸曲，横海阨艨艟。陣矗如山阢，營危背水攻。方張兇燄熾，誓死戰心雄。透爪拳初握，衝冠髮欲蓬。箙抽金僕盡，餱探革囊空，再接志彌厲，無援勢卒窮，裹創刀黯黯，殷血鼓韛韛。草際羞求活，門開預鑿凶。氣方吞羯虜，兵遽化沙蟲。自失僧騰將，都憑矍鑠翁。時參贊大臣楊果勇侯芳，年八十餘矣。韜鈐惟壓勝，嬉戲近兒童。盡收城中婦女虎子置城堞，謂使敵礮不鳴。書屨聞飛捷，貂咸插侍中。岡頭鏖鬬歛，城下舊盟通。鳳皇一戰不捷，即議欵。事過矜明哲，師旋獲考終。詎容公論絀，已負國恩隆。獨此崇祠在，相鄰故壘同。荒墳從弔岳，大樹每思馮。凛凛猶生氣，稜稜起朔風。至今師海浪，尚撼虎門東。《尺岡草堂遺詩》卷一

經北門三元里憶辛丑鄉民殺虜事

當事低眉語時已議欵，前村奮臂呼。解紛來長吏遣廣州府余公亟馳往勸解，敵愾有田夫。異類人心

憤，鄉愚戰膽羸。國殤今共禮義勇祠祀死事者，貝胄愧公徒。險隘重重失，千軍氣盡柔。稯鉏張國勢，蓑笠殪夷酋。渠帥伯麥，斃於村前。此捷竟無兩，言和亦有由。從來持大計，不用野人謀。《尺岡草堂遺詩》卷一

虛白室詩鈔六卷　光緒間刻本

方昌翰撰。昌翰字宗屏，安徽桐城人。咸豐元年舉人。官新野知縣。卒於光緒二十三年，年七十一。此集有同治十三年喬松年題詞，自序。分《春明集》、《避地草》、《梁園集》、《磨盾集》、《漢廣集》、《遂初集》六卷，爲道光二十七年至光緒十五年詩，共三百八十七首。昌翰嘗從胡焯求學，詩宗漢、魏、六朝，反對性靈，以爲空疏剽竊。集中如《紫雲端硯歌爲陳九香賦》、《觀明巡按御史徐吉審擬梃擊緹騎揭帖》，均甚質實。陳慶鏞死，有長歌哭之。又有《胡光伯輓詩》，悼胡焯。至《哀皖》、《哀樊州二烈士詠》等篇，涉及太平軍、捻軍事，無可稱述。

餘力吟草四卷　光緒二年刻本

林鈞撰。鈞字象鼎，浙江星沙人。屢試不第，應聘直隸通永署幕，歷京津、蘇杭、皖粤、川漢等地，爲時困三十年，後隱於里。是集爲唐嗣瑞序。生平事蹟畧見自序及《歸去來歌》中。鈞於詩時切懷抱，有《建業紀

事》、《哀縴夫》、《採茶竹枝詞十首》、《金陵雜感》、《江南歎》等篇。寫三峽風景詩，《洞庭遇風行》，清峻可觀。附詞亦復清妙。

題陳厚甫紅樓夢填詞

天地逆旅人如寄，富貴風流原夢寐。吁嗟世人遊物中，情羅慾網自纏繫。我亦紅塵墮落身，歷盡人間酸與辛。撫今追昔不堪説，回頭不見桃源春。友人示我紅樓曲，字字行行金錯玉。我取披閲讀數回，頓教此心忘寵辱。賈家豪富畫樓紅，公子生長綺羅叢。柔腸百轉縈綉閣，情絲萬丈裊晴空，屏列金釵十二行，侍兒亦是杜蘭香。弄月吟風愁晝短，聯詩賭酒趁宵長。倚翠偎紅忙未已，盈虚消長迭乘矣。酒闌筵散花亂飛，數載繁華逐流水。一朝夢醒棄塵寰，慾海風恬波不揚。跳出迷津登覺岸，撒手便入白雲鄉。曲中摹寫喻意工，傳神直在阿堵中。風流綺麗嫵媚絶，如聞緑窗語喁喁。閒愁幽怨聲聲哭，恍惚佳人倚修竹。有時變調作瀟洒，石上清泉細傾瀉。忽然慷慨起悲歌，激烈疑聽漁陽撾。長風萬里翻波浪，秋聲送雨打窗紗。焚稿一闋最淒清，天下詩人同失聲。詞人能事無不備，可以感兮可以興。讀之如歷盛衰境，苦喚世人人不醒。莫作稗史一例看，晨鐘暮鼓發深省。我本情場潦倒人，青衫猶有舊啼痕。此身已悟非我有，況復幻中身外身。從茲不問非與是，山之巔兮水之涘。泰否升沉一任之，隨遇而安聊復爾。何須穿鑿贋與真，君不見古今世事皆如此。《餘力吟草》卷三

雪蕉齋詩鈔四卷補編一卷　光緒二十六年刻本

王德馨撰。德馨字玉才，號仲蘭，浙江永嘉人。諸生。同治元年，太平軍近邑城，守令假城捐名，括民貲，德馨擬元結《賊退示官吏》詩，屬同邑秀才陳丹香和作，隱以諷托。守令逮陳下獄。德馨乃南走閩，北入燕，至獄解始歸里。是集家刻，首鄭傳笈序。據卷首《墓誌銘》，爲道光二十四年生，光緒十四年卒。卒年六十九。詩歌分體，古詩五十二首，近體詩三百八十六首，補編百十五首。卷一即《擬元道州詩原韻作》有引。德馨南遊閩甌，北極遼瀋，飽經滄桑。詩主性靈，多清警。《論詩》有云：「醞釀雖從萬卷書，却於真味不關渠。笑他食古不能化，老死書中一蠹魚。」「斟章酌句苦難安，禁體爲詩嘔血乾。比擬盤花太拘束，雕紅刻翠不禁看。」獨喜讀白居易、吴偉業集，有題詩。其子朝清《留硯山房遺草》附。

實其文齋詩鈔四卷　光緒間刻本

黄雲鵠撰。雲鵠字翔雲，湖北蘄春人。咸豐三年進士。知宣化、萬全、延慶州縣，四川雅州知府，擢建南道。同治十一年，刻《實其文齋文鈔》六卷、《詩鈔》四卷，首龍文彬、吴棠序。雲鵠早年與湯鵬契交，朱琦、馮志沂、葉名灃亦與贈酬。嘗官軍機章京七年，習於典制。同治七年官雅州，時陝、甘、雲、貴四省軍儲，唯蜀是賴，符牒到郡，力實不支，作《雅州行》，爲民請命。又有《和吴制軍灌口詩》，制軍即雲貴總督吴振棫。《觀稼》、《閲兵歸習射》、《讀史》等篇，均切時事。轉視恣情山水之詩，大爲遜色矣。卷四《庚午生日》有云：「五十應聞道，況乃過其一。」當爲嘉慶二十五年生。卒於光緒二十四年，年七十九。詩止於乙亥光緒元年，自云丙子、丁丑無詩，是刻成在光緒三年後矣。

知不可齋詠史詩　光緒三十三年刻本

汪鋆撰。鋆字芸石，安徽歙縣人。道光二十九年貢生，咸豐二年北闈副榜，官國史館謄録，八旗官學教習，國子監學正。耽嗜吟詠，喜讀史書。取《二十一史》傳記，爲七律二百二十九首，名《知不可齋詠史詩》。内周十八首，漢四十一首，魏、晉五十三首，南北朝十八首，隋、唐、五代四十四首，宋四十四首，遼、金、元十首。惟取正史，不事旁搜。句敦字琢，可謂苦心。惜識見較短，不足爲讀者鏡矣。此集光緒三十三年刊版，門生潘慶瀾序稱鋆「晚卜居蕪湖授徒，卒於光緒癸巳，年七十四」。以「知不可」名其齋，卽自號焉。

讀雪齋詩集十卷　光緒八年刻本

孫文川撰。文川字澂之，一字伯澂，江蘇上元人。咸、同時出入兵間。累保知府。卒於光緒八年，年六十一。是集有吴存義、蔣敦復、温葆深序，秦際唐跋。際唐字伯虞，與文川同里舉人，有《南園草堂文存》詩選。文川爲詩，多表彰死於太平軍之役官員。《滬城謡》、《埋礮歌》、《丹陽行》、《周浦歎》、《後周浦歎》、《哀太倉》、《雷公八歌》，記江南戰事較詳。《感舊詩》小序云：「金陵既陷，殉節者多，詩紀師友，蓋誄之也。」内有江寧布政使祁宿藻，制府陸建瀛等多人。咸豐十年，美國華爾來滬，助官兵鎮壓太平軍，戰死慈溪。文川作《嗟哉華爾行》、《晚晴簃詩滙》已選。詩不足稱，而爲美國侵華史實無疑。《詩滙》又選《趙忠毅鐵如意歌》，謂爲傑作，唯將小序删去。從來詠趙南星鐵如意者，獨此詩詳記其制也。文川與金和相契。詩格甚新，《詠程君房圓墨》三首、《雨花石》四首、《鴝鵒歌》，皆能悦人耳目。與畫家胡公壽善，有贈詩。材力饒健，清季詩人中固不可多得。

滬城謡　金陵之陷，蘇州戒嚴，上海亦募勇防守，所募皆閩粵亡命。先期有告勇變者，置不問，數日果反。

滬瀆城，殺聲震。裹紅巾，操白刃。門未開，莽先伏。戕縣官，燬民屋。廩有粟，庫有弓。寇誰招，監司公。公夢醒，大驚怖。且保身，出城去。《讀雪齋詩集》卷一

華爾亞墨理駕合衆國人也爲中朝將官守上海松江每戰必勝聞而嘉之　時同治壬戌三月

穆穆皇朝德化醇，公然異域仰尊親。不通言語忠誠在，爲識仇讐決戰頻。契苾原爲唐健將，日磾曾作漢功臣。著鞭爲語東南將，肯使賢勞讓遠人。《讀雪齋詩集》卷八

趙忠毅鐵如意歌　有序　準今工部營造尺長二尺七寸三分。柄長一尺一寸二分，寬八分，厚一分。柄脊凸起，厚二分。項至曲處長五寸一分，厚二分有半。首亞形，無隅，長一寸七分，寬二寸二分，厚一分。竟體商銀，

細於絲髮。重今稱□斤□兩□錢。首之面作馬，繫於柱，柱在馬後，馬立，向左，背作藻，十二莖分垂。向外有物半圓，如聚頭扇承之，上承以跗。項之面及兩旁均作花草，背作水波紋，柄之上下作斜藻井紋，各高一寸。中爲銘，銘曰：其鉤無鐖，廉而不劌。以歌以舞，以弗若是折，維君子之器也。銘分兩行，第一行十四字，款曰趙南星。銘款皆小篆，款字小於銘之半，款下方印隱隱見夢白字。銘款字無一完者，器字全蝕也。趙字蝕太半。柄之背紋分三段，上下段俱作八音，近末處尚有阮形未損，各高三寸一分。中段小篆一行甚細，約五字，第一乃萬字，僅見上半。第二三字不見，第四字見而不可辨，五則製字，蓋萬曆某年製也。同治癸亥季秋，予得此於滬瀆，故詳識之。按，張芑堂《金石契》載趙忠毅鐵如意一，銘文同而名下無印，背篆書，乃天啟壬戌張鰲春劖八字。首作太極八卦，柄面作河圖洛書，背作日月星辰、五嶽真形，是別一器也。又申如瓚云，家藏趙公鐵如意，首鏤一馬，銀塗花草錦文，名下有印，陰面圖八音。此器頗似予所得者。然如瓚又言，首有天馬徠三字，背乃萬曆丁巳夏爲伯威大雅製十一字，則甚不同，是又一器也。錢百泉詩序謂曹秉鈞所贈，背有雅集齋印年月一行，惟啟癸亥冬四字可辨，是又一器也。阮文達詩序謂，最古者施念曾《宛雅》所載，爲神宗戊申春製，在初頤園處。又有壬申年製銘文，折作利，在吾簣一處。又有天啟癸亥製者，在陸丹叔處，又有書天啟甲子者爲成親王所藏。據此，是又別有四器矣。合予所得，乃有九器。阮文達謂當時所製，非止一柄，誠然。然予所得者，以背文證之，當爲神宗時鑄，銘詞以弗若是折句似難解，或以折爲利，亦非確訓。鄙意弗若弗，順也。書鳥獸魚鼈，咸若《左傳》不逢不若。弗順者折之，公之志也。公揚清激濁，嫉惡甚嚴，託物言志，情見乎詞，因作長歌，附諸作者之末。

黑雲一朵白虹氣，凜凜寒風鬼愁避。銘文廿六署姓字，乃是高邑趙公鐵如意。公之烈性百鍊剛，指揮亦見鐵石腸。公之定力千鈞强，談笑亦飛鐵面霜。我觀公物識公志，弗若是折秉道義。珊瑚碎，亦無賴，何似公掌選司志在屏四害。唾壺缺，安足雄，何似公坐都堂志在除四凶，將使汝爲司農袖中笏，擊逆豎首舒憤鬱。紛紜君聽讒，元凶爭指羣眈眈。不如意事真八九，爲同心人僅二三。公與鄒元標、顧憲成爲三君。鍛鍊深文竟被逐，西廠權弄東林覆。太阿倒持事日非，逆案遲成公已没。如意兮如意，我不知擊閹之疏草罷時，可曾攜汝起舞揚雙眉。又不知雁門關外荷戈日，可曾持汝悲歌望京邑。問汝汝無言，但見土花慘澹面冷無顔色，似有無限煩冤訴不得。嗚呼茄花委鬼魁柄干，聚六州鐵鑄錯難，飲刃終成白馬驛，賜還逴望金雞竿。朝局既壞社亦屋，歷刼烏金猶在握。當時公盼東方明，衹今人效西臺哭。君不見見泉兒奉聖母，附九千歲同掣肘。神鼎如在難鑄形，話柄雖傳耻污口。惟公奇觚矢赤衷，無愧錚錚在鐵中。遺物猶爲人愛惜，不惟瑰寶惟孤忠。昔年得公書，什襲珍手澤。予藏公在成所寄友人書真蹟。今又得如意，峥嶸森毅魄。我欲快磨鐵硯椎榻墨本作畫圖，更將豪揮鐵筆大書銘詞張座側，見者驚心讀撟舌。何物猶矜炙手熱，請看區區一片鐵。《讀雪齋詩集》卷九

承恩堂詩集十卷　同治十三年刻本

恩錫撰。恩錫字竹樵，滿洲正白旗人。道光二十九年，年三十，以郎署出爲沂州知府，累官至江蘇布政使。光緒三年罷歸。是集爲恩錫官漕運總督時所刻，首張翊儁、胡家玉序。分《緑筠仙館吟草》、《南鴻小

草》、《臨淮江上録》、《壽陽行役集》、《歸里集》、《蔬薌小圃集》、《灤水重游集》、《嘉禾堂集》、《貞日堂集》、《荷芳坐嘯集》十卷。詩無高格。唯生平宦游所至，如徐州、廬州、德州、壽州、汴梁、瀋陽等地，以游覽聞見入詩，内容較廣，感時撫事，亦有可采擇焉。

好雲樓初集詩十三卷　咸豐十一年刻本

李聯琇撰。聯琇字季瑩，一字小湖，江西臨川人。祖秉禮，工詩，父宗瀚，官左副都御史，俱各有集。聯琇道光二十五年成進士，咸豐間官至大理寺卿。光緒四年卒，年五十九。撰《好雲樓初集》，凡詩文、詞、駢文、考訂筆記二十八卷，首敍傳詳述家世。一至十三卷爲詩，共千一百七十首，皆四十二歲以前作。以後詩文，未見續刻。其詩生澀逋峭，蓋由皮、陸轉學蘇、黄，生硬排奡之處，皆能遠俗。《登滕王閣》、《自豫章入都途況五十韻》、《度仙霞嶺》、《自福寧旋省度白鶴嶺》、《自豫章入浙紀程雜詠十六首》、《游常州城外天寧寺》、《游鼓山至七十六韻析爲六章》，詰屈中而有自得之趣。《預修宣廟道光實録》、《論文四首》、《讀昌黎詩集四首》、《文信國琴詩拓本歌》、《訪杜康劉伶二墓有詠》並序、《書玻叔伏敔堂詩本》、《茶肆謡》、《試童子日卽事戲吟》，古今雜出，隨事發揮。《題繆文貞被逮時寄子書稿本》，謂昌期被害實出於葉向高。《三百三十有三士歌》，詠朱筠視學閩中士相見者各貢一石勒名充贄。《追和先大人詠宋搨淳于長夏碑》，多能考鏡是非。太平天国起事，作避地詩多首，詆毁農民軍。

題繆文貞公昌期被逮時寄子書稿本　並序　稿凡三千餘言，爲李申耆先生故物。先生曾節刻於所見帖並附以跋，謂足正野史所稱大洪疏出西溪手之誣。其稿今歸適園。余假觀得悉全文，且於點竄、經營處，細尋血縷，愈昭心迹。卽其乙去之語，有曰要之代草之説，又梃擊一案爲之張本，梃擊之案又東林之嫌爲之胚胎四語，括盡一生中禍原委，可摘以敍《從野堂集》。又其白南昌心事於福唐曰，南昌於師，實無他腸，不過嬾答書耳，嬾答書一語原非緊要，亦經乙去。然切中余病，讀中悚然有疏於世故之懼。覺阿和尚跋稿後曰，殺文貞者非崔、魏，實福唐也，誠哉定論，絶非深文。臺山先生猶得託東林以欺千古乎。昔李仲達之讖傅櫆曰，又欲日日做好官，又欲矯矯名節，天下無此兩便宜之理，蓋謂其通魏璫也。余於福唐亦云。

靈慶旣禍袁愍孫，庭薗復誤房次律。門徒往往負其師，桃李空勞植私室。古來衣鉢愼傳人，校士得公百憂失。異哉葉相語成讖，此人終被我收拾。福唐主試闈，拆卷者呼公名曰，此人終被我收拾，亦一奇也。語載稿中。秉鈞賢否繫安危，西廠東林不中立。應山一疏快人心，誰袒逆閹沮忠直。弟規片語觸師怒，移咎池魚忍殃及。趙陳左魏貉一丘，調護清流此其術。死生大矣豈不痛，公論卒彰讒燄熄。鬼神呵護三千言，十指猶存緬操筆。捉刀頓剖稗編疑，禁綱偏遺供狀實。彼哉宦豎不足誅，我殺伯仁言悖出。《好雲樓初集》卷十一

十五弗齋詩存一卷　光緒二十年刻本

丁寶楨撰。寶楨字稺璜，貴州平遠人。咸豐三年進士，改庶吉士，授編修。初官湖南岳州知府。同治

二年，擢山東按察使，遷布政使，至巡撫。以平捻有功，而誅太監安得海事，尤著人口。光緒二年，爲四川總督，凡十年，十二年卒於官，年六十七。謚文誠。是集爲歿後所刻。咸豐十一年撤遣練勇，守岳州，作《登岳陽樓》篇，《成都機器局工次落成》、《自灌縣勘都江堰還成都道中書所見》，均可與史傳相印證。惜存詩不多耳。

題鳳館詩集八卷 同治十年刻本

朱鑑成撰。鑑成字眉君，四川富順人，占籍興文。同治三年舉人。官内閣中書。撰《題鳳館詩集》、《文稿》附詞，黄彭年、趙樹吉序。據顧復初序，卒於同治四年，年四十六。《詩集》復以《春華》、《大笑》、《苟美》、《井梧》、《懷器》、《代風歸雅》、《徙溟》、《拂珊》等集爲名。鑑成爲何紹基所取士。集中有《和學使何子貞先生蝯臂翁》、《閻潛邱先生小像東洲師命題》、《五月二十八日亭林先生誕日東洲師命與顧祠大祭會者長幼顯晦合四十三人》，推崇顧、閻，表彰時流，於何紹基尤服膺無間。《登岱歌》、《富春江詞》、《金陵懷古》、《登金山塔頂望海放歌》、《揚州雜詩》，鍛錬亦工。鑑成於咸豐十年嘗隨欽差大臣赴閩粵，又以其兄鉅成官文昌知縣，泛海出游，紀行詩詞采雄麗。又多詠蜀中山川風物。喜博覽，作《讀後漢書十二首》、《讀十六國春秋六首》。《行篋無書案頭有數種各繫以詩》，凡四十餘首，於六藝百家、史氏之籍、虞初小説，無不備。《讀水滸》詩，明袁宏道有之。清爲禁書，自魏禧後未之見也。

讀水滸 有序　吾向讀魏叔子《題施耐菴水滸詩》，君不擇臣，相不下士，士不求友，乃至於此。寒曰衣爾，饑曰食爾，曰相爲生，曰相爲死。非詩人語也。繼作四章。

民共天地，秀靈其尊。夫其卓犖，如魚之鯤。夫其多情，如玉之温。夫其絶學，如水之渾。夫其罔顯，夫其已言。

言登南山，虎豹瞷余。吾不爾獲，爾勿軒渠。含笑縛爾，爾則無餘。惟犬與羊，永莫厥居。如黔之驢，夫何與予。

彼亦才子，彼亦才子。彼才迅電，彼才瞠視。不敢識字，何况生死。彼才則火，人心如水。

鬱鬱高懷，涕泣三君。赫赫巍巍，無嚴將軍。褒衣巨帶，超海抉雲。擲筆太息，吾昔有聞。《題鳳館詩集·春華集》

渡海至文昌雜詠 十六首録二

城啟三門夜不扃，滿街明月静厖聲。軍官遥飲虚城守，花乳高擎剩老兵。文昌無西門，夜不閉關。泛弁從不來縣。老兵三五，縣官閱城，跪獻杯茗，乞賞而已。

未離繦葆打檳榔，壓線頻年額尚黄。惟願長官祝龍女，吹他舟楫早還鄉。粤人婚禮以檳榔爲聘。文俗訂婚最早，男子漸長，泛海貿易，長年不歸。女愆期不嫁。多訴縣存案另婚。《題鳳館詩集·拂珊集》

委懷書舫遺草二卷　同治九年刻本

李保儒撰。保儒又名孝昌，字慕堂，廣東南海人。諸生。同治九年卒，家以其詩付梓，陳璞爲之序。詩詠珠江、粵秀山，出峽至江南，游諸名蹟，頗爲清潤。《藥洲行》記道光二十五年火災，《佛山雜詩》通乎俚俗，《戲作紫竹烟筩歌》、《織婦歎》、《鬻兒詞》，切近社會民情。《題魏文帝西山詩後》、《詠魏晉詩人八首》、《題朱竹垞烟雨歸耕圖》、《題宋芷灣詩卷真跡》，間存藝文資料。《論國朝人古文絶句二十四首》，自顧炎武至姚鼐，見解意味，自高一層。

茶夢盦劫後詩稿十二卷　同治九年刻

高望曾撰。望曾字穉顔，一字成父，號茶菴，浙江仁和人。貢生。入貲爲同知。官福建長樂知縣。詩稿爲同治九年丁丙刻，光緒十六年補版。卷首陳泰序稱，望曾「卒於福州，年五十」，而無確切年月。《論詩》一篇，唯鄉前人厲鶚是崇。詩亦尖新拔峭。《蝗災行》、《鴉片蠹》、《甬東雜詩》、《濟南雜詩》、《村中觀劇》、《硋口大魚歌》、《淮城行》、《津門雜感》、《捉車謡爲刺官吏作》、《火輪船》、《照相篇》，切近社會，無爭喙學步之病。咸豐十年在杭，太平軍進城，脱身之滬上，兩年後作《紀事詩十首》追憶前景。《歲暮感逝三十二首》，所記邵懿辰等皆留滯杭郡人士。又作《還鄉雜詩》，統謂《劫後詩稿》。晚游閩，作《度鵜鴣嶺》、《石鐘巖》、《永春州織畫歌》等篇,《新樂府八章》爲《爭荒山》、《言良田》、《本業廢》、《游民來》、《風俗壞》、《刼盜多》、《家産盡》、《釐捐停》,亦有若干社會史料可尋。

掃葉亭詠史詩四卷 同治十二年刻本

來秀撰。來秀字子俊,號鑑吾,蒙古正黄旗人。道光三十年進士。歷官山東曹州知府。喜讀史書。撰《掃葉亭詠史詩》四卷,取自漢至明二百三十人,各賦七言截句一首,編集問世。自左思《詠史》以後,代不乏人,至清而大盛。散見各集者,數篇至百數十不等,專門成書亦不下十數種。雖論古人之事迹,猶見一己之性情。其間瑕瑜互見,而爲史評資料,其價值不容貶低。來秀爲蒙族文士,早歲登科,嘗官御史,所作語不主常,論不涉異,亦好學湛思者也。作序者宗稷辰、貢璜、尹耕雲皆同年,又張葆謙、吕慎修、蕭晉榮、楊彦修。附題詞及《掃葉亭花木雜詠》。

小芋香館遺集十卷 同治七年刻本

李杭撰。杭字孟龍,號香樹,一號梅生,湖南湘陰人。江南總督李星沅子,道光二十四年進士。官翰林院編修。本書有陳慶鏞、王柏心、孫鼎臣、何栻序。據卷首《家傳》,爲道光元年十月二十九日生,二十八年三月二十三日卒,得年二十八。詩十卷,外二卷爲賦。詩體清秀工麗。五古《古怨》七首,分詠漢武帝、唐明皇、苟粲、張索、潘安仁、元微之、莊子,《古意同湯海秋丈作》,删存六十首,所詠皆歷代宫闈。北上所作如《景州塔歌》、《宋故宫行》、《登祐國寺塔放歌》、《繁臺行》、《武勝關行》、《汨羅江放歌》、《晉道難和湯海秋丈》、《游嶽麓七首》,益見精進。杭與湯鵬唱和最多,鵬卒,有《哭海秋丈七首》,又有長歌《贈邊袖石》、《挽陶宫保制軍》、《爲何子貞作唐開成四年井闌字歌》、《螺洲吟和王子壽卽以贈别》。《聞侯官林総兵入關志喜》、《書滇中回事五首》,有關時局。其詩多效梅村體,不矜貌似,唯工候淺耳。

黄鵠山人詩初鈔十八卷　同治十一年刻本

林壽圖撰。壽圖字穎叔,號歐齋,福建閩縣人。道光二十五年進士。官至陝西布政使。卒於光緒十一年,年七十七。是集詩起於道光十四年,以己未三十九歲詩度之,年僅十五。附弟子馮煦跋,已作於光緒六年。壽圖受知於祁寯藻,其詩濡染於張際亮,與陳壽祺、姚瑩、劉開均有贈寄。集中《憶昔行》、《高將軍行》、《饋糧歎》、《飢民歎》諸篇,於左宗棠西疆用兵事,多所刺譏。歷游閩中仙霞嶺,北京白雲觀、戒壇活動松,西安馬嵬坡、華嶽、百丈崖、出犁溝,發爲歌詩,氣骨遒勁。《渡虎門歌》、《芀𡼖峯》、《龍游猊頭潭雙木蛟歌》,亦屬佳作。西行後,與吴振棫、王柏心、黄彭年、宗稷辰、何紹基等唱和。晚效山谷,格調益爲逋峭,與一時名輩,足以抗手。《讀晉書隱逸傳》、《題李獻吉集後》、《漢宫詞》,頗得文史之腴。題畫則明仇英、武丹,清初王時敏、惲格、王翬,中期華嵒、羅聘、錢灃,當代司馬繡谷,詞質意賅,斐然可觀矣。

輟耕吟稿五卷　光緒十六年刻本

倪偉人撰。偉人字倥侗，號郙生，安徽祁門人。邑廪生。著有《四書疑句輯解》、《樂府古題要解》、《敦復堂文集》、《輟耕吟稿》。光緒十六年，其子望重官知縣，爲刻版行世。偉人於道光二十九年鄉試報罷，卽不再應考，依舌耕自給。咸豐六年，太平軍至祁西，鄉五十四村集丁壯禦於歷口，有詩紀之。《孤兒行》、《老農歎》、《蠶詞十首》、《采茶詞》、《新安竹枝詞四十四首》，俱記鄉里見聞。《牧牛謡》云：「清朝牧牛，莫鞭牛背。饑烏啄瘡，血飛肉潰。」《食刀魚示席中》云：「纖鱗香散雪紛如，入饌分明見辟閭。好向盃中論大俠，人間惟有一專諸。」又作《明史雜詠》多首。截句如「君王信是真龍種，夢蝶何心戀翠幬」，「一片後湖嗚咽水，不應人恨小明王」，語多刻露。是集有道光二十四年自序，光緒十六年潘衍桐序，許楙和序。

永懷堂詩鈔二卷　光緒間刻本

龍文彬撰。文彬字筠圃，江西永新人。同治四年進士。官吏部主事。光緒元年，充校《穆宗實録》。六年，乞假歸。歷主郡省書院講席。熟於明代典章制度，著有《明會要》八十卷。卒於光緒十九年，年七十三。初刻《永懷堂文鈔》十卷，尹繼美序。後刻《詩鈔》二卷。其家事多見於《述懷集杜一百韻》中。時太平天国失敗，清代社會亦千瘡百孔。集中《雜感六首》爲感時而作，有云：「軍儲急須臾，民命堪悽惻。豪吏飽私橐，凭威恣搜剔。土兵眈眈前，額外需索迫。倘敢稍逡巡，禍患在頃刻。桎梏與鞭扑，繼之以焚炙。道路吞聲哭，何時休劍戟。」頗能洞見癥結。又作《猛虎行》、《補苗行》、《和越南使臣裴侍郎文禩留别原韻卽以送行》、《題彭溪浪傳奇》等詩，均不以詞華取勝。别有《明紀事樂府三百首》，未見刻本。

清人詩集敘録卷七十四

春在堂詩編八卷　同治八年廣東刻本　曲園自述詩一卷　光緒三十年刻本

俞樾撰。樾字蔭甫，號曲園，浙江德清人。父鴻漸，有《印雪軒詩鈔》。道光二十四年，樾舉於鄉，次年遭父喪。三十年會試成進士，改庶吉士，授編修。其保和殿覆試詩題爲《淡煙疏雨落花天》，首句云：「花落春仍在。」大爲曾國藩所賞，謂詠落花詩而無衰颯意。後遂以「春在」二字名堂而名集。出任河南學政，罷歸後主講蘇州紫陽、上海求志等書院，而主杭州詁經精舍至三十年。學識宏博，著有《羣經平議》、《諸子平議》、《古書疑義舉例》、《茶香室叢鈔》等書，俱收入《春在堂全集》。詩編八卷，同治七年楊昌濬序。此外收於全集者，僅《曲園自述詩》、《補集千字文詩》數種。方鴉片戰爭起，定海不靖，作《樂府》四章：曰《曉峯嶺》，悲死餒也；曰《招寶山》，刺債事也；曰《坐杭州城》，美坐鎮也；曰《臨平鎮》，述亂離也。中日甲午戰爭，作《感事四首》，反對議和。《繂夫行》、《浙中大水》、《火輪船歌》、《黑水洋》諸篇，亦及時事。樾爲一代儒宗。《齊物詩》七首，《讀經偶得》、《詠古四首》，得力甚厚。《灘行曲》、《興濟崇真宫歌》、《齊雲山紀游》、《蘇門山紀游》、《澠池懷古》、《謁大禹陵》、《游獅子林作亭》、《滄浪亭》、《拙政園歌》、《福寧雜詩》、《閩中雜詩》，間記浙閩徽俗，不矜格調，戛然自造，與徜徉山水、幔亭風月之詩，自未可同年而語矣。《輓曾滌生》、《輓王凱泰》、《題黄燮清桃谿雪傳奇》四首、《日本儒官竹添漸卿以詩見贈次韻酬之》，亦多可徵軼聞。楊序稱其詩「寓新變於法席之中，發神悟於意象之表」，要非虚譽矣。自述詩作於八十三歲，敍生平綦詳。其生年爲道光元年十二月二日，卒於光緒三十二年十二月二十三日。據訃聞，《曲園遺詩》本。享年八十七。近見生卒年表，以公元計多有不合也。

紫荆吟館詩集四卷 光緒二十五年刻本

曹秉哲撰。秉哲字仲明，號吉三，廣東番禺人。同治四年進士，改庶吉士，授編修。光緒三年官江南道監察御史，改户科給事中。五年，出甘肅蘭州道。十二年，官河南開歸道，值南岸河決，防堵守城有功。十六年，擢山東按察使，次年卒。事具本書卷首之傳。今以集中庚午三十初度詩推算，爲道光二十一年生。卒年五十一。是集首陸廷黻、李光漢序，馮譽驥、李光漢、易順鼎題詞。《和吴梅村宫扇》、《粤秀山登高》、《紅珊瑚蘭》、《游大通寺》、《九曜石歌》，眏麗而有法度。官京師作《重游極樂寺》、《都門廟市詞》及游西山碧雲、戒臺諸寺，亦可摭取。官蘭州道，唯作《金城秋興八首》、《登五泉山》而已。堵黄時工賑兼籌，事竣，亦有詩志之。餘則應酬之什較多。自以爲雜詠遣興，非經意之作，皆王漁洋、袁隨園一派耳。是集爲咸豐八年至光緒十六年詩，共四百三十四首，其子受培刻，並跋。

補勤詩存二十四卷續編四卷　光緒三年刻本

陳錦撰。錦字晝卿，號補勤，浙江山陰人。道光二十九年舉人。歷官山東候補道。光緒三年刻《橘蔭軒全集》，以《詩存》與《文牘》合刻。《詩存》首錢勖、潘鼎新、趙銘、吴樹誠、章傳墀、趙國華、何家琪、黄體芳、錢柗序，爲道光二十八年至光緒三年詩。《續編》録其少作。據卷十《姊歸行》注，爲道光元年生，結集時年五十七。作者長期參加淮軍，鎮壓太平天國與捻軍。爲詩頗重紀事，下筆則剌剌不休。《東南壬申新樂府十八首》，多污蔑農民軍，内有《賣菜翁》、《鬻兒錢》、《乞者嫗》數首，狀敍民間疾苦。《憶壬戌四月督夷兵破賊》載戈登卜得禄助清軍鎮壓太平軍事。《菏澤行》一篇，記捻軍始末較詳。《唐昌紀事詩十二首》，詠浙東生產雞血石、天生木，間及民俗。題詠金石圖像、外國鏡畫，亦偶爲之。光緒初，作者于役艦上，改督河工，兼司榷算。《作江南鐃歌鼓吹曲十二首》、《會通河詞十六首》、《揚子江詞八首》，内容皆須審而辨之。妻亦工詩，有《緑雲山房詩草》，别刻。

小匏菴詩存六卷　光緒四年刻本

吴仰賢撰。仰賢字牧騶，浙江嘉興人。道光二十三年進士，選庶吉士，咸豐間官雲南浪穹、昆明知縣，擢知府，權迤東道。同治四年告歸。卒於光緒十三年，年六十七。撰《小匏菴詩存》，共七百九十四首，俞樾、衛榮光序。又撰《詩話》十卷，評述清詩。其詩於太平軍、回、捻時事均多涉及，讀書既博，所詠甚富。咸豐間作《晉忠烈李夫人廟》、《阿姑嶽廟》、《三姑井》、《潛龍菴二忠墓》、《赤字巖》、《星回節弔慈善夫人》、《刀將軍歌》、《劉宋寧州刺史爨龍顏碑》、《晉建寧太守爨寶子碑》、《南詔德化碑》、《沐氏勳莊歌》、《李卓吾官姚安府繫獄感至成賦》、《偶得永曆大錢》、《金殿》、《沐西平侯祠》、《滇南雜詠八首》、《羅陽雜興》、《庚申十月省垣紀事》、《感滇南時事》、《重感回事》等篇，自晉、宋、南詔、元、明建文、桂王以至當代，包括雲南各類史料。《山茶花歌》、《大理石屏歌》、《滇俗四首》、《安寧州温泉》、《走廠謡》、《糴米謡》、《戲作石婆婆歌》、《宰馬行》、《縴夫行》、《阿芙蓉》、《竹火籠》、《牛賨》、《嫁蟲孃詞》、《黔陽雜詠八首》、《黔中苗彝風土吟二十首》，采風問俗，兼摹山川奇勝，亦備見聞。仰賢習於明史，有《讀明史于少保傳》、《楊忠愍公諫馬氏劾嚴嵩兩疏稿石刻本》等作。《讀升菴集》、《論詩絶句十首》、《題文休承畫山水》、《題擔當和尚畫》、《題徐枋澗上草堂圖》、《李天植蜃園詩集》、《讀李世熊寒支集感賦》，亦無濫及。《蠶詞十首》，詳注里中蠶業生産。《禾郡大水》，記道光二十九年水災。《洋涇竹枝詞》二十首，寫上海租界變化。《傴仄行》，詠光緒元年輪船在煙台失事，俱出目見耳聞。太平天国失敗，作《新樂府二十首》，爲《僞帥府》、《逃亡屋》、《土城高》、《報讐炬》、《脅從鍰》、《蓋棺歎》、《釐卡吏》、《醵船來》、《抽廛租》、《糧歸佃》、《野祭哭》、《伐塚樹》、《阬灰然》、《行旅難》、《修海塘》、《募收骸》、《捉船符》、《采芹樂》、《小百喜》、《班匠銀》，時嘉興正值恢復，而政弊之多，於詩可見。仰賢爲早年進士，官萬全縣嘗與俞鴻漸游，鴻漸爲俞樾生父，行輩較高。附刻《南湖百詠》，爲其子萃思撰，注釋頗詳。

牛賨

賨者，會也，猶保甲會云爾。田家重牛，恐牛被盜，而結此賨也。先樹高竿於邨口爲標識，凡有行竊被獲者，户徵束薪，堆積如山，縛置其上，而脅令竊者之親屬，舉火焚之，不首官也。

牛賨夫何如，習俗近暴横。約法聯諸邨，不奉官府令。巍峩五丈竿，標插一何勁。立意懲鼠偷，草菅視人命。偶遇不肖徒，面縛罪共證。微雖瓜李嫌，乞哀百不應。按户徵束薪，薪積堆在徑。誰歟引之燃，他手不敢倩。脅彼骨肉親，此事子爲政。一炬殞其軀，骸骨草間剩。亦有逞睚眦，誣陷等機阱。此非人所爲，毋乃牛之性。厥法貴準情，入甕君其請。《小匏菴詩存》卷二

走廠謡

滇人藉採礦爲生者，曰走廠。

廠有銅，供鼓鑄。採自山，衆匠赴。礦若旺，被紈素。礦忽衰，婦無袴。礦之衰旺恃神護，持酒賽神神毋怒。礦神去，鍋頭懼。一廠之中，出資本者，謂之鍋頭。礦神云係儸族，性畏官，凡守令官欲至廠觀覽者，須微行屏騶從，否則其神逸去，礦卽衰矣。荒甲連綿課將誤。廠中多忌諱，謂土爲荒，石爲甲。礦神駐，礦如故，水洩無勞銅滿庫。銅滿庫，亦可怖。君不見，銅山下，鄧通墓。

銅山已多事，銀生乃有府。景東廳蒙氏立爲銀生府。一夫專其利，眈眈目如虎。石羊銀廠名，在南安州。金牛在會澤縣山峩峩，上輸國賦歲幾何。豪商大賈肥馬馱，紛紜揮霍醉且歌。反乎覆，蠻與觸，攘臂而起鬭在屋，風吹戰場草肅肅。

銀廠尚可，金廠殺我，金江之灣雜居倮。蠻荒土不犁，淘沙其間。吏虎而翼，督課孔亟。鴻驚而琶，十户九逃。世無珠玉，乃貴菽粟。世無羅紈，布帛是安。地若愛寶，還我軒皞。《小匏菴詩存》卷三

紅毛箋

粤客貽我雙玉版，表裏瑩然兩莫辨。入手疑是砑光綾，滑膩又如簟紋展。傳聞來自歐羅巴，吉貝作胎傅銀粉。蔡侯創製用麻頭，海外得方巧推演。高麗巨幅濡墨匀，堅緻不殊蔟上繭。中山萬葉亦有名，琉球貢使毛光國乞粱山舟先生書以其國萬葉紙爲贄。惜未傳觀但蓄眼。海西邊幅苦促短，刻畫惟憑刀代管。紅毛人以鉛筆畫紙上爲字，兩面俱受。我才鈍作鉛刀藏，吟詩如蟬字如蚓。黔南使者昔歲逢，邀我揮毫手授簡。書成笑倒陸士龍，素壁銀泥蝕蝸篆。甲子春客黔中，陸瀹吾學使以法蘭箋索余書。《小匏菴詩存》卷五

紫茜山房詩鈔六卷　同治十一年刻本

沈金藻撰。金藻字石生，號蘭卿，浙江平湖人。諸生。受知於薛時雨。官嘉定巡檢。同治十一年刻詩鈔六卷，黃金臺、薛時雨、秦緗業、陳汝欽序，自序，據《荷鋤行》「宣廟元年我初生」句，時年五十二。金藻少侍宦粤西，工詩及駢賦。太平軍起事，避地養母。同治初在鹽局，往來滬上。爲詩清麗，善讀異書。《龍湫觀

海》、《弄珠樓歌》、《錢塘懷古》、《米軍謡》等篇，時臻高唱。《題丁日扶所藏唐吐蕃會盟碑》，探本窮源，頗爲詳恰，結句故作大言，此在當日固未稱也。《讀近代詩各題一絶》，爲袁枚、畢沅、吴錫麒、張問陶、王曇、徐熊飛等人。卷首葉廷琯、王慶勳、江湜諸家題詞，可見交游。

題丁日扶伊桑所藏唐吐蕃會盟碑

粤稽堯舜垂衣裳，三苗罪大投遐方。夷酋疇使逼華夏，東遷洛邑周平王。歷秦漢魏迄六代，山川鬱莽包諸羌。跋布建國倫贊普，姓窣勃野難稽詳。國號吐蕃實秃髮，邊陲窺伺旋鴟張。厥時中原孰扶鼎，雄踞神器隋開皇。大唐龍興受寶籙，朝天萬國來梯航。西蕃請婚太宗許，駙馬都尉除封章。從此天邊弄機女，兩嫁織皮渠搜鄉。天寶末年潼關破，唐家社稷摧苞桑。直西關山金鼓震，乘隙攻戰收邊疆。乾元初載乞盟誓，鴻臚歃血懲猖狂。旋覆明誓擾内地，賀蘭山北秋雲黄。花門剺面勤王室，出師西擊嚴邊防。建中二年會清水，大書誓約告穹蒼。勒碑西藏大招寺，婆娑老柳撑其旁。穆宗嗣位復盟會，青珉雙泐毋相忘。來朝特遣悉諾息，從兹正朔歸李唐。子孫漸微族分散，自大不復誇夜郎。碑高一丈奇一尺，埋没古忒千秋强。丁君足跡半天下，半出巫閭西益梁。此碑得自成都市，如獲至寶球琳瑯。蜀中山川雅州盡，西界爐地通遐荒。更歷一百卅六站，人煙斷絶天混茫。始達前藏見臺弁，搨碑往往誇歸裝。文武皇帝頌孝德，前碑斷定明昭彰。字形矯若李北海，盟書半剥經風霜。漢文蕃文互向背，蛟盤蛇律留數行。洪荒以來萬千載，苗頑玁狁先獗猖。皇威不振夷猾夏，匈奴入漢侵邊墻。宋人金繒策最下，國耻難雪羞靖康。我今幸逢聖人握鏡照中外，疇敢乞盟請會來明堂。《紫茜山房詩鈔》卷二

瓣香齋詩鈔六卷　光緒二十二年刻本

王明蓴撰。明蓴字棣軒，山東寧海人。咸豐二年舉人。議敘同知，發江蘇。歸里不復出。光緒二十二年自刻生平所爲詩，由王懿榮、劉啟瑞序。據《庚寅冬至月十四誕日自敍》云「轉瞬年光開七秩，龍鍾無復舊精神」，可知生於道光元年，時已七十又六。明蓴性好遊。官江蘇時，遍歷佳山水。所作《廬山紀游》、《黄山紀游》、《金陵游詩》、《西湖游詩》，篇什甚夥。赴試來往都中，游西山、昆明湖、碧雲寺諸勝。登泰山，游濟南湖山，亦有詩紀之。寧海屬登州，所作《煙臺墩望海》及里鎮景物，詞旨明麗。《登松椒山懷董樵谷先生》，樵谷名樵，明遺民遁迹山中。附《松椒山考》，記事頗周。集中間涉時事。咸豐十一年，捻軍李成深入山東，作《師潰曹州》、《聞捷歌》，後又作《擬補修州城詩》。其詩不免凡近，然多於聞見，亦不蕪鄙。

餐花室詩稿十卷　同治間刻本

嚴錫康撰。錫康字伯雅，號伯牙，浙江桐鄉人。隨宦昆明。道光二十八年，從雲貴總督林則徐出師永

昌，爲參軍，年未三十。旋擢寶寧知縣，調貴州荔波。咸豐元年奉命運銅北上。七年，改官蘇州同知。是集有道光二十九年林則徐序，咸豐十一年吴存義序，咸豐元年王成璐序。以受知於林則徐，集中多有呈詩和詩，並附林則徐原詩。如《奉賀少穆宫保西征凱旋》、《少穆宫保城南萬壽庵看山茶作歌紀盛》附原詩、《喜聞少穆宫保奉命總師督剿粤匪寄呈二律》、《林文忠公輓詞四首》，爲研究林則徐晚年資料。《西征曲》八首、《後西征曲》八首、《彌渡之捷贈陳懋堂都閫得功》、《渡漾濞江》、《軍中雜詠》、《趙守備歌》，亦有史料價值。其詩作於船唇鞍背間，不尚藻飾，密而有法。雜詠南北路古蹟，《梁王故宫弔孛羅柏匝》、《縴夫歎》、《觀緬甸洗象作歌》、《詠瀘州龍馬潭》記㵲陽苗變，俱不鑿空。運銅沿江河一路作詩，備記山水所見。投贈李星沅、吴振棫，皆雲南大吏。與内兄汪曰楨時有唱和，曰楨有《玉鑑堂集》，亦以詩鳴者。

序

林則徐

餐花室詩詞集，嚴伯牙郡丞所著也。伯牙少有雋才，工於詞翰，兼長楷法。倘獲掇科第，登臺閣，和聲鳴盛，亦無愧一時作手。惜以隨宦天南，艱於應舉，乃就參軍職，從事軍旅，非素志也。丁未夏，余督師來滇，辟作掾曹，司箋奏轉糧餉承讞疑獄，於事皆辦。鐵馬金戈之地，不輟吟詠，洵能吏而兼詩人者。今敍功除寶寧令，加郡丞秩，改官黔中，膺薦北上，位業固未可量。伯牙爲人清和簡貴，不尚雕飾，詩亦如之，其瓣香於元白久矣。此後一官一集，學與年進，更無以測其所止。余知伯牙之詩，且知

其人，故樂得而爲之序。時道光己酉花朝福州林則徐識於昆華節廨之澹泉別墅。《餐花室詩稿》卷首

如不及齋詩鈔不分卷 同治十一年刻本　嶺南雜事詩鈔八卷 光緒二年刻本

陳坤撰。坤字希呂，號子厚，浙江錢塘人。宦游廣東達三十五年。歷任潮陽知縣、海南知府。工詩。熟於土俗，廣覽周咨。初刻《如不及齋詩鈔》，李家瑞、江有燦序。刪存得一百六十餘首。《風鐸》十五首、《種果行》、《家機布》、《會鄉行》，均爲潮州習見。《瓊臺留別十首》爲卸任海南所作。光緒初年，在廣州勾檄軍需，成《嶺南雜事詩鈔》八卷，共七言絶句三百八十八首。每首必加注釋，采摭詳盡。清代風土竹枝詩，遠邁前朝。以有記當時社會、政治、經濟、民族習尚者，始稱翔實。如抄撮郡志，泛覽景物，無多用耳。此書卷一二多記山川、潭巖、寺觀、樓閣。卷三以下多記風俗、物産，方言俚語並採之。其中記同文館、學校、影戲、新聞紙、醫藥，皆爲新事。蓋歐風東漸，始及粤中，作者耳濡目染，聞見最多也。書有光緒二年呂炳樞序，其子劍跋。俞功懋《碧城詩鈔》卷九有《陳子厚太守坤以六秩自壽詩寄示步韻六首》，編年光緒丙子至己卯，可知坤當生於嘉慶二十五年，卒年不詳。

會鄉行

傷哉大陵小，約從而連衡。胡爲鄉族中，倡謀結會盟。潮人多尚氣，强弱勢相傾。兩造佃輸租，

慾壑難取盈。賤貧有羞惡，豐歉無重輕。積怨日以深，從此厲階成。衆寡既莫敵，尤效復求贏。一方各樹黨，累歲互紛爭。殺傷等兒戲，天地猶好生。率土古作貢，國課亦逋征。剥膚豈共占，藉口竟同聲。詎無催租吏，且用屈人兵。蔓延芟不盡，機伏禍旋萌。莫如責佃鄉，受業自經營。覈估原産數，交易訂章程。追欠終未已，追價除弊清。後來別有置，就近擇承耕。馬牛弗相及，鷸蚌可分明。嘗聞先儒言，紘廢必須更。更端非所易，或以致太平。《如不及齋詩鈔》

有不爲齋詩集二卷　宣統元年刻本

端木埰撰。埰字子疇，江蘇江寧人。以貢生擢内閣中書，遷侍讀。卒於光緒十八年，年七十七。采受知於祁寯藻，嘗從倭仁、曾國藩游。早年感激之作，多涉及太平軍與捻軍。《天津旅泊聞士人言癸丑擊賊事感賦》，述太平北伐軍占静海獨流，攻天津經過。而《伐木謡》諸篇，於當時弊政亦有揭發。海上感憤之詩亦多。《林文忠公畫像題詞》、《顧亭林先生祠》、《游獅子林》、《方貢三畫古柏》、《梅花詩二十六首》、《洪武門懷古》，間可採掇。是集爲鄧嘉緝編並序，凡六卷，卷五、六爲詩。題詞許海秋、汪士鐸，皆同里文人。

樂循理齋詩稿八卷　同治九年刻本

奕誌撰。奕誌號西園主人。瑞懷親王綿忻子。襲瑞敏郡王。早歲工詩。道光二十八年，自檢詩稿待梓，三十年卒，年二十四。是集爲同治九年，惇邸諸昆仲補輯刊行，奕詢、奕祥作序，自云兄歿時弟等尚在襁褓中也。卷首斌良、文蔚、馬福載、賴其瑛序，均成於道光間。其詩出於涵養，頗見性情。唯日不遠行，大都閒適、消暑、種花、題畫之什。《題雙鷹圖》，亦沉雄俊快，不多見也。道光二十六年，六舟和尚主王邸，有詩唱和，六舟名達受，江南金石僧。又與畫師吴冠英、方朔寄贈。《題卷葹閣集》、《讀黄仲則詩集》，檃括婉約，得論詩之旨。《歲暮家政四詠》，爲《收租》、《補牆》、《薙草》、《醃菜》。兹録其一，以窺當時王府生活。

歲暮家政四詠 四首録一

收租

騰驤胡馬百匹聯，馱載麞鹿羅腥羶。馬廠在張家口外，每歲蒙古獻馬匹及野獸、冰鮮等物。鮫客珠探海上寶，珠丁居黑龍江，每歲採珠數十顆。木奴果採山中鮮。果園在北山。負郭百頃亦有税，卒歲各出青苗錢。先懷王分府，例由會計司分田五百頃，誌襲封郡王，仍依舊制。力田吾非農，耨穫年年豐。鬬巧吾非工，刻楮兼雕蟲。待價吾非商，卷軸盈巾箱。于士或同席，不列金閨籍。俸錢三百萬，廪粟二千石。先王遺澤聖皇恩，負荷勉作賢子孫。《樂循理齋詩稿》卷八

墨花吟館詩鈔十六卷 光緒八年刻本

嚴辰撰。辰字淄生，號芝僧，浙江桐鄉人。廷珏子，世代能詩。咸豐九年進士，改庶吉士。官刑部主事。

未幾歸里，講邑中書院。光緒十九年卒，年七十二。《詩鈔》與《文鈔》合刻。自序云：「詩自《甌北詩鈔》入手，而後泛覽唐、宋諸家，終不脱甌北窠臼。」生平往來滇、浙者三，京、滇者五，秦、魯、豫、齊者六，詠太華、劍門、成都、黔南詩，頗得山川之助。又有《漢史》、《晉史》雜詠多首。與張之洞交誼最篤。《題張解元詩》云：「奇絶張公子，當今一聖童。髫齡能奪解，藝苑敢稱雄。才力滄溟大，功名旭日紅。甲科何足頌，定作黑頭公。」《邱宜人還券歌》注：「先君丁未案：當爲道光二十七年貸二千金於朱建卿案：建卿名善旂，朱爲弼子。建翁德配丘宜人念兩家訂交三世，恐子孫債負，還先君手書券。」亦軼事也。辰初爲覺羅教習，嘗赴鄉會試十次。咸豐九年朝考賦用「女中堯舜」語，考官置首列，兩宫以近阿諛，改爲第十名。有詩自記此事。張之洞《思舊集》録詩一卷，近代刻本。

得復軒詩四卷　光緒間刻本

錫縝撰。錫縝榜名錫淳，字厚菴，號淥矼，姓博爾濟吉特氏，滿洲正藍旗人。咸豐六年進士。官内閣侍讀學士。光緒初，爲修《穆宗實録》總裁。四年任駐藏大臣，未赴任，五年以免。是鈔所收爲道光二十一年至光緒十年詩，編年，無序跋。錫縝少侍父官硤甘。所詠《陝州硤石驛》、《西夏雜詩》、《自寧夏之洮州》、《六盤山》等篇，均自所歷，敍次逼真。林則徐戍伊犂，有《送林少穆出西安》詩，又有《輓林文忠公詩四首》，情詞亢切，小註間載史料。按行輩計當爲世執，錫縝仰慕而已。嘗受古文於鄂恆。集中有《哭鄂松亭舅氏恆三十韻》。又鄂恆《大小雅堂詩集》有錫縝序云：「先生二十五歲入翰林，時縝方甫四歲。」兩家生年，藉以得考矣。錫縝生於道光三年。又作《古北雜詩》、《薊州懷戚武威四十韻》，頗涉豪壯。同治元年出使青海，作《關隴行七首》、《役湟四首》、《拂雲樓行》、《紅城堡》等詩，有及於回疆時事者。嘗繪西寧地圖，故於湟中形勢特爲瞭然。錫縝習讀古籍，有《讀史十五首》、《説詩質蔣藹人》、《題黄山谷像四十韻》、《陳農部倬填詞圖歌》、《阿文勤公奉使朝鮮圖爲鄂立庭學士禮賦》、《題明吴橋范文忠公手書十三通卷》等篇。嘗得金貞祐銅印作歌並屬時流題詞。又作《元萬户印歌》，爲潘祖蔭作《盂鼎歌》，爲葉名澧題《風雨懷人圖》。其《仿白香山新樂府十首》，爲封神、任子、勇號、新章、電綫、機器、明墨、小楷、照相、演戲，亦可驅駕前人。張之洞有《贊塔爾巴哈臺參贊大臣署伊犂將軍錫縝詩》。見《廣雅堂詩集·五北將歌》。

知白齋詩鈔五卷　光緒二十三年刻本

江人鏡撰。人鏡字雲彦，號蓉舫，安徽婺源人。道光二十九年舉人。官河東道，至兩淮鹽運使。是集爲楊儒、郭慶藩序。生年據《述懷詩》推之，爲道光二年。詩止於光緒十三年丁亥，年六十六。朱壽彭《舊典備徵》云「享年七十九」，則光緒二十六年始卒。以老子「知其白守其辱，爲天下谷」，名其齋，復名其集。人鏡官山西最久，集中詠三晉勝蹟，有可採擷。次爲維揚名園。論詩、題圖之什亦較多。《讀杜詩》、《題齊梅麓彦槐蒲圖小像》、《題朱蘭坡遺照》、《題朝鮮申成睿樞密琴泉圖卽以送行》，涵詠自如，非泛泛作也。

三十二蘭亭詩存八卷續刻二卷再續刻二卷　光緒間刻本

劉湝年撰。湝年字樹君，順天大城人。咸豐十年進士，改庶吉士，授編修。官廣東惠州知府，移潮州。事具《畿輔先哲傳》。光緒元年刊《詩存》八卷，陳澧、華庭甫序。四年，刊《續刻》二卷，有自記。十七年，刊《再續刻》二卷。據《辛巳元旦述懷》「我生在壬午（道光二年）」，年已七十。其卒亦在是年。湝年受知於葉紹本。與長善、張維屏、戴燮元、馮詢方、濬頤、蘇廷魁、文星瑞等均有文字交。同、光人多讀乾、嘉詩，必能融會古今，始見博大。湝年近法黃任，不免窘縮矣。此集卷帙較繁，可稱取者如《蓬辣灘》、《曹武惠王寶刀歌》、《海舶行》、《題新羅山人戲嬰圖》、《題葑溪草堂圖爲秦祖永毓尹作》、《留别羅浮歌》、《潮州勸民俚語》、《惠州雜詩》，什百之一、二而已。

天瘦閣詩草六卷　光緒十一年活字本

李士棻撰。士棻字重叔，號芋仙，又號童鷗居士，四川忠州人。咸豐五年副貢，同治初任江西彭澤知縣，移臨川，流寓上海二十年。年六十五，以道光十四年至光緒十一年詩删存一千餘首，用活字本擺印五百部。有自序。據集中詩，爲道光元年臘月二十二日生。卒年六十四。士棻出曾國藩門，與馮志沂、朱琦、何栻、馮詢、黎庶昌、莫友芝、薛時雨、王韜、黃遵憲均有過從。同、光間甚被詩名，南北里區、謁舍質館、旗亭酒壚之壁，時見其句。窮極腴麗風氣，蓋可知矣。寄酬朝鮮徐夔坡、趙蘇堂、李錦農詩甚多。《謝廉昉先生點定舊詩數首》，廉昉卽何栻。《齋居雜詠四十四首》、《靈會臥游録百二十六首》，大都身世瑣事、懷人憶舊，無足輕重。《讀盛唐諸大家詩四首》、《讀王船山全書》、《答謝黎庶昌贈日本刻古逸叢書》，較爲可覽。其詩江湖習氣甚重，可恃者，手捷思巧耳。

劍虹居詩集二卷　光緒三十一年刻本

秦煥撰。煥字文伯，江蘇山陽人。咸豐十年進士。授户部主事。光緒五年，官廣西桂林知府，累至按察使。十七年，卒於籍，年七十四。撰《劍虹居古文詩》各二卷，其子保愚刻。首有恩壽、汪樹堂序。咸豐間世路不平，文人無心學問。此集有讀《莊子》、《離騷》諸作，《詠史絶句》自堯舜至武則天五十首，猶可觀覽。至雜感書憤及七律詠秋草、梅花等詩，目覩國是日非，恆有寄托，優劣遽難論定。《赤地歎》、《乞食歎》、《貪吏歎》，爲晚清社會寫照，而筆力不足達之。《泰山行》、《易水行》、《題歸漢圖》、《壽佛寺題壁十六律》，稍見功候。

茶磨山人詩鈔八卷　光緒十一年刻本

汪芑撰。芑字燕庭，江蘇吴縣人。諸生，未仕進。同治間館潘遵祁家。自訂詩鈔八卷，八百八十餘首，潘祖蔭爲之鋟板。爲詩吐屬清新，自抒風調。《唐卜將軍廟》、《光福寺唐大中經幢歌》、《梁天監五年鐵鑊歌》、《題醉鍾馗圖》、《題南田先生小像拓本》、《題柳如是尺牘三首》，文采甚足。《書虞山宗伯詩後》云：「一代簪裾付刼灰，兩朝詩卷見丰裁。煙花南國新盟主，文字東林舊黨魁。側豔體徒工似李，正聲派自讓於梅。自注：謂吴梅村。捫心祭酒慙青史，比較遺民太可哀。」讀明詩不薄高、李、何、謝，皆持平之論。又有《讀元遺山集感賦》、《題吴漢槎秋笳集》、《訪劉龍洲先生墓》、《題李清照朱淑真詞》等作。《洞院雜詠》記清初名妓十餘人，悉本余懷《板橋雜記》、陳其年《婦人集》等書。芑與李慈銘、亢樹滋、張鳴珂、吴昌碩有交往。《蕪園歌爲吴蒼石題長歌三十二韻》等作，爲考訂吴氏早年交游史料。時芑年逾五十，吴氏方爲盛年也。

海上書所見

大車轔轔如奔雷，小車軋軋塵喧豗。中有人兮妝服艶，滿頭齊插紅玫瑰。同車携手陪笑語，深目虬髯鬼伯伍。達官逡巡趨道傍，執鞭揚揚衝鹵簿。小民喘汗負擔來，躑躅輿前觸官怒。壯者荷校老者笞，吏胥如虎民如鼠。中外一家推皇仁，吁嗟小民乃獨苦。

紅樓窈窕夾海濱，雛姬笑靨招行人。乾淨惟留一片土，醉生夢死難及晨。高明鬼瞰與之狎，坐使東南淪浩刼。身世浮如海上萍，追歡釜底烹羊胛。君不見聒耳笙歌沸租界，家室纖兒早撞壞。尚有蠅營龍斷人，今朝築屋明朝賣。

廣場列肆鄉音夥，主人酣歌當户坐。自詩骨肉俱生全，遮莫家園付刼火。鳩面鵠衣客三五，扶携老幼卧道左。爲言崔盧本至親，昔者避兵同一舸。相依恩誼誓不忘，頻年八口都資我。東家驟富西家貧，乞食登門遭怒瞋。餓填溝壑旦暮事，謂予不信詢其人。旁觀歎息互指斥，掉頭背坐頸微赤。《茶磨山人詩鈔》卷四

吴蒼石俊返櫂安吉賦長句贈别兼懷錢子奇丈

冬十一月天雨雪，戢影城南坐愁絶。伻來袖出徑寸書，有客言歸將告别。延陵吴生生不融，蘇臺薄宦嗟羈屑。一卷冰雪常自携，中有奇氣不磨滅。邂逅相遇枉相屬，謂我寸心知得失。翦燈快讀齒流芬，辨香獨爲浣花爇。羣盜如毛躪吴越，幾載空山拾橡栗。麻鞋足繭行路難，淒涼同谷歌吟七。刼外餘生塊一身，肯爲五斗腰遽折。金石文字臚古歡，下揖冰斯筆屈鐵。客衾歲暮寒于冰，結伴歸帆動明發。畫裏蕪園徑草鋤，到及梅花香徹骨。仲文詩老歸靈光，衙齋相對金樽凸。倘憶菰蘆中故人，覼縷行藏爲我述。著書仰屋才欲貧，減竈因人性不熱。隔年好訂西泠游，載酒湖天同擊鉢。《茶磨山人詩鈔》卷八

玉笙樓詩録十二卷 光緒間刻本

沈壽榕撰。壽榕字朗山，號意文，晚號蟠叟，浙江海寧人。由四川劍閣知縣官至雲南迤南道，轉鹽法道，

至廣東布政使。撰《玉笙樓詩集》，首光緒八年自序謂：「四十年之作，三千八百首。今年已六十，删存得一千四百四首。」當爲道光三年生，又有《蟠叟六十六小景》，刻成在光緒十五年。作者官川滇二十餘年，咸、同間參預鎮壓雲南回部。歷咸寧、羅平、曲靖、蒙自、開化等地，所詠《阿舍子歌七首》、《麗江同治二年雲南省城之變》、《克復興義府城紀事》、《滇人謡四首》、《臨安謡四首》、《打草竿歌十二首》、《客有言廣南風土者戲成竹枝六首》，多爲政治社會少數民族史料。《迤南種人紀詠四十首》有序並注記普洱地區種族民情甚悉。出境越南，有詩十首，記越南山川賈市。作者受知於吴振棫，爲詩鑱刻。《西魏宫詞》、《讀羅昭諫詩》、《讀黎二樵詩》、《題敦煌太守裴岑紀功碑》、《論宋平江南事八首》、《爨寶子碑》、《題鄭珍巢經巢詩集》，俱可觀采。《都江堰歌》、《布固江鐵索橋歌》，亦稱遒上。光緒八年作《路南行》，詠境内石林。小序云：「自彌勒縣境至路南州城，凡一百餘里，道中奇石林立，見者駭然，賦詩狀之，得四十四韻。」詩云：「壬午仲冬望，我行路南州。縱横百里間，奇石叢荒丘。維時大雨雪，朔風寒颼颼。黄塵昏欲塞，拂拭迷雙眸。掀帷忽平楚，靈怪紛綢繆。首尾自相顧，寢食羊與牛。鱗甲儼飛動，鬱律龍與蟉。伏如馴象蹲，行若祥麟游。翩翩舞獨鶴，泛泛來羣鷗。對峙狻猊怒，吞噬巴蛇修。中曲肖編磬，偃卧同覆舟。磊砢開揭雞，齵齒上下蹂。斧斤倩誰施，礦礫多雜糅。凡兹勢旁薄，渾噩元氣侔。仰首睎前林，五色雲光浮。仙真列空際，服冕兼垂旒。威宜揚旌節，嚴乃冠兜鍪。深衣古君子，執笏朝諸侯。神女嬉弄珠，猛士强伸鉤。追驥足騰驤，承蜩躬傴僂。或驚野鬼嘯，被髮聲啾啾。或作妖狐媚，戴月親髑髏。方圓類圭璧，精鋭森戈矛。畫界分碁坪，歷級升層樓。羅胸列星宿，觀海登瀛州。

離奇罕名狀，造物隨雕鎪。晨興薄霧蒙，晚息斜陽收。疲困始就枕，睡鄉非温柔。」下署「向之宦游雲南詠石林者極少，且無如此篇之詳也。

濂亭遺詩二卷　光緒二十一年黎氏刻本

張裕釗撰。裕釗字廉卿，湖北武昌人。道光二十六年舉人。桐城派古文家。主保定蓮池書院多年。光緒二十年卒，年七十二。《遺集》爲遵義黎庶昌所刻，凡文四卷、詩二卷。裕釗論詩，五律推施閏章，七律推姚鼐，七古推鄭珍。是以唐、宋兼採，與乾、嘉間桐城古文家作詩專尚格調者不同。集中《讀史記》、《燈下放歌》、《讀鬼谷子》、《贈朱生銘盤》等詩，雄奇厚重。五七律醇質典雅，格律精嚴。唱和友爲蒯德模、馮煦、邱心坦、黎庶昌、吴汝綸、袁昶、李士棻等文士。篇什不多，蓋生前未自收拾，皆後人稍加整次者耳。

雲卧山莊詩集二十卷　光緒十一年刻本

郭崑燾撰。崑燾原名先梓，字仲毅，一字意誠，晚號樗叟，湖南湘陰人。嵩燾弟。道光二十四年舉人。咸豐間辦理軍務，在湖南巡撫駱秉章幕最久。以軍功授内閣中書，賞戴花翎。光緒八年卒，年六十。李元度爲撰《墓誌》，王先謙爲撰《碑文》，郭嵩燾撰《家傳》。此集家刻，張啟鵬序，子慶藩校字。稱能自成面目。集中有關時事以及湘省人物皆可印證。游衡嶽詩，當抵游記。晚居浙中，遨游山水之區。雪竇紀游，雁蕩紀游，亦有佳什。《論詩答龍樹棠》四首云：「詩家格律本天成，主客紛紛漫品評。自要雁行前輩上，莫輕塗抹逐時名。」「不論熟魏與生張，一律爭妍欲擅場。林下自饒風味在，幾人顔色誤濃妝。」「綺語纖詞自不閑，野花無主石頭頑。横流滄海知何極，屹立終存砥柱山。」「强學塗鴉説杜韓，夏蟲逐熱豈知寒。眼前生面從人闢，旗鼓須登大將壇。」《題魏默深舍人古微堂詩集》二首云：「一枝怪怪奇奇筆，十卷浩浩落落詩。脱略漢魏唐宋法，揮灑磅礴鬱律辭。斯人斯作古未有，獨往獨來自不知。風雨如晦客宵静，高吟爲動千載思。」「首望之山高穹然，一山兩毓名世賢。同時鄒赤績魏振絶學，屹立南北相比肩。舍人居首望山南，赤績居山北。詩文二子但枝葉，顯晦廿載空雲烟。舍人與赤績歿俱廿年，赤績詩文燬於土寇，未易收拾矣。此本直須印萬本，要令海内常流傳。」數首俱有丰神。

壯學堂詩稿六卷　光緒二十一年刻本

許亦崧撰。亦崧字高甫，號少嵩，直隸宛平人。道光二十七年進士。服官晉省廿有餘年。咸豐八年，以太谷員氏獄，忤大吏，督師遼州。同治三年始權忻州，逾兩年補忻州知州，卒於同治九年，年四十七。殁後二十六年，其子葉芬裒集遺詩，爲刻《詩稿》六卷。册中所存，半作於遼東，以境遇坎坷，寄情詩歌。《大瓦歌》、《遼陽郎事》諸篇，均爲東北社會史料。《秋市行》小序云：「遼陽地寒，九月秋熟，家覓人助刈，日予三餐，傭值自五十錢至七十錢，以市人多寡爲低昂焉。每晨城西隅數百人聚而待募，謂之秋市。」《讀船山先生詩敬題七百字》、《古墓行》、《游石佛寺》、《應州木塔歌》、《燕臺市駿歌》，長篇浩瀚，亦精撰也。末首《蓮花白》，詠京師酒，爲未竟稿。

花天月地吟八卷　道光二十四年刻本　紅心草八卷　道光二十七年刻本

蔣坦撰。坦字藹卿，浙江錢塘人。諸生。病肺居家。好吟詠，年二十，所作不下數千首，旋得旋棄，人皆欲得其稿。道光甲辰二十四年，其父蔣焜爲刊八卷，詩七百餘首，名《花天月地吟》，由陳文述序。越三年，自刻詩八卷，八百餘首，名《紅心草》，由釋真默、伊念曾等序。又爲《樊榭山房游仙三百首》作注，刊於道光二十八年，是生前已刻三書。蔣焜跋稱坦「生於道光癸未」三年。高望曾《茶夢盦詩稿》卷三《歲暮感逝詩》載蔣坦小傳云：「庚申刼後，移家越中，未幾還里，殉辛酉之難。」可知卒於咸豐十一年，年三十九。詩多靡曼之音。《西湖雜詠百首》，亦極旖旎。是書亦有單刻。《輓葛雲飛》、《聞林少穆北上》諸詩，感觸時事而作。七古《外國謡》二十四首，記朝鮮、日本、琉球、安南、占城、和蘭、歐羅巴、蘇門答剌、暹羅、真臘、爪哇、婆羅、佛郎機、吕宋、錫蘭，乃讀書偶吟。二刻《六朝南北史宫詞百六十首》、《五代十國宫詞百四十首》，始能驅遣故事。

陶樓詩鈔五卷　黔南叢書本

黄彭年撰。彭年字子壽，貴州貴筑人。道光二十五年進士，改庶吉士，授編修。上書言事，假歸，纂修《畿輔通誌》，主講保定蓮池書院。起任湖北安襄鄖荆道、湖北布政使。光緒十六年十二月卒，年六十八。詩無刻本。近年發現手寫日記，其孫襄成將詩篇録出，輯爲四卷，一九五九年朱啟鈐以油印本收入黔南叢書。又有文鈔十二卷，前已由其門人輯刻之。其詩詠川蜀、陝南、漢中之作，多記古蹟民風。李北海法華寺碑殘石置之蓮池，以詩紀事。《讀抱朴子》、《讀山海經雜詩》，亦見士務實學。彭年父輔辰，在諫垣有直聲，官陝西鳳邠鹽法道，工畫。顧復初《樂餘靜廉齋詩集》有贈彭年詩多首。

小祇陀盦詩集三卷　同治間刻本

沈世良撰。世良字伯眉，廣東番禺人。貢生。咸豐九年由入貲補韶州府訓導，未上任而卒。著有《倪雲林年譜》。能詩詞，有《楞華室詞》二卷，與許玉彬合輯《粵東詞鈔》。又以藏宋刻《寶祐六年登科録》、明刻《晞髮集》，爲世所珍。此集爲其子澤荃等刻，有鄭獻甫、譚瑩、陳澧序，汪瑔等人題詞。依《癸丑三十一歲》初度推之，爲道光三年生。卒於咸豐十年，年三十八。其《天文十詠》爲和張維屏所作。《論詞絶句》爲稼軒、東坡、竹垞、迦陵、容若、碧山、樊榭、頻迦，以八家合爲四首。《讀南史擬古樂府十二首》、《讀史雜詠四首》，殊爲草率。唯《訶林謁虞仲翔祠感賦》、《題鄺海雪抱琴小像》、《題羅兩峯山人寫生白菜》，稍可觀采。咸豐間詩風甚靡，張維屏振於粵東，門弟人稍有成就，此其一耳。

涌翠山房詩集四卷　光緒十四年刻本

高延第撰。延第字子上，號槐西居士，江蘇山陽人。少應京兆試未遇，鋭意著書。黃體芳視學江南，上其名，授翰林待詔，後引疾歸里纂修《府志》。卒於光緒十二年，年六十四。著有《老子證議》。刊《涌翠山房詩集》四卷、《文集》四卷，首劉庠、徐嘉序，丘崧生撰《行狀》。詩共三百餘首，力學苦心，而無險語僻典，《唐韋南康郡王紀功碑》、《延陵十字碑歌》、《黄峴亭百二宋塼樵本》、《校高伯平遺集漫述》、《題燕山話雨圖温翰初爲潘四農作》諸篇是也。延第少嘗隨父宦蓬州，有詠劍閣、三峽詩。《題游峨嵋圖》、《渝州織綿詞十首》，記事頗詳。《續續小娘歌十首》，爲歪曲太平天軍之詞。《題木皮子鼓詞四首》，亦爲有慨於當世而發，俱無足采。

退補齋詩存十六卷二編十卷　同治十二年至光緒七年刻本

胡鳳丹撰。鳳丹字齊飛，號月樵，浙江永康人。以貢生捐官兵部員外郎。同治五年，出湖北候補道，綜理崇文書局。致仕後設書局於杭州。留心鄉邦文獻，以輯刻《金華叢書》著稱於世。光緒十六年卒，年六十八。此集與《文集》合刻，張之洞序。前刻詩起道光二十一年至同治九年，《二編》續至光緒元年。分體，共一千六十七首，經閩縣林壽圖删定。鳳丹少從張西潭學詩，興之所至，不求甚工。五古《讀韓昌黎集》、《讀屈原傳》、《讀杜于皇集》，七言《讀楊忠愍公集》、《題蚺蛇膽》、《表忠記傳奇》，稍涉典籍。二編《問局詩》，記主持崇文書局刊書二百三十七種，《南官謡》記福州通商後買屋放債商業繁衍情形，《自楚南歸道中四十首》、《自杭回永康沿途雜志四十首》，記兵後江南水陸村鎮景象。餘多自敍離別之戚、聚會之樂。作者於學，根植未深。然所交孫衣言、王柏心、孔憲彝均爲通人。浸淫日久，居然作手。

度嶺吟一卷　光緒五年重刻本

景廉撰。景廉字儉卿，一字秋坪，號季泉，一號偶齋，滿洲正黄旗人。咸豐二年進士，改庶吉士。官伊犂參贊大臣、葉爾羌參贊大臣。光緒初任兵部尚書，降内閣學士。十一年卒，年六十三。咸豐十一年，景廉官伊犂，奉命往阿克蘇鞫獄，度冰嶺，作《冰嶺紀程》附《度嶺吟》一卷。初刻於同治三年，此重刻本，有恭親王、醇親王題詞，潘祖蔭、林之望序，自序。其地臨絶塞，人蹟罕至，所詠《博爾臺旅夜》、《霍諾海道中》、《早發沙圖阿滿》、《過天橋遇雪》、《晚至噶克察爾海臺》、《冰搭坂行》、《渡穆素爾河》、《土巴拉克道中》、《札木道中》，景象殊異。《吐番魯》、《穹廬》、《石佛歌》等詩，間記少數民族風習。《把雜爾》云：「珍奇羅列耀雙眸，把雜喧闐夕未收。西域賈胡多嗜利，輕拋鄉國覓蠅頭。」自注：「纏頭十居八九。商賈雲集，百貨畢具。外國貿易者尤多。殊形怪狀，指不勝屈。南城各路皆然。」蓋紀實也。

顧齋詩録一卷　同治元年刻本　梼經廬詩集續編十二卷　同治七年刻本

王軒撰。軒字霞舉，號青田，一號顧齋，山西洪洞人。同治元年進士。官兵部主事。以詩名，爲祁寯藻、馮志沂推重。歸里主講晉陽書院。《詩録》爲沈秉成校刊，自序，凡百四十三首，始於道光二十一年。據《壬子三十初度感懷》，推爲道光三年生。與董文焕《壬戌顧齋四十生日》詩，見《硯樵山房詩集》符合。續編曰《梼經廬集》，收咸豐六年至同治七年詩，前編詩多並載。然由絢爛歸於平淡，是學與年而俱進。《前登岱》十二首、《後登岱》四首、《丁巳上祁相國四十韻》、《述懷四十韻贈朱伯韓先生》、《代古樂府贈馮魯川比部志沂》、《朝鮮副使朴瓛齋侍郎展謁顧祠並拜石洲先生》等篇，力雄氣厚。《續録》紀游詩，無逾北京諸景、山西各縣。與名流迭有酬答。與朝鮮人士安相齋、吴亦梅、任友石、趙蘭西、李鍾山、李尚迪，亦有贈題。道、咸間南方多事，北京爲文人聚集首區，坫壇極一時之盛。作者以少年圭角，日與勝流唱和往還，所作《戲爲論詩十絶句》，持論較平。如論潘德輿云：「提槧何人挽倒流，直將陶杜並千秋。論詩肯數乾嘉輩，合使朱王讓一頭。」論梅曾亮云：「宣城詩派本樅陽，筆下韓蘇異豫章。晚晤亦知成語累，一生辛苦衍歸方。」論張際亮云：「五十張生今孟郊，江湖臺閣半知交。豪情豈落黄吴後，血性千秋伴石椒。」論湯鵬云：「楚士爭傳湯海秋，萬言下筆不能休。滄波欲挽難爲柱，遮莫江湖更助流。」論姚燮云：「姚合窮愁老海涯，力開風氣自成家。珠光劍氣紛盈紙，要使張湯瞠目嗟。」論魯一同云：「山陽五子宗潘叟，通甫深思格力遒。手訂退聽三百首，免教外人集後收。」又作前、後《懷人詩》，爲王筠、張穆、符葆森、何秋濤、葉名澧、孫衣言、朱琦、王拯，皆一時名輩。

緑天蘭若詩鈔六卷　咸豐至光緒間刻本

含澈撰。含澈字雪堂，四川新繁人。龍藏寺僧。嘗刻清初費密父子詩集問世。與駱秉章、黄雲鵠、何彤雲、程祖潤、李惺等著名人士俱有交游。自刻《詩鈔》、《續集》、《鉢囊存草》、《鉢囊草》、《補遺》、《潛西精舍詩稿》各一卷，隨刻隨行，始於道光二十九年，止於光緒二十一年，年七十二。含澈之詩，不甚説法。《筒車曲》、《孤兒行》，多切民生。石達開軍入蜀，有詩紀事。蔡山藏雲石室，所寫爲雅城古蹟。光緒五年，游湖北江南山東至京都，次年自山西西安還蜀，紀游較多。以後棲隱山林，仍與故交寄酬。是集有程祖潤、楊益豫序，徒孫法溥、月泉同校。

小酉腴山館詩集八卷　光緒五年刻本

吴大廷撰。大廷字桐雲，湖南沅陵人。道光二十八年拔貢。咸豐三年，出山海關，在瀋陽學院館學。五年，順天鄉試舉人。同治初在皖參贊軍務。四年，官福建鹽法道，五年，任臺灣道，因病回籍調理。十年，回閩襄理船政，後在上海督練水師。光緒三年卒於北京，年五十三。撰《小酉腴山館文集》十二卷、《分體詩》八卷，附《自著年譜》二卷，劉瑞芬序。其詩吐屬自然，不見錘琢之痕。《游普陀山》、《普陀雜吟四首》，詳記寺廟之盛。《自題匹馬出關圖》、《讀蘇詩書後》、《濂溪先生祠》、《登石鍾山謁昭忠祠》、《讀漁洋山人詩集書後五首》、《爲錢警石丈作冷齋勘書圖》、《讀儀衛軒詩集》、《泊大羊山卽事》、《爲薛慰農題圖》、《別夏弢甫大令》、《龍門書院訪劉熙載中允》，意鋭詞新，往往警通。赴臺灣作《東瀛八景》，爲鄭成功平反等詩，亦可徵事。大廷爲曾國藩、李鴻章、胡林翼幕佐，與駱秉章、張裕釗、何紹基、王柏心、莫友芝、馮志沂、俞樾、夏沂等均有交往。爲《林文忠公政書》作序，删刻《潘諮林阜間集》並作跋，爲邵懿辰《遺文》作跋，爲孫爾準《泰雲堂詩集》作序，頗善屬辭。《吴淞演武樓口占感懷》四首，記新式水師陣法。詩云：「感事來登海上樓，戔戔戈艦鎮中流。指揮若定風濤失，驅鱷屠鯨望上游。」「春申潮汐接吴淞，憑眺高樓第一重。安得中流存砥柱，海西蛟蜃早消烽。」「鵜鶘千羣拜下風，旌旗掩映海霞紅。何年上相新籌筆，四大瀛洲指掌中。」「南瞻上海北崇明，形勝天然鑄得成。誰是斬蛟好身手，天吴戢影共渝平。」殆爲海上練軍紀實。又有《送竹添漸卿歸日本》云：「浮海看君去，逌然吾道東。補天肝膽赤，浴日海波紅。中土遊蹤半，高儒志趣同。自注：與蘇滬諸名流談詩論學極相得。都將欣賞意，收拾入詩筒。」爲中日關係史料。同治九年五月，天津教案發生，十年四月，益陽、龍陽爲農民軍佔領，均以詩紀之。光緒間，官政變更繁劇，作《洋務官》云：「西人入中華，四周腹與鄙。文字既不同，語言亦殊軌。聖主懷遠柔，鞭笞不忍使。調停稍失宜，釁卽生睚眦。丹詔訪人才，與國分憂喜。不必讀孔孟書，不必究程朱旨。第識夷情通夷語，昨者貧賤今朱紫。何爲埋頭兀兀如蠖蟠，衣食不足常飢寒。君不見洋務官。」又作《流品歎》云：「魏晉重門第，家世寒微無人齒。今者冠蓋麗且都，有時或是平頭奴。宋明重科名，起家異路人人輕。今者烜赫多官府，半是工匠半商賈。昔日之官，人畏如虎，今日之官，人賤如鼠。人賤處處有提携，人貴違時棄如泥。求官祇患無階梯，好漢那怕出身低。吁嗟乎，好漢那怕出身低，流品如今久不齊。」亦非習見之作也。

津門紀事三首　有序

天主教流行中華爲日雖久，尚未遍布。自咸豐十年與各國通商後，法國逞其兵力，威脅直省，遍立教堂，並以邪術迷拐男女，竟有剜眼剖心之事。良民伸訴，地方官無可如何，積憤已深。同治九年五月二十三日，遂有天津民聚衆戕殺法領事豐大業及法夷十七人、俄夷三人，並將津郡教堂、學堂、仁慈堂一律焚燬。法國駐京夷酋紛調兵船，停泊紫竹林地方，藉端恫喝，當事者欲以求和了局，現奉旨命曾侯相駐津查辦，而國事未定，和戰兩歧。余適督運閩米至津，目擊時艱，憂心如擣。撫時感事，情見乎詞。

燕趙悲歌地，華戎混處塲。廿人同趙卒，一炬付咸陽。他族慣要挾，朝端要主張。須知相司馬，未便任猖狂。

憑仗樓船力，揚帆逼直沽。夷情工反覆，國是漫模糊。横海屠鯨手，防軍落雁都。紛紛籌策者，可解火攻無。

世豈無韓岳，其如隱忍何。川原三輔壯，忠義兩河多。投餌捐金帛，丸泥設罻羅。願期三島外，早日靖鯨波。《小酉腴山館詩集》卷六

詠延平王朱成功 有序

曩閲海防諸書《臺灣志》，每稱鄭成功爲鄭逆。及閲《小腆紀年》、《南疆繹史》，成功受隆武知遇，賜國姓，其父芝龍降，泣諫弗聽，乃遁跡海濱，謀興復。其父迭次諭降，不從。永明王入緬，猶通表。厥後立國東瀛，仍明正朔。我仁皇帝稱成功爲明室遺臣。大哉王言，可以爲萬古人臣教忠之勸矣。而秉筆者猶以逆書，豈不悖哉。後有修史者其亟删

正焉可也。

隆武已薨永明虜，樓船百戰幾曾聞。聲名嶺海漳潮外，氣概孫郎伯仲間。兼伯符、仲謀之長。身死猶存明正朔，節堅何異宋厓山。遺臣天語分明在，穢筆從今要盡删。《小西腴山館詩集》卷七

蓄墨復齋詩鈔四卷　光緒二十二年刻本

王培新撰。培新字造周，直隸長蘆人。咸豐二年副貢。家貧，以授徒爲業。詩鈔有楊光儀、史夢蘭序。載詩止於光緒二十一年。生年自《癸巳七十初度自壽》詩注推算，爲道光四年。培新專致於詩，凡平日有感於時者，一一借以發之。《喜聞西師報捷四首》、《海防五十韻》、《望海歎》、《平定新疆頌》、《左文襄公輓辭》、《閲朝鮮國王李熙陳情表書後四首》，關係國内外時事，多可與文獻相印證。《雜感八首》，於日本軍侵犯，憤慨極深。培新喜考訂金石，《題刁遵墓誌殘搨》、《魏勃海太守王府君墓誌搨本》，均能推本溯源。《讀漁洋集》、《船山詩草題後》、《觀劇雜詠四首》，短句亦工致。其詩不名一家，亦不標榜，是長于吟者。

美前總統格蘭脱印像歌

美利駕國幅隕長，邦基鞏固比金湯。天生偉人壽而康，昔居鳳闕今龍翔。八載期滿去巖廊，幡然遊覽窮遐方。山不須梯海可航，地球遍歷樂無央。憶昔英人闢土泊風檣，據地開屯儲糗糧。無

奈斂重民奔忙，誰爲請命拯流亡。華盛頓起弓挽强，義旗一舉勢莫當。血戰八年兵氣揚，大不列顛走且僵。强鄰勸和議畫疆，躬膺神器符民望。君不世及選賢良，二十六部齊奉觴。百年勝會慶熾昌，總統意氣尤激昂。南征不庭靖跳梁，萬民擁戴推真王。旋軍解甲坐堂皇，宵旰憂勤飭紀綱。民殷物阜迓休祥，大風表海真泱泱。一自瓜代辭廟堂，遨遊直欲周八荒。先及甌洲次越裳，旋來香港停艅艎。朝臨滬瀆望江湘，京國又見促征裝。弱水蓬萊一葦杭，要從神户窺扶桑。點石主人搨硬黄，寫兹真面憑參詳。鬚眉如生戟怒張，神采奕奕青瞳光。吁嗟乎，秦政巡行不自量，穆滿八駿亦荒唐。聞君此遊喜欲狂，功成身退恣徜徉。我欲從之探異鄉，乘風破浪凌蒼茫。有筆欲投投未遑，書生七尺空昂藏。《蓄墨復齋詩鈔》卷二

遺園詩八卷　光緒十二年合肥三家詩録本　謙齋詩集不分卷　光緒二十三年刻本

王尚辰撰。尚辰字伯垣，安徽合肥人。諸生。咸豐三年，太平軍攻廬城，嘗隨江源守城，奉檄監淮北團練。光緒十二年譚獻選徐子苓、戴家麟及尚辰詩刻之，名《合肥三家詩録》。後刻《謙齋詩集》，有周天爵、吴廷香、徐子苓、毛鳳枝、方昌翰、朱銘盤等序，又光緒二十年自序，已年逾七十。《詩録》本共百十四首，與後刻有異同。合而觀之，《楚城雜謡》、《盧城陷》等篇，均記戰事。《催租行》、《正陽行》、《農夫嘆》、《地震》、《悲饑年》，亦述民間疾苦。《聞錢東平布衣江談林公舊事》，有關掌故。《小輞川棹歌》四十首，記合肥名勝逍遥津，

頗可掇拾。交游如包世臣、潘諮、姚瑩均爲老宿。詩集有題詞一卷，如方濬頤、濬師，亦知名士。

兩彊勉齋古今體詩存四卷　光緒九年桂林刻本

倪文蔚撰。文蔚字豹岑，安徽望江人。咸豐二年進士，改庶吉士。由知府官至河南巡撫。卒於光緒十六年，年六十八。是集爲官廣西時所刊，有李元度、長善序，施山、陳澧、龔易圖等人評語。凡古今體詩四卷三百餘首，附《館課詩存》、《文存》。文蔚早游豫章、吴門，所至流連風景，憑弔興亡，間亦有作。通籍後有秦關之行。《鄜延雜詩二十首》、《延安懷古》、《鄜州竹枝詞》四首、《函谷關題壁》等詩，頗采土風。與畫家江開時有唱和，《題江龍門丈畫石卷子》、《書畫鎧》，均爲閒作。《觀繩伎》一篇，爲當日民間雜技資料。其詩無經籍之腴，而吐屬清和，亦能免俗。能畫。黎庶蕃《椒園詩鈔》有《題倪豹岑文蔚太守山水詩》。

鄜州竹枝詞

紗櫺窈窱倚山腰，磴道斜通玉女橋。在城西玉女泉側。爭似兒家門巷好，游人偏問杜公窑。在羌村。

郎家寫在子午嶺，州北二百里，俗謂遠爲寫。妾家近在櫻桃山。城南三里。山頭白雨自朝暮，落盡櫻桃郎未還。

冶游好趁豔陽天，金鳳羅衣耀日鮮。韋莊雕陰寒食詩。走馬開元坡下路，采花歌裏看鞦韆。坡在城北二里。鄘俗清明日聚女子爲鞦韆戲。殘臘匆匆廿四過，俗過臘月廿四日嫁娶，不擇吉。嫁衣金錢恨蹉跎。妾心忽似相思水，在州東。郎意閒如消散坡。在州東，一名消散步。《兩彊勉齋古今體詩存》卷一

書畫鎧　並序　富平大令江丈龍門製也。緝皮爲之，對襟短，兩袖長與身齊，形似鎧，爲其便於書畫，故名。約同人各賦七古。

寒風捲地雪片粗，青鵁鶄炭紅泥爐。主人宴客張氍毹，示我新衣裁製殊。襲以青綈蒙以狐，對襟短袂長稱軀。似裘非裘襦非襦，文壇奮臂時一呼。興酣落筆掀長鬚，指揮絹素如風驅。錫名曰鎧良不誣，龍翁氣壯形魁梧。吴鈎錦帶汗血駒，短衣射虎南山隅。封侯未遂空棄繻，屈迹百里猶故吾。頻陽政簡一事無，躭書習畫聊自娱。餘技亦足雄萬夫，東南遺孽生貔貙，戎衣戰血紅模糊。安得如君麾蝥弧，掃平氛祲清江湖。銘功繪像參廟謨，此鎧併入雲臺圖。《兩彊勉齋古今體詩存》卷二

五塘詩草六卷　光緒十八年刻本

許印芳撰。印芳字麟篆，雲南石屏人。同治九年舉人。出黄琮門。官永善教諭。繼黄琮後，輯《滇詩重光集》，有功於鄉邑。卒於光緒二十七年，年七十。是集與雜俎合刊，王先謙序。序稱：「當咸、同之際，印芳

目覩滇中文玩武婾，姦頑奮張，大亂已成，哀身世之仳離，斯民之無與拯恤，往往中夜起立，慷慨悲歌。光緒間兵禍漸定，亦時出遊，則紀行投贈之什爲多，大都雋旨曲包，精思獨詣。」觀諸卷詩作，大畧如是。《卽事呈郡守方伯雄先生》、《哀滇國一章哭黄矩卿師》、《臨安紀亂》、《流民二首》、《懷故少保林文忠公》、《詠史二十一首》，俱作於咸、同間。光緒二年入京，沿途紀行詩，頗狀山水之奇。又多唱酬，與前大異其趣矣。

履綏堂稿八卷

同治十三年福州刻本

海鍾撰。海鍾字蕙田，號壺天吟客，滿洲鑲藍旗人。同治間官江南鹽使。十三年巡閩，自刻《詩集》八卷。錫縝、高望曾、王晃南爲之序。生卒年不明。其父吉年字秋畬，道光二年進士，歷官邊省及奉天尹，二十六年以病歸，有《藤蓋軒詩集》，可與此集相參考。今觀海鍾詩，以詠晉中、潼洛、陝甘者爲最。《元昊宫遺址》、《金省差官銅印歌》、《讀唐書四首》、《讀金史二首》、《懷古雜詩六首》、《書唐軼事後》，每發於史籍，蓋非終日以遣悶習靜爲功者矣。《題張桐圃念初堂集》云：「一卷詩常在，中多漢魏音。無慚循吏傳，獨抱古人心。具有鯤鵬志，非同蟋蟀吟。五涼稱作手，字字比南金。」桐圃名翽，乾隆初甘肅詩家。

赫哲烈婦歌

序　庚申四月，關外有赫哲札拉者，外出捕獵未歸，突來俄人携帶洋泥喇入室調戲，眷屬不從。俄人順拾鐵器毆打，札拉之妻見勢凶横，卽持柴斧向抵。俄人驚逸。札拉旋歸。方議遷避未果，俄人復率衆至，將札拉妻妾縛置雪地，迫脅再三，終不從。乃焚毁房屋，忿忿而去。經吉林將軍據情入告，余因摭拾其語，著爲歌謡，以彰節烈云。

赫哲女子顔如花，夫出從獵妻守家。突來碧眼黄鬚虜，闖門入室難要遮。妄思鳩占弭以利，繼乃威逼戈矛加。由來女子抱貞性，此身可碎心無他。夫歸方欲議遷避，狼聲率類門前譁。彼衆我寡勢不敵，編菅焚盡蝸廬蝸。可憐束縛置雪地，風刀獵獵翻銀沙。二女同居並同志，致死不屈寧嗟呀。安良自古重除暴，似此節烈堪旌嘉。遐方女子知大義，何況文物推中華。吁嗟乎，貌如桃李心冰雪，肯將皎玉遭污瑕。《履綏堂稿》卷七

清人詩集敍録卷七十五

梅窩詩鈔三卷　光緒元年刻本

陳良玉撰。良玉字朗山，漢軍鑲白旗人。廣州駐防。道光十七年舉人。受學於徐榮，繼榮後爲學海堂學長。晚官廣西知縣，以足疾歸。不復出。是集詩三卷、詞一卷，陳澧序稱其詩：「早年清雋，老而幽澹。」光緒元年陳璞序稱「良玉今年六十有一」，是爲嘉慶二十年生。集中《觀岳武穆出師表真蹟》、《吴越錢忠懿王金塗塔拓本》、《高安萬世瓦歌》、《董北苑山居圖》，體制遒古。詠廣東、川陜諸勝，吐辭醇雅。至涉及時局者，隨事可見。《哀纜夫》云：「旦夕營一飽，辛危哀爾曹。壓頭天似墨，削骨水成刀。直上蟻緣壁，俯牽猿露尻。饑寒知汝貸，性命等秋毫」。《胥江司》云：「胥江潮水歇，一碧唾江清。入饌銀魚短，沿流木筏横。鹽愁關吏詰，衙共野猿爭。太息豺狼窟，前年設此兵。」《書事》九首，亦載時聞。良玉與前輩張維屏、譚瑩唱和，友朋間如黄培芳、汪瑔、羅天池、譚宗浚，俱粤中文士。

無　端

無端嘯聚滿紅巾，又警梅關一路塵。爛額焦頭知下策，眼前不解徙薪人。去年當事者封禁煤廠，工人無所得食，乃倡聚爲盜，蔓延至二千餘人。六月間於平圃泛用杉簰截江，斷船往來，四出淫掠。南雄韶州，極力堵截，遂轉至仁化、樂昌，攻城刼獄矣。《梅窩詩鈔》卷二

書　事　九首録一

尺籍虛營伍，驚心結禍胎。當時藉招募，此輩易狼豺。已聚宜籌散，防夷反召災。諸公思覆轍，鬈指記將來。道光庚子、辛丑間，英夷之役，倉猝用兵。時營伍廢弛，兵不堪用，乃議招募。於是有陸勇、水勇、福建勇、潮州勇、東莞勇之名，糜餉無算。和約後，因皆裁撤。然各勇俱無賴輩，無所得食，半流入粵西，蔓延遂成巨寇矣。《梅窩詩鈔》卷二

嘯劍山房詩鈔十二卷　同治十三年刻本

文星瑞撰。星瑞字樹臣，江西萍鄉人。道光二十四年舉人，官廣東廉州知府。是集有方濬師序。生歲據同治甲戌自記「年五十」逆推，爲道光五年。詩句工麗。《廣州雜感》、《定海歌》、《初乘番舶入都》、《題虎門觀海圖》、《菜人歌》，多涉時事聞見。《洞清巖紀游》、《龍龕巖歌》、《銅鼓歌》、《羚羊峽》、《冼太夫人廟》、《陽朔看山放歌》、《游風洞》、《廉州雜題》，亦較矯異。《讀史雜詠六十首》、《南唐宮詞十首》、《先信國公真蹟》、《讀元遺山詩集》、《讀兩當軒詩集》，讀書偶得，取材尚富。詩共八百八十七首，以試帖詩附刻。清季詩歌，已趨

末流，無高亢之音，唯知用心者佳耳。

酒五經吟館詩草二卷　光緒間刻本

恭釗撰。恭釗字仲勉，號養泉，滿洲正黄旗人。姓博爾濟吉特氏。系出元蒙古發祥地斡難河。大學士琦善子。道光五年十二月二十六日生，隨任四川。咸豐元年以廕生引見，授官侍衛。九年，官西寧道。改甘涼道。光緒八年，任武昌鹽法道，後調江漢關道。事具本書《自訂年譜》。《年譜》止於光緒十九年，年六十九。集中有《輪船暢》、《洋債盛》、《電線通》、《鐵路開》四首，其旨意爲卹民艱、慮財匱、慎郵政、思險守。咸豐九年，作《湟城感賦》、《湟中竹枝詞》三十首，記青海見聞。次年又作《續湟中竹枝詞》。同治二年，有詩紀涼州鎮兵索餉之變。光緒十六年，作《京畿水災紀事》。又有《海運紀事詩》。晚官江漢，作《宜昌春眺懷古》、《黄鶴樓復燬於火》，並與張之洞、徐葆田贈酬。附刻《詞草》二卷。諸家題詞，亦詩詞並存。

湟中竹枝詞　己未年作　三十首録六

水寒山瘦接窮荒，百雉城高控要疆。雪嶺黑番環四境，居民生計半牛羊。

晨炊如霧晚如雲，城郭迷離掩夕曛。何處是煙何處瘴，上燈時節最難分。冬日日落時瘴氣雜以人煙，城郭不復可辨。

石火生光出大通，畏寒兼畏地鑪紅。風前吹盡煙多少，雲霧須臾滿院中。石煤出大通縣，易燃而多煙，土人不甚畏，外來人畏之。

春麥登場玉有芽，題糕畫餅總黏牙。如何一樣成周種，不共雙岐艷雪花。田家不知蓋藏。收穫後便露積，一經秋雨，麥子生芽，爲麪粘而少力。

黎園不解唱西崑，巴客登場酒一罇。數曲未終紅燭灺，娟娟霜月早侵門。演戲多梆子腔，冗長可厭。

東關大賈善生財，百貨分門列肆開。傳説蘭城新貨到，昨宵商販自東來。賈人營運，衹到省城而止。

《酒五經吟館詩草》卷上

續湟中竹枝詞　庚申年作　十首録三

亦從燈市鬧元宵，簫鼓人聲幾夜囂。燈戲自分南北社，燈官三日馬蹄驕。社户有南北街，兩會燈節扮雜戲，各署雜役，復扮燈官作醜態，騎馬游街，如是三日。

臨城廟會共徘徊，不及南山佛殿開。塔爾寺前人似海，西番兒女進香來。塔爾寺在府治西南四十里，六月有大會燒香，番子男女居多。

蓮花小鐙壓鞍齊，有女于歸正及笄。絶似明妃初出塞，紅顔馬上掩妝啼。其俗婚娶無綵輿，不用鼓吹。新婦富家乘車，餘則騎馬而已。《酒五經吟館詩草》卷上

見笑集四卷　光緒十年刻本

朱克家撰。克家字蘭亭，江蘇南匯人。居上海。少習儒，改就商賈。性嗜詩，榷算之餘，咿唔不輟。舉凡寓於目得於心者，無不形之歌詠。光緒九年，年近六旬，自輯俚言千餘首，曰《見笑集》。集中有銀樓、鞋鋪、廣貨店、公估局、錢莊、蓆店、氈帽、氈鞋店、傘店、茶食店、魚行、熟肉店、磚灰行、燭店、南北貨店、剃頭店、酒店、棕榻店、顔料、銅絲鐵線店、硝皮店、裁縫、自鳴鐘店、洋鐵器店、豆腐業諸題，滬城繁華，可爲一瞥。又有《嘲燒香》、《嘲欠皇糧者》、《棚夫》、《養狗説》、《田家苦》，體亦打油。《婦工》十一首，記紡織女工生活。《石堰紀事》百首，多述土風。《陸家石橋北首火災》、《法國人與寧波人爭四明公所地鬧事》四首、《正月杪左宗棠相菭滬》十首，尤切時事。其詩不登大雅之堂，亦不必以文學作品衡之，然肫摯真切，多風俗雜事，聊備一編可也。

求有益齋詩鈔八卷　光緒二十六年刻本

李道悠撰。道悠字子遠，江蘇吴江人。諸生。咸豐十年，太平軍佔領蘇州，流寓平湖，晦迹於市。生於嘉慶二十二年，卒於光緒十三年，年七十一。事見本書楊象濟、石中玉序。道悠與沈景修相契。慕清初布衣蔣之翹爲人，以計默所輯《石林詩稿》增補之，爲之刊版。集中有《述歷七首》、《後述歷七首》，記蘇城失守與遷湖經過，頗得原委。《竹里竹枝詞》三十首、《蠶絲新樂府》八首、《閩川櫂歌》十首，重於鄉土采風。《己酉水災雜詩》、《運糧歎》，詳於紀實。《讀初唐四家集》、《和楊利叔象濟水琴詩》、《沈歸愚尚書祠》、《題翁小海畫》，題黄燮清等近人詩集，亦有藝文資料可取。道悠生平抱負未伸，詩無矜奇之習，而近於暢紓，勝於俗吏者多矣。

函樓詩鈔十六卷 光緒間刻本

易佩紳撰。佩紳字子笏，號笏山，湖南龍陽人。咸豐五年優貢。參贊戎幕，攻太平軍及苗民，光緒二年擢貴東道，轉按察使。十三年任江蘇布政使，未幾引退，居杭。主龍池書院講席。甲午戰爭失敗，憂疾。三十二年卒，年八十一。初刻《函樓詩鈔》八卷，有光緒八年自序。身後續刻九至十六卷。詩學袁枚，伉爽有奇氣。近體尤所擅長。晚年溺於仙道，不免頹唐。擿其不善，《都門燈市行》、《黄山谷謫居處》、《酆都山》、《長江櫂歌》二十四首、《龍陽竹枝詞》十七首、《游廬山登五老峯》，均可入選。《宫詞三十六首》、《見京師同文館所刻中西合曆書感百四十二韻》、《元日看許氏説文紀懷》、《偶閲梅花夢彈詞復題七首》、《論桑歌》，題亦新異。《和陶淵明讀山海經十三首》第一首總括，其次十二首皆經中事物而運以己意。又於每首加注，可爲研究陶詩者資考。即詠佛道之詩，都成系統，亦非完全無用。子順鼎字實甫，能詩，有才子之目。

墨壽閣詩稿四卷 光緒二十七年刻本

汪承慶撰。承慶字稚泉，江蘇鎮洋人。咸豐間副貢。官國子監博士。參錢鼎銘幕，佐軍務。晚主學海書院講席。生平雅嗜歌詩，於時人落落無當意，惟服膺俞樾。光緒十六年卒，以集中乙酉「行年六十竟成翁」句計之，享年六十四。是集首俞樾序，作於光緒二十一年，又徐敦穆序，其子曾蔭跋。《白茆哀》，記辛酉五月十七日事，蓋爲紀實。《渡海至崇明》、《墓木嘆》、《申江春感》、《感事六首》，亦切近事。《煙村竹枝詞》，爲鄉里見聞。承慶與劉履芬、趙宗建、徐鄘、陸增祥、王文韶、秦緗業等人有交。《王石谷祠》、《顧椒園臨文待詔江南春詞》並序，《陸包山華山圖》並序，間備藝林掌故。詩無蹶張之態，在清逸冲澹之列。

因樹書屋詩稿十二卷　光緒二十三年刻本

沈寶森撰。寶森字曉湖，浙江山陰人。咸豐二年舉人。官浦陽縣教諭。與李慈銘交契，同以詞章名海內，時稱「沈李」。是集爲咸豐三年至光緒十六年詩，共一千三百三十五首，有王繼香、徐壽荃、李慈銘序。據《六十初度》詩，知生於道光六年。連蘅序作於光緒二十三年，稱寶森歸道山六載，卒年當爲六十六。寶森枕胙經史，讀書較多。詠史則《南唐雜詩》、《十六國小樂府》，論詩有書李、杜、蘇、陸詩後，及讀陶、讀王荆公集等篇。《上湖小樂府》十三章，爲連氏作，詩中多記義莊、義田。《浦陽燈詞》二十四首並序、《採茶曲》十二首，備敘民情。《都門雜詠》四十首並注，爲京師竹枝。《試場新樂府》八首，諷刺官場，亦可以社會史料視之。《讀徐天池集》、《讀江左三家詩》、《邊壽民蘆雁圖》、《書黄燮清桃溪雪傳奇後》，品評非率爾放筆。寶森與李慈銘唱酬最密，交游朱一新、沈景修亦稱宿學。其詩格律精細，氣韻生動當與李慈銘相亞。惜近人已不能舉其姓字矣。

銅似軒詩五卷 咸豐間刻本

吴震撰。震字壽之，江蘇常熟人。諸生。工詩詞，刻《銅似軒詩》五卷、《拜雲閣樂府》一卷。族兄鳴鏘序。《西湖紀游》、《東西洞庭紀游詩》、《陽羡梁谿紀游詩》，才調清婉。《讀史》、《明熹宗御用小鐵斧歌》、《黄忠端公斷碑硯》、《趙宗建得忠毅公鐵如意歌》、《自題赤烏甎硯齋圖》、《永寧甎歌》，亦較綜博。友趙宗建，卽舊山樓主人，里中收藏家也。《明旌貞孝顧烈母祠》，祀顧炎武母，此祠道、咸間猶存。鴉片戰爭起，作《哭陳化成》詩，又補詩四章，皆爲海上死難官兵。《書兄鳴鏘撰烈婦石珊媛傳後》，珊媛爲寧波妓。《繩伎》一篇，當爲雜技史料。其詩不甚腴練，然取材尚博，非專事皮相者可比。

知非齋詩鈔不分卷 同治十一年刻本 知非齋續鈔十卷 光緒四年刻本

陳鍾英撰。鍾英字槐庭，湖南衡山人。諸生。咸、同間在江南爲幕佐多年。嘗從王闓運、鄧輔綸游，與李士棻善。卒於光緒六年，年五十七。時湘蜀詩家掉鞅詞場，此三家聲名藉甚，若鍾英亦得謂師法高耳。是集爲譚獻序。初刻止一卷。續刻十卷，實補前集之未盡。詩多仇視農民軍，與曾國藩、左宗棠俱有投贈。然文人結習，尤在紀事言情。游衡山登祝融峯百韻，極以發抒。《詠古》三十二首，始樂毅迄于謙。《都會十八詠》，所述多歷代古都。又有《書少陵集後》、《牡丹曲》等篇，亦稱淹貫。讀是集當予抉擇，否則玉石難分矣。

芝隱室詩存七卷附存一卷續存一卷　同治十年刻本

長善撰。長善字樂初，滿洲鑲紅旗人。陝西總督裕泰子。由侍衛出任雲南參將，同治五年，官副都統，守山海關。九年，調任廣州將軍。光緒十四年，任杭州將軍，次年卒。是集爲廣州節署刻本。分《楚游集》、《兩京班聯集》、《秦蜀紀行草》、《閒居吟》、《東華酬唱集》、《榆關邊宦草》、《越游草》七卷，《附存》爲《故舊唱和詩》六十三首，《續存》爲試帖三十首。首祁宿藻、潘祖蔭、馮譽驥、何廷謙、王凱泰序，陳煦芳、李羲鈞、蔣超伯等題詞。以《丙寅同治五年四十初度》詩計之，爲道光七年生，卒年六十三。早期詩以詠圓明園、昆明湖、房山、西峪、雲居禪林爲勝。駐守榆關，記關內外名勝，兼涉同治間世事。巡邊諸詩，猶足證史。官廣州，過大庾嶺、英德、吉水等地，有詩以紀。詩格不高，皆肆力而爲，非如曠達者流，空言無事實，故多爲當時詩家所稱許。

巡邊六首　録三

一年一度按巡邊，薊北漁陽九月天。疊疊亂雲迷戰壘，荒荒古道入溪煙。貔貅列戍資專閫，臺障經營仰昔賢。自山海關至古北口，各撥八旗官兵駐防。長邊一帶臺工，皆戚大將軍重建。好趁高秋勤肄武，關河快著祖生鞭。

去年枹鼓報倉黄，驛騎喧騰羽檄忙。稍喜從天下飛將，更聞清野到窮鄉。數聲曉角高峯月，萬帳平沙午夜霜。自古籌邊須善策，令嚴刁斗重周防。去年奉天馬賊肆横。七月，熱河忽有賊數百人闌入喜峯口，擾及近畿。幸大兵雲集，分布防守，捕斬多名，至今巡防，未敢少懈。

柳營迤邐過三屯，見説登壇上將尊。絶代勳名埋斷碣，多時烽火黯荒村。軍門已獻遼河捷，神機行營，現已凱旋。野戍猶驚旅夢魂。三屯遵化調防，兵勇尚未盡撤。三十一關東去遠，掌中形勝有誰論。自遵化州北馬蘭谷至東，凡三十一關，至大喜峯口。《芝隱室詩存》卷六

壯懷堂詩初稿十卷 咸豐六年刻本 二集四卷三集十四卷 光緒二十一年刻本

林直撰。直字子隅，福建侯官人。諸生。道光三十年林則徐自滇歸里，招爲記室。咸豐間從軍浙閩，反對太平軍，爲幕佐。同治九年北上，次年歸，十二年卒，年四十七。初集刊於咸豐六年，詩六百餘首，分體，有張集馨序。林則徐題詞稱其詩：「隸事典切，結響沉雄。詩筆於梅村爲近。」蓋直少年隨父宦游北京、江漢、桂林、柳州，所詠山水諸篇，才華爛漫，固自不凡也。鴉片戰爭時，目睹時艱，愛國之忱，寄於宛轉悲歌，作《陳將軍歌》，悼念江南提督陳化成。《送陳頌南給諫應召入都》有云：「已看豺虎邊關靖，會見驊騮道路長。此去定勞前席問，蒼生海内盡相望。」《上宫保家少穆則徐先生》八首有云：「莫道璽書方切責，雷霆正足表丹衷。江城一哭暮雲昏，萬里驅車戎塞垣。青史幾人能爲國，丹書何日問銜冤。忍教實玦沉西海，終遣刀環入玉門。」

情詞俱摯。又有《奉楊光禄雪椒慶琛先生》、《哭少穆先生》，亦具標格。咸豐四年，直倡南社之會，論詩以杜爲宗，有《讀杜工部詩》。又《閩中十子詠》，論明林鴻等十家詩。三十以後詩編爲二集，宋壽崑序。歷遂昌、松陽、漳州，皆浙、閩地。內《從軍臺灣留別左二篠園埏郎》，自注：「時林戇晟、戴曼生滋事。」而從軍詩祇存《登鼓浪嶼》、《鷺門》、《遠眺》、《海門夜泊》數首耳。《三集》十四卷，李光廷、謝章鋌序。始於同治三年。據首爲《曉發羅星塔海口夜抵厦門》、《火輪船歌和鄭少谷獻甫韻》。時香港爲英佔領，《長歌香港》一首，語多激忿。又作《飲香港酒樓》云：「分明尺地版圖中，萬國梯航眼底同。一夕天風吹海立，鯨鯢跋浪出鮫宫。」「狂歌更上一層樓，檻外風濤萬里收。獨倚危欄縱長望，極天煙水似殘秋。」「徹夜銀箏入座清，曲中哀怨訴分明。可憐十五嬋娟女，海國飄零誤一生。」殊爲沉痛。直居粤數年，與林昌彝、陳澧、郭嵩燾、黎汝忠、方濬益、謝章鋌等迭有酬贈。集中最後數卷名《北征》、《東官》集，有滬濱、津沽各地雜詠。咸豐間詩人從軍，以方玉潤最得名。玉潤詩排擊太平軍者，觸目皆是，此集則舍瑕取瑜，較多愛國詩篇也。

慕耕草堂詩鈔四卷　光緒十四年日本使署刻本

黎庶燾撰。庶燾字魯新，號篠庭，貴州遵義人。父愷，官開州訓導。生子庶燾、庶蕃、庶昌，庶燾以次子爲長。咸豐元年舉人。太平天國軍興，貴省當其衝，避入山中，築寨自守者五年。同治四年年三十九卒。庶昌出使日本，倩東京水邨嘉平等人刻古逸書，同時刻兩亡兄詩集，此其一也。首自序，鄭珍、莫友芝、楊彝珍等題詞，鄭知同序，黎庶昌撰《墓誌》。其詩入手鄭、莫，近乎宋格。《高楝山石佛》、《仁懷銅碑歌》、《諷佃》、《早山茶山關》、《馬渡河》、《箐口渡》、《海風井》，語多峻潔，有奇闢之思。《書巢經巢壁》、《和鄭子尹表兄子午山雜詠十八首》、《影山草堂雜興》、《和莫子偲樂安江雜詠二十六首》，尤見平昔切劘之誼。咸、同間，邊鄙邑紳多築寨與農民軍相抗，《禹門寨行》一篇，紀事詳悉，可供稽考。

禹門寨行

寇來東里誰作藩，巋然傑刹推禹門。巖蹲徑曲蓊一翠，地勢倒壓谿南村。在昔雪師此卓錫，經魚夜夜消煩冤。法輪一轉二百載，柏鑪香火常清温。年來羅刹不服教，任縱嗜慾思噬吞。血流江淮暨楚粤，骨堆黔蜀還燕秦。蟲沙猿鶴幾銷化，浩刼不到祇樹園。鳩居族聚二千户，竹籬茅舍皆成樊。賴兹一塊乾淨土，變爲避世桃花源。規垣疊栅誓死守，堅壁清野古意存。但愁生理本轂薄，役車只苦貧賤倫。朝朝比户責輸米，夜夜登陴如戍屯。縱全軀命亦可憫，急抱佛脚難稱尊。如來婆心倘鑒此，期以願力蘇黎元。慈航早濟出苦海，還爾此山清淨因。《慕耕草堂詩鈔》卷四

古紅椇閣集詩五卷　光緒六年刻本

劉履芬撰。履芬字彦清，一字泖生，號漚夢，浙江江山人。佳子。諸生。官户部主事。同治初爲吴棠幕

府。四年，應聘江蘇書局。光緒五年，署江蘇嘉定知縣。遇殺人獄，未得主名，爲總督所脅，不獲伸，憂憤自殺，年五十三。高心夔爲收拾遺著，刊《古紅棵閣集》八卷，其中駢文二卷，有同治五年淮陰刻本，詩五卷、詞一卷，均據手鈔成帙。首程庭鷺序，作於咸豐七年。附朱之榛《書後》，傅懷祖撰《代理嘉定縣劉君泖生傳》，潘祖蔭撰《行述》。履芬受業於王汝玉。集中有寄洪齮孫、宋翔鳳、陳鴻壽、孫衣言、葉廷琯詩，又懷人詩，爲魯一同、陳克家、沈謹學、覺阿上人、楊峴、譚廷獻、張鴻基。《讀陋軒詩》、《題王惕甫洪北江劉松嵐手跡合卷》、《題日本竹添漸進游蜀詩》，亦較博雅。詩各卷以《秋心廢稿》、《皋廡偶存》、《淮浦閒草》、《漚夢蜕編》、《旅窗懷舊詩》爲名。《懷舊詩》有錢振倫序。《題定盦集》云：「頗能奔走新風氣，一卷才人放膽詩。絢爛到頭仍浙派，只堪相友不堪師。」自注：「定盦集近頗有學之者，故云。」其詩時作儁語，頗見友朋懷思之情。

靈峯草堂集三卷　光緒十九年刻本

陳矩撰。矩字衡山，貴州貴陽人。諸生。孜孜從事於學，經史百家，無不博覽，又喜金石圖籍。光緒十四年，黎庶昌使日本，襄幕事，居三年回國。獲遺書百餘卷，宋元槧本書二百餘卷，日本金石四千餘宗。旋復往省，兵備於滇。擢四川知縣。《日本圖經》三十卷，矩實佐成之。是集分《悟蘭吟》、《滇游草》、《東瀛草》三卷，首光緒十九年趙藩序，附《東游文稿》一卷。爲諸生時所作《游黔靈山》、《鄂文端公鐵柱歌》、《自題齊梁甎硯》、《雙溝瀑布》、《金沙江畔》、《自題所藏趙文敏書樂志論卷子》，機趣勃然。《東瀛草》内《日本國建武劍歌》、《花市歌》、《日本天平寶字塗金經筒歌》，自注，當唐肅宗至德二年。《爲日本元老院議官金井之題尊甫烏洲先生畫月瀨探梅圖卷》、《觀日本方媛鱸采蘭畫梅詩以弔之》、《閲吴蘭雪先生岳姬緑春畫蘭》，自注：日本士人永阪周二郎所藏。時見文物之遺。日本士夫次韻亦多。

花市歌　有序

戊子六月十六夜，與山陰錢琴齋、蘇州顧若波同游花市，購得日本正治間平宗清手造石佛一軀。按宗清爲平氏家臣，平氏滅後爲石工，常爲平氏族樹墓碑造佛像，此其一也。至今將近千年，日人以數百金求像一軀不得，而我於花市中獲後奈良天皇手翰，復得佛像，真奇緣也。喜而作此。

月色如銀花摇煙，笙歌鼎沸鼓喧闐。士女歡呼入花市，愛花爭擲購花錢。此市大開神社前，借花獻神神欣然。游女花月鬭嬋娟，夜深清寒上寶鈿。此樂未識始何日，元宵夜夜年復年。東坡昔有海市篇，余今共友游海壥。百物雲積珊出海，寶光花氣斷復連。正治石佛天皇翰，次第羅入真奇緣。況復判花兼評月，此樂未肯讓樊川。願月常圓花常好，歸來再拜禱枯禪。《東瀛草》

鵲泉山館集詩七卷　同治十一年刻本

潘觀保撰。觀保字辛芝，江蘇吴縣人。奕雋曾孫，世璜孫，遵祁子，門第極盛。咸豐八年以優貢生中式舉人。官内閣中書，署直隸河北道，河南彰衛懷兵備道。工倚聲，善書畫篆刻。撰《鵲泉山館集詩》七卷，許賡颺序，詞一卷，朱以增序，附諸家題詞。依《丁卯四十》詩計之，當生於道光八年，結集時年四十五。查俞樾爲潘遵祁所撰《家傳》，稱子觀保後君二年卒。是卒於光緒二十年，享年六十七，則此集盡中年之作矣。觀保官中書時，得窺内廷書籍，詩境較寬。《讀史雜感》、《建康曲》、《悼汪容甫先生》、《許鶴巢賡颺小影》、《得柳如是私印紀之以詩》，俱上乘之作。論者以爲麗而有則，清而能腴。唯詩多詆毁太平軍與捻軍，又喜述祖德，亦不堪多録。

小睡足寮詩録四卷補録二卷 光緒二十三年刻本 續録四卷

散叟倦稿一卷 宣統二年刻本

秦敏樹撰。敏樹字稚枚，號散之，晚號散叟，江蘇吴縣人。官浙江候補縣丞。嘗游許瑶光幕，結納文人甚衆。撰《小睡足寮詩録》凡四刻，詩共八百餘首。有馮桂芬、俞樾序，自序。集中《湖冰行》、《橘荒歎》、《山民餉米歌》，多涉及民間生活。《蜀師甎》、《禹期峯東吴闔太傅墓歌》、《寄祝善化瞿相國六十壽》、《題丁徵君松存著書圖遺像》、《挽譚復堂大令》、《讀漸西邨人遺集誌感》、《哭許雪門觀察》、《贈陳黄州豪》，兼備掌故。宣統二年刻《倦稿》，計其年已八十三。卒於民國四年，年八十八。詩以近體擅長，馮桂芬謂得湖山清氣，推挹甚至。

白香亭詩集三卷　光緒十九年刻本

鄧輔綸撰。輔綸字彌之，湖北武岡人。咸豐元年副貢。以助餉敍内閣中書，擢浙江候補道。光緒十九年卒於南京，年六十六。事具王闓運撰《鄧彌之墓誌》。是集爲高心夔、許振禕序，詩前二卷三百十八首，第三卷和陶。輔綸少負詩名，鄧顯鶴、左宗棠以爲異材。與王闓運同學城南書院，以詩格言，俱宗漢魏，擅長擬古，論者以爲未易軒輊。《湘江晚行作》、《登衡山南天門》、《清水北巖》、《獨秀峯》、《出城西門游隱山諸洞》，沉鬱蒼勁。蓋重於聲情氣味，不止善於措詞也。

六一山房詩集十卷　同治十三年刻本　續集十卷　光緒九年刻本

董沛撰。沛字孟如，號覺軒，浙江鄞縣人。岵子。光緒三年進士。官江西上饒知縣，調建昌，修定《江西通志》，告歸。嘗觀文瀾閣藏書，主崇實、辨志兩書院講席。修《鄞縣志》，輯著《明州繫年録》、《甬上宋元詩畧》、《四明清詩畧》、《續兩浙輶軒録》，於鄉邑文獻頗爲留心。全祖望七校《水經注》稿，亦沛刊行。卒於光緒二十一年，年六十八。撰《六一山房詩集》十卷，爲道光二十六年至同治九年編年詩，凡五百六十六首，其弟董濂序。取材廣泛，兼該各體。追悼英陷寧波時死事諸烈民，篇詠甚多。有關粤軍、捻軍時事，亦有資料可摭。《聞警十五首》、《壬子三月二十六日紀事》五首、《哀杭州》、《牛車行》、《擬古繇詞》，於官軍欺壓百姓事實，每有揭露。《梁湖大水歌》、《雙雉篇》，亦屬社會感時。《詠明季》八首，均取史籍一一印證。修《鄞志》，校《宋元四明志》，亦以詩紀之。沛少與陳勵、徐時棟唱酬，通籍後往還者爲許景澄、陳康祺、李士棻、汪鳴鑾、鄭由熙、羊復禮、樊增祥、張鳴珂。《滬上雜詩》十二首、《四明山心漢隸歌》、《通州道中紀事》、《康郎山懷古》、《觀劇行》，既有實得之見聞，又能取用於學。《續集》十卷，洪熙序，詩止於光緒九年，凡五百七十三首。《演番部合樂辭》，爲清代四裔及少數民族史料。《五異人詩》、《民謠》，記寧波當世傳聞。《寓盧氏抱經堂觀藏書》、《送趙之謙》、《南昌懷古》、《寧府雜詩》二十四首、《魯宮詞》十首、《解清江移寓南城漫題齋壁》，文史雜題，兼及時事，最所擅長。《觀雜技》五首，爲舞竿、走索、弄甕、跳刀、嘘笛，摹狀維肖。光緒二年丁丑，作《火輪車》一篇，所記吴淞綫，爲我國第一條鐵路，未幾拆除。其詩學明七子，格調近李、何，而内容尚新。清季詩人如欲出一頭地，必求變體，此大勢所趨也。

火輪車

一車鼓火紅始然，羣車絡繹相鉤連。前輪既鳴後輪應，下有鐵路平絚絃。螺聲嗚嗚鬼招客，價分三等齊給錢。車廣翾長形若櫃，玲瓏窗格排兩邊。出入有門有關鍵，雨不能濕風不穿。中支枋木可列坐，上客之座藉以棉。眠立隨意弗傾側，如鳥斯疾如榻安。村廬竹樹眼前過，頃刻變滅猶雲煙。道旁立表繫繩索，百步一闕人守旃。毋俾村民驟横越，恐其抵觸身蹎顛。黄浦直下吴淞口，五十里路憑郵傳。我坐此車日加午，午漏未盡車已旋。嗚呼鬼工出奇巧，遠從西島來中原。火車豈與火船等，堙流毁塚開阡陌。大官斷斷不肯許，購之萬幣期一年。聞將移車往臺海，東闢山路威諸番。以夷治夷計亦得，偶然變法爭機先。中夏之車有常制，服牛乘馬王道平。《六一山房續集》卷四

演番部合樂辭　三十六首

天命真人起大東，遼金舊域早從風。旅獒哨鹿諸蕃部，娶婦來京燕犒豐。開國之初，若長白二部、南北關四部、東海三部，皆遼金舊壤，編入滿洲。惟混同江南使犬之赫哲部、江北使鹿之奇勒爾部、費雅喀部，不編佐領，同於羈縻州。每來京娶婦，禮部光禄寺供筵宴，工部供薪芻，著爲令。蓋其俗荒陋，命娶内地女以化之，如漢唐宗女下嫁之例。

庫頁孤懸海島長，健丁西渡有舟航。貂牲貢道殊遼隔，使者權停普禄鄉。庫頁島在吉林東海中，迤長千里。天聰十年，曾遣舟師，取其壯丁，島長歲貢，以其地絶遠不能至。寧古塔例於六月集普禄鄉，將軍遣章京往收之，距寧古塔三千里。今此島爲日本、俄羅斯所爭覬，而歲貢如故。

書稱不穀表稱臣，統轄三韓舊比鄰。莊穆入朝班第一，古來箕子本王賓。朝鮮舊爲兄弟之邦，奉書稱不穀。太宗以崇德元年親征，入其王京，始稱臣納貢。莊穆王李倧朝見於三田渡行幄，位在親王上。

氈車歲歲入關來，貢物頻將定數裁。筵宴上元循故事，使臣恩許右班陪。朝鮮一年四貢，以年終併

進，歷朝免貢物，視崇德舊額，僅存什一。陪臣入都，輒預上元宴，位在西班之末。

元朝支裔徧龍荒，南部咸推察罕强。親獻累朝傳國璽，帝教執梃冠諸王。漢南蒙古林丹汗雄甲諸部，爲王師所滅，其子赫哲奉傳國寶來降，太宗封爲親王，位冠諸貝勒，傳弟布爾尼，以叛誅。

金幣分頒禮數殊，穠華屢降肅雝車。獅龍七寶歸天上，猶想當年奉慰書。科爾沁世姻。帝室屢尚公主、郡縣主。其親王歲俸銀二千五百兩幣四十，郡王千五百兩幣二十，他部落則親王二千兩幣二十五，郡王千二百兩幣十五也。太祖崩，科爾沁上書奉慰，獅龍七寶，用其書中語。

吉蘭花馬擁鹽池，元昊遺封列九旗。應笑三邊籌戰戍，勝朝蒿目望西陲。河套部七旗有花馬池，賀蘭部二旗，有吉蘭池聽邊人購鹽而收其稅，秦隴多食之。其地皆西夏舊壤。

秋獮灤河馬正肥，風馳雲驟壯軍威。羣藩張幕觀行獵，天子親臨大合圍。木蘭秋獮爲撫綏蒙古之盛典，内外札薩克皆分班隨扈。圍場在多淪泊，距古北口三百餘里。

和林南界接長沙，回紇王庭此建牙。駿馬明駝輸九白，北天星斗拱中華。元起和林卽回紇建牙之所。漠北蒙古喀爾喀皆元後也。國初入貢，以白駝一、白馬八，曰九白之貢。

宮殿新開塔密河，侍姬舞劍侍臣歌。一門三世稱勳閥，功比西京衛霍多。賽音諸顔爲喀爾喀西部襄王策淩屢敗準噶爾，威震漠北。世宗詔城塔密爾河建宮室如京師賜第，王有侍衛綽克渾，能一日夜行千里，最立功，王與之飲酒，侍衛曰：「請王侍姬爲奴舞劍，奴請爲王歌。」乃歌《朔風高》一闋。王大喜，以侍姬賜之。王世子成袞雜布嗣守西藩，其弟車布登札布、其子那旺多爾濟並以戰多膺勳賞，外藩莫與京焉。

五千甲騎勢騰騫，出塞經行兩月天。俘得阿孃諸眷屬，岳家軍唱肉飛仙。青海、蒙古羅卜藏丹津叛，岳鍾琪討之，以偏師疾擣其巢，俘賊母弟妹及諸首領，斬級八萬。羅卜藏丹津衣婦人衣，走入準噶爾。

萬木森森古戰氛，秦軍西上寇西奔。鬭與先占登山著，不殪名王殪可敦。西域準噶爾蒙古世强盛，其酋噶爾丹據漠北，屢擾邊界。聖祖再駕親征，賊走昭莫多，大將軍費揚古以西師邀之麾步騎先據小山，而以奇兵襲陣後，賊大敗，厥妃阿努死焉。昭莫多，蒙古語，大樹林也。明成祖敗阿魯臺，卽其地。

大渠前導樹降旛，兩路旌旗出玉關。二十五人宵突陣，天風一掃格登山。乾隆初，準噶爾相繼篡奪，酋長薩喇爾、阿睦爾撒納等叩關降，高宗命班第、永常爲將軍，兩路出師，而以阿酋副班第薩酋副永常建舊纛先行，諸部望風歸附。其汗達瓦齊擁萬人保格登山待衛阿玉錫率二十五騎，夜襲其帳，横矛大呼，賊瓦解，收降衆七千人。達瓦齊南竄烏什，爲回酋霍吉斯禽獻。

狼子何能革野心，漁當竭澤獮焚林。烏孫城郭輪臺戍，炎嶠全消積雪陰。準地初平，分建四部，以降酋阿睦爾撒納爲杜爾伯特汗，噶爾藏爲綽羅斯特汗，巴雅爾爲輝特汗，沙克都爲和碩特汗。已而阿酋先叛，噶酋、巴酋繼之。上震怒，命諸將軍分道搜剿，熏山綱谷，禽馘無孑遺。惟沙克都不從亂，爲雅爾沙善所坑，沙克都夫妻宛轉帳中，相抱而死，於四部中實不幸焉。遂開新疆，建伊犂、迪化諸城堡，興屯列戍，同於内地，至今稱重鎮。

猶擁單于舊號尊，天山遺種此孤存。東遷廬帳原行國，禾稼兼收塞外屯。阿酋既叛，以杜爾伯特故部，封三車棲爲汗，獨執節不二，遷其帳於科布多之東，凡十四旗，蒙古本行國惟恃游牧，杜爾伯特兼資耕種，有屯田之利。

枵腹間關繞道行，衣糧絡繹慶重生。開都河畔多青草，牧馬春風兩岸平。土爾扈特本準夷舊四部之一，明季投俄羅斯。乾隆中伊犁甫定，其汗烏錫巴以十六萬口南行，爲哈薩克布魯特所截，改由戈壁間絶水草旬日始至伊犁，僅存七萬餘口，詔給馬牛羊二十六萬，糧茶裘布氈稱是，以哈拉沙爲其牧地，傍開都河，兩岸水草廣莫，俾建牙焉。

一家經呪出天方，伯克司城納税糧。萬里盡歸都護節，三通三絶笑延光。回部在天山南，其祖國曰天方，則在小西洋。乾隆中平定西域，設西四城、東四城，録東三城皆以大臣鎮之。回目稱阿奇木伯克，自三品至七品，凡五等。

玉山玉水孕奇胎，自昔于闐採取來。不道莎車新建閫，河神受享亦呈材。和闐古于闐，産玉甲天下。葉爾羌古莎車，舊無玉河，自辦事大臣祭河神，産玉遂盛。嘉慶四年，葉爾羌山獲大玉，重者至萬餘觔，亦一奇也。

牲幣交通市易車，暑寒徙帳本康居。還看捐毒循休境，大勇鴻仁拜獻書。哈薩克左右三部，吉康居布魯特東西二十部，古捐毒、循休皆通貢市，爲新疆外藩。西部長阿濟畢奉將軍書有云：「如素賚滿佛之鴻仁，魯斯坦之大勇」，蓋皆回部舊汗之賢者，故舉以爲頌焉。

嶺外星羅小國君，大宛烏秅月氏分。東來一例頒文綺，慰爾關河使節勤。《會典》：「列朝貢之國，在蔥嶺西者，以霍罕、拔達克山、愛烏罕爲著，餘皆附庸部也。」霍罕古大宛，拔達克山古烏秅，愛烏罕古大月氏，今皆爲鄰國所並。

雪山禪榻證前因，不愧金剛大士身。西北蕃侯無異教，熬茶齊祝再來人。西藏達賴、班禪，世世轉生，不昧本來，爲釋教之宗主。太宗遣使存問，稱曰金剛大士，爲我朝通藏之始。其後達賴以順治中入覲，班禪以乾隆中入覲，皆蒙殊禮。蒙古番人入藏，敖茶膜拜頂禮，各部落皆建寺廟，奉大刺麻居之。

金碧莊嚴大小招，層樓傑閣聳雲霄。誰知花雨繽紛地，尚有唐時舊柳條。西藏爲吐蕃故都，唐文成公主下嫁，性好佛，贊普建大、小招寺，規制宏麗，金玉佛像以萬計，今尚存。寺旁有柳，亦唐時物，鬱若龍虯。舊制藏中有公事，駐藏大臣會剌麻及渠長議於大招寺，近始改公署中。

勒銘温雅最高巔，樂隊新來震旦天。東部朝鮮西悉立，百番歌舞應宫懸。廓爾喀，古悉立國，在西藏之西，過温雅山卽其都城。乾隆中將軍福康安征之，獻樂工象馬納款軍前，乃磨崖紀功而還。今殿廷燕享之樂，有朝鮮侏舞，有廓爾喀樂舞，蓋東西極邊之樂也。

白象金樓黑水邦，老官屯外奉書降。穹碑重讀前朝誓，石爛江枯爾渡江。緬甸初未受封，自稱西南金樓白象主。金沙江出其國入海，或謂卽《禹貢》梁州之黑水也。乾隆中經畧傅恒征緬，圍老官屯，其酋以貝葉書乞降。「石爛江枯，爾乃得渡」，明靖遠伯王驥與緬人誓語。

單使經由普洱關，遠輸象翠列年班。春官不遣諸曹屬，丞倅舟車伴往還。南掌十年一貢，由普洱府款關入境，以丞倅伴送至京。其歸也，仍遣原伴官護之。安南、緬甸、暹羅、蘇禄、琉球，則皆命禮部司官送之省會也。

遠拓南洋第一洲，三方鼎峙屢尋仇。尉佗本是中原産，北面輸忱戀首丘。暹羅國王鄭昭爲永曆遺臣之後，本中國人，與緬甸、安南皆世仇，事天朝最恭順。

萬壽筵開萬國春，代身不敢貢金人。灤河視預山莊宴，十闋登歌樂府新。安南阮光平奪黎氏國，以乾隆五十五年入朝祝高宗八十萬壽。宴熱河山莊，班親王下郡王上賜冠帶受封，光平獻頌詩十章。

新阮匆匆十二秋，黎甥依舊復交州。越南改賜塗金印，上藥名香歲事修。阮光平號新阮，受封十二年而其子光纘爲農耐王阮福映所滅。農耐故黎氏甥，世守越裳地，號舊阮，乞以南越名國，朝議謂與尉佗同號，改爲越南王國。外藩之印，惟朝鮮用金，餘國皆銀印，以金塗之。

吕宋文萊錯壤區，土生班竹水生珠。風帆不避重洋險，五載修箋貢上都。蘇禄在東南洋，舊分三部，明永樂中東王、西王、垌王俱入朝，今併爲一，定五年一貢。

中山一境最文柔，侍子頻來太學遊。三十六家官世守，大夫名號古諸侯。琉球尚文，王子及大臣子弟每入國子監讀書，五年遣歸。明初以閩人三十六姓賜其國，國之大夫長史等官，多其後也。

絶島舟航泊虎門，蹄涔勺水舊知恩。預防鯨鱷無恬浪，聖祖煌煌寶訓存。西洋諸國貢道由虎門，「蹄涔勺水」，荷蘭國表中語也。聖祖有言：島國互市，廣東百年後必爲中國之患。

鄧至高昌蕞爾城，巡邊使節例郊迎。前朝衛所俱停襲，關隴諸羌尚故名。甘肅、青海、西藏，番目稱指揮千百户，世世承襲。使者巡邊，不論高卑，俱跪迎境上。

王師深入兩金川，豈比尋常蜀道難。賨爨至今歸版册，西封奚藉一泥丸。大、小金川在四川邊外，地絶險，乾隆中再舉平定，番部震慴，百餘年來蜀邊諸土司無反側患。

改土歸流計絶倫，滇黔楚粤烈山焚。風霆開豁深巖瘴，紀縵南天靚慶雲。雍正中總督鄂爾泰創改土歸流之議，桀驁蠻目，一例革除。雲貴湖粤之民稍息肩焉。於時慶雲屢見滇省，蓋祥徵也。

八排六對石嵯峩，箐密林深洞作窠。編户屢叼鹽布賞，錦衣花帽出山多。廣東諸瑶深踞嶺脊，蔓三省邊界不設土官，有生熟二種，編户應役，歲以鹽布給之。

計戈立社闢屯田，一帶山城樹作藩。東海更添臺北府，中興聲教迄諸番。臺灣中亘大山，北路東路，舊多番地，近歲廣闢田廬，深入其腹，設淡水、新竹、宜蘭三縣。建臺北府以轄之。别設恆春縣，仍隸臺灣府。番有生熟二種，如廣東之瑶黎，計田以戈，稱鄉曰社，皆其俗也。《六一山房續集》卷三

琴鶴山房遺稿詩四卷　近代金氏刻本

趙銘撰。銘字新又，號桐孫，浙江秀水人。同治九年舉人。入李鴻章幕。光緒十三年官順德知府。十五年遷冀州知府。十八年卒於官，年六十五。著有《左傳質疑》，未見傳本。殁後三十年，門下士金兆蕃搜羅遺著，爲詩文各四卷，由錢駿祥序刊。詩共三百七十九首。咸豐十年、十一年作《紀事詩》，爲《禾城血》、《鄉團曲》、《分米行》、《估衣詞》、《撩潮頭》、《落花歎》、《施粥廠》、《鏤金箱》、《鎗船謡》、《斫樹哀》、《劫婚怨》、《花鼓吟》、《渡海口占》、《大沽礮臺》、《徐家店觀戰》、《火輪船歌》、《輓方總兵》等篇，牽涉時局。間有反對外侮，揭露官軍之作，不盡敵視農民軍。銘受知於薛時雨，與李慈銘舉人同年。《讀晉書十九首》、《雜詩十二首》、《讀史雜感八首》，憤懣悲辛，多有寄托。與流連風月者，有異趣焉。

會稽山齋詩集五卷續一卷　光緒十四年刻本

謝應芝撰。應芝字子階，號浣村，晚號蒙泉子，江蘇陽湖人。廪貢生。研習經學。詩、文集合刻，曰《會

稽山齋全集》。卷首有光緒十四年《自敍》，年已逾六十。卒於同治元年，年六十八。應芝於詩，亦究經義原委，詞奥韻古，讀《易》、《禮》、《春秋》均有所得。《從祀小詠》二十五首、《讀尚書有感》十四首、《讀詩偶得》四首、《讀昌黎原道》、《與陸鞠仁論詩》、《書汪堯峯集》、《唐襄文讀書樓歌》，俱以議論爲詩。《西域行》、《臺灣行》，亦立言侃侃，然非出於目驗，不足徵事。《區田詠》一篇，以《齊民要術》所載古田制，發爲長歌。林則徐、潘遵祁亦有此題。區種傳始於伊尹，而古法不傳，此詩意在務實，非徒托空言耳。《揚州牧》、《天主堂》、《火輪船》等篇，亦較質直。此集古體多於近體，不免僵澀難化，然較諸爛熟嫵媚之作，轉覺生新矣。

區田詠

古湯七年旱，無食民堪傷。伊尹區種法，禾黍盈倉箱。書傳氾勝之，畝收百石疑荒唐。齊民有要術，農書立説詳。畝分二千七百區，隔空四一歲遞更，爲區六百七十五，計獲六十六石强。即或其數不盡然，汲水灌溉無雨暘。家種數畝以備旱，徐公文定持平衡。嚴冬戽水凍其土，春始耕反田逾良。預儲雪水及草汁，浸種十日芽將萌。分行各廣尺五寸，掘寸八九溝深坑。置土隔行起如壟，溝修二尺相縱横。每越一尺便跕足，及時耘盪毋相忘。先期二日燒糞土，以熱爲度生氣藏。溝填一寸乃播種，覆灰一寸手按將。畝種一升無贏餘，相間二寸仍分行。苗長雨耘及雨盪，壟土撥土培莖長。資水以潤養，秀實盈香秔。吴俗插秧元氣漓，不若區種滋豐穰。秋時種麥在壟上，稻麥異田殊界疆。年來熟

究老農法，請效胼胝儕耕氓。《會稽山齋詩集》卷三

晚學齋詩初集二卷二集十二卷續集一卷　光緒二十四年靖安縣署刻本

鄭由熙撰。由熙字曉涵，一字伯庸，晚號堅翁，别署歗嵐道人，安徽歙縣人。同治間優貢。官江西分宜、瑞金、靖安等縣知縣。刻《晚學齋詩》初、二集、續集，止於光緒二十四年，時年七十二。有鄧繹、馮譽驄、喻震孟等序，自序。雅好詞曲。文集二卷内有《木樨香院本自序》、《雁鳴霜院本自序》，此二劇與《霧中人傳奇》，均有刻本。《詩二集》有題《靈媧石》、《茯苓仙》、《神仙引》院本，爲許善長撰，在光緒本《碧聲吟館六種》中。由熙於咸豐三年避地黄山，早期所作，如《新安哀》等詩，多抨擊太平軍。蓋皖南久不見兵，唯洪、楊之役戰事極烈。官江西多年，多以詩記事，《鹽人行》、《械鬬歌》、《雩都堡》、《挽船行》，最爲翔實。《滕王閣落成》、《謁湯若士先生墓並訪玉茗堂故址》皆江右名蹟。《彌封四詠》，記科闈所見，亦備掌故。與湯貽芬、薛時雨、董沛、李士棻、趙之謙交，有《哭趙撝叔大令二首》。又附《外集》贈答詩，可見交游。

鹽人行

鹽人鹽人爾何苦，黧面赬肩汗如雨。猝逢官長師一旅，猛將弓刀戈船艣。一齊放下擔不得，卷盡桃花無滴滷。弱者披靡悍者鬬，官軍殺人如殺獸。倚閭忍饑斷枯眼，妻子遭逢寇婚媾。債人索

逋權子母，長物惟牽黃犬瘦。死者已矣生何依，生者亦死甘同歸。一家一路等哭爾，哭聲不到長官耳。南山有田胡不耕，貿絲抱布蚩蚩氓。賃舂織屨等力役，梓人朽者堪謀生。法紀奈何以身試，網開一面爾其逝。鹽人逡巡前致辭，普天率土公無私。幅員中外大一統，斥鹵淮粵胡分爲。請公上書伏北闕，詔書寬大八方悦。均輸什一如公田，麻縷絲枲鹽茶鐵。官山府海霸圖事，帝王從古因民利。公謀不行抽簪去，名教之中有樂地。鹽人鹽人爾何愚，縣令許作言官乎。我今倘賦歸田樂，新人更比舊人虐。

《晚學齋詩二集》卷二

械鬬嘆

東南寇盜紛鴟張，鼙鼓動地誰能當。羽書奔馳大府檄，下令募土團于鄉。弱者裹足强者應，襏襫換著鐵裲襠。緜江健兒本好鬬，家置刀槊烹牛羊。蒼頭異軍特地起，殺賊如草摧秋霜。時平鑄劍爲農器，誰稽户口窮逋藏。積習不返流弊遠，甘衽金革誇身强。殺人還如殺賊易，兩軍旗鼓分界疆。三章豈無漢約污，恆情不可施狼肮。百千緡錢值一命，元惡匿跡終逃亡。約期糾衆報官長，曰請彈壓尊王章。縣令不許持寸鐵，便宜行事乖官方。徒觀壁上廢然返，判牘肘脱頭不昂。按牘誅求書某某，苦李將代夭桃僵。漢唐以來尚和議，贖刑金作歸其喪。冤冤不已鬼新故，腥風淒淒來虎倀。腐儒拊膺三太息，堅冰履霜胡不防。夥頤沉沉草澤起，揭竿何必非農桑。星星火宜早撲滅，涓滴勿使流湯湯。

渠魁殲厥膽盡懾，去害馬者羣俱良。腰閒牛犢去隴上，中天日月增輝光。作歌留待采風使，請上封事徵龔黄。《晚學齋詩二集》卷五

題許季仁觀察善長靈媧石院本

孱風㦬雨碧空破，補天不牢石飛墮。墮地化爲形影神，妍者媸者態畢真。爲忠爲孝爲節操，衣冠罕此巾幗倫。詞人亦具造化手，甄陶松煙入齏臼。故是坡老操銅琶，肯逐耆卿歌楊柳。米顛拜石石不樂，先生寫石石能活。乾坤撑拄完堅貞，不是人閒摶土人。《晚學齋詩二集》卷六

又題茯苓仙院本

文人狡獪神通耳，潑墨何殊仙擲米。擲米成砂墨爲雨，落紙煙雲欲冲舉。平原太守去不還，玉泉樵子留人間。前後文章藏石室，千秋盛業麻姑山。我今疾不乞松根藥，癢亦不倩背上搔。願從陳尉去驅鬼，差免隨人如桔槔。《晚學齋詩二集》卷六

又題神仙引院本

神仙寂無爲，有時尚聲氣。所親住蓬萊，凡骨亦嫵媚。佳麗再世藥長生，琴絃譜出求凰聲。虚舟

瞬息萬千里，子高歸自芙蓉城。爲寫新詞上瑶瑟，如見仙人好顏色。安得胡餅恣豪啖，免被飢驅走阡陌。丈夫意氣殊不凡，破浪當如馬脱銜。鴻毛遇順等閒耳，肯借湘裙作布帆。《晚學齋詩二集》卷六

隨山館猥稿十卷續二卷 光緒十年刻全集本

汪瑔撰。瑔字玉泉，一字芙生，號穀菴，又號無聞子，原籍浙江山陰，客粤占籍，遂爲番禺人。監生。光緒初劉坤一延主洋務，辦理中外交涉，居幕府十年。十七年卒，年六十四。陳寶箴爲撰《墓誌》。光緒十年刻《隨山館全集》，有詩、文、詞、《尺牘》、筆記，凡三十二卷，文廷式爲之序。詩集名《猥稿》，始於道光二十五年。瑔生於廣州，集中詠粤中山水秀傑，弔懷古蹟，表彰前人，篇什甚富。《廣州雜感》八首、《韶州雜詩》四首、《珠江雜詩》十二首、《廉州雜詩》四首、《瓊州雜詩》四首，於異物殊俗，多有採訪。《江行感懷》，記述互市後海舶交通。《觀劇》詩雜記廣州戲園伶家。《雜詩十首》，記西人裨雅各在中國讀儒書，歸以教授弟子，凡數千人。《葛將軍妾歌》，不見史傳，倪鴻《桐陰清話》嘗引之，似未可據。瑔少而辭家，遠游謀食，而好學嗜書不倦。《讀王衍梅緑雪堂集》、《讀遺山集》、《論文六首》、《讀樊榭山房集》四首、《讀弇州山人四部稿》、《讀晉書四首》、《贈鄭獻甫即題其補學軒集後》四首、《讀唐人詩率成絶句》四首、《讀徐青藤集》三首、《讀自然好學齋詩集》，《續集》中《書唐六如詩集後》有序、《讀唐人小説戲成》、《讀吴梅村雜劇》三首，可見學有淵源。朱序稱「是所謂基成家而能大者」。

葛將軍妾歌 並序

客有言葛將軍妾者，故越人，不詳其姓氏。道光辛丑，葛公爲定海總兵，英吉利犯定海，力

戰六晝夜，援師不至，歿於陣，妾遽集婢僕及牖卒，得數百人，奪公屍歸葬於山陰，蓋奇女子也。震澤趙艮甫函作《十哀詩》，紀公死事甚詳，而不及其妾，余作此詩補之。公名雲飛，亦越人。

舟山潮與東溟接，戰血模糊留雉堞。廢壘猶傳諸葛營，行人爭説張巡妾。共道名姝越國生，苧蘿村畔早知名。自從嫁得浮雲壻，到處相隨卻月營。青油幕底紅鐙下，緩帶輕裘人雋雅。月明細柳喜論兵，日暖長楸看走馬。一朝開府海門東，歌舞聲傳畫角中。不問孤軍懸渤澥，但思長劍倚崆峒。新聲休唱丁都護，金合牙旗資内助。虎幄方吹少女風，鯨波忽起蚩尤霧。一軍如雪陣雲高，獨鑿凶門入怒濤。誰使孝侯空按劍，可憐光弼竟抽刀。淒涼東嶽宮前路公殉節處，消息傳來淚如注。三千鐵甲盡蒼黄，十二金釵齊縞素。繡旗素鉞雪紛紛，報主從來豈顧勛。已誓此身判九死，頓教作氣動三軍。馬蹄濕盡燕脂血，戰苦緑沉槍欲折。歸元先軫面如生，殺賊龐娥心似鐵。一從巾幗戰場行，雌霓翻成貫日明。不負將軍能報國，居然女子也知兵。歸來慟哭軍門柳，心與孤臣同不朽。祇恨凝之海上軍，不如李侃閨中婦。一樣桃花馬上身，蛾眉今古幾傳人。君不見同鄉舊有蕭山沈，異代猶誇石砫秦。龐娥句亦作「討賊張妻心似鐵」。《晉書·列女傳論》「張妻報怨於强寇」，謂張茂妻陸氏也。《隨山館猥稿》卷一

城南消夏雜詠十首　有序　余生長廣州，習其風土。比年旅泊他郡，卻望僑寓，有如故鄉。今夏自潮州歸，

僦居城南，閉關逃暑，意有所觸，輒成小詩，彙而録之，凡十截句。　録七

謝公山沼事何誇，韓子盆池願亦奢。買得石灣三石甕，小庭閒種水芝花。石灣在會城西南，地多窯户。

閒街吹過緑槐風，有客承蜩技最工。知了一聲天正午，兒童爭買荔枝蟲。廣州呼蟬爲荔枝蟲。有捕以售者，箬葉裹之，摇令作聲，以誘小兒。

誰烹翠莢碾瓊沙，更鬻黎祁泛玉花。解得文園消渴未，冰盤涼剖緑沉瓜。市中鬻豆粥者，碎碾入釜曰緑豆砂。又菽乳之甫結者曰豆腐花。二物皆售於夏日。

城南燈火認閒坊，盲女琵琶夜作場。唱到珠江舊時曲，有人彈淚説招郎。入夜巷陌間多盲女鬻歌。道光中招銘山大令庸撰《粤謳》，一時爭歌之，近稍稀矣。有老嫗年八十餘，尚能道銘山舊事。

青絲繫纜碧筒杯，記向江干逭暑來。一樣榕陰風月夜，不堪重問海珠臺。海珠卽宋李忠簡讀書臺。臺側多老榕，其下可以納涼，往遇盛暑時，簫鼓畫船多集於是。

朋輩山堂把酒卮，緑陰多處共追隨。此君亭子今無恙，蒲扇茶鐺又一時。學海堂在粤秀山麓中。有此君亭傍多竹樹。道光、咸豐間嘗偕友人於此消夏。

旅食都無負郭田，治生難蓄賣文錢。祇應三月茆齋住，成就湖州泊宅編。近效宋人説部，作《松煙小録》，已得數卷。《隨山館猥稿》卷六

蘅華館詩録六卷　光緒十六年排印本

王韜撰。韜原名利賓，字仲弢，一字紫詮，號弢園，又號天南遁叟，江蘇吴縣人。諸生。道光末年，英人麥都思設墨海書館於上海，延主筆政。與姚燮、李善蘭、蔣敦復交好。太平天國起事，謀爲響應。後遁跡廣東。同治六年赴英，徧遊法、俄，既而至日本。後回香港，主辦《循環日報》。回滬，主格致書院，編輯《申報》，鼓吹變法自强。二十三年卒，年七十。著有《弢園文録》、《弢園文録外編》、《弢園尺牘》、《瀛壖雜志》、《淞隱漫録》、《淞濱瑣話》、《遁窟讕言》、《甕牖餘談》，又有《西學輯存》等書。《詩録》五卷，《弢園叢書》本，洪士偉序，自序，詩六百二十九首。移家滬上以前，大都流連光景之什。咸、同時，作《聞客譚近事有感》、《送麥西士回國》、《滬瀆雜感》、《聞粤警》等篇，俱關世事。又有《述哀》、《哀宗》二章，敍及身世。詩稿多自删改，故於太平軍多所詈刺，觀同時與太平軍有連之汪士鐸、蔣敦復等人詩，亦莫不如此。《記李七壬叔所述語》、《讀江弢叔伏敔堂集即書其後》，爲當日文苑典故。同治七年韜至英國，作《遊倫伯靈園》。回國有《題海天五友圖》，贈越南黎和軒、潘九霞詩。在日本與彼邦人士執行子能、竹添漸卿、栗本匏菴、長岡侯護美唱酬。又作《芳原新詠》、《阿傳曲》、《紀鴻臺戰跡》、《遊日光山》等篇記東土見聞。《題補春天傳奇》，傳奇作者待考，原本並不知去向矣。其詩纏綿綺麗，而不拘拘於體裁，亦能殊於衆也。

遊倫伯靈園　有序　去杜拉十二里許，有地曰倫伯靈，譯卽行雷橋，名勝所也。境既幽邃，候亦凉爽，每至夏日，都人士女挈侶來遊，藉以逭炎暑而消長日。其地有客舍數椽，可供遊人小憩。舍旁一園，廣袤無際，就山麓爲之結搆。徑路曲折高下，幽奇可喜，稍加人工，而無不出自天然。一澗瀠洄，千峯合沓，偶入其中，爽氣撲人，塵念俱絶。有飛瀑數處，從高注下，鏗訇盈耳。顧聲喧境静，仰觀俯聽，其趣頗永。沿澗傍山而行約十數里，行盡處，境忽窪下，滙作一潭以承水，水從石竅中怒噴而出，遥望之作白練一條，惜不甚長亘耳。水注潭底，跳珠噴雲，聲轟晴雷，土人謂之大鑊，以其水聲若沸也。兩旁巨石嶙峋，潭底石齒巉露，須下踐潭石面壁正觀，乃盡其妙。蓋此山之奇，固以飛瀑著名也。時同遊者理君雅各、媚梨女士。

同治戊辰夏五月，我來英土已半年。眼中突兀杜拉山，三蠟遊屐聽鳴泉。巖深澗仄勢幽阻，飛泉一片從空懸。我臨此境輒叫絶，頓洗塵俗開心顔。居停主人雅好事，謂此未足稱奇焉。去此十里有名勝，風潭廣斥萬頃田。上有飛瀑如匹練，下有雜樹相娟鮮。爰命巾車急往訪，全家俱賦登臨篇。其日佳客踐約至，遂與同載揚輕鞭。初臨猶未獲奇境，漸入眼界始豁然。意行不問路高下，疎花密蔭如招延。澗窮陡轉更奇闢，恍惚别有一洞天。水從石竅疾噴出，勢若珠雪相跳濺。至此積怒始奔注，一落百丈從峯巔。側耳但覺晴雷喧，聲喧心静地自偏。逕穿犖确躡澗石，獨從正面觀真詮。四顧幾忘身世蹙，來往忽冀逢飛仙。萬山擁翠若環合，中有一朶芙蓉妍。惜非胸中具丘壑，坐使腕底生雲煙。媚梨女士工六法，時女士攜筆爲圖粉本。定能寫此圖其全。勝情妙墨發奇想，盍將造化形神傳。嗟予窮阨世所棄，胸貯萬斛憂愁煎。山靈出奇爲娱悦，令以文字相雕鐫。我鄉豈無好山水，乃來遠域窮搜

研。昨者家書至海舶，滄波隔絶殊可憐。因涉名區念故國，何時歸隱江南邊。《蘅華館詩録》卷四

初至江户集飲東台長酡亭來會者二十有二人小野湖山鷲津毅堂藤野海南川口江東龜谷省軒岡鹿門三島中洲小山春山大鄕學橋河野荃汀寺田望南星野豐城木下梅里鱸松塘村山拙軒小牧櫻泉西尾鹿峯豬野熊梁野口犀陽佐田白茅蒲生絅亭平山蕉陰皆東都之魁儒碩彦也或有位於朝或致仕家居並以文章學問提唱風雅一時之秀萃於此矣爰作長歌以紀之

神洲三島浮鴻濛，三千年未東西通。我來粤海乘長風，手招屏翳驅豐隆。神山被引住九日，揚帆逕指江都東。此間人才之淵藪，衣冠東國羣推崇。自與泰西開互市，變法方詡中興功。二三有志守古學，與我文字猶相同。傴僂願執弟子禮，我拔其尤羣爲空。我初至日開盛讌，牛耳高踞詞壇雄。二十二人悉健者，舉筆欲參造化工。湖山吟詩作初祖，鷲津習禮稱儒宗。海南鬚眉自清古，江東骨相非凡庸。龜谷出語妙天下，鹿門作史窮寰中。中洲倜儻春山樸，學橋風度何雍容。河野寺田識奇字，佉盧能辨點畫重。豐城梅里同史館，上下追逐如雲龍。松塘拙軒文章伯，鬼神腕底驚詞鋒。櫻泉鹿峯器瑚璉，熊梁犀陽聲鏜鏞。白茅好俠絅亭静，俱耽著述娱心胸。明治集編揚盛治，偉人傳出彰遺踪。少年隅坐平山卓，席前請益時鞠躬。凡此一一詳論列，當非更僕所能終。嗟予潦倒衆所棄，海外乃與

諸君逢。災陬遁踪十八載，菰蘆徒自懷孤忠。來游禮數不寂寞，猶幸吾道非終窮。方今朝廷重鄰好，持節遠駕五花驄。兩邦苟聯唇齒誼，遠方何敢張弧弓。止談風月盡此樂，一言藉以明吾衷。詩成寫向雪色壁，碧紗應待他年籠。《蘅華館詩録》卷四

題補春天傳奇

春濤先生，今代詩人也。令子槐南承其家學，又復長於填詞，最工度曲。年僅十七齡，而吐藻采於毫端，驚泉流於腕底，詞壇飛將，復見斯人。今夏同人小集，不忍池邊長酡，亭上先生出示其令子所作《補春天傳奇》，情詞旖旎，丰致纏綿，雅韻初流，愁心欲絶，不禁有懷於感。爰題六絶句於上，以志鴻爪。

千古傷心是小青，拆將情字比娉婷。西泠松柏知誰墓，風雨黄昏獨自經。

秋墳鬼唱總魂銷，誰與芳魂伴寂寥。絶代佳人爲情死，一般無酒向春澆。

一去春光不復還，補天容易補情難。嬋娟在世同遭妒，寂寞梨花泣玉顔。

好事風流有碧城，同修芳塚慰卿卿。知音隔世猶同感，地下人間聞哭聲。

譜出新詞獨擅場，居然才調勝周郎。平生顧曲應君讓，付與紅牙唱夕陽。

刻翠裁紅渺隔生，怕聽花外囀春鶯。當年我亦情癡者，迸入哀絃似不平。《蘅華館詩録》卷五

汀鷺詩鈔二卷　同治十一年刻本

楊傳第撰。傳第字聽廬，號汀鷺，江蘇陽湖人。道光二十九年舉人。官候補知府。咸豐十一年其母七旬，在河南爲捻軍所殺，傳第旋卽以身殉親。事見吴昆田所撰《傳》。《詩鈔》與《文鈔》三卷、詩餘一卷合刻。北京圖書館藏有李慈銘手批本，封面題「壬申潘伯寅侍郎贈」。傳第爲包世臣女夫。《題包先生執筆圖次東坡論書韻》，李批：「此詩極老成。」感事二首，詠第二次鴉片戰爭事。詩云：「一夜狂飈海倒流，珠旗威望付扁舟。早知槃敦成虚約，坐嘆封畺少遠謀。羣帥空聞囚治父，異軍無復起蒼頭。萇弘碧血藏何處，消息傳來阻十洲。」李批：「此二語以當日傳漢陽死難也。」「問誰賣塞縱天驕，禍胎終當罪木貓。田豫袖中金入筒，越王臺下舶乘潮。卌年内地居山鬼，萬里中原困草妖。翻使閉關成罪案，光州鑄錯恨難消。」李批：「二詩指丙辰粤東事也。沉鬱而密實，似義山學杜之作。」《越縵堂讀書記》亦有《楊汀鷺集四條》，謂作者：「學有師法，文未能佳，詩亦率硬，詞稍清婉。」得此批本，頗見點化之妙。餘如《次韻姚伯山先生題完白山人鶴塔銘後》、《題潤臣閣讀所藏潘四農先生手蹟後》、《題紹興石經左氏春秋殘本》，亦見其學能識本原。吴縣陳昌年《清溪草堂詩集》卷二有贈楊汀鷺詩三首。

悲菴居士詩賸一卷　光緒間刻本

趙之謙撰。之謙字益甫，號撝叔，浙江會稽人。咸豐九年舉人。官鄱陽、奉新、南城知縣。工篆刻書畫，爲晚清大家。卒於光緒十年，年五十六。歿後潘祖蔭爲刻《悲菴居士文存》一卷、《詩賸》一卷，並爲序。詩皆同治元年以前作，造語生新，取材獨異。《丁藍叔屬題大碧山館圖詩以廣之》、《喜得胡亥甫書成六百字寄之》、《再去温州蔡枳篙同年保東以詩贈行依韻答之》、《自題畫梅》、《詠黄巖委羽山江心寺》、《讀史雜感》、《題江弢叔立馬雪中看嶽色圖》，均矯健而能遠俗。《二勸詩》，記平陽人金錢會、白布會，此市井聚利之事，無關宏旨。朝鮮使臣携墨贈人，面題曰「衛正斥邪之墨」，背書「洋夷侵犯，非戰則和，主和賣國」十二字。印文辛未，云其國於丙寅年立碑平壤，十二字乃碑文也。偶得此墨，亦有詩紀之。《舟泊石門憶事有作三首》，記黄葉村莊吴之振等人軼事。作詩斥吕留良，盛氣凌人。所述或中或不中，猶不失爲參考品也。

吕留良逆惡昭著而近人以其學遵程朱輒有恕詞甚矣小人不善之可揜也續述舊聞以示來者　三首

諸生棄却作遺民，三窟中容兩截人。叵奈質疑存姓氏，不曾抹殺吕光輪。留良爲諸生，名光輪，又曾薙髮爲僧。李岱雲選《本朝考卷質疑集》録一首題爲「質勝文則野」四句，上書「浙江顏學院科試石門縣學一等四名吕光輪」。

清獻過從求道學，梨洲絶交緣買書。取友必端非易事，南雷差幸勝三魚。留良師事梨洲，後梨洲入江南，留良往山陰買祁氏書，梨洲屬求衛湜《禮記集説》，留良得之而匿不與，梨洲大怒，遂削其籍。陸清獻從留良講學，推重甚至,《三魚堂集》中有與留良書及祭文,當抽燬。聞陸集已重刊,不知已刪去否。妙道真工闢陸王,良知盡絶喪天良。如何言不因人廢,此論吾嗤魏邵陽。留良痛斥良知之學,以闢陸、王而宗程、朱,故人恕之,以爲理學正傳。然理學大儒合之謀反大逆,言行不相顧不應至斯極也。往居都下,見書攤上有鈔本留良論學書數篇,邵陽魏君源加墨其上,言留良人當誅,言不可廢,余不謂然。取歸摧燒之。《悲菴居士詩賸》

止足齋詩存三卷附一卷　光緒三十一年

銘安撰。銘安字鼎臣,滿洲鑲黄旗人。咸豐六年進士,改庶吉士。同治六年典試廣東,光緒元年官盛京刑部侍郎,奉使朝鮮。九年,由吉林將軍辭官,年五十六,不復出。三十一年,自刻詩集三卷。卒於宣統三年,年八十四。是集首自序。一、二卷俱告歸家居之詩。卷三《奉使紀畧草》,爲赴朝鮮詩。有《雲興館》、《延薰樓》、《過曉星巖》、《渡晴川江》、《安州道中》、《渡大同江》、《通津江》、《平山道中》、《宿平壤大同館》諸題。晤見朝鮮國王,有詩紀之。末受業劉傳福、吴蔭培跋。附《養年别墅圖》題跋一卷,翁同龢等題詞。

羼提精舍詩稿十二卷　同治五年活字本

于昌遂撰。昌遂字漢卿,山東文登人。貢生。居清江浦。同治二年,于役南通,往來狼山、司漁諸港。

四年，移泰州館課。工詩。適有以活字版儥逋者，得四萬六千餘字，爰鳩工自印《詩稿》二百部。首郭夔序，作於同治五年。據《齊梅麓先生梅花居士圖》詩注，知昌遂生於道光九年，爲齊學裘女夫，齊彦槐孫女壻。卒於光緒八年，年五十四。詩格調甚高，而紀事之什，則受乾、嘉以來影響，重於質實。《新樂府》六首爲《紙揚州》、《棗燈雞》、《打城皮》、《童子兵》、《鐵六合》、《官兵來》，諷世極深。後又續作《求真材》、《大人醉》、《受招安》、《兵民讐》，多爲有關捻軍史詩。而涉及太平天國軍事，殆爲吴中見聞。餘如《李易安故居》、《大明湖竹枝詞》五首、《讀史五首》，俱有神味。《自題享帚齋十二圖》楊州王素畫、《自述六十韻》，可見平生經歷。自云：「二十六年爲詩二千餘首，今經删訂，存七百十八首。前九卷大體編年，卷十《獨知小稿》爲少作。《課餘偶存》率多讀書題畫之什。」閲其意在不蘄于傳不止，亦能于此事者矣。

椒園詩鈔七卷

光緒十五年日本使署刻本

黎庶蕃撰。庶蕃字晉甫，號椒園，貴州遵義人。庶燾弟。咸豐二年舉人。官兩淮鹽大使。光緒十二年卒於揚州，年五十八。是集爲其弟庶昌使日本時與庶燾《慕耕草堂詩鈔》合刻。有方濬頤、莫祥芝序，自序，黎庶昌所撰《墓誌》。黎氏昆弟均從外兄鄭珍學詩，庶燾詩幽峭，而才力稍弱。庶蕃詩豪放，而工候不逮。咸豐間，黎氏爲避太平軍，入山築寨自守，庶燾集有《禹門寨行》詳記其事。此集多同光間所作。自巴渝至金陵，沿江詠三峽、赤壁諸峽，時有蒼莽之致。《自松坎放舟至蛇皮灘》、《白水驛觀瀑亭歌》，亦精采溢目。《白下元狩金仙歌》，金像爲漢武帝元狩二年鑄，同治初金陵爲掘窖者所得。《夜泊金山弔死難諸僧》，謂洪、楊時諸僧多不屈死。凡此亦稍涉史事。餘皆不足稱述矣。

退遂齋詩鈔六卷續集二卷　光緒間刻本

倪鴻撰。鴻字延年，號耘劬，又號雲癯，廣西桂林人。以簿尉官廣東番禺，巡司昌山、江村。工詩，爲張維屏、黄培芳弟子。同時陳澧、譚瑩、曾釗、葉衍蘭皆與締交。咸豐八年避地佛山，著《桐陰清活》筆記八卷。光緒二年，爲仇家所陷，去粤適閩，襄辦臺灣軍務。撰《退遂齋詩鈔》六卷，張維屏題詞，鄭獻甫、王拯、陳澧、亢樹滋、黄紹昌序，初刻於光緒六年。據庚申三十二歲詩，考爲道光九年生。卒年六十四。其最著者爲《洪郎曲》，婉麗多諷，論者以爲似吴偉業《王郎曲》。又《照相篇》，記攝影之法，世奇之。《繩伎行》、《觀影戲作》，可見取材亦不受拘執。作者居粤東西最久，《珠江雜詩》十首，《自陽朔至桂林舟中看山放歌》、《獨秀峯》、《棲霞洞》、《過中宿大廟香鑪湞陽諸峽》、《丹霞山》、《錦石巖》、《石鐘巖》、《同官峽》、《楞伽峽》、《七星巖》、《廣州竹枝詞》三十首，摹狀山川峽灘風土人情，姿態横生。咸豐七年，英法聯軍侵占廣州，作《十一月十四日紀事》。作者生平勤於書卷，《顔魯公名印歌》、《南漢馬二十四娘地券歌》並序、《晉永康甎詩》、《明宫雜詠三十首》並注，要非枵腹者所爲。又以倪瓚爲族魁，每年倪雲林生日必有雅集。《檀度庵觀平南王第十三郡主自悟大師畫師》，記尚可喜遺女事，兼及吴三桂、孔有德。《錦巖行爲僧性顯賦》，僧順德人，清兵南下，率衆守清遠，城陷戰死，《陳子龍集》詳其事。蓋生平留心掌故，詩亦多事採訪。是集卷首《題辭》一卷，集録諸家評論。採於張維屏《聽松廬詩話》、黄培芳《粤嶽草堂詩話》、林昌彝《海天琴思録》、李家瑞《停雲閣詩話》、吴炳田《華溪詩話》、梁九圖《汾江隨筆》、汪瑔《松煙小録》、孫橒《餘墨偶談》、汪昶《言志詩輯》、李文《泰海山詩屋詩話》、林大川《蠡測詩話》等書，今已有不可踪跡者矣。光緒十年，刻《續集》二卷，張昭潛序。爲光緒七年以後詩。官閩有《登太姥山》、《登支提山》、《厦門旅次》諸篇，而無臺灣詩。重抵滬濱，與李士棻等唱和。游山左，登岱嶽，復游皖鄂、匡廬、九華，均有作。又喜論詩，並爲吴仰賢《小匏庵詩話》題詞。乾、嘉間盛行以考據爲詩，道、咸後詩又似近筆記。學風詩風，相互影響者蓋如此。

廣州竹枝詞　三十首録十

綵旗迎得好春回，喜入新年日舉杯。踼毽羣兒身手捷，五仙觀裏廣場開。新正，遊人集五仙觀踼毽。

花埭園林最大觀，靈辰裙屐合盤桓。孖舲艇子輕如葉，也替游人載牡丹。人日例爲花埭之游，士女多買牡丹以歸。

扶胥江口畫船排，一路香塵點繡鞋。試向波羅神廟看，人敲銅鼓拔金鈸。二月十三日，祭南海神，游人甚盛。南海神廟在波羅江上。廟中有銅鼓，云林靄所獻。

青到墳頭徧草皮，清明挖青草如椀大，徧鋪墳上，名打草皮。紙錢飛上白楊枝。禾蟲入市婆訶鳥名㖞，又是人間閉墓時。清明匝月，俗名閉墓。
鵝毛扇子又頻揮，衫著藷茎汗點稀。看罷犒龍歸去早，端陽競渡，酬舟人以花紅酒醴，曰犒龍。商量食粿送寒衣。諺云：未喫端午粿，寒衣不敢送。
姊妹花開到處妍，家家樓閣住嬋娟。筠籃龍月爭相餉，兒女青紅説結緣。七月十四日以龍眼相餉，謂之結緣。
節交田了入秋天，會設盂蘭費萬錢。月色淡黄煙淡緑，滿河都是放燈船。中元沿河皆放水燈。
芋魁箇箇餅層層，慶賀中秋習俗仍。十萬人家三五夜，有樓臺處有紅燈。中秋人家皆以長竿標燈書慶賀中秋字。
雪花從不灑仙城，冬至陽回日日晴。蘿蔔正佳籬菊放，晶盤五色進魚生。冬至日以魚膾雜蘿蔔菊花薑桂啖之，曰食魚生。
銅壺滴漏夜無聲，爆竹如雷響滿城。貼罷揮春人小醉，俗呼桃符曰揮春。賣花聽唱到天明。除夕賣花聲聞達旦。《退遂齋詩鈔》卷三

清人詩集敍録卷七十六

篆喜堂詩稿不分卷　滂喜齋叢書本

陳壽祺撰。壽祺字子穀，號珊士，浙江山陰人。咸豐六年進士。由翰林官刑部主事。太平軍佔領山陰，百計奉母來京。同治六年卒，年三十九。《詩稿》由潘祖蔭刻入《滂喜齋叢書》，爲之序。詩頗俊秀，去其亂離之音，佳句絡繹。《渡揚子江喜賦》云：「山帶夕陽淘浪去，人先明月渡江來。」《春暮意行近郊偶賦》云：「田水倒涵山影緑，野花亂插竹籬紅。」「猫頭笋賤連泥賣，雀舌茶新帶雨烘。」《曉發魚溝》云：「林窄天光明馬背，雪消山色上鴉翎。」《春日安順道中》云：「飛花十里官栽柳，孤磬一聲僧賣茶。」「鬲塢小風傳鳥語，到門流水識人家。」頗見匠心。《揚州女兒曲》、《山行》、《春晚新霽卽事》、《海中望雷公》、《題朝鮮詩人鄭謙齋山水立幅》，亦清婉可誦。壽祺與李慈銘交密，此集與《越縵堂集》互有贈題。同里王星諴《西鳧殘草》有《滬上贈陳珊士比部壽祺詩》五首。

竹山堂詩稿二卷　一九一八年刻本

潘祖同撰。祖同字桐生，號譜琴，江蘇吴縣人。世恩孫，曾瑩長子，祖蔭，其從兄也。咸豐六年賜進士，改庶吉士。詩有家法，題圖之作，緜茂淵雅。是集有戊午沈玉麟八十一歲序，序云：「君年長余九歲，而歿已十有六年。」可推斷爲道光九年生，光緒二十八年卒，享年七十四。又潘祖謙序。集中詩繫先世事較多。《曹氏墨林歌》、《題丁松存老人著書圖》、《題曹宗瀚令祖芝田臺海運粮圖》，可備掌故。《題任阜長薰畫水族册》十六首，爲龍、鯈魚、鯉、鰻、龜、烏鰂、玳瑁、江豚、蝦、蛙、河豚、璅蛣、蟹、金魚、龍頭魚、蛤蜊，當以美術史資料視之。

澹無爲齋詩稿五卷　光緒二十七年刻本

方淵如撰。淵如字深甫，安徽桐城人。咸豐九年，避地山東即墨，年三十。後客晉二十年。光緒十四年歸里。刻詩稿五卷，有其弟濤跋。集中有《元遺山中州集書後》、《讀吴梅村詩集》、《惜抱軒集》、《柏峴山房集》、《題八大山人畫册》、《惲南田谿山小幅》等作。《光甥心穀携李介須詩一卷併訪得其墓乞作記之》，介須名雅，字士雅，清初人，其詩載潘江《龍眠風雅》中。又多志三晉風物民情，《太行山》、《訪青塚》、《催科行》、《閔窮歎》、《弔傅青主先生》，各得其致。自云：「光緒二年北地苦旱，山西爲最。」觀其行實，爲避江南戰事，而北行多年。亦受苦辛，大抵以幕佐文墨爲生。結交何紹基、胡澍等人，尚多知名士也。

白華絳跗閣詩集十卷　光緒十六年刻本　越縵堂詩續集十卷　近代排印本

李慈銘撰。慈銘字炁伯，號蒓客，又號越縵，浙江會稽人。光緒六年進士。由翰林官山西道監察御史，駢、散、詩、詞俱工，致力史學，間作考據。所著《越縵堂日記》，内容賅博，近代人日記均不能及。卒於光緒二十年，年六十五。《白華絳跗閣詩集》依干支分卷，前六卷屬三十四歲定稿，後四卷爲同治十三年間作，有光緒辛卯自記。作者持論苛刻，又好諧轢前輩，嚴于人而恕于己，身後人故短之。丙集《論詩絶句》，於清代祇舉沈大成、王昶、凌廷堪、洪亮吉四家，均有微詞。於道、咸詩家，尤多不滿，而自視甚高。蓋其詩本之以經籍，密之以律法，既不專摹漢、魏，亦不生學宋人，格調氣韻，熨帖自然，看似平易，得力亦甚厚焉。集中《村居雜感九首》、《鑑湖竹枝詞十二首》、《書近況寄諸友人》、《庚午書事二首》、《丁丑九月京邸大風感懷四首》，寄興深遠。《讀離騷》、《讀明史盧象昇傳》、《題馬令南唐書後六首》、《冬夜讀後漢書李固杜喬傳》、《雜詠後漢事十二絶句》、《題漢大司農鄭君像》、《讀爾雅偶題三絶句》、《閱舊唐書偶成四絶句》、《題燕子箋二首》、《李香君小影二首》，著論樸直，意自生新。爲潘祖蔭、吴大澂題詠古器圖像，均不當家。壬集《答王詠霓見贈之作》，歷數清代學術源流，《寄懷陶濬宣兼示孫生憙孫》，敍及都門流行山西梆子腔，庚集《潘伯蔭屬題小像爲賦長歌》，自抒其磊砢之情，意所欲宣，詞無不達。又善于斂才，格調益峻。鄧琛《荻訓堂詩鈔》卷六有七古《讀李蒓客農部白華絳跗閣詩集》。《續集》爲一九三三年由雲龍於日記中因順次輯録。爲光緒元年至十年之詩，以繼《白華絳跗》之後。其中閑適之作較多，不逮前編。《自題湖塘邨居圖四首》、《鄭司農生日作》、《書北周宇文護傳後十四韻》、《詠史二首》、《慈仁寺觀近人所撫九蓮菩薩畫像長椿寺觀明孝純劉太后續像爲長歌紀之》、《題文信國空坑敗後致人書真蹟》、《題林和靖像硯》、《題傅節子華延年室金石拓本》，較有可取。又《甲申三月十三日出都小住津門四月三十日還京絶句五十首》，關係中法時事，多深沉語。中日甲午戰爭敗訊至，感憤而卒。其人品詞章學問，俱有可稱，是亦未可輕議也。

退一步齋詩集十六卷　光緒十八年聚珍版刊本

方濬師撰。濬師字子嚴，號夢簪，安徽定遠人。咸豐間舉人。同治九年提調粤闈。光緒間官至直隸永定河道。卒於光緒十五年，年六十。此集爲陽湖吕景端編校，詩十六卷、文四卷、《蕉軒續録二卷》，冠以光緒十七年松椿序。詩自道光二十三年迄光緒十四年，各卷繫以集名。濬師從兄濬頤官布政使，有聲。集中多相互唱和詩。此集病在存詩太多，摹擬體裁，概未删汰。去蕪存精，則《泛海行》、《林文忠公遺像》、《題林惠常昌彝海天琴思圖》、《讀唐書隱逸傳偶作六首》、《題新羅山人嬰戲圖》、《論詩一首書駕航前輩壺巢吟稿後》、《題元人畫文姬歸漢圖》、《楊龍友詩扇歌》、《詠三國志絶句二十首》，可供文史參稽。詠粤贛山水險灘，時出佳什。《滬濱雜詠》，記光緒間上海社會變化。《東洋車》自注：「洋人以車租與華人之無衣食者。英法各界約三千輛，晝夜各三千人，每人日納洋銀二角，不得絲毫賒欠。」記外人剥朘中國貧民，發之喟歎。又有《八公山題壁二十六首》，詆毁起義軍民，不足取也。

敦壽廬遺集詩七卷　光緒二十六年刻本

吴恩熙撰。恩熙字定甫，號涵青，又號覺遲，江蘇吴縣人。諸生。旌表孝子。道光十年生，光緒六年卒，年五十一。是集凡十卷，一至七卷爲詩，二百七十五首。以下爲詞、賦、曲，曲四首，有目無文。作序者潘祖同、潘鍾瑞、潘遵祁、吴寶恕、秦綬章。有《自述》詩可見行誼。詩格不高。《春秋戰國雜詩二十八首》、《詠史雜詩》，大都取原文填砌故事。《蟲吟》多首，尤近無聊。《讀韋蘇州集》、《讀高青丘集題後》，較可參考。《讀雪中人曲放歌》，詳於本事，較他人之作爲詳。又有《登焦山頂放歌》，亦見沉鬱肫摯之情耳。

瓶廬詩稿八卷補遺一卷　近代刻本

翁同龢撰。同龢字叔平，號松禪，江蘇常熟人。心存子。咸豐六年一甲一名進士。光緒間官至户部尚書，協辨大學士，三十年卒，年七十五。謚文恭。歿後門下士張蘭思裒所著詩三百六十餘篇，欲授梓未果。後十五年，弢甫編《遺詩》八卷刻之。其中題書畫碑帖之作，十居六、七。如《題宋搨麻姑仙壇記》、《題宋搨汝刻》、《題石谷畫》、《題陳白陽畫册》、《題伯寅藏瘞鶴銘精搨本》、《題祝枝山書樊毅碑華山碑》、《褚雁塔聖教序記》、《乙瑛碑》、《題陳章侯博古牌刻本》、《錢南園畫老馬》、《何蝯叟書洞庭春色賦》、《題倪文正畫二絶句》、《題歐陽文忠公像》等篇，間有自注，文詞甚茂。甲辰五月二十日絶筆云：「六十年中事，凄涼到蓋棺。不將兩行淚，輕爲汝曹彈。」陳衍《近代詩鈔》稱其詩：「不但怨而不怒，即怨亦希，惟其音自悲耳，絶筆一首，其明證也。」詩稿刊行後，張蘭思取以校所藏，尚闕六十餘首，爰鳌爲一卷，題曰《詩補》，附校異一卷、詞一卷，民國十年排印。内多酬應詩。作序者馮煦、沈曾植、邵松年、孫雄、張蘭思，皆作者門人。合此兩本，仍不過一鱗半爪，自不當以全集視之也。梁啟超《飲冰室詩話》録康有爲所作《哀詞十四章》，自序云：「戊戌爲中國維新第一大變，翁公爲中國維新第一導師，關係至重。恐人間不詳，故詳詠。此雖詩也，以爲翁公之傳，以爲新舊政變之史皆可也。」《哀詞》爲五律，並注時事。

碧城詩鈔十二卷　光緒十三年刻本

俞功懋撰。功懋字第臣，號慕白，浙江海鹽人。貢生。同治間，官廣東恩平、合浦、海康等縣知縣。光緒十三年，刊《碧城詩鈔》十二卷、雜著一卷，詩凡一千三十一首。首自序。據五十初度詩逆推，約生於道光十年。功懋嘗作《探穴紀畧》，敘咸豐間太平軍占領海鹽見聞。後避地申江，集中有《洋涇竹枝詞》十首，同治初北上，作《航海》、《登州》，詠北京寺觀名勝等篇。後就幕楚南。而官粵東最久。與郭尚先、陸心源等時流均有酬答。《題羅兩峯鬼趣圖》小序云：「圖十二葉。諸名宿題者不下三百家，窮形盡相，幾無從置喙。」粵中作《燒金猪》、《掏枯井》、《釣魚臺》、《減粧會》、《屐齒呢》，名曰《粵謳五章》。又作《金蘭會》、《辭仙曲》，名曰《續粵謳》。頗重采風，且多與時事有關。

　　瑯璫謡　恩平邊界

郎歌兮歡融融，郎在埔之東。黄坡村後春水通，今年有閏多梧桐。

郎歌兮話喃喃，郎在埇之南。妾心一鉤月，橫塘夜夜月初三。

郎歌兮何淒淒，郎在埇之西。大猴山高小猴低，郎似埇中水，妾似埇中泥。

郎歌兮苦相憶，郎在埇之北。雲帆雨檝蒲橋側。波上萍，郎蹤迹。溪畔花，妾顏色。《碧城詩鈔》卷六

合浦竹枝詞　一百二十首録十四

秦時象郡古雕題，合浦名從漢代稽。千載開山城督護，早除毒質瘴江西。

連筐穀米爭趨市，帶葉檳榔每上街。章舉更兼馬甲柱，官厨南食海鮮佳。

長途四百樂民墟，古衛民墟繞里餘。要設市廛傍東郭，蓬蓬生氣莫空墟。

西疇禾黍遍芳塍，沙漲沙消課未增。兩岸潮平聞戰鼓，珊瑚墩外試高凭。

斥鹵潮田競海匡，淡田培種更精良。漢陰抱甕忘機甚，勤穫膏腴是水鄉。

野航安穩渡多蕉，楊柳沙頭擬短橈。因利利民魚箔税，風波不畏大觀潮。

冠嶺高撐俯六池，圍州遥控水中坻。蟹鉗形勢廉門户，重鎮毋貽寇穴資。

温泉匝地八村開，縹緲蛇洋紫翠堆。任取黑泥資澣濯，不愁京洛化緇來。

繭綵釵頭工製虎，奪標浦口試扒龍。荔漿新劈紅雲膩，蒲酒初成緑醑醲。

大海神奇結尾閭，瑠珠九品貴璠璵。媚川却並花田設，夜夜盈虧逐望舒。
珠襦玉粟奈饑寒，驄馬封章萬户安。鐘虡可輕花石重，自來玩物誤中官。
蓬頭齲齒足脛交，官客虚名刺手抛。規例分司杳販艇，前生是否泣珠鮫。
條編設櫃白皮鹽，益餉添兵兩不嫌。要術鹺綱塞漏孔，那堪私課比官嚴。
新立菩提薄柳營，石塘左近調狼兵。酬庸蠲賦前朝事，白部青羌浪得名。《碧城詩鈔》卷十

味琴室詩鈔不分卷　近代排印本

時元熙撰。元熙字澹川，一字祉卿，浙江平湖人。少預邑中詩社。咸豐十年，太平軍攻陷郡城，死之，年甫逾三十。是集首咸豐七年黄金臺序，董兆熊序。元熙與朱壬林、沈筠爲忘年交。才調較高。《登吴山作》、《游報本塔院》、《銅雀臺瓦硯歌》、《游龍湫山懷李天植》（天植，明遺民，號龍湫山人。）、《朱竹垞著書硯歌》、《題梅道人墨竹小幅》、《題陳眉公草書小幅》，駸駸及古，粹然雅音。《論詩絶句》十六首，自劉基迄陳恭尹，每家一首。又善畫，有《自題畫册》。是集爲排印本，同邑高廷梅跋作於辛亥，尚未改元。

烏石山房詩稿十卷續稿六卷　光緒五年雙驂園刻本

龔易圖撰。易圖字少文，號藹人，一號含晶，福建閩縣人。咸豐九年進士。官登萊青道，兼東海關監督。光

緒間至湖南布政使，十一年罷歸，築雙駿園，文酒詩會，盛於一時。卒於光緒十九年，年五十八。是集爲易圖官江蘇按察使所刻，爲咸豐四年至同治十年詩。其中仇視太平軍之作甚多。《看之罘山雲》、《登姑餘山游煙霞洞》，較可誦覽。《詠山左古蹟詩四十二首》、《游方廣洞尺五十韻附刻石記》，可以文物資料目之。《園中秋日雜詩二十八首》，均記園林之盛。購藏海寧陳氏藏書詩，存若干掌故。其詩取法蘇、黄，近師隨園、甌北，亦負時名。

水流雲在館詩鈔十卷　光緒二十一年刻本

周天麟撰。天麟字石君，江蘇丹徒人。恩綬子。官山西州郡者幾三十年，至澤州知府。生於道光十二年。是集有賀榮驥、韓仲荆序，自序。感時事艱難、民生疾苦，記三晉風習之詩較多。《鐵花行》一篇，記澤州上元夜郡署鐵花之戲。序云：「是日堂廡下設鑪鞴數具，範土作甕，入碎鐵鎔之。自晨至暮，甕表裏皆赫然，鐵成汁矣。冶人嫺此技者以巨鉗鉗甕置階下，東西各數甕。甕各數人，手一勺挹鐵汁，一棒自下擊之。汁薦越騰濺，縱横數丈。迭挹迭擊，甕盡則數數易，歷時許乃畢。」詩以異彩丹葩，摹傚如畫。此題朱樟、張晉詩集亦有之。均澤州所見，他處所無也。又有《榼山行》，亦可採摘。餘作多讀詩論曲。唱和爲鄧琛、王仁堪等人。

東埭詩鈔十卷　光緒二十年刻本

郭肇撰。肇字懷初，一字復亭，浙江諸暨人。諸生。是集收道光二十九年至光緒十六年詩三百二十二首，首譚獻序。以癸亥同治三年《里居雜興》「三十三年夢裏過」句斷之，當爲道光十一年生。卒年六十五。早年游浙東西，作《望抗烏山》、《五洩觀瀑歌》、《山行雜詩》、《天長寺》諸篇，意志超逸。《書板橋雜記後》五首、《查士標寒林列岫卷》、《古劍篇》，多備藝文掌故。太平天國軍興，避地山中。《庚申紀事》敍杭州戰事，後又作《皖江哀》。官軍收復諸城，詩記書籍被焚，此皆動盪時代之所不能免。而《墾田行》、《苦旱行》等作，寫戰後農村凋敝已極。清廷以江浙爲命脈，讀此二詩，信無醫可補矣。又作《浣溪竹枝詞》，詳于物産。譚獻序稱其詩「雖憂時傷離，而無噍殺之音」，庶幾近之。

蘇鄰遺詩二卷　光緒十四年黎氏刻本

李鴻裔撰。鴻裔字眉生，號香巖，晚以居近蘇子美滄浪亭故址，又號蘇鄰，四川中江人。咸豐元年順天舉人。嘗入胡林翼、曾國藩幕府。官淮徐海河務兵備道，至江蘇按察使。光緒十一年卒，年五十五。黎庶昌、俞樾各爲撰《墓誌》。此集强汝詢序，光緒十四年黎庶昌刻於日本。詩大都作於同、光間，僅存二百餘首。鴻裔與潘祖蔭、李宗羲、曾紀澤、吴雲、高心夔、莫友芝等交往。詠西湖名勝兵後情景較多。《書庫抱殘圖爲丁松生大令題》、《讀越南志後二十六首》，可爲文獻之資。《滬上雜詩二十七首》有所采輯，體制亦新。此後國内有《髯仙詩舫遺稿》二卷石印本，與是刻内容相同。又有《蘇鄰遺詩續集》，未見。

冷吟仙館詩稿八卷　光緒十七年刻本

左錫嘉撰。錫嘉字韻卿，一字小雲，又字浣芬，晚號冰如，江蘇陽湖人。祖輔，字杏莊，乾隆五十八年進士，官至湖南巡撫。父昂，道光間舉人，官鳳潁同知。錫嘉與四姊錫蕙、五姊錫璇，並以詩書畫名。錫蕙適歸安姚開元，錫璇適武進袁績懋，錫嘉適四川華陽曾詠，爲其繼室。同治元年，詠歿于安慶軍次，錫嘉扶柩歸葬，自寫《孤舟入蜀圖》，海内名人多題詠之。居成都浣花溪，日課子女。子光煦，官山西知縣，迎於官署。數年入都復還蜀。光岷於光緒十五年成進士。女某，適林尚辰。女懿，適袁學昌，學昌即績懋子也。女彥，適張祥齡。懿、彥最負才名，均各有集。是集與曾詠《吟雲仙館詩稿》一卷合刻，首曾國荃等序。詩爲《浣香小草》一卷、《吟雲集》二卷、《卷葹吟》一卷、《冷吟集》四卷，左錫璇序。附刻《冷吟仙館詞》。早作多與諸姊唱和。孤舟返蜀，格調蒼涼。晚作詠晉中山川險勝。頗有佳什。生年據《六十自壽賦》，爲道光十一年。卒年六十五。光緒二年，作《日本使臣津田靜索繪兼題長句以應之》，可見其詩畫名播於時矣。

青溪詩選二卷　光緒十六年刻本

蔣師轍撰。師轍字紹由，號遯盦，江蘇上元人。光緒間舉人。與兄師軾，並負詩名，稱「金陵二蔣」。師轍卒於光緒三十年，年五十八。光緒十六年，翁長森編選秦際唐、陳作霖、何延慶、朱紹頤、鄧嘉緝、顧雲、蔣師轍詩，爲《石城七子詩鈔》。據各鈔卷首小傳，可知光緒十六年際唐、作霖年五十四，延慶、紹頤俱没，嘉緝、顧雲年四十六，師轍年四十四。在七子中最少。而習諳小學，究心水利時務，故其詩多質實之言。是集爲手自選訂，篇什不多，亦稱簡潔。《池河紀行》、《清流關》、《直沽行》、《貴粟謡》、《泥滓歌》、《塞河歎》多與水利河運有關。《述懷十八首》、《有感四首》，抒發抑鬱之氣。過天津紫竹林，作《天沼歌》。德州途中，作《搏鬼謡》，聞河決東明，作《河流歎》。光緒十年，朝鮮開化黨人發動政變，脅迫國王，中國駐軍救國王出，作《紀朝鮮亂事三首》，注云：「洪英植、金玉均、朴詠孝、徐光範、徐載弼爲戎首，日本竹添進一郎實陰嗾之，禍發於十月十七日，而二十三日日本井上馨已率兵艦六艘抵仁川濟物浦。」又有《聖化篇三十韻贈日本源緒》，源緒字藍水，日本歧阜人。師轍受知于李聯琇，聯琇死，有悼詩。其詩有六朝三唐根柢，長篇尤蒼健。《青州論詩絶句九首》，爲晉左思，梁任昉，唐崔信明，明馮裕、惟健、惟重、惟敏、惟訥、馮琦，清丁耀亢、趙進美、李澄中、趙執信。

邿亭詩稿不分卷　光緒十七年刻本

孫楫撰。楫字子舟，號駕航，山東濟寧人。咸豐二年進士，官廣東雷州知府，擢廣西左江道。是集以光緒六年以來十二年由粤東入都往返淮揚以守雷郡等作，裒爲一編，首自序。凡嶺海、江山、灘石之概，友朋懷思之情，紀述器物之題詠，悉寓於詩。其中《南雄曉行》、《雷州述懷》、《鳳尾船》，以及赴廣西途中所作《前灘行五首》、《後灘行五首》、《鄉車謡》等篇，不失上選。《嶺還亡友圖歌》，附方濬頤《記》。題圖爲吴大澂作，可爲文獻之資。集刊於羊城。生於道光十年，卒年七十二。

秋聲館遺集詩五卷　咸豐間刻本

歐陽勳撰。勳字功甫，湖南湘潭人。諸生。從鄧顯鶴游，古文爲桐城支派，亦能詩。咸豐六年，年三十而卒。撰《秋聲館遺集》，凡詞一卷、文二卷、詩五卷一百八十一首。曾國藩、吴敏樹序。《山居雜感》等篇，記道光間湖南災情，多爲記實。詠湘中山水名蹟，間可觀采。《讀東坡詩》可見旨意甚高，乃齎志以殁，抱負未伸耳。

柏井集四卷　同治元年刻本

汪祖撰。祖字韻和，湖北漢陽人。諸生。爲王柏心弟子。文工駢體，詩由漢、魏入手，道、咸間楚中詩人，多以此爲訓也。是集有王柏心、方宗誠、丁柔古、濮文昶序。《擬重過黄鶴樓落成銘》，附《擬重過黄鶴樓落成記》，爲重新建樓時之文獻。集中詆毁太平天国詩篇甚多。謂作詩須守「宗主、變化、獨至」六字，而摹擬極重，不免繁褥。《楚北論詩絶句四十六首》，自屈原迄於當代。楚人論楚詩，自熊士鵬後，已見數家。

貞復堂集詩十三卷　光緒十七年刻本

黄濚之撰。濚之字杭蓀，湖南善化人。光緒二年進士。官吏部主事。刻《貞復堂集》詩十三卷，分《刼餘》、《更生》、《紉佩》、《雪泥》、《嘵音》、《北征》、《金臺》、《還湘》、《浩園》十集，《鬘華詞》二卷，古賦一卷。濚之於道光三十年，侍宦定海。道出杭州，作《弔西湖詩》。同治元年居里，作《湘中竹枝詞七首》、《采茶詩三十首》，復詠境内山川諸勝。再游江南，作《火輪船望小孤山歌》、《除夕守風火龍灘放歌》。集中涉及時事者不多，入都後始有《聽大沽防營史副將光普兵士歌》。《詠史樂府》凡三十三首，無新警之作。早年受知於何紹基，詩格相近，而雄奇之狀不及。

賈比部遺集詩一卷　光緒元年平氏刻本

賈樹誠撰。樹誠字雪持，號琴巖，浙江會稽人。同治元年進士，官刑部郎中。十二年卒，年五十三。歿後，平步青求遺書，得手稿古今體詩、雜文取校，後定本稍加詮次，爲《賈比部遺集》二卷，梓於《葛園叢書》，詩不百首，大都爲官京師所爲。出身進士，仍入貲爲郎，清季官風惡劣如此。據文集《補勤詩草序》云：「予與晝卿生同歲，同補諸生，復同舉於鄉。」是與陳錦同庚。作《柵闌行》，記都中猾吏假名歛錢。小序云：「都城内外各巷，向樹柵以止宵行，非遂能靖萑苻也。咸豐庚申，某王提督禁旅，以歲久不治，假名歛錢，檄到，大司寇奉命惟謹，曹郎無免者。予質衣得二十千。嗟乎，以貲爲郎，乃至是耶。爰以俚言誌之。」詩云：「長安居民千萬户，五夜干㭬柝聲苦。巨盗不禁禁夜行，巷口全憑紅柵堵。一巷一柵費不貲，舊聞此事歸度支。比日官錢苦不給，急公那得惜其私。金吾令下誰敢忤，道是當今真急務。倡率應從六部先，一部官逾三百數。尚書慷慨書千緡，侍郎少殺數亦均。白雲亭上奉嚴帖，按名大索毋逡巡。爲力不同須量力，五日爲期何太偪。最少亦需二十千，誰其違者當被劾。微官本是捐輸來，即今避債空有臺。區區敢惹長官怒，典衣搜篋心徘徊。難者自難易者易，官票盛行私票棄。倉卒搜羅足萬緡，司寇公然如計吏。噫嘻乎，牙捐釐税何紛紛，吏胥大笑恣餐吞。一朝檢括到官府，民猶剥骨官何論。祇愁巨盜夜斬門，奔訴金吾仍不聞。」又作《秋曹歎》，亦感慨不平。

悔初廬詩稿十一卷別集一卷　光緒間刻本

柴文杰撰。文杰字伯廉，江蘇太倉人。咸豐二年舉人。喜讀史，尤熟於有明一代故實。光緒三年刻《明史雜詠》二卷，取開國至南明重要史實，發諸於歌。後又刊道光二十七年以來詩作六百首，名《悔初廬詩稿》，有同治八年馮桂芬序，自序。光緒十八年復刻《别集》一卷，乃《南北宋樂府四十首》。乾、嘉以後詩尚才氣，大都不名一家。此集學袁、蔣、趙者較多。《出鎮江口月下順風放船作歌》、《渡黄河》、《獅子林》、《泰山頂曉起看出雲作歌》，俱以絢爛爲勝。《詠粤事詩》，醜詆農民軍頗深。《海門樂府》之《税畝行》、《逃荒行》、《夜宿小山嘴卽事》、《申江雜感》諸篇，多記社會民情。《狼山詠駱賓王墓》、《韓瓶三首詠相傳韓世忠渡江時犒軍酒器》、《支硎記一線天諸勝》，亦足采。《曹生行》，記曹春江少游吴。《説袁中郎三笑緣院本》雜以里巷俚語，眉色盡舞。《題四絃秋樂府》、《戲題蔣劍人嘯古堂集》，爲文壇掌故。《録書錢蒙叟金陵觀棋詩後》云：「六朝古月照秦淮，殘局東南半壁開。玉樹新聲商婦怨，荒亭野史黨魁才。江山已被人量去，富貴曾無客送來。末刼可憐輸一着，滄桑餘涕爲君哀。」此詩鍊達，乃集中上駟。

復堂詩集十卷　光緒間復堂類集刻本

譚獻撰。獻原名廷獻，字仲修，號復堂，浙江仁和人。同治六年舉人。官含山知縣。工詞，有《復堂詞録》、《詞辨》、《篋中詞》等書傳世。卒於光緒二十七年，年七十。詩集與《文集》、《日記》合刊，收於《復堂類集》中，首吳懷珍序。平生遍游燕、趙、齊、魯，而以皖、閩之作較勝。《度仙霞嶺》、《江淮雜詩》、《江上雜題》懷寧至合肥爲全集上選。《夷場行》，雜記黄浦變化情景。詠高郵、厦門、浦城、天津、之罘、池上諸篇，亦清典可味。作者交海内文人，與朱琦、邵懿辰、孫衣言、高均儒、王翼鳳、龔橙、蔣坦、丁丙、戴望、施補華、王詠霓、陳豪、馮焯等多贈和。作林則徐、符兆綸、徐榮、葉名澧輓詩。熟悉文獻典故。《題元延鋗拓本》，器舊藏秀水文鼎家。戰後亡失。其詩出於漢、魏，不作唐以後語，無窳陋之習，然亦無新警可言。核其生平，以詞學最佳，詩特遜差之耳。

湘綺樓詩集十四卷 光緒三十三年刻本

王闓運撰。闓運原名開運，字壬秋，號湘綺，湖南湘潭人。咸豐七年舉人，光緒二十四年賜翰林院檢討。嘗主講四川尊經書院、長沙思賢講舍。辛亥後爲清史館館長。卒於民國五年，年八十四。所著以經學箋注爲多，又有《湘軍志》、《楚辭箋》，輯《八代詩選》，盛行於世。《詩集》與《文集》八卷、《箋啟》八卷合刻。詩學漢、魏，兼涉初唐，湘蜀文士多受其影響，爲晚清一大宗。最著者爲同治十年所作《圓明園詞》，記一代宫苑興建及爲英法聯軍焚毁經過，引伸觸緒，陸離瑰瑋，意在垂世。長沙徐樹鈞撰《序文》。他如《獨行謡三十章贈示鄧輔綸》有序並自注、《擬焦仲卿詩一首李青照妻墓下作》並序、《發祁門雜詩二十二首寄曾總督國藩兼呈同行諸君子》、《馬將軍歌》、《蒙山上清茶歌》、《送殷叟還洞庭》、《嚴公孫日本刀歌》，長篇鉅製究心而爲，然所得祇醇疵互見耳。《北嶽篇》、《夔門歌》等篇，無平帖排奡之勢，不免聱牙之嫌。李慈銘善罵之，見《越縵堂詩話》。陳衍《石遺室詩話》稱其「墨守古法，不隨時代風氣爲轉移」，要非輕詆矣。闓運少游曾國藩軍幕，與高心夔、莫友芝、吴敏樹、郭嵩燾、尹耕雲等人過從。《雄劍篇贈李伯元》、《贈翰林周學士學昌》、《莫子偲丈挽詩》、《送蔡與循》、《暮雲篇追傷郭嵩燾》、《恪齋尚書自請渡遼微服至威海日本謀刼之未得傳檄徵兵因贈十六韻》，或與時事有關，或可參補傳記。餘則未免泛濫，且深文奥義，皆不知變體之過也。

屈廬詩稿四卷

光緒間刻本

鄭知同撰。知同字伯更，貴州遵義人。珍子。郡庠生。著有《深衣圖説》、《論語注輯》等書。是集附《巢經巢集》後，爲王秉恩據手稿校刊。知同家學，詩亦得巢經巢家法。集中贈毛席豐、楊鋭詩，俱講經學源流。古體《觀龍舟競渡》、《觀鐙行》並引，頗盡鋪張排比能事。太平天国起軍，避地四川。所作《寧遠至雅州途中竹枝詞》十二首、《山靈謡》，皆爲紀實。張之洞招往廣東，作粤中雜詩。光緒初至上海，有卽景詩多首。據《四十初度》詩推之，爲道光十一年生。卒年六十一。編年止於光緒九年，計其歲五十三。舅氏趙旭，工詩，與鄭珍、莫友芝唱和。

錫山書屋詩鈔五卷　光緒十七年刻本

談恩誥撰。恩誥字蓉舫，江蘇甘泉人。不治生産，專力於詩詞，與阮亨等爲文酒之會。光緒十三年卒於里，年六十。是集爲其友人徐兆英刊並爲序。凡《詩鈔》五卷、《詞鈔》一卷。詩分體，《野莧謡》並序，《飼蠶詞》、《秦郵雜詩五首》、《北湖竹枝詞八首》，多以鄉土民情爲題。《隋宫詞》、《讀陶靖節詩》、《讀曾茶山詩集》，爲讀書偶得。餘如《書憤》、《書壁》、《抱病》等作，舉生平遭遇、窮愁鬱結，悉於詩歌發之，所謂窮而後工者是也。江都徐兆豐《香雪巢詩鈔》有《覩談君蓉舫遺書誌感》。

松夢寮詩稿六卷　光緒二十五年刻本

丁丙撰。丙字嘉魚，號松生，晚號松存，浙江錢塘人。諸生。清季著名藏書家，室名小八千卷樓、嘉惠堂。嘗與兄申出力保存文瀾閣本《四庫全書》，所刻書與自著書甚多，尤重武林文獻掌故。卒於光緒二十五年，年六十八。是集有柳商賢、王闓運序。自云喜厲樊榭，詩亦清峭，而考證較繁。《吴越雜詩二十首》，取史籍作注，可補志乘。《孫氏歸書圖歌》、《西村十記刊成跋尾》、《合雕杭世駿厲鶚先生集外詩五百首竟因題》、《題冬心三體詩》、《題邵位西忼行録》，均爲書林史料。《文信國琴歌》、《南宋住持流傳碑》、《銅鍔牌歌》、《宋穆陵御容》、《蓮池菴白皮松歌》、《滬上新啟德生行菴》、《閲郭天錫客杭日記》、《孤山林處士墓落成》、《吴山嶽廟鐵四太尉歌》、《丁敬身像》、《題華秋岳西漢卜居圖》、《丁儉卿七旬學易圖》，潛研既深，亦成爲傑搆，與好古多事者自不可同日語矣。《詠史小樂府》、《冬蔬八詠》、《留別日本小山松溪》諸作，俱有實得。唯終以文林紀事最擅長也。

幸餘求定稿十二卷　光緒十六年刻本

姚濬昌撰。濬昌字孟成，號慕庭，安徽桐城人。瑩子。官竹山知縣。子永楷、永樸、永概，均有文學之名。集爲家刻，莫友芝、孫衣言、汪士鐸、張裕釗題詞，子壻馬其昶跋。《盧陵行》等篇，狀寫閭閻疾苦。詠江右閩中山水，亦可觀採。濬昌嘗參加曾國藩幕府。晚與吴摯甫交往甚密。據《舟中五十生日》詩，當生於道光十三年。卒年六十八。此集共詩一千七十七首，皆光緒元年以後作，早年無存。張裕釗稱其所作：「創意造言，黝滌澒濁，工力之深，殆爲罕儷。」然亦不出桐城宗法，畧取明七子，故可徵事者無多耳。

出山草十二卷　光緒十七年刻本

周銘旂撰。銘旂字楙臣，山東卽墨人。同治間舉人。九年，任陝西醴泉知縣。光緒四年，改大荔。六年，擢漢陰知州。十年，調鄜州。是集爲赴陝以後十餘年詩，共九百八十八首。首譚麐序。其詩有關陝北漢中名蹟較多。《漢陰雜詩十首》、《乾陵翁仲》、《漢臺雜詠》、《芸蘿寺觀唐太宗遺像》、《武則天墓》、《寶室寺鐘》，以及過寶雞、褒斜、沔陽等篇，自成一組。《游延安清凉山》，注云：「山半摩崖書奇觀二大字，隔河望見之。萬佛洞鑿石爲之，佛像皆俶詭。」陝西爲古代文化淵藪之區，時地不愛寶，《聞汝霖得商丁父鬲》、《黄甥君輔測量州境地與獲北魏神龜三年石刻佛像》，均爲新發見文物。《大堂壁間新出唐令戒碑》，作於乾州。《小引》云：「碑爲開元間，承議郎行丞王良輔奉敕書，不知何年置州大堂壁中。光緒甲申十年有事乘牆，泥剥落，偶露開元字，遂出之。堂乃德宗幸奉天行宫故址，從來遠乎哉。」亦屬佚聞。

香雪巢詩鈔十二卷續鈔一卷附一卷　光緒三十年刻本

徐兆豐撰。兆豐字乃秋，號癯道人，江蘇江都人。同治十三年進士，歷官蒙自知縣、温州知府、福州知府、延建邵道。刻《詩鈔》十二卷，嵇遇青、王家蔭序。又《續鈔》一卷，附一卷爲集句。集中所見交游，如談恩誥、姚光鼐、洪良品、沈家本，多同、光間文士。《題許幼樵内弟聽秋聲館詩存》、《觀談君蓉舫遺書誌感》、《題龍岡山人集》、《丹徒莊吉雲司馬介禕見贈日本紀游詩題句奉酬》、《輓謝枚如先生章鋌》、《哭殷松樵通參》、《題左恭人扁舟入蜀圖後》，俱當日典故，紀游之詩無多。《海陵松林菴古松歌》、《宋拓麻姑仙壇記拓本》、《初拓唐王居士磚塔銘》、《朱拓潁井蘭亭序》、《題郭銓岳桐雅拓本》，善詠古蹟金石，亦時尚也。《題劉後村集》、《秦淮海集》、《題水雲村吟稿》，吟評亦佳。兆豐喜繪事，《題李灝白描人物畫册》，爲揚州畫家史料。《題畫十二首》，吴熙載、王素以下，多罕知其名。生年據《續鈔》中《自題三十歲小像》，爲道光十五年。卒年七十三。

詩品不高，然不以搜僻矜奇爲能，事覈而實。

題李君春浦灝白描人物畫册

君爲安徽太湖人，乾隆時客吾揚，以白描人物得名，載郡志。此乃君游戲之筆。本十二頁，今缺其四。

僧　人　目連

錯認泥犁作愛河，此中失足古來多。休云非殺非偷比，猛火燒時奈若何。用《楞嚴經》語。

貧　生　同上

一領青衿落魄年，窮遲無計乞人憐。書生眼孔由來小，塞屋何須十萬錢。

武大郎　挑簾

驢面雖長凫脚短，登場掩口共胡盧。而今翻羡侏儒飽，空負昂藏七尺軀。

張　偉　八義

此君應是評詞祖，不數吾鄉柳敬亭。安得銅鉦敲到處，唤將醉夢一齊醒。

夫　頭　玉金丸

索來酒食到更闌，雞犬家家總不安。寄語人間賢牧令，合將若輩虎狼看。

張木匠　爛柯山

人間棄婦原非偶，搔痒無方枉自嗟。木匠樵夫儕輩耳，那知柴擔盡開花。宋鄭所南《題朱買臣賣柴圖》有云：豈信後來春色別，滿柴擔上盡開花。

關官 雜劇

愧爾重關榷算司，酒旗歌扇夜闌時。不堪百計工朘削，剜肉錢供買笑貲。

時遷 同上

料應祕訣傳胠篋，賊書有《胠篋秘訣》，見《癸巳類稿》。匿影藏形變態工。摸狗偷雞終小技，摸狗偷雞俗語，實本於《北史》「不作偷驢摸犢賊」一語，而訛傳之耳。未儕三十六人中。龔聖與作《宋江等三十六人贊》，内無時遷。

《香雪巢詩鈔》卷十二

可亭詩稿六卷 同治間刻本

言南金撰。南金字魯琛，一字卓林，號可亭，江蘇昭文人。官安徽太湖知縣。是集有咸豐十年徐子苓序，刻於同治間。生平游覽，多遐僻之所，刻畫山水與習見者不同。《紅夏靈谷湖作歌》、《鼇背山歌》、《蝦蟇培》、《三游洞》諸作，俱較雄俊。官太湖縣，有《皖省紀事詩八首》。又作《杉木篇》，注云：「灊山太湖之北境，間產杉木，木頻年耗於兵火。邇來稍有滋生，山民珍惜殊甚，固其宜也。故大軍採辦柳炭，皆由楚南，從未過問二邑。有灊紳者借採辦爲名，悉取其鄉稚杉而封之。」記當地物產兼涉時事，是亦有可觀矣。《劉松年東山絲竹圖》、《林良畫鷹》，筆力爽健，題畫佳作。南金與王柏心、朱琦、馮志沂有切磋之誼，名不顯，詩當並傳之。

葆愚軒集詩一卷　光緒十四年刻本

英啟撰。英啟字子佑，號續邨，滿洲漢軍鑲白旗人。咸豐九年進士。官至廣東鹽運使。撰《葆愚軒集》詩、文各一卷，鄧琛序。集中有《乙酉五十三歲》詩，爲道光十三年生。英啟嘗出守黄州二十年，作《戊辰秋重修赤壁蘇公祠紀事》等詩。又作《齊安雜詠》，多記前代軼事。光緒十三年之粤，途經江西，有《南昌》、《豐城道中》、《樟樹鎮》、《吉水》、《雪波》、《灘師》等作，材力非甚饒健，而山川灘險，叠見側出，是亦能寫難狀之景矣。

峴樵山房詩集八卷　同治十三年刻本

董文渙撰。文渙榜名文煥，字堯章，號研樵，又號硯秋，山西洪洞人。咸豐六年進士，改庶吉士。同治六年，官至甘肅甘凉道。此集爲咸豐二年至同治十三年詩，共五百四十三首。以壬戌《三十初度》詩推之，爲道光十三年生。卒年四十五。文渙與同鄉王軒、馮志沂均以進士出身，詩名亦畧相等。《漢槐歌》、《鼷鼠篇》、《盆松篇》、《西山紀游十二首》、《經院署有感》、《傅壽毛墨竹》、《椒山石印歌》、《檢舊書有感》諸篇，清迥淵深，深造有得。詩效韓、蘇，古風尤所擅長。《金陵收復志喜一百韻》，小注詳述太平軍起事始末。《紀事一百韻》則以議論爲主，均有參考價值。文渙與許宗衡、周星譽、何桂芬、謝章鋌及朝鮮金奭準、李汝鈞、朴桓卿、朴錦舫、李濿船均有唱酬。朝鮮徐相雨寄李瀨隱畫竹，作詩賦謝。瀨隱名霆，朝鮮宗室，生相當明萬曆間，其國畫竹祖師。趙新奉使琉球，文渙有送行詩。馮志沂卒，有輓詩。工力既肆，亦可徵故實。

潄六山房詩集十二卷 光緒四年刻本

郝植恭撰。植恭字夢堯，直隸三河人。咸豐二年舉人，同治間官夏津知縣，擢臨清知州。光緒間爲山東候補道。詩、文集各十二卷合刊，蔣慶第、趙國華、張蔭桓等序。詩格不高，榛楛不除。唯登岱、觀海、詠摩崖諸碑之作，尚有詞采。古體《織坊觀織歌》、《夷女鼓風琴曲》、《咸豐官窑雙瓶歌》、《高麗木界尺歌》、《日本刀歌》、《畫竹歌》、《題琴譜》、《近體田家竹枝詞》、《鐵門關竹枝詞》、《潞河竹枝詞》，有關社會生産、文化民俗，可以實徵。植恭享詩名，爲邑中所推重。生卒年有兩説，衡之《丙寅夏津署中》詩，當爲道光十三年生。卒於光緒十一年，年五十三。

艮居詩括四卷 光緒三十一年刻本

蔡壽臻撰。壽臻字鶴君，浙江桐鄉人。官直隸武清、順天宛平知縣。是集以三十八年詩匯爲一編，首其兄廷本序。以壬午《五十自述》詩上推，生歲爲道光十三年，結集時已七十餘。集中有《祭詩篇》、《後祭詩篇》，蓋平生致力於詩，尤善吟評。《論詩絶句十首》，爲靖節、太白、浣花、閬仙、昌谷、香山、東坡、山谷、放翁、遺山、青丘，共十一人。又有論袁、蔣、趙詩，題《尚絅堂集》、《香蘇山館集》，亦可參閲。《書新修大城縣志後》、《趙州橋題名三十種》，爲畿輔文獻資料。《感遇詩》記趙樹吉、陳鍾祥、梁肇煌等聞人，間存佚事。壽臻爲蔡鑾揚孫。鑾揚能詩，有《證嚮齋集》。

仿潛齋詩鈔十五卷 光緒十五年刻本 齊魯詩草三卷 光緒間刻本

李嘉樂撰。嘉樂字德申，號憲之，河南光州人。同治二年進士，改庶吉士。官至江西巡撫。此集有方玉潤、趙國華序，爲道光二十七年至光緒九年詩，一千五百六十首。各卷分别以事名集。據己丑光緒十五年《自記》，時年五十七。上推當爲道光十三年生。嘉樂少隨宦江西，受詩於方玉潤。咸豐五年從軍，爲幕佐。詩風亦與玉潤相近，爲「游俠」一味逞才。軍中詩如《築營》、《口號》、《巡牆》、《帥旗》、《放黑卡》、《長髮探》、《梅花樁》、《龍鬚濠》等篇，寫峙壘時所見，均與太平天國相敵。由翰林爲御史，作《隨扈東陵紀事》詩，會行役廣西、湘漢、兖濟，詠山水古蹟，不復有激烈之詞。又景仰鄉前人湯斌，時作道學家語。《讀南疆繹史四首》、《過瞿式耜張同敞殉難處》等詩，殆以晚明史爲鑑，欲以維護清室，亦當時風氣。又撰《齊魯游草》三卷，爲光緒間官山東青州知府、兖沂曹濟兵備道時作。曰《守青集》、《移濟集》、《備兖集》，共四百十首。有《詩鈔》所未收者。

天根詩鈔二卷 光緒間刻本

何家琪撰。家琪字吟秋，號天根，河南封丘人。同治元年順天副榜。光緒元年舉人。官洛陽教諭、汝寧教授。撰《天根文鈔》、《論古文法作圖直解》，見解甚腐。然爲山陽畫家項文彦作《傳》，《孫伶傳》記京劇演員孫處庚子乞于市，不爲諸國歌，亦藝林舊聞。《詩鈔》二卷，分古今體，止於光緒二十九年，有李葆田序。家琪目睹外侵，中原幾於瓦裂，爲詩悲感交集。《庚子行》、《倭入海》、《逃兵歎》、《遼陽州》、《感都門近事》，俱詠世局。《旅順》云：「沙擲金錢星布營，防軍見説甲兵精。可憐水底魚雷滿，到此何曾聞一聲。」《朝鮮》云：「海卷琉球入暮濤，越南風雨没蓬蒿。中朝又失朝鮮界，不見當年劉大刀。」家琪嘗受學於王柏心、張裕釗。於近代書法獨重何紹基，作《道州筆法歌》與《弔何子貞先生》。與丁良善交，有《日照丁布衣歌》。《明項胥樵尚友圖歌》、《濟南大明湖鐵尚書祠堂歌》、《明劉忠介海天旭日硯歌》、《萊陽左忠貞祠堂歌》、《明五人墓歌》，均爲明代掌故。《論詩絶句》四首，亦可觀。

植菴集四卷　光緒十年刻本

李慎傳撰。慎傳字君胄，號子薪，江蘇丹徒人。舉人。官江寧訓導。光緒八年卒，年五十。十年，其子壽源爲刊《植菴集》十卷，内詩四卷、文二卷、詞一卷，餘爲時文。陳廷焯序。廷焯爲詞家，序亦專論倚聲。詩凡六百八十六首，起咸豐五年迄於光緒六年，包羅衆有，不拘一格。《京口雜詩百首》並序，不啻金陵圖記。《詠懷古跡十首》、《岳忠武王書劉越石贈盧諶詩墨蹟歌》、《齊長城歌》、《斷碑硯》、《近人輯何義門先生詩文集書後》、《明拓蘭亭歌》、《書沈歸愚所選古詩源後》、《題常繡山印存》、《安東學署所藏宋代祭器歌》、《論詩八首》，凌轢今古。蓋胸中未必多讀書而能發前人所未發，亦可貴矣。作《農事六詠》，爲《浸種》、《支草》、《開池》、《擁泥》、《抽行》、《扳草》。樊遲學稼，士夫多所不能。《工役歎》、《沙田行》，俱記民生疾苦。時中朝鎮壓農民軍，人口大減，連年河決，田無宿麥，作《禹城道中》等詩。嘗兩試春闈，泛海南歸。《火輪船行》、《上海洋樓行》、《友人談蜀中奇事》、《客談揚州某曲師事感作》多呈奇詭之狀。《買人行》，記海舶來中國買民，歲以爲常，唯間有荒誕語，不足爲信耳。寫《八哀詩》，爲林則徐、杜受田、温紹原、孫銘恩、吴文鎔、江忠源、王鼎、湯金釗。記張國樑死事亦詳。據壽源《跋》稱，得意諸作，尚有《庚午天津紀畧》三千言、《罪言》二十首、《新樂府》五十首，定稿時叔祖承銜以觸犯忌諱，概行删去，今藏家塾。則刊落精華，至爲可惜。

燕臺雜詠八卷　光緒十九年刻本

李光漢撰。光漢字契可，湖南岳陽人。以戎幕起家。光緒九年在蘭州，爲曹秉哲紫荆吟館題詞。此集收光緒十一年乙酉至十九年癸巳詩三百十九首。據卷八六旬生日詩推之，約爲道光十四年生。光漢有慨于鴉片戰爭以來割地求和，清廷腐敗，作《燕臺雜感》二十五首，《前海疆四首》爲戰廣東、戰江陰、戰天津、戰北京圓明園始末。中法戰爭起，作《後海疆六首》爲戰福州、戰基隆、戰澎湖、戰鎮海、戰諒山、戰交趾。又有《海藩五首》分詠琉球、越南、高麗、緬甸、暹羅古城。《宋元遼金雜事詩》六十四首並注，俱爲當日時局所發。《古沙場曲》二十六首，《懷古雜曲》二十六首，亦復激楚。晚至嶺南，作《瓊州》、《臺澎歌》等篇。蓋懷抱未伸，故多自歎也。其主要詩篇，已見《鴉片戰爭文學集》，不贅述。

雪青閣詩集四卷　光緒九年刻本

謝維藩撰。維藩字翊天，一字麐伯，晚號振士，湖南巴陵人。僑居秦中。咸豐五年臯蘭舉人，尋歸巴陵籍。同治元年進士，改庶吉士。左宗棠督閩越浙，邀至軍。九年，爲廣東副考。十二年，官山西學政。卒於光緒四年，年四十五。事具陸襄鉞撰《墓誌銘》及張之洞《思舊集》小傳。是集有陳寶箴、陳彝序，詩共三百七十七首。集中以詠湘楚、秦中勝蹟爲多。《嶽麓謁朱張二先生祠》、《雁塔》、《岳陽樓》、《衡嶽》諸篇，魄力雄厚。視學山西道中所作，《書杜于皇集》、《鄒忠介遺硯歌》、《詠史》，間有佳作。其詩濡染於何紹基，取徑較高。

墨花香館詩存八卷　光緒二十一年刻本

慶康撰。慶康字建侯，滿洲鑲紅旗人。咸豐二年舉人。官永平理事同知，補承德朝陽。是集有自序，推其生歲，爲道光十四年。詩格不高。而出居庸關，過張家口，歷多倫諾爾風景作《苦寒行》，塞上風光，靡不見焉。又多述時事。《鴉片烟行》、《海疆紀事二十韻》、《哭丁壽昌七歌》等篇，亦有實可徵。附詩餘數首。

紫蘋館詩鈔二卷　光緒三十二年排印本

王永年撰。永年字子耆，江蘇上元人。光緒三十二年，刻《紫蘋館詩鈔》，王瑞沅等序，吴烈跋。據集中自述詩，生於道光十四年。二十九年，永年父殁於廣西，伯父命習油坊生理。咸豐三年二月，太平軍佔領南京，三日後，始入民家，名曰搜妖。十六日，搜出金頂，指其伯父爲妖頭，闔家求釋得免。在城内，迎娶妻室。旋爲太平軍盤夜打更煮飯。七夕前，避老人館，剃頭，逸出。在外爲人課蒙。作《困金陵》、《陷金陵》、《出金陵》諸詩，記所經歷。同治三年，忠王李秀成以城中乏糧，准將無依婦女放出謀食，與其母及妻相聚。清兵收復南京，又作《回金陵》。自云：「江寧未陷，户口注册二百六十萬之衆，城破迫而爲兵，四出逃散，出十之六。城外清兵佔領地，米價極昂，荒歲人食觀音粉。」同治四年，補江南鄉試，充内簾書辦。十三年，在蘇州購辦印書機器，主洋務局印書處。光緒七年，至河南固始，作雜詠、竹枝，頗載土風。詩止於三十年，計其歲已逾七旬。《陷金陵》一篇，小注記太平軍内情，意在存史，同時人詩集中殊不多見。

陷金陵　癸丑二月舊作

粤西賊起自金田，事事横行僞説天。城脅民從先兩楚，僭稱國號已三年。館分男女家何在，巾紮紅黄命苟延。骨肉幸逢唯一歎，傷心淚不敢涓涓。僞天王洪秀全，廣東廣州府花縣人。僞東王楊秀清、北王韋昌輝、翼王石達開，皆廣西潯州府桂平縣人。南王馮雲山與天王同窗讀書，西王蕭朝貴潯州武宣人，是天王妹壻，此皆諸僞王之籍貫。僞王以下曰侯、曰丞相、檢點指揮將軍、總制監軍、軍帥、旅帥、師帥、卒長兩司馬，再下則呼聖兵。僞朝内有侍衛、僕射、尚書、承宣等名目，所有僞南王、西王及諸著名賊，皆陣斃於粤楚之間。諸賊首係聚於潯州府平南縣之金田村，於道光三十年六月間揭竿而起。賊中一舉一動，皆稱奉上帝之命，立國號曰真天命太平天国。主稱天王，極尊則天父、天兄等稱。惑衆之説，則有天父下凡之妄誕不經諸邪説，呼官兵爲妖，呼神佛爲死妖魔。廣西起事，道經湖南北，逢城必攻，逢人必脅，從者暫免一死。及破武昌，順流而東，以之攻皖城，陷金陵，勢如破竹矣。賊於咸豐元年僭爲紀元，是以咸豐三年癸丑，賊則曰太平天国癸好三年。國字中寫「王」字，不許寫從或，「丑」字改作「好」字，「卯」字改作「榮」字，「亥」字改作「開」字。自粤以下，令男女分館而居，雖父女、母子、夫婦亦不准共處一室：限俟天下一統，許其團聚。現如違者責以犯第七天條，立行斬決。僞官常服紅袍黄馬褂紅風帽，帽額繡官銜，如王則繡某王，侯則某侯，丞相則某丞相，以次官職如之。平時便帽，如古之挽巾，黄巾爲尊，紅巾次之。新脅之衆，悉令以紅布包頭。書寫者名書使，許紮黄巾。永家于二月十六日分散南遷北徙，悉遵賊令，違者斬不赦。永侍大、二伯父兄弟暨街鄰等，始住本街吴宅，復令移住故衣廊劉宅，再移儀鳳門外豆腐巷。二伯母、母親、大嫂、内子、胞妹等，隨吴、廖、顧諸眷屬住内橋灣王府園，自此分散爲男女館。金陵固如是，而聞之湖南北諸人，亦無不如是。皆由殺人如麻，莫敢不遵，嗚呼慘矣。女館有擡甎、挑土、盤糧，挖濠溝諸苦差，上差則有繡花館。男則造營盤、拆房屋、盤糧倉、擡煤擡鹽，隨隊駐營、守卡打仗等役。此不過約畧記之。其中苦楚，筆難罄書。得不被迫之出師打仗，已屬大幸。如再能仍居故土，男女館尚易訪尋，但幸而相逢，只許隔街説話，萬分傷心，不許流淚。違則爲本管之頭目或巡查賊見之，則詈撻所不免。甚至謂妖心未退，以死罪論。每食中一桌向外供以菜飯，點油燈兩盞，不用香。有僞祝一篇，令人學讀。賊首立於中，衆口同音，名爲念讚美。念畢，賊首默禱，菜不分美惡，禱畢而食。男呼兄弟，女呼姊妹，不別尊卑，不分貴賤，惟必分以老兄弟、新兄弟，女亦以老、新姊妹稱之。每館二十五人，領袖曰牌長。牌長遵令於司馬，司馬遵令於百長。由下遞遵。遠則以輕重論。百工技藝，各有衙門。如儲糧處曰聖糧衙，衣裳細緞布疋曰聖庫，油鹽曰油鹽衙，秋油小菜曰漿人衙，做米曰舂人衙，造火藥曰紅粉衙，織細緞曰織營衙，製燈彩曰結綵衙，做燈龍曰燈龍衙，送公文曰疏附衙，寫僞官榜告示録諭旨等曰詔命衙，學塾曰育才館，銅鐵錫匠曰銅匠衙。鐵匠衙、錫匠衙，製造首飾器皿曰典金官，裁縫曰典袍，製點心曰典茶心，宰牛羊豬雞鴨等曰宰夫衙，種花草樹木曰典花官。染坊曰染匠衙，印書刻字曰刷書衙，屯柴炭處曰柴薪衙，吹手曰典樂，轎夫曰典輿，厨子曰典厨，繡龍袍褂花邊等曰繡錦衙，婦女繡花處曰繡花館，男女婚嫁有婚娶官，瓦匠木匠曰土營、木營。凡打仗受傷者所住曰能人館。其因出征而亡之妻，則稱功臣妻，自廣西入軍者故後，其妻曰忠臣妻，收埋屍骨曰掩埋館，巡查街道曰巡查衙，諸如此類。各立衙門設僞官管理，女館及繡花館另立女官。凡百僞官，有正副，又正又副，名目繁多，未能悉載。金陵陷後，潛入織營者約二三千人，瓦木營約一千四五百人。男未及丁並花甲以外者，免其當差，所居曰老人館，皆爲牌尾。女館則老幼同居，因無所謂牌尾也。男自十六歲至六十歲以内皆爲牌面，當兵當差之别，係以所入衙門定之。書寫者無分面尾，概不打仗，亦不另派他事。女官亦有女丞相、女軍帥、女監軍、牌長、百長等。釋、道兩教悉滅，並不準以紙錢菜飯追敬祖先，如父母故，許穿微孝。煙酒賭博概不準，鴉片煙之禁尤嚴。勸善懲惡，有僞編十款天條。《紫蘋館詩鈔》卷上

龍岡山人詩鈔十八卷　光緒四年刻本

洪良品撰。良品字右臣，湖北黄岡人。同治七年進士，改庶吉士，授編修。典試山西。官至户科給事中、順天鄉試考官。卒於光緒二十二年，年七十。事見《碑傳集補》。是集爲光緒四年刻，有同治十一年孔憲

穀序，詩十八卷，各以事繫名，共一千四百餘首。良品勤於治經，著述三十餘種。小品遊記亦佳。詩初學唐。《赤壁亭觀漲歌》、《黄州古蹟詩十首》、《讀杜工部詩四十韻》、《崎山龍井歌》，以才韻見勝。《巴船》、《東歸》二集，詠蜀中山水，氣體雄傑。五律《讀盛唐詩六首》，爲王、孟、李、杜、岑、儲。中年以後，多感世情。有關太平天国詩篇，記陳玉成、林鳳翔事，猶可參考。《官軍來》一篇，摹寫官兵誅求横暴，搜牢一空，殆據事直爲。《癡兒行》、《火烏行》、《築堡謡》、《武闈卽事》，亦爲紀實。與朝鮮人士多有贈酬，作《海東使者行》、《題朝鮮學士李鳳藻行臺録》。朝鮮使臣嘗購其集，名播海外。《李鄴侯勘書硯歌》，自注硯爲「周荔樵外舅孫壽田藏，背有永太元年衡嶽山人李泌勘書硯，楊笠湖銘」，笠湖卽楊潮觀。又有《玉版蘭亭拓本歌》、《題鄭板橋畫》、《題唐六如畫像》、《晉永和甎歌》，博於鑒裁。自云「年十五卽嗜吟詠，必以其漸，乃能至也」。徐兆豐《香雪巢詩鈔》有《題洪良品龍岡山人集》。

滄江詩集十卷　同治八年刊本

郭綬之撰。綬之字靖侯，山東濰縣人。貢生。同治六年，以餽餉敍功，官江蘇知縣。卒於同治十二年，年三十八。集中記事，多與僧格林沁鎮壓捻軍有關，而《禁糶歌》，詠莒縣時事，《送黄翔雲先生之雅州任》，可見黄雲鵠仕履，《冀北名馬歌》爲楊藝芳宗濂作，《皮島歌》，亦備掌故。詠古論詩之什，不肯苟作。《讀史記貨殖傳酷吏傳》、《讀漢書良平傳》、《望鸚鵡洲弔禰正平》、《與友人論講學家》、《論李白從永王事》、《讀杜詩》、

《元遺山集》、《閱明史宰輔傳》、《柴窑酒碗歌》、《宋徽宗畫鷹歌》、《題李定國傳》，立題命意，均有實據，與緣情之作，自又不同矣。是集爲黎庶昌選刻，並爲序。

見山樓詩集四卷　四明叢書本

張翊雋撰。翊雋字菱舟，號麟洲，浙江慈谿人。咸豐十一年拔貢。以知縣用，發湖北。光緒四年卒。是集詩始道光二十六年，止同治九年，凡二十五年，共六百九十四首，後數年無詩。首周玉麟序，門人張定祥跋。集中《明州紀事》二十首，敘太平軍攻佔明州，多可參考。於官軍失杭，亦載見聞。又作《蜑女曲》，涉及民俗。翊雋嘗北至都門，客山左。時北方捻軍縱横，歌以感事。《泛海放歌》、《墨水洋觀日出歌》、《都中觀繩伎孟三娘演雜劇作》、《題武漢全圖》、《滬上雜感》，俱非浮響。論詩之作，五古十首，通論上古至明，效元遺山絶句二十二首，自錢謙益至張際亮，較詩話泛泛者猶足達意。當時文風已泯，荒率之作，幾人所不免。是集可取者爲二、三，亦可稱作手矣。

薇花吟館初稿六卷　同治三年刻本

龔顯曾撰。顯曾字詠樵，號薇農，福建晉江人。同治二年進士，改庶吉士，授編修。未幾歸里。此集有楊浚序，唱和爲陳慶鏞、潘曾瑩、孫衣言、謝維藩等人。《鷺門詞》、《夏門雜詩》、《萬石巖》，多詠里中見聞。游都門，居天津，過温州、寧波、上海，歌以記事。《梨園行》一篇贈歌者，作於天津，詳述當日都會景況。於浙閩軍事，亦時詠歎。顯曾家有薔薇數十本，故以薇花名館，集中有詠物詩，大都清逸可誦。

清人詩集敍録卷七十七

蒙廬詩存四卷外集一卷　光緒二十年刻本

沈景修撰。景修字汲民，號蒙叔，浙江秀水人。咸豐十一年拔貢。官壽昌教諭。卒於光緒二十五年，年六十五。是集首譚獻、李悠序，收咸豐十年至光緒十八年詩四百六十二首，《外集》爲《論國朝詩集一百首》、《論國朝書家八十首》。其詩泛覽諸家，行筆駿健。《黄黎洲先生遺硯歌爲施擁百賦》、《題新建二徐先生祠堂圖》、《禾中詠懷古蹟十首》、《題洪稚存篆書洛陽龍門山石墀造衆題名》、《題陳蓮汀銑臨唐子畏桃花菴圖》、《畫竹歌爲蒲作英華作》，多屬文林故實。《病起懷人三十首》，可見交往。《論筆工詩》八首，記敍民間工技，爲他書所未備。景修精孯詩學，品評當代歌詩，持論較嚴。《讀江左三家詩》，論錢謙益云：「學杜真能得骨皮，浣花心事未全師。」論吴偉業云：「國子先生富取材，裝成七寶炫樓臺。」指責悉中其要。《絶句百首》，自顧炎武至柳以蕃，共二百餘家。論王士禛云：「姑射仙人冰雪肌，風神爭唱露筋祠。如何秋柳名偏重，翻累陳陳作和詩。」論朱彝尊云：「早歲才名動國門，直探星宿溯崑崙。風懷苦受多情累，百韻詩拚西廡豚。」論查慎行云：「關山繭足富吟囊，旨愈和平味愈長。吸盡清光渣滓去，龍眠畫手白描長。」論袁枚云：「卅年壇坫尊牛耳，冠蓋羣衩奉若神。專尚性靈滋謬種，論詩獨見品評真。」見解精到，超逾前人，又嗜於書。論書家自傳山迄吴昌碩，亦近二百家。取備考核，實集清代書家之大成，近代人詩集，罕可匹儔。

論筆工詩

山舟學士《頻羅菴集》有《筆史》一卷，紀管城之掌故，銘毛穎之功勳，中書君之董狐也。予生也晚，不及見前人遺製，姑就所見，得詩八章，各系小注。他日如有良工踵起，當續賦。

不翁論筆詩篇在，前輩風流逾百年。難得瑯琊傳快壻，至今獨讓貝松泉。松泉歸安人，爲名手王德昌女夫，盡得其秘。年弱冠，携筆來嘉禾，試之善，名遂噪。亂後開設文元齋筆肆於吴門。所製兔毫，南人無有出其右者。

湘管斕斑古色皆，覲王製法與時乖。五雲朶殿親揮翰，舊物猶傳蘀石齋。予得曹覲王所製錢蘀石侍郎己丑殿試筆，兔毫，管刻侍郎名，古樸粗窳，不類近時人製。初得時尚能作小楷，今不知所在。

曹師覲王王弟去侵尋，好事搜羅重藝林。吾鄉舊家藏謂廷筆甚多，而覲王絶之。後有洵聞傳絶學，一時高價重兼金。予十歲時，王洵聞時來吾家，衣冠古處，見人長揖。先師石甫沈先生常購所製，其直昂於他客，而料足工精得未曾有。亂前已不可得。

謂廷肖子真無愧，抉剔毫芒妙入神。被逮似因傷酒德，楚因夢斷霅谿春。王聖祥，謂廷子，所製羊穎久不敝。予向藏一枝，管色如琥珀，尚能作字，後因被酒到官，瘐死禁中。其子向榮，矗能傳其家學，亂後不知所終。

正明其字姚其姓，一種柔毛最擅場。絶憶吴江沈夫子，艸蕪筆冢弔斜陽。姚樹階字正明。居吴江。先師沈逸樓先生亟稱其羊毫之妙，其所用皆姚製。予篋中尚存兩枝。

記得茸城某筆工，兎毫棗核筍尖同。阿兄遠道一枝寄，助我文壇鏖戰功。周韓臣宗師丙辰歲試，月樵京兄爲松江府參軍，以紫毫一枝見貽，狀似棗核，又似筍尖，堅卓圓潤得未曾有，惜管未刻字，不知其姓名。予攜此筆入場，得列高等。

玉田聲價重京師，剖析真能索細疵。一笑相逢如舊識，琅玕贈我索題詩。李玉田，湖州人，避亂入京師，名大震，每届廷試，必爭購其筆，積資數千金，所蓄書畫古玉甚富，論書獨具隻眼，嘗謂慎廷青太史後，惟余可以抗衡，餘鮮當意者。以痺疾卒，今三年矣。所製紫毫名圓轉如意，真能名稱其實，曾手製數枝贈我，乞我作書。

陸永昌沈大昌當時共有名，東陽繼起頗錚錚。可憐貧病面如鐵，滿腹牢騷死不平。沈漢文，大昌猶子，早歲攜筆往來嘉松間，亂後設肆於蘇州，所製各種書畫筆迥出時手之上，白眼看人，貧病以死，惜哉。《蒙廬詩存》卷二

介石山房遺詩一卷　宣統二年刻本

朱培源撰。培源字怡雲，江蘇新陽人。拔貢，官清江訓導。撰《介石山房集》，由葉昌熾選定文二卷、詩一卷，宣統二年門人吴郁生作跋刊行。據沈修《校官朱先生傳》，爲道光十四年十二月十日生，光緒三十四年卒，年七十四。戊戌所作《仿白香山新樂府》，爲《抽釐捐》、《紅糧幫》、《洋紗廠》、《錢貴謡》、《候補歎》、《官書

局》、《積穀倉》、《西學堂》、《練軍營》、《青陽埠》，可與文獻印證。蓋有經世之材，故馮桂芬折節與交。詩喜宋人，有《讀宋詩絶句八首》。同光間詩語特庸常，必求時事以實之，亦不多見，此集殆所云差强人意者耳。

醉園詩存十三卷　光緒十二年刻本

蔣萼撰。萼字跗棠，號醉園，江蘇宜興人。光緒元年舉人，年四十一。官高郵學正。以其父官江西新淦知縣，多往來於燕都、豫章間。光緒十二年，刻《醉園詩存》十三卷，都七百七十五首。附《次園詩存》五卷，爲其弟彬若詩，《蛾月樓詩存》爲其妻儲慧詩，而統其名曰《愛吾廬詩稿》。詠石鐘山、小孤山、采石磯、牛渚、十八灘、六祖寺等山水名蹟最勝。喜作哀艷之詞，《弔錢塘女秦鳳簫》、《許小姑行》、《毛惜惜歌》之類是也。又作《寄贈高叟郁文詩》，郁文善畫仕女，爲廣陵派，名不甚傳。據蔣兆蘭、兆燮合編《先考府君年譜》重刊本《醉園詩存》附，萼殁於民國四年，年八十一。亦當日愛古薄今、能詩者流也。

澤雅堂詩集六卷二集十八卷　光緒十九年刻本

施補華撰。補華字均父，浙江烏程人。同治九年舉人。薦之曾國藩，未見重。楊昌濬撫浙，使謁左宗棠，在關隴幕府五年。後出嘉峪關至新疆，爲張曜幕佐，光緒十二年歸。官候補道。十六年卒，年五十六。撰《澤雅堂詩集》五卷，爲咸豐八年至同治十二年詩。《二集》十八卷，詩止於光緒十六年，又《文集》八卷合刻。補華早年爲詩，清澹夷曠，自見性情。《滄浪亭懷蘇子美》、《慈仁寺謁顧亭林先生祠》，詠西湖諸勝，駸駸古音。從軍西北後所作，如《六盤山》、《紅城堡》、《古浪》、《涼州》、《甘州》、《肅州》、《游酒泉》、《登嘉峪關城樓》、《塞上曲》、《渡疏勒河》、《阿哈布拉道中》、《題蘇巴什驛壁》、《托和奈作》、《屈爾蓋至瑪納巴什途中作》、《七克騰木題壁》等篇，氣象弘闊，意境肅遠。《重定新疆紀功詩》，爲詩中之史。《運糧行》三首，《庫爾勒舊城紀游》、《輪臺歌》、《登庫舍圖嶺縱筆作歌》，益見才學相埒，不徒恃山川之助已。《伊拉里克河水利》，爲林則徐遣戍時所開，有詩紀之。《紀行十四首》直至與俄國交界處，復作《馬上閒吟二十二首》，自云行役之苦與山川風俗畧見焉。

紀行十四首

由喀什噶爾城西北行，出克齊克、明約路兩卡。至廓克蘇鐵力克達坂屯木倫，凡千數百里，與俄國交界。余奉幫辦軍務張公檄，行視其地，安撫各布魯特種人，雜有所作。録之以代日記。

赤水如赤龍，蜿蜒崑崙來。千折赴橋下，轟訇鳴春雷。跨橋起亭障，立馬飛塵埃。落日息行色，孤煙生晚炊。徒侶後先至，香露傾玫瑰酒名。酒酣短燭灺，黄月光徘徊。攬衣出行帳，慷慨當語誰。目盡萬山阻，西極何遥哉。條支與安息，路似蠶叢開。懷柔仰廟畧，駕馭思邊才。克齊克

孤驛雞一鳴，月在萬山頂。客心有途路，晚睡得先醒。咄嗟飯易熟，揮斥裝重整。上馬晨光微，春風吹面冷。升高意獨戒，就坦力羣騁。須臾日照野，人馬閃長影。及關五十里，中外此要領。清濁

水交迴，東西地偏迴。寛政通往來，密指杜窺詗。操筆語老兵，勿謂烽煙靜。克齊克至明約路卡

天晴午日薰，人馬俱熱惱。行客起三更，還勝昨宵早。嚴程限百里，中路月低曉。暮春如初冬，彌望但枯槁。沿流涉復涉，一水百繚繞。巖依廢壘斜，坡古穹廬小。牽羊再拜獻，異種今馴擾。童山無寸毛，精氣内含好。土膏交石髓，融結成奇寶。崑崙五金窟，誰復數嚴道。兹阜乃旁出，藏蕴亦不少。鑿險役窮黎，呈瑞思富媪。何當普爾錢，億萬洪鑪造。明約路至安鳩安

平川浩無際，水草亦云夥。家家縱牛羊，以牧代耕可。種人生幸遂，行客勞已頗。四山初排列，深入漸包裹。平川忽迴隔，亂石紛磊砢。馬行亂石中，蹄鐵熱併火。仰首視層霄，高峯危欲墮。細路蟻羣旋，隄崖猿一坐。俯臨目眩轉，直上心貼妥。吁嗟九折坡，天殆王尊我。騎行易徒行，下山更傾陊。叢生馬藺草，紫翠吐花朶。久别江南春，對此覺婀娜。沙坡設行帳，清澗流其左。攲枕聽水聲，夢泛苕谿舸。安鳩安卡至堪蘇

山風忽倒吹，硬雨擊人面。塵霧合冥冥，咫尺昏不見。長坂滑難登，重裘寒欲戰。迴折上懸崖，下有千尋澗。馬行容四蹄，寸地無餘羡。性命與天争，徒侶色俱變。一奮倏已踰，百險安能眩。下坡復穿峽，鼠穴入難慣。暗憂石稜觸，明覺天光炫。出峽日已吐，轉途風更便。潺潺道旁水，迅激若流箭。笑指垂巖樹，童秃今施鬋。孤根著寒土，堅瘦發葱倩。解鞍得暫息，睡味如酒釅。從公萬里外，寧敢辭勞倦。歸田誰不思，乘障吾亦辦。堪蘇至無胡素魯克卡

絶壁矗寒空，仰視巾幘落。徑路一綫懸，未上神已愕。馬行如猱升，有前更無卻。孤石危欲動，四蹄驚不著。顛崖忽平坦，翻得騁馳樂。回首萬坡陀，洶若海濤作。風聲春肅條，日色午淡泊。直下八十里，腸鳴饑火灼。河流正坌湧，其下石磊硌。水旋石亦轉，人馬難插脚。居民不出山，混沌老未鑿。卻識官長尊，穹廬奉栖託。代薪供馬矢，充飯進羊酪。告以分華夷，一一守條約。知天倚漢家，畫地安戎索。 烏胡素魯克至烏魯克洽提卡

長行兩日休，人馬息倥傯。蕭然一書生，穹廬勝鵝籠。身如銳骨蛇，僵卧不思動。小門東南開，敧枕望坡隴。牛羊時上下，春草緑菶菶。寒知山氣凝，靜覺河聲洶。徒侶亦已勞，强起杯重捧。連朝犯天險，藉壓心魂恐。老張熟邊事，得酒言泉湧。詳陳十年亂，有若抽蠶蛹。明朝山路雜，認我舊來踵。驀坡記沙虛，度壑避雪擁。識途誠足貴，要恃肝膽勇。君家博望侯，自古工鑿空。 烏魯克洽提作

危徒穩作計，騎馬如騎牛。雖非追風才，顛蹶誠無由。徒侶婉相勸，其意厚且周。聞言顧而哂，君非達者儔。華屋設重茵，珠簾珊瑚鈎。牙牀巧雕飾，文錦爲衾裯。焚香金鴨爐，二八蛾眉修。參苓代茶湯，列食皆珍羞。微風不敢禦，寧犯霜露愁。養此千金體，骨脆肉亦柔。一朝蟲臂化，數盡天不留。何必道路險，始有性命憂。江湖浪如山，逆風長操舟。或者溺人笑，曲港輕細流。我來況王事，乘險非好游。便當感山鬼，雲霧扶行騶。努力飲此酒，忠愛宜相酬。明朝上葱嶺，縱轡聊一收。 烏魯克洽提作

身經天險來，崎嶇盡平坦。坡陀屢起伏，頗怪馬行緩。碎石砌坡陀，滑澾參廉悍。升高出樹表，

入暝度崖簌。連山中外介，擇路東西轉。青林疏漸密，碧澗清且淺。漠漠遠川平，茸茸新草短。穹廬依水次，初日牛羊散。老人多垂翮，少婦工結辮。蒸餅麥啟窖，點酪茶加碾。殷勤知敬客，分餉及徒伴。百年充王人，卽事見誠款。烏魯克洽提至業耕

荒山多豺狼，每作夜行戒。上馬曙光中，東巖日初掛。徐行並鞭鐙，徒侶閒通話。迴紆得平曠，飛騁聊一快。布回有酋長，新喜襲冠帶。殷勤導先路，老蹇馳不介。中途且休息，巾裾拂塵壒。後至乍攀崖，前行已涉瀨。趙生佳少年，眼力諸人最。山川尋脈絡，牛毛入圖繪。葱嶺水東西，天設中外界。狡夷踰嶺來，尚欲分中外。兒童地久習，水草生所賴。邊人于于至，慰爾馬前拜。朱崖固未捐，盧龍誰肯賣。業耕至愛里克什塘木

西南雪山白，初日生於東。晴光射絶壁，幻作胭脂紅。造物出奇麗，似慰征夫窮。馬上吟新詩，聲滿千巖中。千巖忽已轉，遂上積雪峯。直下五百丈，氊裹嗤鄧鍾。溝間石犖确，冰下泉琤瑽。人語山應答，天窄雙崖空。豁然見開朗，十里川原通。我馬四蹄展，夭矯如游龍。行帳臨洪河，入夢波濤洶。白楊間紅柳，蕭蕭摇春風。邊人逐水草，聽命多牛翁。召翁置酒食，相與談乾隆。愛里克什塘木至廓克蘇

天將昌我詩，險外遺乘險。寒色春蕭條，曉向鐵力峴。初行渡洪河，水惡馬蹄軟。常恐墮旋渦，命逐濤瀧轉。懸崖得微路，斷若燒餘棧。神悽無猛赴，毛立有危踐。穿澗冰乍裂，繞嶺雲未斂。黑窺巖竇窄，緑波草根漸。北風吹倒人，雪片晴空卷。岡巒白無際，途徑迷莫辨。前趨深没馬，雙耳僅未

掩。雪光交日影，晃蕩眼花閃。重暈誰扶頭，清淚粉流臉。氤氳更寒瘴，人馬同時喘。江山助文字，遷也實陋淺。誰走崑崙墟，一拾冰蠶繭。答兵我未暇，萬里游已忝。歸持鐵力篇，惡謔報誰儼。廓克蘇至鐵力克達坂

風來雪忽飛，雲去日已吐。須臾風吹雲，日隱雪更舞。冬春一刻變，天意竟何主。華屋綺羅人，安識征途苦。夷行神默愴，猛上力交鼓。吁嗟千峯頂，現此閒曠土。濛濛二十里，緑草如平楚。融雪地含膏，流泉山潑乳。誰思據牧場，我欲遺民户。但縱萬牛羊，鞭策相爾汝。十年足生計，自以禮義輔。法度疏有方，租税寬無取。懷恩激内誠，守險捍外侮。心繫北辰星，目饞西域賈。屯木倫

少年住丘園，出門纔百里。親戚相祖餞，三日治行李。登途猶惘惘，丁寧顧妻子。半月絶家書，懷念莫能止。歸來如遠客，盡室皆歡喜。焉知鬚鬢白，萬里馳不已。少逸老轉勞，誤我緣求仕。孤坐復慨然，勞逸寧掛齒。安邊苟有方，況瘁亦足抵。百苦煉心骨，萬奇開眼耳。鄉里下澤車，少游非壯士。巉巉叢壑間，幽幽深樹底。息馬一徘徊，泠泠聽流水。豁然與境會，憺爾已神啟。新詩自長吟，逸興春雲起。還烏克洽提過河移駐樹林。《澤雅堂詩二集》卷十一

食古齋詩録四卷　光緒間刻本

柳以蕃撰。以蕃字子屏，一字价人，號弢廬，江蘇吴江人。諸生。絶意仕進，爲詩兼古文辭。晚主切問

書院講席。此集詩文録附詞合刊，凌泗序。卷首有費延釐所撰《柳君子屏家傳》。謝家福跋云卒於光緒十八年，今據《甲申五十自述》詩，推其生歲爲道光十五年。卒年五十八。以蕃爲薛時雨弟子。詩不酬應，然感念身世，多潦倒之詞，詠時事詩，亦不甚録。《題西泠五布衣詩刻》、《題舒鐵雲瓶水齋詩》，吟評俱佳。《讀龔定盦詩》云：「別著人間不著思，蟠天際地一游絲。我疑李白飛仙筆，世謂張良好女姿。自注：世傳定盦美姿容。」「絶代才情宜善窈，千生懺悔未除癡。西方詩者應含笑，不見拈花示寂時。自注：定盦後入禪。」《讀近人詩集》二首云：「精微極處成真放，自注：梅伯言。艱苦深時出大雄。自注：曾文正。文正自言每作一詩文，必如醉如癡者累日。刊盡人間皮穀語，兩家異曲總同工。」「不雄不窈不能飛，萬變心光一種詩。龔定盦。縱處較難横處易。自注：定盦有《縱難論》。無因説與鐵翁知。自注：舒立人。」

高陶堂遺集詩五卷　光緒間刻本

高心夔撰。心夔字伯足，號碧湄，江西湖口人。咸豐十年進士。兩署吴縣知縣。有文名。卒於光緒九年，年四十九。著《高陶堂文》一卷、詩五卷，爲平湖朱氏刻本，有李鴻裔、潘祖蔭、楊峴、劉履芬序。詩前四卷名《陶堂志微録》，凡二百四十四首，卷五名《形景盦續録》，凡七十八首。自序謂於詩好淵明，故曰「陶堂」。而其中《望鶻湖山》、《登吴山》、《谷簾泉》、《黄厓》諸作，詞多瑰麗。近體《漢家四首》，工整錘錬，才氣自豪。李慈銘云：「憮擬漢魏六朝，取境頗高，而炫奇襮采，罕所真得。自謂最喜淵明詩，故號陶堂，然其詩絶不相似。」此説是也。心夔逢遇洪、楊起事，憂亂傷時之什，所在多有，然可取者殊尠。其最著爲《中興篇》，時清廷没落已極，猶稱中興，可耶？《詠匡廬七首》、《題王翬仿長江雪霽長卷》，較爲峭潔。《客子吟》九首，胸有感觸，亦復悽楚。又有《懷人截句》多首，載咸、同間朝野名人軼事，間有可采。

通雅堂詩鈔十卷續集一卷　光緒元年刻本

施山撰。山初名學宜，字壽伯，一字望雲，浙江紹興人。年十八，擬昌黎《南山》詩，爲吴敏樹所賞。棄舉業，侍親宦游，以筆耕爲養。客荆州數載，爲王柏心推賞，詩名楚中。此集爲鄂中刻本，倪文蔚序，王柏心、張蔭桓題詞。依集中《游子吟》注，知爲道光十五年生，結集時年四十一。作者逢遇太平天国戰爭，作詩多詆毁之詞。而集中《箬篔山》、《城南貢象行》、《觀潮》、《原佛》、《聽張廉舫彈琴柬蓮衣上人》，沉雋不失作手。張蔭桓、樊增祥均與交游。《續集》題畫詩甚多。詠楚中山水古蹟，亦稱得體。詩學前七子，於公安、竟陵，亦不隨人訾議。《竟陵鍾譚二先生祠》云：「著述同時競，祠堂異代留。楚人詩善變，騷客意多幽。古樹婆娑態，空山窈窕愁。殘編梨板失，艱苦愴前修。」又有《談詩》，可見風旨。諸可寶《璞齋集》中《題通雅堂詩鈔即送之潛江縣幕》云：「渾金璞玉尊彝貴，斯品斯才獨有君。健筆能扛百斛鼎，清談下視六朝人。要從工部親傳道，但覺空同許問津。一别三年又成集，瀟湘靈瑟故粼粼。」

白雨湖莊詩鈔四卷

光緒元年刻本

余雲焕撰。雲焕字鳳笙，湖南平江人。諸生。受知於張金鏞。同治間入蜀，後轉黔，佐軍帥鎮壓苗民起事。光緒元年歸里，年約四十。是集無序跋。早年《嶽麓紀游》、《登岳陽樓》諸作，樸質有味。從軍以後，紀事詩較多。《再抵成都》、《登甲秀樓十首》、《瀘沽竹枝詞》五首、《雅州道上》、《竇圌山紀游》、《贈越南使者阮思僩回國》，多志舊聞。其詩格平氣稠。《八大山人畫梅》云：「横空撑出枯梅幹，凍雲壓巖巖欲斷。托根石上不知年，著紙銀花光燦爛。八大山人矯化工，手腕浩浩生春風。千鈞猛力貫紙背，瘦硬之中露姿態。神芝腐菌鬱連蜷，靈根拔取補蒼天。寥寥數朶枯枝上，開落羲皇未死前。前身已斷煙火氣，掃除俗艷驚羣卉。與誰飲水讀仙書，飽啖冰霜冷滋味。山人畫香不畫色，香魂不落色頃刻。行根放幹天地寬，尺幅澆透三升墨。空山夜半紙窗開，溪水無聲皓月來。色色香香空際活，誤他老鶴夢中猜。」又《論詞絶句》三首並佳。

西疆雜述詩四卷

靈鶼閣叢書本

蕭雄撰。雄字皋謨，號聽園山人，湖南益陽人。同治、光緒間西陲用兵，爲左宗棠僚佐。又參預都統金順提督張曜戎幕，往還三次，歷十數年。官至直隸州知州。撰《西疆雜述詩》四卷，自爲注釋，江標刊入《靈鶼閣叢書》。卷一爲《出塞詩》，泛詠新疆地區民間生活、宗教、時令、曆法、藝術、物産。以下詠新疆四界及歷史文物，兼及敦煌地區人事。記述詳贍，爲究心西北所當資，而刊本甚易得之也。

久芬室詩集六卷 光緒二十一年刻本

鄭襄撰。襄字贊侯，湖北江夏人。官太湖知縣。是集收咸豐二年至光緒十五年詩八百二十五首。有程頌萬序，自序，馮志沂、王闓運等題詞。據甲戌《三十九自壽》詩，爲道光十六年生。襄少從孔繼鑅、葉名灃游，詩多文飾。《題邵亭集》、《自題皖北金石八首》、《閲太平廣記偶成六言六首》，俱可擺脱凡近。平生作四方之行，東至臨榆，西入秦蜀，所詠山水勝景，篇章甚富。居滬之時，用意較新。詩出入唐、宋間，大抵爲潘德輿一派之流緒。過從多同、光間名士。

望眉草堂詩集十二卷 光緒十九年刻本

顔嗣徽撰。嗣徽字義宣，號望眉山人，貴州貴筑人。同治九年舉人。歷官朔縣、遷江、雒容知縣，升泗城知府。光緒二十四年。自訂《年譜》，時年六十三。卒於光緒二十八年，年六十七。撰《望眉草堂詩集》十二卷、《文集》四卷，唐開虞、錢衡序。詩起於咸豐六年，止光緒二十七年。以官粤西紀程詩較多。早期作品涉及太平天国，光緒十五、六年有《搜捕貴縣六象巖起事者》詩，關係時事。嗣徽受學於遵義黎氏，與莫友芝有交。《流民行》、《相寶山十八羅漢像》、《讀邵亭詩》、《牂牁竹枝詞八首》、《遷江風土竹枝詞》，悉屬質實之詞。

又有《蒟醬二十四韻》、《電線行》、《地球七十韻》、《瘟疫行》等篇。不屑摹擬，而追求深僻，亦無精警可言。同治間詩，至鄭、莫其變已窮，降而求之，皆不能自異矣。

瑶人賀新年　每歲正月十五、十六日，瑶頭率瑶人頂冠服畫鹿馬補服，赴縣衙門叩賀。届期府縣傳點陞堂，犒賞花紅銀牌酒脯等物。瑶人簪花挂紅，叩銅鼓唱瑶歌，跳舞冠花，與銅鼓之節相顫應，且獻鳥鼠以爲敬，叩賀畢飲酒退。此風惟泗城僅見。

插冠花，撾銅鼓，犒銀牌，懸畫補，嘔啞啁哳歌且舞。歌太平，頌樂土，田中無蝗野無虎。五風十雨大有聯，率我瑶人賀新年。

藍靛瑶，柴火瑶，瑶人種類名目。每歲迎春，男婦來城觀望。下居窟，上居巢，侏儺左袵土歌謠。服飾極怪麗。進鮮味，充官庖，催科不擾訟不勞。耕田鑿井得安眠，率我瑶人賀新年。

星橋爛，火樹丹，流蘇蓋，雜俎竿，魚龍曼衍獅子盤。轟轟爆，匝匝團，山魈木客驅除完。每歲四甲，皆有龍燈獅子。少無天札老壽延，率我瑶人賀新年。《望眉草堂詩集》卷八

謫麐堂遺集詩二卷　光緒元年刻本

戴望撰。望字子高，浙江德清人。諸生。始好詞章，繼求顔元之學，後至蘇州請業於陳奐，專治經學。

曾國藩邀至江寧書局充分校。同治十二年卒，年三十七。施補華爲撰《墓表》。著有《戴氏論語注》二十卷、《證文》四卷，輯《顏氏學記》十卷、《管子校正》二十四卷。又有《古文尚書述》，未竟。卒後，趙之謙爲刻遺集四卷，内詩二卷，凡二百十首。望嘗從外王父周中孚學。與勞格、桂文燦、趙之謙、謝章鋌研習校勘碑版詞章。爲詩瑰奇，多奥澀之語，博採遐搜，不拘人地。《禹陵》、《蕺山拜劉忠介公祠》，詠金門城東魯監國墓，爲楊鐸題《伏生授經畫像石刻》，俱得經籍之腴。咸豐間嘗避兵山中，復游閩中，至泉州，詩多牢愁。《自江寧歸杭州詩》四十首，多備故實，與龔自珍《己亥雜詩》最近。蓋習於書，故能詞質而義賅也。

所托山房詩集四卷

近代刻本

周遐桃撰。遐桃字祝齡，廣東順德人。四十不赴試，未登仕籍。好詩歌，多切時聞。光緒十八年五十六歲卒，簡朝亮爲撰《清故詩人周君墓誌銘》。此集分體詩四卷，首載《讀書草堂明詩》。五古《土風三首》、《北江水漲》、《罌粟花》、《海隅》，七古《木棉歌》、《泛洋行》、《輪船火》，皆專意吟事。《邸報》詩云：「愧我坎軻歷半生，血熱依然心不死。食毛踐土皆王臣，分雖布衣誼猶仕。」《和彭大司馬南海秋興詩》云：「尚問越裳無乏貢，安知楚甲不先衷。」又云：「當年黿説三元里，曾縛雄酋賊燄平。」聲詞俱壯。《馮宫保大敗法人於南》有云：「熊羆萬衆遮堡牆，將軍父子親前突。芒鞋帕首髯絶倫，吾戴吾頭死老臣。持矛躍呼衆皆戰，追奔千里成大勳。」此贊頌馮子材詩，當時亦無日無也。其間亦有反對農民軍，歌頌左宗棠、胡林翼詩，都不足重。

廣雅堂詩二卷 宣統間刻本

張之洞撰。之洞字孝達，號香濤，一號壺公，又稱廣雅，直隸南皮人。同治二年一甲三名進士，授翰林院編修。官至軍機大臣、體仁閣大學士。宣統元年卒，年七十三。謚文襄。著有《張文襄公全集》。此集宣統二年端方序。其詩學宋，尤瓣香東坡、半山，古體才力雄富，今體士馬精研。考據題詠，皆有名論新意寓乎其間。見陳衍《近代詩鈔》。《人日游草堂詩》、《濟南雜詩八首》、《登天寧寺樓》、《采石磯》、《九曲亭》、《嘉州酒歌》、《登牛首山望終南曲江》、《樊川輞川作歌》、《訪萬柳堂》、《戒壇松歌》、《詠懷湖北古蹟》八首、《憶蜀詩》十一首、《登眉山三蘇祠樓》、《金陵雜詩》十六首，氣象廓大，用事切當。《送莫子偲游趙州赴陳刺史之招》、《送王壬秋歸湘潭》、《朝鮮灘隱畫竹歌爲董前輩文漁作》、《題唐寫説文木部殘帙卷》、《聞西使言永樂大典尚有殘本》，議論横生，亦有異彩。《誤盡》四首，寄託亦深。《論史絶句二十首》，借古鑑今。和潘祖蔭詩，爲《搨銘》、《讀碑》、《品泉》、《論印》、《還硯》、《檢書》，詞腴理盛，亦復斐然。其生平文字以奏議爲多，詩則以精爲貴，不甚應酬。《五北將歌》，爲廣州副都統烏蘭泰、湖北提督塔忠武齊布、西安將軍多忠武隆阿、科爾沁僧忠親王、塔爾巴哈台參贊大臣署伊犂將軍錫綸，均所謂中興名將。其詩爲當時顯要中第一。唯廣雅詩寓諷當世者極多。一九二一年影印《嚴範孫先生注廣雅堂詩稿》，但臚列古書，注典故所出，而於時人世事，不予注解，是未能稱善也。

湘麋閣遺集四卷　光緒十六年湖北書局刻本

陶方琦撰。方琦字子珍，浙江會稽人。光緒二年進士。改庶吉士，授編修。督學湖南，以憂歸。十年杪服除赴京，卒於邸，年甫四十一。事見譚獻《復堂文續載》、《陶君小傳》。《遺集》詩四卷，附《蘭當詞》一卷，瞿廷韶序。方琦好治樸學，著有《鄭易京氏學》、《鄭易馬氏學》、《鄭易小學》、《韓詩遺説補》、《爾雅古注斠補》、《字林補逸》、《許君年表》等書。唯自咸豐以降，考據之學已難乎繼，此集《讀武億授堂集》，凡疊詠，意在發抒漢學，祇可緬懷先述而已。《詠漢磚》、《鐵牌行》，考證《谷朗碑》，寥寥數篇，蹊徑未寬。方琦與李慈銘、譚獻交密，有寄詩。題潘星齋《小鷗波館詩意畫册》，諸首清雋。嘗渡海北上，有詩紀之。又有《坐火輪車至吴淞》詩，記述鐵路運行，以此爲先矣。

六齋詩存二卷　光緒九年刻本

丁善寶撰。善寶字黻臣，號韞山，山東濰縣人。以捐輸賞舉人，授内閣中書。光緒九年卒，年四十七。是集分《耕雲》、《囊霞》二集，首王績熙、張昭潛序，自序，宋書升、柯劭忞題詞。其中《述難行》一篇，記咸豐十一年二月二十二日捻軍退出濰縣事，内容頗詳。其捐欵賑饑，事在光緒元年，亦有記録。光緒七年南游，經濟南、揚州、鎮江以至上海，稍汰其稿，存此二卷。編校者同邑宋書升，清末山東學者，以考據聞名。其詩不免蓬户之陋，然稍涉世事，可補文獻之闕。

鐵畫樓詩鈔五卷　光緒二十三年刻本　續鈔二卷　光緒二十八年刻本

張蔭桓撰。蔭桓字樵野，廣東南海人。起自幕僚，納貲爲知縣，至監司，爲閻敬銘、丁寶楨所知。光緒二年，權登萊青道。歷任安徽按察使、太常寺少卿直總理各國事務衙門。十一年，出使美、日、秘三國大臣，保護華工利益，斡旋外交案件，甚有成效。三年後還國，仍直總署。歷遷户部左侍郎。變法議起，與康有爲往還甚密，事敗，謫戍新疆。二十六年義和團失敗，爲朝廷所殺，年六十四。撰《鐵畫樓詩鈔》五卷、《續鈔》二卷。《詩鈔》首孫毓汶序，曰《庚癸集》者三卷，曰《三洲集》者一卷，曰《不易堂集》者一卷。《庚癸集》爲光緒六年至九年詩，又分《北行雜詩》、《風馬集》、《來復集》。《上丁宮保師一百韻》、《遼東募軍行》、《閱兵行》、《煙臺》、《大明湖觀水雷歌》，均爲官山東時所作。時英國請闢煙臺租界，蔭桓力持不可，爲詩亦意氣風發，足資諷詠。《昆明池歌》，揭露慈禧造修頤和園，尤爲刺譏。《越南久不貢象庚午内亂乞師粤西馮提督子材爲之龕定年貢外獻二象焉喜而作歌》，亦近代史聞。《三洲集》爲蔭桓出使外國作。在美國，作《烏約鐵線橋歌》云：「高橋鐵綴八十丈，俯瞰海門瞭如掌。層展四里横五衢，機輪車馬紛來往。中間橋柱類石闕，揉鐵成絲稱銖兩。但爲巨絙挽浮梁，質力剛柔輪爾壯。傳聞縻費十六兆，經度五年竭冥想。國儉商勤無不宜，落成亦或假官帑。行人每過須投錢，持較工資尚迂枉。橋下依然爭渡喧，誰謂利權能獨享。當時算法極毫黍，水無魚騰陸無象。高插穹霄低置磔，迴立長風鬱蒼莽。祇應鬼斧矜花旗，近與歐羅門宏爽。儻移鐵索渡神仙，兩虎守之不得上。」《過華盛頓紀功碑》云：「手闢兩洲開大國，創爲民政故傳賢。一時薦舉成風俗，閒歲謳歌託衆權。海上飆輪惟固圉，林丘弓劍似生前。泰西得爾誠人傑，白石穹碑鋭插天。」自注：「碑方而頂鋭，高五百尺，環球僅見。」又作《鞠花會歌》、《觀倭人所畫球馬圖》、《雪車行》、《髮花歌》、《費城百年會》。離美，至秘魯、巴拿馬、古巴，均有詩。時美設苛例，欲禁華工，蔭桓反對堅決，不果行，詩中於僑民關垂之情，每見之。渡大西洋至歐洲英、法各國，作《巴黎石人歌》、《水晶宫行》、《巴黎鐵塔歌》、《七椽樹石室歌》。歸途有《紅海行》、《印度洋》、《印度貝多經歌》等篇。《日斯巴彌亞城觀鬥牛歌》云：「班牙健兒好身手，裹鐵結辮與牛鬥。鑰匙高擲牛欄開，絳帛紛拏牛疾走。健兒長戟騎瘦馬，牛觸馬腹腸併漏。譁然墮地人爭扶，急導牛行簇前後。牛數被創力漸微，紛持短弩投創口。牛痛辟易勢莫當，一人手劍飛過牆。紅旗護劍混牛目，奏技絶愧公孫娘。覷牛疲極忽揮劍，劍靶深入牛不僵。就中群馬已盡倒，半死半生遺柵旁。層樓歡喧競拍掌，如獲凱旋真擒王。此邦風尚乃嗜此，云以肄武非殘傷。兩角豈足敵叢刃，人能猱躍能免藏。依然鬥智非鬥力，徒手難搏吁其傖。釁鐘猶復廑仁術，祆神戒殺空語長。」《不易堂集》多爲日本、越南詩。歸國後唱酬者，翁同龢、王懿榮、袁昶等人。《續鈔》爲遣戍新疆作，一名《荷戈集》，爲戊戌八月至己亥詩。寫河西、哈密、吐魯番途中聞見，以至烏魯木齊。有光緒二十八年許珏跋，謂爲「詩史」。刻本較前集易得。蔭桓不以科目進，而折節讀書，洽習掌故，至辦理外務，實晚清拔萃之材。乃爲忌者所殺，庚子秋罹難戍所。讀是集不獨可以取資，且頗有助於知人論世之用也。黄遵憲《人境廬詩草》有贈詩，其詠戊戌失敗之《感事》詩，「鑿空虚槎疑漢使」，即指蔭桓也。

昆明池歌

曲江宫殿鎖蒲柳，考古復濬昆明池。江花黯淡没胡騎，延秋迴首徒生悲。宸游但慕驪山樂，蘚剔千門補宫闕。罘罳火盡梁燕空，搜括機絲綴雲幕。采霞題額天邊來，魚龍百戲迎銀臺。將作奇觀屬中使，神工鬼斧閶闔開。芙蓉舊苑參差見，南下霓旌欻如電。夜月仍虚織女機，青春重佩才人箭。是時民力已凋敝，司農少府難爲繼。吐蕃陰鷙且窺邊，土木經營乏深計。仙杖崆峒曾幾年，悠悠風日照秦川。經過尚觸夜烏啄，豈合更泛金凫船。少陵野老却多事，往往悲歌成麗句。誰識流傳誤後王，遂使逢迎來鄭注。他年仙侣清和舟，攬景茫茫生古憂。上林馬射有人賦，慎勿重憶哀江頭。《鐵畫樓詩鈔》卷二

果泉山房詩稿十卷　光緒十六年刻本

梁春湘撰。春湘字荆癡，號迴瀾，湖南安化人。少棄科舉，游食四方，無所遇。轉依督署，終身幕僚。是集分《山居》、《近游》、《豫章》、《黔南》、《鄂游》、《江南》、《燕游》、《吴游》、《江浙》、《息游》諸草，詩共一千一百二十八首。首黄自元、龍錫慶、劉昌嶽、張岳齡序，自序云：「庚申咸豐十年年二十四始學爲詩。」是三十年所作，盡於是矣。《採茶曲》一篇，記茶葉出國，射利之徒居奇，頻年變價，茶農比屋竊嘆，頗得諷諭之意。《蘭田

市竹枝詞》十八首，不避俚俗，時采見聞。嘗南游黔陽，作《普里竹枝詞》，復詠山川之勝。北走燕，作《煙臺雜詠》、《津門渡海》。遍歷吴越，有《滬灣雜詠》、《上海觀海船載巨鼉往吴淞作歌》。赴官江右，有《九江關偶感》、《石鐘山》諸篇。時農民戰爭失敗，因歷九省，均以詠風物爲多，讀之亦不覺雜沓也。

可園詩存二十八卷 宣統二年刻本 壽藻堂詩集八卷 近代排印本

陳作霖撰。作霖字雨生，一字伯雨，江蘇江寧人。光緒元年舉人。官教諭。工詩詞。輯有《金陵通志》四十五卷、《金陵瑣志》六種、《金陵詞鈔》八卷。《詩存》與《詞存》合刊，自序於宣統二年，時七十四歲。其詩涉及太平軍占領南京前後時事，多具聞見。《讀毛詩》三首、《讀兩漢書》十四首、《明初金陵小樂府》二十四首、《論國朝古文絶句》二十首、《評明前後七子詩》九首、《題吴梅村詩集》二首、《題清明上河圖》四首，詞旨斐然。《戊戌夏日感述》四首，指陳時政利病。光緒十六年，翁長森編選《石城七子詩鈔》，包括《可園詩存》上、下卷。此集詩起於道光二十六年，訖宣統二年，凡一千七百七十二首，爲足帙。辛亥後，又刊《壽藻堂文集》二卷、《詩集》八卷，自署冶麓老人。詩止於民國八年，計年已八十三。觀《謝徐世昌延入晚晴簃詩社啟》可見老壽，且負詩名。卒於民國九年，年八十四。

荔隱山房詩草六卷 光緒三十一年刻全集本

涂慶瀾撰。慶瀾字海屏，福建莆田人。同治十三年進士，改庶吉士。官國史館纂修。光緒五年，爲貴州副考官。晚在福州興辦學堂。於宣統二年卒，年七十四。有《莆陽文輯》十卷、《詩輯》四卷行世。全集包括《詩草》六卷、《文畧》一卷、《日記偶存》三卷、《衛生集語》三卷、《國朝耆老録一卷》、《進奉文》一卷。《詩草》戚朝勳序。事具本書卷首《家傳》。内黔中紀游詩，狀寫山川奇隈，《申滬雜詩》記上海社會變化，閩江諸詩敍福建民情聞見，咸有可覩。甲午戰爭後，書事感懷，句多憤激。是亦有所可擷者矣。

大野草堂詩八卷　光緒三十年刻本

張邁撰。邁字哲甫，一字始豐，浙江會稽人。移家天台十年，與山僧敏曦往來，談禪禮甚契。熟悉掌故及中外形勢，輯有《暢園叢書》。光緒二十五年，徐承禮官天台，延致幕下掌記室，二十八年卒。遺詩八卷，後二年承禮序而刻之，一名《暢園遺稿》。作序者褚傳誥、金文田，皆天台名士。《仙居雜詩》詠台邑，詳記民俗，頗可採掇。餘如詠赤城、佛隴諸山，國清寺，亦有詞采。邁見知於徐子苓，與平步青、秦敏樹相唱和。《題松圓浪淘集》、《讀江左三家詩》、《題蔣敦復嘯古堂詩集》、《題金柯子院本後》十二首，亦藝文資料。院本不詳出何人筆，亦未知可踪跡否。又工詞，附刻《白癡詞》二卷。

仙居雜詩　八首録七

一様人間世，荒涼劇可嗟。山風秋嘯鬼，山多鬼車，奇鶬也。春瘴夜肥蛇。山有蛇曰雪蟒，遇瘴益肥，可食。大璞空文玉，山有文石，人多取爲印章。寒灘漲鐵沙。灘水奇寒，疑有金鐵。孤城莽寥落，巒翠萬重遮。四面皆山，孤城如斗大爾。

霧雨朝來散，山林故自嘉。清風振崖谷，高樹滃煙霞。山多松杉及他材木。香溢巖蘭佩，巖蘭花不異常品，根有節如竹，葉亦類之，短小可作盆供，居人喜佩之，謂辟暑，且宜男也。清分處朮花。山多白朮，種之來自處州者最佳，故名。蕭然遠塵世，雅合住仙家。有乞兒老褚者，冬夏一葛衣，不食不飢，常如四十許人，以爲仙也。

炊煙寒木末，依約幾人家。煨芋山茅涇，民貧不能致米，恆以芋爲糧。春雲水碓斜。邑中治生之具，以此爲最佳。既挽水以灌田，且任舂也。然此潤彼枯，往往爭而涉訟，械鬬，有因此傾其家者。嵐深宜種竹，山宜竹，居人不知養，有輒斫去，以爲是能召鬼，致諸不祥也。沙暖利培茶。地宜茶，居人不知焙法，采取卽以釜煮之，盡傾其汁，而後曝，旗槍都殘，色味俱變，獲利既薄，種者益鮮。可惜連畦畛，春風鸎粟花。連山皆是，所謂台漿也。

藍衣歌采采，涉險履岭岈。藍衣亦曰石衣，產陰厓絕磵，人蹤罕到之所，蓋溼瘴結而成者。厚如麻布，色深藍或紺，味類木耳而澀。性極寒，取之頗不易，有遇蛇虎或墜厓而死者。當官以其得之之難也，目爲異味，而登鼎俎焉。石骨寒毛髮，殘生狎虺蛇。大官精食品，窮命判風沙。夜宴官厨進，蒓羹未足誇。

地勢矜奇險，人情習詐誇。樂聲驚慘急，樂聲甚哀，發人悲涕。丁祭及官事婚嫁賓讌胥用之。知音者聆其曲辭，謂是《哭皇天》也。賓禮看夭斜。拜跪送迎，輒作舞蹈。困頓調和酒，甲乙有爭，親族輒爲設飲，以排解之，謂之擺酒。所爭既釋，親族反羣起爲難，必責兩家出金錢以謝，不則涉訟，有田而破家亡命甚且致死者。昏迷博進花。

花會盛行，人趨如蟻。夜深聽送鬼，鑼鼓鎮喧嘩。俗不信醫藥，有病即謂爲鬼祟，鑼鼓喧闐，祭鬼郊野，曰好矣。訟或經年累，牽連十百家。人有訟，鄰必相助以財，不則詞中連及之，牽累親朋，或波及數十百里外。哀黎奔雀鼠，狂吏舞蛟蛇。銅鐵金銀錫，油鹽醬醋茶。紛然須備取，行迓使君車。械鬥致人命則官爲臨驗，胥吏索賄，謂人取夫價，大者百餘千，小亦數十千，視鄉之肥瘠爲高下，無或免者。飲食供張稍不具，輒横詈如盗賊。雞豚樹畜，無一得倖全。官之廉者，亦不能禁。禁即反走而鬨，名之曰散堂。聞有余明府，當年此駐車。余公介石，安徽歙縣人。咸豐末宰邑有惠政。傷心杜工部，流涕賈長沙。行誼高千古，官民視一家。至今遺愛在，春社哭香花。鄉民祠祀公於神樹山，春秋祭賽，有冤者哭訴焉。《大野草堂詩》卷一

通藝堂詩録六卷　光緒二十七年刻本

陶濬宣撰。濬宣字文沖，浙江紹興人。同治間舉人，主紹興東湖書院多年。與李慈銘交善。嘗刻《稷山時文》，蔡元培稱弟子。光緒二十七年，改東湖爲通藝學堂，仍任學長。卒於民國四年，年六十七。是集所收詩，趨尚較新。《喻教》三十章，斥基督教在中國傳道，激成事變，不可收拾。《訓俗篇》，斥閩廣械鬥、買婢、賭博之惡俗。《南沙桑枝詞》十九首、《觀蠶桑》、《續桑枝詞》八首、《漳州勸桑詩》十三首，詳記蠶絲生産。光緒元年，作《新樂府》十一章，其中《野無草》、《乞無門》、《食無榆》、《哀青矜》、《賣兒行》，諷世頗深。《虎頭山歌》，

記光緒二十五年日本索廈門虎頭山地爲租界，山皆叢塚，纍纍萬穴。將定界，犂塚平之，民痛哭罷市。時京外大吏已允日官請，興泉永道惲祖祁獨爭之，以是去官，地卒賴以全。《哀義民簡大獅》，大獅，臺灣嘉義縣人。甲午割臺畀日，屢扼日兵，與之死戰。是有關近代史料者多矣。

木庵先生詩四卷　光緒三十二年刻本

陳書撰。書字伯初，號仭玉，又號木庵，福建侯官人。光緒元年舉人。官直隸博野知縣。卒於三十一年，年六十八。是集首馮煦序，稱其詩標寄蕭淡，抗希魏、晉。《論詩絶句》云：「不與前人填故實，自家抹淚説衷腸。」可見旨意矣。清季閩中詩風最盛，沿至辛亥以後，作者林立，陳衍尤爲總持。觀此集《南征十九首》、《見山吟》等篇，亦有獨至。雖非八閩至者，而行輩遠在陳衍等人之先，亦可爲言詩者資考。

石蓮闇詩十卷　近代刻本

吴重憙撰。重憙字仲懌，晚號石蓮，山東海豐人。内閣學士吴式芬子，濰縣陳介祺壻。同治元年舉人。官河南陳州知府，累至倉場侍郎，江西、河南巡撫。宣統二年召京，年已七十三。是年刻《石蓮闇詩》八卷，首自序。續刻二卷爲辛亥以後詩，止於民國五年，卷後附詞一卷。卒於民國七年，年八十一。清季山左收藏鑒賞，首推吴、陳二氏。重憙飫聞其間，復受教於山左許瀚，及乾、嘉諸老輩實事求是派，旁及藝事，靡不覃思邁進。詩亦窮於考據，《景龍鐘銘歌》、《宋文信國鐵如意歌》，拓本，並序。《題魯太康銅匳》三首、《題東魏興和五年劉目連告觀世音像》、《西漢綏和雁足鐙歌》，自注：外舅壽卿先生藏。《滎陽宫鐙歌》、《棣州觀松雪書三學寺藏經碑》、《莒小子雙毁詩三十六韻》、《唐拓武梁祠畫像殘册爲李一山題》、《河南藩庫藏隋仁壽二年舍利塔銘》、《傅子式花延年室印譜》、《汴京得牀瓷七餅》、《雙忽雷歌爲劉葱石參議作》，詳記藏弆源流制度，飾以韻語。此類題詠非金石家不能措手，山左唯桂馥、馮雲鵬能之，道光後接踵者少。觀此集金石詩，勝劉喜海、李佐賢者遠矣。他如《牤牛河行》、《鹽山道中遇風》、《津門新樂府》、《勞東五詠》、《題柳子厚集》、《鞏縣杜工部墓》、《過武虚谷先生墓道》、《白雪樓弔滄溟先生》，亦較蒼厚。日照許瀚，其學爲山左第一，身殁無碑銘可考卒年。此集有《謁印林師墓》，編年丁卯至癸酉。據桂馥《歷代石經畧》吴重憙序，有「同治壬申，重憙走日照謁許先生墓語」，以證詩中「易簀六寒暑，丙舍方始趨」句，可知許氏卒於同治六年。拙著《許瀚年譜》本此。唯推算時誤爲同治五年，容後更正。又《題板橋道人畫石爲濰于寶泉銘書》，録原題云：「米巔下拜，畧嫌其小。藏之袖中，畧嫌其大。所謂不夷不惠，可否之間者乎？」當可補板橋題辭之遺。《題王文敏絶筆册》，録「主憂臣辱，主辱臣死，於耻知其所耻，此爲近之。京師團練大臣國子監祭酒南書房翰林王懿榮記」共三十八字。重憙久官河南，聲譽甚隆。與項城袁氏多有交往。袁世凱竊國，静觀待變。辛亥後作《聞日本賈人在滬徵購先著擪古録以書寄往》。又慨於古書外流，作《聞廠估載書赴日求售》，此又不止於書林掌故而已矣。

謁印林師墓

山海蔚靈秀，葱鬱鍾大儒。吾師南閣裔，制行曾閔徒。善事肅齋翁，八十三歲殂。哀哀孺子墓，文孝謚非虛。鄉人私謚文孝先生。經學遵馬鄭，研精不佚粗。小學祖顔徐，音訓窮根株。道咸際世隆，往籍爲菑畬。孳經首儀徵，蕉聲繼平湖。未谷著義證，勤恪聊城河帥倡權輿。師任校刊役，點畫無模糊。勤恪刻桂氏《説文義證》，師始終其事。文慎涇縣河帥考史籍，欲並經籍驅。編纂未卒業，大愿付子虛。文慎欲修《史籍考》，以繼朱氏《經籍考》，業巨未成。僅遺攀古稿，殁托承祚閒。遺稿命交外舅陳先生。畀以付賤子，迄未完編蒲。與我先子交，不變黎任初。襄校在臨安，雞鳴風雨俱。丙辰痛陟岵，敦請來海隅。延師校定先君遺著。恆於校定暇，眷此第二雛。訓我麗則賦，東馬兼嚴徐。戊午孟陬月，痼疾遽不愈。輿師返桑梓，斲綿十載逾。右臂幸能運，取稿復箋塗。其時黃巾起，南北亂已憮。築堡與避地，奔走同呶噱。師體久牀笫，動轉苦不舒。載其先世主，與我遺澤書。病肢居其左，共挽一鹿車。山砦卒不守，散佚在溝渠。南羽少山徐購求，稿卒歸敝廬。使我手澤完，慰我淚眼枯。師友誼如云，迥與世俗殊。父書與祖硯，何日能忘諸。易簀六寒暑，丙舍方始趨。畧抒釋菜心，跪拜薦春蔬。執手相向哭少山同往，此痛誰能知。桑梓諸父老，見我同欷歔。愿將師學行，籲請達天衢。宮牆近咫尺，永享鄉賢葅。築場空有志，歸程已戒途。難將松柏攀，轉步猶趦趄。《石蓮闇詩》卷三

青草堂集詩六卷二集詩六卷三集詩六卷　光緒二十二年刻本

趙國華撰。國華字菁衫，直隸豐潤人。同治二年進士。官至山東按察使。撰《青草堂集》十二卷、《二集》十六卷、《三集》十六卷，與文詞合刻。有自序，附《自訂年譜》，止於光緒二十年，年五十七。卽卒於是年。國華久宦山左，歷曲阜、德州、泰岱、兗濟，詩作甚多。《弔鄉社詩》、《村讀十二首》，於故邑人事，亦甚究心。喜詠史，持論較凡近。《明孫少參紗帽籠歌》、《陸九蘭世補齋醫書題詞》、《落霞琴歌》、《江干新樂府》、《潭西行贈柳生文洙》，稍資異聞。唯所存過多，榛楛未剪，是爲病耳。

函雅堂詩集十五卷　光緒二十年刻本

王詠霓撰。詠霓字子裳，號六潭，浙江黄巖人。光緒六年進士。十年，隨許景澄出使外洋，經法、德、義、荷、奥、美諸國，數年後歸。晚任安徽鳳陽知府。工詞章，亦長考據，與王棻齊名，並稱「二王」。卒於民國五年，年七十八。所著《函雅堂集》，前十六卷爲詩詞，以下爲文。有譚獻、袁昶、繆荃孫、馮煦、郭傳璞序。其中《讀史絶句》、《吴梅村詩》、《論印十二首》、《題畫雜詩》，吟評頗有識見。《論學十首》，言及清代學術，於黄宗羲、孫奇逢理學及桐城學派，均有不滿，獨尊漢學，推崇顧、閻，以爲實事求是。於乾、嘉經史考據成就，尤宜其談言微中。《出洋詩》俱在七、八兩卷。《舟行地中海》、《威里斯遠眺》、《由罷臣輪路過奥國雪山作》、《德王宮朝會聽樂》、《記巴黎圖畫屋》自注：繪普法戰爭、《蠟人館》、《萬生園》、《水族苑》、《戲馬場》、《博物院》、《詠荷蘭故宮》自注：阿姆司得登、《偕西友游波斯達姆行宮》、《觀德國大操歌》、《觀比利時陸路礮臺歌》、《梵斯才觀烟火歌》、《尼亞吉拉觀大瀑布歌》，以及游華盛頓、東京、神户、大坂、長埼，以前人之所未經發爲奇唱，令人不能贊一詞。《游華盛頓》云：「天衢闊廣冠西都，畫像來瞻偉丈夫。血戰八年新社稷，總師四載慕唐虞。已看朋黨分南北，猶守遺言似典謨。傳子傳賢誰論定，漫云揖讓勝征誅。」《比利時王宮夜宴》云：「璇宮開宴洽嘉賓，玉佩偕臧見小君。末遣班聯分左右，尚遺饗禮重夫人。舊游中土知懷德，新剖非州好睦鄰。自注：比主曾來中國。近新得非洲剛果河屬地。難得小邦成局外，梯航長此貢川珍。」《東京》云：「霸業遺江户，維新變近畿。奉行西法貴，朝請列侯稀。歲已遵陽曆，人猶惜故衣。尊攘談往事，幕府計全非。」歸國後，歷官皖南北，有《盋山謁大禹廟》、《泛行絶句》，游黄山、九華諸詩。又作《盱眙懷古》、《金陵明故宮歌》、《憶嶺南舊游十首》、《天津雜詩》、《濟南雜詩》，周覽遐搜，日新不窮。

論學十首答洪六堦　録八

南望有黎州，北望有二曲。夏峯起中原，列席號鼎足。從游盛弟子，名盛道幾辱。何如顧亭林，講學非素欲。博覽綜古今，擇精詣斯獨。生平經世才，具在日知録。卓哉儒林傳，冠絶不少慝。右崑山

漢學師承記，巍焉首百詩。逢問無虚日，一物耻不知。釋地及人物，歷舉朱注非。尚書辨雁鼎，

燭照無遁遺。豈若毛西河，改錯多吹疵。甘作梅頤僞，呌囂稱寃詞。惜公歎裁答，恐被堯峯嗤。右太原崑山徐司寇，讀禮著通考。書局許自隨，商定有萬老。我思秦尚書，五禮恣探討。叢殘手編定，鬚髮幾元皓。著書懸國門，圭臬世所寶。鎮洋與儀徵，開府富述造。身後出公評，半是門下草。右無錫徵君精漢易，家學承研谿。解經發古義，創始無枝辭。辨僞考晚出，暗與潛丘齊。仲林號入室，古注勤鉤稽。叔澐尤知名，定本寫篆斯。晚世樂虛無，漸使流派微。余欲箋荀易，更拾編修遺。右元和四庫開秘館，纂修推東原。少不譽鄉曲，達斯傳婺源。俯察記水地，仰觀校割圜。欲奪宋儒席，孟藝疏微言。金壇守師説，武斷同自專。合韻誤牽並，轉注僞紛繁。峩峩經韻樓，不揜潤蕡館。右休寧西莊持門户，出入無一字。舍短第叢長，卓識首譽事。説經無專書，片羽足沾溉。不特史學精，昭代擅絶詣。莫釐訂段注，解字考新異。十蘭明通借，二雲撰正義。及此派稍衰，大雅誰克嗣。右嘉定懷祖疏廣雅，伯申述過庭。喬梓世濟美。能事博且精。古音剖微眇，訓詁集大成。長夜忽復旦，改字誤不仍。同時臨海金，禮説亦就正。後學謹宗守，盛極衰斯乘。永懷孫季逑，先幾良可稱。右高郵辭章與義理，考據須兼之。姬傳發是論，坐便淺人私。不脛走天下，學派胡繁滋。未涉紫陽藩，苦摹震川辭。欲以文爲道，本體寧在兹。陰柔才力薄，末學尤支離。商兑誓一炬，庶澹洪水菑。右桐城《函雅堂集》卷三

偕西友游波斯達姆行宮五首

春風吹別館，秋草滿深巷。魚鑰啓葳蕤，虹梁度青絳。迢迢綵雲生，知是王母降。新宮　是日德世子攜妃及公主游此。

雲棟倚松坡，甘共山林味。游女競拾翠，不知金屋貴。爲問荔牆邊，蒲萄當熟未。山宮

葉密侵藤架，花香結橘苞。階前緑苔上，窗外碧痕交。此風自太古，無懷與有巢。橘林宮

綴石爲梁柱，丹青閒蜜蠟。岧嶤異艮嶽，邃密砌香閤。幽禽空際鳴，似聞人語答。花石宮

無憂天可汗，花色愛青藍。德主生平愛藍色花。淡煙浮碧樹，輕雲擁翠嵐。吾王一游豫，應見六龍驂。無憂宮　《函雅堂集》卷七

巴黎斯絶句十二首

巴黎舊是興王地，十六年前苦被兵。今日滿城簫鼓裏，電燈汽火一齊明。

獯酋漸解慕華風，月牖雲楣結構同。閒過大清公所飲，酒香茶熟火初紅。赫德爲賽會造，規制一如中國。

長林十里緑陰稠，寶馬香車絡繹游。吹皺一池春水碧，問卿何事帶新愁。薄阿突索郎兀，譯言大樹

林，在城西北。

漫云兵後力凋殘，新築梨園亦大觀。飛上九天歌一曲，月中贏得萬人看。鴉佩賴戲園，閎麗爲歐州冠。

横街閣板碾無聲，馳道衝寒暮雪平。衹恐馬蹄妨滑澾，散鹽詩思亦冰清。巴黎大街以木板墊路，雪後洒鹽沃之。

遶堤春暖碧生波，來去輕舟疾似梭。爲問賽因河上水，年年載得別愁多。

東風吹絮點征衣，新種園林黛色微。步阿梵生園林，在東南。記得清明好時節，家家挑菜踏青歸。

乍看鑄蠟像名臣，上相通侯態逼真。蠟人館有李相、曾侯像。更有昔年爭戰事，沙場慘覩斷肩人。有狀李威利被黑旗殺害事。

青紅面具畫葫蘆，奇服斕斑市上諢。莫訝入山逢魍魎，怪形如讀兩峯圖。西人佳節戴面具入市，叫呼如鬼。

巍巍高聳紀功坊，別館猶遺花石綱。誰遣英雄嗟末路，可憐兒女亦情長。拿破崙第一姬人別館在物賽分。

錦衣玉食舊繁華，椒壁塗金映暮霞。賸有人間無限恨，不應生在帝王家。路易第十六后別寢，亦在物賽分，猶存服物。

芳草當門似恨長，鐵闌干外月昏黃。宮槐葉落秋風冷，幾樹依依向夕陽。克洛蠢爲路易故宮。《函

延秋吟館詩鈔四卷續鈔四卷　光緒年間刻本

張聯桂撰。聯桂字丹叔，江蘇江都人。起家太常寺博士，截取廣西臨賀知縣，桂林同知，擢惠州知府，歷雲南糧儲道，廣西按察使，布政使，至巡撫。光緒三十一年免職。二十三年卒，年六十。俞樾爲撰《墓誌》。刻《延秋吟館詩鈔》，爲官州府時作，姚正鏞、莊忠棫、張雲鵬、李文田、潘祖蔭序，自序，蔣琦齡等題詞。《續鈔》爲光緒十一年以後詩，周易敬、蔡希邠、袁寶璜序。前集刻於揚州，續集刻於廣東道署。聯桂守惠州，作《梁化行》，以歲飢民貧，弱肉强食，所在多盜，發而爲詩。《桂水行》、《泊平樂府》多記時俗。《登勝棋樓》、《過虎牙灘》、《夜泊香港》、《訪三游洞》、《上灘有感》、《重游風洞山放歌》、《望陽朔沿江諸山放歌》，摹寫山川之勝，風景各異。題張少儀《鳳孫觀察孝思墨淚遺册》，弔廣東總督劉印渠，送沈秉成中丞旌節皖江，均爲清代典故。

抗古堂詩集十卷　光緒十四年刻本

陳展雲撰。展雲字硯皋，廣東鎮平人。舉人。官那馬知縣。主鳳山書院有年。光緒十四年刻此集，受業周之楨等爲之序。集中以詠廣西風景詩最勝，如《象鼻山》、《登灕山作歌》、《獨秀峯》、《登獨秀峯絶頂》、

《朝陽洞》、《游隱山》、《陽朔舟次》、《看陽朔諸山》、《桂林山水詩十首》、《桂林山水詩後十首》，繪形繪影，求諸同時作者，未易抗手。又有《樟山凹看雲作歌》、《登金山放歌》、《游長潭訪一線天遺迹》、《大柘寺宋松歌》、《雨後過烏龍灘》，亦有傑特之作。與黄遵憲、楊守敬有交。《寄黄公度京邸》、《寄楊惺吾日本》，可與傳記互證。《耕田苦》、《賣牛嘆》諸篇，關切民瘼。詩無詠史題圖之作，而清新疏放，迥殊凡近。

詩契齋詩鈔四卷　光緒十九年刻本

許玉瑑撰。玉瑑原名賡颺，字起上，號緝庭，一號鶴巢，江蘇吴縣人。同治三年舉人，歷官刑部郎中。是集有潘祖年跋。其生歲在道光七年，卒年六十七年。玉瑑受知於潘祖蔭，與朱綬、潘曾綬、徐謙、汪鳴鑾、黄體芳、洪鈞、翁同龢、黄紹箕、劉溎焴、況周頤、王鵬運、張佩綸、柳商賢等贈酬，交游甚廣。詩以學力性情兼勝。《題徐俟齋先生江南山水長卷》、《明錦衣衛牙牌》、《光福寺經幢歌》、《羅兩峯朱畫障鍾馗》、《題宋寶祐四年會天曆秀水朱氏影鈔本》附朱彝尊原跋、《花灘行》，稍涉宋人格調。寄興之作，頓挫有致。

冬暄草堂遺詩二卷　宣統三年刻本

陳豪撰。豪字藍洲，號邁菴，晚號止菴，浙江仁和人。同治間舉人。官湖北蘄水知縣，隨州知州。卒於宣統二年，年七十二。此集爲潘鴻編校。跋云：「君詩興到成吟，不即録稿，偶然記憶，或口授他人書之。散佚固多，存者亦往往先後失敍，畧爲編次，芟其重複，得古近體詩四百三十三首。所存多四十後作。」又論其詩云：「君夙喜讀陶集，五古有盎和澹雅之音。近體學放翁。而題畫絶句，含情緜邈。言短意長。」集中如《房縣温泉寺題壁》、《隨行縣口占二十九絶句》、《游煙艆洞》、《富春江三十絶句》，皆較俊爽。《讀三國志八首》、《讀洪北江先生集》、《和越南國副使陳明溪見贈原韻》、《上曲園師》等篇，亦可録其所長。蓋不爲傳述，多所散佚耳。

歸樸齋詩鈔四卷 光緒十九年排印本

曾紀澤撰。紀澤字劼剛，湖南湘鄉人。曾國藩子，襲一等侯。出使英法等國。與沙俄談判，毁崇厚所訂約，簽訂伊犂條約。官至户部右侍郎。光緒十六年卒，年五十二，謚惠敏。詩集合《奏議》、《文集》、《日記》合刊。據曾紀鴻跋稱，原有紀游擬古、友朋酬唱五古三百餘首，同治間不戒於火，已無存。所失宜爲甲、乙、丙、丁，故今之編署戊、己二集。集分上、下，共爲四卷。内《十一月晦日泊紅海處》、《戊寅臘月至法蘭西謁其君長》、《維多利亞花並授受國書英國女王》、《八月十五日夜森比德堡對月》，以及《畫西洋獅子》等作，以使西見聞入詩，自開生面。《讀司空表聖詩品二十四首》，亦可參觀。唯所存不多，不足判得失耳。

清人詩集敍録卷七十八

木蘭館詩鈔八卷　光緒二十五年刻本

陳徵文撰。徵文字謹菴，江蘇吴縣人。光緒間官潮連巡檢。二十四年，爲新會縣丞。翌年，其子爲刻《木蘭館詩鈔》，李辰輝序。自序謂：「平生所好，惟在於詩。雖無澤古之深，而披覽子史之餘，亦不廢吟哦。」集中以往來潮、穗、港、澳之詩居多。《沙田即事》云：「田每依人墾，人多面海居。家家飛白蟻，日日食黄魚。地僻衣冠簡，時清寇盗除。公餘無所事，抱甕灌園蔬。」《香港》云：「市肆重重列，帆檣矗矗浮。有衣皆短褐，無屋不高樓。商賈肆方集，笙歌與耳謀。杞憂吾獨抱，舉目動邊愁。」又有《沙面》、《香港七夕》、《鎮海樓題壁》、《自東莞赴省舟行即事》，俱爲摹寫現狀。唯《登九龍山上宋王臺》、《思婦歎》、《尖沙嘴》、《聞越南近事有感四首》、《嗟九龍》等篇，撫時而作，多寄悲慨之情。《香江竹枝詞》云：「紅樓掩映倚山阿，楊柳夭桃處處多。十二欄杆斜日上，齊開洋鏡畫雙蛾。」「晚風輕送綺羅香，檀板清罇樂未央。燈灺酒闌人欲散，梨園歌舞已登場。」「火輪纔向暹羅去，夾板還從吕宋開。萬頃波濤門外湧，載歡離别載歡回。」「琵琶一曲老秋娘，管領繁華二十霜。也解隨人作惆悵，太平山上話滄桑。」此詠香港。《蠔鏡雜詩》八首云：「竟許西夷受一廛，遂令聲教阻南天。可憐卧榻旁餘地，鼾睡他人四百年。」「峩峩雉堞翠微間，中外區分只一關。試上蓮花峯頂望，旌旗高擁是前山。」「三巴古寺擅名區，高棟飛甍聳海隅。每到星房虚昴日，紛紛男女拜耶穌。」「羅列山椒六炮臺，負嵎形勢亦崔嵬。獨憐乞貸强鄰日，曾質金錢萬冊來。」「商賈休將寶貨誇，呼盧喝雉有生涯。漏巵誰爲中華塞，百萬朱提買榜花。」「窮荒萬里盡波濤，防海頻宣將士勞。歎息華夷互市處，橫行不少緑林豪。」「舞榭歌樓遍綺羅，年來大賈少經過。珠娘且漫傷零落，博塞場中客尚多。」「商情凋敝戍兵疲，殘局猶思勉强持。須識聖朝柔遠意，不論强弱盡羈縻。」此詠澳門。又有《呈龔易圖方伯》詩，聲情俱至。《讀新會縣志題潮連鄉諸先生傳後八首》，可爲志乘取材。

嗟九龍

己亥歲仲春，租界許英闢。嗟我九龍民，一朝隸異籍。我觀閭里屋，計錢賃旅客。歸我操縱權，還我管鑰責。我子暨我弟，悉秉我繩尺。一草與一木，我栽復我伐。事雖小大殊，理豈中西別。胡爲逞跋扈，喧賓奪主席。易置我市廛，紊亂我阡陌。言利析秋毫，造律重鍰罰。設官治氓庶，新令布烜赫。水陸張軍威，詎止鴻溝畫。寨城如斗大，畀我自守職。可憐雷池外，半步不能越。豈不定租期，悠悠百載隔。豈不議租值，細比蠅頭覓。一一託空言，無乃惡作劇。試繙萬國法，何有此程式。曩余司榷務，六載此寄迹。宋王臺畔游，俯仰感今昔。鼓棹鯉魚門，沉沙尋折戟。緬懷林文忠，浩歌裂金石。巉巉虎頭巖，陡立疑絶壁。五里上峯巔，手撥白雲積。其陰趨沙田，塗澤殊險僻。循州與寶安，行李可通達。其陽雉堞雄，協戎列戍卒。雖非金湯固，勢可障百粤。極目太平山，潑翠飛嵐色。下爲香港地，商賈紛絡繹。回憶前卅年，已畏鼾榻側。今兹藩籬撤，竟逼我内宅。哀哉中東役，我師屢敗績。和議輸鉅貲，司農告匱竭。海軍雖再整，奏效非旦夕。馬步饒精兵，地廣難徧歷。未開倫敦主，篤好偶助力。乃合諸强鄰，乘間割疆域。朝廷重邦交，相見貴玉帛。廟謨真廣大，淵默非易測。區區越句踐，猶足破仇敵。堂堂我大清，豈終爲弱國。《木蘭館詩鈔》卷六

紫薇花館詩稿四卷外集二卷　西湖百詠一卷　光緒十七年刻全集本

王廷鼎撰。廷鼎字銘之，號夢薇，江蘇震澤人。肄業詁經精舍，爲俞樾弟子。經學、小學、詩古文、琴書醫畫，俱有所長。光緒十七年刻《全集》，包括《小學編》、《經説》、《詩稿》、《詞稿》、《雜纂》，由王頌蔚等爲之序。詩稿分以《焦桐小草》一卷、《定巢吟》二卷、《入越吟》一卷命名。生年據《生日詩》爲道光二十年。卒於光緒十八年，年五十三。詩不俗佻。俞樾摘其五言句「雲牽危石墮，濤挾暗沙奔」、「雲開鷹翮健，風細鴿鈴圓」，七言句「寒飲酒骨眠難穩，愁擁詩腸句不新」、「雲勢欲拖雙塔去，雨聲陡合四山來」，謂雄健清麗，以爲可傳《入越吟》序。《外集》爲《鴛脰湖櫂歌》一卷，仿朱彝尊作。爲《舟車吟》一卷，有《戊寅北征百首》，内《過黑水洋之罘小泊放言》、《津沽竹枝詞十四首》、《居庸關八達嶺》、《張家口雜詠》，采輯風土較多。光緒八年作《西

湖百詠》一卷，亦俞樾序。

榕陰草堂詩草十四卷　光緒十九年排印本

潘乃光撰。乃光原名志學，字晟初，廣西荔浦人。舉人。爲幕佐三十餘年，遍燕瀋、三江、兩湖、閩浙臺、黔南、新疆、兩粤等地。光緒十九年客鄂藩署，刻是集，首王之春、郭廷敬、徐啟書序。以甲申《四十五初度》詩計，時年六十四。過雁門，游晉祠，謁開封相國寺，煙臺渡海，登旅順炮臺，包頭巡閲馬隊，天津視察自來水公司，上海閲機器廠，廣東觀夏日賽會，均有詩以記。《南關感事》，作於廣西，鑒於中法戰爭失敗，感歎頗深。

偶齋詩草三十六卷　光緒十九年刻本

寶廷撰。寶廷初名寶賢，字少溪，號偶齋，宗室，滿洲鑲藍旗人。同治七年進士，改庶吉士。官侍講。至禮部侍郎。初與陳寶琛、張佩綸、鄧承修以直言稱，號爲「四諫」。出爲福建主考。還朝以在途納妾，自劾，罷。黄遵憲作《九姓漁船曲》詠其事。卒於光緒十六年，年五十一。手定《偶齋詩草》内集、内次集、外集、外次集，凡三十六卷，其子壽福刊，門下士林紓序。詩極工。生平唱和游覽，吟情不輟。晚居北京西山，恆寄性情。《西山紀游行》，長二千九百二十一字，體兼遊記。尤爲偉詞，至出使各地所作《黑龍潭》、《林屋洞》、《西湖行》、《螯山歌》、《金山歌》、《焦山歌》、《泰山觀日出歌》、《洞庭縹渺峯歌》、《觀潮行》等篇，迅筆而成，渾涵自如。《輓左文襄公》、《呈張香濤師》、《海口弔僧格林沁》、《行經明陵二十四韻》、《川鼠歌》、《和王葑亭前後説鬼行》，亦有掌故舊聞。《題日本竹添光鴻棧雲峽雨日記詩集》，小序稱：「光鴻字漸卿，大藏省少書記。性好遊，自蘇杭入京，作蒙古僧裝至潼關入棧，經成都、三峽出川。是年三十九。」光鴻卽竹添進一。光緒十年，朝鮮開化黨政變，卽其嗾使者也。《送林乙垣啟東歸臺灣》，自注：「今科進士。月眉山在臺北，法夷犯臺北，乙垣族人與衆紳帥鄉兵鏖戰山上，殺夷甚多。旋以衆寡不敵，陣没無算。」案：法犯臺灣在光緒十年。林啟東福建侯官人。可備掌故亦多。晚清八旗詩人，當推第一。

吴摯甫詩集不分卷　近代刊本

吴汝綸撰。汝綸字摯甫，安徽桐城人。出平步青門。同治四年進士，久客曾國藩、李鴻章幕，究心時務。光緒間官冀州直隸州知州。主講保定蓮池書院。二十七年，以五品銜充京師大學堂總教習。旋赴日本，考察學制。二十九年歸國後卒，年六十四。著有《易説》、《詩説》、《尚書定本》、《羣書點勘》、《文選評》、《韓翰林集評注》、《深州風土記》、《文集》、《尺牘》等書，由其家暨門弟子陸續刊行。是集爲再傳弟子賀培新印本。《次韻和許涑文觀察擬諸將》、《北行七哀》等篇，俱切世事。《答范肯堂》四首有云：「天地積不公，難可測其由。富者獲連畛，貧無寸草收。」亦憤世之語。《北征别張廉卿卽送其東游》，廉卿爲張裕釗。《弔戴孝侯》，孝侯名奪，中日之役，守威海，力屈而死。至東渡日本之詩，如《過朝鮮王京》、《馬關》、《游江島》、《游本願寺十詠》，咸可誦覽。

意蓮詩鈔五卷　光緒三十四年排印本

潘鎮撰。鎮字端甫，號意蓮，安徽涇縣人。貢生。家貧力學，以教塾學爲業。暇輒借書於同族及親友家，手不釋卷。是集有其族弟潘慶瀾序，凡五卷，皆七律、七絶近體。卷一《歷代名人一百六十六首》，卷二《后妃列女九十三首》，卷三《江南名勝六十二首》，卷四《涇川古蹟三首》，卷五《弔涇川殉難及援涇諸名臣二十八首》。詠列女不必皆正史。太平軍在涇縣攻勢最急，所記皆朝廷死亡大員。詩格平弱，然各卷均有資料可摭。

報暉堂詩集二十一卷　光緒十八年刻本

黄維申撰。維申字復唐，湖南善化人。諸生。久沉下僚，工詩詞。是集首馬洪慶序，光緒十八年自序，及門弟子校刊，收樂府暨古近體詩一千六百二十首，附詞二卷。自云：「三十年爲詩不厭倦，編詩時已年逾五秋。」又據《五十初度》詩上推，其生歲當爲道光二十一年。《江南行》、《織屨叟》、《貧女織》等篇，摹寫同、光間社會民間慘景。登臨山水之作，以湘中鄂游較勝。《詠史樂府一百二十首》、《論詩絶句四十首》自屈原至羅隱、《後論詩絶句六十五首》自歐陽修至張問陶、《書湯海秋集》、《與友人論唐宋八家文宋四家詩得失》四首、《題東坡山谷石湖劍南集》、《讀漁洋精華録》、《讀張船山詩集》、《讀山左詩鈔》七首、《山左續詩鈔》八首、《讀河嶽英靈集》、《中興閒氣集》、《國秀集》、《篋中集》、《御覽詩》、《谷音》、《題明詩歸》、《書劉孟塗集》，瀏覽頗周。品藻亦不空疏。

思無邪齋詩存八卷　光緒十五年刻本

宫爾鐸撰。爾鐸字農山，號抱璞，安徽懷遠人。未冠即從軍，由軍功晉秩監司，歷官延安、西安知府。詩集爲高錫基、王權、毛鳳枝序，同治十二年自序。生年據《壬申初度》詩爲道光十九年。詩起自同治元年，共五百六十四首。作者以鎮壓農民軍起家，詩多不堪。唯經歷南北，見聞較廣，詠工部祠、昭陵、華山、萬佛洞，渡河諸篇，尚可瀏覽。《海南軍次秋興》，紀長江水師，自攄所懷。題畫多首，如黄慎、高鳳翰，俱乾隆間名家。《題陋軒詩二首》、《論詩絶句二十五首》，仿元遺山意，褒揚諸家，亦可參考。

虚受堂詩存十八卷　宣統三年刻本

王先謙撰。先謙字益吾，號葵園，湖南長沙人。同治四年進士，改庶吉士，授編修。歷官國子祭酒，加内閣學士銜。晚主思賢講舍、嶽麓書院講席。卒於民國六年，年七十六。先謙研精古學，著述甚富。督學江蘇時，刻《續皇清經解》一千四百三十卷。後纂集《尚書孔傳參證》、《漢書補注》、《後漢書集解》、《荀子集解》、

《水經合注》、《詩三家義疏》，俱實學之書。詩文集爲光緒二十六年門人蘇輿編次。初刻詩十五卷，始於咸豐辛酉，後續三卷，載詩已至宣統辛亥。其同治間所作，多切時務。典試雲南，以狀刻山水爲主，間記民情。光緒間詩，則以讀書、題圖、贈答爲多。其中《詠史四首》、《送譚宗浚之任雲南》、《題丁申丁丙昆仲庫書抱殘文瀾歸書二圖》、《櫻花詩》並序、《題名賢畫像十二首》、《題東坡詩集八首》、《題南菁書院講堂》、《壽龍文彬七十生辰》、《題易實甫詩集》、《題王船山先生畫卷六首》並序、《和金檜門先生觀劇絶句三十首》、《再題觀劇詩八首》、《題吴仲雲先生輯詩圖》，參證古籍，華實相得。《述懷》、《呈寶佩衡師》、《贈周自菴丈壽昌》，早年際遇，可由見之。時湘潭王闓運摹擬六朝，生澀難化，先謙頗譏之。其詩幽藻工緻，蓋得力於杜、蘇、陸三家，唯醖釀欠深耳。門人金蓉鏡有《王葵園師挽詞》，見《滮湖遺老集》。

穆清堂詩鈔三卷　光緒十三年刻本

朱庭珍撰。庭珍字筱園，雲南石屏人。諸生。雲南杜文秀起事，入軍幕爲吏牘。後徵入雲南省志局。撰《穆清堂詩鈔》，曰《鴻泥集》、《抱膝集》、《昆明集》，施有奎序。黄琮、戴絅孫、趙存義、趙樹吉題詞。書刻於光緒十三年，時年四十七。卒於光緒二十九年，年六十三。庭珍早年游齊魯，有《蓬萊紀遊》、《曲阜孔廟》、《東平懷古》、《歷下紀游》等詩。太平軍失敗，至杭。杜文秀起事，作《滇池哀》、《省兵行》、《悲威楚》、《行省紀變》、《省園卽事》，俱屬記實。同治十二年，岑毓英鎮壓農民軍，雲南悉平，庭珍至大理，有《登阿育王塔頂放歌》等詩。又至麗江，其地與西藏毗鄰，作《雪山歌》、《麗江雜詩》，間記當地習俗。詠昆明名勝幾遍。庭珍受黄琮知賞，有《板橋畫竹歌黄琮卿侍郎命作》。《論詩絶句五十首》，品評得失，亦甚得力。題畫諸什均宋元大家，滇中非文物薈萃之區，真贋難問矣。

莘齋詩鈔六卷補遺一卷　光緒二十年刻本

宧懋庸撰。懋庸字伯銘，别號碧山野史，貴州遵義人。道光二十二年生。光緒初從莫祥芝幕，爲鉤稽財用出入並經營鹽商事，往來南通、上海間。忠州詩人李士棻客死無歸，爲棺殮。勤於經史小學，工古文詩詞。光緒十八年卒，年五十一。所撰《莘齋詩鈔》、《文鈔》、《詞鈔》爲其子應清刻於川東道署。《詩鈔》前六卷手録，《補遺》爲應清編。同、光間黔中之學，不出鄭、莫。懋庸師事莫友芝，又與鄭珍子知同爲姻婭，詩亦以兩家爲宗。修辭練句，俱有繩尺。《題嚴問樵獨立圖》、《丙寅洪湖決口》、《庚午五月十八夜即事》、《崇川四詠》、《重鑄岳墓姦像》、《聽戚生左手彈琵琶》等篇，俱不落俗。《滬日秋日雜詠二十四首》，所吟均爲時事。雖未被詩人之名，與漫無師承者，自有深淺别矣。

雙溪館詩存一卷　宣統元年刻本

洪錫爵撰。錫爵字桐雲，一字尊彝，原籍江西鄱陽，占籍四川華陽。光緒六年舉人。入吴棠幕有年。久而始補宣恩知縣，調黄岡，未之任。三十年卒於宜昌，年六十六。本書爲作者殁後其子遹聲校刊，詩共三百九十八首，有繆荃孫、胡延、王增祺序，陳任暘所撰《傳》。其詩記錦江名勝古蹟伏龍觀、彌牟陣、摩訶池、釣魚城、青羊宫、碧雞坊、昭烈墓、武侯祠、薛濤井，皆刻意而吟。《海中歌》、《天津道中》、《岳陽雜詠十首》、《石城》、《登黄鶴樓》、《宜昌》、《東鄉竹枝詞》、《南陽》、《荆州懷古》、《度雞冠嶺至大寨堡》，以馬背船唇之作居多。《詠古十首》、《謁前明睿宗陵感賦》、《聞洋船入川議成感賦》，慨歎頗深。繆荃孫謂其詩「雅近元白」，蓋與當時托諸浮詞者不同矣。

俞俞齋詩稿初集二卷　光緒三十二年刻本

史念祖撰。念祖字繩之，江蘇江都人。刑部尚書史致儼孫。由監生官至廣西巡撫。光緒二十三年革職，以副都統銜官東三省監務督辦。宣統二年卒，年六十八。是集與文稿初集合刊，首自序。弱冠涉及軍旅吏治，隨左宗棠出入關隴邊烽，後又往還於滇、黔間，故其詩特以雄渾見長。《津門曲》、《憂西一百韻》、《西征》，與時事密切相連。《六盤山》、《酒泉》、《登嘉峪關》、《古州》、《柳州》等篇，筆力酣放。《讀玉谿生詩》、《讀李長吉詩》、《讀近人唐宋元明詩選本偶題》，可供採摭。二十餘年，存詩一編，殆屢經削繁也。

缶廬詩集四卷別存一卷　光緒十九年刻本

吴俊卿撰。俊卿原名俊，字昌碩，又字倉石，號缶廬，一號苦鐵，浙江安吉人。諸生。從楊峴學詩。工書畫篆刻,爲近代大家。卒於一九二七年,年八十四。詩集初刻於光緒十九年,詞旨峭雋,不事雕琢,兼有勁直樸質之氣。《讀楊藐翁先生遲鴻軒詩集》及有懷同時畫友張熊、任頤、胡公壽、吴滔、蒲華諸作,多屬文藝史料。《别存》爲題畫詩,造妙自然。作者晚年之詩,一以題畫爲大宗,胎息深厚,卓然可傳。宜廣爲采集,僉在不遺也。

寄漚詩鈔四卷　近代排印本

劉繼曾撰。繼曾字石香,號寄漚,江蘇無錫人。師事楊峴,工繪畫書法。遨游江海,交知名之士。翁同龢器之。同治三年,自寶山挈家歸,至陽湖,見售舊書者遍地,委積如岡阜,其值與樵薪等,購幾百種附舟載,舟沉,幾死,作《再生歌》。後至襄陽,同僚楊宗濂佐李鴻章,或亦附鴻章幕。光緒八年十二月八日,作四十自述詩。三十一年卒,得年六十二。是集爲一九二二年無錫圖書館排印本,友人俞鍾穎、俞鍾詒序,受業唐駝校字。集中詠懷古蹟詩較多。《襄陽雜詠八首》,爲《檀谿》、《習家池》、《羊公祠》、《谷隱寺》、《夫人城》、《銅鞮坊》、《昭明臺》、《杜甫宅》。《隆中紀游》並序考隆中在襄陽非今南陽甚悉。《春秋宫詞二十首》有注,凡出内外傳者不注。《吴窓卿中丞大澂周黄鐘玉律館歌》、《爲楊沂孫畫菜》,亦涉藝林。《惠山竹枝詞三十首》,序注寄暢園名景頗詳。

未弱冠集八卷　同治三年嬾雲窩刻本

廷奭撰。廷奭字紫然,姓覺羅氏,滿洲正黄旗人。山東巡撫崇恩子。同治元年以近八九年間得詩千首,裒爲八集，以《松壽集》、《嬾餘吟草》、《留春集》、《銷夏集》、《戰秋集》、《釀冬集》、《賸墨集》名之，皆弱冠前著。首自序，姚德馨、丁源漢、鍾珂序。附詞三十五闋。刊於同治三年，後無續刻。詩從近體入手，罕有古風，合腔而已。卷四有《紅樓八詠》。序云：「自古艷女名姝，曷可勝數，惜皆被前人題詠殆盡，如百美諸詩是其明證。遂使後之吟者不能出色翻新，而余只耻拾賸唾，故不爲也。因閒閲《紅樓》小説，擇其可詠者得八人焉，固雖屬子虚烏有，抑且側艷不莊，弗猶勝隨人脚後自云捷足者戒。然除八人之外，不無遺美，再俟續詠可也。」八女爲林黛玉、薛寶釵、史湘雲、賈探春、李紈、王熙鳳、邢岫煙、妙玉。

正讀亭詩一卷　王文敏公遺集本

王懿榮撰。懿榮字正孺，一字廉生，山東福山人。光緒六年進士，改庶吉士，授編修。官國子監祭酒。二十六年，八國聯軍破京都，投水自殺，年五十六。遺書云：「主憂臣辱，主辱臣死，於耻知其所耻，此爲近之。」多藏金石。著有《福山金石志殘稿》、《天壤閣筆記》、《漢石存目》。文集曰《求闕齋文存》，詩集曰《正讀亭詩》，爲其子所輯。一九二三年，劉承軒滙刻《王文敏公遺集》，收入《求恕齋叢書》。是集有樊增祥序，吴重憙跋，刊行時增吴士鑑序，劉承幹跋。時潘祖蔭主持風雅，學以聚之。然晚清學者鮮能考據經史，唯以金文碑版相榷。《觀秦權秦量歌》、《之罘秦刻石歌》、《潘伯寅師滂喜齋搨先秦彝器歌》、《得邵瓜疇宋磁方印》、《題鄭康成像》、《濰縣陳氏武梁祠拓本》、《宋搨虞書廟堂碑長安本》、《題晉永和六年王氏甎硯匣兼論書脈》五首、

《僞造二王帖》、《松溪三兄屬題載書曬書祭書勘書四圖》、《戚武毅公寶刀歌謝徐明府桂寶同年》，雖非高唱，亦必有能辨之者矣。《題惲南田畫册四首》、《吴墨井仿范寬臨安山色卷》、《題南田草衣小像》、《張靈畫梅花》、《高南阜卷子》，皆歌藝苑，與應俗之作無涉。

璞齋集六卷　光緒二十二年刻本

諸可寶撰。可寶字璞齋，一字遲菊，浙江錢塘人。同治六年舉人。官江蘇崑山知縣。居楚二十年，爲鄂省榷局文書，主鄂志局。通算學，繼阮元後輯《疇人傳三編》。又校刊《黄漳浦集》，編訂錢儀吉《碑傳集》代黄彭年作。卒於光緒二十九年，年五十九。此爲自刻本，附詞一卷。各卷以《昔游零稿》、《浪游碎稿》、《宦游賸稿》名集。詩起咸豐十年，共四百五十二首。清朝經太平天国之變，元氣大挫。樸學風氣，難爲乎繼。咸、同人詩格調平弱，病在不學。可寶與陶濬宣、袁昶、樊增祥等人交游，長於文史。詩雖不多，尚較沉實。《唐書感事五首》、《澄心堂歌》、《讀列朝詩集題後》、《鍾馗畫像自題》、《廣州輯評本李義山詩集漫題三首》、《讀元曲漫題》、《讀頤志齋叢書後》，學以聚之。《通明山》、《黑水洋看月》，别闢一境。《效香山新樂府四首》、《泰山進香詞》十二首、《拾矢翁》、《賣水婦》、《六土兒》、《上海觀意大利國人演馬戲馴獸》，皆社會見聞。

金粟山房詩鈔十卷　光緒二十七年刻本

朱寯瀛撰。寯瀛字芷青，晚號金粟山人，順天大興人。同治元年舉人。大挑一等，官國子監學正。八國聯軍入侵北京，闔城逃徙，寯瀛不去。日軍入署，稱係保護文廟，出與抗談。是集卽刊於庚子次年，首自序，門人陳名超序。集中詩如《燕京八景》、《題大興翁氏六面印》，有關北京人文掌故較多。《俞先生詠》八首，稱內閣學士俞長贊事，起孤貧，督學中州，逾年卒於位，年僅三十七，爲大興人物之冠。《仿西堂樂府四首》，爲《博浪沙》、《鴻門宴》、《大風歌》、《孔壁書》。《作諸知己詩十五首》。又與沈兆澐、李宗瀚、吳可讀、吴蔭培、史夢蘭、李慈銘、陸潤庠贈寄，足見交游。庚子所作紀事詩，《挽王懿榮》詩，亦多記實。生歲以《甲子二十初度》推之，爲道光二十五年。卒於民國七年，年八十四。序稱「此集爲前編」，似有後編，未之見也。

玉屏山館詩草四卷　光緒十三年刻本

彭祖潤撰。祖潤字岱霖，江蘇長洲人。藴章季子。與長兄慰高，並有文學之名。光緒初年，官温州知府。是集有俞樾、吴唐林序。據癸亥生辰詩，爲道光二十五年生。卒於光緒十八年，年四十八。在京所作《燕臺竹枝十六首》，有備民俗掌故。《蘇杭雜詩》、《登釣臺歌》、《南明山石梁歌》、《游三巖寺》、《蜃樓歌》，及詠東甌、永嘉諸名勝，尤擴聞見。工詠物。作《詠酒十六首》、《古玉吟十二首》。《永昌奉璽歌》，璽爲阮元舊藏。均可參考。

井字山人詩存二卷　近代刻本

夏葆彝撰。葆彝字子琴，號文宿，湖北黄岡人。年二十，肄業於張之洞創辦經心書院。同治十二年拔貢成均。光緒二年舉人，十二年成進士，以知縣發浙江。兩校秋闈。晚主杭州絲捐。歸里居井字山，因以爲號而名集。光緒十五年卒，年四十四。民國六年，其子壽康爲刻《詩存》二卷，左紹佐序，首載《家傳》。詩多擬古。唯《論湖北詩絶句》前後凡四十首，專論湖北詩家。《讀杜于皇詩集作長歌弔之》，亦可參究。《春江行》、《今石鼓歌》，自出新意，猶未肯從時好也。

樊山集二十卷續集二十五卷　光緒間刻本

樊增祥撰。增祥字嘉父，一字樊山，號雲門，湖北恩施人。光緒三年進士。歷官陝西、江寧布政使。生於道光二十六年。年八十六卒。所撰詩集，初刻於光緒十九年，李慈銘題詞，顧曾烜、余誠格序。詩起於同治九年，各卷以《雲門初集》、《北游集》、《東歸集》、《涉江集》、《金臺集》、《淡吟集》、《水浙集》、《西征集》、《關中集》、《關中後集》、《還山集》、《轉蓬集》、《紫泥酬唱集》、《京輦題襟集》、《西山集》、《後西征集》、《紫蘭堂集》、《染香集》爲名。續集刻於光緒二十八年，復以《身雲閣後集》、《青門消夏集》、《朝天集》、《掌綸集》、《洛花集》、《西京酬唱後集》、《音聲樹集》、《晚晴軒集》、《柳下集》、《北臺集》、《北臺後集》、《執殳集》、《煎茶集》名之。增祥少負詩名，爲李慈銘所推。詩學中唐，才華富有。北游作《春明雜事詩》十首，詳及科舉制度。《都門雜感》八首，諷刺朝政，委曲盡致。官陝蜀所作，多涉政績。當時士夫篤好金石書畫，蔚爲風尚。集中《陶在寬隸書歌》、《題瑯琊碑拓本》、《宋拓化度寺碑》、《羅兩峯説文統系圖》，題藍瑛、程穆倩、法若真、王翬、禹之鼎山水圖，亦較質實。又有《明事雜詠》、《庚子五月都門紀事》，間可採掇。其生平自詡者，爲豔體詩。前、後《彩雲曲》，爲蘇州名伎賽金花立傳，一時傳誦。詠物詩亦稱工巧。作者早年，與譚獻、黄紹箕、李嘉績、王懿榮唱和。其詩詞采妙麗詭奇，自可當家。弟子丁傳靖，善詠史，亦以詩鳴，有《闇公詩存》。

荔村草堂詩鈔十卷 光緒十八年刻本 續鈔二卷 宣統二年刻本

譚宗浚撰。宗浚字叔裕，廣東南海人。瑩子。同治十三年一甲二名進士，授翰林院編修。典試江南，督學四川，官雲南糧儲道。歸主粵秀書院講席。好學劬古。著有《遼史紀事本末》、《希古堂文集》。卒於光緒十四年，年四十三。詩文集爲廖廷相校，鐫版於粵東。因事立名，分《入塾》、《出門》、《過庭》、《謁京》、《散館》、《使蜀》、《看山》、《僦屋》八集，爲咸豐六年至光緒十一年詩。續鈔名《于滇集》，止於光緒十三年。兩集合一千八百五十八首。其詩寫景清奇，述情婉摯。《珠江行》、《厓門行》、《虎門》、《急水門》諸篇，多及時事。《羊城新正樂府》四首，爲《送蠶姑》、《照田禾》、《猜燈謎》、《奪花礮》，演述時俗。《韓瀧謁韓文公祠》、《英德峽》、《峽山寺》、《劉文成公琴歌》、《謁慈元廟》、《登六榕寺塔》、《重修梁蘂亭墓》、《和宋方孚若南海百詠》、《珠江放燈詞十首》、《張鐵橋畫馬行》、《漢平津侯公孫弘印歌》、《謁東莞袁督師祠堂》、《和陳元孝懷古詩十首》、《鄺湛若天風吹夜泉硯歌》、《珠江竹枝詞十三首》、《火輪船歌》，少時諸作，以華贍勝。通籍後作，變而蒼秀。《使蜀集》詠眉州三蘇祠，凌雲山大佛閣，《水田壩》、《登邛崍山絶頂放歌》，及出峽之詩，清峭拔俗。《于滇集》

詠由沅州溯鎮陽江諸灘作歌，昆明諸景，能盡所長。而寫戰後荒村故壘廢畦破屋，多爲不堪之象。宗湲喜讀故書，《齋中讀書三十二首》，舉羣經、小學、金石、佛典，靡不入吟。讀《史記》、《漢書》、《後漢書》小樂府一百首，《題西嶽華山廟碑拓本》、《讀各家詩十三首》、《讀水經十二首》、《論詩絶句》自古詩十九首迄陳子龍，俱有心得。陳衍《近代詩鈔》云：「嶺南詩人，首推宋芷灣，叔裕宦迹相似，詩亦祁嚮之。」今《續鈔》有《讀宋芷灣詩集》可見。唯宗湲少受詩學於王拯，故體格與樂志堂家法不甚合也。

漸西村人詩集十二卷　光緒十六年刻本　安般簃續鈔十四卷　光緒二十年刻本

袁昶撰。昶字爽秋，號重黎，又號純叟，浙江桐廬人。光緒二年進士，出張之洞門。以主事用。總理各國事務衙門總章京，累官江寧布政使、太常寺卿。二十六年庚子，力言義和團不可恃，外釁不可啟，爲慈禧所誅，年五十五。宣統元年，追謚忠節。詩集刻於光緒十六年，沈曾植序。陳衍稱昶詩：「根柢鮑、謝，而用事遣詞，力求僻澀，則純於祧唐抱宋者。」集中《北游行》、《火輪船行》、《大沽口南北岸礮臺行》、《鄧完白山人石交圖》、《登西林寺塔》、《題吴梅村趺坐小像》、《地震詩》，自注：夜淮揚地震，連延數州。同治十一年六月壬申。《讀海州邱履平詩》、《題毛西河朱竹垞兩先生合像》、《元太保劉秉忠回文鏡歌》、《觀荷蘭刀劍》、《太山秦刻石殘字樵本題後》、《題朝鮮使臣金奭準指頭書》、《論文一首示同志》、《讀東洲草堂集題語》、《夜登翠微山絶頂》、《懷桐君山中歌》、《送許竹篔侍講奉使日本》、《題朝鮮金梅隱母朴氏授經圖後》、《夜讀柏峴山房集》，《續鈔》中

《朱竹石遠餉古逸叢書作詩報謝》、《朝鮮使臣徐相雨祭書圖》、《寄酬張通副時奉使美日秘三國卽題其羊城話别圖後》，包孕今古。凡有關文獻人物，卽博稽載籍，形諸詩歌。《後寰海詩二十首》，爲續魏源《寰海詩》而作，征引亦富。贈别感舊之詩，如《送黄以周歸定海》、《訪虚谷上人不值》、《寄懷莫郘亭》、《題江子屏先生小像》、《送高伯平先生游淮上》、《答野航上人》、《李壬叔七十初度》、《壽周荇農先生七十》、《寄朱竹石觀察四十四韻》，造語工鍊，無一篇苟作。周壽昌跋稱其詩：「虚處無枝游曼衍之談，實處無晦澀艱深之病。」又云：「橅擬之迹，動與古會，漸入簡淡，而指殊深矣。此功候年力之異，不可强爲也。」續刻《安般簃續鈔》，署芳郭鈍叟，前九卷以天干標次，爲光緒十年甲申至十七年辛卯八年之詩。沈曾植序。《送黄公度再游歐西十二首》、《趙新又六十初度》，以及與黄紹箕、張裕釗、王先謙、沈曾植、張謇、文廷式等贈酬詩，多可觀取。後六卷曰《于湖小集》，爲光緒二十年甲午詩。《近世書憤》十二首、《重有感四首》、《哀旅順口》、《哀威海衛》等詩，皆慷慨悲歌。自云：「時運艱屯，如探深憂以冰谷。」此又不待人揚詡者也。

果園詩鈔十卷 光緒三十三年刻本

郭恩孚撰。恩孚字伯尹，號蓉汀，山東濰縣人。同治間張格爾叛亂，從軍西北，歷經險阻。嘗隨左宗棠軍收復回軍所占地，又北征至寧夏。光緒間歸里。據乙巳初度詩，爲道光二十六年生，結集時六十二。卒於民國四年，年七十。是集分内編、續編、外編，凡六百七首，有自序。《隴右紀行》、《飢民歎》、《鄉兵歎》、《征夫歎》、《降虜歎》、《宿山砦》、《車道嶺》、《寓蘭州作述亂九首》、《西寧戒嚴》、《紀南城之戰》、《貢皮》、《湟中雜詩》五首，多可證事。《書安御史維峻疏後》、《青島遇日本學生田中茂松》、《王懿榮祭酒全家殉節哭之以詩》，亦繫當日時事。中日甲午之戰，作詩遺憤。《輓鄧鎮軍世昌》云：「壞艦觸艨艟，君坐船已毁其半，猶觸沉日本一巨艦。銀濤雪浪中。鯨牙拔碧海，鮫淚迸珠宫。幽薊天全墨，扶桑日不紅。蠻人識忠義，金屑鑄英雄。時各國觀戰者，感君勇烈，範金肖像，載歸西洋。」《觀兵》自注：「甲午。」云：「日日觀丘過，長驅盡市人。戈矛千隊亂，旌旆一時新。縱使聲威壯，難期撻伐伸。登萊斥鹵地，粒食况艱辛。」詞氣淩厲。

善思齋詩鈔六卷　光緒間刻本

徐宗亮撰。宗亮字晦甫，號茉岑，安徽桐城人。世襲騎都尉。官候補主事。晚居黑龍江三年，著有《黑龍江述畧》六卷。光緒三十年卒，年七十一。事具其女夫姚永概所撰《墓誌銘》。宗亮以桐城古文名家，爲張裕釗、吴汝綸所推重。《詩鈔》六卷與《文鈔》九卷、《續鈔》四卷、詩餘一卷合刻。游黔詩最勝。適秦晉，作華州、扶風雜詩、詠西安碑林，以及《心紅峽》諸篇。又有《江漢雜詩》、《太原懷古》、《航海》，生平游歷之廣，可約畧而見。唯無龍江詩。至新樂府《西山所見吟》、《汴梁雜詩》，以污蔑農民軍爲主，不足縷述。《寶刀行悼臧紆青先生》、《題陳桂舫畫桂林山水》、《唐景雲二年景龍觀鐘銘拓本書後》，有備掌故，唯精撰不多耳。

奉使車臣汗記程詩三卷　宣統元年排印本

延清撰。延清字子澄，號鐵君，蒙古鑲白旗人。同治十三年進士，改庶吉士，官工部主事，至翰林院侍講學士。光緒二十四年，奉使祭蒙古車臣汗部藩王，撰《紀程詩》三卷，四百餘首，有李恩綬、何乃瑩、李鍾豫、易順鼎序。此集先以石印本贈諸友朋，宣統元年改聚珍版印行。生年據李恩綬序，爲道光二十六年。車臣汗亦稱喀爾喀東路，在外蒙古東部，成吉思汗起於此。延清三月出都，過居庸張垣，歷二十八臺，行七千里，往返七十餘日，寫所見山川草木，歷歷如繪。行笥中携有《蒙古游牧記》、《朔方備乘》、《蒙古地志》等書，往往作長歌數十韻，數典博麗。先此，寶鋆於咸豐四年奉使三音諾彦喀爾喀中路作有《紀程草》，景禝奠醊蒙古藩王作有《北征草》。此集之詩，用寶鋆、景禝原韻甚多。至抵額吉圖詠五旗、游諸寺之詩，獨往獨來，尤爲豪宕。而內容繁富，勝於前人。越明年，又作《庚子都門紀事詩》。

庚子都門紀事詩六卷　宣統間刻本

分《虎口》、《鴻毛》、《蛇足》、《魴尾》、《豹皮》、《狐腋》六集，詩共三百八十九首，附録同人詩一百六十九首。有陳恆慶、汪鳳池、曹福元、張寶森序，諸家集評。先亦以石印本贈友朋，名《巴里客餘生詩草》。巴里客，蒙古地名，延清屬籍。《紀事詩》於八國聯軍侵佔北京情事一一摹寫，皆出目覩，間記傳聞。時留京辦事大臣日聚東城柏林寺，延清時赴外城，所見尤廣。《豹皮集》俱輓死事官員，附載小傳。唯以《聯吟集唐》等消閒之什羼入，實不當有。延清嘗輯《蜨史》，刻《來蝶軒詩》，王懿榮署籤，以詠蝶爲主。民國五年，排印《遺逸清音集》四卷，收有清一代八旗詩，上接鐵保、法式善《熙朝雅頌集》，自稱擱筆老人。民國七年，又刻《錦官詩續集》，時年七十，是亦未嘗擱筆矣。

宜識字齋詩鈔四卷 宣統元年排印本

潘慶瀾撰。慶瀾字安濤，安徽涇縣人。河道總督潘錫恩孫。優貢生。考選東流訓導。改京職就刑曹部署二十年。記名御史，居諫垣十年。光緒三十一年，出任四川順慶知府，年六十。事見慶瀾爲其族兄鎮《意蓮詩鈔》所撰序。是集有毓朗、孫家鼐、景星序。齋名當取韓愈「爲女宜畧識字」語，因以名集。光緒十年，爲防堵外敵，調神機營於近畿，慶瀾往來於圓明園至八旗營房間，時有詩紀事。十五年，奉差至昆明湖演試水操，作《即事口占》十二首。有云：「尚橋四十二階崇，自注：俗名羅鍋橋，即高路橋。更有長橋十七弓。自注：俗名十七洞橋。玉帶長春兼繡綺，自注：皆橋名。西山月上愈玲瓏。」又云：「龍王堂下廓如亭，取象牽牛織女形。自注：亭外有銅牛，對岸爲織染局。試倚月波樓上望，水光雲影太空靈。」又云：「文武兼資出將才，山下爲水操内外學堂，取十六歲以下子弟兼習文武韜畧。樹人樹木等栽培。十年教訓兼生聚，取效何須異地材。自注：祗用内火器營子弟。」又云：「絡野籠山電線鋪，聲聞頃刻代傳呼。翔雲捧日二輪船名雙輪出，忽地千艘變陣圖。」時慈禧挪用海軍經費建頤和園，練兵終歸無益。讀此詩事頗可哂。又作《田柳兒》一篇，云柳兒：「千里萬里如目覩，赫赫山陵百丈深，泉源沙石悉可數。」此事發生在百年前，使今之傳聞具有特異功能者遇之，誠小巫見大巫。乃朝貴用以乞覘敵情，亦云悲矣。他如《戲題紅樓夢傳奇》云：「事到回頭夢已闌，教人猶向夢中看。强將鏤骨銘心語，付作空花過眼觀。」「隔座燈紅中酒煖，小窗雨碧助愁寒。此時别有情千縷，戀亦難留斷更難。」「莫笑伊人一念癡，箇中消息已先窺。情爲至性相關事，空是無聊已極思。」「世態本來難逆料，神仙原未許人爲。任他一部南華旨，説與癡頑總不知。」「漫將夢幻托前因，勘透興衰夢亦真。令我已如經目覩，知卿原是過來人。」「荒荒世界塵中影，莽莽鶯花鏡裏春。看到酒闌筵席散，醒來依舊可憐身。」《題月華將軍草檄圖》、《題年羹堯小像》、《天壇陪祀恭紀》、《遊西山香界寺》，多可掇拾。而入蜀詩轉無可觀焉。

田柳兒　有序

田柳兒者，莫知所自來。川北道恩佑引以見醇邸。與其父偕。父年三十許，自稱山東新城人，祇此子，年十五，目灼灼，睛藍若魚，目光不定。據云，萬里之外，重淵之下，騈四指覩之，皆立見，時多乞覘外夷消息及卜祖塋者。邸大悦，使遍見諸王大臣，每出賞賚必滿載，有欲見不得者。以槍礮廠爲公所，借居焉。民間老幼求見者日闐溢。司廠者恐生事，請於邸，派兵役四十名守門，不能止。移居城外三家店機器局，邸眷旋少衰，十餘日不一見。旁又有恫嚇之者，其父因佯狂以自戕。聞於邸，給川資使還山東。予時備員槍礮廠，悉其詳，紀以詩。

田柳兒，年十五，千里萬里如目覩。赫赫山陵百丈深，泉源沙石悉可數。不用縮地方，絶域在堂廡。不讀葬師經，方位辨子午。但騈四指定雙睛，後無今兮前無古。夸父却步驚，郭璞色如土。不工不農，不商不賈。朝入富貴家，暮登王侯府。奇技傾一時，已非凡民伍。田柳兒，年十五。《宜識字齋

詩鈔》卷三

聊園詩存十卷 光緒十七年刻本

王曾祺撰。曾祺號西樵，一作蜀西樵也，四川華陽人。舉人。赴都謁選，授直隸韓城知縣五載。是集詩十卷，分《惜花居初稿》一卷、《前出門集》三卷、《惜花居再稿》一卷、《後出門集》二卷、《韓城集》三卷，附詞一卷六十五闋。有光緒十七年自序。序稱「吾年廿有六省覲東下」，查《前出門集》詩始於辛未同治十年，當即東下之年。曾祺詩工備諸體。《詠古四首》、《遼史雜詠》二十首、《金史雜詠》三十首、《永康甎硯歌》、《崇陽大錢歌》、《唐襄陽郡張氏墓碑歌》、《季漢建興銅弩機歌》、《牛惺齋畫竹歌》，雜采文史。《樵夫歌》、《震澤謡》、《織綿詞》、《手車行》、《江山船曲》、《黎園曲》、《肩輿行》、《市井歎》、《揀炭花》、《推豆花》、《裝社火》、《拔煙苗》、《換牙帖》，摹狀社會見聞。《定州感賦書朝鮮近事》、《琉球》、《北寧潰》、《老開捷》、《馬尾燬》、《基隆失》，均爲光緒間時事。歷川陝、鄂贛、江南，吟詠亦夥。此集署蜀西樵也著，今據《華陽縣志》傳補其仕履。晚清蜀中詩人中，不失爲作手也。

紅樓夢傳奇題後 滿庭芳

天上人間，心頭眼底，情從甚處生來。些兒牽惹，跟定不分開。縱有生離死別，隨説著、珠淚盈腮。真無奈，風懷萬種，恐被落花猜。　悼紅軒下客，愁隨夢醒，推去仍回。怪緣慳分淺，淑女清才。禁受多般苦惱，纔悟徹、薄命應該。將頑石，填平缺陷，精衛錯含哀。《聊園詞存》

石船居古今體詩賸稿十二卷　光緒二十二年刻本

李超瓊撰。超瓊字紫璈，四川合江人。光緒五年舉人。官江蘇溧陽、元和知縣。是集與文集、雜著、詞鈔合刊，有光緒二十二年自識，受業陶惟坻、蔣萼序。詩始於同治六年，生於道光二十六年，卒於宣統元年，年六十四。各卷以事繫名。楊葆光續編《年譜》。卷一、二爲《居蜀篇》。卷三爲《從軍遼左詩》。《壬午八月感事四首》、《關外雜詩十首》均爲中日時局。卷四以下多爲官江蘇知縣時作。《茭山卽事》、《讀史書憤》、《感事四絶》、《述東事二首》，亦切時務。甲午戰爭失敗，憤慨賦詩，有《重檢遼友先後來書所述近事詩以紀之》二十首，自牙山、平壤之役，至鄧世昌殉難，情詞至深。《讀陳子龍詩集五十韻》，詞旨亦高。其古文宗桐城，詩則自成機杼，不受同光體影響。自謂溧陽以前存者十三、四，元和以後存者十八、九，以未能盡録，故曰《賸稿》。《東游集》有七古《水鬼行》一篇，記所見勞役情形，摹繪逼肖。詩云：「山獐野貛皮生剥，翻面紉成衣倒著。四肢無縫上蒙頭，似人非人形狀惡。渡口喧呼水鬼來，大小淩河冰始開。舟船未動車馬怯，臨流欲渡空徘徊。是時水鬼真得力，百十爲羣蹲岸側。踏冰泅水不知寒，性命一錢都不值。轅駒脱輓先牽過，車中客子仍堅坐。非關大雅妙扶輪，横截中流不顛簸。行人蹺足升肩頭，鬼能作馬兼作牛。百物如山行李重，東西馱運何時休。波聲涍涍雜邪許，冰塊如刀兩骭苦。誰憐入水凍如龜，祇怪索錢横似虎。索錢畀錢那厭多，但愁中渡濟入河。輕裝細服汾西賈，苦説終朝不得過。忽看一騎紅纓到，羣鬼攢眉息呼噪。官差護送敢稍遲，止有鞭笞無賞犒。吁嗟乎，河干鬼哭聲悲辛，得錢送君君莫嗔。城中官吏需規費，水鬼原來是土人。」亦可謂曉暢時事者矣。

重檢遼友先後來書綜所述近事詩以紀之得二十絶

牙山草木誤重圍，膽落諸梁免胄歸。詔下萬方齊感泣，豈知血戰事全非。

平壤忠魂骨未收，花門戰血在兜鍪。傷心一死酬恩日，已報降旛立戍樓。高州鎮總兵左公寶貴死平壤，聞其時葉志超已豎白旗於後。

獐島横連鹿島斜，樓船戰士盡蟲沙。遊蹤我憶東溝熟，義骨愁聞逐浪花。記名總兵鄧公世昌死東溝海戰。

嚴陣猶聞扼九連，青騾超忽去如煙。軍儲山積皆資敵，應恨盤龍斬不先。

太行天井俯中州，住久還思跨鳳遊。遷地未知誰得失，不成廷尉望山頭。

蒲石河邊虜馬嘶，轟傳六甸付鯨鯢。誰知官去城猶在，鵲印還勞少婦齎。

忠義心肝性命輕，岫巖兩保聚耕氓。横屍卅里無降卒，愧死防秋十萬兵。

天險何因盡潰逃，金牌飛度電光高。漫憐蜀將無援退，斫石終悲怒拔刀。

火器堅留爲守城，賊猶未至已逃生。一門科第君侯老，底事忘爭百世名。

預走曾聞上計推，竟無一士斷頭回。飛章正報臧洪死，又見轅門請謁來。

司馬青衫換繡衣，終南有徑早知幾。莫嗤五日新京兆，擕得銅章共出圍。

草門乞活半逃官，墨綬銅符獬豸冠。獨羨遼陽徐刺史，元宵燈火萬家歡。署遼陽州徐璵齋司馬慶璋扼守障蔽之功，名著一時。

持重原推老將能，新軍敢戰氣方增。移營扼險終難敗，宋聶威名足並稱。宋提督慶、聶提督士成均爲遼人所重。

充國曾聞自請行，銀刀將校屬牙兵。不知梡蓖何如鬍，且聽紅旗報捷聲。

間道陰平敵未知，嚴關峻嶺苦相持。八門詄蕩宵呼鳩，諒有元戎報國時。

已枯萬骨未成功，頗牧空傳出禁中。畢竟勛名歸宰相，上公父子遠和戎。

卜式多財原不恡，崔光負謗未求申。沙場一死難歸骨，漫誚私恩殉故人。候選知州魏鏞字振之，承德富室子也，伉爽能任事，以隨辦邊務，嘗被言官指劾。左軍出朝鮮，振之爲糧台委員，中秋解月餅至營犒軍，遂死平壤之難，至今未歸骨也。

邊城廢將意騷牢，閉户終年看寶刀。聞道死綏翻一笑，報恩心事付兒曹。密雲李友泉游戎合春，以騎卒從將軍都興阿，積戰功至副將，爲東邊步隊營率。近歲廢居，貧不能自存。其第三子慶雲以把總爲馬隊哨長，從左軍赴防，亦死平壤之役。友泉聞之若甚慰者，亦可敬也。

鳳凰城郭半焚如，官寺民居惜燼餘。憶否講堂飛閣畔，曾排萬卷手藏書。啟鳳書院前有文昌閣，皆海珊觀察所創建。壬午秋余至津門，爲購經史子集萬餘卷，存之書院，備士子借讀，其題籤皮簽皆余手爲部署者。聞皆蕩然矣。

壯游蹤跡在邊荒，十一年中夢未忘。近事敢將詩作史，不勝惆悵是滄桑。《陽湖集》

澗于詩集四卷 近代豐潤張氏刻本

張佩綸撰。佩綸字幼樵，一字繩菴，號簣齋，直隸豐潤人。同治十年進士，改庶吉士。爲李鴻章女夫。光緒間官翰林侍講學士。署副都御史。會辦福建軍務。十年，奏法艦窺福州，命沿江沿海，攻擊登岸法兵。法艦啟釁於馬江，佩綸逃回。次年，謫戍察哈爾，實亦代人受過。三年後釋還，以四品卿用。庚子參預議和。後稱疾不出。光緒二十九年卒，年五十六。所著《澗于集》包括奏議、電報、詩文，卷帙甚重，一九二一年其子志潛校刊。又《澗于日記》，亦有影印本。詩凡四卷，共五百六十首，陳寶琛序。學蘇，才力富有，用事穩切，與張之洞並驅。《雁詩十首》，殆自慨之作。戍察哈爾詩，尤爲宏放。喜讀子史書。讀《管子》、《史記》、《漢書》、《莊子》，均自抒所得。《讀樊川集》、《論閨秀詩二十四首》，亦可据采。

友松吟館詩鈔十五卷　光緒二十五年刻本

毓俊撰。毓俊字贊臣，滿洲旗人。咸豐間隨宦廣東。光緒五年舉人。嘗籌賑務。官至候補道。是集有恆良跋。以《丁酉五十初度》詩逆推，爲道光二十八年生。毓俊以多年查賑，悉於民生艱苦。《水災行》、《拾兒謡》、《賑米謡》、《雨雹行》、《捕蝗謡》、《霸州大水行》、《哀流民》、《乞食婦》，均爲紀實。游羅浮，詠濟寧太白樓、鐵塔寺、淶水龍宮山、濟南大明湖、龍洞、佛峪、千佛山、匯通祠、北京諸寺廟，《洗象行》，亦不鑿空。詩學昌黎，而限於根底，不能肖似。無論史題圖之什，亦無唱和。漢、滿士夫之間，相戒往來，此風至清季猶存焉。

吉林紀事詩四卷　宣統三年排印本

沈兆禔撰。兆提字鈞平，號再沂，江西南昌人。光緒二十三年舉人。官江南兩江學務處文案、江蘇甘泉知縣。三十四年，以其弟兆禕在吉林，乃作吉省之行。委充督練兵備處考功兼執法科員。因愛吉林山水人物，費時兩載，成《紀事詩》二百六首，復仿蕭雄《西疆雜述詩》自注之例，加以箋釋，都七萬餘字。是集首有凡例、圖、表、序、題詞。卷一分發祥、巡幸、天文、輿地、歲時五門。卷二職官分六門，記職官稽舊章，並考新制。卷三分四門，爲勸業、道府廳州縣，蒙務、軍政。卷四記人物、金石、物産者三門，以雜俎一門附焉。其書可補《吉林通志》之闕，而以清前史風俗物産爲要。至工商、外事、鐵路、農墾資料，大抵取於邸抄政書、官私報章，分別加以采擇而已。

張家口至烏里雅蘇台竹枝詞 宣統二年石印本

志鋭撰。志鋭字伯愚，一字公穎，號廓軒，他塔拉氏，滿洲正紅旗人，世居札庫木。光緒六年進士，選庶吉士，授編修，累遷詹事，擢禮部右侍郎。宣統二年，遷杭州將軍。三年，調伊犂將軍。死於辛亥革命，謚文貞。年六十。此集首有光緒二十一年窮塞主廓軒自序云：「古人行程，必記其山川道里，險要形勝，考古證今，以示博富。鋭不才，在灤陽營次奉待罪烏里雅蘇台之命，未許回京，迂道出口。行篋無書，未能援證，僅就軍台各名旗風俗與夫目之所見，得竹枝詞百首。於山川形勢，鮮有所關，聊爲一己紀程，非敢云詩也。」據《清史稿》傳，志鋭嘗任禮部右侍郎，時「中東戰起，上疏畫戰守策累萬言。後爲熱河都練，以其妹瑾、珍兩妃貶爲貴人，降授烏里雅蘇台參贊大臣，釋兵柄。遂迂道出張家口，策馬踰天山西絶幕，所逕台站，輒周咨山川、風俗、宗教，著詩紀事。守邊踰十稔，自號窮塞主。」可知廓軒爲志鋭別號。是集詠六十四台，計六十四首，詠風俗計詩二十一首，雜詠計詩十五首，共一百首。各自爲注。又有《懷幽雜俎》《滿蒙叢書》本，署志鋭撰。附《窮塞微吟》，爲詞。

清人詩集敍録卷七十九

人境廬詩草十一卷 近代排印本 日本雜事詩二卷 光緒二十四年刻本

黄遵憲撰。遵憲字公度，廣東嘉應人。光緒二年順天舉人。次年出國。歷任日本使館參贊，美國舊金山總領事，英國使館參贊，新加坡總領事，前後十九年。回國任湖南長寶鹽法道，署按察使，陳寶箴爲巡撫，行新政，相與助其成。戊戌失敗，放歸鄉里。卒於光緒三十一年，年五十八。梁啟超爲撰《墓誌》。著有《日本國志》四十卷。是集爲同治三年至光緒三十年詩。自序有云：「僕嘗以爲詩之外有事，詩之中有人，今之世異於古，今之人亦何必與古人同。」主張「取《離騷》、樂府之神理而不襲其貌」，「用古文家伸縮離合之法以入詩」。述事則「舉今日之官書會典方言俗諺，以及古人未有之物、未闢之境，耳目所歷，皆筆而書之」。集中如《琉球歌》、《越南篇》、《馮將軍歌》、《悲平壤》、《東溝行》、《哀旅順》、《哭威海》、《番客篇》、《臺灣行》等篇，可稱詩史。《羊城感賦》六首、《香港感懷》十首、《聶將軍歌》、《天津紀亂》、《降將軍歌》、《度遼將軍歌》、《馬關紀事》，慷慨負氣，又多刺譏世事。隨使歐美，作《罷美國留學生感賦》、《錫蘭島卧佛》、《紀事》、《太平洋舟中望月作歌》、《倫敦大霧行》、《登巴黎鐵塔》，以及《新加坡雜詩》十二首，寫海外景物，寄愛國熱忱，不負萬里壯游。至日本，作《西鄉星歌》、《櫻花歌》、《都踊歌》、《近世愛國志士歌》、《赤穗四十七義士歌》，尤多精警。他如《今别離》一篇，陳三立推爲千年絶作。《以蓮花雜供一瓶作歌》，半取佛理，又參以西人植物學化學生理學諸説。《己亥雜詩》爲一生歷史小影。其生平交游可考者，如盛昱、李文田、江標、袁昶、王頌蔚、王懿榮、張蔭桓、許景澄、薛福成、沈曾植、潘飛聲、梁啟超，多爲勝流才士。《南漢修慧寺千佛塔歌》、《和平里行》、《元朱碧山銀槎歌》，綜覈文物，亦復雅飭。晚年所寫《五禽言》、《幼稚園上學歌》，近於現代詩歌。遵憲爲「詩界革命」巨子，其詩並不以撏撦新名詞以自表異，而能鎔鑄新理想以入舊風格，元氣淋漓，卓然爲大家矣。見梁啟超《飲冰室詩話》。光緒五年，自訂《日本雜事詩》凡二百首。自序云：「余於丁丑之冬，奉使隨槎，既居東二年，稍與其士大夫游，讀其書，習其事，擬草《日本國志》一書。網羅舊聞，參考新政，輒取其雜事，衍爲小注，串之以詩，即今所行雜事詩是也。」是集按國勢、天文、地理、政治、文學、風俗、服飾、技藝、物産等門編次，刊行遠在《人境廬詩草》以前。北京、長沙、日本迭次重印，影響深遠。東土記事詩，從無如此詳贍也。

花磚日影集十卷　光緒三十四年刻本

徐琪撰。琪字玉可，號花農，浙江仁和人。光緒六年進士，改庶吉士。在粤八年。二十三年官内閣學士，至兵部侍郎。卒於一九一八年，年七十。是集首光緒三十四年黎湛枝序，以官粤時所作爲多。琪爲俞樾弟子，復受知於李慈銘。詩有經世之意，每備掌故。《題沈仲復師鰈硯廬圖卷子》，考證硯史綦詳。《仲秋五日躬祭社稷壇謹記》，敍所見祭儀，亦可備覽。在粤日課一詩，入值猶勤作不輟。《讀楊石泉師導淮入海疏因成長詩奉寄》，殆爲水利史料。又作《歐陽健飛軍門書來知鎮海大捷作詩賀之》八首。健飛名利見，湖南祁陽人，光緒十年，官浙江提督，守鎮海。法艦侵福建，利見督臺艦兵縱礮擊之，法主將孤拔坐船被傷，數以魚雷突入，皆被擊退。《清史稿》稱是役以兵備道薛福成爲謀主。而據此集湛枝序，謂利見用琪策大捷，而琪從未爲人言之。今觀所詠，視史傳尤詳也。

歐陽健飛軍門書來知鎮海大捷作詩賀之　八首録六

衡岳雲開氣獨鍾，燦然列宿盡羅胸。淮徐曾仰勳名遠，甬越還當險要衝。默運韜鈐深擘畫，縱談文字亦從容。輕裘緩帶真儒將，早動天心五等封。

積歲籌邊慮已周，巡洋千里一扁舟。摩天壁壘分虛實，穴地溝濠足智謀。彈指能教雷電轉，同心不避雨風秋。雄軍力據蛟川勝，久識元戎勵壯猷。

歲晚椒盤句正吟，海天三艦見南琛。去歲小除夕，南洋援臺之開濟、南瑞、南琛泊入蛟門，詢悉尚有澄慶、馭遠兩船，是日卯刻由石浦開駛，遇法九船被衝，逼入石浦内港，元旦先後投沉水中，瑞、琛、濟三船因就鎮海口停泊。畏風宛似爰居避，克敵思將孟獲擒。七里邊氛方閃爍，一言軍令息聲音。正月十四日，敵人四大船泊鎮海口外之七里嶼，軍門始親督水陸各軍，嚴陣以待，諭令輪船砲臺必計彈及敵船，始行轟擊。敵兵如不登岸，我陸師一概伏隧道，海隄不得聲息。並密置地雷旱線，安排迎敵。揮戈臨陣渾閒事，運用機宜在寸心。

十五中天月滿村，狄青功業在崑崙。片帆欲待多魚洩，一彈居然退鷁翻。十五日敵人以一小輪艘欲往游山，商輪探信，經我師用砲擊退。銜尾戈船來海市，劈空矢石下雲屯。鯨鯢滾滾投波浪，一道狼烟戰氣昏。既擊退其船，敵人復開一大黑鐵艦進撲，三船隨之。我軍兵輪砲臺齊力轟擊，洞穿敵大黑艦，敵兵被轟，拋海者不少，猶復拚死抵禦，我軍水陸愈戰愈酣，敵不能支，猛放黑烟，彌漫海面，圖蔽我目。

慧眼能從黑海窺，鼓桴未有手停時。敵放烟時，冀我軍不見，而軍門令覷定黑烟痛擊不輟，敵大黑艦敗北，三船不敢進。塘邊困獸猶思鬭，岸側跳蛙未足奇。敵船退泊金塘外面，該處水深，軍門達字後營分防處，即道光時失事地也。是夜敵一小舟將近岸探窺後營，邏卒擊去之。扼我陳倉誰暗度，笑他曲突已嫌遲。十六日辰刻被傷之黑艦向外洋開去，三船尚泊，戌刻，敵人用二魚雷暗襲，將至，經輪船砲臺擊退。十七日巳刻，又換一大黑艦如前來犯，將出游山，即被我軍開砲擊穿烟筒，倒輪而退。千軍拍手歡聲動，爭看堂堂正正師。

毒燄猖披計尚多，移舟又見隻輪過。敵船烟筒既壞，復以一白艦來泊游山。帳中料敵軍符發，山下藏兵厲刃磨。敵船不動，知有計謀，薄暮密派費副將金組，帶勇百名，執鎗伏饅頭山脚，暗防敵來。魑魅潛行原畏日，黿鼉驚徙不興波。是日亥刻，果有小艇船二艘，潛移至前，該左旗排鎗轟擊砲臺，兵輪相繼擊退。長城萬里君身寄，共聽將軍奏凱歌。《花磚日影集》卷二

雪虛聲堂詩鈔三卷　戊戌六君子遺集本

楊深秀撰。深秀字漪春，山西聞喜人。光緒十五年進士。官山東道監察御史。二十四年，參與新政，加四品銜。八月初，政局既變，被逮前猶上疏奏請歸政，旋被害，年五十。深秀精於金石、訓詁、地理、曆算之學。詩亦閎博雄放，在戊戌六君子遺詩中，最爲老成。《齊鎛詩爲尋管香給諫作》、《再爲管香給諫題齊鎛拓本》，可見夙養。《春暮得秋湄太原書卻寄》，亦盡恢奇之狀。《傚元遺山論詩絶句》五十首，自毋丘儉至張穆，專論山右詩人。題自作畫詩、《獄中詩》三首，節概亮潔。不求聲律之苛細，不執古而病今，卓然可傳也。

奇觚廎詩集三卷附前集一卷補遺一卷　近代刻本

葉昌熾撰。昌熾字頌魯，號鞠裳，江蘇長洲人。光緒十五年進士，改庶吉士，授編修。二十八年，官甘肅提學使。晚取莊子「爲善無近名緣督以爲經」之義，自號緣督廬主人。卒於民國六年，年六十九。昌熾精於經籍碑版之學。所著《語石》六卷，爲金石學入門必讀。《藏書紀事詩》六卷，考述歷代私人藏書，均極賅洽。又有《緣督廬日記》，起於同治庚午，歷四十八年，近代有影印本祇什之二、三。詩又雅不示人，身後弟子先刻《奇觚廎文集》三卷、外集一卷，後從光緒二十八年至避世前日記中輯詩集三卷，復輯前集一卷、補遺一卷，於民國十五年始付梓，章鈺爲之序。詩集印數不多，前集今罕見。以内容質實，較《文集》尤珍貴。使隴之詩，如《蘭州》、《自甘草店至清水驛》、《隴西行》、《朱圉嶺》、《秦州雜詩》、《鐵老鸛峽》、《登六盤山放歌》、《天開石鏡歌》、《涇州雜詩》、《山丹大佛寺》、《渡弱水作》、《烏梢嶺》、《古浪峽》、《酒泉行》，凡山川城鎮、方言地紀、職官考試、碑刻梵卷，無不入詩。今畧舉隅如次。《涇州雜詩六首》其二云：「涇汭分流穆滿宮，山南山北隔回中。井参分野通秦隴，轂馬専征自阮共。蕞爾城移安定驛，涇州新城即舊安定驛。狡焉疆啟義渠戎。隗劉戰壘空陳迹，安必河西愧竇融。」又云：「上有高原下有溪，重關清晏息征鼙。一犂穲稏仍陶穴，百雉崔巍倚石梯。人似蟄蟲坏户出，地非老馬易途迷。自隴以西，重山鱗次，徑路紛歧，往往小路不通車輛，視官路不過半程。亦如七聖襄城野，咫尺空桐斗極齊。」又云：「但聞虎齒兼蓬髮，火棗冰桃盡子虛。祇與東方增辨囿，本偕北户列戎墟。少翁五利猶前日，侍女雙成載後車。賸有上官碑篆在，盤螭突過夢英書。其山上有王母宫，宋上官佖篆書碑記尚存。山下道旁有石碣曰瑶池降王母處。」《涼州雜詩七首》其一云：「巷績宵聞溯卜鄰，十年塵海未相親。簡書使命同千里，茶火軍容喜一新。袍澤期門皆弟子，櫜鞬絶域識王臣。懸知良將無羸卒，莫謂風痺竟不仁。副都統玉恒字石宣，京城與余同巷居，未相見也。去年奉命之涼，以新法練兵，皆成勁旅。余入境先命材官以櫜鞬來迓，復列隊郊迎，軍容甚盛。旗營與緑營皆爲言者所訾病，不知亦視整頓何如耳。」又云：「尚論乾嘉諸老師，河西二澍昔同時。亡書已自迷三篋，絶學空煩借一瓻。汲冢縱携皇覽本，鄭鄉孰賦瞽宗詩。下車先作芻蕘獻，欲繡平原盍買絲。訪張二酉後裔及遺書，無知者。」又云：「蒙古女真及吐蕃，國書絶域入輶軒。渾嵬名遇留孤證，剎利婆羅異左言。使者如求邛竹杖，學僮未肄拭觚幡。巍然雙塔猶無恙，好訪城南祇樹園。西夏書感通塔寺碑海内祇此一本，歐洲人屢向譯署徵拓。」《階州雜詩八首》，其一云：「溪流萬壑下滄江，一線長堤束怒瀧。如上岑樓臨廣漠，更移天漢瀉虚窗。周圍絶壁中開井，飄泊孤城下繫艭。忽訝龍吟剛到枕，宵欄古寺曉鐘撞。自注：江流城上，以隄捍之，登隄俯視，不啻釜底，若潰則一城皆魚鼈矣。」又云：「猿狙同類可充腸，肥瘠當前任揣量。觳觫亦如民入阱，恣睢儼似吏登堂。禦寒未必踰狐貉，貰醉惟堪抵鷫鸘。珍重綈袍持贈意，冰天光怪發巾箱。自注：金線狨出武都山谷中，亦猴屬，高如人。猴什伯爲羣，過之慴伏不敢動，揣肥瘠而噬之。其毛燦爛，作金色，腹下長毛下垂有至數尺者，製裘奇暖。前年寶殿珍大令曾以兩襲見貽。」金石題尾，版刻考證之詩，亦頗淵富。《題井欄拓本》、《舊拓磚塔銘殘字》、《宋拓李思訓碑》、《兩雲龕吟》、《題天發神讖碑》、《詠宋槧婚禮備用月老新書》、《宋刻撰集百緣經》，同時學者詩集亦未之逮也。蓋本不欲以詩傳，門弟子踵事增華，使有價文獻晦而復顯，宜乎此集爲學者寶愛之也。

再寄介侯十四疊前韻　二首録一

訪古瓜沙域，李君有舊龕。莫高窟李氏舊龕碑，敦煌汪栗庵大令拓寄。珠遺孫趙補，兩訪碑録皆未載。鼎峙索楊參。敦煌學宮有唐索王裕碑，其陰爲楊公碑，即世所謂傳爲索靖碑也。泑澤瑩如鏡，回山鋭若簪。回山在涇州，一名雞頭山，即軒轅訪廣成子處，亦曰拜山，言其形似簪也。貞珉助搜討，心逐隴雲南。《奇觚廎詩》卷中

宋槧婚禮備用月老新書前集十二卷後集十二卷奇書也舊爲延令季氏所藏後歸大興劉氏君子輒館吾師子壽先生爲劉寬夫先生之壻於劉氏得此以畀再同編修爲世守之寶

己丑春正出以見示作長歌紀之

士禮十七篇，昏禮居其一。吾子有惠貺室某，媒氏導言幸勿拙。請醴敬以先人辭，問名謙言誰氏出。束帛五兩既納徵，御輪三周斯迨吉。母兮門内爲施鞶，贊者房中正設鼎。從兹相謂爲婚姻，想見從行皆娣姪。義取日入三商時，期惟霜降九月節。或言仲春陰陽中，不逮初冬嫁娶畢。最宜穠李盡成雙，過此摽梅將實七。周官夏正可互參，毛傳鄭箋各異説。非川著代重貞恆，自是同牢貴逑匹。君子將言附蔦蘿，諸生安可無茅蕝。自宜通俗携巾箱，不獨調人在麴蘖。此書出自麻沙坊，其時適當天水末。姓名不署作者誰，梨棗但求利可乞。男家女家共主賓，前集後集分甲乙。纂圖互注意相同，别類分門事無缺。考古粤稽戴氏書，徵今先列文公筆。詞章雙璧供濡毫，前集第十二卷□契雙璧，凡五十餘聯，一百餘事。婉淑雙璧，凡七聯，一十四事。姓氏五音聽吹律。自卷二至卷六皆姓氏源流，宫商角徵羽，每卷爲一類。函書制度尤絶奇，後集首列函書制度云：函書三幅，皆以色牋寫連卷内於函中。其函以黄楊柟梓木爲之，長一尺二寸，闊一寸二分，於中間鋸作三道陷線處蓋上，中心鑿一方，痕深一分，入書後以五色線三條，纏縛於方痕處，結定，以蠟填之，上書一全字。此乃本朝官親及士大夫所行之禮。近世庶人之家從簡，祗以可漏子封之。州縣官位皆具列。帖式列有某州某縣某官宅某官位。論財已贈五十田，帖式有奩田若干、房卧若干。闖候且周期歲月。十二月啟多用申詞肅詞□詞寅詞躬闖闖候等字，劄子中亦用之，不知何義。小禮于歸敍及時，圓封可漏如何物。可漏子見前。又論劄子式云：今日士大夫家只用聘啟一幅，禮物狀一幅，用兩可漏子圓封。所謂可漏子，不知何物也。

神仙眷屬鳳兼麟，新聘書題劄子其第六劄云：某僭易端拜，起居清都碧落馭麟鞭鳳之眷。答云：某再拜，申問親家安人口五城十二樓之眷。太史詞章蜂采蜜。聘啟中采孫尚書王狀元洪舍人諸作。破鏡有時更上堂，後集卷二有再成通用聯，蓋謂出婦復娶者也。披緇亦許歌宜室。通用聯又有爲僧尼道術設者。至云桑門甚寂，雖云當繼於宗風，蕙帳云空何可不傳於佛種。又云：業緣未斷，蚤嘗人於空門；愛網難逃，時敢忘於授室。真堪噴飯。羣賢之中著屠沽，編户以降至走卒。聘啟無業不備，有印匠答田家，木匠答田家，屠家娶魚鮝鋪，船梢娶牙人女，珠翠匠娶綵帛鋪，窰户女答綵帛鋪，如此諸類，不可枚舉。溝中流葉或爲媒，道上倡條洵堪折。有娶倡一門。大去何妨有戴媯，有大婦奩具狀式。相攸自謂皆韓姞。伐山何苦不辭煩，求野終堪矯禮失。聽琴微惜尾已焦，後集第十二卷致謝類祝文類致語類，已闕。插架還當指先屈。中權魚尾認標題，每一子日上皆有魚尾，余所見宋時坊本多如此。小字蠅頭未磨滅。凡二十四卷至足珍，近一千年猶未佚。結繩月老稱題眉，揮麈風流助談屑。尚無感帨奔不禁，亦若彈冠用可必。彈冠必用，亦宋坊肆中陋書。延令季與大興劉，藏弆源流可追述。寰海應無第二書，館甄知與成雙絶。劉氏有漢河間獻王君子館甎十。側聞壻水得縑緗，更喜師門積簪笏。從兹常爲鎮庫珍，揭來容我披函閲。一詩聊當酒一瓻，呵凍拈毫天欲雪。《奇觚廎詩》前集

題黄再同太史所藏宋刻撰集百緣經

布地黄金揖法壇，百緣從此締旃丹。漫從估舶求唐寫，楊新吾廣丈在日本所得唐人寫經卷子，皆用硬黄

牋，余所見共三軸。且喜精藍出宋刊。福州等覺寺沙門普明收經板頭錢印造。過去赤魚千刼换，所存第一品爲蓮華王化赤魚録。孑遺丹鳳一毛殘。普明雕造五百餘函，此經亦有十卷，今僅存十緣。墨光紙色分明認，插架遺聞糾考槃。余所見北宋刻本，皆筆畫方勁，墨光如漆，與此相似，而屠隆《考槃餘事》論北宋本乃謂紙堅刻軟，又謂用墨稀薄，真妄言也。

琅函緹帙爲莊嚴，一字還應值一縑。帖寫千文猶智永，卷中首尾皆有涇字，卷面有金書涇字，當是以千字文浮渭據涇編號。康熙中所刻大藏，此經列一百三十八函承字號，其次不同。經翻三藏自支謙。吴月支優婆塞支謙譯。因緣佛爲有生説，歲月吾從無字拈。舊有題字三行，爲裝池所損，第三行某年甲申五月日題，年上一字末筆依稀可認爲七字。考崇寧以後，惟宋寧宗嘉定十七年爲甲申，則所損必是嘉定及十字耳。以前三行求之，其上適缺三字。妙法蓮華開寶本，一難同傍鄴侯籤。再同又藏宋開寶六年性遇以金銀字寫《妙法蓮華經》一册。《奇觚廎詩》前集

拜梅書屋詩鈔十卷　光緒十九年刻本

周焌圻撰。焌圻字季俠，號嘯卿，河南商城人。光緒十七年舉人。十九年以其爲諸生時所作詩十卷付梓，濮文暹爲之序。其詩多詠中州名蹟，兼採風土民情。《大梁懷古》、《汴宋篇》、《朱仙鎮懷古》、《山歌》、《龍亭》、《南陽懷古》，詞采甚茂。《答客問商城五十九首》，體效竹枝，可補志乘之遺。光緒三年，作《新樂府》十二首，自云：「豫、冀、秦、晉、齊、魯等處，年年荒年，赤地千里，豫、晉尤甚，饑民死者殆不可以萬計。」詩以《賣

女兒》、《啖膠泥》、《人相食》、《逃他鄉》等爲題，内容慘不忍讀。又作《厮養兒》、《蛹蝗曲》，亦屬目擊。論時政則有《華夷》、《論政》等篇，可見經世之志。《讀秦史》、《漢書雜詠》十二首、《歷代宫詞》二十六首、《書侯商丘文集》五首、《題蔣心餘香祖樓傳奇》、《題蔣湘南先生春暉閣詩》，亦文亦史。《紀蔣子瀟先生遺事》小引云：「吴文鎔撫豫纂修《西江通志》，聘蔣湘南，條例甫就，南昌太守吴某忌先生才名，陰排詆之。文鎔受代去，先生遂歸，終未成，時論惜焉。」湘南爲晚清間河南宿儒，亦詩壇首推。

鬱華閣遺集詩三卷 光緒二十八年刻本

盛昱撰。昱字伯羲，號韻蒔，滿洲鑲白旗人。肅武親王豪格裔孫。光緒三年進士，由翰林官至國子監祭酒。謝病家居，築意園，以考訂金石書畫收藏自娱。著有《意園文畧》。光緒二十五年年五十卒。遺集爲楊鍾羲輯，凡詩三卷、詞一卷，刻於武昌，柯劭忞序。昱通中外輿地，尤諳掌故，精鑒賞。遺稿多散佚，僅存詩百六首。《題所得黄小松歷下日記册子》、《題錢南園畫馬》、《捉御史》，議論横生，傾瀉無餘。《題廉孝廉補萬柳堂圖》，陳衍許以「足爲契丹、女真、蒙古各族吐氣，固非范文程、錢謙益之流所能夢見。」《石遺室詩話》。《游小五臺二十三首》、《論詩絶句四首》，亦可誦覽。蓋所造弗止於此，衹可一臠知味而已。

海日樓詩二卷 近代刻本

沈曾植撰。曾植字子培，號乙盦，晚號寐叟，浙江嘉興人。光緒六年進士，授刑部主事。與李文田、袁昶相契，在官嚴拒苞苴。累至安徽布政使，乞病歸。掌兩湖書院。生於道光三十年，民國十一年以遺老終，年七十三。躭史學，精佛典，著有《蒙古源流箋證》、《島夷志畧廣證》、《曼陀羅寱詞》等書。書法二王，參以北碑，享名南北。詩學黄庭堅，艱深澀奥，爲同光體開山。題《天發神讖碑》、《荆浩畫松巒山水障子》、《宋二體石經》、《鄭所南畫蘭卷》、題《宋本山谷内集任注》、《傅沅叔藏宋本廣韻》諸作。以生平躭覽書畫，反覆研討，可見所養精邃。《鬻醫篇》，當爲言醫者參考。曾植與陳寶琛、袁昶、陳三立、陳衍、鄭孝胥等同社人唱酬，標榜宋調。各人造詣不一，而曾植學識最優。其詩旁搜遠紹，窮溯經史，去風雅未遠，蘄于可傳矣。

木石菴詩選二卷復選木石菴詩二卷　近代排印本

曹潤堂撰。潤堂字柘菴，號長素，山西太谷人。光緒十五年舉人，官赤峯知縣。卒於宣統元年，年五十九。一九一六年，常贊春等爲選詩二卷，一九二一年復選二卷，由李毓棠、王錫華、張蕙等爲之序。生卒年據序文及生日詩得之。潤堂受知於徐琪。詩學元好問，官赤峯所作《紅石梁》、《熱水塘》、《塞外竹枝詞》、《廣信嶺》、《元寶山》、《木頭城》、《朝陽懷古》等作，可爲風土之采。《火車行》、《地球歌》，標格尚新。又多詠晉中名蹟。《太谷竹枝詞》六首，記鄉里見聞。《讀傅青主傳》，注云：「時有搜刻遺編之舉。」《讀明史因作長歌》、《論詩六首》、《題畫松歌》，文史兼綜。李毓棠序云：「潤堂有《庚子紀事詩》百五十首，今不載選集，恐已散佚。」

尺五園詩草四卷　光緒間刻本

闊普通武撰。闊普通武字安甫，滿洲正白旗人。光緒十二年進士。歷官國子監司業，内閣學士，降侍讀。復任少詹事，擢禮部左侍郎。二十四年，任駐青海大臣，二十九年休致。以本書卷首張仁黼序及丙戌《三十五初度》詩上推，爲咸豐元年生。卒年莫究。是書分四集，以記青海見聞，《湟中八景》、《湟中雜詠》四首、《恭代告祭青海禮成後賜宴外藩併會盟記十六韻》，較爲可取。《杜拾遺像贊》、《楊忠愍祠》、《贈寶竹坡侍郎》、《哭翁叔平夫子》，及游京都諸作，亦有軼於尋常者。

八指頭陀詩集十卷續集八卷　一九一九年刻本

敬安撰。敬安字寄禪，號八指頭陀，湖南湘潭人。生於咸豐元年。本姓黄，名讀山，農家子。十餘歲投山寺出家，燃兩指供佛，故名八指頭陀師。嘗省舅氏至吴越、江漢等地。初不識字，以晝代書，作詩用力勤苦。寄李炳甫有「花下一壺酒」句，書至壺字，忘其點畫，因晝一酒壺。强爲人書，筆畫錯落，左右易位，如倒薤，懸之中堂，觀者無不絕倒。中年以後，日益精進。詩格老成，意境清遠，不作禪家魔語。晚居北京法源寺，與名士酬接。陳三立爲刊詩集十卷。民國元年去世，得年六十一。一九一九年以未刊稿八卷合刻之。首王闓運舊序，葉德輝、楊度序，附《自述》。集中詠南嶽、四明、天台山水寺廟詩最勝。初受王闓運影響，摹擬六朝，既而擺脱羈束，自闢蹊徑。與王先謙、吴大澂、易順鼎、樊增祥均有寄贈，尤爲陳三立知賞，名傳日本、安南。《題長沙上林寺藏經閣詩》、《題大溈密印寺》四首，關係佛教名蹟者多可採摭。詩於農民軍多加詆毁，於外侮則未嘗不出自義憤。是亦關心世情，爲清季釋氏詩大宗。

倫敦竹枝詞一卷　光緒十四年刻本

佚名撰。光緒十三年至十八年，石埭徐士愷以《投壺儀節》、《馬戲圖譜》、《牙牌參禪圖譜》、《詩牌譜》、《暢敍譜》、《倫敦竹枝詞》六種先後付梓，統其名曰《觀自得齋別集》。内《倫敦竹枝詞》百首，舉彼國之國政以逮民俗，纖微畢具，足備海外風土之采。有時雜以英語，詼諧入妙。清初尤侗有《外國竹枝詞》之作，其時海禁未開，但知求之故籍，故多扣槃捫籥之談。同、光以後，聞見日新，有爲海外吟者，如日本、東南亞諸國、德、法、美國，頗能敍述彼邦風土，而於英倫則以此集最詳。卷後有甲申秋九月局中門外漢自識云：「竹枝詞百首，皆就倫敦一處風景言之，他國不與焉，採風者於此可見歐門之一斑矣。」可知《竹枝詞》作於光緒十年。然據第二首小注：「今年爲英女主在位五十年之期，舉國大賀」，則維多利亞朝五十年，當在光緒十二年。歧互不可解。「局中門外漢」是否即士愷化名，亦待考。

倫敦竹枝詞　一百首録十四

國政全憑議院施，君王行事不便宜。黨分公保相攻擊，絶似紛爭蜀洛時。國有大政，由議院上之女主畫諾，主曰不便，可再議，主不能獨創一議也。院有二黨，曰公黨，曰保黨，各不相下。此黨執政，則尚書、宰相、部院大臣皆此黨人爲之，進則羣進，退則羣退，君主不得黜陟之也。

旌旗騶從萬人看，巨富方能作此官。博得一年爲府尹，不虛生長在人間。英官惟府尹一年更替，選富商之公正者爲之，亦由公舉者，歲俸英金十二萬磅，合中國紋銀四十八萬餘兩。然不敷用，又需自賠十二萬磅，方足一年之度支，故非巨富者，不得而舉之焉。其到任之日，羣商各獻執事，如臺閣旌旗鼓吹之類，綿亘數里，若賽會然，男女道旁觀者如堵。亦有設坐而賣者，然不及觀君主者之多且貴也。惟府尹如此，他官則否。

十八嬌娃赴會忙，談心偏覓少年郎。自家原有終身計，何必高堂作主張。男女婚嫁，皆於茶會跳舞會中自擇之。或有門户資財不相稱者，雖兩情相投年未滿二十，父母猶得而主之，若逾二十，則各人皆有自主之權，父母不得過問矣。

紫絲步障滿園林，羅列珍奇色色新。二八密司親手賣，心慌無暇數先令。密司，處女之稱。先令，英銀錢也。一先令合庫銀二錢。倫敦四季，皆有善會。至夏日，則擇園林幽敞之處，遍支帳棚，羅列各種玩物。掌櫃者皆富商巨紳家女子之美者。物價較市廛昂數倍，賣出之錢，本利皆歸入善舉。蓋富貴家設此以勸捐者，不憚出妻獻女而爲之。至有設茶座賣茶者，婦女亦裝成肆中女堂官狀，杯茗值銀二錢有奇，游人來者，莫不飛去先令數枚，而樂於破慳焉，冀有奇遇也。

一從年過破瓜殘，膝下嬌娃陌路看。不重生男重生女，只緣衣食太艱難。貧家女至十六以後，父母力不足以活之，遂聽其自覓衣食。或爲店夥，或爲女僕，然薪工甚微，餬口而已。故莫不有所歡焉。英之妓大半皆此類。

兩層男女雁行排，來往通衢日幾回。並坐殷勤通一語，下車携手踏天街。凡通衢大道，皆有街車來往經過，有一定晷刻。日數十往還，以便行人。車分上下兩層，男女雜坐。申酉以後，多借搭車而圖歡會者，人不過二本士。每本士合制錢三十文上下。

東洋春色到西洋，盡學西洋時世裝。倭女不知陵谷變，尚誇風月滿邨莊。倫敦有日本會場一處，名曰「日本邨莊」，皆賣日本玩物。掌櫃者皆日本女郎，韶秀多姿，別具嫵媚。裝束一如英人，惟黑髮黑睛，與中原人無異，不似英女黃髮緑睛耳。

玻璃爲屋百千間，珍寶紛陳積似山。遍覽不知筋力倦，加非座上又閒談。英京每年皆設會場，聚各種新奇機器而陳之，招徠貿易。其屋皆以玻璃爲瓦，表裏通明，萬户千門，終日游覽不盡。會中有茶館飯座，俾游人憩息，亦有零星玩物可買者。

夢醒黄粱又一年，兒童嬉笑畫堂前。都誇除夕神仙降，只賜仙桃不賜錢。家家於除夕皆供一白鬚老人，名曰魁司密司得，所以誘小孩者。伺小兒睡熟，其父母取其襪，滿儲食物。至元旦，小兒起，視襪中果食皆滿，則拍手曰：魁司密司得送果子來矣。以爲笑樂。亦有中國小兒索壓歲錢之意。

鑪錘水火奪天工，鐵屋迴環複道通。十丈輪迴終日轉，總難跳出鬼途中。機器廠其大無比。凡製造大小各物，無不有機器成之，精微奥妙，非深造者莫能細述。中國人自許爲通曉機器者，皆欺人之語。彼其學雖一藝之微，亦非寢饋十數年不能得其要領，悉其利弊。若但見其機輪旋轉，便自命行家，竊取牙慧，著爲論説，東塗西抹，奇才自負，人亦遂以奇才目之，烏乎，難矣。

百尺高樓疊九層，機車上下最輕靈。飯廳浴室皆精美，每日人需磅半金。大客店皆九層樓，較浮圖尤高，爲房可千餘間，上下有梯級。若脚力不健，卽乘機車上下之，毫不費力。陳設華美，衾枕潔淨，大約每人每日總合中國所用鷹洋十元光景。

比屋晶厨列寶珍，殘碑斷簡價無論。如何地下長眠客，也當新奇架上陳。大博物院無物不有，埃及古碑有若武梁祠畫像者甚夥。更可怪者，以千百年未腐之屍，亦以玻璃厨横陳之，有三十餘具，皆編年數，有二千年以前者。

髑髏滿几骨成堆，支體分門浸碧醅。死後淩遲無貴賤，天誅誰不信恢恢。大醫院陳設髑髏以千計，有全體骨以鐵絲絡之，矗立不仆，亦以百計，其餘肢體臟腑筋絡胞胎無一不有，皆以玻璃缸盛之，浸之以火酒，蠟封完固，可百年不變，以便學醫者體察也。大凡病死於醫院者，未知其致死之由，則必剖而驗之，將其受病之處，割出盛儲，以備考驗。

一隊兒童拍手嬉，高呼請請菜尼斯。童謡自古皆天意，要請天兵靖島夷。英人呼中國人曰菜尼斯。凡中國人上街遇羣小兒，必皆拍手高唱曰：請請菜尼斯。不知其何謂也。

鎮西吟草一卷　近代排印本

劉弼良撰。弼良字心荃，四川中江人。宣統元年，奉川督命爲軍械官，駐防西藏。三年拉薩事變，川援不至，走印度。次年，調停息戰。是集收作者在西藏及印度所作詩一百八十四首，首自序，民國八年劉熙光序。《赴西藏歌》、《藏江行》、《格薩雜感四首》、《札什城樓晚眺》、《普陀拉山》、《達賴坐床處》，紀事甚周。宣統三年，又作《大招懷古》、《噶郎道中》、《征波瀰感事》等詩。其間有涉及英國、尼泊爾處，亦史料也。

桂之華軒遺集四卷　近代排印本

朱銘盤撰。銘盤字俶僩，號曼君，江蘇泰興人。早受詩於黄體芳，光緒八年舉人。從吴大澂援護朝鮮，既定，作東援紀功之碑。九年，仍客漢城軍幕。會應禮部試報罷，調防奉天。在金州軍幕數年。光緒十九年卒於旅順，年四十二。著有《兩晉宋齊梁陳會要》二百四十卷。此集爲泰興鄭權伯刊，詩四卷、駢文九卷。首章炳麟序，光緒元年方濬頤舊序。銘盤少家貧，讀書負異稟。早作《燕子磯》、《梅花嶺史閣部墓》、《珍珠泉》等篇，咸具勝韻。屯田行一首，感時而發。《登州雜詩》、《詠水城》、《書蓬萊閣壁》、《登燕臺山》、《東行述感》等詩，殊多佳句。從軍朝鮮，與周家禄、張謇諸人偕行。其《朝鮮雜詩》，與周家禄《樂府》異曲同工。《贈朝鮮鄭周溪金石菱》、《題朝鮮金小棠奭準韓齋雅集圖》、《和朝鮮黄鎮奎石然》、《留别朝鮮士大夫》、《出朝鮮王城雨中作》，抒寫志趣，詞旨婉雅。《朝鮮柳中使小園聽土人雜歌》云：「歌聲未作先打鼓，十聲百聲不可數。一人發響數人追，一人中間沐猴舞。時連復斷或大笑，應是歌間帶嘲語。小亭四月花飄摇，垂牆拂地千柳條。借問譯者頃何唱，但云啁哳同謳謡。豈知中有唐詩曲，散入蠻荒化歌曲。龜年幡綽爾何人，漫對空弦嘆幽獨。衆中丘生尤好古，忽聞此言喜欲舞。但覺黄河眼底流，如聆劍閣宵中雨。白鳥簷前三五飛，野人歌罷醉還歸。座中聽曲成蕭瑟，歌者心中無是非。」辭采研妙，論者以爲彌近元、白。又有《青丘篇》、《題日本花谿女史畫册》、《答人問旅順》，亦有逸致。客金州所作《雜詩三十首》，多抒情軍事。光緒間李慈銘崇尚格調，陳三立以飣餖爲宋，王闓運摹古漢魏，銘盤與諸家均不相似。其詩無分唐、宋，唯微患才多耳。參看狄平子《平等閣詩話》。

松壽堂詩鈔十卷 宣統三年刻本 征鴻集不分卷 近代刻本

陳夔龍撰。夔龍字小石，貴州貴筑人。光緒十二年進士，改庶吉士。官京兆尹，八國聯軍侵占北京，與滿洲延清同處危城，頗資共濟。宣統三年，任廣東布政使。辛亥時年五十五。卒於一九四八年，年九十二。刻《松壽堂詩鈔》，徐琪、陳田序，自序。庚辛之詩，較有史料價值。《寄王壬秋》、《輓曲園先生》、《讀范肯堂詩集題後》，爲當時文苑故實。《太湖雜詠》、《荆州雜詠》、《游牟珠洞》諸題，亦以質實見勝。又刻《征鴻集》，爲貴州詩。入民國後詩，刻入《花近樓詩存初編》，是已有三刻矣。又嘗序刻楊文聰集，有裨於鄉邦文獻。

傳魯堂詩集二卷 光緒二十年刻本

周錫恩撰。錫恩字伯敬，一字伯晉，號蔭常，湖北羅田人。光緒九年進士，改庶吉士，授編修。十四年爲陝西副考。十九年爲浙江副考。二十六年卒，年四十九。《詩集》與《文集》合刊，張之洞序，以詠江夏黄州及兩次典試途中登覽詠古之作較多。《讀書識帖十絶》、《讀山海經》、《内經》、《算經》、《神農本草經》、《水經》、《星經》、《武經》、《青囊經》、《禽經》、《拳經》，畧綴數語，猶可參考。感事之詩亦多。《悲田莊》一篇，記甲午中日之戰，吴大澂督師出山海關兵敗，不勝慨歎。錫恩爲張之洞門人，又受知於倪文蔚。與翁同龢、陳三立、柯逢時等酬唱，是亦能以詩鳴者。

悲田莊

錦州逃軍爲余説，一言一咽聲斷絶。去年大帥出榆關，礮火燒空天欲裂。湘軍淮軍塞路衢，河魁上將劉與吴。撫軍忠勇世莫比，天賜度遼銅虎符。吴清卿前輩得度遼將軍漢印，大喜，以爲破賊之應。輕裘緩帶巡亭障，九重覽奏顔色壯。高壂降旗招島酋，隱然敵國誰能抗。上相行成東海隈，戰書夜抵田莊臺。李軍魏軍作倚角，雄礮頓發如春雷。撫軍忠勇世莫比，纔聞礮聲膽墮地。回身上馬若電軒，本欲奔敵誤反奔。此時三千鴉鶻軍，若水瀉瓶波裂盆。山號海嘯相吐吞，揉撥出火以自燔。積骴揞道脂膏原，或降或殺無一存。撫軍捧詔還南服，豹節蜺旌軍吏肅。老嫗哭兒妻哭夫，淚痕斑盡湘江竹。不能再戰衹言和，歲幣古來無此多。常恨朝廷不主戰，主戰如此將奈何。《傳魯堂詩集》卷二

夷牢溪廬詩鈔八卷　光緒二十五年刻本

黎汝謙撰。汝謙字受生，一字受蓀，貴州遵義人。光緒元年舉人。八年，官日本横濱領事。十九年，再

度赴日。回國後爲廣東候補知府。是集爲二十五年羊城刻本，夷牢，水名，其新宅落成於此，故以名廬。據戊戌年《四十七初度》詩，爲咸豐二年生。少作爲應試途中詩，刻畫山水居多。在日本，遍游西京嵐山、知恩院、本願寺、金閣寺，近江琵琶湖、石山寺，東京城内雁宕峯，箱根山，日光山，東照宫，自注：故大將軍德川家康之墓。日主故宫，以及唐崎古松，向島觀櫻，均有詩詠。日本國主宴賓，西領事邀觀跳舞會，亦有歌紀之。又與朝野名人小笠虚舟、加藤櫻老、加島菱洲、澀谷文穀、金井艮一、小野湖山、岡鹿門千仞、西岡逾明相酬酢。十一年歸國，有論詩諸作，頗主革新。再至日本，作《富士山》等篇。汝謙爲前駐日公使黎庶昌之姪，集中有《得蒓齋叔書重修禹門寺敬獻長歌》，小注多載庶昌軼事。幼時嘗見鄭珍，《書巢經巢詩鈔》一首，情文並生。二十年，甲午戰爭失敗，作《書事》等詩以抒憤懣。《抽釐金》、《官冗歎》，亟言清季政弊。《天主教》一篇亦敍述明晰。《行路難》一篇，主速修鐵路。《贈伍昭扆光建大令》，亦見其維新主張。《廣東闈姓歌》，記當日粤中賭風。《各國服飾歌》，實包括中國少數民族。又有《旅順威海行》、《嶺南雜詠》，關係政治社會生活史料者，不勝縷述。

聞朝鮮爲日本所據　甲午六月十日

聞道朝鮮困月氏，王師未動五雲旗。坐看藩服從玆盡中國藩服皆盡矣，政恐鄰疆禍日滋。大將失機原可惜，行人失職罪奚辭。微生憂國終何益，忽憶秋風瓠子詩。

黎公三策識先機，當軸疏慵等廢詞。未要版圖歸郡縣，更無重鎮總綱維。公同保護謀原下，自立頹唐治益遲。十載因循今莫及，諸公何以答恩私。叔父蒓齋使日本時曾上三策，一請將朝鮮改行省，二派大臣主其政，三與各國共同保護，朝廷不能用也。《夷牢溪廬詩鈔》卷五

抽釐金

國家田賦外，關市亦征商。小關涖州郡，大關命部郎。粤海屬内府，閩海將軍當。兩關税入多，專供内務藏。舟車及鹽鐵，運司專其枋。歲入三千萬，國初逮道光。維時府庫充，出入經有常。溯自咸豐初，粤賊起蒼黄。萌芽金田村，順流下武昌。屠殘江皖地，盤擾蘇與杭。旗緑竄不振，召募充戎行。曾胡數鉅公，異軍起湖湘。度支匱不給，抽釐議始倡。創辦荆襄間，遂遍東南方。值百抽五兩，商賈已徬徨。本云亂定罷，歲久成憲章。兵與勇俱養，費煩用益忙。百度仰釐金，立法日精詳。始第督監官，繼乃密隄防。四聯比校法，歲歲繼增長。若或絀不盈，代者已在旁。網密督責峻，搜括到囊筐。關吏劇鷹犬，胥徒甚虎狼。十里一驗票，百里一秤量。銖黍苟差池，倍罰輸太倉。尺寸衡薪蔬，銖兩算酒漿。十倍十年前，猶曰飽私囊。稽之承平日，七千萬有强。仍曰用不足，彌求整頓方。江海諸洋關，榷使畀外洋。奴隸視縉紳，查點到巾箱。緘縢啟或遲，刀斧已飛揚。積使行旅人，絲縷成痏瘡。百里殊文軌，咫尺成界疆。肩背挑負者，果實皆掠搶。邇迫與倭和，二百兆難償。羅掘議益急，

財盡疇輸將。征商與賦民，相去無毫芒。不務生財道，但務斂財方。民貧國亦困，斯世何由康。誰舉厚生理，持以告吾皇。《夷牢溪廬詩鈔》卷五

光緒廿年甲午五月日本師入朝鮮我軍一敗於牙山再敗於平壤大潰至鳳凰城連失牛莊旅順威海諸隘失地喪師朝廷震駴乃遣使割臺灣賠兵費二百兆萬兩以和其始禍皆起一二宵人謬充專對以至於此朝廷優容不治厥罪似於始禍之原尚未洞悉者其事始末記於別篇更賦二律以諷使世之君子秉國之鈞於簡命使臣知所戒云

底事宵人忝使材，十九年，吳人汪鳳藻爲日本使臣。天教誤國作胚胎。盡收姻黨居权要，更遣中親總貨財。三族独推妻族貴，一官何啻四官來。昏庸鄙吝身都備，葬送河山已早猜。余差竣回國，知其必不終果，不數月而禍作。

列埠連廛啟闤闠，官商署館起朱殷。坐教一炬成灰燼，忍視罷民漬淚斑。公爲叛臣謀反國，禍由派通事吳某送朝鮮叛臣金玉均回國至滬，被朝人洪某所殺。祇緣繙繹弄神奸。喪師失地從兹始，看汝歸來不汗顔。《夷牢溪廬詩鈔》卷五

官冗歎

國家登進階，其途有數類。首重甲乙科，三年一大比。初由郡縣考，再應學政試。售者列膠庠，

廩附殊名字。秋闈試舉人，春官進士第。由此號出身，世稱青雲器。上等擢詞林，年勞歷卿貳。次分各部郎，下不失縣吏。此外五貢生，拔優最便利。高等授京秩，次亦儒官寄。選拔必酉年，縣一郡遴二。優行三歲貢，名額不一致。大省六八人，小省或二四。恩副論年資，出身實無地。鄉舉不進士，十年有大挑。駢列廿人中，三人縣令邀。九人授儒官，餘八屏不要。凡此曰正途，均從文字招。亦有恩蔭生，文武官二品。覃恩蔭一子，例與正途準。軍務黄河工，計功列保舉。但論功與勞，不復計資序。或果才德優，往往立登敍。論薦自大臣，人地無定所。京外各衙門，胥史許出身。初授八九品，間亦佩魚銀。捐納例最寬，所貴多金錢。四品至九品，文武均可捐。封誥及虚職，紅頂戴貂蟬。白金至二萬，立即授道員。此途最捷速，頃刻升九天。既不論才德，亦不計資年。世情雖不重，亦或出名賢。又有五等爵，公侯伯子男。後裔紹其封，坐致清華班。此皆勛戚家，平民未許干。仕途日以廣，員缺日以删。從此仕宦中，猥濫積如山。官吏多於民，選部安能銓。候補候選曹，淹滯數十年。望差如望歲，得缺甚登仙。年豐子啼饑，歲暮妻號寒。大吏視如讐，任官渺似煙。進退兩失據，學仕誤從前。競爭排陷塲，平地生濤瀾。嗟哉寒素家，讀書思得官。萬苦搏一階，困頓猶依然。外詡章服榮，衣食内不全。一身不自保，君民何有焉。寄語世之人，仕宦須因緣。苟無親與故，置身當要權。慎勿誤一生，垂老衣裳單。智者學耕商，骨肉常安便。《夷牢溪廬詩鈔》卷五

各國妝飾歌

華人妝束好小足，纏裹纖纖如笋束。弓鞋小樣鬥妍媸，紋繡千針映紅緑。西人妝束好細腰，少女忍饑不食肉。西婦腰不細者，肩以下髀以上用竹籠撑拄，以形細腰。鬆鬢散髮竹籠身，孕婦公然纔一握。日本赤足腰亦粗，團團高髻簪珊瑚。寬衣圓領復大袖，草鞋木屐喧雙趺。旗人足大愛高底，長裾委地自矜喜。玉釵盈尺雁字横，半臂戎衣鬥紅紫。江浙村民赤足多，插秧種豆唱田歌。城中富人誇小足，盈盈舉步如輕梭。貴州苗仲各殊樣，百二十種難下上。鳳頭鴉雀花黑青皆苗種類，椎髻長裙男子狀。九州之大無不有，彼此譏評互美醜。須知見慣即爲佳，馬笑高飛鳥笑走。我今多見成達觀，各從其俗皆天然。不須勉强生分别，風氣成時即自安。《夷牢溪廬詩鈔》卷六

散原精舍詩二卷 宣統元年排印本 續集二卷 一九二二年排印本

陳三立撰。三立字伯嚴，號散原，江西義寧人。光緒十五年進士，官吏部主事。父寶箴，官湖南巡撫，提倡變法，三立亦多所贊畫，時與譚嗣同齊名，有兩公子之目。變法失敗，寶箴革職，三立永不敍用。父子歸隱南昌。光緒二十六年，寶箴卒，三立年四十九，已爲詩壇名家。辛亥後以遺老終，卒年八十五。光緒間，王闓運力效漢、魏、中唐，執詩界牛耳，唯其所播，僅及湘蜀。江南士夫仍各樹旗幟，其中以沈曾植、陳衍、陳三立

之宋詩派，影響最大。世稱「同光體」，而徵其實均爲光、宣間人，且多入民國，與同治無預焉。三立爲詩，早學昌黎，後學山谷，以生澀爲新，但求字面雅飭，不肯作一習見語。梁啟超稱其詩「不用新異之語，而境界自與時流異。醲深俊微，吾謂於唐宋人集中罕見倫比」。觀是集《書感》、《江行雜感》以及聞俄日戰爭諸作，憂心國是，寄託遥深，無愧名篇。其餘大都失於苛碎，求諸理得辭順者並不多見。夫清季之詩，以倡新言，首推黄遵憲。而李慈銘、范當世、張之洞、袁昶、朱銘盤，不立門户，亦足成家。當時詩集汗牛充棟，精當者所在多有。固應一一探求，但不必爲名士標榜左右耳。

余仲子詩集十八卷　光緒三十二年刻本

余惰撰。惰字勤夫，號仲子，湖南平江人。咸豐三年生，三十以前未出省。光緒十四年旅黔，十八年往閩，渡海至臺灣，修《臺灣通志》。中日甲午戰爭，于役關外。後又游鄂贛、吴越、江淮。身當亂離，餬食四方。是集與《求實學齋文集》合刊，有光緒三十二年自序，時年五十四。各卷繫以集名，曰《黔游編》，曰《湘江雜詠》，曰《鄂游吟草》，曰《吴越行吟》，曰《江淮櫂歌》，曰《東溟吟稿》，曰《東征集》。初至臺灣所見人物隆昌，風土殊習，作《雜詠六首》以紀之。時清政府忍辱講和，惰有慨於時政，作《雨後登滬尾礮臺觀海》、《晚步軍中述事》、《登臺北城》等詩。有「臺灣亦沃土，華夷所必爭。閩粤資屏藩，防禦宜重兵」，「諸將練營歸，整齊有等級。選才作干城，邊疆自安輯」等句。十九年，離臺灣，次年，毅然投軍，目擊傷懷，作《渡海三首》、《書事》、

《悲金州》、《出關》、《牛莊失守》、《渝關題壁》、《前出塞》、《後出塞》諸篇。《登長城》云：「萬里登臨眼不開，紛紛倭寇自東來。可憐遼塞興王地，應憶秦帝曠代才。督戰血流城下窟，防邊水決池中雷。書生漫草匡時疏，太傅和洋海外回。」又有《登吳公嶺新築礮臺有作》，愛國之情，溢於言表。《天津雜感》云：「笙歌徹夜酒千觴，門外何堪起戰場。電報鳳皇城已陷，將軍猶自戀紅粧。」「饑饉連年更用兵，鬻兒賣女不關情。黄金億萬籌和議，聽否蒼生痛哭聲。」揭露清政府禍國殃民行爲，尤爲憤慨。聞臺灣失守，有詩云：「海外同游憶昔年，别來烽燧誤魚箋。河山破碎歸無地，君國危憂哭問天。須識偏安非自主，强維大局究誰賢。童男五百田横島，死與倭奴亦可憐。」觀其文集，有《上湖廣總督張之洞書》，主張以儒道救國，蓬户迂見。而詩有愛國之忱，不當没也。

後樂堂詩存不分卷　近代排印本

陳玉樹撰。玉樹又名玉澍，字惕菴，江蘇鹽城人。光緒十四年舉人。選教諭，未赴。治經學，通訓詁，著有《後樂堂集》、《毛詩異文箋》、《爾雅釋例》、《卜子年譜》。卒於光緒三十二年，年五十四。玉樹少負經世之才，上左宗棠、張之洞書，指陳時弊，頗中肯綮。詩存僅一卷，激昂慷慨，每以民困國危爲題。《丁丑冬雜感》有云：「老鎗牧馬度興安，界石南遷地不還。自古乾元宏覆幬，于今震旦久痌瘝。赤須青眼心難測，白鹿蒼狼裔大孱。回鶻雖平憂未艾，中朝何計護金山。」詠沙俄之脅掠也。《癸未冬有感》有云：「富良江上海風腥，萬里求援兩使星。榻小豈容人鼾睡，唇亡終怕齒凋零。迎恩亭畔雲初黯，仰德臺邊草不青。交趾日南藩若撤，漢龍天馬豈能扃。」詠法將滅越南，越南遣使求救也。《乙酉春雜感》有云：「雞陵關外雨蕭蕭，猘犬狂奔去未遥。瘴海珠江馳露布，金戈鐵馬逐天驕。旌旗日影軍容壯，草木風聲賊膽摇。一紙中樞催罷戰，也應羞見霍嫖姚。」詠中法戰爭頌馮子材而刺李鴻章也。《甲午冬擬李義山重有感》十首、《乙未夏擬李義山重有感》十八首，皆悲歌慷慨，後者有云：「大圜中裏地如球，海外今知有九洲。西北雄風蒲察國，東南勁敵薩摩洲。新開驛路金爲埒，高挂雲帆鐵作舟。越甲鳴君情共憤，百蠻終獻吉光裘。」此詩分指俄、日、英、法之侵我也。前者有句云：「苦戰誰援衡突將，樓船血濺海濤紅。」頌甲午戰爭之鄧世昌也。後者有句云：「合肥韋虎不須歌，龍節星軺又議和。」斥慈禧與李鴻章也。又云：「往事怕談施靖海，荒祠羞見鄭延平。」悲失臺灣也。有感而發，動人心魄。又有《登金陵城樓》、《秋晚野望》、《明故宫行》、《詠史四首》及《詠史絶句三十首》，均聒及世變，亦屬傑出。

古歡室詩集三卷　光緒二十九年刻本

曾懿撰。懿字伯淵，一字朗秋，四川華陽人。太僕卿曾詠女，光緒四年舉人、湖南提法使袁學昌室。善詩詞，工書畫，書專篆隸，畫專山水，並以丹青運於絲繡。通醫學，講女學，提倡婚姻平等。光緒二十九年，刊《古歡室叢刻》。包括詩集三卷，《浣月詞》、《醫學篇》、《中饋録》、《女學篇》，首其兄旭初、光煦序，繆荃孫、屈蕙纕、嚴謙潤序，易順鼎、秦際唐、張仲炘題詞。懿母左錫嘉，姑左錫璇，俱常州才女。妹曾彦字季碩，適張祥齡，亦善詩詞善畫，有《桐鳳集》行世。繆序所謂「以冷雲爲母，以紅蕉爲姑，以蜀章季碩爲弟妹，家學淵源，流傳有緒」者是也。詩分《浣花》、《鳴鸞》、《飛鴻》三集，古風宗謝、鮑，近體學李、杜。卜居成都浣花溪畔，作《浣花詩社歌》，此題左錫嘉亦有之見《冷吟仙館詩集》。《雪後遊武侯祠》、《舟過大佛巖》、《由夔府溯流而下山峽險峻古蹟甚多詩以記之》六首、《看彝陵諸山》，清健峻奇，彌見功力。光緒二年入閩，有《閩南竹枝詞》八首，記述風土。《憶昔篇》十八韻，直效漢、魏，未易近摹。王闓運稱其詩才，以爲不櫛進士。曾氏居皖有年。辛亥後住北京。生於咸豐三年據《袁母七十壽序集》，年七十五而終。次子袁勵準，光緒二十四年進士，官侍講，有《恐高寒齋集》。六子袁勵賢，宣統間任泰安知州，有《千巖萬壑樓詩文稿》。

棣垞集詩一卷外集詩一卷 光緒間刻本

朱啟連撰。啟連字跂惠，浙江蕭山人。國學生。學詩於妻父汪瑔。工詩，尤善草隸，雅好琴曲。嘗游粵。光緒二十五年廣州大疫，嬰疾數日卒，年四十七。刻《棣垞集》四卷，《外集》三卷，内詩各一卷。其中《琴詞》二十首，論述切要，並詠百衲琴、清夜鐘、緑綺臺、唐龍朔琴，考胡笳由來，可供研究琴史之資。《三希堂法帖題詞》、《讀遺山詩集四首》，亦爲藝林之詠。詩能絶俗。《雨中過句漏洞》、《南海神廟》、《粤秀山》、《七星巖》、《登六榕寺塔》、《桃源行》，近於歐、梅。《蓮子行》，記泰州女婢拒强暴被戕，《毒龍歎》記所見水患，俱爲紀實。《追和厲太鴻秦淮懷古》、《新樂府效魏默深》，自抒感懷，不當以學步邯鄲誚之也。

敍州集一卷附一卷　光緒二十九年刻本

文煥撰。文煥字仲雲，滿洲鑲黄旗人。光緒六年進士。官中允。二十五年，出爲敍州知府。二十九年以涖敍以來所作詩裒爲一集，共一百五十二首，名曰《敍州集》。丘晉成序。附卷爲悼亡詩及文。文煥在任，清保甲、練民團、辦學校、興工藝，自稱有强民之計。巡敍南團甲，《贈木灘團首楊洪興》有記，《重修敍州府署落成書事》八首，均爲紀實。《芙蓉崖》，記梁山西勝蹟。詠成都、三峽詩，亦可觀。新崩灘遇險，歌以紀之。注云：「灘在雲陽縣西，又名興隆灘。丙申二十二年川東苦雨，山崩石落，遂成巨患。洋人用中國法役夫二千餘人，慚無奇潛引去，而耗費數萬。至今水微落即奔流洄漩，爲行旅害。余己亥二十五年過此，坐舟幾遭沉没。」光緒二十七年，又作《番舶來》，時川峽始見火輪。

海棠仙館詩集十五卷　近代排印本

宋伯魯撰。伯魯字芝田，一字子鈍，陝西醴泉人。光緒十二年進士，改庶吉士，授編修。二十年，爲山東副主考官。因與楊深秀合疏彈劾許應騤阻撓新政，罷免。三十二年，任新疆通志局纂修。民國二年，自輯平生所爲詩，斷自共和以前，刊行時自爲之序。分《鼓篋集》、《成均集》、《柯亭》一、二集、《皇華集》、《浴堂集》、

《烏臺集》、《南遊》一、二、三、四集、《西征集》、《遂初集》、《返轡集》、《浩然集》、《歸田集》。以戊戌四十五歲詩推之，爲咸豐四年生。卒年七十九。伯魯在清季與王鵬運、范當世同時。居京倡詠，多流連西苑光景。《滬濱竹枝詞十四首》，記上海社會見聞。西至新疆，沿途作《博克達山》、《托多克道中》、《述戈壁》、《古爾圖中》。又作《北征詩》，皆足諷詠。嘗著《西轅瑣記》，記敦煌新發現唐寫本《大涅盤經》、《般若經》，事在斯坦因竊取莫高窟文物之前。民國間，刊《海棠仙館雜著》，亦有敦煌資料。伯魯下世較晚，已非清人。然此集均爲清末所爲，録此以備參閲。

惜道味齋詩集一卷　宣統三年刻本

姚大榮撰。大榮字儷桓，貴州普定人。光緒九年進士，官刑部主事，擢員外郎。生於咸豐十年，卒年八十。精於典故及金石之學，於古今藝術頗喜究心。是集卷一、卷二爲文，卷三爲詩。所録之文，爲《石鼓文足徵記》，列舉二十一條，以證石鼓出崔浩之手。《禊帖辨妄記》博考羣籍，以證蘭亭帖之僞。《書汪容甫修禊敍跋尾後》、《書王勃秋日登洪府滕王閣餞别序後》、《王子安年譜序》、《跋駱賓王上吏部裴侍郎書》，亦能探溯根源。論證雖未必確當，而涉及四部，可謂淹貫。所録之詩，則以《避暑山莊詞》並序，網羅山莊文獻，兼採見聞傳説，足備詩史。又作《石鼓歌》一篇，長至五百九十七言。《麥西石碑歌》、《長句書扇贈孫宇晴》、《南唐董叔達煙嵐重谿圖歌》、《燕叔高苔霅山居圖歌》、《趙大年江南秋卷子歌》，皆用力之作。自選甚嚴，而意在必傳，故每多自翊矜慎，冀有賞音焉。

避暑山莊詞　並序

本朝離宫最著者曰圓明園，曰避暑山莊。顧園近在西郊，與紫禁無異。山莊則遠居塞上，爲西北各藩部朝覲會同之所。列聖力征經營，馭外安内之睿畫，巍巍成功，藉可考見者，備在此奥區，非徒侈遊觀之美也。謹案：山莊在長城外承德府治東北，北極出地高四十一度一十分，距京師偏東一度三十分。古爲遊牧建庭卓帳之地，北魏及遼金元始有郡縣可名。明初爲興州五衛，後並徙内地。中葉以後，形勢日蹙，邊牆以外，視同秦越。我朝定鼎燕都，諸藩内附。順治四年，攝政睿親王奉駕出獨石口，次上都河，至喀喇河屯。是爲巡行塞外之始。時議築城加賦，七年王薨，遂停止築城。八年，聖駕出獨石口外行獵，次上都河，入古北口，是爲塞外秋獮之始。康熙十六年駐蹕和爾和克必喇及喀喇河屯，今在灤平縣北山莊西南三十五里。後屢展圍場，喀喇沁翁牛特巴林克什克騰計牧地上供，均得厚賞。惟場地在古北口外三百餘里，非六飛久駐地，甄擇既久，乃得熱河。案：熱河卽《水經注》之武列水，有三源名曰三藏川，今爲固都爾呼、茅溝、賽音郭勒三河。固都爾呼爲西源，其上流無温泉。茅溝河爲中源，其上流有温泉二。賽音郭勒爲東源，其上流有温泉一。三源既匯流至磬鍾峯下。山莊内有温泉一道，自德匯門之東流出來會，始名熱河。熱河形勢融結，山水清佳，車駕往來，賞異之。聖心垂念此地舊無居人，若闢爲離宫，無侵民田廬之害。又去京都近，章奏朝發夕至，綜理萬幾，如在宫廷。乃相其岡原，發其榛莽，凡所營構，皆依巖壑天然之妙。開林滌潤，絶去雕飾。每一勝景，標題四字，自「煙波致爽」至「水流雲在」，凡三十有六。經始於康熙四十二年癸未，落成於五十年辛卯，清涼爽塏，最宜消夏，天題高揭曰「避暑山莊」。越二年癸巳，乃疊石繚垣上加雉堞，如紫禁之制，周十六里三分。蓋自順治四年建議築城不果，至是歷六十六年始克觀成。京城往還，初由十八盤嶺，後乃改由常山峪云。乾隆十九年，高宗復增置三十六景，標題易以三字，自麗正門至永安居是也。然山莊内勝景猶多，如文園、獅子林十六景之類，隨時增置，不下數十處。山莊内外，别有精藍二十有一刹，或自康熙時創建，或由乾隆時特建，如普寧寺之仿西藏三摩耶廟式，安遠廟之仿伊犁固爾札廟式，普陀宗乘廟之仿前藏布達拉都綱法式，須彌福壽廟之仿後藏札什倫布式，宏工鉅製，與皇居之壯麗相輝映，洵足增山川之色，壯萬國之觀矣。仁宗以恭儉先天下，不聞更有建築。然自嘉慶庚辰鑾輅秋巡，鼎湖遘變，成廟繩武，世宗不學秋獮，文宗因之。灤陽宫殿曠閉垂四十年，燠館涼臺，隆厦周軒，多就傾圮。咸豐庚申八月，西兵内犯，乘輿北狩，暫行捺鉢，擇要興工，稍加葺治。而回鑾兩次改期，終於不果，天下臣民茹慟。至今辛酉七月，穆宗即位行殿，奉兩宫皇太后回京，即降停止一切未竟工程之諭。至今宣統庚戌，曠閉又五十年。往歲京師籌建圖書館，學部奏請賞給避暑山莊文津閣四庫全書暨各殿座、陳設書籍，奉旨俞允，仰見歷朝聖人，因時制宜，輟而弗康之意。今年夏，大榮奉使出塞，詣都統治所，維時總管已裁，都統兼管園庭事，守衛森嚴。嘗因于役，道經宫城下，凝想勝境，如在天上。欲訪先朝全盛時事，而故老皆無在者。側聞海通以還，與國名卿羈人遊士，聞兹行宫，樂觀盛蹟，輒向我外部乞牒齎呈，主者率遂瞻仰之忱。適有荷蘭隨員納飛工程師魯巴什二人得請往遊，同寓旅舍，投刺來謁，出示蟹行書一册，顔曰北京，蓋前此遊者，歷覽近畿各名勝，筆記所至，輒選勝攝影以去，山莊宫殿影様，間亦見焉。昔聞西人交推山莊爲亞洲第一勝境，宜乎來遊者踵接也。有旗弁某少時曾給事園庭，今年登大耋猶能述咸豐時故事，暇輒招之來談，傾吐無倦容，深幸聞所未聞。竊歎息於盈虧之有數，返役後發篋出昭代掌故各書，證所見聞，始信一祖二宗，因肄武習勞，聯洽藩翰，而建山莊絶非以爲遊觀之地。溯山莊未建以前，聖祖卽歲歲北巡，當時林木如海，異獸如鯽，聖祖親御弓矢神鎗，獲虎一百三十五，猞猁孫十，麋鹿十四，狼九十六，熊二十，豹二十五，野猪一百三十二，哨獲之鹿，凡數百，其餘諸獸，猶不可勝紀。康熙五十八年，降旨宣示，載在國史。高宗垂髫英武，神鎗寶韘，親承聖祖指授，而行圍親殪猛獸，僅熊九虎五十三豹三，其數減於聖祖者，殆除惡漸盡，遺孽無多耳。嘉慶時屢因牲獸稀少，停止進哨，復以次裁減，東三省揀派隨圍善獵人及鷹鷂數目，斯時常獸猶少，安有猛獸，又以木植凋疏，節次降旨，懲誡管圍大臣，是則圍場雖具，殆已無可用武。道光繼業，風景不殊而秋獮不舉者，時過境遷，無事空行，非聖人意也。其在聖祖時，教養漠南北蒙古，親征準夷，其事皆須就塞外圖之。乾隆朝撫綏萬邦，事尤繁賾，凡西北蒙準回藏新疆青海大小金川，名王酋長，西南越南國王、緬甸南掌各陪臣及朝鮮、英吉利使臣，臺灣生番，入覲賜宴，賜茶果，賜觀火戲，賜冠服金幣，大率多在山莊舉行。又西北各部落王公、貝勒、貝子等，凡未經出痘者，免至京城，使之在山莊朝會。嘉慶以來，西北諸部悉設將軍都統參贊大臣鎮撫之，其餘羈縻勿絶，與乾隆以前情形迥異。我朝家法嚴，宮闈不與政，而講武習勞，則不在此例。康熙朝歷年親奉太皇太后，皇太后巡幸塞外。乾隆六年以後，歲舉秋獮，式率前典。二十三年諭稱：「近年來朕每秋獮木蘭，恭奉聖母皇太后安輿。竊念聖躬或致勞勩，懇請駐蹕山莊，未蒙慈允，且屢承懿訓，示以大義，謂祖制不可少違，安逸不可少圖，惟恐朕之稍有廢弛。」是則秋獮大典，非但至尊躬御戎器，卽歷朝聖母不啻率先督臨，可知家法所在矣。此間士民不諳朝章世變，以爲宮殿依然，恆殷望幸。竊以爲圍場之地，久易射獵爲耕稼，滿漢蒙古，久聯朔南爲一家，緬維列聖駕馭藩封，恩威並用，推心置腹，濟以機權用能不下堂階，鞭笞萬里納琛奉賮，爭先恐後，舉凡山莊内外偉大工程，皆出自諸藩報効之忱，並不動用正帑，今則非其時矣。外患迭乘，諸藩貧弱，朝廷方憂恤之不暇，彼雖忠愛向闕，如心力不副，何以内地言之。無論歲賠洋欵，學行新政，財力拮据，無復餘力繕修土木。即使數十年後，民富國强，物力充裕，朝廷亦未肯擲有用之財，以興復久曠之居。蓋義無所取，而形勢不便，一張一弛，文武之道，前聖後聖，其揆一也。大榮此次巡征策馬，出古北口，扁舟南歸，入潘家口，凡所經歷，皆昔人奔命防秋之地，幸際昭代，烽燧不驚，鼓角不聞，撫今追昔，感觸百端。謹述前聞，參以目驗，勒爲《避暑山莊詞》一篇。歌詠列朝功德，悉根據國史地志及諸信而有證之記載，不敢闌入草野傳聞一字，致蹈靡而不典之譏。因復敍次園庭興廢本末，以諗觀者。時則宣統二年嘉平月望後五日也。

長城緜邈限天驕，胡騎憑陵恣射雕。防邊自古無全策，聖朝一統甲兵銷。康熙五十六年十一月丙子，諭曰：本朝不設邊防，以蒙古部落爲之屏藩耳。銷兵仰戴仁皇帝，丹扆精神照四裔。卷阿捺鉢百靈朝，《遼史·營衛志》：長城以南，多雨多暑，其人耕稼以食，桑麻以衣，宫室以居，城郭以治。大漠之間多寒多風，畜牧畋漁以食，皮毛以衣，轉徙隨時，車馬爲家，此天時地利所以限南北也。遼國盡有大漠，盡包長城之境，因宜爲治。秋冬違寒，春夏避暑，隨水草就畋漁，歲以爲常，四時各有行在之所，謂之捺鉢。楛矢餘威引無替。米脂流毒徧人區，景命維新集曼殊。高宗《御製殊相寺落成瞻禮卽事》詩注：曼殊師利梵帙讀作平聲，其音近滿珠，西域達賴喇嘛等進丹書，借稱曼殊師利大皇帝，今俗譌稱滿珠爲滿洲，非也。芒芒禹蹟傳檄定，朝宗陸海實燕都。惟有衛拉居邊徼，禡牙三征煩告廟。慴威向化覲天顔，王會圖開齊赴召。烏桓舊壤本神皋，草美泉腴百獸饒。難得大藩齊獻地，秋老合圍擁弓刀。氈裘君長競隨獵，雲集雨合皆臣妾。帑銀宫錦荷特頒，湛恩殊恩無不愜。感恩保塞叩行宫，縵成網城羅幾重。安得勝地闢臺沼，幾餘遊豫悦宸衷。山莊駐蹕安如山，聖人避暑心無暑。三十六宫都是春，卽景留題皆得所。富媪精靈寄山川，塞北江南各一天。畫師擬稿工師造，吴越真境移幽燕。南巡六度求民瘼，北狩連年駐松漠。四海爲家實踐之，聖躬雖勞聖心樂。早奉重闈稱孝孫，晚奉慈闈效清温。康熙二十年、二十二年，兩奉太皇太后巡幸塞外。四十九年至五十八年，八奉皇太后巡幸塞外。地義天經顯風化，不獨遠謀貽後昆。潛邸名園開勝境，空際雄獅蟠大嶺。林泉幽絶仙仗臨，侍膳娥英勞定省。獅子嶺之麓，爲世宗藩邸，扈蹕時賜園。聖祖幸園中進膳，特命孝敬憲皇后率高宗生母孝憲皇后問安拜覲，天顔喜溢，連稱有福之人，以高宗預信也。謹案：是時孝聖在藩邸尚未有位號，至雍正元年肇封熹妃。又案：《水經》濟水注：濼水俗謂之娥英水，以泉源在舜妃娥英廟故也。娥英二字連用本此。度盡松風萬壑清，湖山勝處弄秋晴。紀恩堂畔神孫在，璇窗飽聽讀書聲。康熙壬寅秋，高宗年十二隨侍，聖祖巡幸避暑山莊，賜居萬壑松風，讀書其中。一日望見御舟泊晴碧亭畔，聞聖祖呼名，即趨巖壁而下，顧謂勿疾行，恐致蹉跌，愛護殊常。出手得盧事可喜，快意獲熊正如此。神威服猛福能戡，早識妙齡真天子。康熙壬寅秋，高宗侍聖祖行圍入永安莽喀圍場，聖祖鎗中熊仆，命高宗往射，欲初圍即獲熊之名耳。甫上馬，熊復立起，高宗控轡自若。聖祖御鎗殪之。事畢，入武帳，語温惠皇太妃曰：是命貴重，福將過予。獨惜傳聞事竟誣，草房藉口免榛蕪。那識電繞樞星後，雍和宫裏聲覃訏。獅子園殿宇多傾圮，惟東北隅有室五楹，額曰草房，不署年月，右鈐御寶。相傳草房爲高宗降生之所，以故有司時加葺治，不至頹廢。其實高廟誕生雍和宫，屢見御製詩注。嘉慶三十五年九月，曾經宣宗降諭宣示，命將敬擬仁廟遺詔錯誤之軍機大臣託津、戴均元、盧蔭溥、文孚降黜有差，以所擬遺詔内有高廟降生避暑山莊之語，與實録不合也。今濼陽士大夫猶盛傳此説，殆未考嘉慶庚辰故事。六十一年握金鏡，文治武功開全盛。憲皇纘業媿漢宣，不盤遊畋躋聖敬。宵衣旰食十三秋，不下堂階見九州。謙衷每歉闢彊技，講武臨邊願未酬。聖武布昭繩祖武，虎神鎗發殪虓虎。炳文高駕紫駝峯，九陛威稜懾厄魯。葱嶺東西盡止戈，天山南北偕飲和。馴象寶駒來絶域，緬夷舞蹈廓夷歌。麗正門開天欲曙，萬國衣冠早夺赴。舜酒堯漿沾溉多，大幄筵開感恩遇。連宵火戲幻奇觀，御園萬樹集鵷鸞。星橋開處銀花合，中天明月照千官。古稀天子世稀覯，祝釐活佛親拜舞。唐古特語新習成，朵殿瞻雲聆天語。乾隆四十五年，高宗七旬萬壽，第六世班禪來朝祝釐。詔仿後藏札什倫布式建須彌福壽之廟於熱河。七月，班禪至，接見於避暑山莊之澹泊誠敬殿。上因班禪來覲，親習唐古特語，故重譯朝見告語如一家。舊以達賴、班禪有高行，入覲惟跪不拜，至是班禪請拜，上嘉其悃誠從之，命居住須彌福壽之廟。幼孫中鹿賜花翎，純廟御製詩句。五福五代集山庭。乾隆五十六年，上行圍木蘭，宣宗年十歲，中鹿，賜黄袿、雙眼花翎。上御山莊，宫門觀射，皇孫贊郡王緜慶年十三，中三矢，賜黄袿、雙眼花翎。詞臣競草十全頌，史册從來見未經。七十九年年一度，山水清暉迎寶輅。虞舜陟方古今悲，廣仁嶺未迴龍馭。自康熙辛卯山莊落成，歷雍正、乾隆至嘉慶庚辰，凡一百十年中，惟七十九年歲一駐蹕。迨嘉慶庚辰，上啟鑾秋獮途次偶感暍暑，仍策馬度廣仁嶺。迨至山莊，即不豫，次日崩於澹泊誠敬殿寢宫。遺詔有書載虞舜陟方，「古天子終於狩所，蓋有之矣，况灤陽行宫，爲每歲臨幸之地，我祖、考神御在焉，余復何憾」之諭。此時海外戰雲屯，歐美民氣喚朝暾。義聲鵲起華盛頓，霸功虎視拿波侖。白蓮匪平帑藏盡，金田亂熾天步窘。洋艘征撫屢無功，豈惟受侮兼覬閔。我勢方如强弩末，以彼之盈乘我竭。熒惑入斗天象成，延秋門外六軍發。馬上飛書達玉坡，蒼黄辭廟動明駝。茅簷豆粥充上饌，田家麥飯飽宮娥。咸豐庚申六月，英吉利、法蘭西聯軍以火輪兵船再泊天津海口，我軍拒戰不克。七月初七日遂陷天津。撫局未定。遂有駕幸木蘭舉行秋獮之議。八月朔，聯軍進抵通州，廷議和戰不決。初七日，聯軍長驅而北，親王僧格林沁、大學士瑞祺、副都統勝保接戰皆敗。勝保受傷而顛，軍士籠束不用命，沿途潰散。聯軍進踞定福莊，僧邸知難再戰，馬上不及具摺，僅書軍心已變，請皇上暫幸熱河十數字封奏。上在圓明園聞變，遂定北狩之計。初八日寅卯間，上謁安佑宮，行禮啟蹕，六宮及諸王從焉。初九日始降旨傳諭春佑，飭該總管打掃熱河行宮，並飭地方官預備一切供應。啟鑾在先，而傳諭在後，有司卒不及備，故沿途供帳多歉，滹沱麥飯，至充上饌。古有之矣。中秋月色照邊塞，永夜柝聲觸悲慨。滿目蕭條蒙古包，百戰開疆想前輩。崎嶇留斡度悤悤，况聞烽火逼郊宮。球圖重寶入西極，璧返珠還夢想中。八月十六日，上至山莊駐蹕，二十二日，西兵直犯淀園，縱火肆掠，累朝重寶，多隨番舶西去。今英法博物院中往往見焉，大率昔年之所失也。斗轉星回歲事改，列聖駐蹕山莊，秋深輒返，向不度歲，惟此次蒙塵，經年久駐爲異常耳。蒙塵未覺春如海。憂勞惟有近臣知，北征不復天心悔。從茲無復翠華臨，宮殿長扃歲月深。輦路徧生規矩草，紀昀《槐西雜志》云：避暑山莊沿坡帶谷，草茸茸如緑罽，高不數寸，齊如裁翦，無一莖參差長短者，苑丁謂之規矩草。出宮門裁數步，即鬖髿滋蔓矣。瓣香久斷旃檀林。温泉靈脈冬仍暖，熱河以水得名。山莊之内，靈源觱沸，味甘如醴，冬暖夏涼。池荷冷豔秋仍滿。《欽定熱河志》云：敖漢産荷，較關内特佳。山莊移植之。塞外地寒，草木多早黄落，荷獨秋深尚開。木蘭迴蹕時猶有開放者。因塞河内有温泉之故。高宗御製《九月初三日熱河見荷花》詩：「霞衣猶耐九秋寒，翠盖敲風緑未殘。應有香紅久寂寞，故留冷豔待人看。」「前朝見菊黄兼緑，今日看荷紫帶紅。

夏卉秋葩渾不辨，一齊揺曳晚風中。」上直老兵還自來，夕陽自挂錘峯晚。《水經注》：武列水東南歷石挺下，挺在層巒之上。孤石雲舉，臨崖危峻，可高百餘仞。《欽定熱河志》云：古武列水，即今之熱河。磬錘峯近在河東，撑空聳秀，即石挺也。又云：磬錘峯下鋭上豐，俗稱棒錘峯，聖祖賜今名。每夕陽欲暝，萬壑蒼然，一峯秀矗，亭亭倚天。御題三十六景中有錘峯落照。峯側石幢一，不知何時所建，鎸「宋涸帍叵」四字。案：宋爲古户字，見許慎《説文》。叵爲武曌所造日字，見郭忠恕《佩觿》，餘二字無考。坡間馴鹿韻呦呦，寂寞宫城結隊遊。那知一夜貪狼入，饞吻居然果腹求。山莊内馴鹿坡，有鹿約千頭，皆先朝所畜，孳乳之遺。聞昨年有野狼踰宫城入，因以爲糧。迨典守者覺察而逐之已杳，搜尋得狼子二。嗚呼全盛難復見，大好江山魂應戀。莫歌杜甫曲江行，紫雲綵霞煩興繕。千重翠嶂插天高，巡賞雖欒跋履勞。三藏川頭嗚咽水，東流萬古自滔滔。《惜道味齋詩集》卷三

清人詩集敍録卷八十

范伯子詩集十九卷　近代排印本

范當世撰。當世初名鑄，字銅士，更名後字肯堂，號無錯，江蘇南通州人。歲貢生。受詩古文於張裕釗。依吴汝綸官冀州，討論最久。又客直隸總督李鴻章幕。經歷中法、中日戰爭，八國聯軍入侵，目覩國勢阽危，太息悲傷，一寓於詩。流徙江湖，於光緒三十年客死旅邸，年五十一。《詩集》初刻於光緒四年，此近代浙江徐氏排印本。凡文十二卷、附一卷，詩十九卷。附桐城姚倚雲《藴素軒詩詞稿》四卷。首吴汝綸、陳三立序。其詩沉至，戛然獨造，下語迥不猶人。《嶧山夜吟》、《龍虎篇贈摯甫先生》、《六君子篇》、《同何眉孫張季直夜登狼山宿觀海月處》、《月蝕辭》、《飄雨嘆》、《中秋登冀州西城》、《獨吟》諸作，爲時傳誦。《悠忽吟示江潤生太守》云：「帶甲滿江樓，飛蝗更蔽天。民今在爐火，官亦坐鍼氈。急難嗟無位，祈哀慨少田。從公且悠忽，蟻命分同捐。」《答諸公要余至上海同謁李相》云：「青天白日沉憂患，遠水遥山送語言。世有萬年身是寄，民今百死我何冤。可憐黄髮承兹難，寧惜丹心爲至尊。後鬼前猨啼不已，又能重把刼灰論。」不愧名作。陳衍以爲「詩境幾於荆天棘地，不啻東野之詩囚」。又云：「若謂因囚久不第，造成荆天棘地之詩境，則淺之乎瀏覽者矣。」斷句如「白日驂騑齊税駕，黄沙餅餌一登盤」《平原道中》，「樹木有生還自長，草根無淚不能肥」《大橋墓下》，

「帶郭帆檣聲近市，涉江絲管氣如春」《抵章江門投詩張筱泉方伯》，「疾病餘春花媚眼，干戈獨夜酒鳴腸」《次李拔可》，有含蓄無盡之意。又如「才士本爲時貴賤，冥心忽與世低昂」，「不信江山如錯繡，更無奇策建堂堂」，「國聞家事皆抛撇，離合悲歡一刹那」，「豺狼異域紛當户，鸞鶴中朝盡化煙」，「千夫歷碌愁關傳，一輩嵯峨已國冠」，「一顧蒼天雲盡失，幾人白地浪未傾」，感時書憤，亦未嘗不佳。晚作《傴仄行》、《讀報憤感》、《黄浦江感賦》、《九江遲船悵望伯巖》《傷秋五首》等篇，可見懷抱，與喟感身世者區以別矣。唯當世於清朝政府官僚，猶多寄以期望，不免弱調。而羈愁之音，卽當如陳衍所云，讀之往往使人不歡也。

鮮庵遺稿一卷　二黄先生集刻本

黄紹箕撰。紹箕字仲弢，號鮮庵，浙江瑞安人。光緒六年進士，改庶吉士，授編修。二十一年，爲湖北考官。三十二年，任湖北學政。卒於三十三年，年五十四。是集與其弟紹第《縵菴遺稿》合刻，稱《二黄先生集》。詩雖不多，斐然可觀。《題黄山谷三游洞題名》、《題歐陽公三游洞題名》、《題安周造寺功德碑拓本》、《題林文忠日記》、《題惲南田像》二首、《題顧亭林像》二首，議論深切，詞高氣清。詩亦學宋，而不求標榜。紹箕嘗爲譯學館教習。東游日本，存《雜詩》二十首。是集有冒廣生跋。廣生，紹箕之女夫也。

游日光雜詩二十首　録七

精揅雕繢燦如新，景福靈光或比倫。三百餘年威力在，田翁里婦尚祈神。

洪鐘渡海自何朝，燕寢横檠想玉弨。金塔無鈴不能語，上人指畫説靈貓。已上東照宫。

半生慙負客中游，暫見飛龍便小休。憶看仙巖梅雨後，至今夢想大龍湫。山中瀑布以數十計，不能徧觀。

凌晨扶策夕言歸，講舍談經聽隔扉。莫問亡羊誰得失，拾薪古意嘆湮微。日光町小學校。中國古禮，鄉塾兒童散學，則拾薪以歸。

人煙闃寂客行孤，一片寒林落照圖。欲廢阿章無李論，祇憐點綴少棲烏。戰場原至湯瀑中間，約中里十里許，無村莊，亦無行路者。

寫出天台瀑布工，東方近代有興公。山靈内熱渾難解，枉遣驚霆駭衆聾。湯瀑自大槻氏闢徑建碑，名始顯。

瀑流衝激能生電，石質甄陶巧出銅。過客但誇丘壑美，祇應歸訪武陵翁。山中有煉銅廠，未及到，置電機處亦未見，但見旅館電燈及運銅軌道而已。《鮮庵遺稿》

潛穎詩集十卷　光緒二十七年刻本

何維棣撰。維棣字棠孫，湖南道州人。紹基孫。光緒八年舉人。官四川候補道。卒於民國二年，年五十八。詩集十卷與文集四卷合刻，羅度序。《游陸鳴山歌》、《麓山懷古》、《游東山寺》、《邛州懷古》、以樸茂爲宗。《彭州雜詩》，多敍苗族風習。《涪州竹枝》亦關土俗。《送吴清卿尚書丈被詔赴京百韻》、《航海志感》、《巡河役》，俱涉時事。讀張之洞《勸學篇》，作絶句十六首，以見讀書門徑。《題鄧彌之白香亭詩集》、《題鄧獻之荻訓堂詩集》，爲近代詩論。其詩恪守東洲家法，不事標矜，亦不求新，而能自立，在光緒詩界已不多見矣。

縵庵遺稿一卷　二黄先生集刻本

黄紹第撰。紹第字叔頌，號縵庵，浙江瑞安人。紹箕弟。光緒十六年進士，改庶吉士。二十年，任江鄉副考，官湖北候補道。卒於一九一四年，年六十。是集爲冒廣生所刻《二黄先生集》本。冒氏爲紹箕女夫，有《祭外舅文》並跋語。二黄詩均尚宋，而學殖深造，非餖飣字句可比。五古《讀莊子内篇七首》、《讀五代史家人傳》、《伶人傳》、《十國十家》及雜詠五十餘首，《讀林霽山集》、《讀王鼎焚椒録》，俱有實得。《晚晴簃詩匯》選七古《讀辛忠敏南渡録》，此又不止於讀書偶得也。《同登飛雲閣》一篇，論南宋浙東詩，沿及元、明，亦有參考價值。

九日偕陳魯夫胡枕溟林若川蘇眉橋梓同登飛雲閣

詩人不復作，蕭瑟飛雲閣。閣前江來朝，閣後山若削。左倚招提宫，白塔峯崿崿。右抱放生池，緑渠水漠漠。四顧秋氣高，多景納虚廓。中有詩人龕，靈宇謝丹雘。瓣香聚一堂，姓氏姑從畧。飲水思其源，寒泉薦清酌。彷彿秋風來，吟魂動猿鶴。千載觀潮詩，《水心集·觀潮閣詩序》云：趙君既成觀潮閣，遍索閣上舊詩刻之。後先相照灼。吾邑元豐初，儒行傳伊洛。新歸林介天與郡丞趙景仁、縣令朱履常觀石岡斗門，賦詩紀事。樓攻媿嘗從介夫元孫晉獲見三人唱和詩真蹟與横塘，《四庫提要》：詩篇吐言清拔，不露伉厲之氣。胡仔《漁隱叢話》謂寇準詩含淒婉，富於音情，殊不類其爲人。今景衡亦然。風雅開扃鐍，澍村氣深醇。水心才磊落，北湖工唱酬。沈仲一居北湖，彬老之族孫著北湖十詠，陳止齋亦有和詩。東畎薄鐫鑿，曹文恭幽，文肅族子，别號東畎，詩學江西，不喜四靈。嘗曰：四靈詩如啖玉腴，雖爽不飽，江西詩如百寶頭羹，充口適腹。沿及元明詩，騷情餘蘅若。道人菜根香，高則誠自號菜根道人，著有《柔克齋集》。爲閣老陳氏婿。今其詩附見《清潁一源集》後。徵士松棚樂。虞徵士原璩，著有《環庵集》。黄文簡徵士墓誌稱其詩雲蒸泉湧，援筆立就。徵士爲元末遺黎，不忘故君，往往見於吟詠間。嘗著《松棚章絶命詞》，見本集《林尚春序》。清潁源最長，宋陳供號杏所，居瑞安崇儒里，其子孫均有詩集，彙爲《清潁一源集》。元延祐裴庾選刻，明隆慶吴論續選重刊，共二十八卷。月泉派不弱。元季復初應祁之父孫德琦有《竹所集》。後嗣世以詩名，季廷珪有《蘭坡小隱集》，季蒙有《靜學集》，季元有《東郊集》。侍郎輯佚詩，《四庫提要·忠貞録》三卷附録一卷，李維樾、林增志同編。遺稿中詩凡十九首。敬在明初不以詩名，而所作落落有氣格。惜其所傳不多。太常留遺拓，黄蒙字養正，忠貞門人，殉土木之難。凌迪知《萬姓通譜》：養正善書，朝廷碑刻，多其所書，尤善詩畫。國子監題名有養正書數通，孫太僕舊有拓本，惜其詩不傳。沆瀣兩師生，英靈猶磅礴。清樂招吟朋，郡志：任太常道遜，致仕，日以詩畫自娱。與吴祚、蔡鼎結清樂會唱和吟詠。著《歸田百詠》。流風今未鑠。邇來百年間，珠玉紛交錯。前塵鮑謝探，近躅蘇黄託。四靈與五峯，堅陣行當却。頗藉大雅擅，風教振頹薄。自從陵谷遷，前塵漸蕭索。荒徑翳成榛，敗椽危若籜。文章皃續悲，紛墨鴉塗謔。題糕更何人，辜負重九約。我憎城市囂，一舸出東郭。結習儒尚酸，同懷客不惡。乘興説滄洲，養真思丘壑。此閣巍然存，風景今非昨，枯樹老婆娑，叢菊晚寂寞。迎神譜竹枝，懷舊感花萼。壯夫薄雕蟲，寧爲章句縛。淒清小謝樓，藻繪更誰著。聊唱登高詩，金聲應牛鐸。《縵庵遺稿》

文道希先生遺詩一卷　近代排印本

文廷式撰。廷式字芸閣，自號純常子，江西萍鄉人。光緒十六年一甲二名進士，授編修。主倡强學會，改良政治，黄紹箕、汪康年、黄遵憲、陳三立、康有爲參加。官至翰林院侍讀學士。戊戌贊助新政。二十六年，東走日本。三十年卒，年四十九。著有《純常子枝語》。又《雲起軒詞》，門下士徐乃昌刻。《遺詩》爲葉恭綽輯，有陳三立、陳詩序。詩多記敍論證，而句清意新。《庚子感作》、《書憤》、《山居六十四韻》、《暢志詩》十首，悲歌慷慨，清拔警通。《高陽李文正師挽詩》、《弔黄豪伯椒材》、《贈徐仲虎觀察建寅》、《題海外歸舟圖爲無錫華翼綸作》、《哭潘伯寅尚書師》、《追悼番禺張延秋編修鼎華》、《讀芝隱室集追懷樂初將軍》、《題徐次舟徐二先生鬼趣圖》，多當代故實。《讀楚辭》、《題陶淵明集》、《論詩二首》、《讀元遺山集四首》，以善學者而言詩，冲淡可誦。與日本内藤湖南、野口寧齋均有贈酬。古城貞吉在滬上贈所撰支那文學史索詩，有寄題。

《徐家匯謁明徐光啟祠》、《題埃及斷碑爲伯希祭酒作》，尤可爲文獻之徵。是集輯成，距廷式謝世已二十餘年。篇佚不多，要非鱗爪，搜討之功，不可没也。

潛廬詩集四卷　宣統二年長沙刻本　滮湖遺老集四卷　一九二八年刻本

金蓉鏡撰。蓉鏡字潛父，號潛廬，浙江秀水人。光緒十五年進士。由樞郎改官湖南知府，辛亥後自稱滮湖遺老。以《潛廬詩集》卷一《庚子四十五》詩上推，爲咸豐六年生。卒於民國十八年，年七十五。詩凡兩刻，大體以辛亥爲界。前集四卷，各以《郎官》、《郴州》、《靖州》、《溪州》官所爲名，詩共三百二首。詠金石圖象，詞奥韻古。《秦權歌》、《觀伊闕造像四首》、《書明臣黨哲墓碑》、《和黄紹箕三游洞題名》、《溪州銅柱歌》，精切填密，品類得神。《題吴秋農缾山畫隱卷子》、《爲巢子餘題墨林感舊圖》及評題任伯年、趙之謙、吴滔、張熊、吴昌碩等人畫作，俱爲近代畫史資料。記湘桂一帶山水及有關苗族土司聞見，亦善採摭。其詩意不超而頗善修辭，故爲光、宣名士所推重。後集與其師沈曾植唱和甚多。《讀陶元暉中丞遺集作歌》，詠明季登州海防之事。《題游藝卮言》五首、《論詩絶句》十一首，重在近人。《題王仲瞿遺墨》、《吴兔牀小桐陰山館圖》、《追和徐金坡鴛湖雜憶吟》，跋《蜀石經》、《嘉祐石經册》、《萬曆三十年癸卯科湖廣鄉闈題紙》、《萬曆十二年春季官册》，多以填實爲詩。又作《題海日樓圖》，時沈曾植在海上以遺老自命，蓉鏡附之，一時並稱風雅藪云。

大鶴山人詩集二卷 近代刻本

鄭文焯撰。文焯字俊臣，一字叔問，號小坡，又號大鶴山人，漢軍正白旗人。父瑛棨，同治間官陝西巡撫。文焯工書畫，晚以倚聲得名。著述四十種，已刊者多爲詞著。卒於民國七年，年六十三。是集爲文焯歿後三年刻，朱祖謀選，王闓運評，附其壻蜀人戴正誠跋。《莫愁曲》客蘇游杭之什，均甚綿麗。《題六舟上人西山靈鷲圖》、《讀高陶堂志微録書後》、《題五湖釣隱圖》、《寄贈日本本願寺立小雨長老》、《爲沈仲復題明製時壺》、《贈吴都御史大澂》、《和俞曲園丈詠日本櫻花》，寫事議論多有可采處。《孛鹿謡》、《秋霖行》，備言農民疾苦。《龍眠老人歌》、《寄吴康甫》，康甫名廷康，以收藏金石甎瓦著稱。注云《桃溪雪傳奇》乃廷康官永康時訪察吴絳雪事，倩黄燮清譜曲成篇。作詩時廷康年已八十二，亦軼聞也。

靈芝僊館詩鈔十二卷 光緒二十七年刻本

胡念修撰。念修字靈和，號右階，一號壺盦，浙江建德人。貢生。生於同治十二年，卒年不明。主講椒江書院。光緒二十七年，刻《壺盦類稿》。凡《問湘樓駢體文初稿》六卷、《靈芝僊館詩鈔》十二卷、《捲秋亭詞》二卷。《詩鈔》爲譚獻、沈維賢、方旭序，分《丁辛爨餘》、《鄂渚濤聲》、《漢皋萍唱》、《江東囈語》、《東山清響》、《江淮棹歌》、《溟澥瀾風》、《風莪賸墨》、《葭海漫絃》、《畫角哀音》、《簫市鼓檛》、《春明曉鐘》十二集。清廷鎮壓太平天国及捻回後，民户凋敝，已瀕絶境。士夫無暇讀書，詩風漫衰日甚。精於此道者雖吟唱不輟，苟不與時事相涉，亦不過以詩入詩，最爲凡境。是集如《典牛謡》目擊流離，尚有憤激之音。惜指不能一再屈，亦可慨矣。

睫闇詩鈔四卷　近代排印本

裴景福撰。景福字伯謙，號睫闇，安徽霍丘人。光緒十二年進士，授户部主事。後改官廣東陸豐知縣，調潮陽。卒於民國十五年，年七十二。是集分《吴船》、《嶺雲》二集，各釐上、下卷，有冒廣生序。書刻於一九一四年，姚永樸序。景福與范當世風味相欽，歌詩瑰瑋。《謁明孝陵》、《太湖石》、《鄭州望黄河》、《安西行寄王方伯》、《碣石沿海》、《登粤王台》、《白雲山》，皆結撰之作。《游新安南山》注云：「時粤商捐貲鉅萬，新修天后宫，精功壯麗，沿海諸佛寺冠。」《劉芝田中丞還朝授廣東巡撫入覲》，芝田爲劉玉麟，嘗出使英法。間載軼聞。

桐鳳集五言詩一卷雜言詩一卷　光緒十五年刻本　虔共室遺集一卷　近代刻本

曾彦撰。彦字季碩，四川華陽人。父詠，母左錫嘉，姊懿，各有集。彦在諸姊妹中行五，適漢州張祥齡。以家學淵源，詩書畫無不工。嘗從祥齡受學於王闓運，歌宗騷漢，駸駸過其夫。卒於光緒十六年，年三十四。先是張祥齡爲刻五言詩一卷、雜言詩一卷，曰《桐鳳集》。其中擬樂府及齊梁體，極其逼肖。《漢書郡縣名詩》、《國朝郡縣名詩》、《吴趨行》、《春江曲》，皆歌古風，唐以下蔑如也。辛亥後，又刊《虔共室遺集》，如《長安行》、《女蘿篇》、《虞姬曲》、《鶯鳴曲》諸篇，用典贍富，祥齡爲作鄭箋。俞樾稱其詩「直而不野，麗而有則。不求纖密之巧，自有宏肅之美」。蓋亦好學湛思，非只才情可稱耳。

楊叔嶠詩集二卷　近代排印本

楊鋭撰。鋭初字退之，易字叔嶠，四川綿竹人。嘗隨張之洞在粤楚有年。光緒十一年順天舉人，考取内閣中書。二十四年，由湘撫陳寶箴引薦，與劉光第等參與新政，加四品銜。政變後，張之洞亟救不得，光緒二十四年遇害，年四十二。事見高楷撰《劉楊合傳》。此書上、下二卷，民國三年沈宗元刊。詩皆未定稿。上卷乃從《蜀秀集》輯入。下卷則就其家藏稿編次。鋭工駢文，早年詩作，多屬選體，摹擬六朝唐人。佐張之洞幕，已不爲之。五古轉而學蘇，頗有神肖者，參看沈起元跋。《苦寒行》、《崖門歌宋太妃祠下作》、《明紹武君臣墓下作》、《同鄘寄登黄鵠磯臨江翫月》、《游順慶白塔歸渡嘉陵江大風作》，具有激壯之音。七律《登太原城》、《登廣州五層樓》、《晴川閣登眺》、《荆州》，研練有致。《聞官軍收復烏魯木齊》三首、《聞倭寇滅琉球》四首、《聞越南戰爭》、《喜聞官軍收復伊犁》五首，曉暢時事，亦超軼時流之作。

説劍堂集詩八卷　光緒二十四年刻本

潘飛聲撰。飛聲字蘭史，號劍士，一號老劍，廣東番禺人。舉經濟特科。光緒十三年遠游西歐，德意志開東學書院於柏林，延主講席三年。歸國後任香港中華字報館主筆。民國二十三年卒，年七十七。著《説劍堂集》，包括《老劍文稿》、《香海集》、《西海紀行》、《柏林竹枝詞》、《天外歸槎録》、《游樵漫草》、《悼亡百韻》、《論嶺南詞絶句》、《海上秋吟》、《游薩克遜日記》、《海山詞》、《花語詞》、《長相思詞》十三種。内八種爲詩。日記附詩。又有《潘飛聲詩話》别行。是集有顔清華、李東沅、邱誥桐、何桂林、日本井上哲等人序。生年據《四十生朝述懷》及兄儀增序，卒年據梁消跋知之。文集中如《變科舉議》、《西藏置行省議》、《歐洲各國論》、《德意志學校論》，力主維新。詩亦拔奇負異。《畫中八賢歌》、《廣畫中八賢歌》，所論爲嶺南畫家。《論嶺南詞絶句二十首》，均爲時流。《荻園孝廉寄示紅樓夢絶句索題》其一云：「珠奩錦疊貯瑶編，注恨箋愁字字憐。彩筆香詞新樂府，紅樓舊夢小游仙。愛河有淚都成水，幻境無人亦化煙。唱入奈何天尺五，瀟湘涼雨響琴弦。」其二云：「故院繁華事已陳，由來才子慣傷春。前身君亦通靈玉，絳草詞多託美人。一部滄桑仍小刼，三生情種可能真。芳魂紙上呼應出，我欲焚香下拜頻。」晚清人詠《紅樓夢》詩，已不覺新鮮，然亦未見有人稱引。飛聲與金武祥、黄遵憲、馮雍，朝鮮李應彬，日本金井雄、井上哲均有贈酬。甲午戰爭失敗，作《秋感八首》，悼鄧世昌。《歐行紀事詩》篇什尤夥。《大風過印度洋》、《亞丁山》、《紅海口》、《地中海觀日出作歌》、《火車夜行途中有述》、《從蘆干湖看山》、《大雨過瑞士諸大山》、《鳥啼徑看瀑布泉》、《登百石臺》、《錫蘭島登佛寺歌》、《七洲洋被風出險述懷》諸詩，當日披誦，自令人耳目都異。歸國經巴黎，與張德彝互有贈題。德彝字在初，瀋陽人，時以道員在德法使館任職，爲當時諳習歐事者。綜觀其詩，無愧作手。黄遵憲以下，端其亞矣。

柏林竹枝詞　二十四首録五

阿儂生長柏林城，家近新湖碧玉塍。今日薄寒天罷雪，鐵鞋携得去溜冰。

層層樓閣白如霜，夾道新陰拂緑楊。最是濃春三月好，滿城開放紫丁香。

河流曲曲繞春城，照見驚鴻盪槳輕。棹入女兒湖上去，畫船都唤美人名。河上小舟，俱以美人名名之。

高塔金棱出半空，强鄰從此懔和戎。女兒也具英雄氣，斜日登臨數戰功。紀功塔乃威廉第一克法後建。

蕊榜簪花女塾師，廣栽桃李絳紗帷。怪他嬌小垂髫女，也解看書也唱詩。德國幼女至七歲，無論貧富必入塾讀書，兼習歌調。故舉國無不知書能歌者。塾中女師，亦須考授。《説劍堂集》

南海詩集四卷　宣統三年影印本

康有爲撰。有爲字廣廈，號長素，廣東南海人。光緒二年從朱次琦受學，以經世濟民爲歸。十五年，以諸生上書，請變法，被格。歸講萬木草堂。梁啟超、陳千秋爲弟子。甲午戰爭後，又聯合來京應試舉人上書，反對馬關條約。光緒二十四年變法失敗後，亡命日本。在南洋組保皇黨。民國後仍志復清室。一九二七年卒，年七十。著有《新學僞經考》、《孔子改制考》、《大同書》等書。是集爲其門人梁啟超寫本，日本影印。辛亥後有《文集》八卷本，無詩。集中七律《出都留别諸公》五首，自述公車上書之事。《秋登越王臺》、《過虎門》、《過昌平城望居庸》、《登萬里長城》、《聞意索三門灣以兵輪三艘迫浙江有感》、《明夷閣與梁鐵君飲酒話舊事竟夕》諸篇，詞采瑰麗，想象特偉，足爲民族吐氣。亡命日本，及海外所作《檳榔嶼放歌行》，亦見奇格。作者才學富有，雅善歌詩，生平所作，無慮千餘首，然生平得力盡在乎此，覩此一編，已見踔厲風發，即所謂「新世瑰奇異境生，更搜歐亞造新聲」者是也。

廬餘集不分卷　光緒三十四年刻本

易順鼎撰。順鼎字實甫，一字中碩，號哭庵，又號眉伽，湖南龍陽人。光緒間舉人。中日戰爭時曾兩赴臺灣，助劉永福。官至廣東欽廉道。辛亥後放蕩於歌場舞榭，詩詞多浮艷之作。卒於一九二零年，年六十三。詩學二謝，繼宗元、白，而以學晚唐温、李者爲佳，與樊增祥齊名，格調亦相近。此集爲早期作品，游嶺南詩如《入羚羊峽作歌》、《端州七星巖歌》、《端州紀游詩》、《游羅浮》、《香港》、《嶺南觀劇竹枝詞四首》、《珠江泛艇即事四首》，皆爲佳製。《都門紀事》等詩，亦非率爾放筆，勝於晚作者多矣。唱和友爲王秉恩、丘逢甲、樊增祥、朱鳳生、汪兆銓。

嗚堅白齋詩存十二卷　近代刻本

沈汝瑾撰。汝瑾字石友，江蘇常熟人。嗜金石書畫，與吴昌碩交篤。有詩十二卷、雜文一卷、詩餘一卷、今樂府、新樂府各一卷。民國六年卒，稿藏蕭穆所，昌碩先以《詩存》謀刻於劉承幹，即此本也。據卷首吴序，生於咸豐八年。得年六十。其中《昌碩道人刻印歌》、《羅浮山歌索昌碩畫梅》等詩，爲研究吴昌碩藝術所需。《題明天啟六年御史徐吉審擬梃擊緹騎揭帖》、《文信國印歌》、《西湖印粹爲成伯題》、《丁松生著書圖》，亦有文獻價值。《觀吴趨王氏摹印敦煌石室碑拓經籍》，由敦煌寶藏之發見慨及時事，尤爲深警。《讀亭林詩集》、《題顧亭林先生渡江圖》、《書豐草菴詩集》，緬懷先民，情意拳拳。《讀錢蒙叟初學集書其後》、《河東君墓二篇》，斥錢謙益晚年自汙，贊揚柳如是。《雜感》等篇，深感外侮日頻，國步邅迍。《哀伊藤》，記日本首相伊藤博文在哈爾濱火車站爲朝鮮人狙斃，時在宣統三年，亦時事也。其詩爲世所推。楊峴稱爲「英絶領袖」，翁同穌謂「筆端有金剛杵」，知音者不尟矣。

觀吴趨王氏摹印敦煌石室碑拓經籍爲賦長歌

敦煌石室開洪濛，唐時墨寶煙雲封。天地瑰奇不終秘，光怪發洩騰玉虹。吉光片羽落俗手，視之無異爨下桐。將軍負負焉足責，墨吏但識金銀銅。贈與海客作縞紵，指點搜括巖穴空。英法好古勝中土，寶玩故紙如黄琮。龍驤萬斛載歸國，倫敦院與玻璃宫。偶携數册示朝士，相顧驚歎迷雙瞳。太原吉士好金石，硬黄摹寫筆禿鋒。珊瑚網去但留影，好龍莫笑如葉公。中國國粹日見少，兵火刼共人沙蟲。主權喪失尚不惜，欲雪國耻無英雄。銅柱拽倒銘字滅，昔年枉侈開邊功。西陲民生易蠢動，百戰白骨埋蒿蓬。俄人雄視思席捲，裴岑碑亦虎口中。蘭臺圖籍散庚子，三代法物分西東。覩兹楮墨念疆土，瓜分説更悲填胸。古人往矣古書在，區區但論文字工。陰符何時發奇秘，闢清夷夏還黄農。龍威難尋禹穴杳，掩卷目送孤飛鴻。《鳴堅白齋詩存》卷十

衷聖齋集二卷　近代排印本

劉光第撰。光第字裴村，四川富順人。光緒九年進士。官刑部主事。二十四年由湘撫陳寶箴引薦，與譚嗣同、楊鋭等同授四品銜，參預新政。政變後，光緒二十四年遇害，年四十。此書爲沈宗本編印，首載高楷撰《劉楊合傳》，梁啟超撰《傳》。上卷均作於川中，詠峨嵋、方山數十首，清矯可誦。下卷有《出峽詩》。進京後游西山諸勝，詠翠微山、天寧、憫忠、碧雲寺，而以萬壽山一首，可稱獨絶。詩云：「綿綿萬壽山，園莊枕其麓。宏規豈虚構，頤和祈天福。基扃盤雲霄，原野衣土木。鐵路穿宫門，電燈照巖谷。百戲陳瑶池，萬寶走珍屋。每蒙王母笑，更携上元祝。天上多樂方，奇怪盈萬族。維昔經營日，涇潦迷川陸。海雨吸垂龍，村氓亂浮鶩。黿頭大如人，出水聽衆哭。偉哉烏府彦，涕泣陳忠牘。膏血爲塗丹，皮骨爲版築。請分將作金，用賑災黎穀。天容慘不歡，降調未忍逐。海軍且揚威，嬉此明湖曲。仙人且弄姿，媚此西山緑。」詩中所云烏府彦，即指御史吴兆泰。時慈禧移海軍費修頤和園，吴兆泰上書力諫，至罷官。又有《城南行》、《美酒行》等篇，揭露京都朱門豪貴生活，亦有深致。五言《雜詩》十首，皆詠當日世事。惟措語深晦，非洞悉情事者不能盡解

見沈宗本跋。此書一名《介白堂詩集》，沈本作《衷聖齋集》，仍原名也。別有集外詩，梁啟超《飲冰室詩話》嘗引之。

夢痕仙館詩鈔十卷　光緒三十一年刻本

張其淦撰。其淦字汝襄，號豫荃，廣東東莞人。光緒二十年進士，改庶吉士，歷官安徽提學使。自刻《詩鈔》十卷，黄映奎序，許涵度跋。依《己丑三十》詩計，爲咸豐十年生。卒於民國三十六年，年八十八。詩以詠東莞及羅浮名勝較多。屢經海上，撰《新樂府》，雜記租界見聞。北至京師，受知於翁同龢。入晉，作《潞安雜詩》、《太原漫吟》、《晉陽寺》、《上黨参歌》、《井陘道中歌》、《題劍南集》、《過蘇小小墓》，動輒百韻。讀明人詩，得絶句八十首。游香港，得詩十首。過芥菴，訪今釋和尚遺跡。又作《長歌弔夏存古完淳》。格調不高，而所詠範圍甚廣。

過洋樂

李竹隱當宋末，使其婿熊飛勤王而身浮海至日本，以詩書教授，國人被其化，稱曰夫子。比殁，以鼓吹一部送之返里。至今邑人送喪，皆用日本鼓吹，號過洋樂。樂人皆倭衣、倭帽以像之。

芙蓉一碧夷澶洲，仙樂縹緲飛瓊樓。何年徐福去不返，三神山上閒句留。至今風俗仍温雅，不好神仙好儒者。碧蹄館進羔雁多，兩槳迎來木蘭柁。童男童女三千人，虬鬚短髮不易馴。文身徒跣拜夫子，扶桑競進玻璃春。教之文字君房始，更以詩書闢精理。杏壇化雨將無同，槐市春風迴難擬。高山流水移我情，伯牙已死停琴聲。倭衣倭帽送歸去，虞歌引路標輀旌。幾輩乘桴任飄泊，九夷雖陋居猶樂。攢眉一旦感秋風，垂老怕聽過洋樂。《夢痕仙館詩鈔》卷二

虛齋詩稿十五卷　陳氏全書本

陳榮昌撰。榮昌字筱圃，號虛齋，雲南昆明人。光緒九年進士，改庶吉士，授編修。十四年爲貴州學政。三十一年，赴日本考察學務。宣統二年，官山東提學使。辛亥革命辭官，居滬上。卒於民國二十五年，年七十七。刊有《陳氏全書》。《詩稿》凡十五卷，收詩近二千首。内《甲午書事感懷》諸作，詞多慷慨。《重安江鐵索橋歌》、《謁何騰蛟祠墓》、《遵義道中書觸目》、《武溪灘歌》、《山鬼行》、《清溪洞》，以粗豪見長。《趙仲弢觀察爲滇創開銻礦喜而作歌》、《食人歎》記宣統二年淮北大水、《防疫行》爲近代社會史事、《題桃花扇傳奇十八首》、《題樊圻山水畫册》十二首、《題李長吉詩後》，亦可采覽。東渡日本，取道越南還滇，有《東游集》。其餘各卷，分以《持志》、《輶軒》、《燕市》、《南歸》、《龍池》、《五華山》、《後輶軒》、《曇華》、《朝天》、《尊孔》、《海濱》名之。詩受鄭珍影響，魁壘雄奇。而反對辛亥革命，近於叫囂。全集可取者什之一二。此讀者當自左右耳。

青郊詩存六卷　近代刻本

梁煥奎撰。煥奎字辟園，號青郊，湖南湘潭人。弱冠受學於鄧輔綸。光緒二十九年經濟特科進士，留學日本。三十二年回國。嘗創議建實業學校，主改良。辛亥，年五十。明年，刻《青郊詩存》於長沙。有其弟煥均跋。卒於民國十八年，年六十二。詩起自光緒二十年甲午，《戰渤海》爲悼鄧世昌作。《渝關行》、《長安行宮歌》，亦紀事之詩。東游作《觀劇》、《植物園》、《勸業會》、《上野公園》、《浴箱根温泉》、《櫻花》、《靖國神社》、《與人談調查人類館事戲述》諸詩，摹寫日本社會見聞。革命家陳天華沉水，詩以哭之。集中有呈王闓運、懷鄧輔綸詩。與陳三立、曾廣鈞、周印昆多有唱和。朝鮮俠士安重根行刺伊藤博文死事，有弔詩。《送三弟環游地球第二周》，三弟卽梁煥均。又有《題齊山人璜借山圖》，爲畫家齊白石出湘前有關資料，亦屬稀有。《馬王堆》二首云：「湖外偏安地，從來一馬王。上流終割據，抷土聽興亡。柱遺風雲老，園隨草木荒。猶疑墓門棘，簫瑟送斜陽。」「郊原尋古碣，村老有遺聞。土澀侵幽蘚，渦深點暮雲。飛鳶頻跕水，孤雁乍離羣。秋草年年没，空思七二墳。」其詩尚新，古體致力尤專，無詰屈艱澀之弊。蓋初尚擬作，後往往探索世情，通乎潮流，遂出時輩之上耳。

哭陳天華

猖狂潰決復何言，濁酒獨酌心煩寃。屈平切切愛楚國，魯連默默哀中原。遺文悲動後人魄，海水

猛噬賢者魂。萬古梅花大森月，寒波永夜流啼痕。陳君自沉於大森海灣，其地多梅花。又《青郊詩存》卷一

題齊山人璜借山圖

胸中五嶽撑林壑，卧遊偶與宗生約。但許横空闢心眼，不勞選勝誇腰脚。畫師遊客不並傳，茲圖真趣高前賢。千山萬山盡經歷，五日十日相流連。君今借山我借畫，一朝償盡遊山債。不惜還君十二圖，相期掃卻三千界。《青郊詩存》卷六

日京竹枝詞一卷　光緒三十四年刻本

陳道華撰。道華字堇堂，號愔盦，廣東番禺人。年四十五，東游日本。撰《日京竹枝詞》百首，署三十六荷花道人，光緒三十四年刻於廣州。自識云：「諧曲者流，涉筆游戲，詞既無益，工何可言。海客餘譚，雪泥一夢耳。」是集較黄遵憲《日本雜事詩》相去甚遠，然涉及日本當日政治、社會、法律、婚姻、飲食、服飾亦廣，讀者但視所需而定去取可耳。

日京竹枝詞　一百首録七

春旂拂柳馬蹄驕，燕尾衣新趁早朝。同祝君王自神武，磤聲流水二重橋。三月十二日，爲神武天皇紀

元節，宮中燃礮百一十響，百官皆燕尾禮服賀於朝。比諸元旦天長節禮尤隆重。市中人家亦各懸旗誌慶。二重橋在麴町區。

靖國軍人舊日功，君王提酒酹英風。宮妃劍珮壇前立，都爲忠魂淚眼紅。靖國神社在九段坂上，每歲春秋設壇祀故軍士，牓「義勇忠魂」四字於門。后及妃隨從，日皇臨風酹酒，一表感誠，時則笳鼓喧天，鐙火連夜，洵盛典也。

薩摩人士馬飛沙，弓劍橫腰勇自誇。曾記東鄉功定日，凱歌四市古琵琶。薩摩地名，人最驍勇，喜爭鬬，古今名將多出其間。東鄉大將亦彼都人士，勝俄歸國日，東京軍士咸出歡迎，凱歌徧市。世傳薩摩琵琶，亦當時豪士所抱彈云。

吾妻橋外樹杈椏，雪意連江十里涯。隄畔畫船隄上屐，春游人看水櫻花。櫻花爲日本獨產，其普通者僅五六瓣，花時遥望，皎白如雪。吾妻橋在淺草區。東有向島，隄連十里，樹逾千株，畫船游屐，士女如雲，東京勝景也。

文人嗜詠小篇章，感慨高歌學晚唐。帝國圖書花外館，舊藏詩話五山堂。東京文學士輩喜爲詩，尤喜爲絶句，圖無對仗之苦。自云學晚唐。首二句每多俚而不諧，三四時有佳句，感慨沉雄。如菊池五山輩，世稱七絶能手。著有《五山堂詩話》，今藏於帝國圖書館。

朝作生徒暮作商，商人少婦熟相場。今川小路初鐙候，還倚樓頭艷理妝。東京學校林立，男女咸學，日就課而夜作商者有之。婦女當門營業，觸目皆然。相場謂市面情形。今川小路在神田區。

緇衣飄逸襯袈裟，曾入山門未出家。舊日菩提非本願，故應齊化合歡花。維新後寺院田産多没入官。明治六年下令，僧徒得有室家，惟服必緇衣，嚴冬亦蒙袈裟，自此莊嚴佛國都結歡喜緣矣。本願，寺名，在淺草區。《日京竹枝詞》

嶺雲海日樓詩鈔十三卷　一九三七年排印本

丘逢甲撰。逢甲字仙根，號倉海，一號南武山人，福建臺灣人。光緒十五年進士。甲午戰爭失敗，次年割讓臺灣，舉唐景崧爲大總統，劉永福爲幫辦，自署義軍大將軍，抗日謀保臺灣。失敗後離臺内渡。爲嶺東同文學堂監督，廣州府中學堂監督。辛亥臨時政府成立，任參議員赴南京，旋卒，年四十九。存詩千餘首，行世者極多。此近代排印本附《外集》，蒐羅較備。《離臺詩》六首、《春愁》、《歲暮雜感》十首、《秋感》八首、《元夕無月》五首、《夏夜與季平蕭氏臺聽濤追話舊事作》、《東山感秋詩》六首，大都哀涼悲壯之音。《海軍衙門歌》、《東山酒樓放歌》、《汕頭海關歌》、《秋懷》等篇，剌當日政壞外侮等情，寓意深刻。《憶上杭記游》、《游羅浮》二十首、《饒平雜詩》十六首、《和平里行》、《澳門雜詩》十五首，詠山水兼記風俗民習。光緒二十六年出洋，作《七洲洋看月放歌》、《西貢雜詩》十首、《舟過麻六甲》、《檳榔嶼雜詩》。又有詠史論詩多首，《紅樓夢絶句題詞》八首，蓋以民間流行最俗最不經之語入詩，而能雅馴温厚，故梁啟超以詩界革命鉅子稱之。逢甲爲著名愛國人士，傑出詩家。辛亥後投身革命，未幾卽逝。今列入清代作者之林，並以爲殿焉。

雁影齋詩存一卷　松鄰叢書本

李希聖撰。希聖字亦元，號臥公，湖南湘鄉人。同治三年生。光緒十八年成進士。官刑部主事。薦舉經濟特科。三十一年歿，年甫四十二。撰《雁影齋詩存》，爲光緒二十七年以後數年間作，手自訂定。初刻於長沙，民國六年，吴昌綬復刻入《松鄰叢書》。首王式通序。希聖通籍後始學爲詩。作詩之旨，力戒平易，亦屏險怪。一詩既成，點竄累日，劌鉥心神，出以哀豔。故以玉谿生自許。集中交往如樊增祥、陳三立、惲毓鼎、朱祖謀，俱晚清詩家。《論詩絶句》四十首，起蘇、李古詩十九首，迄清初錢、吴、王、朱，中間包括魏、晉、六朝、唐、宋、元、明諸大家，選擇精嚴，頗有識見，與偶然戲作不同，尤爲時人所重。梁焕奎《青郊詩存》有輓詩。

莽蒼蒼詩二卷　光緒二十三年刻本

譚嗣同撰。嗣同字復生，號壯飛，湖南瀏陽人。湖北巡撫劉繼洵子。諸生。中日戰爭失敗，在湖南提倡新政，創辦南學會。入京參與變法，官候補道，加四品銜。光緒二十四年新政失敗，被殺，年三十四。撰《寥天一閣文》二卷，爲《東海褰冥氏三十以前舊學》第一種，《莽蒼蒼詩》二卷爲第二種，《遠遺堂集外文》二卷爲第三種，皆生前自刻。以後有《戊戌六君子集》本、《譚瀏陽全集》本，增益不多，校訂有誤，猶不及此本爲善也。嗣同壯遊秦隴，所作《西域引》、《秦嶺》、《隴山》、《邠州》、《夜成》、《怪石歌》、《六盤山轉饟謠》、《兒纜船》並敍、《六盤山》等篇，恢閎豪邁，氣勢浩溥。《晨登衡岳祝融峯》、《漢上紀事》四首、《湘痕詞》八篇、《文信國日月星辰硯歌》，亦有異彩。自謂「拔起千仞，高唱入雲」，信其有過人之才矣。嗣同長於駢儷。所作《論藝六絶句》，於經史樂律亦所究心。時夏曾佑倡導新學之詩，多採佛語方言與外國譯語。此集爲三十以前作，故使用新名詞較少。梁啟超《飲冰室詩話》云：「譚瀏陽志節學行思想，爲我中國二十世紀開幕第一人，不待言矣。其詩亦獨闢新界而淵含古聲。」《詩話》摘引集外詩多首，亦研究嗣同詩所當資。

論藝絶句六篇

萬古人文會盛時，紛紛門户竟何爲。祥鸞威鳳兼雞鶩，一遇承平盡羽儀。經學莫盛於國朝。不知史學、道學、經濟、辭章以及金石小學無不超越前代。自王船山、黄梨洲諸大儒外，雖純駁不齊，要各有所至，不可偏廢，故嘗論學，亦學今學而已。

千年暗室任喧豗，汪江都汪容甫中魏邵陽魏默深源龔仁和龔定庵自珍王湘潭王壬秋闓運始是才。萬物昭蘇天地曙，要憑南嶽一聲雷。文至唐已少替，宋後幾絶。國朝衡陽王子膺五百之運，發斯道之光，出其緒餘，猶當空絶千古。下此若魏默深、龔定庵、王壬秋皆能獨往獨來，不因人熱。其餘則章摹句效，終身役於古人而已。至於汪容甫，世所稱駢文家，然高者直逼魏、晉，又烏得僅目曰駢文哉。自歐、曾、歸、方以來，凡爲八家者，始得謂之古文，雖漢魏亦鄙爲駢麗，狹爲範以束迫天下之人才，千夫秉筆，若出一手，使無方者有方，而無體者有體，其歸卒與時文律賦之雕鎸聲律墨守章句，局促轅下而不敢放轡馳騁者無異。於是鴻文碩學耻其所爲而不欲受其束迫，遂甘自絶於古文，而總括三代、兩漢咸被以駢文之目，以擯八家之古文於不足道。爲八家者不深觀其所以，而徒幸其不與爭古文之名，遂亦曰此駢文云爾，嗚呼駢散分途而文乃益衰，則雖駿發若惲子居，尚未能蠲除習氣，其他又何道哉。

䆗齋微意辨䆗同縣歐陽師探，王壬秋鄧武岡縣鄧彌之輔綸翩翩靳共驂。更有長沙病齊己湘潭詩僧寄禪，一時詩思落湖南。論詩於國朝尤爲美不勝收，然皆詩人之詩，無更向上一著者。唯王子之詩能自達所學，近人歐陽、王、鄧，庶可抗顔，即寄禪，亦當代之秀也。

意思幽深節奏諧，朱絃寥落久成灰。灞橋兩岸蕭蕭柳，曾聽貞元樂府來。新樂府工者代不數篇，蓋取聲繁促而情易徑直，命意深曲而辭或嘽緩，二難莫並，何以稱世。近人如李篁仙外舅以工新樂府名，然亦至鐵崖、西涯、西堂而止，往見灞橋旅壁塵封，隱然若有墨跡，拂拭諦辨，其辭曰：「柳色黄於陌上塵，秋來長是翠眉顰。一灣月更黄於柳，愁殺橋南繫馬人。」讀竟狂喜，以謂所見新樂府斯爲第一，而末未署名，不知誰氏，至今恨恨。

淵源太傅溯中郎，河北江南各擅場。兩派江河終到海，懷寧鄧與武昌張。蔡鍾書法無美不具，厥後分爲二宗，晉人得其清駿，元魏得其雄厚，一判不合用，迄於今國朝鄧頑伯石如、近人張濂卿裕釗，庶幾復合。

舊曲新翻太古絃，雲門高唱蔚廬同縣劉師傳。若無小阮精論樂，布鼓終喧大雅前。音律之説，家異人殊，今古蒼茫，如墮煙霧鄉。先生邱穀士之索隱探頤，希復正聲，候氣定律，審律求音，大合樂於瞽宗，著律音之彙考，彬彬乎抗跡風人矣。而於琴理造端發議，猶待引申，劉艮生師著《琴旨》，申邱盡啟其藴，援據《管子》、《史記》訂大琴、中琴之制，辨太古弦、通用弦之别，重譜《魚麗》之詩，務趨昌和，無取纖促，七徽以上之子聲方之紫閏備位而已。於是

榛莽重闢，雅音雖微不墜，始知世傳琴譜皆靡靡之餘，無關興替焉。《莽蒼蒼詩》卷二

環天室詩集五卷後集一卷　宣統二年刻本

曾廣鈞撰。廣鈞字重伯，號觙菴，湖南湘鄉人。國藩孫。光緒十五年進士，改庶吉士。官廣西知府。是集爲還山後刻，有宣統二年瞿鴻禨序。生年據丁丑十二歲詩上推爲同治五年。卒於民國十八年，年六十四。清季士夫主張維新，多尚公羊學。集中《讀公羊絶句十一首》，寄託經世之情。《庚子落葉詞十二首》，亦慨時局。又詠粤漢鐵路事獻張之洞，長達百二十韻。作《勃海行》上李鴻章，《廣州謡》寄許奉新。《溯涓水抵花石》一篇，記主人女製爆竹機，日成爆竹二萬。由上海赴威海，記沿途見聞。又習於洋務。《奥斯馬加國和吉長公主來滬游歷》、《贈英國人中國副將麥士氏威林》、《游滬南外國公主塔》、《俄總兵薩士贈馬》，能道彼邦政事。《近事雜感》四首，作於光緒十四年，語多激憤。清末湘人詩古體必漢、魏、六朝，近體非盛唐則温、李。廣鈞閲書多取材富，不徒高言復古。參看陳衍《石遺室詩話》。是與王闓運及門諸子，材同産而良楛異也。

慎宜軒詩集八卷　近代排印本

姚永概撰。永概字叔節，安徽桐城人。同治五年生。姚瑩孫。光緒十四年舉人。兄永樸、姊壻馬其昶有學名，永概獨以詩爲談藝者所推取。卒於民國十二年，年五十八。是集前六卷爲辛亥以前詩。體近宋人。

《書梅宛陵集後》、《讀后山集秋懷十二首依韻和之》，工候可見。詠狼山、隆中、明孝陵、靈谷寺，《曲江觀濤歌》，自抒情景，生新雋永。與吴汝綸、沈曾植、王詠霓、范當世，均有詩贈寄，《陳師曾爲畫西山精舍圖賦謝》閒淡醇樸。其詩根柢淵富，交納學者勝流，深得切磋之誼。雖無枕經胙史之腴，亦足登大雅之室。固爲時人所稱許矣。

舟過瀨户内海作歌

自我到日本，未作汗漫游。箱根日光足不踐，比谷上野纔一周，千葉樓上見富士，屋然而高方山子。彼都以此擬泰華，其顛半埋冰雪裏。吁嗟江户川，當春士女來喧闐。櫻花不見見枯樹，一水將枯十月天。公家事有程，嚴寒迫伏臘。陸生誰贈越中裝，管寧難設遼東榻。神户初過始放船，忽有奇情集眼前。沉沉碧海不測底，無數青山插兩舷。圓如覆釜尖如筍，平若削桉簇若蓮。偶然横阻疑無路，忽復開張境又遷。人與衣裳都緑淨，碧空飛出團欒鏡。似將萬類納汞中，欲化魚龍共游泳。捕魚臣艇滿海中，五色燈光相掩映。終宵貪戀久忘吾，霜氣沾濡不辭病。我聞蓬萊方丈仙所都，於今已信仙人無。但覺塵世那有此境界，反疑天帝偏愛東南隅。兹行快事此第一，作歌聊其娱其娱。《慎宜軒詩集》卷五

楚望閣詩集十卷　光緒二十七年刻本

石巢詩集十二卷　一九二三年刻本

程頌萬撰。頌萬字子大，號鹿川，又號十髮，湖南寧鄉人。監生。初爲永順通判，在廣東學政徐琪署中

校文。張之洞官湖北，監工學，制新器，督修武昌金口大堤、三新磯，復創辦紙廠，爲候補道。與從兄頌藩，俱負才名。生於同治四年，卒年六十八。刻《十髮盦類稿》三十二卷，内《楚望閣詩集》十卷，閻鎮珩、何維棣、鄭震等序，爲光緒十四年至二十六年詩。《石巢詩集》十二卷，楊覲圭序，爲二十七年至宣統三年詩。《定巢詞》十卷，附《湘社集》四卷。頌萬已入民國，而詩詞俱作於辛亥前，涉及清末社會史料較多。官永順時，作《溪州雜詩》十六首，以述風土。宣統元年，作《武昌三新磯》。黄河鐵橋築成，有感於中國近代科學技術之落後，詩於贊賞之餘，有「我生兀不似中國，何有人面横太行」之歎。餘如《百八灘歌》、《煙台海船觀日出歌》、《津門曲》、《嶺路松五十韻》、《石城曲》、《長歌述南北勝游》、《鐘乳石歌》，詞采藻麗，誠爲高手。《廣雅宫保七十詩》，小注記張之洞宦蹟，事覈而實。《石巢集》詠金石。《周諫敦》、《建初買地券》、《秦權歌》，多屬端方藏弆。《題廣陵鐘傳奇》、《題惲南田畫》、《梅林校藝圖》，可爲藝林拾掇。《畫石》達一百二十首，窮奇炫博，而詳恰之處，前所未有也。頌萬弱冠與王先謙游，光緒二十四年年三十四，詩如束筍，格已老成。爲湘社諸子所推。光緒間湘楚詩人多以王闓運爲宗，摹古習氣較重。頌萬之詩亦自漢、魏入手，而採摭事物較新，通乎時用言語，謂能獨樹一幟，亦未爲過也。

溪州雜詩十六首　録八

雲通巴子國，箐接竹王城。士女今歸漢，溪山舊姓彭。扶肩朝背籠，擺手夜吹笙。此日蠻夷長，空留割據名。舊俗，男女齊集跳舞吹笙，名曰擺手。

百年開郡縣，三楚重邊圻。瘴色迷晴雨，民風雜漢夷。江鳴銅鼓下，天入鐵鑪卑。宣慰祠猶在，風寒五十旂。府境有鐵鑪坡最險峻，初永順上司分五十八旂。

峝霧晨迷郭，山雲晚壓天。谿深頻洗甲，巖側畏浮船。翅虎饑啼樹，雩猿渴飲泉。老司城畔月，五夜靖狼煙。府西有洗甲溪，又偏巖下有魚大如船，不輕出，人見者輒死。

濁浪排空下，靈溪廾載餘。天懸十日雨，人哭一城魚。絶徼悲妖眚，斜陽返故墟。至今文諭蜀，誰似馬相如。同治癸酉六月，溪水陡漲，漫城而入，官民走避山谷間。

二百年風教，巖疆俗漸陶。谿娘頭裹帕，峝户足躔刀。碑拓留紅字，溪魚隱緑毛。年年天予食，好爲靖蠻囂。谿崖有紅字碑，刻宋神宗詔，谿中有緑毛魚。

積歲糜金帑，民痍孰可忘。不教輸國賦，衹與購兵糧。擊鼓迎巫覡，吹簫入鬼堂。時清官吏樂，文教訖窮荒。永順一邑額徵丁糧八十餘兩，而歲發庫帑數千金，與民購買兵穀。舊俗，土人度歲設鬼堂，祭其土官。

邊月冷巖城，嗚嗚畫角鳴。殘碉低擁樹，廢壘罷屯兵。十洞秋停檄，三刀夢入營。今宵女娘峝，唱徹竹枝聲。土司有女娘峝，在郡西北。

一角西南徼，千盤道路艱。鳳灘波枕峽，龍爪石爲關。浩刼蟲沙盡，清秋虎豹閒。毛人今不見，山翠自孱顔。龍爪關爲郡西北門户，極險峻，毛人身長丈二，爲宣慰彭肇槐之將。《楚望閣詩集》卷五

黄河橋

黄河水，九曲泥沙恨難洗。人言水自天上來，我道天流海邊止。黄河橋，四千餘年天所驕，六丁鑿險百泌落，直控南北專中條。黄河月，邃古人天舟一葉。如今陸照今人行，萬鎖鉤連走輪鐵。黄河鐙，電光攫月絣長繩，平分兩岸水晶闕，界破萬古頗黎冰。我歸南州去京國，兩日行程飛鳥疾。滹沱瞥過劇清漳，夜半飈輪到河北。隱隱平沙天動摇，茫茫遠樹風呼吸。戴釜鼇頭轟作煙，屈腸羊坂平如織。一車阿閣十數房，數十車同洞窗闢。轂轊連伍共機旋，行近橋頭屈羣力。起看皓月長河明，腥風吹開白玉京。化身金隄萬白馬，呿銜接轡來相迎。月光髎客無停行，波光蝕月月不爭。飈廻浪涌洩爲練，龍門下視川掌平。炎車壓橋橋怒鳴，橋上燈晴連月晴，橋下河聲流月聲。萬千燈變萬千月，引光觸柱天無瞢。蔟如船樓敞闌檻，豁如花眼翻雕甍。車行浩浩還硜硜，穿穴廣武闉重城。揭來都居謹河伯，方諸視息鰥惸惸。一睛看橋平，衆睛看車度。洪發恫不驚，萬鐓蟠涀柱。屺上胡來黄石賢，軒中尚帶蚩尤霧。吾聞中國巨梁十有一，灞渭洛河雄國脈。秦皇渡海鞭石行，荒怪何年理歸轍。又聞奇肱飛車四萬里，成湯破之民不眂。比閭羽木终日行，未敵高津懸兩軌。歐洲國工記里詳，架河截嵲橋之王。經行風雨晦霾夕，蚖膏萬卵撐橋旁。候行津吏走四五，下方離立窺車箱。今宵燈月更奇詭，竄身蜃市穿龍堂。我生兀不似中國，何有人面横太行。烏乎橋兮晝夜走，不違兩原絡繹如康莊。

魚龍曼衍水嬉合，巢父作歌心慨慷。君不聞十二萬年河走藏，此橋亦墮無何鄉。安得六月如燈天外翔，星球撞落年茫茫。《石巢詩集》卷五

浩山集十二卷　近代刻本

歐陽述撰。述字伯元，號伯纘，江西彭澤人。光緒二十年舉人。捐内閣中書。二十四年，出使日本充參贊，改神户横濱領事。歸國爲南昌優級師範監督。宣統二年卒，年四十一。是集首張祖翼、王子庚、吴用威序，陳濬然撰《墓表》。其詩博采衆家，以清麗見長。《汴梁雜詩》、《信陵祠》、《吹臺》、《靖節祠》、《入山紀行》，游焦山、小孤山，《興化雜詩》，語多颯爽。使日所作《東京雜興八首》、《日儲婚禮祝詞五十韻》、《櫻花詞》十首、《日本雜興》五首、《水族博物館》，俱由耳聞目見得之。《歲暮感賦》注云：「時立儲詔下，外人誤疑朝政有變，各遣兵艦趨大沽，日本亦謀干預，遠人憂懼，歌以代哭。」可見沉切之思。《雜題國朝人詩集二十首》，自錢謙益至龔自珍，品評得失，《題敬業堂集》云：「删除詰曲聱牙語，現出光明坦白心。竹遜肉聲絲遜竹，爲他漸近自然音。」《題巢經巢集》云：「香山情思誠齋趣，孟郊扨筆涪翁句。戛戛道出意中語，意外唐音時□□。」

晚翠軒集一卷附補遺　近代排印本

林旭撰。旭字暾谷，福建侯官人。光緒十九年舉人。官内閣中書，參與新政，加四品銜。二十四年被

殺，年二十四。其詩學宋，亟近山谷，《北行雜詩》、《舟中讀誠齋詩》、《感事》、《相知行》、《寄梁節菴武昌》、《叔嶠印伯居伏魔寺數往訪之》、《洪澤湖遇風》、《戊戌元日江亭卽事》，皆爲妙選。梁啟超稱其「波瀾老成，環奥深穠，流行京師，名動一時」者是也。《獄中贈譚嗣同》詩云：「青蒲飲泣知何補，慷慨難酬國士恩。欲爲君歌千里草，本初健者莫輕言。」陳衍注云：「千里草指董福祥，蓋少戇也。」是集爲一九三六年排印本，有李宣龔、陳衍序，附《補遺》十三首及《崦樓詞》，較涵芬樓本爲全。戊戌被難者，譚嗣同、劉光第、楊深秀詩並佳，今録此四家，以見清末瑰偉之士，每多陷焉。

小雅樓詩集八卷 光緒二十六年刻本

鄧方撰。方字方君，號秋門，廣東順德人。少矜風節。年二十，游京師。獨走塞下，周覽山川形勢，發爲詩歌。旋行海上，目覘時事，其詩益壯以悲。光緒二十四年，年二十一卒，蓋憂瘵以亡。事具本書卷首鄧實所撰《亡弟秋門墓誌銘》。詩集與遺文二卷合刻，黄純熙序。《雁門行》、《兵船行》、《洋操行》、《舟入虎門》，可見愛國懷抱。又作《左將軍行》、《平壤中秋月》、《越臺行》、《黄海歎》，俱與局勢有關。甲午之敗，聞臺灣歸日本，各爲歌以抒憤懣。《楚客行》記某客葉名琛幕，廣州城破，流落轉徙數十年，無家可歸。歌行長達五百八十餘言，亦詩史之亞。《滬江吟》、《羊城雜詠》二十首，沉鬱慷慨，氣韻並佳。蓋身心勞瘁而不辭吟詠，觀其造意命筆，從可知也。

清人詩集敍録作者名號索引

説　明

一、本索引爲《清人詩集敍録》所收各集作者的姓名字號綜合索引，所有條目均按首字的漢語拼音排序。

二、本索引以姓名爲主條目，以字號爲參見條目。索引頁碼均列在主條目後，參見條目後只標注應參見的主條目，不另出頁碼。

A

阿克敦（沖和，恒巖，立軒）……772
藹公—陳僖
藹卿—蔣坦
藹人—錢儀吉
靄人—龔易圖
艾暢（玉臺，至堂）………………2210
艾衫—周恩綬
艾堂—劉師恕
艾塘—李斗
愛廬—汪縉
愛山—托渾布
愛旬—蔣光煦
安敦—托渾布
安甫—闊普通武
安甫—阮葵生
安侯—邵整
安濤—潘慶瀾
安璿（蒼涵，孟公）…………………289
安遇居士—金志章
安致遠（靜子，如磬，拙石，
　　絨菴）………………………………275
闇鄉—趙允懷
闇齋—沈近思
岸翁—李楷
岸齋—張鴻烈
鼇石—劉坊

B

八指頭陀—敬安
白岸—沙維杓
白岸—汪後來

白采—蔡受
白蒓—張開東
白耷山人—閻爾梅
白恩佑（啟南，蘭巖）……………2497
白舫—徐謙
白虹—王舟瑤
白湖—葉燕
白華山人—厲志
白華—吴省欽
白鹿山人—陶孚尹
白民—楊澤闓
白沙—王大樞
白山—黄生
白生—薛雪
白仙—錢瑶鶴
白菴—吴照
白胤謙（子益，東谷）………………39
白嶽山人—戴有祺
白雲—陳斌
百二硯田富翁—金農
百齡（子頤，菊溪）………………1543
百朋—王錫
百史—馮成
百藥—李必恒
柏春（東莮，老鐵）………………2559
柏葰（松葰，靜濤）………………2337
柏庭—張在辛
萚亭—商嘉言
稗畦—洪昇
板橋—鄭燮
半查—馬曰璐
半帆—周錫溥
半舫老人—夏之蓉
半舫—張錫璸
半峰—陳恭尹
半谷—鄭方鍔
半江—吴淞
半石山人—武億
半園—經濟
邦士—丘維屏
包世臣（慎伯，倦翁）……………1983
保釐—淩樹屏
保培基（西垣，格莽，岐菴，
井公）…………………………………867
保緒—周濟
葆琛—莊述祖
葆淳—王杰
葆馚—錢芳標
葆巖—方維甸
寶臣—潘曾瑋
寶成—嚴虞惇
寶誠—阮葵生

寶傳—王世琛
寶汾—錢芳標
寶吉—汪彝銘
寶琳（夢蓮）……2432
寶摩—陳石麟
寶絟（素文）……1223
寶廷（寶賢，少溪，偶齋）……2779
寶先—欽璉
寶賢—寶廷
寶香山人—雷鐏
寶香山人—卓爾堪
寶珣（東山）……2587
寶巖—張崟
寶意—商盤
寶鋆（鋭卿，佩蘅，佩珩）……2502
抱犢山農—嵇永仁
抱璞—宫爾鐸
抱孫—盧見曾
抱翼—王時翔
豹岑—倪文蔚
豹人—孫枝蔚
豹嵒—唐夢賚
豹巖—唐夢賚
報之—何夢瑶
鮑皋（步江）……1024
鮑桂生（小山）……2590
鮑桂星（雙五，覺生）……1810
鮑康（子年，臆園）……2515
鮑善基（致高，載言，東莊，悔初居士，知白居士）……639
鮑倚雲（薇省，退餘）……1031
鮑源深（華潭，穆堂，澹菴）……2539
鮑鉁（冠亭，西岡，辛浦，侍翁，夢峰居士）……827
鮑之蕙（仲姒，茝香）……1702
鮑之鍾（雅堂，論山）……1426
北柴山人—文昭
北皋—汪耀麟
北江—洪亮吉
北居—曹錫辰
北溟—陳鵬年
北溟—李宗瀚
北溟—于成龍
北阡季子—賽爾赫
北山—王曰高
北臺—宋鑌
北亭—施廷樞
北亭—章愷
北溪—王元文
北研—施國祁
北瀛—齊鯤

北有—李斗
北嶽—李必恒
貝青喬(子木,無咎,
木居士)……………………………2519
備卿—斌良
備之—李福
本達—蔣中和
比玉—嚴廷珏
筆仙—范光陽
畢榮佐(襄宸,大野)………………664
畢沅(鑲蘅,湘衡,秋帆)………1292
碧巢—汪森
碧峯—朱仕玠
碧湄—高心夔
碧山—王焯
碧山野史—宦懋庸
碧軒—蓋方泌
璧臣—熊莪
邊連寶(肇畛,隨園)……………942
邊汝元(善長,漁山)……………535
邊壽民(邊維祺,頤公,漸僧,
葦間居士,綽綽老人)…………777
邊維祺—邊壽民
邊浴禮(夔友,袖石)……………2352
邊中寶(適畛,竹巖)……………900
卞濰城(雨帆,擁百)……………2404
汴生—邵亨豫
斌良(備卿,笠耕,梅舫)………2151
賓初—昇寅
賓公—張實居
賓谷—曾燠
賓谷—江昱
賓麓—王灼
賓門—張永銓
賓王—李雝來
賓賢—吴嘉紀
賓旭—昇寅
賓陽—張開東
濱篁—李雝來
冰滌—郝浴
冰如—左錫嘉
冰叔—魏禧
冰仙—吴綃
冰修—陸嘉淑
冰玉主人—弘曉
丙根—查有新
丙唐—查奕照
丙章—戴有祺
秉衡—陳希濂
秉綸—石鈞
炳文—嚴如熤
炳霞—葉映榴

炳也—鄭虎文
伯安—萬夔輔
伯昂—姚元之
伯琛—郭嵩燾
伯成—吴興祚
伯澂—孫文川
伯初—陳書
伯度—孫廷銓
伯飛—楊翰
伯孚—汪元爵
伯更—鄭知同
伯涵—曾國藩
伯韓—朱琦
伯衡—周體觀
伯璣—陳允衡
伯璣—黄玉衡
伯堅—王城
伯簡—劉熙載
伯晉—周錫恩
伯敬—周錫恩
伯康—姚士晉
伯葵—查揆
伯廉—柴文杰
伯良—黄本騏
伯霖—潘正亨
伯麟(玉亭,梅坪)………………1526
伯麟—于鰲圖
伯淪—張澍
伯眉—沈世良
伯銘—宧懋庸
伯謙—裴景福
伯卿—任承恩
伯求—馮敏昌
伯榮—吴榮光
伯柔—魏燮均
伯山—姚柬之
伯申—宫去矜
伯生—蔣因培
伯受—王士禄
伯宋—徐灝
伯恬—周儀暐
伯調—錢之鼎
伯羲—盛昱
伯翔—吴名鳳
伯宣—李鑾宣
伯牙—嚴錫康
伯雅—嚴錫康
伯言—梅增亮
伯嚴—陳三立
伯巖—殷岳
伯尹—郭恩孚
伯庸—鄭由熙

伯瑜—錢寶琛
伯愚—志鋭
伯雨—陳作霖
伯淵—曾懿
伯淵—孫星衍
伯元—歐陽述
伯元—阮元
伯垣—王尚辰
伯震—恭泰
伯子—蔡仲光
伯子—帥家相
伯子—魏際瑞
伯紫—紀映鍾
伯宗—劉城
伯足—高心夔
伯纘—歐陽述
博爾都（問亭，東皋漁父）……483
博明（希哲，西齋，晰齋）……1196
博如—吴文溥
檗子—紀映鍾
卜東—萬承風
逋梅—周孝壎
逋齋—劉正宗
誧孟—孔繼涵
補黄村農—李繩遠
補瓢—韓騏
補勤—陳錦
補山—孫士毅
補山—薛寧廷
補亭—王晦
布颿—葉舟
步江—鮑皋
步陵—沈堡
步容—溫汝适

C

才甫—劉大櫆
才叔—楊芳燦
蔡復午（仲蘭，中來，佇蘭）……1788
蔡家琬（右莪，陶門）……1765
蔡嘉佺（子卓）……2467
蔡鑾揚（浣霞）……1873
蔡鵬飛（梅茵）……2194
蔡士京—蔡仲光
蔡受（白采）……413
蔡壽臻（鶴君）……2730
蔡新（次明，葛山）……1041
蔡奕璘（西村）……927
蔡仲光（蔡士京，大敬，伯子）……112
粲夫—張錦芳

倉海—丘逢甲
倉石—吴俊卿
蒼存—李嶟瑞
蒼孚—汪天與
蒼涵—安璿
蒼霖—趙士春
蒼略—杜岕
蒼石—魏麐徵
蒼雪—讀徹
蒼巖—葛長祚
蒼巖—梁清標
蒼巖—葉映榴
蒼野—傅仲辰
蒼雨—商盤
蒼源—馮夢祖
滄浮—徐豫貞
滄來—于鰲圖
滄起—朱之俊
滄曉—胡煦
滄洲—陳鵬年
曹秉哲(仲明,吉三)…………2631
曹炳曾(為章,巢南)……………590
曹禾(頌嘉,峨眉)………………379
曹龍樹(松齡,星湖)……………1417
曹楙堅(樹蕃,艮甫)……………2193
曹仁虎(來殷,習菴)……………1305
曹溶(潔躬,秋嶽,倦圃)………108
曹潤堂(柘菴,長素)……………2816
曹申吉(錫餘,逸菴)……………344
曹斯棟(偓耨)……………………1193
曹亭—周篆
曹庭棟(楷人,六圃,慈山居士)……………944
曹文埴(竹虛,近薇,薺原)……………1372
曹錫寶(鴻書,檢亭,劍亭,容圃)……………1125
曹錫辰(北居)……………………1369
曹學閔(孝如,慕堂)……………1142
曹學詩(以南,震亭,震亨)……914
曹煒(爾章,石帆)………………32
曹一士(諤廷,濟寰)……………714
曹寅(子清,荔軒,楝亭)……………574
曹貞吉(迪清,升階,升六,實菴)……………337
草廬—諸錦
草孫—朱嵥
草亭—費融
策時—張熙純
岑徵(金紀,霍山)………………242
茶菴—高望曾
茶邨—豫本

茶村—杜濬
茶農—張深
茶山—錢維城
茶仙—何焯
茶心—厲同勳
槎客—高不騫
槎客—吴騫
槎客—姚瀛
槎叟—吴之章
柴文杰(伯廉)……………………2721
柴翁—鄭珍
柴舟—廖燕
儕嶠—王蘇
茝林—梁章鉅
茝香—鮑之蕙
蟫花居士—吴焯
蟾翁—楊秉桂
昌碩—吴俊卿
長賓—陳常夏
長庚—吴光
長海(匯川,清癡,清癯)………715
長青—藍千秋
長清—藍千秋
長善(樂初)……………………2673
長素—曹潤堂
長素—康有為
長闇—邁仁
長真—孫原湘
萇生—瞿中溶
常安(履坦)……………………732
常之—楊玶
超驤—馬惟敏
超人—葛祖亮
巢南—曹炳曾
巢松—吴慈鶴
朝舉—孟超然
朝宗—侯方域
車騰芳(圖南,蓼州)……………896
車同—仝軌
澈叟—何兆瀛
辰告—周嘉猷
陳斌(陶林,陶鄰,白雲)……1730
陳璸(文焕,眉川)………………548
陳炳(虎紋)………………………464
陳昌圖(南琴,玉臺)…………1444
陳常—萬經
陳常夏(長賓)……………………153
陳承然(敬可,南厓)…………1412
陳大章(仲夔,雨山)……………591
陳道(紹洙,凝齋)……………1013
陳道華(堇堂,愔盦)…………2862
陳道永—陳確

陳悳榮(廷彦,密山)……820
陳登龍(壽朋,秋坪)……1448
陳殿桂(岱清)……142
陳逢衡(履長,穆堂)……2040
陳奉茲(時若,東浦)……1237
陳烱(寅甫,月垞)……2323
陳庚焕(道由,惕園)……1705
陳恭尹(元孝,半峰,獨漉)……309
陳光緒(子修,石生)……2222
陳廣寧(靖侯,默齋)……1805
陳沆(太初,秋舫)……2170
陳沆(湛斯,澄齋)……999
陳豪(藍洲,邁菴,止菴)……2774
陳浩(紫瀾)……894
陳鶴(鶴齡,馥初,稚亭)……1703
陳洪綬(章侯,老蓮,悔遲,老遲)……20
陳鴻壽(子恭,曼生)……1883
陳瑚(言夏,確菴)……117
陳黄中(和叔,東莊谷叟)……987
陳基(竹士)……1919
陳鑑(以三,遠村)……1241
陳津—陳熙晉
陳僅(餘山,漁珊)……2203
陳錦(晝卿,補勤)……2632
陳景元(石閭)……892
陳矩(衡山)……2677
陳克家(梁叔)……2544
陳夔龍(小石)……2823
陳坤(希呂,子厚)……2639
陳澧(蘭甫,東塾)……2508
陳鍊(道柔)……460
陳良玉(朗山)……2665
陳勱(子相)……2464
陳美訓(獻可)……654
陳夢雷(則震,省齋)……501
陳鵬年(北溟,滄洲)……616
陳璞(子瑜)……2611
陳浦(楚南,藥堂)……1046
陳祁(如京,紅圃)……1548
陳慶鏞(乾翔,頌南)……2346
陳權(羿占,簫樓)……1934
陳確(陳道永,陳箎永,非玄,乾初)……48
陳榮昌(筱圃,虚齋)……2860
陳榮杰(遂南,無波,慕陵)……817
陳三立(伯嚴,散原)……2829
陳鱣(仲魚,簡莊)……1622
陳上善(玄水)……39
陳石麟(寶摩)……1638
陳湜—郭金臺
陳世鎔(大冶,雪樓,燮樓)……2205

陳筮永—陳確
陳壽祺（恭甫，葦仁，左海，隱屏山人）……1933
陳壽祺（子穀，珊士）……2707
陳書（伯初，俶玉，木庵）……2765
陳曇（仲卿）……2184
陳廷埰（石泉，山鶴）……716
陳廷敬（子端，悅巖）……397
陳廷慶（兆同，古華）……1643
陳庭學（景魚，蒓溪，蓮東逸叟）……1413
陳萬策（對初，謙季）……576
陳維崧（其年，迦陵）……245
陳文瑞（亭苕，雲卿）……1549
陳文述（退菴，雲伯，頤道居士）……2106
陳文田（硯鄉）……2400
陳希濂（秉衡）……1785
陳熙（梅岑）……1591
陳熙晉（陳津，析木，西橋）……2188
陳僖（藹公，餘菴）……324
陳偕燦（少香）……2263
陳燮（理堂）……1762
陳訏（言揚，宋齋）……494
陳學典（潛厓）……850
陳學泗（右原）……396
陳學洙（左原，西田）……395
陳儀（子翽，一吾）……659
陳以剛（燭門）……727
陳毅（直方，古漁）……1202
陳寅（心田）……1432
陳用光（碩士，實思，石士）……1884
陳玉璂（賡明，椒峰）……368
陳玉澍—陳玉樹
陳玉樹（陳玉澍，惕菴）……2831
陳元龍（廣陵，乾齋）……519
陳允恭（六觀）……597
陳允衡（伯璣）……227
陳在謙（六吉，雪漁）……2017
陳展雲（硯皋）……2773
陳兆崙（星齋，句山）……951
陳之遴（彦升，素菴）……63
陳徵文（謹菴）……2776
陳至言（山堂，青厓）……554
陳鏊（藝農）……778
陳鍾祥（息凡，息帆，趣園，抑叟）……2511
陳鍾英（槐庭）……2672
陳撰（楞山，玉几）……728
陳子昇（喬生）……125

陳梓（敷公，俯恭，古民，
古銘，一齋，客星山人）………757
陳祖范（亦韓，見復）……………700
陳樽（俎行，酌翁）……………… 1430
陳作霖（雨生，伯雨）…………2761
陳祚明（胤倩）……………………214
稱其—李驥元
成父—高望曾
成鷟（方顓愷，麟趾，跡删，
即山，東樵野人）………………375
成瑞（輯軒）………………………2269
成書（倬雲，誤菴）……………… 1738
成甦—查為仁
成文（在中，無華）……………… 1094
成文昭（周卜，過村，鈍農）……680
丞牧—劉鳳誥
丞子—徐凝
承篤—梁允植
承齡（子久，尊生）……………… 2572
乘如—趙作舟
胥叟—英和
程大中（拳時，是菴）………… 1320
程恩澤（雲芬，春海）………… 2169
程際盛（程炎，煥若，
東冶）…………………………… 1421
程晉芳（程廷璜，魚門，
蕺園）………………………… 1118
程九—吴清鵬
程可則（周量，湟溱，石臞）…… 213
程夢星（伍喬，午橋，香溪，
洴江）……………………………720
程瑞礽（姬田，槐江）……………607
程尚濂（敦夫，息廬，
心吾子）………………………… 1410
程世繩（準存，晴湖）……………822
程頌萬（子大，鹿川，
十髮）……………………………2869
程廷璜—程晉芳
程庭（且碩，碩生，若菴）………679
程庭鷺（序伯，蘅卿）…………2360
程同文（春廬）………………… 1723
程先貞（正夫）……………………53
程襄龍（夔侶，駿履，雪崖，
古雪）……………………………960
程炎—程際盛
程虞卿（禹山，趙人）………… 1779
程正揆（程正葵，端伯，鞠陵，
青溪舊史）……………………44
程正葵—程正揆
誠甫—孔慶鎔
誠齋—鄭虎文
澂之—孫文川

澄菴—宋永清
澄瀛—齊鯤
澄源—王心清
澄齋—陳沆
澄之—吴嘉洤
橙齋—吴之振
遲菊—諸可寶
尺鳧—吴焯
尺木—彭紹升
恥夫—楊屋
赤方—顧景星
赤溟—吴炎
赤霞—史善長
赤崖—史善長
充有—邵淵耀
充齋—沈荃
充之—張擴庭
沖和—阿克敦
沖一—范鵬
沖之—吴省欽
沖治—高之騍
崇恩(仰之,語鈴,敔翁)……2435
崇如—劉墉
疇叔—董大倫
初白—查慎行
初晴—毛奇齡
樗巢—李必恒
樗寮生—姚椿
樗叟—郭崑燾
樗叟—通門
樗亭—薩哈岱
樗亭—徐瑮
樗翁—史致儼
樗菴—方薰
樗菴—楊翰
樗雲—鄭琮
楚白—梁錫珩
楚白—魏耕
楚墀—蔣之翹
楚南—陳浦
楚儒—湯荀業
楚生—梁德繩
楚緒—周煌
楚玉—錢寶琛
楚楨—劉寶楠
褚華(秋萼,文洲)……………… 1719
褚廷璋(左峩,筠心)…………1267
儲方慶(廣期,遯菴)……………335
處厚—李可汧
處實—陸壽名
船山—張問陶
春帆—紀昀

春帆—田登
春颿—陸費瑔
春舫—蓋方泌
春谷—黄承吉
春谷—盛復初
春海—程恩澤
春湖—李宗瀚
春暉—吴樹萱
春江—沈景運
春林—史善長
春廬—程同文
春木—姚椿
春圃—祁寯藻
春橋—沈金渠
春樵—楊炳鋥
春卿—許之翰
春田—汪為霖
春田—蕭德宣
春田—徐志鼎
春旭—李惟寅
春冶—張鑑
春隱—梁逸
春雨—蔣元龍
春園—查有新
春洲—潘際雲
春洲—彭泰來
春渚—何琪
純常子—文廷式
純甫—蔣敦復
純九—李永標
純生—王文誥
純叟—袁昶
純章—奚岡
淳甫—劉嗣綰
淳甫—祁寯藻
蒓客—李慈銘
蒓涘—戴熙
蒓溪—陳庭學
蒓鄉—金夢熊
蒓颾—錢芳標
蓴鄉釣師—高不騫
醇士—戴熙
綽綽老人—邊壽民
茨村—胡介祉
茨檐—王曾祥
詞溪—馬國翰
慈山居士—曹庭棟
慈仲—夏寶晋
此度—費密
次白—李貽德
次風—齊召南
次耕—潘耒

次谷—王曜升
次侯—熊伯龍
次明—蔡新
次升—吴堦
次淑—秦松齡
次厓—杜塄
次玉—阮鍾瑗
次仲—凌廷堪
葱佩—高珩
蕙如—薩玉衡
聰山—申涵光
從伊—方迥
琮達—彭藴章
簇钃山樵—茹綸常
崔述（武承，東壁）……………1436
崔旭（曉林，念堂）……………1867
崔應階（吉升，拙圃）……………952
崔預（晉元，師水）……………2031
萃巖—沈初
存安—嚴我斯
存圃—沈峻
存仁—胡介祉
存吾—嚴烺
存吾—余廷燦
存之—王誠
存莊—戴鈞衡

D

笪蟾光—笪重光
笪重光（蟾光，在辛，江上外史，
鬱岡居士）……………209
達甫—莊宇逵
達生—彭士望
達受（六舟）……………2281
達齋—玉德
大川—翟灝
大鶴山人—鄭文焯
大恒—明中
大敬—蔡仲光
大可—毛奇齡
大立—高孝本
大臨—徐昂發
大靈—胡方
大木—馮廷櫆
大木—張梁
大年—李光庭
大年—石椿
大山—劉巖
大紳—汪縉
大聲—楊昌言
大悟—沈宜
大冶—陳世鎔
大野—畢榮佐

大愚—王鑨
大柱—王炡
大拙—徐振芳
大宗—杭世駿
大宗—毛國翰
岱峯—金衍宗
岱霖—彭祖潤
岱清—陳殿桂
岱巖—俞魯瞻
待菴—王弘撰
待廬—劉錫勇
待園—江有蘭
帶湖—沈叔埏
戴淳（古村）……………………2250
戴殿泗（東珊，東瞻）…………1517
戴敦元（士旋，金溪）…………1889
戴瀚（巨川，鎮東，雪村）………780
戴亨（通乾，遂堂）………………829
戴綱孫（襲孟，雲帆）…………2347
戴鈞衡（存莊，蓉洲）…………2568
戴晟（晦夫，西洮）………………581
戴勝徵（岳子）……………………225
戴望（子高）……………………2754
戴熙（鹿牀，蒓溪，醇士）………2419
戴有祺（丙章，瓏巖，
白嶽山人）…………………………565
丹壑—李孚青
丹麓—王晫
丹盟—桂超萬
丹木—朱䑋
丹叔—郭鳳
丹叔—張聯桂
丹臺—蔣一元
丹厓—沈峻
丹穎—葉佩蓀
丹中—國梁
丹柱—王炡
擔伯—張錫爵
擔峰—孫泩
旦生—吴景旭
淡懷—蔣志凝
誕仙—陶孚尹
澹菴—鮑源深
澹川—時元熙
澹川—吴文溥
澹光—高雲
澹歸—今釋
澹和—王德溥
澹明—王大樞
澹泉—吴定
澹人—高士奇
澹人—王金英

澹人—夏味堂
澹如—秦緗葉
澹生—高應雷
澹思—宋鳴珂
澹心—余懷
澹軒—濮淙
澹園—劉塄
澹園—王緯
澹園—顔光猷
澹園—趙鈞彤
簹谷—周篔
道扶—曾王孫
道甫—嚴長明
道華—席佩蘭
道明—管學洛
道穆—顧復初
道柔—陳鍊
道聲—楊文言
道威—陸世儀
道忞……134
道相—孫廷銓
道隱—今釋
道謍—張揆方
道由—陳庚焕
道子—林家桂
稻孫—賈田祖
得天—張照
悳甫—宋鑛
悳元(訥園,五峰)……472
德保(仲容,潤亭,定圃,龐村)……1138
德成—黄爵滋
德持—何曰愈
德符—玉保
德甫—劉佳
德甫—蘇廷魁
德甫—王昶
德恢—宋咸熙
德基—朱昂
德申—李嘉樂
德水—盧世㴶
德嵩—華嵒
德尹—查嗣瑮
德引—劉秉恬
登孺—王曰高
鄧琛(獻之)……2508
鄧方(方君,秋門)……2874
鄧輔綸(彌之)……2680
鄧漢儀(孝威)……228
鄧廷楨(維周,嶰筠)……1982
鄧顯鶴(子立,湘皋)……2033
鄧旭(元昭,林屋)……71

狄雲鼎（符甲，良膽）……56
迪甫—宗稷辰
迪九—黎恂
迪民—張吉安
迪前—吴光
迪卿—鄭開禧
迪清—曹貞吉
滌甫—宗稷辰
滌生—曾國藩
砥瀾—劉中柱
砥齋—楊玶
地臣—楊維坤
地山—應讓
地齋—洪坤煊
第臣—俞功懋
棣軒—王明尃
顛上人—溥畹
典三—湯禮祥
點山—湯禮祥
奠基—李榮陛
電發—徐釚
殿傳—張元
殿麟—吴定
調生—葉廷琯
調元—徐志鼎
瓞村—吴進
蝶菴—丘志廣
蝶君—俞槑
丁寶楨（穉璜）……2622
丁丙（嘉魚，松生，松存）……2724
丁繁培（霽堂，溉餘）……2072
丁腹松（木公，挺夫）……544
丁弘誨（景呂）……269
丁敬（敬身，鈍丁，
龍泓山人）……876
丁履端（希呂，郁茲）……1908
丁善寶（黻臣，韞山）……2757
丁壽昌（頤伯，菊泉）……2586
丁煒（澹汝，雁水）……354
丁晏（儉卿，柘堂）……2322
丁耀亢（西生，野鶴，
木雞道人）……25
丁有煜（麗中，个道人）……744
鼎臣—銘安
鼎甫—沈維鐈
鼎和—夏味堂
定安—楊維坤
定盦—龔自珍
定舫—申涵昐
定峰—沙張白
定甫—阮鍾瑗
定甫—王拯

定甫—吴恩熙
定九—梅文鼎
定圃—德保
定圃—英和
定斯—文守元
定宇—徐時棟
定園—董超然
定遠—馮班
冬卉—桂馥
冬心—金農
冬有—嚴長明
冬齋—范鵬
東壁—崔述
東癡—徐夜
東村—李呈祥
東甹—柏春
東甫—潘世鏞
東岡—周有聲
東皋—竇光鼐
東皋漁父—博爾都
東谷—白胤謙
東江漁夫—沈謙
東郊—彭輅
東井—黄定文
東柯—胡承諾
東崑—顧夔璋
東美—岳鍾琪
東門—李暾
東溟—龍震
東坪—胡慶豫
東坡老民—熊士鵬
東浦—陳奉茲
東浦—何琪
東樵野人—成鷲
東樵—朱錀
東山—寶珣
東山釣叟—查繼佐
東山—金門詔
東山—汪繹
東珊—戴殿泗
東生—韓是升
東生—李燧
東生—錢林
東塾—陳澧
東墅—謝墉
東塘—孔尚任
東田—顧鑒
東田—沈朝初
東田—王友亮
東亭—董潮
東溆—王應奎
東軒—高斌

東冶—程際盛
東隅—沈心
東園—韓鳳翔
東園—淩泰封
東瞻—戴殿泗
東瞻—述明
東洲—何紹基
東注—錢澧
東莊—鮑善基
東莊谷叟—陳黄中
董柴（也愚，愚溪，愚亭，惟園）……979
董超然（定園，晉卿）……1628
董潮（曉滄，東亭）……1274
董大倫（敷五，疇叔，叔魚）……637
董沛（孟如，覺軒）……2680
董平章（琴虞，眉軒，退叟）……2530
董榕（念青，恒巖）……1039
董文渙（董文煥，堯章，研樵，硯秋）……2729
董文煥—董文渙
董文驥（玉虬，雲和，易農）……221
董以寧（文友，宛齋）……297
董元度（寄廬，曲江）……1031
董説（若雨，西菴）……190
斗初—沙維杓
竇光鼐（元調，東皋）……1154
竇國華（霽堂）……1707
獨漉—陳恭尹
獨學老人—石韞玉
讀徹（見曉，蒼雪，南來）……6
杜堮（石樵，次厓）……1818
杜岕（蒼略，些山）……156
杜濬（杜紹先，于皇，茶村）……86
杜林—汪應銓
杜三—劉友光
杜少—袁佑
杜紹先—杜濬
杜首昌（湘草）……295
杜湙（子濂，湄湖）……202
杜谿—朱書
杜越（君異，紫峰）……18
杜詔（紫綸，雲川，蓉湖詞隱）……638
度西—張九鉞
端伯—程正揆
端峰—毛師柱
端甫—潘鎮
端木埰（子疇）……2640
端木國瑚（子彝，鶴田）……1954
端木—徐夢元
端人—師範

端士—王撰
端友—萬友正
端雲—田榕
段緯世（周繩，容齋）……………81
對初—陳萬策
對巖—秦松齡
敦誠（敬亭，松堂）……………1354
敦初—往復
敦夫—程尚濂
敦甫—湯金釗
敦復—張英
敦敏（子明，懋齋）……………1276
敦書—陸學欽
敦五—楊倫
鈍菴—汪琬
鈍丁—丁敬
鈍農—成文昭
鈍翁—汪琬
鈍吟居士—馮班
頓研—吴玉搢
遯盦—蔣師轍
遯菴—儲方慶
遯菴—徐崑
遯夫—羅聘
遯翁—許令瑜
遯園子—李贊元
朵山—朱昌頤

E

峨眉—曹禾
峩思—張漢
鄂恒（松亭）……………2436
萼君—童槐
諤廷—曹一士
恩菴—葉矯然
恩華（緘菴）……………2472
恩錫（竹樵）……………2620
而農—王夫之
耳山—陸錫熊
爾功—劉耆定
爾弢—錢陸燦
爾章—曹燁
爾止—方文
邇之—梁清遠
二垞—朱棟
二介居士—何琪
二銘—翁心存
二銘—夏敬渠
二樵—黎簡
二如—童鈺
二樹—童鈺
二亭—朱筼

二雅—金學詩
二雲—邵晉涵

F

法良(可盦)……2202
法若真(漢儒,黄石,黄山)……114
法式善(運昌,開文,梧門,陶廬,時帆)……1615
樊彬(質夫)……2349
樊渠—顧列星
樊山—樊增祥
樊桐山人—朱炎
樊榭—厲鶚
樊增祥(嘉父,樊山,雲門)……2790
范承謨(覲公,螺山,蒙谷)……351
范大濡—范元亨
范當世(范鑄,銅士,肯堂,無錯)……2844
范光陽(國雯,筆仙)……304
范來宗(翰尊,芝巖,支山)……1390
范鵬(冬齋,沖一)……1272
范元亨(范大濡,直侯)……2591
范允鏘(用賓,愚溪)……656
范志熙(鶴生,子穆)……2572
范鑄—范當世
飯石—朱實發
方菴—宋至
方炳奎(月樵)……2475
方昌翰(宗屏)……2614
方成珪(國憲,雪齋)……2168
方赤—李璋煜
方登嶧(鳧宗,屏垢)……579
方甸—吴璜
方殿元(蒙章,九谷)……321
方東樹(植之,儀衛)……1945
方芳佩(芷齋,懷蓼)……1255
方扶南(息翁)……696
方穀—沈業富
方觀承(遐穀,宜田,問亭)……931
方虎—徐倬
方洄(從伊,星匡,樵谷)……1687
方覲(近雯,石川,燕汀)……734
方君—鄧方
方濬師(子嚴,夢簪)……2710
方濬頤(子箴,夢園)……2573
方來—劉開
方若—王式丹
方山—陸嵩
方山—謝重輝
方士淦(蓮舫)……2213
方士琯(西城,鹿邨)……483

方世舉（息翁）……………………693
方式濟（渥源，沃園）……………701
方坦（履士）…………………………1961
方燾（笥嵒，山子）…………………1129
方天游—胡天游
方廷瑚（鐵珊，幼樗）……………1920
方維甸（南耦，葆巖）……………1707
方文（爾止，嵞山）…………………96
方象瑛（渭仁，霞莊）……………317
方孝標（方玄成，樓岡，
樓江）………………………………157
方熊（子漁）…………………………2136
方玄成—方孝標
方學成（履齋，松臺）……………876
方薰（蘭坻，蘭士，樗菴）………1384
方于穀（石伍）……………………1704
方玉潤（友石，黝石，
鴻濛子）……………………………2529
方淵如（深甫）……………………2708
方元鵾（海槎，鐵船，
漫吟）………………………………1630
方元泰（通甫，雪蓮）……………2357
方貞觀（履安，南堂）……………719
方振（葉文，容齋）………………1735
方正澍（子雲）……………………1352
方中通（位白，陪翁）……………341
方顓愷—成鷲
芳城—許楚
芳谷—李德揚
芳健—李遐齡
芳亭—黄文蓮
芳宇—廷桂
房仲—沈心
昉思—洪昇
舫西—沈琨
舫齋—祖之望
訪濂—彭定求
非熊—施國祁
非玄—陳確
匪石—鈕樹玉
芾庭—林楓
費丹旭（子苕，曉樓，
環溪）………………………………2426
費密（此度，燕峰）………………242
費融（草亭）…………………………1586
費錫璜（滋衡）……………………624
費錫章（焕槎，西墉）……………1612
廢莪子—裘璉
分虎—李符
芬若—徐蘭
芬香—袁樹
封紫—張道渥

峯卿—黄圖珌
葑亭—王友亮
楓人—鄭澐
楓溪女史—徐昭華
豐南居士—吴振勃
豐芑—朱駿聲
豐紳殷德（潤圃）……………………1986
豐玉—汪仲鈖
逢玉—楊玾
馮班（定遠，鈍吟居士）…………124
馮宬（百史，勖齋）………………1701
馮登府（柳東，雲伯，
勺園）……………………………2132
馮度（子徵）………………………2393
馮桂芬（林一，景亭）……………2493
馮浩（養吾，孟亭）………………1130
馮繼聰（作謀，易泉）……………2258
馮夢祖（召系，起潛，蒼源）……246
馮敏昌（伯求，魚山）……………1533
馮培（仁寓，玉圃，實庵，
易翁）……………………………1392
馮溥（孔博，易齋）………………68
馮啟蓁（繡谷，晉魚）……………2383
馮舒（已蒼，默菴）………………13
馮廷櫆（大木）……………………482
馮錫鏞（鳴虞，侶笙）……………2384
馮詢（子良）………………………2361
馮鉞（錫珍，勳侯）………………2532
馮雲鵬（九扶，晏海）……………1832
馮雲驤（訥生）……………………40
馮震東（篛少，少渠）……………1982
馮鎮巒（遠村）……………………1747
馮志沂（述仲，魯川）……………2569
奉墀—郭肇鐄
奉喈—洪占銓
鳳池—郭肇鐄
鳳喈—王鳴盛
鳳笙—余雲煥
鳳書—唐廷詔
鳳颺—張翽
缶廬—吴俊卿
跗棠—蔣蓴
敷公—陳梓
敷五—董大倫
膚雨—秦雲
扶孟—黄生
芙初—劉嗣綰
芙蓉湖漁—奚寅
芙裳—夏之蓉
芙生—汪淥
芙汀居士—梁以壯
芙沼—高其倬

孚孟—申涵光
孚先—喬載繇
孚尹—賀貽孫
孚尹—伍光瑜
服尹—王晦
浮山—趙作舟
桴菴—薛所藴
桴亭—陸世儀
符保森（符燦，南樵）…………2579
符燦—符保森
符甲—狄雲鼎
符奇—吴屯侯
符尹—汪晉徵
符曾（幼魯，藥林）………………810
符兆綸（鴻詔，雪樵，
　卓峯居士）……………………2344
符之恒（聖幾，南竹）…………1010
紱庭—潘曾綬
鳧盟—申涵光
鳧塘—李驤元
鳧亭—陶元藻
鳧薌—陶樑
鳧宗—方登嶧
黻臣—丁善寶
甫草—計東
俯恭—陳梓
釜山—周茂源
輔宜—錢泰吉
黼良—湯運泰
黼庭—嵇璜
黼庭—陸麟書
黼庭—石承藻
傅鼎臣—傅山
傅濆（星北，篠泉，小泉）……1975
傅九—楊鳳苞
傅眉（須男，壽髦，糜道人）……281
傅山（傅鼎臣，青主，仁仲，
　嗇廬，老蘗禪，公之它）…………55
傅維澐（培公，衛濱，宵影）……436
傅巖—張聰咸
傅仲辰（蒼野，心儒）……………691
傅作楫（濟菴，雪堂）……………568
復古—吴銘道
復生—譚嗣同
復叟—鄒漢池
復唐—黄維申
復堂—譚獻
復天—蔣一元
復亭—郭肇
復陽—郝浴
復園—龔士薦
復齋—曾鏞

復齋—郭起元
復莊—姚燮
富斌（筠圃）……1866
覆如—李茹旻
覆輿—張蓋
馥初—陳鶴
馥林—戚芸生

G

改亭—計東
改亭—梁穋
溉堂—孫枝蔚
溉餘—丁繁培
蓋方泌（季源，春舫，碧軒）……1877
蓋山—吴慶恩
甘汝來（耕道，遜齋）……763
甘亭—彭兆蓀
甘谿—雷浚
甘煦（耆仁，貞冬老人）……2264
淦秋—李雍熙
紺林—周燦
幹邨—楊道生
剛木—汪曰楨
剛齋—陸世儀
剛主—李塨
綱伯—徐維城
皋謨—王時翔
皋謨—蕭雄
高玢（芸軒）……601
高斌（高述斌，右文，東軒）……861
高不騫（槎客，小湖，蓴鄉釣師）……566
高垛（琴泉）……1980
高岑（峴亭）……692
高鳳翰（西園，南村，南阜山人，歸雲老人）……754
高甫—許亦崧
高佁霄（漫村）……502
高綱（藿田）……941
高珩（念東，葱佩）……99
高金鼇（蓬仙）……2206
高景芳……761
高其倬（章之，芙沼，種筠）……702
高士奇（澹人，江村）……460
高書勳（芸功，石堂）……1185
高述斌—高斌
高廷樞（響山）……1651
高望曾（穉顔，成父，茶葊）……2625
高錫恩（學淳，古民）……2450
高孝本（大立，固哉）……578

高心夔（伯足，碧湄）……………2750
高學濂（孔受，希之）……………2048
高延第（子上，槐西居士）……2652
高一麟（玉書，矩菴）………………329
高應雷（澹生）…………………………287
高詠（阮懷，遺山）……………………201
高雲（青士，澹光，
蓮光居士）…………………………1403
高雲上人—元弘
高之騱（沖治）…………………………542
罣曾—王元文
杲堂—李鄴嗣
葛長祚（蒼巖）…………………………528
葛山—蔡新
葛祖亮（弢仁，超人，聞橋）……754
个道人—丁有煜
根苑—錢載
艮甫—曹楙堅
艮甫—王世琛
艮甫—趙函
艮男—黄理
艮翁—黄理
艮園—胡潤
艮齋—尤侗
畊華—許七雲
畊南—黄理
耕道—甘汝來
耕客—李符
耕南—劉大櫆
耕石老人—錢琦
耕煙—平疇
耕巖—沈壽民
賡明—陳玉堪
賡堂—蘇廷魁
賡西—趙侗斆
羹梅—仲昰保
羹堂—李調元
弓叔—金和
公博—李宗瀚
公春—恭泰
公度—黄遵憲
公復—韓夢周
公懋—黄慎
公瑞—王士桓
公隱—魏燮均
公穎—志鋭
公勔—劉體仁
公貞—周篔
公之它—傅山
功甫—歐陽勳
功甫—潘曾沂
恭甫—陳壽祺

恭士—徐作肅
恭壽—黄慎
恭泰(公春,伯震,蘭巖)……1440
恭亭—朱經
恭釗(仲勉,養泉)……………2667
躬菴—彭士望
宫爾鐸(農山,抱璞)…………2782
宫爾勸(九敘,怡雲)…………806
宫鴻曆(友鹿,恕堂)…………549
宫去矜(伯申)…………………897
龔策(晉之,天嶽山人)………107
龔鼎孳(孝升,芝麓)…………140
龔鞏祚—龔自珍
龔景瀚(惟廣,海峯)…………1535
龔士薦(彦吉,復園)…………437
龔挺(無競)……………………41
龔顯曾(詠樵,薇農)…………2739
龔易圖(少文,靄人,
含晶)…………………………2714
龔褆身(深甫,吟肱)…………1429
龔自珍(龔鞏祚,璱人,
定盦)…………………………2276
句山—陳兆崙
句生—王翼鳳
古槎—柳樹芳
古村—戴淳
古芳—梅雨田
古古—閻爾梅
古華—陳廷慶
古民—陳梓
古民—高錫恩
古銘—陳梓
古樵—張崗
古生—楊兆璜
古香—余本愚
古軒—葉兆蘭
古雪—程襄龍
古漁—陳毅
谷修—彭淑
穀菴—汪淥
穀塍—王宗炎
穀廉—袁翼
穀人—吴錫麒
穀生—黄釗
穀原—王又曾
穀齋—查祥
固哉—高孝本
顧復初(子遠,道穆,幼耕,
聽雷)…………………………2599
顧光旭(華陽,晴沙,南谿)…… 1310
顧廣圻(千里,澗蘋)…………1841
顧翰(木天,兼塘)……………2124

顧鶴慶（子餘，弢菴）…………1851
顧槐三（秋碧）……………………2178
顧繼紳—顧炎武
顧鑒（戒菴，東田）………………1297
顧絳—顧炎武
顧景星（赤方，黄公）……………194
顧奎光（星五，雙溪）……………1137
顧夔璋（樹宸，東崑）……………1181
顧列星（樊渠，退飛）……………1204
顧湄（伊人）………………………256
顧夢游（與治）……………………26
顧汧（伊在，芝巖）………………472
顧森（廷培，錦柏，雲菴）………1111
顧師軾（景和，衲雲）……………2385
顧嗣立（俠君，閭丘）……………630
顧嗣協（迂客，楞伽山人）………613
顧天成（良哉，小厓）……………674
顧廷綸（鄭鄉）……………………1869
顧圖河（書宣，花翁）……………543
顧王霖（柱國，容堂）……………1725
顧維禎（幼鐵）……………………386
顧炎武（顧絳，顧繼紳，寧人，
亭林，蔣山傭）……………………119
顧詒禄（禄百，綏堂，花樵）……943
顧永年（九恒，桐村）……………444
顧于觀（萬峯，桐峯，澥陸）……949
顧齋—王軒
顧貞觀（華峰，梁汾）381
顧宗泰（景嶽，星橋）……………1404
瓜田—張庚
官文（秀峯）………………………2351
觀川—夏力恕
觀卿—徐駿
觀榮（青農，梅林）………………2245
觀瑞（竹樓）………………………2258
管幹貞—管榦珍
管榦珍（管幹貞，暘復，陽夫，
松厓）………………………………1362
管掄（青村）………………………612
管繩萊（孝逸）……………………2158
管世銘（鍼若，韞山）……………1406
管學洛（道明，午思）……………1768
管兆柱（秋巖）……………………1024
冠南—陸元鋐
冠卿—厲同勳
冠三—李周南
冠亭—鮑鉁
冠雲—沈彤
灌畦叟—朱樟
光伯—胡焯
光聰諧（律原，栗園，
立元）………………………………2094

光輪—呂留良
廣陵—陳元龍
廣期—儲方慶
廣廈—康有為
廣霞—余懷
廣雅—張之洞
廣玉（桂亭）……………………1577
歸愚—沈德潛
歸雲老人—高鳳翰
歸允肅（孝儀，惺齋）……………438
歸莊（歸祚明，玄恭，恒軒）……118
歸祚明—歸莊
桂超萬（丹盟）……………………2326
桂芳（香東，子佩）………………1955
桂馥（冬卉，未谷）………………1373
桂舲—韓葑
桂亭—廣玉
桂巖—楊紹基
貴慶（雲西，月山）………………1852
檜門—金德瑛
郭恩孚（伯尹，蓉汀）……………2793
郭鳳（丹叔）………………………1946
郭金臺（陳湜，子原，幼隗）………75
郭崑燾（郭先梓，仲毅，意誠，
　樗叟）……………………………2649
郭堃（以簡，厚菴）………………1791
郭麐（祥伯，頻迦）………………1862
郭起元（復齋）……………………821
郭尚先（蘭石）……………………2168
郭書俊（蓼莽）……………………1980
郭束（元城，沙鹿）………………923
郭嵩燾（伯琛，筠仙，養知，
　玉池老人）………………………2598
郭綏之（靖侯）……………………2738
郭先梓—郭崑燾
郭儀霄（羽可）……………………1989
郭元釪（于宮，雙村）……………527
郭肇（懷初，復亭）………………2715
郭肇鐄（韻清，奉堳，
　鳳池）……………………………1081
國梁（丹中，笠民，
　納國棟）…………………………1112
國山—徐崑
國雯—范光陽
國憲—方成珪
國楨—朱克生
果堂—沈彤
果園—殷如梅
過村—成文昭

H

孩叟—邵陵

海槎—方元鵾
海槎—黄達
海丞—張擴庭
海村—王斯年
海房—張符驤
海峯—龔景瀚
海峯—劉大櫆
海屏—涂慶瀾
海琴—楊翰
海秋—許宗衡
海秋—湯鵬
海山—王嵩高
海山—周煌
海珊—嚴遂成
海樹—劉珊
海愚—朱孝純
海鍾(蕙田,壺天吟客)………2663
海住—金甡
亥白—張問安
駭谷—厲志
邗山—于卿保
含澈(雪堂)………………………2655
含晶—龔易圖
含奇—李鋮
含漪—屈為章
函可(韓宗騄,祖心,剩人)………85
函昰(曾起莘,麗中,天然)………59
涵青—吴恩熙
涵齋—汪晉徵
涵齋—朱倫瀚
寒村—鄭梁
寒松老人—魏象樞
寒中—馬思贊
韓崇(元芝)………………………2125
韓葑(桂舲)………………………1716
韓鳳翔(儀廷,東園)……………2358
韓門—汪師韓
韓夢周(公復,理堂)……………1279
韓坡—蕭惟豫
韓騏(其武,補瓢)………………870
韓是升(東生,旭亭)……………1368
韓菼(元少,慕廬)………………380
韓齋—孔憲彝
韓宗騄—函可
漢槎—吴兆騫
漢甫—沈金渠
漢卿—于昌遂
漢儒—法若真
漢石—秦松齡
漢儀—王嘉曾
漢鏞—黄景仁
漢瞻—張雲章

翰臣—龍啟瑞
翰臣—王楫汝
翰初—溫肇江
翰村—仲昰保
翰芳—戚學標
翰風—張琦
翰輝—汪藻
翰文—彭啟豐
翰仙—任昌詩
翰宣—張士元
翰源—葉名澧
翰尊—范來宗
杭世駿（大宗，堇浦）……………888
杭蓀—黄濴之
蒿菴居士—張爾岐
郝璧（仲趙，蘭石）…………………265
郝懿行（恂九，蘭皋）…………1700
郝浴（冰滌，雪海，復陽）………212
郝植恭（夢堯）…………………2730
何焯（屺瞻，茶仙，
義門先生）…………………………600
何道生（立之，蘭士）…………1845
何芬（蘭石）………………………668
何耿繩（正甫，玉民）…………2205
何家琪（吟秋，天根）…………2731
何夢瑤（贊調，報之，研農，
西池）……………………………807
何其偉（偉人，書田）…………1975
何琪（東浦，春渚，南灣漁叟，
二介居士）……………………1261
何絜（雍南）……………………208
何青（數峯）……………………1530
何衢—潘正亨
何紹基（子貞，東洲，
蝯叟）…………………………2388
何盛斯（蓉生）…………………2399
何士容—何士顒
何士顒（何士容，南園）………1229
何栻（廉昉，晦餘）……………2586
何維棣（棠孫）…………………2846
何彝光（叔獻）…………………229
何元（叔度）……………………1838
何曰愈（德持，雲畡，
退菴）…………………………2305
何岳齡（衡山）…………………2474
何在田（鶴年）…………………1258
何兆瀛（通甫，青耜，
澈叟）…………………………2497
何晫（念修）……………………901
和伯—孫義鈞
和甫—吴存義
和公—魏禮

和琳（希齋）…………………… 1646
和甯—和瑛
和圃—萬承風
和珅（致齋）…………………… 1568
和叔—陳黄中
和叔—李鼎元
和瑛（和甯，太葊）……………… 1422
河九—胡潤
盍旦子—先著
荷塘—張五典
荷屋—吴榮光
賀長齡（耦庚，西涯，
耐菴）…………………………… 2171
賀祥麟（麓僑）………………… 2415
賀貽孫（子翼，孚尹）……………230
鶴巢—許玉瑑
鶴舫—穆彰阿
鶴皋—祁韻士
鶴君—蔡壽臻
鶴君—李永祺
鶴齡—陳鶴
鶴樓—黄金臺
鶴年—何在田
鶴嶠—熊爲霖
鶴泉—戚學標
鶴沙—許纘曾
鶴山—錢之鼎
鶴生—范志熙
鶴田—端木國瑚
鶴田—吕賢基
鶴汀—劉寶樹
鶴亭—江春
鶴溪—奚寅
鶴銜—童鳳三
鶴尹—王抃
亨甫—張際亮
亨一—盧震
恒夫—趙吉士
恒慶（梅村）…………………… 1627
恒仁（育萬，月山）……………… 1064
恒軒—歸莊
恒巖—阿克敦
恒巖—董榕
横山先生—葉燮
横雲山人—王鴻緒
衡臣—張廷玉
衡山—陳矩
衡山—何岳齡
蘅皋—吴應奎
蘅卿—程庭鷺
蘅友—左輔
弘人—吴兆寬

弘昨（仲升，恕齋，
瑶華道人）……………………1271
弘曉（冰玉主人）…………1193
弘曣（思敬，石琴主人）………2187
虹舫—朱方增
虹屏—沈彩
虹亭—徐釚
虹友—王攄
洪昌燕（敬傳，張伯）…………2600
洪坤煊（載厚，地齋）…………1748
洪禮吉—洪亮吉
洪良品（右臣）……………………2737
洪亮吉（洪禮吉，君直，稚存，
北江）……………………………1515
洪枰（世持，平木，雪蘿）………1355
洪區—丘志廣
洪若皋（叔敘，虞鄰）……………348
洪生—沈朝初
洪昇（昉思，稗畦）………………446
洪錫爵（桐雲，尊彝）…………2784
洪飴孫（孟慈，祐甫）…………1950
洪頤煊（旌賢，筠軒）…………1835
洪鈜（孝儀）…………………………608
洪占銓（奉喈，介亭）…………1777
紅蘭主人—岳端
紅梨主人—晉昌
紅圃—陳祁
紅餘—胡慎容
閎中—梁章鉅
鴻濛子—方玉潤
鴻書—金兆燕
鴻詔—符兆綸
侯赤—趙熊詔
侯方域（朝宗）…………………………173
侯亭—阮文藻
厚安—李光地
厚安—袁績懋
厚菴—郭堃
厚菴—錫縝
厚菴—謝蘭生
厚岡—李榮陛
厚石—汪孟鋗
厚吾—嚴正基
厚軒—吴世杰
厚齋—張篤慶
垕齋—朱浩
後村—王文治
後坡—徐基
胡長慶（胡元勳，延之，
梅溪）……………………………1943
胡超（卓峯）…………………………2067
胡成浚（子深，雲眉）…………1834

胡承珙（景孟，墨莊）…………2009
胡承諾（君信，東柯，石莊）……52
胡方（大靈，金竹）………………539
胡鳳丹（齊飛，月樵）…………2653
胡季堂（升夫，雲坡）………… 1281
胡介（胡士登，彦遠）……………148
胡介祉（存仁，循齋，茨村）……571
胡敬（以莊，書農）……………1895
胡浚（希張，竹巖）………………805
胡駮—胡天游
胡念修（靈和，右階，
　壺龕）……………………………2851
胡慶豫（雝來，東坪）……………484
胡潤（河九，京蒙，艮園）………674
胡紹鼎（雨方，牧亭）…………1114
胡慎容（玉亭，臥雲，紅餘）…1298
胡士登—胡介
胡世敦（兼山）…………………1781
胡天游（方天游，胡駮，雲持，
　稚威）……………………………894
胡香昊（竹紆，芋莊）……………353
胡栩然（夢園，臥山）……………891
胡煦（滄曉，紫弦）………………545
胡亦常（同謙）………………… 1475
胡元勳—胡長慶
胡正基（岫青，巽泉）…………1554
胡焯（光伯）……………………2463
胡宗緒（襲參，環隅）……………665
壺龕—胡念修
壺公—張之洞
壺山—吴昇
壺天吟客—海鍾
鵠巖—張叔珽
虎癡—黄本驥
虎侯—寅保
虎文—王崇炳
虎紋—陳炳
岵瞻—李予望
笏庵—吴清鵬
笏君—鄭祖球
笏山—易佩紳
瓠尊—錢載
花農—查林
花農—徐琪
花樵—顧詒禄
花翁—顧圖河
花韻菴主—石韞玉
花之寺僧—羅聘
華長楙—華長卿
華長卿（華長楙，枚宗，
　梅莊）…………………………2468
華川—葉昉升

華峰—顧貞觀
華皋—懷應聘
華函—謝乃實
華平—張瑞徵
華潭—鮑源深
華希閔(豫原,芋園,劍光)……673
華喦(德嵩,秋岳,
新羅山人)……742
華陽—顧光旭
華隱—徐嘉炎
華嶽—劉青蓮
化北—李九鵬
畫江—徐大綸
畫林—許七雲
畫卿—陳錦
畫堂—徐用錫
畫亭—朱瀫
話山—陸洽原
淮南—張之澄
槐江—程瑞祊
槐青—王葉滋
槐堂—潘世恩
槐堂—汪沆
槐塘—汪沆
槐庭—陳鍾英
槐庭—王夢庚
槐西居士—許亦崧
懷初—郭肇
懷谷—焦式沖
懷蓼—方芳佩
懷庭—閻循觀
懷應聘(華皋)……146
懷之—張安保
懷祖—王念孫
桓符—李殿圖
澴農—夏力恕
環甫—張懷泗
環極—魏象樞
環溪—費丹旭
環溪—魏象樞
環隅—胡宗緒
緩堂—顧詒禄
幻花—張粱
幻襄—宋湘
宦懋庸(伯銘,碧山野史)……2784
浣村—謝應芝
浣芬—左錫嘉
浣青—熊爲霖
浣霞—蔡鑾揚
煥槎—費錫章
煥若—程際盛
黄安濤(凝輿,霽青)……2020

黄本驥（仲良，虎癡）…………2106
黄本騏（伯良）…………2090
黄承吉（謙牧，春谷）…………1925
黄崇惺（黄崇姓，臀士）…………2535
黄崇姓—黄崇惺
黄琮（象坤，矩卿）…………2390
黄達（上之，海槎）…………1067
黄定亣—黄定齊
黄定齊（黄定亣，克家，
蒙莊）…………2048
黄定文（仲友，東井）…………1479
黄灣（覲懷，萍谷）…………465
黄恩彤（綺江，石琴）…………2418
黄公—顧景星
黄金臺（鶴樓）…………2253
黄景仁（漢鏞，仲則）…………1560
黄爵滋（德成，樹齋）…………2311
黄凱鈞（南薰，退菴）…………1603
黄理（艮男，畊南，艮翁）…………1625
黄湄—王又旦
黄培芳（子實，香石）…………2013
黄彭年（子壽）…………2651
黄任（莘田，十研老人）…………750
黄瑞（留村）…………1855
黄山—法若真
黄紹第（叔頌，縵庵）…………2847
黄紹箕（仲弢，鮮庵）…………2845
黄紹統（燕勳，翼堂）…………1236
黄慎（公懋，恭壽，癭瓢）…………803
黄生（扶孟，白山）…………203
黄石—法若真
黄堂（雨椽，秋水）…………1289
黄體正（直其，雲湄）…………1872
黄桐孫（稺木，支山）…………2049
黄圖珌（容之，峯卿，蕉窗居士，
守真子）…………921
黄維申（復唐）…………2781
黄文蓮（芳亭，星槎）…………1228
黄文暘（時若，秋平）…………1382
黄湘（士龠，漁叔，柿菴）…………1675
黄湘南（一吾，石櫓）…………1692
黄燮清（憲清，韻甫，
韻珊）…………2459
黄易（小松，秋盦）…………1486
黄瀠之（杭蓀）…………2719
黄玉衡（伯璣，小舟，在庵）…………2026
黄越（際飛，退思，退谷）…………537
黄鉞（左田）…………1579
黄雲（仙裳，舊樵）…………198
黄雲鵠（翔雲）…………2616
黄曾（菊人，瓶隱）…………2402
黄釗（穀生，香鐵）…………2206

黄兆森—黄之雋
黄振（舒安，瘦石）……………1210
黄之雋（黄兆森，若木，石牧，
　唐堂）……………………………653
黄中堅（震孫，蓄齋）……………485
黄中理（奕清）………………… 1574
黄周星（景虞，九煙，
　笑倉道人）……………………………89
黄竹—江干
黄鷟來（叔威）……………………495
黄子雲（士龍，野鴻）……………845
黄宗羲（太沖，梨洲）………………73
黄宗彦（菊人）…………………2552
黄遵憲（公度）…………………2805
湟溱—程可則
篁村—陸錫熊
篁村—陶元藻
撝叔—趙之謙
迴瀾—梁春湘
悔庵—萬泰
悔菴—尤侗
悔遲—陳洪綬
悔初居士—鮑善基
悔廬—李果
悔人—朱載震
悔生—王灼
悔翁—屈復
悔翁—汪士鐸
悔翁—吴屯侯
悔餘—查慎行
悔齋—汪楫
晦庵—嚴元照
晦村—石龐
晦夫—戴晟
晦甫—徐宗亮
晦農—彭士望
晦亭—吴維彰
晦餘—何栻
惠常—林昌彝
滙川—長海
會英—彭希鄭
誨叔—潘諮
蕙田—海鍾
蕙西—邵懿辰
繪卣—金志章
霍山—岑徵
蠖齋—施閏章

J

姬傳—姚鼐
姬田—程瑞祊
基平—王太岳

嵇菴—徐夜
嵇璜（尚佐，黼庭，拙修）……1049
嵇亭—陳鶴
嵇永仁（留山，抱犢山農）………382
嵇曾筠（松友，禮齋）……………658
稽留山民—金農
積卿—許宗彦
積山—汪惟憲
積堂—殳慶源
齏生—許正綬
及之—吴鼒
吉甫—劉喜海
吉津—李呈祥
吉夢熊（毅揚，渭崖）…………… 1177
吉年（秋畬）…………………………2277
吉求—朱昌頤
吉人—林佶
吉人—沈清瑞
吉三—曹秉哲
吉升—崔應階
吉石—汪彝銘
吉堂—欽善
汲民—沈景修
汲園—王攄
卽菴—曾燦垣
卽山—成鷟
卽園—李於陽
魬菴—曾廣鈞
集齋—錢陳羣
蕺園—程晉芳
輯五—龍啟瑞
輯五—彭元瑞
輯軒—成瑞
己畦—葉燮
芰塘—張維楨
季持—江爾維
季方—姚念曾
季角—汪懋麟
季梅—趙彦修
季門—張問安
季木—陸繼輅
季青—許乃椿
季青—汪文柏
季逑—孫星衍
季仇—楊峴
季泉—景廉
季深—陶季
季深—鄒漢池
季碩—曾彦
季俠—周焌圻
季雅—鄭鉽
季野—萬斯同

季瑩—李聯琇
季友—王鴻緒
季玉—潘曾瑋
季源—蓋方泌
季雲—蔣澐
季芝昌(雲書,仙九)……………2263
季重—孔尚任
季重—徐開任
計東(甫草,改亭)…………………247
計六—英廉
旣汸—李富孫
旣堂—沈業富
紀大奎(向辰,愼齋)…………… 1513
紀逵宜(肖魯,可亭,
閒雲老人)…………………………704
紀邁宜(偲亭,蓬山逸叟)………676
紀南—徐堂
紀堂—周嘉猷
紀映鍾(伯紫,檗子,戇叟)………65
紀昀(曉嵐,春帆,石雲)………1206
寄菴—劉大紳
寄菴—張應昌
寄槎—張學仁
寄禪—敬安
寄廬—董元度
寄廬—沈寓
寄漚—劉繼曾
跡刪—成鷲
際飛—黄越
稷臣—孔慶鉤
稷若—張爾岐
冀野—鄭鉽
罽石—宋鳴琦
濟菴—傅作楫
濟夫—李宏
濟寰—曹一士
濟武—唐夢賚
濟于—馬鎮
績父—鄒漢勛
繼貢—劉紹攽
繼仁—林枝春
繼莊—劉獻廷
霽菲—吴芳培
霽公—龐塏
霽南—饒學曙
霽青—黄安濤
霽青—柯振嶽
霽堂—丁繁培
霽堂—竇國華
霽堂—翁照
霽軒—袁佑
驥調—吴可馴

薺原—曹文埴
迦陵—陳維崧
家光—葉觀國
家三—薛起鳳
葭沚—佟世思
嘉父—樊增祥
嘉魚—丁丙
賈開宗（靜子）……………………15
賈樹誠（雪持，琴巖）…………2720
賈田祖（稻孫，禮耕）…………1079
賈炎（午橋，蕉園）……………1398
賈虞龍（舜臣，雲城，
篘城）……………………………1380
稼門—汪志伊
稼堂—陸應穀
稼堂—潘耒
稼軒—錢維城
稼軒—吴昆田
駕航—孫楫
兼三—沈琨
兼山—胡世敦
兼山—岳端
兼士—梁夢善
堅翁—鄭由熙
蒹塘—顧翰
監青—曉青
監茲—王曰高
緘菴—安致遠
緘菴—恩華
緘三—朱秉銘
緘亭—凌樹屏
緘齋—周亮工
減菴—王挺
儉卿—丁晏
儉卿—景廉
儉堂—查禮
儉堂—查學禮
檢亭—金兆燕
檢芝—姜宸熙
繭木—欽善
簡民—黎簡
簡齋—袁枚
簡之—劉嗣綰
簡莊—陳鱣
見大—王文誥
見復—陳祖范
見山—楊峴
見曉—讀徹
見心—屈復
見新—周昱
建侯—慶康
建三—湯懋統

建棠—王棻
建澤—趙德懋
健菴—徐乾學
健菴—葉世倬
健男—陸錫熊
楷桓—宋鳴珂
漸江—查容
漸逵—許鴻磐
漸僧—邊壽民
劍光—華希閔
劍華—雷鐏
劍秋—鄒在光
劍人—蔣敦復
劍士—潘飛聲
劍亭—金兆燕
劍溪—喬億
澗花—俞鴻漸
澗蕢—吴嵩梁
澗樵—吕謙恒
磵東—歐陽輅
鑑南—吴璜
鑑吾—來秀
鑑齋—汪藻
江春(穎長,鶴亭)……………… 1190
江村—高士奇
江鼎金(惺齋)………………………536
江東—沈謙
江爾維(季持)……………………2471
江昉(旭東,硯農)……………1251
江干(片石,黄竹)………………1416
江干—余京
江浩然(萬原,孟亭)…………824
江介(石如)…………………………1857
江濬源(孟辛,岷雨,
介亭)………………………………1351
江開(龍門)…………………………2411
江蘺—章性良
江權(越門)…………………………1163
江人鏡(雲彦,蓉舫)…………2643
江上外史—笪重光
江聲—金志章
江湜(弢叔)…………………………2603
江有蘭(怡之,待園)…………2537
江昱(賓谷,松泉)……………1006
江之紀(修甫,石生)…………2016
姜埰(如農,敬亭山人)…………54
姜宸熙(檢芝,笠堂)…………1091
姜宸英(西溟,湛園)……………283
姜恭壽(静宰,香巖)……………930
薑田—高綱
薑塢—姚範
薑齋—王夫之

蔣寶齡（子延，霞竹）…………2127
蔣超伯（叔起，通齋）…………2607
蔣春霖（鹿潭）…………………2604
蔣德宣（子浚）…………………2091
蔣敦復（蔣金和，克父，純甫，
　劍人，鐵岸，鐵脊生）………2485
蔣蕚（跗棠，醉園）……………2744
蔣光煦（日甫，愛旬，生沐）…2554
蔣衡（拙齋）……………………2313
蔣金和—蔣敦復
蔣楛（荊名）……………………278
蔣麟昌（靜存）…………………1177
蔣琦齡（申甫，召壽，
　月石）…………………………2584
蔣槃渭（遇溪）…………………2317
蔣山傭—顧炎武
蔣莘（覺夫）……………………1668
蔣師轍（紹由，遯盦）…………2717
蔣詩（泉伯，秋吟）……………1882
蔣士銓（心餘，苕生，清容，
　藏園）…………………………1231
蔣坦（藹卿）……………………2651
蔣廷錫（揚孫，西谷，南沙）……652
蔣湘南（子瀟）…………………2318
蔣業晉（紹初，立厓）…………1252
蔣一元（復天，丹臺）…………1450
蔣易（前民）……………………191
蔣因培（伯生，辛峯老民）……1886
蔣攸銛（穎芳，礪堂）…………1843
蔣元龍（乾九，雲卿，
　春雨）…………………………1366
蔣澐（季雲，秋舫）……………2195
蔣之翹（楚墀）…………………145
蔣知白（君質）…………………1913
蔣知廉（用恥，修隅）…………1589
蔣志凝（子于，淡懷）…………2115
蔣中和（本達，蘊幾，位公，
　眉山子）………………………304
講山—陸圻
絳雪—吴宗愛
茮岑—徐宗亮
茮堂—朱爲弼
茭湖—汪國
椒峰—陳玉璂
椒畦—王學浩
椒生—羅惇衍
椒堂—朱爲弼
椒園—黎庶蕃
椒園—沈廷芳
蛟門—汪懋麟
焦和生（琴齋）…………………1677
焦穫—孫枝蔚

焦式沖（懷谷）……………………1333
焦循（理堂）……………………1788
蕉窗居士—黄圖珌
蕉林—梁清標
蕉飲—史申義
蕉園—賈炎
蕉園—岳禮
皆人—謝芳蓮
皆三—薛起鳳
皆山—薛起鳳
階平—牛運震
階五—徐以升
劼剛—曾紀澤
傑夫—莫與儔
睫闇—裴景福
潔躬—曹溶
介純—劉珊
介存—周濟
介藩—宗聖垣
介颿—宗聖垣
介峯—毛曙
介夫—李如筠
介侯—張澍
介立—李寄
介裴—朱休度
介祺—王餘佑
介人—沙張白
介若—萬壽祺
介山—趙文楷
介石—蕭惟豫
介堂—嚴寅
介亭—洪占銓
介亭—江濬源
介梧—李受曾
介巖—勞之辨
介子—屈大均
价人—靳榮藩
价人—柳以蕃
戒葊—顧鑒
戒菴—孫爾準
芥航—張井
芥圃—石卓槐
芥子—王太岳
砎軒—王善寶
借菴—清恒
借山—元璟
借閒漫士—汪遠孫
藉五—吴玉搢
今釋（澹歸，金堡，道隱，
衛公）……………………………131
金堡—今釋
金采—金人瑞

金昌世（金名世，守谷）…………833
金德瑛（汝白，慕齋，檜門）……959
金鍔（一士，嘯崖）………………2137
金和（弓叔，亞匏）………………2604
金紀—岑徵
金喟—金人瑞
金門—劉鳳誥
金門—吴台
金門詔（軼東，東山）……………677
金夢熊（占一，蒓鄉）……………1447
金名世—金昌世
金農（壽門，冬心，司農，稽留山民，曲江外史，昔邪居士，百二硯田富翁，心出家菴粥飯僧）…………………………802
金圃—謝墉
金人瑞（金采，若采，金喟，聖嘆）………………………………61
金蓉鏡（潛父，潛廬）……………2850
金甡（雨叔，海住）………………975
金聲—張鏞
金士奇—金志章
金士松（亭立，聽濤）……………1293
金粟道人—張朝桂
金粟—錢林
金粟—屈復
金粟山人—朱寯瀛
金望欣（秋士，嵎谷）……………2234
金溪—戴敦元
金孝柟（載馨，墨莊）……………1887
金學蓮（青儕，子青，手山）………………………………1991
金學詩（韻言，二雅）……………1217
金衍宗（維漢，岱峯）……………2070
金冶—張興鏞
金虞（長孺，小樹）………………736
金玉麟（石船）……………………2480
金兆燕（鍾越，棕亭）……………1122
金之俊（豈凡，息齋）……………12
金志章（金士奇，繪卣，江聲，安遇居士）………………………849
金竹—胡方
堇浦—杭世駿
堇生—孔昭焜
堇堂—陳道華
錦柏—顧森
錦帆—趙賓
錦泉—李瑩
謹菴—陳徵文
謹墀—李芝
謹堂—汪由敦
謹庸—尤珍

近人—汪士慎
近薇—曹文埴
近雯—方觀
近修—朱一是
近之—喻懷仁
晉昌（晉齋，紅梨主人）……… 2109
晉甫—黎庶蕃
晉光—聶銑敏
晉侯—武廷選
晉卿—董超然
晉卿—李光地
晉三—童槐
晉堂—姚學塽
晉賢—汪森
晉魚—馮啟蓁
晉元—崔預
晉齋—晉昌
晉齋—昇寅
晉之—龔策
進思—任端書
靳榮藩（价人，綠溪，
鎮園）……………………………… 1233
藎思—陸進
覲伯—林堯光
覲公—范承謨
覲懷—黄灣
覲顔—王丹墀
覲堯—陶譽相
覲齋—許志進
京蒙—胡潤
京孫—辛師雲
荊癡—梁春湘
荊名—蔣楷
荊園—趙德楙
涇南—張照
菁立—陸淹
菁衫—趙國華
菁士—沈丙瑩
旌賢—洪頤煊
晶如—沈丙瑩
經濟（子通，半園）……………… 2411
經樓—孔璐華
經笙—張鏞
經一—宋韋金
經孳—瞿樹鎬
鯨堂—曾鏞
井窗子—林熙
井公—保培基
井南居士—彭昭麟
井南—朱霈
景安（憶山）……………………… 1805
景初—沈初

景純—祁琳
景芳—劉繹
景峰—張廷樞
景韓—朱琦
景和—顧師軾
景廉(儉卿,秋坪,季泉,偶齋)……………………2654
景呂—丁弘誨
景孟—胡承珙
景南—王友亮
景喬—左宗植
景叔—王培荀
景亭—馮桂芬
景文—嚴可均
景星杓(亭北)……………………520
景宣—陸圻
景貽—項樟
景魚—陳庭學
景虞—黄周星
景霱—李霨
景垣—周煌
景嶽—顧宗泰
景之—趙士春
景州—王仲儒
景周—沈濂
警石—錢泰吉
淨因—張因
敬安(寄禪,八指頭陀)………2817
敬傳—洪昌燕
敬甫—盧存心
敬可—陳承然
敬南—張家栻
敬身—丁敬
敬所—王豫
敬亭—敦誠
敬亭山人—姜埰
敬亭—沈起元
敬文(廉階)……………………2196
敬修—熊賜履
敬倚—王箴輿
敬輿—彭輅
敬哉—王崇簡
敬箴—汪學金
敬之—李秉禮
敬之—王曾翼
敬仲—梁穆
靖侯—陳廣寧
靖侯—郭綏之
靖元—唐惲宸
靜柴—孫淦
靜存—蔣麟昌
靜甫—夏尚志

靜濤—柏葰
靜厓—汪學金
靜遠—李宗昉
靜宰—姜恭壽
靜齋—施世綸
靜子—安致遠
靜子—賈開宗
鏡海—唐鑑
鏡泉—永瑆
鏡塘—姚學塽
鏡濤—瞿中溶
炯甫—劉存仁
絅菴—錢名世
絅菴—徐昂發
褧堂—吴文照
九扶—馮雲鵬
九谷—方殿元
九恒—顧永年
九龍—嚴元照
九梅居士—魏燮均
九青—王岱
九日—許旭
九思主人—永瑢
九畹—劉紹攽
九敘—宮爾勸
九煙—黄周星
九齋—蘇履吉
九芝—陸懋修
久也—汪遠孫
就思—嚴我斯
舊樵—黄雲
且碩—程庭
且翁—張崟
且園—王岱
居瑾（予石，雨十）………………1806
鞠陵—程正揆
鞠裳—葉昌熾
菊村—馬士圖
菊湖—吴家懋
菊潛—趙函
菊泉—丁壽昌
菊人—黄曾
菊人—黄宗彦
菊水—李遐齡
菊潭—沙增齡
菊溪—百齡
菊隱—陸元輔
菊莊居士—王金英
矩卿—黄琮
矩菴—高一麟
巨超—清恒
巨川—戴瀚

巨來—李紱
巨源—徐世溥
巨州—李紘
聚侯—陸奎勳
據梧居士—李霨
涓來—王澤弘
蠲齋—先著
卷翁—陶蔚
倦圃—曹溶
倦翁—包世臣
狷菴—湯修業
雋三—張晉
覺阿(張京度,蓮民)…………2266
覺遲—吴恩熙
覺夫—蔣莘
覺夫—潘遵祁
覺生—鮑桂星
覺先—汪志道
覺軒—董沛
均父—施補華
君臣—鄭文焯
君農—譚光祥
君賢—劉獻廷
君信—胡承諾
君修—許延敬
君儼—孫望雅
君宜—徐大綸
君異—杜越
君直—洪亮吉
君質—蔣知白
君胄—李慎傳
君鑄—錢之鼎
鈞平—沈兆禔
鈞緒—謝元淮
俊公—唐英
駿公—吴偉業
駿履—程襄龍
駿孫—彭孫遹
濬哲—王宗燿

K

開九—羅天閶
開文—法式善
開遠—萬承勳
楷人—曹庭棟
愷功—揆敘
愷似—孫致彌
鎧龍—吴騏
侃叔—吴東發
衎石—錢儀吉
康伯—伍魯興
康古—汪孟鋗

康侯—譚敬昭
康基田（仲耕，茂園）…………1261
康有為（廣廈，長素）…………2855
亢樹滋（倜卿，鐵卿，
贅翁）……………………………2590
考夫—張履祥
柯庭—汪文柏
柯煜（南陔，實菴）…………………634
柯振嶽（霽青，訥齋）…………1587
可盦—法良
可樵—言尚焜
可山—沈堡
可亭—紀逵宜
可亭—言南金
可園—許之漸
可宗—劉正宗
克父—蔣敦復
克家—黄定齊
克柔—鄭燮
克猷—劉子壯
峇嵐山人—謝乃實
客山—李果
客星山人—陳梓
客子—沈季友
肯堂—范當世
空山—牛運震
倥侗—倪偉人
孔博—馮溥
孔傳鐸（牖民，振路）……………584
孔傳鋕（振文，西銘）……………592
孔繁培（養原）……………………1517
孔繼涵（誧孟，體生）………… 1411
孔繼鑅（宥函，廓甫）…………2421
孔繼宣（綸庭）……………………2335
孔璐華（經樓）……………………2024
孔慶錭（稷臣，誠甫）…………2436
孔慶鎔（陶甫，冶山）…………2203
孔尚任（季重，東塘，
雲亭山人）…………………………479
孔受—高學濂
孔堂—王豫
孔憲彝（敘仲，繡山，
韓齋）……………………………2489
孔昭焜（石藻，堇生）…………2004
孔昭虔（元敬，荃溪）………… 1941
哭菴—易順鼎
苦鐵—吴俊卿
蒯德模（子範）……………………2581
蒯嘉珍（鐵崖）…………………… 1769
寬甫—王敬之
匡侯—李贊元
匡山—嚴烺

揆敘（愷功）……………………………695
葵露—邵自祐
葵石—梁清遠
葵園—王先謙
夔侶—程襄龍
夔友—邊浴禮
媿菴—李世熊
媿曾—黎士弘
簣山—田蘭芳
簣山—王賡言
簣齋—張佩綸
坤一—錢載
崑城—謝墉
崑林—魏象樞
崑林—魏裔介
崑南—張崗
崑圃—劉秉琳
崑英—朱瑤
琨玉（霞川）…………………………1440
廓甫—孔繼鑅
廓軒—志鋭
闊普通武（安甫）………………… 2817

L

來秀（子俊，鑑吾）……………2626
來菴—許承家
來殷—曹仁虎
萊峯—張洲
萊甫—孫爾準
嵐溪—王如玉
藍千秋（長清，長青，石鄔）……658
藍田—鈕樹玉
藍衍—呂種玉
藍洲—陳豪
蘭坻—方薰
蘭甫—陳澧
蘭陔—吴懋政
蘭陔—鄭王臣
蘭皋—郝懿行
蘭谷—溥畹
蘭江—徐永譽
蘭九—李枝青
蘭坡—周長發
蘭坡—朱琦
蘭樵—張榕端
蘭卿—李彦章
蘭卿—沈金藻
蘭卿—沈學淵
蘭泉—王昶
蘭石—郭尚先
蘭石—郝璧
蘭石—何芬

蘭史—潘飛聲
蘭士—方薰
蘭士—何道生
蘭亭—殷希文
蘭亭—朱克家
蘭畹—彭昱堯
蘭雪—吴嵩梁
蘭巖—白恩佑
蘭巖—恭泰
籃跛—陶孚尹
嬾齋—通門
郎葆辰（文臺，蘇門，桃花山人）……………………1793
郎廷槐（梅溪）……………………594
閬峯—玉保
朗夫—陸燿
朗夫—翁照
朗甫—陸燿
朗秋—曾懿
朗山—陳良玉
朗山—馬慧裕
朗山—沈壽榕
朗亭—李瑩
朗齋—徐鑅慶
浪仙—沈筠
勞孝輿（孝于，阮齋）……………926
勞之辨（書升，介巖）……………400
老蘗禪—傅山
老遲—陳洪綬
老劍—潘飛聲
老蘁—張鏐
老蓮—陳洪綬
老匏—朱冕
老鐵—柏春
雷浚（深之，甘谿）………………2570
雷鐓（劍華，子任，寶香山人）………………………657
雷田—李澄中
楞伽山人—顧嗣協
楞伽山人—王芑孫
楞山—陳撰
楞香—吴苑
冷士嵋（又嵋，秋江）……………276
冷松—汪志道
梨洲—黄宗羲
黎簡（簡民，未裁，二樵）……1541
黎景義（黎内美）……………………64
黎内美—黎景義
黎汝謙（受生，受蓀）…………2824
黎士弘（媿曾）……………………182
黎庶蕃（晉甫，椒園）…………2703
黎庶燾（魯新，篠庭）…………2675

黎恂（迪九，雪樓，拙叟）……2181
蠡濤—吴俊
李柏（李如泌，雪木）……300
李苞（元方，敏齋）……1593
李保儒（孝昌，慕堂）……2625
李北潢—李良年
李必恒（北嶽，百藥，樗巢）……466
李秉禮（敬之，松圃）……1544
李超瓊（紫璈）……2799
李辰垣（紫亭）……1974
李呈祥（其旋，吉津，東村，木齋）……160
李澄中（渭清，漁村，雷田）……303
李重華（實君，玉洲）……746
李慈銘（無伯，蒓客，越縵）……2708
李村—李于潢
李大儒（魯一，愚庵）……1238
李道悠（子遠）……2669
李德揚（芳谷）……2218
李殿圖（桓符，石渠，露桐）……1402
李鼎元（和叔，味堂，墨莊）……1570
李斗（北有，艾塘）……1564
李法遠—李良年
李方穀（香畬）……1591
李孚青（丹壑）……625
李符（李符遠，分虎，耕客）……396
李符遠—李符
李紱（巨來，穆堂）……685
李福（備之，子仙）……1893
李黼平（繡子，貞甫，著花居士）……1909
李富孫（既汸，薌芷）……1811
李賡芸（生甫，鄦齋）……1636
李塨（恕谷，剛主）……582
李光地（晉卿，厚安，榕村）……427
李光漢（契可）……2733
李光庭（大年，樸園）……1967
李光昭（秋田）……2066
李果（實夫，碩夫，客山，在亭，悔廬）……718
李杭（孟龍，香樹，梅生）……2626
李宏（濟夫，湛亭）……1037
李紘（巨州）……770
李鴻裔（眉生，香巖，蘇鄰）……2716
李化楠（廷節，石亭，讓齋）……1064
李懷民—李憲噩
李簀（鹿苹，梅樓）……1541

李寄（介立）……193
李繼白（夢沙）……122
李驥元（稱其，鳧塘，
中允）……1675
李家瑞（香苹）……2523
李嘉樂（德申，憲之）……2731
李九鵬（化北）……2341
李楷（叔則，岸翁）……273
李鍇（鐵君，眉山，廌青，
豸青）……789
李可汧（處厚，元仗）……137
李來泰（仲章，石臺）……218
李來章（李灼然，禮山）……487
李立—李贊元
李聯琇（季瑩，小湖）……2621
李良年（李法遠，李北潰，武曾，
秋錦）……353
李鑾宣（伯宣，石農）……1687
李夢松（梅偕，歉夫）……1341
李葂（嘯村）……1100
李明嶅（山顏，蓼園）……172
李明農（詒卿）……2350
李其永（漫翁）……824
李琪（元朗，少山，
五芙蓉居士）……2087
李確（李天植，因仲，
蜃園居士）……9
李柟（李葉，依江，木菴）……474
李榮陛（奠基，厚岡）……1353
李如泌—李柏
李如筠（介夫）……1806
李茹旻（覆如，鷺洲）……580
李慎傳（君冑，子薪）……2732
李繩（勉百，耘圃）……1067
李繩遠（斯年，尋壑，樵嵐山人，
補黄村農）……334
李士棻（重叔，芋仙，
童鷗居士）……2644
李世熊（元仲，媿菴）……37
李受曾（介梧）……1685
李燧（東生，青墅）……1632
李棠（召林，竹溪）……1076
李天馥（湘北，容齋）……356
李天英（約菴）……1329
李天植—李確
李調元（羹堂，雨村，
童山）……1355
李廷儀（石帆）……1288
李暾（寅伯，東門）……604
李惟寅（春旭，欽伯）……1673
李霨（景霱，臺書，坦園，
據梧居士）……244

李文瀚（雲生，蓮舫）…………2471
李文胤—李鄴嗣
李文藻（素伯，南澗）…………1290
李雯（舒章）……………………61
李希聖（亦元，臥公）…………2865
李遐齡（芳健，菊水）…………1856
李憲噩（李懷民，十桐，
石桐）……………………1407
李憲暠（叔白，蓮塘）…………1421
李憲喬（子喬，少鶴）…………1498
李星沅（子湘，石梧）…………2359
李彦章（蘭卿，榕園）…………2325
李葉—李柟
李鄴嗣（李文胤，杲堂）…………202
李貽德（天彝，貽白，
次白，杏村）…………………2130
李懿曾（拾珊，漁衫）…………1768
李因篤（天生，子德）…………316
李瑩（錦泉，朗亭）……………1825
李雍熙（淦秋，陸沉子）…………31
李雝來（濱篁，賓王，
迂松）……………………1344
李永標（純九）………………931
李永祺（鶴君）………………558
李於陽（占亭，即園）…………2142
李于潢（子沆，李村）…………2343
李漁（笠鴻，謫凡，笠翁）…………83
李予望（岵瞻，怡村）…………735
李御（琴夫，蘿邨，小花山人）1262
李豫（劭彌）………………689
李元春（仲仁，時齋）…………1899
李元鼎（梅公）………………17
李贊元（李立，望石，匡侯，
遯園子）……………………115
李曾裕（小瀛）………………2514
李璋煜（方赤，禮南，月汀）……2283
李兆齡（仁遐，月巖）…………654
李兆洛（申耆，養一老人）……1894
李鋮（含奇）………………765
李振裕（維饒，醒齋）…………420
李芝（謹墀，竹友）……………1420
李枝青（蘭九，雲西，
薌園）……………………2393
李中簡（廉衣，子靜，
文園）……………………1364
李周南（冠三，慎卿）…………1635
李灼然—李來章
李宗昉（靜遠，芝齡）…………2055
李宗瀚（公博，北溟，
春湖）……………………1893
李宗渭（秦川，稔鄉）…………691
李宗瀛（小韋）………………2493

笠翁—李漁
笠雲—周昱
笠蕓—周昱
慄菴—賽爾赫
厲鶚(太鴻,樊榭)……………………850
厲同勳(冠卿,茶心)……………2237
厲志(允懷,心甫,駭谷,
白華山人)………………………2127
歷畊—許全治
歷友—張篤慶
櫟山—譚光祜
櫟園—周亮工
麗京—陸圻
麗生—嚴學淦
麗中—查奕照
麗中—丁有煜
麗中—函昰
礪堂—蔣攸銛
儷桓—姚大榮
蓮裳—樂鈞
蓮邨—余治
蓮東逸叟—陳庭學
蓮舫—方士淦
蓮舫—李文瀚
蓮光居士—高雲
蓮民—覺阿
蓮佩—莊盤珠
蓮坡—查為仁
蓮塘—李憲暠
蓮溪—沈濂
濂昉—何栻
濂風—閔華
濂峯—徐寶善
濂階—敬文
濂卿—張裕釗
濂生—王懿榮
濂衣—李中簡
濂甫—朱琦
聯輝—魏元樞
斂五—邵自祐
楝亭—曹寅
良膽—狄雲鼎
良輔—永忠
良御—張符驤
良哉—顧天成
梁春湘(荊癡,迴瀾)……………2760
梁德繩(楚生)……………………1926
梁汾—顧貞觀
梁貢—姚孔鋼
梁煥奎(辟園,青郊)……………2861
梁夢善(兼士,午樓)……………1419
梁穆(敬仲,改亭)………………601

梁佩蘭（芝五，藥亭）……………323
梁清標（玉立，蕉林，蒼巖）……207
梁清遠（邇之，葵石）……………58
梁詩正（養仲，薌林）……………910
梁叔—陳克家
梁同書（元穎，山舟）…………1200
梁熙（曰緝，晳次）………………205
梁錫珩（楚白，深山）……………763
梁信芳（薌甫）…………………1902
梁濬（文川，南原，
　秋穀居士）……………………988
梁以壯（又宲，芙汀居士）……610
梁逸（逸民，春隱）………………65
梁允植（承篤，冶湄）……………505
梁章鉅（閎中，茝林，
　退菴）…………………………1987
梁紫—田蘭芳
兩塍—周嘉猷
兩峯—羅聘
兩溟—熊士鵬
亮公—錢名世
亮卿—鄭琮
了菴—王岱
蓼莽—郭書俊
蓼谷—王苹
蓼園—李明嶅
蓼園—吴玉綸
蓼州—車騰芳
廖偉傳（萬英，蔓茵）…………1627
廖文錦（雲初）…………………1968
廖燕（人也，柴舟）………………442
林伯桐（孟林，月亭）…………1903
林昌彝（惠常，薌谿）…………2438
林楓（芾庭）……………………2384
林古度（茂之，那子）……………1
林佶（吉人，鹿原）………………590
林家桂（林聯桂，辛山，
　道子）…………………………2010
林鈞（象鼎）……………………2614
林聯桂—林家桂
林麟焻（石來）……………………468
林夢斗（子牛）……………………491
林棲居士—錢維喬
林壽圖（穎叔，歐齋）…………2627
林屋—鄧旭
林熙（紹眉，井窗子）…………2595
林旭（暾谷）……………………2873
林堯光（覲伯）……………………241
林一—馮桂芬
林則徐（少穆）…………………2164
林枝春（繼仁，青圃）…………1131
林直（子隅）……………………2674

林子威（武宣）……272
琳齋—王景彝
鏐伯—謝維藩
鏐士—黄崇惺
鏐徵—王曾祥
鱗飛—詹應甲
麟伯—趙士麟
麟潭—吴苑
麟趾—成鷲
麟洲—沈元滄
麟洲—張翊雋
麟篆—許印芳
苓塞山人—喬鉢
凌滄—秦瀛
凌煥（筱南，損寏）……2606
凌樹屏（保釐，緘亭）……1058
凌泰封（瑞臻，東園）……2129
凌廷堪（次仲）……1693
凌揚藻（譽劍，藥洲）……1754
菱舟—張翊雋
齡若—張度
靈和—胡念修
靈洲—徐灝
領榮—阮文藻
嶺雲道人—篆玉
留村—黄瑞
留村—吴興祚
留山—嵇永仁
留仙—秦松齡
劉寶楠（楚楨，念樓）……2259
劉寶樹（幼度，鶴汀）……2032
劉弼良（心荃）……2821
劉秉琳（崑圃）……2542
劉秉恬（德引，竹軒）……1370
劉城（伯宗）……14
劉楚英（香隕，湘芸）……2563
劉淳（劉天民，孝長，莘農）……2316
劉存仁（炯甫，念莪）……2455
劉大觀（正孚，松嵐）……1795
劉大櫆（才甫，耕南，海峯）……925
劉大紳（寄菴）……1532
劉塄（澹園）……1437
劉坊（劉琅，鼇石）……561
劉鳳誥（丞牧，金門）……1763
劉光第（裴村）……2858
劉湘年（樹君）……2644
劉繼曾（石香，寄漚）……2786
劉佳（劉侹，德甫，眉士）……2147
劉家珍（席待，鹿沙）……645
劉開（明東，方來，孟塗）……2103

劉琅—劉坊
劉綸（慎涵，繩菴）……………… 1051
劉履芬（彦清，泖生，
漚夢）………………………………2676
劉耆定（爾功）……………………822
劉青藜（太乙，
臥廬，嘯月）………………………627
劉青蓮（華嶽）……………………660
劉壬—劉源深
劉珊（介純，海樹）………………2063
劉紹攽（繼貢，九畹）……………823
劉師恕（秘書，艾堂）……………684
劉士璋（南赤，三湖漁人）…… 1689
劉嗣綰（簡之，淳甫，
芙初）……………………………… 1772
劉體仁（公㦷）…………………… 100
劉天民—劉淳
劉廷璣（玉衡，在園）……………531
劉廷揚—劉源深
劉侹—劉佳
劉統（龍泉）……………………… 1055
劉熙載（伯簡，融齋，
寤崖子）………………………… 2551
劉錫勇（研芬，待廬，蔬叟）…… 717
劉喜海（吉甫，燕庭）……………2309
劉獻廷（君賢，繼莊）……………476
劉巖（劉枝桂，大山）……………555
劉繹（景芳，瞻巖）………………2381
劉墉（崇如，石菴）……………… 1139
劉友光（劉自燁，魚計，
杜三）………………………………132
劉沅（止唐）………………………1844
劉源深（劉壬，劉廷揚）……… 1218
劉正宗（可宗，憲石，逋齋）………15
劉枝桂—劉巖
劉中柱（砥瀾，雨峰）……………415
劉子壯（克猷，稚川）………………69
劉自燁—劉友光
柳村—王豫
柳東—馮登府
柳樊—徐以泰
柳門—鄭佶
柳南—王應奎
柳泉—徐時棟
柳樹芳（湄生，古槎）……………2219
柳以蕃（子屏，价人，弢廬）…… 2749
柳漁—張湄
六峯—章鶴齡
六觀—陳允恭
六吉—陳在謙
六圃—曹庭棟
六士—楊夢符

六潭—王詠霓
六堂—萬經
六驤—徐璥
六枳—唐仲冕
六舟—達受
龍泓山人—丁敬
龍懷—姚文然
龍門—江開
龍啟瑞(輯五,翰臣)…………2567
龍泉老牧—徐子苓
龍泉—劉統
龍威—張雲錦
龍文彬(筠圃)……………………2628
龍溪—陶元藻
龍友—徐夔
龍震(文雷,東溟)…………………564
瓏巖—戴有祺
樓村—王式丹
樓岡—方孝標
樓江—方孝標
樓錡(于湘)………………………1115
盧存心(盧琨,敬甫,玉巖)……829
盧鎬(配京,月船)………………1199
盧見曾(抱孫,雅雨)……………830
盧琨—盧存心
盧世漼(德水,紫房,
南村病叟)…………………………5
盧震(亨一)…………………………261
鱸江—張士元
鱸香—姚培謙
魯琛—言南金
魯川—馮志沂
魯存—查學禮
魯蘭岑—魯一同
魯南—徐用錫
魯慶恩(小蘭)……………………2435
魯如—張三異
魯望—薩哈岱
魯新—黎庶燾
魯一—李大儒
魯一同(魯蘭岑,通甫)…………2451
魯曾煜(啟人,秋塍)……………905
陸沉子—李雍熙
陸初望(文泉)……………………2579
陸飛(起潛,筱飲)………………1126
陸費瑔(玉泉,春颿)……………2049
陸弘定(紫度,綸山)……………292
陸繼輅(祁孫,祁生,季木,
修平)………………………………1947
陸嘉淑(冰修,射山,辛齋)……176
陸進(藎思)…………………………132
陸奎勳(聚侯,坡星,陸堂)……608

陸麟書（黼庭，子愉）…………2505
陸懋修（九芝）……………………2597
陸楣（紫宸，子任，鐵莊）………486
陸門山樵—趙春熙
陸圻（麗京，景宣，講山）………121
陸洽原（嗣開，話山）……………78
陸世儀（道威，剛齋，桴亭）……91
陸壽名（處實）……………………230
陸嵩（希孫，方山）………………2267
陸堂—陸奎勳
陸天麟（玉書）……………………273
陸錫熊（健男，篁村，
　耳山）……………………………1358
陸學欽（子若，敦書）……………1799
陸淹（小范，菁立）………………559
陸燿（青來，朗夫，朗甫）………1198
陸耀遹（劭文）……………………1926
陸毅（士迪）………………………517
陸應穀（樹嘉，稼堂）……………2445
陸元輔（翼王，菊隱）……………157
陸元鋐（冠南，彡石，
　秋玉）……………………………1566
鹿賓—王泰甡
鹿川—程頌萬
鹿牀—戴熙
鹿邨—方士琯
鹿岡—汪後來
鹿關—田需
鹿坪—沈鍾
鹿坪—朱秉鑑
鹿苹—李簀
鹿樵—張大鏞
鹿泉—趙佑
鹿沙—劉家珍
鹿潭—蔣春霖
鹿田—朱樟
鹿原—林佶
鹿園—吴苑
淥矼—錫縝
禄百—顧詒禄
禄客—楊青藜
路德（閏生）………………………2160
麓僑—賀祥麟
麓臺—王原祁
露桐—李殿圖
露湑—王譽昌
鷺州—喬重禧
鷺洲—李茹旻
鷺洲—張湄
倫伍—蘇春
淪齋—吴其濬
淪莊—涂以輈

綸山—陸弘定
綸庭—孔繼宣
論山—鮑之鍾
論園—夏際唐
螺山—范承謨
螺洲—王柏心
羅惇衍（兆蕃，椒生）…………2562
羅聘（遯夫，兩峯，
花之寺僧）…………1345
羅人琮（宗玉，紫羅）…………147
羅汝槐—羅汝懷
羅汝懷（羅汝槐，研生，念生，
楳根居士）…………2445
羅天閶（開九，雲皋，西塘）……1203
羅天尺（履先，石湖）…………782
羅喦（友山，品山）…………301
羅有高（臺山，尊聞居士）……1335
蘿邨—李御
洛間山人—薛寧廷
駱復旦（叔夜）…………208
灤湄—葉承宗
閭丘—顧嗣立
吕璜（禮北，月滄）…………2032
吕錦文（壽裳）…………2603
吕留良（莊生，光輪，用晦，
晚村）…………288
吕履恒（元素，月巖，坦菴）……503
吕謙恒（天益，澗樵）…………533
吕賢基（羲音，鶴田）…………2302
吕揚—孫燮
吕種玉（藍衍，煙農）…………747
郘亭—莫友芝
侶樵—王國均
侶笙—馮錫鏞
侶仙—馬維翰
旅亭—許楚
履安—方貞觀
履安—萬泰
履長—陳逢衡
履士—方坦
履坦—常安
履先—羅天尺
履齋—方學成
履莊—謝宗素
律芳—王衍梅
律原—光聰諧
綠溪—靳榮藩

M

馬光裘（少波）…………1164
馬國翰（詞溪，竹吾）…………2325
馬慧裕（朗山）…………1549

馬錦（謙甫，筌谷）……………2128
馬竣（上襄）……………………499
馬履泰（叔安，菽菴，
秋藥）……………………………1487
馬士圖（宗瓚，菊村）………… 1914
馬思贊（仲安，寒中，南樓）……559
馬惟敏（超驤）……………………443
馬維翰（默臨，侶仙）……………856
馬曰琯（秋玉，嶰谷）……………812
馬曰璐（佩兮，半查）……………888
馬鎮（濟于，少白）……………1773
馬之驦（旻徠）……………………204
邁菴—陳豪
邁仁（長闈）……………………1444
蔓持老人—余懷
曼君—朱銘盤
曼生—陳鴻壽
曼唐—饒慶捷
曼塘—饒慶捷
蔓茵—廖偉傳
漫村—高旮霄
漫士—裘曰修
漫堂—宋犖
漫翁—李其永
漫翁—朱紫貴
漫吟—方元鵾
縵庵—黄紹第
毛貴銘（毛文瀚，彦翔，
西園）……………………………2465
毛國翰（大宗，青垣）…………1948
毛騤—毛先舒
毛鳴岐（文山）……………………249
毛奇齡（毛甡，大可，于一，
齊于，秋晴，初晴）……………211
毛甡—毛奇齡
毛師柱（亦史，端峰）……………341
毛曙（旭倫，介峯）……………1013
毛文瀚—毛貴銘
毛先舒（毛騤，稚黄）…………191
毛永柏（素存）…………………2196
毛永椿（抑峯）…………………2382
毛嶽生（生甫，歆蘭）…………2261
毛振翧（翥蒼）……………………785
茅潤之（松坪）…………………1971
茅元輅（翊衡，三峯）…………1602
卯君—張在辛
泖生—劉履芬
茂京—王原祁
茂三—周容
茂堂—許兆椿
茂園—康基田
茂之—林古度

桝臣—周銘旂

鄮山—周容

懋修—夏敬渠

懋齋—敦敏

枚菴—吴翌鳳

枚如—謝章鋌

枚宗—華長卿

眉川—陳璸

眉伽—易順鼎

眉君—朱鑑成

眉山—李鍇

眉山子—蔣中和

眉生—李鴻裔

眉生—沈壽民

眉士—劉佳

眉叔—張爾旦

眉軒—董平章

梅菴—鐵保

梅伯—姚燮

梅岑—陳熙

梅岑—田登

梅成棟(樹君,吟齋)……………2001

梅村—恒慶

梅村—沈赤然

梅村—汪士鐸

梅村—吴偉業

梅舫—斌良

梅臯—萬廷蘭

梅公—李元鼎

梅湖—汪之順

梅林—觀榮

梅林居士—孫宗彝

梅樓—李簣

梅麓—齊彦槐

梅坪—伯麟

梅生—李杭

梅生—宋鳴琦

梅史—查揆

梅叔—阮亨

梅叔—朱葵之

梅孫—石渠

梅文鼎(定九,勿菴)……………330

梅溪—胡長慶

梅溪—郎廷槐

梅偕—李夢松

梅冶—朱景英

梅茵—蔡鵬飛

梅雨田(古芳)…………………2506

梅嶼—田實發

梅原—吴廷燮

梅曾亮(伯言)…………………2192

梅植之(蘊生)…………………2330

梅莊—華長卿
梅莊—謝濟世
湄湖—杜溎
湄生—柳樹芳
楳根居士—羅汝懷
楳坪—周思兼
美叔—朱筠
寐叟—沈曾植
蒙谷—范承謨
蒙泉—宋弼
蒙泉外史—奚岡
蒙泉—趙俞
蒙泉子—謝應芝
蒙士—仇養正
蒙叔—沈景修
蒙叟—錢謙益
蒙齋—田雯
蒙章—方殿元
蒙莊—黄定齊
孟彪—張文虎
孟超然（朝舉，瓶菴）………… 1315
孟成—姚濬昌
孟傳璿（在星）…………………… 2163
孟慈—洪飴孫
孟公—安璿
孟穀—王戩
孟舉—吴之振
孟騤（敏度，蘗山）…………………597
孟林—林伯桐
孟龍—李杭
孟如—董沛
孟升—潘高
孟亭—馮浩
孟亭—江浩然
孟亭—王箴輿
孟塗—劉開
孟養—王學浩
孟宰—江濬源
孟昭—屠倬
孟貞—邢昉
夢白—徐僖
夢穀—姚鼐
夢蓮—寶琳
夢蓮—徐僖
夢麟（文子，謝山，午堂）……… 1253
夢樓—王文治
夢沙—李繼白
夢樹—齊彦槐
夢堂—英廉
夢塘—沈學淵
夢亭—屠紹理
夢醉—沈維鐈

夢薇—王廷鼎
夢溪—魏晉錫
夢崦居士—鮑鈖
夢堯—郝植恭
夢餘—邵颿
夢園—方濬頤
夢園—胡栩然
夢簪—方濬師
糜道人—傅眉
彌伽居士—張庚
彌之—鄧輔綸
秘書—劉師恕
密菴—陶汝鼎
密山—陳悳榮
綿津山人—宋犖
勉百—李繩
藐翁—楊峴
繆沅（湘芷，澧南，餘園）………678
民威—徐佩鉞
旻徠—馬之驦
岷雨—江濬源
岷左—朱嘉徵
敏度—孟騤
敏軒—吴敬梓
敏齋—李苞
閔華（玉井，廉風）………………808
明東—劉開
明甫—王灼
明叔—姚瑩
明遠—楊炤
明中（大恒，烎虛）……………1026
茗香—宋大樽
鳴虞—馮錫鏞
銘安（鼎臣）……………………2702
銘三—查有新
銘書—嚴光禄
銘之—王廷鼎
命士—張蓋
莫友芝（子偲，郘亭，
眲叟）……………………………2525
莫與儔（猶人，壽民，
傑夫）……………………………1800
墨井道人—吴歷
墨農—儀克中
墨卿—伊秉綬
墨莊—胡承珙
墨莊—金孝枏
墨莊—李鼎元
默菴—馮舒
默臨—馬維翰
默卿—謝元淮
默深—魏源

倪偉人（倥侗，郿生）…………2628
倪文蔚（豹岑）……………………2661
嶷叔—趙進美
年少—萬壽祺
念東—高珩
念莪—劉存仁
念莪—朱克生
念豐—王芑孫
念樓—劉寶楠
念青—董榕
念生—羅汝懷
念堂—崔旭
念修—何皡
念齋—任端書
念芝—張履祥
念中—許志進
念祖—歐陽輅
釀川—許尚質
聶銑敏（晉光，蓉峯）………… 1730
寧甫—王嘉曾
寧求—陶樑
寧人—顧炎武
凝輿—黄安濤
凝齋—陳道
牛運震（階平，真谷，空山）…… 1004
鈕玜—鈕琇
鈕樹玉（藍田，匪石）………… 1746
鈕琇（鈕玜，玉樵，書城）………490
農山—宫爾鐸
農山—王廣心
諾皋—裘曰修

O

漚夢—劉履芬
甌北—趙翼
歐舫—錢光夔
歐陽輅（歐陽紹洛，念祖，
　磵東）……………………………1866
歐陽紹洛—歐陽輅
歐陽述（伯元，伯纘）…………2873
歐陽勳（功甫）……………………2718
歐齋—林壽圖
鷗盟—申涵昐
偶齋—寶廷
偶齋—景廉
耦庚—賀長齡
澫唐—王瑋慶
藕漁—嚴繩孫

P

潘樫章（聖木，力田）……………260
潘德輿（彦輔，四農）………… 2175

潘飛聲（蘭史，劍士，
老劍）……2853
潘高（孟升）……239
潘觀保（辛芝）……2678
潘際雲（人龍，春洲）……1790
潘江（蜀藻，耐翁）……199
潘耒（次耕，稼堂，
止止居士）……469
潘乃光（志學，晟初）……2779
潘慶瀾（安濤）……2796
潘世恩（槐堂，芝軒）……1908
潘世鏞（東甫）……1972
潘天成（錫疇，鐵廬）……539
潘問奇（雪帆）……318
潘奕雋（守愚，榕皋，
三松居士）……1428
潘奕藻（思質，畏堂）……1599
潘曾綬（若甫，紱庭）……2514
潘曾瑋（寶臣，季玉，
玉洤）……2596
潘曾沂（功甫，瑟庵，
小浮山人）……2279
潘曾瑩（申甫，星齋）……2484
潘鎮（端甫，意蓮）……2781
潘正亨（伯霖，何衢）……2052
潘諮（少白，誨叔）……1997
潘祖同（桐生，譜琴）……2707
潘遵祁（覺夫，順之，
西圃）……2486
蟠叟—沈壽榕
龐村—德保
龐塏（霽公，雪崖，牧翁）……560
匏村—俞魯瞻
匏廬—沈濤
匏葉—周鶴立
陪翁—方中通
培公—傅維澐
培叔—施朝榦
裴村—劉光第
裴景福（伯謙，睫闇）……2852
裴山—錢楷
佩禾—謝堃
佩珩—寶鋆
佩蘅—寶鋆
佩兮—馬曰璐
配京—盧鎬
彭定求（南止，訪濂，
止菴，南畇）……457
彭端淑（儀一，樂齋）……919
彭而述（子籛，禹峰）……49
彭坊（禮崇，儀岳）……1122
彭績（其凝，秋士，野鬘）……1451

彭劍光（薛門，薌林）…………2230
彭輅（敬輿，東郊）……………1589
彭啟豐（翰文，芝庭）…………956
彭任（遜士，中叔）……………231
彭紹升（允初，尺木，
知歸子）………………………1429
彭士望（達生，樹廬，躬菴，
晦農）……………………………74
彭淑（谷修，秋潭）……………1523
彭孫貽（仲謀，羿仁）…………139
彭孫遹（駿孫，羨門）…………311
彭泰來（子大，春洲）…………2246
彭維新（石原）…………………713
彭慰高（訥生）…………………2533
彭希鄭（會英，葦間）…………1819
彭湘（心梅，適龕）……………2456
彭旭（暄鄔）……………………2533
彭昱堯（子穆，蘭畹）…………2501
彭元瑞（掌仍，輯五，
芸楣）……………………………1299
彭蘊章（琮達，詠莪）…………2298
彭昭麟（井南居士）……………1711
彭兆蓀（湘涵，甘亭）…………1891
彭祖潤（岱霖）…………………2789
蓬山逸叟—紀邁宜
蓬仙—高金鼇
鵬扶—張雲翼
辟園—梁煥奎
片石—江干
片霞—吴綃
頻迦—郭麐
品山—羅嵒
平疇（種瑤，耕煙）……………2289
平階—清安泰
平木—洪枰
平山—姚培謙
平叔—孫爾準
平一貫（薪村）…………………650
平子—汪之順
洴江—程夢星
屏垢—方登嶧
屏秋—伍光瑜
瓶菴—孟超然
瓶山—王曇
瓶隱—黄曾
萍谷—黄灣
蘋濱—沈毓蓀
蘋村—徐倬
蘋澗山樵—石卓槐
坡星—陸奎勳
蒲衣—王隼
璞庵—趙文哲

璞存—吴堎文
璞巖—童鈺
璞園—王如玉
璞齋—諸可寶
濮淙(石年,贊夫,澹軒)…………30
浦山—張庚
溥畹(蘭谷,顛上人)……………570
樸村—張雲章
樸庭—吴堎文
樸園—李光庭
樸園—張榕端
譜經—殷兆鏞
譜琴—潘祖同

Q

七峯—周焯
緝庭—許玉瑑
緝子—趙春熙
戚學標(翰芳,鶴泉)…………1458
戚芸生(修潔,馥林,
餘齋)……………………………1560
祁階—夏廷荚
祁寯藻(叔穎,淳甫,春圃)…· 2312
祁琳(景純)……………………904
祁生—陸繼輅
祁孫—陸繼輅
祁韻士(諧庭,鶴皋,
筠淥)……………………………1596
岐菴—保培基
其恭—朱慎
其年—陳維崧
其凝—彭績
其武—韓騏
其旋—李呈祥
耆仁—甘煦
棨莽—保培基
跂惠—朱啟連
齊飛—胡鳳丹
齊鯤(澄瀛,北瀛)……………1921
齊三—湯懋紳
齊學裘(子治,玉溪)…………2483
齊彦槐(夢樹,梅麓)…………1978
齊于—毛奇齡
齊召南(次風,瓊台,息園)……983
芑野—唐惲宸
屺公—周斯盛
屺雲—施閏章
屺瞻—何焯
企晉—吴泰來
起潛—馮夢祖
起潛—陸飛
起上—許玉瑑

起文—楊宗發
豈凡—金之俊
豈田—檀萃
啟南—白恩佑
啟人—魯曾煜
啟人—趙佑
啓泰—孫奇峰
啟曾—莊秉中
綺江—黄恩彤
契可—李光漢
千陂—汪憲
千波—王志湉
千里—顧廣圻
千里—蕭重
千仞—謝重輝
遷夫—先著
謙甫—馬錦
謙谷—汪筠
謙季—陳萬策
謙牧—黄承吉
謙山—朱鍾
謙受—辛從益
謙齋—允禧
前民—蔣易
乾初—陳確
乾夫—張學舉
乾九—蔣元龍
乾翔—陳慶鏞
乾玉—吴之珽
乾齋—陳元龍
潛父—金蓉鏡
潛廬—金蓉鏡
潛翁—張安保
潛虚—翁咸封
潛厓—陳學典
潛園—屠倬
錢寶琛(楚玉,伯瑜)…………2176
錢秉鐙—錢澄之
錢陳羣(立敬,集齋,香樹,
柘南居士)…………………………793
錢澄之(錢秉鐙,飲光)…………94
錢大昕(曉徵,辛楣,
竹汀)…………………………1270
錢鼎瑞—錢芳標
錢芳標(錢鼎瑞,寶汾,葆馚,
蒓巘,申浦漁郎)………………439
錢昕—周斯盛
錢光夔(歐舫)……………………529
錢楷(宗範,裴山)……………1757
錢澧(東注,南園)……………1434
錢良擇(友玉,木菴)…………451
錢林(叔雅,東生,金粟)……1774

錢陸燦（爾弢，湘靈，圓沙）……101
錢名世（亮公，絅菴）……558
錢琦（相人，璵沙，耕石老人）……1033
錢謙益（受之，尚湖，牧齋，蒙叟）……2
錢清履（慶徵，竹西）……1747
錢泰吉（輔宜，警石）……2260
錢維城（宗磐，幼安，稼軒，茶山）……1147
錢維喬（樹參，竹初，曙川，林棲居士）……1413
錢沃臣（心溪，薪谿）……1615
錢瑶鶴（白仙，子霞）……2336
錢儀吉（新梧，藹人，衎石）……2140
錢載（坤一，根苑，籜石，瓠尊，萬松居士）……1028
錢曾（遵王，也是翁）……290
錢肇修（石臣，杏山）……522
錢之鼎（伯調，君鑄，鶴山）……2018
欠菴—朱一是
歉夫—李夢松
喬鉢（子野，文衣，苓塞山人）……275
喬崇烈（無功，學齋）……603
喬重禧（鷺州）……2238
喬煌（效穀，西郇）……1408
喬客—尚鎔
喬萊（子靜，石林）……427
喬邁（子卓）……114
喬生—陳子昇
喬億（慕韓，劍溪）……919
喬載繇（孚先，止巢）……1998
樵谷—方洄
樵嵐山人—李繩遠
樵野—張蔭桓
譙明—張文光
秦川—李宗渭
秦贇（序堂，西巗，石翁）……1190
秦焕（文伯）……2645
秦敏樹（稚枚，散之，散叟）……2679
秦生鏡（水心）……435
秦松齡（漢石，留仙，對巖，次淑）……383
秦緗葉（應華，澹如）……2552
秦瀛（凌滄，小峴，遂菴）……1476
秦雲（膚雨，西脊山人）……2588
琴夫—李御
琴泉—高垛

琴鄔—屠倬
琴西—孫衣言
琴巖—賈樹誠
琴虞—董平章
琴齋—焦和生
勤夫—余愭
勤中—王武
欽伯—李惟寅
欽璉(寶先,幼畹)……………………767
欽善(繭木,吉堂)……………………1879
青儕—金學蓮
青邨—楊棆
青村—管棆
青湖—朱彭
青郊—梁煥奎
青來—陸燿
青藜—曾燦
青立—宋華金
青嶁—盛錦
青門山人—邵長蘅
青門—邵陵
青農—觀榮
青坪—湯懋統
青圃—林枝春
青士—高雲
青士—周篔
青墅—李燧
青墅—鄭大謨
青耜—何兆瀛
青壇—吴震方
青田—王軒
青望—伍宇昭
青溪舊史—程正揆
青霞—吴啟元
青厓—陳至言
青嶼—許之漸
青垣—毛國翰
青園居士—玉書
青岳—熊賜履
青主—傅山
青渚—朱慶蕚
卿雯—余廷燦
清安泰(平階)……………………1746
清癡—長海
清恒(巨超,借菴)……………………1568
清渠—鄭炎
清癯—長海
清容—蔣士銓
清如—吴嘉洤
清如—朱秉鑑
清止—趙進美
晴波—鄭澐

晴初—鍾大源
晴峰—張衡
晴棒—張井
晴湖—程世繩
晴江—翟灝
晴嵐—張若靄
晴沙—顧光旭
晴園—王灼
慶康（建侯）……………………2734
慶餘—張衍懿
慶徵—錢清履
瓊台—齊召南
丘逢甲（仙根，倉海，
　南武山人）……………………2864
丘叡（鑄人）……………………1683
丘維屏（邦士）……………………126
丘象升（曙戒）……………………296
丘志廣（粟海，洪區，蝶菴）……16
秋盦—黄易
秋白—汪大經
秋白—熊紹庚
秋碧—顧槐三
秋垞—王大堉
秋塍—魯曾煜
秋塍—往復
秋蕚—褚華
秋鶚—徐濬
秋帆—畢沅
秋舫—陳沆
秋舫—蔣澐
秋谷—趙執信
秋轂居士—梁濟
秋河—易宏
秋江—冷士嵋
秋錦—李良年
秋門—鄧方
秋門—余正酉
秋農—姚文田
秋農—俞汝本
秋平—黄文暘
秋坪—陳登龍
秋坪—景廉
秋圃—沈季友
秋卿—沈謹學
秋晴—毛奇齡
秋泉—汪士鋐
秋史—許賡皞
秋史—湯成彥
秋史—王苹
秋士—金望欣
秋士—彭績
秋室—楊鳳苞

秋室—余集
秋水—黄堂
秋水—張鑑
秋潭—彭淑
秋潭—朱昂
秋田—李光昭
秋厓—朱克生
秋巖—管兆桂
秋巖—許兆椿
秋藥—馬履泰
秋吟—蔣詩
秋畬—吉年
秋漁—吴昇
秋玉—陸元鋐
秋玉—馬曰琯
秋岳—華嵒
秋嶽—曹溶
秋竹—徐堂
秋渚—唐道
裘萼—趙熊詔
裘璉（殷玉，蔗村，
　廢莪子）……………………440
裘曰修（叔度，漫士，
　諸皋）……………………1061
仇養正（仇永清，蒙士，
　一鷗）……………………1412
仇永清—仇養正
屈大均（屈紹隆，翁山，
　介子）……………………301
屈復（見心，金粟，
　悔翁）……………………651
屈紹隆—屈大均
屈為章（含漪，韶園）…………1857
渠仙—永忠
璩子—張家珍
瞿樹鎬（經孳）………………2591
瞿中溶（鏡濤，萇生，
　木夫）……………………1896
臞菴—魏元樞
臞仙—孫望雅
臞仙—永忠
癯道人—徐兆豐
曲江—董元度
曲江外史—金農
曲園—俞樾
去矜—沈謙
趣園—陳鍾祥
全祖望（紹衣，謝山）…………997
荃溪—孔昭虔
泉伯—蔣詩
拳時—程大中
銓甫—朱士端

確菴—陳瑚
確菴—曉青
確士—沈德潛
確唐—王烶

R

染菴—先著
讓谷—周天度
讓山—篆玉
讓齋—李化楠
饒慶捷(曼唐,曼塘)…………1392
饒學曙(霽南,筠圃)…………1155
人龍—潘際雲
人也—廖燕
壬秋—王闓運
仁甫—楊道生
仁甫—葉紹本
仁山—湯國泰
仁山—吴景旭
仁遐—李兆齡
仁寓—馮培
仁仲—傅山
稔鄉—李宗渭
任昌詩(翰仙,蘇庵)…………2037
任承恩(伯卿,畏齋)…………1471
任端書(進思,念齋)…………1057
任可—徐志莘
任廷麟—任兆麟
任元祥—任源祥
任源祥(任元祥,王谷,
息齋,善權子)…………106
任兆麟(任廷麟,文田,
心齋)…………1401
訒葊—汪啟淑
訒菴—涂瑞
訒菴—葉方藹
日甫—蔣光煦
日千—吴騏
日容—張大受
日絲—俞縶
容川—汪泩
容大—王德溥
容甫—汪中
容圃—金兆燕
容如—吴振勃
容若—納蘭性德
容堂—顧王霖
容堂—瑞元
容齋—段緯世
容齋—方振
容齋—李天馥
容齋—茹綸常

容齋—岳鍾琪
容之—黄圖珌
蓉裳—楊芳燦
蓉裳—余集
蓉舫—江人鏡
蓉舫—談恩誥
蓉舫—趙光
蓉峯—聶銑敏
蓉湖詞隱—杜詔
蓉湖—張九鐔
蓉生—何盛斯
蓉塘—吴壽昌
蓉汀—郭恩孚
蓉洲—戴鈞衡
榕村—李光地
榕皋—潘奕雋
榕園—李彦章
榕莊—史致儼
榕莊主人—史致儼
榮泉—徐濬
榮詔—涂瑞
融谷—文守元
融齋—劉熙載
如京—陳祁
如農—姜埰
如磬—安致遠
茹敦和(遜來,三樵)…………1146
茹綸常(文靜,容齋,
簇靐山樵)…………1371
孺廬—萬承蒼
汝白—金德瑛
汝蕃—吴本錫
汝和—宋思仁
汝如—王沛恂
汝襄—張其淦
汝信—汪潮生
阮亨(仲嘉,梅叔)…………2052
阮懷—高詠
阮葵生(安甫,寶誠,
唐山)…………1250
阮林—張聰咸
阮亭—王士禛
阮文藻(侯亭,領榮)…………2081
阮烜輝(仲寅)…………1981
阮元(伯元,雲臺)…………1814
阮齋—勞孝輿
阮鍾瑗(次玉,定甫)…………1818
瑞璸(仲文)…………2487
瑞方—朱錦琮
瑞元(容堂,少梅)…………2333
瑞臻—淩泰封
鋭卿—寶鋆

閏生—路德
潤臣—葉名灃
潤民—汪如洋
潤木—朱滋年
潤圃—豐紳殷德
潤卿—周世滋
潤亭—德保
潤瞻—沈景運
若菴—程庭
若采—金人瑞
若甫—潘曾綬
若干—楊度汪
若侯—姚文然
若金—吴鋑
若木—黄之雋
若木—王心清
若千—王時憲
若儀—湯貽汾
若雨—董説
箬菴—張蓋

S

薩哈岱（魯望，樗亭）……………815
薩迎阿（湘林）……………………2227
薩玉衡（檀河，蕙如）…………1705
賽爾赫（慄菴，曉亭，北阡季子）……………………703
三峯—茅元輅
三湖漁人—劉士璋
三樵—茹敦和
三慶—殳慶源
三松居士—潘奕雋
散叟—秦敏樹
散原—陳三立
散之—秦敏樹
桑根老人—薛時雨
桑調元（伊佐，弢甫）……………885
瑟庵—潘曾沂
瑟齋—王恕
嗇廬—傅山
璱人—龔自珍
沙琛（獻如，雪湖）……………1728
沙鹿—郭束
沙維杓（斗初，白岸）…………1165
沙一卿—沙張白
沙增齡（菊潭）…………………1927
沙張白（沙一卿，介人，定峰）……………………………249
彡石—陸元鋐
山長—王岱
山春—王蔚宗
山夫—吴玉搢

山鶴—陳廷埰
山薑—田雯
山疆子—田雯
山史—王弘撰
山堂—陳至言
山言—宋至
山顔—李明敖
山舟—梁同書
山子—方燾
山尊—吴鼒
珊濱—姚前機
珊立—汪筠
珊士—陳壽祺
善伯—魏際瑞
善長—邊汝元
善權子—任源祥
善惟—熊寶泰
單鈺（亦聲，振菴）……………… 1076
商嘉言（莽亭）…………………… 1984
商農—徐志莘
商盤（蒼雨，寶意）…………………962
商言—張塤
上官周（文佐，竹莊）……………624
上湖—汪師韓
上騏—吴錫麟
上襄—馬竣
上之—黄達
尚白—施閏章
尚湖—錢謙益
尚鎔（宛甫，喬客）……………… 2173
尚齋—朱錦琮
尚之—徐書受
尚佐—嵇璜
勺園—馮登府
芍坡—王曾翼
少厂—永瑆
少白—許正綬
少白—馬鎮
少白—潘諮
少波—馬光裘
少峯—鍾毓奇
少輔—吴樹萱
少海—汪仲洋
少翯—許亦崧
少和—王拯
少鶴—李憲喬
少鶴—王拯
少華—張熙純
少凱—王焯
少林—王嵩高
少梅—瑞元
少穆—林則徐

少穆—周京
少渠—馮震東
少山—李琪
少文—龔易圖
少溪—竇廷
少僊—朱文治
少香—陳偕燦
少儀—張鳳孫
少瀛—喻懷仁
邵長蘅（邵衡，子湘，青門山人）…………378
邵墍（安侯，冶塘）…………1706
邵颿（無恙，夢餘）…………1577
邵亨豫（子立，汴生）…………2594
邵衡—邵長蘅
邵晉涵（與桐，二雲，南江）…………1478
邵陵（湘南，青門，雪虬，孩叟）…………437
邵齊燾（荀慈，叔宀）…………1115
邵澍（作霖，子雨）…………1697
邵堂（真如，子山，無斁）…………2120
邵懿辰（位西，蕙西）…………2525
邵淵耀（充有，盅友）…………2222
邵自祐（斂五，葵露）…………1296
劭彌—李豫
劭文—陸耀遹
劭聞—孫衣言
紹初—蔣業晉
紹眉—林熙
紹衣—全祖望
紹由—蔣師轍
紹洙—陳道
射山—陸嘉淑
申甫—蔣琦齡
申甫—潘曾瑩
申涵盼（隨叔，定舫，鷗盟）…………390
申涵光（孚孟，鳧盟，聰山）…………177
申浦漁郎—錢芳標
申耆—李兆洛
申之—王餘佑
申之—翁樹培
伸符—趙執信
莘農—劉淳
莘農—汪志伊
莘農—張尹
莘田—黄任
莘田—文汝梅
深甫—方淵如
深甫—龔禔身

深山—梁錫珩
深之—雷浚
沈堡(可山,步陵)……714
沈寶森(曉湖)……2671
沈丙瑩(晶如,菁士)……2517
沈炳垣(曉滄,紫卿)……2605
沈彩(虹屏)……1649
沈朝初(洪生,東田)……487
沈赤然(韞山,梅村)……1502
沈初(景初,雲椒,萃巖)……1278
沈大成(學子,沃田)……953
沈道寬(栗仲)……1956
沈德潛(確士,歸愚)……687
沈范孫(子孟,又希,筠麓)……1194
沈季友(客子,南疑,秋圃)……541
沈嘉客(無謀)……8
沈金渠(漢甫,春橋)……1989
沈金藻(石生,蘭卿)……2635
沈謹學(詩華,秋卿)……2403
沈近思(位山,闇齋,俟軒)……667
沈景修(汲民,蒙叔)……2741
沈景運(潤瞻,春江)……1145
沈峻(存圃,丹厓)……1493
沈峻曾(寙菴)……300
沈琨(兼三,舫西)……1504
沈濂(景周,蓮溪)……2284
沈楙(雪友,石帆山樵)……1223
沈起元(子大,敬亭)……774
沈謙(去矜,江東,研雪子,東江漁夫)……186
沈欽韓(文起,小宛)……1985
沈清瑞(沈沅南,吉人,芷生)……1722
沈荃(貞蕤,繹堂,充齋)……232
沈榮昌(永之,省堂)……1130
沈汝瑾(石友)……2856
沈世良(伯眉)……2652
沈壽民(眉生,耕巖)……51
沈壽榕(朗山,意文,蟠叟)……2647
沈叔埏(填爲,帶湖)……1384
沈濤(西雍,匏廬)……2300
沈廷芳(畹叔,椒園)……977
沈彤(冠雲,果堂)……814
沈維基(心齋)……1104
沈維鐈(子彝,鼎甫,夢醘,小湖)……2066
沈心(房仲,東隅,松有)……910
沈學淵(夢塘,蘭卿)……2232
沈業富(方穀,既堂)……1327

沈宜（大悟，拙直）……………………81
沈奕琛（石友）……………………110
沈筠（實甫，浪仙）………………2428
沈寓（寄廬）……………………399
沈毓蓀（于淵，蘋濱）…………1881
沈元滄（麟洲）……………………641
沈沅南—沈清瑞
沈曾植（子培，乙盦，寐叟）……………………2815
沈兆澐（雲巢）……………………2190
沈兆禔（鈞平，再沂）…………2803
沈鍾（鹿坪）……………………778
蜃園居士—李確
慎伯—包世臣
慎甫—施廷樞
慎涵—劉綸
慎卿—李周南
慎人—鄭王臣
慎思—吳祖修
慎齋—紀大奎
慎旃—韋謙恒
升夫—胡季堂
升階—曹貞吉
升六—曹貞吉
升之—趙文哲
生甫—李賡芸
生甫—毛嶽生
生沐—蔣光煦
生洲—許孫荃
昇寅（賓旭，賓初，晉齋）……… 1778
笙谷—馬錦
聲之—張大鏞
繩菴—劉綸
繩菴—張佩綸
繩之—史念祖
晟初—潘乃光
盛大士（子履，逸雲）………… 1939
盛復初（子亨，春谷）………… 1353
盛錦（庭堅，青嶁）…………… 1047
盛昱（伯羲，韻蒔）…………… 2815
剩人—函可
勝力—徐嘉炎
聖功—徐櫟
聖幾—符之恒
聖可—章性良
聖木—潘椲章
聖嘆—金人瑞
聖徵—吳錫麒
施安（竹田，石友，南湖老漁）……………………975
施補華（均父）……………………2744
施朝榦（培叔，鐵如，

小鐵)……………………………1377
施國祁(非熊,北研)…………1572
施璞(質存,隨村)……………592
施閏章(尚白,屺雲,愚山,
蠖齋)……………………………163
施山(學宜,壽伯,望雲)………2751
施世綸(文賢,潯江,靜齋)……572
施廷樞(北亭,慎甫)…………1077
師範(端人,荔扉)……………1595
師李—汪沆
師六—許承家
師茗—汪由敦
師水—崔預
獅崖—張度
詩華—沈謹學
詩舲—張祥河
詩南—朱文治
十髮—程頌萬
十峯—徐基
十桐—李憲噩
十研老人—黄任
石菴—劉墉
石菴—武全文
石臣—錢肇修
石承藻(黼庭)…………………1940
石川—方觀
石船—金玉麟
石椿(大年,野堂)……………1406
石村—岳賡廷
石帆—曹煒
石帆—李廷儀
石帆山樵—沈楳
石帆山人—張曾
石帆—嚴光禄
石帆—周長發
石汸—楊澤闓
石舫—舒敏
石峯—溫啟封
石甫—姚瑩
石湖—羅天尺
石華—許喬林
石華—吴蘭修
石璜(夏宗)……………………121
石君—周天麟
石君—朱珪
石鈞(秉綸,遠梅)……………1668
石來—林麟焻
石蓮—吴重憙
石林—喬萊
石霖—謝濟世
石櫓—黄湘南
石間—陳景元

石民—楊青藜
石牧—黄之雋
石年—濮淙
石農—李鑾宣
石農—喻文鏊
石龐（晦村，天外）……………………662
石樵—杜堮
石樵—張安保
石琴—黄恩彤
石琴—詹肇堂
石琴主人—弘曣
石渠（梅孫）…………………………2434
石渠—李殿圖
石臞—程可則
石臞—湯懋紳
石臞—王念孫
石泉—陳廷埰
石泉—鄒貽詩
石如—江介
石生—陳光緒
石生—江之紀
石生—沈金藻
石生—魏裔介
石士—陳用光
石臺—李來泰
石堂—高書勳
石亭—李化楠
石庭—元弘
石桐—李憲噩
石翁—秦賨
石翁—趙仁山
石鄔—藍千秋
石梧—李星沅
石伍—方于轂
石香—劉繼曾
石泙（月川）…………………………417
石友—沈汝瑾
石友—沈奕琛
石友—施安
石原—彭維新
石雲—紀昀
石韞玉（執如，琢堂，獨學老人，
花韻菴主）……………………1691
石藻—孔昭焜
石珍—顔伯珣
石知—趙旭
石舟—張穆
石洲—張穆
石莊—胡承諾
石卓槐（梈山，芥圃，
蘋澗山樵）……………………1399
拾珊—李懿曾

時帆—法式善
時亮—袁文揆
時銘(子佩,香雪)……………… 1860
時泉—圖敏
時若—陳奉茲
時若—黄文暘
時亭—舒敏
時望—謝泰宗
時元熙(滄川,祉卿)…………… 2714
時齋—李元春
實庵—馮培
實菴—曹貞吉
實菴—柯煜
實夫—李果
實甫—沈筠
實甫—易順鼎
實君—李重華
實君—唐孫華
實思—陳用光
史夔(胄司)…………………………600
史夢蘭(香崖,硯農)…………2550
史念祖(繩之)…………………… 2785
史善長(春林)…………………… 1875
史善長(仲文,誦芬,赤崖,
赤霞)………………………………… 1575
史申義(叔時,蕉飲)………………594
史亭—王嘉曾
史致儼(榕莊,望之,問山,
榕莊主人,樗翁)……………… 1767
始豐—張邁
士安—吴鎮
士盦—黄湘
士迪—陸毅
士龍—黄子雲
士升—陶必銓
士旋—戴敦元
士瞻—查景
士周—張誥
世持—洪枰
市人—朱質
侍翁—鮑鉁
柿菴—黄湘
是菴—程大中
適龕—彭湘
適庭—朱昂
適齋居士—舒敏
適畛—邊中寶
蒔塘—張吉安
手山—金學蓮
守谷—金昌世
守愚—潘奕雋
守真子—黄圖珌

受銘—王又曾
受生—黎汝謙
受蓀—黎汝謙
受之—錢謙益
受之—鄭祖球
授堂—武億
壽伯—施山
壽裳—呂錦文
壽川—朱方增
壽髦—傅眉
壽門—金農
壽民—莫與儔
壽朋—陳登龍
壽平—惲格
壽庭—吴樹萱
壽之—吴震
瘦山—鄭璜
瘦生—夏崑林
瘦石—黄振
瘦銅—張塤
綬階—袁廷檮
殳慶源(殳壽民,三慶,積堂)…………2016
殳壽民—殳慶源
抒懷—汪師韓
叔安—馬履泰
叔白—李憲暠
叔定—汪耀麟
叔度—何元
叔度—裘曰修
叔績—鄒漢勛
叔節—姚永概
叔論—袁守定
叔宀—邵齊燾
叔明—項霽
叔末—張廷濟
叔平—翁同龢
叔起—蔣超伯
叔嶠—楊鋭
叔時—史申義
叔頌—黄紹第
叔威—黄鶱來
叔問—鄭文焯
叔獻—何彝光
叔敘—洪若臯
叔雅—錢林
叔雅—張安保
叔夜—駱復旦
叔夜—舒敏
叔彝—王慶勳
叔穎—祁寯藻
叔魚—董大倫

叔裕—譚宗浚
叔淵—張深
叔則—李楷
叔瞻—汪錚
叔子—唐英
叔子—于敏中
書城—鈕琇
書城—韋佩金
書林—袁知
書年—汪大經
書農—胡敬
書瑞—吴兆麟
書升—勞之辨
書田—何其偉
書田—莊楷
書宣—顧圖河
書巖—王沛恂
紓亭—袁知
菽菴—馬履泰
菽畦—王慶勳
菽原—王藻
舒安—黄振
舒敏(叔夜,時亭,石舫,
適齋居士)……………………2019
舒位(立人,鐵雲)……………1830
舒瞻(雲亭)………………………939
舒章—李雯
蔬叟—劉錫勇
蜀西樵也—王曾祺
蜀藻—潘江
曙川—錢維喬
曙戒—丘象升
束南薰(虞琴)…………………1874
述菴—王昶
述明(東瞻)……………………748
述齋—殷壽彭
述仲—馮志沂
恕谷—李塨
恕堂—宮鴻曆
恕齋—弘旿
恕齋—徐以升
豎蕉—徐駿
漱芸—楊炳春
數峯—何青
澍生—薛時雨
樹百—孫蕙
樹百—王晦
樹參—錢維喬
樹臣—文星瑞
樹宸—顧夔璋
樹蕃—曹楙堅
樹嘉—陸應穀

樹君—劉淮年
樹君—梅成棟
樹廬—彭士望
樹眉—童槐
樹琴—英和
樹泉—朱實發
樹堂—朱滋年
樹齋—黄爵滋
帥家相(伯子,卓山)……………994
雙村—郭元釪
雙五—鮑桂星
雙溪—顧奎光
爽秋—袁昶
水村—王丹墀
水屋—張道渥
水心—秦生鏡
水軒—岳夢淵
水園—汪惟憲
順斯—周嘉猷
順之—潘遵祁
舜臣—賈虞龍
碩夫—李果
碩夫—徐邦殿
碩生—程庭
碩士—陳用光
司農—金農
思菴—嚴虞惇
思敬—弘曣
思亭—吴修
思質—潘奕藻
斯年—李繩遠
偲亭—紀邁宜
巳山—張鏞
四農—潘德輿
四山—許孫荃
俟軒—沈近思
俟齋—徐枋
笥河—朱筠
笥嵒—方薰
嗣開—陸洽原
松禪—翁同龢
松存—丁丙
松花道人—吴鎮
松蔆—柏葰
松嵐—劉大觀
松寥山人—張際亮
松齡—曹龍樹
松齡—許之漸
松坪—茅潤之
松坪—孫致彌
松坪—王省山
松圃—李秉禮

松泉—江昱
松如—夏之盛
松若—吴之章
松生—查林
松生—丁丙
松臺—方學成
松堂—敦誠
松亭—鄂恒
松厓—管榦珍
松友—嵇曾筠
松有—沈心
松筠(湘浦)……………………1611
崧瞻—嚴遂成
嵩山—永憲
宋弼(仲良,蒙泉)……………980
宋伯魯(芝田,子鈍)…………2834
宋大樽(左彝,茗香)…………1484
宋華金(西玨,青立)…………803
宋鑚(惪甫,北臺)……………2318
宋犖(牧仲,漫堂,
綿津山人)……………………343
宋鳴璜(蓀侶)…………………1626
宋鳴珂(楷桓,澹思)…………1585
宋鳴琦(梅生,嗣石)…………1802
宋起鳳(紫庭,弇山)…………251
宋慶常(香樵)…………………2220
宋思仁(汝和)…………………1291
宋琬(玉叔,荔裳)……………129
宋韋金(經一)…………………749
宋咸熙(德恢,小茗)…………2003
宋湘(幻襄,芷灣)……………1674
宋翔鳳(于庭)…………………2005
宋永清(澄菴)…………………633
宋齋—陳訏
宋振麟(子楨,中巖)…………366
宋至(山言,方菴)……………556
頌嘉—曹禾
頌魯—葉昌熾
頌南—陳慶鏞
誦芬—史善長
誦風—張穆
誦清—徐士芬
蘇庵—任昌詩
蘇春(倫伍)……………………619
蘇鄰—李鴻裔
蘇履吉(九齋)…………………2061
蘇門—郎葆辰
蘇門—吴昌榮
蘇門—周向青
蘇潭—謝啟昆
蘇潭—張映斗
蘇廷魁(德甫,賡堂)…………2409

蘇亭—嚴如熤
蘇亭—袁文揆
素菴—陳之遴
素伯—李文藻
素邨—吴玉麟
素存—毛永柏
素存—張玉書
素公—吴綃
素菊道人—永瑆
素堂—楊維坤
素濤—朱廷鏞
素文—寶絟
粟海—丘志廣
溯玉—孫光祀
肅徵—趙良霨
宿來—周茂源
隨菴—王撰
隨村—施瑮
隨叔—申涵昐
隨園—邊連寶
遂菴—秦瀛
遂南—陳榮杰
遂堂—戴亨
邃菴—翁心存
飧秋—楊兆璜
孫鼎臣（芝房，子餘）…………2608
孫爾準（平叔，萊甫，戒菴）…………1904
孫光祀（怍庭，溯玉）…………130
孫蕙（樹百，泰巖，笠山）…………363
孫楫（子舟，駕航）…………2718
孫霖（武水，羨門）…………1126
孫鵬（圖南，南村）…………739
孫奇峰（啓泰，鍾元）…………4
孫洤（紫靜，靜柴，擔峰）…………423
孫士毅（智治，致遠，補山）…………1148
孫蓀意（秀芬，苕玉）…………2137
孫廷銓（孫廷鉉，道相，伯度，沚亭）…………111
孫廷鉉—孫廷銓
孫望雅（君儼，臞仙）…………175
孫文川（澂之，伯澂）…………2617
孫爕（呂揚，愈愚）…………2138
孫星衍（淵如，伯淵，季逑）…………1621
孫學道（笠人）…………1637
孫學顔（用克）…………709
孫一致（惟一，籜菴）…………320
孫衣言（劭聞，琴西）…………2570
孫義鈞（和伯，子和）…………2401
孫元衡（湘南）…………537

孫原湘（子瀟，長真，
心青）……1737
孫雲桂（香泉）……1543
孫枝蔚（豹人，焦穫，
溉堂）……192
孫致彌（愷似，松坪）……432
孫宗彝（孝則，虞橋，
梅林居士）……100
蓀侶—宋鳴璜
蓀友—嚴繩孫
筍石—王宗燿
損窦—凌煥
損之—趙文哲

T

臺山—羅有高
臺書—李霨
太莽—和瑛
太沖—黄宗羲
太初—陳沆
太鴻—厲鶚
太乙—劉青藜
泰交—吴壽昌
泰巖—孫蕙
覃溪—翁方綱
談恩誥（蓉舫）……2724
談文煥（藝林，竹香，
硯朐）……2354
壇長—徐用錫
曇纁—吴俊
檀萃（豈田，默齋）……1219
檀河—薩玉衡
譚光祜（子受，櫟山）……1948
譚光祥（君農，退齋）……1864
譚敬昭（子晉，康侯，
選樓）……1952
譚嗣同（復生，莊飛）……2865
譚廷獻—譚獻
譚獻（譚廷獻，仲修，
復堂）……2721
譚瑩（兆仁，玉生）……2404
譚宗浚（叔裕）……2791
坦菴—吕履恒
坦園—李霨
湯成彦（心匏，秋史）……2548
湯國泰（仁山）……2211
湯金釗（敦甫，勖茲）……1949
湯禮祥（典三，點山）……1837
湯懋紳（齊三，石臞）
湯懋統（建三，青坪）……1023
湯鵬（海秋）……2412
湯斯祚（衍之，亦廬）……812

湯修業(狷菴)……………………1290
湯荀業(楚儒,與竹)…………1483
湯貽汾(若儀,雨生)…………2044
湯右曾(西厓)……………………553
湯運泰(黼良,虞樽)…………2036
唐道(秋渚)……………………1318
唐杜—唐惲宸
唐鑑(栗生,鏡海)………………2047
唐夢賚(濟武,豹嵒,
豹巖)……………………………271
唐樹義(子方)…………………2298
唐孫華(實君)……………………345
唐廷詔(鳳書,月軒)…………2346
唐英(俊公,叔子,蝸寄)………745
唐惲宸(唐杜,靖元,
芑野)……………………………536
唐仲冕(六枳,陶山)…………1618
棠孫—何維棣
弢菴—顧鶴慶
弢甫—桑調元
弢廬—柳以蕃
弢仁—葛祖亮
弢叔—江湜
弢園—王韜
韜甫—周騰虎
韜荒—查容
韜園—屈為章
逃莽—徐豫貞
桃花山人—郎葆辰
陶必銓(士升,萸江)…………1651
陶澂—陶季
陶村—徐璣
陶村—袁文典
陶方琦(子珍)…………………2757
陶孚尹(誕仙,籃跛,
白鹿山人)………………………351
陶甫—孔慶鎔
陶季(陶介,昭萬,
陶澂,季深)……………………149
陶介—陶季
陶濬宣(文沖)…………………2764
陶樑(寧求,鳧薌)……………1945
陶林—陳斌
陶鄰—陳斌
陶廬—法式善
陶門—蔡家琬
陶汝鼐(仲調,燮友,密菴)……29
陶山—唐仲冕
陶澍(子霖,雲汀)……………2043
陶蔚(卷翁)………………………414
陶譽相(覲堯)…………………2037
陶元藻(龍溪,鳧亭,

篁村）……………………………1101
陶園—張九鉞
陶尊—徐以泰
體生—孔繼涵
惕菴—陳玉樹
惕甫—王芑孫
惕園—陳庚煥
倜卿—亢樹滋
俶儻—朱銘盤
俶玉—陳書
天扉—張鵬翀
天根—何家琪
天節—章昞
天南遁叟—王韜
天瓶居士—張照
天然—函昰
天山漁者—王大樞
天生—李因篤
天外—石龐
天彝—李貽德
天益—呂謙恒
天愚山人—謝泰宗
天羽—趙吉士
天玉—許珌
天嶽山人—龔策
天章—吴雯
田登（春帆，梅岑）…………………338
田蘭芳（梁紫，伍眾，簣山）……278
田霡（子益，樂園，
香城居士）…………………………526
田榕（端雲，南村）………………834
田實發（梅嶼）……………………659
田同之（彦威，硯思，西圃，
在田，小山薑）……………………712
田雯（紫輪，紫綸，綸霞，
山薑，山疆子，蒙齋）…………359
田需（雨來，鹿關）………………408
填爲—沈叔埏
苕生—蔣士銓
苕文—汪琬
苕玉—孫蓀意
鐵岸—蔣敦復
鐵保（治亭，梅菴）……………1603
鐵船—方元鵾
鐵夫—王芑孫
鐵甫—張海珊
鐵脊生—蔣敦復
鐵君—李鍇
鐵君—延清
鐵廬—潘天成
鐵梅—吴勤邦
鐵民—魏燮均

鐵橋—嚴可均
鐵卿—亢樹滋
鐵如—施朝幹
鐵珊—方廷瑚
鐵珊—張雲錦
鐵生—汪棨
鐵生—奚岡
鐵孫—徐榮
鐵堂—許珌
鐵崖—蒯嘉珍
鐵庸—汪錚
鐵雲—舒位
鐵莊—陸楣
汀鷺—楊傳第
聽菴—許登逢
聽雷—顧復初
聽廬—楊傳第
聽濤—金士松
聽濤—武來雨
聽翁—吴綺
聽園山人—蕭雄
廷桂（芳宇）……………………2549
廷韓—吴玉綸
廷節—李化楠
廷培—顧森
廷奭（紫然）……………………2786
廷彦—陳慐榮
廷元—楊慶琛
亭北—景星杓
亭立—金士松
亭林—顧炎武
亭苕—陳文瑞
庭堅—盛錦
楟山—石卓槐
挺夫—丁腹松
通甫—方元泰
通甫—何兆瀛
通甫—魯一同
通門（牧雲，樗叟，嬾齋）…………92
通乾—戴亨
通齋—蔣超伯
仝軌（車同）…………………………475
同夫—張揆方
同甫—嚴寅
同謙—胡亦常
同人—尤侗
同生—許宗彦
同生—王棻
同叔—徐時棟
同叔—楊揆
佟世思（儼若，葭沚，退菴）……499
桐川—朱炎

桐村—顧永年
桐峯—顧于觀
桐圃—張翽
桐生—潘祖同
桐石—汪仲鈖
桐孫—趙銘
桐埜—周起渭
桐雲—洪錫爵
桐雲—吴大廷
童鳳三(梧岡,鶴衛)…………1383
童華(惟充,薇研)……………2602
童槐(晉三,樹眉,萼君)………1969
童鷗居士—李士棻
童山—李調元
童鈺(璞巖,二如,二樹)………1176
銅士—范當世
涂慶瀾(海屏)…………………2761
涂瑞(榮詔,訒菴)……………1144
涂以輈(椠軒,淪莊)…………1620
屠秉(修伯)……………………2506
屠紹理(訥夫,夢亭)…………1597
屠倬(孟昭,琴鄔,潛園)………2093
嵞山—方文
圖敏(熙文,時泉)……………1402
圖南—車騰芳
圖南—孫鵬
圖南—王鵬
兔牀—吴騫
退菴—陳文述
退菴—何曰愈
退菴—黄凱鈞
退菴—梁章鉅
退菴—佟世思
退菴—楊素蘊
退菴—應讓
退菴—張端亮
退菴—趙光
退飛—顧列星
退谷—黄越
退谷—汪士鋐
退思—黄越
退思—薛寧廷
退叟—董平章
退聽—張深
退餘—鮑倚雲
退齋—譚光祥
退之—楊鋭
暾谷—林旭
托渾布(子元,安敦,
愛山)………………………………2083
籜菴—孫一致
籜石—錢載

W

宛甫—尚鎔

宛鄰—張琦

宛齋—董以寧

晚村—呂留良

畹階—尹廷蘭

畹叔—沈廷芳

萬承蒼（宇兆，孺廬）……751

萬承風（卜東，和圃）……1646

萬承勳（開遠，西郭）……669

萬峯—顧于觀

萬貢璆（香巢）……2233

萬光泰（循初，柘坡）……1062

萬經（陳常，六堂）……1191

萬夔輔（伯安，硯濤）……557

萬壽祺（介若，內景，年少）……38

萬斯同（季野）……391

萬松居士—錢載

萬泰（履安，悔庵）……22

萬廷蘭（芝堂，梅臯）……1136

萬英—廖偉傳

萬友正（端友）……1099

萬原—江浩然

萬子—吳世杰

汪昶（韻和）……2719

汪潮生（汝信，飲泉）……2024

汪承慶（稚泉）……2670

汪大經（書年，西邨，秋白）……1441

汪端（允莊，小韞）……2304

汪桂月（秀林，養園）……1966

汪國（幼真，茭湖）……1389

汪國瀠（漪園）……98

汪沆（師李，西灝，槐堂，槐塘）……984

汪後來（白岸，鹿岡）……660

汪楫（舟次，悔齋）……261

汪晉徵（符尹，涵齋）……399

汪縉（大紳，愛廬）……1230

汪良金—汪由敦

汪懋麟（季角，蛟門）……411

汪耀麟（叔定，北臯）……377

汪孟鋗（康古，厚石）……1166

汪芑（燕庭）……2645

汪啟淑（秀峯，訒菴）……1256

汪淥（玉泉，芙生，穀菴，無聞子）……2693

汪如洋（潤民，雲壑）……1658

汪森（晉賢，碧巢）……534

汪泩（容川）……1521

汪師韓（抒懷，韓門，上湖）……1017

汪士鐸(振菴,梅村,悔翁)……2427
汪士鋐(文升,退谷,秋泉)……572
汪士慎(近人)……781
汪天與(蒼孚,畏齋)……641
汪琬(苕文,鈍菴,堯峰,鈍翁)……236
汪為霖(春田)……1789
汪惟憲(子宜,積山,水園)……762
汪文柏(季青,柯庭)……586
汪憲(千陂,魚亭)……1189
汪學金(敬箴,杏江,靜厓)……1548
汪巽東(子超)……2475
汪業(峙雲,芸巢)……1935
汪彝銘(寶吉,吉石)……1310
汪繹(玉輪,東山)……666
汪嫈(鐵生,雅安)……2092
汪鋆(芸石)……2617
汪應銓(杜林)……727
汪由敦(汪良金,師茗,謹堂)……863
汪元爵(伯孚,竺君)……2226
汪遠孫(久也,小米,借閒漫士)……2310
汪曰楨(剛木,謝城)……2550
汪筠(珊立,謙谷)……1092
汪藻(翰輝,鑑齋,小珊)……2560
汪錚(叔瞻,鐵庸)……2162
汪之順(平子,禹行,梅湖)……197
汪志道(覺先,冷松)……548
汪志伊(莘農,稼門)……1463
汪中(容甫)……1490
汪仲鈖(豐玉,桐石)……1185
汪仲洋(少海)……2029
王安修—王文治
王柏心(子壽,筠亭,螺洲)……2395
王抃(懌民,鶴尹)……280
王昶(德甫,述菴,蘭泉)……1214
王城(伯堅,小鶴)……2136
王誠(存之)……2547
王崇炳(虎文)……532
王崇簡(敬哉)……37
王大樞(澹明,白沙,天山漁者)……1333
王大堉(秋垞)……2537
王岱(山長,九青,了菴,且園)……305
王丹墀(覲顔,水村)……2053
王德溥(容大,澹和)……1238
王德馨(玉才,仲蘭)……2616

王度心—王鴻緒
王棨（建棠，小舟，同生）……2479
王夫之（而農，薑齋，夕堂）……179
王復（敦初，秋塍）……1721
王賡言（王賡琰，簣山）……1782
王賡琰—王賡言
王谷—任源祥
王廣心（伊人，農山）……142
王國均（侶樵）……2408
王昊（惟夏）……268
王弘撰（山史，待菴）……204
王鴻緒（王度心，季友，儼齋，
橫雲山人）……459
王楫汝（翰臣，葉來）……339
王家相（宗旦，藝齋）……1800
王嘉曾（漢儀，寧甫，史亭）……1279
王戩（孟穀）……422
王杰（偉人，葆淳，惺園，
畏堂）……1228
王金英（澮人，菊莊居士）……1201
王景彝（琳齋）……2577
王敬之（仲恪，寬甫）……2025
王開運—王闓運
王闓運（王開運，壬秋，
湘綺）……2722
王揆（端士）……184
王利賓—王韜
王霖（雨楓，雨豐，弇山）……723
王鑨（子陶，大愚）……56
王懋竑（予中）……655
王夢庚（槐庭，西躔）……1838
王明蕚（棣軒）……2637
王鳴盛（鳳喈，禮堂，西莊，
西沚）……1192
王銘（醒菴）……2352
王晦（服尹，樹百，補亭）……525
王乃斌（香雪）……2068
王念孫（懷祖，石臞）……1489
王培新（造周）……2659
王培荀（景叔，雪嶠）……2369
王沛恂（汝如，書巖）……493
王鵬（圖南）……1001
王苹（秋史，蓼谷）……598
王芑孫（念豐，惕甫，鐵夫，
楞伽山人）……1660
王慶麟（時祥，希仲）……2187
王慶勳（叔彝，菽畦）……2562
王瞿—王曾祥
王如玉（嵐溪，璞園）……1332
王汝璧（鎮之）……1445
王善寶（砎軒）……1477
王尚辰（伯垣）……2660

王省山（松坪）……………………2225
王時敏（王贊虞，遜之，煙客，
西田主人）………………………10
王時憲（若千，稧亭）……………546
王時翔（皋謨，抱翼，小山）……692
王士桓（公瑞）……………………1863
王士禄（子底，伯受，西樵）……259
王士禛（子真，貽上，阮亭，
漁洋山人）………………………346
王世琛（寶傳，艮甫）……………729
王式丹（方若，樓村）……………463
王攄（虹友，汲園）………………369
王恕（中安，瑟齋）………………742
王斯年（海村）……………………2034
王嵩高（海山，少林）……………1366
王蘇（儕嶠）………………………1798
王隼（蒲衣）………………………446
王太岳（基平，芥子）……………1188
王泰甡（鹿賓，芝圃）……………734
王曇（仲瞿，瓶山）………………1750
王韜（王利賓，仲弢，紫詮，
弢園，天南遁叟）………………2696
王廷鼎（銘之，夢薇）……………2778
王挺（周臣，減菴）………………176
王瑋慶（襲玉，澫唐）……………2038
王緯（象文，澮園）………………866
王蔚宗（山春）……………………1703
王文誥（純生，見大）……………1817
王文治（王安修，後村）…………628
王文治（禹卿，夢樓）……………1295
王武（勤中，忘菴，
雪顛道人）………………………319
王錫（百朋）………………………589
王錫拯—王拯
王先謙（益吾，葵園）……………2782
王心清（澄源，若木）……………1598
王軒（霞舉，青田，顧齋）………2654
王學浩（孟養，椒畦）……………1642
王衍梅（律芳，笠舫）……………2008
王烻（丹柱，大柱，確唐）………1804
王掞（藻儒，顓菴）………………449
王曜升（次谷）……………………298
王葉滋（槐青，我亭）……………741
王翼鳳（句生）……………………2386
王懿榮（正孺，廉生）……………2787
王蔭槐（子和，味蘭）……………2113
王應奎（東溆，柳南）……………765
王永年（子耆）……………………2734
王詠霓（子裳，六潭）……………2768
王猷定（于一）……………………23
王友亮（東田，景南，
葑亭）……………………………1456

王又旦(幼華,黄湄)……………387
王又曾(受銘,穀原)……………1010
王餘佑(申之,介祺)……………143
王豫(敬所,立甫,孔堂)………954
王豫(應和,柳村)………………1871
王譽昌(露湑)……………………497
王元常(南圃,餘園)……………1264
王元文(罣曾,北溪)……………1322
王原祁(茂京,麓臺)……………429
王曰高(監兹,登孺,北山)……280
王贊虞—王時敏
王藻(菽原)………………………2218
王澤弘(涓來,昊廬)……………223
王曾祺(西樵,蜀西樵也)……2798
王曾祥(麐徵,王瞿,茨檐)……940
王曾翼(敬之,芍坡)……………1335
王贈芳(曾貤,霞九)……………2117
王箴輿(敬倚,孟亭)……………864
王拯(王錫拯,定甫,少鶴,少和)……………………………2576
王正誼(筱銓,小淥)……………2245
王志湉(千波)……………………1783
王仲儒(景州,西菴)……………307
王舟瑶(白虹)……………………266
王撰(異公,隨菴)………………220
王灼(明甫,賓麓,悔生,晴園)…………………………………1610
王晫(丹麓,木菴)………………332
王焯(少凱,碧山)………………1347
王宗炎(以除,穀塍)……………1666
王宗垚—王宗燿
王宗燿(王宗垚,恂德,濬哲,筍石)……………………………………2118
忘菴—王武
望眉山人—顔嗣徽
望山—尹繼善
望石—李贊元
望雲—施山
望齋—查景
望之—史致儼
薇農—龔顯曾
薇省—鮑倚雲
薇研—童華
為章—曹炳曾
韋佩金(書城,西山)……………1609
韋謙恒(慎旃,約軒,木翁)……………………………………1159
惟闇—曾燦垣
惟廣—龔景瀚
惟夏—王昊
惟究—童華
惟一—孫一致

惟園—董柴
維漢—金衍宗
維饒—李振裕
維周—鄧廷楨
偉人—何其偉
偉人—王杰
偉堂—趙帥
葦間居士—邊壽民
葦間—彭希鄭
葦仁—陳壽祺
未裁—黎簡
未谷—桂馥
未齋—周濟
位白—方中通
位公—蔣中和
位三—吴台
位山—沈近思
位山—徐文靖
位西—邵懿辰
味道人—張繼曾
味蘭—王蔭槐
味堂—李鼎元
味辛—趙懷玉
味莊—朱廷黼
畏堂—潘奕藻
畏堂—王杰
畏堂—張井
畏齋—任承恩
畏齋—汪天與
渭川—趙希璜
渭清—李澄中
渭求—先著
渭仁—方象瑛
渭崖—吉夢熊
渭揚—徐熊飛
渭遠—易宏
蔚其—文榦
衛濱—傅維澐
衛公—今釋
慰農—薛時雨
謂卿—朱人鳳
魏璧—魏耕
魏昌泰—魏夔均
魏耕（魏璧，楚白，野夫，
雪竇居士）……144
魏際瑞（魏祥，善伯，伯子）……186
魏晉錫（澤濬，夢溪）……1399
魏禮（和公）……279
魏麐徵（蒼石）……441
魏禧（冰叔）……234
魏祥—魏際瑞
魏象樞（環極，環溪，崑林，

庸齋，寒松老人）…………………161
魏燮均（魏昌泰，子享，芷庭，伯柔，公隱，鐵民，子亨，九梅居士）…………………………2543
魏學誠（無僞，一齋）………………466
魏裔介（貞白，崑林，石生）……154
魏元樞（聯輝，臞菴）……………787
魏源（默深）…………………………2330
魏周琬（旭棠）………………………618
溫啟封（石峯，雲心）……………2221
溫汝适（步容，篔坡）……………1653
溫訓（伊初）…………………………2303
溫肇江（翰初）………………………2195
文盎—朱昆田
文伯—秦煥
文伯—吳應奎
文成—趙炳龍
文沖（一飛）…………………………2316
文沖—陶濬宣
文川—梁濬
文幹（文寧，楨士，蔚其，遠皋）………………………………1825
文煥（仲雲）…………………………2834
文煥—陳瓚
文靜—茹綸常
文雷—龍震
文木—吳敬梓
文寧—文幹
文圻—余京
文起—沈欽韓
文泉—陸初望
文饒—趙俞
文汝梅（用和，莘田）……………2485
文山—毛鳴岐
文升—汪士鋐
文守元（定斯，融谷）……………1736
文臺—郎葆辰
文田—任兆麟
文廷式（芸閣，純常子）………2849
文賢—施世綸
文星瑞（樹臣）……………………2666
文宿—夏葆彝
文衣—喬鉢
文友—董以寧
文玉—永瑺
文園—李中簡
文昭（子晉，薌嬰居士，北柴山人）…………………………730
文洲—褚華
文子—夢麟
文佐—上官周
聞橋—葛祖亮

聞沚—葉佩蓀
問秋—張朝桂
問山—史致儼
問亭—博爾都
問亭—方觀承
問齋—張琛
翁方綱(正三,覃溪)…………1341
翁雒(穆仲,小海)……………2250
翁山—屈大均
翁樹培(申之,宜泉)…………1814
翁同龢(叔平,松禪)…………2711
翁咸封(子晉,紫書,
　潛虛)…………………………1585
翁心存(二銘,邃菴)…………2262
翁照(玉行,朗夫,霽堂)………708
蝸寄—唐英
我亭—王葉滋
沃田—沈大成
沃園—方式濟
臥公—李希聖
臥廬—劉青藜
臥山—胡栩然
臥雲—胡慎容
渥源—方式濟
鄔鶴征—鄔鶴舟
鄔鶴舟(鄔鶴征,雪舫)………2129
吴本錫(汝蕃)…………………1118
吴昌榮(嘯江,蘇門)…………2589
吴重憙(仲懌,石蓮)…………2765
吴慈鶴(韻皋,巢松)…………2039
吴存義(和甫)…………………2408
吴大廷(桐雲)…………………2656
吴德旋(仲倫)…………………1863
吴定(殿麟,澹泉)……………1496
吴東發(侃叔,芸父)…………1525
吴恩熙(定甫,涵青,
　覺遲)…………………………2710
吴芳培(霽菲,雲樵)…………1670
吴光(迪前,長庚)………………348
吴璜(方甸,鑑南)……………1247
吴會(曉嵐,竹所)……………1920
吴家楙(菊湖)…………………2261
吴嘉賓(子序)…………………2423
吴嘉紀(賓賢,野人)……………165
吴嘉洤(清如,澄之)…………2242
吴騫(槎客,兔牀)……………1332
吴堦(次升)……………………1699
吴進(揖堂,颰村)……………1083
吴景旭(又旦,旦生,
　仁山)……………………………88
吴暻(元朗)………………………614
吴敬梓(敏軒,文木)……………971

吴均（藝卿）……2433
吴俊（奕千，蠡濤，曇繡）……1443
吴俊卿（吴俊，昌碩，倉石，缶廬，苦鐵）……2785
吴俊—吴俊卿
吴楷（一山）……1001
吴可馴（驥調）……955
吴昆田（雲圃，稼軒）……2489
吴蘭庭（胥石）……1294
吴蘭修（石華，荔村）……2109
吴歷（漁山，墨井道人）……325
吴鋑（若金）……122
吴廬—王澤弘
吴懋政（蘭陔）……1121
吴名鳳（伯翔，竹菴）……1845
吴銘道（復古）……672
吴其濬（哲甫，淪齋）……2064
吴琦—吴玉綸
吴騏（日千，鎧龍）……184
吴啟元（青霞）……618
吴綺（薗次，聽翁）……178
吴勤邦（襄士，鐵梅）……2143
吴清鵬（程九，西穀，笏庵）……2190
吴慶恩（蓋山）……2248
吴榮光（伯榮，荷屋）……1951
吴汝綸（摯甫）……2780
吴昇（瀛日，秋漁，壺山）……1662
吴士熺（仲初，瀹齋）……509
吴世涵（淵若）……2396
吴世杰（萬子，厚軒）……421
吴壽昌（泰交，蓉塘）……1375
吴樹萱（春暉，壽庭，少輔）……1511
吴淞（半江）……1861
吴嵩梁（子山，蘭雪）……1839
吴台（位三，金門）……1665
吴泰來（企晉，竹嶼）……1187
吴棠（仲宣，仲僊）……2548
吴廷燮（梅原）……1409
吴屯侯（符奇，悔翁）……240
吴維彰（晦亭）……2113
吴偉業（駿公，梅村）……69
吴蔚光（悊甫，執虚，竹橋）……1471
吴文溥（博如，澹川）……1441
吴文照（褧堂，香竺）……1715
吴雯（天章）……444
吴錫珩—吴炎
吴錫麟（上騏，竹泉）……1433
吴錫麒（聖徵，穀人）……1509
吴綃（素公，片霞，冰仙）……255

吴興祚(伯成,留村)……322
吴省欽(沖之,白華)……1275
吴修(子修,思亭)……1820
吴炎(吴錫珩,赤溟,顯庚)……243
吴仰賢(牧騶)……2632
吴翊(振西,樂園)……554
吴翌鳳(伊仲,枚菴)……1448
吴穎芳(西林)……950
吴應奎(文伯,蘅皋)……1708
吴玉搢(藉五,山夫,頓研)……941
吴玉麟(協書,素邨)……1555
吴玉綸(吴琦,廷韓,香亭,蓼園)……1321
吴苑(楞香,麟潭,鹿園)……401
吴爚文(璞存,樸庭)……1002
吴兆騫(漢槎)……308
吴兆寬(弘人)……240
吴兆麟(書瑞,筠軒)……2482
吴照(照南,白菴)……1640
吴振勃(興孟,容如,筠齋,豐南居士)……1912
吴振棫(毅甫,宜甫,仲雲)……2290
吴震(壽之)……2672
吴震方(青壇)……413
吴鎮(信辰,士安,松花道人)……1166
吴之珽(乾玉)……682
吴之章(松若,槎叟)……611
吴之振(孟舉,橙齋)……409
吴鼒(及之,山尊,抑菴)……1656
吴焯(尺鳧,繡谷,蟫花居士)……699
吴宗愛(絳雪)……496
吴祖修(慎思)……371
吴尊盤(漁汀)……1462
梧岡—童鳳三
梧門—法式善
無波—陳榮杰
無伯—李慈銘
無錯—范當世
無功—喬崇烈
無華—成文
無懷—余懷
無競—龔挺
無咎—貝青喬
無咎—張尹
無謀—沈嘉客
無偽—魏學誠
無聞子—汪淥

無恙—邵颿
無斁—邵堂
五峰—惪元
五芙蓉居士—李琪
午樓—梁夢善
午橋—程夢星
午橋—賈炎
午思—管學洛
午堂—夢麟
伍光瑜（孚尹，屏秋）…………1722
伍魯興（康伯）……………………1699
伍喬—程夢星
伍宇昭（青望）……………………1381
伍眾—田蘭芳
武伯—嚴熊
武承—崔述
武來雨（聽濤）……………………2473
武全文（石菴，藏夫）……………267
武水—孫霖
武廷選（晉侯）……………………1554
武宣—林子威
武億（虚谷，小石，授堂，
半石山人）………………………1496
武曾—李良年
勿菴—梅文鼎
誤菴—成書
寤崖子—劉熙載

X

夕菴—張崟
夕堂—王夫之
西菴—董説
西菴—王仲儒
西廛—王夢庚
西廛—楊夢符
西城—方士琯
西池—何夢瑤
西郇—喬煌
西郇—汪大經
西村—蔡奕璘
西村—張乃孚
西村—張永銓
西岡—鮑鉁
西玒—宋華金
西谷—蔣廷錫
西穀—吴清鵬
西郭—萬承勳
西灝—汪沆
西禾—楊倫
西脊山人—秦雲
西畯—朱昆田
西林—吴穎芳

西溟—姜宸英
西銘—孔傳鋕
西穆—周京
西農—張遂辰
西圃—潘遵祁
西圃—田同之
西橋—陳熙晉
西樵—王曾祺
西樵—王士禄
西清—張有瀾
西生—丁耀亢
西叔—徐子苓
西堂老人—尤侗
西塘—羅天閶
西塘—徐夔
西洮—戴晟
西田—陳學洙
西田主人—王時敏
西厓—湯右曾
西崖—朱興悌
西涯—賀長齡
西巘—秦贇
西隒—周天度
西雍—沈濤
西墉—費錫章
西垣—保培基
西園—高鳳翰
西園老人—楊鳳苞
西園—毛貴銘
西園主人—奕誌
西齋—博明
西沚—王鳴盛
西莊—王鳴盛
希甫—周有聲
希和—張誠
希呂—陳坤
希呂—丁履端
希舜—許全治
希孫—陸嵩
希齋—和琳
希張—胡浚
希哲—博明
希之—高學濂
希仲—王慶麟
昔邪居士—金農
析木—陳熙晉
息帆—陳鍾祥
息凡—陳鍾祥
息柯—楊翰
息廬—程尚濂
息圃—張鳳孫
息翁—方扶南

息翁—方世舉
息園—齊召南
息園—張廷樞
息齋—金之俊
息齋—任源祥
奚岡（純章，鐵生，蒙泉外史）……1510
奚寅（曰宗，鶴溪，芙蓉湖漁）……1114
惜抱—姚鼐
晰齋—博明
晳次—梁熙
熙河—張誠
熙文—圖敏
熙佐—朱霈
錫鬯—朱彝尊
錫疇—潘天成
錫淳—錫縝
錫九—章永祚
錫餘—曹申吉
錫珍—馮鉞
錫縝（錫淳，厚菴，渌矼）……2642
羲音—呂賢基
曦亮—張熷
席待—劉家珍
席佩蘭（道華，韻芬）……1823
習菴—曹仁虎
襲參—胡宗緒
襲孟—戴綗孫
襲玉—王瑋慶
禊亭—王時憲
俠君—顧嗣立
遐穀—方觀承
霞川—琨玉
霞九—王贈芳
霞舉—王軒
霞竹—蔣寶齡
霞莊—方象瑛
夏葆彝（子琴，文宿）……2789
夏寶晉（慈仲）……2416
夏際唐（夏際堂，論園）……1987
夏際堂—夏際唐
夏敬渠（二銘，懋修）……996
夏塏（子儀）……2302
夏崑林（治卿，瘦生）……2234
夏力恕（觀川，澴農）……815
夏尚志（靜甫）……2256
夏埉（子俊）……2357
夏廷荚（祁階，伊園）……948
夏味堂（鼎和，澹人）……1499
夏之芳（筠莊，荔園）……840
夏之璜（湘人）……927

夏之蓉（芙裳，醴谷，
半舫老人）……………………………914
夏之盛（松如）…………………2296
夏重—查慎行
夏宗—石璜
仙槎—張寶
仙裳—黄雲
仙舫—嚴正基
仙根—丘逢甲
仙九—季芝昌
先著（渭求，蠲齋，遷夫，染菴，
之溪老生，盍旦子）……………502
僊耨—曹斯棟
鮮庵—黄紹箕
閑泉—朱人鳳
閒雲老人—紀逵宜
顯庚—吴炎
峴亭—高岑
羨門—彭孫遹
羨門—孫霖
憲清—黄燮清
憲石—劉正宗
憲之—李嘉樂
憲之—殷希文
獻臣—周劼
獻可—陳美訓
獻如—沙琛
獻之—鄧琛
相期—張遂辰
相人—錢琦
相叔—顔伯珣
香巢—萬貢璆
香城居士—田霡
香東—桂芳
香苹—李家瑞
香樵—宋慶常
香泉—孫雲桂
香石—黄培芳
香樹—李杭
香樹—錢陳羣
香濤—張之洞
香鐵—黄釗
香亭—吴玉綸
香亭—袁樹
香聞居士—薛起鳳
香溪—程夢星
香雪—時銘
香雪—王乃斌
香崖—史夢蘭
香巖—姜恭壽
香巖—李鴻裔
香畲—李方穀

香隕—劉楚英
香竺—吴文照
香祖—謝芳蓮
湘北—李天馥
湘草—杜首昌
湘皋—鄧顯鶴
湘涵—彭兆蓀
湘涵—楊彝珍
湘衡—畢沅
湘林—薩迎阿
湘靈—錢陸燦
湘南—邵陵
湘南—孫元衡
湘浦—松筠
湘綺—王闓運
湘人—夏之璜
湘淘—朱澤澐
湘亭—詹應甲
湘芸—劉楚英
湘筠—葉坤厚
湘芷—繆沅
薌甫—梁信芳
薌林—梁詩正
薌林—彭劍光
薌泉—謝振定
薌谿—林昌彝
薌嬰居士—文昭
薌園—李枝青
薌芷—李富孫
襄七—諸錦
襄士—吴勤邦
襄宸—畢榮佐
鑲蘅—畢沅
祥伯—郭麐
翔雲—黄雲鵠
響山—高廷樞
向辰—紀大奎
象鼎—林鈞
象坤—黄琮
象三—謝三賓
象文—王緯
項霽(叔明,雁湖)……………2277
項樟(景貽,芝庭)……………968
橡村—朱緗
肖魯—紀逵宜
肖巖—趙良霨
宵影—傅維澐
蕭德宣(春田)……………2285
蕭家芝(紫眉)……………139
蕭詩—蕭中素
蕭亭—張實居
蕭惟豫(介石,韓坡)……………370

蕭雄（皋謨，聽園山人）………2752
蕭中素（蕭詩，芷厓）………………52
蕭重（千里，遠村）………………1944
簫樓—陳權
小白—周珠生
小長蘆釣魚師—朱彝尊
小范—陸淹
小浮山人—潘曾沂
小谷—鄭獻甫
小海—翁雒
小鶴—王城
小湖—高不騫
小湖—李聯琇
小湖—沈維鐈
小花山人—李御
小蘭—魯慶恩
小李—朱休度
小玲瓏山樵—楊鳳苞
小樓—趙克宜
小米—汪遠孫
小茗—宋咸熙
小坡—鄭文焯
小泉—傅濆
小淥—王正誼
小阮—張聰咸
小沙—周恩綬
小山—鮑桂生
小山薑—田同之
小山—王時翔
小珊—汪藻
小石—陳夔龍
小石—武億
小樹—金虞
小松—黄易
小鐵—施朝榦
小宛—沈欽韓
小韋—李宗瀛
小峴—秦瀛
小珣—張家栻
小厓—顧天成
小瀛—李曾裕
小雲—朱壬林
小雲—朱錫綬
小雲—左錫嘉
小韞—汪端
小舟—黄玉衡
小舟—王棻
筱南—凌焕
筱圃—陳榮昌
筱銓—王正誼
筱飲—陸飛
筱園—朱庭珍

曉滄—董潮
曉滄—沈炳垣
曉峯—趙旭
曉涵—鄭由熙
曉湖—沈寶森
曉嵐—紀昀
曉嵐—吴會
曉林—崔旭
曉樓—費丹旭
曉屏—鄭炳泰
曉青（監青，確庵）…………………294
曉亭—賽爾赫
曉先—楊文鐸
曉徵—錢大昕
篠泉—傅潢
篠庭—黎庶燾
孝昌—李保儒
孝長—劉淳
孝存—趙允懷
孝達—張之洞
孝如—曹學閔
孝威—鄧漢儀
孝文—徐述夔
孝顯—鄭大謨
孝修—許纘曾
孝儀—歸允肅
孝儀—洪鉽
孝逸—管繩萊
孝于—勞孝輿
孝則—孫宗彝
笑倉道人—黄周星
效穀—喬煌
嘯村—李葂
嘯江—吴昌榮
嘯卿—周焌圻
嘯泉—張紹松
嘯山—張文虎
嘯崖—金鍔
嘯月—劉青藜
嘯筠—朱錫綬
歗嵐道人—鄭由熙
些山—杜岕
協書—吴玉麟
協一—儀克中
諧庭—祁韻士
嶰谷—馬曰琯
嶰筠—鄧廷楨
瀣陸—顧于觀
澥山—張岳崧
謝城—汪曰楨
謝重輝（千仞，方山，杏村）……474
謝芳蓮（皆人，香祖）……………528

謝濟世（石霖，梅莊）……817
謝堃（佩禾）……2158
謝蘭生（厚菴）……2447
謝乃實（華函，峇嚧山人）……519
謝啟昆（蘊山，蘇潭）……1393
謝三賓（象三）……12
謝山—夢麟
謝山—全祖望
謝泰宗（時望，天愚山人）……19
謝維藩（翊天，麐伯，振士）……2734
謝應芝（子階，浣村，蒙泉子）……2688
謝墉（崑城，金圃，東墅）……1135
謝元淮（鈞緒，默卿）……2149
謝章鋌（枚如）……2573
謝照（裕莽）……2080
謝振定（一齋，薌泉）……1618
謝宗素（貞谷，履莊）……1959
燮樓—陳世鎔
燮友—陶汝鼎
心出家菴粥飯僧—金農
心甫—厲志
心穀—查為仁
心羅—周天度
心梅—彭湘
心匏—湯成彥
心青—孫原湘
心荃—劉弼良
心儒—傅仲辰
心田—陳寅
心吾子—程尚濂
心溪—錢沃臣
心餘—蔣士銓
心齋—任兆麟
心齋—沈維基
心齋—顏崇槼
辛從益（謙受，筠谷）……1729
辛峯老民—蔣因培
辛甫—楊秉桂
辛麓—葉佩蓀
辛楣—錢大昕
辛浦—鮑鈖
辛山—林家桂
辛師雲（京孫，芝生）……2322
辛薌—查冬榮
辛齋—陸嘉淑
辛齋—徐永宣
辛芝—潘觀保
新羅山人—華嵒
新梧—錢儀吉
新又—趙銘

薪村—平一貫
薪谿—錢沃臣
信辰—吴鎮
信甫—張爾旦
星北—傅潢
星槎—黄文蓮
星公—周燦
星湖—曹龍樹
星聯—惲珠
星南—查祥
星期—葉燮
星橋—顧宗泰
星堂—莊肇奎
星田—永瑢
星五—顧奎光
星厓—方洄
星齋—陳兆崙
星齋—許珌
星齋—潘曾瑩
星指—張映辰
惺莽—徐士芬
惺甫—顔檢
惺園—王杰
惺齋—歸允肅
惺齋—江鼎金
行屋—薛所藴
行之—嚴廷珏
邢昉(孟貞)……7
邢澍(雨民)……1751
醒菴—王銘
醒齋—李振裕
醒齋—徐櫄
省若—徐以震
省堂—沈榮昌
省于—姚前機
省齋—陳夢雷
杏村—李貽德
杏村—謝重輝
杏江—汪學金
杏農—尹耕雲
杏山—錢肇修
杏莊—左輔
性農—楊彝珍
荇農—周壽昌
興孟—吴振勃
熊寶泰(善惟,芸眉)……1455
熊伯龍(次侯,鍾陵)……180
熊賜履(青岳,敬修,愚齋)……349
熊莪(璧臣)……2119
熊紹庚(秋白)……2381
熊士鵬(兩溟,東坡老民)……1649
熊爲霖(浣青,鶴嶠)……1097

修伯—屠秉
修甫—江之紀
修潔—戚芸生
修來—顔光敏
修能—嚴元照
修平—陸繼輅
修隅—蔣知廉
秀芬—孫蓀意
秀峯—官文
秀峯—汪啟淑
秀林—汪桂月
秀山—許賀來
秀書—余元遴
岫青—胡正基
袖石—邊浴禮
繡谷—馮啟蓁
繡谷—吴焯
繡虎—張賁
繡山—孔憲彝
繡子—李黼平
胥石—吴蘭庭
胥園—莊肇奎
虚谷—武億
虚齋—陳榮昌
須男—傅眉
徐昂發（大臨，絅菴）……………506
徐璈（六驤，樗亭）……………2061
徐邦殿（碩夫）……………1634
徐寶善（廉峯）……………2244
徐枋（昭法，俟齋）……………200
徐村—徐夢元
徐大綸（君宜，畫江）……………2301
徐賡雅—徐述夔
徐灝（子遠，伯宋，靈洲）……2509
徐鏷慶（徐嵩，朗齋）……………1698
徐基（宗項，十峯，後坡）………656
徐璣（陶村，愚谷）……………918
徐嘉炎（勝力，華隱）……………312
徐鑑—徐榮
徐經（芸圃，甃枰）……………1608
徐駿（覲卿，竪蕉）……………757
徐開任（季重）……………72
徐夔（龍友，西塘）……………705
徐崑（國山，遯菴）……………844
徐蘭（芬若，芝仙）……………642
徐夢元（端木，徐村）……………866
徐凝（丞子，幼發）……………334
徐佩鉞（民威）……………2090
徐琪（玉可，花農）……………2806
徐謙（益鄉，白舫）……………2002
徐乾學（原一，健菴）……………313
徐慶宗—許宗彦

徐釚（電發，虹亭）……374
徐榮（徐鑑，鐵孫）……2278
徐時棟（定宇，同叔，
　柳泉）……2565
徐士芬（誦清，惺菴）……2086
徐世溥（巨源）……59
徐書受（尚之）……1596
徐述夔（徐賡雅，孝文）……945
徐嵩—徐鑠慶
徐堂（紀南，秋竹）……1222
徐維城（綱伯，韻生）……2571
徐文靖（位山）……644
徐僖（南炯，夢白，夢蓮）……2138
徐熊飛（渭揚，雪廬）……1780
徐濬（榮泉，秋鶚）……2140
徐夜（元善，長公，嵇菴，
　東癡）……87
徐以升（階五，恕齋）……869
徐以泰（陶尊，柳樊）……922
徐以震（省若）……1194
徐永宣（學人，辛齋）……688
徐永譽（蘭江）……529
徐用錫（壇長，魯南，畫堂）……556
徐櫄（聖功，醒齋）……729
徐豫貞（滄浮，逃菴）428
徐源（立人）……2035
徐筠（韻巖）……2496
徐昭華（伊璧，楓溪女史）……389
徐兆豐（乃秋，癯道人）……2726
徐振芳（大拙）……22
徐志鼎（調元，春田）……1520
徐志莘（任可，商農）……683
徐籀（亦史）……155
徐倬（方虎，蘋村）……235
徐子苓（西叔，毅甫，
　龍泉老牧）……2540
徐宗亮（晦甫，苿岑）……2794
徐作肅（恭士）……153
許珌（天玉，星齋，鐵堂）……256
許承家（師六，來菴）……403
許楚（芳城，旅亭）……49
許登逢（聽菴）……515
許賡皞（秋史）……2340
許賡颺—許玉瑑
許賀來（燕公，秀山）……603
許鴻磐（漸逵，雲嶠）……1538
許濬（致遠）……314
許令瑜（元忠，遯翁）……11
許乃椿（子莊，季青）……2122
許乃穀（玉年）……2178
許七雲（畊華，畫林）……500
許喬林（貞仲，石華）……1992

許全治（希舜，歷畊）……………893
許尚質（又文，釀川）……………494
許孫荃（四山，友蓀，生洲）……405
許廷璨（子遜，竹素）……………710
許旭（九日）………………………299
許延敬（君修）…………………2465
許瑤光（雪門）…………………2592
許亦崧（高甫，少嵩）…………2650
許印芳（麟篆）…………………2662
許迎年（荔生，毅士）……………744
許玉瑑（許賡颺，起上，緝庭，
鶴巢）…………………………2774
許兆椿（茂堂，秋巖）…………1545
許正綬（許正陽，齏生，
少白）…………………………2345
許正陽—許正綬
許之翰（春卿）…………………2041
許之漸（松齡，青嶼，可園）……97
許志進（念中，覯齋）……………488
許宗衡（海秋）…………………2527
許宗彦（許慶宗，積卿，
同生）…………………………1878
許纘曾（許纘宗，孝修，
鶴沙）……………………………248
許纘宗—許纘曾
無齋—李賡芸
旭東—江昉
旭倫—毛曙
旭棠—魏周琬
旭亭—韓是升
序伯—程庭鷺
序伯—殷兆鏞
序堂—秦贇
勖齋—馮宬
勖茲—湯金釗
勗齋—楊度汪
敘百—張五典
敘仲—孔憲彝
蓄齋—黄中堅
煦齋—英和
續郇—英啟
暄鄔—彭旭
玄恭—歸莊
玄水—陳上善
選樓—譚敬昭
薛門—彭劍光
薛寧廷（退思，補山，
洛閒山人）……………………1133
薛起鳳（皆三，皆山，家三，
香聞居士）……………………1350
薛時雨（慰農，澍生，
桑根老人）……………………2597

薛所蘊（子展，行屋，桴菴）……27
薛雪（白生，一瓢）…………726
學淳—高錫恩
學人—徐永宣
學宜—施山
學齋—喬崇烈
學子—沈大成
雪持—賈樹誠
雪村—戴瀚
雪顛道人—王武
雪竇居士—魏耕
雪帆—潘問奇
雪舫—鄔鶴舟
雪舫—張學舉
雪海—郝浴
雪湖—沙琛
雪蘿—洪枰
雪茉—楊慶琛
雪龕—朱秉銘
雪蓮—方元泰
雪樓—陳世鎔
雪樓—黎恂
雪廬—徐熊飛
雪門—許瑤光
雪門—楊景程
雪木—李柏
雪嶠—王培荀
雪樵—符兆綸
雪樵—楊思聖
雪虬—邵陵
雪堂—傅作楫
雪堂—含澈
雪崖—程襄龍
雪崖—龐塏
雪友—沈楳
雪漁—陳在謙
雪齋—方成珪
雪子—張映斗
勳侯—馮鉞
荀慈—邵齊燾
荀鶴—張鑑
恂德—王宗燿
恂九—郝懿行
恂叔—查禮
恂叔—查學禮
循初—萬光泰
循齋—胡介祉
尋壑—李繩遠
潯江—施世綸
巽泉—胡正基
遜甫—顏光敏
遜來—茹敦和

遯士—彭任
遯齋—甘汝來
遯之—王時敏
顒占—陳權

Y

雅安—汪鋆
雅堂—鮑之鍾
雅雨—盧見曾
亞匏—金和
煙舫—張衍懿
煙客—王時敏
煙農—呂種玉
延君壽（荔浦）……………………1829
延年—倪鴻
延清（子澄，鐵君）………………2795
延之—胡長慶
言南金（魯琛，卓林，
　可亭）……………………………2728
言尚焜（可樵）……………………1837
言夏—陳瑚
言揚—陳訏
言友恂（雲笙）……………………2303
研芬—劉錫勇
研農—何夢瑶
研樵—董文渙
研生—羅汝懷
研孫—張鴻基
研雪子—沈謙
閻爾梅（用卿，古古，
　白耷山人）………………………42
閻循觀（懷庭，伊蒿）……………1359
顔伯珣（石珍，相叔）……………362
顔崇椝（運生，心齋）……………1446
顔光敏（遜甫，修來，樂圃）……407
顔光猷（秩宗，澹園）……………389
顔檢（惺甫）………………………1690
顔嗣徽（義宣，
　望眉山人）………………………2753
嚴長明（冬有，道甫，
　用晦）……………………………1312
嚴辰（淄生，芝僧）………………2641
嚴光禄（銘書，石帆）……………1316
嚴可均（嚴萬里，景文，
　鐵橋）……………………………1784
嚴烺（存吾，匡山）………………1823
嚴如熤（炳文，樂園，
　蘇亭）……………………………1726
嚴繩孫（蓀友，藕漁）……………225
嚴首昇
嚴遂成（崧瞻，海珊）……………871
嚴廷珏（行之，比玉）……………2420

嚴萬里—嚴可均
嚴我斯（就思，存安）……………282
嚴錫康（伯雅，伯牙）……………2637
嚴熊（武伯）……………………264
嚴學淦（麗生）…………………2018
嚴寅（同甫，介堂）……………1996
嚴虞惇（寶成，思菴）…………495
嚴元照（九龍，修能，
晦庵）…………………………1955
嚴正基（厚吾，仙舫）…………2159
衍之—湯斯祚
弇山—宋起鳳
弇山—王霖
儼若—佟世思
儼齋—王鴻緒
彦輔—潘德輿
彦吉—龔士薦
彦清—劉履芬
彦升—陳之遴
彦威—田同之
彦翔—毛貴銘
彦遠—胡介
晏海—馮雲鵬
晏斯盛（虞際，一齋）…………699
硯皋—陳展雲
硯農—江昉
硯農—史夢蘭
硯秋—董文渙
硯朐—談文煥
硯思—田同之
硯濤—萬夔輔
硯鄉—陳文田
硯齋—張廷玉
雁湖—項霽
燕峰—費密
燕公—許賀來
燕客—周在都
燕汀—方覲
燕庭—劉喜海
燕庭—汪芑
燕勳—黄紹統
陽夫—管榦珍
揚孫—蔣廷錫
楊秉桂（辛甫，蟾翁）…………2074
楊炳春（漱芸）…………………2474
楊炳鋥（用庚，春樵）…………2448
楊昌言（大聲）…………………458
楊傳第（聽廬，汀鷺）…………2700
楊道生（立人，仁甫，
幹邨）…………………………2000
楊度汪（若干，勗齋，
蘬鼻道人）……………………972

楊芳燦（才叔，蓉裳）……1629
楊鳳苞（傅九，秋室，萸沜，
小玲瓏山樵，
西園老人）……1633
楊翰（伯飛，息柯，海琴，
樗盦）……2539
楊廈（子載，恥夫）……1198
楊季鸞（紫卿）……2394
楊際春—楊慶琛
楊珅（逢玉，砥齋，常之）……298
楊景程（宗洛，雪門）……2388
楊揆（同叔，荔裳）……1732
楊鸞（子安，迂谷）……1059
楊倫（敦五，西禾）……1530
楊棆（青邨）……576
楊夢符（西躔，六士，
與岑）……1508
楊潛—楊澤闓
楊青藜（禄客，石民）……92
楊慶琛（楊際春，廷元，
雪茱）……1965
楊鋭（退之，叔嶠）……2853
楊紹基（桂巖）……2006
楊深秀（漪春）……2809
楊士凝（笠乘）……843
楊思聖（猶龍，雪樵）……166
楊素藴（筠碧，退菴）……268
楊維坤（地臣，定安，
素堂）……638
楊文鐸（曉先）……696
楊文言（道聲，南闌）……515
楊峴（季仇，見山，庸齋，
藐翁）……2609
楊彝珍（湘涵，性農）……2482
楊有涵（能蓄，養齋）……1163
楊玉堂（縝亭）……2354
楊豫成（立是，立之）……2351
楊澤闓（楊潛，白民，
石汸）……2541
楊炤（明遠）……169
楊兆璜（殯秋，古生）……2108
楊知新（元鼎，拙園）……1937
楊鑄（子堅）……2041
楊宗發（起文）……366
暘復—管榦珍
仰之—崇恩
養泉—恭釗
養吾—馮浩
養一老人—李兆洛
養原—孔繁培
養園—汪桂月
養齋—楊有涵

養知—郭嵩燾
養仲—梁詩正
姚椿（春木，子壽，樗寮生）……2021
姚大榮（儷桓）……2835
姚範（南菁，薑塢）……976
姚柬之（佑之，幼楮，伯山）……2167
姚濬昌（孟成，慕庭）……2725
姚康—姚士晉
姚孔鋠（梁貢，于巢）……874
姚鼐（姬傳，夢穀，惜抱）……1306
姚念曾（季方，友硯）……1376
姚培謙（平山，鱸香）……860
姚前機（省于，珊濱）……2243
姚士晉（姚康，伯康）……1
姚世鈺（玉裁，薏田）……749
姚文然（若侯，龍懷）……168
姚文田（秋農）……1708
姚燮（梅伯，復莊，野樵）……2469
姚學塽（晉堂，鏡塘）……1851
姚瑩（石甫，明叔，展和）……2176
姚瀛（槎客）……1700
姚永概（叔節）……2868
姚元之（伯昂，廌青）……1962
堯峰—汪琬
堯章—董文渙
瑤華道人—弘旿
藥房—張錦芳
藥林—符曾
藥山—孟騤
藥堂—陳浦
藥亭—梁佩蘭
藥齋—余元遴
藥洲—凌揚藻
也是翁—錢曾
也愚—董柴
冶存—喻文鏊
冶湄—梁允植
冶山—孔慶鎔
冶塘—邵墪
冶亭—鐵保
冶虞—張學仁
野蠶—彭績
野夫—魏耕
野鶴—丁耀亢
野鴻—黄子雲
野樵—姚燮
野人—吴嘉紀
野堂—石椿
葉昌熾（頌魯，鞠裳）……2809
葉承宗（奕繩，濼湄）……162

葉法—葉坤厚
葉方藹（子吉，訒菴）……291
葉昉升（華川）……1537
葉觀國（家光，毅菴）……1156
葉矯然（子肅，思菴）……306
葉坤厚（葉法，湘筠）……2479
葉來—王楫汝
葉名澧（翰源，潤臣）……2527
葉佩蓀（丹穎，聞沚，辛麓）……1302
葉紹本（仁甫，筠潭）……1870
葉世倬（子雲，健菴）……1607
葉廷琯（調生）……2271
葉文—方振
葉燮（星期，己畦，橫山先生）……270
葉燕（載之，再紫，又次，白湖）……1670
葉映榴（炳霞，蒼巖）……435
葉兆蘭（古軒）……1714
葉舟（布颿）……1844
一飛—文沖
一鷗—仇養正
一瓢—薛雪
一山—吴楷
一士—金鍔
一吾—陳儀
一吾—黄湘南
一齋—陳梓
一齋—魏學誠
一齋—謝振定
一齋—晏斯盛
伊璧—徐昭華
伊秉綬（組似，墨卿）……1635
伊朝棟（伊恒瓚，用侯，雲林）……1273
伊初—溫訓
伊蒿—閻循觀
伊恒瓚—伊朝棟
伊璜—查繼佐
伊人—顧湄
伊人—王廣心
伊園—夏廷薁
伊在—顧汧
伊仲—吴翌鳳
伊佐—桑調元
依江—李枏
揖堂—吴進
漪春—楊深秀
漪園—汪國瀠
怡村—李予望
怡雲—宮爾勸

怡雲—朱培源
怡之—江有蘭
宜甫—吴振棫
宜泉—翁樹培
宜田—方觀承
貽白—李貽德
貽上—王士禛
詒卿—李明農
飴山—趙執信
遺山—高詠
儀伯—俞鴻漸
儀九—張井
儀克中（墨農，協一）…………2329
儀廷—韓鳳翔
儀衛—方東樹
儀雅—袁文典
儀一—彭端淑
儀岳—彭坊
儀祖—張鴻基
頤伯—丁壽昌
頤道居士—陳文述
頤公—邊壽民
乙盦—沈曾植
已蒼—馮舒
以除—王宗炎
以簡—郭堃
以南—曹學詩
以三—陳鑑
以中—元璟
以莊—胡敬
亦純—朱樟
亦韓—陳祖范
亦籛—朱彭
亦樓—趙仁山
亦廬—湯斯祚
亦聲—單鈺
亦史—毛師柱
亦史—徐籀
亦軒—朱倫瀚
亦元—李希聖
抑菴—吴鼒
抑峯—毛永椿
抑叟—陳鍾祥
抑齋—張鵬翀
易宏（渭遠，秋河，雲華子）……475
易農—董文驥
易佩紳（子笏，笏山）…………2670
易泉—馮繼聰
易順鼎（實甫，中碩，哭菴，
眉伽）……………………………2856
易翁—馮培
易齋—馮溥

易齋—袁守定
奕千—吴俊
奕清—黄中理
奕山—張梁
奕繩—葉承宗
奕誌（西園主人）…………………2640
羿仁—彭孫貽
益甫—趙之謙
益吾—王先謙
益鄉—徐謙
益齋—永瑢
巽公—王撰
逸菴—曹申吉
逸民—梁逸
逸書—趙文楷
逸雲—盛大士
翊衡—茅元輅
翊天—謝維藩
軼東—金門詔
意誠—郭崑燾
意蓮—潘鎮
意文—沈壽榕
義門先生—何焯
義門—鄭性
義文—張衡
義宣—顔嗣徽
億孫—趙懷玉
毅菴—葉觀國
毅夫—朱浩
毅甫—吴振棫
毅甫—徐子苓
毅士—許迎年
毅文—張鴻烈
毅揚—吉夢熊
薏田—姚世鈺
懌民—王抃
憶山—景安
臆園—鮑康
翼堂—黄紹統
翼廷—余治
翼王—陸元輔
藝舫—張雲錦
藝林—談文煥
藝農—陳鍪
藝卿—吴均
藝齋—王家相
繹堂—沈荃
因仲—李確
殷如梅（羽調，果園）…………1263
殷壽彭（雉斟，述齋）…………2547
殷希文（憲之，蘭亭）…………1404
殷玉—裘璉

殷岳(伯巖,宗山)……41
殷兆鏞(序伯,譜經)……2478
愔盦—陳道華
蔭常—周錫恩
蔭甫—俞樾
蔭嘉—張玉穀
吟村—曾詠
吟秋—何家琪
吟臞—龔禔身
吟鄉—張塤
吟齋—梅成棟
烎虛—明中
寅庵—朱瀚
寅保(虎侯,芝圃)……993
寅伯—李暾
寅甫—陳烱
寅揆—張端亮
尹耕雲(瞻甫,杏農)……2451
尹繼善(元長,望山)……892
尹廷蘭(畹階)……1565
飲光—錢澄之
飲蘭—毛嶽生
飲泉—汪潮生
隱屏山人—陳壽祺
印山—莊宇逵
胤倩—陳祚明
英和(定圃,樹琴,煦齋,
胥叟)……1927
英廉(計六,夢堂)……1014
英啟(子佑,續郇)……2729
英玉—于宗瑛
瀛日—吴昇
穎長—江春
穎芳—蔣攸銛
穎叔—林壽圖
癭瓢—黄慎
應甫—周壽昌
應和—王豫
應華—秦緗葉
應謙—應讓
應讓(應謙,地山,退菴)……1856
應時良(虞卿,笠湖)……2148
應中—朱臨
庸齋—魏象樞
庸齋—楊峴
雍南—何絜
擁百—卞灘城
雝來—胡慶豫
永憲(嵩山)……1345
永瑆(文玉,益齋,
素菊道人)……1104
永瑢(星田,九思主人)……1480

永理（少厂，鏡泉）……………… 1610
永言—曾詠
永之—沈榮昌
永忠（良輔，渠仙，臞仙）……… 1370
詠莪—彭蘊章
詠樵—龔顯曾
用賓—范允鏘
用恥—蔣知廉
用更—楊炳鋥
用和—文汝梅
用侯—伊朝棟
用晦—呂留良
用晦—嚴長明
用克—孫學顔
用卿—閻爾梅
尤侗（同人，展成，悔菴，艮齋，
西堂老人）……………………… 174
尤維熊（祖望）………………… 1785
尤珍（謹庸）…………………… 473
猶龍—楊思聖
猶人—莫與儔
游智開（子代，藏園）………… 2588
友夔—仲昰保
友鹿—宫鴻曆
友山—羅嵒
友石—方玉潤
友石—張衡
友蓀—許孫荃
友硯—姚念曾
友玉—錢良擇
酉山—韋佩金
牖民—孔傳鐸
黝石—方玉潤
又宲—梁以壯
又次—葉燕
又旦—吴景旭
又愷—袁廷檮
又呂—趙端
又嵋—冷士嵋
又南—張雲翼
又文—許尚質
又希—沈范孫
右臣—洪良品
右莪—蔡家琬
右甫—朱爲弼
右階—胡念修
右文—高斌
右原—陳學泗
幼安—錢維城
幼樗—方廷瑚
幼度—劉寶樹
幼發—徐凝

幼耕—顧復初
幼華—王又旦
幼魯—符曾
幼樵—張佩綸
幼鐵—顧維禎
幼畹—欽璉
幼隗—郭金臺
幼真—汪國
幼芝—朱景英
幼楮—姚東之
佑之—姚東之
宥函—孔繼鑅
祐甫—洪飴孫
迂谷—楊鸞
迂客—顧嗣協
迂松—李雝來
于鰲圖(伯麟,滄來)……………1572
于昌遂(漢卿)……………………2702
于巢—姚孔鈵
于成龍(北溟,于山)……………160
于宫—郭元釪
于皇—杜濬
于澗—沈毓蓀
于敏中(重棠,叔子,
耐圃)………………………………1078
于卿保(邗山)……………………2252
于山—于成龍
于庭—宋翔鳳
于湘—樓錡
于湘—張藻
于一—毛奇齡
于一—王猷定
于宗瑛(英玉,紫亭)…………1186
余本愚(古香)……………………2582
余懷(無懷,澹心,廣霞,
鬘持老人)………………………151
余集(蓉裳,秋室)………………1400
余京(文圻,江干)………………626
余愭(勤夫,仲子)………………2830
余廷燦(卿雯,存吾)……………1367
余元遴(秀書,蘗齋)……………1209
余雲煥(鳳笙)……………………2752
余正酉(秋門)……………………2151
余治(翼廷,蓮邨)………………2492
俞功懋(第臣,慕白)……………2712
俞鴻漸(儀伯,澗花)……………2089
俞魯瞻(岱巖,匏村)……………736
俞汝本(秋農)……………………2314
俞㬎(日綍,蝶君)………………257
俞樾(蔭甫,曲園)………………2630
俞正燮(理初)……………………1994
萸江—陶必銓

萸汭—楊鳳苞
魚計—劉友光
魚門—程晉芳
魚山—馮敏昌
魚亭—汪憲
嵎谷—金望欣
榆村—張元
虞際—晏斯盛
虞鄰—洪若臯
虞橋—孫宗彝
虞琴—虞琴
虞卿—應時良
虞仲—章愷
虞樽—湯運泰
愚菴—朱鶴齡
愚庵—李大儒
愚谷—徐璣
愚山—施閏章
愚亭—董柴
愚溪—董柴
愚溪—范允鏋
愚齋—熊賜履
愚齋—鄒貽詩
漁川—張四科
漁村—李澄中
漁璜—周起渭
漁山—邊汝元
漁山—吳歷
漁山—袁守定
漁衫—李懿曾
漁珊—陳僅
漁叔—黃湘
漁汀—吳尊盤
漁谿—張錫璜
漁洋山人—王士禎
餘菴—陳僖
餘山—陳僅
餘園—繆沅
餘園—王元常
餘齋—戚芸生
璵沙—錢琦
予石—居璉
予中—王懋竑
宇兆—萬承蒼
羽調—殷如梅
羽可—郭儀霄
雨椽—黃堂
雨村—李調元
雨帆—卞瀰城
雨方—胡紹鼎
雨峰—劉中柱
雨楓—王霖

雨豐—王霖
雨來—田需
雨林—趙霖
雨民—邢澍
雨山—陳大章
雨生—陳作霖
雨生—湯貽汾
雨十—居瑾
雨叔—金甡
禹峰—彭而述
禹行—汪之順
禹梅—鄭梁
禹門—鄭梁
禹木—張三異
禹卿—王文治
禹山—程虞卿
敔翁—崇恩
與岑—楊夢符
與持—朱黻
與桐—邵晉涵
與西—朱崌
與齋—查繼佐
與治—顧夢游
與竹—湯荀業
語鈴—崇恩
窳菴—沈峻曾
嶼淳—岳夢淵
玉保(德符,闐峯)…………………1729
玉才—王德馨
玉裁—姚世鈺
玉池老人—郭嵩燾
玉存—朱琦
玉德(達齋)…………………………1447
玉峰—趙士麟
玉行—翁照
玉蘅—劉廷璣
玉几—陳撰
玉井—閔華
玉可—徐琪
玉立—梁清標
玉輪—汪繹
玉民—何耿繩
玉年—許乃穀
玉圃—馮培
玉樵—鈕琇
玉虬—董文驥
玉泉—陸費瑔
玉泉—汪淥
玉洤—潘曾瑋
玉生—譚瑩
玉叔—宋琬
玉書(青園居士)…………………1865

玉書—高一麟
玉書—陸天麟
玉臺—艾暢
玉臺—陳昌圖
玉亭—伯麟
玉亭—胡慎容
玉溪—齊學裘
玉巖—盧存心
玉洲—李重華
芋仙—李士棻
芋園—華希閔
芋莊—胡香昊
郁兹—丁履端
育萬—恒仁
遇溪—蔣棨渭
喻懷仁（近之，少瀛）…………2559
喻文鏊（冶存，石農）………… 1512
裕莽—謝照
愈愚—孫燮
毓俊（贊臣）……………………2803
毓奇（鍾山，竹溪）……………1388
豫本（茶邨）……………………2284
豫荃—張其淦
豫原—華希閔
豫章—鄭方鍔
譽劍—凌揚藻
鬱岡居士—笪重光
淵甫—張履
淵如—孫星衍
淵若—吴世涵
元長—尹繼善
元城—郭東
元鼎—楊知新
元方—李苞
元弘（石庭，高雲上人）…………547
元吉—鄭璜
元璟（借山，元通圓，以中）……507
元敬—孔昭虔
元朗—李琪
元朗—吴暻
元亮—周亮工
元卿—張祥河
元善—徐夜
元少—韓菼
元淑—樂鈞
元素—吕履恒
元調—竇光鼐
元通圓—元璟
元孝—陳恭尹
元一—趙帥
元穎—梁同書
元仗—李可汧

元昭—鄧旭
元芝—韓崇
元止—趙函
元治—周思兼
元忠—許令瑜
元仲—李世熊
沅青—趙樹吉
袁昶（爽秋，重黎，純叟）……2792
袁績懋（厚安）……2599
袁枚（子才，簡齋）……1109
袁守定（叔論，易齋，漁山）……1000
袁樹（芬香，香亭）……1289
袁廷檮（又愷，綬階）……1811
袁文典（儀雅，陶村）……1233
袁文揆（時亮，蘇亭）……1578
袁翼（穀廉）……2230
袁佑（杜少，霽軒）……412
袁知（書林，紓亭）……1266
原一—徐乾學
園沙—錢陸燦
蝯叟—何紹基
薗次—吴綺
遠春—張興鏞
遠村—陳鑑
遠村—馮鎮巒
遠村—蕭重
遠皋—文翰
遠梅—石鈞
曰緝—梁熙
曰宗—奚寅
約菴—李天英
約軒—韋謙恒
約齋—朱霈
月滄—吕璜
月垞—陳焵
月槎—張漢
月川—石泙
月船—盧鎬
月東—周焯
月樵—方炳奎
月樵—胡鳳丹
月山—貴慶
月山—恒仁
月石—蔣琦齡
月汀—李璋煜
月亭—林伯桐
月軒—唐廷詔
月巖—李兆齡
月巖—吕履恒
岳端（蘊端，正子，兼山，紅蘭主人）……666
岳賡廷（載臣，石村）……2257

岳禮(蕉園)……………………813
岳夢淵(嶼渟,水軒)……………943
岳鍾琪(東美,容齋)……………781
岳子—戴勝徵
悦巖—陳廷敬
越來—張海珊
越縵—李慈銘
越門—江權
樂初—長善
樂甫—朱葵之
樂宫譜—樂鈞
樂鈞(樂宫譜,元淑,
蓮裳)………………………1848
樂圃—顔光敏
樂圃—張英
樂天—朱瑤
樂園—田霡
樂園—吴翊
樂園—嚴如熤
樂齋—彭端淑
瀹齋—吴士熺
芸巢—汪棨
芸父—吴東發
芸皋—周凱
芸閣—文廷式
芸功—高書勳
芸眉—熊寶泰
芸楣—彭元瑞
芸圃—徐經
芸圃—張茂稷
芸石—汪鋆
芸軒—高玢
耘圃—李繩
耘劬—倪鴻
雲菴—顧森
雲伯—陳文述
雲伯—馮登府
雲巢—沈兆澐
雲城—賈虞龍
雲持—胡天游
雲初—廖文錦
雲川—杜詔
雲帆—戴綱孫
雲芬—程恩澤
雲畡—何曰愈
雲皋—羅天閶
雲和—董文驥
雲壑—汪如洋
雲華子—易宏
雲椒—沈初
雲林—伊朝棟
雲麓—鄭開禧

雲眉—胡成浚
雲湄—黄體正
雲門—樊增祥
雲屏—趙炳龍
雲坡—胡季堂
雲圃—吴昆田
雲嶠—許鴻磐
雲樵—吴芳培
雲樵—周有聲
雲卿—陳文瑞
雲卿—蔣元龍
雲癯—倪鴻
雲生—李文瀚
雲笙—言友恂
雲書—季芝昌
雲崧—趙翼
雲臺—阮元
雲汀—陶澍
雲亭山人—孔尚任
雲亭—舒瞻
雲西—貴慶
雲西—李枝青
雲心—溫啟封
雲彦—江人鏡
筠碧—楊素蘊
筠城—賈虞龍
筠谷—辛從益
筠渌—祁韻士
筠麓—沈范孫
筠圃—富斌
筠圃—龍文彬
筠圃—饒學曙
筠少—馮震東
筠潭—葉紹本
筠亭—王柏心
筠仙—郭嵩燾
筠心—褚廷璋
筠軒—洪頤煊
筠軒—吴兆麟
筠園—朱仕玠
筠齋—吴振勃
筠莊—夏之芳
篔坡—溫汝适
允初—彭紹升
允懷—厲志
允禮……875
允倩—朱駿聲
允禧（謙齋，紫瓊道人）……1057
允莊—汪端
惲格（壽平，正叔，南田）……336
惲珠（星聯，珍浦）……1936
運昌—法式善

運青—張鵬翮
運生—顏崇槼
韞山—丁善寶
韞山—管世銘
韞山—沈赤然
韞退—趙進美
蘊端—岳端
蘊幾—蔣中和
蘊山—謝啟昆
蘊生—梅植之
韻芬—席佩蘭
韻甫—黄燮清
韻皋—吴慈鶴
韻和—汪昶
韻卿—左錫嘉
韻清—郭肇鐄
韻珊—黄燮清
韻生—徐維城
韻蒔—盛昱
韻言—金學詩
韻巖—徐筠

Z

載臣—岳賡廷
載厚—洪坤煊
載璜—祖之望
載馨—金孝枏
載言—鮑善基
載之—葉燕
再沂—沈兆禔
再紫—葉燕
在庵—黄玉衡
在東—曾鏞
在卿—周之方
在田—田同之
在亭—李果
在辛—笪重光
在星—孟傳璿
在園—劉廷璣
在中—成文
贊臣—毓俊
贊調—何夢瑤
贊夫—濮淙
贊侯—鄭襄
藏夫—武全文
藏園—蔣士銓
藏園—游智開
藻川—張映辰
藻儒—王掞
造周—王培新
則厚—鄭方坤
則震—陳夢雷

澤漪—魏晉錫
曾燦（曾傳燦，青藜，止山）……221
曾燦垣（惟闇，卽菴）……………229
曾傳燦—曾燦
曾廣鈞（重伯，觙菴）……………2866
曾國藩（伯涵，滌生）……………2529
曾紀澤（劼剛）……………………2775
曾起莘—函昰
曾王孫（道扶）……………………232
曾彥（季碩）………………………2852
曾貽—王贈芳
曾懿（伯淵，朗秋）………………2832
曾鏞（在東，鯨堂，復齋）………2079
曾詠（永言，吟村）………………2553
曾燠（蔗蕃，賓谷）………………1752
查初揆—查揆
查冬榮（子珍，辛薌）……………2344
查繼佐（伊璜，與齋，左尹，
　東山釣叟）………………………28
查景（士瞻，望齋）………………1022
查揆（查初揆，伯葵，
　梅史）……………………………1915
查禮（恂叔，儉堂）………………1105
查禮—查學禮
查林（松生，花農）………………2117
查浦—查嗣瑮
查容（韜荒，漸江）………………373
查慎行（查嗣璉，夏重，悔餘，
　初白）……………………………497
查嗣瑮（德尹，查浦）……………513
查嗣璉—查慎行
查為仁（心穀，成甦，蓮坡）……854
查祥（星南，穀齋）………………701
查學禮（查禮，恂叔，魯存，
　儉堂）……………………………1025
查奕照（麗中，丙唐）……………1749
查有新（銘三，丙根，
　春園）……………………………1932
翟灝（大川，晴江）………………1095
詹應甲（湘亭，鱗飛）……………1758
詹肇堂（南有，石琴）……………1521
瞻甫—尹耕雲
瞻巖—劉繹
占亭—李於陽
占一—金夢熊
展成—尤侗
展和—姚瑩
湛斯—陳沆
湛亭—李宏
湛園—姜宸英
章昞（天節）………………………350
章鶴齡（子襄，六峯）……………2437

章侯—陳洪綬
章愷（虞仲，北亭）……………1132
章性良（聖可，江蘺）……………285
章永祚（錫九，南湖）……………578
章之—高其倬
張安保（懷之，石樵，叔雅，
　潛翁）………………………………2268
張寶（仙槎）…………………………1794
張賁（繡虎）…………………………237
張伯—洪昌燕
張琛（問齋）…………………………1842
張聰咸（阮林，小阮，
　傅巖）………………………………2122
張大受（日容）……………………575
張大鏞（聲之，鹿樵）…………1915
張道渥（水屋，封紫，
　張瘋子）……………………………1701
張篤慶（歷友，厚齋）……………430
張度（齡若，仲友，獅崖）………127
張端亮（寅揆，退菴）……………456
張爾旦（信甫，眉叔）…………2300
張爾岐（稷若，蒿菴居士）………93
張瘋子—張道渥
張鳳孫（少儀，息圃）…………1003
張符升（子吉）……………………1490
張符驤（良御，海房）……………622
張蓋（命士，覆輿，箬菴）………175
張崗（崑南，古樵）……………1095
張誥（士周）………………………1534
張庚（張燾，浦山，瓜田，
　彌伽居士）…………………………766
張海珊（越來，鐵甫）…………2116
張漢（月槎，莪思，蟄存）………716
張衡（友石，義文，晴峰）………285
張鴻基（儀祖，研孫）…………2467
張鴻烈（毅文，岸齋）……………423
張懷泗（環甫）……………………1522
張翽（鳳颺，桐圃）……………1233
張吉安（迪民，蒔塘）…………1725
張際亮（亨甫，松寥山人）……2391
張繼曾（味道人）…………………820
張家栻（敬南，小珣）…………2233
張家珍（璩子）……………………403
張鑑（春治，秋水，荀鶴，
　貞疾居士）…………………………1885
張錦芳（粲夫，藥房）…………1545
張晉（雋三）………………………1820
張京度—覺阿
張井（儀九，芥航，畏堂，
　晴梯）………………………………2006
張九鐔（蓉湖，竹南居士）……1178
張九鉞（度西，紫峴，

陶園)……1170
張開東(賓陽,白蒓)……1349
張克家(子齊)……64
張揆方(道營,同夫)……848
張擴庭(充之,海丞)……2242
張聯桂(丹叔)……2773
張梁(大木,奕山,幻花)……751
張鏐(子貞,老薑)……1900
張履(張生洲,淵甫)……2299
張履祥(考夫,念芝)……89
張邁(哲甫,始豐)……2762
張茂稷(子藝,芸圃)……387
張湄(鷺洲,柳漁,南漪)……886
張默—張照
張穆(誦風,石洲,石舟)……2453
張乃孚(西村)……1727
張佩綸(幼樵,繩菴,簣齋)……2802
張鵬翀(天扉,抑齋,南華)……811
張鵬翮(運青)……485
張其淦(汝襄,豫荃)……2859
張琦(張翊,翰風,宛鄰)……1817
張榕端(子大,樸園,蘭樵)……407
張瑞徵(華平)……271
張若靄(晴嵐)……1070
張三異(魯如,禹木)……388
張紹松(嘯泉)……2193
張深(叔淵,茶農,退聽)……2094
張生洲—張履
張實居(賓公,蕭亭)……228
張士元(翰宣,鱸江)……1662
張叔珽(鵠巖)……645
張澍(伯瀹,介侯)……2095
張四科(喆士,漁川)……1053
張遂辰(相期,西農)……6
張濤—張庚
張廷濟(叔未)……1890
張廷樞(景峰,息園)……493
張廷玉(衡臣,硯齋)……682
張同準(志萊)……2459
張維屏(子樹,南山)……2074
張維楨(芰塘)……1766
張文光(譙明)……80
張文虎(嘯山,孟彪)……2488
張問安(季門,亥白)……1682
張問陶(仲冶,船山)……1812
張五典(敘百,荷塘)……1360
張熙純(策時,少華)……1221
張錫璜(漁谿,半舫)……392
張錫爵(擔伯,中巖)……858
張諴(希和,熙河)……1562
張祥河(元卿,詩舲)……2183

張興鏞（金冶，遠春）…………1891
張學舉（乾夫，雪舫）…………1042
張學仁（冶虞，寄槎）…………1773
張塤（商言，瘦銅，吟鄉）……1303
張衍懿（慶餘，煙舫）…………355
張翊雋（菱舟，麟洲）…………2739
張翊—張琦
張因（淨因）……………………1457
張蔭桓（樵野）…………………2758
張崟（寶巖，夕菴，且翁）……1767
張尹（莘農，無咎）……………875
張英（敦復，樂圃）……………376
張映辰（星指，藻川）…………1050
張映斗（雪子，蘇潭）…………895
張應昌（仲甫，寄菴）…………2243
張鏞（金聲，經笙，巳山）……1485
張永銓（賓門，西村）…………401
張有瀾（西清）…………………853
張玉穀（蔭嘉）…………………1176
張玉書（素存）…………………429
張裕釗（廉卿）…………………2649
張元（殿傳，榆村）……………676
張岳崧（子駿，澥山）…………1951
張雲璈（仲雅）…………………1536
張雲錦（龍威，鐵珊，藝舫）……989
張雲翼（鵬扶，又南）…………527
張雲章（漢瞻，樸村）…………480
張在辛（卯君，柏庭）…………504
張藻（于湘）……………………1091
張曾（祖武，石帆山人）………1040
張熷（曦亮，南漪）……………999
張朝桂（問秋，金粟道人）……2225
張照（張默，得天，長卿，涇南，
　天瓶居士）……………………842
張之澄（淮南）…………………409
張之洞（孝達，香濤，壺公，
　廣雅）…………………………2756
張洲（萊峯，南林）……………1259
長公—徐夜
長卿—張照
長孺—金虞
長孺—朱鶴齡
掌仍—彭元瑞
昭法—徐枋
昭萬—陶季
召林—李棠
召壽—蔣琦齡
召系—馮夢祖
兆蕃—羅惇衍
兆仁—譚瑩
兆同—陳廷慶
照南—吴照

趙賓（珠履，錦帆）……57
趙炳龍（文成，雲屏）……266
趙春熙（緝子，陸門山樵）……1499
趙德懋（建澤，荊園）……1761
趙侗斆（賡西）……760
趙端（又呂）……255
趙光（仲明，蓉舫，退菴）……2368
趙國華（菁衫）……2768
趙函（趙晉函，元止，艮甫，
菊潛）……2078
趙懷玉（億孫，味辛，
牧菴）……1527
趙吉士（天羽，恒夫）……277
趙晉函—趙函
趙進美（嶷叔，韞退，清止）……189
趙鈞彤（澹園）……1452
趙克宜（小樓）……2410
趙良霨（肅徵，肖巖）……1491
趙霖（雨林，笠農）……2399
趙銘（新又，桐孫）……2688
趙人—程虞卿
趙仁山（亦樓，石翁）……2194
趙士春（景之，蒼霖）……18
趙士麟（麟伯，玉峰）……289
趙樹吉（沅青）……2476
趙帥（元一，偉堂，
志庵主人）……1358
趙文楷（逸書，介山）……1762
趙文哲（升之，損之，
璞庵）……1224
趙希璜（渭川）……1514
趙熊詔（侯赤，裘萼）……610
趙旭（石知，曉峯）……2535
趙彦修（季梅）……2540
趙翼（雲崧，甌北）……1242
趙佑（啟人，鹿泉）……1250
趙俞（文饒，蒙泉）……352
趙允懷（孝存，闇鄉）……2252
趙之謙（益甫，撝叔）……2700
趙執信（伸符，秋谷，飴山）……606
趙作舟（乘如，浮山）……224
肇畛—邊連寶
哲甫—吴其濬
哲甫—張邁
悊甫—吴蔚光
喆士—張四科
蟄存—張漢
謫凡—李漁
柘菴—曹潤堂
柘南居士—錢陳羣
柘坡—萬光泰
柘堂—丁晏

蔗村—裘璉
蔗蕃—曾燠
珍浦—惲珠
貞白—魏裔介
貞冬老人—甘煦
貞甫—李黼平
貞谷—謝宗素
貞疾居士—張鑑
貞蕤—沈荃
貞仲—許喬林
真谷—牛運震
真如—邵堂
楨士—文幹
鍼若—管世銘
縝亭—楊玉堂
振菴—單鈺
振菴—汪士鐸
振路—孔傳鐸
振士—謝維藩
振文—孔傳鋕
振西—吴翃
震亨—曹學詩
震孫—黄中堅
震亨—曹學詩
鎮東—戴瀚
鎮園—靳榮藩
鎮之—王汝璧
正菴—宗誼
正夫—程先貞
正孚—劉大觀
正甫—何耿繩
正甫—朱昌頤
正孺—王懿榮
正三—翁方綱
正叔—惲格
正子—岳端
鄭炳泰(仲文,曉屏)…………1493
鄭琮(亮卿,樗雲)……………1436
鄭存紵—鄭獻甫
鄭大謨(孝顯,青墅)…………1769
鄭方鍔(豫章,半谷)…………1078
鄭方坤(則厚,荔鄉)…………946
鄭虎文(炳也,誠齋)…………1083
鄭璜(元吉,瘦山,贅翁,
種墨菴主人)…………………2034
鄭佶(柳門)……………………1574
鄭開禧(迪卿,雲麓)…………2215
鄭梁(禹門,禹梅,寒村)………392
鄭鉽(冀野,季雅)……………690
鄭王臣(慎人,蘭陔)…………1165
鄭文焯(俊臣,叔問,小坡,
大鶴山人)……………………2851

鄭獻甫（鄭存紵，小谷）……………2414
鄭鄉—顧廷綸
鄭襄（贊侯）…………………………2753
鄭燮（克柔，板橋）…………………864
鄭性（義門，南谿）…………………635
鄭炎（鄭源，清渠）…………………991
鄭由熙（曉涵，伯庸，堅翁，
歗嵐道人）…………………………2690
鄭源—鄭炎
鄭澐（晴波，楓人）………………1374
鄭珍（子尹，柴翁）………………2476
鄭知同（伯更）……………………2723
鄭祖球（受之，笏君）……………2114
證山—周斯盛
之溪老生—先著
支山—范來宗
支山—黄桐孫
芝房—孫鼎臣
芝齡—李宗昉
芝圃—王泰甡
芝圃—寅保
芝僧—嚴辰
芝生—辛師雲
芝堂—萬廷蘭
芝田—宋伯魯
芝庭—彭啟豐
芝庭—項樟
芝五—梁佩蘭
芝仙—徐蘭
芝軒—潘世恩
芝巖—范來宗
芝巖—顧汧
知白居士—鮑善基
知歸子—彭紹升
直方—陳毅
直侯—范元亨
直其—黄體正
執如—石韞玉
執虚—吴蔚光
植之—方東樹
止菴—陳豪
止菴—彭定求
止菴—周濟
止巢—喬載繇
止泉—朱澤澐
止山—曾燦
止唐—劉沅
止堂—祝德麟
止谿—朱嘉徵
止止居士—潘耒
芷青—朱雋瀛
芷生—沈清瑞

芷堂—祝德麟
芷庭—魏燮均
芷灣—宋湘
芷厓—蕭中素
芷齋—方芳佩
沚亭—孫廷銓
祉卿—時元熙
至堂—艾暢
志庵主人—趙帥
志萊—張同準
志銳(伯愚,公穎,廓軒)……2804
志學—潘乃光
豸青—李鍇
治卿—夏崑林
峙雲—汪棨
致高—鮑善基
致遠—許濬
致遠—孫士毅
致齋—和珅
秩宗—顔光猷
時祥—王慶麟
智冶—孫士毅
雉尌—殷壽彭
稚川—劉子壯
稚存—洪亮吉
稚黄—毛先舒
稚枚—秦敏樹
稚泉—汪承慶
稚威—胡天游
穉璜—丁寶楨
穉木—黄桐孫
穉顔—高望曾
廌青—李鍇
廌青—姚元之
摯甫—吴汝綸
質存—施璪
質夫—樊彬
質亭—朱鍾
中安—王恕
中來—蔡復午
中叔—彭任
中碩—易順鼎
中巖—宋振麟
中巖—張錫爵
中冶—張問陶
中允—李驥元
盅友—邵淵耀
鍾大源(晴初)……1792
鍾陵—熊伯龍
鍾山—毓奇
鍾毓奇(少峯)……2577
鍾元—孫奇峰

鍾越—金兆燕
種筠—高其倬
種墨菴主人—鄭璜
種瑶—平疇
仲安—馬思贊
仲初—吴士熺
仲賜—周再勳
仲甫—王敬之
仲甫—張應昌
仲甫—左輔
仲耕—康基田
仲和—周鶴立
仲基—左宗植
仲嘉—阮亨
仲夔—陳大章
仲蘭—蔡復午
仲蘭—王德馨
仲禮—周凱
仲良—黄本驥
仲良—宋弼
仲倫—吴德旋
仲勉—恭釗
仲明—曹秉哲
仲明—趙光
仲謀—彭孫貽
仲卿—陳曇
仲瞿—王曇
仲仁—李元春
仲容—德保
仲升—弘旿
仲昰保(羹梅,友夔,翰村)……764
仲姒—鮑之蕙
仲調—陶汝鼎
仲弢—黄紹箕
仲弢—王韜
仲文—瑞璸
仲文—史善長
仲文—鄭炳泰
仲僊—吴棠
仲修—譚獻
仲宣—吴棠
仲雅—張雲璈
仲毅—郭崑燾
仲懌—吴重憙
仲寅—阮烜輝
仲友—黄定文
仲友—張度
仲魚—陳鱣
仲雲—文煥
仲雲—吴振棫
仲則—黄景仁
仲章—李來泰

仲趙—郝璧
仲子—余愔
重伯—曾廣鈞
重黎—袁昶
重叔—李士棻
重棠—于敏中
舟次—汪楫
周卜—成文昭
周燦(紺林,星公)……364
周長發(蘭坡,石帆)……891
周臣—王挺
周恩綬(艾衫,小沙)……2433
周鶴立(仲和,子野,
匏葉)……1824
周煌(楚緒,景垣,海山)……1086
周濟(保緒,介存,未齋,
止菴)……2091
周嘉猷(辰告,兩塍)……1320
周嘉猷(順斯,慕蘐,
紀堂)……1592
周劼(獻臣)……2543
周京(西穆,少穆)……706
周焌圻(季俠,嘯卿)……2814
周凱(仲禮,芸皋)……2055
周亮工(元亮,緘齋,櫟園)……102
周量—程可則
周茂源(宿來,釜山)……162
周銘旂(楙臣)……2725
周起渭(漁璜,桐埜)……629
周容(茂三,鄮山)……181
周三燮(南卿)……2131
周繩—段緯世
周世滋(潤卿)……2545
周壽昌(應甫,荇農,自菴)……2560
周思兼(元治,楳坪)……2159
周斯盛(屺公,錢畊,證山)……385
周騰虎(韜甫)……2585
周體觀(伯衡)……138
周天度(心羅,西隒,
讓谷)……1180
周天麟(石君)……2715
周錫恩(伯敬,伯晉,
蔭常)……2823
周錫溥(半帆)……1504
周遐桃(祝齡)……2755
周向青(蘇門)……2199
周孝壎(逋梅)……1723
周儀暐(伯恬)……2026
周有聲(希甫,雲樵,
東岡)……1563
周昱(見新,笠雲,笠蕓)……1470
周篔(周筠,公貞,青士,

篬谷)……………………………210
周再勳(仲賜)……………………24
周在都(燕客)…………………547
周肇(子俶)……………………144
周之方(在卿)…………………564
周珠生(小白)…………………1286
周篆(籀書,草亭)………………425
周篘—周篔
周焯(月東,七峯)………………804
冑司—史夔
甃枰—徐經
籀書—周篆
朱昂(德基,適庭,秋潭)………1288
朱秉鑑(清如,鹿坪)…………1710
朱秉銘(綎三,雪龕)…………1950
朱昌頤(吉求,正甫,
朶山)……………………………2082
朱棟(木東,二垞)……………1507
朱鄂—朱慶萼
朱方增(壽川,虹舫)…………2025
朱黻(與持,畫亭)……………1277
朱珪(石君,南崖)……………1313
朱瀚(寅庵)……………………2380
朱浩(毅夫,厔齋)……………2087
朱鶴齡(長孺,愚菴)……………50
朱頀(丹木)……………………2308
朱嘉徵(岷左,止谿)……………36
朱琦(玉存,蘭坡)……………1900
朱鑑成(眉君)…………………2623
朱錦琮(瑞方,尚齋)…………2078
朱經(恭亭)……………………640
朱景英(幼芝,梅冶)…………1181
朱筠(美叔,笥河,竹君)……1272
朱雟瀛(芷青,金粟山人)……2788
朱駿聲(豐芑,允倩)…………2226
朱克家(蘭亭)…………………2669
朱克生(國楨,念莪,秋厓)……308
朱葵之(樂甫,梅叔)…………2103
朱昆田(文盎,西畯)……………521
朱臨(應中,竹瓢)……………1843
朱倫瀚(涵齋,亦軒)……………731
朱錀(東樵)……………………1039
朱冕(老匏)……………………605
朱銘盤(俶僩,曼君)…………2822
朱培源(怡雲)…………………2743
朱霈(朱榮朝,熙佐,井南,
約齋)……………………………1386
朱彭(亦籛,青湖)……………1309
朱琦(伯韓,濂甫)……………2444
朱琦(景韓)……………………1179
朱啟連(跂惠)…………………2833
朱慶萼(朱鄂,青渚)…………2480

朱人鳳（朱壬，謂卿，閑泉）……1902
朱壬林（禮卿，小雲）……2072
朱壬—朱人鳳
朱榮朝—朱霈
朱愼（其恭）……438
朱實發（樹泉，飯石）……1760
朱士端（銓甫）……2219
朱仕琇（碧峯，筠園）……1056
朱書（字綠，杜谿）……562
朱廷黼（素濤，味莊）……2116
朱庭珍（筱園）……2783
朱爲弼（右甫，椒堂，茮堂）……1938
朱文治（詩南，少僊）……1753
朱錫綬（嘯筠，小雲）……2609
朱緗（子青，橡村）……663
朱孝純（子穎，海愚）……1317
朱興悌（子愷，西崖）……1285
朱休度（介裴，梓廬，小李）……1323
朱炎（朱琰，桐川，笠亭，樊桐山人）……1071
朱琰—朱炎
朱瑤（崑英，樂天）……1036
朱一是（近修，欠菴）……77
朱彝尊（錫鬯，竹垞，小長蘆釣魚師）……292
朱質（市人，二亭）……1117
朱載震（悔人）……434
朱澤澐（湘淘，止泉）……637
朱樟（亦純，鹿田，慕樵，灌畦叟）……646
朱之俊（擢秀，滄起）……16
朱鍾（質亭，謙山）……1387
朱滋年（潤木，樹堂）……1439
朱紫貴（立齋，漫翁）……2144
朱嵘（草孫，與西）……295
珠履—趙賓
諸錦（襄七，草廬）……791
諸可寶（璞齋，遲菊）……2788
竹菴—吴名鳳
竹垞—朱彝尊
竹初—錢維喬
竹君—朱筠
竹樓—觀瑞
竹南居士—張九鐔
竹朋—李佐賢
竹瓢—朱臨
竹橋—吴蔚光
竹樵—恩錫
竹泉—吴錫麟

竹士—陳基
竹素—許廷瑮
竹所—吴會
竹田—施安
竹汀—錢大昕
竹吾—馬國翰
竹西—錢清履
竹溪—李棠
竹溪—毓奇
竹香—談文煥
竹虚—曹文埴
竹軒—劉秉恬
竹巖—邊中寶
竹巖—胡浚
竹友—李芝
竹紆—胡香昊
竹嶼—吴泰來
竹莊—上官周
竺君—汪元爵
燭門—陳以剛
佇蘭—蔡復午
柱國—顧王霖
祝德麟（芷堂，止堂）………… 1459
祝齡—周遐桃
翥蒼—毛振翧
鑄人—丘叡
顓菴—王掞
篆玉（讓山，嶺雲道人）……… 1048
莊秉中（啟曾）……………………807
莊飛—譚嗣同
莊楷（書田）………………………643
莊盤珠（蓮佩）…………………… 2141
莊生—呂留良
莊述祖（葆琛）…………………… 1571
莊宇逵（印山，達甫）………… 1652
莊肇奎（星堂，胥園）………… 1239
戇叟—紀映鍾
贅翁—亢樹滋
贅翁—鄭璜
準存—程世繩
拙圃—崔應階
拙石—安致遠
拙叟—黎恂
拙修—嵇璜
拙園—楊知新
拙齋—蔣衡
拙直—沈宜
倬雲—成書
著花居士—李黼平
卓爾堪（子任，寶香山人）……545
卓峯—胡超
卓峯居士—符兆綸

卓林—言南金
卓山—帥家相
酌翁—陳樽
琢堂—石韞玉
擢秀—朱之俊
淄生—嚴辰
滋衡—費錫璜
子安—楊鸞
子才—袁枚
子裳—王詠霓
子超—汪巽東
子澄—延清
子疇—端木埰
子俶—周肇
子大—程頌萬
子大—彭泰來
子大—沈起元
子大—張榕端
子代—游智開
子德—李因篤
子底—王士禄
子端—陳廷敬
子鈍—宋伯魯
子範—蒯德模
子方—唐樹義
子高—戴望
子恭—陳鴻壽
子縠—陳壽祺
子沆—李于潢
子和—孫義鈞
子和—王蔭槐
子亨—盛復初
子亨—魏燮均
子厚—陳坤
子笏—易佩紳
子翽—陳儀
子吉—葉方藹
子吉—張符升
子堅—楊鑄
子籛—彭而述
子階—謝應芝
子晉—譚敬昭
子晉—文昭
子晉—翁咸封
子靜—李中簡
子靜—喬萊
子久—承齡
子久—祖之望
子俊—來秀
子俊—夏塽
子浚—蔣德宣
子駿—張岳崧

子愷—朱興悌
子立—鄧顯鶴
子立—邵亨豫
子濂—杜濚
子良—馮詢
子霖—陶澍
子履—盛大士
子孟—沈范孫
子明—敦敏
子木—貝青喬
子穆—范志熙
子穆—彭昱堯
子年—鮑康
子牛—林夢斗
子培—沈曾植
子佩—桂芳
子佩—時銘
子屏—柳以蕃
子樸—穆彰阿
子耆—王永年
子齊—張克家
子喬—李憲喬
子琴—夏葆彝
子青—金學蓮
子青—朱緗
子清—曹寅
子任—雷鐃
子任—陸楣
子任—卓爾堪
子若—陸學欽
子山—邵堂
子山—吴嵩梁
子上—許亦崧
子深—胡成浚
子實—黄培芳
子受—譚光祜
子壽—黄彭年
子壽—王柏心
子壽—姚椿
子樹—張維屏
子偲—莫友芝
子肅—葉矯然
子陶—王鑨
子苕—費丹旭
子通—經濟
子霞—錢瑶鶴
子仙—李福
子相—陳勱
子湘—李星沅
子湘—邵長蘅
子襄—章鶴齡
子享—魏燮均

子瀟—蔣湘南
子瀟—孫原湘
子薪—李慎傳
子修—陳光緒
子修—吴修
子序—吴嘉賓
子遜—許廷璨
子延—蔣寶齡
子嚴—方濬師
子治—齊學裘
子野—喬鉢
子野—周鶴立
子宜—汪惟憲
子儀—夏塏
子頤—百齡
子彝—端木國瑚
子彝—沈維鐈
子益—白胤謙
子益—田霡
子翼—賀貽孫
子藝—張茂稷
子尹—鄭珍
子穎—朱孝純
子佑—英敵
子于—蔣志凝
子隅—林直
子愉—陸麟書
子瑜—陳璞
子漁—方熊
子餘—顧鶴慶
子餘—孫鼎臣
子雨—邵澍
子元—托渾布
子原—郭金臺
子遠—顧復初
子遠—李道悠
子遠—徐灝
子雲—方正澍
子雲—葉世倬
子載—楊庢
子展—薛所藴
子珍—查冬榮
子珍—陶方琦
子貞—何紹基
子貞—張鏐
子真—王士禎
子楨—宋振麟
子箴—方濬頤
子徵—馮度
子舟—孫楫
子莊—許乃椿
子卓—蔡嘉佺

子卓—喬邁
梓廬—朱休度
紫璈—李超瓊
紫宸—陸楣
紫度—陸弘定
紫房—盧世漼
紫峰—杜越
紫靜—孫洤
紫瀾—陳浩
紫綸—杜詔
紫綸—田雯
紫輪—田雯
紫羅—羅人琮
紫眉—蕭家芝
紫卿—沈炳垣
紫卿—楊季鸞
紫瓊道人—允禧
紫詮—王韜
紫然—廷奭
紫書—翁咸封
紫亭—李辰垣
紫亭—于宗瑛
紫庭—宋起鳳
紫弦—胡煦
紫峴—張九鉞
自菴—周壽昌
字綠—朱書
宗旦—王家相
宗範—錢楷
宗稷辰（迪甫，滌甫）…………2282
宗洛—楊景程
宗磐—錢維城
宗屏—方昌翰
宗山—殷岳
宗聖垣（介藩，介颿）…………1654
宗頊—徐基
宗誼（正菴）…………179
宗玉—羅人琮
宗瓚—馬士圖
椶亭—金兆燕
鄒漢池（季深，復叟）…………2592
鄒漢勛（叔績，績父）…………2466
鄒貽詩（愚齋，石泉）…………1660
鄒在光（劍秋）…………2484
俎行—陳樽
祖望—尤維熊
祖武—張曾
祖心—函可
祖之望（載璜，子久，
舫齋）…………1657
組似—伊秉綬
醉園—蔣蓴

尊生—承齡
尊王—錢曾
尊聞居士—羅有高
尊彝—洪錫爵
左莪—褚廷璋
左輔（仲甫，蘅友，杏莊）……1587
左海—陳壽祺
左田—黄鉞
左錫嘉（韻卿，小雲，浣芬，
冰如）……2716
左彝—宋大樽
左尹—查繼佐
左原—陳學洙
左宗植（仲基，景喬）……2507
作霖—邵澍
作謀—馮繼聰
怍庭—孫光祀

唐山—阮葵生
唐堂—黄之雋